江湖奇侠传

（上）

武侠宗师平江不肖生作品集

平江不肖生——著

UNITY PRESS 团结出版社

图书在版编目（CIP）数据

江湖奇侠传 / 平江不肖生著. -- 北京 : 团结出版社, 2020.6

ISBN 978-7-5126-7709-8

Ⅰ. ①江… Ⅱ. ①平… Ⅲ. ①侠义小说－中国－当代 Ⅳ. ① I247.5

中国版本图书馆 CIP 数据核字（2019）第 300381 号

出　版：团结出版社
（北京市东城区东皇城根南街 84 号　邮编：100006）
电　话：（010）65228880 65244790（出版社）
（010）65238766 85113874 65133603（发行部）
（010）65133603（邮购）
网　址：http://www.tjpress.com
E-mail：zb65244790@vip.163.com
fx65133603@163.com（发行部邮购）
经　销：全国新华书店
印　装：三河市三佳印刷装订有限公司

开　本：165mm×230mm　16 开
印　张：77
字　数：1204 千字
印　数：1-4000
版　次：2020 年 6 月 第 1 版
印　次：2020 年 6 月 第 1 次印刷

书　号：978-7-5126-7709-8
定　价：179.00 元

目录

Contents

上册

中　册

下 册

第一回

装乞丐童子寻师　起宝塔深山遇侠

从长沙小吴门出城，向东走去，一过了苦竹坳，便远远的望见一座高山，直耸云表。山巅上一棵白果树，十二个人牵手包围，还差二尺来宽，不能相接。粗枝密叶，树下可摆二十桌酒席。席上的人，不至有一个被太阳晒着。因为这树的位置，在山巅最高处，所以在五六十里以外的人，都能看见它和伞盖一般，遮蔽了那山顶。那山横跨长沙、湘阴两县，长只六十余里，高倒有三十余里。从湘阴那方面上山，虽远几里路，然山势稍缓，走得不大吃力；从长沙这方面上去，就是巉岩峻削，不是精力极壮的人，决没有能上去的。长沙、湘阴两县的人，都呼那山为“隐居山”。故老相传，说那山在清初，很有几个明朝遗老，隐居在里面，遂称为“隐居山”。

这隐居山底下，有一个姓柳名大成的，原是个读书人。只因读过了四十多岁，尚不曾捞得一个秀才，家里又有不少的祖遗产业，父母都亡故了，便懒得再去那矮屋里受罪。他夫人陈氏，容貌既端庄，性情又贤淑，因此伉俪极为相得，中年才得一子，就取名一个“迟”字。

那柳迟生长到四岁，无日不在病中，好几次已是死过去了。柳大成延医配药，陈夫人拜佛求神，好容易才保留了这条小命。然性命虽保留了，直病得枯瘦如柴，五岁还不能单独行走。加以柳迟的相貌生得十二分丑怪，两眉浓厚如扫帚，眉心相接，望去竟像个“一”字。两眼深陷，睫毛上下相交。每早起床的时候，被眼中排泄出来的污垢胶着了，睁不开来。非经陈夫人亲手蘸水替他洗涤干净，无论到什么时候，也不能开眼见人。两颧比常人特别的高，颧骨从两眼角，插上太阳穴。口大唇薄，张开和鳜鱼相似，脸色黄中透青。他又欢喜号哭，哭时张开那鳜鱼般的嘴，谁也见着害怕。

柳大成夫妇，有时带着他去亲戚朋友家，人家全不相信这般一对漂亮的夫妇，会生出这么奇丑的儿子。只是柳大成夫妇因中年才生这个儿子，自后并不曾生育，夫妇两个痛爱柳迟的心，并不因他生得奇丑减少毫发。

柳迟到了七岁，柳大成便拿了一本《论语》，亲教柳迟读书。柳大成夫妇的意思，多久就虑及儿子不能读书，不过打算略试一试，若真是不能读，便不枉费心血。谁知只教一遍，即能背诵出来。柳大成逐页的教，柳迟竟能逐页的背。并且教过一遍的，隔了十天半月问他，仍然背的一字不差。这才把柳大成夫妇，欢喜得不知如何才好。但是柳迟虽有过目成诵的天才，却是极不愿意读书。不愿意读书，本是小孩子的通病，只是普通不愿意读书的小孩，必是贪着玩耍，哪怕玩耍得极无意识。集合无数小孩，三个成群，四个结党，闹得个乌烟瘴气，这类顽皮生活，总是寻常小孩免不了要经过的阶段。

这柳迟很是作怪，他从来不曾和左邻右舍的小孩在一块儿闹过一次，也不学那些小孩玩耍的举动。他不读书的时候，不是坐在位上，抬起头呆呆的望着楼板；便是站在丹墀里，发了呆似的，望着半空中飞走的乌云、白云。有时数墙上的砖，有时数屋上的瓦，见人家厅堂上悬了屏条，屏条上写的是大字便罢，若是小字，他必得从头至尾，数个清楚，柳大成夫妇也禁止他不了。

这么过了两年，他却练成了一种极奇特的本领：凡是多数在一块儿的物件，一落他的眼，即能说出一个数目来，不多不少。他的性质，虽不欢喜和小孩做一块，只是六七十岁的老头子，他倒欢喜去亲近。那地方上年老的人，也都喜和他东扯西拉的说故事。

是这么和许多老头儿混了一年，柳迟的性情又改变了。见了寻常混作一块的老头儿，他都不大搭理了，却看上了一班叫化子。凡是来他家讨钱、讨饭的乞丐，他在里面一听得这声音，便和什么最亲爱的人到了一般，来不及的跑出来。给了钱，又给饭，又给衣服，还得问那叫化的姓名、住址。有时高兴，约齐了无数的叫化，男的、女的、老的、少的，聚做一块儿，他自己也装成一个叫化模样，或在桥洞底下，或在破庙里面，大家说也有，笑也有。若是天色晚了，便不归家，拣一个和自己说得来的叫化，在一条稿荐里面睡觉。柳大成夫妇虽痛爱儿子，但见儿子这般不长进，也实在有些气愤不过。将柳迟叫到跟前，训饬了好几次，无奈柳迟听了，只当耳边风。一转眼，又是右手拿棍，左手提篮，跟着老叫化走了。

湖南的叫化，内部很有些组织，阶级分得极严。不是在内部混过的人，绝看不出这叫化的阶级来。他们显然的表示，就在背上驮着的讨米袋。最高的阶级，可有九个袋，以下低一级，减一个袋。柳迟和许多叫化混了三年，背上已有驮七个袋的资格了。

一日，他讨了一袋米，走一个村庄经过，见晒稻子的场里，有十来只鸡，在青草里寻虫蚁吃。其中有一只老母鸡，大约有四五斤重。柳迟从袋中掏出一抓米来，把老母鸡引到跟前，顺手抢着鸡项脖，左手往鸡肚皮下一托，那只老母鸡，就到了柳迟的手，只翼膀略扑了两扑，连叫都没叫出一声。他们同伴偷鸡的手法，都是如此。最难偷的，是大雄鸡。雄鸡会跳跃，不肯伏在地下不动。老母鸡的性质，见人向它伸手，十九伏在地下。不过去攫的时候，总得叫一两声，所以下手就得抢着鸡项脖，使它叫不出声。左手托着鸡肚皮，鸡自然不会叫了。

柳迟既得了那只老母鸡，即走到河边，拾了一片碎瓷，把鸡杀死。并不挦毛，只破开肚皮，去了肠杂，放下些椒盐、五香、酱油、白醋之类的东西在鸡肚皮里面，拿线扎了起来。调和许多黄泥，将鸡连毛包糊了。再从身上抽出一条大布手巾来，把讨来的米，倒在手巾里，就河水淘洗干净，用绳将毛巾扎好，也用湿黄泥包糊。然后走到山中，寻了些枯枝干叶，拣土松的地方，掘一个尺来大、尺来深的洞。先把黄泥糊的母鸡放在洞里，将枯枝干叶纳满了一洞，取火点燃了，接连不断的添柴。

是这么烧过了一个时辰，黄泥已烧得透心红了，柳迟才把鸡取了出来。趁那洞里正烧得通红的时候，把黄泥包的米放下去，只略略加了些儿柴在上面，那生米便能煨成熟饭。柳迟才添好了柴火，心里忽然寻思道：“有这么好的下酒物，没有酒，岂不辜负了这鸡吗？好在身边还有几文钱，何不且去买点儿酒来，再剥鸡子呢？”主意已定，就拿了一只碗，到近处酒店里买了酒。

回到山上，一看火洞的柴枝上面，竖了一片尖角瓦，心里登时吃了一惊，暗想这深山穷谷之中，哪有本领很大的人来寻我的开心呢？原来叫化子伴里，有这种极大的规矩，不是阶级很高的叫化，不能是这么弄饭菜吃。在这种场合，若是有同道的经过，在火洞上竖一片尖角瓦，谓之“起宝塔”；在火洞旁边竖一根柴枝，谓之“竖旗杆”。不是在叫化子伴里最有本领的、阶级最高的，决不敢玩这种花头。烧饭的叫化遇了这种表示，必得停了饭不吃，在山前山后，寻找这起宝塔或竖旗杆的人。寻着了，彼此攀谈几句江湖话，果是本领不错，就请来同吃。

柳迟这日既发现了宝塔，便放下手中的酒，四处张望，却不见一个人影。在山底下都寻遍了，也是没有。回身走上半山，只见一个老道人，身穿一件破布道袍，背上驮一个黄布包袱，坐在一块石头上打盹。身旁放着一口六七寸宽、尺多长的红漆木箱。木箱两旁的铜环上，系了一条蓝布带。大约是行走时，将蓝布带绊在肩上的。柳迟心中忽然一动，觉得这老道不是寻常人，随即双膝跪在地下，磕头说道：“弟子求师三年，今日才遇见师傅了。望师傅开恩，收我做个徒弟。”说罢又连连磕头。那老道合着双眼不瞧不睬，好像是睡着没有醒来。

柳迟磕过了十多个头，膝行移近了两步，又磕头如前说了一遍。老道醒来，揉了揉眼睛，打量了柳迟几下，口里喝了一声道：“我也和你一样，在外面讨饭糊口，哪里有钱打发你？你不看我身上穿的衣服，像是有钱打发叫化子的人么？”柳迟听了一点儿不犹疑的答道：“师傅可怜弟子一片诚心，求师求了三年，今日才见着了师傅。师傅慈悲，收了我吧！”

老道哈哈笑道：“原来你想改业，不做叫化，要做道士。也好，我讨饭正愁没人替我驮包袱，提药箱。你要跟我做徒，就得替我拿这两件东西。但怕你年纪太轻，提不起，驮不动，那便怎好呢？”柳迟至诚不二的说道：“弟子提不起也提，驮不动也驮，师傅只交给弟子便了。”老道立起身来笑道：“你就提着这药箱走吧。”说话时，好像闻着了什么气味似的，连用鼻嗅了几嗅道：“不知是哪一家的午饭香了，我们就寻这饭香气，去讨一顿吃吧。”柳迟也立起来，伸手提起那药箱，说道：“这饭香气，是弟子预备着孝敬师傅的，就在前面，请师傅去吃吧。”老道又哈哈大笑道：“我倒得拜你为师才好！你能弄得着吃，还有多余的请我，不比我这专吃人家的强多了吗？”

柳迟引老道到了火洞跟前，把讨米袋折叠起来，给老道做坐垫。老道自己打开药箱，取出一个竹蔸雕成的碗来。柳迟剥去鸡上黄泥，鸡毛不用手捋，都跟着黄泥掉下来了。老道全不客气，一面喝着酒，一面用手撕了鸡肉，往口里塞，不住的点头咂舌说："鸡子煨得不错，只可惜这乡村之中，买不着好酒。"柳迟道："好酒弟子家中有，且等弟子去取了来何如呢？"老道摇头道："已用不着了。好酒来了，没有这么好的下酒菜，也是枉然。你家的好酒，留着等你下次又煨了这么好的鸡的时候，再请我来吃不迟。"柳迟连忙应是。

没一会儿，酒已喝得点滴不剩，鸡也只剩下些骨子了。老道举起竹蔸碗，向柳迟道："拿饭来，做一阵吃了吧。"柳迟取出饭包，刨去了面上黄泥，解开扎口的线，估料饭多碗小，承贮不下，打算从自己袋里拿一个碗来，和老道分了吃。老道指着饭包说道："快倒下来给我吃，不要冷了，走了香味。"柳迟不好意思不往竹蔸碗里倒，谁知一大包饭倒下去，恰好一碗，一颗饭也没有多余，更不好意思再从竹碗里分出来。只好双手捧着，递给老道。

老道接过来，就用手抓着，往口里吃。一边吃一边说道："这是百家米，吃了是可以消灾化难的。不过这里面有一大半太粗糙，吃下去哽得喉咙生痛。你下次讨了这种粗糙米的时候，我教你一个好法子，可以使粗糙的立刻都变成上等熟米。你这袋里，不是有竹筒吗？把讨来的粗糙米，都放在竹筒里。抓一把竹筷子，慢慢一下一下的舂，舂到一千下开外，簸去筒里的糠屑，不都变成上等熟米了吗。"

柳迟听了，暗想师傅也是我们这圈子里的老手，我难道真是讨饭的人，拜了师，还学这些玩意？当下也不敢说什么，只是点头应是。老道大把的抓着吃，一会儿子就吃了个一干二净。柳迟忍着饿，立在旁边，老道仍将竹蔸碗纳入药箱，立起来伸了个懒腰，双手摸着大肚皮笑道："这顿饭扰了你，算吃了个半饱。我就住在清虚观，你下次煨了这么肥的鸡子，再给我一个信，我不和你们小孩子讲客气。圣人说过的'有酒食，先生馔'，你一有信给我，我就来叨扰，决不教你白跑。"

柳迟道："清虚观在什么所在？弟子实不知道，得求师傅指示。"老道打量了柳迟两眼笑道："你既不知清虚观的所在，便说给你听，你也找寻不着。罢，罢！你提了药箱，跟我一道儿去吧。”柳迟欢喜得又爬在地下磕头，先背好了自己的讨米袋，一手挽着药箱，跟定老道，走了二十多里路。

天色已渐渐向晚了，柳迟肚中实在饥饿不堪，两腿又走得乏极了，忍不住问道：“师傅的清虚观在什么地方，此去还有多远的路呢？”老道随便点点头，有声没气的应道：“大概还远了。你力乏了，走不动么？就坐在这里歇歇也使得。但是我肚中，又觉得有些犯饥了，哪里再有一只那么好的煨鸡，给我吃一顿才好。”柳迟道：“这时天色不早了，人家的鸡都进了埘，如何弄得到手呢？并且就有鸡，一时也难煨熟，弟子袋里的米，也没有了。师傅既是肚中犯饥，请在这里坐坐，弟子就去讨一碗热饭来。此刻正是人家晚饭时候，讨来必是热的。”

老道又点了点头道：“这便生受你了。我坐在这里等着，好孩子就去吧，我肚中饥得难过了。”柳迟即将药箱放在老道身边，背了讨米袋，急急忙忙，望屋上有炊烟的人家走。亏得他年纪轻，人家瞧着他可怜，都肯给他饭。连讨了三五家，集聚了一竹筒热饭。恐怕冷了，师傅不好吃，拿几个袋，将竹筒包裹起来。饶着自己的饥火中烧，馋涎欲滴，也不敢先吃一点。

跑回原处一看，哪里有个老道呢？柳迟心里着急，口里连声呼着：“师傅在哪里？”呼了几声，不见有人答应。再低头一看，那红漆药箱，仍放在一块石头旁边。心想师傅刚才确是坐在这块石头上，这箱是放下的，并不曾移动，师傅若是走了，怎么不把药箱带去哩？我又不知道清虚观在什么地方？这夜间教我去哪里寻找呢？莫不是师傅到僻静地方大解去了，恐怕我回头，认作他走了，所以特留下药箱，使我好在这里等候？不然，就是因我讨饭去久了，他等得不耐烦，自去各村庄找我，仍是怕我回头错过，留下这箱子，免得我跑开。没法，只得坐在这里等。柳迟想罢，便挨着药箱坐下来。

天色一阵黑暗似一阵，看看已对面不见人了，还不听得一些儿声息。又不知道这块叫什么地名，因平日不曾来过，并不知道是哪一县境所属。禁不住心中慌急，倒把肚中饥饿忘了。足等候了两个时辰，没有动静，只得把讨来的饭吃了。提了药箱，走到地势略高的所在，向四面张望，看何处有灯光，即到何处投宿。四周都看了一遍，全没一点儿光亮。心想今夜只怕要在树林中歇宿了，但是得拣一处青草深厚的所在，上面有树枝盖着，才不至受凉，遂带走带寻觅可歇宿的地方。

转过一只山嘴，忽见一盏很明亮的灯光，从树林中透了出来，柳迟登时把一颗心放下了，随向有灯光处走去。走到临近一看，原来是一座很庄严的庙宇，庙门大开着，神殿上点着一盏大琉璃灯。柳迟立在门外，朝庙里张看，神殿上不见一人，静悄悄的，觉得有一股阴森之气袭来，身上的毛发，都不由得直竖起来。偶抬头见大门牌楼上，悬着一方金字大匾。借着星月之光看去，分明是“清虚观”三个大字，不觉失声说道：“好了，清虚观在这里了。”胆气立时壮起来，大踏步上了神殿。

一个小道童，正伏在神案上面打盹，听得脚声响，拔地跳起身来，对柳迟大喝道：“哪里来的穷叫化，怎么讨吃讨到我庙里来了呢？还不快给我滚出去！幸亏我不曾睡着，你打算来偷这口铜磬么？”柳迟也大喝一声道：“胡说！谁教你这东西偷懒，坐在这里打盹，大门也不关上呢？”

小道童一眼看见了柳迟提的那药箱，即转了笑容问道：“你是送药箱来给我师傅的么？我多久就坐在这里等你，坐得支撑不住了，才伏在案上打盹。”柳迟也忙转笑脸答道：“很对不住，劳师兄久等。不知师傅可曾吩咐了什么话？”小道童答道：“师傅只吩咐等你一到，就带去见他。”柳迟喜不自胜的卸下背上的讨米袋，双手捧了药箱，随小道童引进一间洁净无尘的房内。只见老道盘膝坐在一张床上，垂眉合眼，像是睡着了。

柳迟偷眼看老道的衣服，灿然夺目，哪里是白天看见的那件破道袍呢？床的两边，烧着两支臂儿粗的大蜡烛，床前放着一个蒲团。老道身后的壁上，悬挂一把三尺来长的宝剑和一个朱漆葫芦。柳迟不敢慢忽，双膝跪下蒲团，将药箱顶在头上说道：“弟子送药箱来了。”老道两眼一睁，即有两道光芒射将出来，和闪电一样，柳迟不禁吓了一跳。

不知老道是何许人，传了柳迟什么本领？且待第二回再说。

冰庐主人评曰：

作者欲写许多奇侠，正如一部《廿四史》，竟有无从说起之概。乃不知费却几许心思，善为布置，始以柳迟一人，作为引子。开首先写地点，说白果树，已使人惊奇；然后徐入正文，写柳迟状貌十分丑陋，而性质反极聪颖，其种种举动，已是一篇奇人小传。若随便看去，必以为作者有意描写卑田院中动作，琐琐可厌。其实柳迟一片至诚向道之心，即圣贤豪杰，亦不过如是。观其叩头求教，敬谨侍奉之状，与张良圯桥至进履，初无二致。作者曲曲写来，传神阿堵，佩服，佩服！

第二回

述往事双清卖解　听壁角柳迟受惊

柳迟吃了一惊，忙低头不敢仰视。老道教道童，将药箱接过去，微笑点头说道："你今夜必已十分疲乏了，且去安歇了，明早再来见我。"说时，随向小道童道："你将来须他帮扶的时候不少，他此刻年纪比你轻，又系新拜在我门下，凡事你得提引着他。你要知道，我得收他做徒弟，是我的缘法；你得交他为师兄弟，也是你的缘法。他的夙根，深过你百倍，道心又诚，其成就不可限量，你须记取着我的言语。"小道童垂手静听。老道说毕，仍合上两眼。

小道童引柳迟到外面，低声问柳迟的姓名、住址，柳迟一一说了，回问小道童的法号，小道童道："师傅替我取的名字，叫'双清'。"柳迟道："师兄跟随师傅几年了？"双清掐着指头算了会道："已是五年了。我本姓陈，乳名叫能官，山东曹州人。九岁的时候，被卖解的拐在河南，逼着我练把式，苦练了三年。从河南经湖北，一路卖解到湖南，挣的钱，着实不少。这回在长沙教场坪，用绳牵了一个大圈子，预备尽量卖三日，便去湘潭。第一日，我把所有的技艺全使了出来，看的人盈千累万，没一个不叫好，丢进圈子的钱很多。这日我因使力太久了些，玩到将近收场的时候，失脚从软索上掉了下来，但我仍是双足着地，并不曾跌倒。便是看的人，也没一个看出我是失脚来。

"谁知拐我的那周保义，混名'五殿阎王'，见我第一日就失脚掉下来，竟勃然大怒。当着众人，没说什么，只向我瞪了一眼，我就知道不好。

收场后，落到饭店里，我见饭店门首有一个卖药的道人，摊放许多纸包在地下，口里高声说道：‘不论肺痨气膨，年老隔食，以及一切疑难杂症，只要百文钱买一包药，无不药到病除，并可当面见效。’道人是这么一说，登时围了一大堆的人，看热闹的看热闹，买药的买药。是我不该，也钻进人丛中去看。道人看见我，就问道：‘你不是害了相思病么？我这里有药可治。’那些看热闹和买药的人，见道人和我说话，一个个都望着我，听说我害相思病，大家哄笑起来。我正有些不好意思，不提防从后面一个耳光打来，打得我两眼出火。我回头一看，只吓得心胆俱裂，原来打我的，就是周保义。打过我一下耳光，一把抓住我的顶心发，拖进饭店。当时也没再打我，直到夜深，饭店里的人都睡着了，周保义关上房门，将我捆起，毒打了一顿。他照例是半夜打我，不许我叫喊，只要叫喊了一声，就得打个半死，三五日不能起床。然而尽管我不能起床，次日天气不好，或大风，或大雨便罢，由我睡在床上，不过睡几日，几日没饭我吃。若是次日天气晴明，哪怕我动弹不得，也得逼着我，勉强挣扎，同去卖解。并且在外面，还不许露出挨了打，不能动弹的样子。我挨打挨得多了，便打死了，也不敢开口叫喊。这夜在饭店里，毒打了一顿，亏得周保义怕我第二日不能卖解，没打伤我的筋骨。

“次日仍到教场坪，昨日看的人四处一传说好看，这日来得更多了。我一上软索，即瞧见昨日卖药的道人，也在人丛中睁眼望着我，我也不在意。才走到软索中间，忽见眼前一亮，脚底下一软，扑的跌下地来。那索成了两段，和快刀截脱的一般。这一跤跌得我心头冒火，仿佛觉得是那道人有意作弄我似的。不由周保义吩咐，趁着看客哄闹的时候，跳起来，从兵器架上抢了一把刀，拼命的来追那道人。眼见那道人在前面走，只是追赶不上，越追越气愤，脚底下跑得越急。我在河南练跑，很练了有工夫，一气追出城，跑了二十多里路，到一座山里，道人立住脚，回头笑道：‘你的相思病，是得我医治。你的罪也受够了，还不快把刀放下，跟着我来，更待何时！’我这时心里和做梦才醒似的，立时把刀丢了，就跟着到了这里。那道人便是你我此刻的师傅。”

双清说到这里，猛听得檐边一线风响，接着红光一闪。柳迟惊得立起来问：“怎么？”双清笑道：“你跟我去安歇吧！”旋说旋挽了柳迟的手，到西院中一间房里。柳迟看这房，没甚陈设，仅有一张白木床。床上铺着一条芦席，一没有蚊帐，二没有被褥，房中连桌椅都没有。一盏半明不灭的油灯，钉在壁上。双清伸手将灯光剔亮了些儿，向柳迟说道："老弟今夜且和我做一床睡了吧。看师傅明日怎样吩咐，再替老弟安置床铺。不过我这床，太不好睡，只怕老弟睡不惯。"柳迟道："我山行野宿了三年，为的就是准备好睡这般的床。"双清并不脱卸衣服，也学老道的模样，盘膝坐在东边。

柳迟心里总放不下那檐前风响，和那一闪红光，遂问双清道："刚才那神殿前檐的风响，和那闪电般的红光，毕竟是什么缘故呢？"双清已合上了两眼，听了柳迟的话，即时张开眼，露出惊慌的样子。停了一会儿才说道："老弟在这里，凡是可以说给老弟听的事，自然会说，不待老弟问。我不说的，便是不可问的事，老弟记取着，这地方不是当耍的。老弟初来，也难怪不知道。还有一层，老弟得千万留意，若是夜深听了什么响动，切不可认作是偷儿来了，起来窥探。一有差错，就祸事不小。"柳迟连忙点头应是，不敢再问。

一宿已过，次日早起，柳迟向老道请安。老道笑问道："你讨饭很能过度，为什么定要拜我为师，你心里想学习些什么呢？"柳迟叩头说道："弟子的家资，粗堪温饱。只因觉得人生有如朝露，消灭即在转瞬之间，所以甚爱惜这有用的精神，不肯拿去学那些无关于身心性命的学术。思量人间果有仙佛圣贤，必不肯混迹富贵场中，拿着膏粱锦绣，来戕贼自己。壶公、黄石，都是化身老人；或者于野老之中，能见着至道。弟子因此凡与年老的人相遇，莫不秉诚体察。无奈物色经年，绝无所遇。又思量古来仙佛度人，多有不辞污秽，杂身乞丐中的，欲求至道，不是自己置身乞丐里面，必仍是遇不着。所以竟忍心抛弃父母，终年在外行乞。虽饱受风霜苦痛，都只当是分内，还没想到有这么迅速的，就遇见了师傅。望师傅慈悲，超拔弟子脱离苦海。"

老道仰天大笑道："难得，难得！不过你的志愿太大，夙根太深，譬如卞和的璞，交给一个不会雕琢的匠人，岂不可惜？我的道行，深愧浅薄，不能做你的师资。只是你我相遇，总算有缘，不可教你空手而返。我于今且传你静坐吐纳的方法，这是入道的门径，不论是谁，都不能不经由这条道路。"柳迟欣然受教。老道将方法传授完了，说道："看你精进的力量如何，有了什么功候，我自然知道按着层次教你。"柳迟心领神会了所传方法，就在清虚观朝夕用功。

流光如驶，不觉已是半年。这夜柳迟正独自在房中静坐，忽听得屋瓦声响。初听还疑是猫儿，仔细听去，觉得猫的脚步，若是在瓦上跑得这么快，便没有这么轻。柳迟的视觉和听觉，本来都比寻常人灵捷。这种又轻又快的脚声，在寻常人耳里，必一些儿听不出。柳迟又正在静坐的时候，所以能听出是人的脚步来。再侧耳听去，那声音直奔向自己师傅的院中去了，心里偶然一动，便想探听这脚声的下落。悄悄走到老道人房外，见有灯光从窗格里透将出来，里面好像有许多人呼吸的声音。

柳迟用一只眼睛，从窗缝里向室中张看，只见自己师傅依然盘膝坐在床上，两边椅上，排列坐着十二个人，都是玄色衣服，青巾缠头，背上斜插一把长剑，腰间悬着一个革囊，一般无二的装束。若不是容貌有美恶，身体有高矮，只怕连他们自己也分不出谁是谁来。双清也坐在末尾一把椅上，身上已不是小道童的衣服，雄纠纠的坐在那里，全不是平日温和的神气。

只见坐在第一把椅上，一个二十来岁书生气概的少年，立起身来说道："贯晓钟在南州，劫节妇王李氏的养老银六十两，送与白衣庵淫尼青莲；在长岭杀死孤单客商，劫得散碎银十七两；逼奸行路妇人，幸得有人经过，未得成奸。弟子曾三次向他背诵师傅的戒条，并细细的规劝他，他背了弟子，故态又作。弟子在通城遇见红姑，只得把贯晓钟的种种背叛戒条行为，陈述了一遍。红姑的意思，还似乎不大相信，弟子不敢再说。及到了临湘，遇见宋满儿，才知道贯晓钟早已在红姑跟前，说了弟子多少坏话，并把他自己干的事，都推在弟子身上，还逼着要宋满儿做证。宋满儿不敢说是，也不敢说不是，所以红姑听了弟子的话，面子上很露出不以为然的神气。弟子原打算将贯晓钟找来，同见师傅，因听得宋满儿说，他已奉了红姑的命，去常德乌鸦山见朱三师伯去了。弟子恐怕耽误了会期，只得赶回来，禀明师傅，请师傅发落。"少年说完坐下。

老道点了点头，将左手的拂尘，指着右边第六把椅上，一个瘦削如柴的汉子说道："宋满儿，你说贯晓钟的行为，你所知道的，是不是和你大师兄杨天池刚才所说的相同？你和贯晓钟，在什么所在遇见红姑，红姑曾怎生吩咐？"只见第六把椅子上的汉子，蓦的立起来，发声如雷的应了一声是。

柳迟没提防像这么小身体的人，会有这么宏大的声音，相隔又很近，只震得耳鼓乱鸣，倒吃了老大的一个惊吓。接着听得宋满儿说道："弟子奉命去北荆桥，探瘤子的举动，半夜伏在瘤子的卧房上，瓦楞里面，正听得瘤子的声音，和一个河南口音的男子说话，说的正是与师傅争水陆码头的事。忽然有人捉住弟子的腿，将弟子倒提起来，几起几落，就到了一片青草场中。弟子因没有准备，既已头朝下，脚朝上，手脚都施展不来。及到了草场中，那人将弟子掼下，弟子一看，原来是贯晓钟。弟子便责备他道：'这是什么所在？怎好是这么和我开玩笑？幸亏我已料着是自己人，若鲁莽些儿认你作贼党，动起手来，岂不误了大事？'贯晓钟反笑嘻嘻的说道：'幸亏我把你提跑。你既知道这里不是开玩笑的所在，却为何敢公然伏在人家卧房上？我若来迟一步，只怕你此刻已被贼人的飞剑斩了呢。'弟子听了这话，问他怎么知道，如何也到这里来了？他说：'师傅差他去南州送信，回头在路上遇见一个河南的珠宝商人，小小的包袱里面，足有十万银子的珠宝。这一票买卖做着了，足够二三年的挥霍，因此就跟了下来。本打算夜间和那商人同落了店，方去动手的，谁知商人并不落店，径投这里来。我一打听，才知道就是瘤子的家里。思量这票买卖，十九难成，没得打草惊蛇，使瘤子有了准备，反妨碍着争码头的事。但是这珠宝客商怎的会投宿在瘤子家里？这事很有些可疑，倒不可不去探听探听。喜得我不曾冒昧动手，谁知这珠宝商人，就是瘤子的师叔，江湖上人人知道的杨赞廷，绰号叫做四海龙王的。我仗着红姑给我的那张六丁六甲的符，到急难时，可以借遁，便大胆进了瘤子的内室，伏在天花板里面。才伏下，就听得有人在瓦上响动。心里疑是贼党，到瘤子家里来的，打屋上经过。再听下去，见也是伏着不动。并且伏的地方，就在我上面，才知道必是自家人，来探听瘤子的举动的。听得瘤子在下面对杨赞廷说和师傅争水陆码头的事，说不到几句，屋上的瓦被压得裂了一片。那声音传下去，二人便突然截断了话头。接着听得瘤子的声音，很低微的笑道：还是飞剑快，老叔用不着起身。我一听这话，知道不好，急忙借遁出来，也来不及向你说话，只好提住你的脚就跑，你倒怪我不该和你开玩笑。'"

宋满儿说到这里，老道点头笑向坐第一把椅的杨天池说道："贯晓钟的品行，我早知其不端。我所以这么优容他，一则因他父亲贯行键，和我系三十年至交，他只得这一个儿子；二则我门下三十六个徒弟，论本领，他远不及你。若论机警精明，你们三十五人都不及他。便是红姑那么赏识他，也是因他能做事，所以赏给他丁甲符。”杨天池忙立起身应是。

老道掉过脸向宋满儿道：“后来怎样呢？”宋满儿道：“弟子问他要上哪里去？他说信已送过了，横竖离会期尚早，想顺路去看看红姑。他又说：‘杨师兄可恶，倚着是大师兄，遇事干涉我。他也一般的欺孤虐寡，强奸女人，他的行为，我都知道。我看有杨赞廷在这里，你一个人也不见得能探出什么举动来，并且还怕失脚。刚才若非我见机得早，怕不是白光一亮，“喳”的一声，你宋满儿的头，就滚下瓦楞去了吗？不如同我去看红姑，或者红姑曾听了瘤子什么消息，说给你听，倒比你在这里打听的，还要实在些。’当下弟子便依了他的话，从北荆桥动身往临湘。才走到鱼矶，遇见解清扬，说红姑不在临湘，现在喻洞欧阳静明师伯的家中。弟子听了，不愿意跑这么远，贯晓钟不依，非拉着弟子同去不可。弟子只得和他一阵，到了喻洞，在欧阳师伯家住了一夜。贯晓钟不服大师兄遇事干涉他，对红姑说大师兄如何在通州劫寡妇王李氏的养老银，如何与白衣庵的淫尼青莲通奸，并一一将他自己干的坏事，完全推在大师兄身上，要弟子证实他的话。弟子因实在不曾听说大师兄有这些违戒的事，也不知道这些事是他自己干的，不好怎么说。红姑却也没问弟子。红姑吩咐弟子道：‘北荆桥用不着再去了。我此刻有要紧的事，须住通城，你替我去临湘，传个信给桂武夫妇，只说我暂时不得回临湘，教他夫妇在这一个月以内，不可走动，我有用着他们的时候，得随时听候调遣。’贯晓钟想跟弟子同去临湘，说长远不见桂武夫妇了。红姑道：‘这时哪有给你闲行的工夫。我这里有封紧要的信，限你七日来回，送到乌鸦山朱三师伯家里。’贯晓钟接了信，与弟子分手。弟子到临湘的第二日，大师兄也到桂武家来了。”

柳迟躲在窗外，正偷听得出了神，陡觉得一阵凉风过去，两眼被红光射映，仿佛房中失了火一般。正自惊异不过，即听得房中齐声说：“红姑来了。”再看自己师傅，已下了床。两旁坐着的十二个人，都垂手直立起来。一个遍身穿红的女子，站在房中间。那女子的装束，非常奇怪，自顶至踵，火炭一般的通红，也不知是什么裁料制成的衣服，红的照得人眼睛发花。头脸都蒙着红的，仅露出两眼和鼻子口来。满身红飘带，长长短短，足有二三百条。衣袖裙边，都拖在地下，看不见她的手足。赛过石榴花的脸上，两点黑漆般的眼珠，就如两颗明星，闪闪摇动。樱桃般的嘴唇开处，微微露出碎玉般的牙齿来。

柳迟正要听这红姑说些什么，谁知一开口，几乎把柳迟的魂都吓掉了。只听红姑说道："你们这些人哪里如此大意，难道竟不知道窗外有人偷听吗？"柳迟一闻这话，就想提脚跑回自己房里。接着听得自己师傅哈哈大笑道："自家徒弟，有什么听不得？"红姑也笑着说道："我若不知道是你自家徒弟，就肯饶恕了他么？"师傅放高了声音，向窗外呼道："柳迟，到这里来！"柳迟估料着不至受责罚，遂脱口应是，自己定了定神，缓步走了进去。先向红姑行了礼，才向自己师傅叩头，自承偷听的罪。老道命柳迟坐在双清下首，让红姑床上坐，自己坐在旁边。

大家都就了坐，老道才向柳迟说道："你列我门下，才得半年。道心虽坚，只是日子太浅，还说不到应用的本领。我因你将来可望大成，不肯叫你小就，所以传你的道家正轨。一切用世的方术，都不给你知道，为的是怕分了你的道心。不然，此时的会，正不妨教你参预。你还没到窗下，我就知道你因听得屋上瓦响，悄悄从西院跟来。我因想趁此教你认识你的这些师兄，所以听凭你在外偷看。你这些师兄的面貌，此刻你都已识得了。还有二十三个，今晚都得齐集此处，等他们到齐了，我一一将姓名说给你听，你好生记取，不要忘了。"

柳迟刚起身应是，猛听得半空中笑声大作，笑声里面，还夹着一个很苍老的声音说道："劳老弟与红姑候久了，勿罪，勿罪！"语声才毕，秋风飘落叶似的，一连飘进二十五个人来。老道、红姑，和房中坐的人，都一齐起立。首先着地的，是一个儒衣儒冠，须发皓然的老者。老者后面，跟着一个头似雪、发如霜的老太婆。柳迟猜想这老太婆的年纪，必已在八十开外，然手中所拿的一条拐杖，是水磨纯钢的，杖头一只金色灿然的凤，那凤的身体，比茶杯还大。凤尾聚起来，恰恰一手把握得下，弯弯曲曲的三尺多长，便成了一条拐杖。估计这拐杖的重量，至少也得五六十斤。那老太婆提在手中，和寻常的老人拿着一条极轻巧的竹杖相似。老太婆的后面，也是一个白胡须老头，顶上光滑滑的，没一根头发，两条白眉毛，却向两只眼角边垂下，足有二寸长；胡须疏而短，两眼笑眯眯的，活像是画中的寿星，只手中少了一条拐杖，却握着一串念珠。跟在这老头儿后面的便是些俊丑不等、肥瘦不一的汉子，年纪只在二十以上，四十以下，也都与房中诸人一般的装束。

老道先向老太婆行礼说道："劳嫂嫂远途跋涉，心实不安，但是这回的事，确非借重嫂嫂不可。"老太婆不待老道说完，即答礼笑道："自家人，何须如此客气！"说罢，掉过脸向红姑道："你家离这里近，毕竟比我快些。"红姑一面点头，一面笑对两个老头儿道："两位一个是南极星，一个是北极星，倒怎的做一道儿来了呢？"后面像寿星的老头儿笑道："南极星和北极星，本来常是在一块儿的，你没见过百寿图吗？"老道也笑着说道："话虽如此说，只是两位不前不后的同到，是在途中偶然相遇的吗？"老太婆就床上坐下来，说道："哪有这么凑巧，能在途中相遇。我们会合在一处的缘故，说起来话长呢，只好慢慢儿说吧。"

老道让两个老头儿坐下，立在两旁的十二个汉子，齐上前请安。柳迟心想自己的身体小，若混在里面上去，必没人瞧见，便立着等候十二人退下来了，才上前向三人叩拜。三人齐问："这小子是哪里来的？"

不知柳迟怎生说法，三人毕竟是谁，且待第三回再说。

冰庐主人评曰：

上回既以柳迟引出老道，此回遂在老道身上，发舒奇文。若双清、杨天池、宋满儿、贯大元，以及红姑、朱镇岳夫妇、欧阳净明等等。随手写来，陆离光怪，已使读者应接不暇，更兼在宋满儿口中说出贯晓钟、甘瘤子、杨赞廷。在柳迟目中先看见十二人，再见红姑，再见二十五人，或已知其姓名，或不知为谁何。看他栗六叙出，虚虚实实，各自有致。

吾尝观夫云矣，初自山巅喷出，连绵如絮，缕缕不绝。及其上达霄汉，倏成苍狗，舒卷自如，瞬息万变，于以叹观止矣！今读《奇侠传》此回，自柳迟房中静坐，忽听得屋瓦声响，至一连飘进二十五个人来止，一段文字，倏而写师傅房中排列坐着十二人，倏而写红姑从天外飞来，已是奇文突出，中复夹叙杨天池、宋满儿一席话，更觉惝恍迷离，使人如堕五里雾中。作者纡徐写来，亦有白云苍狗，舒卷自如之概，非有绝大才力，何能至此？

双清卖解，备受周保义种种凌虐，作者不惮烦琐，细细描写，亦欲使人知江湖黑暗，惨无人道也。曩阅某说部，有卖解者，拐一稚子，使居瓮中，照常给予饮食，十余年后，将瓮击破，则此人头大逾瓮，而身不满二尺，遂以大头人炫人观看，借敛钱帛；又有拐二稚子，各削其背部皮肉，共捆一处，使二人血脉相合，及其既愈，俨然双连人矣！凡此种种，尤属惨无人道。嗟乎！孰无子女，提携捧负，而忍令匪徒若是蹂躏耶？负有司之责者，亟宜设法禁阻也。

柳迟说弟子家资粗堪温饱，只因人生有如朝露云云，即庄子“吾生也有涯，而知也无涯”之意。是懒惰求学者之当头棒喝。夫柳迟一稚子耳，而竟悟此义，奈何世人之不惜以有用精神，去学无关于身心的学术者，竟懵然不悟耶？

此回为全书一大关键，后文许多事实，即借杨天池、宋满儿口中略略点明，有草蛇灰线之妙。

第三回

红东瓜教孝发庄言　金罗汉养鹰充卫士

柳迟独自上前，向三人磕头行礼，三人都像很注意的样子，指着柳迟问老道：“这小子是哪里来的？”老道笑嘻嘻的答道：“这是我末尾的小徒。”随着略述了一遍柳迟的来历。首先进房的那白胡须老头，端详了柳迟两眼，点头笑道：“这个小孩的骨骼气宇都好到十分，向道的心又能坚诚如此，将来的成就，怕不在你我之上吗？”旋说旋掉过脸向拿凤头杖的老太太笑道：“清虚门下，真可谓英才济济，于今恰应了三十六天罡的数了。”老太太点头答道：“这个小孩的根基极厚，三十五人之中，没一个能赶得他上。不过我嫌他学道太早，血气未定，深思太过，将来于他自己的身体，不无妨碍。”老道忙接着答道：“我本也是如此着想。因恐他年纪太轻，见道不笃，操守不坚，若再和那些无知乞丐混上三年五载，身体上受的苦痛过多，又一无所获，渐渐的改变了初心。那时方去纠正他，就来不及了。”

那容貌像寿星的老头，坐在旁边，只是嘻嘻的笑，一声不作。红姑笑向那老头，叫了一声红东瓜道：“你只是这么笑，又不说出什么来，毕竟捣什么鬼呢？”那老头伸手摸摸自己的脑袋，打了一个哈哈道：“我本像煞一个红冬瓜，我看你倒像煞一只落汤虾子呢！”说得各人都大笑起来了。只有三十五个徒弟和柳迟不敢笑出声来，也都低着头，掩着嘴。红姑娘被笑得不好意思，两脸越显绯红了。

老道忙止了笑，指着首先进房的白胡须老头，向柳迟说道：“这位是常德乌鸦山的朱三师伯，名讳镇岳，是雪门祖师爷大弟子，剑术在南七省首屈一指，无人及得。你虽在我门下，但凡事能求得他老人家指教，必能得着很多的好处。”柳迟忙应了声是，从新向朱镇岳叩头。朱镇岳抬起身来笑道：“我怎能及得你师父的本领？不过我是一个最欢喜奖掖后进的人，方才听你师父述你的来历，我心里就高兴得了不得。我们当剑客的，最难得就是可传衣钵的弟子。十个得道的剑客当中，不过两三个有缘的，能有人接受衣钵。其余七八个，虽一般的收有徒弟，甚至徒弟多到百数十人，究其实，一个也不能望他大成。所以我们这一道，一代衰微似一代。我瞧你的气宇，十年之内，必能使清虚门下大放光明。只怕我的年纪已老，没缘法，看不见你成功得名的盛事。”柳迟不知应如何回答，唯有拜谢。

老道又指着拿凤头拐杖的老太太，向柳迟说道：“这位是朱师伯母，和朱三师伯本是同门，因恶相打，变成好相识。此事在四十年前，江湖上传为美谈。你生的太晚，此时和你说，也不懂得。总之，朱师伯母的本领，恰是你朱三师伯的对手，你也是得殷勤求教的。”柳迟听了这些话，也真莫名其妙，只得恭恭敬敬的向朱老太太叩头。

朱老太太笑对柳迟道：“你师父原是当叫化子出身，他的资格却比你老。在四十年前，已是一个有名气的叫化子了。”柳迟不敢答应。红姑笑着摇手说道：“罢了，罢了！时间已不早了，还得商量正事。这位是喻洞的欧阳净明师伯，我给你这小子引见了吧。他方才望着你，只是笑着不作声，你倒得问他，是个什么道理？”柳迟也一般的叩了头。

欧阳净明也抬了抬身问道：“柳大成是你什么人？”柳迟见他忽然提出自己父亲的姓名来，心里不由得一惊，口里忙答应：“是家父。”欧阳净明点头又问道：“你有多少兄弟，多少姊妹？”柳迟应道：“就只小侄一人，并无兄弟姊妹。”又问道：“你离家几年了？”答道：“三年了。”又问道：“你父母知道你在这里么？”答道：“小侄心恋道术，三年不曾归家，家父母不知小侄在此。”

红姑在旁听了，显出不耐烦的样子，反问欧阳净明道：“你盘问他这些玩意干什么？学道的人，从来都是抛妻撇子的，在外数十年不归。他这三年不归家，也算不了什么稀罕的事。”欧阳净明正色答道：“只听说学道的人有抛妻撇子的，不曾听说有抛父撇母的。父母都可以抛撇，这道便学成了，又有何用处？并且世间决也没有教人不孝的道术。我再问你：你父母不知道你在这里，你可知道父母在哪里么？”

柳迟被欧阳净明这几句话吓得汗流浃背，心中愧悔得了不得，忽听得问自己知道父母在哪里的话，更茫然不知应如何回答，心里又恐慌自己父母出了什么变故。欧阳净明见柳迟踌躇不答，又接着问道：“你只知道心恋道术，不知你的父母想念你的苦么？”柳迟才答道：“小侄的家，祖居在隐居山底下，将近二百年，不曾迁徙。舍间的家资，又粗足温饱。家父母的年龄，尚不算高，精神并未衰老。小侄不孝，实以为家父母此刻仍是安居旧处，所以能安心在此，追随师父学道。师伯既是这般见问，必是家父母此刻已离了故里，但不知现在哪里，是如何的情状。还要求师伯明白指示。小侄好昼夜赶去，慰家父母的悬望。”众人听了柳迟的话，都屏声绝息的，望着欧阳净明，老道更是注意。

欧阳净明从从容容的向老道说道：“我前月在南岳进香，回头在路上遇见夫妇两个，也是朝山回头。那妇人旋走旋哭，男子安慰一会儿，自己也饮泣一会儿。我同走了一日，猜不透这两夫妇为什么这么伤感。夜间同宿在一家火铺里，见那妇人实在哭得可怜，我忍不住，便向那男子问是什么缘故。那男子说道：‘我是长沙东乡隐居山底下的人，姓柳名大成。夫妇两个，中年后才得一子，取名柳迟。只因钟爱过甚，懈怠了管束，在三年前，跟着一群叫化子跑了，至今渺无音信，也不知是生是死。我夫妇老年无靠，而柳家的宗嗣也要从此斩断了。我夫妇没法，只得求求南岳圣帝。我儿子死了，只怪我夫妇命该乏嗣；若是还不曾死，就得求菩萨显灵，使我儿子转回家来。’我当时问明了柳迟的身材、容貌，本想帮着他夫妇到处物色，奈归到家中，接二连三的事，把我羁绊住了，并没想到柳迟就在你这里。”

柳迟听了欧阳净明的话，已掩面痛哭起来。老道止住他说道：“用不着哭泣，你就此归家去吧。你学道的年龄本也太早，我此时便派你大师兄杨天池，送你归家。不过你在家中，不要荒废了吐纳的功夫。你功夫到什么火候，我自然到你家来指点你，毋庸你来找我。”

柳迟又是欢喜，又是依依不舍，只得拜辞了一干人，向杨天池作揖说道：“劳大师兄的步，心实不安。不知大师兄认识寒舍么？”杨天池笑道：“我昨日便到过隐居山，还在那白果树底下寻了两株草药呢。老弟府上，虽不曾去过，大概没有寻觅不着的。”柳迟这夜就由杨天池送归家中，柳大成夫妇见了，真是如获至宝。

从此柳迟便在家中，专心一志的学习吐纳的功夫。毫不间断的，用了两年苦功，也不见师父前来指点。心想再去清虚观，求高深的道术，无奈四处打听，终探不出清虚观在什么地方。初次去清虚观的时候，所经由的路，仿仿佛佛的，记认不清。杨天池送他回家，因在深夜，又被杨天池提着臂膊，御风一般的飞跑，更不知道走了些什么地方，既是探问不出，也就罢了。

一日柳迟的姑母生日，柳大成夫妇教柳迟去拜寿。柳迟的姑母家，在湘阴白鹤洞。从柳迟家到白鹤洞，有四十来里路，中间隔着一座大山，名叫“黑茅峰”。那黑茅峰虽不及隐居山那般宽广，然险削远在隐居山之上。隐居山上有庙宇，有种山的人家，山中不断的有人行走。那黑茅峰不然，和笔管儿相似的，一峰直立，半山中略有些树木。离平地二三里以上，全是顽石叠成。石上长着两三寸深的黑苔，光滑无比。不是晴明天气，那山峰总是云遮雾隐，看不出峰头是什么模样。莫说人不能上去，便是鸟雀，也不容易飞上那峰头。从柳迟家去白鹤洞，若没有这黑茅峰挡路，直径走过去，只有十四五里远近。因为得从黑茅峰底下，绕一个大弯子，所以有四十来里。

柳迟这日奉了他父母的命，在家中吃过早饭，即提了送寿的礼物，独自向白鹤洞走。走到黑茅峰底下，心想若从峰头翻过去，岂不省却了一大半的道路？他因做了两年多的吐纳功夫，又是个大有夙根的人，不知不觉的，已是身轻如燕。在旁人看了那黑茅峰，觉得比登天还难，而在柳迟此时的眼中看了，竟和走平坦大路无异，绝不费力的上了山峰。只见一块大石头，尖角朝天，竖起来有三丈多高、五丈多阔，立在峰头上，和一座屏风相似。石下立着两只大鹰，都把翅膀亮开来，在那块大石上摩擦，一边翅膀，足有五尺多长。见柳迟上来，并不畏惧，仍不住的摩擦。柳迟觉得很稀奇，就立住脚看。鹰翅膀摩擦的地方，那么粗糙的磨石，都被磨得光可鉴人。两鹰越磨越快，只听得喳喳声响。磨了好一会儿，两鹰同时并举，猛然冲天飞去。柳迟倒吃了一吓，忙抬头看飞向什么地方去了。原来并不曾飞开，只在半空中，打了两个盘旋，忽将双翅一敛，身体收缩得紧紧的，头朝下，尾朝上，比流星还快，向山头直射下来。才一着地，两翅一展，又到了半空。柳迟的眼快，已看见两鹰的四只铁钩一般的爪内，抓了四块斗大的石头。抓至半空，用嘴在石上连啄几下，啄声锵然，如石匠用钢钻打石。那石头禁不起几啄，石屑纷纷向山头落下。柳迟见了，觉得是旷古未有的奇观。心想若不是我冒险登这山峰，怎能见得着这般奇事？心里一面这么想，两眼仍睁睁的望着两只鹰，一翻一覆的，各张开两片翅膀对搏。

两鹰正搏的得劲，柳迟也正看得出神，猛听得大石屏风背后，划然长啸一声，两鹰顿时敛翅而下，并立在大石的尖角上。柳迟听得那长啸的声音，不觉惊疑道："这黑茅峰，不是终古没有人迹的山峰吗？怎么我才上来，竟有人在我之前上来了呢？"正打算跳上石尖去看，猛抬头，只见一个白发飘萧的老叟，巍然立在石尖上面，支开两条臂膊，两鹰一边一只，分立在两条臂膊上，争着向老叟显出亲昵的样子。

柳迟一见老叟那种岸然道貌，不由得心坎中发出极钦敬的意思来，就在石屏风下，放下一篮送寿的礼物，朝着老叟跪下说道："弟子柳迟，向道心切，千万求老师父传弟子的道。"说罢，捣蒜一般的叩头。老叟见了，发声一笑，响彻云霄，柳迟的耳鼓，都被那笑声震得呜呜的叫。老叟笑毕问道："你这小孩，跪在这里干什么？"柳迟重申前说道："求老师父传弟子的道。"老叟道："这山中哪里有稻？你要求稻，得向田中去。"柳迟道；"弟子要求的，是道德之道，不是稻粱之稻。老师父千万可怜弟子，几年苦心，得不着道的门径。"老叟点头笑道："原来你这小小的孩子，也知学道。只是道有千端，你想学的，是什么道？"柳迟道："弟子未曾入门，但知要学道，不知要学什么道。听凭师父指教，弟子都愿学。"老叟道："可以，我传你的道。不过你得拜师。"柳迟喜道："自应拜师，弟子就在此叩拜了。"说时，又叩头下去。

老叟连连扬手止住道："拜师不是这般拜法。"柳迟忙停住问道："应当怎生拜法？仍得求师父指教。"老叟道："你拜着须记着数，应叩三百个头，叩完了，我才收你作徒弟，传你的道。"柳迟应道："遵师父的命！"就一个一个的叩下去，心里记着数。叩了大半日，已叩到二百九十八个头了。心想只有两个头，随便叩两下就完了。柳迟心里才是这么一想，老叟又连连扬手说道："不行，不行。像你这么不诚心的叩头，只可去拜那泥塑木雕的菩萨，拜我是不能作数的。你要学道，得从新拜过。"柳迟伏在地下，惶恐说道："弟子该死！求师父恕罪，从新诚心拜过。"老叟点头道："你拜吧！"柳迟这回就打点一片至诚心，一二三四五的数着叩拜，拜到二百九十八个，老叟忽然生气说道："罢了，罢了！你哪里是在这里拜师，简直是和我开玩笑，非再从新拜过，你这个徒弟，我不能收。"柳迟心想："不错！我刚才因一颗石子，垫得膝盖有些儿痛，身体略侧了些儿，所以师父怪我不诚意。此后便痛得要断气了，我也不顾。只一心一意的叩拜。"如是又叩了二百个头。

正待继续叩下去，老叟已将身体一起，跳下地来，弯腰将柳迟拉起说道："用不着再拜了。我不曾见有向道心坚诚像你的，你回去吧，我收你做徒弟便了。"柳迟道："弟子得跟着师父走，不愿回家。"老叟道："还不曾到传道的时候，你跟着我也无用处。"柳迟不依道："弟子无论如何得跟着师父走。"老叟道："你定要跟我走也使得，只是得事事听我的话。"柳迟欢喜答道："自然事事听师父的命令。"老叟笑道："那么，你就在前面走吧，我走你后面。"柳迟心想："哪有师父在后面走，弟子反在前面走的道理？并且我脑后不曾长着眼睛，师父若丢下我，独自跑了，教我去哪里寻找呢？"便向老叟说道："还是请师父在前面走，弟子在后面跟着。"老叟不乐道："你方才不是说了，事事听我的话吗？怎么就不听我的话了呢？"柳迟没得话说，只得问道："师父教弟子往哪方走咧？"老叟用手指着白鹤洞那边道："向这条路上走去。"

柳迟只好仍将送寿的礼物提起来，走过了石屏风，回头一望，师父已不见了。连忙转身跳上石尖，四处一望，全不见一些踪影。思量师父是道德之士，决不至无缘无故的哄骗我这年幼的小孩。我记得朱师伯母见我的时候，曾道嫌我年纪太轻，学道过早，将来于我自己的身体不无妨碍。方才师父也是说还不曾到传道的时候，必是和朱师伯母同一般意思。我问师父向哪方走，师父指着白鹤洞，这分明是教我只管去姑母家拜寿。横竖师父已走，我也追寻不着，不如且去姑母家拜了寿，仍归家做我的吐纳功夫。师父是得了道的人，没有不知道我在家举动的。到了可传授我道术的时节，料想师父自然会找到我家来。柳迟主意打定，即转身下了黑茅峰。不须一会儿，便到了白鹤洞，在他姑母家吃了寿酒，午后辞别姑母回家。

次日早起，还坐在床上做功夫，不曾出房，即听得自己家里雇的长工，在大门口高声说道："化缘哪得这么早，等歇再来吧，我的东家这时还睡着不曾起来。我是在这里做长工的，比你更穷，哪有钱米化给你？"柳迟心中偶然一动，暗想从来少有来我家化缘的，就是化缘，也没有这般早的道理。我何不出去看看或者是师父找我来了，也未可知。柳迟跳下床，跑到大门口一看，并非昨日拜的师父，却是清虚观的老道。长工正用手将老道向门外推，老道只是笑嘻嘻的，立着不动。长工用尽了平生气力，直是蜻蜓撼石柱，哪里动得老道分毫呢？

柳迟一见，连忙将长工喝住，紧走几步，上前叩头说道："弟子该死，不知是师父的大驾到了，跪接来迟。长工敢向师父无状，更增加弟子的罪戾，求师父惩处。"老道伸手将柳迟拉起，两眼在柳迟脸上看了又看，忽然"哎呀"一声道："你在什么地方另拜过师了呢？很好，很好！这是你的缘分，我并不怪你。"

柳迟听了这话，如闻青天霹雳，心里着惊，面上便露出惭愧的样子。偷眼看老道的神气，像是很失意的，只得重复跪下，说道："弟子四处探问清虚观，想去跟师父请安，并求师父传授弟子的道术。无奈找寻不着，只好在家，遵师父的示，做吐纳功夫，二年来并无间断。昨日因家父母命弟子去白鹤洞，与家姑母拜寿。在黑茅峰遇见一个调鹰的老叟，弟子一时差了念头，以为黑茅峰素无人迹，那老叟白发飘萧，年龄自是不小，那么峻削的山峰，岂是寻常年老的人所能上去？并且那么大的两只鹰，不是有道行的人，也不能调养。因此又触动了弟子学道之念，即时跪下来，向老叟求道。老叟命弟子拜了八百拜，已承诺收受弟子了，但是不教弟子同走，一转眼间，老叟就不见了。弟子此时尚是怀疑，不知老叟是何如人，住在甚样所在？这是弟子昨日拜师的实情确意，出于一时的向道心急，并非敢背了师父，又去拜他人为师。"老道又将柳迟拉起，哈哈大笑道："既是调鹰的老叟，更不是外人。我不但不怪你，并且替你欢喜，不是你的缘法好，也遇不着他。"

柳迟正要问是什么道理，老叟毕竟是什么人，柳大成在里面听得大门口有人说话，也走出来探看。见儿子和一个老道人说话，即走了过来。老道好像认识是柳迟的父亲似的，向柳大成稽首说道："贫道和公子有缘，今日便道经过宝庄，特地前来望望。惊扰了施主，甚是不安。"柳迟连忙对自己父亲说明，老道就是二年前拜的师父，柳大成见是儿子的师父，又见老道风神潇洒，不是寻常道士的模样，忙答礼让进客厅，陪坐着说了些申谢的话。即起身进里面，教人预备斋饭去了。

柳迟向老道问道："师父说那调鹰老叟不是外人，师父认识他么？"老道点头笑道："岂仅认识，且是我的前辈。他老人家的外号，江湖上都称'金罗汉'，姓吕，讳宣良。江湖上人人知道金罗汉吕宣良，却没人知道他老人家的年龄籍贯，更没人知道他的历史。你前年在清虚观见着的欧阳净明，今年八十八岁了。十六岁上，就拜金罗汉为师学道。那时，金罗汉就是于今这般模样。从学了几十年，不曾见过他老人家，有一个确定不移的住处，终年是山行野宿，到哪里便是哪里。也不曾见他和旁人同走过，随便什么时候，总是独来独往。并且不但没人知道他的年龄，便是那两只鹰，也不知有多大岁数了。他在山中行走遇有虎豹，或旁的凶恶鸟兽，两只鹰没有降服不了的。哪怕二三百斤的猛虎，那鹰能张爪抓住虎的头皮，提到半空中，拣乱石堆上掼下来，把猛虎跌得筋断骨折。不知在金罗汉手中调养了多久，金罗汉说话，两鹰能完全懂得。金罗汉游遍天下名山，野宿的时候，两只鹰轮流守卫，毒蛇猛兽不能相近。他可算得我们剑客中的第一个奇人！你能得着这么一个师父，我如何不替你欢喜呢？"

柳迟听出了神，至此才问道："他老人家既没一定的住处，又不肯和旁人同走，然则欧阳师伯如何能相从学道，至二十年之久呢？"老道摇头笑道："那却没有什么稀罕。我等同道中，从师几十年，不知道师父真姓名的尚多，住处是更不待说了。古礼本是只闻来学，不闻往教。唯我们剑客收徒弟，多有是往教的。"柳迟又问道："师父既说吕祖师，是剑客中的第一个奇人，道术也能算得是剑客中的第一个么？"

不知老道如何回答，柳迟毕竟从何人学道，且看第四回自有分解。

冰庐主人评曰：

此回上半回承接上文，下半回另起波澜。吕宣良亦为全书重要人物，武术为诸侠之冠，作者欲写诸侠小传，各有专长，弗使雷同，已须几副笔墨；而于此领袖群英之人，遂难着笔。因在二鹰身上加以描写，更在笑道人口中略略渲染，金罗汉之技艺，已觉有声有色。此即画家烘云托月法也。

红冬瓜教孝一段，为近世非孝末俗，痛下针砭，世间决没有教人不孝的道术云云，作者慨乎言之，发人深省。

柳迟虚心学道，能随处留意访觅良师，已属难得；且耐心极好，叩三百个头，已至二百九十八个矣，老叟忽而扬手止住，说不作数，须重新拜过，是犹可忍也。至再至二百九十八个，忽又曰："不作数。"此真所谓有意挑剔矣。浮躁者必且勃然而怒，决然舍去，安肯再作第三次之叩拜哉！唯柳迟则不以为忤，依然续拜，语曰："精诚所至，金石为开。"柳迟有如是强毅之精神，宜其他日学艺冠侪辈也。

笑道人述金罗汉行状，仿佛《封神传》中人物，余初疑为诞，叩之向君。向君言此书取材，大率湘湖事实，非尽向壁虚构者也。然则茫茫天壤，何奇弗有？管蠡之见，安能谬测天下恢奇事哉！

第四回

董禄堂喻洞比剑　金罗汉柳宅传经

话说老道听了柳迟的话，正色说道："道术自有高下，但不能由同道的口中分别，况分属前辈，岂可任情评骘。并且他老人家的本领，莫说同道的无从测其高深，便是欧阳净明，相从他老人家二十年，也不能知道详细。据欧阳净明说，从来不曾见他老人，家亲自和人动过手。山西董禄堂，是崆峒派的名宿，横行河南、北，将近六十年，没逢过对手。闻得金罗汉的名，探访了半年，走遍了两湖、两粤四省，在喻洞欧阳净明家中，与金罗汉相遇。对谈了一夜，见金罗汉所谈，没一句惊人的话，有些瞧不起金罗汉，定要与金罗汉比试比试。金罗汉不肯，董禄堂更疑金罗汉胆怯，接二连三的，催着要放对。金罗汉只是笑着摇头，董禄堂自以为占了上风，说话带着讥讽。那时欧阳净明的本领，已不在一般剑客之下，听了董禄堂讥讽的话，忍不住要动手和董禄堂较量一番。金罗汉连忙止住，望着董禄堂笑道：'老弟跋涉数千里，旷时废事的前来找我，为的在要和我见个高低。我待不和老弟比吧，很辜负了老弟一片盛情；但是若真个和老弟动起手来，天下的英雄必要笑我欺负后辈。这事实在使我处于两难的地位。依我的愚见，还是以不动手伤和气的为好。'

"董禄堂那时的年纪，已是八十六岁了，如何肯服金罗汉叫他老弟，称他作后辈呢？登时怒不可遏，两颗金丸脱手飞出，即发出两团盘篮大小的金光，一上一下的，如流星一般，直向金罗汉刺去。这是崆峒派练形的剑术，与我们练气的不同。金罗汉被包围在金光里面，神色自若的，从容笑向董禄堂道：‘老弟活到这般岁数，成功得名都不容易，便有天大本领，也犯不着和我这于人无忤、于物无争的老头子较量。我曾受过了多年磨折，火性全无，无论老弟对我如何举动，我都不放在心上。只是我这两个小徒，野性未除，若是弄发了他的脾气，或者有对老弟不起的时候，老弟又何苦自寻烦恼咧？’

“董禄堂听了这些话，心想金罗汉就只这一个小徒弟，立在旁边，乳臭尚不曾除掉，料想没有什么了不得的道术。并且董禄堂，连金罗汉都不放在心眼中，哪里还惧怯金罗汉的徒弟呢？也不答话，将两手的食指，对两颗金丸几绕，两颗金丸便疾如电、响如雷，直起直落的，对准金罗汉咽喉、胸脯射将过去。金罗汉此时不言不动，金丸射近身，如被什么软东西格住了一般，又直退了回来。一连好几次，都没射进去。董禄堂这时才知道不是对手，正想收回金丸逃走，只见金罗汉陡然大喝一声，两边肩头上的两只大鹰，听了金罗汉这一喝，同时并起，真个比箭还快。一鹰用两爪，抓住两颗金丸；一鹰直奔董禄堂，不容有招架的工夫，已将董禄堂的左眼啄瞎。亏得金罗汉第二声吆喝得快，那鹰才不敢再啄了，衔了董禄堂的那只眼珠，飞回吐在金罗汉手中。这鹰抓住的两颗金丸，也交给金罗汉。董禄堂血流满面，仍想逃走，金罗汉挽住他说道：‘老弟丢了双剑，不妨再练。但丢了这只眼珠，是无法弥补的，我替老弟治好吧。’董禄堂惭愧得了不得，只因想金罗汉替他治眼，勉强在欧阳净明家中住了两日。那眼居然被金罗汉治好，一些儿不曾损害光明。唯有欧阳净明的眉毛、头发，在董禄堂用食指，绕得金丸乱射的时候，被削去了许多，当时并未觉着，次日照镜子才知道。欧阳净明心想幸亏金罗汉止住了自己，不曾和董禄堂放对，自己实在不是董禄堂的对手。不必问金罗汉的道术高下，即此一事，已可概见其余了。”

柳迟听得出了神，至此已欢喜得搔耳扒腮的问道：“他老人家本来有多少徒弟呢？”老道摇头道：“哪有多少徒弟！除欧阳净明外，就只一个河南人，姓刘名鸿采。听说刘鸿采的品行不大端方，学了金罗汉的道术，不肯向正途上走。这话我是听得欧阳净明说的，究竟如何，我不知道。据欧阳净明说，金罗汉很不容易的肯收人做徒弟，你的缘分真是了不得，所以我很替你欢喜。”说话时，柳大成已备好了斋供出来，请老道饮食。老道也不谦让，就上面坐了，柳大成父子，相陪坐着。

才动手饮食，没一会儿，天井里的一株合抱不交的大梧桐树，忽然飘下几片叶子来。老道敛容说道："吕老师来了。"说罢，离开座位，拱手而立。梧桐叶落下来，柳迟原没留意，见老道如此，柳迟眼快，已看见金罗汉的那两只大鹰，立在梧桐枝上，却不见金罗汉进来。才打算问老道是何缘故，即听得外面一声哈哈大笑，接着便见吕宣良大踏步进来。远远的望着老道笑道："我已料定你在这里。"老道紧走了几步，上前行礼。

吕宣良一把将老道挽起说道："对不起你，夺了你的徒弟。"柳迟也上前叩头。老道鞠躬答道："这是小孩子有福，得你老人家玉成他。"柳大成也知道这老头不是寻常人物，忙走过来作揖。吕宣良拱手答礼，笑道："老朽很欢喜令郎，愿意收他做个徒弟，今日特地前来和先生说明一声。"柳大成唯唯应是。

老道让吕宣良上坐，吕宣良也不客气，就上面坐了。对老道说道："不是我好意思和你争徒弟，只因我有一桩事，将来非这小孩，没人能替我办到。那时，你自然知道，此时也无须详说。今日趁你在此，所以赶来向你说说。不然，倒显得我没道理。"老道连忙立起身，说了几句谦逊的话。

吕宣良手捻着长过肚脐的白胡子，笑嘻嘻的向柳大成道："老朽知道贤夫妇都长厚一生，理应食这儿子的好报。不过你这儿子，生成不是富贵中人物，像此刻这么能潜心学道，将来在方外，倒可成一个不世出的英雄。老朽今日特来，和贤夫妇说明的，就是从今日以后，你儿子成了老朽的徒弟，凡他一切的举动，或出门去什么地方，贤夫妇都用不着过问，用不着担心。老朽的徒弟，从来不会受人欺负，贤夫妻尽可放心。"

柳大成是个极忠厚的人，也不知要怎生回答，但有点头应是的份儿。吕宣良说完，从袖中抽出一本旧书来，对柳迟说道："你二年半吐纳功夫，足抵旁人一生的修炼。虽说是你的夙根深厚，道念坚诚，然而笑道人的蒙以养正之功，不能磨灭。你于今虽拜在我门下，笑道人的恩施，你终身是不可忘记的。"

柳迟到此时，才知道老道叫笑道人。心想："怪道他开口便笑。前年在清虚观的时候，每日总听得他打几次哈哈。原来是这般一个名字，可算得是名副其实了。"只听得吕宣良指着那本旧书，继续说道："这是一部《周易》，传给你本来太早了些。因你已有了这个样子的内功，道念又坚诚可喜，不妨提早些传给你。但是这部《周易》，你不可轻视，这是我师父的手写本，传给我，精研了几十年。我师父原有许多批注在上面，我几十年的心得，又加了不少的批注。欧阳净明相从我二十年，他的道念也十分诚切，心术又是正当，我所以不传给他这部《周易》，就为他资质不高，没有过人的天分，怕他白费心思，得不着多大的益处。河南的刘鸿采，资质颖悟不在你之下，只因他英华太露，不似你诚朴。我当时尚只虑他不是寿相，却没见到他的心术会有变更。此时传给你，在学道的同辈中，也算得是难逢的异数了。你潜心在这里面钻研，自能得着不可思议的好处。明年八月十五日子时，你到岳麓山顶上云麓宫的大门口坐着，我有用你之处。切记，切记！不可忘了！”说着，将《周易》递给柳迟。

柳迟慌忙跪下，双手举到顶上，捧受了《周易》，拜了四拜说道：“弟子谨遵师命，不敢忘记。”吕宣良含笑点头，向笑道人说道：“欧阳净明告我，说你和甘瘤子争水陆码头，你很得了采，事情毕竟怎样？”笑道人立时现出很惭愧，又很恐慌的样子，勉强赔着笑脸说道：“小侄无状，气量未能深宏，喜和人争这些闲气，说起来真是愧煞。”吕宣良大笑道：“不妨，不妨！这又何关于气量？这种闲气，我就争得最多。”

笑道人道：“这回的事，很亏了欧阳师兄，替小侄帮场。否则，有什么采可得！杨赞廷很是一把辣手，非欧阳师兄与他一场恶斗，将他逼走，胜负之数，正未可知呢？”吕宣良道：“你们较量的所在，不就是在赵家坪吗？那么好的战场，在北方平阳之地，都不容易找着；何况南几省，全是山岭重叠，除了那赵家坪，再到何处能找一个穿心四五十里，一平如镜的地方来？也无怪平、浏两邑的人，相争不了。战场是好战场，地方也真是好地方。”笑道人说道：“地方虽好，却是于小侄无关。”吕宣良长叹了一声，立起身来说道：“世人所争的，何尝都是于自己有关的事？所以谓之争闲气。我还有事去，先走了。”随向柳大成点头作辞。

梧桐树上的两鹰，如通了灵的一般，见吕宣良作辞，都插翅飞了起来，在天井中打了两个盘旋，像是很高兴的样子，望着吕宣良唧唧的叫。吕宣良抬头笑道：“席上全是斋供，等歇去屠坊要肉给你们吃。”柳迟忙说道：“要肉弟子家有，但不知要生的，要熟的？”吕宣良摇手笑道：“不要，不要！这两只东西的食量太大，吃饱了又懒惰得很，并且不能惯了他。他若今日在这里吃了个十分饱，便时常想到这里来。云麓宫的梅花道人，就被这两只东西拖累得不浅。猎户送梅花道人的两条腊鹿腿，被这两只东西偷吃了；一只腊麂子，几副腊猪肠肚，也陆续被两只东西偷吃了。若不是看出爪印来，还疑心是云麓宫的火工道人偷吃了呢。”笑道人问道：“他们背着你老人家，私去云麓宫偷吃的吗？”吕宣良摇头说道：“那却还没有这么大的胆量。如果敢背着我私去那里偷盗，还了得吗？那我早已重办他们了。几次都是我教他去云麓宫送信，梅花道人不曾犒赏他们，他们便干出这种没行止的事来。但是也只怪梅花道人，初次不该惯了他们。因我初次到梅花道人那里，梅花道人拿了些熏腊东西，给他们吃了，就吃甜了嘴。从那回起，凡是经过熏腊店门首，这两只东西便在我肩上唧唧的叫，必得我要些熏腊给他们吃了，才高兴不叫了。得了派他们去云麓宫的差使，直欢喜得乱蹦乱舞起来，谁知他们早存心想去云麓宫，讨熏腊吃。”说得柳大成和笑道人都大笑起来。

两鹰好像听得出吕宣良的话，越发叫得厉害。柳大成连忙跑到厨房里，端了一大盘切好了的腊肉来。吕宣良道谢接了，用手抓了十多片，向空中撒去。两鹰真是练就了的本领，迎着肉片，嘴衔爪接，迅速异常，一片也不曾掉下地来。哪需片刻工夫，即将一大盘腊肉吃得皮骨无存，飞集在吕宣良肩上。笑道人也同时作辞，二人飘然去了。

且慢！第一、第二两回书中，没头没脑的，叙了那么一大段，争水陆码头的事；这回从吕宣良口中，又提了一提。到底是桩什么事？不曾写明出来，看官们心里，必是纳闷得很。此时正好将这事表明一番，方能腾出笔来，写以下许多奇侠的正传。

却说平江、浏阳两县交界的地方，有一块大平原，十字穿心，都有四十多里，地名叫做“赵家坪”。这个赵家坪，在平、浏两县的县志上都载了。平江人说是属平江县境的，浏阳人说是属浏阳县境的，历几百年争不清楚。这坪在作山种地的人手里，用处极大。春夏两季，坪中青草长起来，是一处天然无上的畜牧场；秋冬两季，晒一切的农产品，堆放柴草，两县邻近这坪的农人，都是少不了这坪的。只因没有一个确定的界限，两县的人各不让步。又都存着是一县独有的心，不肯劈半分开来，于是每年中，不是因畜牧，便是因晒农产品，得大斗一场。

斗的时候，两方都和行军打仗一般，一边聚集千多人，男女老少都有，就在赵家坪内。少壮的在前，老弱的在后，妇人小孩便担任后方勤务。两方所使用的武器，扁担、铁锄为主，木棍、竹竿，临时取办来接济的也不少。每大斗一次，死伤狼藉，打得一方面没有继续抵抗的余力了才罢。也不议和，也不告官，打死了的，自家人抬去掩埋，只怨死的人命短，不与争斗相干；受了伤的，更是自认晦气，自去医治，没有旁的话说。打输了的这一方面，这一年中便放弃赵家坪的主权，听凭打赢了的这一方面在坪里畜牧也好，晒农产品也好，堆柴放草也好，全不来过问。一到第二年，休养生息得恢复了原状，又开始争起来，斗起来。历载相传，在这坪里，也不知争斗过多少次，死伤过多少人。

那时做官的人，都是存着吏不举、官不究的心思，只要打输了的不告发，便是杀死整千整万的人，两县的县知事，也不肯破例出头过问。所以平、浏两县的人，年年争赵家坪，年年打赵家坪，唯恐赵家坪不属本县的县境。两处县知事的心理，却是相反的，几乎将赵家坪看做不是中国的国土，将一干争赵家坪，在赵家坪相打的农人，也几乎看做化外。所以年年争打得没有解决的时候。

赵家坪的地位，本来完全是陆地，并不靠水。然争赵家坪的，都不说是争赵家坪，却都改口，称为“争水陆码头”。这种称呼，也有一个缘故在内，只因清朝初年，宝庆人和浏阳人，争长沙小西门外的水陆码头，曾聚众大打了好几次。那时出头动手的，两边都拣选了会拳棍的好手，在南门外金盘岭，刀枪相对的争杀起来，接连斗了三日。两边都原有二百多人，三日斗下来，死的死，伤的伤，一边都只剩一个人了。浏阳的一个，姓戴名汉屏，年已七十三岁了；宝庆的一个，姓常名葆元，年龄也和戴汉屏差不多。两人的本领，功力悉敌，起初都用单刀相杀，不分胜负，都调换兵器，又不分胜负。三日之内，所有的兵器，通调换尽了，仍是分不出胜负。两人又斗了一会儿拳脚，见同伴的，都伤亡了一个干净，两个老头子才议和，结成生死兄弟。

从这次大争斗以后，凡是两个团体，争占什么东西，无论是田地，是房屋，或是坟墓，都顺口叫做“争水陆码头”。这“争水陆码头”几个字，成了两方相争的代名词。于今争水陆码头的意义说明了，只是平、浏两县农人的事，和笑道人、甘瘤子一班剑客，有什么相干呢？这里面的缘故，就应了做小说的一句套话，所谓说来话长了，待在下一一从头叙来。

离赵家坪五里路，有一条小河，春季涨水时候，也不过两丈来宽、七八尺深。若在秋冬两季，仅有二尺来深的水，并不要渡船，作山种地的，只将裤脚捋起，便可在水中走过河去。载粮食的小船，春天连下了几日大雨，发了山水，方能驾进这小河里来。平时这条河里，是没有船走的。唯有靠河岸居住的一些农人，每家都有一两只小划子，农闲的时候，便将小划推到河里，就在河里网鱼。这网鱼的生涯，算是这条小河附近农人的副业，每年也有不少的出息。

这些农人中间，有一家姓万的，就只夫妇两个，没有儿女。姓万的人极浑厚，排行第二，地方上都叫他“万二呆子”。但他为人虽像个呆子，种地网鱼的成绩，却都在一般自命不呆的农人之上。他的老婆，也是没一些精明的样子，混混沌沌的，终日帮着万二呆子苦做。夫妻两口，食用不多，很有了些儿积蓄。

这日正是正月十三，万二呆子向他老婆说道：“快要到元宵节了，今日得网一天的鱼，明日好卖给人家过节。”他老婆自然说好。他平日网鱼，照例是他老婆驾着划子，他立在船头上撒网，这日也是如此。只因这日在小河里网鱼的太多，万二呆子网了半日，没网着几条拿得上手的鱼。他老婆怂恿着，去大河里试试。这条小河，通大河也不过几里路。万二呆子便鼓了鼓呆气，放下手中的网，提了一片桨，帮着老婆，一阵摇到了大河。

这日的北风不小，河里走上水的船，都止扯着半截篷，便如离弦的劲弩，直往上驶。万二呆子在小河里的时候，还不觉风大，一到了大河，料想这么大的风，撒网是不相宜的。和老婆商量，打算退回小河里来。他老婆还不曾回答，忽然睁开两眼，望着河里，好像发现了什么。万二呆子忙随着老婆望的所在望去，不觉失声叫了一个“哎呀”。

不知万二呆子夫妇，发现了什么东西？且待第五回详说。

冰庐主人评曰：

董禄堂之败，实缘骄傲太甚。夫以八十六岁之老人，虽有天大本领，极宜善自韬养，以保天和。奈何好胜之心，反甚于少年？以致几失双剑，复损一目，自取侮辱，夫复何言！况武艺用以防身固当，倘恃以凌人，则未有不败者焉！董禄堂不悟此旨，遂有此失。

第五回

万二呆打鱼收义子　钟广泰贪利卖娇儿

话说万二呆子见自己老婆，睁眼望着河心，好像发现了什么东西似的，也连忙掉过头，向河心一望，不觉大吃一惊。原来水面上，浮着一件红红绿绿的东西，像是富贵家小儿穿的衣服，随着流水，朝鱼划跟前，一起一伏的淌来。看看流拢来，相离不过几尺远近，万二呆子失声叫道："哎呀！从哪里淌来的这个小儿？可怜，可怜！我们把他捞上来，去山里掩埋了吧。给大鱼吞吃了，就更可惨了。"他老婆一面口中答应，两手的桨，便用力朝那小儿摇去。

不须三四桨，小儿已靠近了船边。万二呆子伏下身子，一伸手即将小儿捞起。夫妻两个同看那小儿，雪白肥胖，不过一周岁的光景，遍身绫锦，真如粉妆玉琢。只因身上穿的衣服过厚，掉在水中不容易沉底。万二呆子夫妻，都是水边生长的人，很识得水性，更知道些急救淹毙人的方法。当下见那小儿背上衣服，还不曾湿透，料想是才落水不久的。两夫妻慌忙施救，一会儿竟救活转来。两口子高兴到了极处，都向天祝谢神明，说是神明可怜他夫妻两个，年过五十，没有儿女，特地送这么好的一个儿子给他。万二呆子从自己身上，脱下一件棉袄，去了小儿的湿衣，将棉袄包裹了，哪里还有心思网鱼呢？急忙掉转船头，摇回家中。左右邻近的农人，都知道万二呆子，在小河里拾了个儿子，便也有许多人，来万家道喜的。万二呆子因这小儿，还在吃乳的时候，自己老婆不曾生育过，发不出乳水来，手中既是积蓄了些儿财物，就专为这儿，请了一个奶妈。

这小儿有一处和旁的小儿不同的地方，就是两边的头角高起，角上的头发，都成一个螺旋纹。寻常人的头发，当中一个旋纹的多。据一班星相家说，看小儿头上旋纹的前后左右位置，可以定出生产的时刻来。头上有两个旋纹的极少，便有也是或前或后，或左或右；一边头角上一个的，整万的小儿中间，只怕也不容易选出二三个来。这个小儿，才只有周岁，自是不能说话，无从知道他姓什么，是什么所在的人。不过就他身上的衣服看来，可以断定他是一个富贵人家的公子。如何落在水中的缘故，也无从知道。万二呆子替他取了个名字，叫做“义拾儿”。

养到了十岁，万二呆子见义拾儿天分很高，全不是一般农人家的小孩气概。只是不愿意跟着万二呆子，下田做农人的生活。普通农家，有了十来岁的小孩，便得担负许多耕作上的事项。牧牛羊、割草、扒柴，自然是农家小孩分内的事。若是这小孩的身体发育得快，有了十来岁，简直可以帮同父兄，做一个大人的事。义拾儿的身体，发育并不算迟，然禀赋不厚，到底不是农家种子。万二呆子见他对于一切农人的事项，都做不来，心里怜爱他，也舍不得逼着他做。

附近一个教蒙童馆的先生，略略殷实些的农家，想自家小孩认识几个字，都花三五串钱一年，将小孩送进蒙童馆里读书。万二呆子遂也把义拾儿，送进了那个蒙馆。煞是作怪，义拾儿一见书本，便和见了什么亲人一般，欢喜得很。只须蒙馆先生教一遍，他就能读得上口。蒙馆先生教书，照例不知道讲解，仅依字音念唱一回。讹了句读、乖了音义的地方，不待说是很多很多。馆中所有的蒙童，跟着先生念唱，正如翻刻的书，错误越发多了。唯有义拾儿，不但跟着念唱，没有错误，并且常用他的小手，指点着书句，要先生讲解。

先生每每被逼得讲解不出，便愤愤的对义拾儿说道：“教蒙馆是教蒙馆的价钱，照例都不讲解。要讲解，得加一倍的学钱。你家里能加送我的钱，我就给你讲解。”义拾儿认作实话，归家向万二呆子道：“要多送先生的钱。”万二呆子辛苦积蓄的钱，如何舍得多送？并且万二呆子是个纯粹的农人，只知道读书就读书，哪里知道还要什么讲解，得另外加钱？听凭义拾儿怎生说法，他只是不肯担负这笔额外的款项。义拾儿见说不准，也就罢了，次日仍照常到蒙馆去了。

平日去蒙馆，总是用竹篮提着午饭，在蒙馆里吃。读到下午，日落西山的时候回家。这日义拾儿照常去后，直到天色已晚，尚不见回家。万二呆子夫妇，都觉得诧异。万二呆子自己提了一个灯笼，亲去蒙童馆探问。蒙馆先生道："我正在疑心，今日义拾儿怎的不来读书？莫是病了么，上午已从家中出来了吗？"万二呆子一听这话，真若巨雷轰顶。错愕了半晌，才回问道："今日真个不曾到馆里来吗？他从来不是欢喜逃学的孩子，又从来不贪玩，更没有旁的地方可走。不到馆里来，却到哪里去了呢？"蒙馆先生生气答道："不是真个不曾来，难道我隐瞒了你的义拾儿不成？你不相信，去问这些学生，就知道了。我教了十多个学生，今日统来了，就义拾儿没到。"

万二呆子料想先生的话不假，心里更急得无法可想，归根落蒂，就恨先生不该要加什么讲解钱。和这先生吵闹了一会儿，也吵闹不出义拾儿来，只得归到家中，对自己老婆说了。义拾儿虽不是他夫妻亲生的儿子，然终日带在跟前，养到这么大，又生得十分可人意，一旦丢失了，如何能不心痛呢？夫妻两个足哭了一夜，次日天光一亮，夫妻即分头四处寻找，又拜托了几个邻人，出外打听。

一连寻了数日，杳无踪影。左近知道这事的人，莫不替万二呆子夫妻叹息。都说万二呆子前生欠了义拾儿的孽债，这是特来讨债的。所以来不知从哪里来，去不知往哪里去。话虽如此，但是义拾儿难道真是一个讨债鬼吗？确是从哪里来的，确是往哪里去了呢？于今且将他的来路表明出来，再说他的去路。

广西杨晋谷，是一个很有学问的孝廉，只因会试不第，乘着那时开了捐例，花了些钱，捐一个道衔，在湖南候补，很干了几次优差，便将家眷，接到了湖南。他有个儿子叫杨祖植，来湖南的时候，已有十三四岁了，在广西不曾定得亲事。到湖南过了三四年，就娶了平江大绅士叶素吾的小姐做媳妇。过门之后，伉俪之情极笃，一年就生了一个男孩子。杨晋谷把这小孩子，钟爱得达于极点。但是叶素吾夫妻，也极爱这个女儿，虽则出了嫁，生了孩子，仍是要接回家来久住。杨祖植离不开老婆，也跟着同住在岳母家。两小夫妻从家里动身去岳母家的时候，生下来的小孩才得三个月。

在岳家住了半年，杨晋谷就打发人来接，叶素吾夫妻舍不得女儿走，只是留着不放。二月间去的，直住到年底，杨晋谷连着派人接了三五次，叶素吾夫妻定要留着过年。杨晋谷想看孙子的心切，只等过了年，就改派了两个长随，同了个老妈子，教老妈子对叶家说："如果要留少爷少奶奶住，不要紧，只要把孙少爷带回去，少爷少奶奶便再住十年八载，也不妨事。"叶素吾夫妻见是这么说，不好意思再留了。正月十二日，就叫了一艘大红船，送杨祖植夫妻回去。

这时杨晋谷在衡州，正月里北风多，红船又稳又快，计算十五日可以赶到。谁知行到第二日，奶妈抱了这周岁的小孩，在船头上玩耍。这个小孩本来生得肥胖有力，乱跳乱动的，在奶妈手中，不肯安静。奶妈年轻，一个不留神，小孩便脱手掉下河里去了。奶妈顺手一捞，仅捞了一顶风帽在手，水流风急，顷刻已流得不知去向。奶妈吓慌了，乱喊救命。杨祖植夫妻跑出去看时，连水花都没看见一个。杨祖植急得抓住奶妈就打，奶妈情知不了，也要向河里跳下。依得杨祖植的性子，觉得这奶妈死有余辜，巴不得她跳下河去，陪葬自己的周岁小儿。亏得杨祖植的妻子机警，一把将奶妈拉住道："小儿已是掉下河去了，你陪死，也无用处，且快把船头掉过，赶紧追下去捞救。"

红船本来就是救生船，驾船的都是救生老手，不问有多大的风浪，红船是从来不会翻掉的。当时听得小公子落了水，不待杨祖植吩咐，已连忙下了半截风篷，掉转船来。船上原备有捞人的长竿挠钩；七手八脚的，旋捞旋赶。无奈那船行驶半帆风，比满帆的更快，哪怕你落了篷，疾行的余力，还得跑半里路方能停住。在河心行驶，又不能撑篙，将船抵住不动。加以水流甚急，等得掉过头来，相离落水的地方，已不知有多远了。大家心里，都存着小孩不会泅水的念头，估料落水就沉了底。既是不能确定落水在什么所在，虽是用挠钩捞挽，也都不过奉行故事而已。

杨祖植夫妻望着河里，痛哭了一会儿。杨祖植道："我们年纪轻，不愁不会生育。这孩子该当不是你我的儿子，便不掉下河去，要病死也没法设。只是老太爷这般钟爱他，三回五次的派人来接，也完全为的是他，我们如今空手回去，却是怎生交代呢？老太爷、老太太都是上了年纪的人，得了这个惨消息，不要急死，也要伤心死。这可怎么得了呢？"他妻子说道："这消息不但不可给老太爷、老太太知道，连外公、外婆都知道不得。唯有连夜赶到省城，多叫几个媒婆来，多许他们些银子，叫他们去打听，看哪家有月份相当的小孩，便花几千银子也说不得，买一个来做替身。好在出来的时候，只得三个月，于今离隔了差不多一年，老太爷老太太不见得便认得出。”

杨祖植摇头道：“不好，到哪里去找这头上有双旋，又正正在两边头角上的？”他妻子道：“那是不容易找，然只要头上有两个旋的，即是找不出，也还有一个法子，叫个剃头匠来，把头发剃个干净回家，一时不留神，也看不出。并且两个老人家无缘无故的，大约也不至十分注意到这旋上去。”杨祖植听了，也只得说好。随即叮嘱了一干下人，不许到家透露风声。这些下人身上，都担着些干系，巴不得不给老太爷老太太知道，免得挨打挨骂。

红船连夜赶到了长沙，打发下人上岸，找寻了六七个媒婆。杨祖植对媒婆将要买周岁男孩的话说了，如能找着头上有双旋的，更可多出价钱。媒婆也不知道有什么缘故，只理会得这是一笔好买卖，做成了功，可以一生吃着不尽。他们做媒婆的，干的是这类事业，岂有不极力兜搭的？天下事，只要有钱，真是没有办不到的。几个媒婆跑满了一个省城，到十五日，就居然找着了一个。头上也是两个旋纹，只略大了几个月，有一岁半了，是一个做裁缝的儿子。裁缝姓钟，名叫广泰，有六个儿子，四个女儿。因家境不好，食口太多，时常抱怨妻子不该生这么多儿女，久有意送给没儿女的养。一则苦于没有相当的人家；二则他妻子，毕竟是自己身上生下来的，不忍心胡乱丢掉。每次生一个儿女下来，得忍受丈夫无穷的埋怨。这回媒婆来说，有富贵人家要买了做儿子，料知买过去，不但没有苦吃，还有得享受，并且又有银子可得。钟广泰自是高兴，就是他妻子也愿意了。说妥了一千两银子的身价，四百两银子的媒费，一时交割清楚，这岁半的小孩，便到杨祖植夫妻手里了。

也合该这小孩，是义拾儿的替身，虽则大了几个月，只因裁缝老婆生育得过多，缺乏了奶水，小儿的身体不大发达，和义拾儿落水的时候，长短大小差不多。容貌也有些相仿佛，就只头上双旋，不及义拾儿那般齐整，但是尽可以敷衍过去，仍旧教义拾儿的奶妈带了。寻常有了岁多的小孩，多是不肯吃旁人的奶。这孩子因平日亏了奶水，肚中饥饿得很，奶妈给奶他吃，一点儿不号哭。回到衡州，杨晋谷两老夫妇，竟毫不疑虑的，认作自己的嫡孙子。替他取的名字，叫做杨继新。后来这杨继新大了，也是这部书中的紧要人物，暂时放下，后文自有交代。这样说来，义拾儿的来路，算是已经表明了。

却说义拾儿这日提了饭篮书包，去蒙馆读书。心里因万二呆子，不肯答应他加送学钱，有些闷闷不乐。低着头，一步懒似一步的，往前行走。万家离蒙童馆不上三里路，走了好一会儿，仍没有走到。停了步抬头一看，原来走错了路。在三岔路口，应拐弯的，因心中不乐，忘记了拐弯，就走进一座山里来了。小孩子心性，见走错了这么远，恐怕到迟了，先生责骂偷懒，不免有些慌急起来。慌忙回头，匆匆向来路上走。方要转过山嘴，不提防一条硕大无朋的牯牛，迎面冲了过来。哪里避让得及？那牯牛用角一挑，把义拾儿挑得滚下一个山涧中去了。

农人牧牛，照例是清早和黄昏两个时期，这时正是早起牵出来，吃饱了水草，要牵回家去了。黄牛、牯牛都有一种劣性，不惹发它这劣性就好，驯服得很，三五岁的小孩，都能牵着去吃草。若是它的劣性发了，无论什么人，也制它不住。每次发劣性的时候，总是乘牵它的不防备，猛然掉头就跑。牵牛的十九是小孩，手上没有多大的气力，哪里牵得住呢？有时还将小孩一头撞倒才跑。跑起来，逢山过山，逢水过水，随便什么东西，都挡它不住，遇人就斗。必待它跑得四蹄无力了，又见了好青草，才止住不跑了。这种事，在冬季最多。因为冬季是农人休息的时候，牛也养得肥肥的，全身是力，无可用处动不动就发了劣性。义拾儿这回被难，也正在冬季。

那山涧有丈多深，涧中尽是乱石。牧牛的小孩，跟在牯牛背后追赶，因相离很远，又被山嘴遮了，不曾看见义拾儿走涧上经过，想不到有人被牛挑下涧里去了，竟不作理会的追了过去。

义拾儿跌得昏死了，也不知经了多少时刻，才渐渐的有了知觉。睁眼一看，见是一间很精雅的房子，自身躺在一张软榻上，只是不见有人，心里疑惑，一时也忘记了被牛斗的事，想坐起来，看是什么所在。才一抬头，登时觉得头顶上，如刀劈一般的疼痛。身体略移动了一下，肩、背、腰、腿，无一处不更痛得厉害。有这一痛，就记起被牛斗时候的情形来了。即听得有人在软榻那头说道：“醒了么？快不要乱动。”

义拾儿心里吃了一惊，怕痛不敢再抬头去看。那人已走过这头来，原来是个花白胡须的道人，将头伏近，口里呼着“义拾儿”三字，说道：“我已熬好了些小米粥在这里，给你吃些儿再睡。你的伤势太重，非再有十天半月，不能全好。你已在此睡了三日三夜，知道么？”说罢，哈哈大笑。义拾儿听得叫他喝粥，即时觉着肚中饥饿不堪。道人端了一碗稀粥进来，一口一口的喂给义拾儿吃了，道人教他仍然安睡。一连半个月，每日敷药喂粥，以及大小解，全是那道人照拂。半月以后，伤处方完全治好。

义拾儿聪敏，知道向道人拜谢，并问道：“这是什么地方？你老人家怎知道小子叫做义拾儿呢？小子记得被一条牯牛挑下了山涧，就昏死过去了，怎么会到这里来的？”那道人笑道：“这里是万载县境，鸡冠山清虚观。我就叫清虚道人。同道中人，见我常是开口笑的日子多，都呼我为‘笑道人’。我一年之中，有十个月闲游，顺便替人治病。你被牯牛挑下的那条山涧里面，很长着几味不容易得的草药。我那日从那里经过，便下去寻寻草药。也是你合该有救，又与我有缘，下涧就见你倒在乱石堆上，脑盖已破，幸喜脑浆不曾流出，只淌了一大摊的紫血。肩腰背脊，和两条大腿，都现了极重的伤痕。看那石上的血色，已干了许多，推想你跌下必不止一日半日了。四肢不消说，全是冰冷，亏得心脏不曾损坏，还可以望救。我当下就用涧中泉水调了些‘万死一生丹’，敷满了你的头脑。又灌了些‘回轮汤’，给你吞了。那乱石堆上，不好用推拿的功夫，并且你的伤，也不是三五日能治好，只好将你驮到这里来。我初见你遍身的重伤，还只道你是被恶人谋害了，掼在那山涧里面。及至驮到这里，仔细一看，才看出是被牛角挑伤了。牛角挑的地位，在腰胁之间。头脑是倒栽在乱石上，肩背两腿，是从涧石上滚碰伤的。你姓什么，家住在哪里，我都不知道。只因见你身边有一个竹饭篮，饭菜都倾散在涧里。又见有一个书包，里面几本书上，都写了‘义拾儿’三个字，料想就是你的名字。你怎的取这么一个名字，是教你书的先生替你取的吗？”

义拾儿道：“我本来姓什么，连我自己也不知道。名字是我义父给我取的，义父不曾对我说出来历。只时常听得同馆读书的人，笑我是十年前正月十三日，在河里拾着的。我拿这话问义父，义父只叫我莫信那些胡说，然而也不说出我亲生父母的姓名住处来。只怕真是在大河里拾着的。终不成我是没有父母的吗？不过我心想同学的话，也实在有些像是胡说。我今年才得十一岁，十年前，我不是还不曾上一岁吗？没上一岁的小儿，终日在母亲手里抱着，如何会跑到大河里去呢？难道不上一岁的小儿，就会浮水？既落到了水里，又怎的不会沉底，能给我义父拾着呢？并且他们说是正月十三日拾的，更是不近情理。正月间天气，何等寒冷，便是大人掉在水中，也要冻死，何况是小儿，何况是不上一岁的小儿呢？”

笑道人光开两眼，望着义拾儿滔滔不断的说了一大段，微微的点了一下头，问道：“你义父住哪里？姓什么，叫什么名字呢？”义拾儿道：“我义父姓万，什么名字，我却不知道。我只听得人家当着我义父的面，都叫万二爷，或是万二爹，背后全是叫什么万二呆子。家住在离赵家坪不远，金家河旁边。义父本是种田的人，得闲就驾着鱼划，同义母去金家河打鱼，我也同去过好几次，不过义父义母都不大愿意带我同去。我问是什么道理不教我同去？义母说是算八字的先生说我犯水厄，不到河里去的稳当些。照这些情形看来，又似乎是在大河里拾着的。”

笑道人一面听义拾儿说话，一面捻着花白胡须，偏着头如思量什么。听到末了，忽然拔地跳起身来，跑到义拾儿跟前，双手将义拾儿的头一捧，吓得义拾儿不知为的什么。

毕竟是为的什么？且待第六回再说。

冰庐主人评曰：

自第四回下半段叙明争水陆码头起，以后均用倒叙法，追述从前情事，读者幸弗忽略过去。

三家村学究，头脑冬烘，句读未明，便俨然好为人师，贻误青年，实匪浅尠。义拾儿不幸堕水，更不幸而遇此不能讲解之塾师，以至途逢奔牛，抢坠深涧。故吾谓他日争赵家坪之起点，实在此塾师也。读者疑吾言乎？请阅下回，当知非谬。

第六回

述前情追话湘江岸　访义父大闹赵家坪

话说笑道人，忽然跑到义拾儿跟前，双手将义拾儿的头捧了。此时头上伤处的瘢痕，已经脱落了，只是还不曾长出头发来。然两边头角上的旋纹，仍仿佛能看得清楚。笑道人仔细端详了几眼，拍着义拾儿的肩头，笑道：“你不用着急不知道你的亲生父母，我能使你一家团圆，不过一时不能办到。”义拾儿喜问道：“你老人家怎生能知道我的亲生父母呢？我实在是我义父，正月十三日，在大河里拾着的吗？”

笑道人道：“如何拾着的，我虽不能断定，然是十年前的正月十三日，落到你义父手里，是一些不错的。至于你问我怎生知道你的亲生父母，这事也真是凑巧。十年前的元宵，我恰好在长沙，长沙省城里三教九流的人物，我认得极多。有人告诉我，说小西门河里，到了一号大红船，船上载的是官眷。不知为的什么，要买一个周岁的男孩子，不怕价钱大，只要是头上有两个螺旋纹的。于今城里头的媒婆，都想张罗这笔买卖，满城寻找合式的孩子。有一班无赖子听了这个消息，也想趁此发一注横财，到处打听有周岁男孩子的人家，打算买通人家底下人或老妈子，用调虎离山之计，将男孩弄到手，去卖给那红船上。那些有男孩的人家，也听了这不好的消息，多是几个人围守自家的孩子，怕被人偷了去。我当时知道了这事，很觉得奇异，探访了好几日，不曾探出原因来。只知道那船上的官眷是广西人，在湖南候补的杨晋谷的少爷、少奶奶。少奶奶是平江大绅士叶素吾的小姐，这回是从娘家回婆家。那船上的人，异口同声的，不肯说出买孩子的缘故来。后来也只知道花了一千多两银子，买了一个裁缝的儿子，带到衡州去了，我也没再打听。

“过了五年，听说杨晋谷因事挂误了，丢了前程。又因年纪也老了，就全家回了广西原籍。但不知他是广西哪府哪县的人。刚才听你所说，触发了我十年前很觉得奇异的事。心想买人家小孩，做自己儿子的有，然从来没听说要限定是周岁，而头上又要有两个螺旋纹的。这不待说是自己原有这么一个小孩丢了，要买一个同样的补缺。你说同学的揶揄你，是十年前正月十三日，在大河里拾着的，和我所见的年月日都对。而那时的你，恰好又只周岁，我心里已有八成，可断定那船上要买的，就是为补你的缺。但须看你头上，果是有两个螺旋纹没有。你于今头上虽然脱落瘢痕，不曾长出头发，然发根的纹路，是看得出来的。不是很显明的，一边头角上一个螺旋纹吗？由此一点看来，你是杨晋谷的孙子，是毫无疑义的了。你的亲生父，叫杨祖植，但不知你因何才得周岁，就会掉在河里，十九是因领你的奶妈不小心。这事除了你当日同船的人而外，没有旁人知道，所以打听不出。”

义拾儿听了，流泪说道：“我果然还有亲生父母在世，却为何也不到金家河一带来找寻我呢？可怜我父母，当我那落水的时候，不知道哀痛到了什么地步？我怎的出世才周岁，就有这么不孝？于今既承你老人家指点我亲生父母现在广西，我岂可再逗留在外，不作速归家，慰我父母的悬望？”笑道人连连点头道：“你十来岁的孩子，知道尽孝，很是难得。我既救活了你的性命，应得成全你这一片孝心。不过你的年纪毕竟太轻，不知道世事。此地离广西三千多里，山川险阻，盗匪出没无常，老在江湖的人，尚且不容易行走；你一个未成年的小孩，既在我这里，我岂肯教你如此涉险？况且你父母是广西哪府哪县的人，还不知道。广西一省，那么大的地方，你一个小孩子，贸然到哪里寻找？”

义拾儿哭道：“我不问寻找得着与寻找不着，总得去寻找。莫说还知道我的父母是在广西，便是不知道，只要明白我的亲生父母，确实尚在人间，哪怕连姓名都不晓得，我也得寻遍天下。上天可怜我，总有寻着的一日。”

笑道人见义拾儿小小的年纪，居然能说出这种话来，心里不由得愈加喜爱。拉了义拾儿的手，坐在床缘上，一边抚着他的头，安慰他说道：“好孩子！不用着急。你有这一片孝心，自有你父母重逢之日。我刚才不是说了，能使你一家团圆的话吗？这事包在我身上，我可托人去广西打听。你的父母是很有声望的人，大概打听还不难。等打听得有了着落，我就亲身送你去。你父母此时的年纪，不过三十多岁，便再过三年五载，也不愁没有见面的日子。我因很欢喜你的资质好，想收你做个徒弟，传你的道术。像你这般天分，加以猛进之功，三五年就可横行天下。那时你自己也不难独自去广西，寻找父母。”

义拾儿也是一个大有慧眼的人，合该成为清朝一代的大剑侠，所以鬼使神差的，从周岁掉在河里，落到万二呆子手中，才有迷路被牛挑下山涧的事。若在杨祖植家中，带着回到广西去了，又如何能从笑道人学道呢？义拾儿当时听了笑道人的话，有夙慧的人，自然闻道心喜，即刻立起身来，爬在地下，朝着笑道人叩了四个头。笑道人打着照例的哈哈，弯腰将义拾儿扶起，说道：“你这义拾儿的名字，是你义父给你取的乳名，人家听了不雅。你本姓杨，我给你一个名字，叫杨天池。你就住在这清虚观，朝夕用功修炼。我不带你出外，你独自不许出外。”杨天池连声应是。从此杨天池，便在清虚观，跟着笑道人，修炼剑术。

清虚观在万载鸡冠山穷谷之中，终年不见人迹，不闻鸡犬之声，丝毫没有妨碍修炼的东西。只练了五年，杨天池的剑术，已是成功了。起初笑道人不许杨天池独自外出，两年过后，才放杨天池出来，就在鸡冠山上，追逐飞禽走兽，辅助外功。三年后，便教他去各省的深山大泽中，寻觅草药。

这采药一门，是修道的舟楫，目的并不是给人治病，原是用以辅佐自己内、外功的一种工具。剑术不过是修道的在深山穷谷之中，一种自卫的东西。到各处寻觅药草，时常与毒蛇猛兽相遇，剑术也是不可少的。只是杨天池从笑道人所学的，重在剑术，五年后，剑术成了功，杨天池向笑道人说道：“弟子从师父五年之久，虽朝夕专心修炼，然每一念及亲生父母，心中总是难过。于今弟子仗着师父传授的剑术，不论什么险恶的地方，弟子也敢独来独去。求师父许弟子去广西，寻觅家父母。等家父母终了天年，再来此侍奉师父。”笑道人欣然答应了。杨天池遂一人到了广西，整整的在广西探访了四年。广西的六道八十州县，都访遍了，不曾访出他父母的住处来。料知已不住在广西了，只得仍回清虚观，想慢慢的探访。

笑道人在这四年之中，又收了许多徒弟。论年纪，多有比杨天池大几岁的。论次序，只杨天池居长，所以杨天池做了笑道人的大徒弟。

一日，杨天池因事走赵家坪经过，远远的即听得喊救之声，俨然和打仗一般。杨天池心想，于今是承平世界，决没有造反打仗的。我仿佛记得小时候在义父家中，曾屡次听得说平江、浏阳两县的人，因争什么水陆码头，在赵家坪聚众打架，每年不是春季，便是秋季，总得大打一次。此时正是二月，这喊杀之声，一定又是平、浏两县的人，在这里争水陆码头了。我自从离了我义父家，忽忽十年了。前五年因在清虚观一心修道，不能任意出外，后五年远在广西，寻我的亲生父母，所以不曾到义父家探视过一次。义父母养育我的恩典，岂可就是这么忘恩不报？他们争水陆码头的旧例，只要是行走得动的，不论老少男妇，都得从场去打。不过老弱妇孺在后面，烧饭挑水，搬石子，运竹竿木棍。不愿从场的，须出钱一串，津贴从场的老弱。我那时年轻，义父母钟爱我，不教我从场，每年得贴一串钱。义父母虽然年老，是每次要去的。我于今练成了这一身本领，恰好又到了这里，何不助义父母一臂之力，趁此报答二人养育之恩。

杨天池计算已定，即绕到平江人这方面。举眼看去，一边足有千多人，都是一字儿排开。近的拳棍相交，远的用藤条缠着鹅卵石子，向对面打得如下雨一般。老弱妇孺，各离阵地里多路，呐喊助威。

双方正在酣战，还没分出胜负，杨天池估料义父、母必在老弱队中，遂向老弱队中寻找。这时万二呆子已是六十多岁了，他老婆患病在家，不能上阵。万二呆子不舍得出两串钱，独留老婆在家，自己还是勉强挣扎，跟着大家上阵，在后方担任烧饭。杨天池寻找了好一会儿，才寻着了。

少年人的眼力和记忆力，都比年老人强些。杨天池一落眼，便认出是自己义父来。万二呆子的老眼昏花，杨天池又完全长变了模样，如何能认得出呢？杨天池走过去，双膝跪下，叫了一声义父，倒把万二呆子吓得错愕起来。旁边有个眼睛快的老头，一见就向万二呆子喊道：“哎呀呀，你的义拾儿回来了。”万二呆子这才从恍然里面钻出一个大悟来，立时欢喜得两泪交流，颤巍巍的双手抱住杨天池，哭不出，笑不出，话也说不出，只张开口，一迭连声的“啊”个不了。旁边的人，互相告语，都替万二呆子欢喜。

杨天池立起身来问道：“义母现在何处？孩儿且去见了她老人家再说。”万二呆子看杨天池文士装束，生得容仪俊伟，气度雍容，立在众人从中，正如鹤立鸡群，不由得心里更加喜悦。见他问义母在何处，忙答道："你义母么？她病了好多日子了。自从不见了你之后，心里一着急，又上了几岁年纪，就时常是病痛纠缠不清，近来更厉害得不能下床了。等我告了假，带你回家去吧。"

万二呆子正待转身，找为首的去告假，猛然见前面战斗的壮士，都纷纷败退下来。后面的老弱妇孺，也登时大乱，呼号喊叫的，各自私窜逃生。万二呆子一手扯了杨天池要跑道："快逃，快逃！我们这边打输了。浏阳蛮子就要追下来，落在他们手里，便不能活。"说话时，神色慌张到了极点。再看这一排的老弱妇孺，已逃跑了大半。因是一坦平阳之地，看得分明，浏阳人那边追下来的，约有五六百人，异常奋勇。平江人队里，只望后退，已没有反抗的能力。杨天池心想："我要帮助义父，此刻已是时候了。"便立住不动，向他义父说道："一逃跑，就输给浏阳人了。孩儿可助杀一阵，你老人家且在此等着，孩儿杀上前去。"万二呆子听了大惊，待喊住不放，杨天池已一跃去了十多丈。

杨天池本想施出练成的飞剑来，忽然心里一动，顾念这些上阵的浏阳人，全是些作山种地的蛮汉。其中虽也有些练过一会儿拳脚的，然终是血肉之躯，哪有什么内功？如何经得起我的飞剑，刈草一般的，把他们全体刈杀了，未免太伤天地好生之德。不如用梅花针，只将他们一个一个的戳伤，不能追赶那边的人，也就罢了。思量已毕，看看追赶的到了跟前，忙揭起长袍，从腰间百宝囊里，掏出一大把梅花针来。这种梅花针，是用钢屑练就的，厉害无比，和头发一般粗细，每支长不过三分。使用的时候，全仗内功到家，可以打到百步开外，无微不入。哪怕你穿着极厚的衣，一粘身就钻进皮肉里面去了。心术狠毒的人，修炼这种梅花针，多用极毒的药水煮过，见血即不能医治，这也是暗器中的一种。甘肃、陕西一带的练气士，发明这种暗器，为的是好杀狼群。在几百年以前，甘肃、陕西的狼，动辄是千百成群，没有这种可以多杀的暗器，不容易制伏狼群。流传下来，便成了练剑的一种附属武器。

当时杨天池掏出梅花针来，朝着追赶的浏阳人撒去。只听得数百人，同时叫了一声"哎哟"，有中了要害的，即倒地挣爬不起。不曾中着要害的，也疼痛得住了脚，不能追赶。一时呼痛号哭的声音，惊天震地。众逃跑的平江人，忽见追赶的纷纷倒地，不倒地的也伏着身子呼痛，还疑心是浏阳人用诈。有胆大的，回头杀伤了几个，不见浏阳人反抗，才大家折转身来，复奋勇向浏阳人杀去。杨天池一看不好，使浏阳人是这般骈首就戮，不是和用剑术杀他们的一样吗？我师父是个仁德君子，听了我这举动，必然责备我残忍，我得从速将他们止住才好。只是上阵的人多，一字儿排开的阵线，长有数里，杨天池又不是平江队里的头目，如何能够止住他们呢？一时急中生智，见一面红旗底下，有一个人在那里擂鼓催进。鼓声越急，反攻的人越奋勇。擎红旗的，双手举着旗，一起一伏的摇动。离红旗十来丈远近，有一面绿旗，旗下也是一个人，提着一面大锣，举旗的立着不动。

杨天池心想，这锣声，必是令退的，我唯有急将锣抢过来，用力敲打一会儿，看是如何，再作计较。真是小说上面所说的，说时迟，那时快，天池身手，何等疾捷？只将两脚一垫，已经到了绿旗之下，随手抢起锣来，也来不及抢锣捶，就握着拳头，敲得那锣震天价响。反攻的人一闻锣声，同时止了脚步。然浏阳队里被杀死的被打伤的，已有十之五六。杨天池见大众停了手脚，即大声喊道："穷寇勿追，这回且饶恕了他们的性命吧。"众人得转败为胜，也不知道缘故。见浏阳人都瞑目待死，一些儿也不抵抗，正是杀得高兴，忽然听得锣声，虽则齐把手脚停了。但是心里都疑惑，怎么会金鼓齐鸣呢？一个个回转头来看，听了杨天池的喊声，却没一个认识杨天池。

平江队里为首的人，姓罗名传贤，是一个在农人中很有些资产的人。当洪秀全、杨秀清经过湖南的时候，罗传贤还只二十多岁，就充当团练军的小头目，略略知道些临阵的方法，拳棒功夫，也可打得开十来个蛮汉，此时已有五十多岁了。只因他家世代业农，薄薄的有些祖业，所以不愿认真投身行伍；不然，那时由行伍中发迹的，十分容易。有了他这种资格，早已是提镇的地位了，如何能得他在这里，当这种全无名义的首领呢？这时罗传贤，见自己的队伍败退下来，正无法阻止，只得也跟着往后退。陡然见一个文人装束的少年，从老弱队中，一跃十多丈，到了阵前，将长袍一揭，随着左臂一扬，便见无数火星相似的东西撒开来，向浏阳人身上射去。浏阳人正奋勇追赶，一遇那些火星，顿时一个个如受了重伤。罗传贤心中好生诧异，才招呼自己人，回身杀去。又见那少年抢着锣打，心里更是惊讶。

杨天池高声喊了几句话，罗传贤忙跑过来，对杨天池拱手，问道："足下是哪里来的？为何不乘胜追杀，反敲锣停止进攻呢？”杨天池放下铜锣，也拱手答道：“敌人已死伤得不少，上天有好生之德，君子不欲多杀人，岂可尽情杀戮？小子便是十年前的义拾儿，今日路过此地，特来相助我义父一臂之力，并非有仇于浏阳人。死伤过多，仇恨更深，循环报复，更无了时。老先生此时，即可将大众遣散，小子就此告别了。”杨天池复拱了拱手，折身见自己义父，就立在后面。

原来万二呆子着急义拾儿像个文弱书生，如何能和人打？自己不曾拉住，很放心不下，自己的眼睛又看不见多远，杨天池施放梅花针，浏阳人受伤，以及平江人反攻上去的种种动作，万二呆子眼里，都不曾看得清楚。只听得旁边的人，忽然加倍的呐喊，又听得大家欢呼之声，问同伴的，才知道义拾儿在绿旗底下，和罗传贤说话。浏阳人已是大败亏输，方将一颗老糊涂心放下，急忙走到绿旗跟前来。他原是一个极忠厚的人，见自己的首领在这里，还不敢上去，就立在背后等着。

杨天池搀扶着他的胳膊说道：“扶你老人家回家，看义母病得怎样了。”万二呆子点了点头，说道：“好可是好，但是我还得向罗先生告假，才能带你回去。这是有规则的，不然，就算是临阵脱逃，得罚我五串钱。”杨天池道：“什么罗先生，他在哪里呢？孩儿去替你老人家告假，你老人家只立在这里不动。”万二呆子摇头道：“这是使不得的。不论是谁，都不能托人告假，我是要亲去的。刚才和你说话的，便是罗先生。”

罗传贤还没走开，万二呆子的话，听得明白，即过来说道：“万二爷，只管回去吧。我遣散了大众，还要到你家来和他谈话呢。”说时，用手指着杨天池。万二呆子听了，欢喜不尽。在万二呆子的心目中，以为罗传贤是个大有身份的人，能得他来家一趟，真是蓬荜生辉。慌忙鞠躬致敬的，连称不敢当。杨天池懒得多说，搀扶了万二呆子就走。回到万家，杨天池与他义母自有一番殷勤安慰，万二呆子自有一番问长问短，这都不必叙他。

且说浏阳人方面，有五六百人受了杨天池的梅花针。被平江人杀死的，有一百多名，打伤者有二三百。只被梅花针刺了，没被打被杀的，倒容易恢复了原状。原来杨天池的梅花针上面，没有毒药，受伤的不至有性命之忧。往常两方打架，照例是打输了的，就即时各散五方，这年认了输，且待次年再打，然从来死伤到一百人的时候很少。这回浏阳人本已打胜了，却来了杨天池助阵，反将胜的打得一败涂地，死伤如此之多。

浏阳队中首领，姓陆名凤阳，是浏阳一县中，财力最雄厚的农人。虽是不曾读书，为人却甚是精明干练，争着了赵家坪，于他家农务上的益处极大，所以浏阳人奉他为争赵家坪的首领。这回因是打胜了，陆凤阳领着大众，争先追杀，不提防他受了杨天池一梅花针，又被平江人在他肩头上，打了一铁锄头。还亏了一锄就打得昏死过去了，平江人以为是已经死了，才没打第二下。平江人退后，方渐渐转过气来。陆家住在一个小市镇上，陆凤阳的跟人，将陆凤阳抬回家医治。

刚抬到那市镇上，一个跛脚叫化，正低着头，迎面一偏一点的走来。抬陆凤阳的人，因走得太快，跛脚叫化避让不及，竹竿尾子，在跛脚叫化的额角上，撞了一下。叫化喊了一声"哎呀"，双手将竹竿扭住骂道："你们瞎了眼吗？充军到烟瘴地方去吗，怎么是这般乱冲乱撞的？"陆凤阳的跟人在那时有什么好气，朝着那叫化脸上，啐了一口凝唾沫，也回骂道："你不是瞎了眼，如何不早些让开？你真是个不睁眼的东西！也不去打听打听，看我们抬的是谁？"

那叫化被这一回骂，倒软下来了，反笑着晃了晃脑袋，说道："我确是个不睁眼的，不知道是谁。倒要看看你们抬的，可是一个三头六臂的人物？"陆凤阳肩上虽受了重伤，心里却还明白。起初听得自己跟人和人拌嘴，以为无意的撞人一下，算不了什么事，便懒得张眼去看；及听这叫化说出来的话，既不是本地的口音，又不像寻常叫化的口气，见说要看看可是个三头六臂的人物，即张眼一看，不由得心里大为诧异。

不知陆凤阳为什么诧异，那跛脚叫化是谁？且待第七回详说。

冰庐主人评曰：

施耐庵作《水浒传》，辄于每回之末，另起波澜，故作惊人之笔，不肯平平写去，使读者精神为之一振，且妙在笼罩下文，而无背谬情理之处。本书作者深得是法，每至回末，令人悠然意远，而第五回一结，尤出人意料之外。追读本篇笑道人之言，则又语语不背情理，蛛丝马迹，早在上回埋伏妥帖。噫！小说虽小道，欲求其工，岂易易哉！

吾尝痛夫近世非孝说之背谬，不惜浪费楮墨，一再斥之。亦欲纳人心于正轨，挽既倒之狂澜，使枭獍之徒，憬然自知觉悟耳！今读《奇侠传》一书，而知作者与余有同情也。故一发于红冬瓜教孝之言，再申于义拾儿寻亲之日，劬劳罔极之思，溢于言外。呜呼！吾人之所以异于禽兽者，以其能识孝悌，别长幼耳，奈何倡言非孝者之自甘侪于禽兽之列耶？

平、浏乡民之争赵家坪，一年一度，已成惯例。原与诸侠风马牛不相及，乃从杨天池探望万二呆子闲闲而入，他日英雄聚义，剑侠争雄，皆肇于此。大风之起，始于苹末，信然，信然！

第七回

陆小青烟馆逞才情　常德庆长街施勇力

话说陆凤阳张眼见那跛脚叫化，身材矮小，望去像是一个未成年的小孩，一头乱发，披在肩背上，和一窝茅草相似；脸上皮肤漆黑，紧贴在几根骨朵上，通身只怕没有四两肉，背上披一片稿荐，胸膛四肢，都显露在外。两个鼻孔朝天，涂了墨一般的嘴唇，上下翻开，俨然一个喇叭，两只圆而小的眼睛，却是一开一阖的，闪灼如电。发声自丹田中出来，洪亮如虎吼。那时正在二月间天气，北风削骨，富贵人重裘还嫌不暖，这叫化仅披着一片稿荐，立在北风头上，全没一些缩瑟的样子。

陆凤阳的心思，也很细密，一见这叫化，就暗自寻思道："这人必不是寻常的乞丐，多半是一个大强盗装成的，我倒不可把他得罪了，免得再生烦恼。"心里这般思量着，便忍着肩上的痛，勉强抬了抬身，赔着笑脸说道："他们是粗野的人，不留神撞伤了老哥什么地方，望老哥看我的薄面，饶恕了他们。我身上带了重伤，不能下来给老哥赔罪，也要求老哥原恕。"

那叫化见陆凤阳赔不是，即将扭竹杠的手松了，点了点头，笑道："这倒像几句人话。好！我真个看你的面子。"说完，提起那跛脚，又一偏一点的往前走。陆凤阳的跟人，心里十分怪自己主人太软弱，无端的向一个乞丐，是那般服低就下，只是口里不敢说出什么来。气愤愤的抬到家中，邀了几个帮陆凤阳种田的长年工人，瞒着陆凤阳，各人带了一条檀木扁担，追出来，想毒打那叫化一顿。

这种事，在浏阳地方是常有的，浏阳的人性，本来极强悍，风俗又野蛮，过路的人，常有一言不合，就动手打起来的。本地人打赢了便罢，若是被过路的打输了，一霎时能邀集数十百人，包围了这过路的毒打。打死了，当时拣一块荒地，掘一个窟窿，将尸首掩埋起来；便是有死者家属寻到了，也找不着实在的凶手。

陆家出来追叫化的，共有八个人，才追出了那市镇，即见那叫化，缓缓的在前面走。追的一声喊嚷，各举扁担，从两边包围上去。那叫化像是聋了耳的一般，全不知觉，仍向前一偏一点的走。先追着的，一扁担没头没脑的砍下，正砍在那叫化的后脑上。可是作怪！扁担砍在上面，就和砍在一个棉花包上相似，砍的人还只道是叫化头上的乱发堆得太厚，砍在头发上，所以这般柔软。接着第二个赶到了，扫腿一扁担砍去，砍在那跛脚上。只听得“啪”的一声，将扁担碰了转来，震得这人的虎口出血。

跛脚叫化望着刚才抬陆凤阳的两个跟人问道：“你们为什么打我呢？”两人不曾回答，接二连三的扁担，斩肉丸似的软将下来，下下实打实落，并没一扁担落了空。倒打得那叫化大笑起来说道：“原来你们只有打单身叫化的本领，怎么和平江人打起来，便那般不济咧？打够了么？我都记好了数目，回头去找你的东家算账！”这一来，把这八个人惊得目瞪口呆。几个胆小的掉转身，撒腿就跑。这几个见他们跑，也跟着溜之大吉，大家都存了一个如果叫化找来，只咬定牙关，不承认打了他的心思。

一行人才奔进大门，就听得那叫化紧跟在背后喊道：“我送上门来给你们打，你们不打一个十足，我是不肯走的。”大家回头一看，更惊得恨无地缝可入。谁也想不到他一个跛脚，会追赶得这么快，料想他这么大的嗓音，必然会嚷得被自己东家听见。跑是跑不了，躲也无处躲，只得都回身向叫化求饶道：“我们都是些无知无识的蠢人，得罪了你老人家，你老人家不要与我们一般见识，我们在这里赔礼了。”各人都倚了扁担，一齐向叫化叩了个头。

叫化“嗄”了一声道：“有这么便宜的事么？你们浏阳人被人打死了，都没要紧；打伤了，更是应该的。我不是浏阳人，没这般好说话。快把你东家叫出来，跟我算账。”两个跟人以为他是一个叫化的，我们向他叩头，便叩一百个，他也没有用处，所以说没有这么便宜的事。他必是想要钱要米，多偷些米给他就完了，免得给东家知道了麻烦。忙拿大碗，盛了一满碗米给他道："对不起你老人家！我们都是帮人家的人，手边实在是拿不出钱来。将就点儿，收了这碗米吧。这碗米，差不多有一升呢！"

那叫化朝着碗只一声"呸"，碗里的米，和被什么东西打着了似的，都直跳起来，散了一地，碗中一粒也不剩；连端碗的那只手，都被呸得麻了，吓得这人倒退了几步。叫化接着骂道："好不开眼的东西，老子向你讨米吗？你够得上有米开叫化，我不是贼头目，怎的收你这偷来的米？还不快把你的东家叫出来吗？"这如雷的声音一呼唤，陆凤阳睡在里面，已被惊醒了，忙教自己的儿子陆小青出外，看是什么人吵闹。

陆小青这时才得十二岁，却是聪明绝顶，言谈举止，虽成人不能及他。陆凤阳因钟爱他，又自恨世代业农，不曾读得诗书，不能和诗礼之家往来结亲，立意想把陆小青读书。五岁上就延聘了一个本地秀才，在家里教读，只两年工夫，便读完了五经。远近的人，都称陆小青为神童。八岁的时候，陆凤阳带着他到长沙省城，看他姨母的病，他姨母住在南门凤凰台。那时湖南的鸦片烟盛行，省城里的街头巷尾，都遍设了烟馆。上、中、下三等社会的人，烟馆里皆可容留得下。烟馆当中，最大最好的，推鸡公坡的福寿祥第一。陆凤阳这日，请一个姓赵的秀才到福寿祥吸鸦片，陆小青也跟着去了，在烟馆里，赵秀才又遇着一个朋友，于是三人共一个烟榻吸烟，陆小青就立在旁边看。

赵秀才见陆小青生得唇红齿白，目秀眉清，很欢喜的摸着陆小青的脑袋问道："你曾读书么？"陆小青说："略读过几本。"赵秀才又问："曾开笔做文章么？"陆小青说："不曾，只每日做一首诗，对两个对子。"赵秀才说："你会对对子吗？我出一个给你对，你欢喜对么？"陆小青说："请出给我试试看。"赵秀才原是随口说的一句话，心里何曾有什么可出的对子呢？听陆小青这么一说，倒不好意思不出了。随即躺下来，拈着烟签烧烟，一盒烟三个人吸，早已吸光了，赵秀才还不曾过瘾，遂笑向陆小青说道："有了！我说给你对吧：盒烟难过三人瘾。你有得对么？"陆小青应声说道："杯酒能消万古愁，使得么？"赵秀才吃了一惊，望着陆凤阳笑道："想不到令郎这一点点年纪，就有这般捷才，真是难得。将来的造就，实在不可限量。"

陆凤阳听了，自是高兴，正在谦逊，忽听得烟馆里的雄鸡叫，赵秀才拍着巴掌笑道："我又有了一个好的，你再对一对看。这里地名鸡公坡，方才恰好鸡公叫，就是：鸡公坡内鸡公叫。你对吧。"陆小青略不思索的答道："凤凰台上凤凰游。"赵秀才长叹了一声道："这种天才，这种吐属，还了得吗？你将来一定是凤凰台上的人物！"从这回起，陆小青的才名，震惊遐迩。他又肯在学问里面用功，陆凤阳把他看的比宝贝还重，轻易不教他出外。这日自己被平江人打伤了，儿子在床跟前伺候，听得外面吵闹，自己不能挣扎起来，才打发他出外查问。

陆小青来到厅堂上，见一个跛脚叫化，坐在大门里面吆喝。这时八个打叫化的人，都没法摆布，又怕东家出来责备，一个个抽身进里面躲了。叫化也不再追赶，一屁股坐在地下，张开喇叭口，朝里面乱骂。陆小青走近前问道："你是讨吃的么，却为何坐在这里骂人呢？"那叫化举眼一见陆小青，即时换了一副笑容答道："只许你家的人打我，不许我骂你家的人吗？"陆小青问道："我家有谁打了你？只怕是你认错了人吧？我的父亲被人打伤了，还不曾请得医生来治，如何会有人来打你咧？"那叫化哈哈大笑道："原来你父亲被旁人打伤了，却教长工追赶着打我，这也算是报复之道。好在我的皮肉坚牢，没被你家长工打伤。你不相信，只把刚才抬你父亲回家的，那两个人叫来，问他们是不是打了我？这地下撒的米，也就是他偷了给我，想敷衍我的。"

陆小青早已看见撒了一地的米，听这叫化的谈吐，绝不像是一个下等人，估料他说的，必不是假话，心里很觉得有些对不住。即时将两个跟人叫出来，问什么事追赶着人打。跟人知道隐瞒不住，只得把追赶时情，述了一遍。陆小青是个头脑很明晰的小孩，一听跟人的话，就暗自寻思道："这一个小小身材的叫化，身上又没穿着衣服，科头赤脚的，怎生能受得了八个壮健汉子用檀木扁担劈，一些儿不受伤损呢？这不是一个很奇怪的叫化吗？我父亲这回和平江人因争水陆码头打架，若是有这叫化同去，平江人不见得能打伤我父亲。我何不将这事，进去告我父亲知道，看他如何说法？"陆小青思量着，教跟人立着不动，自己转身到里面，将叫化的情形和跟人的话，照样向陆凤阳说了。陆凤阳不待说完，一蹶劣爬了起来，全忘了肩上的伤痛，倒把陆小青吓得后退。

陆凤阳下了床，招陆小青拢来说道："快扶我出去见他。"陆凤阳的老婆在旁说道："你肩上受了这么重伤，一个叫化子，也去见他做什么？"陆凤阳道："你们女子知道什么？说不定替我报仇雪恨，就在这个叫化子身上呢。"陆凤阳一面说，一面扶着陆小青的肩头来到外面，向那叫化一躬到地说道："我等山野之夫，真是有眼不识泰山。家人们无礼，更是罪该万死，望海量包涵。恕我身带重伤，不能叩头赔礼。这里不是谈话之所，请去里面就坐。"

那叫化并不客气，随即立起身，笑道："不嫌我龌龊吗？"跟人还立在那里，见叫化不提说挨打的事，就放下了心。听了叫化说不嫌我龌龊的话，忍不住掉转脸匿笑。陆凤阳忙叱了一声骂道："你们这些无法无天的东西，还了得吗？等歇我闲了，再和你们说话。"骂得两个跟人不敢笑了。

陆凤阳父子引叫化到客堂里，纳之上坐，自己在下面坐着相陪，开口说道："我本是一个村俗的人，生长在这乡里，一辈子没出过远门，没一些儿见识。然而一见你老兄的面，就能断定是一个非常的人。只因我肩上被人打伤了，一时疼痛难忍，不能延接老兄进来。方才听小儿说家人们对老兄无礼的情形，心里又是气愤，又是钦佩。气愤的是，家人们敢背着我，这般无法无天；钦佩的是，老兄的本领。所以身上的痛苦都不觉着了，来不及的挣扎着出来，向老兄赔罪，并要求老兄不弃，在寒舍多盘桓几日。"

那叫化微微的点了点头，含笑说道："不愧做浏阳人的首领，果是精明干练，名下无虚。但不知贵体是怎生受伤的？"陆凤阳说道："老兄不是已经知道我是被平江人打伤的吗？"叫化道："我曾遇着一个从赵家坪逃回的人说，这边本已打胜了，正奋勇追赶，忽然追赶的人一个一个的只往地下倒，却又不是被平江人打了的。是不是有这么一回事呢？"陆凤阳拍着大腿，唉声说道："正是这般的情形，我至今还不明白是什么道理。这回我浏阳人里面，死伤的只怕有一大半，真是可怜可恨。往年的陈例，每年只决一次胜负。但是这回我浏阳人吃的苦实在太大，宁肯拼着一死，这仇恨断忍不了到明年再报。我知道老兄是英雄，千万得助我雪恨。"陆凤阳说至此，忽然"啊呀"一声道："我只顾说话，连老兄的尊姓大名，都忘记请教了。"

那叫化偏着头，像是思索什么的样子，陆凤阳的话，似乎不曾听得。好一会儿，才抬头问道："追赶的时候，你这边的人一个一个的往地下倒，是不是呢？"陆凤阳口里应是，心里暗自好笑，这话原是他自己听得人说的，我已答应了正是这般情形，怎么还巴巴的拿这话来问是不是呢？只见叫化又接着问道："你跟着上前追赶没有呢？"陆凤阳道："我若不是跟着上前追赶，也不至被人打伤了！"叫化又把头点了两下，问道："你也跟着往地下倒没有呢？"陆凤阳暗笑这人怎的专问这些废话？我若不跟着往地下倒，难道见大家都倒了，我还不急速退回，立在那里等平江人来打吗？只是陆凤阳心里尽管这般暗笑，口里仍是好好的答应："我也跟着往地下倒了。"叫化道："你为什么也跟着倒呢，真个不是被平江人打倒的吗？"

陆凤阳听了这两句话，却被问住了，迟疑了一会儿，才说道："那时平江人敌不住我们了，都没命的转身飞跑。我们已追赶了半里路，并没一个平江人敢回头，实在是没人打我们。我其所以往地下倒的原因，是为我的右腿上，忽然像是有人拿一支很锋利的锥子，用力锥了一下，立时痛彻心肝，两腿不由得一软，就撑支不住，倒在地下了。然我回家后，捋出右腿来看，又不见有伤痕。我正自疑惑，即算我平日两腿本有转筋的毛病，这几百人怎么都会一齐倒下的咧？"

叫化起身走到陆凤阳跟前，教再把右腿捋出来看，即露出很吃惊的神色。仔细端详了几眼，才用那色如漆黑、瘦如鸡爪的手指，点着膝盖以上一个带红色的汗毛孔道："平江人打了你的伤痕，有在这里了。"陆凤阳看了不信道："这是蚤虱咬了的印子，我身上常有的，如何说是平江人打的伤痕？"叫化大笑道："也难怪你不相信，我就还你一个凭据吧。"说时，揭开他自己腰间的稿荐，现出一只讨米袋来。伸进手去，摸了一会儿，摸出一颗棋子大的黑东西，像是有些分两的。估料不是铁，便是石。

叫化将那颗黑东西，放在红色的汗毛孔上，不一刻就拿起来，指给陆凤阳看道："这是蚤虱咬的么？"陆凤阳看黑东西上面，粘着半段绝细的绣花针，针上还有血，不禁惊异问道："这不是一口断了的绣花针吗，怎么会跑到我大腿里面去了呢？"

叫化叹了一声气道："这事只怕得费些周折。老实说给你听吧，这不是断了的绣花针，是修道人用的梅花针，因形式仿佛梅花里面的花须。我本来不合多管这些不关己的事，但使用这针的人既在修道，何必帮着人争水陆码头，并下这种毒手？于情理未免太说不过去。不落到我眼里，我尽可不必过问；于今既看在眼里，听在耳里，记在心里，待说不过问，天下英雄也要笑我，不能存天地间正气。我姓常，名德庆，江西抚州人。只因平生爱打不平，十七岁上替人报仇，杀了人一家数口，就逃亡在外，不能回转家园。流落江湖上二十年，本性仍不能改。曾遇人传授我治伤的方药，不问跌伤打伤，哪怕断了手足，只要在三日之内，我都有药医治。今日也是你我有缘，又合该二三百农人不应死在梅花针下，凑巧我行乞到此。”常德庆说时，又伸手在那讨米袋里，掏出一个小红漆葫芦来，倾出来些药粉，用水调了，先敷了陆凤阳肩上的锄伤。然后将葫芦中药粉，尽数倾出，用纸包了，交给陆凤阳道：“凡是从场打伤了的人，只须将这药略敷上些儿，包管就好。你拿去给他们敷上吧，我还有事去，不能久在此耽搁，回头再见。”

陆凤阳肩上的伤，原疼痛得厉害，虽勉强延接常德庆，陪着谈话，然仍不免苦楚。自从这药粉敷上，但觉伤处微痒，顷刻即不似前时那般疼痛了。心里正高兴，要和常德庆商量复仇之计，听常德庆说有事去，不能久在此耽搁的话，哪里肯放他走呢？双手扭住常德庆的手腕，放声哀求道：“我这一肚皮怨恨，非老兄……”常德庆不俟陆凤阳说完，连连的点头答道：“用不着多说，我统知道了。仇也不能就坐在你家里报呢！”陆凤阳仍扭着不放。忽听得外面人声嘈杂，仿佛有千军万马杀来的声响，惊得陆凤阳连问怎么。

不知外面嘈杂的是谁，这仇怨究竟怎生报法，且待第八回再说。

冰庐主人评曰：

古之成大事、立伟业者，往往礼贤下士，虚怀若谷。未闻有徒恃匹夫之勇，而能垂不世之业者。西楚霸王，勇士也，然徒恃其拔山盖世之雄，嗔目一呼，辟易万人；卒至楚歌四绕，无面以见江东父老。法拿破仑，怪杰也，纵有统一全球之志，蹂躏亚欧，称霸一时；然而滑铁卢一战遭擒，难免被流荒岛。以此证之，谦德亦为人生要素，良足信也。陆凤阳闻常德庆之勇，即瞿然忘痛苦，不以乞丐为鄙，低首礼之，真不愧为浏阳人之首领矣！故吾姑置他日胜负于不论，就目前言，陆凤阳亦非常人也。

第八回

陆凤阳决心雪公愤　常德庆解饷报私恩

话说陆凤阳正扭着常德庆不放，忽听得门外人声嘈杂。陆凤阳是在赵家坪，受了惊吓的人，惊魂才定，又听得有如千军万马杀来的声响，如何能不惊得连问怎么呢？陆小青早已跑出客堂，朝大门口一望，只见一大群的人，争着向门里挤进来。陆小青眼快，认得在前面的几个人，都是附近的大农户，平日常和自己父亲来往的。料知没甚凶事，才放了心，急转身告知陆凤阳。

常德庆笑道："你家有客来了，更用不着我在这里。我这脏样子，或者人家还要讨厌呢。"说着，脱开了陆凤阳的手，往外便走。陆凤阳肩上的伤，此时已全不觉痛了。见常德庆执意要走，只得立起身送出来，一面看许多农户来干什么。只见大门以内，挤得满满的人，足有八九十个，一个个面带怒容，见陆凤阳送一个叫化出来，都现出诧异的样子。

立在前面的几个人，迎着陆凤阳，略转了些笑脸问道："陆大哥不是受了重伤吗？怎么就好了呢，原来伤得不重么？"陆凤阳向说话的人指了指常德庆道："等我送了客，回头再和诸位详说。"陆凤阳直送到大门外，拉了常德庆的手，两眼像要下泪的样子，说道："到舍间来的这许多人，不问可知是找我商量报复的事。我若不能报这回的仇，死在九泉之下的众兄弟，也不能饶恕我。你老兄若不能帮我，我这仇就到死也报不了。"

常德庆摔开手不悦道："太啰唣了！教人不耐烦。我既说了要报仇，也不能坐在你家中报，不是已经答应了你吗？"陆凤阳赔笑作揖道："我委实是气糊涂了。老兄虽不耐烦，但我仍得请问一句，老兄此去，何时再来？万一有紧急的事，教我去哪里寻找老兄？”常德庆一面往前走着，一面答道：“这也用不着问，你有紧急的事，我自然会来。我便说给你的地方，你也找寻我不着。”陆凤阳不敢再说，望着他一偏一点的走得远了，才回身进屋。

此时陆小青已教家下人，搬出许多椅凳，在大厅上，给众农户坐了。刚才问陆凤阳话的几个人，见陆凤阳进来，先起身说道：“我等听得大哥受了重伤，都放心不下，所以约齐了，来瞧大哥。”众人也都立起身来。陆凤阳让座申谢了几句，说道：“我的伤，已承刚才送出门的那位常大哥，给我治好了，并留下许多灵丹在这里，教分给受伤的众兄弟。”说时，取出那纸包药粉，交给一个年老的人道：“往年的旧例，打胜了，得治酒大家痛饮一番；打败了，各自归家休养。死了的，归家属领埋；伤了的，归自家医治。唯今年不能依照往年的旧例，因平江人得了外来的人助阵，才能转败为胜，并不是我们斗平江人不过。从来争水陆码头，没有外来人帮场的，况且他们这帮场的，不是寻常人。我们众兄弟，都死伤在那人的梅花针底下，情形实在太惨。我这回拼着不要命了，总得设法报这番的仇恨。”

众人都流下泪来，争着说道：“我等到这里来，一则为瞧大哥的伤势，一则为要商量报前番的仇。我等多是目击当时情形的人，若不是逃跑得快，也和众兄弟一样，死的死，伤的伤了。也不知平江人，从哪里请来的那个妖人，用的什么邪法？只将手往两边一撒，我们这边的人，就纷纷往地下栽倒。他们都回身，打跛脚老虎似的，一下一个。可怜死伤的众兄弟，哪一个能明白，是如何死伤的呢？这仇不报，要我等活在这里的何用！陆大哥尚肯拼着性命不要，我等中若有一个畏死贪生的，已死众兄弟的英灵，决不让他活着。”

众人说时，有放声大哭的，陆凤阳扬手止住道：“大丈夫做事，要做就拼着性命去做，哭是不中用的，徒然减了自己的威风。他们能请得着外来的帮场，我们也请得着人。刚才我送出门的常大哥，就是一个英雄豪杰之士。我已拜求了他，承他答应了，替我们报仇雪恨。诸位且回去，拿这药粉将众兄弟的伤治好了，只等常大哥一来，商量了报复的方法，我即传知诸位。”

众人中有问常大哥是哪里人，怎生到这里来的？陆凤阳将轿杠撞了常德庆，及自己跟人纠合长工去打的话，说了一遍。众人都转忧为喜，一个个眉飞色舞的，辞了陆凤阳，带着常德庆给的伤药，医众人的伤去了。

且慢！在下写到这里，料定看官们心里，必然有些纳闷，不知常德庆毕竟是个什么人，如何来得这般凑巧？这其间的原委，也正是说来话长。而且说出来，在现在一般人的眼中看了，说不定要骂在下所说的，全是面壁虚造，鬼话连篇。以为于今的湖南，并不曾搬到外国去，何尝听人说过这些奇奇怪怪的事迹，又何尝见过这些奇奇怪怪的人物，不都是些凭空捏造的鬼话吗？其实不然。于今的湖南，实在不是四五十年前的湖南。只要是年在六十以上的湖南人，听了在下这些话，大概都得含笑点头，不骂在下捣鬼。至于平、浏人争赵家坪的事，直到民国纪元前三四年，才革除了这种争水陆码头的恶习惯。洞庭湖的大侠、大盗，素以南荆桥、北荆桥、鱼矶、罗山几处为渊薮。逊清光绪年间，还猖獗得了不得。这回常德庆出头，正是光绪初年的事。趁这时将常德庆的来历交代一番，方好腾出笔来，写以下争水陆码头的正传。

常德庆原是江西抚州人，他父亲常保和，是一个做木排生意的人。湖南人称做木排生意的，谓之“排客”。照例当排客的，不是有绝高的武艺，便得有绝高的法术。湖南辰州地方，本来产木料，风习又最迷信神权，会符咒治病的极多。所以，“辰州符”是全国有名的。辰州的排客，没一个不是有极灵验、极高强法术的。因为湖南人迷信，相传说：洞庭湖的龙王，最是气度仄狭，手下的虾兵、蟹将，更最喜兴风作浪的，危害行船。不论来往的船只，预备过湖的前一日，总得斋戒沐浴，鸣锣放炮，跪拜船头，求龙王爷保佑。在经过湖心的时候，船中老幼男女，都得寂静无哗，不但不敢在湖中有猥亵的行为，便是略近不敬不谨的话，也不敢说出半句。说是只要有一言半语，触犯了龙王爷或虾兵蟹将，立时风波大起，那船就或翻或沉，那排就或散或停，在湖心打盘旋，和被人牵住了一般，再也行走不动。法术好的排客到了这种时候，就要有本领和龙王爷抵抗。排客驾着木排，到湖北销售了，得了现金，须搭帆船回家。在洞庭湖经过的时候，就得防备大盗。会武艺的排客在这种关头，便能保全自己的生命财产。常保和虽是江西人，却很会辰州的法术，武艺更是好到绝顶。常德庆才得十岁的时候，常保和就将他带在跟前，教他的武艺。只因常保和所会的武艺，是阴劲功夫，常德庆的身量又天赋的瘦小，练到一十五岁，形象便活是一只猴猿，身子比猴猿还快。十八岁上，常保和死了，他不愿意继续做那木排生意，在湖南藩司衙门里，谋了一份口粮。

那时的藩台，独具只眼，能看出常德庆是个好身手的汉子来，格外提拔他，当了一名贴身的护卫。每次有重要的差遣，总是教常德庆去，从来不曾失过事。那时解赴都门的丁漕银两，若没有水陆两路的英雄保护着，出了湖南界，就不得过湖北界；过了湖北界，又不得过河南界；只要能过了河南界，便可望平安无事的解进北京了。湖南专保解丁漕银两的，姓罗，名有才，独身保了五十年，水陆两道的强人，从不敢过问。这时罗有才的年纪，已有八十多岁了。他儿子罗春霖，不忍八十多岁的父亲再去饱受风霜，饱担惊恐，力劝罗有才递辞呈，乞休养。罗有才每年一次的力辞，辞到第三年，病了下来，实在再不能奉命了，藩台只得准了，因此才极力的物色人才。两三年提拔常德庆在跟前，随时留心观察，知道是个可靠的人。罗有才既是病了，藩台便叫常德庆到签押房里，问他能不能保解丁漕银两。

此时常德庆的年纪，只二十二岁。少年人练了一身本领，目空一切，哪知道江湖上的厉害！当下便随口答道："小的承大人格外栽培，虽教小的赴汤蹈火，小的也得奉命。何况于今是太平盛世，不过要小的在沿途照顾照顾，哪里真有目无王法的贼子，敢冒死来盗窃？罗有才保解了五十年，何尝有一次曾有贼子敢出来侵犯过？小的情愿保解，以报大人格外栽培的恩。"藩台听了，异常欢喜，即交了三十万两丁漕银给常德庆，点了三十名精壮兵士，随船照顾，送出湖南地界。

常德庆结束停当，带了应用兵器，押着一号大官船的银两，从长沙动身，往湖北进发。下水船行迅速，只两日就过了洞庭湖。次日又安然无事的经过了鱼矶。鱼矶以下三十里，便是罗山。随船的三十名兵士，只待过了罗山，即回长沙销差。

这夜船泊在罗山底下。常德庆在童年的时候，就随着他父亲常保和，往来两湖之间。湘江沿岸的强人侠士，虽见识得不多，然什么所在是强人出没的地方，耳里时常听得常保和说，脑筋里是能记忆的。罗山本是湘江岸强人的第一个巢穴，里面好本领之人极多。常德庆也就不敢怠慢，教众兵士不要解装休息，真是弓上弦，刀出鞘的防护，但是都坐在船舱里面，船棚仍遮盖得严密。常德庆背上插了一把三尺长的单刀，这单刀还是常保和传给他的。虽没有吹毛断玉的那般犀利，然在常保和手里用了几十年，江湖上没有不知道这单刀厉害的。稍微轻弱些儿的兵器，一遇这刀，莫不登时两段。刀重有九斤半，寻常无人能使的他动。常德庆自幼使用惯了，舞动起来，刀光如镜，耀得人两眼发花。这时插了这把刀，吩咐众兵士不要高声言语，若听得外面有呼杀的声音，须同时立起来，一齐动手，将船舱揭开。各人守住各人的地位，不可乱走乱动，强人到了跟前，方可动手。船上不比陆地，人多一走动，船身就摇晃，立脚不住。凡事有我担当，不要害怕。

众兵士听了常德庆的话，虽教他们不害怕，其实他们是承平时候的兵，不曾见过阵。这时又在夜间，又在不好施展、不能逃跑的船上，如何真能不害怕呢？口里不敢说什么，心里却都存了个若果有强人来了，就大家跪在船板上求饶的念头。常德庆吩咐好了，猿猴一般的爬上桅杆颠上坐了，用眼向四面张望。此时并无月色，十丈以外，便看不出人影。

坐等二更以后，忽听得远远的有犬吠之声，近处人家的犬，也立时接声吠起来。常德庆定睛向犬吠的地方望去，穷极目力，看不出一些儿人影来。正待飞身上岸，用耳贴地去听，听有无脚步的声音，并声音的轻重多少，忽觉三四丈以内，有一条黑影一晃，向自己船上射箭一般的奔来。船身登时往下一沉，竟似有千斤重量，只是一些儿响声没有。常德庆即知道来者不是等闲的人物，趁着那人上船立足未定的时候，从桅颠上一个“鹞子翻身”，头朝下，脚朝上，对准那人头上，直刺下来。那人闪让不及，举手中铁尺来挡。怎当得常德庆从上杀下来势凶猛？铁尺碰在单刀上，截去了半段。顺势收束不住，将那人右膀连肩削去了一半。常德庆脚才踏着船板，那人也不喊痛，一面用左手的铁尺来招架，一面口中打了一声呼哨。常德庆恐来多了，地方仄狭，抵敌不过，正把手中的刀紧了一紧，想先将来的杀倒。

可是作怪！船身猛然向水中直沉下去，舱里的兵士，都慌张大叫进水了。常德庆来不及拔步，水已淹了大腿。亏得他小时在河江里长大的，很识得水性，然身上担着这多银两的干系，心中怎免得了惊慌？一个不留神，左肩上被人打了一下，身体才一偏，右腿上又受了一暗器。觉得这两下都很有些分两，哪敢留恋，连忙泅水向上流逃生，耳里还听得众兵士哀号的声音，和强人哈哈大笑的声音，吓得头都不敢回，直泅了十多里水程。

见鱼矶这边河岸，隐隐有几点火星，料想不是人家，便是停泊的船只，且去借宿了，再作计较。便泅过江，近有火星的地方一看，哪里是人家，也不是船只。原来是渔人，架着大罾，在河边捞鱼，用芦席搭盖着一间船棚也似的小房子。渔人坐在里面，旁边挂着一盏油灯。这种渔棚，相离十来丈远近一个。常德庆在水中逃生的时候，肩腿上的伤，都不觉得疼痛，此时一爬上岸，便痛得不能忍受了。走到一个渔棚跟前，见里面坐着一个五十来岁的渔人，正合着双眼打盹。常德庆“喂”了一声说道：“借光，借光。我是被难逃生的人，身上受了重伤，要借你这渔棚，休息一夜，明日算钱给你。”口中说着，身体已不由自主的，进渔棚倒了下来。

那渔人张眼望了一望微笑着问道：“你是干什么事的？在哪里被难，却逃生到这里来？”常德庆痛得哼声不止，哪有精神回答，只闭着眼不睬。渔人连问了几声，常德庆心里烦躁道：“你管我这些做甚？我借了你的渔棚，说了明早算钱给你，要你多什么闲事，寻根觅蒂的来问？”渔人听了，倒不生气，反打了一个哈哈道：“怪道你被难逃生，身上受了重伤。你年纪轻轻的人，对年老的人说话，竟敢这般不逊？你身上的重伤，就受得不亏了，只可惜没把性命送了。你是好汉，痛起来就不要这么苍蝇似的只哼。”

这几句话不打紧，却把个少年气盛的常德庆，几乎气死过去了。也顾不了身上的痛苦，翻身跳了起来，指着渔人骂道：“你……你……你骂我不是好汉！你是好汉，敢过来，和我见个高下？我身上便再多伤几处，也不怕你，敢来么？”渔人坐着不动，仍笑嘻嘻的望着常德庆点头道：“你好汉是好汉，只可惜要充好汉的心太急了，自己断送了一条右腿。你若再充好汉，但怕连性命都得充掉。”渔人说时，只管望着常德庆右腿上的伤处。

常德庆是个初出来的人，如何知道自己腿上受的暗器，是有毒的。听了渔人的话，觉得不是无因。又见渔人的言词举动，不似寻常的粗人，并且此时腿上的伤处，火也似的烧得痛，筋肉都像是要短缩的样子，一抽一抽的，痛得支持不住。来不及钻进渔棚，就倒在水里的沙滩上。

只见渔人长叹了一声，起身提了油灯，出了渔棚，照着两处伤痕说道：“你知道你腿上，是受了人家的药箭么？再迟三个时辰，你这条小命就没有了，亏你还在这里耀武扬威。”常德庆心里明白，口里却负气不作声。渔人一手托着常德庆的肩头，教他坐起来，常德庆肩上的伤，被托得很痛，脱口喊出一声“哎呀”。渔人用灯照着肩上，见了那把单刀的皮鞘，吃惊似的问道：“这刀鞘是你的吗，刀在哪里呢？”

常德庆觉渔人问得诧异，随口答道：“这刀是先父传给我的，刚才泅水，掉在河边去了。”渔人问道：“你姓什么？”常德庆说了姓名。渔人叫着“啊呀”笑道：“你原来就是常保和的儿子，这却不是外人。我于今且治好了你的伤，再问你的话。”说着，放下手中的灯，从腰间掏出一包药来，敷了两处伤痕，说道：“你刚才不跳起来使这一会儿劲就好了，于今缩短了一寸筋肉，成了一个跛子。这也是你合该如此，只要救了性命，就算是万幸了。”

常德庆思量：“这渔人必是自己父亲的朋友，所以认得这把单刀。”想起自己无礼的情形，心中十分惭愧。伤处敷上了药，不一会儿就减轻了痛苦，连忙爬在地下，向渔人叩头说道：“谢你老人家救命之恩，你老人家认识这刀鞘，必认识先父。小侄方才种种无礼，还得求你老人家恕罪。你老人家的尊姓大名，也得求指示。”渔人点头笑道：“岂但认识你父亲，本来连你也都是认识的。只因有七八年不见你了，你的相貌长变了，又在夜间，没留意看不出来。你问我的姓名么？你只瞧瞧我这里，看你还记得么，认得出么？”

常德庆看渔人用手指着他左边耳朵，只见那左耳根背后，长着一个茶杯大的赘疣，心里忽然记忆起来，逞口而出的呼道：“哦！你老人家是甘叔叔么？小侄真该死。你老人家还是八年前的样子，一些儿没有改变，怎么见面竟不认识呢？”说时又要叩头。

渔人拉了常德庆的手笑道：“不必多礼！伤处才敷了药，尤不可劳动。且在这棚里睡到天明，明日再到我家下去。”当下拉了常德庆到渔棚里睡下，从容问常德庆因甚事被人打伤了。常德庆说明了始末原因，那渔人大惊失色道：“你真好大的胆量！初出来的人，就敢保这么重的镖，往北道上去。还侥幸是在湖南界内失的事，只要人不曾丢了性命，丢失的银两，是还有法可设的。若是出了界，你这回的性命，就送定了。便算你能干，逃脱了性命，不死在劫镖的手里，试问你凭什么讨得镖回？讨不回镖，这三十万皇家的饷银，你有什么力量归还？这可是当耍的事么？你此时在此睡着，不要走动。我得赶紧去，设法讨回镖银，迟了恐怕又出岔事。”

常德庆正待问将怎生去讨，渔人已出了渔棚，走几步又回头向常德庆说道："你安心等着便了。我今夜不回，明早定要回来的。"常德庆应着是，想坐起来相送，看棚外，已是不见人影了，一些儿不曾听到脚步声响。心里不由得暗暗佩服，前辈的本领是不可及，仍旧纳头睡下来。身体疲乏了的人，伤处又减轻了痛苦，自然容易睡着。正在酣梦朦胧中，忽听得沙滩上有多人脚步之声，常德庆惊醒转来，睁眼看棚口，那渔人正钻了进来。

不知讨得镖银回来了没有，且待第九回再说。

冰庐主人评曰：

吾前回尝言谦德为人生之要素，今读此回而益信。盖常德庆渺视天下无能人，遂使三十万镖银，一旦被劫，身受重创，几难幸免；复藐视渔人，跳踉叫骂，卒损一足，为终身之病。语云：满招损，谦受益。我人立身处世，可不慎哉！

作者写常德庆保送镖银，与《水浒传》杨志押送金银担，布局有极相似处，而用笔竟无一笔相犯。耐庵写黄泥岗遭劫一段，写得个中人各有神似，栩栩欲活；向君写罗山被劫一段，亦细细写去，使读者如身入其境。月黑星稀，犬声远吠，人影一晃，船身便往下一沉云云，午夜读之，不觉毛戴，真神化之笔也。故吾谓近世深得耐庵笔法者，向君一人而已。

第九回

失镖银因祸享声名　赘盗窟图逃遇罗汉

话说常德庆睡在渔棚里，被沙滩上一阵脚步声惊醒了。睁眼一看，只见去讨镖的那渔人钻进棚来。常德庆慌忙坐起，心里唯恐不曾将镖讨回，不敢先开口问，只用那失望的眼光，仰面瞧着渔人。渔人笑道："这回虽则失事，却喜你倒得了些名头。彭四叫鸡竟被你断了他一条臂膀，他是湘河里有名的大胆先锋。许多老江湖一个不提防，就坏在他手里。他素来是欢喜说大话，两眼瞧不起人的，所以江湖上替他取个绰号，名为'彭四叫鸡'。这回倒很恭维你，他说就凭你那一刀，愿将镖银全数送回。这也是你初出世的好兆头。"

常德庆听了，心中高兴，来不及的立起身来问道："三十万两都全数讨回了吗？他虽是这般说，然若不是老叔的面子，哪有这么容易。但不知三十名兵士，有几名留着性命的？"渔人用手指着棚外道："你自去点数，便知端底了。"

常德庆钻出棚来，此时天光已亮，晓风习习，晓雾濛漾，回头看江岸上，一排立着几十名兵士，并堆着一大滩的银箱。暗想怪道刚才一阵脚步声，把我惊醒了，原来就是这些兵士，和搬运这些银两的人。随走到一个兵士跟前问道："你们统同回来了么？昨夜船沉了以后的情形，是怎么的呢？"兵士答道："我们三十个人，一个也不曾伤损。当船沉下去的时候，我们已将船棚掀开，都待浮水逃命。即听得岸上有人喊道：'不干你等的事，你们不逃倒没事，逃就枉送了性命。你们看，四面都有人把守了，能逃上哪里去？一齐上岸来吧，决不难为你们。’我们听了这些话，哪里肯信呢？没一个敢近岸，都拼命泅着水，向上流逃。岸上的人，也不再喊了。我们逃不上半里，忽被一根粗索，在水中截住去路。我们的水性都不大熟习，一遇那根粗索绊住，便再也浮不过去。转眼之间，那粗索移动起来，我们的身体，被那索拦的只向后退，和打围网相似，将我们作鱼，围到沉船的所在，一个一个的赶上岸。原来是四个人，牵着那根粗索。我们若是水性好，也不至是这么被他围住，无奈我们都是陆营，能够勉强在水中浮起，不沉下去，也要算是我们的能耐了。”

常德庆点头，催着说道：“将你们赶上岸怎么样呢？”兵士道：“就在离河岸不远，有一所茅房，八个着水衣靠、手拿钢叉的人，押着我们到那茅房里。地下铺了许多稻草，壁上钉了一碗油灯，以外什么物件也没有。八个人将门关上，就监守着我们。一会儿，外面有人敲门，隔着门向里传话道：‘焦大哥教提一个杀胚上去问话。’我当时还不知道杀胚是什么，只见监守的八个人齐声应是。在我们三十人中，挑精选肥的，刚刚选中了我。两个人过来，一人执着我一条臂膀，说声：‘走，值价些。’我才知道杀胚就是指我们。我也不开口，便随着二人出了茅屋，向东北方走了五六里路。见前面有一堆灯火，走到临近，却是一个山岩。约莫有四五十人，各执灯笼火把，立在岩下。当中立着一个年约五十多岁，满脸络腮胡子的人，正和一个满身是血，没有右膀的人说话。押我的两人，猛然将我往前一推，喝道：‘跪下！’我只得朝山岩跪了。

“那胡子掉过脸来，用很柔和的声音向我说道：‘你不用害怕，我这里的刀，不至杀到你们颈上来。我只问你，你们凭着什么本领，敢押解这一船的饷银，到北京去？说来我听。’我就答道：‘我们是奉上官差遣，身不由己，本领是一些没有。并且我们只送到湖北界，就回头销差。’那胡子点头笑道：‘我也知道你们是身不由己，但是你们只送到湖北界，以下归谁押送呢？’我说：‘有常德庆大爷押送。’那胡子露出踌躇的样子，说道：‘常德庆么，是哪里来的这么一个名字？啶！我问你，这常德庆有多大年纪了，于今在哪里？’我说：‘年纪不知道，像是很年轻，大约不过二十多岁。沉船的时候，不知他往哪里去了？’胡子大笑道：‘怪道我不曾听说过这么一个名字，原来只二十多岁的人，真是人小胆不小了。’

“那胡子说笑时，又望着那没有右膀的人说道：‘四弟这回可说是阴沟里翻船了。’没右膀的人，听了不服似的大声说道：‘这常德庆虽是没有名头，本领却要算他一等。我遭在他手里，一些儿不委屈，我并想结识他，只可惜他赴水跑了。’一面说一面望着我，也喊了一声杀胚道：‘你听着，我放你们回去，你见着常德庆，得给我传一句话。你只说罗山的彭寿山拜上他，这回很领教了他的本领，看他这种本领，谁也不能说够不上保镖。只是江湖上，第一重的是仁义如天；第二还是笔舌两兼；第三才是武勇向先。他初出世，没有交游，本领便再高十倍，也不能将这么重的镖，保到北京。这是我想结识他的好话，你能照样去说，不忘记么？’我说：‘不会忘记。’那胡子教押我去的两人，仍押我回茅房。

“我到茅房不到半个时辰，又听得外面敲门的说道：‘有甘瘤子来说情，要将三十万饷银，全数讨回去。焦大哥说，看甘瘤子的情面，交还他一半；彭四哥说，凭他这一刀的本领，完全退还他。于今已将银两，全数搬到对面河岸去了。甘瘤子还要把这三十个杀胚，一并带回去，现在前面等着，赶紧将这一群杀胚送去吧。算是我们倒霉，白累了一个通夜。’八个监守的人都愤愤的说道：‘我们在水里浸了这大半夜，落得个空劳心神，真是没得倒霉了。’即听得门外的人催着说道：‘罢了，罢了！快点儿送去吧。倒了霉，不要再讨没趣。这个瘤子，最是欢喜多管闲事的。’八人都堵着嘴，板着脸，连叱带骂的，将我们引到沉船的地方。在山岩下问话的那胡子，同那没右膀的人，正立在河岸上，和方才领我们到此地来的这位老者，做一块儿说笑。这老者见我们到了，就向两人作辞，说了句承情，便带我们到此地来了。这些银箱，也不知是何人搬运到这里来的。”

常德庆听了这些话，心中害怕，不敢再押着银两，往前走了。就在鱼矶另雇了一艘民船，仍将三十万丁漕银解回长沙，向那藩台禀明了失事情形，谨辞恪辞的卸了委任，独自跑到鱼矶来，拜甘瘤子为师，练了一身惊人的剑术。

这甘瘤子是两湖的大剑侠，他师傅杨赞化，是崆峒派剑术中的有名人物。在喻洞和金罗汉吕宣良较量的董禄堂，是杨赞化的大徒弟，甘瘤子的师兄。甘瘤子因董禄堂败在吕宣良手里，对于吕宣良这一系的人，都存了个仇视的心思。只待一有机会，就图报复。南荆桥、北荆桥两处，都是甘瘤子的巢穴。甘瘤子的家在北荆桥，他还有一个九十多岁的老母。他这老母在江湖上也是有名的，叫做“甘二嫔䭾”，少时跟着她父亲，吃镖行饭，练就一身硬功夫，舞得动八十斤的大刀。嫁着甘瘤子的父亲，就改业做独脚强盗。

怎么谓之独脚强盗呢？凡是绿林中的强盗，没有不成群结党的。和常人一般，住在家里，每年出外，做一两趟买卖，也不收徒弟，也不结党羽，便谓之独脚强盗。这种独脚强盗，最是难做，不是有绝大本领的人不行。甘瘤子的父亲住在北荆桥，做了二十年的独脚强盗。左右的邻人，不但无人知道他是个强盗，并且没一人不感激他周济贫人的好处。甘瘤子十四岁上，他父亲就死了，甘二嫔䭾每年仍照常出外，做一两趟买卖，连甘瘤子和家下人，都不知道。直到后来，拜了杨赞化为师，成了一名大剑侠，自能撑持家政了，甘二嫔䭾方坐在家中安享。但是甘瘤子的行动，仍是继承祖业，也做这项不要本钱的买卖。在下写到这里，却又要将甘瘤子家庭的组织，并和吕宣良一派人作对的前事，叙述一番了。

甘瘤子有两个老婆，这两个老婆，也都有些儿来历。大老婆姓蔡，是河南的一个卖解女子，容貌奇丑，武艺倒是绝高，不是寻常卖解女子一般的花拳绣腿，名字叫做蔡花香。每次卖解，每次当众宣言，如有打得过她的男子，不问贫富，只要年龄相当，家中不曾娶过妻的，便嫁给他。打遍了北五省，没遇一个打得过她的相当男子。甘瘤子偶然高兴，和她交手，只几个回合，便把蔡花香倒提在手中。这时甘瘤子确是不曾娶过妻，就娶了这蔡花香做老婆。二老婆是甘二嫔䭾的侄女，也是个吃镖行饭，有本领的女子。因甘瘤子的父亲行二，还有一个大伯，在中年死了，没有后人，这将甘瘤子祧继，所以娶两房妻室。大老婆生了一女，名叫联珠；二老婆生了一子，名甘胜。诗书世家的子弟，必习诗书，他们这种武艺世家的子弟，自然也都会些武艺。就是甘胜娶的妻，也是会武艺的女子，甘联珠的本领，更是不待说了。

蔡花香的容貌，虽生得十分丑陋，但他生下来的女儿，却是端庄杂流丽，绝不像蔡花香的模样。蔡花香只生了这一个女儿，看得比什么宝贝还重。有许多镖行里的子弟，托人向她求婚，蔡花香只是嫌人物不漂亮。甘联珠的芳龄，看看十七岁了。蔡花香时常抱怨甘瘤子，不肯留神替女儿择婿。

甘瘤子一日走华容关帝庙门口经过，见庙里围了一大堆的人，好像有什么热闹似的。一时动了好奇的念头，信步走进庙门，挤入人丛中一看，原来是一个少年壮士，在那里耍一条齐眉铁棍。估料那棍的重量，至少也有四五十斤，少年拿在手中，和使一条极轻的木棍仿佛，丝毫没有吃力的样子。甘瘤子见了，心里已是惊异。那少年使完了一路棍，猛然将两手往背后一反，铁棍就靠着脊梁，朝地上插下。只听得“喳”的一声，那棍插入土中有尺七八寸深，少年随即耸身一跃，一只脚尖立在铁棍颠上，身体晃都不晃动一下。甘瘤子不由得脱口而出的，大叫了一声“好”。

当时许多人叫好，少年全不在意，唯甘瘤子这声好一叫出口，少年就好像知道是个内行。连忙跳下地来，对大众打了一个圆拱手。末了向着甘瘤子道：“献眼，献眼！小子借此求些盘缠，也是出于无奈。”甘瘤子看这少年，不过二十多岁年纪，生得容颜韶秀，举动安详，俨然一个贵家子弟的气概。若不是亲眼看见他的武艺，专就他的身材行止观察，决不相信他是能使这般兵器的人。见他向自己拱手，说出这几句话，即时触动了择婿的心。便也拱了拱手，笑答道：“佩服，佩服！像老哥这般武艺，我平生还不曾见过呢！老兄既是缺少了些盘缠，这是很容易的事。只看老兄用得着多少，我立刻可以如数奉送。但是此地不好说话，老兄可否去寒舍坐坐？”少年欣然说道：“应得去府上请安。”说时，一手提起放在地下的一个包裹，一手将铁棍抽了出来。看热闹的人见没了把戏看，都一哄而散了。

甘瘤子带着少年，归到家中，问少年的姓名籍贯，因何在关帝庙卖艺的。少年说道：“我姓桂名武，原籍是江西南康人。我先父讳绳祖，曾做过大名知府。几十年宦囊所积，也有不少的产业，先父去世，我只得十岁。只因我生性欢喜武艺，所以取名一个‘武’字。先母钟爱我，不忍拂我的意思，听凭我招集些会把式的人，终日在家使枪弄棒，一些儿不加禁止。十五岁时候，因一桩盗案牵连，我被收在监里。亏得先父在日，交游宽广，不曾把家抄了，然而费耗产业十之七八，才保全了性命。审讯明确，与我无干，释放我出来。先母就为这事，连急带气，我归家不上半年，便弃养了。我又不善经营家计，式微之家，不能和富贵人家攀亲。我自己见家业凋零，也不肯害人家闺女。几年因循下来，不曾娶得妻室，因此更支持不下了。我有一个姑母，嫁在临湘，只得到湖南来，想寻着姑母，谋一个安身之所。不料到临湘访求了两个月，没得着姑母的住处，手边的盘缠已罄，没奈何，卖艺糊口。今日初到华容，就遇了老丈。”

甘瘤子听桂武所述，正合了自己择婿的希望，和蔡花香商量。蔡花香见了桂武这般人物，岂有不合意的？在桂武穷途无所依靠，又见甘家是个大户人家的样子，自也没有不愿意的道理。于是桂武就做了甘瘤子的赘婿，和甘联珠伉俪之情，极为浓笃。

桂武在甘家住了两年，渐渐的有些看出甘瘤子父子的行动了，猜想着必不是做正经买卖的人。时常在枕边，用言语套问甘联珠。甘联珠只是含糊答应，随用些不相干的话打岔。桂武心里有几成明白，因少时为着盗案牵连，弄得身陷囹圄，母亲气死，家业倾荡个干净，每一想念到这上面，就不寒而栗。于今反做了这种形迹可疑人家的赘婿，如何能不害怕呢？

这日桂武因坐在家中烦闷，独自到外面闲逛，拣近处高大些儿的山岭，登临上去，想使心胸开朗。正立在山顶上，背操着手远眺，忽有人从背后在肩上拍了两下。因全没听得脚声，倒吓了一跳，忙回头一看，只见一个神采惊人的白须老者，一边肩上立着一只大鹰，笑容满面的立在后面。

桂武也是一个很有本领的人，自能一见就知道这老者是个异人，慌忙掉转身行礼道：“老丈从何而来？拍小子的肩头，有何见教？”这个肩着双鹰的老者不待在下说，看官们也都知道，就是金罗汉吕宣良了。吕宣良望着桂武笑道：“你欢喜做强盗么？”桂武心里不悦道：“小子虽是贫无立锥，然生诗礼之家，辱没祖宗的事，怎敢去做，老丈何以如此见教？”吕宣良又笑道：“你既不欢喜做强盗，却怎的久住在强盗窝里？”

桂武不由得心里惊跳起来，双膝向地下一跪，叩了一个头道：“老丈得救小子的性命。小子丈人的本领，远在小子之上。小子既窥破了他的行止，料定决不肯放小子夫妇走开。”吕宣良挥手教桂武起来道：“呆子，你不好去和你妻子商量的吗？”桂武略低头思索，忽觉跟前一晃，抬头就不见人了。急向四面探望，哪有些儿踪影呢？知道功夫高深的剑侠，多有这种借遁的本领，深悔不曾请问得姓名，只得下山，心里计算如何与甘联珠的话。

才走了十来步，见自己丈人迎面走了上来，心里又是一跳，疑心被自己丈人听见了，吓得立住脚不敢动。只见甘瘤子和颜悦色的，问从哪里来，不是曾识破了的神气，才放下这颗心，从容回答了，归到家中。

等夜深人都睡了，轻轻将自己曾被盗累，及害怕的心思，对甘联珠说了。甘联珠初听时，惊得变了颜色，停了好一会儿问道：“你既害怕，打算怎样呢？”桂武道：“你能和我同逃么？”甘联珠连忙掩住桂武的口道：“快不要做这梦想。你我的本领，想逃得出这房子么？依我说，你尽可不必害怕，料不至有拖累你的时候。然而你既有了这个存心，勉强留你在这里，你心里总是不安的。你心里一不安，我家里就更不得安了，自然以走开的为好。我嫁了你，还有什么话说？俗语说的好‘嫁鸡随鸡，嫁狗随狗’，不用说，你走我也得跟着走。不过逃是万分逃不了的，无论逃到什么地方，也安不了身。我父亲和哥哥，明日须动身出门，得十天半月才能回来。等他两人走了，你就去对祖母说：我的年纪瞬眼就三十岁了，不能成家立业，终年依靠着丈人家度日。虽蒙祖母及丈人丈母青眼相看，不曾将我作外人看待，然我终年坐吃，心里终觉难安。并且追念先父母弃世的时候，遗传给我的产业，何等丰厚，在我手里不上几年，弄得贫无立锥。若再因循下去，不发奋成家立业，如何能对得住九泉之下的亡父亡母咧！因此决意来拜辞祖母和两位丈母，出外另寻事业。你是这般向祖母说，看祖母怎生答白，我们再来商议。”桂武听了，很以为然。

次日一早，甘瘤子果带着甘胜出门去了。桂武趁这时机，进里面拜见了甘二嫉驰，即将甘联珠昨夜说的话，照样说了。说时，触动了自己的心事，两眼竟流下泪来。甘二嫉驰绝不踌躇的点头答道：“男儿能立志，是很可嘉尚的。你要去，你妻子自应同去，免得你在外面牵挂着这里，不能一心一意的谋干功名。只看你打算何时动身，我亲来替你饯行便了。”桂武心里高兴，随口答道：“不敢当，打算就在明天动身。”甘二嫉驰笑着说好。

桂武退出来，将说话时情形，一一对甘联珠说了。甘联珠一听，就大惊失色道：“这事怎么了！”桂武道：“祖母不是已经许可了吗，还有什么不了呢？”甘联珠叹道：“你哪里知道我家的家法。你去向祖母说的时候，祖母若是怒容满面，大骂你滚出去，倒没有事。于今他老人家说要饯行，并说要亲来饯行，你以为这饯行是好话吗？在我们的规矩，要这人的性命，便说替这人饯行。这是我们同辈的黑话，你如何知道？”说着，就掩面哭起来。桂武道：“祖母既不放我们走，何妨直说出来，教我们不走便了，为什么就要我们的性命呢？”

甘联珠止了哭泣道：“我父亲招你来家做女婿，原是爱慕你的武艺，又喜你年轻，想拉你做一个得力的帮手。奈两年来，听你说话，皆不投机。知道你是被强盗拖累了，心恨强盗的人，所以不敢贸然拉你帮助。然两年下来，我家的底蕴，你知道的不少。你一旦说要走，谁能看得见你的心地？相投的必不走，走的必不相投。我全家的性命，不都操在你这一走的手里吗，安得不先下手替你饯行呢？”桂武这才吓坏了，口里也连说：“这事怎么了！”

不知甘二嫔驰毕竟如何替桂武夫妇饯行？且待第十回再说。

冰庐主人评曰：

此回通篇精警，无丝毫松懈之处，能使读者精神为之一振。

彭寿山之言曰：江湖上第一重的是仁义如天；第二还是笔舌两全；第三才是武勇向先云云，足证盗亦有道，非虚诬也。

下半回在甘瘤子传中，忽而夹写桂武小传，乃作者行文变化之处。桂武亦奇侠也，故虽久居盗窟，而能不为美色财帛所动，一闻金罗汉之言，去之若浼，其立品概可想见。甘联珠叛父背兄，偕夫同逃，就甘氏一方面言，则女心向外，诚无足齿，然亦可谓出污泥而不染者矣！

第十回

木枪头亲娘饯别　铁拐杖嫔驰无情

话说桂武听了甘联珠的话，口里也连说："这事怎么了！"甘联珠踌躇了一会儿，勉强安慰着桂武说道："事已至此，翻悔是翻悔不了，唯有竭力做去。走得脱，走不脱，只好听之天命，逃是不能逃的。好在父亲和哥哥出门去了，若他二人在家，我等就一辈子，也莫想能出这房门。"

桂武定了定心神问道："父亲的本领，我知道是无人及得。哥哥的本领，大约也是了不得，我自信不是他们的对手。但是他二人既经出门去了，家中留着的全是些女眷；我就凭着这一条铁棍，不见得有谁能抵得我住？你说得这般郑重，毕竟还有什么可怕的人物在此，我不曾知道么？"甘联珠道："哪有你不曾知道的人物。不过你刚才不是说，祖母曾说要亲自替你我饯行吗？除了父亲哥子，就只祖母是最可怕的了，你难道不知道吗？"桂武吃惊道："祖母这么大的年纪，我只道她走路还得要人搀扶，谁也没想到她有甚可怕的本领。"甘联珠笑道："岂但祖母，我家的丫头，都没有弱的。外人想要凭本领打出这几重门户，可说是谁也做不到。你莫自以为你这条铁棍，有多大的能耐。"

桂武红了脸，心中只是有些不服，但是也不敢争辩。甘联珠接着说道："你既向祖母说了，明日动身，明日把守我这重房门的，必是我嫂嫂。我嫂嫂的本领，虽也了得，我们不怕她。她曾在我跟前输过半手，便没你相帮，也不难过去。把守二重的，估料是我的生母。她老人家念母女之情，必不忍认真难为我，冲却过去，也还容易。却是你万不可动手，你只看我的举动，照样行事。三重门是我的庶母，她老人家素来不大愿意我，一条枪又神出鬼没，哥哥的本领，就是她传出来的，我父亲有时尚且怕她。喜得她近来右膀膀上害了一个酒杯大的疮，疼痛得厉害，拈枪有些不便当。我二人拼命的招架，一两下是招架得了的。久了她手痛，便不妨事了。最可怕的就是把守头门的祖母，她老人家那条拐杖，想起来都寒心。能冲的过去，是我二人的福气；不然，也只得认命，没有旁的法设。你今夜早些安歇，养足精力，默祷九泉下的父母保佑，桂氏一脉的存亡，就在此一举。”

桂武听了，惊得目瞪口呆，暗想：我在此住了这么久，不仅不知道这一家眷属，都有如此惊人的本领，连自己妻子，也是个有本领的人，尚一些儿不知道；可见得我自己的本领不济，并且过于粗心。怪道那个肩两只鹰的老头，教我和妻子商量。照此看来，我桂氏一脉应该不绝，才有这种异人前来指点。这夜甘联珠催着桂武早些安歇，桂武哪里睡得着？假寐在床上，看甘联珠的举动。只见甘联珠将箱箧打开，拣出许多珠宝，做一大包袱捆了。又拣了许多，捆成一个小包袱，才从箱底下，抽出两把雪亮也似的刀来，压在两个包袱上面。一会儿收拾完了，方解衣就寝，也不惊动桂武。

桂武等甘联珠睡着了，悄悄的下床，剔亮了灯光，伸手去提那刀来看，一下没提动，不禁暗暗诧异道：“我的力不算小，竟提这一把刀不动，还能使得动两把吗？”运足了两膀气力，将那刀双手拿起来，就灯光看了一看，即觉得两臂酸胀。心里实在纳罕，像联珠这样纤弱的女子，两指拈一根绣花针，都似乎有些吃力的模样，居然能使的动这么粗重的两把刀么？我自负一身本领，在江湖上目中无人，幸得不曾遇着这一类的人，遇着了就不知要吃多少的苦恼。一时想将手中的刀，照原样搁在包袱上，哪里能行呢？两膀一酸胀，便惊颤得不能自主，那刀沉重得只往下坠，两手不由得跟着那刀落下去。刀尖戳在地下，连墙壁都震动了。甘联珠一翻身坐起来，笑问道：“不曾闪了腰肢么？”

桂武心里惭愧得很，口里连说没有。甘联珠拉桂武上床笑道：“我教你好生安息一夜，你为什么要半夜三更，爬将起去看刀呢？你听，不是已经鸡叫了吗？”桂武搭讪着上床，胡乱睡了一觉，已是天光大亮。二人起床结束，甘联珠提了那个小包袱给桂武道：“你把这包袱驮在背上，胸前的结，须打得牢实，免得动起手来，它碍手碍脚。这里面的东西，够我二人半生的吃着了。”

桂武接在手中，觉得也甚沉重，依着甘联珠的话，结缚停当，一手提了带来的铁棍。只见甘联珠驮了那个大包袱，一手拈了一把刀，竟是绝不费事，回头向桂武说道：“你牢记着，只照我的样行事，我不动手，你万不可先动手。”桂武此时已十分相信自己的本领不济，哪里还敢存心妄动？忙点头答应理会得。甘联珠将右手的刀，并在左手提了，腾出右手来，一下抽开了房门的闩，随着倒退了半步。“呀”的一声，房门开了。

桂武留神看门外，只见甘胜的妻子，青巾裹头，短衣窄袖，两手举一对八棱铜锤，堵门立着。满面的杀气，使人瞧着害怕，全不是平日温柔和顺的神气。倒竖起两道柳叶眉，用左手的铜锤，指着甘联珠骂道：“贱丫头恋着汉子，就吃里扒外，好不识羞耻！有本领的不须惧怯，来领受你奶奶一锤。”甘联珠并不生气，双手抱刀，拱手答道：“求嫂嫂恕妹子年轻无状，放一条生路，妹子报德有日。”

甘胜的妻子哪里肯听，便厉声喝道：“有了你，便没有我，毋庸饶舌，快来领死！”甘联珠仍不生气，说道：“人生何地不相逢？望嫂嫂恕妹子出于无奈。”桂武在旁，只气得紧握着那条铁棍，恨不得一下将甘胜的妻子打死，只因甘联珠有言吩咐在先，不敢妄动。甘胜的妻子经甘联珠两番退让，气已渐渐的平了些，锤头刚低了一下，也是说时迟那时快，甘联珠已一跃上前，双刀如疾雷闪电般劈下，甘胜妻子方悟到甘联珠是有意乘她不备，自己锤头着了一刀背，被甘联珠抢了上风。勉强应敌了几下，料知不能取胜，闪身向后一退，气愤愤的骂道：“贱丫头诡谋取胜，算不了本领，暂且饶你走吧。”甘联珠也不答白，见让出了一条去路，即冲了出来。桂武紧跟在后面，回头看甘胜的妻子，已香汗淋漓的走了。

二人走到二重门，果是甘联珠的生母，挺枪当门而立，面上也带怒容。甘联珠离开一丈远近，就双膝跪在地下，叩头哀求道：“母亲就不可怜你女儿的终身吗？”她母亲怒道：“你就不念你母亲养育之恩吗？”桂武见甘联珠跪下，也跪在后面。甘联珠跪着不起，他母亲撒手一枪，朝甘联珠前胸刺来。只听得叮当、叮当一阵响，甘联珠随手将枪头一接，原来是一条银漆的木枪头，枪头上悬着一串金钱珠宝，被甘联珠一手将枪头折断，那串金钱珠宝，跟着到了手中。她母亲闪开一条去路，二人皆从断枪底下，蹿了出来。

甘联珠收了枪头和金钱珠宝，直奔第三重门，她庶母倒提着一条笔管点钢枪，全副精神，等待厮杀的样子。甘联珠不敢走近，远远的跪下说道："妈妈素来是最喜成全人家的。女儿今日与女婿出去，将来倘有寸进，决不敢忘妈妈的恩德，求妈妈成全了女儿这次。"她庶母将枪尖一起，指定甘联珠骂道："家门不幸，养了你这种无耻贱人。今日我成全了你，只怕明日我甘家就灭门绝户了。我知道你的翅膀一齐，就要高飞，但是你也得问过老娘手中这个伙伴，它肯了，方能许你高飞远走呢。"

甘联珠又叩了一个头，说道："女儿便有天大的胆量，又不曾失心疯，怎敢与妈妈动手？只求你老人家开恩，高抬贵手，女儿就终身感德。"甘联珠一面哀求，一面将手中双刀紧了一紧。桂武跪在旁边见了，也紧了紧手中棍，准备厮杀。只见她庶母一抖手，枪尖起了一个碗大的花，连声喝道："来，来，我不是你亲生母，不能听你的花言巧语。"旋骂旋用枪直刺过来。甘联珠一跃，避开四五尺，双手一抱，说道："那就恕女儿女婿无礼了。"两把刀翻飞上下，风随刀发，满地尘埃激起，如狂风骤雨，如万马奔腾，连房屋都摇动起来。桂武也带发了性子，使动手中铁棍，争先杀上。一来欺她庶母是个女子，二来听得甘联珠说她右膀害疮，所以自己的胆壮起来。一铁棍劈去，却碰了枪尖，就仿佛碰在一块大顽石上一般，铁棍反了转来，险些儿碰到自己的额头上。虎口震出了血，两条臂膊都麻了，暗地叫了声："哎呀，好厉害的家伙。"忙闪身到甘联珠背后。

甘联珠一连两刀，架住了笔管枪，向桂武呼道："此时不走，更待何时？"桂武闻言，哪敢怠慢，一伏身，从刀枪底下，蹿出第三重门外。只听得她庶母骂道："好丫头，你欺你老娘手痛，如此偷逃，看你父亲哥子回家，可能饶你，许你们活着？"

甘联珠没回答，撇了她庶母，也蹿到外面。揩干了头上香汗，甘联珠说道："我们须在此休息片刻，才好去求祖母开恩。她老人家那里，就真不是当耍的。"桂武刚才碰了那一枪尖出来，自看手中铁棍，已碰了一个寸来长、五分多深的大缺口，棍颠也弯转来了，不觉伸出舌头来，半晌缩不进去。暗想联珠说她祖母的本领更可怕，亏得我在她庶母手里试了一下，不然，若在她祖母跟前出手，真要送了性命，还不知道是如何死的呢。

桂武正在思量着，甘联珠来了，听得说要休息片刻，才好去求祖母开恩的话，慌忙问道："万一她老人家不许，将怎么办咧？"甘联珠知道他已成惊弓之鸟了，心里若再加害怕，必然慌得连路不知道走，只得安慰他道："我要休息片刻，就是为的怕她老人家不许。论我的本领，抵敌她老人家，原是差得甚远。不过但求得脱身，只要你知道见机，有隙就走，不要和刚才一般，直到我喊你走，你才提脚。你出了头门，我一个人是不妨事的。"

桂武心神略为安定了些儿，说道："你若也和刚才一样，能将祖母的拐杖架住，我准能很迅速的逃出去。已经历过一次，第二遭便知道见机了。"甘联珠点头，只是面上很带着忧容。其实甘联珠知道自己的本领，万分不是甘二姨毑的对手。两把刀的许多路数，一到甘二姨毑的拐杖跟前，从来是一下也施展不来。但是甘联珠何以主张桂武去向甘二姨毑作辞，敢跟着来冒这种大险呢？这其间有一个大缘故。

因为甘瘤子的独脚强盗，原是继承祖业。他们这种生涯，比较绿林中成群结党的强盗，还要危险十倍。绿林强盗是明目张胆的，尽管官厅和百姓，都知道他们是强盗，他们仗着人多，依山凭险，官兵奈何他不得。即有时巢穴被官兵捣毁了，他们另觅一处险阻的地方啸聚起来，旧业不难立时恢复。至于甘瘤子这种独脚强盗就不然，他们分明是极凶狠的强盗，表面上却对人装出绅耆样子，和一班平民住在一块，有田亩，有房屋，也一般的完粮纳税，并和官绅往来。凡是绿林强盗的防御工程，一些儿也没有设备。他们的防御，就全在秘密，丝毫不能露出形迹，给外人知道。若外面一有了风声，他们便没命了。所以甘瘤子一家人，全是一个统系的。

甘瘤子招桂武作赘婿，因见桂武年纪轻，父母都死了，没有挂碍，本领虽不见得十分高强，然年轻人，精研容易，原打算赘作女婿后，渐渐探问桂武的口气，若肯上自己这一条门路，就告知自己的行为给他听，再传给他些本领，好替甘家作个贴己的帮手。当时以为桂武年轻没把握，又为怜爱着娇妻，断没有不肯上自己这条门路之理。谁知几次用言语探问，桂武不知就里，总是说到强盗，便表示恨入骨髓的样子。后来桂武渐渐看出了些甘家父子的举动，虽不大当着人表示恨强盗了，然而表同情的意思，却始终不曾露过一言半句。甘家父子料知是不能用作自己帮手，绝口不再来探问了。

甘联珠见丈夫立志不做强盗，她也是一个有志趣的女子，怎么肯劝丈夫失节呢？丈夫既是不做强盗，独脚强盗家里，势不能容非同道的人，久住在家里碍眼。桂武若只知道迷恋女色，贪图温饱，甘联珠知道就在甘家住一辈子，自己父兄也不会有旁的念头。无奈桂武硬说出心中害怕，决计要离开这里的话来，所以甘联珠不由得踌躇了好一会儿，才主张等父兄出了门，即去向祖母作辞。甘联珠踌躇的，是心想就勉强将桂武留住，他是一个公子哥儿出身，不知道厉害，心里又恨的是强盗，万一父兄有了旁的念头，更是危险得没有方法解免。此时光明正大的作辞出去，危险自是危险，然尚望侥幸脱身。这也是古人说就的“女生外向”。大凡女子一嫁了丈夫，一颗心就只顾婆家，不顾娘家了。

当下甘联珠同桂武休息了片刻，不敢迟缓，急忙紧了紧包袱的结头，绰手中刀，直奔头门而来。桂武不敢再作抵抗之想，只见甘二嫔毑，拦门坐在一把太师椅上。左手支着一条茶杯粗细的拐杖，黑黝黝的，也不知是钢是铁，有多少斤重量。右手拈着一根旱烟管，在那里掀着鳜鱼般阔嘴吸烟，那旱烟管，也足有酒杯粗细。迷离着两眼，似乎被烟熏得睁不开来的样子。甘联珠跪下去叩头，就像没有看见，桂武也只得跟着跪下。甘联珠才待开口哀求，甘二嫔毑已将旱烟管一竖问道：“你们来了吗？你们要成家立业，很是一件好事。你们要知道，我这一份家业，也不是容易成立起来的。我活到九十多岁，你们还想我跌一跤去死，这事可是办不到。”甘联珠哭着说道：“孙女和孙女婿受了祖母、父母养育大恩，粉身碎骨，也难报万一，怎敢如此全无心肝，去做那天也不容的事！”

甘二嫔毑用拐杖一指，喝道：“住嘴！你祖母、父母一生做的，尽是天也不容的事。你们既不存心教我跌一跤去死，我于今已九十多岁了，能再活上几年？你们为什么不耐住几年，等我好好的死在家里了，才去成家立业呢？不见得此时就有一个家业，比我这里还现成的，在外面等着你们去成立？你们既存心和我过不去，自是欺我老了无用，也好！倒要试试你们少年人的手段看看。”说时，已立起身来。只吓得桂武浑身发抖，三十六颗牙齿，厮打得咯咯的响。

甘联珠仍跪着不动的哭道：“祖母要取孙女的性命，易于踏死一个蚂蚁。”甘二嫔毑哪许甘联珠说下去，举拐杖如泰山压顶的，朝甘联珠头上打下来。甘联珠只得用一个“鲤鱼打挺”身法，就地一侧身，咬紧牙关，双手举刀，拼命往拐杖一架。甘联珠的心理，以为桂武见已将拐杖架住，会趁这当儿逃走。谁知桂武被吓得只在那里发抖，不敢冒死从拐杖下蹿出去。甘联珠刀背一着拐杖，两臂哪禁受得那般沉重，只压得两眼发花，两耳呜呜的叫。口里不觉喊了一声：“不好！”两脚随着一软，身体便往后顿将下来。招架是招架不了，躲闪又躲闪不开。明知这一拐杖压将下来，万无生理，只好将刀护住头顶，双睛紧闭，等她打下。

就在这闭了眼睛的一刹那之间，只觉一阵凉风过去，即听得“哎呀”一声，甘联珠只道是甘二姨驰，不忍下手打自己的孙女，却将孙女婿打死了。心中不由得一痛，连忙睁眼，只见桂武不但没被祖母打死，并且精神陡振，一手拉了自己，往外便蹿。一时也没看清自己祖母为何不动手阻挡，如在梦中的，急蹿了两里多路，甘联珠才把神定了，立住脚问桂武道：“毕竟是怎么一回事？我们难道是死了，和你在阴曹奔走么？”

不知桂武如何回答，且待第十一回再行分解。

冰庐主人评曰：

此回结束处较前尤佳，读者试回忆前文，然后揣测后事，如能解索得之，必有谏果回甘之妙。

甘联珠偕夫同逃，防守者为甘胜妻、蔡花香、甘瘤子妾、甘二姨驰，作者写联珠应对之法，各各不同，并恰合身份。蔡花香以木枪头赠金钱珠宝，尤为出人意外，即此可见慈母之爱，体会入微。然近世颇多女儿偕所欢私奔者，则渠母为蔡花香之流亚也，必矣。

当官强盗，啸聚山林，杀人越货，是有形之盗也；独脚强盗，表面上装出绅耆样子，其实杀人掠货，无所不为，是无形之盗也。语曰：防真小人易，防伪君子难。有形之盗，真小人也；无形之盗，伪君子也。故吾谓伪君子之罪，实浮于真小人。然近世拥牙建纛者，何一非无形之盗耶？峨冠博带者，何一非无形之盗耶？无形之盗既若是其多，宜乎吾小民之无噍类也。

第十一回

吕宣良差鹰救桂武　沈栖霞劫盗收红姑

话说甘联珠如梦如痴的，被桂武拉着手，蹿出头门。不停步的跑了二里路，甘联珠才定了定神，问桂武：“是怎么一回事？何以祖母的拐杖打来，我正闭目待死，你却能把我救出来？”桂武笑道：“我哪有这般本领，能将你救出来？这事真也有些奇怪，你当时架不起祖母的拐杖，身子往后顿将下来，我眼睁睁的望着，真是急得走投无路。明知自己的本领不济，铁棍又坏了，哪敢动手来帮你呢？心里正在又急又痛，猛然见一只大鹰，比闪电还快，从头门外扑进来，一爪就将那要打下来的拐杖抓住，脱离了祖母的手；再翅膀一拂，大约是拂在祖母的脸上，只听得祖母‘哎呀’一声，连旱烟管都丢了，双手把脸捧住。我一见这情形，心中好不痛快，不敢停留，更来不及说什么，所以拉了你就走。”

甘联珠吃惊似的问道：“你看明白了，是一只鹰么？”桂武道：“青天白日，怎的看不明白呢，确是一只极大的黑鹰。”甘联珠叹道：“不好了，我家的仇敌金罗汉到了。除了他有两只神鹰，什么人也没有。”桂武问道：“金罗汉是个什么样的人，如何和你家是仇敌？”甘联珠道：“我常听得我父亲说，江湖上有个吕宣良，绰号‘金罗汉’，专一与崆峒派的人作对。养了两只神鹰，许多有本领的人，都败在那两只鹰的爪里，我师伯董禄堂，险些儿连性命都丢了，所以金罗汉是我家的仇敌。不知他今日怎的到这里来了，却救了你我的性命？”桂武问道：“他是不是一个白须老头儿呢？”甘联珠点头道：“我虽不曾见过，但听说他的年纪很大了，你问怎的？”桂武便将前日在山顶闲眺，遇见金罗汉的话说了。

甘联珠笑道："幸得你前夜不曾将这话向我说，若说给我听了，我必疑是金罗汉，有意离间我家里人，特来刁唆你的。我有了这疑心，不但不肯和你同走，说不定还要疑你是来我家卧底的。那么，事情就糟透了。"桂武道："我所以不将遇见他的话说出来，一则因不知道他是什么人，若将当时那种神出鬼没的情形说出来，怕你疑虑；二则想离开你家原是我的本意，久已有了这个念头，并不是遇见他才发生的，用不着把他说出来。"甘联珠点头应是，又道："此地离家太近，我们不可久留。看你打算往什么地方走，就此走吧。这是乘我父亲哥哥都不在家，我们只要出了头门，在此停留这么一会儿，还没要紧。若是父兄在家的时候，不能立时逃出三十里以外，只怕你我的头，此刻早被飞剑取去了呢。"

桂武道："我到湖南来，原是为寻我姑母，想投托她替我觅一安身立命之所。无奈探访了多少日子，探访不着，于今只好再去临湘，从容探访。我想我姑母此时的年纪，尚不过四十来岁，必不曾去世。只因她出嫁得早，那时我才得四岁。我父亲在日，她同姑父陈友兰，在我家住过好些日子。后来父亲一死，路远了，两家便不大来往。父亲死了的第二年，接了姑母专人送来的讣告，我才知道姑父也死了。姑母守着一个两岁的表弟，听说搬到临湘乡下住了，自后便绝无消息。这也只怪我那时太不长进，专一和许多狐群狗党做一块，家中大小的事，一点也不过问。我姑父去世既久，姑母又不在县城，我初来人地生疏，因此探访不着。此时也没有旁的道路可走，仍旧往临湘去吧。"二人遂到临湘，甘联珠拿出些珠宝，变卖了钱，置备田产房屋，也不向人说明自己的来历。临湘人见他夫妇都生得那么漂亮，举动又很豪华，也没人疑心他们是强盗窝里出来的人。桂武逢人打听他姑母的消息，又是一年多没得着些儿踪影。桂武揣想他姑母不是已经去世，就是搬到别州府县去了，不在临湘，已渐渐把探访的心懈怠下来了。

一日桂武正和甘联珠在家闲谈，忽见一个十来岁的小孩，生得骨秀神清，英气奕奕，立在门外，向里面大声问道："这里可有一位姓桂的公子么？"桂武听了，心中一动，一面迎出来，一面留神看那小孩的眉目，竟和自己的眉目，一般无二。若在一道儿同走，不问谁人见了，必说是同胞兄弟。旋想旋走到切近，且不答应自己就是桂公子，先问那小孩道："你是哪里来的，姓什么，问桂公子做甚？”

那小孩见桂武出来，两眼也不住的向桂武脸上打量，不待桂武说出姓氏，小孩已拜倒在地说道：“家母今日才知表哥在此，特命小弟来请表哥到寒舍去。”桂武听了表哥的称呼，一时方想到是自己姑母打发表弟来请的，连忙也拜下去，将表弟扶起。心中欢喜，自不待言。一手拉了表弟的手，同进里面，与甘联珠也见了礼。桂武才问他表弟的名字，表弟答道：“我名叫继志。家母吩咐，在路上不要耽搁，见着表哥，就请同去，免得家母盼望。”桂武喜问道：“姑母怎知道我住在此地？可笑我专为探访姑母，才来临湘，在这里前后住了三年，竟没探着姑母的住处。今日倒是她老人家知道了，劳老弟的步来找我。”

陈继志答道：“家母怎知道表哥在此，却不曾向我说，表哥去见了家母，自会知道。家母并吩咐了，表嫂也请一阵同去。”桂武回顾甘联珠笑道：“怪呀！她老人家连你在这里都知道了。”甘联珠也笑道：“既知道你在这里，自然连我也知道。我本应得同去请安，只是她老人家住在哪里，此去有多少的路程，得问问小弟弟。”桂武道：“他这般小小的年纪能来，没多远的路，是不问可知。”陈继志也点头说道：“没多远的路。”

甘联珠走进自己卧房，更换衣服，桂武教陈继志坐着，也跟着甘联珠进房。只见甘联珠正坐在床上裹足，将铁尖鞋套在里面。桂武惊问道：“又不去和人家动手，你穿上这东西干什么呢？”甘联珠笑道：“定要和人家动手，才能穿这东西吗？”桂武道：“我看去见姑母，用不着穿上这东西。”甘联珠将桂武拉到跟前，低声说道：“你并不认识你这位表弟，今日突如其来，教我二人同去。我想你前后在此寻访了三年，就住在这屋子里，也有一年多了。姑母既是住的离这里没多远的路，怎的你是有心寻访的，倒寻不着，她想不到你在这里的，却打听出来了。这情理不是很说不过去吗？并且我们住在这里，从来不曾和人往来过，也没向人说过自己的姓名来历，她从何知道我们住处的呢？你刚才问你这表弟，看是怎生知道的，他不是说不出一个所以然来，教你去问姑母，自会知道的吗？我想这事有些蹊跷，不去也不好，又怕是真的，要去就不能不防备，小心点儿才好。”桂武听了甘联珠的话，心中也有些疑虑。只是看陈继志的相貌酷似自己，又相信是自己姑母的儿子。因知道自己的面貌，从小就很像姑母，母子面庞相似的，极是寻常。然也觉得甘联珠虑得不错，自己衣底也暗藏了防身兵器。

甘联珠妆饰已毕，同出来与陈继志动身。陈继志在前面走，桂武夫妇跟在后面，走了半里多路，陈继志的脚步，越走越快。桂武向甘联珠说道：“看不出他这小小的年纪，倒这么会跑路。我们的脚步，也放快些吧，不要赶他不上，给他笑话。”甘联珠微微点头不作声。二人真个把脚步放快了。又走了半里，桂武忍不住问道：“老弟不是说没多远的路吗？还有多远呢？”陈继志回头答道：“哪有多远，一会儿就到了。”陈继志口里说着，脚底下更加快了。桂武已跟着跑出汗来，甘联珠还不大觉着累。

不一会儿，一座很高的石山挡住去路。陈继志立住脚，将要和桂武说话，桂武已相差有四五丈远近，甘联珠却相离不过几尺。桂武面上有些惭愧，走近陈继志说道：“多久不走路了，走不动，见笑得很，还有多远呢？”陈继志笑道：“本来表哥是公子爷出身，自是不会走路。就是表嫂，也是千金小姐，怎能比我这乡下看牛羊的小孩，终日翻山越岭的走惯了。此时得翻过这一座山，却怎么办呢，哥哥嫂嫂能爬上去么？”

桂武看那山，尽是房子大一块的顽石堆成的，石上都是青苔，莫说树木，连草也没长着一根。更没有上去的路径，陡峭的和壁一般。心想凭着自己一身本领，上是能上去，但是石上须不长着青苔才好。脚踏在青苔上面，是滑的，万一蹿到半山之间，一脚不曾踏牢，滑将下来，岂不要跌个骨断筋折。又想表弟这么小的年纪，他未必就能爬得上去。他如果真有这种能耐，能不怕滑跌下来，我们就照着他脚踏的地方踏去，便也不怕滑了。当下对陈继志说道：“去老弟家里，必得从这山爬过去吗？若没有第二条路可走，我们也只好跟着老弟走了。”陈继志道：“第二条路是有，不过须回头绕一个大弯子。我恐怕母亲盼望，所以引表哥表嫂到这里来。我在前慢慢的上去，二位照样上来就是。这山是我三四岁的时候便爬惯了的，不算一回事。”说着，举步如行平地，绝不费事的转眼就上到半山，甘联珠也跟着飞身而上。桂武只得抖擞精神，连蹿带跃的往上赶。好容易用尽平生之力，赶到半山一看，陈继志已神闲气静的立在山顶。甘联珠虽也上去了，却是脸上变了颜色，立在那里喘息不已。

桂武这时的两条腿，疲软得不能动了，上半截的山势，更来得陡峭，实在没力量能上去了。也不好意思说什么，低头就拣一块平整点儿的石头，坐下来歇息。心想我小时候在家乡，虽说是家中富有，有下人伺候，不要我自己劳动；然我生性欢喜武事，何尝不是终日在外翻山越岭。但是像这么陡峭的山，休说我不曾上过，又几曾见有人能上呢？甘联珠是练就了魁尖的上高本领，尚且累得喘气不匀，可见我这表弟的本领，必还在她之上。不过我小时候并不曾听得我父母说，我姑母也会武艺。计算我表弟的年龄，此时不过十一岁，又没有父亲，难道是天生成这般便捷身体？甘联珠疑心这事，怕有此蹊跷，她疑虑的，只怕不错。

桂武正低头踌躇着，忽觉得头顶上有什么东西倾动，忙抬头一看，原来是一根极粗的葛藤，从山顶悬下来。陈继志捏着一端在上面说道："表哥身体疲倦了，只双手紧紧握住这藤，我拉表哥上来。"桂武又想："他这一点儿大的身体，如何能拉得起我，这不是笑语？不要连自己都拉下山来了，不是当耍的。"遂仰面朝上说道："用不着拉，我再歇息一会儿，就能上来了。"陈继志在上说道："我母亲在家等得苦，还有几里路，不要耽搁吧。"桂武也实在疲乏不堪了，姑且握住葛藤试试，若上面拉不动，也没要紧，并且有甘联珠在上面，也可帮着拉拉。便两手牢牢的将葛藤握住，即时身不由自主，两脚腾空，仿佛登云驾雾一般，只往上升。桂武的身体很重，拉得那葛藤喳喳的响。

桂武心里着慌，唯恐葛藤从中断了，必然跌得骨断筋折。还好，陈继志手快，在吊井里提水似的，只须几把，就将桂武吊上了山顶。桂武立稳了脚，两脸通红的问道："老弟会上山，可说是从小翻山越岭惯了，两膀这么大的气力，难道也是吊人吊惯了吗？老弟得向我说个明白，我方敢随老弟到姑母那里去，若不说明，我总不免有些疑虑。我与其搁在心上怀疑，不如请你说个明白，姑母毕竟是怎的知道我的住处？"

陈继志笑嘻嘻的答道："表哥要问我两膀怎生有这么大的气力么，我母亲还时常骂我生得太脆弱，练不出气力呢。表哥怀疑些什么？下山不远就是我家，见着我母亲，我母亲都会说给表哥听的。这根葛藤，是我三四岁的时候，我母亲给我做帮手的。起初没有这葛藤，这山不能上下。于今上下惯了，这葛藤就没有用处，搁在这山顶上，好几年了。"陈继志才说到这里，忽住了嘴，偏着耳往山下听，随向甘、桂二人说道："我母亲在下面呼唤了，请快走下去吧。"甘、桂二人也听得有女子的声音，在山下呼唤，陈继志匆忙将葛藤塞入石岩里面，引二人下山。下山的路，却不似上山那般陡峭。

三人走到山下，陈继志指着前面一个道装女子，向桂武说道："表哥请看，我母亲不是在前面等候吗？"桂武没回答，心想我姑母怎么成了一个女道士？渐渐的走近了，仔细一看，还约略认得出容貌来，不是自己的姑母是谁呢？桂武小时的乳名清官，他姑母已迎着呼他的乳名，笑道："十年不见，见面几乎不认识了。我知道你找寻得我很苦，我直到今日才知道呢！"

桂武此时疑云尽散，忙紧走几步，爬下地叩头，口称姑母，甘联珠自也跟着跪拜。他姑母笑向甘联珠问道："你就是北荆桥甘家的小姐么？也真难得，有你这么明白大义。我听得说，心里就欢喜得了不得。"甘、桂二人都猜不透他姑母是怎生知道的，当下在外面，也不便开口去问。

一同到了他姑母家里谈论起来，原来他姑母就是前几回书中所写的红姑。只因他姑父陈友兰死后，红姑的年纪还不到三十岁，守着一个两岁的孩儿，取名继志。陈友兰很遗留下不少的财产，当时陈家的族人都不免有些眼红，想将红姑排挤得改了嫁，族人欺继志年小，好把遗产朋分。以为红姑年轻貌美，必容易诱惑。那知红姑的节操极坚，族人用了多少的方法，都不曾将红姑诱惑得。红姑的性情异常慷爽，不肯拘泥小节，平常没了丈夫的妇人在家守节，都是遍身缟素，到死不肯穿红着绿。凡是年轻妇女所享受的一切繁华，皆得摈除净尽。而红姑生性爱红，又本来是个不拘小节的人，丈夫在日所穿的衣服，不肯完全废掉。安葬了陈友兰之后，仍照常穿着起来。族人便抓了这一层做凭据，在临湘县告红姑不贞节。亏得那县官廉明，将族人申饬了一顿，红姑就搬到临湘乡下住了。族人告红姑不曾如愿，反被县官申饬了一顿，红姑占尽了上风，心中不服，见红姑独自搬到乡下去住，便集合许多无赖，去红姑家里行劫。

这时红姑只雇了一个乳母，一个粗作老妈，住在自家的田庄上。这日黄昏向后，忽来了一个化缘的道姑，年纪约有六十多岁，要在红姑家借宿。陈友兰在日，对于这些三姑六婆本极厌恶，从来不许上门。于今陈友兰死了，红姑见这道姑年纪已老，天色又已黑将下来，若不许这道姑歇宿，心里觉得有些过不去，只得教她和老妈子同睡。谁知到了半夜，族人行劫的来了，共有二十多个壮健汉子，一个个都用锅烟涂黑了面孔，把唱戏的假胡须挂了。

劈门入室，将红姑和乳母、老妈子都捆起来，堆在一个床上，反锁了房门，各自抢东西去了。

红姑见乳母也被捆，却不见自己的儿子，便问乳母："继志在哪里？"乳母回答不知道，说被捆醒来，已不见了公子。老妈子就说："那借宿的老道姑也不知去向。他必是强盗一伙的，特来这里做内应。"红姑守节所希望的，就在这个小孩，一旦被强盗劫得不知去向，如何不能心痛？只恨手足被捆了，不能动弹，不然，也一头撞死了。

正在那里伤心痛哭，忽然房门开了，有人拿了个火把过来。红姑料是强盗，将两眼闭了不看。只听得乳母呼道："奶奶，你看么，公子果是在这道姑手中抱着。"红姑这才打开眼，只见那道姑笑容满面的，左手抱着继志，右手握着一条竹缆子火把，照着红姑说道："奶奶不用害怕，强盗都被贫道拿住了，公子也一些没有损伤。"说着将继志放在床上，只用手在三人身上一摸，捆缚手足的麻绳，登时如被刀割断了。

红姑坐了起来，一把抱了继志，才向道姑道谢，问怎生将强盗拿住的？道姑笑道："请奶奶同去外面一看，便知端底。"红姑吓虚了心，仍有些胆怯，不敢去看。道姑拉了红姑的手道："有贫道在此，怕什么呢！一个也不曾跑掉，只看奶奶要怎生发落？"红姑仿佛如在梦中的，跟了道姑出来，见堂屋角上，挤满了一角高高矮矮的人，脸上都涂抹得那可怕的样子。一无绳索捆绑，二无墙壁遮拦，却都呆呆的立着，动也不动。各人的眼睛，又都是光着的，不过不能活动的看人。

红姑向那道姑问道："师傅用什么法子，能使他们这样挤在一块儿不动呢？"道姑笑道："这法子容易得很，奶奶若是想学，贫道可以传授给你。在山野之间居住，这类法子也不可不知道些儿。贫道数十年山行野宿，就全仗这些方法保护性命。这些强徒，看奶奶要怎生处置，只须说一句，都交给贫道办理就是。据贫道看，这些强徒必非是寻常强贼。奶奶两岁的公子，与强徒有何仇恨？他们竟想置之死地。若不是贫道在旁边，将公子救了，只怕公子此刻的身体，已是四分五裂了。贫道因见他们如此狠毒，才存心一个也不教他跑掉。"

红姑一听道姑的话，已知道这些强徒，尽是同族的无赖子，只要自己没受什么损害，便不想再结深怨。当下请道姑教众强徒醒来，红姑亲自训斥了一番，一个一个的放了，并不追究。红姑的天分本高，从此就拜那道姑为师。

那道姑姓沈，道号栖霞，也是有清一代的女剑侠，和金罗汉吕宣良最是投契。终年借着化缘，游行各地，专一救济贫苦，诛锄强暴。她也和金罗汉一般，没有一定的庵寺。因见红姑是一个意志坚强的女子，很愿意的收作徒弟。五年之后，红姑已练了一身了不得的本领。江湖上因她欢喜穿红，都呼她为“红姑”。红姑一面从沈栖霞学道，一面督着陈继志练武艺。陈继志才三岁，刚学会了走路，就教他拣不好走的山颠去爬；五岁，就教他练气，并道家一切的基础功夫。红姑的本领成功，陈继志的本领便也不在人下了。

这日红姑在清虚观遇见金罗汉，金罗汉问红姑已见着桂武没有？红姑见问，还摸不着头脑，金罗汉遂将桂武来临湘投红姑不着，在华容卖艺，赘入甘瘤子家中，图逃无计，及自己如何指引桂武，如何差鹰去救了甘联珠的话，说了一遍。又道：“我前日在一家新造的房子门前经过，还见着甘瘤子的女儿，在那房子里面，我料知就是桂武夫妇住在那里。只道你早已见着了，尚不知道么？”红姑这才问明了那房子的所在，归家就教陈继志去请。所以说起来，知道得这般详悉。红姑将前后的事，说给甘、桂二人听了，甘联珠因想跟红姑学习剑术，就认红姑做了义母。从此两家往来，十分亲密。

却说甘瘤子父子归家，听说自己女儿和桂武走了，倒不甚在意。听到末尾，来了一只黑鹰，将自己母亲的拐杖抓去，并翅膀拂伤了母亲的左眼，知道是金罗汉差鹰来救的，便气得暴跳如雷，恨不得抓着金罗汉拼命。只因知道自己的本领，不是金罗汉的对手，现放着师兄董禄堂是榜样，只好勉强按捺住火性。甘二嫔驰年老的人受了这次大惊吓，心里加上一气，不到半月，便呜呼哀哉死了。甘瘤子既和寻常人一样住家，不能不发丧守制，就把这仇恨延搁下来。有一天，他师叔四海龙王杨赞廷来了，甘瘤子将金罗汉吕宣良，屡次如何欺负崆峒派人，添枝带叶的说了，有意激怒杨赞廷。果然把杨赞廷激得要去找吕宣良，替崆峒派出气。

不知找着了没有，出了气没有，且待第十二回再写。

冰庐主人评曰：

上回极力描写甘二嫔驰之如何勇猛，及铁拐杖之如何神奇。至甘联珠双刀护顶，闭目待死时，真令人代为急煞。迨读至本回吕宣良之神鹰忽至，铁拐杖飞去半天，则又令人代为喜煞。此段文字，大有“山穷水尽疑无路，柳暗花明又一村”之概。

甘联珠见陈继志其来突如，即暗将铁尖鞋套在足上，预为戒备。足证女子之心较男子为细，非过虑也。

红姑族人，因觊觎陈友兰遗产之故，逼醮诬控，无所不用其极。计既不售，复扮盗围劫，必欲置继志于死地。心狠计毒，胜于豺豹矣。及既为栖霞所制，红姑非但不加惩处，且尽斥释之。大度能容，洵佛家慈悲之怀，善哉，善哉！

第十二回

跛叫化积怨找仇人　小童生一怒打知府

话说甘瘤子因怕自己敌不过吕宣良，有意激怒他师叔杨赞廷。杨赞廷果不服气，向甘瘤子说道："吕宣良现专一和我崆峒派人作对，我等要图报复，也不必定要处置吕宣良。只要是他们练气派的人，不问男女老幼，我等遇着了，就得收拾他，就算是报复了。吕宣良那个老鬼实在难惹，从来也不曾听说有人讨了那老鬼的便宜。他又没一定的住处，找寻他极不容易。但是他的徒弟虽少，党羽却是很多，我等能将他的党羽多做翻几个，使那老鬼听了，气也得气个半死。"

甘瘤子道："小侄原也是这般打算，就因为他们的党羽太多，恐怕敌不过他们人多势众，弄巧成拙。老叔也是没一定的住处，临时想求老叔相助一臂，也是没处找寻。"杨赞廷道："你有为难的时候，不待你来相求，我自然会来给你助场。"甘瘤子知道杨赞廷的本领，在崆峒派中无人及得，虽远隔数千里，他能朝发夕至，并且精通易数，千里以外的吉凶祸福，一掐指便知端底。相信他说了来助场，临时是不会失约的。杨赞廷去后，甘瘤子便随时随地存心和练气派人作对，只苦没有适当的机会。

他自从收了常德庆这个徒弟，心中十分得意，常德庆也肯下苦功研练，不消十年，已尽得了甘瘤子的本领。终日装作叫化，到各处踩盘子，做眼线，探实了有够得上下手的富户，夜间就去劫取。不过，甘瘤子这种强盗，比较绿林中的强盗，本领自是高得多，就是举动，也比较的光明。虽一般的劫取人家财宝，却有许多禁忌，不似绿林强盗的见钱就要。正正当当的商人，拿出血本做买卖，便赚了十万八万，他们做独脚强盗的，连望也不去望；读书行善的，和务农安本分的人家，不问如何富足，他们也是不去劫取的。有时不曾探听明白，冒昧动手劫了来，事后知道劫错了，仍然将原物退回去。平日所劫来的财物，总有一半用在周济贫乏上头，所以江湖上称他们这种强盗，也加上一个侠义的名目。

那时两湖的绿林，没一个不知道甘瘤子，也没一个不敬服甘瘤子。所以罗山的大水盗，大家呼为焦大哥的焦启义和彭四叫鸡，劫了常德庆的镖银，甘瘤子一去讨镖，立刻便全数退回。至于彭四叫鸡对护船兵士说的那派话，不过是自己要顾面子，有意把常德庆的本领提高，才显得自己被断掉一条臂膊，不是败在没本领的人手里。后来甘瘤子去说，更知道既有甘瘤子出头，镖银不全数退回是不行的，只反说看那刀的分上，退还一半，看甘瘤子的情面，退还一半。这是他们江湖上做顺水人情，结交有本领人的一种手段。果然常德庆就这回的事，对于焦启义、彭四叫鸡一干人，很发生一种好感，成了不同道的至交。

于今且说常德庆这日治好了陆凤阳之后，作辞出来，心中甚是高兴，暗想这番练气派人的错处，给我拿着了。哈哈！你们练气派人，常自夸义侠，能救困扶危，不侵害良善，却用梅花针死伤这么多农民。平、浏两县人争水陆码头，与你们当剑客的有何关系？无知农民，又岂是你们当剑客的对手？一霎时，教无辜农民死伤几百，问心如何能安，道理如何能说得过去？但不知这事，是哪一个没天良人干出来的？我且把这人查明出来，再由师父出头，邀请江湖上豪杰评评这个道理。

常德庆走到金家河，装作叫化的，挨家窥探。只听得家家户户谈论的，都是说万二呆子倒有一个这么英雄的义子，能替我们平江人争气。我们这回本来已是输得不可救药了，亏得这义拾儿来找万二呆子，不知他使的什么神通，只见他将衣一掳，两手一扬，那些浏阳蛮子自会一个一个的纷纷倒地。听说罗队长已亲到万二呆子家，看这义拾儿去了。

常德庆听一般人的言语大都如此，正想去万二呆子家看这义拾儿是怎么一个人物。忽见迎面来了一大群的人，走前面的，是几个壮健的农民。中间一个体格魁梧、气象英武的汉子，年纪约在五十以外。右手挽着一个丰采韶秀，态度雍容的美少年，旋走旋说笑，很露出得意的神气。后面跟着一个六十多岁的老头，也是农民模样，相貌慈祥和蔼，一望就知道是个很老实的人，笑容满面的，和最后几个壮健农民说话。常德庆做个全不在意的，立在旁边。心里已料定那五十多岁的汉子，必是一般人口里说的什么罗队长，美少年必就是使用梅花针的人，这老头不待说是万二呆子了。立在旁边等一群人走过，即回身缓缓的跟着，不一会儿，跟到一所庄院，一群人都进庄院去了。

常德庆看那庄院的形势不小，约莫有七八十间房屋。四周树木丛密，团团围住，和一座木城相似。进庄门的一条道路，用小石子铺着，两旁并排栽着数十棵伞盖一般的桧树，倒很是一个富厚人家的气派。常德庆心想：“这么一个书生模样的美少年，倒看不出他有这么狠毒的心肠。看他的气度颜色，不必打听，就可断定他是昆仑练气派的弟子。不过我曾听得师傅说，吕宣良平生只有两个徒弟，年纪都有六七十岁了，吕宣良并不许他的徒弟再收徒弟，这小子决不是他这一派的弟子。我何不趁此去试试这小子的本领，看是怎样？”想罢，即一偏一点的向庄门走去。才挨进庄门，便见义拾儿在前，罗队长在后，满面堆欢的迎了出来。

义拾儿朝着常德庆拱拱手，开口说道：“小弟虽是肉眼，却能认出老哥是个非常人物，请不必再以假面目相向。小弟今日借花献佛，敬邀老哥进里面，痛饮三杯。”常德庆见义拾儿这般举动，心中老大吃了一惊，正待再装出不承认的样子，那罗队长也走过来，一揖到地的说道：“我本是一个俗子，不识英雄。承杨公子指示，才得拜识山斗。倘蒙不嫌简陋，请进去胡乱饮几杯薄酒。”常德庆知道再隐瞒不住，不进去倒显得胆怯，只得也拱了拱手道：“知道两位在赵家坪，替平江人建了大功，将浏阳的小百姓，杀了个尸横遍野，血流成河。浏阳那些该死的小百姓，不知回避，应得受这般惨劫，死得不亏。我特地前来贺喜，也正想讨一杯喜酒喝喝。”说完，进了庄门。

杨、罗二人让常德庆踱进厅堂，堂上已一字摆好了两桌筵席，罗传贤推常德庆首座。常德庆指着杨天池哈哈笑道：“他才是应当首座的，我有何德何能，敢当这般敬意？刚才听老兄称呼他杨公子，他尊姓杨，我是知道了，还没请教台甫是怎么个称呼？”

杨天池听了常德庆这种轻慢的话音，和见了这种疏狂的态度，心里很有些纳闷，不知常德庆是种什么来意？在路上遇见常德庆的时候，虽曾看出是一个有本领人乔装的样子，却想不到是和昆仑练气派有宿怨，特来寻仇的。只因杨天池在清虚观年数虽不算少，但从不曾听自己师父，说过与崆峒派有嫌怨的话。并且崆峒派的董禄堂，败于吕宣良之手，在崆峒派人以为是莫大之耻辱，而在昆仑派中人并不当做一回事。

吕宣良救桂武夫妇出来，鹰翅拂伤了甘二嫔胣，甘瘤子更以为是有意来欺侮崆峒派人，在昆仑派人也没人将这事放在心上。所以杨天池绝未想到常德庆，是存心来和自己作对的。既是没想到这一层，便以为常德庆的轻慢疏狂，是其本性，江湖上有本领的人，性情古怪的很多，不足为奇。当下仍是很客气的，直说了自己的姓名，和这番助阵的缘由。并表明自己因没有杀人的心思，才用梅花针。原只打算使浏阳队里，略略受点儿轻微的伤，不料自己这边的人得胜就反攻起来，一些儿不肯放松，及至自己去抢锣来打，已是死伤的不少了。

常德庆听了，又仰天打了一个哈哈道：“这只能怪浏阳人太不中用。杨公子一时高兴，和他们开开玩笑，他们就承当不起。而且死伤的数百人，至今还没一个知道是受了公子爷的恩惠呢。”杨天池一听常德庆这般言语，估料是想来替浏阳人打不平的，登时脸上气变了颜色答道：“你是哪里来的，怎这般不识抬举？你公子爷便杀死几百人，与你阿干？由得你当面抢白我，你姓什么？你有本领，替浏阳人打不平，尽管使出来。你公子爷惧怯你，也不算好汉。”

常德庆并不生气，仍是笑嘻嘻的，把头点了两点说道：“了不得，好大的口气！公子爷心里想杀人，莫说几百个，便是几千几万，也只怪那些人命短。公子爷又不曾杀我，自然与我无干。我是一个当乞丐的人，怎敢说替浏阳人打不平，在公子爷面前使本领？公子爷莫怪，乞丐哪有姓名，更如何识得公子爷的抬举。”

罗传贤见二人说翻了脸，心里也有些恨这叫化，竟像有意欺侮杨天池，专说些挖苦讥嘲的话。虽曾听杨天池说这叫化，是有本领人乔装的，但看了这形容枯槁、肢体不完的样子，并不大相信杨天池没看走眼。以故同杨天池出来迎接的时候，直说出自己不认识，因杨公子是这么说，才肯出来迎接的意思来。此时见杨天池发怒，也正色向常德庆道：“彼此都是初会，大家不嫌弃，客客气气的，也算是朋友结交一场。”

常德庆不待罗传贤说下去，已双手抱拳，打了一拱道：“领教，领教！改日再见。”说时一转眼，便不见这叫化的影子了。罗传贤吃了一惊，忙回头向杨天池问：“怎么？”只见杨天池横眉怒目的，向堂下大喝一声道：“贼丐休得无礼！且睁眼看清我杨某是何等人，再来捣鬼。我和你远日无冤，近日无仇，用不着认真较量。你若真要替浏阳人打不平，须得光明正大的同上赵家坪去。”杨天池喝声才毕，就听得那叫化的声音答道：“好的，我也明人不做暗事，三日之内，我邀集江湖豪杰，约期和你说话。我姓常，名德庆。”说到这里，音响寂然，把个罗传贤惊得呆了，半晌才问杨天池道：“这叫化不是个鬼怪么，怎么一转眼就不见他的影子，却又听得他的声音说话呢？”杨天池道：“并不是鬼怪。他想用隐身法瞒过我的眼睛，出我不意，飞剑杀我。既被我识破，只得把话说明，此时是确已走了。我这回本待在我义父家里多盘桓两日，刚才这常德庆既说明三日之内，要邀集江湖上豪杰向我说话，这事来得太稀奇，我不能不作准备。承先生的情，下次再来叨扰，我此刻不能在此耽延了。”

罗、杨二人出外迎接常德庆的时候，万二呆子避在旁边房里，此时才出来，听了义拾儿说就要走，心里舍不得。杨天池只得用言语安慰了一番，别了罗传贤，送万二呆子回家，方急匆匆回到清虚观。这时候的柳迟，还不曾进清虚观，清虚道人正收了向乐山做徒弟，才带回观中。清虚道人收向乐山的一回故事，凡是年纪在七十以上的平江人，十有八九能知道这事的。在下且趁这当儿，交代一番，再写以下争水陆码头的事，方有着落。

向乐山是平江人，兄弟三个，他最小。他大哥向闵贤，是罗慎斋的学生，学问极其渊博，二十二岁就中了进士。罗慎斋极得意他，看待得和他自己儿子一般。二哥向曾贤，年纪比乐山大两岁，就由向闵贤教着二人读书。这时曾贤十岁，乐山八岁，八股文章都成了篇，并做得很好。向闵贤便带着两个兄弟，去考幼童。县考的时候，曾贤、乐山都取了前十名。在平江县应过县考，就在岳州府应府考。

那时岳州府的知府，是一个贪婪无厌、见钱眼开的捐班官儿，投考的童生们不送钱给他，无论你有多大的学问，莫想能取前十名。这知府在岳州任上，照例是富厚之家的子弟，按着财产的多少，定这前十名的次第。巴、平、临、华四县，有才无财，受了委屈的童生们，曾起哄闹过一次。无奈知府的神通广大，一些儿不曾闹出结果来。向乐山家里贫寒，兄弟们又都仗着有一肚皮的学问，一则无钱可送，二则不屑拿钱去买这前十名，所以发出榜来，前十名仍旧是一班阔人的子弟占了。

在曾贤、乐山两个，年纪轻，名心淡，就没取得前十名，也不觉得怎么难过。唯有一般怀才不遇的，一个个牢骚满腹的，和向闵贤有交情的，都跑到向闵贤寓所来，争着发出些不平的议论。其中有一两个性情激烈的，酒酣耳热，就狂呼像这种知府，应该大家去将他打死，方能替我四县有才的童生出气。

这几句醉后狂言说出来不打紧，向乐山在旁听了，小孩子的头脑简单，就以为这种知府是不妨打死的。当下也不和他大哥说，只将他二哥向曾贤拉到外面，悄悄的问道："刚才他们那些人说的话，二哥听了么？"向曾贤道："他们不是骂知府吗，怎么没听得呢！"向乐山道："他们都说这种知府应该打死，我们两个何不就去打死他，又可以替四县人出气，又可以显得我们兄弟比别人家强。"向曾贤的性格和向乐山差不多，都是胆量极大，一些儿不知道畏惧，便点头答道："去打他没要紧，但是他住在衙门里面，门房不教我们进去，如何能打得他着呢？"向乐山道："我们进去打他吗，那怎么使得？我们站在衙门外面等他，他出来打我们面前经过，我们就好动手了。"向曾贤摇头道："不行，不行！他出来总是坐轿子，四个人抬着，前前后后，还有好多人同走。我们只两个人，又没有兵器，哪里打得过他们人多，不是白送给他们拿住吗？"

向乐山笑道："二哥怎么这般老实？他坐轿子，又没有门关着。轿子两边，都是玻璃，一打就破。他们若知道我们站在那里，是去打知府的，有了防备，我们就打不着，得白给他们拿住；出其不意的去打他，他坐在轿里不能避让，一石头就打个正着。我最会打石头，又打得远，又打得中。我两人手里一人拿一块石头，只等知府的轿子一出来，对准轿子里，两块石头一齐打去，打在他脸上，就不死也得受伤。"

向曾贤连连点头道："这法子倒也使得。我们去和大哥说，要大哥也去一个，他的力比我两人大些。"向乐山慌忙止住道："使不得！大哥知道了，决不肯教我两人去。二哥还想他也同去吗？这事只我两人去做，什么人也不能给他知道。万一传出了风声，事还没做，知府已有了防备，不是糟透了吗？”向曾贤道：“不给外人知道可以，连大哥都不给知道，只怕有些不妥，事后我怕大哥骂我。算了吧，我们不要去打了。”向乐山不高兴道：“你胆小害怕，不敢去，就不要同去。我一个人去，也不愁打不着知府。不过你不去，不要对大哥说，只算是你不知道，大哥决不会骂你。”向曾贤道：“你要去，我为什么不去？好！就同去吧。”向乐山这才欢喜了。

各人寻了一块称手的砖头，同到知府衙门的对面站着等候。街上来往的人，也没一个注意到他二人身上。因二人都是小孩子，小孩子玩石块，是件极寻常的事，谁来注意呢？二人等了半日，不见知府出来，闷闷的回家。过了一夜，次日吃了早饭，又同到昨日等候的地方站着。向闳贤以为两个兄弟到街上玩耍去了，小学生平日受先生拘管的极严，一到了考试的时候，照例都得放松些儿，谓之“畅文机”。因恐拘管严了，进场文思不畅，所以曾贤兄弟出外，闳贤并不过问。

这日也可说是合当有事。曾贤、乐山没等到一刻工夫，那个倒霉的知府，果然乘着蓝呢大轿，鸣锣呵道的出来了。向乐山用膀膊，挨了挨他二哥，教他准备的意思。转眼之间轿子到了跟前，向乐山举起那块半截火砖，隔着玻璃，对准知府的头打去。只听得“哗啦啦”一声响，玻璃破裂，那半截砖头，从玻璃窟窿里直钻进去，落在知府的脸上，连鼻梁上架着的一副墨晶眼镜都打碎了，脸上也擦破了一块油皮。亏得那知府的眼皮虽薄，脸皮却厚，这一点点浮伤，不关重要。只是这一惊却非同小可，口里不由得大呼了一声“哎呀”，接着用两脚在轿底上几蹬，一迭连声喊：“拿刺客！”

向乐山见只自己的一块砖头打去，曾贤的砖头还握在手里不敢打，急得望着曾贤跺脚道：“快打，快打！”向曾贤毕竟胆量小些，不敢动手。向乐山气不过，一手夺过那块砖头，正待再补打一下，哪知府前后随从的人，先听得玻璃响，又听得喊拿刺客，哪敢怠慢，立时将街上行路的人，顺手抓了几个，却没一个疑心向乐山兄弟。还是那知府眼快，见向乐山从向曾贤手里夺砖头，举起来要打。这时轿子已经放下，连忙钻了出来，欺向乐山是个小孩子，就自跑过来拿。

向乐山也不打算逃走，不慌不忙的，对准那知府的头又是一砖头打去，正打在知府的肩头上。随从的人至此方看出刺客就是这两个小孩，都跑过来拿。向乐山大喊道：“两块砖头，都是我一个人打的，与我二哥无干，你们不要拿他。”向曾贤双手把向乐山拖住，说道：“我弟弟年纪轻，他没动手，是我打的，你们把我拿去就是！”知府一面揉着肩头，一面怒说道：“两个都给我拿住，看还有同党的没有？”当时走这条街经过的人，共拿了十多个。

知府不敢再坐轿子了，也不再往别处，随即步行回衙，亲自提讯这两个小刺客。向乐山不待知府开口，即高声说道：“我是考幼童的向乐山，因恨你贪财，将府前十名都卖给有钱的人，无钱的人便做得极好的文章，也取不着前十名，投考的人人怨恨，我忍不住，特来打你。我二哥不教我来，我不听，二哥不放心，就跟我同来。他并没动手，你快把他放了。”知府见向乐山说出这样的话，疑心有主使的人。一点儿不动气，反和颜悦色的说道：“你打的，他打的，都不要紧。你只说，我贪财，把府前十名卖给有钱的人，这话你是听了什么人说的？你说出来，连你也一同放出去。”向乐山道：“报考的童生，人人是这么说，我两个耳朵，听得不要听了。也不记得说的人姓什么，叫什么名字。”知府是一个奸猾透顶的人，见向乐山说话这般伶俐，料知骗不出主使的人来，只得暂将二人收押。

那时正在太平世界，知府的尊严，还了得？居然有人敢去行刺，而行刺的又是两个小孩。这事情一出，不到半个时辰，即轰动了满城。向闵贤在寓所，不见两个兄弟回来吃午饭，心里正是有些着慌。一听了这消息，慌忙托人去府衙探听，两个小刺客，果是自己的两个小兄弟，只把个向闵贤急得走投无路。四县受了委屈的童生们，就无一个不拍掌称快，反找着向闵贤恭喜，说道：“向闵贤有这么两个有胆气的兄弟，不但替平江人争光不少，连巴陵、临湘、华容三县的正气，都仗这两块半截砖头扶持起来了。”向闵贤听了这些恭维话，吓得摇手不迭。

不知是何缘故，且待第十三回再说。

冰庐主人评曰：

此数回叙崆峒、练气二派积怨之由，并为崆峒人物略张声势，如杨赞廷、甘瘤子、常德庆辈，亦有非常之才，然后于下文二派角逐时，方有奇文可写。否则以卵击石，人早知其不敌矣。安有奇文奇事，足供吾人之欣赏哉！

余同年稍谙弈法，辄翾友对局，以消永昼。两阵既列，车马思骤，子声丁丁然，几废寝食。顾每战辄北，而友则一局既罢，必推枰欲起，若甚不耐者。余哀之不已，始重整旗甲，然勉强之色，浮溢眉宇矣。一日，有客造访，见方弈，屏息侧视，余屡屡北，客哂曰："螳臂安足富车轮。"因自请与友角，友勉诺。日中布局，及夕未辍，友亦津津若有余味焉！余乃知才力相匹，然后可以言敌。余之弈，与友相差悬殊，宜乎友之不屑对垒也。今读《奇侠传》而知向君蚤洞此旨，故于盛写甲方之后，复从而渲染乙方，使均势既成，乃信笔挥写，则无往而非奇文奇事矣。

下半回入向乐山传，乐山以垂髫之年，而具石击知府之胆，真可与秦庭匕、博浪椎，后先辉映，岂能因其童竖而目为无知哉！

捐班官儿本不知文章为何物，一旦主持考政，正苦无术论衡，得孔方兄代为评次，确属大公。四邑童生不自恨无财，而怨知府贪婪，亦可谓不达世务者矣。

第十三回

罗慎斋八行书救小门生　向乐山一条辫打山东老

话说向闵贤见一班受了委屈的童生们，反来说恭维两个小兄弟的话，来不及扬手，止住大家的话头说道："依诸君的话说来，我等竟成了主使的人，竟是谋反叛逆的人了。这还了得！我平日率弟不严，以致他二人，做出这种犯上作乱的事，我已是罪不容于死。诸君不以大义见责，反来纵恶长傲，我家这番灭门之祸，就是诸君这些话玉成的。"众童生见向闵贤的脸上，如堆了一层浓霜，又说出这些词严义正的话，在那君主时代中，这些话极有力量，极有分量，哪里敢回说半字，一个一个面上无光的走了。

向闵贤见那些童生走后，即忙提笔做了一纸呈词，自认教督无方，以致两个小兄弟，敢做出这种犯上作乱的事，求知府念两个小兄弟的年纪小，将应施行的处分，移到他自己身上，以为天下后世督率子弟不严的鉴戒。这纸呈词递进去，也没批驳，也没准行。向闵贤自缚到知府衙门请收押，想抵出两个小兄弟来。知府竟推病不出，也不收押向闵贤。向闵贤兄弟被收在监里，十多日不曾审讯第二次。向闵贤见请代不许，只得去求他老师罗慎斋。

那时罗慎斋正掌教岳麓书院，向闵贤去诉了情由，问罗慎斋能否设法救出两个小兄弟。罗慎斋生成的古怪脾气，生平第一厌恶的，就是贪官污吏。岳州府知府的不法行为，罗慎斋久已知道了个详尽，只怕自己没能力参奏他。听了向曾贤兄弟的举动，口里不便说称赞恭维的话，心里实是痛快到了极处。莫说向闵贤还是自己的得意门生，义不容辞的应设法去救二小刺客出狱，便是绝不相关的人，只要是像这么小小的年纪，能有这大的魄力，干出这样惊天动地的大事，罗慎斋但有一分力量可尽，也决不忍袖手旁观。当下也不对向闵贤说什么，只教向闵贤放心，包管那知府不仅不敢伤损你两个兄弟的一毫一发，并且连小考的场期，都不至于耽误。

罗慎斋说这话有什么把握，能如此负责任呢？原来这一任的学差，也是罗慎斋的门生。罗慎斋等学差一到，就写了一封详细的信教人送去。学差接了老师的信，心里也恨那知府不过。官场中的习惯，科甲出身的官，最是瞧捐班出身的官不起，哪怕捐班出身的名位，在科甲出身的以上，捐班官每每受科甲出身的奚落。若是捐班官名位低微的，更是没有讨好的希望。那学差读过罗慎斋的信，也懒得和知府说什么，直到入场唱名的时候，唱到向曾贤，没人答应。学差忽教唱的停住，问怎么向曾贤不到？知府见问，连忙出席陈说事故。学差故意沉吟了一会儿道："考试是国家大典，且放向曾贤兄弟出来，考试过了，再治他们的罪不迟。"学差说了，随呼向曾贤兄弟的领保，问两兄弟的年龄。领保照实说了，学差哈哈笑道："黄口小儿，哪里就知道做刺客。快放他们出来，到这里当面考试，若文理不清，更得重办。"

知府不敢违抗，只得将向曾贤、向乐山都提到学差跟前来。学差见二人都生得清隽可爱，然心里有些不相信，这一点儿大的小孩子，就通了文墨。从来考幼童，都是提堂号考试，为的是怕人抢替。这回学差更是注意，把向曾贤兄弟坐在自己公案旁边，另外出题考试。没想到向曾贤兄弟都是提笔就写，和誊录旧文一般。向乐山交头卷，向曾贤接着交第二卷，学差已是吃了一惊。及看二人的卷子，写作俱佳，向乐山更是才气纵横，字也是秀骨天成，不禁击节叹赏，暗想怪不得没取得前十名心里不服，气得打起知府来了。

二人交卷了好一会儿，才有第三人交卷上来，照例交了卷，就可出场，学差却将二人留在里面。等大家出了场，学差打发人将向闵贤请来，备办了一桌酒席，邀了挨打的知府，教向曾贤、向乐山兄弟对知府叩头赔礼。学差笑向知府道："从此他两兄弟是贵府的门生了。本院替他们讲情，既往的事望贵府大度包容了吧。他两兄弟前途远大，将来受贵府栽培的日子固是很长，而报答贵府的日子也很有在后面。"向闵贤也连忙对知府叩头。

知府知道向闵贤是个花衣进士，又是罗慎斋的得意门生，更和这任学差同年，早已料到这回的侮辱没有雪愤的希望。学差既肯这般说情，向闵贤又叩头赔了礼，也算是给面子的了。若不见风转舵，恐怕连这样的便宜都讨不着。当下连忙答了向闵贤的礼，又谢了学差，反高高兴兴的，在酒席上对向曾贤兄弟问长问短。一桩惊天动地的大案子，就是这么杯酒合欢，谈笑了事。向曾贤、向乐山都是这回入了学。

只是向乐山入学之后，心中十分愤恨自己的两手，太没有气力，以致两砖头不曾将知府打死，因此想练习武艺。平江人本来尚武，不知道拳棍的人家很少，越是大家庭，墙壁上悬挂的木棍越多。向家因是世代读书，不重武艺，所以向闵贤兄弟皆不曾练习。于今向乐山既是想习拳棍，向闵贤便聘请了一个有名的拳教师，来家教两个兄弟。但向曾贤的体质比向乐山生得孱弱，性情又不与武艺相近，练了几日，身体上受不了这痛苦，就不肯练了。向乐山却是朝夕不辍的，越练越觉有趣味，如此苦练了一年，真是生成的美质，每和教师打起对子来，教师略不留神，就被向乐山掀翻在地。再加练习了半年，教师简直打不过乐山，自愿辞馆不教了。向闵贤托人四处访求名师，陆续请来好几个，没一个打进场不跌的，于是向乐山就没有请得好师傅，只得独自在家研练。

这时他的年纪已有一十三岁了，辫发也有了尺多长，他忽然想到这辫发垂在背后，将来结长了，和有本领的人动起手来，很不方便。并且有时跑起来，辫尾若是挂在什么东西上面，更是讨厌。拳术里面，有一种名叫“顺手牵羊”的手法，就是利用人家的辫子，顺手牵住，往怀中一带。被牵的，十九牵得头昏眼花。他打算把辫子割了，又因有“受之父母，不可毁伤”之戒，不敢割下来。想来想去，就想出一个练辫子的方法来。他悬一根粗麻绳在屋梁上，辫尾就结在麻绳上，硬着脖子，将身体向前后左右，一下一下的倒过去。初练的时候，麻绳悬得高，便倒得不重。后来麻绳越放越长，身体便越倒越重。是这般不顾性命的蛮练了两年，哪怕合抱的树，只须把辫尾往树上一绾，向乐山一点头，那树即连根拔了出来。辫尾结着一大绺丝线，有时和人动手，向乐山将丝线握在手中，朝着敌人颈上掼去，一绕着就将头一偏，敌人身不由己的一个跟斗栽过了这边。

向乐山自从这本领练成后，更没人敢和他较量。他因为遇不着对手，在家闷气不过，心想平江的地方太小，当然有本领的人不多。我何不去外州府县游行一番？必然有本领高似我的人物。计算已定，即对向闵贤说明了出外寻师访友的意思。向闵贤自免不了有一番叮咛嘱咐。

向乐山知道，浏阳人的性质也和平江人一般的，欢喜武艺，从家中出来，即向浏阳进发。平、浏是连界的，行不到几十里，已进了浏阳县境。向乐山因抱着寻师访友的目的，不能和赶路一般的快走，装作游学的寒士到处盘桓。一日走到一处极大的庄院，看那庄院的规模，知道是一个很富厚的人家。只见东西两个八字大墙门，中间隔着一块青草坪。两个大门外面，都有上马的石墩，拴马的木桩。大门虽开着，却不见有人出入。

向乐山走进东边大门，见右首一间房的门框上，挂着一块“门房”两字的木牌子。暗想乡村中的庄院，一不是衙门，二不是公馆，如何用得着什么门房呢？这不待说是一个欢喜搭架子的乡绅。这种肉麻的乡绅人家，料不会有了不得的人物在内。向乐山心里这么一想，便不打算进去了。正折转身待退出大门，门房里忽跳出一只大黑狗来，对着向乐山狂吠。接着一个二十多岁的健汉，也从门房里伸出头来，大声喝问道：“喂！你来这里找谁的？”向乐山见有人问，只得停住脚答道：“我不找谁，我是来这里游学的。”

那汉子欺向乐山年纪小，不像个游学的，也和那黑狗一样，跳了出来，问道：“你游什么学，游的文学呢还是武学，怎么进大门就走？”向乐山笑道：“我文学也游，武学也游。进了大门，才知道走错了人家，所以不停留的就走。”那汉子跑过来，一手将向乐山拉住道：“你且慢走，等我搜搜你身上看。我刚才在房里打盹，不知你从什么时候进来的，只怕你这东西，已进了里面，见没有人，偷了什么揣在身上。”说着，想动手来搜。向乐山也不动气，只拦住那汉子说道：“你何以见得我进了里面，偷了什么？你若搜不出什么来，该怎么办？”那汉子道：“搜不出什么，就放你走，有什么怎么办？你既是游学的，到这里来，如何谓之走错了人家？我们家的老爷少爷，从来不轻慢游学的。文有文先生，武有武教习，来这里游学的，多则住一月半月，少也要住三五日。你到这里就走，不是趁里面没人，偷了什么，怎的肯走这么快？看你偷了什么，趁早退出来，免我动手。嗄！嗄！倒看你不出，这小小的年纪，居然敢假充游学的。”

向乐山一听那汉子的话，心里倒欢喜起来，反赔着笑脸问道：“这里也有武教习吗？我是一个游武学的，你就带我去看看武教习好么？”那汉子摇头道：“你不要瞎扯淡。你打算乘我不防备，好抽身逃跑么？不行，不行！

你且给我搜了身上再说，我是在这里替守门的守门，担不起干系。”

向乐山看那汉子，本也不像个门房，心里急于想进去见这家的武教习，便懒得和人争论，耽搁了时刻。随将两手分开，挺出胸脯给那汉子遍身搜了一会儿，没搜出什么。那汉子道：“这下子你走吧。”向乐山道：“就这么放我走么？没这般容易。快说武教习在哪里，你引我去见了面，便没你的事。不然，我好端端的一个人，你如何硬说我是贼，将我遍身都搜了？你不把我这贼名洗清，看我可能饶你。”

那汉子见向乐山说出这些无赖的话，也有些害怕给东家知道，只得说道：“你要见这里的武教习做什么？这里的武教习是由山东聘请来，专教我家少爷拳棍的。外面的徒弟一个也不收，你找他也没用处。并且他轻易不肯见人，我就引你进去，他不见得肯出来会你这小孩子。”向乐山笑道：“我是身体生得矮小，年纪比你大得多，你怎么倒说我是一个小孩子呢？你只引我进去，见得着见不着，你不要管。”

那汉子又打量了向乐山几眼，只是摇头。向乐山道：“你不引我进去也没要紧，我自会进去。你只说那教习姓什么，叫什么名字？我好去会他。”那汉子道：“那却使得。我们这边的教习，姓周名敦五……”向乐山道：“那边还有一个教习吗？”那汉子望着向乐山出神道：“我听你说话的口音，并不是外路人，怎么连我们这里的大老爷和二老爷争胜的事，都不知道咧？”

向乐山觉得很稀奇的问道：“大老爷什么事和二老爷争胜，你可以说给我听么？”那汉子道：“这话一言难尽，你既不知道，不问也罢了。不过我看你是个借游学讨吃的人，也可怜。若不知道我们这里的情形，进去说错了话，必不讨好。我大概说点儿给你听了，并教你几句话，进里面去说，包你能混几天饮食到口。若你的运气好，还说不定可得几百文盘缠。”

向乐山暗自好笑，连忙点头应道：“老弟真是个慈心的好人，肯如此帮扶我，请你快说吧。”那汉子见向乐山呼他老弟，以为果是比自己的年纪大。当下欣然说道：“我老爷姓陶，名守仪。二老爷名守信。老太爷做过一任知府，才去世没几年，大老爷和二老爷就分了家。虽在这一个庄院，却隔离了是两户人家。一家都有两个少爷，都聘请了一个文先生，一个武教习，兄弟都存心要争强夺胜。你进去只说二老爷那边如何鄙吝，如何待人不好，怪不得外人都传说大老爷，是个疏财仗义的豪杰，果是名不虚传。大老爷听了你这种说法，必然欢喜，你知道是这么说么？”向乐山点头道：“说是不难说。但是我并不曾去过那边，怎么能知道那边的坏处呢？”那汉子晃着脑袋笑道；“大老爷又不会盘问你，何必定要去过那边呢？”向乐山笑道：“那就是了。”别了那汉子，直往里面走。

向乐山只想见周敦五，看从山东聘来的教师，是怎样一个人物。走到里面大厅上，故意高声咳嗽了一下，即有一个十六七岁小伙子走了出来，问向乐山找谁。向乐山看那小伙子的装束，像一个当差的模样，遂答道：“来看周教师的。”小伙子装腔作势的，翻起一对白眼望了向乐山一望，待理不理的道：“带手本来没有？”说时，遂高声朝着下面门房骂道：“怎么呢？门房里的人死了吗，不问是人是鬼，也不阻挡，也不上来通报一声，听凭他直撞进来，这还成个什么体统？”

向乐山看了小伙计那般嘴脸，心中已是老大的不快，见问自己要手本，更要开口骂了。听了这一派话，哪里还忍耐得住呢？也懒得说什么，提着辫丝线，对小伙子肩上掼过去。跟着把头一偏，小伙子哎呀都不曾叫喊得出，腾空一个跟斗掼下来，直挺挺的倒在丹墀里。只听得“啪嗒”一声，竟跌得昏死过去了。向乐山不由得吃了一惊，心想这小子怎这般禁不起跌？若就是这么死了，我岂不是遭了人命官司吗？这种东西也教我替他偿命，未免太不值得。好在还没人出来，他们又不认识我，不趁此逃走，更待何时？哪敢怠慢，拔步往外就跑。

刚跑近大门，里面已有四五个汉子，大呼追了出来，一片声喊拿住，不要放走了凶手。向乐山跑到青草坪中，忽然转念一想：“打死了人，像这么逃跑是不对的。夜间没人看见，他们追不上，不愁逃不了。此时正在白天，我在前面跑，他们跟在后面追。我逃到哪里，他们追到哪里，这如何能逃得了？且就这一片好草坪，将追的打发了，方能从容逃走。”当即回身立住。

看追来的四个壮健汉子在前，年纪都是三十上下，一个年约五十来岁，身体高大的在后。看那人眉目间带几分杀气，精神分外充足，行路的脚步，甚是稳重，估量着就是教师周敦五。走前面的四人，赶到切近，仿佛有些疑惑凶手不是向乐山。都用眼向各处张望了一转，才对向乐山喝问道：“就是你这东西打死了人么？”向乐山还没回答，后面的那人已大声说道：“就是这小子，快上去给我拿住。”

向乐山听那人说话果是北方口音，断定是周敦五了。四人一齐抢过来，伸手拿向乐山。都以为这一点儿大的小孩，捉拿有何费事，并且各人皆知道些拳脚，哪里把向乐山放在眼里？不提防向乐山等他们来到切近，将身子往下一蹲，扑的一个扫堂腿，四人同时跌了一丈开外。一个个爬了几下，才爬起来，望着向乐山发怔，不敢再过来。向乐山指着周敦五道：“你就是这里的拳教师么？我正要领教领教！”

向乐山本是朝大门立着，说话时，见那跌昏了的小伙子，跟着两个小学生模样的孩子，和一个五十多岁的花白胡子，走了出来，心里不由得大喜，不曾打死人，就用不着图逃了。只见周敦五两脚一跺，使出一个“鹞子钻天”的架势，凌空足有丈多高，直扑下来。脚还不曾着地，就变了一个“饿虎擒羊”的身法。向乐山知道这人不弱，急将身躯一偏，使一个“鲤鱼打挺”，让开周敦五双手。跟着使一个“叶底偷桃”，去捞周敦五的下阴。周敦五的身法也真矫捷，一个“乳燕辞巢”，就穿到了向乐山背后。见向乐山的辫丝线，一大绺垂在背上，心中高兴不过，以为这一个“顺手牵羊”，不愁不把向乐山牵倒。谁知才一手撩住辫尾，也和那小伙子一般的，腾空一个跟斗，栽了一丈多远。

原来周敦五也知道向乐山是个劲敌，思量非用全力，就牵住了辫尾，也怕牵向乐山不倒。哪知道向乐山的辫子，越是牵得力大，越掼得远，越跌得重。周敦五这一跤跌去，头朝下，脚朝上，跌了一个倒栽葱，哪里挣扎得起来呢？向乐山哈哈笑道：“牛角不尖不过界。几千里跑到这里来当拳教师，原来也不过如此。领教了，领教了！”说着，对大众拱了拱手，提起脚要走。

那个花白胡子连忙抢行了几步，走到向乐山跟前，作了一个揖，赔笑说道：“师傅的本领，实在是了不得，佩服，佩服！求师傅不弃，请进寒舍盘桓盘桓。”向乐山见陶守仪说话甚是殷勤，便不推辞。陶守仪侧着身体，引向乐山到里面一间陈设十分精致的书斋里。恭恭敬敬的请问了姓名，带了刚才那两个小学生模样的孩子过来，双双拜了下去。向乐山慌忙答礼不迭。陶守仪纳向乐山坐了，说道：“寒舍聘请教师，脩金不问多少。谁打得过原有的教师，就请谁在寒舍教这两个小儿。今日师傅打胜了，小儿自应拜认师傅。”向乐山笑问道：“那位周教师怎么样呢？”陶守仪道：“他既没有大本领，被师傅打输了，兄弟唯有多送他几两程仪，请他自回山东去。”

向乐山连连摇头道：“使不得，使不得，老先生快把他请到这里来，我有话说。”陶守仪道：“他既被师傅打得这般狼狈不堪，如何好意思来见师傅咧？”向乐山道：“这有何要紧。二人相打，不胜就败。平心讲，周教师的本领实在不错，我不是能坐在尊府教拳脚的。尊府除了周教师，想再请一个比周教师本领高的，决不容易。”陶守仪见向乐山这么说，也来不及回话，一折身就往外跑。

不知陶守仪跑到外面做什么，且待第十四回再说。

冰庐主人评曰：

此回叙向乐山练辫功事，颇奇特，读者或又疑为诞，唯余则深信之，并引一事以为证。

余邻有陈翁者，年已逾古稀，而精神矍铄，孔武多力。尝语余，少时习技击，及壮充乡勇，为发逆所掳，反缚手足，以发辫悬梁间。同掳者若干人，不胜痛楚，相继毙。夜半，陈亦不支，方微呻，忽一人操鲁音，问曰：“若尚未死，当谙武艺，亦思遁邪。”陈言悬宕空中，无从施吾技，奈何！客曰：“无害，吾自有法以脱之。”遂运气上达。俄顷索素寸断，砉然坠地。手足之缚，亦委地如蜕，因并释陈，挟之偕遁，得免于难。由此观之，则练功及辫，亦技击家之常事，不可目为诞妄矣。

第十四回

大乡绅挽留周教师　小侠客气煞洪矮牯

话说周敦五被向乐山，打得一败涂地，挣扎起来，见自己东家，陪着向乐山进里面去了，面子上更觉得羞惭无地。那四个健汉，原是陶家请了本地方几个略懂得些拳脚的粗人，在家中一面做做零星琐事，一面看管家财的。闲时跟周敦五学习几年，也要算是周敦五的徒弟，毕竟有点儿师徒的感情，都连忙跑过来问，跌伤了哪里没有。这一问，益发把周敦五问红了脸，溜回自己的卧室，卷起包袱，并不打算向陶守仪作辞，背着包袱就走。

已走出了大门，忽转念想道："我在北道上，整整称了二十年的好汉，今一旦败在这个小孩子手里，此仇安可不图报复？只是这小孩姓甚名谁，我不知道，将来我便练成了报仇的本领，不知道仇人的姓名，将怎生报复呢？没法，只得老着脸，再进去一趟，当面请教他一声，料他不至畏惧我，隐瞒不说。"

周敦五想罢，正待回身，陶守仪已匆匆跑了出来，一把将周敦五拉住道："我料知师傅是要走的，所以追了出来。快请进去，刚才和师傅动手的，并不是当把势的人，且极称道师傅的本领。我两个小儿，仍得求师傅在寒舍指教。"周敦五听了，暗自寻思道："陶守仪方才欢迎那小子到里面去的时候，我正跌在草地上挣扎不起来，他连正眼都不瞧我一下，只勤勤恳恳的，作揖打拱，把那小子迎接进去。我回房卷包袱，他也不来理我。此时却如此殷勤的跑来留我，多半是那小子，自己不能在此教徒弟，不曾指摘我的短处，因此陶守仪便不肯放我走了。也罢！那小子的本领实在不错，我若能趁此结识他一场，也是好的。如果见面瞧不起我，我请教了他的姓名就走。”周敦五遂跟着陶守仪复进里面来。

向乐山起身迎着，拱手笑道：“老兄偶然失手，算不了什么，任凭有多大本领的人，像老兄这般失手的时候，总是不能免的，老兄千万不要介意。”周敦五见向乐山的身材相貌，虽是一个小孩，说话却很像是一个老于江湖的。一肚皮愤恨想报复的心思，被这几句话一说，不由得登时冰释了，也拱了拱手笑答道：“兄弟在北道混了二十多年，南七省也游行了一转，和人较量的次数在二千以上，今日算是第一次遇见先生这般本领。先生可谓周身毛发都有二十分的力量，但不知令师尊是哪位？”向乐山笑道：“我的武艺可以说没有师承。从前师傅所传授的，至今一手也用不着，全是自出心裁，苦练得来的。”周敦五初听，不大相信，后来谈论起来，才知道向乐山得力的本领，没一手是普通拳脚中所有的。

陶守信听说哥哥家来了这么一个人物，也想迎接到自己家里来住几日，教教自己的儿子。自己家里请来的一个江西拳教师，姓洪名起鹏的，却不服气。在陶守信跟前，极力说向乐山不过略知道些武艺，只怪周教师太不中用，又欺向乐山是个小孩，才轻敌致败。偶然赶人家失手，打胜了一次，算不得什么了不得的本领。就拿了向乐山安慰周敦五的话，证明向乐山这回的胜利，确是偶然得的。

这个洪起鹏教师，也是江西有名的好手。陶守信因陶守仪聘来了周敦五，才托人到处物色。聘请洪起鹏的时候，陶守信还曾亲去江西，到洪起鹏家里，送了二百两银安家，方接着一同到陶家来。洪起鹏的身体矮胖，生成一双火眼，人家都呼他为“红眼鼓”。又因他姓洪，生得矮，身体和牯牛一般壮实，喊变了音，也有喊他为“洪矮牯”的。到陶家来的时候，年纪不过四十多岁，在江西的声名，已是很大，也是享了十多年盛名，不曾逢过对手。初和周敦五见面，倒想较量一番。后来见周敦五的纵跳功夫，在南方可算得一等，又能打得出六两八钱重的镖，恐怕占不了上风，坏了多年的名誉，并且在陶家也立脚不住。像陶家这样的东家，凡是当拳教师的人，没一个不羡慕，没一个不想夺这一席位置。这个饭碗若自行打破了，未免可惜，就是周敦五的心理，也和洪起鹏差不多。

洪起鹏初到想显本领，用十根茶杯粗细、三尺来长的榈木桩，钉入极坚实的土内，上面露出五寸来，隔三尺钉下一根。洪起鹏赤着双脚，一路用脚掼过去，能将十根木桩都拔出来；又能一脚立在木桩上，挑选八个健汉，各拿一条麻绳，听便系住洪起鹏的手脚，或肩或腰，立在远远的用力拉扯，就和生铁铸成的一般，再也拉他不下来。陶守仪办了一桌接风酒，请洪起鹏吃饭。陶守信叮咛嘱咐洪起鹏，要他故意多显些本领给周敦五看，洪起鹏答应了。一到陶守仪这边，只一屁股就坐破了一把靠椅。陶守仪还没看出是故意显本领，以为本是靠椅不牢，连忙教人更换了一把又新又牢实的。洪起鹏坐下去，也是“咯喳”一声，连椅脚都折断了两条。陶守仪才大吃一惊，知道是有意炫技。也不说什么，亲自端了一把紫檀木的古式太师椅送到洪起鹏跟前，说道：“寒舍的器具，多是陈年腐朽了，所以禁不起师傅一坐。这把椅子是紫檀木的，或者比方才坐的两把结实些儿，请师傅轻轻的坐一下看。”洪起鹏笑道：“只怪我的贱体太重。我家里贫寒，坐麻石惯了。木椅子多是赶不上麻石那般坚实的，抱愧得很。”说完坐下去，仍是绝不费事的，一沾屁股就破裂得不能坐了。大家看了，都惊得吐舌。

洪起鹏见大厅左右，一边安着一个石鼓，走过去端椅子似的，端到客位坐了笑道：“我坐这东西就相宜。”周敦五在旁见了，自也免不了暗暗纳罕。次日陶守信还席请周敦五，正在饮酒的时候，一只耗子在梁上跑过，爬下许多灰尘来，撒在酒菜上面，大家都抬头骂这耗子可恶。周敦五笑道：“这耗子果是讨人厌，等我抓来，重重治它的罪。”从容放下酒杯，一耸身到了梁上。左手三个指头，把梁捏住，右手伸进壁孔，掏出一只四五寸长的耗子来。左手一松，已飘然坠地，赛过风吹落叶，一些儿声息没有。洪起鹏也很是佩服，因此两人都不敢交手。

这回洪起鹏听见周敦五被向乐山打败了，自己东家想把向乐山迎接到家里来，洪起鹏心里老大的不服气。特意找着那四个和向乐山交手的汉子，盘问向乐山如何打跌周敦五的。四人都说并不曾见向乐山动手，只仿佛见周教师，使出一个“乳燕辞巢”的身法，穿到向乐山身后；向乐山却没掉转身躯，我等正欢喜周教师已抢了上风，向乐山必然跌倒。哪知道一转眼的工夫，就听得向乐山口喊了一声：“去吧！”周教师已从向乐山头顶上，一个跟斗栽了一丈多远。洪起鹏道：“你们见向乐山动脚么？”四人都说不曾见。洪起鹏道：“那一定是遭了向乐山的臀锋，所以并不掉转身，而周教师又从向乐山头顶上栽了过来，本来周教师的下盘欠稳，这也是专练纵跳的缘故，两脚着地太轻。用‘乳燕辞巢’的手段，原是避开他来捞下阴。但既穿到了他背后，就应赶急变‘顺手牵羊’，便不愁向乐山不跌。哪有已穿到他背后，还被他用臀锋打得栽过前面来的道理？这不是向乐山的本领高，只怪周教师太轻敌。我若不给点儿厉害向乐山看，他真要目中无人了。”

四人都被向乐山打跌过，巴不得洪起鹏出来收拾向乐山，好出那口输气，一力的在旁撺掇。也是洪起鹏合当丢脸，四人都没看出，周敦五就是用“顺手牵羊”，被向乐山辫尾打跌的架势来。若当时洪起鹏亲眼看见了，也就会心悦诚服的认输，不敢再出头了。

陶守信听了洪起鹏的话，信以为实，即对洪起鹏道：“师傅何不替周教师出口气，也显显我的眼力不差呢？”洪起鹏道：“我正打算去找他，只因他在大老爷家，即是大老爷家的客，我似乎不好登门去打。我打输了，固不待说，面子上下不来；便是打赢了，也有些对不起大老爷。最好是打发人去约向乐山，也在大门外草坪里，彼此见个高下。”陶守信道：“要去约他容易，并用不着差别人，就是我亲自去约他。他若胆怯不来，将怎么办呢？”洪起鹏道：“他不来时，我再亲去。无论如何，总不由他在这里打个落花流水，不肯和人打复架。”陶守信点头应是，真个跑到陶守仪这边。

这时陶守仪、周敦五两人，正陪着向乐山喝酒。陶守信见向乐山的衣服破旧，身材瘦小，十足的穷小子气派，来时原打算见面一揖的，及到见了面，瞧不起的念头一发生，连那准备好了的一个揖都作不下去了。陶守仪、周敦五都立起身来，想给向乐山介绍，向乐山也慌忙站起。陶守信不待三人开口，即对向乐山努了努嘴，问陶守仪道：“这人就是姓向的平江人，说也会拳脚的么？”陶守仪听了自己兄弟这种轻侮口吻，心里大不自在。向乐山已抢着答道：“岂敢，岂敢！”陶守仪忙指着周敦五对陶守信说道：“周师傅都五体投地的佩服，你说是会不会拳脚？”陶守信道：“既是会拳脚，我家洪教师要跟他见个高下，看他敢去不敢去？”周敦五连连扬手道：“我们都是自家人，向先生又不是个把势，请洪师傅快不要存这个心。我这番打输了，输得心服口服。洪师傅若是想替我出气，尽可不必，我是过来人。”

陶守仪因自己请的教师打输了，巴不得兄弟请的教师，也照样跌个跟斗。听陶守信说洪教师要见个高下，正如了自己心愿，不料周敦五说出这些话来。遂不待周敦五说完，也抢着说道："周教师尚且打输了，你去对那洪矮牯说，快不要妄想。"周敦五是个山东人，生性直爽，以为洪起鹏是想替自己出气，是一番好意。明知道打向乐山不过，所以不愿洪起鹏再跌一跤。

陶守信是个公子脾气，一则想显显自己家里教师的能为；二则不服陶守仪教洪矮牯不要妄想的话，立时望着向乐山说道："你若是个有实在本领的人，就大胆去外面青草坪里等着，我家的洪教师即来和你较量。"向乐山笑着点头道："我看老先生的年纪，总在四十岁开外了。怎么说出来的话，全不像是吃过四十多年饭的？难道尊府这么富厚，老先生竟是吃了一辈子的屎吗？不然，怎的和颠狗一般的乱吠呢？我又没到你家去，你家有教师既想跟我见个高下，他就应该到这里来当面领教。他自己没实本领，不敢来和我较量，却打发你这吃屎的，来望着我乱吠。我若不看主人翁和周教师的面子，早已给你下不去了。"说着，气愤愤的坐下，也不睬陶守信了。

陶守信平生不曾受过这么恶劣的教训，只气得浑身打抖。一面红着脸往外走，一面口里骂道："好小子，骂得我好，看我可肯饶了你这条狗命？"周敦五仍是不愿洪起鹏丢脸，想追上去将陶守信拉住。陶守仪已从背后牵住周敦五的衣袖道："人不到黄河心不死，洪矮牯自以为本领了得，师傅劝阻他，反讨了不好。索性给他跌一跤，倒可熄灭他的气焰。"这时陶守信已冲出大门去了，周敦五料也挽留不住，只得长叹了一声坐下。

向乐山立起身，对陶、周二人拱手道："我年轻火气未退，一些儿受不了人家不好的脸嘴。我对你家二先生客气，他倒欺负起我来了，我一时火性上来，开罪了他，那个姓洪的教师必定立刻前来和我较量。我坐在这里不安，暂且与二位告别，后会有期。"陶守仪忙起身挽留道："那洪矮牯的本领，并不在周师傅之上，先生请安心坐着。他如敢来，先生尽管给他两下厉害的，先生的本领难道还惧怯他不成？"向乐山摇头道："我原是为寻师访友出门，姓洪的本领果比我高强，我拜他为师便了，惧怯怎的？不过此地非动手的所在，改日再来和二位多谈。"旋说旋离席往外走。周敦五还疑心向乐山实有些胆怯，和陶守仪一同相送出来。

刚走出大门，劈面见洪起鹏来了，陶守信也跟在后面。洪起鹏望了向乐山一眼，忙退一步，立了一个门户。陶守信怒容满面的喝问道：“你这小子想溜跑么，看你能跑上哪里去？洪师傅还不快给我痛打这小子。”洪起鹏也不说话，也不上前，只等向乐山动手。因见向乐山的身体瘦小，必然矫捷。自己是个矮胖子，若和向乐山游斗，料是斗不过的。仗着自己的下盘稳实，两膀有三四百斤实力，准备以逸待劳的将向乐山打败。

向乐山一见洪起鹏立的门户，已瞧出了他的用意。立得远远的，笑着说道：“我只道是什么三头六臂的洪教师，原来是这般一个模样，这倒像煞一个马桶，又矮又圆。你们看他两只手，是这么举着，不活像马桶上提手的东西吗？”说得陶守仪大笑起来。周敦五望着洪起鹏的架势，想起那马桶的模样来，也不觉好笑。连立在那边气愤填胸的陶守信，也禁不住扑哧的笑了。

洪起鹏被大家笑得不好意思起来，心里益发恨向乐山不过。只得改变了一个架势，对向乐山道：“你有本领就过来。我若被你打输了，自愿将徒弟让给你教。”向乐山知道洪起鹏的功夫很老辣，就这么过去和他硬对，决对不过他。自己年龄轻，身体小，气力毕竟有限，绝技就在一条辫子上。周敦五已上了这辫子的大当，恐怕洪起鹏已听得说，留心提防着辫子，便不容易取胜了，所以存心要激怒洪起鹏。

凡是较量拳棍的时候，越是愤怒，越是慌乱。草坪宽广，利于游斗，向乐山不肯坐在里面，就是这个道理。当下见洪起鹏换了架势，说出让徒弟的话来，更仰面大笑道：“周教师教过的徒弟，我尚且不愿意教，教你这马桶的徒弟吗？你得了这么一个饭碗，算是你这马桶修到了，我看你无端打破了，有些可惜。我又没找你，你何苦自寻烦恼呢？你若败在我手里，驮着一个牛心包袱归江西，垂头丧气的到家，必是妻埋子怨，说不定还要气得寻短见，这是何苦咧？我家里有饭吃，用不着出外教徒弟，也不和你争夺饭碗，实在不忍干这种丧德的事，我是要少陪你了。”说时，回头对周敦五、陶守仪点点头，掉臂径走。

不知洪起鹏放向乐山走了没有，且待第十五回再说。

冰庐主人评曰：

此回承接上文，而言向乐山辫功之造诣已深，故写与洪教师放对一节，不惜刻意铺张，以明上次胜周敦五之非偶然也。

作者既于上回写向乐山以辫胜周敦五，偏于本回再写向乐山以辫胜洪矮牯，此为文章有意相犯法，作时最难下笔。盖同叙一事，稍一不慎，即易雷同，使读者生厌恶之心。故叙事虽与上文极相似，而行文不可有一笔相犯，方为上乘。读者宜从此等处着眼，庶不负作者一番苦心也。

第十五回

小侠客夜行丢裤　老英雄捉盗赠银

话说洪起鹏受了向乐山一阵奚落，只气得要将向乐山吞吃了才甘心。见向乐山提起脚就走，竟不来和自己交手，这一气更把肝都气炸了。也顾不得紧守门户，以逸待劳了，拔步赶将上去。洪起鹏练的是一种硬门功夫，不会纵跳，脚底下追人很慢。向乐山从小就喜操练溜步，能一溜两丈远近，洪起鹏如何追赶得上？但向乐山并不往大路上跑，只在青草坪里，一溜到东边，一溜到西边。见洪起鹏追得吃力，便立住脚，望着洪起鹏嘻嘻的笑。洪起鹏举着一条铁也似的臂膊，一上一下的对向乐山劈去。向乐山溜了几次，却不溜了，见洪起鹏一上一下的逼拢来，即一步一步的往后退。背后相离不过三五尺远，就是一堵高墙挡住。洪起鹏心里高兴，暗想看你退到哪里去？没地方给你躲闪，还怕打不过你吗？

周敦五见向乐山露出惊慌的样子，洪起鹏就精神陡长，很替向乐山着急十分。想喊一句“背后有墙”，又恐怕开罪了洪起鹏。并且洪起鹏和向乐山动手，是借口给自己出气，不便再帮向乐山的忙。三五尺远，不够退两三步，便抵靠着不能退了。向乐山已露出手慌脚乱的样子来。洪起鹏大喝一声，直抢过去，向乐山故意大叫一声：“不好！”将身体往左边一转，辫尾和一条马鞭相似，向洪起鹏脸上拂过来。洪起鹏提防拂着自己的眼睛，顺手将辫尾捞在手里，绾了一绾，正待用力往怀中一带，想不到那辫竟像有千百斤重，一下没带动，自己的身体却似上了钓钩，被那辫子牵着，两脚离了草地。向乐山往前直跑，洪起鹏悬在辫尾上，就如大风吹起一面旗子凌空飘荡。向乐山越跑得紧，洪起鹏便越飘得起。向乐山有意往山岩上跑，洪起鹏哪敢松手呢？只得哀求道：“好汉饶了我这瞎了眼的人吧，我佩服好汉的本领了。”向乐山旋跑旋答道：“我仍旧送你回草坪里去，在这里放下你，你准得跌死。你从此还敢目空一切么？”洪起鹏道：“不敢了，不敢了！”向乐山一口气跑回草坪。

陶守仪兄弟正和周敦五在草坪中议论，赞叹向乐山的本领，向乐山已拖着洪起鹏，飞奔回来。洪起鹏打算一着地，就拣向乐山的要害处，一下毒手，出出胸中羞愤之气，以为向乐山脑后不曾长着眼睛，又在跑得精疲力竭的时候，不提防下此毒手，不愁他能躲闪的了。主意打定，只等向乐山停脚。谁知向乐山更是乖觉，脚还没停，便将头往前一点，洪起鹏已身不由己的，掼到了向乐山前面。“啪”的一声响，仰面朝天的躺在草地上，两手握住辫尾，仍不肯放。

向乐山提起脚尖，对准洪起鹏的头顶道：“再不放手，真要找死吗！”说了一遍，不见答应，两手还是不放。原来洪起鹏气愤得太厉害，被刚才这一掼，掼得昏过去，不省人事了。向乐山一看他的脸色不对，料知是昏厥过去了，忙拨开握辫尾的两手，在周身穴道上按摩了一会儿。洪起鹏“哇”的一声，咳出一口凝痰来，口中叫了个“哎呀”，已悠悠的活转来了。

向乐山知道没有性命之忧了，即对陶守仪、周敦五二人拱手告别。二人定要挽留，向乐山道：“洪矮牯眼有凶光，便被人打死也是不服输的。我离了这里便罢，在这里一日，他一日要想方设计的来图报复。并非我怕了他，我单身出门，原为寻师访友。这里既没有本领高似我的人，本已用不着逗留，何况在这里得悬心吊胆呢？”陶守仪再想强留，向乐山已抱拳说道：“后会有期！”

向乐山离了陶家，在浏阳寻访了半月，连赶得上洪、周二人那般本领的都不曾遇见。听说万载有个姓罗名新冀的，年纪已有了六十七八岁，练了一身惊人的本领，平生没收一个徒弟，也没人敢和他交手，家中很是富有，江湖人去拜望他的，他一百八十的送盘川。若做功夫给他看，求他指点，他倒不客气，说出怎么怎么的毛病来。受他指点的，没一个不是心悦诚服的，说他好眼力，说他是苦口婆心。不过他有一种古怪脾气，想去见他的人，须将名刺交给他的下人，或把姓名籍贯向他下人说了，下人进里面通报，经过一时半刻，他说可见，下人就出来引人进去。他若说不见，任凭如何要求，也是不能见的，问他讨些盘川倒使得。

向乐山既访得是这么一个人物，如何能不去求见呢？只是这罗新冀的家，住在万山层叠之中，行走极不容易。这时又正是七月间天气，白昼炎热非常，坐在家中不动，都得汗出如雨。在树林中行那崎岖的山路，纵有二十分的勇气，也敌不过那般炎热。向乐山求师的心切，只得趁夜间凉爽的时候行走，白天就在火铺里睡觉。

行到第二夜，树林中含蓄了白天的热气，因夜间没有风，仍是热得难受。向乐山走出了一身大汗，嫌湿衣粘在身上不舒服，即将衣脱下来，挑在伞把上，赤着膊走，倒也觉得爽快了许多。又走了一会儿，还嫌湿裤穿在腿上，又难过又不好走。心想这深山没有人迹，又在夜间，何妨连裤都脱了，赤条条一丝不挂，岂不更加爽快。遂绝不踌躇的褪下裤来，和衣一同挂在伞把上，用肩挑着走。

行了四十多里，不但不曾遇着行人，连兽类都不曾遇见过。天光渐渐要亮了，晓风吹来，颇有凉意。向乐山拣一片石头坐下休息，打算拿衣裤穿上。不多几里路，就要到罗家了。从肩上放下伞来，就迷蒙的星光一看，只有一件单衣挂在伞把上，那条裤已是不知去向了，还想不起是何时掉落的，不由得心里慌急起来。暗想天光快亮了，下身不穿裤子，成个什么模样呢？偏巧把裤子掉落了，没有上衣倒还不大要紧，这却如何是了呢？心里正自着急，忽听得山后有鸡叫的声音，遂立起身来喜道：“既有了人家，就有法可设了，暂时做一回偷儿应应急，也说不得了。”当下将上衣穿了，跟着鸡声寻去。

转过山坡，果见一所茅屋。看那茅屋的形式，料知是一个种地的小小农户，又有些不忍进去偷这样穷人的衣服。想下去敲门，向他家借一条裤子穿穿，等到了罗家，问罗新冀借了裤，再来还给他。只因自己光着两条腿，实在不好意思下去敲门，立在茅屋的后山上，迟疑不决。天光亮起来极快，听得茅屋里面，已有人说话的声音了。再看那茅檐底下，一根丈来长的竹篙，穿了一条裤一件衣，靠墙晾着。向乐山即时下了一个决心道：“我这种模样，他们如何借衣服给我？于今既有这么凑巧，恰好晾了一条裤在房檐下，再不动手，更待何时？”

喜得山壍不高，凭空一跃，已到了房檐下。两脚才一落地，就见一条黑狗，从墙根跳起，箭也似的蹿过来。向乐山一提脚，便把那狗踢去丈多远，撞在山壍石山，滚下来汪汪的叫。向乐山哪敢怠慢，慌忙从竹篙上捋下那条裤来，幸是干的，往身上一套，即听得房里有男子的声音问道：“什么人打我家的狗呢？”接着又有一个女子的声音喊道：“不好了！竹篙响，我晾了一套衣裤在后檐下，只怕是偷衣的贼来了，你们还不快去看看。”向乐山本不会纵跳，从山壍上往下跳容易，往上跳就难了。那条裤穿在腿上，又嫌太短了些，不好作势，只得靠山壍往前跑。跑不上几箭路，后面已有三四个男子追赶上来。

向乐山心里好笑，怎么这一点大的茅屋，倒有三四个男子，难道是安排了与我为难的吗？一面向前跑，一面回头看追的，又加了三四个，越追越紧了，口里都大声喊捉贼。向乐山思量这条裤子偷得不妙，他们一时哪来的这么多人，这不是奇了吗？此时天光已是大亮，我在前面跑，他们在后面追，我路道又不熟，何能跑得了？不如立在这里等他们来，料想也没有大本领的人在内。随即掉转身来站住，对那些追来的人问道：“你们追赶什么？”追来的共有七个，都是壮健汉子，内中有三个年约二十多岁的，每人手中提一条扁担，围上前来答道：“你还装佯吗？就是追这偷小衣的贼！”旋说旋举扁担打来。

向乐山见来的都像是安分的农夫，看他们拿扁担的手法，就知道没一个会把势的人，若动手将他们打伤了，也太觉可怜。并且这偷裤子的事，算是自己无礼，怎好偷了人家的东西，再把人打伤咧！见三人的扁担打来，连忙让开，说道：“你们看错了人么，我何时偷了你们什么小衣？这做贼的事，不好是这么胡乱赖人的，你们知道么？”后面四个也围拢来，争着说道：“你还要赖！我们亲眼见你偷的，你再想赖到哪里去？”

向乐山摊开两手道：“我仅有一把伞在手里，偷了你们的小衣，搁在什么地方呢？我就只有一身衣裤穿在身上，难道我光着腿，来偷你家的小衣不成？如果你们在我身上搜得出两条小衣，就算是我偷了你们的。”一个人指着向乐山的裤脚道：“我家失的是女小衣，你自己低头看看，钉了这么宽的阑干，你还要赖吗？”向乐山低头一看，果是翻穿了一条女裤。

七个人不由分说，一拥上前，将向乐山拿住。向乐山若肯动手打他们，莫说这七个人，便是七十个，也莫想能将向乐山拿住。七人拿着向乐山，并不带回那茅屋，有一个年老些儿的说道："这个小贼不是本地方口音，是一个外路贼，须送到公所里，请众绅士来办。"向乐山道："你们这里有些什么大绅士？"那年老些儿的人道："你问了做什么？你又想去偷他们的东西吗？"

向乐山笑了一笑，也不往下问了。三个年轻的，一人牵住向乐山的辫丝线道："你们看这小贼，倒有一绺这么讲究的辫线。"分提了手膀的二人道："知道是偷得谁的呢？做小贼的人，哪里买得起这般讲究的辫线。"后面的四人催着走道："不要说闲话了，快送到公所里交给保正，我们好回来打禾。为他一个小贼，耽搁我们的正工夫，太不合算。"七人遂拥着向乐山急走。

不一会儿，走到一所小小的房屋门口。向乐山看那门上挂了一块木牌，上写着"五都三甲公所"六个大字。进门一个石砌的丹墀，阶基直接一个大厅，两旁分排着许多椅凳，大概是乡绅们，有事开会议时坐的。阶基上两根磉柱，有水桶粗细，七人将向乐山的辫子，用麻绳穿了，拴在磉柱上，两手也反缚着。向乐山听凭他们处置，只是笑嘻嘻的，见已捆缚停当了，方向七人说道："看你们这地方，有些什么大绅士？要叫来的，就快些去叫来。我还有事去，不能在这里久等。"七人听了这些话，个个都鼻孔里冷笑，也没人回答。留三个年轻的看守，那四人说是去告保正，一同出大门去了。

向乐山问三人道："这里有个罗新冀，你们知道么？"刚才牵辫子的那人笑道："你也想转罗老爷家里的念头么？做你娘的清秋大梦呢！我说给你听吧，我们都是罗老爷家里的佃户。像你这样的小伙子，也想去偷他老人家的东西，要算是活得不耐烦了，想去找死。"向乐山故意问道："这是什么道理呢，他家的东西就没人敢去偷吗？"那人又把鼻子"哼"了一声道："你只三只手，一颗脑袋，差得远。要偷他老人家的东西，除非有三颗头，六条臂膊。没有长着三头六臂的，休要去送死。"向乐山笑道："罗新冀不是已有六十七八岁了吗，快要死的人还能拿得住贼么？"

那人把脸一扬，做出不愿意答白的神气。这一个指着向乐山的脸道："莫说你这一个拳头般大的小贼，不在他老人家眼里。那年他老人家才搬到这里来住家的时候，因抬来了几十捎银两，轰动了鹅绒寨一班大盗，四五十人打齐伙，明火执仗的来劫。他老人家只拈着一根铁旱烟管，全不费事的，将四五十个大盗都打在地，没一个能逃跑的。直待天明，把远近多少大绅士都请了来，他老人家仍拿着旱烟管，在那些大盗腿弯里，一个敲一下，就像是服了解毒药似的，一个个清醒转来。他老人家拿出几百两银子来，当着众绅士，对那些大盗说道：‘你们见我有这些银两，就想来抢劫。你们可知道我这些银两，是什么东西对得来的？你们以为我是做官，来得容易吗？我是个镖行出身，这些银两是数十年血汗和性命，换得来的，甘心给你们一夜工夫劫去吗？姑念你们几十里跑到我这里来，有一半也是逼于无奈，每人送给十两银子。你们若肯改悔，从此不做这没本钱的买卖了，有了这十两银子，也够做个小生意；不愿改悔，也只由得你们自己，我也不管。不过下次不要再撞到我手里，那时就莫怪我的旱烟管太不留情了。’那些大盗都爬在地下，向他老人家叩头，每人领着十两银子去了。自后连扒手也不敢到这方来，何况你这样小小的贼。”

牵辫子那人忽然指着门外道：“保正老爷来了。啊呀呀，还来了好几位绅士呢！”这两人听说，都探头朝门外观望。向乐山也掉过脸，只见一个五十多岁的胡子，长条身体，穿着一件白夏布长衫，手中拿着一根二尺多长的竹节旱烟管，用作拐杖撑着走了进来，面上很露出不耐烦的样子。进门望了向乐山一眼，即叹了一声气，走上了大厅。后面跟着进来了十七八个人，也有穿长衫的，也有穿短衣的，年龄都在三十以上。进门都望望向乐山，也有嬉笑的，也有面带怒容的，也有装作看不上眼的，也有现出揶揄的神色的。那四个去告保正的农人，走在最后。

大家都到了厅上，分两边坐下来。向乐山车转身躯，朝上立着。先进门的那胡子坐在当中一把靠椅上，跷着腿子，一手摸着胡须，一手拿旱烟管指着向乐山，先叹了一声气，才说道：“我看你小小的年纪，为什么不务正业，是这么偷东摸西？你可知道我这里，是什么所在？拿住贼，照例是什么办法吗？”向乐山笑道：“我知道的。你们照例拿住了你老婆、你媳妇的野男人，是将辫子割掉。”这一句话才说出口，厅上坐的人，都哄然大笑起来。

原来向乐山随口说这么一句骂那保正的话，本没有丝毫根据的，谁知倒说着了那保正的阴事。那保正的媳妇，就是偷了本地一秀才，旁人代为不平，替保正的儿子出气，在他媳妇房中，把那秀才捉住。那地方当时的风俗习惯，拿住了野男人，除痛打一顿之外，就将野男人的辫子割了。前清时，这人没了辫子，便不能出外，出外就给人指笑。

向乐山一句无意的话，既道着了保正的阴事，旁人忍不住笑，保正就忍不住气得发抖了，站起身骂道："这还了得！你这贼骨头竟敢侮辱绅士，我若不把你淹死，也不做这保正了。"向乐山哈哈笑道："你不做保正，就做忘八也够了！"

两排坐的绅士，见向乐山这种嬉笑怒骂的样子，齐声对向乐山喝道："你这小贼骨头真想死吗？你是外来的贼，不知道我们这里的团规。我老实说给你听吧，我们这里拿住了贼，只要问明了口供，有正经绅士来保便罢；若没有正绅来保，立时绑上一块大石头，往河里一掼，第二日才捞尸安埋。你这东西死在临头，还敢这么胡说乱道。"向乐山仍是笑着问道："你们这里曾淹死过几个贼，在什么河里淹的？"坐近的那一个穿长衣的绅士答道："每年得淹死几个，也没人计数。这对面就有一条河，你的一双贼眼还不曾看见吗？"向乐山道："既是每年得淹死几个，怎么你们这些贼骨头，都还活在这里，不曾送到对面河里去淹死呢？"

这几句话，更把满厅的人都气得跳起来了，那保正举着旱烟管，跑过来要打向乐山。向乐山大吼一声，将脑袋一偏，屋檐上的瓦，哗啦啦的落下来，连墙壁都牵得摇动起来了。只吓得厅上的人慌了手脚，怕房子坍塌下来，争着往门外跑。向乐山哈哈大笑道："你们原来都是些没胆量的贼骨头！这地方有了你们这些东西，得辱没了罗老英雄。"

不知向乐山如何脱身，如何见着罗新冀，且待第二集再写。

冰庐主人评曰：

第一集十五回，所传奇侠之士，如金罗汉、笑道人、柳迟、双清、杨天池、桂武、甘联珠、红姑、向乐山等，为昆仑派人物，侠义正直，令人钦敬；如董禄堂、杨赞廷、甘瘤子、常德庆辈，为崆峒派人物，嫉贤妒能，使人厌恶。作者尽力描写，莫不各得神似，跃然纸上，已令读者目眩神骇，叹为观止。然此只全书四之一耳。而后文如火如荼，精神团结之处，更有十百倍于此者。吾愿与诸君沽佳酿而共读之，每得佳处，便可痛浮一大白也。

第十六回

湘江岸越货劫书箱　岳麓山寻仇遇奇侠

前集书中说到向乐山一偏脑袋，牵扯得那水桶粗细的屋柱，喳喳的响，房檐上的瓦，也哗啦啦的一阵，掉了许多在丹墀里，连墙壁都震动起来。那些乡绅、保正，和捉拿向乐山的七个农人，都吓得争先往公所大门外飞跑。向乐山哈哈大笑道："原来你们都只有吓人的本领，却禁不起人家一吓！这地方有了你们这些脓包货，可不辱没了罗老英雄吗？"

大众跑到门外，回头见向乐山住了头不扯了，方停了步。听得向乐山说"可不辱没了罗老英雄"这句话，其中有一个刘全泰，是罗新冀家里管庄子的，听了这话，即对那保正说道："我看这人的气概，不像是个做小偷的。他既有这种本领，刚才他说话又是这种口气，必定是来拜我们东家的。且等我进去，好好的问他一声，看是怎样？"

那保正到了这时，也知道做小偷的，决不会有这般气概，和这般本领，连忙点头答道："不错，不错！这事是怪我们鲁莽了，得罪了罗老爷的客，不是当耍的。就请你老翁一面去问，一面替我们谢罪。"刘全泰应着是，走到向乐山跟前，先作了一个揖，才赔笑开口道："你是个好汉，不要和我们一般见识。我们都是生成肉眼，不认得英雄。请问好汉，是不是要见敝东罗新冀老爹吗？"

向乐山的一双手被反缚了，不能答揖，只好把头点了两点。他这头点两点没要紧，房檐下的瓦又纷纷的掉下来，吓得刘全泰双手抱住头，又要往门外跑。向乐山笑着止住道："因你对我作揖，我的手不能回礼，所以向你点头。这也只怪你们管地方公事的人，太把公款措上腰包了，才有这惊吓到你们头上来。”

刘全泰见屋瓦不掉了，半晌方敢放下手，说道：“我们这一保内，自从罗老爹搬来后，管地方公事的人，没一个敢把公款措上腰包的，不知好汉的话从何说起？”向乐山笑道：“既是没人敢吞公款，为什么公所的房屋，造得这么不牢实，房柱上连一个小偷，都捆缚不了咧！”刘全泰也笑了，凑过来解向乐山手上的绳索。

向乐山连连摇头道：“不要解，不要解！”话未说完，瓦又掉下来好几片。刘全泰连忙缩手问：“怎么？”向乐山道：“你们在地方上当绅士的人，连‘捉贼容易放贼难’的这句话都不懂得么，哪有这么糊里糊涂开释的道理？”刘全泰只得问道：“依好汉要怎生开释呢？”向乐山笑道：“是贼应该办贼，不是贼应办诬告，怎么就这么开释呢？”

刘全泰心里好笑，暗想你分明翻穿着一条女裤在身上，难道还可说不是个贼？不过你仗着有本领，教人如何能把你做贼办？于今马马虎虎的开释你，你倒放起刁来，硬要人说你不是贼。也罢，你一来仗着自己有本领，我们奈何你不了；二来仗着是来看罗老爹的，我们也不敢得罪。好，好！算是你厉害。刘全泰想罢，复赔笑说道：“我早已说了，我们都是肉眼，不识英雄，于今谁还敢说你是贼咧！这诬告的罪，不待你说，敝东知道了，必然重办。”刘全泰正在这里说着，忽听得外面一阵欢呼之声，都喊：“好了！罗老爹来了！”刘全泰即撇了向乐山，慌忙往门外跑。

向乐山回头一看，只见那些乡绅，簇拥着一个身材矮小得如十来岁小孩一般的老头儿进来，须发都漆黑，若不是皮肤露出苍老的样子来，谁也得说这人不过四十岁。穿着一身金黄色的葛布衫裤，左手提一根二尺多长黑中透亮的旱烟管，有大拇指粗细。估量那旱烟管必是纯钢打就，加上了一层退光漆，提在手中，似觉有些儿分量。右手握着一把极大的蒲扇，像他这么小小的身材，足够当一把雨伞用。

向乐山一见罗新冀进门，即仰天大呼道：“我久闻罗老英雄大名，不惮千里前来拜访。哪知道罗老英雄的庄客们，欺负外路人的本领真大，竟将我绳捆索绑在这里，这难道就是罗老英雄待客之道吗？”罗新冀听了，哈哈大笑，走过来，伸手往屋柱上一抹，辫丝线和绑手的麻索，登时如被快刀割断。向乐山大吃一惊，不由得两膝一屈，拜了下去道："弟子今日才求着师傅了！"捣蒜似的一连叩了四个头。罗新冀忙双手搀住，笑道："不敢当，不敢当！请快起来，同去寒舍，此地真不是待客之所。"向乐山立起身，同到罗新冀家里。罗新冀拿裤给向乐山换了，将偷来的女裤还了罗新冀的庄客。

原来众乡绅和保正，见刘全泰对向乐山作揖，向乐山又将屋瓦牵掉了许多，恐怕真个把房屋牵倒了，急忙派人飞报罗新冀。罗新冀只道是有意来炫本领的，所以也使出本领来，赤手劈断了绳索。向乐山所以吃惊的缘故，就因他自己头上结的，那绺丝辫线，是野蚕丝结成的，比较寻常丝线，不知要坚牢多少倍，便是用快刀去割，也不容易割断。为的是仗着这条辫线打人，若不是特别坚牢，有力的一扭即断，又如何能当兵器使呢？罗新冀居然能绝不费事的，随手抹断，有这种本领，如果动起手来，还经当得起吗，怎能教向乐山不五体投地的拜服呢？向乐山在罗新冀家住了半年，得了罗新冀不少的本领。

归到家中，向闵贤有些不愿意向乐山，拿着绝顶的天分，丢了书不读，专练这好勇斗狠的武艺，教他和向曾贤同去衡阳书院读书。因那时衡阳书院的老师，是当代经学大家王闿运，向闵贤也是他的私淑弟子，因此教两个兄弟，赶到衡阳书院去读书。向乐山只得重整书帙，跟随向曾贤同去衡阳。

在衡阳读了两年多书，学问长进到什么地步，是摸不着看不见的。但是这两年中，他们兄弟在衡阳，收买的旧版书，却是不少。向曾贤自己会刻图章，凡是他的书，每本上面都盖了一个"乐知山房藏书"的章子，每人有二十六箱。那时衡阳出产的大牛皮衣箱，又坚牢耐用，价值又便宜，向乐山兄弟，遂每人买了二十只装书。

二年之后，王闿运走了，换了一个没多大学问的老师，他兄弟便不愿意再住衡阳书院了。因书箱累赘，就雇了两条民船，装载书箱，包运到平江浯口上岸。兄弟二人每人坐守一条。当那搬运书箱上船的时候，两名脚夫抬一口皮箱，只压得汗流气喘。脚夫因争论要增加力钱，说箱里装的不是衣服，衣服没有这么重，必定是金银珠宝。码头上的习惯，搬运金银的力钱，每挑每抬，比搬运谷米什物须贵三成。向乐山懒得和那些脚夫多说，就依照搬运金银的力钱给了，也没说明箱里全是书籍的话。

谁知船户认真当做是二十大箱金银，就陡起了杀人越货的念头。见向乐山兄弟都是文弱的书生，年纪又轻，更没有仆从。这念头一起，招待他们兄弟便分外的殷勤，每日好酒好肉的办给二人吃。他们初次坐这长途的民船，又在洪杨乱平之后，哪知道江湖上的利害，各睡在各人的船上，吃喝饱了，就拿着书看，停船启碇以及经过什么码头，全不顾问。船行了四日，船户只因没有好下手的地方，遂商量这夜并不停泊，在江心动手。

这夜的月色很好，向乐山坐的这条船在前，向曾贤的船在后，相离有半里河面，向乐山生性本来喜酒。寻常的民船，照例黄昏时就停泊不走了，有时恐怕赶不上第二个埠头，下午三四点钟的时候就停了，从来不曾坐过在月夜行走的船。这夜倒觉得很高兴，独自拿了一壶酒，坐在船头上，旋喝旋观玩夜景。正在喝得有八成醉意，忽听得身后脚步响，以为是船户撑腰篙的，懒得回头去看。手里端着酒杯，刚待往嘴边送，陡觉有人一把将自己的辫发揪住。向乐山醉意阑珊中，也不问揪辫发的是谁，只将头向前一点，就听得“啪”的一声，把那人一个跟头栽到前面船板上。触眼即见那人手中，握着一把明晃晃的钢刀。

这一来，却将酒意惊退了，拔地跳起来，一脚点住那人胸膛，回头看舱里，又蹿出一个拿刀的人来。见向乐山脚点住了一个，他也不识进退，亮刀直劈过来。向乐山哪有心思和他动手，一晃脑袋，辫尾如流星一般的，一绕就绕着了那拿刀的手腕，顺势一带。洪矮牯、周敦五那么本领的人，尚且受不了一辫尾，船户能有多大的本领，被这一带，如何能立脚得牢？扑面一跤，也跌倒在船板上。

向乐山拾起一把刀，指着二人问道：“快说！后面那条船和你们伙通了没有，如何相离得这么远？”船户道：“伙通是已伙通了，不过他们已经动手没有，就不得而知。”向乐山听了，心里登时慌急起来。想放起这两个船户，教掉转船头迎上去，又怕船户知道事情败露了，没有好结果，一放起来，就赴水逃命，自己又是一个不会水的；待将船户捆缚起来吧，自己一个人，如何能驾的这么重载的船？双珠一转，想出了一个计策来，丢了手中的刀，就船头上的铁链捆好了一个，由他躺在船板上，才将脚点的这个提起来，也用铁链锁住了他的双脚，一端结牢在桅柱上。提了一片橹给他，拿刀在他脸上晃了一晃道：“你若敢不尽力的摇橹，只这一刀就要了你的狗命！

你想逃是逃不了的，只要能赶得上那只船，我决饶了你的性命！”船户到了这时，哪里还敢违抗，自然是尽力的摇橹。

向乐山安置了那个，才将这个躺着的铁链解了，一手拿刀，一手拖着船户到后梢，喝教他掌舵，将船掉头。向乐山知道自己哥子文弱，这回十九是死，只急得如热锅上蚂蚁，一迭连声的催着快摇。自己手扭住掌舵篷的辫子，探身船篙上，向前头江面上望。直追赶到天明，不见那条船的踪影。只得又拿刀逼着船户说，看他们原约了在什么时候动手的？船户说并不曾约定时候，谁先得手谁走，大概那条船动手得早些，所以先回头跑了。向乐山料想自己的哥子，是死定了，不见得能追赶着。不如就近且将这两个强盗，送交地方官，讯实了口供，得了那伙强盗的巢穴所在，再去缉捕。倘我自己一个不小心，连这两个也逃了，就更费手脚了。当下就问船户追到了什么地方？船户说是湘潭。向乐山教把船泊了，用绳索牵了两个船户，连同那两把刀，亲自送到湘潭县。

那县官听说是盗案，立时坐堂提问，问出那条船上同伙的，也是两个人，一个姓林名桂馥，原籍是广西人，十几岁的时候，被洪秀全的军队掳在营中喂马，随营进湖南，在衡州一个山上照管数十匹马吃草。忽然有一匹马失脚从山岩上跌下，跌断了一条腿，林桂馥怕回营受责罚，就逃到衡阳，在一个船户家当腰篙，后来自己做了一条船；还有一个，是林桂馥雇的伙计，姓张，因是个瘌痢头，同伴都呼他“张瘌子”，不知是湖南哪一县的人。县官又问明了林桂馥在衡阳的住处，行文去衡阳县缉拿。向乐山自请同去，县官自然许可。到衡阳访拿了半月，不仅林桂馥不曾回衡阳，连那只船都没人看见在衡阳一带露过眼。向乐山只得痛哭回家，将遇难情形告知向闵贤，即日又驮了个包袱出门，誓必寻着林桂馥，替兄报仇。

因林桂馥是个船户，在江河里的日子多，在陆地上的日子少，遂也投进衡阳的船帮，充当船伙。终日在江河里明察暗访，足足查访了三年，凡是湘河里的船只，只要船桅一入向乐山的眼，就能认识这船是谁人的，单单不见有林桂馥那条船。问一班船户，也都说近三年来，林桂馥的船不知怎的，不在湘江河里行走了。向乐山见访查没有下落，出门的时候，原发誓此去不能替遇难的老兄，报仇雪恨，决不回转家乡，于今荏苒三年，只仇未报，哪有心情哪有颜面回家见人呢？仇人既不在湘江河里，船伙也用不着再充当了，辞卸了职务。既不能归家，复无心谋于什么差事，东飘西荡的，竟像是一个流落江湖的人。有时喝醉了酒，就独自跑到高山顶上放声大哭，哭疲了，便倒在岩石上睡觉。无论什么人和他谈话，他总是摇头不答。

他这日忽走进岳麓书院，每间斋舍他都去揭开门帘看看，住斋舍的人也没注意。其中有一间书斋，陈设得十分整洁，床帐都极其华丽，是新宁县一个豪华公子住的。这位公子因有事回新宁县去了，书斋空着没人住，也没托朋友照管。向乐山本来与这位公子熟识，便扭断了房门上的锁，在书斋里住着。这夜睡到半夜醒来，见脚头有一人睡着，鼾声震地。向乐山疑心是室主人回来了，连忙坐起来招呼，只见那人翻转身又睡着了。向乐山看那人，脚上穿着一双草鞋，知道不是室主人，抬头看了看门窗，仍是严封未动。暗想这人必有些来历，若是寻常穿草鞋的人，不但不能进来，并不会有这种举动。我倒得推醒他，问他一个明白，看他如何进来的？随伸手在这人腿上摇了几下，只听得这人口里含含糊糊的骂道："半夜三更的，不好生睡觉，要这么大惊小怪的闹些什么！"骂完，鼾声又起了。向乐山越觉得不是寻常人的举动，便也不再摇他了，打算等到天明了，再和他谈话。

不料自己再睡了一觉醒来，已不见那人的踪迹了，忙起来检点门窗，仍旧一些儿不曾启动。不觉连连跺脚道："可惜，可惜！有这般异人同睡一夜，竟一无所获的放他走了。"独自叹惜了一会儿，也无计追寻。闷闷的过了一日，以为再没有这么好的饥会了，第二夜才要入睡，即觉得床帐微微的一动，惊得睁眼一看，昨夜同睡的那人，又睡在脚头打呼了，也不知道从何时睡下来的。这番哪肯怠慢，翻身跳了起来，顾不得那人生气，连推带摇的说道："你是哪里来的？也不问这房里的主人是谁，就敢睡一夜又睡一夜。"

那人就慢腾腾的坐了起来，迷离着两眼，望了向乐山一望，笑道："你若是这房里的主人，我也应该对你讲一个礼节，一般的偷住人家的房间，管什么睡一夜两夜。"向乐山见那人是一个游方道士的装束，颔下一部花白胡须，年龄若在五十岁以上，说话声音宏爽，满脸带着笑容，遂点了点头说道："话虽如此，但也应分个先来后到，不过我此时也不问这些了。道人适从何来，怎么来去全无声息？"道人哈哈笑道："你都不用问我。今夜月色大佳，我的瞌睡既被你闹醒，且带你去云麓宫玩玩。"向乐山道："月色虽好，但此时已过了半夜，等我们走上云麓宫时，月已衔山了，还有什么可以赏玩咧？”

道人又是一个哈哈道：“没有月就赏日，又有何不可？人家说读书人固执不通，果然，果然！”向乐山从来不曾被人骂过固执，只得也笑道：“既如此，就走吧。”说着，待伸手开门。道人一手挽了向乐山的手道：“但闭上眼，不要害怕。”向乐山知道道人非凡，即依言将双目紧闭，只觉得两脚一软，身体就飘飘的往上升腾。心里还害怕头顶着天花板，谁知竟是一无阻挡，正在诧异，两脚忽踏了实地。道人更高声打着哈哈道：“你看，这是什么所在？”

向乐山将两眼一开，只见一座巍峨的云麓宫，被清明的月色笼罩着，仿佛如水晶宫殿一般。低头看湘河里的水，光明澄澈，映着皎洁月光，曲曲弯弯，宛如一条白银带。抬头远望长沙城，但见万家烟雾，沉寂无声，几点零落断续的渔火，和寒星杂乱，辨不分明。不觉失声叫道：“妙啊！像这般的夜景，人生能得几回领略。”口里一面叫妙，心里一面转念道：“这道人若不是神仙，何能有如此道术？我数年在外寻师，于今得遇着这样的人物，真算得是三生有幸了，岂可错过？”随即双脚往地下一跪，朝着道人叩头道：“师傅两夜来和弟子同睡，必是怜念弟子兄仇未报，特来指引弟子一条道路的。弟子只要报了先兄的仇恨，此后有生之年，愿终生侍奉师傅。”说罢，想起自己哥子遇难之惨，又放声痛哭，连连叩头不止。

道人扶起向乐山说道：“容易，容易！自有你报仇雪恨的一日。”向乐山听说容易，才转悲为喜，立起身问道：“弟子的仇人在哪里？求师傅指示。”道人摇头道：“等歇再说吧。”向乐山料想拜了有这般道术的师傅，兄仇是不愁不能报的了，心里顿时高兴起来。见湘河里的水光平如镜，他自从行刺岳州知府不着之后，恨自己不会投石子，时常练习打石子，他的石子打得最远，又有准头。这时心里一高兴，就从地下拾起一个石子来，望江心中打去。在岳麓山顶上望湘河，觉得就在眼底，其实距离有二十来里。任凭向乐山如何会打石子，哪里能打到二十来里远呢？自然石子打去，江心中毫无动静，落在半山中草地上，连一些声息也没有。

道人在旁看了，反操着手大笑。笑得向乐山红了脸，对道人说道：“从此地到江心有二十里，师傅能打得到江心么？”道人笑道：“打到江心算什么，我还要打破这个月光呢，你瞧着吧！”随手拾了一个碗大的石头，对准江心抛去。那石头破空的声音，比响箭还大，接着就是那镜面也似的江水，正在月影当中，忽起了一个盘篮大的溅花，一霎时牵动了满江的波纹。好一会儿，那扑通的声浪，才隐隐的传入耳鼓来，月影在水中，只管摇摇不定。

这时向乐山心里又惊又喜的情状，真是形容不出，连忙向道人说道：“师傅务必将这本领传给弟子。弟子将来与仇人相遇的时候，有了这种本领，哪怕相隔二十里，只要看得见，便不愁他跑得了，岂不痛快吗？”道人点头笑道：“容易，容易！你此时腹中觉得有些饥饿了么？”向乐山正苦饥饿，便笑道：“饥是饥了，但如此夜深，有甚方法弄得着吃的呢？”道人照来时的模样，一手挽了向乐山的手，喝声闭目。这番又觉与刚才来时的情形不同，来时是步步往上腾高，耳中并不听得什么声息；这番虽一般的两脚一软，身体凌空，但耳中听得呼呼的风响，身体却一步一步的往下降。两脚未踏实地之先，耳里已听得有更锣之声，随即着地，睁眼一看，只喜得向乐山跳起来。

不知二人飞到了什么所在，且待第下回再说。

冰庐主人评曰：

向乐山游学数年，始得一罗新冀，足证求师亦非易事也。然世有已得良师，而犹弗努力向学者，岂非如入宝山，依然空手而回？惜哉！

向曾贤之死，实出二人疏懒大意之故。曾贤哔唧终日，穷研经史，本不知江河艰险，到处危机；唯乐山频年在外，当谙一二，乃偶一大意，惨折雁行，江心蹀足，返棹恨迟，读书至此，不禁废然兴叹！其实作者故弄狡狯，将借此引出下文之与笑道人相晤耳。

第十七回

指迷路大吃八角亭　拜师坟痛哭万载县

话说向乐山脚踏实地后，睁眼一看，认得是长沙城里的八角亭，两边所有的铺户，都关门深入睡乡了。除大铺家门口悬了几盏檐灯外，没一些儿灯火。道人向前走着道："跟随我来。"向乐山跟着走了一箭之地，道人停步指着一家小铺户说道："你看这家准备了点心，等你我去吃。"向乐山看里面尚有灯火，铺门也是虚掩着，只是心里不相信，真个准备了点心在那里等，不敢过去推门。道人笑推向乐山道："怕什么，如何不推门进去呢？"向乐山只得上前把门一推。

原来是一家小小的点心铺子，房中悬了一盏满堂红的油灯。灶上一个蒸笼，蒸得热气腾腾的，一个腰系围裙的小伙，靠墙壁坐着打盹。几张破旧的小方桌，也靠墙壁放着，房中没第二个人。道人走过去，将那小伙计的肩膊一推道："快把蒸好了的点心拿过来。"那小伙计被推惊醒起来，揉了揉眼睛，望了道人一望，也不说什么，好像是约会的了，走到灶跟前，从锅里将蒸笼端起来，拿了一个大瓷盘，拣了一盘热烘烘的馒头搁在桌上。

道人先就上首坐下来，指着馒头对向乐山道："你尽量吃吧，蒸笼里还有的是呢。"向乐山不知师傅是什么神通，这时候真个有人准备了点心在这里等。腹中既是饥饿了，也就不客气，拿起来就吃。向乐山的食量本大，片刻如风卷残云，一顿把大盘馒头吃了。道人问："再能吃得下么？"向乐山吃了这一大盘馒头，已是很饱，回说："不能吃了。"道人叫小伙计过来说道："剩下的馒头都给你去吃，你领我们上楼去睡吧。"小伙计应着是，点了一个纸搓，在前扬着引道，道人挽着向乐山跟在后面。

一把小扶梯，搭在一个灰尘积满了的楼口，小伙计一面向后扬燃纸搓，一面用左手扶着梯子上去。道人复推着向乐山道："你先上去，我出外小解了就来。"向乐山更是莫名其妙："怎么忽然跑到这里来睡呢？这里分明是一个小小的点心店子，又不是饭店，怎么能留客人歇宿咧，这不是奇怪吗？"心里旋揣想着，旋举步跟着爬上扶梯。小伙计吹燃了手中纸搓，就壁间一碗油灯点着，拨了拨灯芯，自反身下楼去了。

向乐山看这楼上，无一处不是灰尘堆积，两条单凳搁着几条木板，架成一个仅够睡一人的床，也悬挂着一条乌陶陶的破夏布帐子。楼上并没有可坐的椅凳，床当上放着一个极大极粗劣的木橱，橱门已破烂了一扇，没了斗榫，不能安上去。就一头搁在楼板上，一头靠着木橱，把橱遮掩了，不知橱里有什么东西没有？因才吃了那一大盘馒头，不想便睡，又见师傅小解去了，不曾上来，也得等等。闲着无事，就轻轻将这扇破了的橱门搬开来，靠壁放了。看那橱里，竟是塞满了一橱的旧书，心里更觉诧异："怎的这样点心店里，却有这么一大橱的书籍？"随手拿起一本来，就油灯下拍去了灰尘一看。

这也应着小说上的套话，所谓"不看犹可"，这一看，只惊得两手抖个不住。原来这本书面上，明明盖着一颗"乐知山房藏书"的图章。急忙换一本看，也是一样，连看了几本，知道用不着再看了。禁不住两眼的痛泪，纷纷掉了下来。放下手中的书，打算等师傅上来，定计捉拿凶手。但是等了好一会儿，哪有师博上来呢？心里才恍然悟道："原来是他老人家，指引我到这里拿凶手的，凶手不待说，必就是这店里的主人。好在那林桂馥的模样，见了面大约还可认识。事不宜迟，趁他们这时睡着了，拿了捆绑起来，等天明送到长沙县去。"想罢，反转身走到楼口，恐怕扶梯响动惊了凶手，就楼口往下一跃，赛过秋风飘落叶，着地全无声息。寻那小伙计，已不在这房里了。那盏满堂红，原有四个灯头，此时已吹熄了三个。向乐山搬了张椅子垫脚，将灯取了下来，端着照进左边一间房里。

向乐山从那回遇难之后，即花重价买了一把极锋利的小匕首，连柄才得九寸三分长，拇指粗细的铁钉，只要将匕首轻轻一按，登时两段，并且截下去，没有声响，终日带在身边，不曾片刻离过。此时从腰间抽了出来，去了皮鞘，看那房里，也是开了一张单凳架的床，挂着蓝布帐子，帐门放下了，地下有两双破鞋。

向乐山放下那灯，撩开帐门看了一看，一头睡着一个男子，认得睡在外边的这个，就是那小伙计。里面的像是很有些年纪，不是林桂馥的模样，也不像那条船上的船伙，但也不管他是谁，且捆绑起来再说。只是身边没有绳索，一时却怔住了。举眼向房中四处一望，见房角上放着一个吊桶，桶口盘了一大卷棕索。原来这时长沙城里的居民，饮的是河水，用的是井水，每条街上或是巷子里面，都有吊井。各家自备吊桶，打水就带去，打完了又带回来，所以这房角上放着这个吊桶。向乐山立时将桶索解下来，本想就这么将二人捆绑做一块，只因见这两人是两个笨货，被人捆醒了，必然闭着眼乱喊。就拿匕首去吓他们，他们闭着眼，也不看见。不如将他们推醒，再拿刀吓他，他知道怕死，就不敢声张了。果然把二人喊醒明白了，拿匕首往他脸上一亮，低声喝道："敢作声就是一刀。"即吓得筛糠一般的只抖，连哼也不敢哼了一声。颠倒着捆绑起来，割了两片帐门布，揉成两个麻核桃，塞了一个在那年老的口里。留着这个小伙计问道："你这里的老板姓什么，叫什么名字，是哪里人？快说出来，一些儿不干你事。"

小伙计战战兢兢的答道："我……我……我这里的老板姓张，没……没……没有名字，就是这城里的人。"向乐山知道就是这条船上的船伙张癞子，接着问道："他睡在哪间房里？"小伙计道："他和老板娘同睡。"向乐山气得在小伙计身上踢了一下，骂道："我问你，他睡在哪间房里？管他和谁同睡。"小伙计痛得弹了几弹，说道："老板娘就睡在这间房的后面房里。"向乐山忙看这房的木板壁上，有一个单扇的门。随将手中的麻核桃，塞入小伙计口中。走到那房门口，试推了一下，推不开。即拿匕首截断了一门边斗榫，"哑"的一声开了。

这时的天色已亮，房中看得分明，张癞子已醒来，先听得隔房说话，以为是小计伙和烧饭的起来了，及听得房门响，响声又不寻常。他是个犯罪心虚的人，哪有不惊慌的。一翻身爬了起来，大声问道："谁呢？"向乐山一纵步，已到了床跟前，随口应道："是我！"张癞子把帐门一撩，伸出那个癞痢头来。向乐山是何等的眼明手快，一见那癞痢头，就看出是那个船伙。那船伙却也看出是向乐山了，只苦于帐后没有可逃的路，只能挺身出来，打算和向乐山拼命厮打。他还不曾知道那夜前条船上劫抢的情形，一向总以为是一般的得手后，远走高飞了。这时见了向乐山，心里虽然疑惑，只是还没想到，向乐山有多大的本领。又欺向乐山只一个人，手中仅拿着几寸长的兵器，所以并不惧怯。他也略懂得几手拳脚，握着拳头，向向乐山扑来。向乐山到了这时，真是仇人见面，分外眼红，张瘌子这点儿拳脚，哪有他施展的份儿。一辫尾扫过去，就把他拖翻在地，用脚踏住了胸脯。回头见帐钩上，挂着一条丝腰带，顺手取下来，捆了张瘌子的手脚。张瘌子的老婆是新讨来的，不知就里，只道是强盗来劫抢，躲在被窝里，张开喉咙大喊救命。向乐山因她是妇女，又睡在被里，不肯动手去捆她，也不阻止她喊叫，自将张瘌子提到外面。

忽听得大门外有人捶门，并高声问里面什么事。向乐山跑到大门跟前，开了大门，见门外立着几个做生意的人，打量了向乐山两眼，正要开口问话，向乐山已对他们拱了拱手道："请诸位街邻进来，我有几句要紧的话奉告。"那几个街邻见向乐山手中，拿着明晃晃的匕首，又听了喊救命的声音，都以为必出了杀人的案子，一个个吓得不敢进来。立在后面些儿的，一低头就溜跑了；立在前面的几个，回头见同来的溜了也想溜开。向乐山笑道："我又不是强盗，又不是凶犯，好好的请诸位进来谈话，这也怕什么呢。但请放心，决不是连累诸位的事。"

几个街邻听得这么说，才放大了胆量，跟着向乐山进房。见张瘌子被捆在地，左边房里，又颠倒捆着两个伙计，一个个望着向乐山发怔。向乐山收了匕首，从容对街邻述了一遍三年前兄弟遇难，及自己出门寻仇的情形。接着说道："今日才捉着了这个张瘌子，所以惊动了诸位街邻。"那些街邻听了向乐山的话，没一个不佩服向乐山是个豪杰，也没一个不骂张瘌子，是个没天良的恶贼。向乐山就托街邻，代雇了几名脚夫，抬了楼上那些书籍，向乐山亲手牵了张瘌子，和那两个伙计，一同到长沙县衙里。

县官见是盗案，自然立刻升堂审问。张瘌子无可抵赖，只得招承了和林桂馥同谋，并说当时是二人同动手，把向曾贤从床上拖下来杀死后，截成无数小块，装入一个大坛子里，投下江底。当夜停泊在一个小河汊里。打开皮箱一看，谁知尽是书籍，口口如是，当下悔也无及。林桂馥分了十二箱书，说是要回广西，自驾着船走了。我得了八箱书，也没用处。我也没有兄弟，父母是早年亡过了，只有个姑母，住在易家湾，和林桂馥拆伙后，就寄住在姑母家里。只因没有生活，瞒着姑母，做了一次贼，偷了几件衣服，一百五十两银子，就到八角亭开点心店。劫来的八口皮箱也卖了，只剩了这些没用的书，零零碎碎的，也不知已烧掉了好多，留下来的，不过十分之一了。这也只怪新讨来的这个老婆，她说这些书留了有用处，问她什么用处？她说可以留给将来生下了儿子，长大了的时候好读。因此，就做一个破木橱装了，搁在楼上。那楼上是给小伙计睡的，从来没别人上去，不知怎么会发觉的。

县官教招房录了供，就问那小伙计怎的会把向乐山引到楼上去？小伙计供说：“我这日早起，因烘老面，随手从橱里带了一本烂书下来，撕了好引火。没烧完的，就丢在门角落里。我在这里当了一年多的伙计，常是用烂书引火。近来讨了老板娘，虽不教我再用，然间常烧几本，老板娘就见了，也不说什么。我贪图烂书容易烧着，每次烘老面，就拿一本。这日我正将烧剩下来的丢向门角落里，忽有一个道人打门首走过，见我烧书，连忙说：‘罪过，罪过！’弯腰拾起我丢下的书，看了一看；问道：‘你烧书不怕罪过，难道你东家也由你吗？’我说：‘是东家教我烧的，有什么罪过？’道人又问我东家，有多少书教我烧，怎么有书要烧掉。我说：‘有好几箱，特为收买了烧的。’道人笑着点头问：‘书都搁在哪里？’我说：‘都搁在我睡的楼上。’道人还待问，我因有事走开了，道人也走了。

“过了两个多月，直到前日，道人复来店里吃点心，只吃了两个馒头，临走给我一吊大钱，说我是个好人，穷得可怜，多给我些钱，好买件衣穿。我谢了道人收了。昨日黄昏时候，道人又来店门首，把我招到外面说道：‘我今晚要请一个朋友，到你这店里吃点心。我此时给你二两银子，你做好一笼馒头，三更后蒸着等候。你能等到那么迟久么？’我看有二两银子，昨日那道人又给了一吊，有什么不能等呢？即一口答应道：‘无论要等到什么时候都使得，我横竖拼着一夜不睡就得了。’道人见我肯了，又拿出一两银子道：‘再给你一两银子，我请的那朋友没地方睡觉，在这里吃过点心，就借你的床睡一觉。你若怕你东家骂，便不要对你东家说，只睡一觉就走。你真能拼着一夜就行了。’

“我见道人的银钱，这般松动，心想我是一个光身汉子，哪里怕人粘刮了我什么去？床帐都是老板的，也值不了几文钱，不怕人偷了去。并且我把床让给人睡，我自己仍可同烧饭的睡，更不必坐一夜，乐得多得一两银子，便也一口答应了。谁知道人引来的朋友，就是这人。”说时，指着向乐山。

县官问向乐山：“那道人是谁？”向乐山将前昨两夜，在岳麓书院遇见道人时的情形说了。县官连连点头叹道：“诚能通神，至诚所感，仙佛自来相助！”

向乐山等到定了案，将张瘌子处决了，才归家报知向闵贤。向闵贤几年来因二弟惨死，三弟出外寻仇不知下落，心中终日悲痛。又加以连年荒歉，书生本来不善营运，家境便一日不如一日，越发忧思成疾。等到向乐山报了仇回家，向闵贤已是病在垂危了，听说仇已报了，即含笑而逝。向乐山遭此情形，哀痛自不待说，经营了丧葬，幸得向曾贤娶妻得早，已生了一个儿子，这时已有五岁了。向闵贤的儿子，也有十来岁了。

向乐山因喜武艺，不肯娶妻。频年在外漂流惯了，在家安身不住。只惜在岳麓山上不曾问明师傅的住处，不好去哪里寻访。忽然想起万载的师傅罗新冀，已有几年不见了，何不去探望探望？于是从家里动身，到得罗新冀家里，才知道罗新冀也已死去半年了。向乐山跑到罗新冀坟上，痛哭了一场，也不再去罗家了，独自凄凄惶惶的，并无一定的方向行走。满心想去广西，寻找林桂馥，只因不知道林桂馥是广西哪一道的人，又不是有名头的人物，踌躇不好向那条路上去找。正打算且去广西，仍装作游学的到处行走，或者机缘凑巧，或有狭路相逢的一日。却因近来忧伤过度，酒也喝得太多了些，不料在万载一家火铺里生起病来。像向乐山这样年轻练武艺的人，不容易生病，一生病就不是轻微症候。火铺里的主人，怕他死了麻烦，逼着要向乐山挨出门外去死。向乐山又是伤心，又是愤恨，也无法反抗，只得勉强挨出火铺门。行不到两箭路，就昏倒在草地上，不省人事了。

不知向乐山的性命如何，且待第十八回再说。

冰庐主人评曰：

作者写向乐山传，洋洋数万言，叙述不厌细详，向乐山亦崆峒派之重要人物也。下回入解清扬传，将叙智远仙迹之前，先以笑道人事一引，则下文愈觉奇特，或病或诞。余谓不如此，即不足当奇侠之称也。

向乐山所遇道人，言语惝恍，行从诡秘，岳麓山头，夷犹杳渺，飘飘乎有遗世独立之意。作者虽未指明为谁，而读者早知其为笑道人矣。呜呼！世果有笑道人其人欤？余为之执鞭，所忻慕焉！

第十八回

小侠客病试千斤闸　老和尚灵通八百鱼

话说向乐山勉强挨出火铺大门，行不到两箭路，就昏倒在地。这时正是十月间天气，旷野寒风，已是侵肌削骨。幸亏向乐山得的是火症，在草地上睡了一夜，次日倒清醒了，只觉得肚中饥饿难挨，想回到火铺里去买些饭吃，又苦身边一文不剩。料想这个没有天良的火铺，不给他钱决不会有饭给人吃，遂竭力挣扎起来，打算找一个大户人家，去讨些饮食。

行了半里多路，忽见前西山坡下，有两条极雄壮的牯牛，在那里拼命相斗。两条牯牛的角，都有两尺多长。两个牧牛的小孩，各自牵着牛绹，用力往两边拉扯。但是两牛斗红了眼，哪里拉扯得动呢？都急得哭着叫喊起来。向乐出满想上前，将两条牛分开，奈自己大病之后，恐怕敌不过两牛的力量，没得反被牛斗伤了，给人笑话。只是两牛正挡住自己的去路，山坡下的道路又窄，两牛既斗红了眼，打那跟前经过，也得提防被那长角挑着。

正在旋走旋计算应如何才好过去，只见从山坡里，走出一个十四五岁的童子，穿着得十分华丽，相貌也生得十分清俊。左手把着一张朱漆雕金、双弦小弹弓，右胁下悬着一个绣花弹囊，笑盈盈的走了下来，开口问两个牧童道：“你们哭叫些什么呢，牯牛斗架不是很平常的事吗？”即听得两个牧童答道：“解少爷哪里知道，像这般的斗架，轻则把角折断，重则两牛都得斗死。折断了角，也是成了废牛了。”那童子笑道：“你们有绹在手里，也拉扯不动吗？”牧童道：“我们实在不能再用力了，若一下扯缺了牛的鼻间，就更没有法子了。”

童子笑着向牛跟前走，牧童连忙止住道："解少爷快不要上前去，两条畜生都红了眼，把你挑伤了，我们更该死了。"那童子也不答话，一伸右手，握住一条牛尾，回头教牧童让开。牧童忙往旁边一让，那童子拉住牛尾向后便退，将那条牯牛拖退了丈多远。牯牛被拖得"哞哞"的叫。但是拖退了那条，这条却赶上去斗，让路的牧童便连声叫苦道："解少爷专拉我的牛，我的牛太吃亏了。"童子听了，即停住脚，用手在那牛屁股上向前一推。这条牛抵不住，也往后退。吓得这牧童避让不迭，也连声嚷道："解少爷帮着他的牛斗我的牛，我的牛不太吃苦了吗？"

向乐山立在一旁看了，不由得暗暗纳罕。心想这个孩子的力量真不小，看他的衣服气度，可知是一个富厚人家的少爷。我今日穷途落魄，能在他跟前显点儿本领，倒不愁得不着一顿饮食。只恨我这时偏在大病之后，又饥瘦无力，这便如何是好呢？心中一急，忽生出一个计较来。思量罗新冀老师傅传授的"千斤闸"，还不曾有机会使用过，这时正需用得着，何不试他一试。主意已定，便不迟疑，趁那童子把两牛推走的时候，几步走到两牛当中，一手按住一个牛头，口中笑道："你们都用不着争论，等我来替两牛讲和吧。"话没说完，两牛被按得都跪下了前蹄，不能再斗了。

向乐山随手一带，两牛都睡倒了，口流白沫，两眼翻白。原来这种千斤闸又名"重拳法"，并非实在功夫，乃是一种魔术，不过极不容易练成。练了和实在功夫一样，随时随地都能应用，哪怕篮盘大的麻石，运用"千斤闸"一掌劈去，能立刻劈成粉碎。不问有多么壮健的牛马，一遇"千斤闸"，就压得伏在地下，动弹不得。本人坐在船上，可用"千斤闸"将船压沉。会使"千斤闸"的人，使起法来，任凭多少人也拖拉不动。就只动手和人较量武艺的时候，却用他不着。向乐山这时用"千斤闸"将两牛压服，那童子果然惊异得了不得，慌忙走过来，请问向乐山的姓名。向乐山把姓名说了，也回问他，他说姓解，名清扬，定要请向乐山到他家去。向乐山巴不得有此一请，随点头应好。

正要举步跟着解清扬走，两个牧童忽同时放声哭道："你这人把我们的牛打死了，就想这么走吗？"向乐山回头笑道："我何尝打死你们的牛，这两条牛不都好好的活在这里吗？"牧童不依道："既是活着的，如何不动一动呢？"向乐山道："要他动很容易，我一走他就会动了。"牧童哪里相信，四只手将向乐山的衣角拉住不放。解清扬见两牛躺在地下只是喘气，也只道是要死了，便教牧童松手道：“打死了牛没要紧，算是我打死的便了。”牧童见解清扬这么说，才把手松了。向乐山道：“两牛因斗疲了，又被我一按，所以躺在地下不能动弹，过一会儿就要起来的。”

向乐山跟着解清扬转过山坡，走到一所树林茂密的庄院。解清扬道：“这就是寒舍了！”向乐山看那庄院的规模，比陶守仪家还要宏大，一望就知道是一个资产雄厚的绅耆家。解清扬引向乐山进了大门，只见几个青衣小帽的人，从门房里出来，垂手侍立的迎着。解清扬把头略点了点，问道：“老太爷已起床了么？”中有一人抢着答道：“已起床好一会儿了，刚才还传话出来，请少爷回来的时候，赶快上去呢。”解清扬也不答话，侧着身体，让向乐山到里面一间书室就坐，随告罪说道：“且等小弟进去禀明家祖，再出来奉陪。”向乐山连说请便。

解清扬进去不一会儿，即携挟着一个白须老者出来，向乐山忙立起身。解清扬对向乐山给介绍道：“这是小弟的家祖。”向乐山抢前一步行了个礼。解太公也忙答礼笑道：“方才听得小孙称赞老哥的本领了得，老朽不由得十分钦佩。老哥贵处哪里，何时到敝乡来的？看老哥的气色，敢莫是病了才好么？”

向乐山见解太公说话的声音宏爽，精神充足，全不像是上了年纪的人，料想也是一个有本领的人物，便将自己的身世来历略述了一遍。解太公笑道：“原来是罗老英雄的高足，怪不得有惊人的武艺。罗老英雄和老朽最要好，只可惜我和他相见得迟，他去世得太快。本来打算将小孙拜给他做徒弟的，一则因罗老英雄存心客气，说自己的本领，不够做小孙的师傅；一则因玄妙观的智远禅师，欢喜小孙，定要收小孙做个徒弟。老朽知道智远禅师的本领，原不弱似罗老英雄，既是欢喜小孙，便算与小孙有缘，当下就依了禅师的。只是禅师的本领虽好，无如小孙的资性顽梗，何尝能得着他师傅的好处啊！若承老哥不弃，得便指教指教，老朽真是感激不浅了。”

向乐山慌忙拱手答道：“敝老师尚且自知本领不够，小子有何知识，敢当指教的话。”解太公回头对解清扬道：“向大哥大病新痊，昨夜又露宿一宵，此时必已很泛饥了，便不去催厨房里，快些开饭上来。”解清扬应着是去了。向乐山正苦不好开口要饭吃，听了这话，恰如心愿。顷刻开上饭来。

解太公起身笑道："恕老朽不能奉陪。寒舍房屋宽大，如不嫌没好款待，望多住些时，小孙必能得不少的益处！"说完，又叮嘱了解清扬几句好生陪款，挽留多住的话，自支着拐杖进去了。

解清扬陪向乐山吃过了饭，同立在丹墀边谈话。向乐山见丹墀当中，安放着一口绝大的金鱼缸，缸里养着数十尾鼓眼暴睛的金鱼，其中有两尾最大的，都足有一尺长。向乐山指着笑道："像这么大的金鱼，我还不曾见过呢。大概在这缸里，已养得不少的日子了。"解清扬摇头笑道："前日才弄到这缸里来，这种金鱼缸，哪能养成这么大的金鱼？这两尾鱼只怕再养不上几日，仍旧得退还原处去呢。"向乐山问道："这话怎么讲呢？难道这么大的缸，还养不下这两尾鱼吗？"解清扬道："不是养不下，这鱼是我师傅的，我偷了来养在这里。师傅不知道便罢，若知道了，不是仍得退还原处去吗？"

向乐山看了解清扬那种天真烂漫的样子，不觉好笑问道："不就智远禅师吗？他养了多少金鱼，你怎么偷了来的？"解清扬笑着点头道："我师傅前日向我们大家说，他老人家要去西安看个道友，约莫有三四日盘桓，教我们不要到观里去。他老人家亲手掘了一个鱼池，养了一池子的金鱼，也不知道有多少，都是这么大一尾。他老人家每日在池边走来走去，鱼都养亲了。他老人家立在池子东边，鱼也集聚在东边，伸出头来，望着师傅；他老人家一到西边，鱼也立时跟了过去。他老人家临走的时候，对我们大家说，池里的鱼，是有数目的，少了一尾都知道，谁也不许动他一动。他老人家走过之后，我们商量，这一池子鱼，师傅哪有数目？一定是怕我们偷，故意是这么说了吓我们的。不见得偷去一两尾，他老人家回来真个知道。大家都说偷了没地方养，要我偷到家里来，我因此就偷了这两尾。"向乐山道："从这里到西安，数千里途程，怎么说只有三四日的盘桓呢？"解清扬道："我只听得他老人家是这么说，也不知道西安在哪里。今日已是三日了，明日他老人家就要回的，回了的时候，我带大哥去观里玩玩。"向乐山以为是解清扬听错了，决不是陕西的西安。

次日，同解清扬走到玄妙观。一进观门，就看见有十多个小孩，年龄都与解清扬仿佛，分两边在大殿上练拳脚。一个魁梧奇伟的和尚，反操着两手，笑嘻嘻的立在旁边看。解清扬对向乐山道："师傅果然回来了，立在殿上看的就是。”向乐山看那和尚的年纪，不过四五十岁的光景，一回头看见解清扬，即大笑说道：“好！偷鱼的贼来了。”解清扬脸上一红，紧走几步，上前请安。

智远禅师一面扶起解清扬，一面很注意的望着向乐山，向乐山也上前行礼说道：“久钦老师傅的清德，今日特来叩谒，望赐指教。”解清扬对智远说了向乐山的来历。智远听了，两眼只管把向乐山端详，好半晌，才连连点头笑道：“居士已有胜过我十倍的名师，得见交为幸。指教的话，太客气，太不敢当。”说着，让向乐山进方丈里坐。

向乐山因贪看众小孩练拳脚，立着不动，智远笑道：“所谓儿戏，这类把戏只合教他们小孩玩玩，哪看得上眼？”向乐山看了那些小孩练的拳脚，一个个都老辣异常。稳重的时候，比泰山还稳重；轻捷的时候，比飞鸟还轻捷。觉得自己苦练了这么多年，若专论拳脚功夫，只怕不见得能比他们高强多少。口里不好说什么，心想拳脚功夫练到了这些，还说是儿戏，这和尚的本领就不问可知了。

智远见向乐山看了出神，便望着解清扬道：“既是向居士欢喜看这类把戏，你也使出些儿来给他看看。你使出来的，或者比他们中看一点。”解清扬有些踌躇，不肯卸衣。向乐山听得说比他们中看一点的话，遂向解清扬拱手道：“何妨使我开开眼界呢？”解清扬道：“大哥这么高的本领，却来打趣我。也罢！横竖免不了要献眼的。”随脱了身上长袍，笑问智远道：“师傅教徒弟在哪里使呢？”智远用眼向周围望了一望，指着殿前竖的两根桅柱道：“到那上面去使吧。当心点儿，不要给向居士看了，笑话你不成材。”解清扬对向乐山拱了拱手道：“我便遵命献丑了。请大哥把眼光放低些，瞧不上眼，不要见笑。”

向乐山正也拱手答礼，只见解清扬一蹲身，但觉影儿一闪，便不见了。赶紧回头看那桅柱，解清扬已使出“金鸡独立”的架势。一只脚立在桅颠上，一只脚倒竖朝天，贴着耳根。向乐山不由自主的，叫了一声好。呼声才毕，解清扬直挺着身体往前一扑，贴耳根的那脚，仍贴着不动。那一扑，俨然将要扑下地来似的。吓得向乐山心里一跳，思量那桅颠离地足有五丈多高，地下铺的麻石，若是扑跌下来，便是铜打的金刚、铁打的罗汉，也必跌个粉碎。谁知解清扬立在桅颠上的那脚，竟和钉住了的一般，身体扑下来，就倒挂在上面，用双手抱住桅杆，翻身到了斗内。那斗有见方一丈大小，解清扬就在斗上面，使出许多架势。一瞬眼间，已如飞鸟一般的落到殿上。向乐山口里不住的叫了不得。解清扬复拱了拱手道："大哥不要见笑。"

向乐山心想世间有本领的人真不少，只怪我的眼界太小。我今日既到了这里，遇了这种名师益友，岂可再和在岳麓山一样当面错过。还不拜这和尚为师，更待何时呢？心中计算已定，正待回身向智远下拜。智远已伸手挽住向乐山的手，笑道："请进方丈里谈话。"说时，向众小孩道："你们只道我失了两尾鱼，是不会知道的。我池里共有八百尾鱼，于今只有七百九十八尾。你们不信，且跟我来，数给你们看。偷鱼的贼，是解清扬，我也有凭据给你们看。"一面说，一面挽了向乐山的手往里走。解清扬已穿好了长袍，和众小孩一同跟在后面。

走进一个小小的花园，智远复对向乐山笑道："我也玩个把戏给居士看。"遂指园中一个鱼池道："这池是我手凿的，很费了我不少的精力。"向乐山看那鱼池有两丈多长，一丈六七尺宽，满池的清水，透明见底，不过五六尺深浅。许多的金鱼在碧绿的水草中，穿来走去，煞是好看。十几个小孩，都立在池边。那些金鱼见惯了人的，一些儿不畏惧，只见智远拿了一根丈多长的竹篙，在池里赶鱼如赶牛羊似的，口里喂呀喂的，喂了几声。那些鱼真像通了灵气，一尾都不敢乱窜，衔头接尾的，都聚集在一个池角落里。智远将竹篙浮在水上，旋做着手势，旋一二三四的数。智远日里报一个数，便见一尾鱼从竹篙那边，跃过竹篙这边来。数着跃着，一尾也不错。数到七百九十八尾，再往下数，就不见有鱼跃过来了。智远望着解清扬笑道："你还想赖么？你瞧瞧这些鱼，哪一尾不是睁开眼瞧着你的？它们是怪你，不应该将它们的同伴偷去呢。"

向乐山仔细看那些鱼，果然没一尾不是抬着头，睁着眼，望了解清扬的。心里越是诧异，越觉得智远是个神人，只是不解如何教化这些鱼，都有这般灵性？智远弯腰拾起竹篙来，教众小孩散学，各归家去，独引向乐山、解清扬二人到方丈里。解清扬叩头谢了偷鱼的罪，智远哈哈笑道："我这鱼不是你能养的，我尚且只能暂时养着。"

向乐山听了，不懂智远这话怎么讲，也不便问。等解清扬立起来，即上前跪下说道："弟子终年在外寻师，今幸遇着师傅，千万求师傅不弃顽劣，弟子愿侍奉师傅一生。”智远双手拉了向乐山起来，笑道：“我已说过了，居士已有胜过我十倍的名师，哪里还用得着我呢？”向乐山道：“弟子的恩师罗公新冀，已去世好几月了，实不曾更有师傅。”智远摇头道：“居士何用隐瞒？”随用手指着解清扬道：“居士将来必和他同出一人门下。”向乐山笑道：“若不蒙师傅收容弟子，弟子怎能和他，同出一人门下呢？”智远笑道：“解清扬在我这里，犹之居士在罗老英雄那里，一般的是师傅，一般的只能学些粗浅的功夫。得道自然还有得道的师傅在那里，难道居士就把岳麓山拜的那位师傅忘掉了吗？”

向乐山一听这话，心里又惊又喜，连忙答道：“年来实未敢一日忘怀。不过弟子当时过于疏忽，不曾拜问他老人家姓名居处，无从访求。此时老师傅既提醒弟子，必然知道他老人家的所在。”智远笑道：“居士且暂在此地多住些时，自有师徒会合的时候，此时说也无用。”

解清扬在旁听了，忽然朝着智远跪下来道：“听师傅的语气，弟子将来不能长远的跟随师傅。弟子不愿意再拜别人为师，愿侍奉师傅到老，总求师傅不要半途把弟子丢了。”智远扶起解清扬大笑道：“你却为什么要做贼，要偷我的鱼呢？”解清扬毕竟是个小孩，吓得连声哀告道：“弟子下次再也不敢了。”智远道：“这时还早，且到那时再说。”向乐山和解清扬，在玄妙观住了十多日。智远每日早晨在大殿上看众小孩练拳脚，众小孩去了，便去池边看鱼。向乐山虽不曾拜智远为师，却跟着解清扬，也得了不少的益处。

这日智远带着向乐山、解清扬二人，在池边看鱼，忽见池里的水，如蒸热了一般，满水面的热气只往上冒。八百尾金鱼在水里乱穿乱窜，仿佛被热水烫的难受似的。二人都觉得很奇怪，只见智远也像很着慌的样子，急忙跑到里面，托了一个钵盂出来，钵盂内盛着白米。智远抓去米往池里撒下，撒一把米，热气便减低几寸，八百尾鱼的穿窜力量，也减少了些。停一刻不撒米，热气又蒸腾上来了。智远一面撒米，头额上的汗珠，一面直流下来。

不知毕竟是何事故，且俟第十九回再说。

冰庐主人评曰：

作者写解清扬与智远惮师，又有一副笔墨，与以前诸侠，截然不同。一则童憨可爱，一则仙机透逸，宜乎向乐山之悠然神往也。此书事奇、人奇、文奇，故吾谓作者亦奇人已。

第十九回

坐木凳智远入定　打和尚来顺受伤

话说向乐山见智远急得汗珠直流，也吓得不知是什么缘故，仔细向那热气蒸腾的池里一看，原来八百尾金鱼，都张开着阔嘴朝天嘘气。水面上蒸腾的气，就是那八百尾金鱼口中嘘出来的。智远手中的米撒下一把，金鱼的嘴便合拢一下。起初嘘出来的，每尾口中尚只一线，撒下儿把米之后，略停了一停，一会儿没将米撒下，那嘘出来的气就渐渐的粗了。智远一把一把的抓着米，越撒越急，钵盂里的米看看撒完了，智远翻身复往里跑。解清扬问向乐山道："大哥知道师傅干什么吗？"向乐山不及答白，就见池中的蒸气越热越高。

霎时间，彤云密布，白日无光，将一个小小的花园，迷蒙得如在黑夜。顷刻檐端风起，闪电如走金蛇，向乐山忙挽住解清扬的手道："不好了！快进里面去吧，就要倾盆的大雨了。"解清扬道："再看看没要紧。你瞧，师傅不是又端了一钵盂米来了吗？他老人家还更换了法衣呢。"向乐山回头一看，果见智远披着大红袈裟，双手捧着钵盂，飞也似的向池边跑来。跑到离池边七八尺远近，猛然电光一闪，一个巨霆跟着劈下来。那巨霆的声音，就像靠紧耳门劈下似的，向乐山、解清扬二人，同时被那巨霆震得昏扑在池边，没了知觉。

在昏迷中也不知经过了多少时刻，向乐山首先清醒转来，张眼一看，只见在岳麓书院遇的那个道人，笑容可掬的立在旁边，心中不由得一喜。被雷震昏了的人不比害过病的，一清醒便和平时一样，身体上本不感受何等痛苦。加以心中欢喜，一蹶劣就爬了起来，随即双膝跪下，朝道人叩拜，口称师傅呀，可把弟子想死了。道人连忙搀扶起来，笑道：“你五脏都受了些震损，不用多礼，且坐下来再说话。”

向乐山起来看房中的陈设，认得出是智远和尚平日打坐的禅房，自己躺着的，就在禅床上。解清扬还躺在禅床那头，面色苍白，两眼半开半合，黑眼珠全藏在眼胞里，露出来尽是白眼。上腭的牙齿紧咬着下嘴唇，嘴唇也和脸色一般苍白，形象竟是个已经死去的人，非常可怕。再看天气晴明，并无风雨，只是天色已将近黄昏了。自己心里明明记着，是被一个大霹雳，和解清扬同时震倒在金鱼池旁边，也不知这位师傅，何时把我二人救进这房里来了？平日智远师傅在这房里的时很多，这时怎的倒不见他了呢？

向乐山心里这么疑惑，正想开口问道人，只见道人一面指着禅床，教他自己坐下，一面俯着身子，仔细端详解清扬的脸。向乐山看了解清扬这种神气，只道已经死了，不觉惨然问道：“怎么弟子醒了这么一会儿，解贤弟还躺着不能动呢？”道人点头道：“快要醒了。”

向乐山也跟着仔细定睛看解清扬的脸，没一会儿，就见两个眼珠儿，在眼胞内微微的转动了，渐转渐快，忽然睁开了，和熟睡刚醒的人一样，两眼似觉有些畏惧阳光。向乐山忍不住凑近前喊道：“贤弟醒了么？”解清扬这才明白了，一翻身抱住向乐山的颈道：“吓煞我了！”向乐山忙安慰他道：“不用害怕，有师傅在这里。”

解清扬放开手，向四面张看道：“师傅呢？”说着，就坐了起来。道人笑道：“你想见你师傅么？等歇我就引你去见。”才说着，即听得隔壁房中一声磬响。道人对解清扬笑道：“此时可引你去见你师傅了。”解清扬道：“我师傅在哪里？他老人家，平日不是常在这房里的吗？”道人也不回答，一手拉着向乐山，一手拉着解清扬，走进一个院落。

这院落旁边一个小殿，原是供着一尊弥勒佛像。靠着弥勒佛，有一个大木龛，龛上安着两片格门，格门从来开着，里面并无神像，龛前也没香案。解清扬平日常来这小殿上玩耍，小孩儿家也没注意，怎么这么大的一个神龛，却没有神像？这时被道人拉到这殿上，只见一个少年和尚，低头跪在那大木龛前面，口中念经一般的只管念诵，听不出念诵的什么。再看木龛里面，自己师傅盘膝端坐在内，双手拈着一串念珠，与平日一样的慈祥眉目。

木龛的格门上，悬着一块粉牌，牌上写着一个大“闲”字。

解清扬见了这模样，以为自己师傅圆寂了。他天性生来笃厚，智远和尚又本来待他甚好，那时不由得两泪直流，也向地下一跪。正要哭出声来，智远已开口呼着解清扬的乳名“清官”说道：“你不须烦恼。我因自己的功夫须及时努力，所以不能兼顾你们的功夫。你从今后只当我已圆寂了，这位清虚道友，才是你和向居士的真师傅。你们好生侍奉他，他自有安身立命的道，传授给你的。他的道高出我十倍，你要学道，第一当用慧力，斩断情丝，哪有学道的人现出你此时这般嘴脸的？在三年以内，你随时可到这里来见我，只看我这龛门上的粉牌，像此时写着“闲”字，你心中有话，尽管向我陈说；若见牌上写着“观”字，那便是我入定的时刻，你不得扰我。我念你年纪太轻，天性甚厚，恐你一时的道念不坚，慧力不足，为念我分心，不能沉潜学道，特为你多此一条相见之路，你知道了么？”

解清扬听得自己师傅尚能说话，心里就高兴了，连忙应道：“弟子知道了。”智远道：“既知道了，还不拜师，更待何时？”解清扬这才爬起来，向清虚道人拜了四拜。智远在龛中，也向清虚道人合掌道：“此儿骨秀神清，仗着道兄道力，将来成就必不可量。老衲今日敢以私情重累道兄了！”清虚道人稽首答道：“同本度人之旨，师兄只自努力，后会有期，贫道就此告别了。”随即引解清扬、向乐山二人出来。向乐山走出殿外，回头看那少年和尚，还跪在那里，口中又接着念诵，甚是纳闷，不知道少年和尚是谁，念诵的是什么？

回到禅房里，正忍不住要拿这话问清虚道人，解清扬已呼着师傅问道：“弟子心地糊涂，实在不明白怎么金鱼池里，无端会冒出气来？又怎么在晴天白日里，忽然会劈下那么大的雷来？师傅更为什么会跑到那龛子里面，坐着不动？你老人家可以说个明白，给弟子听么？”清虚道人点头笑道：“自有给你明白的时候，不过此时说给你听，你也不能理会。总之，智远师傅的功行快要圆满了，所以八百罗汉先期白日飞升。你今后能潜心向道，则此中因果，不难彻悟，不是于今向你口说的事。”

向乐山在旁问道：“那跪在殿上念诵的少年和尚是谁？口里念诵的是什么，师傅可能说明给弟子听么？”清虚道人听了，忽然正色说道：“不可说，不可说！”正说到这里，后面脚步响。向乐山掉头一看，那跪在殿上的少年和尚走了进去，又朝着道人跪下叩头，口里说出来的话，向乐山听了也不懂得。只见道人将他扶起，说道："三教同源，本毋须拘泥行迹，不过你的大事既了，返俗尽可听你自便。"道人说时，指着向乐山、解清扬二人对那和尚道："这是你两个师弟，你们此时都见见，免得日后相见，误作途人。"随说了二人姓名，即对二人说道："这是你们的师兄，姓朱，单名一个复字，他是生长在广东潮州的人，只说得来潮州话。南几省的语言，听得懂，却不能多说。"

三人互见了礼，都面对面的望着，不通言语。向乐山看朱复的年龄，不过二十五六，生得高颧深目，隆准宽额，满脸英雄之气，带着儒雅，使人一望就能知道，必是一个善文能武的少年英杰。心想有这般雍容华贵的气概，决不是寒素人家的子弟，却为何少年就出家，当了和尚呢？心里十分愿意和他要好，就因言语不通，仅能于神气之间，表示很愿亲交的好意。古语说得好"唯英雄能识英雄"，向乐山既表示愿亲交的好意，朱复也觉得向乐山，是个非常的人物，当下也竭力的表示出好意来。所以后来清虚道人门下三十五小侠中，只他二人做的事业最多，造诣最深。只因二人情感既好，处处不离，这就是"二人同心，其利断金"的道理。然这是后话，后集书中，自然一一的交代。于今且趁这当儿，将朱复的历史表明一番，方好接叙争赵家坪的正文。智远和尚的来历，也就因此可使看官们，明白几成了。

朱复的父亲名继训，据说是朱元璋的十六世孙，生小即怀抱大志。到二十岁，文名冠潮州府，只是不肯应试，专喜结纳江湖豪杰之士。两广素为多盗的省份，绿林中人物，朱继训结识得也很不少。他存心谋复明社，所以生下儿子来，就取名朱复。朱复之下生了一个女儿，便取名朱恶紫。朱继训的祖遗产业，原来很富，不愁无资结纳人物。朱复年才七岁的时候，朱继训亲自带在跟前教读。那时朱复生来的体质最弱，枯瘦如柴，朱复的母亲，恐怕儿子养不大，时常去一个神庙里拜求药签，膏丹丸散，都照着药签弄给朱复吃。哪知越吃越坏，本来不过是体质弱，并没什么病的，每日把求来的神药一吃，倒吃出许多的病来了。朱继训见儿子病了，才知道是神药吃病的，于是接医生来诊治。奈潮州地方没有好医生，朱继训自己又不懂得医道，糊里糊涂的几服药灌下去，已把个朱复灌得奄奄一息了。朱继训夫妇都以为自己儿子没有医治的希望了，连小棺材和装殓的衣服都已备办好了，只等朱复断气。

忽然来了一个游方的和尚，腰系葫芦，手托一个紫金钵盂，立在朱家大门口，向朱家的下人要募化财物。朱家人正都忙着准备办小少爷的后事，哪有工夫来睬募化的和尚呢？那和尚见堂中停着一口小棺材，棺盖搁在一边，问朱家的下人道："你家里新丧了小人吗？我最会念倒头经，你家能多募化些财物给我，我可替你家新丧的小人，念一藏倒头经。"朱家的下人骂道："放屁！人还不曾断气，谁要你这秃驴来，念什么倒头经咧！"那和尚笑道："既是还没有断气，就把这吃人的东西，停在堂上做什么呢？你家也不忌讳吗？"

朱家下人也懒得回答，双手把和尚向外推道："我家最忌讳的是和尚，不忌讳棺材。你快往别家去吧，不要立在这大门口，碍手碍脚。"那和尚只是嘻嘻的笑。下人推了几把，也没推动，气起来，指着和尚骂道："你这秃驴！怎这般不识时务？多少好施僧布道的人家你不去，却来这里纠缠。"和尚一些儿也不生气的笑道："行三不如坐一，我是为化缘来的，不曾化着，如何就往别家去？"

下人恐怕耽搁自己的事，即从身边摸出几文钱来，向紫金钵盂里一掷道："好，好！你走吧，像你这么讨厌的和尚，来世投生还得做和尚。"和尚笑道："只要来世不当弹手，也就罢了。"那时一班人背地里呼当下人的，都呼为"当辫手的"。因下人立在主人跟前，总得把两手辫下，朱家下人见和尚骂他当辫手，那气就更大了，举起拳头朝着和尚的光头便打。和尚也不避让，只口里说道："巴不得你打，你只记清数目，好一总和你家主人算账。"下人的拳头打在那光头上，就和触在铁桩上一般，才打了三五下，拳头已痛得打不下去了。缩转来一看，吓了一跳，拳头渐渐的肿起来了，手指放不开来，越肿越大，一霎眼连手臂都肿得拐不过弯了，和尚只涎皮涎脸的望着笑。

那下人知道不好，连忙改变态度，向和尚赔不是道："大师傅不要和我当下人的认真，请发慈悲，治我这手吧。"和尚摇头道："我没有工夫，我要往好施僧布道的人家去，不能在这里讨你的厌了，多谢你这几文钱。"说完，掉转身就走。下人的手痛彻心脾，一时也忍受不住，两眼也痛得流下泪来。明知是打和尚打痛的，非和尚不能医治，见和尚搭架子要走，只得忍住气，上前拉住哀求道："大师傅不可怜我，我不成了个废人吗？我家有老母，有妻子，望我一个人挣衣食……"下人才说到这里，听得里面连声呼来顺。下人一面口里答应："来了！"一面拉住和尚不放道："大师傅不瞧我这手吗？弄成了这个模样，如何是好呢？"和尚只是笑。里面又接连喊起来了，来顺没法，只得松了手，左手把右手捧着，愁眉苦脸的跑到里面去。

这时朱复已咽气了，朱继训的夫人只哭得死去活来，朱继训也是伤心痛哭，只得叫来顺来帮着装殓，叫了两遍，才叫了进来。朱继训泪眼婆娑的，见来顺右手的拳头，肿得比饭碗还大，向前直伸着臂膊，像是握着拳头要打人的样子，左手在下面托着，也不禁吃了一吓，问道："怎的把手弄成了这个模样？"来顺不敢隐瞒，将打和尚的事说了一遍。朱继训听了，也自纳罕，只是自己心爱的儿子才死，无心和人周旋。若在平日，听得有这么一个和尚来了，必来不及的出去，与和尚厮见。这时只向来顺说道："这是那和尚有意这么惩处你的，你还不快去求他诊治。他若走了，你这手就废掉了。"来顺应了声是，慌忙转身跑到门外一看，和尚不知去向了。急得问左右邻居的人，问了好几个，才有一个人指前面说道："那和尚好像是向这条路上走去的，他行走得不快，还追赶得上，也不一定。"

来顺一抹头就追，身上受了伤的人，行走都痛得厉害，这么一跑，伤处受了震动，只痛得如油煎火烫。咬紧牙关，追过了数十户人家，只见和尚立在一家酒店门首，和酒店里的伙计拌嘴，说酒店里伙计做生意太不规矩，三文钱的酒，还没一钵盂，定要店主人化一钵盂酒给他。店主人添了几杓，只是添不满一盂。正在说这钵盂太大，来顺追到了，朝和尚跪下来，哀求治手。和尚哈哈笑道："我不找你，你倒找起我来了。也好！我去和你家主人算账，你主人若不能依我话募化给我，我是不能白给你医治的。"说着，一手托着钵盂就走。

来顺跟在后面，一会儿到了朱家门首，和尚直走入厅堂，回头对来顺说道："快去把你家主人请出来。"来顺道："我家少爷才咽了气，主人正在伤心痛哭，何能出来陪大师傅呢？我得罪了你老人家，再向你老人家赔罪。"说时，又要叩头下去。和尚连连摇手道："非得你主人出来不成功，谁稀罕你叩头赔罪。"来顺的手实在痛得不能挨忍了，只好哭丧着脸，到里面向朱继训说了和尚的要求。朱继训虽没好气，然自己儿子死了，正在须人做事的时候，把个当差的伤了，不能动作，也很不方便，只得揩干眼泪，走出厅堂来。一见和尚那种魁梧奇伟的模样，心里已估量这和尚，必有些儿来历，不是寻常的游方和尚可比，即拱了拱手，说道：“下人们没有知识，开罪了老和尚，我来替他向老和尚赔礼。求饶恕了他，给他把手治好。寒舍今日有事，不能没人帮做，老和尚发个慈悲吧！”

和尚打量了朱继训两眼，合掌笑道：“治伤容易，但老僧要向施主化一个大缘，施主应了老僧，即刻就给他治好。”朱继训道：“和尚想化我什么？只要是我有的，皆可化给和尚。”和尚道：“施主没有的，老僧也不来募化了。老僧要把公子化去，做一个小徒弟。”朱继训听了，指着旁边停的小棺材流泪道：“小儿才咽了气，若是活着的，就化给和尚做徒弟，也没什么不可。”和尚点头道：“老僧原是知道公子咽了气，才来向施主募化，不然，也不开口了。”

朱继训觉得很诧异的问道：“和尚把死了的小儿化去，有什么用处呢？”和尚道：“施主不用问老僧的用处，肯化给老僧，便不会死了。”朱继训听了，知道是一个有道行的和尚，连忙施礼说道：“和尚能治的活小儿，准化给和尚做徒弟，听凭和尚带去哪里。”和尚道：“那话能作数么？没有更改么？”朱继训道：“大丈夫说话，哪有不作数的，哪有更改的？不过小儿已咽气有好一会儿了，手脚都已僵冷，只怕和尚纵有回天的本领，也治不活了。”和尚笑道：“公子若不曾咽气，施主肯化给老僧了吗？公子现在哪里？请即领老僧去。”

朱继训见说，能将自己已死的儿子治活，欢喜得把来顺手上的伤都忘了，急忙引和尚到朱复死的房间里来。

不知那和尚是谁，毕竟如何将朱复治活，且待第二十回再说。

冰庐主人评曰：

八百金鱼，为罗汉化身，能通人意，已极恢奇之至，一旦雷霆暴震，白日飞升，则更令人目眩心骇，如读《封神传》矣！正急欲穷其究竟时，忽又岔入朱复小传，作者以文为戏，真是令人无从捉摸。

作者对于方外，推崇备至，故每遇道人、和尚、尼姑登场，辄竭意描写，即觉分外生色。此回传智远和尚，尤为奇特。

第二十回

化公子和尚显神通　救夫人尼姑施智计

话说朱继训见和尚能医治自己已死的儿子，哪里还顾得来顺手上的伤呢？当下即把和尚引到朱复死的那房里。朱复的母亲正抚着朱复的尸痛哭，心里已不免有些恨外面不识时务的和尚，在这时候来化缘，打伤了人家当差的，还要人家主人亲自出去陪话。这时见自己丈夫，更把和尚引了进来，平日朱继训治家非常严肃，内外之防，丝毫不苟，和尚尼姑这类不耕而食、不织而衣的人，尤不喜接近。朱继训一生的嗜好，就只不能听说有特别能为的人，不怕千里迢遥，不问娼优皂隶，但他听得说果有能耐，他总得去结识结识，然而，从来不曾把和尚引到内室来过。

朱夫人心中狐疑着，不觉把哭声停了，待立起躲避，和尚已将钵盂放下，合掌当胸，对朱夫人念了一声“阿弥陀佛”。朱继训即将和尚要化自己儿子做徒弟的话，向朱夫人说了。朱夫人这时只要有人能将已死的儿子医活，什么事都愿答应。只见和尚用双手在朱复周身摸遍，也不用药石针砭，口对着朱复的口，度了一会儿气。教朱继训拿出一个酒杯来，和尚用针刺破他自己的左手中指，滴出小半杯白浆，白浆里的热气只往上腾。拨开朱复的牙齿，将小半杯白浆倾入口内，复口对口的连度了几口气。没片刻工夫，朱复的肚内就咕噜咕噜的响起来，即时双眸转动，口里随着长吁了一声，已是活转来了。把个朱夫人喜得忘了形，也不管和尚立在旁边，走过去抱着朱复，口叫着孩儿，连声问道：“你清醒了么，不觉怎么难过了么？这位大师傅救了我孩儿的性命，还不快起来谢谢。”

朱继训只喜得哈哈笑道："哪里是起来谢谢可以了事的吗？从此以后，算是大师傅的徒弟，不算是我们的儿子了。大师傅是救活了他自己的徒弟，不是救活了我们的儿子。这时刚醒转过来，总还得安睡一会儿，方能动弹。"朱夫人听了这话，翻着两眼望了朱继训。刚才哭儿子的时候，眼中流不尽的痛泪，又流了出来。

朱继训知道朱夫人的心理，见儿子已经医活，就舍不得化给和尚了。朱继训自己的心理，也自有些舍不得将这一个单传的儿子，化给和尚，但话已说出了口，大丈夫说话不能出尔反尔。并且自己的儿子已经咽了气，若不是这和尚，万无复生之理，便是舍不得，也只得忍痛割舍了。此时见自己的夫人，望着自己流泪，便安慰他道："你我的儿子，本已死了，连棺材和装殓的衣服，都已备办齐全，倘若大师傅迟来一时半刻，此时不已装进了棺材吗？死了是永远不能见面。于今化做大师傅做徒弟，尽有见面的时候，还有什么不舍得呢？"

朱夫人见丈夫是这么说，和尚又立在旁边看着，不能说出不舍的话，只得问道："大师傅是哪个庙里的，离这里有多远的路呢？"和尚答道："老僧云游天下，本没一定的庙宇，到此地暂时挂单在千寿寺里。我僧家最戒诳语，公子化给老僧之后，施主想时常见面是办不到的事。到了能团圆的时候，老僧自然送他回来。"

朱复自服下和尚的白浆，陡觉精神大振，身上的痛苦，完全没有了，反比不曾病的时候强健得多。一翻身爬了起来，望着朱夫人叫肚中饿了。朱夫人想起这可爱的儿子，就要化给和尚，得跟着和尚同去，一时只顾得抱着朱复痛哭。和尚端起钵盂笑道："老僧还有事去，回头再来化公子去。"朱继训心里正自惨痛，听了和尚的话，急忙问道："师傅去什么地方，何时方来呢？"和尚旋向外走旋答道："说去就去，不拘地方；说来就来，不拘时刻。"朱继训送到厅上，忽想起还不曾问和尚的名字，随即问道："师傅的法讳是哪两字？我一时心慌意乱，尚不曾请问得。"和尚还没回答，来顺已走至跟前来笑道："我的手不治也好了。"朱继训一看，果已回复了平时的模样。和尚点头笑道："这番是不治也好了，下次若再要无礼的动手打和尚，只怕治也不好呢。"和尚说着，径出大门去了。

朱继训因来顺走过来，把话头打断了，和尚已走，仍是不知道和尚叫什么名字。当时急欲回房看儿子，也无心赶上去追问，回到房里，朱复已在地下行走。朱夫人也止了啼哭，见丈夫进房，忙问："和尚如何就这么去了？"朱继训道："和尚说了有事去，回头再来，他去哪里，什么时候再来，他又不肯说，大约等一会儿就要来的。"朱夫人道："等歇和尚来了，我自愿多送金银给他，请他去别处花钱买一个徒弟，把我的儿子留下来。他有了银钱，还怕买不着徒弟吗？可怜我四十七岁了，就只一个儿子，一个女儿。要我把他活生生的，施舍给一个游方没有一定庙宇的和尚，终日跟他在外面受雨打风吹，不是比割掉我的心还要痛吗？"

说话时丫鬟光明，端了碗粥进来给朱复吃。这丫鬟年才十岁，生得伶俐异常，五岁时，被她自己的父母卖到朱家来。朱继训夫妇甚是爱怜她，替她取个名字叫光明，也含蓄着光复明社意思在内。她年龄比朱恶紫大，朱继训夫妻就教她陪伴小姐玩耍。朱恶紫也很欢喜她在一道儿玩，名分上虽有主仆的分别，实际是和亲姊妹一般。这时她端粥进来，听了朱夫人说的话，她小小的心肠就有了个主意，只不敢对朱夫人说。悄悄把朱恶紫拉打一旁说道："夫人既不肯将公子施给和尚，何不趁这时和尚不曾来，将公子藏起来？和尚来时，不见了公子，再给他些银钱，他便不能不要了。"朱恶紫更是小孩心理，以为此计甚妙，慌忙跑到他母亲跟前照样说了。

朱夫人心里高兴，即问朱继训，有什么地方好给朱复藏躲？朱继训摇头说道："和尚并没有强夺我们的儿子，我们自己答应了化给他。刚才他若要带去，我们也只好随他带去。他见你哭得可怜，好意等回头再来，我们若是把孩儿藏躲起来，道理如何能说得过去？并且我看这和尚的道行，大得不可思量，他既能知道我的孩儿死了，难道就不能知道藏躲起来了吗？他有起死回生的本领，难道就没有把孩儿摄取去的本领吗？依我想孩儿能得他这么一个师傅，可说是很有缘法，你不必悲痛吧。"

朱夫人不乐道："孩儿是我生的，我心痛，我实在不舍得活生生的施给人家。不是你肚皮里生出来的，你自然不心痛。是你在外面答应化给他，我是没有说化给他的话，他有道行是他的，我的孩儿用不着他那么大的道行。你没地方给孩子藏躲，我自有地方。你若怕和尚来了，道理说不过去，你也躲着莫见和尚的面，我有话回复他，哪怕把家业都施给他，也没要紧。"

朱复这时虽只七岁，资性却是极高，听得和尚要收他去做徒弟，要别离亲生的父母了，也知道伤心，也扭着朱夫人哭，说不能跟和尚去。这一哭，更哭得朱夫人决心要将朱复收藏了，朱继训说也无益。就在这夜，朱夫人亲自送朱复到外祖母家，整日的关在内室里，不教朱复出外，不断的打发人到家来探信，看和尚来过了没有？打算等和尚来过了，把话说明白了，和尚答应了不要化朱复做徒弟，方带朱复回家。可是作怪！朱夫人带着朱复在外祖母家足住了三个月，和尚并不曾到朱家来，打发人到千寿寺探听，也从没有这么一个和尚来挂单。朱继训也猜度不出是什么缘故，朱夫人防范的心，也就渐渐的懈松了，恐怕朱复耽搁了读书的光阴，逆料和尚已不会来了，遂仍将朱复带回家来，朱继训照常带在跟前教读。

朱继训是个存心恢复明朝帝业的人，表面上虽坐在家里教儿子读书，像一个极闲散不问世事的，骨子里，却是一刻也不曾停止进行。两广的绿林头目，和一班会武艺的江湖人物，也都拿赤心去结纳，拣其中有能耐、有知识而又心地光明的，朱继训便把自己的志向说出来，大家商议发难的计划。这时洪秀全、杨秀清还不曾在金田发动，二百年承平之世，全国的文武官吏，都只知道歌舞升平，军队仅存了个模样，当兵是有名的吃孤老粮。各省都只养些老弱的废物，敷衍门面，做武官的才好借着吞吃粮饷。这时要发难本极容易，朱继训只因发难的地点踌躇不定，这日朱复在门口玩耍，忽然不见了，朱继训夫妇急得着人四处寻找都没有，料知就是那和尚化去了，寻找无益。

过了几日，又来了个化缘的老尼姑，定要进去见朱夫人，也是来顺在门口拦住说："我家夫人，素来不接见三姑六婆的。她老人家常说，三姑六婆一到这人家，这人家就得倒霉。你若不是尼姑，倒可进去。我家的家法如此，我当下人的，担当不起。你要化钱，我给你几文钱；你要化米，我给你几合米。我家才把少爷丢了，夫人正时刻不了的哭泣。你识时务些，化点儿钱米走吧。"老尼姑笑道："丢一个少爷算不了什么事，只怕连老爷也丢了，才真是倒霉呢！我专来向你家夫人化缘的，谁稀罕你的钱米？"

来顺是一个实心护主的下人，听了连老爷都丢了的话，不由得气又撞了上来。若不因是一个尼姑，又已年纪老了，怕不又要动手打起来。随噙着一口凝痰，对准老尼姑的脸，下死劲的啐去。打算啐了这一口痰，再愤骂她一顿，好骂得老尼姑走离这里。谁知啐出口的凝痰，还不曾喷到老尼姑脸上，老尼姑已回啐一口，也啐出一团凝痰来，恰巧碰在啐来的凝痰上，一碰就激了转来，不偏不倚的，正打在来顺的鼻梁上，比受了一石子还要痛得厉害。"哎呀"了一声，倒退了几步，几乎栽倒在地。

若是换一个心里机警些儿的人，上次受了和尚的创，这回就不应再轻量方外人。并且自己啐出去的凝痰，在半途中，被尼姑也用凝痰啐转回来，打在鼻梁上有这么疼痛，这尼姑不待说，必是个有本领的人。自己冒昧，受了这一下，也应该悟到是不好惹的了。但是来顺生成是一个笨拙没有心眼的人，鼻梁上这一下，不但没有把他打明白，反打得他的无名业火直高三丈。登时揉了揉鼻子，把两袖一捋，握着两个拳头，翻车也似的朝尼姑打去。他存心欺尼姑年老，料想打得过，叵耐尼姑只是背朝着里面退让，并不回手。来顺越觉得鼻梁痛，越一步紧一步的追打，老尼姑退了好几步，已退到了厅上，口里就大喊："救命！"

朱继训正坐在内室劝慰朱夫人，忽听得外面大喊救命，吓了一跳。连忙跑出来，见来顺发了狂一般的，追赶着一个尼姑打，即大声喝住。来顺见朱继训出来，才吓得不敢追打了，停了手，跑到朱继训跟前，气喘气促的，指着自己的鼻梁，诉道："这妖尼姑把小的鼻梁打伤了，小的一下也没打着她，她倒喊起救命来。得老爷做主，把她捆起来，给小的毒打一顿，小的才得出气。"

朱继训看来顺的鼻梁红肿了，再看老尼姑的鬓发全白，龙钟不堪的模样，不像是能打人的，而且脸色非常慈祥和善，更不像是会动手打人的。朱继训知道来顺素来喜和人打架，遂开口骂道："休得胡说！你这东西，动辄向人无礼，你不动手打人，人家就无缘无故的，打伤你的鼻梁吗？"来顺再想申诉，奈鼻梁肿得连脸都和瓜瓢一样，一霎时两眼肿没了缝，开口就满头满脸，牵扯得痛不可当。老尼姑听得朱继训责骂来顺的话，便走过来向朱继训合掌行礼。

朱继训一面拱手还礼，一面端详这老尼姑，眇了一只左眼，右眼却分外的光明，身量虽极矮小，立在厅堂之上，仿如奇松古木，另有一种潇洒出尘的风度，不由得从心坎中生出敬仰之念。当即叱退来顺，让老尼姑就厅堂坐下，开口问道："师傅法讳什么，宝刹在哪里？"老尼姑道："贫僧受人之托，特来救施主的性命。此时大祸已在眉睫，没有闲谈姓名住址的工夫，请施主快随贫僧逃走。再迟一步，就有回天的本领，也来不及了。”说着，便立起身来，不住的回头，用那一只有光的眼向门外张看，好像怕有人追来似的。

朱继训是个最有胆量，临事不苟的人，平白无故的，怎肯听了一个素昧平生人的话，就仓皇出走呢？当下仍是神闲气静的笑道：“鄙人家居，力贫食苦，无端有何大祸？逃避得了，祸必不大，师傅但请安坐。鄙人为此间土著，即果有意外之祸，亦不患不得昭白。”老尼姑神色很露出惊慌，又一连向门外张看了几眼，对朱继训长叹一声道：“天数果难逃。不然，贫僧在路上，也不至有那些耽搁了。既是施主安命，贫僧救夫人、小姐去吧。”说罢，便向内室走去。朱继训见老尼姑这般举动，疑心是个失心疯的尼姑，忍不住立起身来喝道：“内室不能去。”边喝边待上前去拉。

猛听得背后一阵脚步的声音，回头一看，只吓得魂飞天外。原来来的不是别人，正是潮州府的衙役，蜂拥一般的进来了十多个，一个个手中拿着刀叉，横眉怒目的，如临大敌。朱继训明知不妙，然到了这时分，只得勉强镇定着，回身大声问道：“诸位来寒舍有何贵干？”众衙役且不答白，抖出铁链来，七手八脚的将朱继训锁上，来顺跑出来看，也锁上了。有几个衙役，往内室跑，见中门关着，就举起刀背在门上就砍，口中乱喊开门。喊了一会儿，里面没有动静。众衙役从门缝里向里面骂道：“关着门就可以了事吗？”捉拿朱继训的衙役，向那些打门的衙役喊道：“怎不劈门进去，还有什么道理可讲呢？谋反叛逆的案子，岂同小可。”

朱继训一听这话，心里就是一惊，只恨自己手无缚鸡之力，不能将一干衙役打倒。又悔没听得老尼姑的话，趁早逃走，知道自己此时已没有逃走的希望，觉得自己儿子，被那不知名姓的和尚，化去做徒弟，不至一同遭难，将来或者还能继续自己的志愿。心里只着急关在内室的夫人、小姐，不知能否听信老尼姑的话，作速逃生？朱继训心里这般想着，两眼望着那些劈中门的衙役，只见他们一齐动手，噼啪噼啪的砍了好一会儿。奈中门甚是坚厚，衙役手中的刀叉又轻又小，又不锋利，仅将那门砍得一条一条的缺口，哪里砍得开来呢？

捉拿朱继训的衙役就向朱继训道：“你若是一个好汉，就得值价些儿。你犯了这样的弥天大罪，你自己尚逃不了，你的老婆儿女，还想能躲掉吗？

把这门关了，便能没事吗？你要知道拒捕的罪，更加一等，快亲去把门叫开，免得我们劳神。我们也是奉官所差，出于不得已，并不和你的老婆儿女有仇。快去，快去！”遂押着朱继训到中门跟前，逼着朱继训叫门。

朱继训只得用手在门上拍着，口叫光明开门。又拍叫了好一会儿，里面仍是没有动静，众衙役都冷笑道：“看她们这些该死的东西，能在里面藏躲得了，后门早已有多人把守了，也不怕他们逃到哪里去。我们且抬一块大石头来，哪怕他铁铸的门，也要撞开他。”于是有几个壮健的衙役，跑到丹墀里，在阶基边挖出一条四尺多长、尺多宽、五六寸厚的大石来，四个人用手抬着，打油榨似的向中门上抵撞。果然不到十来下，便把门闩撞断了。两个气力大的，用力把门一推，跨足进去，不提防两扇石磨，从上面打了下来，一扇打在这个的头顶心上，登时脑浆迸裂，倒地死了；一扇打在那个的肩头上，“哎呀”一声，也昏倒在地。吓得立在后面的衙役连忙倒退，以为是有人从里面打出来的。再一看，里面并不见一人，才大胆进内，各房都是空洞洞的，没一个人影，箱箧都打开着堆在地上，衣服器皿散满了各地，众衙役都惊诧道：“居然逃走了吗，把守的人都到哪里去了呢？”

捉拿朱继训的几个人，见满地都是衣服，便起了不良的念头，教将把守后门的人叫进来，商议先处分这些物事再说。随将朱继训捆绑在房柱上，大家动手拾衣服。把守后门的衙役走进来说道：“后门始终关着不曾开，并不见有人从那里出来。”这些衙役只要捉拿了朱继训，旁人如何逃脱，因都存心要争夺衣物，也就不再加研究了。各人把贵重的衣物，都分配妥当了，抄了那些不值钱的东西，算是朱继训的家业。查抄已毕，也奉行故事的加了封条，方押朱继训主仆，并扛抬着一死一伤的衙役去了。

原来有一个绿林头目，姓周名致祥，和朱继训最相得。朱继训误认他当个豪杰，曾和他商议发难的计划，不料周致祥犯了旁的案件，在惠州被捉。他原是一个脓包货，禁不起三推五问，就把朱继训的计划，和盘托出的供了。在惠州的朱继训同志，因此也十九被捉。两广的绿林有一种特性，这案件不是他做的，打死他也不认；如确是他做的，问官一提起，他就立刻承认，无须乎动刑，狡赖的便不算汉子，大家都得骂他不值价，连子孙都在绿林中说不起话，做不起人。那些和朱继训要好的绿林，不曾与闻发难计划的便罢，与闻过的，也都和盘托出的供了。于是惠州就慎重其事的移文到潮州，把朱继训做谋反叛逆的要犯拿了。朱继训自知狡赖不了，直供不讳，拿去没两个月，竟在广州被难了，死后没人敢来收尸。第三日才来了一个眇了一只眼睛的老尼姑，说从前受过朱继训的施舍，不曾报答得，要求官府施恩，许她领尸安葬。官府允许了，老尼姑就买了一口棺材，将尸首装殓停当，搬上了一条民船，不知运往何处去了。

要知朱夫人和恶紫小姐、光明丫鬟的下落，以及和尚、尼姑的来历，都在下回书中写出。

冰庐主人评曰：

和尚化缘而欲化人，奇矣！所化者非活人而为死人，则奇之尤奇矣。半杯白浆，对口度气，竟能起死回生。眇目尼僧，其来突如，拯人于水火之中，是皆作者竭力为方外人道传处也。

朱继训念念不忘明社，欲图恢复，卒以误交匪人，身首异处，宿昔志愿，尽付东流。嗟乎！出师未捷身先死，长使英雄泪满襟，是诚大可浩叹者也，然临事不慎者，亦可以此为戒。

胥役狐假虎威，残民以逞，一遇财帛，如蚊见血，此篇写衙役一见衣服、器皿，便先议处分之法，反置正事于脑后，虽寥寥数语，直抵得一篇《衙役现形记》。

第二十一回

逢拐骗更被火烧　得安居又生波折

上回写到朱继训在广州被难，尸首为一眇目老尼运去为止。至于老尼是谁，尸首运往何处？以及朱夫人、朱恶紫小姐、光明丫头，究竟老尼如何保护脱险？都没工夫交代。就是那个要化朱复做徒弟的和尚，毕竟是谁？朱复忽然失踪，是否就是那和尚偷偷的化了去？也因正在一意写朱继训的正传，不能腾出笔来交代。逆料看官们心理，必然急欲知道以上诸人的下落。当朱复忽然失踪的时候，朱继训夫妇，都以为就是那和尚化去了，那和尚既没留下法号，更不知道他的庙宇在哪里。和尚亲口所说的千寿寺，朱家早已派人打听过了，寺里从来没有这么一个和尚来挂单。朱家因此认为无处追寻，只得忍痛割舍。在下揣想一般看官们的心理，必也和朱家差不多，以为朱复定跟着那和尚修道去了；其实不然，朱复得做那和尚的徒弟，中间还经了无数的波折，几次险些儿送了性命，才落到那和尚之手，那和尚自然是第十九回书中坐木龛的智远了。这回书是朱复的正传，正好将他失踪后的情节交代交代。

且说朱复自智远僧救活之后，跟着他母亲藏躲了几日。在藏躲的时期中，一行一动，都由他母亲亲自监视，不能单独玩耍。及至几月不见和尚再来，朱继训着虑儿子荒废了学业，教朱复回来照带读书。又过了几时，一家人防范的念头，一日一日的懈松下来了。

这日黄昏时分，朱复因功课已经完了，便走出门到街上玩耍。七八岁的小孩，正在顽皮的时候，又藏躲了几个月，才能恢复自由，自然觉得街上比平常更好耍了。信步走过了十几家店面，忽迎面来了一个穿短衣的人，向朱复打量了两眼，又看了看左右前后，不见有跟随的人，便近前凑近朱复的耳根说道："前面有把戏，正玩得热闹，我带你去瞧瞧好么？"朱复望了望那人不认识，便摇头答道："我家快要吃晚饭了，没工夫去瞧。"那人道："你家的晚饭还早呢。我刚从你家来，你妈要我带你去瞧把戏，并拿了一个饼给我，要我送给你吃。你且吃了这饼，再同我去瞧把戏吧。"边说边从怀中摸出一个酒杯大小的饼来，递给朱复。七八岁的小孩，哪有判断真假的识力？见有可吃的饼到手，自是张口便咬。谁知道饼一入喉，立时就迷失了本性，如痴如呆的，听凭那人摆布。

那人姓曹，名喜仔，素以拐贩人口为业的，在广东各府县做了无数的拐案，只因手段高妙，不曾破过案，凡拐带人口，全凭迷药。曹喜仔的迷药异常厉害，并有种种的方法，使人着迷。

这种人在江湖上，原也有个组织，虽同属拐贩人口的拐带，然他们内部里，却有种种极严厉的分别。第一是码头，水旱两路之外，还有府县的界线，一点儿不能差错，错了即成仇敌，一处码头有一个头目，这头目就谓之看码头的。他们所谓码头，和普通人所谓码头不同，普通人以舟车交通停泊的所在为码头，他们却以有团体组织的地方为码头。譬如这口岸没有这种拐带的团体组织，便不算是码头。无论何处的拐带，都可以在这口岸上坡下水，若原有组织的，就只限于本码头团体以内的人活动，别码头的人，决不能到这码头做事。就是在别处带了货，走这码头经过，也须有许多手续；次之便是施行拐骗的手腕，也有许多分别。同一用迷药，有用饼的，有用豆的，有用末药散在茶饭，与其他食物里面的。还有一种，名叫"捉飞天麻雀"的，也是迷药，不过那迷药的力量极大，只须沾少许在小孩的头上或颈上，即时就能使他迷失本性，和吃到肚里的迷药一般。又有用迷魂香的，各人所用的不同，便各有各的派别，各有各的党徒，丝毫不能错用。几种之中，以捉飞天麻雀的势力最大，云、贵、两广四省到处有他们的码头。用迷魂香的，只有湖南、四川两省最多，江浙一带多用豆。他们码头虽分得严，一些儿不能侵越仅限，只是看码头的人，彼此平日都有联络的，别码头的人不能到这码头办货，却能到这码头出货，不但能出货，且可得这码头同业的帮助。不过帮助得尽力与否，就得看这出货人的情面与手段，情面大手段高的，出脱固然比较的容易，便是一时不易出脱，而这码头的同业肯帮同安顿，不致漏风走水，也就比较的安全得多了。曹喜仔的手段高妙，即是能得许多出货码头的助力，至于施行拐带的手段，大概都是差不多的。

闲话少说。且说曹喜仔当时迷翻了朱复，抱起来就走。这日曹喜仔已拐了一个七岁的女孩，就在这夜连同朱复运往揭阳，这个七岁的女孩也是有些来历的人，将来也得成就一个女侠，且与朱复有连带的关系，不能不趁这当儿，将她的历史，宣述一番。这女孩姓胡，名舜华，她父亲胡惠霖，做珠宝生意发财，很积了几十万财产，有两个儿子，一个女儿。大儿子成雄，二儿子成保，都已长大，能继父业，终年往来各大通商口岸做买卖。胡舜华最幼，又生得极慧美，胡惠霖夫妇，真是爱如掌上明珠。若照胡舜华的身份，和所居的地位看来，任凭曹喜仔有通天彻地的手段，也不容易将她拐走。这大约也是她命中注定，将来要成就一个女侠，此时便不能不和朱复，同受这番磨难。

恰好这几日，胡舜华跟着她母亲，回到外婆家来。她外婆家姓林，在潮州城隍庙隔壁，开设林义泰靴帽店。胡舜华也是在家关闭久了的人，一到她外婆这种小商户人家，出入就比在家时简便多了。加以林家的小孩，平日在隔壁城隍庙里玩耍惯了，小孩会了伴，自然如雾合了烟，大人想无端禁止他们的行动，是办不到的。那城隍庙的香火本来很盛，做种种小买卖的，玩种种把戏的，庙中终日不断，都是投小孩所好的。林家的小孩便带着胡舜华，终日在庙里玩耍。拐带小孩的，把这种庙宇当他作活动的中心。

曹喜仔在这庙里遇见胡舜华，便认定是一件奇货，哄骗了几日，才将胡舜华骗离了林家小孩。当拐带的手脚何等敏捷，只要林家小孩一霎眼，就把胡舜华拐走了，胡舜华既被曹喜仔连朱复一同拐到了揭阳。曹喜仔原意要立时卖给大户人家，为奴为婢的，无奈一时觅不到好主顾，曹喜仔又不愿把这般上等货色，便宜出脱，就带领二人住在一个小客栈里。因为揭阳不是码头，没有同业的人帮助，其所以不将二人带到码头上去，就因曹喜仔将二人当做奇货，不肯给同业分肥的缘故。这也是曹喜仔的恶贯满盈，才有这般奢望。

曹喜仔到揭阳的第三日，这夜喝了不少的酒，带着朱复、胡舜华做一床睡了。睡到三更时候，贴邻忽然起了火，一霎时就烧过这边来。朱复、胡舜华从梦中惊醒，已是浓烟满室，火尾只向房中射来，吓得二人乱哭乱喊。幸亏隔壁住了一个做拷绸生意的人，货物已经出脱了，没有多少行李。听得隔壁有小孩哭喊的声音，知道是不能出来，望人去救的。

这时同栈的客人闻警，都各自抢了包裹逃走，只有这个做拷绸生意的人听了不忍，他的气力不小，一脚就踢破了房门，从烟火中将朱复、胡舜华抢出。曹喜仔平生作恶多端，理应葬身火窟，等他从醉梦中醒来时，床帐都已着火了。大醉之后的人，在烟飞火舞的当中，哪里找得出逃跑的路径？东冲西突，来回二三次，便倒地只有手足动弹的份儿，挣扎不起来了。凑巧那夜的北风很大，转眼之间，连烧了十多户，这家小客栈，简直烧得片瓦不存。曹喜仔烧成了一个黑炭，也没人认领，由地保用芦席包了掩埋，这便是曹喜仔当拐带的结果。

再说那个做拷绸生意的人，姓方名济盛，原籍香山县人，已有五十多岁。殷勤诚实的做了二十几年拷绸生意，也积聚了几千两银子的资产，他老婆、儿子、媳妇一家人很舒服的度日。方济盛少时也曾练过些时拳脚，所以五十多岁还很壮健，能从烟火中把两个小孩救出来。当下盘问朱复、胡舜华的姓名、籍贯，两个小孩都茫然不知所答，因为他们拐带用的迷药，甚是厉害，小孩的脑力不充足，被迷之后，两三个月不能回复原状。拐带就利用小孩的脑筋不清晰，可以任意处置。朱复、胡舜华被迷才得几日，如何能记忆自己的姓名籍贯呢？

方济盛盘问了一会儿，问不出个所以然来，寻觅小客栈的老板，在那纷乱的时候，也寻觅不着。方济盛是个很诚实的人，不肯把两个小孩，胡乱交给不相干的人，自己的货物已经出脱，寄居的地方又被火烧了，不能为两个小孩在揭阳再停留下去，只得带回香山，打算慢慢的问出两孩的履历来，再作计较。于是朱复、胡舜华，便相随到了香山。

方济盛的老婆、媳妇，见朱、胡二孩生得十分俊秀可爱，就只不大能说话，说时有些结巴。都以为是客栈里失火的时候，吓掉了魂，所以和呆子一样。七八岁的人了，连自己的姓名、籍贯，以及如何到小客栈里住着，同来被烧死的是什么人，都说不出。看面貌眉目，决不是蠢笨的人，逆料静养几个月，必能渐渐的聪明。因此方家一家人，都只觉得二孩可怜，绝不因他痴呆，便欺负他，不加意调护。方家揣拟是兄妹两个，随着父亲从什么地方来，或往什么地方去，家中必尚有亲人。方济盛打算将他们调养得回复了聪明之后，问明了履历，就送二孩归家。但是老天有意捉弄他们，所以福无双至，祸不单行。这两个可怜的小孩，被一阵大火烧得几乎送了性命，幸有方济盛打救，得以转祸为福，脱离了曹喜仔的毒手，又落到这般一个慈善的人家。若能照方家的打算，将来问了来历，各送回各的家庭，岂不朱、胡两家都很满意，都很感激方济盛吗？

谁知世间的事总不由人计算，朱、胡两孩在方家，才安然住了半月，这日忽来了两乘小轿，中坐一男一女，直到方家门口下轿。男的在前，女的在后，男的进门即高声问道："方济盛老板是这里么？"方济盛在里面听得，忙迎出来一面答应，一面看来的男子，年约四十多岁，衣服华美，气慨轩昂。立在男子旁边的女子，年纪也在四十左右，衣服首饰，也显得很豪富。虽上了几岁年纪，没有美人风态，然就现在的模样看去，可以断定她少时，必是个极有姿首的女子。男女二人的眉目间，都带着几分忧愁的意味。

男子向方济盛点点头问道："你就是方老板么？在揭阳某某客栈里住过的，是你么？"方济盛连连答是，让二人就坐，自己陪坐了。请问男子姓名，男子且不回答方济盛的问话，急急的说道："我的姓名来历，自然有得对你说的时候，只请你快把你在揭阳客栈里，搭救的两个小孩，带出来见见我，和他们的母亲见了面，我自对你详细说明。"

方济盛是个老在外面做生意的人，做事极是小心谨慎。当救得朱、胡二孩回家的时候，心里早打定了主意，非查察得确确实实，有凭有据，决不随便还给人家。当下听了男子的话，心里也并不疑惑，不过素行谨慎的人，总得多问几句才得放心。便随口向男子问道："先生怎生知道我在揭阳客栈里，搭救了两个小孩呢？"男子立时现出焦急不耐烦的样子答道："你搭救的是我的儿子、女儿，我们官宦之家失了儿子、女儿，就不追寻吗？休说还在广东，便是九洲外国的人救了去，我也得追寻回来呢。你这话才问得稀奇，我于今父子母女团圆的心，比火烧还急，承你的情搭救了，请你快教他们出来，我们见了面，自有重重的谢你。"

女子两眼流泪，帮声说道："你是我们儿女的救命恩人，就是我们的救命恩人。可怜我夫妇都差不多半百年纪的人，膝下就只这一儿一女，这回若不是恩人搭救……"说到这里，以下呜咽得不能成声了。男子立起身来催促道："快去带他们出来吧。"

方济盛本来没有疑心，因见二人这么急切，倒觉得有些可疑了，便不肯不问个明白，就带小孩出来。尽管女子哭泣，男子催促，只是从容不迫的说道："请坐下来谈。二位既到了舍间，还愁见不着面吗？二位这回从哪里来的，少爷小姐有多大的岁数了，怎生会到那小客栈里去住的？同住的是……"'谁'字还不曾说出口，男子已急得跳起来，狠狠的指着方济盛，厉声说道："你好毒的心肝！你可知道人家骨肉分离，是不是极悲痛的事，还有心和你闲谈吗？"

女子连忙止住男子道："你也不要心急，这实不能怪他。我们要见儿女的心切是不错，不过他是搭救我们儿女的人，不问个明白，怎能放心呢？你何妨且把话和他说明了，再教他带秋官、桂香来见面呢？难道承他的好意搭救了，他会把我们的儿女隐藏起来吗？"方济盛笑道："对呀！"男子仍是气愤愤的坐下来，望着女子说道："你去和他说吧。我心里简直刀割也似的痛，什么话也没精神说了。"

女子即拿手帕揩干了眼泪，勉强赔着笑脸，对方济盛说道："你老人家不要见怪，外子从来性急，又是中年过后，才得这一儿一女。儿子因是甲子年八月生的，取名秋官。女儿是乙丑年八月生的，生的时候，外子恰在场屋里，因取吉利的意思，名作桂香。今年一个八岁，一个七岁了，这一对儿女，不但我夫妇钟爱，就是他姨母、姨父，也钟爱得了不得。前月他姨母生日，我自己病了，不能去庆寿，就打发这对儿女，派人送去，在他姨母家住了几日，姨父亲自送他们回家来。他姨父是生性鄙吝的人，要落在那小客栈里歇宿，想不到出了这大的乱子。可怜他姨父竟活活的烧死了，连尸身都无处寻觅。我夫妇因等了几日，不见儿子回来，正要派人去姨母家迎接，姨母也正因不见姨父回来，派人到舍间来问。我夫妇一听已经送回来了的话，就料知事情不好，从姨母家到舍间，只有半日旱路。照例是这日动身，到揭阳寄宿一宵，次日早搭船，午饭后便到了舍间。我们起初还以为是坏了船，及至打听近半月以来，这条河里不曾坏过一条船，就疑心在揭阳出了乱子。我夫妇遂亲到揭阳，好容易才打听出来，因为那夜被烧死了的姨父，仅剩了一团黑炭，认不出面目来，小客栈里又不知道客人姓名，为的簿据都已烧了。幸亏找着了两个那夜同住那客栈的人，他说曾亲眼看见做拷绸生意的方济盛老板，搭救了两个小孩，但不知安顿在什么地方。我夫妇得了这个消息，心里略放宽了些。仔细问那两个客人，那夜亲眼见的小孩是怎生模样？客人说出来的情形很对。我们就知道承方老板搭救的，必是小儿秋官小女桂香无疑了。所以兼程赶到府上来。我夫妇自从得到不见了小儿女的消息起，到今日已半个多月，白天没安然吃一顿饭，夜间没安然睡过一觉，整日整夜的拿眼泪洗脸。外子生来性急，更是不堪，已几次要寻短见了，望老板不要见怪他言语冲撞，实在是情急，口不择言。”

方济盛见女子口若悬河，说得源源本本，有根有蒂，不由得不信以为实。慌忙立起身来，反向那男子拱手赔笑道：“先生也休得见怪，我便去叫令郎、令嫒出来。”男子这才现出笑容，也起身拱手说劳驾。方济盛走到里面，对朱复、胡舜华笑道：“你们的爹妈都来了，快随我去见。”两个孩子听了，似懂非懂的，也不说什么，只笑嘻嘻的都牵住方济盛的衣，一同到外面来。那男子见面，几步跑上前，抢着朱复抱了。一面偎着脸哭，一面心肝呀、儿呀的乱叫。女子也将胡舜华紧紧的搂抱了，和男子一般的伤心哭喊。朱复、胡舜华也都“哇”的一声，号啕大哭起来。一时惨哭之声，震动屋瓦。

方济盛的心很慈善，闻了这哭声，见了这惨状，鼻子酸得难过，两眼内的无名痛泪禁不注夺眶而出。及至仔细看四人哭做一团的情形，不觉心中又发生疑惑。原来两小孩虽放声号哭，却不是至亲骨肉，久别重逢中心伤感的哭泣，竟和见了面生的人，害怕得哭起来的一般，旋抬起头号哭，旋极力的用手撑拒。就是那一男一女，虽哭得泪流满面，也有几点可疑之处。

不知方济盛觉得怎么可疑，且俟下回再写。

冰庐主人评曰：

拐匪离人骨肉，甚至戕害儿童性命，为人类之蟊贼。曹喜仔葬身火窟，可谓天网恢恢，疏而不漏！

方济盛家突如其来之一男一女，男子举动殊有可疑；女子一席话，委婉曲折，绝无破绽，非善词令者不办！然朱、胡二人复入厄运中矣。

第二十二回

香山城夫妻行巧骗　村学究神课得先机

话说方济盛见那一男一女，抱着两孩悲哭的情形，很觉有些可疑。两小孩一面抬起头哭，一面用手极力撑拒，完全是平常小孩，不肯给面生人抱的样子。小孩撑拒得越厉害，那一男一女便抱持得越紧，并都用背朝着方济盛，似乎怕人看出破绽来。方济盛暗想这事蹊跷，虽说这两个小孩，有些痰迷心窍的样子，然亲生父母不比他人，哪有这般不相认的道理？便是这一男一女的哭声，也像是假装的。这其间恐有别情，我既觉得形迹可疑，这两个孩子，就万不可随便给他带走。

方济盛正待教二人坐下谈谈，那男子已揩着眼泪向女子说道："什么缘故？秋官、桂香竟不认识你我了。莫不是在揭阳吓掉了魂么？可怜，可怜！"女子硬着嗓音答道："我也正是这般思想。啊唷！我的儿呀，你就不认得你的亲娘了吗？"男子连连的用嘴亲着朱复的脸道："我的心肝宝贝呀，你连你老子都不认得了吗？"随抬头对方济盛道："承老板的情，救了小儿小女的性命，我夫妻不是没人心的人，总有报答老板的时候。小儿女多半是在揭阳吓掉了魂，本来是一对活跳跳的聪明小孩，想不到竟变成这个模样，连自己的亲生父母，见面都不认识了。只好带回家去，请医生诊治，慢慢的调养，等到精神复了原，我夫妇再带来叩谢老板，那时再重重的酬谢。这里略备一点儿薄敬，聊表我夫妇感激的意思，望老板不嫌轻微，赏脸笑纳了。"旋说旋从怀中摸出一个红纸包儿来，很像有些分两似的，约莫包中至少也有二三十两银子，走过来递给方济盛。

方济盛见二人这么说法，不由得就把疑惑的心思退了，因自己也很相信两小孩，是在揭阳吓掉了魂。自来方家十多日，总是如呆如痴的，说话既齿音不清，复没有次序，这时不认得亲生父母，也是意中事。不能说因小孩不认，便不给二人带去。不过自己是个有些儿积蓄的人，这种事是不肯受人钱财酬谢的。遂对那男子拱手笑道："快不要如此客气，舍下托先生的福，还不愁穿吃，这岂是受人财礼的事？我只望令郎、令嫒得骨肉团圆，便于愿已足了。"那男子道："这如何使得？小儿女在这里打扰了这么久，就专讲伙食，老板收受了这点儿薄意，也不为过。不要推辞了吧，我这时急着要延医生，替小儿女诊治。"女子也帮着劝方济盛收受。

方济盛究竟是个做生意的人，虽为人诚朴，不受横财，但是不义之财就不要。像这样搭救了人家儿女，又带到家中住了这么久，便收受人家些酬报，问心也没有什么过不去。当下见二人殷勤劝说，就伸手接过来收了。女子抱着胡舜华往外便走，男子向方济盛又道了声谢，也要跟定女子走。方济盛才想起还不曾问明二人的姓名住处，即赶上前道："先生的尊姓大名，贵处哪里，尚不曾请问得？"男子连连哦了两声道："我也忘了，我姓赵，名敬亭。到潮安城里问赵敬亭，少有不知道的。"说着，匆匆的上轿。

方济盛眼看着抬起走了，回身打开纸包来看，果是三十两散碎银子，自觉取不伤廉，取之无愧，高高兴兴的收藏起来。以为搭救的两个孩子，真是骨肉团圆了，自后也就没把这事放在心上了。只是在当时的方济盛，听了赵敬亭一方面的话，又自己相信朱复、胡舜华是吓掉了魂的人，自然不知道其中有诈。而立于旁观地位的看官们，此时当已明明白白是一个骗局了。不过骗局自然是骗局，赵敬亭却不是和曹喜仔一般的拐带，是一个比拐带还凶恶十倍的教书先生。教书先生为什么比拐带还凶恶十倍呢？这其中又牵扯了一段骇人听闻的故事，且待在下从头交代出来。

这赵敬亭并不是这人的真名实字，这人姓万，名清和。他本是个读书人，相传二十多岁的时候，误入茅山，茅山末底祖师见了他，说他有些根气，收他做了徒弟，传了他许多法术。后因他犯了末底祖师的戒，被驱下山。他原籍是顺德人，茅山被驱后，仍回顺德。他的父母，早已死过了，只有一个妻子王氏，并无儿女。因万家素无产业，万清和便在顺德乡村中，招集些乡下蒙童教学，夫妻两口也还可以勉强度日。地方人有知道他曾在茅山学法的，每遇有疑难的病症，多来请他画符画水诊治，遇有疑难不得解决的事情，以及被窃了财物，也多来请他占卦指教，都有十分灵验，却并不向人索钱。一乡人对于万清和的感情，甚为融洽，恭送他一个绰号，叫“赛管辂”。

这日万清和早起，自己占了一卦，很高兴的对妻子王氏说道：“今夜有上客自西方来，于我的命宫有利，须准备些酒食，等候他们。”王氏是一个极能干的人，相信丈夫的神课最灵，依话备办了些酒食。夫妻二人，入夜便坐着等候，直坐到三更以后，忽然大雨倾盆而下。王氏笑向万清和道：“你这回的课，只怕是不曾诚心，没了灵验。”万清和道：“你何以见得不灵呢？”王氏道：“于今已到这时分了，又下这么大的雨，还有谁到我们家来咧？”

万清和正要回答，猛听得有人敲着大门响。万清和一面起身答应，一面向王氏笑道：“何如呢？不是那话儿来了吗？”说着，连忙出来开门。只见门外立了一大堆的人，约莫也有十多个。驮包裹的、挑担的、二人共扛的，都被雨淋得落汤鸡一般。立在靠大门近些的一个汉子，对万清和说道：“我们是有急事要赶路的，因雨太大，不曾带得雨具，想暂借尊府躲避些时，住雨就走，求先生方便方便。”万清和笑道：“只要不嫌舍间仄小，请进来坐就是。”一行人遂蜂拥进来。王氏早将座位安排好了，并搬出许多柴草来，烧火给大家烘衣。

众人烘干了衣，万清和夫妇将准备的酒食搬出来，众人见了都欢喜，说正用得着。唯有最初和万清和说话的那汉子，不住的用眼睛向万清和打量，万清和只作没看见，提着壶只顾劝众人饮酒。那汉子托地立起身来，扬手指住同伙道：“这酒且慢喝，得问一个明白。”随望着万清和道：“先生怎知道我们会来这里避雨，一切都安排好了等候？先生不把这话说明，我们却不敢领情。”万清和见汉子说话的语意很和缓，声色却甚是严厉，已知道他说这话的意思，是恐怕误遭毒手。即不慌不忙的笑答道：“你们到我这里避雨，也不打听打听我是什么人吗？”那汉子立时变了颜色，说道：“你是什么人？我们不过是顺路借这里避雨，半夜三更去哪里打听？只是不问你是什么人，我们也不怕。”

众人听了那汉子的话，都跳起身，准备厮杀的样子。万清和哈哈笑道：

“诸位放心坐下来饮酒吧。我是有名的赛管辂，虽不敢说知道过去未来，眼面前事，谁也瞒不过我万清和。我今早占了一课，就知道今夜有上客降临，并知道你们是从西方来的，所以准备了些酒食等候。你们不用疑虑，我若有恶意，也不是这么做作了。”

那汉子这才几步走到万清和跟前，一揖到地笑道：“原来先生就是赛管辂万清和吗？我久闻先生道法高深，只恨无缘拜见，想不到今夜在这里遇着。亏了这场大雨，真可算得良缘天赐。”万清和看这汉子，虽是短衣窄袖，和众人一般的麻鞋套足，青绢裹头，却另有一种英爽之气，举动谈吐，都不似寻常人。当下便也回了一揖，说道：“不敢，不敢！我还不曾请教老兄的贵姓大名？”

原来这汉子，便是广东有名的大盗李有顺。练就了一身高去高来的本领，会射一十八支连珠袖箭，能使一十八个人同时受伤倒地，上山下岭，更是矫捷如飞，同伙中都称他为“爬山虎”，江湖上就呼他为“李飞虎”。那时两广的妇人、孺子，闻了李飞虎的名，都没有不害怕的。官厅悬了上万的花红捉拿他，哪里能望见他的影子？万清和神课的声名，知道的本也不少，李有顺这时见了面，并不隐瞒，即将真姓名说了。万清和见是李有顺，也就喜出望外。当下大家开怀畅饮。

酒至半酣，李有顺笑问万清和道：“先生的神课果是名不虚传，可否请先生替我们占一课，我们打算明夜去东南方做番生意，看去得去不得？”万清和旋点着头，旋捏指算了一算，慌忙的说道：“东南方万分去不得，去了必有性命之忧，不是当耍的。”李有顺听了，吃惊问道：“不去东南方，就不妨事么？”万清和道：“不去东南方，自然无事，还是西北方最利。”李有顺道：“谢先生的指教。我看先生这般大才学，实在不应该居这般萧条的家境，我很有些替先生不平。我是个一点儿才学没有的人，就凭着这一副身手，在两广地面横行了十年，恩怨分明，无不如愿。我看人生如一场春梦，迟早都有个归结的时候，乐得在生快活快活，何必刻苦过先生这般清凉日月。先生若不嫌局面狭小，我们愿奉先生为大哥，一切听先生的号令，不知尊意如何？”万清和道：“老兄的好意，我很感激。不过我觉得老兄们这种生活，毕竟是苦多乐少，一旦筋力衰颓，便要受制于人了。”

李有顺不待万清和说完，即仰天大笑道：“先生真是计深虑远。我说为人在世，都是做一日和尚撞一日钟，在什么时候，说什么时候的话。只要壮年时候努努力，还愁筋力衰颓了，没得享受吗？”万清和连连摇头道：“我的话，不是这般说法。我是说你们这种做法，太劳苦，又太风险，为人能拼着劳苦，何时何地不能换得些享受？何况担着无穷的风险，更可算是拼着性命，去求享受。人果能拼性命来换些享受，又岂愁没得享受吗，何必要做这世人都不欢喜的强盗呢？所以我并不是不愿意做强盗，只不愿意像你们这般做法。”

李有顺道：“我原说了，一切听先生的号令。先生既不愿意像我们这般做法，何不把先生的做法说出来，教我们兄弟大家遵守呢？我们何尝不觉得现在的做法，又劳苦、又风险。只是从来当强盗的，除了我们现在这种做法而外，不曾留下又安适又稳妥的做法来，我们因此不能不是这么笨拙的做着。先生真个有又安逸又稳妥的法子，休说我们兄弟愿听先生的号令，少打算点儿，我可包管两广的绿林中兄弟们，没一个不愿听先生号令的。”

万清和嬉笑着问道：“你果能包管两广的绿林中兄弟，都听我的号令么？”李有顺拍着胸脯道：“尽管唯我是问。不过先生须把那好法子说出来，我才能号召得动。”万清和点头道：“你明晚独自到我这里来，我慢慢说给你听，你只牢牢记着东南方去不得。此刻天色已快要亮了，我这里地方太小，天亮后学生一来，看了你们，多有不便。”随起身向众人拱手道：“自家人不客套，雨已不下了，我不留你们久坐误事。”大家都起身道谢。李有顺拣了一个包裹，双手捧给万清和道：“我们兄弟一点儿薄意，先生不嫌不干净，就赏脸收下来。”万清和毫不推辞的接了，李有顺率领着一行大盗，出了万清和家，趁着天光未亮，急急的赶回巢穴。

他的巢穴，在顺德东南一座丛山之中，山中有几十户人家，尽是李有顺的部下。平时各人有各人的职业，和普通乡村中农民一般的生活，由李有顺派人往四处踩盘子，打听确实了，有动手的价值，才临时发出召集的命令。李有顺或亲自率领，或不亲自率领，由踩盘子的伙计引导去动手。抢劫后归来摊派赃物，也是由李有顺主持，众人不敢说半个不字。像这样的巢穴，李有顺共统辖了十多处，只是这十多处巢穴，并不是由李有顺组织而成的，也不是和李有顺有关系的人组织的。

当李有顺未成名之前，各处原是现成的巢穴，原是不断的打家劫舍，不过首领不是李有顺罢了。他们各处的首领，都是大家承认，共同推举出来的，不必是本团体的人，只要是声名大，本领高的同类，都有被推举为首领的资格。首领所享的权利，第一是分赃，分赃以外的事，首领固有相当的权限，然不必有首领在跟前，也一般的可以有举动。但得了采，就非等公推的首领来，无论什么人不能处分，有人勉强处分了，大家也不服。若是公推首领摊分的，哪怕十分不均匀，也绝对没人敢争多论少。只是当首领的，总得保持这公正人的资格，必按照各人出力的多少，仔细摊派。李有顺就是因为分赃公道，所以十多个村寨，都奉他为首领。

这番李有顺率领众盗，回到顺德东南方这个巢穴，还不曾将赃物摊派，猛听得山背后一声炮响，接连一阵喊杀的声音，震得满山响应。原来是官军来围剿这山中强盗，凑巧这时候才到。李有顺等刚得了采回来，丝毫没有准备，一闻炮声，都吓慌了手脚，争先恐后的往山下逃跑。李有顺料知不能抵敌，忙教众人不要分散逃走，须聚做一块，到山顶上看那方官军稀薄，即合力向那方冲下去。众人因是事前毫没有准备，一知道有官军围山，便一个个如脚底下揩了油的一般，等到李有顺发出号令来，早已逃散十之七八了。在李有顺左右的，不过三四人，并都是没多大本领的。李有顺流泪跺脚道：“天数难逃，我们众兄弟合当有这大劫，赛管辂万先生分明说了，东南方去不得。我们以为只是不能去东南方做生意，谁知我们正住在东南方，回来就遇了这场大祸，偏偏众兄弟不待我的号令，各人先自逃了。于今只剩了我们这几个人，想要冲下山去逃性命，就得有神明保佑，便是已经逃了的各位兄弟，也不见得能冲出重围。为今之计，我们唯有各自努力，各安天命。我凭着这身本领，在前拼命杀开一条血路，你们有力量跟上来，是你们命不该绝。万一你们的气力赶不上，我就劝你们值价点儿，横竖十八年后，我们又是一条好汉。”说罢，一声大吼，手舞单刀，往山下撞将去。

三人也各舞手中兵器，如冲发了四条大虫，一会儿便进了官军队里。李有顺那把单刀，真是使得超神入化，一霎时，官军队里，被杀了二三十个人，只好纷纷的往左右闪避。李有顺冲出了重围，回头看后面三人时，一个也不曾跟上。原来李有顺的步下太快，有名的爬山虎，三人如何能跟踪得上呢？李有顺这时也就没有回身杀进去，救那三个兄弟出来的勇气了，恐怕官军追来，急急的逃到别一处村寨躲了。

夜间仍到万清和家来，一见万清和的面，就忍不住流泪说道："悔不听先生的神课，昨夜在这里打扰的兄弟们，只怕一个也没了性命。"接着将归寨来没一会儿，就被官军围山攻剿，众兄弟如何散逃，自己如何拼命冲出的话，说了一遍。万清和听了，神色自若的笑答道："数皆前定，岂是一人之力所能挽救，你又何用悲哀呢？"

李有顺心想这人本领虽高，却是没有仁爱之心，他昨夜明知道我众兄弟，有这场大祸，也不向我们说明一声，仅说东南方上去不得。我那时是问去东南方做生意利与不利，并不是问村寨归得归不得，教我们怎生想得到不去东南方做生意，也有性命之忧呢？于今他听得我众兄弟都送了性命，连叹息都没一声，可见得这人的心，比我们做强盗的心还要狠了。但是当时李有顺只得含泪答道："先生的话是不错，不过我和众兄弟出生入死多年，情同骨肉。今一旦眼见他们都死于非命，仅剩下我一个人，心里虽想不悲哀，却如何做得到啊？"说着，两眼又扑簌簌的掉下泪来。

万清和才悠然长叹了一声道："这本是可伤的事，不怪你止不住悲痛。"李有顺一闻万清和的叹息声，更哽咽的哭出声来了。万清和忽"咗"了声说道："你且不要哭。我有句话问你，你那些兄弟，都是如何把性命送掉的？"李有顺拭干眼泪，说道："我不是曾说了，众兄弟因为事前没有准备，临时各自偷逃的话吗？山上的官军，围裹得铁桶也似的紧密，众兄弟多没有大能为，若能大家聚在一块，齐心合力的冲出来，或者还有一半可以逃出。既是一个一个的单逃，除了我有谁逃得出？因此我逆料一个也没有了。"万清和笑道："命里该死的，就聚在一块，也不难死在一块；命里不该死的，一个人也能逃出来，你不就是一个人逃出来的吗？"

李有顺听了这话，心里又是好笑，又是好气，呆呆的望了万清和一会儿，说道："众兄弟实在不能比我。我这一点点本领，虽算不了什么，然百十名官军，休想将我困住。众兄弟中，能赶得上我三五成的也没有，如何能拿我一个人逃出来的事，和他们比譬呢？"万清和笑道："照你这样说来，有本领的人，简直在许多该死的人当中，也不该死了。就是命里该死，有本领也不会死了么？"这两句话，说得李有顺没得回答，半晌才说道："那么我就是命不该死了。"万清和点头道："你的命是不该死，便是你众兄弟的命，尤不该死；若是该死的，我昨夜也说明了。"

李有顺道："众兄弟既是命不该死，为什么又都死了呢？这话就教我更不明白了。"万清和仍是笑道："你要明白很容易。"说时，随掉头向里面连喂了几声道："你们还不出来，更待何时？"李有顺是个十分机警的人，见了万清和这情形，心里猛然疑惑有人暗算，惊得跳了起来。

不知万清和喂呀喂的，叫出些什么人来，且待第下回再写。

冰庐主人评曰：

万清和以神课灵应，煽惑人心，结合李有顺图谋不轨，与施耐庵写吴学究议取生辰纲一段颇相合。唯吴用只待智计，而万清和兼有道法，合智多星、入云龙而一之，宜乎阴险奸狠，较吴学究为尤甚也。

第二十三回

炼飞刀惨掳童男女　忧嗣续力救小夫妻

话说李有顺见万清和向里面高声说："你们还不出来，更待何时？"顿时疑心有人暗算，慌忙跳起来，退后了几步，随即朝里面一看，只见拥出一大群人来。仔细看时，原来不是别人，就是官军围剿散逃下山的众兄弟，共有二三十个人。连与自己同路下山，不曾赶上，以为被官军所害的三个人，都在其内，不由得把李有顺怔住了。

众兄弟抢上前，争着问李大哥怎么才来？害得我们好生盼望。李有顺定了定神，答道："我在这里做梦么，你们怎的倒都先到了这里？实在教我不得明白。"众人指着万清和道："我们若不是有先生相救，早已都做了刀头之鬼呢。我们到这里大半日了，就只不见大哥，正急得什么似的，几番公请先生前去搭救，先生说是昨夜与大哥约了，今夜到这里来的。并说大哥是个有信义的人，决不会失约。"

李有顺几步抢到万清和面前，指着自己的膝盖说道："我这膝除拜师外，不曾向人屈过。此时不由我不向先生磕头。"说着，又膝跪了下去，捣蒜也似的磕头说道："一则替众兄弟叩谢救命之恩，二则拜先生为大哥，以后我等不拘什么事，都得听大哥的号令。"万清和连忙将李有顺扶起，众兄弟听了李有顺的话，也齐向万清和叩头。大家纷乱了好一会儿才定。

万清和复搬出酒菜来大家吃喝，李有顺终不明白，万清和怎生救出众兄弟的。向万清和细问当时搭救的情形，万清和笑道："那一点点官军，在我眼睛里看了，直是一群蝼蚁相似，只须略施小技，教他们向东，他们便不能向西；教他们死，他们便不能活，搭救几个人的性命，算得什么？”

众兄弟道：“我们虽承万大哥救了性命，只是我等心里至今还不明白，我们在山上的时候，分明看见无数的官军把住山口。我们的腿都吓软了，原打算逃回头，不敢下山的。不知怎的，忽然一阵大风过去，只听得满山喊杀，却不见一个官军？我们以为，官军是从山背后上来的，此时转到山前去了，我们正好趁这时向山后逃走，于是都跑到后山，果然一个官军没有。但是喊杀的声音，又好像就在我们跟前，并不是前山喊杀的声，后山能听得着。我们当时只要能避开官军的眼，哪里还敢停留观看呢？一路头也不回的逃出后山，陆续等齐了伴，万大哥就来了，说李大哥已逃出来了。何以我们起初看见那么多的官军，后来一个也不见了？从来官军围攻山寨，没有留出一方不围的，并且我们都听得喊杀的声音，就在身边，何以连一个人影子也不看见呢？”

跟着李有顺冲下山的那三人抢着说道：“你们是这样就不得明白吗？我们三个人才真正不得明白咧。我们跟着李大哥，因见你们都各顾各的走了，官军又一步一步的围攻上来，急得没法子，只好拼着这条命不要。李大哥在前，我们三人紧跟在后，直朝着官军阵里冲杀下去。李大哥的脚步你们是知道的，我三人如何能赶得上？越赶越相离得远。我们才到半山，已远远的看见李大哥，冲进官军队中去了。官军好似波浪一般，时而分开，时而合拢。末了官军齐向两边飞跑，一霎时就不知跑向哪里去了，眼前也是不见一个官军。我们心想，这时还不逃下去，再等什么时候？我们就此安然跑下山来，什么人都没遇见一个。只看见山脚下有些红豆子，和纸剪的人马，料想是住在山脚下的小孩，在官军未来之前，在那地方玩耍留下来的。这不是更奇怪吗？”

李有顺跳起来说道：“照你们这般说来，这番的官军，岂不是专为剿一个人来的吗？万大哥既能显神通，救出一干兄弟，何不并我一同搭救出来，定要害得我受急担累，险些儿把性命丢在官军队里呢？”万清和笑道：“你也要我搭救，却要本领做什么呢？你若是没本领冲出来，我自然一般的救你。”

李有顺和众强盗因这回事，都心悦诚服的拥戴万清和为大哥。各处山寨村寨的强徒，得了这个消息，也都争着前来依附，声势一日大似一日了。

万清和自己并不出外打劫，仍是教着一些学童读书，夜间就吩咐某部分人，去某方多少里地方去劫掠。凡是经万清和吩咐的，打劫无不顺利。后来万清和的名声，比李有顺还大得多了。官厅一次一次的增加悬赏，由三千加到三万，他才不敢再如前从容教读了，占领了一座形势险恶的山寨，聚集了七八百强徒，官军几番进剿，都打了败仗，竟是奈何他们不得。两广的绿林，数百年来，总是遍地皆是。做县官的，只要不抢到县衙里来，多是开一只眼，闭一只眼，不能根究，也不敢根究。

万清和一日对李有顺道："我要炼一件东西，炼成了，不但可以永远保这山寨，不致被官军击破，我的道术，从此也要高超几倍。不过那东西很不容易炼成，最重要的，是要两个有根基的童男女，取了血来祭奠。你可传知众兄弟，从此出外，大家留神，若遇了相貌生得清秀，两眼神光满足的童男童女，或买或掳，务必多弄几个上山来，我好挑选了应用。"李有顺答应了，随即通知了七八名强徒。

万清和这个号令传出来不打紧，只可怜那附近数十里以内人家的小儿女，几日之间，也不知被掳去了多少。但是掳抢上山的童男童女，万清和一一看了，说没一个有根基的，通用不着，仍打发下山去吧。众强徒谁肯麻烦，送回各人家去，带在自己跟前听小差的也有，暂时充小丫头，预备将就做压寨夫人的也有。相貌生得太丑，性质太鲁钝的，不肯留在山中，耗费了粮食，就提起来往巉岩峻削的山坑里掼下去，掼成一团肉饼，去喂豺狼野兽。万清和见掳来的童男女概不中用，知道自己兄弟们的眼光，看不出有根基与没根基来。

他要炼的东西，据说就是妖魔左道所用的"阴阳童子剑"。那剑并不是钢铁铸成的，系用桃木削成剑形。炼的时候，每日子午二时，蘸着童男女的血，在剑上画符一道，咒噀一番。经过百日之后，功行圆满，这木剑便能随心所欲，飞行杀人于数十里之外，比剑侠所练的剑，效力更大。不过所用的童男女必须有根基，有夙慧的，练成之后，方能随心所欲。童男女笨滞不灵敏的，将来练成的剑，也笨滞不灵敏。这种说法，本是无稽之谈，只因全部《奇侠传》中，比这样更无稽的很多，这里也就不能因他无稽不写了。

万清和既是要炼这种剑，便不能不亲自下山，物色合用的童男女。他当下山的时候，占了一课，课中所指，在香山一带，但是课中很透着几分凶相。他心想我有这么高的道术，官厅莫说悬三万银子的赏格，无奈我何，就是悬到三十万，也没人能把我拿住。并不是世间没有道术比我高强的人，道术比我高强的人，与我无冤无仇，必不肯平白和我为难，去贪图官厅的赏银。只要我自己处处谨慎些，行事不冒昧，自能逢凶化吉，遇难成祥。

万清和已决心下山，将山中事务，交李有顺经管，独自化装往香山来。在街头巷尾行走了几日，所见的童男女委实不少，哪有一个用得着的呢？暗想是这么物色，便在香山城里行走一辈子，也看不出一个中用的小孩来。人家伶俐可爱的儿女，如何肯放出来在街上玩耍咧？必得设法进入家屋里去才行。暗自思索了一会儿道："有了。我何不将香山县所有算命的人，都邀了来，看他们近来所算童男女的命，有根基极好的没有？如有，看在谁家。若还不曾算过，就托他们留神。他们算命的人，好八字一落耳，便永远不会忘记。童男女根基稳固的八字，更是他们取钱的好门路，决不肯轻易放过去的。我身边有的是钱，能多给他们几文，还愁他们不替我尽力吗？"主意想定，即实行照办起来。

一个斗大的香山城，本地的，外路的，总共不过几十个算命的人，有钱岂不容易召集？万清和把几十个算命的，都召集在一处，先说了几句江湖中客气话，才说道："兄弟无事不敢劳动诸位的大驾，只因兄弟平生只有一儿一女，看待得稍微宝贝点儿，病痛就异常之多，到处寻找名医诊视，银钱也不知花掉了多少，仍是丝毫不见效验。日前内人得一奇梦，梦见神人指示，须找一对根基极好的童男女，和小儿女结拜为兄弟姊妹，自然易长成人。内人在梦中问神人，何处有根基极好的童男女？神人指示在香山县。因此，兄弟特地到这里来，寻觅了好几日，无奈寻觅不着。因想到诸位在这里算命，人家小儿女出世，无论根基如何，总得请诸位算算八字。根基好坏，自逃不过诸位的计算。望诸位静心记忆一番，真有根基稳固的童男女八字，纵然相隔三五年，必尚能记忆得出。看在什么地方，什么人家？果能详细告知兄弟，一个八字，兄弟可赠二十两花银。记忆不出的，每位也奉赠一两。"

几十个算命的，听了万清和的话，都觉得这事是很新鲜。谁不爱银子，一个个都偏着头冥思苦索。有思索出来的，将八字报给万清和听，万清和听了，只用指头轮算一番，便摇头说："这八字，仅有六分根基，或七八分根基。"接连算了十来个，连一个有九分根基的都没有。

最后一个光眼瞎子说道："我就在前日，揣骨相了一对童男女，我当时觉得很奇怪。这里某条街上，有个做拷绸生意的方济盛，前几日从揭阳回来，带回一对童男女，说是在揭阳客栈里遇了火烛，把带领两个小孩的大人烧死了。方济盛听得小孩喊救的声音，拼命上前救了出来，在揭阳没人认领，只好带回家来。小孩有了八九岁，面貌都生得十分清秀，衣服也像富贵人家的，只是都和失了魂的一般，问他们的话，不大晓得答应。终日痴不痴，呆不呆的，说话结里结巴，方济盛也没问出他们的姓名籍贯来。方济盛的儿媳妇，是我邻居的女儿，曾请我揣骨一饮。我断定她的话，都灵验了，很相信我的相法。前日特找了我去，要我给两个孩子揣揣。说这两个孩子可怜，也不知是因失火吓成了这个样子呢，还是因不见了父母，急成这个样子？相金是没有的，倒要相得仔细些才好，看将来有骨肉团圆的日子没有？

"我那时左右闲着无事，又因是熟人，就给两个孩子揣相了一番。真是奇怪，那一对童男女的骨相，若不是神仙转劫，就必是精灵化身，寻常小儿女，决没有这般骨相。我当时就说：'可惜这两个孩子没父母在跟前，不然，这样的骨相，我取二十两银子一个，任凭谁说也不算多。'方济盛的儿媳妇笑道：'你们走江湖的，照例欢喜瞎恭维人，好问人要钱。你这瞎子，今日算是白恭维了，若真有这么好的骨相，何至落到于今这步田地？'我此时也懒得和他们女人家争论，就出来了。我此刻想起来，还是可以写包承字，包管这一个男孩子，将来必成大器；这一个女孩子，将来必做一品夫人，不过八个什么字，就不得而知。"

万清和听了，心中很是高兴，口里却说："没有八字，不见得靠得住。"于是每人送了一两银子，打发一般算命的去后，又虔心占了一课。课文极佳，但是爻中仍透几分凶相，遂不敢孟浪从事。在方家左右邻居打听了几日，把朱复、胡舜华二人到方家后的情形，打听得明明白白。原打算使邪术将二人摄取出来，因见两次课中都透着几分凶相，恐怕做不稳当，才想出前回书中假装父母的方法来。逆料方济盛既不知道两孩的来历，两孩又失了魂，要骗出来很容易。不过这事不能不有女人同做，因急急的回到山寨，教王氏一同来香山，实行骗术。果然马到成功，竟将朱复、胡舜华骗到了山寨中。

万清和看了朱复、胡舜华，心中好生快活。以为有了这样一对好根基的童男女，阴阳童子剑就不愁炼不成功了。带入山寨后，仔细观察二人痴呆的情形，不像是吓掉了魂的，也不像是急成的，更不是生成的。研究了好几日，才研究是受了迷药。既知道是受了迷药，就容易解救了，不费多少气力，便将二人所受迷药的毒性，完全解除了。二人的性灵既复，都向万清和哭着要父母。万清和哪里肯作理会，忙着安坛设祭，沐浴熏香，把朱复、胡舜华也洗刷干净，选择了庚申日开坛祭炼，刺血书符。可怜两个浑浑噩噩的小孩，哪里知道杀身之祸就在眉睫。因王氏还欢喜二人生得伶俐，拿了零星食物给二人吃，二人就在王氏跟前亲热。

王氏的年纪已四十开外了，膝下一无儿，二无女。大凡年纪到了三十以上的妇人，没有不想望儿女的。朱、胡二人既生得极可人意，满山都是穷凶极恶的强盗，小孩见了就害怕。王氏是个女人，又是从香山把二人带回的，二人自然最喜亲热王氏。王氏的心思不由得渐渐的更变了，想抚育作自己的儿女，舍不得给丈夫杀血炼剑了。却又有些虑及朱、胡二人，已有了这么大的岁数，知道不是他们的亲生母，或者养到成人，他自落叶归根，悄悄逃去，寻觅他们自己的亲生父母，那就自己白费了一番心血。而丈夫最要紧的阴阳童子剑，又不曾炼成，那时就后悔也来不及了。

妇人心里总比男子阴柔，没有决断。王氏虽想到了这层，只是仍有些不舍，想故意探听二人的口气试试，便将二人领到跟前，先问朱复道：“你的亲生父母，早已死过了，你知道么？”朱复流着眼泪，半晌摇头道：“不知道。”王氏道：“你知道这里是什么地方么？”朱复也摇头说不知道。王氏道：“你读过书么，认识字么，知道强盗是什么东西么？”朱复点头道：“已读过了三年书，字都认识，知道强盗是抢劫人家东西的。”王氏笑道：“专抢劫人家东西，不杀人放火，还算不了强盗，强盗是杀人的。这山上的人，都是杀人的强盗，你怕么？”朱复摇头道：“不怕！”王氏道：“你不怕强盗杀你吗？”朱复道：“妈不是强盗，我在妈跟前，不怕。”

王氏听了这话，喜得心花都开了，连忙将朱复抱在怀中亲嘴道：“你做我的儿子好么，你将来孝顺我么？”朱复也将脸偎着王氏道：“好，将来孝顺妈。”王氏欢喜得什么似的，连亲了几个嘴，才放下朱复，拉了胡舜华的手，也试探了一遍。这也是朱、胡二人，合该不受那刺血的磨难，有鬼使神差似的，二人都答应得正如王氏的心愿。王氏遂决心救出二人，作为自己的儿女，当下教了二人许多对付万清和的言语做作。

等到万清和夜间进房，朱、胡二人都过来叫爹。万清和嗔着两眼，望了二人一望，鼻孔里“哼”一声道：“谁是你们的爹？你们的爹在阴间，不久就打发你们去见面。”二人吓得退了两步，低着头不敢作声。王氏忙迎着万清和，赔笑说道：“我看这两个小东西很解人意。你我两人的年纪，合起来差不多百岁了，膝下一个儿子一个女儿也没有，将来都免不了要做饿鬼。我的意思打算就认这两个东西做儿女，好生抚育成人，岂不也可以慰我二人的晚景吗？”

万清和板着脸，只当没听见，王氏向朱、胡二人使了个眼色，二人慌忙爬在地下，朝着万清和叩头，口里又叫着爹。万清和现出极冷酷的面孔，不瞧不睬。王氏又说道：“你瞧这两个孩子，也怪可怜的。”旋说旋对朱、胡二人道：“你爹不答应，你们就跪着不要起来。”二人真跪着，一递一声的叫爹。

万清和没好气的向王氏说道：“儿女可以保得你我的性命么？官军来围山寨，你能教这可爱的小东西，下山抵敌么？你怕将来死了做饿鬼，我怕现在就要做砍头鬼。”王氏也生气道：“亏你还是个读书人，在茅山学过道，时常自夸道术高强，原来连做强盗的本领都不够。好，好！你只顾做终身的强盗，不怕绝子灭孙，你一个人去做很好。我父亲当初把我嫁给你，是想我到你家做一品夫人的，不是想我做压寨夫人的。于今你走你的阳关路，我过我的独木桥。这两个小东西是我从香山带来的，我要他接万家的后代，将来我死到九泉之下，也可以见得死去的翁姑。”一面说，一面号啕大哭起来，朱、胡二人也跪在地下痛哭。

不知哭得万清和怎生发落，且待第二十四回再写。

冰庐主人评曰：

万清和因欲巩固强盗事业，而祭炼阴阳童子剑，因祭炼阴阳童子剑，而杀死无数童男女。呜呼！赤子何辜，乃遭浩劫。万清和罪恶之大，可谓极矣！

第二十四回

迁兴宁再练童子剑　走南岳惊逢智远师

话说王氏和朱、胡二人，一阵痛哭，万清和的心肠，毕竟不是生铁铸成的，看了这种凄惨情形，也不由得一时软下来了，长叹了一声，向王氏说道："罢，罢！用不着号哭了，不见得除了这两个，便没有中用的童男女。"王氏这才转悲为喜。朱复、胡舜华好像知道自己是死囚遇赦似的，也止了啼哭，又连连的向万清和叩头。

万清和勉强回头看了一眼，说声："起去。"朱、胡二人起来，挨紧王氏站着。万清和也不理会，心中已决定，如迁延时日，竟找不着合用的童男女时，宁肯夫妻反目，非拿朱、胡二人，炼成阴阳童子剑不可。又过了些时，果然寻不着合用的童男女，只得把心一横，正言厉色对王氏说道："你可知道周胜魁受了招安，当了统领，于今专一和我们绿林中人作对，已剿散好几处山寨了么？"

王氏看了万清和的神色，又听了这般言语，心里早明白了他的用意，只得摇头答道："外面的事，你不来和我说，我怎生知道？周魁胜是什么人，我都没听你说过。"万清和道："你是个妇人，不知道外面的事，自是正理。周胜魁是和我此刻一样的人，不过他能受招安，我不能受招安。我既不能受招安，你不知道这山里上千的人，性命都靠谁保护？"王氏道："不待说是全仗有你了。"

万清和"嗄"了一声道："你也知道全仗我么？老实对你讲，我的阴阳童子剑不炼成，休说一山人的性命难保，连你我的性命也保不了。你不要我做丈夫，只由得你。我劳神费力才弄到手的童男女，不能由你要留下来便留下来。更不能为你一个人的妇人之仁，断送满山兄弟们的性命。我于今已选择了明日庚申日开坛，你休得再发糊涂，耽搁我的大事。”王氏见丈夫如此神色，知道无可挽回了，只得一声不作，倒在床上，掩着面哭。万清和也不瞧睬，自将朱复、胡舜华拉到神坛里来。

二人这时的年龄虽只得八九岁，然都是聪明绝顶，具有夙慧的人。又早已听得王氏说过掳他们上山的用处，此刻被拉到神坛里，自然明白是死到临头了，都“哇”的一声哭了出来。万清和冷笑道：“哭什么！只怪你们自己的命生得好，因此不得好死，你也不要怨我。”说着，亲自动手，将二人的上衣卸了。神坛左右，安好了两条木凳，先把朱复捆在左边凳上，朱复越加号哭得厉害。万清和用食指，在朱复额头上点了一点，恶狠狠的说道：“你想死得快就哭，不哭倒还可以活一百天。”两句话，真吓得朱复不敢哭了。捆好了朱复，将胡舜华也照样捆在右边凳上，准备就在这夜子时，刺出血来，开坛祭炼飞剑。

这里便恰好用得着平常小说书说的“无巧不成书”的那句成语了。万清和才把炼剑的种种设备，忙得有个头绪，忽得着派在外面踩盘子的兄弟回来报告，说周胜魁带领了二千人马，并有无数的大炮，不分昼夜的前来攻打山寨，已到了离这里不过三四十里路了。万清和听了这消息，虽并不慌张着急，然不能不从事于筹布防置。炼剑的闲情是没有了，只得仍将朱、胡二人解下来，交给王氏看管，王氏不待说是喜出望外。

再说万清和知道周胜魁，不过一勇之夫，没有多大能耐。所虑的，就是周营有许多大炮，朝山寨攻打起来，不容易抵敌，遂思量一个抢炮的方法。挑选了二百名壮健兄弟，各人只带长矛短棍，埋伏在离山寨十来里险要的山峡两边，等官军经过的时候，猛然杀出，专一抢夺大炮。果然周胜魁不曾防备，被抢去了几尊大炮，并杀死了数十名官军。官军的锐气大挫，哪里是万清和这般强徒的对手，差不多被打得全军覆没。这么一来，这山寨强盗的声势就更闹大了。不到几日，竟又调来五千多官军，只把这座山寨围了，并不进攻。山中并没有出产，官军打算围到山中的食粮一尽，便不能支持。

山中的强徒见官军密密包围，也不免有些着虑，一个个都盼望万清和用道术解围。万清和却先将满山的兄弟聚在一处，说道：“官军来攻打我们，并不算一回事。像这般不中用的官军，哪怕他再加上几倍，也不在我心上，要打发他们回去，我立刻可打发他们回去。不过我刚才占了一课，不久便有招安的消息来。我初上山的时候，原没有受招安的心思，所以教你们下山寻找合用的童男女，若当时容易找着，则此刻我的法宝已经炼成。法宝既经炼成，不但这山寨，能使官军不敢正眼相向，便是两广的绿林中兄弟们，我和李大哥早已商议了，都要邀集做一块儿，大干一番。无奈事不凑巧，合用的童男女，迁延到几月之后才找着，却又为阴人阻隔。直到前几日方待从事祭炼，而周胜魁忽来相扰，于是复延搁下来。我再四思量，我们这番若不受招安，必是接连不断的有官军前来麻烦，我的法宝终没有祭炼成功的时候。不如暂时由李大哥出面，受了招安，我好趁这当儿，另择僻静所在，将法宝炼成，那时再图大举，不知诸位兄弟的意思如何？”

众强徒和李有顺忽然听得要受招安的话，都觉得出乎意料之外，一时都没话回答。万清和接着说道：“请诸位兄弟仔细思量，我和李大哥初次在村学里见面的时候，我说做强盗太劳苦，太风险。我当时虽不曾说出我的做法来，其实就在使我们的声势张大，好受招安。招安后，得了一官半职，则一切皆可不劳而获了。不过我的心愿，此次尚不易相偿，所以正好趁这当儿，把自己的脚跟站稳。”

万清和虽是这么说，众强徒仍是莫名其妙。次日果由官军里派人上山招安，许李有顺当管带。李有顺见周胜魁受招安后，做了官，心中早已羡慕，此时见万清和也主张招安，自然很容易就范。

于今且搁下众强徒受招安的事，却说万清和不待招安事了，即带了王氏和朱复、胡舜华到兴宁县境一座丛山里，自结一所茅屋住着。打算在这清静所在，好祭炼阴阳童子剑。无奈朱、胡二人在王氏跟前，一日亲热一日，王氏简直看待得比自己儿女还要宝贝，死也不肯给万清和炼剑。大凡练习邪魔妖术的人，对于家庭的感情，必是很稀薄的。万清和见王氏几次阻挠，料知有王氏在侧，阴阳童子剑决炼不成功，只得索性将老婆不要，乘王氏不在意，带了朱复、胡舜华从兴宁到南岳衡山。他打算在丛山中结一所茅屋，好安心祭炼。

万清和只闻得衡山的名，并不曾到过衡山。他这回带着朱、胡二人到衡山的时候，正是八月中旬。衡山居五岳之一，每年八月间，南岳庙的香火极盛，无论富贵贫贱，男女老幼，常有从数百里、数千里以外，步行到南岳进香的。更有许了朝拜香，从各人家中出来，就三步一拜，五步一跪，直跪拜到南岳山顶上。

万清和正在香期当中到南岳。南岳山中，处处是人山人海，不容易能找着一处僻静地方，给他祭炼飞剑。万清和见朝山的如此之多，正踌躇不得计较，忽见从人丛中走来一个高大和尚，身披一件破烂袈裟，袒出左边臂膀来，又粗又黑，筋肉突起；汗毛疏疏落落，也粗黑得和须发一般，托着一个钵盂，比五斗栲栳还大，浓眉巨眼，很透着几分凶恶像。万清和看了，心想照这和尚的形状看来，决不是一个安分守戒律的东西。心里是这么想着，那和尚已走近了身边，万清和一手牵着朱复，一手牵着胡舜华，连忙向旁边让开。因见和尚已喝得烂醉，手中钵盂里，还有半钵盂的酒，恐怕惹得他发酒癫。说也作怪，那和尚已挨身走过去了，走不到三五步，忽回过头来，两眼圆溜溜的望着朱复。万清和心虚，怕和尚看出破绽，难得啰唣，急拉着二人，背转身去。

那和尚也急回过身来，朝朱复叫了一声朱公子，那声音就和天空响了一个霹雳相似。朱复听得，望着和尚发怔，仿佛是认识的。和尚大笑走过来，伸起巨灵般的右掌，在万清和肩上一拍道："伙计，伙计！你也来了吗？害我找得好苦。这里人多，不是说话的所在，快跟我走吧，我和你有得账算呢！"万清和不由得老大着了一惊，但是仗着自己的道法，又不知道和尚是何等人，却不甚惧怯。放下脸对和尚"呸"了一口道："谁和你这贼秃是伙计？是识时务的，快滚开些。"说时，紧紧的把朱、胡二人的手握了。和尚也正色说道："你这东西才是不识时务呢。你不打听明白，这朱公子是我的什么人？他是我的徒弟，你知道么？"

万清和一看，左右前后看热闹的人，围了一大堆，不好施展手段，即点头对和尚道："看你这贼秃，要到什么地方和我算什么账，你就走吧，怕你的也不是人了。"和尚连连道好，分开众人，侧着身体往前走。万清和拉着二人跟在后面。

走到一处山林里，万清和估量这和尚必也有些本领，不如先下手为强。遂乘和尚不觉，腾出左手来，朝和尚脊梁当中，哗啦啦一个"掌心雷"打去，以为打死了便没事。谁知雷才出掌，和尚已不见了，那雷不偏不倚的，劈在一株松树上，将松树劈得枝干纷披，倒折下来，几乎压在自己头上，吓得倒退了几步。和尚已在万清和背后，一把抓住万清和的顶心发，哈哈大笑道："你真是在龙王爷面前卖水，这一点点儿毛法，也拿出来卖弄。你还有本领么，尽量使出来吧。"

万清和不提防被和尚抓住了顶心发，想借隐身法逃走，也来不及了。只得发哀声求饶道："我肉眼不识圣贤，求师傅饶恕了我这遭。"和尚道："你求我饶恕你，却为什么还拉住我的徒弟不放呢？"万清和没法，只好把两手松了。和尚将万清和提离了地，说道："你也是个学道之士，本与我无仇无怨。不过你这东西的心地太坏，不知断送了多少无辜的童男女，我受了末底祖师的拜托，特地来这里等候你。一则救我自己的徒弟，二则替人世除一大毒。幸亏末底祖师见机得早，不待你的道术成功，就驱你下山。像你这种无良心的东西，假使你能尽得了末底祖师的道术，凡事有预知的本领，还了得吗？仅传了你一点点毛法，你就拿着无恶不作起来，竟敢剪纸为马，撒豆成兵，假装官军，将强盗逼得拥你为首。你仗着妖术做强盗尚嫌不足，还要祭炼阴阳童子剑，一个略有天良的老婆，你都视同仇敌。你这种东西留在世间，有何用处？"

万清和只急得浑身发抖，苦苦的哀求道："师傅杀死小子，直如踏死一个蚂蚁。不过上天有好生之德，圣贤许人以改过。小子从此一步也不敢妄行，只求师傅饶了小子的性命。"和尚偏着头想了一想道："也罢！我本也犯不着为你这东西，破我多年不开的杀戒。至于你改过不改过，妄行不妄行，哪怕你躲在天涯海角，也瞒不过末底祖师的耳目。那时恐怕你的阴阳童子剑不曾炼成，你的头已被师傅的飞剑斩了呢。去罢！"随将手一松，万清和跌倒在数步以外，爬了起来，向和尚叩头问道："师傅的法讳，能否告知小子，小子向后也好感念。"和尚道："智远禅师就是我。"

万清和心里记得，在茅山学道的时候，曾听得同学的说：末底祖师和智远禅师最好。智远禅师的道行极高，能乘龙出入沧海，本是豢龙使者降生。只因自己在茅山不久被逐，所以不曾见过智远禅师的面。此时一听说便是智远，哪里还敢支吾，即时回兴宁去了。

万清和这番到南岳来，竟像是知道智远禅师在南岳，特地亲送朱、胡二人来交割的一般。其实是智远禅师，当初在潮州，救活朱复性命的时候，就已知道朱家有灭门之祸，一家人都得流离颠沛。朱继训更是死在临头，无法挽回劫运，所以朱夫人不肯将朱复给他带走，他也不甚勉强。

光阴易逝，又过了几月，智远并不曾离开广东，仍在千寿寺中住着。不过他住在千寿寺，并不是和寻常僧人挂单一样，正式谒见住持，呈验度牒，拨住僧寮。他日间到处游行，入夜才到千寿寺来，就在廊檐下，蜷作一团睡了，也不念经，也不打坐。所以朱家派人打听，回说并没有这般的和尚，他白天来往的地方，就在五华山中水月庵。

水月庵的住持，是一个七十多岁的老尼姑，法讳了因。少时和智远，原是同门姊弟，道行且在智远之上，只为炼丹走火，烧瞎了一只左眼，遂发愤在五华深山之中，终年人迹不到的所在，亲手诛茅辟草，复募化十方，建筑这座水月庵，一心一意的在庵中修炼。智远因朱复的磨劫未除，不能离开广东，欢喜水月庵不近尘俗，好供自己修持，复得与了因同证道果，所以每日到水月庵来。

这日智远忽来向了因稽首道："今有一件功德，非得师兄亲去，不能完成。"因将自己要度脱朱复为徒的情形，述了一遍道："于今朱继训的案子已快破了。这案一破，朱家便有灭门之祸，但是他夫人、小姐，都不应在这劫数之内。而我虽有力，也不便救援。师兄若不伸手援引他们，则我必至前功尽弃。"了因踌躇了一会儿道："恶紫和光明丫头也合当与我有缘，这事我愿任劳。不过你的徒弟，你应当去救，不合累我。"智远笑道："我的徒弟早已不在朱家了。他的磨难更多，此时救他尚早。"

了因于是动身到潮州来，沿途仍装作募化的尼姑。这日黄昏时候，了因走一座很陡峭的山壁下经过，偶听得山上有脚步声，跑得很急。随立住脚，抬头向山上一看，只见一个三十来岁的壮士，背负长剑，左胁下悬革囊，短衣草履，英气盎然，不要命的向山下逃跑。背后相离二三十丈远近，有个身体魁伟，形状凶恶的汉子，紧紧的追赶。不觉吃惊，暗道："这事既落到我眼里，我若袖手旁观，如何能对得住道友？"

不知山上逃的、追的是谁，了因怎生对付，且待第二十五回再写。

冰庐主人评曰：

朱复、胡舜华二人，经千磨百折，几濒于危，直至遇智远禅师，始得回复自由。读书至此，为之一快，唯万清和仍得逍遥法外，报施殊嫌不当耳！

万清和奸佞小人，心术险恶，末底祖师，授以道术，失察之咎，无可讳言。幸驱逐尚早，否则荼毒人群，宁堪设想！世之以技授徒者，可不审慎出之耶？

第二十五回

小剑客采药受惊　新进士踏青被骗

话说了因看了山上一逃一追的情形，认得在前面逃的，是清虚观笑道人的徒弟魏时清；后面追的，不认识是什么人。暗想不问追的是谁，为的甚事，我既亲眼遇着笑道人的徒弟被人逼迫，论情理总不能不援救他一番。且看那追的追着了，怎生处置？正想着，魏时清已逃近岩边，将耸身下岩。一眼看见了了因，就和危舟见了岸的一般，不觉“哎呀”一声喊道：“了因师太，快救小侄的性命。”话才出口，了因已见那个追的，伸右手朝魏时清背上一指，一道金光随着，比箭还急得射将来。

这里也恰用得着“说时迟、那时快”的套话了。了因见那道金光出手，也急将右手一抬，胁下即时射出一道白光来，宛如拿空之龙，一掣就把金光绕住。金光短，白光长，金光看看抵敌不住了，那汉子索性把金光收回，正色向了因说道：“我看师傅不是没道德的人，为什么这般助恶，也不问个情由？是他们倚仗人多势大，来欺负我，盗我的丹药。师傅是有道德的人，难道能说我不应该向他们讨回吗？”

了因也早已将剑光收回，飞身上了石岩，向魏时清说道：“贤侄因何在此，与这人动手，同来的还有谁呢？”魏时清道：“师太不要听这厮的话，何尝是小侄等夺他的丹药。”魏时清才说了这两句话，忽从山岩侧边，跑出三个和魏时清一般装束的人来，了因一看，也都认识是清虚观笑道人的徒弟。在前面身长瘦削的，姓萧，名挺玉；走中间的是展大雄；走背后的是贯晓钟。三人自然认识了因，走过来向了因请了安，齐声说道：“求师太与小侄们做主。”了因合掌念声阿弥陀佛道：“你们都是令师尊打发来的吗？”贯晓钟上前一步，躬身答道：“不是师尊差使，小侄等怎敢无端跑到这里来？只因师尊于前月交下一纸丹方，命小侄等五人，限三个月，往三山五岳采齐。这山上有一块绝大的过山龙，苗牵十多里。小侄等寻觅了四昼夜，方将根株寻着。五人同时动手，又掏掘了一昼夜，好容易才掘了出来。谁知刚掘出来，这厮就跑来强夺，硬说这过山龙是他祖师从海外得来的异种，在这山上培植了三个甲子，才长了这么大。这厮并说他在这山上，已看守了好几年，像这样骗小孩的话，谁肯信他呢？他便倚强动起手来，小侄等四人一面抵敌，一面教师兄张炳武先拿了过山龙下山，免得落到这厮手里。”

了因点点头，合掌向那汉子说道：“你刚才说他们盗你的丹药，是不是就是这过山龙呢？”那汉子道：“是的。过山龙是我祖师刘全盛手栽的，到于今已是三个甲子了。我专为看守这过山龙，才住在这山岩里，已有好几年了，如何能给他们盗去？”了因道：“你是刘全盛的徒孙吗？杨赞化，你称呼什么？”那汉子见了因问这话，面上露出喜色来，忙答道：“是我师伯，我师傅是四海龙王杨赞廷，师太想必是认识的。”了因也点头笑道：“怎么不认识。你姓什么，叫什么名字？”汉子道：“我姓庞，名福基，师太既和我师傅认识，就得求师太，看我师傅的面子，替我做主，勒令他们把过山龙交出来。”

了因笑向贯晓钟道：“我看一株过山龙，也值不了什么，他既这么说，贤侄就还了他吧。”贯晓钟不服道：“这座山不是刘家的，不是杨家的，也不是他庞家的，怎么好说山上的过山龙，是谁栽种的呢？”了因笑着望了庞福基，庞福基急忙分辩道：“确实是祖师栽种的，不然，我也不在这山上看守了。”贯晓钟向庞福基道：“不错！你既在这山上看守，我们一行五个人，在山上寻觅了四昼夜，掏掘了一昼夜，这五昼夜，你往哪里去了，怎么不见你出头拦阻？直待我们劳神费力的掘到了手，你才出来说是你的呢？好不要脸。”庞福基没得回答，只求了因做主。

了因笑道：“我是巴不得他们给你，不过他们的话，说得近情些。我于今若帮着你，问他讨回，他们心里也不服，我也对不起他们的师傅。即算这株过山龙，是你祖师栽种的，你看守不力，也不能怪人。何况就据你说，这株过山龙经历了三个甲子，而你在这山里看守，不过几年。若他们在几年前来掘，你却向谁去追讨咧？我劝你马虎一点儿吧，不值得为这些小事，伤了同道的和气。”

庞福基横眉怒目的望着贯晓钟四人，欲待不服，又斗不过了因，只得愤愤的向贯晓钟恨了一声道：“我已认得你们这五只仗人势的贱狗了，你们能一辈子不落到我手里，就算是你们的造化。”说罢，掉头不顾的去了。就因这一番纠葛，已于无意中，为将来争赵家坪时增加好几个劲敌。这是后话，后文自有交代。

于今且说了因见庞福基走后，向贯晓钟等叹息道：“我何尝不知道他是诈骗，只是我想多一事不如少一事。刘全盛是崆峒派的老前辈，徒子徒孙不少，并很有几个了得的人物。崆峒和我们昆仑派，自雍正初年以来，直到现在，总是如冰炭之不相容的，我因不愿意为这点儿小事，加添两派的嫌隙，所以才劝你们把过山龙还他。其实明知不是他的，哪里说得上还咧！不过你们费了几昼夜的心力，平白的教你们让给人家，本也不近情理。这虽是一点儿小事，其中也有定数。”

说话时，天色已经晚了，贯晓钟等谢了了因救命之恩，正待告别，了因忽然吃惊道：“不好了，你们快看，那西南方两道剑光，一起一落的斗着。想必是庞福基那厮，趁张炳武独自下山，追踪抢夺过山龙去了。”贯晓钟等随了因手指的方向一看，约莫在十里远近，果有一道金光，一道白光，在那里奋斗。贯晓钟着急道：“师太，这怎么好？张师兄不是那厮的对手。我们就赶去帮助，也来不及了。”了因笑道：“你们尽管赶去，有我在此不妨事。快去吧！回清虚观时，代我向你们师尊问好。”

贯晓钟等哪敢怠慢，答应着，向剑光起处飞奔去了。赶了十来里路，只听得张炳武在树林里喊道：“来的可是诸位兄弟么？”四人连忙答应。蹿进树林看时，张炳武正怀抱过山龙坐着，对四人说道：“侥幸，侥幸！险些儿没性命和你们见面了。那厮大约是斗你们四人不过，就追来和我为难，我一个人却不是他的对手，看看敌他不住了，亏得从斜刺里，飞来一道剑光，把那厮吓退了。我心里又是欢喜，又是疑惑。欢喜是那道剑光救了我的性命，疑惑是猜不出那剑光从哪里来的？我们同辈中，没有这么高的本领。”

贯晓钟道：“那厮哪里是斗不过我们四人。我们自你走后，同心合力的和那厮斗了半个时辰，我们敌不住，恐怕白送了性命。喜得红姑曾给我一道丁甲符，急难的时候可以借遁。但是我只两只手，不能挈带三个人，不凑巧魏贤弟离我远些，不得不把他留下。我们三人借遁先走，却又不忍远离，命不该绝的，终当有救，魏贤弟奔到岩边，恰好了因师太走岩下经过，遂救了魏贤弟性命。方才救师兄的，也是了因师太。”张炳武听得，慌忙立起来，将过山龙交给贯晓钟拿了，恭恭敬敬的，朝着东北方叩了四个头，算是拜谢了因救命之恩，五人自往他山采药不提。

且说了因为这事耽搁了些时间，所以次日到朱继训家略迟了点儿，几乎到在潮州府差役之后。这日了因直入朱家内室，朱继训在背后追呼，了因只当没有听见。才一跨进房门，回头看时，众衙役已拥进大门了。恰好光明丫头听得外面人声，出来探看，了因就自作主张，翻身将中门关上。看门后有一条木杠，顺手拖过来，牢牢的把门缝顶住。再看旁边放着一扇很大的石磨，大约也是平日拿来靠门的，了因心想：“这门也还结实，有杠顶了已够，他们若是粗重东西撞碰，便把这石磨靠着，也无济于事。我何不将这石磨移上去，搁在门框上？像这些吃人不吐骨子的衙差，就压死他几个，也不委屈。”旋想旋提起石磨，一耸身就搁在门框上面了。

光明不知道为什么，吓得跑进去，向朱夫人指手画脚的，说不出个所以然来。朱夫人也听得外面喧扰之声，正要起身到中门口看看，了因已走了进来，朝着朱夫人合掌道：“尊府大祸已到眉端，贫僧是特来救夫人全家的。奈朱施主不听贫僧言语，以致此刻被潮州衙役拘锁在前厅，即时就要进来，捉拿夫人和小姐了。”话才说到这里，中门已被敲打得一片声响。了因接着说道：“夫人不要慌急，贫僧已将中门关好了，一时打不进来。只看夫人有什么要紧的东西，早些检点出来。有贫僧在此，包管没事，尽可从容打后门出去。”

任凭朱夫人平日如何能干，到了这种时候，又听说自己丈夫被衙役拘锁了，接连又听得敲的中门震天价响，哪里还有主意，连话都不知道应怎生说了，只管痛泪交流，望着了因泣道：“师傅是哪里来的？可知道外子为什么事，潮州府要派人来拘他？”了因道：“犯的不是灭门之祸，也用不着贫僧来救了。请快点儿收拾走吧。”朱夫人忽侧耳听外面道：“哎呀！老爷在外面叫光明呢。”了因连连扬手道：“不管叫谁，门是不能开的。一开门，就全家俱灭了。”恶紫这时吓得拉着朱夫人的衣，只是发抖，光明也抖作一团。

了因见了这大小三口儿的情形，就只索自己动手，将箱笼都拖下来，扭断了上面的锁，把衣服都倾出来。了因的意思，并不是寻觅细软贵重物品，为的是恐怕朱继训，有什么造反的凭据和名册，落到衙役手里，必致拖累多人。但是倾翻了几口衣箱，尽是衣服以及金银首饰，并没别的物事。了因正在翻箱倒箧的时候，众衙役已抬着石块，在外面撞中门。了因料想中门虽结实，也经不得几撞，等他们进来再走，便不能不开杀戒了。后门大约是有人把守的，且趁此时，借遁光离开了这是非场，再作区处。了因才一手握住朱夫人的手，一手将光明、恶紫两只小手，合作一块儿握了。喝道："闭了眼！"瞬息已遁出了潮州城。路上自无可流连，直将三人领到水月庵住着。朱继训殉难后，了因将尸首也是运到了水月庵。

朱夫人为儿子已急成了病，这番家中更遭此惨变，又把丈夫死了，真如火上添油，哪须几日工夫，朱夫人也就在水月庵身殉朱继训了。临死时候，握着了因的手泣道："师傅是活菩萨，只恨我没福，虽有活菩萨，也挽不回我的薄命。不过寒舍既遭此磨劫，我就留了这条命在世间，也实在太没有趣味。我如今丈夫遭难，儿子不知存亡下落，我死了岂不干净？所不能瞑目的，就只觉得丢下这个又小又弱的女儿，无依无靠。承师傅的恩意，说与小女有缘，愿收作徒弟。师傅是我全家的救命恩人，我岂有不愿意之理？只因我以为年轻人出家，不是一件容易的事，所以不曾令小女拜师。并且小女当周岁的时候，他父亲抱在外面，遇着一个游方和尚见了，曾摸着小女的头顶说道：'可惜是个女儿，若是男子，将来长大，真贵不可言；便是女子，也很不凡，好生培养，不可糟蹋了。'因先夫不信僧道，不愿跟那和尚攀谈，即抱了进来。那和尚的话虽不见得有凭准，但我总存心想为小女择一个称心如意的儿婿，如今是已成为虚愿了。唯有将小女交给师傅，一切终身大事，都听凭师傅做主。光明丫头虽不是我家的骨血，然自从她到我家，我不曾将她作丫头看，她的命运也和小女此刻一般的苦，就和小女一同交给师傅，由师傅做主就是了。"

朱夫人付托了这番话，才瞑目而逝，葬事自是了因办理。从此，恶紫、光明就在水月庵，了因的徒弟，原不曾落发。智远和尚在衡山，救了朱复和胡舜华，也是带到这水月庵来，将胡舜华交给了因，智远自带着朱复，别处教练本领去了。

朱复和朱恶紫，患难中，散而忽聚，聚而复散，自有一番悲喜情状。只因无关紧要，用不着破工夫去写他。光阴迅速，转眼过了十年，但是在下写到这里，却要另从一方面写来了，看官们不要性急。

且说广西桂林有一个姓唐的文士，名叫采九，家中有十多万的产业。唐采九少年科第，二十六岁就成了进士，人品也生得飘逸出群，广西、广东大户人家有女儿不曾字人的，都争着到唐家说合。唐采九的父母，因儿子的年龄已大，又已成了名，不便干涉儿子的婚姻。唐采九存心非得才貌俱绝世，又曾亲眼看见的，宁肯一辈子不娶妻，因此因循到二十六岁，尚没成亲。

这时正是清明佳节，唐采九独自闲步到郊外踏青，芳春永昼，花草撩人，微风舞蝶，弱柳穿莺，唐采九是抱着满腔情思，无处使用的人，对着这惹人春色，心中总不免发些遐想。信步行来，不觉已走到离桂林城十里以外，两腿渐渐有些力乏了。正待回头向归途上走，只因脆弱文人，一气走了十来里路，不能不拣个地方，坐着休息休息，遂在路旁一块青石上坐下来。

刚坐了没一会儿，忽有一个五十来岁，下人装束的人匆匆走来，向唐采九突然问道："先生可是姓唐么？"唐采九点头问道："你是哪里来的，问姓唐的干什么？"那人听得，喜滋滋的请了个安，立起来垂手说道："幸亏小的走得快，不曾错过。敝东人就在前面，特地打发小的来，迎接先生去，面谈两句要紧的话。"

唐采九觉得很诧异，暗想我并不认识这人，他东人是谁，我更不知道，莫不是他认错了人么？随向那人说道："姓唐的人很多，贵东人要你迎接的，必不是我这姓唐的。我今日出来闲游，并不曾和人约会，连我自己，都不知会走到这里来，贵东人从何知道，打发你来此迎接？"那人摇头道："不错，不错！一点儿不错。敝东人在前面恭候，先生一见面，自然知道不错了。"唐采九转念今日是清明节，同学同年到郊外闲游的多，或者他们故意布这疑阵，和我开玩笑，也未可知。不妨姑且跟着那人前去，看看究竟是谁？

岂知走了半里多路，依然没到，因即立住脚问道："你说就在前面，怎么走了这许久还没到呢？我的腿早已走得酸痛了。你说出来吧，你东家是谁？他要会我，何不到我家去？"那人也停了脚道："原来先生的腿走不动了，小的倒会医治。”说着，弯腰在唐采九的腿上摸了几摸，在他自己腿上也摸了几摸，提起脚就走。作怪！那人一提脚向前走，唐采九也身不由己的，提起脚跟着走。那人走得急，唐采九也不能缓，正如《水浒传》上所写李逵被戴宗捉弄的一般。唐采九心里明明白白，只是不能自由自主的停着不走，这一来就不由得慌急起来了。

不知唐采九跟着那人，跑到什么地方，且俟下回再写。

冰庐主人评曰：

此回入唐采九传，开首便说非得才貌绝世，又曾亲眼看见的女子，宁肯一辈子不娶妻云云，以下文章，均从此数语写去，读者幸弗被作者瞒过。

第二十六回

古庙荒山唐采九受困　桃僵李代朱光明适人

话说唐采九身不由己的，跟着那人飞跑，心里又是害怕又是着急，不住的向前面那人喊道：“请你停一停，你教我怎么，我便怎么。”那人不但不答白，连头也不回的越走越急。唐采九气得在后面乱骂，这人也只作没听见。唐采九明知此去凶多吉少，翻悔不该闲游到这么远，但是他心里尽管这么悔恨，两脚仍是不停留的向前奔波。

一会儿奔进一座大山，那山树木青葱，岩石陡峭。那人穿入树林，蹿岩跃石，如履平地。唐采九看了，吓得心胆俱碎，唯恐失脚从岩石上跌下来，必至粉身碎骨。一边跟着跑，一边心中打算，看准前面一株大点儿的树，即张开两手，准备那树挨身擦过的时候，拼命一把将树身抱住。无奈心里虽这么打算，刚一转眼，那树已飞也似的过去了，有几次不曾抱着，也就知道是抱不住的了。

上到半山之中，就见有许多参天古木，拥抱着一所石砌的庙，远望那庙的气派，倒是不小。石墙上藤萝漫衍，看不出屋檐墙角，估量那庙的年代，必已久远。唐采九到了此时，也无心玩景。那人离庙不远，才放松了脚步，唐采九也不由己的跟着松了。那人仍用很敬谨的辞色，回身对唐采九说道：“敝东人就在这庙里恭候先生，请先生随小的来。”那人说毕，仍用手在唐采九脚上抚摸两下，登时觉得两腿和寻常一般了。唐采九自料不得脱身，只得硬着头皮跟那人进庙，看庙中殿宇，甚是荒凉，好像是无人住的。

那人引唐采九穿过几重房屋，到一所小小的房间里，那房间却打扫得清洁，虽没甚富丽的陈设，然床上的被帐，全是绫锦，非富贵人家眷属，断不能有这种铺盖。那人进房，让唐采九坐下，说道："先生辛苦了。请将息一番，小的再去禀报敝东。"唐采九道："我无须乎将息，看贵东有何事见教，快请他出来吧。此刻天色已将向晚，我还得趁早回城里去。"那人诺诺连声的应是，退出房去了。

不一会儿，仍是一个人转来说道："实在对不起先生，敝东人适才因事下山去了，大约不久便要回来的，只好请先生宽坐一会儿，若先生身体乏了，不妨在这床上躺躺。"唐采九不觉生气说道："贵东人究竟是谁？我与他素昧平生，是这么把我弄到山上来，究竟为的什么？并且既把我弄到这里来，他就应该在这里等，为什么刚巧在这时候又下山去了呢？我哪有工夫久在这里等他？他知道我，必知道我的家，有什么话和我说，请他随时到我家来吧。"说着起身要走。

那人笑着拦住道："先生可快将要回家的念头打断。小的奉敝东的命，将先生请到这里来，非再有敝东的命，决不敢私放先生回去。"唐采九道："岂有此理！谁犯了你家的法，要听凭你家看管，你知道我姓唐的是什么人？敢对我无礼，你心目中还有王法吗？"那人由着唐采九发怒，只是笑嘻嘻的说道："先生不要拿王法吓人，小的从来只知道遵奉敝东的话。敝东曾吩咐了，不许和先生多说话。小的在这里和先生多说，已是不应该了。"那人说完，几步退出房，随手将门带上，听得在外面反锁了。

唐采九这时就更着急起来，追到房门口，伸手拉门，哪里拉得开来呢？捶打着，叫喊着，只是没人理会，只得仍回身到床缘上坐着，思量如何始得脱身。看房中只一个小小的窗户，窗格异常牢实，不是无力文人可能推攀得动的。除门窗外，三方都是石墙，无论如何也不能凿坏而遁。

闷闷的坐了一刻，天色已黑暗了，唐采九觉得腹中有些饥饿，正打算叫喊那人来，问究竟将我关在这里有何用处？即听得房外脚步声响，随着从窗格里，透出灯光来。"呀"的一声门开了，那人双手托着一个方木盘，盘中有一盏油灯，几个大小的碗，约莫碗里是吃的东西。那人就窗前几上，将盘里的东西搬出来，果是很精洁的饭菜。那人恭恭敬敬的说道："敝东不知因甚事在山下耽搁了，此刻还不曾回来。这种饭菜实不成个敬意，只因荒山之中，取办不出可口的东西，先生请胡乱用点儿，充充饥吧。"说完，提起木盘要走。

唐采九连忙拖住木盘说道："我有话问你，你东家姓什么，叫什么名字？把我关在这里，有什么用处？你若不说出来，这来历不明的饮食，我饿死了，也不能吃。"那人道："敝东不曾教小的对先生说，小的死也不能说出来。敝东回来和先生见了面，先生自然知道了。"唐采九还待问话，那人已夺回木盘，两步退出房，"啪"的一声响，把门关了。唐采九气愤不过，欲待不吃这饭菜，肚中实在饿得挨不住，料想饭菜中，毒药是没有的，没奈何只得吃了，倒觉得十分适口。夜间不再见那人进来，疲乏到不堪的时候，也只得在床上睡了。

第二日早，那人送洗漱的水进来，唐采九问话，仍不肯答。这日送进来三顿饭菜，都很精美，菜中有许多野兽的肉，唐采九平生不曾吃过的，唐采九吃得心里非常纳闷。一连是这样监禁了四昼夜，吃了便睡，睡醒又吃，送饭菜的那人，起初两日虽不大肯说话，然总是满面带笑，露出很高兴的样子。第三、四日的脸色，就变得一点儿笑容没有了，仿佛心中有什么不了的事。不过对唐采九敬谨的态度，仍一些儿没有改变。唐采九住了几日，不见有什么危险，畏惧的心思渐渐的淡了，明知问那人的话，是问不出来的，也就懒得再问。

第五日，唐采九起来了大半日，不见那人送洗漱水来，肚中饿了，饭菜也没送来。高声向窗外呼唤了一会儿，没人答应，唐采九到这时就不由得更加着急起来，祸福即能置之度外，眼前的肚中饥饿是不能挨忍的。侧着耳朵向窗外，看听得着什么声息没有，听了半晌，总是静悄悄的，万籁俱寂，绝不像是有人迹的地方。直听到天色黄昏了，才陡然听得有一阵很细碎的脚步，朝这房里越来越近。

门开处，跨进房的，果是一个妙龄绝色女子，也是用双手捧着一个朱漆盘，进房将盘安置在几上，即头也不抬的退出去了。唐采九平生第一次遇见这样绝色女子，又在患难之中，出其不意，正应了《西厢记》上的"眼花缭乱口难言，魂灵儿飞去半天"的那两句话，呆呆的望着那女子退出房，把门关上了，才翻悔自己，怎么也不问她一问。

这夜唐采九的心里，只是胡思乱想，思量像这般的荒山破庙中，怎么竟有绝世佳人在这里。并且看这女子的年龄，至多不过二十岁，装束又好像是婢女。既有婢女，自然就有眷属在这里。这里分明是一所古庙，岂有富贵人家眷属，寄居在这种荒山古庙中的道理？难道我所遇的，是山魈狐鬼那种害人的东西吗？越想越觉可疑，越疑心越害怕。

次日早，又是那女子送洗漱水来，进门并对唐采九微微的笑了一笑，唐采九疑惧一夜的结果，原抱定正心诚意的宗旨，不管那女子，是狐是鬼，总以不睬理为妙。及至那女子送洗漱水进来，不能闭着眼睛不看，见了那种倾城倾国的笑容，便不能禁住这颗心使它不动。这颗心一动，就自己转念道："从来听说狐鬼迷人，多在黑夜，没有光天化日之下，狐鬼敢公然露形的。这女子体态幽娴，没一些儿邪妖之气，若真有这么好的狐鬼，我就被她迷害了，也心甘情愿。"唐采九因有此一转念，多年怀抱着无处宣泄的春情，至此已如六马奔腾，哪里羁勒得住？见这女子放下洗漱水便待退出，遂连忙起身，想伸手去拉她的衣袖。那女子惊得将衣袖一拂，正色说道："自重些！这是什么所在，敢无礼？"

唐采九不提防受此斥责，那衣袖拂在手腕上，又痛得如被刀割，只吓得目瞪口呆，连动也不敢动。望着那女子退出房，把门关了，才看自己的手腕，竟红肿了一大块，痛彻心脾，洗脸都觉不方便。也想不出何以被衣袖拂一下，就有这么肿痛的理由，只得坐在床上，用左手捧着呻吟。又一会儿，那女子送饭菜进来，从怀中取出一个小小的纸包儿，放在桌上道："先生可将这包里的药粉，用水调了，敷在痛的地方，以后须自重些，胡乱把性命丢了，不值得呢！"

唐采九听了这几句话，心里忽然一动，随将双膝往地下一跪，两眼流泪，说道："我唐采九无端被拘禁在这里，已有好几日了，终日是这么不生不死的，实在难堪，而家父母在家悬望，尚不知我的下落。千万求姑娘垂怜，放我一条生路。我唐采九倘得一日好处，决不敢忘记姑娘大德。"那女子慌忙避过身去，答道："先生请起，且等我家公子回来，自然送先生回去，求我有何用处？"女子刚说到这里，仿佛听得里面有人呼唤的声音，女子立时现出着惊的颜色，急匆匆的退去，反关着门去了。

唐采九心里更觉纳闷，暗想这毕竟是怎么一回事呢？这女子说等他公子回来，自然送我回去。无缘无故的，把我骗来，关这几日做什么呢，不是令人索解不得的事吗？方才在里面呼唤的声音，也是年轻的女子，世间断没有如此庄严的山魈狐鬼。要说她是人吧，却又有几件可疑的地方。第一，我这日出城踏青，是信步走出来的，莫说家里人，不知道我会游到十里以外，便是我自己，也原没打算跑这么远的，坐在路旁歇憩，更是偶然，何以他们就会知道，特地打发人来骗我呢？第二，那人带我到这里来的时候，只在我腿上抚摸两下，他自己也抚摸两下，行走起来，便如乘云驾雾，两腿不由自主。及到了庙门口，他又用手在我腿上抚摸两下，我两腿才回复了知觉；第三，刚才这女子只用衣袖在我手腕上，轻轻一拂，我手腕就肿痛起来，并且她还说，胡乱把性命丢了，不值得。这几种可疑的地方，实在不像是人力所能做得到的。

唐采九是这么七颠八倒的思想，始终想不出一点儿道理来，手腕痛得厉害，就把那纸包药粉用水调和敷了。见效神速，不到一顿饭工夫，已红退肿消，如不曾受伤一样，心里很盼望那女子再来。

唐采九受了这大创，又听了丢性命的话，对于那女子并不敢存非分之想。不过因平生不曾见过这么绝色的女子，觉得多见一次，多饱一次眼福。在这身被监禁，寂寞无聊的时候，能得这么一个女子时来周旋，心里自安慰得多。但是天下事不如意的多，那女子自从被呼唤而去之后，整整的一日不见她倩影再来，饭菜也没人送给唐采九吃了。唐采九知道叫唤也无用处，只好背着肚皮忍饿，入夜复没人送灯来，饿乏了的人挣扎不起，唯有埋头睡觉。

正在睡得迷糊的时候，忽觉有人推醒自己，睁眼一看，房中灯光明亮，骗自己上山的那男子，立在床跟前说道：“唐先生快起来，送先生回去。”唐采九听得这话，翻身坐起来问道：“贵上人回来了吗？”那人道：“先生不用问，就请动身吧，小的送先生一程。”唐采九这时虽则欢喜，然心里总有些惦记那女子，却苦于说不出口，遂跟着那人，走到一间大厅上。只见灯烛辉煌，如白昼一般，厅下两匹极雄壮的白马，马上驮了两个包裹。一个少年和尚，英气勃勃的立在厅中，对唐采九合掌，发声如洪钟的说道：“委屈了先生，贫僧在此谢罪。使女光明与先生有缘，特教她侍奉先生回府，想先生不至怪贫僧唐突。荒山之中，无从备办妆奁，这马上两个包裹，就是贫僧一点儿薄意。素仰先生旷达，料不以使女微贱见轻。”

和尚说到这里，厅内忽听得女子哭泣之声，和尚即向里面喝道：“此时哭，何如当时不笑！快出来，侍奉唐先生去吧！”这喝声一出，里面的哭声即时停止了。接着就见那女子低头走出来，仍一面用汗巾拭泪，走到和尚跟前，跪下去叩头泣道：“粉身碎骨，不能报答公子。”和尚不许她往下说，连连的跺脚止住道：“好生侍奉先生，就算是报答我了，快去！”那女子立起身来，唐采九一时觉得事出意外，竟不知应如何说法才好。

和尚催着上马，那男子也走过来搀扶。唐采九是个完全的文人，没有骑过马，亏得那男子搀扶，才得上去。那男子拖住辔头，引着马行走。唐采九回头看那和尚，已不在厅上了，女子倒像全不费力的，一耸身便上了马背。唐采九心里糊糊涂涂的，坐在马背上，听凭那男子牵着马走。黑夜之中，也不辨东西南北，但觉马背一颠一簸的，好几次险些儿栽下马来，约莫颠簸了半个时辰，才渐渐的平稳了。唐采九忽然觉悟了，料知马背颠簸的时候，必是从山上下来，山势原极陡峭，因此颠簸得厉害；此时上了道路，所以平稳了。

唐采九在马上，也没和那男子说话，直走到天光明亮了，唐采九觉得马前并没有那男子的影儿，仔细一看，果然前后都没有，也不知在何时不别而去了，喜得那女子尚骑着马跟在马后。借着曙色看周围地势，认识这地方离桂林城还有三十多里，而这一夜鞍马劳顿，唐采九到这时已坐不稳雕鞍了。恰好见路旁有家火铺，唐采九便勒马回头向光明道：“我已不胜鞍马之苦了，可否请姑娘下马，在此歇息歇息再走呢？此处离城还有三十多里，说起来惭愧，我竟赶不上姑娘。”

光明也不答话，翻身跳下马来，将手中缰绳，往判官头上一挂，那马自然站住不动了。随即走近唐采九马前，拢住辔头，说道：“请先生下马歇息。”唐采九下马问道：“那人何时回山去了，怎的也没向我说一声，我也好托他致谢。”光明笑道：“那人并不曾同来，只送出庙门就转去了。”唐采九满腹的疑云，甚想趁这时未到家以前，向光明问个明白，回家方好禀明父母。而昨日一昼夜又不曾饮食，正要在这火铺里，买点儿东西充饥。

这时火铺已经开了大门，唐采九遂和光明同进里面，有店伙上前招呼。唐采九道：“我们是赶路的人，只吃些儿点心便要上路，但要拣一处僻静点儿、清洁点儿的座头。”店伙答应着，引二人到里面一间很清洁的上房。

唐采九吩咐了店伙安排饭菜，即对光明说道：“我这几日仿佛如在云端雾里，要说是做梦吧，情景却十分逼真；要说是真的吧，而几日来所经历的事，又没一桩，不是令我索解不得的，此刻已将近到家了，便是做梦也快要醒了。昨夜既承贵公子的情，以姑娘下配于我，我有父母在堂，虽说仁慈宽厚，不至为我婚姻梗阻，然为人子的，礼宜先请命父母。像这几日的情形，我自己尚疑窦丛生，我父母听了，必然更加恐惧，安能放心许我们成婚呢？所以我不能不在这里请姑娘说个明白，倘其中有不能禀明父母的事，也只得隐瞒不说才好。”

光明听了，低头思索了一会儿，才说道：“事情颠末，连我自己也不甚明白。我只知道我公子和小姐姓朱，公子单名一个‘复’字，就是先生昨夜在厅中会见的那个和尚。小姐名恶紫，年纪比我小一岁半，今年十八岁了。我五岁时，被亲生父母卖到朱家，就陪伴小姐读书玩耍。十岁上，随小姐在五华水月庵出家，了因师傅传我和小姐的道术。胡舜华小姐和我家公子有姻缘之分的，也拜在了因师傅门下。我三人一同学道，直到去年腊月，我师傅圆寂了。智远师傅带着公子到水月庵来，说我们都得下山，将各人的俗缘了尽，我们就搬到这山里来。

“这山本是我家公子，从智远师傅修道之所，庙址建自明朝，为洪真人庙。这回请先生上山，原是智远师傅在今年正月，交给公子一个锦囊，嘱咐公子在清明日开看。那个下山请先生的男子，名叫来顺，十年前就在朱家当差。我和小姐到水月庵出家的时候，不知怎么不见了，直到今年二月间，公子忽然带了他上山，说来顺在长街行乞，背上插着来顺寻觅小主人朱复的标子，已行乞好几年了。公子听得某某地方，有义仆来顺乞食寻主的话，有意到处打听，这日遇着了，即带回山来。

“清明日，公子打开智远师傅给的锦囊一看，即教来顺带了两道甲马符，来迎接先生。本来智远师傅的谕旨，说以小姐许配先生的，来顺下山不久，公子忽接了同道自云南寄来的信，要公子立刻动身去云南，为的是公子有个不共戴天的大仇人，公子几番去报仇，都不能得手。

“这回机缘很巧，仇人到了云南，下手容易。公子不肯因婚姻小事，失了大仇。所以不待先生上山，只吩咐舜华小姐和我，等先生来了，好生款待，留在山上，他回山再行议亲。公子动身时，约了迟则三日，快则两日便回的，及至去了三日，不见回来。舜华小姐和我家小姐，都放心不下，因来顺带有智远师傅给的甲马符，就要他去探听消息。来顺走后，没人送饭菜给先生，舜华小姐只得叫我来送。没想到先生使出轻薄样子来，伸手拉我的衣袖，我当时回说‘自重些！这是什么所在，敢无礼？’后来我又送药粉给先生敷手腕，先生跪在我跟前说话，谁知都被我家小姐知道了。

“舜华小姐立时叫我进去，责我怎的这么没规矩，我说不敢有没规矩的行为。舜华小姐怒道：‘面生男子伸手拉你的衣袖，你怎的回答这是什么所在的话？照你这话说来，幸亏这所在有我和你小姐，才不敢无礼；若不是这所在，你不公然敢行无礼吗？你衣袖拂伤人手腕，如何不禀知你小姐和我，竟敢私给药粉？你还想狡赖，不是没规矩吗？’当下责骂得我没话回答，不由得又羞又愤，就睡在床上哭了一整日。昨夜公子带来顺回山，舜华小姐把这事和公子说了，公子与我家小姐商量，小姐矢志修炼终身，不肯嫁人，并说唐某既欢喜光明，即是与光明有缘，就在今夜，打发光明与唐某下山去，成就他二人的终身大事。公子素来是不敢违背我家小姐言语的，所以立时送先生上路。”

光明正说到这里，陡听得外面一阵喧哗，许多人争着叫：“哎呀！不得了，打死人了啊。”唐采九文人胆小，吓得立起身，露出张皇失措的样子。光明连说：“不要紧。”

不知外面喧哗的什么事，什么人打死了什么人，且待下回再写。

冰庐主人评曰：

此回写唐采九因游春而被骗，受困深山之中，忽而见一女子，忽而来一和尚，疑鬼疑神。不特唐采九迷离惝恍，阅者至此，又安能知其即为朱复、光明耶？天外奇峰，突然插入，非具有大智慧、大笔力不能办此。

光明虽为使女，而夙根甚深，固非路柳墙花可比。言语失检，伤臂送药，皆偶然间事耳，不谓却因此成就好姻缘，便宜了唐采九矣！

第二十七回

光明婢夜走桂林道　智远僧小饮岳阳楼

话说光明扬手止住唐采九道："不要紧，外面吵闹的，夹着马叫的声音，必是有无赖之徒，见马背上驮着两包珠宝；马的缰索不曾系好，又没人看管，以为是可以夺得走的。他们哪里知道这两匹马，是公子花了重价买来的，亲自教了三四年，能解人意，登山渡水，如走平地。"

光明说话时，店伙已走来说道："客人还不快去外面瞧瞧，客人的两匹白马，在门口逢人便踢，已踢倒两个，躺在地下不省人事了。"唐采九没开口，光明已向店伙挥手说道："用不着去瞧，我们的牲口不比寻常，不会胡乱踢人的。你去对那被踢的两人说，肯照实供出来，如何才被马踢倒的，我这里有药，能立刻救他两人起来。若想隐瞒，以为牲口不会说话，我就不管他们的事了。"

店伙听了光明的话，兀自不明白是什么意思，翻起两眼，望着光明。唐采九道："马背上既驮着重要的东西，我们何妨去外面瞧瞧呢？"光明点头道："既是先生想去瞧瞧，也使得。"于是二人跟着店伙出来。只见门口拥着一大堆的人，两个衣服褴褛，青皮模样的人倒在地下，都双手按住肚皮，"哎呀""哎呀"的叫唤。两匹白马，仍并排站在原处没动，许多看热闹的人，都远远的立着不敢近前。

两马各睁着铜铃般的眼睛，向看热闹的人瞪着，两对削竹也似的耳朵，或上或下，或前或后的，仿佛张听什么。看热闹的人，固是异口同声的说奇道怪，便是唐采九，初听光明的话，心里还不免有些疑惑，这时见了这种精干解事的样子，也不由得心中纳罕。光明走近被马踢倒的两人跟前，低头“啶”了一声，问道：“你这个囚徒，胆量也真不小，公然想偷我马上的包袱吗？于今被我马踢倒了，有何话说？你这两个囚徒，平日若不是两个积贼，在这青天白日之中，稠人广众之地，断不敢动手，偷人马背上的东西。非把你们送到衙门里去治罪不可。”

两个人看了光明一眼，同时带怒说道：“你这女人休得胡说！我二人去某家做工，打这里经过，你这两匹孽畜，无端把我两人踢倒在地，你倒诬我们做贼么？你得拿出我们做贼的凭据来。”光明指着两人道：“你们到这时还想狡赖吗？我的马倘没有这点儿灵性，价值数十万的珠宝，就敢安放在两个畜生背上，一不把人看守，二不系牢缰索么？这马上两个包袱，就是你们做贼的凭据。你们不动手解包袱，我这两个牲口决不至用蹄踢你。我且问你，你们如果是打马跟前经过，却为什么两个都是被马的前蹄踢伤？可见得你们见财起意，以为牲畜没有知觉，直走近马鞍旁边，两人同时动手解包袱。马来不及掉转身躯，所以都用前蹄踢你们一下。你们还想狡赖么？你们肯依实供出来，我这里有药，能将你们受的伤立刻医好；若是还要狡赖，我唯有把你们捆送到县衙里去拷供。”

两人听光明说的，如亲眼看见的一般，只得承认道：“我二人不过走近包袱前看看，并不曾动手去解，就挨这畜生踢了这么一下。”光明笑道：“却又来！你们不想解包袱，走到马前去看什么？你们既承认了，我也懒得追究。”当下拿出些药来，教店伙给两人敷上。唐采九要将包袱解下来。光明笑道：“有了这两个人做榜样，谁还敢上前去偷这包袱呢？”

这时里面已开好了饭菜，唐采九与光明回到上房，唐采九问道：“你刚才不是说，必是无赖之徒，想将马牵走的吗？怎的却知道两人是上前解包袱呢？”光明道：“这不很容易看出来吗？缰绳挂在判官头上，一些儿不曾移动，两个包袱都歪在一边，自然一见就能知道。”唐采九听了，心里更是佩服光明的心思细密，将来治家，必是一个好内助。二人在火铺中进了些饮食，归家自成佳偶，这都无须细说。

于今且说朱复原是奉了他师傅智远禅师之命，打算将朱恶紫嫁给唐采九，乃事情中变，倒替丫头光明择了个乘龙快婿，他也只得暂把恶紫的亲事搁起。朱复是个要继承父志光复祖物的人，因恐行动碍眼，又为是智远的徒弟，所以削发做和尚。但是他表面上虽是个和尚，饮酒食肉，却与平常人无异，智远禅师也是一般的不茹斋吃素。师徒二人常借着募化，游行各省，暗中结纳江湖豪杰，方外异人。

这日师徒二人游行到了岳州，智远禅师指着岳阳楼，向朱复笑道："纯阳祖师朗吟飞过洞庭湖，就是在这楼上喝得大醉，飞到对过君山上睡了。后人便在祖师那日醉眠的地方，建了一所庙宇，就取名叫做'朗吟亭'。如今朗吟亭，还好好的在君山上面。我们难得到这里来，也上去喝几杯，领略领略这八百里洞庭湖的风景。"朱复听了高兴，遂一同走上岳阳楼。

这"岳阳楼"三个字的声名，真可说是千古名胜，不曾到过这楼上的人，闻了这楼的声名，必无人不以为是一座了不得的大楼。其实这楼平常得很，就只地势在岳州南门城楼上，比别处高些，在楼上可以凭栏远眺，八百里壮阔波澜，尽在眼底，此外便一无可取了。加以中国人的性质，对于古迹名胜，素来不知道保存顾惜的。住在岳阳楼底下的人，十九都是穷苦小贩，养猪的、养鸡的，简直把楼下当做一个畜牧场。岳州出鱼，楼下又开设了几家鱼行，一年四季，都是鱼腥昧，把岳阳楼笼罩了，本地方的人，轻易不肯上楼游玩。楼旁边虽有两家茶酒馆，然因游人稀少，生意非常冷静，茶馆还有些做买卖的人，在里面借着喝酒，讲成交易。酒馆是连这类主顾都不大上门。

这日智远禅师带着朱复，走上岳阳楼，先在几层楼上游览了一会儿，才找酒馆。朱复眼快，已看见一家酒馆的招牌，写着"春色满江楼酒馆"七个大字，连忙指给智远看。智远点头笑道："你瞧那个掌柜的，坐在账台里面打盹，可见得喝酒的人少，我们倒不妨在这里多盘桓一会儿。"

二人跨进酒馆一看，几十个座头果都空着，没一个喝酒的客。堂倌起初听得楼梯声响，以为有好主顾来了，连忙到楼口迎接，及见是两个游方的和尚，就把兴头打退了半截。勉强赔着笑脸，引二人到临湖一个座头坐下。智远要了些酒和下酒的菜，二人一面吃喝，一面看湖中往来的船只。

刚喝了几杯，只见有三个喝酒的客走上楼来，年纪都在三十左右。走在前面的一个，衣服华美，举动大方，虽是一个公子模样，却精神奕奕，两眼顾盼有神，绝不是寻常富贵公子满脸私欲之气，浑身恶俗之骨，全仗绫罗锦绣，装饰外表的可比。走后面的两个，衣服一般的华美，年纪一般的壮盛，气概就有珠玉泥沙之别了。

朱复看了不觉得怎么，仍回头向湖心眺望，智远就目不转睛的打量那人。那人上楼时，还边走边和同来的两人谈话，一眼看见智远，便不知不觉的停口不说了，也不住的拿那一对闪电也似的眼睛，注视智远。智远故作不理会，端起酒只顾喝。那人和同来的两人，就在智远旁边一张桌子坐上，只听得那人笑向两人说道："我这东道主是不容易做的，你们不用客气，想吃些什么，只管说出来。错过了今日，就休想我再有这么高兴了。"两人同声笑答道："我两个只要少爷领我们到这里来了，就如愿已足，岳州原没有什么可吃的东西，这样冷淡的酒馆，一定更弄不出好菜。"那人道："话虽如此，然总不能不吃点儿，终不成带着你们白跑这么一趟。并且这种酒馆不来则已，来了好歹得吃他一点，才对得起这里的堂倌。"那人说着，随向堂倌问有什么好菜，堂倌满面堆欢的说了几样菜，那人挥手教堂倌去拣好的办来，并要了些酒。

智远在这边坐着，静听那边桌上的谈论，一人忽向那人问道："少爷刚才使的法术，就是费长房的缩地之法么？"那人笑道："你们要我带到岳阳楼，只要到了岳阳就得了，何必问这些做什么？"问的人道："假若我们要少爷带到北京去玩玩，也是这么闭着眼，一刻儿就能到了么？"那人道："这种玩意，可一不可再，我不能带你们去北京，你们也可以不问。"问的人连碰了这两个钉子，便喝着酒不再问了。这人即接着问道："大家都说驾木排的人法力很大，是不是实在的呢？"那人道："法力大概都有点儿，很大不很大，就不得而知。"这人立起身指着湖里说道："少爷请看，那副排有多大，顺水流得有多快。想必驾这么大排的人，法力比驾寻常小排的，总得大些儿。少爷何不使点儿法力，逗着那排客玩玩呢？"

那少爷也立起身望了一望，随坐下摇头道："无缘无故的作弄人家做什么？我们喝酒吃菜吧，免得无事讨麻烦。"先发问的那人，顿时现出不高兴的样子，向那少爷说道："此刻少爷在这里左右闲着没事，我们求少爷带到这里来，本是想寻开心的，就逗着那排客玩玩，又有什么要紧？难道少爷的法力，还怕斗不过一个排客吗？"这人也在旁竭力怂恿。

那少爷有些活动的意思了，看那排正流到岳阳楼下面，两人不住的催促。只见那少爷笑嘻嘻的说道："也好！你们瞧着吧，我把那排吊在这楼底下，使他不能行动。不过你们得听我一句话。”两人齐声问道：“什么话？少爷只管吩咐，没有不听的。”少爷道：“等歇若有人到这里来向我们求情，你们不可露出是我作弄的意思来。”两人答应了，那少爷拿起一根竹筷，插在饭桶里面。

说也奇怪，这里竹筷才向饭桶里一插，湖中流行正急的那副大木排，便立时停住了，只在湖中打盘旋，一寸也不向下水流动。排停住没一会儿，从芦席棚里，钻出一个二十几岁的后生来，带着四个壮健水手，一齐动手，将排头的篾缆，吆喝着绞动起来。越绞动得急，越盘旋得快，就如钉住了的一般，哪里放得下去呢？那后生见绞不动，即扬手教四水手停绞，拿出香烛来，点着焚烧了些黄表纸。后生立在排头，向湖里作揖，口里好像在念诵什么。

是这么鬼混了一会儿，教四人又绞篾缆，仍是只打盘旋。后生将排头上两支蜡烛拿起来，一手拈了一支，回头向四水手示意，扑通跳下湖去，四水手也跟着都跳了下去。好一会儿，后生先跳了上来，两手的蜡烛还在燃烧，四水手接着上来，一个个都愁眉苦脸。五人一同走进芦席棚，随即走出一个白须老头，也是两手拈着两支蜡烛，从容走下水去。烛光入水，照得湖水通红，木排底下的鱼虾水族，都看得分明。老头从西边下去，走东边上来，复将两烛插在排头，作了三个揖，抬起头来，向四方张望。眼光望到岳阳楼上，凝眸注视了一会儿，弯腰拾起一个斗大的木榔槌来，双手举着，对准排头将军柱上，一槌打下去。

岳阳楼上的这少爷，打着哈哈说道：“好大的胆，居然动手打起我来了。好，好！倒要瞧瞧你的本领。”说着，从头上取下帽子来，往侧边椅上一搁。老头捶一榔槌，帽子跳一下，一连捶了十来下，捶得这少爷大怒起来。揪下几根头发，缠绕在饭桶里的竹筷子上。再看那老头，也露出惊慌的样子，朝着岳阳楼跪下叩头。两人对这少爷说道：“那老头的年纪不小，本领却只得这么大，我们瞧了他这叩头求饶的样子，又觉得有些可怜，少爷放了他吧。”这少爷正色答道：“我原不肯多事，你们嬲着我干，此刻倒替他求起情来了。你们可知道，这不是当耍的事么？好便好，不好就有性命之忧呢！”两人听了，不敢再说。

才一转眼，忽见那老头走上酒楼来，先朝智远跪下，哀求道：“小人不曾有事得罪过师傅，求师傅高抬贵手，放小人过去，小人生死感激。”智远立起身，合掌当胸，念声“阿弥陀佛”说道：“老施主何事如此多礼？请快起来，有话好坐着细说。贫僧出家人，最喜与人方便。”老头起来说道：“小人一望就知道师傅是得道的圣僧，小人的排，必是师傅开玩笑吊住了，不能行走，小人只得求师傅慈悲。”智远笑道：“这话从哪里说起？贫僧师徒游方到这里，还不到一日，想去上林寺塔，都没有去。因要看这岳阳楼的古迹，游得腹中有些饥饿了，就到这里来喝几杯酒，何尝见你什么排来？”

老头现出踌躇的神气，两眼搜山狗似的，向各座头仿佛寻觅什么。忽一眼看见那饭桶里的竹筷子了，连忙走过那边，朝着三人跪下，说道：“小人有眼无珠，不识是哪一位作耍，千万求开恩放小人过去。这副排只要迟到汉口一日，小人就得受很大的处分。”那两人因受了这少爷的吩咐，不作一声，都掉转脸望着湖里，这少爷也只顾喝酒不睬理。老头连叩了好几个头，朱复在旁看了，心中好生不忍，正要斥责这少爷无礼，智远忙示意止住，朱复只得忍气坐着。这少爷已开口向老头说道：“你的排既不能迟到汉口，却为什么不早上这里来？你在我头上打了十几榔槌，这账你说将怎生算法？”老头只是叩头如捣蒜的说该死。

这少爷踌躇了一会儿，才伸手从饭桶里拔出那支竹筷子来。这里竹筷子一拔，停在湖中打盘旋的木排，立时下流如奔腾之马，瞬息不见了。老头爬起来，伸出左手在这少爷背上拍了一下道：“好本领，好道法，佩服，佩服！”说着，回身扬长去了。

这少爷见老头已去，即伏在桌上痛哭起来，两人慌忙站起来，问什么事。这少爷顿足泣道：“就上了你们的当，我原是不肯多事的，于今我背上受了那老头的七星针，七日外准死，没有救药。我上有老母，下有幼子，教我不得不哭？”两人听了这少爷的话，也都慌急起来，唉声叹气的，不知要如何才好。这少爷哭泣了一会儿，拭干眼泪，拿钱清了酒菜账，愁眉苦脸的带着二人出酒楼去了。

朱复见了，莫名其妙，呼着师傅问道：“这毕竟是怎么一回事？”智远正色说道：“你年轻的人须记着这回所见的事，这便是好多事的报应。古语说得好“是非只为多开口，烦恼皆因强出头”，刚才这个少爷，若不是无缘无故的逞能，将人家克期到汉口的木排吊住，何至有这场大祸？这事不落在我眼里便罢，既亲眼见那老头下此毒手，出家人以慈悲为本，方便为门，实不能坐视不理。少年人喜无端作弄人，固是可恶，但罪不至死。老头的举动，未免过于毒辣些，我得小小的惩治他一番。”朱复问道：“师傅将如何惩治他呢？”智远起身说道：“往后你自知道，此时没工夫细说，我们算了账走吧。”于今且不说智远师徒去向何方，须趁此把刚才那个少爷的来历，夹叙一番，方不使看官们纳闷。

那位少爷姓周，名敦秉，湖南湘潭县人，兄弟排行第二，人都称他周二少爷。因他曾入学，也有许多人称他周二相公。他父亲周尚絅，是一个榜下即用知县，在湖北一省转辗调任了十多次知县。末了在嘉鱼县任上，拿了一名大盗叫孙全福，依律应处死罪，但是论那孙全福的本领，像嘉鱼县那种不牢实的监狱，要越狱图逃，直是易如反掌的事。不过他一进牢监，就向同牢的囚犯，及牢头禁卒宣言道：“我犯的本是死罪，唯我此时尚不愿死，也不屑冲监逃走；然不冲监逃走，便没法能免一死，假若有人能救我从正牢门出去，我自愿将我平生的道法本领，完全传授给他，不能开正牢门放我，我是不出去的。”

这时周敦秉正随任读书，年已二十岁了，生性极是不羁，虽是在县衙里读书，却终日欢喜与三教九流的人厮混。周尚絅初因溺恋，不加禁阻，后来便禁阻不住了。孙全福宣言的这派话，传到了周敦秉耳里，立时到孙全福牢里，试探孙全福有些什么道法，什么本领。两人见面谈论之下，异常投合，周敦秉甘愿冒大不韪，偷偷的打开正牢门，把孙全福放出来，自己跟着逃走。等到看管监狱的报知周尚絅，派人追缉时，早已逃得无影无形，不知去向了。周尚絅就因这案，把前程误了。

此时周尚絅已有了六十岁，丢官倒不放在心上，就为自己心爱的儿子，竟跟着强盗逃走了，不由得忧愤成疾，下任没多时，便呜呼死了。周敦秉一去六年，毫无消息，他母亲终日忧煎哭泣，两眼已哭瞎了，加以老病不能起床，家里人都以为老太太去死不远了，忙着准备后事，周敦秉忽然走了回来。

不知周敦秉怎生医治他老母，且俟第二十八回再写。

冰庐主人评曰：

朱复能继承父志，以光复祖物为怀，继训之身虽死，继训之志未泯，魂魄有知，亦当含笑九泉矣。

和尚饮酒食肉，确犯五戒，然吾见近世茹素礼佛之南和子，表面虽循循然谨守佛训，其实作奸犯科，或有甚于饮酒食肉之和尚者焉！则和尚之真假，岂在食肉与不食肉而分哉！

周敦秉以一时好弄，开罪排客，迨至身受七星钉，无法解救，方才大哭，然哭已晚矣！智远正色对朱复说：你年轻人，须记这回所见的事，便是好多事的报应。吾谓读《江湖奇侠传》之年轻人，亦应记着，方不负作者一番苦心也。

周敦秉喜与三教九流的人厮混，周尚絅初因溺爱不加禁阻，后来便禁阻不住，是乃不善教子者之通病。世家子弟沦入下流，亦为初因溺爱，不加禁阻而致，为家长者当三复斯言。

第二十八回

剪纸枷救人锁鬼　抽芦席替夫报仇

话说周敦秉正在他老母病在危急的时候，忽然走回家来，家里人惊喜自不待言，他老母的病原是因儿子急成的，危急的时候，忽见儿子回来，心里一欢喜，精神不觉陡长起来，病魔也就吓退了好远。周敦秉到床前安慰了他母亲几句，便从怀中摸出些药来，给他母亲吃了，极容易的就将他母亲的病治好。他母亲自从服下那药，精神上复增加了愉快，不但病患若失，反较不病的时候强健了许多。周敦秉自此便在家奉养老母，全不与闻外事，他也不曾向人说过，在外几年的情形。

他有一个姑母，住在湘潭乡下，这时他特地跑到乡里，去看他的姑母。一进他姑母的门，便听得里面哭声震地，十分凄惨，不觉吃了一惊，以为他姑母死了，连忙走进去。只见厅堂上围着一大堆的人，哭的哭、叫的叫，忙乱作一团，他姑母也在人丛之内，哭得更厉害。原来是周敦秉的表兄弟，失脚跌在塘里，被水淹死了。等到他姑母家知道，纠人从水中捞起来，已是断了气。这时正在尽尽人事，用铁锅覆在厅堂上，锅底顶住死者的肚皮，想将肚里的水挤出来。施救了好一会儿无效，他姑母痛子心切，自是哭得厉害，而沾亲带故的人，看了这惨死情形，也都免不了同声一哭。周敦秉看了喊道：“不用哭，水淹死了没要紧，我能立刻将表弟救活。”

他姑母见是自己侄儿来了，虽不知道周敦秉真有起死回生的本领，然听了能将表弟救活的话，自是欢喜，当下便停了哭声，问周敦秉应该怎生救法。周敦秉道：“只要淹死的人尸体不曾朽坏，我都有方法能救治得活，何况表弟才从水里捞出来？容易，容易！快拿一张白纸、一把剪刀来。”他姑母家里人即依话拿了给他。他接在手中剪成一片纸枷，又剪了一副镣铐，用食指在纸枷、纸镣铐上都画了一道符，教他姑母家的人，引他到那落水的塘里去。他一到那塘塍边，即将纸枷、纸镣铐往水中一抛，口里念念有词。说也奇怪，纸枷、纸镣铐落在水里，并不浮起，见水竟沉下去了。

周敦秉在塘坳上念了一会儿咒语，忽回头笑向同去的人道：“你们见过落水鬼没有？”同去的人摇头道：“只听人说过有落水鬼，却不曾见过。”周敦秉道：“你们想见识见识么？”同去的人笑道：“青天白日，怎么能见得着落水鬼呢？”周敦秉随用手向对面柳树下一指说：“怎么见不着？那披枷戴锁的黑东西，不就是落水鬼吗？”

好几个人跟着他手指的地方一看，都分明看见一只浑身漆黑的东西，仿佛三四岁小孩一般大，头顶上四五寸长的黑毛，乱丛丛的蓬松着，两只圆小有光的眼睛，滴溜溜的看人。颈上披着一面枷，脚镣手铐，都不像是纸剪的，蹲在柳树底下，露出很懊丧很惶恐的样子。同去的人看了，都觉得很诧异，只回头问周敦秉一两句话，再看那东西就不见了。这里才将落水鬼锁上岸，那边经多方救治不活的表兄弟，已悠悠的回过气来了，自行吐出肚中的水，即如未落水一般。

周敦秉自从这回显手段，救活了自己表弟，这消息不须多日，即传遍了湘潭一县。这一县中，凡是落水淹死了的人，几十里几百里来求他去救的，弄得他忙得不可开交。湖南人的性格，本来是十分迷信神怪，平生不曾见过鬼怪模样的，尚且异口同声说鬼怪是有的；于今周敦秉能在光天化日之下，将鬼枷锁给一班人看，这迷信的程度，增加得还了得吗？因此不仅落水淹死了的人家，请他去惩治落水鬼，就是患了稍为奇异些儿的病症，没能耐的医生诊治不好的，也以为是鬼怪缠了，哀求苦告的请周敦秉去，降鬼捉怪。周敦秉少年好事，也不觉得厌烦，终日奔波与鬼怪作对。

这夜周敦秉替人治病回家，才合上眼睡着，就梦见他师傅走来向他说道：“我传授你的道术，是为你自己修持，作防身之用的，不是给你拿了在外面招摇的。你可知道你归家后种种行为，已上干天怒么？你从今后，若不痛自改悔，闭门修炼，再拿着我传的道术随处逞能，等到大祸临头，只怕追悔也来不及了呢！”周敦秉醒来，心中很有些畏惧，从此不敢再替人治鬼了。

他年少风流，虽是修道之士，仍免不了涉足花柳场中，也有人说他是做采补功夫的，湘潭有名的娼妓，他十九要好。有个名叫花如玉的姑娘，和他更是亲密。这日花如玉忽对周敦秉笑道："湘潭无人不知道你会捉鬼，你并且时常捉了鬼给人看。你在我这里来往了这么久，我很想看看鬼是什么样子，你能捉几个来给我瞧瞧么？"周敦秉笑道："鬼有什么好看？你没听得骂人生得不好的，总是骂丑得和鬼一样的话吗？若是鬼好看，我早已送给你看了。"花如玉道："不管鬼好看不好看，我不曾见过的，总得见见才好。你就捉几个来给我看吧！"周敦秉摇头道："不行！你的胆小，见了一定害怕，还是不看的好。"

花如玉哪里肯依呢？倒在周敦秉怀里，撒娇撒痴的要鬼看。周敦秉拗不过，只得应道："捉给你看使得，但是你想看什么鬼呢？"花如玉道："随便什么鬼，只要是鬼就行了。"周敦秉笑道："你是女子，只能看男鬼，看了女鬼便得发寒热。"花如玉问道："这是什么道理呢？"周敦秉笑道："男鬼好女色，女鬼好男色。你是个女子，男鬼看了你高兴，不忍害你。女鬼见你生得这么漂亮，就不由得要妒嫉你，要作弄你了。"

花如玉问道："难道女子死后变了鬼，还妒嫉人、作弄人吗？"周敦秉道："男子变了鬼还好色，女子自然变了鬼还妒嫉。"花如玉低头想了一会儿道："那么你就捉男鬼来给我看吧，只是得捉几个年纪轻些儿的。"周敦秉笑问道："你要看年纪轻些儿的，打算和色鬼，做恩相好么？"花如玉急得伸手揪周敦秉道："你胡说！我因恐老鬼的样子怕人，难道你这个还不曾变成的色鬼，也妒嫉起来了吗？"二人笑谑了一会儿，周敦秉约了明日送鬼给花如玉看。

花如玉次日坐在家中等鬼来，等了一上午，连鬼影也不见一个上门。等到午饭过后，忽有一个弯腰曲背的老头，提着一个大鱼篮，走来对花如玉说道："周二少爷教我送团鱼到这里来，他等歇来这里吃晚饭。"花如玉教人将团鱼用水养着，不要干死了不好吃。老头去了一刻，又来一个三十多岁的粗人，也是提着一个大鱼篮，走来说道："周二少爷买了我的鲫鱼，教我送到花姑娘这里来，要花姑娘亲手将鲫鱼养在水缸里。"

花如玉心想奇怪，我约了他今日送鬼给我看，他不送来，却买这些团鱼、鲫鱼来干什么呢？但是他既要我亲手将鱼养在水缸里，我只得照他说的做。随即将鲫鱼倒入水缸里，鱼篮退还那粗人去了。又过了一刻，又有两个小孩，抬着一个小鱼篮走来，说道：“周二少爷今夜要在这里请客，买了我们的鳅鱼，要我们送到花姑娘家里。这里有姓花的姑娘么？”花如玉听了，心想这小孩说周二少爷，今夜在这里请客，必不是请客。请客要办酒席，哪里用得着这些鱼？一定是安排今夜请鬼给我看。当下花如玉出来对小孩说道：“我就姓花。周二少爷此刻在哪里，你们知道么？”小孩答道：“周二少爷此刻在城隍庙，他说一会儿就到这里来。”花如玉喜滋滋的收了鳅鱼。

小孩才提了鱼篮出去，周敦秉已笑嘻嘻的来了，花如玉迎着问道：“你打算请什么客，用得着买这些鱼呢？”周敦秉正色道：“你不是约我今日送鬼给你看的吗？”花如玉点头问道：“看鬼要买这些团鱼、鲫鱼做什么呢，鬼欢喜吃鱼吗？”周敦秉大笑道：“你吵着要看鬼，当面看了鬼，又不认识。”花如玉诧异道：“那些团鱼、鳅鱼就是些鬼吗？你昨夜又不向我说明，我怎么会认识呢？”周敦秉摇头道：“团鱼、鳅鱼哪里是鬼？那送鱼来的，才是鬼呢。四个鬼都和你谈了话，你还没看清么？”花如玉不相信道：“送鱼来的，我看得明白，分明是四个人，如何硬派他们做鬼？”周敦秉打着哈哈道：“于今的人鬼，本也难得分明，不过你缠着要看鬼，我就只有这种像人的鬼给你看，再要看却没有了。”花如玉似信不信的问道：“那么些鱼，怎么弄了吃呢？”周敦秉道：“你说怎么好就怎么弄，但是要你亲自动手。”

花如玉走到养团鱼的水缸跟前一看，不觉大吃一惊，水缸里何曾有一只团鱼呢？只有七八片梧桐树叶，浮在水面上，拨开梧桐叶看水里，清澈见底，一无所有。花如玉很是疑惑，连忙跑到养鲫鱼的所在一看，浮满了一缸的竹叶，不见有一条鲫鱼。再看鳅鱼缸，竟是一缸水藻。对着缸里怔了一怔，回身出来问周敦秉道：“你捣什么鬼？分明许多团鱼、鲫鱼，我亲手倒在水缸里的，怎么一会儿都变成竹叶、树叶呢？”周敦秉笑道：“你看错了！”花如玉连连摇头道：“不错，不错！鱼都不认得吗？”周敦秉点头道：“分明是鬼，你看了偏要说分明是人；分明是竹叶、树叶，你看了偏要说分明是鱼，我如何争得过你呢？”

像这样拿鬼当玩意儿的事，周敦秉时常在班子里，做给一班妓女看。有时妓女偶然闲谈到食品上，说某某地方的什么东西好吃，可惜这里没买处。周敦秉一高兴，只到门外转一转，立时提许多妓女所谓好吃的东西进来，并有某某某地方，某某店家的招牌纸为凭。如馒头、馄饨之类，还是热气腾腾的。弄得湘潭一县的人，个个都知道周敦秉是个奇人。不过，他自从受过他师傅在梦中警告之后，绝对不肯和鬼怪作对了。

当他归家不久的时候，不曾向人显过什么本领，这日他母舅从湘潭县到他家来，看他的母亲，进门已是黄昏时分了，一见周敦秉的面，就跺脚说道："坏了，坏了！我今日动身仓促，忘了一件要紧的东西在县里，此时便派人骑快马去取，也来不及进城了。"周敦秉问道："你老人家忘了什么东西，放在什么地方？"他母舅道："我这回到县里，是因一桩田土案子，和人打官司，费了无穷之力，才找着一条到县太爷跟前进水的门路，送了县里五百两银子。于今把那封引进人的信，和一个手折的底稿，遗忘在我住的那个客栈里了。我因为昨日才知道那客栈的老板，就是和我打官司的人有戚谊，所以不再住那里了。谁知却把这般紧要的东西，遗留在那客栈的西边厢房里，万一客栈里的伙计们看见了，落到那老板手里，我这场官司一定糟透了。从这里到县里，整整的有七十多里路，在这时分谁还赶得进城呢？"

周敦秉听了问道："那东西放在西边厢房里什么所在？"他母舅说是放在桌子抽屉里。周敦秉当时也不说什么，没一刻工夫，从袖中取出一个手巾包儿，交给他母舅道："请你老人家打开瞧瞧，遗忘在县里的，是不是这东西？"他母舅一看，惊得呆了，不是一封信，和手折底稿是什么呢？他母舅问他怎生得来的，他只笑着不肯说，直待救活了他表兄弟，知道他本领的多了，他母舅才释了这回的疑团。

湘潭好事的少年，没有不愿意与周敦秉结交的，一般的心理，都差不多拿周敦秉当玩稀奇把戏的人。这回在岳阳楼，与排客斗法，也就是新结交的，两个典当店里的小东家。知道周敦秉有本领，能在顷刻之间，拜会数千里以外的朋友。定要周敦秉带他两人，到岳阳楼玩耍一趟。周敦秉既不能真个闭户静心修炼，爱向一班俗人厮混，自却不过要求的情面。谁知因钉排遇了对头，背上受了那老头的七星针，当下带着两人，狼狈遁回湘潭。

周敦秉到家，即跪在他老母跟前哭道："孩儿不孝，今日在外被人打伤了，不出七日必死，无可救药。母亲养孩儿一场，不但没尽得丝毫孝道，反为孩儿担着忧急，孩儿此时就后悔也来不及了。”他老母听了周敦秉这些话，正如万箭钻心，止不住放声痛哭。

周敦秉背上针毒发作，躺在床上不能转动，流着眼泪对自己妻子说道：“我对不起你，半途把你抛弃，只是你得替我报仇，我死了才得瞑目。”他妻子也哭着问道：“我是一个没一点儿能为的女子，心里虽想拼死替你报仇，但是怎么报得了呢？”周敦秉道：“我岂不知道，你是个没能为的女子？我既说要你替我报仇，自是你能报得了才说。”他妻子泣道：“只要我能报得了，哪怕立刻教我去死，我也甘心。”

周敦秉就枕上点头道：“伤我的是一个辰州排客，那木排限期要到汉口，你赶紧拿一片芦席，披头散发，到河边跪着，将芦席铺在水上，哭一声夫，叩一个头，将芦席抽散一根，抽下来的，往上流头抛去。你这里芦席抽完，他那木排也散完了。切记，抽下来的，不要往下流抛去。他的木条，便一根也流不到汉口了。”

他妻子听了这话，急忙挟了一张芦席，哭哭啼啼的走到河边，跪下来披头散发，一面哭夫，一面叩头抽芦席。才抽了几把，忽听得背后有如雷一般的声音，念着“阿弥陀佛”。周敦秉妻子一心要替夫报仇，不肯回顾，就听得背后那念阿弥陀佛的声音说道：“女菩萨且止啼哭，贫僧有话奉告。”周奶奶满肚皮不愿意的回过头来，只见一个浓眉大眼、魁梧奇伟的和尚，满面慈祥之气，合掌当胸的立着，后面还立着一个很年轻很壮实的和尚，昂头不语，不由得生气说道：“男女有别，何况你是出家人，和我有什么话说？”气愤愤的说毕，仍朝着河里叩下头去。

这两个突如其来的和尚，不待在下交代，看官们必早已知道是智远和尚师徒了。当下朱复见了周敦秉妻子的情形，也不由得生气，待要发作几句，智远已高声打着哈哈说道：“女菩萨只知道要替丈夫报仇，就不知道要救丈夫的性命么？”周奶奶只当没听得，不住的夫呀、夫呀的号哭。朱复实在忍不住了，说道：“师傅，这婆娘颠倒不识好人，不理他也罢了。”智远不答话，长叹了一声道：“女菩萨的丈夫有救不救，不是和谋死亲夫一样的罪吗？”

周敦秉妻子听了与谋死亲夫一样的罪，这一气就非同小可了，一折身站了起来，指着智远，说道：“你出家人，怎么无端干预我家事。我丈夫不幸，我也拼着一死，你如何说我和谋死亲夫一样？我倒得问你，怎生知道我丈夫有救？”智远正色答道：“贫僧若不知道，也不来这里，与女菩萨说话了呢！女菩萨且带贫僧去见着尊夫，自有救他的法子。”

周敦秉妻子听了智远和尚的话，暗想我丈夫今日在岳阳楼受的伤，岳阳楼离此地有五六百里远近，这里有谁知道我丈夫受伤的事呢？我丈夫教我报仇，来这里抽芦席，这事除我夫妻以外，更无人知道。这和尚说我只知道替丈夫报仇的话，又从哪里看出来的呢？可见这和尚必有些来历。我丈夫横竖是受了伤，快要死的人，和尚既说能救，何妨就带着他去见我丈夫的面；若真能将我丈夫的伤医好，岂不是万幸吗？周敦秉妻子想到这里，即时改换了词色，对智远说道：“师傅果能救得我丈夫性命，我情愿建筑一座庙宇，给师傅居住。”说着，引智远来到周家。

周敦秉正睡在床上呻吟不断，他妻子先到床前，将遇智远的情形，报知周敦秉。周敦秉喜形于色说道：“必就是岳阳楼遇见的那两位师傅，快去请到这里来，求他恕我不能起床迎接。”他妻子请智远进屋。周敦秉勉强抬身，向智远拱手道：“弟子早知师傅是圣人，只因孽由自作，不敢冒昧恳求。于今辱承法驾光临，必能使弟子超脱鬼道。”智远合掌答道：“居士此后如能确遵令师梦中的训示，一意修持，贫僧愿助一臂之力；若眨眼就把那训示忘了，这番即算保得性命，然以后随时随地，皆难免不再有七星针，到居士背上来！”

周敦秉一听确遵令师梦中训示的话，不由得心里惊服到了极点，暗想：我那回做的梦，连我母亲、妻子都不知道，这和尚若不通神，如何能晓得呢？当下绝不踌躇的便道：“弟子知道改悔了。”

智远点头道：“七星针原是排教中最厉害的道法，排教中有这种能为的，只有掌教的一人，要救治极不是一件容易的事。排教所恃以护教，而能与师教抗衡的，就在这一针，比师教的五雷天心正法，还来得厉害。这针本是苗峒里传出来的，汉人没有治法。贫僧于今仗着佛力，替居士将背上的针拔出来，不过须准备几样应用的东西，借笔墨给贫僧开写出来。”

周敦秉妻子连忙拿出纸笔，智远开出单来，周敦秉接过来看了，问道：“师傅要做很多人吃的饭菜吗，怎么用得着这么大的锅灶和蒸笼呢？”智远道：“说起来，居士不要害怕，这七星针非同小可，受伤的人，非坐在蒸笼里，不断火的蒸七昼夜，不能拔出来。”周敦秉变色说道：“弟子哪有这法力，能在蒸笼里坐七昼夜呢？”

不知智远怎生回答，毕竟如何救得周教秉的性命，且待二十九回再写。

冰庐主人评曰：

此回入周敦秉传，用补叙法，与写以前诸奇侠不同。当周敦秉学道归来之日，正老母病床危急之时，卒能一药而瘳，重叙天伦之乐。在周敦秉始虽获罪于乃父，对于老母，可谓能稍尽子职矣。使果能从此静处养亲，屏绝外事，犹不失为一纯正道者；而乃以好嬉故，致身受七星针之惨祸，重贻家人之忧，不独无以对老母，抑且有负乃师矣。

天下之以奇技淫巧贾祸者夥矣，观乎周敦秉之枷锁水鬼、远致食物、役使鬼类，可谓极奇巧之能事。而后日之受创几死，亦即以此，然则世人又何事竞尚奇巧哉！著者于此，寄意深矣。

第二十九回

土地庙了道酬师　义冢山学法看鬼

话说智远听了周敦秉的话，仰天打了个哈哈笑道：“居士果有这种能为，还用得着贫僧来多事吗？不过贫僧也得去找一个帮手来才行。居士且将应用的东西备办停当，贫僧去一会儿便来。”周敦秉欲待问帮手去哪里找，智远已转身出来，引朱复往外就走。

朱复跟着出了周家问道：“师傅已给这人治好了么？”智远笑道：“这般容易治好，也不是七星针了呢！我还得去找一个人来做帮手，可因此了却一重公案。”朱复诧异道：“师傅一人的力量，还嫌不足吗？”智远道：“不是我一个人力量不足的意思，你可知道学道的人，有法、财、侣、地四件东西么？这四件东西，缺一不能成道。”朱复听了不解，智远道：“没有法，不能卫道；没有财，不能行道；没有侣，不能了道；没有地，不能得道。所以，缺一不能成道。”朱复道：“学道怎么还要财呢？”智远道：“你此时离道还远得很，哪里便能领悟到这一步？有修炼几百年尚不曾成功的，就因为这四件东西，不是有大缘分的人，不能一时都备。张三丰因得不着个财字，直等到沈万山出世，他才成正果。你将来若肯努力上进，缘分又好，这四件东西，就容易给你遇着。我于今要找的这个帮手，姓刘名景福，因得不着一个侣字，迟了五十年，还不得了道。我今日去做他的侣了他，他将来可为我得地以成我。此中因缘，很是玄妙。”朱复听了这些话，全不懂得，知道问也无用，只低头跟着行走。

约莫走了半里多路，忽见前面一座小山脚下，有两株合抱不交的大樟树，枝连干接，如向天撑开两把大伞。两树当中，夹着一座小小的石砌土地庙。智远走到庙跟前，那庙的木栅门即时“喳喇”一声开了，智远合掌当胸，走进庙去，朱复也跟在后面。只见这庙就只一间房屋，当中设了一座石刻的土地神像，神像前的供案香炉，都是粗石凿成的，上面堆积的灰尘，有寸来厚，这庙香火之冷淡，可一望而知。

供案旁边地下，仰面躺着一个衣不蔽体，瘦如枯腊的老人，蓬头垢面，手脚挺直，像是早经断了气的。智远朝着那人拜倒下去，口中说道：“弟子智远，特来恭送师尊一程。”作怪，智远的话才出口，那人已翻身盘膝坐起来，点头应道：“很好，很好！周敦秉自作之孽，死本应该，只因他存心尚不恶，且屡次救人于厄，立了些微功德，我可以帮你救他不死。不过李金鳌为排教之首，平生功德极多，你须告知周敦秉，万不可存报复之念。”刘景福说罢，端坐瞑目，智远也趺坐合掌，闭目念经。

朱复在旁看刘景福的神情，已是死了。一会儿工夫，智远立起身来，对朱复道：“去吧。此间的事，已经完了。”朱复即跟着智远，走出土地庙，再回头看庙里时，刘景福已端坐在石供案上面，不由得心中诧异，暗想刚才的神气，不是和死了一般吗，怎的一转背，又坐在供案上了呢？忍不住问智远。智远遂将刘景福的履历说出。

原来刘景福是武冈州的人，他父亲刘东平，在贵州做了好多年的武官，屡次因征苗族有功，升到了参将。刘景福那时只得十二三岁，跟在他父亲任上读书。有一次刘东平带兵和苗族开战，苗族里面有个会妖法的苗人，苗峒里称这苗人为“济法师”。济法师使妖法，将刘东平打败数次，后来刘东平用鸡狗血及污秽之水，把济法师的妖法破了，并将济法师活捉过来。照律本应处斩的，但是刘东平很爱惜济法师，想暗中留在跟前，以备他日征苗之用。

刘东平主意既定，便在私室提出济法师来问道：“你的法术很好，我想用你将来征服诸叛苗，你愿意为我尽力么？你愿意，我便设法保全你的性命。”济法师叩头说愿意。刘东平又问道：“你经过此番污秽之后，法术还能灵验吗？”济法师道：“只须用清水沐浴一次，即无妨碍。”刘东平就将济法师留在跟前，而以当场格毙，具报清廷。济法师感激刘东平活命之恩，终日在刘东平跟前，如仆役一般，并把姓名更改了。刘东平自从留了济法师之后，在参将任上几年，绝没有苗族叛变的事发生。济法师遂也无所事事，只每日等公子刘景福放了学，陪着玩耍，时常玩些新奇把戏给刘景福看，或是用分身法，现出无数的济法师来，把刘景福围住或是用替换法，随手指一张方桌，说是一只牯牛，那方桌便立时成了牯牛。刘景福看了，自然高兴，并纠缠着济法师要学。济法师总是推诿道："这些玩意儿，公子学了没有用处，公子只认真读书，将来入学中举，点翰林，做大官，等到做了大官，会玩这些把戏的人，看公子要多少，便能有多少来伺候公子，岂不比自己学了去伺候别人的强多了吗？"

济法师虽是这般劝说，然刘景福想学的心思，仍是毫不减少。而纠缠了几年，刘东平升了江西的总镇，快要起程了，仍想带济法师同走。济法师道："小人受了活命大恩，本应随侍终身，图报万一；奈小人除了懂得些微法术而外，全无可用的本领。并且大人此去江西，逆料没有使用小人的事，等来生再图报答高厚吧。"刘东平不便勉强，只得由他告别。

济法师向刘东平作辞之后，对刘景福说道："公子屡次想从小人学法，小人因公子不是能学这些玩意的人，不肯传授公子。于今小人将与公子分别了，倒想传授公子一点儿法术。但不知公子想学什么？"刘景福听了，异常欣喜，连忙问道："我想学什么，你便传我什么吗？"济法师点头应道："公子思量停当了再说，说出口便不能更改的。"刘景福少年心性，暗想有许多稀奇法术，他都做给我看过，都不过是玩意儿，学了无味。人最难看见的是鬼，我何不要他传授我看鬼的方法呢？想罢，就对济法师说要学看鬼。济法师道："好，学看鬼容易，不过公子想要看鬼，便不能害怕。公子今夜不要睡，小人传公子的法。"

刘景福这夜二更时分，由济法师带到一座义冢山上。济法师用手在地下画了一个大圆圈，教刘景福盘膝坐在当中，自己陪坐在旁边。问刘景福道："公子坐在这里，心中有些害怕么？"刘景福道："有你在我跟前，我不害怕。"济法师笑道："我不能随时在公子跟前，公子害怕，却如何能学法看鬼呢？"刘景福道："我学会了法，自然不会害怕。"济法师指着地下道："我刚才画的这道圆圈便是法，坐在这圈里的人，只要不动，不叫唤，无论什么鬼，也不敢近前。心里尽管害怕，不跑出这圈子，是不妨事的。公子能忍耐着不跑出圈子，不叫唤么？"刘景福道："能！"刘景福这能字才说出口，一转眼已不见济法师的踪影了，心里就吃了一个老大的惊吓，满想呼唤两声，只因济法师吩咐了，不能叫唤的，只得坐着不作声。

这时正是九月间天气，寒风振木，冷露沾衣，一轮清如水明如镜的月光，照得树荫草影，在地下成种种奇形怪状。加以微风撼动，俨然是山魈野魅，在那里摇头摆脑，将要扑近身来的样子。刘景福见了这种情景，已害怕得周身毛发，都悚然直竖起来。而三百六十种的虫类，一到秋天，都感各自的寿命不能长久了，彻夜饮泣。有房屋居住，心中毫无所畏惧的人，听了这种秋虫唧唧的声音，尚且无端要生出许多凄凉之感；何况刘景福在这恐怖横生的时候，哪里还辨得出是虫声呢？简直以为是满山的鬼哭神号。因此不但害怕得毛发直竖，竟吓得十万八千个毛孔里，孔孔淌出冷汗来，四肢百骸，没一处能禁止得住发抖，抖得三十六颗牙齿，咯咯咯的响起来。待欲遵守济法师的吩咐，不叫唤，不跑出圈子，无奈害怕得太厉害，心想若再不把济法师叫出来，也会就这么吓死，于是张开口要叫唤。只是吓极了的人，喉咙里仿佛塞了什么，再也叫唤不出。没奈何，只得要跑了，然叫都叫不出，又哪能跑得动呢？

刘景福到了这时，真是心胆俱裂了，不过尽管心胆俱裂，济法师仍是不见。既不能叫唤，又不能跑动，仍得坐在圈子里面，接连出了几阵汗，汗也出得没有了，却总汇到两只眼里，变出眼泪直流。

正在急得哭了的时候，忽听得耳边有人轻轻的唤了一声："公子"，刘景福听得出是济法师的声音，回头一看，济法师仍坐在身旁，好像并不曾走动的样子。不由得心里又是喜，又是气，指着济法师说道："你倒是一个好人，也不怕把我吓死了。"济法师笑道："公子已看见了鬼么？"刘景福举眼向四周望了一望，树荫草影，还在地下摇摆，虫声也还在耳边号哭，实在不曾见着可指认为鬼的东西，只得摇头说："没看见。"济法师道："公子既没看见鬼，被什么东西吓得要死呢？"刘景福不服道："这半夜三更，把我一个人坐在这丛葬山中，你连说也不说一声便跑了，教我如何不吓得要死？"济法师笑问道："公子今夜已吓到了极处么，已害怕到了极处么？"刘景福道："不能再吓再怕了，实已到了极处。"济法师点头道："可见吓到极处，害怕到极处，也不过如此。公子要知道，如果有什么险事，害怕也是不中用的。公子既想学看鬼的法术，尤其不能害怕，一害怕便得受累不浅。公子经过了这番的大害怕，此后当不至有比刚才更害怕的境遇，公子放心便了。”刘景福道：“方才我不曾见鬼，尚且害怕到这样，若果真见了鬼，不要把命都吓掉吗？”济法师摇头道：“这是没有的事，包管公子见了鬼，丝毫不至发生害怕的念头，请公子将两眼合上。”刘景福道：“这回你不走么？”济法师笑道：“我走到哪里去？”刘景福见济法师答应不走，遂将两眼合上，并暗中用手拉住济法师的衣角。

没一会儿工夫，仿佛身坐一处街市之中，来往的行人很多。各人所穿衣服的种类，也不一致，有穿现时衣服的，有穿演戏衣服的，闲游的多，做事的极少。自肩以上，头部都模糊辨认不清，仔细看时，手足不完全的；奇形异状的；肩上无头，用双手捧着头行走的；颈上挂一条绳索，吐舌出口外数寸的，刘景福看了这些怪模样的人，心中才顿然觉悟道：“济法师教我看鬼，难道这些东西，就是鬼么？是了，若是人，我坐在这街道中，怎么这些东西全不觉我碍路呢？”正在这般想念着，忽见一个身材高大的汉子，推着一大车箱笼，迎面直冲而来。惊得刘景福待起身避让，哪里来得及，只眼一瞬，那大汉已推着车从身上辕轹而去，然身上并不感觉有什么东西接触。

刘景福起初只能看见前面的鬼物，渐久渐能同时看见左右两旁的鬼物了。更坐一会儿，连从后面来的鬼物，也和在眼前一样，看得纤悉靡遗了。刘景福自己也不知道所以然，虽看了这么多鬼物，也不觉得可怕，只觉种种模样，看了都有些讨厌，不耐久看，并且看了这么久，也看够了。心想济法师原对我说了不走开的，此时却不知道他走到哪里去了？心里才一动念，就觉有人在肩上推了一把，接着听得说道：“公子不愿意看了，请转去吧。”刘景福惊醒过来，张眼一看，济法师仍坐在身旁，四周情景，与未合眼前无异，回想刚才所见，仿佛如做了一场春梦。

济法师道：“公子的根基，异常深固，大概由于公子的祖宗积累甚厚，食报在公子身上，左右后面的鬼物，公子能同时看见，这便是天眼通的根基，将来成就，未可限量。小人这一点儿法术，公子哪里用得着学？”刘景福道：“不学便不能修炼，不修炼，有什么成就呢？”济法师道：“‘生而知之者，上也’，这句话，公子不曾读过么？要学要修炼才得成功的天眼通，便不谓之报通了。”刘景福当时听了，也莫名其妙，就此一同回家。刘东平办好了交代，即带了家眷到江西上任，济法师自回苗峒去了。

刘景福跟在总镇任上，照常读书，然自跟着济法师，在义冢山上，看了那次鬼之后，每夜睡着，必见许多和那夜情形相同的鬼物。如此不间断的看了一个多月，心中一则有些害怕，二则有些生厌起来，忍不住将每夜见鬼的情形，并在贵州与济法师看鬼的事，说给刘东平听。

刘东平只得这一个儿子，钟爱得厉害，忽听得有这种奇怪的症候，深恐因此坏了性命，请了许多有名的法师，来家给刘景福治鬼。治来治去，果然似乎有些效验，夜间睡着不见鬼了，但是白天倒不能合眼，一合眼就和夜间睡着一样，什么鬼都看见，刘东平只得又请些法师来治。治过之后，白日合上眼，倒不见鬼了，然张开眼又看见，弄得刘东平没了办法，不能不听之任之。而刘景福看鬼的程度，就因此日有进步了。初时只能见鬼，半年之后，便能见神，然只能见位卑职小的神，又过了半年，大罗金仙也能看见了。刘景福说："大罗金仙的阳气太盛，仅能远瞻，不能逼视，经自然的进步，五年后才能与大罗金仙相近。数千里以外的事物，自然能通晓，和目击的一般，所不能知道的，就只佛法无边，报通的资格太低，不足以测其高深。"刘景福既自然成功了天眼通，能省悟一切因果，便不愿再堕尘劫。等到他父亲刘东平一死，即将刘东平一生宦囊所积的财产，尽数拿出来，广行功德。

但是刘景福的天眼通，虽然成了功，只因他是无师承的，不曾用功修炼的，便不能收徒弟。不能收徒弟，则"法""财""侣""地"四件之中，"侣"字就得不着。他为得不着这"侣"字，迟延了三十多年，不能了道。不过他的神通，已能知道智远禅师，因得不着一个"地"字，到处访求，并知道智远的道行，也不能前知，但所知的有限，没有通天彻地的本领。有了智远这样徒弟，足能了自己的道果，而智远名虽是徒弟，实则并无须从师傅学习什么，只须代智远觅一个成道的地便了。刘景福通盘计算之后，才到那离周敦秉不远的土地庙里睡着。智远一来，刘景福便成了正果。这段故事，凡是湘潭县年老的土著，十九能源源本本的说出来。那座土地庙从这时起，即改名为刘真人庙，刘真人的肉身，直到民国六年，还巍然高坐在那石供案的上面，庙宇也加大了好几倍，香火极盛。近年来湘潭屡遭兵乱，就不知道怎样的了？只是这些话，都是题外之文，不用多絮。

且说智远在路上将刘景福的来历，略略的告知了朱复一番，已到了周敦秉家。据故老传说，当日智远和尚真个将周敦秉，放入大甑之中，架起劈柴火，蒸了七日七夜。智远亲自设坛在大甑旁边，朝夕做法，竟把周敦秉背上的七星针，真的拔了出来，周敦秉便回复了原状。这种事实，虽是不近事理，然这部《奇侠传》中的事迹，十有八九是这样理之所无、事或有之的情节，因此不能以其迹近荒诞，丢了不写。

闲话少说，再说智远禅师救活了周敦秉，即吩咐朱复道："你快去江宁，救你的姊姊，和胡舜华两人。我这里有一封信，你好生带在身上，到江宁即送呈参将庆瑞。救了你姊姊和胡舜华之后，回头到万载玄妙观来见我。"说着，取出封信来，交给朱复。

朱复陡听了这话，不知道自己姊姊和胡舜华，怎生到了江宁，又有了什么患难？心里不由得着急，想问个明白再去，智远已挥手道："快去吧！到了江宁，自然知道。"朱复不敢多说，只得藏好了信，即刻动身向江宁进发。智远便去江西万载，在玄妙观修真养性。

不知朱复怎生搭救朱恶紫，并胡舜华，且俟第三十回再写。

冰庐主人评曰：

此回又从智远和尚身上引出刘景福来，为《奇侠传》中添一健者，真是层出不穷，妙在各人的师傅不同，禀赋亦不同。耐庵作《水浒传》，写一百零八条好汉，有一百零八副声音笑貌，后之作长篇武侠小说者，莫不刻意摹之，然肖者实尠。今观此作，庶乎近矣！

第三十回

小豪杰矢志报亲仇　勇军门深心全孝道

话说朱复奉了他师傅的命，即时动身往江宁。到江宁的这日，即听得满城传说，参将衙门里，捉拿了两个女刺客，年龄都在二十上下，都生得如花似玉，一个是道姑打扮。不知为什么事，要行刺参将庆大人？朱复一听这种传言，料知那两个被捉的女刺客，必是自己的姊姊和胡舜华无疑，只猜不透自己姊姊，为什么会来这里行刺？并且朱复暗想自己姊姊的本领，很不为弱，又有胡舜华同行，参将虽说是武官，不过会些武艺罢了，如何竟能把两个有道法、会剑术的人拿住呢，这不是奇事吗？她两个尚且被捉，我若凭本领去搭救，是决做不到的。师傅有信在这里，我且将信送进参将衙门，看是怎样？

著书的写到这里，却要另起炉灶，从别一方面着笔写来。

且说醴陵渌口地方，有一家巨富，复姓欧阳，兄弟二人，长名继祖，次名继武，兄弟分析了多年。继武捐了一个小小的前程，在南京候补，家眷也都住在南京。继祖少年时候，也曾在外省干过些捞钱的差事，只因他为人过于柔懦，凡事没有决断，以致无论什么好差事，总是以挂误下场。继祖四十二岁，才得了一个儿子，取名后成。古语说得好“有子万事足”，欧阳继祖的家业本来很厚，加以自己捞来的钱，总共也有十多万，预计不但是足够自己一生的衣食，连子孙也够混了，遂起了个林泉休养的念头。全家回到渌口，过度安闲日月。欧阳后成的母亲虽是继配，然此时的年纪，已有三十多岁了，欧阳继祖觉得没有风趣。饱暖思淫欲，于是就在醴陵县城里，花钱买了一个姓毛的小家女儿做姨太太。

这时毛氏只有一十八岁，在娘家已和一个姓潘名道兴的道士通奸。潘道兴略懂得些邪术，并会几手拳脚，性情凶悍异常，时常在赌场里，喝得大醉，与同赌的相打，谁也不敢惹他。毛氏本来生得有几分姿色，十四五岁的时候，已惹得一班浮薄少年起哄。醴陵的淫风素盛，湖南那时六十三州县，没一县有醴陵那么淫乱无耻的风俗。小户人家的女儿，偷人养汉，照例算不了什么事，因此毛氏也无法独善其身。一般和毛氏有染的，为吃醋相打的事，不知闹过多少次。直到姘识了潘道兴，那些浮薄少年，都自料不是潘道兴的对手，才一个个销声匿迹，不敢再上毛氏的门。

欧阳继祖这回因有事到县城，就住在毛氏隔壁，只眼里看见了毛氏姿色之美，耳里却没听得毛氏声名之坏，所以花钱讨了回来。毛氏初到欧阳家的时候，还安分做姨太太，过了几月，就渐渐的嫌欧阳继祖柔懦无用了，心里念念不能忘情于潘道兴。潘道兴也丢不开毛氏，悄悄的到渌口来住着，一有机会，便与毛氏幽会。这种奸情事，两方越混越情热，便越热越胆大。两人都欺欧阳继祖年老懦弱，起初尚躲在外面相会，后来潘道兴简直偷进欧阳家里来。一次，却被后成的母亲撞见了，气愤不过，将撞见时的情形，一五一十的告知欧阳继祖，以为继祖听了，必然大发雷霆，把毛氏驱逐不要。谁知继祖不但不生气，并疑心是后成的母亲吃醋，有意栽诬，一面将后成的母亲责骂了一顿，一面把这些话转告给毛氏听。毛氏自然指天誓日，撒娇撒痴的哭闹，继祖倒百般的安慰毛氏。

毛氏从这番哭闹之后，恨后成的母亲入骨，暗地和潘道兴商议，要将后成的母亲害死。潘道兴会苗族诅咒的邪法，只须得着仇人的生庚八字，设坛诅咒四十九日，仇人便无病而死。潘道兴被毛氏纠缠不过，自己也愿意除去这个眼中钉，好与毛氏畅所欲为，真个施出那种邪法来。

也是后成的母亲寿数有限，丈夫纳妾，她心里已是抑郁不乐，加以因撞见毛氏，和潘道兴通奸的事，反受了丈夫的责骂，一肚皮怨恨无处发泄。女子的心性窄狭，处了这样的境遇，便没人用邪法诅咒她，也免不了一死。而潘道兴正在施行诅咒法的时候，这消息又被一个忠于后成母亲的老妈子知道了，不知轻重的对后成母亲一说，登时气上加气，便断了气死了。

这时，后成已有了七岁，他母亲在将要断气的时分，紧握了他的小手哭道："好孩子，你母亲是被人害死的，你应永远牢记在心上。将来长成了人，替你母亲报仇雪恨。"后成的年龄虽小，心地却极明白，当下跪着痛哭，发誓必替母亲报仇。他母亲听了这话，即瞑目而逝，后成伏在他母亲尸旁边，直哭得死去活来，几日饮食不进口。毛氏看了后成这种情形，非常愤恨，借事刁唆继祖，将后成毒打。

说也奇怪，后成的母亲死了好几日，家中平安无事，并没发生什么怪异。自毛氏刁唆继祖毒打后成一顿之后，这夜毛氏和继祖睡着，就梦见后成的母亲披散着头发，怒容满面的走来，指着毛氏骂道："你这淫妇，害死了我还不足意，七岁的无知小孩，与你有什么仇怨？要刁唆他父亲将他这么毒打。"一边骂着，一边伸手来揪毛氏。毛氏吓得大叫一声，惊醒转来，继祖也从梦中惊觉，忙问毛氏为什么大叫？

毛氏醒来半晌，一颗心尚兀自跳个不住，不敢直说梦中情景，拿别的言语，胡乱敷衍了一会儿。自此每夜必梦见后成母亲，前来斥骂，甚至将房里的器皿，打得一片声响。毛氏不由得害怕起来，又与潘道兴商量。潘道兴道："她既做了鬼，尚不安分，我救生不救死，只得再下一番毒手了。"

于是由毛氏拿出钱来，雇了几个工人，半夜将后成母亲的坟墓掘开，搬出棺木来，翻尸倒骨的弄了一会儿，用符水炒热许多铁菱角和川豆子，盖在尸骨上面，仍旧埋好。妖法果然灵验，经潘道兴这么做作一番之后，毛氏再也不梦见后成母亲了，房中器皿也没声响了。据潘道兴说，已将后成母亲的鬼魂禁锢起来，非待六十年后，不能投生为人。毛氏这时心中的快活，自是形容不出，而忌恶后成的念头，也就随着这快活继长增高。

后成长到九岁的时候，欧阳继祖见儿子生得聪明，九岁正是发蒙读书的时候，就延了本地一个姓朱的秀才，到家专教后成读书。这姓朱的虽是个落魄的秀才，为人倒还正直，因是本地方的人，知道欧阳家的事故，很有心想把后成扶植出来。及至后成母亲被毛氏诅咒死了，朱秀才知道底细，心里很为不平，暗地勖勉后成认真读书，不要悲哭，惹得毛氏忌恨。无奈后成的天性极厚，日里当着人不哭，夜里总是躲在没人的地方，哭到夜深才睡。朱秀才料知后成这种情形，决不能见容于毛氏。潘道兴是个无恶不作的人，在醴陵一县，早已没人不知道，没人不畏惧；既能用邪法害死后成母亲，就不能连后成一同害死吗？后成年纪太轻，不知道厉害，我和后成，既有师生之谊，凭天良不能眼睁睁的望着他给人害死。但是我一个落魄秀才，自己谋一身衣食的力量，尚嫌不足，还有什么力量，能搭救后成呢？明知继祖是个没用的昏聩糊涂虫，若拿这类话去和继祖商量，不但没有益处，反而促成毛氏谋害后成的决心。朱秀才思量了好几日，却被他想出一条门路来了。

这日借故向继祖支了半年束脩，等到夜深人静的时候，悄悄的将后成叫到跟前问道："你知道你死去的母亲，是怎生死的么？"后成流泪说道："我母亲是仇人谋害死的。"朱秀才一面拿手帕替后成拭干眼泪，一面问道："你母亲的仇人是谁呢？"后成掩面不作声。朱秀才又问道："你母亲的仇人，是不是你的仇人呢？"后成点头应是。朱秀才道："你母亲的仇人，能把你母亲谋害死，难道你不怕你的仇人，也把你谋害死吗？"后成听了这话，抬头望着朱秀才，只管哽咽着，说不出话来。

朱秀才看了后成那可怜的情形，也不禁流泪道："好孩子，不用害怕，也不用着急，这地方，你是不能再住下去了。你父亲懦弱无能，又被毛氏迷昏了，心目中除了毛氏，没有第二个人。不论谁人说的话，你父亲也不会听。毛氏既能和潘道兴，将你母亲害死，留下你在这里，他们心里必不安帖，他们若起念要连你一同谋害，并不是一件难事。你年轻固然不知道防范，只是他们用的是邪法，任凭什么人，本也防范不了。我想你叔父现在南京，他为人比你父亲精明干练，我少时也和他有点儿交情，不如将你送到他那里去？他是个识大体的人，料不至漠视你，你愿意去么？"后成道："愿意是愿意去，不过我记得我妈在日，曾对我说，叔叔的家离这里远得很，怎么能去呢？"

朱秀才不觉破涕为笑道："尽管再远些，哪有不能去的道理？路费我都已安排好了，你既愿意去，我们此刻就走吧。明日你父亲不见了你，是要着急派人寻找的，但是毛氏必巴不得你走开，或者还阻止你父亲不许寻找。好在我独自一个人，没有家室，你父亲虽明知是我带着你走了，他也没法能奈何我。"后成见有自己先生同走，胆量就大了。当夜遂胡乱拣了几件随身要穿的衣服，做一个小包袱捆了，朱秀才也只带几件衣服，并那半年束脩，师徒二人，偷着从后门走出来，到江边上了行走长沙的早班民船，不待天明便离开了渌口。由长沙一路水程到南京，途中有朱秀才照应，不到半月，已安然到了南京。

这时欧阳继武，在两江总督衙门里当差，公馆在参将衙门隔壁。欧阳家的花园，和参将衙门的花园，只隔一堵短墙，那时参将是旗人庆瑞。庆瑞虽是镶黄旗的人，学问人品在汉人的武员中，都很难得。欧阳继武欢喜赋诗，和庆瑞极要好，彼此往来，无间朝夕。庆瑞因走大门出入，彼此都有不甚方便，特地将花园短墙打通，安一扇便门，名做好顺门。庆瑞不到欧阳家来，继武便过庆瑞那边去。欧阳继武看庆瑞在南京，最要好、来往最亲密的朋友，除了自己而外，就只一个姓方名振藻的。

方振藻不知是哪一省的人，年纪四十来岁，生得凶眉恶眼，满脸横肉，一没有一定的职业，二没有一定的居处，时常喝得大醉，跑到参将衙里来，问庆瑞要银子去做赌本。庆瑞总是殷勤招待，方振藻要多少银两，庆瑞便如数拿给他，欧阳继武见过无数次。庆瑞有一次拿银子迟了一点儿，方振藻乘着酒兴，竟拍桌大骂庆瑞。庆瑞只是笑嘻嘻的赔不是，方振藻还是愤愤不平的拿着银子去了。

欧阳继武看了，心里实在代庆瑞不平，问庆瑞道："军门该欠了方君的银子吗？"庆瑞笑道："你看他是能有银子借给我的人么？"欧阳继武道："然则方君凭什么，屡次向军门要银子呢？"庆瑞摇头道："他并不曾向我强要，是我愿意送给他用的。"欧阳继武听了不明白，接着问道："方君和军门是有亲么？"庆瑞说："不是，是很要好的朋友。"欧阳继武心想庆瑞虽是武职，却是个文人，并且是世袭的武职，非寒素起家的可比，怎么会有这么一个很要好的朋友呢？因问庆瑞道："我听说方君在外面的行为，很不免有些失检的地方，军门也微有所闻么？"庆瑞道："不知你所谓失检的地方，是指哪一类而言？"欧阳继武道："酗酒行凶，赌博相打，固是方君每日必有的寻常事。好像我还听得人说，他在这南京城里，行强霸占有夫之妇，并将人丈夫打伤的事，已做了好几次了。一班受他欺凌的人，就因他是军门要好的朋友，不能奈何他。军门耳里也曾听人说过这些事么？"

庆瑞点头叹道："何尝没听人说过？我就因为他是我要好的朋友，不能将他怎样。"欧阳继武道："不能劝他改过么？"庆瑞道："他肯听我劝倒好了。"欧阳继武不好再往下说，然心里很不以庆瑞这般对待方振藻为然，疑心庆瑞有什么不可告人的阴私，被方振藻抓住了，因此不敢与方振藻反脸。欧阳继武一有了这种疑心，对庆瑞也就渐渐的冷淡了。庆瑞到欧阳家三四次，欧阳继武才肯去回看一次，庆瑞倒一点儿不觉着的样子。

这日朱秀才带着欧阳后成来了，欧阳继武一听朱秀才说出来投奔的缘由，也很觉得凄惨，并十分感谢朱秀才，护送后成的盛意，当下收拾了两间近花园的房间，给朱秀才和后成住。欧阳继武的子女，年纪都只得三四岁，继武把后成作自己儿子看待。继武的夫人，也很贤淑，后成住着，倒比在家适意。继武见朱秀才这般仗义，甚是钦佩，就留在家中，仍教后成的书。后成虽则住在这里比在家适意，然每到夜深人静的时候，想起母亲惨死，自己不知要到什么时候，才能报仇雪恨，不由得又伤心起来；却又不敢出声，怕叔父、婶母听了难过，总是躲在花园角上一株老梨花树下，嘤嘤的啜泣。那梨花树距离欧阳家内室远，距离庆瑞的书房很近。

庆瑞这夜因在书房里有事，直到三更时分还不曾安歇，忽听得花园里有哭泣的声音，很吃了惊。连忙走到花园里细听，哭声从短墙那边梨花树底下传来。庆瑞身体矫健，一耸身就到了梨树旁边。这时后成只顾拿膀靠着梨树，头伏在手膀上抽咽不止，并不知道有人，从墙头上飞过来了。

庆瑞有几日不曾过欧阳家来，不知后成师徒来投奔的事。一时忽见这么一个小孩，独自在这人迹轻易不到的地方，伤心痛哭，自不能忍住不问。遂轻轻在后成头上，拍了一下问道："你这孩子是哪里来的，在这里哭些什么？"后成不提防有人来，倒着实吓了一跳，忙止了哭声，抬头一看，借着星月之光，见是一个仪表魁伟的人，慈眉善目的望着自己，好像很希望自己快些回答他的模样。后成看了，觉得诧异，暗想叔叔家里，并没有这么一个人，这人是哪里来的呢？并且他走到我跟前来，怎的一没听得门响，二没听得脚声呢？后成心里既有这种疑虑，便不先回答，反问庆瑞道："你老人家贵姓，是怎样进这花园来的？"

庆瑞一听后成的口音，和欧阳继武相似，又见出言从容有礼，已料知必是继武的同乡或亲戚，遂笑答道："我是隔壁庆家的，（旗人本无族姓，汉人每以其名字之第一字为姓。例如呼荣禄为荣中堂，呼端方为端抚台。）你是欧阳家什么人，有什么事受了委屈？尽管向我说出来，我能替你做主。"

庆瑞这替后成做主的话，不过是哄骗后成，想后成说出所受委屈来的。在庆瑞这时心里，以为小孩便受委屈，也不过是要吃什么没吃着，要穿什么没穿着，或者因顽皮被大人责骂了，一时难过就哭了出来。而后成是个有根基的小孩，初到欧阳继武家的这日，就听得他婶娘对他说过隔壁是参将衙门，参将庆瑞和他叔叔很要好的话。一听庆瑞的言语，心里也料知这人必就是庆参将，遂对庆瑞说道：“你老人家就是庆老伯么？我叫欧阳后成，才从醴陵到我叔叔这里来的。”

庆瑞既和欧阳继武深交，继武有兄有侄在醴陵居住，是知道的。当下点了点头道：“不错！令叔曾对我说过，他有个哥子住在醴陵，他侄儿已将十岁了。你什么事，这时分一个人在这里哭呢，你叔叔打了你么？”后成连忙摇头道：“叔叔很喜欢我，不会打我。”庆瑞笑道：“然你婶娘打了你么？”后成也摇头道：“婶娘更不会打我。”庆瑞道：“你这孩子真奇怪，既是没人打你，你半夜三更的，独自躲在这里哭些什么呢？也不怕你叔叔婶娘听了不快活。”后成道：“我就为的是怕叔叔婶娘听了不快活，才独自躲在这里哭，没想倒惊动了老伯，下次再不敢到这里来哭了。”说罢，转身要走的样子。

庆瑞听了后成这几句话，又看了后成的举动，觉得不是寻常小孩，闹穿闹吃和受了责骂的哭法。不问个明白，似乎有些放心不下，遂伸手拦住后成，随握了后成的小手说道：“你同到我那边去玩玩好么？”后成仍低头用手揩着眼泪说道：“今夜已深了，明日当随叔叔到老伯那边请安。”庆瑞不依道：“夜深不要紧，来吧。”说时，拉着后成便走。开了好顺门，把后成引到书房里。就灯光看后成生得貌秀神清，姗姗如有仙骨，心里不禁欣喜道：“你为什么事哭？说给我听，我总有力量替你做主。”后成见庆瑞盘问，不能隐瞒不说，只得将家里的情形，和盘托出的说了一遍。说完了，又掩面抽咽起来。

庆瑞听了，陡然站起身，“咦”（读如乙）了一声道：“有这种事吗？”仰面望着天花板，出了半晌神，才向后成道：“只管哭些什么，专哭就算报了仇吗？我问你，你想报仇不想报仇？”后成道：“除却我短命死了，就不报仇。”庆瑞点头问道：“你打算怎生报法？”后成道：“先生曾对我说过，要我发奋读书，将来进学中举点翰林，做了官，这仇便能报了。”庆瑞道：“若是你命里没有官做，不是一辈子也不能报仇吗？并且你也得打算打算，你此时还只十来岁，也不曾读几年书，好容易由你的心愿，要进学便进学，能中举便中举，想点翰林做官就点翰林做官吗？即算件件都如了你的心愿，毛氏和潘道兴两个东西，能长久留着性命在醴陵，等你发达了去报仇么？”后成道：“我也就为这个，不知道何时才能报这大仇，所以越想越伤心，忍不住就哭了。”

庆瑞重复提了后成的手，叹道：“精诚所至，金石为开。这也是你的纯孝感动神明，才得在这时遇了我，你只要肯听我的言语，我包管你在数年之内，如愿相偿。”后成即忙跪了下去，说道：“老伯使我能在数年之内报仇，老伯就教我去死，也心甘情愿。”庆瑞拉了后成起来道：“你今夜且回那边去睡了，有话明日再说。不可再和刚才一样，独自躲着哭了。”后成答应着，自回这边安歇了。

次日上午，庆瑞来会欧阳继武，见面便笑着问道：“令侄从醴陵来好几日，你怎么也不带他到我那边来玩玩呢？是你的侄儿，就不算是我的侄儿吗？”继武也笑道：“乡村里初出来的小孩，一点儿礼节也不懂得，没得见笑，因此不曾带过来给军门请安。”庆瑞道：“这话不像你我至好兄弟说的，听说还有一位西席同来的，何不请他出来见见呢？”欧阳继武即教人把朱秀才和后成请出来。见礼后，只闲谈了几句，庆瑞便向继武说道：“我看令侄的气宇，将来必成大器，我心里不知怎的，非常爱他。”继武笑道：“这就是舍侄的福气。”庆瑞道：“你打算就请朱先生，在这里教他读书么？”继武点头应是。庆瑞道：“我的大小儿，今年也有八岁了，去年就打算延先生到衙门里教读，只苦一时得不着相当的人，难得朱先生到了这里。我想和你商量，屈朱先生到我那边去住，令侄也一同过去。我以为你们叔侄生亲了，督率恐不免有难严密的地方，不如我替你代劳的好些。你的意思以为怎么样？”

继武听了，哪有不愿意的道理呢？即忙立起身拱手笑道：“得军门这么格外栽培舍侄，这小子的造化真是不小。便是朱先生，也和我是总角之好，我素知他的性格，今得托庇军门宇下，必十分相宜。”庆瑞异常高兴，次日就亲自送了聘朱秀才的关书，并贽敬银两过来，朱秀才遂带后成，到参将衙里教书。庆瑞因心爱后成，白天教后成跟着朱秀才念书，夜间带着到上房里睡觉。朱秀才和欧阳继武，自是都巴不得后成能得庆瑞的欢喜。

后成在庆瑞上面房里睡了几夜，这夜庆瑞对后成道：“你想由读书发展了再报仇，既是来不及，就只有于读书之外，另学一点儿报仇的本领。我这里有个人，本领极好，就是人品坏些。你专学他的本领，不学他的人品，是不妨事的。你愿意，我就求这人收你做徒弟。”后成道：“老伯教我怎样，我便怎样，只求老伯做主便了。”庆瑞即点头起身出去，一会儿同一个彪形大汉走了进来，后成偷眼瞧那大汉，醉态迷糊，斜披着一件衣服在肩上，敞开胸膛，露出漆黑的一片汗毛来，行动时昂头天外，好像唯我独尊，不把世间一切人物，放在眼里的样子，进房就踞坐在上面一张椅上。

庆瑞很诚敬的将后成来历，略向这人说了一遍，这人鼻孔里“哼”了一声，庆瑞招手教后成过去拜师，后成低头过去，恭恭敬敬朝这人拜了四拜。这人雷也似的吼了一声道：“错了，错了！”拔地跳起身，往旁一闪，吓得后成几乎抖起来，不知自己什么事错了，便是庆瑞也惊得呆了，望着这人发怔。

这人仰面朝天，好像默祝什么，一会儿走到后成跟前，拉起后成来问道：“你认识我么？”后成心里好笑，暗想我从来不曾见过面，怎么会认识呢？然心里虽是这么想，口里却答道：“认识。”这人大笑道：“我也知道你必认识我。”庆瑞觉得后成的话答得奇怪，这孩子才到南京来，怎么会认识的咧？遂向后成问道：“你怎么会认识呢？”后成还没回答，这人已大声说道：“认识，认识！不是冤家是对头。”遂望着后成指了他自己的鼻尖道：“方振藻便是我，成全你的孝道，是一件好事，但是除了这房里，你我三个人而外，是不能给第四个人知道的。你从此白天仍照常读书，夜间我来传你的本领，你本领到手的这一天，就是我成全你的日子。但是我成全了你，你也肯成全我么？”

后成见方振藻酒醉得舌头都大了，说出些话来，都在可解不可解之间，心想他成全我是不错，但是怎么倒问我肯不肯成全他呢？我既受了他的成全，就只怕我没有力量，我若有力量能成全他，而他又恰好有事须我成全，我岂有不竭力成全他的道理？后成正在这么思索，方振藻已现出很惶恐的样子，很失意的眼神望着后成催促道：“你怎么不好好的回答我呢？”后成只得答道：“师傅若有须弟子成全的时候，弟子有一分力量，尽一分力量。”方振藻听了，长叹一声，也不说什么，提步往外便走了。庆瑞和后成都送出门来，方振藻头也不回的去了。后成摸不着头脑，跟在庆瑞后面，回房到上房。庆瑞问后成道：“你师傅问你认识他不认识他，你回答认识，你毕竟认识他么？”

不知后成怎生回答，下回再写。

冰庐主人评曰：

古诗《青竹蛇儿口》一首，末句谓“最毒妇人心”，其实天下妇人，不能一笔抹杀。唯淫荡之妇，其心皆毒。作者写毛氏之淫，既淫到极处，即毒亦毒到极处吁。可畏哉！淫妇也。

第三十一回

入深山童子学道　窥石穴祖师现身

话说后成见庆瑞问他毕竟认识方振藻么？即答道：“老伯教我拜过师之后，师傅问我认识他老人家么？我本来是不认识的，不过我想既已拜过了师，师傅问我认识不认识，我若回答不认识，不成了弟子不肯认师傅的罪吗？因此只得回答认识。其实我认识的，仅认识是我的师傅；未拜师以前，师傅若问我认识不认识的话，我必回答不认识。”庆瑞点头叹道：“凡事皆由前定，非人力所能勉强。”后成心里着慌道：“师傅怪我回答错了，不肯收我做徒弟了么？”庆瑞连连摇头道：“不是，不是！这话此时不能对你明说，你去安歇吧。你师傅吩咐你，不许给第四个人知道的话，你须牢记在心，不可忘了。明晚你师傅，必来传你的本领。”后成听了，才把心放下，忙答应不敢忘记。这夜后成安歇了，次日早起，仍照常从朱秀才读书。

到初更时分，后成在庆瑞跟前坐着，一会儿方振藻来了，这夜却不似昨夜那么烂醉糊涂的样子。后成慌忙起身，上前给方振藻请安。方振藻笑嘻嘻的握了后成的手问道：“学本领有三不得，你知道么？”后成这番便不敢乱答了，回说不知道。方振藻伸左手倒着指头计数道：“学本领的人，胆小不得，偷懒不得，乱动不得。这屋子里面，不是学本领的地方，学本领得到城外山上去。你若胆小害怕，便学不着本领，你害怕不害怕呢？”后成心想：“既说害怕便学不着本领，我如何能说害怕？我学了本领，替母亲报仇，我母亲必然暗中保佑我，我还害怕什么呢？”遂向方振藻答道：“不胆小，不害怕。”方振藻点头道：“只要你不胆小害怕，不偷懒，不乱动两件，就不应说了。好！我们就去吧。”庆瑞起身对方振藻拱手道：“恭喜，恭喜！”方振藻也答礼道：“托福，托福！”后成看方振藻答礼时的神色，很露出不快的样子，也猜不透是什么意思?

当下方振藻带领后成出来，在黑暗地方行走。没一会儿，后成的两眼神光满足，仔细向四处一望，觉得所走的并不是街道，已像到了野外的光景，随即走上了一座高山。方振藻忽停步回头说道：“这所在最好，你就这块方石上坐下来，我传授你的口诀。”后成即在所指的石上坐下。方振藻将入道的口诀，细细的传授了，等后成心领神会了，说道：“修道的人，在修炼的时分，不能有外物分心。你只顾坐在此地，依我传授的勇猛做去，就有山魈野魅前来侵扰，你都不要去理会他。我有符咒在你所坐的石上，你不离开这块石，不论什么东西前来，你都不用害怕。离开了这石，我便不能保你了，所以说乱动不得。”后成一一答应了，转眼便不见了方振藻。

十来岁的小孩，教他一个人，在半夜三更的时候，独自坐在深山穷谷之中，虽然师傅教他不害怕，其实何能免得了心中的恇怯。还亏了是欧阳后成，替他母亲报仇的心急，每害怕到了极处的时候，一转念他母亲惨死时的遗嘱，若害怕便不能报仇，胆气就登时壮了。

这夜照着方振藻传授的口决，做到闻得远处鸡叫的声音了，方振藻忽从身后走出来，说道：“天光快亮了，第一次修炼，早点儿回去休息吧。等功夫略有进境，再慢慢的把时刻加多。”后成见是师傅来了，连忙起身应是。方振藻挽了后成的手，一步一步的走下山来。后成留神细看所经过地方的情景，刚行到山腰下，觉得两脚软了一软，以为踩着了什么软东西。低头看时并不见有什么，再抬头看两边，只见两面都是房屋，原来已在街上行走，忙回头看后面的山，却已一点儿山影都不见了。心里自是很疑惑，然不敢开口问方振藻。从那山脚下走起，不到一百步远近，便已是参将衙门了。方振藻引后成从后门进去，直送到后成睡的床上，教后成安心睡觉才去。从此方振藻每夜必来，引后成去那山里修炼，鸡一叫就送后成回来睡觉，如此不间断的修炼了半年。

方振藻对后成道：“于今你可再增加修炼的时刻了。”当下又传授了些道术，每夜直修炼到红日东升，方振藻才送他回来。后成因夜间不能休，只得趁上午睡一两个时辰。朱秀才教庆瑞儿子读书的时候，后成仍须赶着同时受课，因此朱秀才并不知道后成有学道的事。

后成这夜正坐在那山中石上修持的时分，忽一阵风吹来，直吹得四围树木乱摇乱摆，随听得一声大吼，山谷响应的声音半晌不绝。后成只是十来岁童子，半夜独自在无人的山中，猛不防遇了这种现象，虽说他已经从方振藻修炼了半年，然实用驱邪辟怪的法术，尚不曾学得，一时怎能够不惊慌失措。遂举眼向四处张望，只见一只水牛般大的斑毛大虫，已山崩也似的迎面扑将下来，吓得后成仰天便倒。但是他身体虽被吓倒了，心里却还明白，打算翻身滚下石来好跑。陡然间暗自转念道："跑不得，师傅不是曾吩咐我，只要不离开这块石头，不论什么东西也不能近身的吗？"他心里既有此转念，便仰面躺着不动。

一会儿没听得什么声息，逆料那大虫早已走了，仍挣扎起来坐着。哎呀！大虫哪里肯走呢？支起前脚，坐下后脚，踞在后成前面，两只赛过灯笼的眼睛，睁开望着后成，瞬也不瞬一下，更从鼻孔里，发出一种惊天动地的哼声来。后成这次的胆量便大了些儿，知道这大虫坐着不敢上前，确是因石头上有师傅的符箓。自己只一离开这石头，便成虎口里的肉食了。那大虫守到鸡声高唱，才立起身来，将前两爪抓地，垫下腰子，把身体伸长，抬头张口打了一个呵欠，再竖起那条旗杆也似的尾巴，朝天袅了几袅，上半截身体往前一纵，两条后脚也和前爪一般的，在地下用力一抓，然后发一声狂吼，吼声未止，大风已随着吹得满山树木哗哗的响，那大虫便跟着那阵风，只一跃，即窜入树林中去了。

后成暗道："好险！亏得我今夜尚不曾离开这石头，若和前昨几夜一样，坐久了支持不住的时候，每在树林中游走一会儿，在那时遇了这孽畜，我还有命吗？师傅的法虽大，只是没有前知的本领，一时不在跟前，也不能救我。我若早知道这山里有虎，无论如何也不敢独自坐在这里修道了。"后成一个人思前想后，要想出一条安全的方法，看看想到天光大亮了，却不曾把安全方法想出来。

这时一轮红日，刚刚冒出地面，后成因身在高山之上，受日光最早，方振藻所传授他的功课当中，原有一种应迎着初出地的日轮做的，然后成这时，一则因惊吓过甚，二则因思虑过多，竟不能和平日一般的做得顺利。后成只得停了不做，想借着这时师傅没来，仔细看看四周山势。他在这山上修了大半年的道，只因每次都是深夜来绝早去，全没有给他细看山势的余闲与机会。

这时后成就立在那块石头上，回身朝上面望去，只见一片青翠欲滴的树林，顶着满枝满叶的露珠儿，好像在那里与初出的阳光争辉斗丽。阳光渐渐的上升，直射入树林里面。后成随着阳光的射线，看一片树林过去，有一个石岩，石岩里黑洞洞的，也看不出有多深，并岩里有什么东西。因那石岩的缝口不过尺多高，人非匍匐不能进去，所以看不清里面。后成正想走近那岩跟前去看个停当，凑巧那轮红日一步一步的升上。恰在这时候，阳光与岩口成一平行线，阳光遂射进缝口去了，顿时照得岩里通面彻透。后成趁着阳光朝里看时，只见一张四方的石桌上，端坐着一具骷髅白骨，浑身没一些儿皮肉。后成不觉吃了一惊，再举眼看时，日轮又移上了些儿，只看得见石桌，石桌上的骷髅，便已看不见了。一瞬眼间，连石桌都不能见了，里面仍是黑洞洞的，回复了没有阳光以前原状。

后成方在惊疑的时候，忽听得后面有人笑问道："瞧见了什么，立在这里发痴？"后成转身看时，原来是师傅来了，遂将所见情形，说给方振藻听，问石岩中骷髅是什么人？方振藻笑道："你要问这骷髅么？这骷髅便是你祖师的法身，你是不能亵渎他的，快跟我回去吧。我今天有事，要五百两银子应急，我又不愿到庆家去拿。我知道你叔叔很有钱，你去给我借五百两银子来吧。"后成一听这话，比昨夜遇见大虫时还要吓得厉害，暗想：我叔叔尽管有钱，我一个小孩子，吃他的穿他的，无缘无故要这么多银子干什么呢？叔叔只要问我一句，我便没有话回答。后成心里这么思量，口里却不敢拒绝。方振藻不待后成回答，仿佛觉得后成不能不答应他似的，遂挽着后成的手，送回参将衙门。

后成因有这件大事横梗在胸中，连饭也吃不下，加以昨夜受了大虫的惊，竟倒在床上不能起来。庆瑞亲到床前问病，后成将遇大虫和看见祖师法身的事，说给庆瑞听，并说当时被大虫吓倒的情形。庆瑞问道："你遇大虫的话，曾对你师傅说过么？"后成说："不曾。"庆瑞道："你为何不说呢？"后成道："不是不说，因为师傅来的时候，我正在看见祖师的法身，急于要问师傅是什么人的骷髅，师傅告我是祖师。接着就说他今天有事，要五百两银子应急，教我去叔叔那边去借来给他。我听了心中一着急，便将遇大虫的事忘了。”庆瑞点点头道：“原来是这么一个缘由。”庆瑞一面说，一面低着头，好像思索什么。一会儿，仍望着后成说道：“我就拿五百两银子给你，你去送给你师傅。你不用为难不好向你叔叔开口。”后成正要说这如何使得，庆瑞已转身出房去了。不一刻，捧了五个很沉重的纸封，走来搁在后成床上，说道：“等歇你师傅来了，你就交给他便了。”

后成感激得说不出话来，只光着两眼问道：“师傅若问银子是哪里来的，我说是老伯给的好么？”庆瑞摇头踌躇道：“说是我给的，也不大妥当。”后成道：“我断不敢无故向叔叔要这多银子，只好向师傅直说。我在老伯这里日子已不少了，师傅向老伯要银子的事，也不知见过了多少次。今天大约是也有些不好意思起来了，所以教我去叔叔家要。论师傅成全我的恩德，休说五百两，便是五千两，只要我能拿得出，也应送给他老人家用，无奈我做不到。实在恐怕他老人家，见我这次在叔叔家能拿得出，下次手边没了钱，又向我开口，师傅已是累了老伯，我不也跟着使老伯受累吗？因此不敢不向师傅直说。”庆瑞仍是摇头道：“不妥，不妥！你师傅的性格，我深知道。他只要有银子到手，便拿着去挥霍，并没有问这银子来历的工夫。他既不问你，你又何必说出来呢？你若开口就向他说，这银子是庆老伯拿来的，他一定倒要对你发脾气，说你不听他的话。你等他来时，只这么说就得了，师傅吩咐办五百两银子，已遵命办好在这里了，请带去使用吧。”

庆瑞说到这里，忽停了不说，即听得外面脚步声响。方振藻已喝了个八成醉意，一路歪斜的走进房来。进门就要问话的神气，一见庆瑞坐在床边，便不说什么了。后成遂照着庆瑞的话，对方振藻说了一遍，方振藻果然不问银子来历，欢天喜地的将银封揣入怀中，边揣边笑着说道：“正等着要这银子使用，我也不坐了，回头再见。”一掣身又往外走了。

庆瑞见方振藻去得远了才说道：“学道的人，每夜独自在深山之中修炼，大虫自然是可怕，就是旁的野兽，猛然间遇见也讨厌。我于今借给你一件防身的好东西，不要给你师傅看见，不问什么猛兽，禁当不起一两下。”旋从袖中抽出一件黑黝黝的东西，约有四五寸长，递给后成手中，说道：“这是从外国买来的手枪，这东西厉害得很，一连打得六下，几十丈远近打去，人畜立时倒地。你带了这东西在身边，便三五只大虫来，也可一一的打死。”后成连忙双手接着。庆瑞详细告知了打法，教后成好好的藏在身边。

后成收藏起来，从此每夜带着入山修炼，胆气粗壮了许多。

如此每夜勤修苦练，又整整的过了一年，只因没有机会给后成试验，虽苦练将近两年，然究竟不知道自己的道法，练到了什么程度？但是后成也不着急，方振藻传授他什么，他便修炼什么。不过夜间因修炼的时间太多，上午须睡一会儿，下午方能读书。朱秀才不知道后成拜方振藻为师的事，总怪后成偷懒，屡屡责备后成道："你母亲临终的遗嘱，你都忘了么？此时不发奋读书，将来有你报仇雪愤的份儿吗？"后成每听朱秀才，提到他母亲遗嘱的话，触动了伤痛之心，只是呜咽的哭泣。因方振藻曾吩咐不许告人，也就不敢把夜间修炼道法的话，对朱秀才表明自己不是偷懒。

这日下午，后成将读书的功课做完了，朱秀才对后成说道："时常来这里，缠着军门要钱的那个痞棍似的人，你知道他于今撞下了大祸么？"后成知道所说的便是自己师傅，不由得吃惊问道："撞下了什么大祸呢？"朱秀才道："就在离这衙门不远，有一家姓屈的，夫妻两个，和一个七十六岁的老娘，一个五岁的小孩，全家四口人，昨夜都死在这痞棍方振藻手里。你看惨也不惨，是不是一桩大祸？"后成连忙问道："那一家四个人，为什么都会死在他一个人手里咧，又怎么知道是他咧？"

朱秀才道："说起来连我都恨不得要吃他的肉，但是他于今已不知逃到哪里去了，满城的人动了公愤，要捉拿他，没把他拿住。原来这姓屈的妻子，虽有三十多岁的年纪，听说风度却还不恶。在我们没到这里以前，不知方振藻用什么法子，将姓屈的妻子强奸了，强奸之后，便霸占起来。那妻子不待说，不是一个有贞操的女子，然姓屈的，不是个全无廉耻的人，见自己妻子，被全城都知道的第一个穷凶极恶的痞棍占住了，而自顾力量，又奈何方振藻不得，只好忍气吞声的走开了。走到了什么地方，并没人知道。

"方振藻巴不得姓屈的走开，公然毫不避忌的将屈家当他的外室。左邻右舍的人看了这种事，都早已替姓屈的不平，而屈家婆媳因家计艰难，贪图方振藻的手头散漫，倒不计较，竟相安无事的过了一年。近来方振藻不知又强占了一个什么女子，将屈家的生活不顾了。前几天，姓屈的忽然回来了，左右邻居以为方振藻已多日不到屈家来了，姓屈的便回家，也不至有乱子闹出来。谁知姓屈的这天才回家，第二日邻居就听得方振藻在屈家大声骂人。

"昨夜有人见方振藻喝得大醉，走路一偏一倒的走进屈家去了，一夜并没人听得屈家有什么声息。今日上午，大家都差不多要吃午饭了，还不见屈家有人开大门。邻居疑惑起来，就约了好几个人，去敲屈家的门。敲了一会儿，不见里面答应，只得撬开门进去，一看全家老幼四口，都死在床上，但是四人身上，经仵作验了，全没一点儿伤痕，也不像是中毒死的。”

后成听到这里问道：“既没有伤痕，又不像中毒，却何以知道是死在姓方的手里呢？”朱秀才道：“就为的死得这么奇怪，大家才能断定是方振藻害死的。因为南京城里有多少人，知道方振藻会邪法，要杀死几个人，不算一回事。听说曾有人和他同赌，三言两语不合，吵起嘴来，方振藻只指着那人骂一句：‘我若不教你明天不能吃早饭，你也不知道我方振藻的厉害。’那人回家，次日早，果然没一点病就死了。”

后成口里不说什么，心里很不以自己师傅的行为为然。不过又着急自己的道法不曾练成，师傅却犯了人命案件逃了，以后修炼，不得指教的人，闷闷的回到上房，看庆瑞的神情，好像并不知道有这回事似的，后成也不敢提起。这夜等到平时入山修炼的时候，方振藻仍照常来引后成入山，后成见师傅并不曾逃走，也就不把屈家的事放在心上了。

又修炼了三个月。这日方振藻神色惊慌的，跑到参将衙门里来，一见庆瑞的面，即对庆瑞双膝一跪说道：“你今日得救我一救。”后成在旁看了这情形，很觉得诧异，暗想：我从来没见过师傅有这种惊慌的样子。

不知方振藻毕竟为什么事，求庆瑞救他，且待第三十二回再写。

冰庐主人评曰：

作者写后成报仇心切，不畏艰险困难，以求得达厥志，与第一集写柳迟学道心切，秉一片至诚心，访师求学，遥遥相应。中间夹入方振藻事，迷离惝恍，直至下回方得大白，又与唐采九一段仿佛。文笔似范而事实绝不相犯，作者真以文为戏哉！

第三十二回

惊变卦孝子急亲仇　污佛地淫徒受重创

话说庆瑞见方振藻跪下求救，先举眼看了看后成，才忙伸双手将方振藻扶起说道："自家人，何必如此多礼？请安心坐下来吧。"方振藻起来就旁边椅上坐下。后成看他的神气异常颓丧，全不似平日那般趾高气扬的样子，心里很有些觉得诧异，暗想：我师傅平日无恶不作，好像是天不怕，地不怕的样子，今日怎的忽然现出这般神气来呢？并且他是一个法力无边的人，便有不了的事，庆老伯却有什么力量能救他呢？后成正在这么思量，即听得庆瑞向方振藻说道："你若是疲乏了，不妨去后成床上歇息歇息。此时辰光还早，正好趁此休养一番。"庆瑞说到这里，回头对后成道："扶你师傅到床上去睡吧。"后成一面应是，一面走上前来扶方振藻。

方振藻望着后成，露出一种似笑非笑似哭非哭，又像害怕，又像欢喜的脸色，说道："你倒已修炼到了这一步，便没有我，自己也能寻得着门路了。不过你能修到这一步，可知是谁的力量？"后成忙垂手答道："师傅玉成之德，老伯培植之恩，弟子没齿不敢忘记。"方振藻忽改变态度，哈哈笑道："你哪里知道！"庆瑞不待方振藻往下说，即连连摆手止住道："此时不用说这些闲话吧。"方振藻便不作声了，也不要后成扶掖，立起身就走。

后成看他起身和提脚的时候，像是很吃力，勉强撑持的样子，又像身上有什么痛苦，又像是奔走了许多里路，身体走疲乏了。后成看了这情形，又不由得暗忖道："怪道庆老伯教我扶师傅去睡，师傅平日喝得烂醉如泥的时候，走路一偏一跛的，快要跌倒的样子，尚且不要人搀扶着走；今日一些儿醉意没有，倒教我扶着去睡，原来他身上不知出了什么毛病。”后成一面思量着，一面跟着方振藻到自己床跟前。只见方振藻一纳头横躺在床上，悠然长叹了一声，自言自语的说道：“你敢追我到这里来，就算你有真本领。哈哈！只怕你不敢啊。”旋说旋合上两眼，沉沉的睡了。后成在旁边看了，兀自猜不透是怎么一回事，但是后成心里着虑的，只愁师傅若是病了，夜间去山中修炼没人指教，遂坐在床边伺候着。

方振藻睡了一会儿，忽张开眼来，望着后成笑道：“好小子，你坐在这里，是伺候着我么？”后成忙起身应是。方振藻向床边指了一指，说道：“坐下来，我有话和你说。”后成随即坐下。方振藻问道：“你可知道我为什么弄到这个样子么？”后成摇头道：“弟子不知道。”方振藻道：“你想知道么？”后成停了一停答道：“有益于弟子的事，弟子很想知道；但是若与弟子修道之念有碍的事……”方振藻不待后成说下去，即伸手将后成的手握住，笑道：“快不可如此称呼，我哪有这么大的福分，能做你的师傅？”

后成一听这几句不伦不类的话，不由得吃了一惊。忙立起身，垂手说道：“弟子承师傅玉成之德，正不知应如何酬报，师傅怎的忽然是这么说起来？弟子如有什么错处，总求师傅俯念年幼无知，从严教训。”方振藻翻身坐起，使出平日轻浮的态度，哈哈大笑了一阵说道：“酬报倒可不必，只要不替人报仇就得咧。”

后成看了方振藻这般举动，听了这般不可思议的言语，更是如堕五里雾中，不知应如何回答。心想我若不为母亲报仇，又何必万水千山的来这里学道？并且我为母亲报仇，也不能说是替人报仇，难道我师傅得了心疯病么？若不然，怎的今日专一说这些没有道理的话？后成心里是这么思量，方振藻也不说什么，站起身径自去了。

后成因恐自己修炼的法术半途抛弃，只得到庆瑞跟前问道：“师傅今日的言谈举动，大异平日，并有不认我做徒弟的意思。不知我曾有什么差错，使他如此生气？”庆瑞笑道：“没有的事，你修炼得非常精进，他决不会无端不认你做徒弟。”后成道：“师傅的道法高深，向来俯视一切，常说当今之世，没有能与他为难的人，今日却为什么现出很为难的样子来呢？”庆瑞半晌不回答。

后成料是自己不应该这么说，急忙解释：“小侄实在是因离家三年，大仇未报，唯恐师傅中道厌弃小侄，道法练不成功，更不知何日才能报仇雪恨。”庆瑞看了后成发急的样子，也伸手拉住后成的手道：“你师傅素来是这么荒乎其唐的，你应该知道。你尽管专心一志的练你的道法，成功就在目前了，修炼以外的事，你可以不必过问。应当你知道的，到了那时候，你不问也会知道，若是不应当你知道的，知道了，反分你修道的心。我不回答你，并不是怪你不该这么问，只因你还不曾到知道这事的时候。”后成这时心里所希望的，但求不妨碍自己修炼的功课，功课以外不相干的事，他原不想过问，当下便不说什么了。

这夜仍照常入山修炼，练到三更过后，于万籁沉寂之中，猛听得山岩里一声虎啸，登时四山响应，林谷风生。后成是曾经在这山里，受过一番惊吓的人，一闻这声音，就想到那夜遇虎的情景，又不禁有些害怕起来。忽转念想道：“那次遇虎之后，庆老伯不是给了我一杆枪防身的吗？一向平安，不曾用过，此刻还揣在怀里，何不取出来，等那孽畜近身，便赏他两下呢？”随想随探手入怀，拔出那杆连发六响的手枪来。准备停当，借着星月之光，竭尽目力，向四方森林中仔细探看。却是奇怪，那虎只啸了那一声，便没丝毫声息了。后成等了好一会儿，见没动静，只得依旧揣藏了手枪，再做功课。

没一刻工夫，方振藻来了，后成照例立起身来问候，方振藻扬手止住道：“坐着不必动吧，我有话和你说。大家坐下来，好慢慢的谈。”后成虽听师傅这么说，然已立起身来了，不能不让师傅先坐下才敢就坐。

方振藻又改变了白日的态度，两手执住后成两条胳膊，缓缓的往下按着，笑道：“我若是你的师傅，你自然不能先行坐下。于今你我不是师徒了，还拘什么形迹呢？我此刻得意极了，你听我说得意的事吧。”后成被按着只好坐下，十分想问何以于今不是师徒的话，但是方振藻不容他有问这话的空隙，一同坐下来，紧急着说道：“我在南京混了十多年，南京的三岁小孩都知道我的三种嗜好。你我在一块儿也差不多三年了，你知道我是哪三种嗜好么？”

后成说：“弟子只知道师傅的道法高深，实不知道有哪三种嗜好。”方振藻大笑道：“你还在这里什么师傅弟子！好，也罢，这时和你说，你只当我是胡乱说了好耍子的，待一会儿再说吧。我的三种嗜好，你何尝不知道？不过存客气，不肯直说出来罢了。我老实说你听：我第一种嗜好，就是贪花。只要有生得漂亮的雌儿，落到我眼里，我便和掉了魂的人一般，不弄到手快活快活，再也放她不下。不问她有丈夫没丈夫，是贞节女子，是淫荡妇人，我总有本领使她依从我。”方振藻说到这里，又打了个哈哈，接着自己解释道：“有了我这般道法，世间有什么女子能保得了贞节呢？第二种嗜好，和第一种的色字，从来是相连的，就是爱酒。我一喝了几杯酒，贪花的胆量就不因不由的大起来了，所以要贪花，便非有酒不可。第三种嗜好，却和第一、第二两种不相连，然而是一般的痛快。你猜得出是什么？”

后成见方振藻说出这些不成材的话，心里已存着几分不快，只是不敢表示反对罢了。略略的摇着头答道：“猜不出是什么。”方振藻笑道：“赌博，你也不知道吗？我赌博输赢，只凭运气，不用法术，一用法术，便赢了也没趣味。你要知道我此刻极得意的事，并不是赌博赢了钱，也不是酒喝得痛快，也不是得了生得漂亮的女子，我料你决猜不着我为什么事得意。你我不久就要分离了，我不能不把得意的事说给你听。”

后成忍不住插嘴问道：“好端端的为何就要分离呢？”方振藻忽然长叹一声道：“数由前定，谁也不知道为着怎的。前次我向你要五百两银子的事，你不曾忘记么？”后成道：“还记得是曾有这么一回事，不过日子久了，没人把这事放在心上。师傅不提起，弟子是差不多忘怀了。”方振藻点头笑道：“我平日拿旁人的钱使用，也记不清一个数目，从来也没想到偿还，唯有你那五百两银子，便到临死也不会忘记。”后成道：“那算得什么，何必这么搁在心上。”

方振藻道：“那却有个缘故，银子虽只五百两，用处倒很大。六塘口如是庵的住持尼净缘，早五年前本来就和我要好，我嫌她年纪大了些，有三十六七岁了，不愿意时常到如是庵里去，净缘恐怕我把她抛弃，想出些方法来牢笼我。她有几个年纪很轻的徒弟，她都一个一个的用药酒灌醉了，陪着我睡，我只是不大称心如意。离如是庵四五里路远近，有一家姓陶的绅士，是有名的富户。陶家有个在浙江做镇台的，死在任上，留下一个新讨进来的姨太太，年纪才十七岁，生得着实漂亮，并是良家的女子，陶镇台设计讨进来的。陶镇台一死，陶夫人的醋心不退，逼着这十七岁的姨太太在陶家守节。姨太太不敢违拗，就随着陶镇台的灵柩，一同归到陶家来。

“凑巧搬运灵柩的那日，我在半路上遇着了，像那姨太太那般娇丽的女子，我白在世间鬼混了几十年，两只无福的乌珠，实在不曾瞧见过一次。这时虽是在半路上偶然遇见，但我的三魂七魄，简直完全被她勾着去了。我知道陶家是个有钱有势的人家，那陶夫人治家，又十二分的严谨，谁也不能到她家做出奸情事来。我寻思无法，只好求净缘替我出主意。净缘倒肯出力，专为这事在陶家走动了好几个月，劝说得姨太太情愿落发出家，终身皈依三宝，就要拜净缘为师。叵耐陶夫人不答应，说是落发出家可以，但不许在如是庵出家。自己拿出钱来建了一个小小的尼庵，就在陶家的住宅背后，不知从什么地方，招来一个五十多岁的老尼姑，陪伴那姨太太，姨太太便真个落发修行起来。只苦了我和净缘，用了多少心思，费了多少气力，到底不曾如着我的心愿。

“幸亏净缘能干，渐渐的和那老尼姑弄熟了，知道老尼姑也不是个六根清净的人，生性极是贪财。净缘费了许多唇舌，她才答应了，能送她五百两银子，她方肯担这惊恐，因此我那日向你要五百两银子。就在那夜，老尼姑将净缘给她的药酒，哄骗得姨太太喝了，迷迷糊糊的与我成了好事。次早醒来，生米已经煮成了熟饭，翻悔也无益了，索性要嫁给我做老婆。若论她的模样性格，本来做我的老婆也够得上。不过，我是一个天空海阔，来去没有挂碍的汉子，多添一房妻小，便多添一层挂碍。并且她已经落了头发，娶回家来也不吉利。只是我心里虽然这么着想，口里仍敷衍她，教她安心等等，等到顶上的头发复了原，即娶她回家。她怨我没有娶她的真心，几番对我说，你既不能娶我回家，这里是佛门清净之地，你从此就不要到我这里来了吧，免得风声传到夫人耳里，我的性命便活不了。”

后成听到这里，不觉惨然说道：“可怜，可怜！”方振藻道：“这有什么可怜？我花了五百银子，用了许多心计，才把她弄到手，没快活得几日，我不是呆子，怎么能随意丢开呢？并且我花钱费事，受怕担惊，为的就是她一个人，我对她这么有情，论理她对我也应该如此，而她竟忍心教我不要再去，我如何能甘心咧？好在我不比寻常人容易被人识破，每夜等大家睡净了才去，天未明就出来，一晌除了净缘和老尼姑之外，绝无人知道。

“前夜也是合当有事，二更时候，我到她那里，她还坐在床上等候，不曾睡下。一见我窗眼蹿进去，即跳下床对我扬手，教我不要高声。我问为什么？她指着对面房间，就我耳边低声说道：‘今夜有两个年轻的尼姑，到夫人那里化缘，夫人见天色晚了，就留两个尼姑歇宿，亲自送到这里来，此刻在对面房间里睡了。我恐怕你不知就里，进房和我随便谈话，给她们听见了，不是耍处，所以坐在床上等候。’我当下听了这些话，也不把放在心上，打算上床睡觉。无奈她的胆小，定不肯我在那里睡，逼着我离开那房。我心里不免疑惑起来，暗想若真是两个年轻的尼姑来这里化缘，出家人断不肯多管闲事，怕到这个样子干什么呢？看她这样慌张的情形，对面房间里睡的多半不是尼姑。我既生了疑心，益发不肯走了，蛮将她抱上床同睡。平日我本来不待天明就走，前夜却有意睡到日高三丈，还假装睡着不起来。任凭她推一会儿揉一会儿，在耳边低唤一会儿，掩面饮泣一会儿，我只作睡着了不作声。她急得无法，穿衣下床出房去了。

“我在床上听得她走出房门，随手将门带关，在外面锁了。我才睁眼一看窗户，只见窗纸上照着一个黑影，从窗纸小窟窿里，现出一只黑白分明的俊俏眼睛来，那眼光正射在我身上。我心想不好，她昨夜所说的，并非假话，据这眼光和黑影看来，不是一个年轻尼姑是什么呢？立时打算踢破窗门逃走。忽听得窗外发出娇滴滴的声音，向我叱道：‘哪里来的恶贼，敢污秽佛门清净之地。’我这时见已有人叫破，也就用不着急急的图逃了。这尼姑的容貌生得怎样，虽隔了一层纸，不曾看出，然那只勾魂的眼睛，是已见过的，觉得比陶家姨太太的还要动人几分。我何不瞧他一个仔细，如果有十分姿色，两个年轻的尼姑，又在外面化缘，料没弄不到手的道理。这主意打好，已走近了窗户跟前，即听得外面又有一个很娇嫩的声音问道：‘妹妹怎的还不动手呢？若给恶贼跑了，岂不可恨吗？’我当下听了这话，只是好笑。若不是想看她们的心急，原以为可以不作理会的，哪晓得我这条性命，就险些儿送掉在那房间里。

“亏得我急于要看她们，一举手冲破了窗门，蹿出窗外。谁知我的脚还不曾点地，迎头就是一剑飞来。我才大惊，不敢怠慢，一面招架，一面偷眼看两尼姑的容貌体态，真是一对嫦娥仙子。我一落眼，浑身骨节都不由得酥软了，只因那两口剑非同小可，紧紧的拣我要害刺来，性命只在呼吸的关头，不容我再有旁的念头。使尽平生本领想将两人制伏，无奈两人不肯放松半点，一折身，我屁股上早着了一下，我立脚不牢，便借遁光跑了。我逆料那两个丫头，既有那么大的本领，遇了我必不肯轻轻放过，我昨夜安排好了，专等她们赶来。果不出我所料，昨夜二更以后，她们自投罗网，径到参将衙来找我，两个都被我活捉生拿了。你想这么两个天仙也似的人儿，既落到了我手里，还愁她不给我快活么，你看我如何不得意？”

后成听了这番事迹，止不住心头发火，若不因方振藻是自己学道的师傅，早已拔出手枪来打了。这时只得极力按捺住火性问道：“师傅拿了她们，此刻关在什么地方呢？”方振藻笑道：“此刻还在参将衙里。只等我将你的事办妥了，我便要把她们带到一个安乐地方去。有了这么两个人给我享受半世，就是神仙我也不想做了。”后成问道：“我有什么事要办妥呢？”方振藻向东方望了一望，说道：“快了，快了，太阳一出就行。”后成不懂是什么意思，呆呆的望着方振藻发怔。方振藻不住的摇头晃脑，现出极得意的神气。

不多一会儿，东方一轮红日渐渐的升将上来，登时照得满山苍翠的树木，都和喝醉了酒的一般红艳。后成猛然想起背后山岩里的祖师来，即回头随着阳光射线，向那岩石里面望去。觉得阳光还低了些儿，里面仍是漆黑的，看不分明。方振藻一手挽起后成，笑道：“带你见祖师去，今日是你成功的时候了。”后成跟着从树林里穿到岩前，方振藻指着岩口一片青石道：“快叩见祖师。”后成连忙跪下叩头，一抬跟，便见一具很高大的骷髅，端正趺坐在一个四方石桌上。

方振藻在旁呼着欧阳后成说道：“仔细端详，祖师的法身，就在这里。你的师傅，也就在这里。我不是你的师傅，我是你第三个师兄。你要知道拜师的时候，便是得道的时候。你此刻拜师，须拜受师傅的戒律，发誓遵守。”方振藻旋说旋从怀中摸出一张字纸来，展开朗念道：“第一戒妄杀，第二戒窃盗，第三戒邪淫，第四戒酗酒。”接着念第五戒什么，第六戒什么。方振藻念一戒，欧阳后成伏在青石上答应一句。方振藻念完了说道：“当着祖师发誓，要赌本身咒，不许推诿到来生。”

欧阳后成虔心发了誓，立起来，忽觉得心里一动，眼看了方振藻，便遏不住心头愤怒，随即厉声向方振藻问道：“师兄也是祖师的徒弟么？”方振藻道：“怎么不是？”后成道：“师兄拜师的时候，也曾受过戒么？”方振藻道：“怎么不受？”后成道：“也曾发过誓么？”方振藻道：“怎么不发？”后成道：“发的也是本身咒么？”方振藻道：“怎么不是？”后成道：“发了誓不遵守，不要紧么？”方振藻道：“怎么不要紧，犯了咒是要灵验的。”后成道：“师兄屡次犯了，怎么却不灵验呢？”方振藻哈哈大笑道：“我发的本身咒，是一辈子也不会灵验的。因为我当日发的誓，是倘若犯了戒，就得死在一个未成年的小孩手里。我的道法，休说未成年的小孩不能制死我，我敢说当今之世，没有能死我的人。我怕什么？”

不知欧阳后成听了怎生说法，且俟第三十三回再写。

冰庐主人评曰：

术士之能使道法，亦犹文人之善运文字，夫文字、道法，俱所以助人立身之本，匪所以供人犯罪之阶，故圣人谓之“穷则独善其身，达则兼善天下”也。若假文字、道法以济其恶，则其恶必甚，而罪亦弥大矣！方振藻恃道法以淫人妇，人莫敢抗；恃道法以杀人，人又不能抗，然则将任其横行终古欤？则苍苍者天，未能容也；作者笔下，亦未能容也，故出一后成以制之。其意盖谓，善运道法如方振藻，卒死于一孺子之手，则道法亦有时失其效用耳！今之文人，好假文字以济其恶，而以为可恒者，盍鉴诸？

第三十三回

述奸情气坏小豪杰　宣戒律枪杀三师兄

话说欧阳后成见方振藻说当今之世，没有能使他死的人，即随口问道："只要没人能死你，便可随意犯戒，不要紧吗？"方振藻摇头晃脑的说道："我生性是天不怕地不怕的人。没有法力的时候，还有些儿顾忌王法。于今王法既奈何我不了，我还管他什么戒不戒，高兴怎么便怎么。"欧阳后成气愤说道："然则祖师收了你这种徒弟，不是罪过吗？王法能容你，但怕祖师不能容你。"方振藻仰天大笑道："祖师多年不问我的事了，并且祖师若不容我，他自己就得先破杀戒。他自己既能破戒，又何能不容我这破戒的徒弟呢？"

后成听了这强词夺理的话，更加生气道："祖师就能容你，我也不能容你。你若再不忏悔，我必替祖师除了你这败类。"方振藻翻起白眼，望着后成冷笑了一声道："你配么？你这点微末道行，哪里够得上说这话。"后成道："好！你果真怙恶不悛，我自有够得上的这一日。"方振藻道："江山易改，本性难移，我等你一百年吧！怕了你，还是方振藻吗？"

后成刚待回答，陡觉得耳里有人呼着自己的名字说道："你怀中预备杀虎的东西，不能拿出来杀人么？"后成恍然明白了。从怀中拔出那手枪来，枪口才露出，就轰然一声响。只见方振藻"哎呀"了一声，两手一张，向后便倒。后成倒吃了一惊，暗想庆老伯教我要开放的时候，须用食指勾动枪机，怎样我才拔出来便响了呢？并且庆老伯曾教我开放时，应如何瞄准，方能打着要打的东西。刚才我并没瞄准，怎么一响便真个把他打死了呢？心里一面疑惑，两眼一面看方振藻仰倒在地下，胸口吐出鲜血来。睁开两只火也似的红眼，望着自己。两手在地下乱抓，好像痛苦得忍耐不住似的，两脚只管一伸一缩，把山土擦了两条坑。

后成本来丝毫没有杀方振藻的心思，平日为人也没有这日这么容易生气，糊里糊涂的，竟做出这种非常的事，仿佛如做了一场噩梦。这时一看方振藻的惨酷情形，不由得心中又是不忍，又是悔恨孟浪，浑身不由自主的，抖得手枪都掉在地下。见方振藻两眼活动，尚不曾死，不禁走过去双膝跪下，失声痛哭道："我该万死，我自己实在不知道，何以忽然这么的糊涂？"方振藻悠然长叹了一声，说道："你也用不着哭，数由前定，并不是你忽然糊涂。我自作自受，与你无干。不过我和你虽不是师生，也有一番指导的情谊。我今日如此结果，我身后未了的事，你应该替我办了，你能答应么？"后成拭着眼泪说道："师兄未了的事，我自应代办，请师兄吩咐吧。"

方振藻就地下微微的点头道："我在南京强占人家的妻子，虽有好几个，然我自从诱奸了陶家姨太太之后，那些地方我都断绝了不曾去，各人的丈夫也都团聚如初了。唯有明媒正娶的三房家室，分作三处住了。我平日有的钱，到手就用，没一些儿积蓄。这三房家室，我死之后，毫无依靠，年纪虽都不甚大，又无生育，本不难另嫁，只是与我夫妻一场，三人都不曾有差错，我临死不能不给他们几两银子，或守或嫁，听凭他们自便。我打算每人给五百两银子，你得代替我筹措一千五百两，在三日之内，分送给三人，你能答应我么？"

后成听了，很觉得为难，暗想：我自己还是寄人篱下，衣食都仰给于庆老伯，教我从哪里去筹措这么多银两呢？上次要我筹五百两，由庆老伯如数拿出来，我心里已很觉不安，于今更多了两倍，难道还好意思向庆老伯开口吗？方振藻见后成踌躇不能答白，即愤然说道："你不能答应，也得你答应，来生再见。"说罢，两脚一伸，两眼往上一翻，竟咽气死了。后成呆呆的望着尸体流泪，一时不知要怎么才好。

就在这为难的当儿，忽听得石岩里有人咳嗽一声，后成不由得吃惊。回头看时，只见一个风神飘逸的少年，宽袍缓带，从石岩里从容走了出来。面上带着笑容，向后成说道："好孩子，能替我诛锄凶暴，也不枉我成全你一番。"后成这时已看见岩中石桌上的骷髅没有了，心里已明白这少年便是祖师。连忙掉过身，仍旧跪下叩头道："弟子一时糊涂，做梦也似的干出这桩逆伦的事，千万求祖师慈悲，救活师兄的性命。"少年正色说道："你师兄的行为，你曾知道么？"后成伏地答道："曾听师兄自己说过。"少年道："你听了觉得怎样？"后成道："觉得师兄不应该那么犯戒。"少年道："犯戒便得犯咒，你知道么？"后成道："知道。"少年笑道："你既知道，为什么又求我救活他的性命呢？"后成道："师兄犯戒，是应得犯咒，然弟子受了师兄的好处，论人情物理，似乎不应该死在弟子之手，因此求祖师慈悲。"

少年大笑道："你至今还以为你师兄是死在你手里么？你起来搜你师兄身上，看可有什么东西？"后成立起身来，挨近方振藻尸旁，弯腰在方振藻身上摸索了一会儿，从衣袋里摸出一封信来。一看信面上写着"遗嘱"两个字，心里不禁又是一惊，两手吓得抖个不住，不敢抽出信封里面的东西来。少年在旁喊道："遗嘱是给你的，怎么不开封瞧呢？"后成只得战兢兢的开了封，抽出一张字纸来，只见上面写道：

后成吾弟：

吾于三年前已知有今日之罚，只以造孽过深，不容忏悔，后事须吾弟代了。二十年后，当俟吾弟于天津。祖师垂戒极严，甚不可忽，今日之事，即是后来者之榜样。慎之，慎之！

纸尾署"方振藻手书"五字，后成看完，已是汗流浃背。少年指着方振藻的尸道："装殓掩埋是你的事，你须永远将这情形放在心上。"后成正想问遗嘱上怎么有二十年后，俟我于天津的话，还不曾说出，一转眼就见红光一闪，照得岩石里面通红，少年已不知去向。再看岩中石桌上，仍然端坐一具骷髅骨，后成恭恭敬敬的，在岩口朝里面拜了四拜，心想这装殓掩埋的事，唯有回去求庆老伯，就是那一千五百的银子，暂时也只好向庆老伯借用。将来由我赚了钱，如数奉还。想罢，收了遗嘱、戒条，拾起手枪揣好，对着方振藻的尸哭道："师兄请耐心在这里等一会儿，我就来送你入土。"说毕下山。

还没走到山脚，即见前面有八个人抬一具棺木，后面跟着一个骑马的，五六个步行的。后成初以为是来这山上进葬的，仔细看时，那骑在马上的不是别人，正是庆瑞。心里疑惑道：“我昨夜起更时候，才从庆老伯家来此修炼，并不曾听说衙里死了人，这棺木里面装的是谁呢？哎呀，这棺木的盖，还不曾封好，是空棺木么？难道庆老伯已知道我师兄，被手枪打死了吗？”后成一面心里猜度，两脚往山下迎上去。

行到切近，后成正待向庆瑞诉说方振藻的事，庆瑞已因上山不便骑马，跳下了马来，说道：“不用说，事情我已知道，特备了棺木前来装殓的。”后成更加疑惑，问道：“事情才出只有这一刻儿工夫，这山上又没有旁人，能去老伯那边送信，老伯怎得知道得这么迅速呢？”

庆瑞边携了后成的手上山，边笑着说道：“岂待此刻才能知道？在三年前，你在我那里拜师的时候，早已知道有今日的事了。当日拜师的情形，你就忘了吗？你那时答应成全他，今日果然在你手里成全了。”后成听了，不觉悚然说道：“小侄那时正觉得师兄的举动很奇怪，师兄本来一次也不曾和我见过面，却忽然会问我认识他不认识他的话，那时尚以为他有些失心疯的模样，后来老伯追问小侄，老伯也没说出一个所以然来。我若早知有今日这一劫，早就应该避匿不和师兄见面了。”

庆瑞笑道：“老伯、小侄的称呼，从今日起应当收起，另换一种称呼才是。你知道我是你什么人么？”后成愕然了半晌，说道：“我知道是家叔至好的朋友。”庆瑞摇头道：“称呼是以比较亲厚些的为准，我和令叔固然是要好的朋友，须知我和你，更是同门的兄弟。你此后见面，应呼我为二师兄。今日应了咒神死在这山上的，是你的三师兄，你三师兄的本领，虽没有什么了不起，然以你此刻的本领拿来和他比拼，十个你也敌他不了。只因祖师不肯轻开杀戒，就为今日的事，才收你做徒弟。你不遇这种机缘，好容易列入祖师门墙吗？”说着话，已到了方振藻尸旁。

庆瑞朝着尸体作了三个揖，挥泪说道：“三弟英灵不远，身后的事，有我在，尽可放心。二十年后，仍是今日成全你的人，来成全你。安心去吧。”后成看方振藻的两只红眼，自中枪倒地后，两眼向上翻起，直待庆瑞到来不曾合拢。庆瑞刚挥泪说完这几句话，两眼登时合下来了。庆瑞指挥跟随的人，将带来的衣服替方振藻装殓，并教扛抬棺木的人就在石岩旁边，掘一个深坑，装殓停当，即时掩埋起来。不多一会儿工夫，已七手八脚的做了一个坟堆。庆瑞见已葬好，才带了后成和众人回衙。

后成偶然想起，方振藻今早曾说拿住了两个小尼姑，监在衙里，遂向庆瑞说道："三师兄说昨夜拿住了两个女刺客，于今三师兄已经去世，二师兄打算怎生发落呢？"庆瑞停了一停，笑问道："他已将详情对你说过了么？"后成点头应是。庆瑞道："这事依你打算，怎生发落才好呢？"后成道："这事实是三师兄的罪恶，我今早听得他述这事的时候，即很不以他这种举动为然。比时我就自恨没有能耐，不能禁阻他，假使我在旁边遇着这般的事，必定不顾性命，把诱奸良家女子的人除掉。便是自己本领不济，反死在恶徒手里，也心甘情愿。何况这两个女刺客和陶家的女人，同是佛门弟子，亲眼看见这种污秽行为，出自佛门清净之地，自己又没有力量，如何能袖手旁观呢？依我的意思，二师兄可替三师兄减轻罪恶，赶紧将二人释放。并且据三师兄说，二人的本领不小，以三师兄的本领，初次交手，尚且受了伤，可见二人必也有些来历，不是寻常之辈，二师兄正好借此做个人情。"

庆瑞摇头道："若就事论事，你这意思自是不错。不过你三师兄，只对你撩头去尾的，说了他自己这段事故。其实这里面的情由，还很长很长。你此刻既已和我是同门兄弟，便不可不知道我们这派，现在的仇敌极多，这两个女子，也是我们的仇敌。就没有你三师兄这种污秽的举动，她们既到了南京，也是要和我们为难的。"

后成诧异得很的样子问道："修道的人，与人无忤，与物无争，怎么会有很多的仇敌呢？"庆瑞正色道："谈何容易！与人无忤，与物无争。旁的不说，我且问你，你不是为要替你母亲报仇，才专心学道的吗？此时你报仇的机会已快到了，你能做到与人无忤，与物无争八个字么？万一潘道兴的法力比你高强，你一人不能报仇，能不拉几个好本领的帮手同去么？即算你比潘道兴厉害，如愿将你母亲的仇报了，你能保潘道兴没有同门兄弟，与徒子徒孙，又出来替潘道兴报仇么？似此冤冤相报，仇敌安得不多？你要知道，我们奉的崆峒派，崆峒派与昆仑派，素来是不相合的。昆仑派全是汉人，崆峒派原是从蒙古发源的，蒙古人居多，回族人、苗族人都有，从来汉人极少，也轻易不肯收汉人做徒弟。自从祖师在七十年前由蒙古人中原传道，才收入董禄堂和杨赞化、杨赞庭兄弟，杨赞化又传庞福基，杨赞庭又传甘瘤子，甘瘤子、庞福基更传了不少的徒弟，都是汉人。昆仑派的人，因此更仇视我派了。这两个小尼姑，是眇师傅的徒弟，一个是朱继训的女儿，一个是朱继训的儿媳。朱继训在潮州谋叛，已正了国法，全家因有眇师傅搭救，才留了性命。这番二人到南京来，一则因祖师在这里，想来显显自己的能为；二则因我和你三师兄都是旗人，在她们更觉有深仇积怨。我于今纵能大度包容，将她释放，她不见得知道感激，从此不与我为难。”

后成听得里面有种种关碍，便不敢有所主张，又因庆瑞刚才提到替母亲报仇的话，触动了几年来蕴蓄于衷的心事，只坐在一旁低头落泪。庆瑞看出了后成的心事，即向后成说道：“你还悲苦些什么？我刚才不是说，此时你报仇的机会已快到了吗？你的根基很厚，白日飞升，在你并非难事。不过你的年事太浅，阅历不深，因阅历不深，操持便不易坚定。我等须以道为体，以法为用。祖师因见你的根基尚好，修炼较平常人容易百倍，所以想将你作育出来。唯恐你为急于报仇一念，分了向道之心，才命你三师兄专一传授你的法术。你要知道法术没有邪正，有道则法是正法，无道则法是邪法。你此刻的法术，足够修道之用，只是若从此不在道上用功，则你这些法术，都是自杀的东西。你三师兄今日如此下场，即是无体有用之结果。祖师假手于你以杀他，实具有深意，千万不可忽略。”

后成觉得领悟了说道：“二师兄说我此刻的法术，足够修道之用，我实不懂得。我从三师兄苦练了三年，三师兄常说我很有进境，但是我至今还觉得一种法术都施用不来，这是什么道理呢？”庆瑞笑道：“你不到施用的时候，如何能施用得来？”后成问道：“怎么谓之施用的时候呢？定要与仇人见面，才是施用的时候吗？”庆瑞说：“不然，你三师兄还不曾将开门的钥匙给你，钥匙就是口诀，我传给你吧。”当下庆瑞传授了后成的口诀。

次日后成正在庆瑞跟前，听庆瑞谈道，忽见一个亲随送了封信进来。庆瑞拆开封皮看了一遍，随手揣入怀中，连忙起身出去了，好一会儿才蹙着眉头进房。后成不知是哪里来的信，不敢过问，看庆瑞面上，很露出忧容。后成是个生性很忠实的人，亲眼看见于自己有大恩的人，有为难的事，实在忍不住不顾问；却是转念一想，二师兄这么高的道行，这么强的法力，尚且为难忧虑，我就问，不也是白问吗？

后成心里这般思想，庆瑞像是已经知道，长叹一声，对后成道：“你三师兄真累人不浅。他欺眇师傅已死，求我帮同设计，将这两个小尼姑拿住。也不打听清楚，朱继训的儿子是智远禅师的徒弟。方才的信，就是智远禅师，打发他徒弟朱复送来的。我看了信，不由得要着惊，虽立时将两个尼姑放了，然我从此又多几个劲敌。我要专心炼道，就得解组入山。这小小的前程，在我本不值一顾，无奈我是荫袭的职分，又是旗籍，其中有种种滞碍，使我不得如愿，终年坐在这个参将衙门里，哪是修道的地方？你三师兄撞下大祸走了，却教我一个人担当，你看我怎么能不忧虑？我思量你的亲仇未报，必不能安心在这里久留。好在你家中并没离不开的人，你叔叔、婶母已在此地落了业，你回家乡报复了仇恨，仍回我这里来。一则你们叔侄兄弟可以团聚，二则我有你做个帮手，凡事都放心一点儿，不知你的意思怎样？”

后成不假思索的答道：“二师兄便不吩咐我仍回这里来，我报仇之后，也没地方可走，自免不了仍依家叔生活。只是我报仇的事，二师兄打算放我何时前去呢？”庆瑞捏指算了一算道：“哎呀！此刻就得动身，在路上还不能耽搁，赶到醴陵，方不迟误。若稍有耽搁，只怕不能完全如你的心愿。”后成听了这话，哪敢怠慢，慌忙立起身说道：“二师兄既这么说，我就只得即时动身了。”庆瑞点头道：“令叔和先生两处，我自会告知他们，不用你去说。”后成匆匆拾夺了一个包裹，庆瑞拿了一包散碎银两，给他做盘川，后成遂动身向醴陵报仇去了。

不知这仇怎生报法，且俟第三十四回再写。

冰庐主人评曰：

方振藻之罪恶，罄竹难书，然观其死后遗嘱，则三年前已早知必有今日。明知之而故犯之，此所以祖师虽慈悲，亦不容宽假，而必假欧阳后成之手以除之欤！至死时叮嘱后成数语，又似忏悔，又似戒饬，可谓糊涂一世，清醒一时矣。

二十年后俟于天津一语，伏根甚远，又为读者腹中添一闷葫芦。

崆峒、昆仑两派，积怨甚深，而所以积怨之故，读者多未明瞭，此回从庆瑞口中，叙述一过，眉目清醒。

后成为母报仇之志，念念不忘，纯孝如此，读书必为圣贤，修行必成正果。庆瑞许其夙根甚深，不难白日飞升，斯言信也。

朱复与恶紫、光明，亦本书主要人物，久不出现，未免冷淡。此回乃从庆瑞口中带叙数语，亦借实点主之法也。

本回结束方振藻，接叙后成报仇事，为文章之大变化。

第三十四回

动念诛仇自惊神验　无钱买渡人发杀机

话说欧阳后成驮着包袱，从参将衙门出来，那时没有轮船、火车，只好搭民船到汉口，再由汉口直接搭船到渌口。估计程途，只要遇着顺风，沿途没有耽搁，不过半月或二十日工夫可到。无奈天气绝少半月二十日不变的，从南京去醴陵，又是上水，应有北风才好。偏巧后成动身在三月，暮春时候，哪有连刮半月二十日北风的？在江河中，整整行了一个半月，才到渌口，既到了渌口，便容易到家了。

后成这日到了家乡，不敢归家，到附近邻居一打听，才知道自己父亲，已死了两年八个月，计算在自己逃出门三个月之后，便已去世了。什么病症死的，邻居都不知道。就是庶母，也在二十日前死了。至此才知道庆瑞教自己不要在路上耽搁的道理。然事已如此，只得寻那主使教唆的潘道兴雪恨。

一打听潘道兴这时住在乡下，遂寻到潘道兴家。原打算径找潘道兴，当面数出他的罪恶，然后下手惩治他的。转念一想不妥，听说潘道兴也很会些法术，自己虽曾修炼了这么久，然太没有经验，恐怕弄不过他，露了面，反为不好。只好躲在潘家对面山上的树林里面，等潘道兴出来，相机下手。等不到半日，潘道兴果然从家里出来。潘道兴的形象，后成本来认识的，这时虽隔了三年不见，然容貌身体，并没有变更的地方，只觉得精神委顿，不似几年前强悍凶狠的样子了。俗语说得好“仇人见面，分外眼红”，潘道兴一落到后成眼里，后成立时就触动了自己母亲惨死时的情形。心里一痛恨潘道兴，不由得便远远的指着潘道兴切齿道：“我今日定要取你这恶贼的性命！”这话才说出口，手还不曾缩回，再看潘道兴，已仰面朝天倒在地下。手脚略略的动了几动，即直挺挺的竟像是死了。后成暗自吃惊道：“怎么死得这么巧，我的法术，还不曾默念口诀，这恶贼倒已死了。可惜，可惜！不过他早不死，迟不死，刚巧在我见面的时候死，我的仇总可算是报了。但是他死得这么奇怪，我不能不上前瞧个仔细，恐怕他已知道有我在此暗算，故意在我眼前装死。我误认他是真死，不再下手他，那就上他的当了。”心里想着，即上前行走。

才走了几步，忽又转念道：“他不是有意装死，想骗我到他跟前，好下手我么？只是我也不怕，小心一点儿就是了。”遂径走到潘道兴跟前一看，只见七孔流出鲜血来，便是三岁小孩，也能一望而知，确是死了。复用手指着潘道兴的尸说道：“你也有今日么？你此刻做了鬼，可知道无恶不作的人，决没有好结果的么。你三年前咒死我母亲，我今日是特地前来报仇的。我原意也是想教你七孔流血而死，你却不待我施行法术，就照我心里所想的自行死了。可见得你已恶贯满盈，我便不来报仇，你也免不了这般结果。”

后成很满意的数责了潘道兴几句，即到自己母亲坟上，哭祭了一番。醴陵虽还有些亲戚故旧和族人，然都与后成没有亲密的关系，无酬应周旋之必要。想起动身时庆瑞吩咐的话，不敢在醴陵停留，随即回头向南京进发，仍打算在渌口搭乘民船。

才行到离渌口十来里地方，有一条小河，这河有两艘渡船，来回渡人过河，照例每人要三文渡河钱。后成在三年前，跟朱秀才从家中逃出来的时候，走到这河边，叫渡船过河。驾渡船的，是个三十多岁的汉子，那时见朱秀才是个文人，后成是个小孩，又在黑夜，很露出急迫的样子，驾渡船的遂存心要敲朱秀才的竹杠。等二人上了船，一篙撑到河心，硬逼着朱秀才要一串钱。这时朱秀才唯恐被后成的父亲追来，不敢耽搁，忍气拿出一串钱给驾渡船的。后成年纪虽小，当时也很觉得气愤，后来日久渐忘，也就没把这种小事放在心上。这回重返南京，走到这河边，那艘渡船恰停泊在这边河岸，后成上船一看，认得就是那夜逼钱的汉子。一时想起那夜的情形，连睄了那汉子几眼。那汉子却不曾理会，接连岸上来了七八个渡河的，都上了这艘渡船。

那汉子见船已坐满，即向岸上一篙点开了船，渡河的照例在河心各人拿出三文钱来，交给驾渡船的，驾船的见钱数不差，方肯将船拢岸，少一文便是啰唣。后成知道这规例，先拿出三文钱来，因懒得交给那汉子手中，顺手搭在舱板上，向那汉子招呼道："我的渡钱在这里呢。"

那汉子爱理不理的，也睄了后成一眼。众人各从衣袋里摸出钱来，只有一个年约五十多岁的道人，身上穿着一件破旧不堪的单道袍，很有几处露出肉来；赤着双足，趿两只不同的破鞋，好像是从灰屑堆中拾起来的，沾满了泥垢灰尘。手里提一只尺多长的小木箱，虽看不出箱中装了些什么东西，然任凭是谁人看了，照这道人身上的情形推测，谁也能断定箱中决无贵重物件。但道人却把那木箱，看得十分珍重的样子，自己靠船舷坐着，将木箱搁在膝盖上，双手牢牢的捧着，仿佛怕被同船人夺了去似的。同船人也都很稀奇的望着他，他却不回看一眼，只是笑容满面的望着后成。见后成与同船的人都拿出钱来，交给那汉子，才做出诧异的样子，问那汉子道："坐渡船也要钱的吗？"

那汉子两眼往上一翻，冷冷的答道："我吃了饭，愁没事干，驾着渡船耍子？你要钱么，我还有钱给你呢。"道人笑道："你说的当真么？我家乡地方的河都有义渡，给人钱的事，也是有的。我今日过了大半天，还没讨得一些儿东西进口，正饿得支持不住了。你果肯做好事，给我这几十文钱，那才真是救人一命，胜造七级浮屠。"

那汉子猛不防朝着道人的脸，啐了一口凝唾沫，接着厉声"呸"了一句道："你做你娘的清秋梦啊，你装糊涂，想赖渡河钱么？不行！值价点，赶紧拿出钱来，不要拖累他们。"道人听了，很着急似的说道："哎呀！你原来是和我开玩笑的么，我还只道真给我钱呢？你于今既后悔不肯给我，也就罢了。何必这么骂我，更啐我一脸唾沫，干什么咧？"那汉子圆睁着两眼，将手中竹篙，从后梢往河中一插，钉住了渡船。怒气冲天的蹿进船来，待伸手去揪道人的衣服。

后成看了不过意，连忙立起身遮着道人，向汉子说道："你用不着难为他，我代替他给你渡河钱便了。"汉子随手把后成往旁边一推骂道："你背上还有摇篮草，口里还做奶子臭，要你多管什么闲事？嘎嘎，你这牛鼻子，上了老子的船，敢打算赖渡河钱么？"口里这么骂着，两手已将道人的破旧道袍揪住，用力揉擦了几下问道："敢不拿出钱来么？"

道人被揉擦得苦着脸道："我身边实在一文钱也没有，教我把什么拿出来呢？"汉子大声喝道："你身上既一文钱没有，为什么敢跳上老子的渡船？"道人双手紧紧的抱住木箱道："有人代我出钱，你为什么不要？"汉子晃了晃脑袋道："没有这么便宜的事，你这东西没有钱，也居然敢跳上渡船，若不重重的惩治你一番，以后我这渡船也不能驾了。"说着举起右手来，将要向道人头上打下。一看道人两手紧护着木箱，像是十分重要，即住了手不打下，却来夺取木箱。道人见汉子要夺木箱，两手更抱得紧了，二人竟扭作一团。同船的人，都像有些畏惧汉子的凶恶，不但没人敢动手帮助道人，并没人敢开口说一句公道话。

后成看了实在不过意，即从身边摸出一块约莫二两来重的银子，送到汉子眼前说道："你不过向他要渡河钱，他没有，我代他出，你又不依。于今我替他给你这块银子，你难道还不依吗？"汉子看了这大一块银子，不由得就松手放开道人，将银子接过手来，掂了几掂，复仔细瞧了瞧成色，才一面点头揣入怀中，一面拿眼不住的打量后成。后成掉过头不作理会。汉子回到船梢去，走后成身边擦过，故意踏得舱板一翻，趁势将身体向后成一偏，一手触在后成的包袱上。包袱中还有几十两银子，着手自觉有些分两，连忙换了一副笑脸，对后成陪话道："对不起你，没碰伤哪里么？"

后成已知道他这一碰不怀好意，也笑着摇头道："只要不把我这包袱碰下河去，碰在我身上不要紧。"汉子到船梢抽起篙来，将船撑走，逗着后成说道："听你说话是本地口音，小小的年纪，独自驮着包袱，待上哪里去呢？"后成随口答道："我要去的地方远呢。"汉子笑道："不邀几个同伴的，一个人出远门，也不怕吗？"后成懒得答白，见快要拢岸了，即立起身紧了紧包袱的结头。

汉子现出踌躇的样子，向左边一篙点去，把船点得回过头来。船上的人齐声喊到："怎么不拢岸，反向左边下篙呢？"汉子恶狠狠的答道："老子驾了一辈子的渡船，怕不知道拢岸，要你们多事吗？"说着，用力将船梢抵着河岸，双手持篙，钩住岸上的木桩，回头喝向乘船的人道："船头坏了，不能靠岸，你们快打船梢下去。"船梢是朝天跷起的，有四五尺高下，又靠在一面斜坡底下，离岸更觉得高了。乘船的人都存着畏惧的心，不敢不依汉子的话，只得一个一个走船梢跳下去。也有跳跌了，半晌爬不起来的。

这河虽小，河流却很急，轮到后成往下跳的时候，那汉子抢住后成的包袱，往上一提，后成身体往下坠，包袱便从颈上脱出来，到了汉子手里。跟着将钩在桩上的竹篙一松，那渡船便被河流推着，朝下水如奔而去。后成心里气不过，指着那汉子骂道："像你这种没天良的恶贼，真应倒在这河里淹死。"说也奇怪，后成这话一出口，那汉子便是奉了军令，也没这么服从，随着后成所指，真个向河心里一个跟斗，连包袱掉入水中。水面上只冒出两个泡，就淹死了。同船渡河的人，都立在岸上看了，诧异道："这汉子的水性极熟，怎么自己会钻下水淹死呢？"

后成心里更是惊疑，暗想我并不曾施用我的法术，如何一动念头，不用口诀，也和用了口诀一般呢？遂又指着河心说道："我的包袱你既无福受用，就应该还我，免得我在路上没钱使用。"说来更怪，后成说这几句话时，两跟望着河心，只见一个大浪卷过来，包袱竟随着大浪卷到了岸上。后成赶紧拾了起来，不觉怔了半晌，暗自寻思道："这种法术的厉害还了得吗？潘道兴七孔流血而死，我还只道是偶然和我心里思想的相合，照这样看来，只要一动念，就如斯响应。那么潘道兴的确也是被我用法术杀死，不是偶然的事了。这种法术又灵验又厉害，真是再好没有的了。怪道二师兄说有了我这般的法术，已足够报仇。原来一些儿用不着施展，只一起念头，就随心所欲，无不如意，使仇人没有反抗的余地。不过好虽是好到无以复加，险也就险到极处了。我除了潘道兴是我的仇人而外，再没有仇人，即如这个驾渡船的汉子，行为自是可恶，然他是一个无知无识的人，生成了这种凶悍的性质，只知道要钱，不知道有礼义，遇了有力量的人，看见他这种行为，也只能责骂他一顿，教训他下次不可如此欺人，充其量也只能将他痛打一番，勒令他改途向善。除了地方官有惩处他的权柄，旁人断不能将他处死。我今日因一动念，送了他的性命，论情是他罪有应得，论理则我犯的法，比他夺我的包袱还重。我的年纪，此刻还只十三岁，后来的日子长，少年人气性大，将来怎能免得有与人口角相争，或意见不对的事。倘若我和这人平日并无丝毫嫌怨，就只为一言两语不合，两下动起气来，我在气头上，心里巴不得他立刻就死，而仅仅这一动念，他竟不由分说，立时便如我的心愿真个死了，像这样任意杀人，即算国法无奈我何，天理也就不能容我。我原是为要替母亲报仇，才刻苦修炼法术，如今母亲的仇已报，这种法术再修炼了有什么用处？”

后成正思量到这里，猛觉得有人在肩头上拍了一下，随即“哇”一声说道：“好小子！敢用邪法，将驾渡船的淹死，这还了得。”后成大惊，回头看时，不是别人，正是刚才同渡河的穷道人。口里只得赖道：“他自己不小心，掉下河去了，我站在这里，谁有什么邪法淹死他？”那道人哈哈笑道：“你想赖么？你用邪法淹死了他，还说他是罪有应得，他为什么是罪有应得？”后成见道人居然能说出自己心里所想的话，料知他的本领必不寻常，想再不承认是不行的，遂指着包袱说道：“他抢劫我的包袱，你就没瞧见吗？”道人摇头道：“包袱现在你手中，他什么时候抢了你的？”后成愤然说道：“你既说他没抢我的包袱，那么，他掉在水里淹死，就更不与我相干。他在船上，逼着你要渡河钱，你就忘了么？我不为替你出渡河钱，他也不至想抢我的包袱。”

道人又打了一个哈哈道：“一个驾渡船的人，抢夺了你的包袱，你便要他的性命。有异种人抢夺了你的祖宗产业，你倒像没有这回事的一样。一个道士杀了你的母亲，你拼死拼活的跟人学法，回家乡报仇；有异种人惨杀了你无数的祖宗，你倒也不把这事放在心上。原来你只会欺侮比你弱的人，势力比你强大的，你不但不敢去惹他，反而想去巴结他。哈哈，有人告我说欧阳后成是个神童，谁知乃是一个这么没志气的小子。”

后成一听道人的话，虽一时不懂得异种人抢夺产业，和惨杀祖宗的话是什么意思，然自己在南京学法，与这次回家报仇的事，除了庆瑞而外，再没人知道。这道人竟绝不含糊的说了出来，更知道必有些来历。心里又暗自思量道：“我于今父母双亡，已是无家可归的人了，在南京幸遇了二师兄，得了学道的门径，并一再说我的根基好，今日又遇见了这道人，必是我命里应该学道，这道人无端对我说这一派话，自有用意，我何不向他问个明白？”想罢，遂急换了一副笑脸，向道人拱手说道：“我的年纪太小，只知道潘道兴咒死我母亲的事，是我母亲临终时吩咐报仇的。实在不知道有异种人惨杀我祖宗、抢夺我祖宗产业的事。还要求你说个明白。”

不知道人怎生回答，且俟第三十五回再写。

冰庐主人评曰：

潘道兴恃妖法以淫人妻妾，离人骨肉，罪恶与方振藻相埒，七孔流血而死，确属罪有应得！

驾船人勒索渡资，凌老侮幼，为害行旅，与拦路劫夺之盗贼无异，死亦宜也。

铜脚道人向后成说“有人惨杀你祖宗”一席话，引起下文绝大波澜，为文章之枢纽。

第三十五回

偷路费试探紫峰山　拜观音巧遇黄叶道

话说那道人听了后成的话，仍是笑嘻嘻的答道："你想知道惨杀你祖宗、抢夺你产业的人么？我知道得很详细，不过不能就这么说给你听。"后成问道："要如何才能说给我听呢？"道人忽然正色回问道："你真想知道呢，还是随口问着玩呢？"后成遂也正色答道："我实在是因父母去世太早，这种大事，没人肯向我这未成年的小孩子说，所以不知道还有这般大仇恨。于今既承你老人家肯指点我，岂有不是真想知道的道理？"道人点了点头道："你既是真想知道，且同我来，此地不是谈话之所。"

后成遂驮上包袱，跟着道人行走。才走了十来步，后成在后面留神看道人两脚，行动时好像不甚方便的样子。左脚略略有些偏跛，皮色也和右脚不同，右脚杆上有汗毛，左脚杆上光溜溜的，一根汗毛也没有。仔细看时，原来是一只铜铸的假脚，只是行走得比寻常人，还要迅速，在路上不只一日，将后成带到贵州境内一座山里。

那山十九是岩石堆成，最大的岩石，占四五亩地没有裂缝，山高不过五六里，却陡峻异常。岩石上长满了青苔，脚踏在上面一溜一滑，并没有上下的道路，也没有树林藤葛，可以攀扯。若是寻常人，断不能从岩石上，向山顶行走，欧阳后成做了三年服气的功夫，又是童身，早已身轻似燕，能在薄冰上游行，跟着道人行走，因此才不大吃力。看那道人两脚，在岩石上和打鼓相似，左脚触在岩石上，更铿锵有声。

一会儿便到了山顶。后成看这山顶的形式，甚是奇特。最高处有一饭桶形的圆石，足有一亩地大小，七八丈高下，当中一条裂缝从上至下，如弹了墨线锯开的，不偏不倚将圆石分作两个半月形。裂缝约有七八尺宽，中间搭着一条石梁，石梁方正平直，有一丈多长、二尺多宽、尺来厚，可由东半圆石，走过西半圆石。看这石梁的重量，和圆石四周的形势，决不是人力所能造成这种奇迹的。

道人指着圆石向后成道："这山叫饭甑山，就因这石形似饭甑。你不要小觑了这石梁，顺治初年，黄叶道人在这山里修道，费了九牛二虎之力，才将这石梁架成的。"后成问道："费九牛二虎之力，架成这梁，有何用处？"道人笑道："没用处，便不足奇了。这山与陕西终南山相通，黄叶道人在此山修炼《中黄宝笈》，常有山精海怪前来劫抢，黄叶道人修炼不曾成功，没力量抵御，竟被山妖将《中黄宝笈》夺去了。后来亏了终南山昭庆寺碧云禅师，施展无边佛法，取回《中黄宝笈》，交还黄叶道人。黄叶道人就架了这条石梁，与昭庆寺的铜钟相应。一遇意外的事，只须拿铁如意三叩石梁，昭庆寺的铜钟，便应声而响。黄叶道人就赖这石梁，将《中黄宝笈》炼就，你能小觑他吗？"

后成听了这派虚无缥缈、不可究诘的故事，也不知毕竟是怎么一回事，便懒得寻根觅蒂的追问。心里忽然想起道人所说异种人，惨杀自己祖宗，及抢夺产业的话，忍不住问道："你老人家说惨杀我祖宗、抢夺我产业的，究竟是什么人，此时可以说给我听了么？"道人道："于今还没到向你说的时候，你的年纪太轻，功夫太浅，你这仇人的地位太高，本领太大，你不能去报仇雪恨，便说给你听也没用处，徒然分了你向道之念。我这木箱中，便是黄叶道人传下来的《中黄宝笈》，我和你有缘，可传给你，就在此山中修炼。"说罢，耸身上了石梁，开了手中木箱，拿出一本八寸多长、五寸来宽、一寸来厚的书来。

后成此时忽然福至心灵，忙跪在石梁下面，朝着道人叩了四个头。道人笑嘻嘻的招手叫后成上了石梁，传授了《中黄宝笈》，将后成引到山阴一个小庙里。庙中有两个小道童，供道人驱使，做砍柴烧饭种种粗事，终年也不下山。道人传授后成的功夫，与方振藻所传的，完全不同。道人说后成在南京所学的，不过是一种很厉害的邪法，这种邪法，将来定要祸国殃民的。道人此时所说，只是一句推测的话，谁知后来庚子年的义和团拳匪，所崇奉的就是这种类似白莲教的邪法。此是后话，一言表过不提。

且说后成在饭甑山重新修炼《中黄宝笈》，朝夕不辍的，不觉三易寒暑，年龄已是一十六岁了。这日道人忽然拿出一柄剑来，指给后成看道："这剑不弱似莫邪、干将，也是雌雄两柄。这是一柄雄的，我传给你，并传你一路剑法，你用心练习，将来可凭着他做些事业。"后成得了这剑，依着所传的剑法，又练习了六个月。道人道："剑术已经成功了，你此时可以下山去，先成立家室，我再指引你上一条安身立命的道路，你的大仇，也就可望报复。"后成问道："怎么谓之成立家室？"道人笑道："男愿为之有室，女愿为之有家，女嫁男婚，便谓之成立家室。"后成苦着脸说道："弟子愿终身修道，保守这点元阳，不愿成立家室。"道人摇头道："孤阴不生，独阳不长，修道成功与否，并不在乎童阳。你将来的事业，不是你一个人所能成功，非先成立家室不可。"

后成见逼着教他下山成婚，只急得哭起来，哀求道人将他留在身边修炼。道人沉吟了一会儿说道："修道原不是要独善其身的，你一点儿功德没有，就跟着我修炼三五百年，也不见得有成功之望。你真是一心向道，也得下山做些功德，到了那时分，我自然引你重上山来。"后成见是这么说，才不说什么了。

道人写了一封信，交给后成道："这封信，本来要教你直送到蒙自茨通坝掌寨杨钺胡那里去的，只因此去茨通坝路途太远，不多给你些盘缠不能去。而我在这山里，一时拿不出多的钱，只好教你藏好这信，先到安顺府一个富人家取些盘缠，再由安顺动身去蒙自。安顺城南二十多里有一座山，叫紫峰山，那山底下，有一所很高大很华美的房屋。屋内主人，只有母女两个，以外都是奴仆。那人家姓杨，在三十年前和我有些嫌隙，我多久就想报复她，只因没有闲工夫前去，又因不是深仇大恨，所以迟到于今，不曾去得。那人家富有资财，但是母女都非常鄙吝，好好的去向她们借盘缠，是决不肯破费一文的。你此去到了安顺之后，先在城里落了客店，趁白天出城到紫峰山下，将路径探看明白，等黑夜初更以后，才带了雄剑防身，前去盗取盘缠。我并不是教你做贼，是教你去替我报仇。不过你须仔细，杨家母女两个，也都有点儿本领，只不大高强，你前去盗她家的银两，她母女说不定会当时察觉，出来与你交手，你却万不可杀伤她们。若将她们杀伤了，便是我的罪过。仔细，仔细！”

后成接了信答道：“她们是女子，弟子只要银两到了手，可以不交手，便不与她们交手。”道人点头说：“很好，仇恨不深，偷盗她些银两，使她母女心痛心痛，也就算是报复了。”

后成领了道人的命，揣了书信，背了雄剑下山。在路晓行夜宿，不几日到了安顺府。依着师傅的吩咐，先在安顺城里落了客栈，即日到紫峰山下，果然有一所极壮丽的房屋，向附近邻居打听，果是姓杨，家中母女两个，倒有十多个仆婢。后成立在紫峰山上，将出入的路径看在眼里，记在心里。到夜间初更以后，带了雄剑，悄悄的翻出了安顺城，直奔紫峰山下。

二十多里路，不须多大的工夫便到了，在屋上听屋里的人，已睡得人声寂静了，只有靠后院一带房屋，隐隐有些灯光。估料那灯光的所在，必是杨家母女所居的房间。心想师傅既说她们鄙吝，鄙吝人的银钱，十九是安放在自己住的房间里，我且去窗外偷看她们睡了没有。想罢，随即到了后院。

看这房间的形式，是一连五开间，东西两间，都是很大的玻璃窗，朝着后院，院中栽了些花木，陈列了许多盆景。后成蹑足潜踪的，走到东首窗前，从窗帘遮掩不密的缝中，朝里面探看。只见房中点着一盏大琉璃宫灯，照耀得人须眉毕现，靠墙根堆了一大叠的皮箱，箱上都用红纸条写明了第某号。皮箱对面，一张朱漆衣橱，橱门上挂了一把白铜锁，橱尽头安放一张金漆辉煌的大床，床上帐门垂着，好像已有人睡在床上。床前踏板上，躺着一个十多岁的蓬头丫鬟，看情形已是深入睡乡了。后成思量，银钱不在箱里，便在橱里，我不进里面去，怎得银钱到手？遂抽剑拨开了窗门，钻身到了房中。喜得一些儿声息没有，踏板上丫鬟鼾声不断的打着，知道不曾惊醒。心想皮箱太多，不知银钱在第几号箱里，不如且先打开衣橱看看。伸手扭那白铜锁，只“喳喇”一声就脱落下来，刚用双手去拉两扇橱门上的铜环，猛然见琉璃灯影一动。急回头看时，一个中年妇人，正从床上跃下来，叱一声：“好大胆的鼠贼！也不打听打听，公然敢进老娘房里来行窃。”边骂边举起双拳，雨点一般的打下来。

后成是初生之犊不畏虎，见女人没拿兵器，也就用空手对搏。只走了几个照面，女人不敌后成矫捷，被后成一腿踢翻在地，口里大喊：“宜儿还不快来拿贼！”后成没偷着银两，着急没盘缠到蒙自去，不肯便放手走开，一腿将女人踢翻之后，也不顾她喊叫，折身仍伸手去拉橱门。

那女人喊声才了，就听得窗外有又娇嫩、又松脆的声音应道：“来了！”好快，应声未歇，已从窗眼里，闪进一个垂髫小女子来，两脚不曾着地，一缕白光，早迎着后成头顶劈下。后成这才吃了一惊，忙闪身放出雄剑来，想将来剑抵住。可是作怪，雄剑才放出来，一缕青光早与白光缠绕做一团。后成正觉惊疑，便见那女人高声喊道：“住手！问明了再打，休得伤了自家人。”小女子闻言，即收了剑光。

那女人向后成问道：“你姓什么，从哪里来的，手中使的是什么剑？快说出来！”后成见小女子提的那剑，形式长短，和自己的雄剑一般无二，心里正觉得诧异，又见女人问话有因，便随口答道：“我叫欧阳后成，从饭甑山来的，你问了有何话说？”那女人道：“从饭甑山来的么？嘎！你这小子真好大的胆量。你如何敢把铜脚道人的雄剑，偷到这里来使用。”

后成听说偷了铜脚道人的雄剑，不觉怒道：“胡说！铜脚道人是我的师傅，他赐给我这剑，怎么说我是偷的？”那女人望着后成怔了怔说道：“你是铜脚道人的徒弟吗，却为什么黉夜跑到我这里来行窃呢？你可知道，我是铜脚道人的什么人？”后成鼻孔里冷笑了一声道：“我若不知道，也不黉夜到这里来行窃了。你是铜脚道人的仇人，你打算我不知道。”后成自以为说得不错，只说得小女子掩面而笑起来。

那女人更现出错愕的样子问道：“谁对你说我是铜脚道人的仇人？”后成道：“你定要问来历么？老实说给你听，就是我师傅铜脚道人，他亲口向我说的。我师傅本教我送信到茨通坝去的，因怕我带少了盘缠，说他有个仇人在这里，教我顺便来偷些银两当盘缠。”那女人仍是惊疑的神气问道：“送信到茨通坝，是送给杨钺胡么？”后成反问道：“你怎么知道是送给杨钺胡？”那女人哈哈笑道：“这就越说越奇怪了，你可知道你师傅教你送信去杨钺胡那里干什么吗？”后成道：“我师傅教我跟着杨钺胡，将来好做些事业。”

小女子见后成说话时，不住的拿眼睛瞟他，瞟得有些不好意思，提着那剑低头转到床后去了。那女人笑道：“你上了你师傅的当，你还敢骂我胡说。我也老实说给你听吧，杨钺胡是你师傅的儿子，是我的丈夫，你想想看，我是不是你师傅的仇人，你师傅应不应该教你来偷盘缠？”后成听了，也觉得非常古怪，说道："师傅确是这么对我说的，确是这么教我做的。师傅又不是失心疯的人，无缘无故，说自己儿媳妇是仇人，教自己徒弟，偷自己儿媳妇的银子做什么呢？"

那女人偏着头想了一想问道："你师傅给你这柄剑的时候，曾向你说了些什么话，你此时还想得起来么？"后成道："当时不曾说旁的话，只说这剑不弱似莫邪、干将，也是雌雄两柄，练习好了，将来可凭这剑做些事业。就是这几句话，没有旁的话。"那女人又想了一想，问道："给这剑的时候，没说旁的话，教你下山的时候，曾说什么话不曾呢？"后成道："下山的时候，师傅说我的剑术已经成功了，此时可以下山去，先成立家室，再指引我上一条安身立命的道路。"那女人道："你当时怎么说呢？"后成道："我因不肯伤损元阳，要跟着师傅修炼一生，不要家室，后来我急得哭起来了，师傅才说写信给我，送到茨通坝掌寨杨钺胡那里，并教我先来这里偷盘缠。"后成说到这里，女人已哈哈大笑道："是了，是了！不用说了，你师傅因你不肯成立家室，就用这方法，骗你到这里来，使你亲眼见见他的孙女儿，并使雌雄剑会一会面，好成就这一段姻缘。"

且慢，著书的叙述这段故事，专从欧阳后成这方面写来，看官们必觉得什么铜脚道人这方面的事，件件是毫无根据，突如其来，看了如在五里雾中，使人不快得很。于今欧阳后成这方面的事，已单独叙述到不能再继续下去的地步了，只得掉转笔尖，叙述铜脚道人这方面的故事。

铜脚道人姓杨，名建章，贵西安顺府人。少时读书，聪颖绝伦，不到二十岁，文名已震惊遐迩。当时贵西的民俗粗野，休说真有学问的文人不多，便是文气略为清顺的读书人，每年考试，也仅能满额。以贵西当时的文化情形而论，像杨建章这般学问的人，真可以夸口说，视科名如拾芥。只是人生一饮一啄，皆由前定，孔夫子尚且说"富贵在天"的话，杨建章命里不该从科名中讨生活，任凭他满腹诗书，锦心绣口，每到考试，总平白无故的发生意外的事故。不是在场屋里害病不能提笔，便是弄坏了卷子；有一次忘记写题目；有一次的诗只有草稿，忘记誊正。一年一度，十九因犯规，以致名落孙山之外。

杨建章考了十多次，越考越觉得自己没有科名的分，考到三十几岁，便赌气不赴考了。他家祖遗的产业足够温饱，便终日在家栽花种竹，饮酒读书。他夫人王氏，甚为贤德，伉俪之情极好，只苦没有生育。他家屋后紫峰山上，有一座观音庙，王夫人盼子心切，每月朔望，必亲去观音庙祈祷，虔诚求嗣。事有凑巧，是这么朔望祈祷，不上一年，王夫人居然有孕了。杨建章是个读书明理的人，平日自然不信这类神怪的事，但是见自己夫人居然祈祷得有了效验，心里也就有些活动了。妇人心理，自己信奉神明，多是巴不得丈夫也跟着信奉。王夫人见杨建章对于观音大士的信仰心，有些萌芽了，就一力怂恿杨建章就去观音庙，叩谢神恩。

杨建章心爱夫人，不忍过拂夫人的意思，六月十九为观音大士的生日，杨建章遂在这日，斋戒沐浴，上紫峰山观音庙去。杨建章虽是住在紫峰山底下，然读书人脚力不健，又因这山并非名胜之境，所以在山底下住了半世，一次也不曾到山顶上游览过。这日杨建章到观音庙，拜过神像之后，兴致甚佳，心想从山底下到观音庙，这山已上了大半，何不乘兴上山顶远眺一番呢？遂将敬神的祭品，交给跟随的人先带下山去，独自鼓动起兴致，冒暑往山顶上行走。

这山的形势，是贵西多山之地，虽不甚高峻，然丘壑极多，玲珑秀逸，很有足资骚人游览的所在。杨建章一丘一壑的慢慢领略，也不觉得疲劳，也不觉得暑热，兴之所至，信步走了十多里。心中甚悔生长在这山底下，不知早来游赏，直到中年以后，精力渐就衰颓的时候，不因敬神，还不能发现这紫峰山的好处。

他心中一面懊悔，一面转过一个山坡，正立在一块大岩石上，向对面山峰仰望，猛听得背后撼树摇山的一声虎吼，惊得急回头看时，只见一只斑斓猛虎，相隔不过二三丈远近，凭空一跃，扑将过来。杨建章不觉“哎呀”一声，不及提步，两脚一软，就倒下石岩去了。幸亏立脚的岩石，只有七八尺高下，倒下去只将左脚拗断了，肩背上略受了些浮伤。当那吓倒下去的时候，心里明白，唯恐猛虎跟着扑下来，忍痛翻过身，睁开两眼，向岩上望着，即听得有人叱道：“孽畜！敢伤好人，还不快快滚回去。”

杨建章听了，好生诧异，暗想这虎难道是人家豢养的么？想到这里，就见一个老道人，身穿黄色葛布道袍，撑着一条三尺多长的铁如意当拐杖，腰间丝绦上，系着一个六七寸长的黄色葫芦，须眉发髻，也都透着黄色，面目十分慈善。立在岩石上，朝杨建章看看，口里连说：“罪过，罪过！”踊身飘然而下，弯腰向杨建章问道："居士伤着了哪里没有？"

杨建章当那猛虎追赶下来的时候，并不觉得身体如何痛苦，这时已逆料猛虎不至来伤人了，浑身立时痛不可当，左腿更是彻心肝的痛。只是心里仍明白，知道这道人必有来历，见问伤着了哪里的话，即点头指着左腿。道人放下铁如意，揭开杨建章的下衣一看，蹙着眉摇头道："居士合该成个废疾的人，这腿断的部位不好，便用药力接续起来，也是不能行走，自后并难保不时愈时发。长痛不如短痛，索性割掉这一段倒不妨事。"杨建章此时已痛得昏过去了，道人驮着他送回家中。王夫人看了，不待说是急得痛哭，道人在杨家替杨建章割断了伤腿，治好了创口，又替杨建章配了只木脚，杨建章自是感激道人。

道人住在杨家欢喜替人写字，字体非颜非柳，笔走龙蛇，下款只是写"黄叶"两字，从不肯向人说姓名。不久，王夫人临盆，生了一个儿子。道人在三朝日，替小儿取了个名字叫钺胡。从杨钺胡出世后，道人与杨建章的交情，益发亲密了，每夜必细谈到夜深才睡。

杨钺胡周岁的这一日，许多亲友都来道贺，杨建章当着亲友，说了些请托关照的话。众亲友听了，虽觉杨建章说的，不伦不类，然也没人诘问他，为什么无端说这些类似遗嘱的话。杨建章说过这些嘱托的话之后，没一会儿就失踪了，便是那个黄叶道人，也同时不知去向。王夫人和众亲友，当即派人四处寻找，如大海捞针，哪里找得着一些儿踪影呢？一连找寻了几日，找不着，也就只得罢了。杨建章没失踪以前，家中的事务，原是王夫人经理，此时杨建章虽卒然出家，于家务并无丝毫影响。

王夫人抚养着杨钺胡，到十几岁的时候，生性欢喜武艺，对于诗云子曰，就格格不能相入。杨钺胡既是生性好武，就自然会找着一班会武艺的人，终日使枪弄棒。王夫人因只得这个儿子，唯恐他体质不佳，寿命短促，练习武艺，能使体质强壮，也就不加禁止。

光阴易逝，杨钺胡不觉到了二十二岁，王夫人抱孙情切，要给儿子娶媳妇。杨钺胡自己说，不娶没武艺的媳妇，要订婚，须得先交手见过高下，两相情愿才定，门户身家，概不计较。这消息传出去，也有些拳教师的女儿，略懂得些拳脚，羡慕杨家富厚，想和杨钺胡订婚的，只是与杨钺胡交手，都全不费事的被杨钺胡打败了。连打败了几个，此外就有本领略高些儿的，也害怕不敢前来丢人了。王夫人见东不成、西不就，非常着急，托亲友劝杨钺胡降格相从，杨钺胡以母命难违，也就把选择的格式放松了些，只要有勉强相安的，便打算将就些定下。

这日忽有一个六十多岁，乡下人装束的老头，带着一个十七八岁的女子，到杨家来要见杨钺胡。杨钺胡看这女子，身上虽穿着破旧的衣服，容貌却是天然的美质，举动甚是大方，全没一点小家女儿，见人羞瑟的丑态，两只天然足，和男子的一般大小。杨钺胡见面就觉得很合意。老头问道："我听说贵府娶媳妇，要挑选会武艺的姑娘，是不是确有这话？"杨钺胡道："就是我要娶媳妇，能和我走到五十个回合，武艺就合式了。"老头道："就只选武艺吗？这是我的义女，她父母都没有。十八年前，我在某处山底下经过，听得山上有小儿的哭声，上山看时，只见一只小篾篮，盛了个才生下来的女儿，挂在树枝上。我一时心里不忍，提回家喂养，直养到于今，略教了她几手武艺，寻常三五十人，也近她不得。我是一个光身的穷人，不能和富贵人家攀亲，而平常人家，没多大出息的男子，我又舍不得胡乱将她嫁去。听得贵府有这种条件，所以特地送她到这里来。她是在我手里养大的，一点儿女红不知道，也没教她裹脚，你若不嫌她的出身不好，我便教她和你交手。明人不做暗事，我不惯说假话欺哄人。"杨钺胡绝不踌躇的答道："很好，很好！我一点儿不嫌。"

当下这一对未曾定妥的夫妇，就各显所长，动起手来，直斗了八九十个回合，不分胜负。杨钺胡托地跳出圈子来，喊道："行了，行了！"杨钺胡就此娶了这个不知父母姓名的女子做妻室，夫妻的感情，倒异常浓厚。杨钺胡成亲的第二年，王夫人便去世了，又过了一年，杨钺胡的妻子生了个女儿，取名叫宜男。

宜男长到五岁的时候，杨建章忽然回来了，改了道人装束，年纪只像是五十来岁的人，断了的左脚，改配了一只铜脚。杨钺胡夫妇都不认识，还亏了一个老当差的，当日在杨建章跟前当书童，此时还能记认。有这当差的证明了，杨钺胡夫妇才敢拜见父亲，并引着宜男，拜见祖父。

杨建章抚摸着宜男的头道："我特为你才回家一趟，你跟我到山里玩耍去吧。"宜男只有五岁，听了这话，莫名其妙，只翻起两只明星也似的眼珠望着。杨钺胡夫妇以为是骗小儿玩的话，并不在意。杨钺胡因自己父亲，出家了二三十年才回家，自己不曾尽过一点儿孝道，心里也想问问父亲，二三十年来在外面的行踪生活，这夜就陪着杨建章谈话。

谈到夜深人静的时候，杨建章忽问杨钺胡道："你长了三十岁，可知道你名字叫'钺胡'两个字的意义么？"杨钺胡说。"不知道。"杨建章道："钺便是杀，替你取这名字，就是教你将来努力杀胡人的意思。于今大明的江山，被胡奴占据了二百多年，我们应该努力设法，将胡奴杀尽，死后才对得起九泉之下的列祖列宗。三十年前引我出家的黄叶道人，便是洪武大帝的十一世嫡孙，他的道法玄妙，本来可以帮助洪秀全在金陵成帝业，无奈洪秀全因他是洪武嫡系，恐怕妨碍他自己的地位，不肯容纳，以致功败垂成。黄叶道人至今说起来，还是叹息不置。此时胡奴正是大业中兴的时候，气焰方张，中原各地，暂时无可图谋，唯有云南各属土司，地僻民强，你可以去那里从容布置，等候时机。宜男孙女的资性极好，我将她带到山里，传她的本领，学成即送她回家，准备日后好帮同杀灭胡奴。"

杨钺胡至此，才知道父亲果然要把宜男带到山里去，只急得连忙说，宜男年齿太稚，女孩子不像男孩子方便，要求不要带去的话，杨建章也不争论。杨钺胡夫妇次日早起看宜男时，已是影子也没有了，再看杨建章，也不知何时从什么地方走了。重重的门户窗叶，都仍是严关不动。可怜杨钺胡夫妇，只得这一个比明珠还贵重的女儿，一旦失去，教他夫妇如何不着急，如何不心痛？杨钺胡明知寻找无益，夫妻两个，只日日盼望早些送回家来。好容易的盼了六年，宜男已将十二岁了，这日独自走了回来，杨钺胡夫妇见着，自是如获至宝。

不知杨宜男怎生在杨建章跟前过了六年，学了些什么本领，且俟第三十六回再写。

冰庐主人评曰：

欧阳后成之遇铜脚道人，犹青莲透水，为出邪入正关头。嗣后功名事业，彪炳人寰，其种子胥于此回播下。

铜脚道人既以正道教后成，而何以命其下山时，竟明明以偷儿事嘱之？读未终卷，不禁大惑。厥后乃知是一种牵引作用，撮合之奇，用心之苦，尽出读者意外也。

下半回叙述铜脚道人历史，与杨铁胡命名之由，足见当时怀覆清之志者，正大有其人。特草泽英雄，不遇风云际会，即湮没无闻耳！读此当为辛亥革命诸公大呼幸运。

第三十六回

诛旱魃连响霹雳声　取天书合用雌雄剑

话说杨宜男被她祖父杨建章带去六年，才放回家来，杨钺胡夫妇见了，真是喜从天降。杨钺胡妻子将宜男搂在怀中，问长问短，杨宜男却甚是淡漠，不肯将六年来在外的情形细说。只拿出一封书信来，交给杨钺胡道："祖父教父亲不要忘记了黄叶道人命名之意。"杨钺胡看信中言语，是教自己多带些财物，去云南各属土司，运动联络，为异日革命发动的准备。信尾说宜男的剑术已成，将来必有建立功业的机会。宜男所使的剑，是一柄雌剑，他日若遇了使雄剑的儿郎，便是姻缘所在，不可错过。杨钺胡看了，问宜男道："你的雌剑在哪里，可拿出来给我瞧瞧么？"

宜男举手一拍后脑，即见有一线白光，从后脑飞出来，缭绕空际，如金蛇闪电一般，顿时空中寒气侵人，肌肤起栗。宜男举手向庭前枣树上一指，白光便绕树旋飞，枝叶纷纷下坠，与被狂风摧折无异。宜男再一举手，仍从后脑收敛得没有踪影了。杨钺胡问道："雄剑和雌剑有什么分别呢，不怕当面错过吗？"宜男摇头道："辨别甚容易，雌剑是白光，雄剑是青光。与旁人的剑光相遇，是分而不合的，雌雄剑相遇，是合而不分的。此剑的妙处在有质有神，能伸能缩，随使用的心意。我于今藏在后脑，放出来是白光一道，这是使用这剑的神，非剑术成功后不能如此运用。这剑的实质，原是双股剑的一柄，通灵变比，全看练的功夫如何。若仅使用它的实质，充其量也不过能取人于十步之内，与顽铁何异？"说时，复从后脑取出一柄寸多长的小剑来，迎风一闪，便是一柄三尺多长的宝剑。杨钺胡见自己女儿有这般本领，心里自是高兴，即日遵着杨建章的吩咐，束装往云南去了。半年后有信回来，说已做了茨通坝掌寨，各土司、各掌寨和千把总，已联络了不少，这且按下。

再说安顺府这年大旱，从四月到六月，不曾落过一滴雨水。安顺一府的农民，只急得求神拜佛，哭地号天。安顺府知府张天爵，由两榜出身，为官甚是清廉正直，平日爱民如子。今见这般大旱，若再有十天半月不下雨，不但田里的禾苗，将全行枯槁，颗粒无收，便是河干井涸，人民没得水喝，也得渴死。张天爵只得自己斋戒沐浴，虔诚祈祷。祈祷了两日无效，张天爵真急得无可如何了，就亲自做了一道表章，在山顶上立了一个坛，自己穿戴了朝衣朝冠，将表章当天焚化了，直挺挺的跪在烈日当中。

表章上说，一日不下雨，一日不起来；两日不下雨，两日不起来。宁肯自己死在烈日之中，代小民受罚，不忍眼见一府的百姓，相将就毙。但是张天爵虽则是这么跪了两日，天空一点儿云翳都没有，日光更火炭一般的，连山中树木都炙焦了。依张天爵自己，硬要晒死在烈日之中，无奈左右的人苦劝，又有个绅士来对张天爵说："终南山昭庆寺的碧云禅师，于今游方到了安顺弥勒院。他的道法高深，已享寿二百多岁了，陕西人称他为活神仙。难得他恰好到了安顺，若得他来求雨，当有灵验。"

张天爵到了这种时候，只要有人能求得下雨，无论要自己如何委屈都可以。当下听了这绅士的话，即刻步行到弥勒院，当面求碧云禅师慈悲，救一府百姓的性命。碧云禅师合掌苦着眉头道："老僧已到安顺一月有余了，非不知道安顺大旱，若老僧有力量求得雨下来，早已自己设坛，求雨救一府的百姓了。"张天爵不禁流泪，向碧云禅师下跪道："老师傅的道法高深，无论求得下雨，求不下雨，务必请老师傅诚求一番，或者上天见怜，赐些雨水，也未可知。"碧云禅师扶了张天爵起来，叹道："贤太守如此爱民，老僧只好冒险做一番试试看。做得到，是太守和一府百姓的福气；做不到，是大家的劫数，老僧也免不了要断送二百四十年的功行。太守须知此番的大旱，并非曦阳肆虐，上天降灾，只因安顺府境内，今年出了一个旱魃。此时这东西的气焰，正在盛不可当，没有能克制它的人。论老僧的道法，只能将它幽囚起来，不能制它的死命。而这东西，越幽囚越肆恶得厉害，世界没有不畏旱灾的地方，幽囚了也没地方安置。并且老僧三世童阳之体，若见旱魃的面，以火遇火，老僧自身先受其害。所以老僧眼见这般景象，不敢出头替百姓除害，替太守分忧。今见太守如此爱民，老僧寻思再四，喜得安顺境内还有一件纯阴之宝，太守能将那宝请来，这事便有八成可做了。”

张天爵连忙问：“宝在哪里？应如何去请？”碧云禅师道：“就在离城二十多里的紫峰山下，有个姓杨名宜男的小姐，今年才得一十三岁。太守只要请得她来，老僧就有几成把握了。”张天爵喜道：“既是本府辖境之内，本府亲去请她。她虽是一个小姐，可以推却不来，但本府一片至诚之心，无论如何，总得将她请到。不过这小姐年才一十三岁，她如何倒有本领，能克制旱魃呢？”碧云禅师道：“将她请来了，到那时太守自然知道。”张天爵听了这话，即时动身到杨家来。

杨钺胡的妻子，见安顺府知府忽然到家里来了，心里着实吃了一惊，以为是自己丈夫在云南事机不密，被人告发了，犯了叛逆之罪，须连坐家小，已打算带了杨宜男从后山逃走。幸亏杨宜男有点见识，说：“若是要连坐家小的案子，岂有知府亲自到来之理？且等见面问明了缘由，如果有不测之祸，要图逃也是很容易的事。”杨钺胡妻子心想不错，杨家是紫峰山下的土著，非到万不得已，不能弃家逃走。遂硬着头皮，出来迎见张天爵。

张天爵殷勤说了来意，杨钺胡妻子转告宜男，宜男道：“我并不知道旱魃是什么东西，更不知道如何能制旱魃的死命？不过碧云禅师是个圣僧，我曾听祖父说过。既是他老人家教我去，必有些道理。我果能为安顺一府除了这大旱，也是一件功德。”杨钺胡妻子是听凭杨宜男自主不加干涉的，杨宜男随即同张天爵到城里来。张天爵直引到弥勒院见碧云禅师。碧云禅师教张天爵在北城外高山顶上，设一个坛，坛上一切器具，全用黑色，正面侧面，各安放一把交椅。张天爵依言办理停当了。

次日正午时候，碧云禅师带了杨宜男上坛，自己披着大红袈裟，当中坐下，教杨宜男坐在侧面交椅上，从弥勒院挑选了一个又聪明、又壮健的小和尚，也立在坛旁边。此时的太阳，如高张一把火伞，鸟雀都藏置得无影无踪，不敢在天空中飞行。无论体魄怎么强健的农人，一到那热烈的阳光底下做功夫，不到两个时辰，就得渴死。张天爵带了一班属员衙役，拱立在坛下静候，一个个都晒得火烧肉痛，走又不敢走，躲也无处躲。唯有碧云禅师，端坐在坛上，神闲气静的，只当没有这回事的样子。从容端起一杯清水，喝了一口，仰面朝天喷，喷起一片雾来，约有一亩地大小，遮住了阳光。张天爵和一班拱立在坛下的人，立时如到了清凉世界。

碧云禅师教小和尚伸出两只手掌来，提朱笔画了两道符在掌心里，并口授了几句咒词，教小和尚牢牢的记着，去两里路以外，一座没一株树木的山底下，朝山上念诵这几句咒词。念到有一只遍身烈焰的怪物出来，就停口不念了，回头便向原路快跑，那怪物必然追赶。等它追到切近，先将左手掌的符朝它一照，照后仍向前跑；再追到切近，再将右掌符照去。一跑到了坛前，便安稳无碍了。小和尚答应着去了，碧云禅师才对杨宜男道："老僧要借重小姐的雌剑，等歇老僧喊小姐下手的时候，小姐不可迟疑。"杨宜男还是个小孩子脾气，不知旱魃是种什么怪物，很想见识见识，听了碧云禅师吩咐的话，只摩拳擦掌的等候。

且说小和尚双手握了那两道符，一口气跑到那座山底下，只将咒词念了两遍，就听得山上一声狂叫，接着便是一阵呼呼的响声，与房屋失火，被风刮着火啸的声音相似。小和尚朝山上一望，只见一个丈多高的红人，浑身射出二三尺长的火焰，两目如电光闪烁，血盆大口里，伸出寸多长的四个獠牙，好像能将整个的人，囫囵吞下去的样子。

小和尚看了，不由得不害怕，掉转身躯便跑，并不知道这怪物追来没有，哪敢回头望一眼呢？才跑了半里多路，耳里已经听得那呼呼的响声，跟在后面来了。默念两手只有两道符，若照早了，跑不到坛跟前，岂不误事？又跑了十来丈远近，呼声更响得大了，渐渐的觉得背上仿佛有火烧得肉痛，再也忍耐不住了，举左手往后一照，不提防脱手就是一个霹雳。小和尚惊得回头一看，只见那怪物被霹雳震得倒地打滚，身上的火焰，也减退了尺多。小和尚趁它没立起来，掉头又跑。又跑了半里来路，听得那怪物在背后哇哇的乱叫，叫出来的声音，非常尖锐，那声音无论在什么人听了，必知道是因很着急才那么叫唤。

小和尚仗着右掌中还有一道灵符，胆量比先时大了些，旋跑旋回头，看那怪物身上的火焰，又高到二三尺了，行走不像人的脚步，周身骨节仿佛木像，不能转动，两腿硬邦邦的，只能耸着肩头，一上一下的向前蹦蹿。头顶上乱丛丛的红发，分披在肩窝上，两只耳根上似乎悬挂了一些纸锭，纸锭上也有火焰射出，却没有把纸锭化去。相差还有五六丈远，那怪物就朝前伸着两手，准备捉人的样子，两爪尖锐与鹰爪相似。

小和尚原打算等它追到切近，才放霹雳的，无奈火气太盛，隔四五丈远，就炙得痛不可当。勉强向前再跑了百十步，将右手霹雳放出，跟着一阵倾盆大雨，只见那怪物倒地打了一滚，雨点打在它身上，就如火上加油，火焰更射出七八尺高下，转眼就住了雨，地下没留一点水迹，不过那怪物有些现出累乏了的样子。小和尚不敢停留，刚跑到离坛十来丈远近，那怪物从口里喷出火来，火尾向小和尚背上直射。小和尚跑到坛前雾盖之下，实在支撑不住了，扑地便倒。怪物赶上前，正待伸手捉小和尚，碧云禅师举手向怪物一指，怪物登时打了个寒噤，抬头看见碧云禅师，便舍了小和尚，待扑上坛来。

碧云禅师一拍戒尺，蓦的响了一个炸雷。怪物正要腾空而上，被炸雷打了下来，一落地就吐出十丈长的火焰，向碧云禅师烧来。碧云禅师对杨宜男喝声："动手！"就见那白光朝怪物迎头劈下，火焰顿消。坛前雾盖，登时如春云舒展，转眼布满了天空，再看那怪物时，已连头劈作两半个，原来就是一个绝大的僵尸。

旱魃既除，甘雨自潇潇而下，张天爵不待说是非常感谢碧云禅师，和杨宜男二人，为民除害，而安顺满城的百姓，听说杨宜男是一个十三岁的闺女，又生得貌美如花，又有这种惊人的本领，于感谢之余，更都存着钦敬爱慕之意。有许多富绅病了的人，要迎接碧云禅师到家治病的。就有许多富绅家的太太、小姐，想瞻仰杨宜男，定要迎接到款待的；更有不自量的王孙公子，想娶杨宜男做老婆，或妄想纳作小星的。杨宜男被这些太太、小姐缠绕得不耐烦了，待辞了碧云禅师归家，碧云禅师对杨宜男道："这番借你纯阴之体，和纯阴之剑，诛了这旱魃，救了一府人性命，这功德已是不小。不过这旱魃为害，只害了一府百姓，为祸还小。于今还有一个大怪物，就在老僧驻锡的终南山上，若它一旦成功，天下人都得遭它的荼毒。你牢记在心，将来那怪物也是要你驱除的。"

杨宜男问道："那怪物的本领，比旱魃何如？"碧云禅师道："旱魃有何本领？不能与那怪物相提并论。你只记在心头便了，将来老僧尚能助你一臂之力。"杨宜男问道："将在什么时候呢？"碧云禅师摇头道："不可说，不可说！"杨宜男遂不敢再问。归家住了两年，并不曾听得人说终南山有什么妖怪，也就渐渐的不把这事放在心上了。

杨钺胡的妻子，因杨建章信中曾说宜男的姻缘，在使雄剑的儿郎身上，有许多富贵人家来求婚的，都用婉言谢绝了。但是光阴迅速，杨宜男已是十五岁了。那时安顺、毕节一带的风俗，普通人家的女儿，多是十三四岁出嫁，越是富贵人家，越订婚得早。于今杨宜男已是十五岁了，尚不知使雄剑的儿郎在什么地方。做母亲的心里，总不免有些着急，唯恐婚姻愆期，辜负了青春年少。

这夜欧阳后成来偷盘缠，她见后成放出来的剑是青光，又与自己女儿的剑缠绕作一团，没有对敌击刺的意味。更见后成年轻貌美，心里即时触动了那信中的言语，因此连喊住手，休得伤了自家人。及盘问后成的来历，便悟到杨建章，是有意骗后成与杨宜男会面。当下杨钺胡妻子向后成道：“姻缘前定，不能由你不愿。你师傅是活神仙，他老人家的主张，不会差错。他的孙女儿，你此刻已见着面了，并两下都已交过手了，你还有什么话说？”

后成原没有娶妻的意思，但此时当面看了杨宜男这般比花还娇艳的姿色，又有这般的本领，不知不觉的已将不愿娶妻的心理改变了，只是口里说不出承诺的话来，低着头不说什么，面上却表示欣喜的样子。杨钺胡妻子知道后成年轻害羞，不便当面答应，心里已是千肯万肯了。不过踌躇自己丈夫不在家，婚事不知应该怎生办理，应该定在什么时候，忽然想起，杨建章写给杨钺胡的信来。即问后成道：“你师傅给你送到茨通坝的信，带在身上么？”后成忙从怀中取出来看时，哪里是一封写给杨钺胡的信呢？上面分明写着“后成拆阅”四字。心中暗自诧异道：“封面上写的是这四个字，怎么师傅交给我的时候，我竟没看出来呢？幸亏我在这里发觉了，若如愿相偿的偷了些盘缠，我一定径向云南进发，决不会在半途拿出这信来看，到茨通坝拿出这信来呈递，岂不成了大笑话？这里既写了教我拆阅，我且拆开来，看里面写的是什么？”

后成拆开看了一遍，不禁变色道：“这事怎么了？我师兄庆瑞在陕西有难，我三年前受了他成全之德，论情理我不能不去救；只是此去陕西，山遥路远，师傅教宜男师妹和我同去，师妹却如何去得呢？”杨钺胡妻子问道：“这信不是你师傅教你送到茨通坝去的吗？如何写的却是这种事。”后成将信递给杨钺胡妻子道：“我也正觉得诧异，师傅交这信给我的时候，分明说送给云南茨通坝掌寨那里，不知怎的，此时一看，封面上却写了教我拆看。”

杨钺胡妻子接过一看，上面写道：“深喜汝能了吾心愿，完娶之期，俟吾后命可也。庆瑞于汝有私恩，不可以不报，渠在陕西终南山有难，非汝与宜男同去救援，将不得免。亟去勿怠。”杨钺胡妻子看了说道：“信上如此吩咐，不同去是不行的，只看你师妹的意思怎样？”

杨宜男在床后已听得明白，当即想起碧云禅师在二年前叮嘱的话。心想我祖父教我同去，必就是为那怪物。欧阳后成与杨宜男，都是天真未凿的人，也不知道未曾完娶的夫妻，应当避嫌的俗套。杨宜男当下就从床后转了出来说道：“去终南山可以会见碧云禅师，我愿意同去。”后成听了这话，也想起当日在饭甑山顶上，受《中黄宝笈》的时候，自己师傅所说石梁来历的话来，遂问杨宜男道：“不是昭庆寺的碧云禅师么？”杨宜男喜道：“怎么不是？你也认识他，就更好了。”后成道：“我并不认识，因曾听得师傅说过，所以是这么问问。师妹想必是认识的了。”杨宜男即将在安顺府诛旱魃的事，和碧云叮嘱的话，述给后成听。

后成听了，也欢喜道：“我正着急就到了终南山，也不知道我师兄在哪里被难，并且我师兄的本领很不平常，他既有难，我本领不及他的，如何能救得了？于今有碧云禅师在那里，便不愁找不着，也不怕本领不济了。”次日这一对未婚的小夫妇，就动身向终南山前进。

途中不止一日，这日到了终南山山底下，刚待上山，只见前面来了两个和尚，朝着欧阳后成合掌笑道：“候驾多时了，祖师爷正在寺中等着二位呢。”后成连忙拱手相还道：“岂敢，岂敢！两位师傅，可是昭庆寺的么？”两和尚点头不说什么，后成夫妇跟着和尚上山。

不一会儿，到了昭庆寺，和尚引进里面见碧云禅师。二人叩头行了礼，后成正要说明前来的原因。碧云禅师摇手止住道：“不用说，老僧已知道了。你们长途劳顿，且去休息一会儿再说。”两个和尚即将二人，引到一间小小的房里。

直等到黄昏向后，碧云禅师才走了进来，随手将房门关了，从袖中拿出一叠黄纸符来，交给后成道：“你将这符遍贴这房的四周上下。”后成依言贴好了。碧云禅师才笑着说道：“此时我们可以开口说话了。你们今日正来得凑巧，若再迟十日到此，便有回天的力量，也无济于事了。我们在此地一言一动，假使不在这贴了符的房里，那怪物能一一捏算出来，它一有了防备，就大费周折了。”后成心想：“我是为救师兄来的，碧云禅师却向我说这些牛头不对马嘴的话。”后成正这么着想，只听得杨宜男问道：“毕竟是个什么怪物，有些什么害人的举动呢？”

碧云禅师道：“这怪物也是一个人，已潜心苦练了六十多年，只因洪武元年，七阳真人在此山飞升的时候，将一部《玄玄经》藏在对面石山之中，当时曾对《玄玄经》祝道：‘留待有缘人，得此无上道。’二三百年来，没有能将这经取出来的。这怪物为想得这部经，特地在这山里，寻了一处风水极佳的地基，建了一个小小的道院。专心致志的，在院中练习取经的道法，已练了二十多年。此时道法已经被它练成了，只等今夜亥子之交，就要将这经取出来。这经一落它的手，不须十日工夫，它的本领就通天彻地了，谁也不能奈何它。它此时的神通，已经上应天象。北京钦天监两次密奏西后，说终南山妖气上通于天，须遣道法高深的人，及早前去剪除，免成大患。西后问何人能当此任，钦天监保奏新升总镇庆瑞。西后便下了一道密旨，命庆瑞前去终南山剪除妖孽。奈庆瑞的道术，与这怪物一般的不是正道，不过庆瑞为人，心地还光明，所以不至在怪物手中丧生。”

后成问道：“庆瑞已经与怪物较量过了么？”碧云禅师道：“若已较量过，就早已没有命了。庆瑞也定了在今夜亥子之交下手，待一会儿，你就能见着的。”后成这才把心放下。

到亥初时分，碧云禅师领二人出来，向山顶上行走。这时天空一轮明月，如挂冰盘，二三里内看得分明。碧云禅师走到一处，停步走到一片幽林说道：“那树林之中，便是那怪物修炼之所。院后有一座笔管形的山峰高耸，你们到那山峰上去，只凝神注目，在院前的石塔顶上。等怪物取经到手的时候，你们就可下手诛它。到了危急的当儿，自有老僧前来相救，不用害怕。”

后成问道：“庆瑞此时在哪里呢？”碧云禅师道：“那时你自见着，不用问老僧。”后成不敢多说，和杨宜男同时飞上了那山峰，低头看那树林中寺院时，只见溶溶月色之中，有一团浓雾，将树林笼罩着，仅隐隐约约的，看见有一所房屋在里面，寂静静的没一些儿声息。定睛看寺院前方，一座白石的宝塔，塔尖直耸云表，宝塔对面一座石山，不甚高大，形势与一个馒头相似。

二人正在观察四周情形，忽听得有声如裂帛，在浓雾中响亮。急向发声处看时，只见一颗红星，从屋顶直伸而上，射到塔尖，便停住了，塔尖上登时现出一个人影来。那人影足有一丈二三尺高下，宽袍大袖的道家装束，红星在头顶的发结里面。后成低声向宜男道："你看这怪物，有这么高大的身体，真可算是一个大怪物了。这怪物既苦练了六十年，你我除了两柄雌雄剑外，一点儿法宝没有，若是敌它不过，将怎么了呢？"

宜男目不转睛的望着塔尖，答道："此时才思量怎么了，已是迟了，还不快看，它在那里做手势了。"后成看那怪物在塔尖上，手足舞蹈了一会儿，忽从口中吐出一道白色的光芒来，朝着月光射去，射到半空，复收回来，接连又射了上去，比前次射得更高。继续射到第四次，直与银盆也似的月光相衔接，笼罩树林的浓雾，被几次白光冲得没有了。天空明净无尘，月色清明，直与白昼无异。

二人从来不曾见过有这么明亮的月光，十里以外，能辨别人男女老少。这时仔细看对面那山，竟是一块整石，没丝毫罅隙。心想碧云禅师说，七阳真人的《玄玄经》，藏在那石山里面，没一点儿斧凿的痕迹，怎生藏得进去呢？可见得七阳真人道法之高深了。于今这怪物，居然修炼得有从这无缝石山中取经的本领，我二人真不知拿什么本领，敌得过它。

后成正这么虚怯怯的想着，只见那怪物收回了与月衔接的白光，猛然举手向对面石山上一指，口里喝一声"敕"，这"敕"字才脱口，便是惊天动地的一声巨响。二人立脚的山峰，就如遇了风浪的帆船，震荡得几乎立不住脚。再看对面石山时，逢中炸裂了一条大口，足有丈来宽，裂缝中仿佛有火焰喷出来。怪物举手再向裂缝中指了一下，即见一件红光四射的东西，从裂缝中出来，直飞到怪物身边。怪物将袍袖一展，那东西便钻进了袖口，怪物登时现出的那种高兴得意的样子，直是形容不出。

二人知道那红光四射的东西，必就是七阳真人的《玄玄经》。后成道："是时候了。"话才说出，猛听得半空中，哗啦啦一个霹雳，狂风顿起，大雨骤下。霎眼之间，将清明如昼的月色，变成黑魆魆的，伸手不见五指。但见无数金蛇电闪，围绕着那怪物乱射，左一个霹雳，右一个霹雳，只是在半空中打不下来。怪物直挺挺的立在塔尖，从脑袋里面，发出一种洪钟之音，雷声渐渐的远了，电闪也渐渐的稀了。后成连忙将雄剑放出道：“不好，我师兄斗不过这怪物了。”

说时迟，那时快，后成这一道剑光，直向怪物头颈刺去。可是作怪，那剑光还离怪物二三尺远，仍退了回来。杨宜男不敢怠慢，赶紧也将雌剑放出。雌雄剑的力量真大，两剑如夹剪一般的，分左右向怪物横剪过去。眼见怪物左手向后一挥，才挥了一个半圆，就被两剑拦腰斩作两截，翻下塔去了。

正在怪物翻身倒下去的时候，后成、宜男都被人提住胳膊，比鹰隼还快的飞下了山峰。尚在空中不曾着地，又听得背后一声惊天动地的巨响，沙石纷纷如雨点打下。二人着地看时，原来被碧云禅师一手提了一个。碧云禅师放下二人，吐舌摇头道：“好险，好险！”后成心想：“怪物已被我二人腰斩了，还有什么好险好险呢？”

碧云禅师对杨宜男道：“你的剑只要再迟放些儿，此时你们已变成肉泥了，就是有老僧在此，也唯有叹息无可为力。你二人是童男女，又是雌雄剑，所以能克制它。只一道雄剑，奈何它不得；只一道雌剑，也奈何它不得。你雌剑将放出去的时候，它已用移山倒海之法，将对面石山挥动，向你们当头压下，老僧不挈你们从石山底下逃出来，此时不已压成肉泥了么？大害虽然除了，却断送了你们两个，岂不可伤可惜？”

碧云禅师复引二人到方才立脚的山峰观看，只见一个数亩地大小的石山顶，和戴帽子相似的，戴在山峰顶上，将原有的山峰，压低了数尺。二人看了，不由得惊得目瞪口呆，半晌才同声说了一句：“好厉害！”碧云禅师忽然失声喊道：“不好了，快下去。”这一声喊，又将二人吓了一大跳。

不知碧云禅师为什么这么大惊小怪，且俟第三十七回再写。

冰庐主人评曰：

此回上半写诛旱魃，既有声而有色；下半写灭怪物，更动魄而惊心。或病其诞，吾曰：“是书以‘奇侠’命名，此正作者用力些‘奇’字处。矧驱神使鬼，倒海移山，原是仙家妙用，特凡夫俗子，目未能见，概谓之诞，可乎？”以诞目是书，非善读《奇侠传》者。

第三十七回

末先生卜居柳仙村　沈道姑募建药王庙

话说欧阳后成夫妇，忽听得碧云禅师失声叫道："不好了，快下去吧。"二人的惊魂甫定，一听这话，不禁又大吃一惊，不知又出了什么祸事，都愕然望着碧云禅师。碧云禅师仍挈二人的胳膊，如鹰隼搏兔，疾飞而下，一瞬就到了那白石宝塔下面。后成立住了脚，看天空月色，仍如初上山时一般明朗，风雷雨电，早已随着那怪物翻下塔来的时候消灭了。再看塔底下的怪物尸体，只见连道袍斩作了两半段，细看头上的两耳，不知被何人割去了。

碧云禅师弯腰在两个袍袖里摸索了一下笑道："好大胆的孽障，果然赶现成的，想得这部天书。"后成连忙问道："谁把《玄玄经》拿去了吗？我愿意去追讨回来。"碧云禅师点头道："就是这怪物的徒弟蓝辛如拿去了，于今你师兄庆瑞已跟踪追去。只是你师兄的本领，敌不过蓝辛如，此刻正在山阴拼命相斗。你师兄赖有皇命在身（黄叶道人为朱明宗室，碧云禅师与道人为一流人物，"赖有皇命在身"一语，似不应出之碧云之口。然有清入宰中原，国祚至二百六十余年之久，岂为偶然？谈道者喜谈孽，禽鱼木石皆各有其孽，孽不足以相抵，人力无如之何？孽之为物，与星相家之所谓命运相类。有清享二百六十余年之国祚，祚未尽，孽亦未尽；且其孽之大，当然非蓝辛如之孽所能抵，而庆瑞之孽，又不足以抵蓝辛如，所以不能不有赖于皇命耳。有清二百六十余年中，有志恢复明社者，何时何地无之？而直至辛亥一役，始得推翻之者。辛亥以前之从事革命者，其孽皆不足以抵之也。铜脚黄叶之外，犹不可胜数），或可不死，你二人赶紧去助他一臂之力，将天书夺回。”

后成夫妇听了，哪敢怠慢，急匆匆追过终南山之阴。只见一个山坡之内，一团黑烟，有四五丈宽广、二三丈高下，团圆如一个大黑桶。黑烟里面有什么东西，在外面看不清晰，围绕着黑烟的，也是雷电交作，与那怪物在塔顶上无异。后成向杨宜男道：“蓝辛如必在黑烟之内，这雷电必是我师兄的‘天心五雷正法’。”

杨宜男举眼向四处一望，忽指着前面一带山冈说道：“你看那个立在山冈之上，散着头发的是谁？”后成随着宜男所指的方向看去，不觉逞口而出，叫了声“哎呀”道：“那就是我师兄庆瑞。他斗不过蓝辛如，已急得手慌脚乱了，我们怎生帮他呢？”杨宜男道：“立在山冈上的是你师兄，蓝辛如必在黑烟里面。”杨宜男口里说着，飞剑已从后脑朝黑烟射去，后成也忙将雄剑放出。

说也奇怪，疾雷闪电，只绕着黑烟盘旋，不能冲破到黑烟里面去。欧阳后成和杨宜男二人的雌雄剑一到天空，便如两道长虹，发声如裂帛的直射进黑烟，黑烟登时四散。此时东方已经发亮，后成借着反射的阳光，看黑烟散处，一个穿蓝色道袍的道人，已身首异处，倒在山坡之下死了。

庆瑞正从山冈上，一面向死道人跟前走，一面招手叫着后成老弟，后成遂同杨宜男凑上前去，庆瑞已从死道人身上，将《玄玄经》取在手中说道：“老弟两番救了我的性命，感谢，感谢！只三年不见，想不到老弟的造化，便到如此地步。可喜可贺。”后成抢前几步，叩头行礼道：“往日不得师兄玉成，安有今日？为地方为人民除害，是我辈分内应做的事，值得师兄道谢吗？”庆瑞来不及跪倒答礼，与杨宜男相见了，也谢了援助之德，才将《玄玄经》双手递给后成道：“我本来应亲去叩谢碧云老祖，无奈有皇命在身，诸多不便。这部天书，原应带着回朝复旨，只是这番非碧云老祖的佛法无边，不能剪除大害。这书不恭送老祖，不足以报答高厚，就请老弟转呈吧。我须即刻回朝复旨，不敢耽延。”

后成接了《玄玄经》，还想和庆瑞谈谈别后情状，庆瑞只顾从腰间拔出刀来，将蓝辛如的两耳割下，从袖中取出一个小手巾包来，打开将两耳包裹。后成看那包中，已包有两只很大的耳朵在内，心想原来那怪物的两耳，就是师兄割下来了。庆瑞裹好了四只耳朵，便急匆匆的走了。后成捧了《玄玄经》，和杨宜男同回到白石塔下面。碧云禅师已运用广大神通，将石塔移动，镇压若那怪物的尸体。

据迷信神怪的人说，幸赖有此一着，庚子年的拳匪，才容易消灭了，没将东南半壁闹糟。这被镇压的怪物，就是徐鸿儒的徒弟。这本来都是一派无稽之谈，不过中国数千年来，圣人以神道设教，其中从来不曾有人能推翻过，不能因其非事理之常，便斥为虚妄。并且在下这一部《奇侠传》，其间所写的人物，其才能都是出乎寻常情理之外的，也不仅终南山诛怪、安顺府诛旱魃，这种不经的故事。

闲话少说，再说后成将《玄玄经》呈上碧云禅师，并陈述庆瑞与蓝辛如斗法，自己夫妇相助的情形，及庆瑞托转呈《玄玄经》的言语。碧云禅师欢天喜地的，收了《玄玄经》道："你两人此时不用回紫峰山去。我这里有一封书信，烦你二人送到湖北襄阳府柳仙村药王庙里，交给朱复、朱恶紫兄妹。你只说他师傅智远禅师，日前来西安，曾与老僧会晤。老僧因他几年来栖栖惶惶的，得不着胜地，不能了道，已转求黄叶道人，将万载的玄妙观暂时化给他，使他好成正果。他此时正在玄妙观，可教朱复速去见他。"碧云禅师说毕，交了一封信给后成。后成只默记了这番言语，也不知道所以然。收好了书信，即时和宜男拜别碧云禅师，登程向襄阳柳仙村进发。这且按下。

于今再说朱复自从奉了他师傅智远禅师的书信，到江宁救出朱恶紫、胡舜华之后，他兄妹和胡舜华，表面上虽都是已曾出了家的人，然实际尚不是真个已了绝尘缘的。并且三人都没有可以落脚的庵堂寺院，此时从参将衙门里出来，不能不商量一个去处。朱恶紫道："我师傅在日，最相投契的道侣，唯有沈栖霞师傅。我记得有一次，栖霞师傅和我师傅说，她在湖北襄阳府柳仙村，收了两个男徒弟，新建了一所药王庙，在柳仙村里。那柳仙村的风水极好，能作自己将来了道之所。于今我与舜华妹，既得不着好安身之所，依我的意思，不如且到柳仙村，依托栖霞师傅那里去。"朱复听了，自然没有不赞成的，于是三人遂向襄阳柳仙村来。在下写到这里，却又得掉转笔头，先将柳仙村一段故事写出来。

这柳仙村是个什么所在呢，何以取这么一个村名呢？却也有一点儿荒唐来历。柳仙村在离襄阳府六十多里的一个乡僻地方，村里不过二三十户居民，村口有个小小的市镇，叫黄花镇。因为村里有个柳仙祠，所以叫做柳仙村。

那地方的故老相传说，当日吕洞宾在洞庭湖收服了柳树精，在岳阳楼喝得大醉，所谓“朗吟飞过洞庭湖”，就是从岳阳楼飞到了衡山回雁峰。只是吕洞宾醉后，飞到回雁峰去了。这个初被收服的柳树精，一看吕洞宾的葫芦忘记带去，就把葫芦里面的酒偷喝了。柳树精能有多大的酒量，喝下去便醉失了本性，把被吕洞宾收服的事忘了，跑到襄阳府黄花镇上，兴妖作怪。等吕洞宾在回雁峰酒醒转来，再回到洞庭湖一看，不好了！柳树精已逃得无影无踪了。只得追到黄花镇，又用法力将柳树精收服。黄花镇的人因被柳树精闹怕了，大家拿出些钱来，建一个柳仙祠，香花供养，想敬奉得柳树精不再来兴妖作怪。于是这柳仙村的地名，也就跟着这柳仙祠同时出现了。

柳仙村里面的二三十户居民，都是安分务农的善良百姓，也没有富家大族在内，更没一个读书能识字的人。一日忽然有一个六十多岁的老人，带领两个六七岁的小孩，并许多行囊车辆，来到黄花镇上。自称姓未，南京人，因来襄阳投亲不遇，不愿再回南京，想在柳仙村出钱买点儿田地，就在这里居住。黄花镇的人，见这姓未的老人为人，很是谦虚和蔼，都愿意与他接近，大家呼他为未老先生。未老先生向人说，那两个小孩是他自己的孙子。他在柳仙村买了些田地之后，建造了一所小小的房屋，亲自教两个孙子读书。

未老先生欢喜种桃树，初时只将自己住宅的周围，种了无数的桃树。数年之后，渐渐的将范围推广，住宅四周的山上，都种满了。种植的方法，像是很有研究的。寻常人家种的桃树，至快也得十来年，才可望开花结实，而初结的桃子，都是不甜的。这未老先生种的，与寻常人家种的大不相同，只须三年就能结实了，并且结出来的桃子，又大又甜。成熟之后，运到襄阳府发卖，尝着这桃子滋味的人，没一个不咂口咂舌的说好吃，都称这种桃子为未家桃。每年不到成熟的时候，就有许多贩户争着交钱定购。

未老先生初到柳仙村的时候，本来已很富裕，三年后加了这笔未家桃的出息，更是富足极了。只是他富足尽管富足，他自己和两个孙子的衣服，仍是十分朴质，家中一切食用都极节省，情愿拿着大把的钱，周济贫乏。附近数十里以内的贫苦人，没有不曾受过未老先生周济的。因为曾受他周济的人多，未家豪富的声名，也就跟着传播得很远。

柳仙村里虽都是安分的农人，而柳仙村以外的人，在势固不能个个安分，当时就有一班恶贼，被未家豪富的声名打动了，啸聚了十几个强徒，黑夜拥入未家。未老先生已是风烛残年，两个孙子还只十四五岁，哪里有反抗的能力？家里虽雇用了几个仆役，也都不是强徒的对手，因此毫不费事的，将未家所有的财物，尽数劫去了。当众强徒拥进去行劫的时候，疑心未家富名甚大，所有的银钱，不仅已被搜出来这么多，必然还有贵重物品，及金银珠宝，藏匿在什么秘密地方。将未老先生的两个孙子，用刀背砍打，逼着他供出藏匿金银的所在来。可怜这两个小孩，被打得昏死过去，哪有什么地方可供呢？众强徒去后，未老先生看两个孙子被打得体无完肤，一个打断了一条胳膊，一个打断了一条大腿，把个未老先生急得什么似的。乡村中又请不着有本领的外科医生，只得守着两个受伤的孙子，痛哭流涕。便有人献计，教未老先生，多写几张招请好外科医生的招贴，到襄阳府张贴起来，治得好，谢多少钱，未老先生依计而行。

次日果有一个白发鬖鬖的老道姑，走到未家来，对未老先生说道："贫道善能医治一切跌打损伤，并能限日治好，与不曾受伤时一样，毫无痕迹。治的时候，更一些儿不觉痛楚。不知老施主肯教贫道治么？"未老先生急忙应道："我正苦没人能治，四处张贴招纸，延请医生，哪有不肯教师傅治的道理呢？"道姑点头道："但是治好了，将怎生谢贫道呢？"未老先生道："只要师傅能将两个小孙完全治好，听凭师傅要我怎生谢，我便怎生谢。凡是我力量做得到的，无不从命。"道姑道："那就是了，且等贫道把两位令孙治好了再说。"这道姑随即动手，将两个小孩的伤处敷药包扎。手术真妙，不须几日工夫，果然两小孩的伤处都好了。

未老先生便问道姑要怎生相谢，道姑指着对面种桃树的山丘问道："那山是老施主的产业么？"未老先生点头应是。道姑道："贫道只要在那桃林里面，化一块方丈大的地基，再由贫道募化十方，募些钱来，建一个药王庙。不知老施主肯将那山里的地基，施舍给贫道也不？"未老先生笑道："师傅也太客气了！休说师傅于小孙有再造之恩，便是寻常方外人，要向我化一块地基建筑庙宇，这是一件有德事，我也没有不肯的道理。师傅也不须再去十方募化钱文，只看师傅的意思，药王庙将怎生建法，应建多大的规模，尽可画出一个图形来，交给我办便了。师傅就请住在寒舍，指示一切。”

道姑听了，也不客气，欣然说道：“贫道终是向人募化，老施主能独力做此功德，岂不更好？至于庙宇的规模，不妨极小。贫道久已将图形画好，带在身边。”说着，从身上取出一卷纸，展开递给未老先生道：“依这图形建造，工料尽可简省。贫道但求能避风雨，不求能壮观瞻，可以支持三十年便够了。在这药王庙未造成以前，贫道仍得去各胜地云游，游罢归来，便不再出去了。”

未老先生看那图形，连神殿只有五间房屋，和寻常极小的庙宇一样。当时陪同道姑，到对山桃林里，择了一方地基，由道姑指定了方向。道姑合掌向未老先生道：“庙宇地基，都是由老施主舍的，贫道只坐享其成。此时贫道尚须往别处去，俟庙宇落成后再来。”

未老先生在柳仙村住了好几年，平日素不见他与方外人接近，大约他的性质，是一个不欢喜方外人的。这回因道姑治好了他两个重伤待死的孙子，所以不能不建造一所庙宇，酬报道姑。然在未老先生心里，只要施舍一方地基，依照图形，建造了一所庙宇，自问便算对得起道姑了。至于这道姑究竟是从哪里来的，定要在桃林里面，建造这小小的一座庙宇做什么，何以建造的，偏是不多有的药王庙？未老先生都不曾向道姑过问，并且连那道姑姓什么，叫什么名字，也便不曾向道姑请教一声。道姑作辞要去，就由她去了。

那道姑去了之后，未老先生即派人采办砖瓦木料，招请土木工人，开始建造起来。五间房屋的工程不大，有钱人办事更分外的容易。只两三个月的工夫，一所小结构的药王庙，便已依照道姑所画的图样，建筑成功了。未老先生的心里，以为道姑临去时说，俟庙宇落成后再来，此时庙宇已经造成，道姑不久必然会来的。谁知落成后，又过了几月，并不见那道姑到来。当道姑来柳仙村治病的时候，未老先生既不曾盘问道姑的来历和姓名，也无从向人打听道姑的下落。只得将一所新建的药王庙，封锁起来，等道姑来了再开。光阴易过，药王庙落成，转瞬经年了。

距离柳仙村三十多里远近地方，有一个土霸，姓曹，名上达，是户部侍郎曹迪的儿子。曹家几代都是显宦，聚敛盘剥到曹上达手里，已有数十万的财产。民国时代的显宦，动辄是数百万、数千万，若只有数十万的财产，要算是两袖清风，谁也不放在眼里。然在前清时代，富至数十万，在社会上一般人的眼光看了，确是了不得的巨富。

曹上达既有这么富足的产业，他家几代显宦，门生故吏又布满朝野，因此在襄阳府的势力，寻常没人能赶得他上。凡是到襄阳一府来上任的官儿，没一个不先来巴结曹上达的。只要触怒了曹上达，无论这人如何振作精神做官，也决做不长久。

这曹上达平日在乡里的行为，就和平常小说上所写土豪恶霸的一般无二。如侵占人家田产，强奸良家女儿，以及窝藏匪类，鱼肉乡民种种恶事，皆无所不为。他出门也是有无数凶眉恶眼的汉子，前呼后拥，若是在路上遇了有些儿姿色的女子，那是先由曹上达亲自上前调戏，那女子相从便罢，若不相从，就嗾使跟从的恶汉，动手抢回家。稍为软弱些儿的女子，少有不被他奸污的，强硬的就十九送了性命。事后虽明知是死在曹上达手里，然天高皇帝远，襄阳一府的官员都巴结曹上达，还愁巴结不了，谁敢收受一纸告曹上达的状子。曹上达的胆量，因此越弄越大。

有人在曹上达跟前，称赞柳仙村的未家桃，如何好吃，每年的出息如何大。把曹上达的心说动了，打发两个篾片到未家来，要收买未家的桃林，看未老先生要多少价钱，毫不短少。未老先生说："我这桃林是我一家养命之源，无论出多少钱，也不能卖给人。"篾片明知道未家是不肯卖的，不过假意是这么问问，见未老先生这么回答，便冷笑了一声说道："你知道要收买你桃林的人是谁么？你知道襄阳曹公子要买人的产业，是从来没人敢回半个不字的么？你爽气一点卖给他，倒落得一个人情，并可得些银两。要想把持不肯，就转错了念头了。"

未老先生已在柳仙村住了这几年，曹上达平日凶横不法的行为，耳里也实在听得不少了，只恨自己没有力量，能替受害的打抱不平。于今这种凶横不法的行为，竟轮到自己头上来了，教他如何能不气愤？但是估量自己的能力，万分不能与曹上达抵抗，若真个一口咬定不肯，这两个篾片，当然回去在曹上达面前怂恿，曹上达有什么事干不出呢？甚至连自己的老命都不能保全。白白的把一条命送了，桃林仍得落到曹上达手里去。未老先生一再思量，除了应允，没有安全的方法。当下只好忍住气，对篾片说道："我也知道曹公子不是好惹的人，不过我一家的性命，就靠这桃林养活，所以不愿卖掉。于今既是曹公子定要我这桃林，我就只得另寻生路了。价钱我不敢争多论少，只对面桃林里，有一所新建的药王庙，不是我未家的产业，早已施舍给一个老道姑了，不能由我卖给曹公子。”

篾片见未老先生居然应允了，自是喜出望外，问未老先生要多少业价，未老先生酌量说了个价目。篾片回去报告曹上达，曹上达怒道：“几棵桃树，值什么银子？照他买进来的业价，给还他一半，赶紧滚出柳仙村。我这里立刻派人去接收桃林，接收了便是我的产业。药王庙要施舍给谁，只由得我，谁管她什么道姑道婆。”两个篾片听了，自然随声附和，也主张是这么办理。

再说未老先生见两个篾片走后，知道不久就有曹家的人，前来接收产业，心想一时将家搬到什么地方去住呢？药王庙虽是特地建筑了，施给那老道姑的，然道姑经年不来，也不知道她的行踪所在。那道姑的年纪，已有六七十岁的模样了，这一年来没有消息，说不定已是死了。我何不暂时搬进庙里去住？道姑来了，临时让给她也不迟；不来，我就住下去。

未老先生计算已定，即时带了一个工人，拿了扫帚，到药王庙去打扫房屋。走到庙门口，未老先生正从怀中取出钥匙来，打算开发庙门上的锁。一看门上，不觉吃了一吓，那锁已不知去向了。庙门只虚掩着，像是曾有人进去了的。回头问同来的工人道：“有谁进庙里去了吗？”工人道：“只怕是曹家打发人来看，旁人是不会擅自将锁打开的。”工人说着推开庙门。

未老先生走进庙去，看神殿上已打扫得十分清洁，神龛上原来只有神像，没有帐幔的，此时已悬挂了颜色很鲜明的绸帐。龛前神案上，陈设了香炉、烛台、木鱼、铜磬，都很精美。案前的拜垫，都已铺好了，只不见有人。未老先生不由得非常诧异，放开嗓音，咳了一声嗽。就见一个年约十五六岁的瘌痢头小和尚，从神殿后面转出来，从容不迫的向未老先生合掌道：“小僧奉了师傅的命，刚到这里来，因恐怕惊动施主，又得派人来帮同打扫，所以还不曾到府上来。果然施主一听得说，就带人携着扫帚来了。”

未老先生听了这些话，一时竟摸不着头脑，暗想：我平生没结交过和尚，这小和尚的师傅是谁？如何能打发徒弟来，强占旁人的庙宇呢？难道出家人，也能像曹上达那么横蛮不讲理么？曹上达仗着有钱有势，人家不敢惹他；这小和尚的师傅，有什么势力，来强占这庙宇？并且真是有势力的和尚，强占了这个小小的药王庙，有什么用处？

未老先生一时想不出这道理，就对小和尚说道："这庙已施给了一个老道姑，她经年未曾来住。于今我自己的产业，已属了旁人，只得暂时到这庙里住住，所以带了扫帚来打扫，并不是来帮你打扫的。你师傅只怕是弄错了，这庙原是建筑了施给道姑的，不曾施给和尚。"

小和尚似乎吃惊的样子问道："我师傅说，施主甚是富足，怎么只一年下来，产业就已属了旁人呢？莫不是因建筑这药王庙，花的钱太多么？"未老先生摇头叹气道："这都毋须说了。总之这药王庙，已不能再拿了施给和尚。请你回去，照样对你师傅说吧。"小和尚笑道："施主弄错了，我师傅并不是和尚，就是去年在这里，替两位令孙治伤的道姑。施主特地建筑了施给她的，我师傅因为还有些事不曾了，不能就到这庙里来，又恐怕施主盼望，所以教小僧先来，以便朝夕伺候香火。"

未老先生禁不住笑道："你这话说得太离了经，你是个和尚，怎么能认道姑做师傅？这就未免太稀奇了。"小和尚也笑道："一点儿不稀奇，将来施主自能知道和尚认道姑做师傅的道理。施主若此刻不相信小僧是那道姑打发来的徒弟，小僧这里还有一件可做凭证的东西。"说着到神殿后，拿了一卷纸出来，展开递给未老先生看道："这庙宇的图形，是一正一副，小僧师傅交给施主的，是正图，副图在小僧这里，施主可以相信了么？并且师傅不久就要来的，小僧岂能支吾过去？"

未老先生看这图形，和前次的图形，丝毫无二。又见小和尚虽是个瘌痢头，满身满脸的污垢，然言谈举动，不像是个作恶害人的人，心里已知道不是假冒的了。只是心想怎么来得这么不凑巧？他既来了，却教我一家一时搬到哪里去呢？未老先生是这么踌躇着，不得计较。小和尚问道："施主毕竟是怎么一回事，轻容易的就把产业属了旁人，难道施主府上，又遭了什么意外的事吗，何妨说给小僧听听呢？小僧师徒托施主的庇荫，应该能替施主分忧才是。"

未老先生无端遭此横逆，心里自不免有些抑郁，想向人伸诉之处。今见这小和尚虽年小腌臜，说话却像很懂情理的，当下忍不住长叹了一声，将曹上达平日的行为，及这番逼卖桃林的举动，说了一遍道："于今是没有黑白的世界，我风烛残年，原是想多活几春，打听得这柳仙村里居住的，多是些安分务农的良民，才搬到这里来，以为可以安稳度此余生了。谁知盗劫之后，又有这种不操戈矛的大盗，逼得我不能在此立脚。唉！天地虽大，还有一块干净土吗？”说罢，竟放声大哭起来。

小和尚听了，不但一些儿不替未老先生悲伤，反仰天打着哈哈说道：“老施主也太不旷达了，世上没有千年世守的业，堂皇天子的锦绣江山，拱手让给旁人的事，历朝以来不皆是如此吗？这一片桃林，算得了什么？老施主破点儿工夫，栽培种植，不到十年，又是一般的产业，哪值得这许多老泪？”未老先生听小和尚这么劝慰，更伤心得哭不可抑。同来打扫的工人，在旁用许多不伦不类的话劝解，倒把未老先生劝住了，搀扶着工人回家，只好打算婉求曹家，稍宽假几日，另觅迁移之所。

次日等曹家人，前来兑价接收产业，等了大半日，不见人来。下午就听得黄花镇上，和柳仙村里的人纷纷传说，曹上达昨夜正和他第六个姨太太睡了，不知被什么人腰斩在床上。那姨太太直到今早醒来才知道，还不知是什么时候死的。

曹上达夜间在姨太太房里睡觉，房外照例有十来个把势轮流守候，房里还有几个丫鬟，也是轮流听候使唤。昨夜房外的把势，房里的丫鬟都眼睁睁的，并不曾偷闲睡着，窗门也都关得严密，不曾打开。今早同睡的姨太太，忽然在床上叫起来，丫鬟才敢揭开帐门，只见曹上达已拦腰斩作了两半段，死在被里，好像是连被窝都不曾揭开的。曹家的人报了县官，县官来验看了，疑是同睡的姨太太谋杀，却找不着一点儿证据，只怕是和房里的丫鬟，伙通谋杀的。于今已将那同睡的姨太太和房里所有的丫鬟，连房外的把势，都带到县衙里去了。杀了这样一个大恶物，襄阳一府的人，无一个不称快。

未老先生听了这种传说，也疑心是同睡的姨太太谋杀，不过依情理推测，在半夜里腰斩一个人，怎能没一些儿声息，不使房外的把势听得？并且当姨太太的，要谋杀老爷，既能伙通丫鬟，也不愁没有干净避嫌的方法，何至谋杀在自己床上？又何至用这种又难、又笨的腰斩呢？未老先生如此推测，县官自然也是如此推测，不能将那姨太太及一干人定罪。为这一条大命案，参了几个官，毕竟不曾办出来。而未老先生的桃林，就幸赖曹上达被杀得凑巧，得以保全下来了。

又过了几个月，还不见那道姑到来，未老先生很有些疑心这小和尚，来得古怪，终日不见他出外，也不见有人和他往来。他一个人住在庙里，自炊自吃，从没人见他在外购买食物，而庙里柴、米、油、盐、酱、醋、茶，件件都不缺少。每日除弄饮食吃喝之外，就在神前念经，念的不知是什么经，拜的也不知是什么神像？庙门一日只有巳、午、未三个时辰打开，这三个时辰以外，总是关着的。他在神殿上念经的时候，连他自己住的耳房，都关闭起来，好像房里有极贵重的东西，怕有人来强抢了去似的。神殿上打扫得没一些尘垢，所有的陈设及应用器具，也没一件不磨洗得洁净无尘。唯有他自己的头脸，及身上衣服腌臜得不堪，一立近身，就有一股令人不耐的气味。

未老先生很觉得这些地方古怪，心想小和尚说，和尚认道姑做师傅的道理，将来我自然会知道，于今他已来这里好几个月了，我实在还不知道是什么道理。今日无事，我倒要去药王庙问问他，看他师傅怎的还不来？未老先生想罢，便独自走到药王庙里。

不知未老先生，问出了小和尚什么来历，且俟第三十八回再写。

冰庐主人评曰：

此回结束诛怪事，接叙沈栖霞、朱恶紫诸人，中间插入曹上达恃强夺产一段，倍觉灵活。

曹上达作恶多端，一死不足蔽其辜，唯不先不后，恰死于逼夺未家桃时，明眼人读之，固早知其必为沈栖霞所杀无疑矣。但土豪恶霸，无时无之，亦无地无之，安得千万沈栖霞，施其神技，为天下含冤负屈人，一吐肮脏不平之气耶？

第三十八回

药王庙小和尚变尼姑　柳仙村沈道姑收徒弟

话说未老先生独自走到药王庙，想问明小和尚的来历。走到庙门口，只见庙门紧闭，从里面闩了。未老先生心想："此时才到申刻，天色这么早，如何就把庙门关了呢？庙里有什么金珠宝贝，怕人劫夺，用得着是这么防强盗似的，青天白日把庙门关闭？我敲开门进去，也要问他一个白昼关门的道理。"遂举起手中拐杖，向庙门上敲去。

连敲了几下，不见里面的小和尚答应，暗想难道睡着了吗，又重重的敲了一会儿，里面仍是寂然无声。这庙有一张后门，离耳房很近。未老先生见敲着没人答应，遂转到后门口，伸手推门，也是从里面闩得很紧，推去丝毫不动。只得又举起拐杖乱打，边打边喊小师傅开门。

任凭未老先生高高喊，重重敲，里面哪有一些动静呢？不由得惊异道："便是真个青天白日的，关了门睡觉，也没有睡得这么叫唤不醒的人。可恶这庙宇没一个朝外面的窗户，不能窥探里面的情形。莫不是小和尚独自躲在里面，有什么不可告人的行为么？我已好些日子不到这庙里来了，也不知这庙门关了多久。今日曾打开过没有，我也没有见。这小和尚的身体很瘦弱，又是一个瘌痢头，脸上没一些儿血色，好像有病的样子，或者是病倒在里面，无人照顾他，又病又饥饿，以致不能起床。就听得我在外面敲门叫唤，因没气力高声答应，也未可知。我是这庙的施主，今日没来这里便罢，既到这里来了，不能因叫不开门，就不作理会。他若是到外面去了，不在庙中，庙门应该在外面上锁，断不能前后门都从里面锁着。好在这后门的木料，并不十分坚牢。因为那老道姑说了，只要能庇风雨，可以支持三十年，所以建造的材料，都没在坚牢上着想。且回去叫个工人，带个铁凿来，将门斗撬开进去看看。”

未老先生绝不踌躇的回到家中，却是不凑巧，一个长工因他自己有事出去了，只有两个孙子在家。此时这两个孙子，也都有十八九岁了。未老先生即将叫不开药王庙的门，并自己想撬开后门进去的话，对两个孙子说了。两个孙子喜道：“那后门一撬就开了，我两人包能撬开。”未老先生说好。当下就带着两孙，携了一把铁锹，到药王庙后门口。

当小孩的人，遇了这类时候，没有不鼓动好奇之念的。有自家长辈开了口，教他撬这叫唤不开的门，就和撬开了有许多把戏可看，许多利益可得似的。推的推，撬的撬，果然不须几铁锹，早将这不牢实的后门板，撬得一片一片散开了。

未老先生支着拐杖，当先走了进去。口里仍不住的叫着：“小师傅在哪里？”五间房都走遍了，这才把未老先生吓了一大跳，哪里寻得出那个瘌痢头小和尚的影子呢？

未老先生坐在小和尚睡的耳房里，对两个孙子说道：“这个小和尚很蹊跷，举动实在太古怪了。这庙仅有一张前门，一张后门，连对外的窗户，都没一个。于今前门还是锁得牢牢的，后门也是里面上了锁，且用木杠横闩了，不是在里面，不能这么关锁。然而他在里面，把前后门都关锁了，却从哪里出去呢，回来又叫谁开门呢？这庙宇是我亲自监着建造的，除了这五间现面的房子而外，没有可以给他藏躲的地方。这五间房里没有，是已出外无疑的了，这种举动，不更是古怪吗？”

两个孙子道：“我两人有几次跟着你老人家到这里来，见小和尚跪在神殿上唪经。我记得这耳房的门，几次都是从外面反锁着的，一次也没看见这房里是什么模样。我多久就疑心这房里，必有什么贵重东西，怕被歹人白天里看破了，黑夜前来偷去。难得这回小和尚不在庙里，这房门又没上锁，何不趁此时搜搜看，有什么贵重东西没有？”未老先生道：“那却使不得，越是小和尚不在庙里，我们越不可动他的东西。我若早知他不在庙里，也不教你们撬开门进来了。于今没有法子，只好坐在这里，等他回来，将原因说明白了再去。君子不示人以可疑，何况对于这个未成年的方外人？”两个孙子听得这么说，便不敢乱动了。

祖孙三人坐等到天色已经昏暗了，还不见小和尚回来，只得相率归家。不说未老先生这两个孙子，生性都异常精细，当跟着未老先生，同进小和尚所住耳房的时候，已经见了一件可疑的东西，因未老先生不许搜查，故不敢拿出来研究。是一件什么可疑的东西呢？原来是一只白大布的袜子，压在垫被底下，只露出一只袜底来。就那袜底的长短形式，一望可知道是女子穿的，男子除了五六岁的小孩，决没有那么瘦小的脚。两人当时看在眼里，记在心里，跟着老先生归家之后，二人便悄悄的到僻静地方商议。

年纪大些儿的说道："那垫被底下露出来的袜底，断不是小和尚的。怪道这小秃驴，终日将那耳房门锁着，不教我们进去，原来他把尼姑藏在里面。那样的袜子，不是尼姑穿的，是什么人穿的呢？"年纪小些儿的点道："那次替我们治伤的老道姑，我记得她脚上所穿的，就是这一类的袜子。不过那道姑的脚不小，袜子比这只露出来的，仿佛要长大寸多些。这小秃驴所偷的尼姑，一定是个年纪很轻，身材很小的，才能在那间耳房里，藏躲得许多日子。我们今日进耳房的时候，这尼姑多半是躲在禅床底下，那时若爷爷许我们搜检，只一撩开床褥，包管就搜出来了。这小秃驴有一个尼姑在庙里，怪道他出去，能将前后门都从里面锁着，回来时也不愁没人开门。这东西太可恶了，一所新建造干干净净的庙宇，被他是这么弄得污秽不堪了，我们万不可轻恕了他。他夜里必然要回来的，我们趁此时到庙里去，拣个好地方躲起来，准能撞破他们的奸情。奸情既被我们拿着了，怕他们不谢罪，不滚向别处去吗？"二人商议停当了，就瞒着未老先生，悄悄的到药王庙来。

这时已是初更时分了，庙里仍不见有小和尚的踪影。二人藏身在神龛里面，从帐幔缝中朝外望，小和尚一入耳房，就得看见，而立在神殿上，决看不见神龛里有人。此时正是上旬天气，初更过后，月色正明，从天井里射进月光，照得神殿上通明透彻，静悄悄的万籁皆寂。

二人约莫等了一个更次，年纪大些儿的屈身躲在里面，身体屈曲得发酸了。对年纪小些儿的说道："等了这么久，还没一些儿动静，难道这秃驴通夜不回来么？我已弯腰曲背的，蹲得遍体发酸了，待出去伸一伸腰才好。"年纪小些儿的答道："不要出去，已等了这么久，还是忍耐些好。这耳房里一点儿动静没有，莫不是尼姑已经不在里面了么？"

大些儿的刚待回答，瞥眼见神殿上月光中，有黑影一晃，风飘落叶似的从天井里飞下一个人来，径走入耳房去了。二人都看得分明，是一个身材瘦小的尼姑，只看不出面貌妍媸。就那妖娇体态推察，年龄至多不过二十来岁。二人脑筋中不知道世间有能飞得起的人，突然看见了这个从天上飞来的尼姑，并落地没一些儿声响，不约而同的疑是妖怪，只吓得浑身乱抖。心里都想趁妖怪进耳房去了，赶紧逃回家去。无奈没经过事的公子哥儿们，既吓得浑身发抖，两条腿也就酸软得不由自主了，只想竭力的镇静，不把神龛抖得乱响，都做不到。正在又吓又急，无可奈何的时候，只见从耳房里走出一个人来，以为必就是那妖怪了，仔细看时，原来竟是瘌痢头小和尚。

小和尚一出来，二人的胆量，便登时壮了许多。只见小和尚立在耳房门口，朝着神龛叱道："哪来的小贼，敢藏在里面，想偷庙里的东西么？"二人见已被小和尚看破，料知再藏匿不住了，只得硬着头皮冲出来。年纪大些儿的指着小和尚说道："我们倒不是想来偷东西的小贼，却要问你，你是一个和尚，为什么瞒着人，把小尼姑藏在房里，你知道你自己犯的什么罪？"旋说旋跳下神龛来。

小和尚听了，反笑嘻嘻的合掌道："原来是两位施主，小僧失礼了。不知两位凭什么，说小僧瞒着人，藏匿了小尼姑在房里。毕竟藏在哪间房里，倒得请两位施主拿出凭据来。"二人冷笑道："我们亲眼看见的，你还想抵赖么？我们若拿不出凭据，也不躲在这里，拿你的奸了。小尼姑现在耳房里，你还赖些什么？"小和尚笑道："耳房里有什么小尼姑，请两位叫出来，给小僧看看。若真有小尼姑，小僧自然伏罪。"二人道："敢请我们搜么？"小和尚立过一边，让出耳房门来说道："不敢让两位搜，便是真个藏有小尼姑了。请快进房去搜搜。但不知搜不出，该当怎样？我师傅不在这里，这藏小尼姑的声名，小僧承当不起。"

二人攘臂说道："分明看见一个小尼姑进房去了，哪有搜不出的道理？你让我搜吧。"小和尚却又当门立着说道："搜是自然让两位搜，只是搜不出小尼姑时，该当怎样的话，得事先说个明白，这不是当耍的事。"二人急得跺脚道："你这分明是拦住我们，好让小尼姑逃走。等她已经逃出了房，再让我们进房里去搜。"小和尚一听这话，连忙跳过一旁说道："岂有此理，快来搜吧。"

二人跑进耳房，借着殿上反射的月光，房内看得分明，何尝有个小尼姑的魂灵呢？看那朝着天井的窗户，仍是和白天一样，关得很严密的。二人在床下桌下，都用手摸索了一遍，空洞洞的一无所有，二人这才有些慌了。小和尚立在门外，一迭连声的催促道："小尼姑呢，怎么还不拿出来？"年纪大些儿的道："那小尼姑，本是一个飞得起的怪物，我二人亲眼看见她从天井里飞下来的，此时不知道她躲到哪里去了。这房里没灯火，不甚明亮，一些找寻不出来。然你藏匿小尼姑的事，是确切不移的，是百口难分的。"说着，想往外走。

小和尚拦门站住，不放二人出来，说道："小尼姑就小尼姑，又是什么飞得起的怪物。既是飞得起的怪物，便不应说是小尼姑。并且既是飞得起的怪物，我又如何能瞒着人，将她藏匿在房里？只有这么大小一间房，月亮照得通明，如何能推诿说不甚明亮？到底是不是藏匿了小尼姑，须说个明白再走。"

二人被小和尚这一逼，逼得忽然想起那，垫被底下的小袜底来，也不回答，折转身从床上一摸，就将那袜子摸在手里，走到门口，扔给小和尚看到："你还想赖么？你不藏匿小尼姑，你是个和尚，床上如何有尼姑的袜子？快说，快说！这是不是凭据？"小和尚一看，这才吓变了脸色。伸手想夺那袜子，二人怎么肯给他夺去呢？年纪大些儿的，将袜子举得高高的，年纪小些儿的，就亮开胳膊拦住。二人同声问道："还想赖么？"

恰在这难分难解的当儿，猛听得未老先生的声音，从后门喊着进来道："你两人毕竟在这里淘气，吵些什么呢。"二人一听是自己祖父来了，立时更觉得理直气壮，牢牢的将袜子握住，推开小和尚，跑到神殿上，迎着未老先生一五一十的，指手画脚，诉说刚才的情形，硬说小和尚偷藏了小尼姑。未老先生听罢叱道："站开些，不许你们乱说，我自有道理。"二人被叱得诺诺连声的立在一旁。

未老先生从容对小和尚说道："小师傅，何不将灯点起来，我多久就有意要和小师傅谈谈，只苦机缘不凑巧。方才小孙多有开罪小师傅之处，望小师傅不要介怀。"小和尚应声说道："老施主有何见教，这皎皎明月之下，尽好畅谈，何须再用灯火。"未老先生遂向两个孙子挥手道："你们回家去吧，方才的事，不许对人胡说乱道。"

二人走了之后，朱老先生说道："我久已疑心，尊师是个道姑，何以会收和尚做徒弟？这个疑团直到于今，才得解释。原来小师傅恐怕独自住这庙里，有许多不便之处，所以将本来面目藏过。我初见小师傅的时候，见小师傅的身体瘦弱，行动迟缓，就觉得不像年纪的男子。后来更看了小师傅种种举动，都有可疑之处。最使我生疑的，就是小师傅明明是一个极爱清洁的人，庙中打扫得一点儿灰尘没有，一切陈设的东西及应用的器具，也都是刮垢磨光，雅洁无比，独小师傅身上，腌脏得不能近人。就是头顶上的瘌痢疤痕，我每次见小师傅，总是新敷上许多药膏，不曾有一次像是敷了几日的。瘌痢非疮疖可比，哪里用得着每日敷些药膏呢？这些地方，都使我放心不下。因此今日特地到这里来，想向小师傅问个明白。便是尊师这么多日子不来，我也要向小师傅探听她的行踪。谁知走到这里，庙门从里面关得紧紧的，敲了一回，不见小师傅答应，后门也是一般。

"当时实在怕小师傅，独自住在庙里，发生了什么病痛，不能起床。只得回家叫小孙同来，撬开后门，进里面探看。寻遍了五间房屋，却不见小师傅的踪影。因为劈门入室，恐怕小师傅回来惊讶，坐等到黄昏向后，才带着小孙回家。没想道小孙因白天在小师傅房里，看见了小师傅的袜底，疑心小师傅有违犯戒律的行为，瞒着我到这里来偷看，凑巧看见了小师傅的本来面目，自以为是拿着了把柄。他们小孩子心粗，哪里知道小师傅，就是从天上飞来的尼姑。我在家因不见了小孙，料知必是到这里来了，恐怕小师傅仍不曾回来，他们胆敢到小师傅房里胡闹，只得追来，打算叫他们回去。没想到他们正在小师傅跟前无礼，千万求小师傅原谅。照小师傅的举动看来，尊师必非寻常之人，我虽痴长了七八十岁，只是有眼无珠。尊师在寒舍住了好几日，竟是当面错过了，我至今还不曾请教尊师的法讳和履历。便是小师傅道号什么，我也疏慢极了，不曾请教。这都望小师傅恕罪，详细告我，我还有奉求小师傅的事。"

朱老先生说话的时候，小和尚很安闲的听了，至此才点头答道："老施主既已识破了我的行藏，我也毋须隐瞒。我师傅因知道老施主是正人君子，才投托宇下。我师傅姓沈，讳栖霞，江湖中人不知道她老人家的很少。她老人家和金罗汉吕宣良同辈至交，生平行迹，也和金罗汉一样，没一定的庵堂道观，山行野宿的时候极多。近年因外丹已成，内丹非有适宜的所在潜修不能成就，募化老施主这所庙宇，就是为他日成道之地。打发我先到这里来，并不曾教我藏道露尾，欺骗老施主。只因初到襄阳，还不曾来这庙以前两日，偶然在路上遇着一群凶徒。其中有一个为首的，生得凶眉恶眼，满脸横肉，衣服却华美绝伦，骑着一匹白马。一群凶徒簇拥着，与我迎面相遇。我见他们来的人多，便立在道旁，让他们过去。谁知那个骑在马上的东西，走到我面前忽然勒住马，不走了，问我是那个庵里的尼姑。我说是路过襄阳，不是在此地出家的。那东西便起了禽兽之念，要我跟着他去。我说我是出家人，无故不能脚踏俗家门。那东西就跳下马来，伸手想来拉我。我本待顺手打他一顿，奈师傅临行吩咐了，不许轻易与人动手，只得折转身就走。那东西追了几步没追上，遂挥手教那群凶徒追捉。我在转拐的地方，乘他们不看见，溜进了树林之中，没被他们追上。

“我随即向地方上人打听，才知道那个骑马的东西，就是襄阳一府有名的恶霸，姓曹名上达。平日无法无天，只差落草，便是一伙大强盗，年轻女子，不落到他眼里便罢，一落到他眼里，除死终逃不出他掌握。我心想既是如此，这番虽侥幸不曾被他们追上，将来在药王庙，终免不了要拖累施主。不如从此改装这个模样，一则可以避曹上达的眼，二则独自住在药王庙里出入行动，都方便些。因此就把装改了，才到庙里来。谁知道曹上达，竟要强夺老施主的产业。我初听了老施主的话，还以为曹上达因知道我改装到这庙里来了，才来和老施主为难。心想老施主慷慨建造这所药王庙给我师傅，岂可因我使老施主受无妄之灾？此时就是师傅在这里，也决不能不为老施主分忧，为地方除害。因此这夜我便到曹家，乘曹上达睡着了的时候，将他腰斩了。”

未老先生听到这里，即朝着这尼姑化装的小和尚，作了一揖道：“原来是小师傅为襄阳府除却了这个大害。我那日听外面的人，传说曹上达被杀的情形，我就心想不是聂隐娘、妙手空空那一类的人物，断不能刺人于不觉，像这么奇特的。我痴长到七八十岁，今日何幸得遇着小师傅，更何幸得做小师傅的地主！”化装的小和尚，只略略的谦逊了两句，即接着说道：“我师傅曾说老施主是当今的有心人，眼力确实高人一等。”

未老先生叹道：“衰朽残年，去死只争时日了，然而生当现在这种时候，早就该死，何况活到了七八十岁，还说死不过吗？只是使我放不下的，就是刚才开罪小师傅的那两个顽童。于今既承小师傅没拿我当不可说话的人，我也只得将履历表明给小师傅听，还得望尊师和小师傅垂念老朽，格外成全他们两个。我一向对人都说他两个是我的孙儿，其实他二人，并不是我的孙儿，且不同姓。那个年纪大些儿，刚才拿着小师傅袜子在手里的，姓罗，单名一个续字。他父亲罗宏志，是忠王李秀成部下一名勇将；年纪略小些儿的，姓赵，名承规，他父亲赵焕纶，是个博学多闻的名士，在忠王部下经管文卷，忠王甚是器重他。赵焕纶与罗宏志为生死至交，两家同处一个屋子，聘了我教罗续、赵承规的书。南京城破之日，赵焕纶、罗宏志都以身殉难，全家眷属，也死的死，散的散了。只我带着这两个学生，得藏匿在亲友的家中。乱事稍定，才逃了出来，先在襄阳府住了些时。

“我本姓朱，名光启，在南京薄有文名，恐怕襄阳有人挑眼，连累两个学生。若改寻常的姓氏，又恐怕有同籍同姓的人，来和我攀谈族谊，对答不来，反露马脚，因改了姓未。两个学生的年龄，与我相差得太远，只好将他们的姓名藏过，假托是我的孙儿。这柳仙村里的人，尽是安分务农的，不但没有在外面为官作宰的人，连读书识字的人也没有。卜居在这里面，不愁有明眼人，瞧出我的破绽，所以从襄阳府搬到这里来。于今两个学生的书，都已读得有样子了，只因他两个的先人，只是轰轰烈烈的豪杰，我不能教学生违反其先人的志趣，去腼颜事仇，所以不令他们赴考。不然，凭他们胸中本领，也不难混个一官半职到手。

“我给他两人取名字，就含了个继承先人之志的意思在内。不过以太平天国那么好的基业，尚且弄到如此结果；此时要继承先人之志，颇不是一件容易的勾当。甚想逢我未死之前，为他两人谋一托身之所，使他们有尽人事以听天命的机缘。无奈乱离之后，各方的音问阻隔，竟不知何处可以托身。近来正在为难，想不到有尊师，和小师傅降临此处，这真是赵、罗两小子的造化，千载难逢的。我刚才曾说有奉求小师傅之事，就是为他们两个，要求小师傅不嫌顽劣，不以是男子为嫌，慷然收他两个做徒弟，传授他们一些本领，好为异日继承先志之用。他二人身受成全之德的，自是衔感终身，就是我和他们在九泉之下的先人，也感激无地。”说着，又向化装的和尚躬身一揖。

小和尚连忙合掌答礼说道：“我此刻还是做徒弟的时候，哪里就敢收徒弟？好在我师傅不久就要来了，老施主向他老人家说，没有不行的。”曾化名未老先生的朱光启听了，觉得有理，便不强求了。没过些时，沈栖霞道姑来了，朱光启将罗续、赵承规拜给沈栖霞做了徒弟，朝夕研练道法，这且不提。

再说朱复带着朱恶紫、胡舜华，从南京到襄阳来找沈栖霞。这日到了襄阳府，只见六街、三巷的店铺门口，以及各住家的公馆门口，都陈设一张方桌，桌上排列香烛、果饼之类的祭品，几乎家家如此，没一家没有。朱复见了，心里好生诧异，想打听出一个理由来。

不知曾打听出什么理由，且俟第三十九回再写。

冰庐主人评曰：

此回叙明曹上达致死之由，为上回余波，述小道姑化装和尚一节，亦曲折写来，绝不平铺直叙，此即作者卖力处也。

第三十九回

陆伟成折桂遇奇人　徐书元化装指明路

话说朱复走近一家铺户门口，想打听家家门外陈设香案的理由。见一个五六十岁的老年人，坐在柜房里面，便合掌说道："贫僧初到贵地来，不知道贵地的风俗，请问老施主，此地家家户户的大门外，都陈设这香案，是何用意？"老年人打量了朱复两眼，见朱复虽是个行脚僧的打扮，却是气概不凡，即赔着笑脸，抬身答道："师傅是远方来的，原来不知道。今日是玄妙观迎接御赐全部道藏真经的日子。襄阳府的陆知府大老爷，三日前就传谕满城百姓，要虔诚斋戒，焚香顶礼的迎接。所以家家户户，都在大门外摆设香案。"

朱复问道："玄妙观在哪里，因什么事御赐全部道藏真经给他呢？"老年人答道："玄妙观就在这城里。观里的老道爷，今年拿出很多的谷米来，救了襄阳府一府的饥荒，所以御赐他全部道藏真经，这是襄阳府从来没有的盛典。师傅既是从远方到这里来，何妨去玄妙观瞧个热闹呢？"朱复听了这话，也不在意，更不愿意去瞧这种巴结皇室的盛典。当即谢了那老年人，带着朱恶紫、胡舜华两人，投奔药王庙，暂时就寄住在药王庙中，这且按下。

于今须另说一位奇侠的故事了。常德有个姓陆名文良的，曾中了一榜，因家财甚是富裕，陆文良为人又天性纯孝，中过一榜之后，就在家事奉老母。陆文良有个儿子，名叫伟成，生成绝顶的天资，读书过目成诵，六七岁就能信口念出诗来，吐属非常名贵。虽是博学的人卒然听了，都得疑是读熟了的古诗。陆家和陶文毅公家有些瓜葛，陆伟成在八岁的时候，见着陶文毅公，很得陶文毅公的赏识，想带在跟前读书。这时陶文毅公正做两江总督，陆文良自无不愿意之理，于是陆伟成就在两江总督衙门里读书。

陆伟成的天资，固是高到了绝顶，顽皮却也到绝顶。只在文毅公面前，就循规蹈矩，一言一动，都不肯轻率苟且；一背了文毅公的眼，便和没有笼头的马一样，谁也羁绊他不住。白天不肯用功读书，尽做些顽皮生活，夜间等一衙门的人都睡着了，陆伟成才认真做起功课来。文毅公只要他功课做得好，对于这些举动，全不顾问。

总督衙门后面，有个花园，花园里有几株丹桂。这年秋天，丹桂开得极盛。陆伟成读书的房子靠近花园，夜深读书，一阵阵的桂花香风扑入鼻孔，陆伟成忍不住想折几枝作案头供养。然在黑夜，不敢独去花园里折取，只得坐等到天光将近发亮了，能勉强辨得出途径，即独自出了书房，走到园里。一看几株桂花树都很高，花枝离地太远，自己身体太矮小了，攀折不着。但他素来是顽皮得能爬上无皮树的，立在地下既攀折不着，他就把桂花树抱着，慢慢的爬了上去。用眼四处张望，看哪一枝的花最好。偶然一眼，看见了一件惊心动魄的事。

原来花园围墙之外，紧靠着一户人家的后院，这时正有一个约莫是中年的男子，立在后院里，披散着头发，用木梳梳理。最使陆伟成见了惊心动魄的，就是这人头发里面，有无数火球，跟着木梳滚下来，越梳越多，这人好像并不觉着的样子。此时还是晓色朦胧，陆伟成爬在桂树上，和这人相隔又远了一点，看不清这人的面貌，只是既发现了这种奇怪的事，陆伟成是个顽皮好事的小孩，不探寻一个究竟，是不肯罢休的。当下也不作声，也不折桂花了，就伏在桂树丫上，屏声息气的静看。

只见这人先朝后面梳了一会儿，即将头发覆在前面，弯腰低头，一把一把的朝前梳着，只梳得大小的火球，满头乱滚。天光渐渐的大亮，火球也渐渐的消灭。这人停了梳，将头发披向背后，抬起头来。陆伟成定睛一看，认得这人就是在总督衙门里当厨子的徐书元。平日陆伟成常在小厨房里看见他办菜给文毅公吃的，此时见是熟识的人，哪里再忍得住不作声呢，遂高声喊着徐书元道："你头上有火，你头上有火。"

徐书元听了，朝桂树上一看，见是陆伟成，登时露出惊慌的样子，双手对陆伟成摇着道："陆少爷还不快下来，万一跌着哪里，看怎么了！"说话时，匆匆将辫发结起，从角门转到花园里来问道："陆少爷这时候独自爬在桂树上做什么呢？"陆伟成已折了两枝桂花下来，说道："我本是要折桂花，却于无意中看见你在那边梳头。你头上怎么有那么些火球乱滚，你得把道理说给我听！"

徐书元故意装作不懂得的样子，反问道："什么火球乱滚，都滚在什么地方去了？"陆伟成的年纪虽轻，精明却是到了极点，当在桂树上喊着徐书元，连说你头上有火的时候，就已看出徐书元惊慌的神气。此时见徐书元反问什么火球，即正色说道："你不要装作不知道，我亲眼看见的，并且看了好大一会儿工夫，你想还瞒得住么？"徐书元笑道："那是少爷的眼睛放花，何尝是我头上真有火球呢？"陆伟成摇头道："不是，不是！我的眼睛，从来看远处都看得很的当，无缘无故的放什么花，你真要再装假么？你此时不向我说，等一会儿我自有法子问你，看你始终隐瞒得了。"徐书元一听这话，脸上不觉变了颜色，好像很有些害怕的样子。陆伟成更得意的说道："你这人鬼鬼祟祟的，在这花园里对我说，有什么要紧？"

徐书元起初以为陆伟成是个小孩，容易哄骗，及听他说出话来，甚是扼要，便知道无可狡赖了，然仍不肯轻易说出来，随口答道："如果头上真有火球乱滚，岂有不将头发烧落的道理？"陆伟成一手握着桂花，一手掩着耳朵就走，边走口里边说道："你对我是不说的，你能始终不说，算是你的能耐。"

徐书元笑着从后面将陆伟成的衣拉住道："少爷真会放刁。好，我说给少爷听吧。"陆伟成回身笑道："我亲眼看见的，你还想抗赖，怎说我会放刁？毕竟那火球是哪里来的，快说吧。"徐书元道："少爷能不将刚才所看见的情形，对第二个人说么？"陆伟成道："你能说给我听，并教给我梳头的法子，我就不对人说。无论什么人，我也不说。你若仍是隐瞒着，不把法子教给我，我是要逢人遍告的。"

徐书元道："怎么谓之教给你梳头的法子？我不懂得。"陆伟成道："你又装假了。你用什么法子，才梳得头上有火球乱滚，你得将梳的法子教给我。"徐书元道："这东西少爷学了有什么用处呢？"陆伟成道："只看你自己有什么用处，我学了便也有什么用处。"徐书元笑道："错是不错，但是少爷把学的话看得太容易了些，世间也没有这么便宜的事。既这么，少爷要对人说，尽管去对人说吧，我并不怕什么。”

陆伟成以为徐书元是有意说得不要紧，好拒绝自己要求的，暗想他若真个不怕我对人去说，他又何必做出惊慌的样子，更何必拉我回头呢？我逼着要他教我，除了拿着要去对人说的话吓他，没有旁的法子。想罢，鼻孔里“哼”了一声道：“你说既没有这么便宜的事，我也不勉强你。”说完，提了桂花就走，以为徐书元必然再赶上来拉住的。

谁知走了十几步，并不见徐书元赶来，不肯回头，又走了几步，仍没听得后面脚步声响，忍不住回头看时，只见徐书元已转身从角门出花园去了。陆伟成才懊悔自己不该太硬，反把事情弄僵了，一时再想不出转圜的方法，只得没精打采的回到书房，呆呆的坐着思索。

他究竟是个天分很高的人，一回想徐书元所说“世间没有这么便宜的事”这一句，心里立时有一种觉悟。思量徐书元所谓没有这么便宜的事，若不是说我不曾送他的师傅钱，便是怪我要学梳心思太不坚诚。他这头发里面梳出无数火球的事，本来很不寻常，他一个人在后院中，可见得不是有意使用幻术。若真个这么就教给我，那也未免太不足贵重了。他的意思，想我不对外人说，我若对人说了，他必然怪我，益发不肯教我了。他早起立在那个后院里梳头，他家必就是住在那个屋子里面。我既想跟他学这东西，何不到他家里去找他呢？陆伟成自觉想的不错。

次日不等到天明，就到花园里，爬上那株桂树等候。以为徐书元到昨日梳头的时候，必然再出来梳头，打算趁那时过那边去。只是等到天光已亮了，仍不见徐书元出来。这时因是清晨，四面寂静无声。陆伟成蹲在桂树枝上，隐隐听得有人哭泣，哭声并不甚远，好像就在衙门里发出来的。暗想这时候衙门里怎敢有人哭泣？细细听去，能辨得出那哭声是女子，哭得甚是伤心，又顺着耳朵静听了一会儿，不由得更加诧异起来。

原来那哭声并不是从衙门里发出来的，发哭声的所在，正是徐书元家中。越听越确切，陆伟成不假思索，随即溜下树来，也从角门走到徐书元后院，就分明听得是妇人哭丈夫的声音了。陆伟成也不管那妇人哭的丈夫是谁，提高嗓音喊了两声徐书元。不见有人答应，哭声却被喊得停止了。陆伟成又振着喊了两声，即见一个蓬头粗服的中年妇人，泪眼婆娑的从里面走到后院来，望了望陆伟成，就掩面哭起来，说道：“陆少爷来叫徐书元，可怜他已害急病死了。此刻还停在床上，没衣服装殓。陆少爷不信，请进去瞧瞧就知道了。”陆伟成惊问道：“什么病，死得这么快，昨日不还是好好的吗？”边说，边往房里走。妇人跟在后面，答道：“岂但昨日是好好的，天光没亮的时候，还是好好的呢。只一阵肚里痛，连医生都来不及去请，就已死过去了。”

陆伟成走到房里一看，只见徐书元直挺挺的在床上躺着，死像甚是可怕。陆伟成毕竟年轻胆小，不敢细看，急忙退了出来，徐书元的妻子又抚尸痛哭起来。陆伟成听了这种凄惨的哭声，心里难过，匆匆走出了徐家，仍从角门穿过花园，回到书房里。心想徐书元不像是个体弱有病的人，怎的这一阵肚里痛就死了？我看他家里的情形，很是穷苦，他妻子说因没有衣服，还不曾装殓，可见他穷得不堪了。我从家里带来的银子，还有几十两不曾用了，好在我此刻也用不着多少银子，何不拿来送给他妻子，好买衣衾棺椁装殓呢？小孩子的脑筋简单，如何想便如何做。陆伟成当下就拿了几十两银子，亲自送给徐书元的妻子，衙门里的厨子火夫，都来徐家帮同办理丧事。

徐书元原籍是湖南武冈州的人，他妻子扶柩回籍，合衙门的同乡人，都凑送了盘缠。陆伟成见徐书元已死，头发内梳出火的事，也就没有把它放在心上了，仍旧专心读书。直到十五岁的时候，书已读得很博雅了，才回常德来。

这日在常德城隍庙里，无意中看见一个蓬首垢面的叫化，虽是衣服破旧，容颜憔悴，形貌举动，却还能认识就是徐书元。陆伟成心中十分惊讶，思量人的相貌，虽有相同的，然何至像到这样一般无二？我记得徐书元鼻端上有颗川豆大的红痣，这叫化鼻端上也有一颗。我若非亲眼看见徐书元死了，装殓在棺木内，封了棺盖，必将这叫化当做徐书元。世间没有死了多久又活转来的人，教我怎么敢认他是徐书元呢？陆伟成看了这叫化一会儿，这叫化也像不觉着有人注意他的样子，陆伟成竟不敢认，只得撇了叫化走出庙来。才走了十来步，忽听得背后有人喊陆少爷，一听那喊的声音，不是徐书元还有谁呢？

陆伟成忙立住脚回头看时，那叫化已跟在背后来了，对陆伟成作揖说道：“陆少爷便不认识徐书元了吗？”陆伟成道：“怎么不认识？不过实在想不到你还在这里。所以只看了你一会儿，见你也不像认识我的，故不敢冒昧。你怎的在此地，成了这个模样呢？”徐书元笑道：“并不怎的，只因这模样很舒服。我动身回湖南的时候，承陆少爷送了我数十两银子，我心里至今感激，因此特地来常德谢谢陆少爷。”

陆伟成见徐书元说话的神情与当年无异，忍不住问道：“你动身回湖南的时候，不是曾得过急病吗，后来在什么时候好了呢？”徐书元笑道：“不瞒少爷说，当日急病死了，是一桩假事。因怕少爷年纪小，不知道轻重，将那早在桂树上看见的情形，胡乱向外人说，外面知道的人一多，说不定还得闹出大乱子来。那时除了装死，没有旁的方法。”

陆伟成此时的知识，比较当年充足，听了徐书元的话，料知必是白莲教一流的人，登时又动了要从徐书元学法的念头。便仍和徐书元回到庙里，拣了个僻静的所在坐下来说道：“你当日不肯将那梳头的法子传给我，是怕我年纪小乱说。于今我可发誓，断不向人提出半个字，你可能放心传我些法术么？”徐书元笑道：“少爷富贵中人，要学这些邪术有什么用处？”陆伟成道：“法术有什么邪正？用得邪便邪，用得正便正。”

徐书元听了，很吃惊似的说道：“少爷是有根基的人，见地毕竟不凡。不过少爷现放着光明正大的高人在这里，不去拜师，我很觉得可惜。”陆伟成连忙问道：“谁是光明正大的高人，现在哪里？我若知道，安有不去拜求之理？”徐书元道：“少爷将来的造诣不可限量。我因感激少爷周急之义，不能不来指引少爷一条明路。从此西去二十多里，有座山名叫乌鸦山，那乌鸦山底下，有家姓朱的，聚族而居，老少男女，共有二三百口人，公推朱镇岳为族长。这朱镇岳在常德一府，都只知道他是个极正大的绅士，却少有人知道他夫妻两个，都是当代的大剑侠。少爷若能拜在他门下，学成了剑术，将来超神入圣的根基，就在此番稳固了。”

陆伟成问道：“不就是一班人都称为朱三公子的么？”徐书元连连点头道：“正是朱三公子，不过他此时已是五十多岁了。他原籍是常德人，但是他父亲在陕西做官，他是西安生长的，二十岁才回常德来。他单独一个人，押解二十万银子，从龙驹寨起运，径回常德。一路之上，惊动了多少绿林豪杰，也有转这二十万银子念头的；也有闻得朱三公子的名，不服这口气，要和他见个高下的。只是哪有一个是他的对手呢？唯有他的夫人田广胜的小姐，那时正避难在黔阳山中，闻了他的声名不服，和他较量了半夜，将他的腿刺伤了，然而田小姐自己也免不得受了重伤。那时朱三公子的威名，在江湖上可以说得无人不知道。”

陆伟成听了这些话，觉得很稀奇好听，插口问道：“什么夫妻倒相打起来了呢？”徐书元笑道：“不打不成相识，这是一句老话。他们若不相打，也不得成夫妻。这事说来话长，少爷能拜在他门下学剑，详情自然会知道的，此时不必说他。我为报答少爷一点周急的好意，特地到此地来指引少爷一条明路。于今话已说明，我还有事去，不能在此久留了。”陆伟成正待问去哪里，有什么事？只一转眼间，就不见徐书元的踪迹了，不觉吓了一跳，忙起身四处张望。只见庙门口拥进十多个衙差来，各人手持单刀铁尺。一进庙门，就留了四个人，将庙门把守。余人冲到庙里，各自睁着铜铃般的两眼，向各处搜索，有两个将陆伟成浑身打量。陆伟成不睬，提脚往庙外走。

这两个衙役都张开手把去路拦住，喝问道：“你是什么人？你既在这庙里，应该看见那个叫化。你只说出他此刻躲在什么地方，便不干你的事。”陆伟成道：“不错，刚才还见有个叫化，坐在这廊下。不知怎的，你们一进庙门，那叫化就不知去向了。那叫化犯了什么罪，你们像是来拿他的样子？”

不知衙差怎生回答，且俟第四十回再写。

冰庐主人评曰：

本回又叙出二奇人，为崆峒派张声势，并牵引出下文朱镇岳来，是为文章过渡之法。

陆伟成小小年纪，能识徐书元之法术，要以教授，天资高人一等。徐书元以诈死免祸，智术之工，不亚于啮橐之鼠，可谓狡矣！

第四十回

朱公子运银回故里　假叫化乞食探英雄

话说陆伟成见十多个衙差，拥进城隍庙来，要捉拿徐书元，便问衙差道：“那叫化犯了什么罪，你们来捉拿他？”众衙役中有认识陆伟成的，走出来说道：“原来是陆少爷，怪不得不知道这叫化子的来历。这东西哪里是当叫化子的，他是白莲教的余党，姓徐名乐和。因他鼻颠上有颗红痣，大家都叫他‘徐疙疸’。几年前在宝庆、常德、武冈一带，犯案如山。统湖南省绘影图形的捉拿他，没人能见着他的面，都只道他已经隐姓埋名，藏躲在什么地方，不会再出来了。谁知他竟敢假装一个叫化子，坐在这廊檐底下。凑巧我们这个伙计，因有点事儿，到这庙里来，一落眼便看出是徐疙疸，连忙跑回衙门报信。幸亏我们不曾鲁莽，知道徐疙疸有通天的本领，不容易捉拿，没敢禀报本府大老爷，只悄悄的约了这几个人，前来碰各人的运气。若是徐疙疸的恶贯满盈，合该死在这里，我们就拿个正着，拿着了之后，再去禀报不迟。他不该死，我们是无论有多少人，也拿他不着的，免得禀报了自讨麻烦。”陆伟成听了，也不再追问，随即出庙归家。次日向家中说明了，独自骑了匹马，到乌鸦山拜访朱镇岳。

这朱镇岳的名字，在第二回书中，已经露过了面，只因没工夫腾出笔墨来，细写他的历史。此刻写到陆伟成学剑的事情上，本可趁势将朱镇岳的履历，追述一番，只是要写朱镇岳的履历，从头至尾至少也得二十万字，方能说得清楚。因为朱镇岳一生履历，当中连带的人物太多，若一一写出，势必喧宾夺主，反妨碍着《奇侠传》中的人物。然而完全不写，一则使看官们对于“朱镇岳”三个字纳闷，二则初集书中既经露过面，如果模模糊糊的放过去，似乎是一个大漏洞，于今只好取一个折中的办法，仅根据第三回书中，清虚道人对柳迟介绍朱镇岳夫妇的几句话的来历，追述一番，使看官们知道个大概罢了。至于与朱镇岳连带的人物的事实，及朱镇岳平生的事迹，另有专书叙述，不再多说。

却说朱镇岳原籍是常德乌鸦山的人，他父亲名沛，字若霖，在陕西做了十多年知县。朱镇岳是在陕西生长的，有两个哥子都在襁褓中死了，因此朱若霖夫妻把朱镇岳看得十分珍重。朱若霖亲自教他读书，读到十二岁，在陕西就很有点文名。十三岁的这一年，因跟着他母亲到东门报恩寺迎香，报恩寺的住持雪门和尚看见了，说朱镇岳的骨气非凡，定要收在跟前做徒弟。朱若霖夫妇既把朱镇岳看得比什么宝贝还要珍贵，如何肯无端送给一个和尚做徒弟呢？亏得雪门和尚费了许多唇舌，居然把朱若霖夫妇说得愿意了，教朱镇岳拜雪门和尚为师。不过他这拜给雪门和尚做徒弟，并不是也落发做和尚。因雪门和尚是咸丰年间毕派三大剑侠之一，要收朱镇岳做徒弟，是要传授朱镇岳的剑术。

三大剑侠是谁呢？第一个是广西人田广胜，第二个是江苏人周发廷，第三个就是报恩寺雪门和尚。怎么叫做毕派呢？因这三个剑侠，都是凉州毕南山的徒弟。朱镇岳从雪门和尚练了几年剑术，禀赋足天分高的人，无论学习什么东西，成功是比寻常人迅速些。朱镇岳虽不能说尽得了雪门和尚的本领，然几年苦练的功夫，已不等闲了。

朱镇岳当拜雪门和尚为师的时候，朱若霖正升了西安府知府。朱若霖在陕西将近做了二十年的官，这二十年宦囊所积，也有二十多万两银子。那时甘肃的捻匪正在猖獗，陕西也在摇动，朱若霖恐怕一旦变起仓促，一生所积的二十多万银子，太笨重了，不能运回家乡。知道雪门和尚的本领了得，江湖上没人不闻名畏惧，想要求雪门和尚押送这二十多万银子，由水路运回常德。无奈雪门和尚是个方外人，不肯担当这种差使，却担保朱镇岳能押送回籍，沿途万无一失。朱若霖见雪门和尚这么说，虽不放心自己儿子能负这么重的责任，然当时雪门和尚既不肯去，除了自己儿子，委实找不出第二个比较妥当的人来，也只好听天由命。买了十万两银子的黄金，和十万两白银，由陆路运到龙驹寨，再出龙驹寨包了一艘大民船，把二十万金银装上。

朱镇岳这时年纪才得二十岁，这番又是初次单独出门，就押运这么多金银硬货。凡是知道这回事的人，没一个不代替朱镇岳担忧。朱镇岳却行若无事的，上船即吩咐一班船户水手道："你们都知道这船上装载的是二十万金银，这种草乱的时候，押着这种船在江湖河里行走，确不是一件当耍的事，你们大家都得小心一点儿。但是我教你们大家小心，并不是要你们小心防强盗，如果有强盗前来打劫，教你们小心有什么用处？我说的小心，是教你们小心听我的吩咐。水路全仗顺风，此去常德府，谁也算不定须行多少日子。照行船的惯例，凡遇顺风，总得行船，风色不顺，就得停泊。有时一连刮了十天半月的倒风，船便得停泊十天半月不能开头。我这回却不然，不问风色如何，我说要开船，哪怕刮着极大的倒风，也是要立刻开船的。我说这码头须停泊多少日子，哪怕整天整夜的刮着顺风，也是要停着不能动的。有时经过一个埠头，看天色本可以停船了，我说不能停，就不能停。荒僻芦苇之中，本不是停船的所在，然我说要停在这里，就得停在这里。总之，事事须听我的吩咐，遵着我的吩咐，再出了意外，便有天大的乱子，也不与你们相干。"

一班船户水手见朱镇岳这般吩咐，当然诺诺连声的答应。开船之后，一切都请命而行，每到一处码头，朱镇岳必上岸拜访这码头上的能人。一路上虽也经过几次明抢暗劫，然没有一个能上得朱镇岳的手。朱镇岳虽在少年，却并不存心伤人，每次只显出一点儿惊人的本领来，将抢劫的强徒打退便了，因此朱三公子的声名，绿林好汉中无人不知道，也无人不佩服，更没有记恨前来报复的。

船行了不少的日子，这日已进了湖南的境界，船停泊在白鱼矶。朱镇岳知道白鱼矶一带，并没有大能为的人，便懒得上岸去拜访。这时正是八月间天气，夜里月色清明如镜，朱镇岳坐在船头，对着波光月影，想起这一趟独自押运着这一船金银，行了几个月水路，沿途遇了不少的强人，居然能平安无事的到了湖南境界。若再有几日顺风，就很容易的得到家乡。二十岁的人，能担当这么重大的任务，在江湖上行走的，只怕古今的英雄当中，也没有几个有这般能耐。想到此处，不觉得意起来，即叫跟随的人取了壶酒来，独自对着月光，浅斟漫酌。不知不觉的，已饮到了三更时分。

朱镇岳觉得凉露袭人，正待回舱睡觉，才立起身来，猛觉得船身往下略沉了一沉。朱镇岳是个生性机警的人，即知道是有大本领的人上了船。抬头迎着月光一看，只见一个魁伟绝伦的汉子，一只脚立在桅尖上，一只脚向天翘起来。那汉子的身法真快，朱镇岳刚“哇”问了一声是谁，已一闪落到了船头，双脚踏实的时候，正如风飘秋叶，丝毫不闻声息。

朱镇岳万分想不到此地竟有这种能人，想问出姓名来再动手。谁知那汉子不等朱镇岳有问话的工夫，已放出剑光来，朝朱镇岳便刺。朱镇岳见如此鲁莽，不由得发怒，也回剑对杀起来。二人周旋了好一会儿，那汉子毕竟不是朱镇岳的对手，身上受了好几处伤，狼狈不堪的逃去了。

朱镇岳这番虽打胜了，然心里非常纳闷，暗想这白鱼矶地方，不曾听说有如此能人，并且这人的剑法，和我的剑法一般无二。他突如其来，也不答话，究竟是来劫银子呢，还是有意来看我本领的呢？他既得这么高强的本领，就不应看了这点银子便眼红。若是有意来看我本领的，却为什么不肯和我答话呢？我师傅曾向我说过，同练毕派剑术的，连我师傅只得三个人。一个在广西，一个在江苏，湖南地方没有。如果这人是和我同派的，就光明正大的来看我的本领也很容易，如何犯着是这么来呢？倘若我的手段毒辣些儿，是这么把一条性命误送在我手里，岂不后悔也来不及？他这番虽是打败了，然当与我交手的时候，他半点也不肯放松，竟是用性命相扑的样子，有意来看我的本领，也不应该逼得这么紧。朱镇岳是这么想来想去，毕竟想不出一个所以然来。只得放过一边，等到有机会，再探访这人的踪迹。

又行了几日，这日已到了白马隘地方，离常德只有八九十里水程了。若明日风色好，只须一日工夫，便能达到目的地。朱镇岳因在白鱼矶稍为大意了些儿，就遇了一个有能为的汉子，便不敢再大意了。哪怕是一处很小的乡镇码头，都得上岸去探访探访，恐怕在大功告成的时候，出一个岔子，弄得前功尽弃。

这日船抵白马隘的时候，天色还很早，朱镇岳将要上岸去，照例吩咐船户道：“我上岸去了，你们看守着船头船尾，不许闲杂人等上船来。”这几句话，从龙驹寨开头，朱镇岳凡是停船上岸，没一次不是这么吩咐，船户水手都听得厌了。一路之上，也没外人上过船，船户水手心中，因也不把这些话当一回事，只大家齐声应是便了。

朱镇岳上岸去没一会儿，忽有一个蓬首垢面的叫化，弯腰曲背，慢慢的挨近船边来，伸手向船户要讨点儿饭吃。船户挥手喝道："你向别处去讨吧，我这里是没有打发的。"叫化停了一停，流着眼泪哀求道："你教我向哪里去讨呢？我在这里已讨了大半日，还不曾讨得一颗饭到口。可怜我已饿得不能动了，残菜剩饭不拘多少，胡乱给我吃点儿吧。"船户听了这叫化说话带些陕西口音，不觉动了同乡之念，打量了叫化几眼，问道："你是哪里人？我看你年纪很轻，大约还不过十六七岁模样儿，也还生得不丑，怎么会在这里当叫化呢？"

这叫化听了，更哭着说道："我原是陕西人，因在七八岁的时候，跟随着父亲到常德做生意，家中也有不少的产业。只怪我自己不好，不肯认真读书，也不肯规规矩矩的做生意。去年同我父亲到这白马隘来收账，偶然看上了一个姑娘，一时舍不得离开。回常德后，就偷了我父亲二百两银子，瞒着家里人，仍到白马隘来，和那姑娘相好。二百两银子用不了多久，银子一用光，那姑娘便不肯留我了，将我赶了出来。我无颜回常德去，就流落在这里。可怜我父亲只得我这一个儿子，忽然间不见了我，也不知急到什么样子。我于今实在苦得不能受了，满心想回常德去，水路虽只八九十里，但是没有船钱，身上又是这种模样，谁也不肯把船载我去。旱路有一百四五十里，我此刻害了一身的病，哪里能行走得这么远。眼见得我不久就得死在这白马隘，尸骨莫说回家乡，就是要想回常德，等我父亲瞧一眼，也是做不到的事。"说到这里，竟掩面放声痛哭起来。

这船户是一个心肠很软的人，听了这些可惨的话，又看了这种可怜的情形，不因不由的踌躇了一会儿道："我也是陕西人，难得在这里遇着同乡，这船正是要到常德去，若是风色好，只明日一天便到了。载你一个人回常德，原不是一件难事，不过这船不比寻常的船，这是西安府的朱三公子包定了的船。朱三公子曾吩咐了，不许闲杂人等上船。这干系非同小可，我不敢担当。饭菜是没要紧的东西，我倒可做主，给你饱吃一顿。我再可寻两件衣服给你，虽说不得称身合式，比你此刻身穿的，略为光彩一点就得咧，搭便船回常德也容易些。"船户说罢，自去船梢里端了一大碗饭菜出来，教叫化就河岸上吃。又转身到舱里，寻了两件半旧的衣服，拿出来交给叫化。

叫化略吃了些饭菜，即退还船户道："饿极了，反吃不下，最好是慢慢的做几次吃下去。承你老看顾同乡的情分这么待我，我心里实在感激了不得。我在这河边讨吃，已有几个月了。给残菜剩饭我吃的不是没有，然像你老这般和颜悦色跟我谈天的，实在一个也不曾遇见过。我今日能在这地方遇见乡亲，真是不容易的事，赏我的饭菜，又给我的衣服，我更不应该不知足，再说什么。只是你老虽把这衣服给我穿了，我想趁便船去常德，仍是做不到的事。我的体质又弱又多病，这衣服到我身上，不要几个时辰，就得被几个强梁的叫化剥了去，甚至身上还得挨他们打几下。因此这衣服我也不敢穿，你老还是不给我的好。如果蒙你老可怜我，肯给我船梢一尺的地方，蹲几个时辰，得到常德，你老便是我的重生父母，到死也感激你老的恩典。到常德之后，并得请你老到我家里去款待。古语说得好'救人须救彻'，不知你老肯慈悲慈悲么？"说着，嗓音又硬了，眼睛又红了。

船户听了这些话，看了这种情形，心肠不由得更软了，慨然答道："好！我就担了这干系吧。你来蹲在船梢里，不要声响，只要到了常德，朱三公子便知道，也没要紧了。"叫化连声道谢，船户遂将叫化引到船梢，揭开两块舱板，指着里面，对叫化道："朱三公子每次上岸回船，照例须满船搜看一遍。你躲在这舱板底下，不要声响，等公子回来，搜看一遍之后，我再放你出来坐着。"叫化向船户作了个揖道："我决不敢声响，连累你老。"随即钻进船底，蹲伏作一团。船户将木板盖好，自以为朱三公子不会察觉。

天色将近黄昏，朱镇岳回到船上，照例在船头船尾巡视了一遍。回到舱里，将船户叫到跟前，喝问道："你这东西，好大的胆量！怎敢不遵我的吩咐，引人到船梢躲着？"船户一听这话，脸上不由得惊变了颜色，口里一时吓得答不出话来。朱镇岳一迭连声的催问道："快说！引上来的什么人？"船户心想："公子已经知道了，是隐瞒不过去的。"只得说道："请公子息怒，小的不敢引坏人上船，是一个年轻小叫化，他家也住在常德，因流落在此地，不得回乡，来船上讨吃，一再恳求便载他回常德。小的不合一时糊涂，存了个可怜他的念头，将他引到船梢底下蹲伏。以为只有一日，便到了常德，所以不敢报给公子听。"朱镇岳停了一停，起身说道："带我去看看，是个什么模样的小叫化。"船户遂把朱镇岳引到船梢，将木板揭开，对叫化说道："快出来叩见公子。公子已知道有人上了船，我不敢再隐瞒，怪不得我不救你。"那叫化战战兢兢的立了起来，低头站着，十分害怕的样子。

朱镇岳仔细端详了两眼，顺手朝着船户脸上，就是一个嘴巴打去骂道：“你这种蠢东西，哪里这么不知礼节？这般教人蹲伏着，岂是待客的道理。”骂毕即转身对叫化拱手赔笑道：“请好汉恕船户是村野愚夫，肉眼不识英雄，小可又不在船上，多有得罪之处，请进前面舱里去，坐着细谈吧。”可是作怪，那叫化初见朱镇岳的时候，吓得那么缩瑟不堪的样子，及听朱镇岳说了这番客气话，便立时改变了态度，笑容满面的，也对朱镇岳拱了拱手答道：“岂敢，岂敢！江湖上人都称朱三公子了得，固是名不虚传，敬佩，敬佩！我此刻还有事去，改日再来领教吧。”说完要走。朱镇岳哪里肯放呢？连忙拦住说道：“瞧我不起的，不至亲降玉趾。这船上比不得家中，并没好的款待，只请喝一杯寡酒，请教请教姓名，略表我一点儿敬意。”叫化略沉吟了一下，即点头应道：“也罢！与公子相会，也非偶然。”

朱镇岳欣然叫厨子安排酒菜，邀叫化进舱。朱镇岳取出自己的衣服来，双手递给叫化道：“请暂时更换了，好饮酒叙谈。”叫化也不客气。有当差的送过水来，叫化洗去了手脸污垢，换了衣服，顿时容光焕发，面如冠玉，众船户水手偷看了，都吃惊道怪。

须臾，酒菜摆好，朱镇岳推叫化上坐，自己主位相陪。酒过三巡，朱镇岳才举杯说道：“兄弟这番奉家父母及师尊之命，冒昧押运二十万金银回常德。这二十万金银，是家父一生宦囊所积，其中毫无不义之财，因此沿途多少豪杰，都承念及这点，不忍多与兄弟为难，兄弟乃得平安到此。今承足下光顾，必是有缓急之处，务请明白指示一个数目，需用多少，如数奉上，决不敢稍存吝惜。不过尊姓大名，仍得请教。”说罢，斟了一杯酒送上。

叫化哈哈大笑道：“公子的眼力，确是不差。但是认我是为缓急需钱使用，来此转银子念头的，就未免拟不于伦了。我家虽非富有，然我并没有需银钱使用的事。公子这番好意，我不敢领情。”朱镇岳听了，不觉面生惭愧，连忙起身赔罪道：“兄弟该死，妄以小人之心，度君子之腹。还望足下恕兄弟粗莽，请明白指示来意。”叫化反问道：“公子还记得在白鱼矶遇的强盗么？”朱镇岳惊道：“怎么不记得，兄弟看那人并不是强盗，是怎么一回事呢？”叫化很注意似的望着朱镇岳，问道：“公子怎的知道那人不是强盗呢？”朱镇岳笑道：“这何难知道。有那么本领的人，如何会做强盗？便是要做强盗，可下手的所在也很多，何必来转同道的念头？兄弟因此敢断定他不是强盗。”叫化又问道：“他或者不知是公子，也未可定。”

朱镇岳摇头笑道：“他若不知是兄弟，来时的情形，便不是那么了。于今且请说那人怎么样，当时不肯道姓名，究竟是哪个？兄弟正愁没处打听。”叫化笑道：“那人诚如公子所说，不是强盗。他本人既不肯向公子道姓名，我也不敢代他将姓名说出。那人因在公子手里受了重伤，于今还在家调养，那人有朋友，有些代那人不服，要前来和公子见个高下，却派了我先来探看一番。公子今夜小心点儿便了，多谢公子的厚意，我们后会有期。”说罢，起身作辞。

朱镇岳竭力挽留住说道：“此刻不到初更时候，还早得很，何妨坐一会儿，兄弟还有话奉问。”叫化又坐下来，说道：“时候虽说尚早，不过我来的时候，曾和派我来的人约定，在二更以前，回报探看的情形，他等我回报了再来。若过了二更不见我回去，便认作我的形迹已被公子看破，本领敌不过公子，死在公子手里了，他就前来替我报仇雪恨。那么，和公子相见的时候，他既存着报仇的心，动起手来，就不免要毒辣些。依我的愚见，为公子着想，还是早放我回去的好。免得仇人见面，以性命相扑。设有差错，公子固是后悔不及，就是我也对不起公子这番款待我的盛意。”

朱镇岳听完这番话，不觉怒形于色，勉强按捺住火性的样子说道：“足下这话，虽是一番好意，为兄弟着想，但是未免太把兄弟看得不成材了，兄弟也不敢领情。俗语说得好“来者不善，善者不来”，他不存报仇的心，兄弟也未必敌得他过。他便存着报仇的心，兄弟也未必就怕了他。足下既这么说，兄弟本来不必执意挽留的，至此也不能不把足下留在这里了，倒要看他报仇的本领怎样。足下万不可去回报，只在这里多饮几杯。”叫化当说完那些话之后，很留意看朱镇岳的神气，见朱镇岳发怒，倒笑容可掬的举着大指头向朱镇岳道：“只就这点气概上看来，已是一个好汉了，我遵命在此坐地便是。”

朱镇岳忽然问道：“足下不要见怪，等歇那人前来报仇，兄弟免不了和他动手，那时足下怎么样呢？”叫化笑道：“我只坐在这里，动也不动。公子盖世的豪杰，固用不着我帮助，那人若是要我帮助的，也不至来会公子了。我作壁上观，谁胜谁负，我都不出来顾问。”朱镇岳点头道：“这就是了，大丈夫言出如箭，兄弟有所布置，足下也请不必顾问。”叫化连连应好。

朱镇岳遂将众船户水手都叫到跟前说道：“你们把大锣大鼓，准备在船桅底下，半夜时分，若觉得船身摆簸得厉害，仿佛遇着大风浪似的当儿，就大家将锣鼓擂打起来。手里一面擂打，口里一面吆喝，不妨闹得凶狠。船身不平定，不可停止。”众人齐声答应了。各自退出舱外准备，也没人敢问是什么用意。朱镇岳吩咐了船户去后，仍旧和叫化开怀畅饮，只不谈叫化及白鱼矶所遇那人的身世，知道叫化是决不肯说的。

二人饮到天交二鼓，朱镇岳从箱里取出一副软甲来，披在身上，全身扎束停当了，向叫化笑道：“请清坐一会儿，就来奉陪。”叫化忙起身斟了杯酒奉上道：“预祝公子制胜克敌，请饮这杯。”朱镇岳接过来放下道：“但愿能托足下的洪福，等回来再饮不迟。”

朱镇岳跨出舱门，心想白鱼矶那汉子，来时先抢船桅，他朋友或者也是如此，我何不先在桅颠上等候他来？遂耸身上了桅颠。这时隔白鱼矶遇那汉子才得几日，夜间的月色，仍甚分明。朱镇岳在桅颠上约等了一个更次，猛见雪白的沙洲上，一条黑影比箭还快的，向桅颠上射来。朱镇岳不等他近身，即高声喝了句：“来得好！”那黑影似乎吃了一惊的样子，闪折了一下，就到了朱镇岳立脚的下面。白光一道，已向朱镇岳双脚刺来，朱镇岳自不敢放松，也发出剑光来对杀。于是二人翻上覆下，都不肯离开桅杆，只绕桅身狠斗。

朱镇岳借着月色看来人的相貌，生得甚是凶恶，满头乱发蓬松，散披在肩背上，满脸络腮胡须，有二寸多长，张开和竹荚一样。年龄老少虽看不出，然就这种相貌看起来，至少也应有四五十岁。身材却不甚魁伟，举动矫捷到了极处，本领远在白鱼矶那汉子之上。朱镇岳和这人斗了十几次翻覆，因觉得这人的剑法，又和自己的一般无二，心里委实有些放不下。一面招架着，一面喝问道：“来的不是毕门弟子吗？何不通出姓名再斗。”这人只当没听见，剑法更来得凶毒。朱镇岳大怒，暗骂这东西好生无礼，也使出平生本领来抵敌。

二人斗到这分际，桅底下锣鼓，突然大响起来，兼着吆喝的声音，震天动地。这人仿佛露出些惊慌的样子，忽然改变剑法，朝朱镇岳下部袭来。朱镇岳认得这一下剑法，是毕派中最厉害的看家本领，只不容易施展得出来，若施展出来了，他派的人，无论有多大的本领，纵然不送性命，至少也得被斩断一条腿。唯有毕派中练过这手功夫的，能避免得了。然不是本领比施展的高强得多的，仍得受点儿轻微的伤。朱镇岳的本领，恰好与这人不相伯仲，一见这看家的剑法施展出来，不禁暗叫了声："不好！"凭空往上一跃，超过桅颠一丈多高，觉得那剑在右脚后跟上，略沾了一下，也就施展出自己的看家本领来，一剑刺到这人脸上，只听得"喳"的一声，这人一抹头便向岸上逃去。朱镇岳也不追赶，跃下桅来，船身一平定，锣鼓吆喝之声，立时寂然了。

朱镇岳跑进舱来，叫化已迎着贺道："恭喜，恭喜！好一场恶斗。"朱镇岳笑道："这东西真厉害，险些儿使我没命回家乡。"说时，卸了软甲，取出药来，敷了脚跟上的伤处。对叫化说道："这人的本领，兄弟自是佩服。但像他这般本领的人，还不能说有一无二，唯有他那种相貌之凶恶，恐怕在人世再也找不出第二个来。于今已和我交过手了，足下可以将这人的姓名来历，说给兄弟听了么？"叫化仍是摇头笑道："公子将来自有知道的一日，此时用不着我说。公子珍重，我去了。"只见他身子一晃，已在岸上长啸一声，不知去向了。

朱镇岳太息了一会儿，暗想这几个人的举动，真教我摸不着头脑。我此番算是初次出马，从来不曾和人有过仇恨，况且曾和我交手的两人，都是毕门的弟子，这个假装叫化的，不待说也是同门了。彼此既是同门，平日又没有宿嫌旧怨，何苦是这么一次、两次的逼来呢？幸而我准备了锣鼓，使他猛吃一惊，才能在他脸上还了一剑。不然，就不免要败在他手里了。只是这人不知曾练了一种什么功夫，面皮那么坚实，剑刺去"喳"的一声响亮。

朱镇岳正独自坐在舱中揣想，只见船户走进舱来，叩头谢罪道："小人今日不遵守公子的吩咐，几乎弄出大乱子来，想不到这样一个小小的叫化，竟是有意来船上卧底的。倘非公子有先见之明，知道有人上了船时，这般重大的干系，小人便粉身碎骨，也担当不起。"朱镇岳叫船户起来，说道："我何尝有什么先见之明，这叫化假装得虽不错，但是粗心了一点儿，他自己留出一个上船的记号给我看，我才一望分明。这船板都是光滑干净的，平日你们打从岸上回船，穿了鞋子的，必得在跳板上脱了鞋子才下船。若是赤脚，也得用洗帚洗涤干净才下船，没有脚上带着泥沙在船板上乱踩的。这叫化因怕回来撞见他，坏了他的计算，只要哄骗得你答应了，就匆匆上船蹲伏。便没想到泥沾的脚，踏在光滑干净的船板上，一步一步的都留下了痕迹，他上船不久，我就回来。你因天色已将近黄昏了，不曾留神船板上有脚印。我看脚尖朝着船梢，只有上船的印，没有下船的印，无论什么人看了，也都知道上船的人不曾下船去。”船户听了这般解释，这才恍然大悟。

天光一亮，就从白马隘开船向常德进发，一帆风顺，只一日便安抵了常德。朱镇岳将金银运回乌鸦山老宅，这时他家还有七十多岁的祖母，和叔伯堂兄弟人等，朱镇岳还是第一次归家，骨肉团圆，自有一番天伦乐趣，这都不用说他。在家盘桓了好多日，因心里悬念在西安的父母，复束装动身，仍由水路回龙驹寨去。这回仅带了随身盘费，肩上没有担负何项责任，比较来时，自是舒服多了。

这日，船仍停泊白鱼矶，朱镇岳想起那夜和那汉子交手的情形，心里委实有些放心不下。思量我此刻身上也没有什么责任，何妨上岸去访问访问，看这一处有没有毕门中弟子。主意已定，便与船户说知，有事须在这里耽搁些时，等事情办妥了才开船。船是他包定的，开头停泊，当然由他主张。朱镇岳上岸访问了三四日，这白鱼矶本不是停船的码头，不过河面曲折，上下的船可以借此避避风浪。岸上只有七零八落的几户人家，做点小买卖，并没有大些儿的商店，不须几日工夫，周近数十里以内都访遍了。休说没有毕门的弟子，流传在这一带，连一个会些儿把式的人也没有。朱镇岳访得了这种情形，只得没精打采的，打算次日开船前进。

这日天色已将晚了，朱镇岳在船上坐着，觉得无聊，独自在岸堤上，反操着两手，踱来踱去。偶然一眼看见靠堤有个小小的茅棚，棚里坐着一个白须老人，在那里弯腰低头打草鞋，棚檐下悬挂着无数打成了的草鞋。朱镇岳看那老人的姿态精神，绝对不似寻常老年人的龙钟样子，不由得心中动了一动。暗想我何不如此这般的，去探看他一番。即算访不着毕门弟子，能另外访着一个奇人，岂不甚好？想罢，即匆匆回船。

不知朱镇岳打算如何去探看老人，那老人毕竟是谁，且俟第四十一回再写。

第四十一回

卖草鞋乔装寻快婿　传噩耗乘间订婚姻

话说朱镇岳匆匆回到船上，叫船户过来，借了一套粗布衣服，自己改装出一个船户来，上岸走近茅棚，向那老者问道："草鞋几文钱一双？"老者并不抬头，只望了望朱镇岳的脚，即随手拿了一双，掼在朱镇岳跟前，答道："我的草鞋，比旁人打得结实，一双足抵两双。旁人的卖五文钱一双，我的要卖八文。你穿过一双，便知道比买旁人的合算。"

朱镇岳看老者身旁，有一把破了的小杌子，即拿过来坐着，借着套草鞋耽延的时间（草鞋上的绳索，照例须买的人临时结绊），问老者道："看你老人家须发全白了，精神倒是很好，不知尊庚已有几旬了？"老者见问，才抬头望了朱镇岳一眼，仍低头结着草鞋答道："老了，不中用了，今年痴长了七十八岁。"朱镇岳道："你老人家就是一个人住在这里吗？"朱镇岳问这话的时候，已伸着赤脚踏进草鞋。

老者且不回答，很注意的向朱镇岳脚后跟望了几眼，连忙起身放下结着的草鞋，对朱镇岳拱了拱手，笑道："原来是朱公子来了，轻慢，轻慢！若不是于无意中看出了尊足的伤痕，又几乎错过了。"朱镇岳不由得吃惊问道："老丈何以看了我脚上的伤痕，便知道我是朱某？"老者哈哈笑道："老朽特地在这里等候公子，岂有不知道的道理？寒舍离此地不远，就请公子屈驾一临，如何？"

朱镇岳突然见老者这般举动，实在有些摸不着头脑。只得问道："请问老丈尊姓大名？今日初次和老丈会面，老丈何以知道我会到这里来，先在这里等我？一月以前，在白马隘地方，刺伤我这脚的，难道就是老丈么？”老者摇头笑道：“老朽何至刺伤公子，公子如想见那夜在白马隘和公子交手的人，此时正好随老朽前去。老朽的姓名，到了寒舍，自然奉告。”

朱镇岳心想：“这老人的神情举止，使人一望便能知道非寻常的老人。在白鱼矶和白马隘所遇的三个人，十九就是这老人的徒弟，也不知他们和我有什么过不去的事，两次来找我动手斗不过我。于今却又改变方法，想引我到他们巢穴里去。虽明知这番若是同去，是免不了又要动干戈的，但这老人既专在这里等我，我就要推诿不去，他也不见得便肯放我过去，徒然示弱于人，于事无益。好在我的金银已经运到了家，我单独一个人没有顾虑，不怕遭逢了何等意外。我就跟他去，看究竟是怎么一回事。”

思量既定，当下便向老者说道：“自应同去拜府，请略等一等，我回船更换了衣服便来。”老者笑道：“就这衣服何妨，我辈岂是世俗的眼睛，专看在人家的衣服上。就是老朽身上穿的，何尝不与公子一般。就这样最好，用不着去更换，耽搁时刻。”朱镇岳见老者这么说，只得说道：“衣服即算遵命，用不着更换，但是得向船户招呼一声，也使他好安心等候我回船。”老者摇手道：“这也可以不必，他们不见公子回船，自知道等候，船上又没有值钱的细软，值得如此费周折。”朱镇岳被说得不好意思，只得毅然答应。这老者拍拍身就走，茅棚、草鞋都不顾了。

朱镇岳跟在后面，觉得老者的脚步甚快，振作起全副精神，才勉强跟上。没行走一会儿，天色就昏暗了，幸有星月之光，辨得清道路。朱镇岳初时以为，老者既说寒舍离此地不远，至多也不过几十里路，及至跟着飞走了一夜，走到天光大明，还不见到。朱镇岳平生用赤脚草鞋，一夜奔驰这么远的道路，这是第一次，工夫虽来得及，两只脚底却走起了好几个水泡，步步如踏在针毡上，痛彻肺腑，实在忍耐不住了，只好诘问老者道：“老丈说府上离此地不远，于今已走了一整夜，虽不能计算已行了多少里路，然估量已走得不少了，何以还不见到呢？”老者连连点头道：“快了，快了！就在前面不远了。累苦了公子，可在火铺里歇歇。”

老者引朱镇岳到路旁一家火铺里，陪朱镇岳同吃了些充饥的东西，教朱镇岳伸出两只脚来，老者含着一口冷水，向脚底喷噀了几口，用手在走起的几个水泡上，揉擦了一会儿，带笑说道：“尊师走路的本领极好，怎不传给公子？老朽倒不曾留意，此后从容些走吧。”

朱镇岳心想不错，我师傅曾带我往各处游历，他老人家行路不起灰尘，说是练气的功夫有了火候，才能如此，我此刻哪里够得上说有这种本领。看这老者的本领，远在我之上，我此去他若对我有恶意，我如何能对付得了呢？想到这上面不由得就有些害怕起来。忽又转念一想道：“他若果是恶意，我和他同走了一夜，他何时不可动手做我，定要将我引到他家里才下手。”有了这么一转念，心里又觉安了许多。然朱镇岳是少年好胜的人，因为好胜的一念所驱使，才肯冒险跟来。于今只走路一端，便赛不过七十八岁的老人，面上如何不觉得惭愧？好在老者行所无事的样子，开发了饭食钱，又引朱镇岳上路。说也奇怪，朱镇岳两脚本已痛得寸步难移了，经老者一喷水，一揉擦，此时已全不觉得痛苦了，和初上道的一般。老者行走，也不似昨夜那般飞也似的快了。

又走了一日，直走到第三日午后，才走到一座巉岩陡峭的山下。老者指着山上笑道：“这可真到了寒舍了。”朱镇岳抬头看这山，高耸入云，危岩壁立，虽依稀认得出一条樵径，然一望便能断定，已经多年没有樵夫行走，荆棘都长满了。岩石上的青苔光溜溜的，可想象人的脚一踏在上面，必然滑倒下来。幸亏朱镇岳在陕西的时候，曾上过这般陡峻的山峰，这时施展出功夫来，还不甚觉吃力。老者引着弯弯曲曲的，走到半山中一处山坡里，只见一所石屋，临岩建筑，石屋的墙根和屋顶，都布满了藤箩，远望好像是一个土阜，看不出是一所房子。石屋周围，有无数的参天古木，幽静到了极处，休说不闻人声，连禽鸟飞鸣的声音也没有，静悄悄的如禅林古院。

朱镇岳虽是个少年好动的人，然一到了这种清幽的地方，不由得尘襟涤净，心地顿觉通明，不禁长叹了一声道：“好一个清幽所在！真是别有天地非人间，不是老丈这般清高的人，谁能享受这般清幽的胜境？便是我今日能追随老丈到这里来，也就是三生有幸了。”老者笑道：“公子既欢喜这里清幽，不妨在这里多盘桓些时日。”说着上前举手敲门，即听得“呀”的一声门开了。

朱镇岳看那开门的，是一个华服少年，俨然富贵家公子的模样。不觉心里诧异，暗想像这样的娇贵公子，如何能在这深山穷谷之中居住？再看那少年，含笑对自己拱手说道：“朱公子别来无恙？”才吃了一惊，仔细看时，原来不是别人，正是在白马隘，从船梢木板底下拖出来的叫化。此时改变了这般华丽的装束，任凭如何有眼力的人，一时也辨认不出来。当下朱镇岳既看出就是那个叫化，便也连忙赔笑拱手。老者让朱镇岳进门，即回头对这少年说道："朱公子来了，怎不去叫你哥哥快出来迎接？"少年应着是，走进隔壁一间房里去了。朱镇岳进门看这房子，和寻常三开间的客堂房相似，只是房中并没有什么陈设，案凳都很粗笨，勉强能坐人而已。石壁上挂了几件兵器，也都笨重不堪。老者亲手端了一把凳子，给朱镇岳坐，朱镇岳向老者行了礼，刚待展问老者邦族，及此番见招的缘由。只见少年从隔壁房里出来，到老者跟前，低声说了几句话。

老者哈哈大笑道："蠢材，蠢材！都是自家人，一时的输赢，有什么要紧？值得这般做作，这么小的气量，真是见笑朱公子。再去，教他尽管出来相见，不打不相识，难道这句话，他也没听人说过吗？"朱镇岳听了这几句话，逆料不是白鱼矶交手的，便是白马隘交手的人，因斗输了，不肯出来相见。见这少年现出踌躇不肯再去的神气，便起身笑问是怎么一回事。老者道："小儿不懂事，前月瞒着老朽到白鱼矶向公子无礼，却被公子伤了，将息至今，才把伤痕治好，此刻他听说公子来了，还不好意思出来相见。"朱镇岳也哈哈大笑道："原来如此，我得罪了大哥，我亲去向他赔罪便了。"说着，对少年说道："请足下引我去见他。"

少年笑着道："好。"遂把朱镇岳引进隔壁房里。朱镇岳看靠墙一张床上，斜躺着一个身材高大的汉子，年纪若有三十来岁，生得浓眉巨眼，很有些英雄气概。回想在白鱼矶那夜，所遇那汉子的情形，果和这人仿佛，此时这人脸上，现出盛怒难犯的样子。朱镇岳上前作了一揖，说道："那夜委实不知是大哥，乞恕我无礼。"

这人不待朱镇岳再往下说，托地跳下地来，指着朱镇岳高声说道："你也欺我太甚了，你到我家来，我既不肯见你，也就算是低头服输到极处了。你还以为不足，要来当面奚落我！"说罢，气冲冲的回身一脚，将窗门踢破，一闪身就纵上了后山石岩，再一转眼，便不知去向了。朱镇岳做梦也想不到自己向人赔罪，反受人这般唾骂，一时竟被骂得怔住了，不知应如何对付才妥。这汉子方从窗口逃去，即听得老者在客堂里骂道："孽畜安敢对公子无礼。"随即走进房来，对朱镇岳再三道歉。朱镇岳倒不生气，只觉得这汉子的脾气古怪，当下仍和老者退到客堂，分宾主坐定。

老者从容说道："公子虽不曾见过老朽的面，只是老朽的名字，公子必是曾听得尊师说过的。老朽便是与尊师同门的田广胜，公子心中可想得起这个名字么？"朱镇岳听了，慌忙站起身说道："原来就是田师伯，小侄安有不知道的道理。"说着，从新拜下去。

田广胜忙伸手拉起来，指着少年给朱镇岳介绍说："他姓魏，名壮猷，原是我的徒弟，于今又是我的女婿了。我本有两个儿子，两个女儿，大儿子名孝周，在广西当协统，三年前，阵亡在长毛手里，尸首都无处寻觅。我只得将在我跟前的几个徒弟，齐集在一块儿说道，他们大师兄阵亡，尸身无着，我固然是痛心极了，便是你们，一则念与我师弟之情，二则念与你大师兄同门之亲，手足之义，都应该各自尽点儿力量去寻觅回来，才对得起你大师兄的英灵。此刻你两个师妹，都还不曾许人，看是谁能将大师兄的尸身寻回来，我即招谁做女婿。那时几个徒弟，都竭力寻找，却是魏壮猷找着了。魏壮猷那时才有十五岁，正和我最小的女儿红红同年。我既有言在先，不能不践，就招了他在家里赘婿。大女儿娟娟，今年二十一岁了，尚不曾许人。这两个女儿，是我继配的女人生的。

"那年我大儿子既阵亡了，家乡地方，被长毛乱得不能安身。此山在贵州境内，这屋子原来是毕祖师当年修炼之所，山中豺狼虎豹极多，祖师当日不肯伤害这些猛兽，为的是不许寻常人能上这山里来，特地留了这些猛兽，看守山坡，好使左近几十里路以内的人，不但不敢上山，并不敢打山脚下经过。祖师去世的时候，我们同门三兄弟，都在这屋里。祖师将身边所有的东西，分给我们三人，这房子就分给我了。我因有家室在广西原籍，用不着这房屋居住，空着好多年，及至这番被长毛乱得我不能在家乡安身，只好搬到这里来，暂避乱世。谁知到这里不久，我继配的女人就病死了。人人只知道中年丧偶，是人生最烦恼的事，不知道老年忽死去一个老伴侣，其烦恼更比中年厉害。

"自从拙妻死后，我只将她草草的安葬在这山里，便终日在外游览山水。仗着老年的脚力还足，时常出门，三五月不归来。前月我正在庐山，寻觅几种难得的草药，忽见小女红红找来，说他二哥义周，在白鱼矶被朱三公子杀伤了，伤得甚是沉重，睡在家里人事不省。我一听这消息，还摸不着头脑，问小女说的是哪里来的朱三公子，你二哥在家好好的，何故会跑到白鱼矶去，被人杀伤？

“小女拿出一封信来，原来是尊师雪门师傅托人寄给我的，信中说公子是他近年所收的最得意的徒弟，这回由公子押运二十多万金银回常德原籍。公子的本领，小小的风浪，原可以担当得起，所虑就是公子有些少年好胜的脾气，诚恐惹出意外的风波。公子失了事，便是他失了面子，因此特地寄这封信给我，要我念昔日同门之情，大家照顾照顾。这封信寄到，凑巧我不在家，落到了我这个不懂世情的二儿子义周手里。他见雪门师傅夸赞公子是近来所收最得意的徒弟，有担当风浪的本领，便不服气，和他大妹子娟娟商量，要把公子押运的金银截留，使公子栽一个跟斗。

“娟娟知道是这么不妥，不敢和他同去，然知道义周这畜生是生成的牛性，也不敢劝阻。义周便独自出门，要和公子见个上下。侥天之幸，在白鱼矶遇着公子，被公子杀得他大败亏输，回家便卧床不起。他当时以为是必死无疑的了，求自己两个妹子、一个妹婿，替他报仇雪恨。大女儿不能推却，只得答应，一面教他妹婿改装到公子船上刺探虚实，一面教他妹子到庐山报信给我知道。

“我当时看了尊师的信，不由得大吃一惊，思量这一班孽障，胆敢如此胡闹。他们自己伤也好，死也好，是自作自受，不能怨天尤人，只是万一伤损了公子一毫一发，这还了得？教我这副老脸，此后怎生见雪门师弟的面呢？连夜赶回家来，想阻止大女儿不许胡闹。及至赶到家时，大女儿也已在公子手里领教过，回家来了。大女儿盛称公子的本领了得，她若非戴了面具，脸上必已被公子刺伤了。我听得公子只脚上略受微伤，才放了这颗心。依我的气愤，本待不替孽子治伤的，只因他两个妹子，一个妹婿，都一再跪着恳求，我才配点儿药，给孽子敷上。可恶的孽障，到今日还不悔悟自己无状，倒怀恨在心，不肯与公子相见。这都只怪我平日教养无素，以致养成他这种乖张不驯良的性子，实是对不起公子。”

朱镇岳听了这番话，才如梦初醒，暗想怪道那夜在白马隘交手的时候，那人再也不肯开口，原来是女子戴了面具，假装男子，所以头脸那么大，身材又那么瘦小。我末了一剑，刺在她面具上，怪不得“喳”的一声响。那夜若不是我安排了锣鼓助威，使她害怕惊动岸上的人，慌张走了，再斗下去，不见得不吃她的亏。只可惜这娟娟是个女子，若是个男子，有这么好的本领，倒是我应当结交的好朋友。朱镇岳心里这么着想，偶然触发了一句话，连忙起身向田广胜说道："田师伯太言重了，小侄开罪了义周二哥，他见了小侄生气，是应该的。承师伯瞧得起小侄，不把小侄当外人，呼小侄的名字，小侄就很感激。叫小侄公子，小侄觉得比打骂还难受。"

田广胜点头笑道："依贤侄的话便了。贤侄可知道我借着卖草鞋，在白鱼矶专等候贤侄，是什么用意？"朱镇岳道："小侄以为这是承师伯不弃，想引小侄到这里来的意思，但不知是与不是？"田广胜摇头笑道："我明知贤侄家住在常德乌鸦山底下，若只为想引贤侄到这里来，何不直到乌鸦山相邀，值得费如许周折？"朱镇岳也觉得有理，只是猜不出是何用意。

田广胜接着笑道："我从庐山回来，不多几日，又接了尊师从西安传来的一封信，因为有这封信，我才是这么布置。我今年已痴长到七十八岁了，正是风前之烛、瓦上之霜，在人世上延挨一日算一日。古人说'人生七十古来稀'，我于今既已活到七十八岁了，死了也不为委屈。不过我有未了的心愿，若不等待了便死，在九泉之下，也不得瞑目。

"我有什么心愿未了呢？就是我这大女儿娟娟，今年二十一岁了，还不曾许配人家。论到我这个女儿，容仪品性都不在人下，若不过事苛求，早已许给人家了。无奈我这女儿，因是我晚年得的，从小我就把他看得过于娇贵，传授给她的武艺，也比传授旁的徒弟及儿子都认真些。她的武艺既高，眼界心性也就跟着高了，寻常的少年，没有她看得上眼的。她发誓非有人品、学问、武艺，都能使她心服的，宁肯一生不嫁。我年来到处留神物色，休说人品、学问、武艺，都能使我女儿心服的男子，不曾遇见过，就是降格相从，只要我看了说勉强还过得去的，也没有遇着。这番天缘凑巧，得了贤侄这般一个齐全的人物。若是尊师托人带信给我的时候，我在家接了信，我儿子便不致到白鱼矶与贤侄为难，我儿子不被贤侄杀伤，不求他妹子报仇，他妹子更何致与贤侄交手？因有这么一错误，我女儿才得心悦诚服的钦佩贤侄。

"我看这种姻缘，真是前定，不是人力所能做到的。我想就此将小女娟娟许配贤侄，只不知贤侄的意下如何？只要贤侄口里答应了，至于成亲的日期，此时尽可不必谈及。贤侄如有什么意思，不妨直对我说，毋须客气。我也原是不存客气，才当面对贤侄说，其所以假装卖草鞋的，亲自将贤侄引来这里，也就是要借此看看贤侄的气度和能耐。我见贤侄的时候，故意说寒舍就在离此地不远，更不教贤侄回船换衣服，贤侄竟能同行三日，一点儿不曾现出愤怒的样子，可见得气度宽宏，不是寻常少年人所能及。而我那孽障对贤侄无状，贤侄能犯而不较，尤为难得。”

朱镇岳至此，才觉悟种种境遇，都是有意造设的。心想娟娟的本领，确是我的对手，又是田师伯的小姐，与我同门，许配给我，并不委屈了我。此刻田师伯当面问我，我心里是情愿，原可以当面答应他，不过我父母都在西安，这样婚姻大事，虽明知由我亲自定下来，我父母是决没有不依的，然于为人子的道理，究竟说不过去。想到此处，即向田广胜说道：“承师伯不嫌小侄不成材，小侄还有什么异议，本来就可以听凭师伯做主的。只因小侄这番回常德，是奉了家父母的命，押船回来的，为急于要回西安复命，才在家不敢耽搁，只住了一个多月，即动身回西安去。此时家父母在西安，见小侄还不曾回去，心里必异常悬念。小侄打算即刻动身，兼程并进，到西安复命之后，将师伯这番德意，禀过家父母。想家父母平时极钟爱小侄，这事断没有不许的，那时再从西安到这里来，一则好使家父母安心，二则既禀告了家父母，小侄的心也安了，还望师伯体念小侄这一点儿下情。”

田广胜听了，待开口说什么，忽又忍住，半晌才说道：“这是贤侄的孝行，我本不应相强，但是据我的意思，婚姻大事，自应请命父母，然有时不得不从权。我于今并不要贤侄和小女成亲，只要贤侄口里答应一句就是了。”朱镇岳道：“师伯的话说得明白，小侄其所以不敢答应，就是因这事体太大，一经口里答应了，便至海枯石烂，也不能改移。于今小侄离开西安，已有大半年了，诚恐自小侄离开西安以后，有门户相对，人物相当的女子，已由家父母做主聘定下来了，小侄并不知道，又在师伯跟前答应了，将来岂非事处两难？”

田广胜不住的点头道：“贤侄所虑的，确是不错，此刻我只问贤侄一句话，倘若贤侄此时能知道，尊父母实在不曾在贤侄离开西安以后，替贤侄定婚，而尊父母又断断不会不许可贤侄在这里定婚，那么，贤侄可以答应我么？”朱镇岳道：“那是自然可答应的。不过此地离西安这么远，从何可以知道呢？”田广胜道：“贤侄不知道，我倒早已知道了。贤侄大概能相信我七十八岁的人了，说话不至于信口开河。贤侄所虑的这一层，我能担保没有这回事，并能代贤侄担保，尊父母万不至于说话。但须贤侄答应下来，我立刻便拿我能担保的证据给贤侄看。”

朱镇岳思量：“这种担保，不过是口头上一句话，如何能有证据给我看呢？若果能证实我所虑的，没有这回事，我就答应了也没要紧。”遂对田广胜道：“师伯既说能担保，必没有错误，何须要什么证据？只是不知道师伯所谓证据，究竟是什么，莫不是有新自西安来的人么？”田广胜道：“贤侄且答应了我再说，并不是我要逼着贤侄答应，这其中的道理，等一会儿自然明白。”朱镇岳道：“既这么说，小侄便权且答应了。将来只要家父母不说什么，小侄决无翻悔。”田广胜至此，才把所谓能担保的证据拿了出来。朱镇岳一看，只吓得号啕痛哭。

不知到底是什么证据，且俟第四十二回再写。

第四十二回

魏壮猷失银生病　刘晋卿热肠救人

话说田广胜将所谓担保的证据拿出来，朱镇岳一看，原来是一封信。这信是雪门和尚写给田广胜的，信中的语意很简单，只说某月某日捻军破西安，府尹朱公夫妇同时殉难。现已由雪门和尚自己备棺盛殓，即日动身运回常德原籍。信尾托田广胜设法劝阻朱镇岳，勿再去陕西。朱镇岳只看了府尹朱公夫妇同时殉难这几句，已呼天抢地的痛哭起来。没哭一会儿，便倒地昏过去了。

田广胜、魏壮猷都忙着灌救，半晌醒转来，仍哭着责备田广胜道："师伯既得了这信，怎的不于见面的时候给我看，好教我奔丧前去。隐瞒三四日，倒忍心和我议婚事，使我成为万世的罪人，是什么道理？"田广胜连忙认罪道："这是我对不起贤侄。不过雪门师傅的信上说了，即日动身运柩回常德原籍，怎好教贤侄去奔丧呢？在我瞒三四日不说，固是全因私情，没有道理。只是在贤侄迟三四日知道，并不得谓之不孝。贤侄得原谅我，若在见面的时候将这信给贤侄看了，则三年之内，不能向贤侄提议婚的话。我刚才已曾对贤侄说过了，我于今已是七十八岁的人了，正如风前之烛，瓦上之霜，得挨一日算一日。三年之后，只怕葬我的棺木都已朽了。因此情愿担着这点不是，逼着贤侄承诺我的话，以了我这桩唯一的心事。"

朱镇岳见田广胜这么说，自觉方才责备的话，说得太重，即翻身向田广胜叩头泣道："师傅信中虽说已动身运柩回籍，然小侄仍得迎上前去，以便扶着先父母的灵柩同行。"田广胜拉起朱镇岳说道："贤侄用不着去，我已派人迎上去了。大约不出一二日，便能将灵柩运上这里来。”朱镇岳问道：“运到这里来做什么呢？”田广胜道：“我估料长毛的气焰，还得好几年才能消灭，就是常德，也非安乐之土。贤侄这番又运回这些金银，更是惹祸的东西。我看这山里还好，已打发两个小女去乌鸦山，迎接令祖母到这里来，免得年老人担惊受怕。尊大人的灵柩，暂时安厝在这山里，等到世局平静了，再运回原籍。雪门师傅来了之后，我还要和他商量，尽我们的力量，下山去做几桩事业。”

朱镇岳见田广胜这么布置，只得依从。过不了几日，果然朱沛然夫妇的灵柩，和朱镇岳的祖母都到了。大家在这山里，整整的住了八年，清兵破了南京之后，朱镇岳夫妇才回乌鸦山祖屋。朱镇岳的祖母和田广胜，都死在这山上。这八年当中，田广胜、雪门和尚以及朱镇岳夫妇、魏壮猷夫妇，都曾下山做过许多救苦救难的事。因田广胜和朱镇岳都挟了一种报仇的念头，暗中替清军出了不少的力。但是这些事，不在本书应写之列，都不去写他。不过写到这里来了，却不能不连带把魏壮猷的履历，略为交代一番，使看官们知道，这部书中的重要人物清虚观笑道人的来历。

魏壮猷自从田广胜死后，不久他夫人红红也死了。他和红红伉俪的情分，本十分浓厚，红红一死，他悲痛到了极点。这时南京已破，清室中兴，各省粉饰太平，人民在几年前因兵荒离乱的，至此都渐渐的各回故土了。魏壮猷早已没有父母，跟着田广胜长大的，此时无家可归，只得借着游山揽胜，消遣他胸中悼亡之痛。

田广胜在日，手中积下来的资财很不少，约莫有二三十万。他两个儿子，一个死了，一个因和朱镇岳负气，出走得不知去向。临死只有两个女儿，两个女婿在跟前，这多的遗产，当然分给朱镇岳、魏壮猷两人。魏壮猷得了这一部分财产，独自一个人用度，手头自然很阔。游踪所到之处，当地的缙绅先生以及富商大贾，无不倾诚结纳。只是他对人从不肯露出自己的本像来，一班人见他生得风度翩翩，温文尔雅，都以为他是一个宦家公子，谁知道他是一个剑侠呢？

有一次，魏壮猷游到了四川重庆，住在重庆一个最大最有名的高升客栈里。这客栈房屋的构造，是五开间三进，楼上地下，共有三四十间房子，有钱的旅客，到重庆多是在这客栈下榻。魏壮猷到的时候，欢喜第三进房屋又宽敞又雅洁，只可惜已有三间被人占住了，仅余下一间厢房。中间客厅，是不能住人的。魏壮猷单身一个人，本来有一间厢房住着便得了。但是他因好交游，无论到什么地方，总是座上客常满，樽中酒不空，这一间厢房，因此不够居住。当下便和客栈账房商量，要腾出这三间房子来，给他一人居住。房钱多少，决不计较。账房看魏壮猷的行李很多，很透着豪富的气概，以为是极阔的候补官儿，来这里运动差缺的。恐怕错过了这个好主顾，连忙答应了魏壮猷，向那三个旅客要求移房。费了许多唇舌，才将三间房子腾了出来，给魏壮猷一个人住了。

魏壮猷照例结交当地士绅，终日宾朋燕集，弄得五开间的房子都座无隙地。一时魏公子在重庆的声名，几于没人不知道。他这回来四川游历，身边带了千多两黄金，原不愁不够使费。金银在他这种有本领的人手里，不问到什么地方，难道还有人能劫夺了去吗？只是事竟出人意外，这日魏壮猷因须付一笔账，开箱打算取一百两黄金出来兑换。足足的一千两黄金，哪里还有一两呢？只剩了一块包裹的包袱，不曾失掉。魏壮猷不由得大吃一惊。暗想这事真奇怪，这一叠八口皮箱，金叶放在第六口皮箱之内，要开这箱，非将上面五口搬开不可，五口皮箱内尽是衣服，每口的分量很不轻，要搬开不是一件容易的事。并且每口皮箱都上了锁，贴了封条，锁和封条丝毫未动，这金叶从哪里取出去的呢？这一进房屋，除了我没旁人居住，我在家的时候，固然没人敢动手偷我的东西，便是我每次出外，多在白天，门窗都从外面锁了，钥匙在我自己身上，若曾有人动过锁，我回来开锁的时候，岂有个不知道的？

魏壮猷心里一面思量，一面将这七口皮箱次第开看，都一些儿没有动过的痕迹。唯有第四口箱中的一块一百五十两重的金砖，也宣告失踪了，不觉失声叫着“哎呀”道：“这就是奇怪了！这块金砖，因是红红留下来的纪念物，多久不曾开看，连我自己都忘记了，不知放在哪口皮箱里。方才若不是看见这个装金砖的盒儿，在衣服底下压着，我说不定一时还想不起被人盗去了呢？如果盗这金子的人，是将八口皮箱都打开来，一口一口的搜索，则不但箱外的锁和封条，应该现些移动过的痕迹，便是箱内的衣服，也应该翻得七零八乱。若不是一口一口打开来搜索，怎么连我自己都不知道在哪口箱里的东西，外人能这么轻巧的盗去？”

魏壮猷反复寻思，只觉得奇怪，再也想不出是如何失掉的道理来。不过悬揣盗这金子的人的本领，可以断定决不寻常。报官请缉，是徒然教盗金子的人暗中好笑，没有弋获希望的，倒不如绝不声张，由自己慢慢的寻访。失掉金子的事小，这样盗金子的能人，却不舍得不寻访着，好借此结识这么一个人物，当时将皮箱仍旧堆叠起来。

在魏壮猷失掉这点儿金子，原不算什么，只是此时正在客中，又逼着须付账给人，既拿不出金子来，就只得暂拿衣服典钱应付。心里因急欲把盗金子的人探访出来，也就懒得再和一班士绅作无谓的应酬了。高升栈的账房，见魏壮猷拿衣服典钱还账，料知是穷得拿不出钱来了。登时改变了对待的态度，平时到了照例结账的时期，只打发茶房将账单送到魏壮猷房中桌上，一声不响就退出去的。此时账房便亲自送到魏壮猷手中，摆出冷冷的面孔，立在旁边等回话了，魏壮猷却毫不在意，随即又拿衣服去当了钱，付给账房，自己仍四处探访这盗金子的人。

一连探访了十多日，一点儿踪影都不曾访着。客栈里的用度大，他又不知道省俭，衣服典当起来不值钱，出门的人更能有多少衣服？不须几次，就当光了，新结交的一班士绅，忽然不见魏公子来邀请了，初时以为是害了病，还有几个人来客栈里看看，几日之后，都知道魏公子手边的银钱使光了，靠着典当度日。一个个都怕魏公子开口告贷，谁也不敢跨进高升栈的门，有时在路上遇着，来不及似的回避。魏壮猷心中有事，哪里拿这些人放在眼里？客栈里的人，见魏壮猷终日愁眉不展，只道是穷得没有路走了，才这么着急。账房恐怕再住下去还不起房饭钱，便走来对魏壮猷说道："客人既手边不宽展，不能和往日那般应酬了，还要这么多房间干什么呢？下面有小些儿的房间，请客人腾出这一间房屋给我，好让旁的客人来往。"

魏壮猷心里正因访不着盗金的人，非常焦躁，听了账房的话，只气得指着账房大骂了一顿。账房以为魏壮猷穷了，是不敢生气的，想不到还敢骂人，究竟摸不着魏壮猷的根底，不敢认真得罪，只好咕嘟着嘴，退了出来。魏壮猷心里一烦闷，便几日不出门，贫与病相连，竟闷出一身病来了。练过功夫的壮年人，不生病则已，生病就十分沉重。

魏壮猷到各处游历，举动极尽豪华，然从来不曾带过当差的。在平时不生病，没有当差的，不觉着不便，此时病得不能起床了，偏巧没有钱，又和账房翻了脸，客栈里的茶房都不听呼唤起来，便分外感觉得痛苦了。连病了三日，水米不曾沾唇，客栈里的人，都以为魏壮猷是个不务正的纨袴子弟，不足怜惜。

这时却激动了一个正直商人，慨然跑到魏壮猷房里来探看，并替魏壮猷延医诊治。这个人是谁呢？是在成都做盐生意的，姓刘名晋卿，这时年纪已有五十多岁了，在成都开了三十年盐号，近来因亏折了本钱，打算将盐号盘顶给人。只因刘晋卿所开的盐号规模太大，成都的商人多知道这盐号的底细，不肯多出顶价。刘晋卿怄气不过，带了些盘缠，特地到重庆来觅盘顶的主儿。凑巧不先不后的，与魏壮猷同这一日到高升栈。两个月来，魏壮猷的一举一动，他都看在眼里。他自己是一个谨慎商人，心里也不以魏壮猷的举动为然，不过见魏壮猷一旦贫病得没人睬理了，觉得这种豪华公子，不知道一些人情世故，拿银钱看得泥沙不如的使用，一朝用光了，就立时病死也没人来睬理，很是可怜。遂袖了二十两银子，走到魏壮猷房里来，殷勤慰问病势怎样。

魏壮猷不曾害过大病，此时在这种境遇当中，病得不能起床，使他一身全副本领，一些儿不能施展，才真有些着急起来。几次打算教茶房去延医来诊视，无奈茶房受了账房的嘱咐，听凭魏壮猷叫破了喉咙，也只当没听见。魏壮猷正在急得无可如何的时候，恰好刘晋卿前来问病。魏壮猷看了刘晋卿这副慈善面目和殷勤的态度，心里就舒畅了许多，就枕边对刘晋卿点头道谢。

刘晋卿拿出二十两银子，放在床头说道：“我是出门人，没有多大的力量，因见阁下现在手中好像穷迫的样子，恐医药不便。我同在这里作客，不忍坐视。阁下想必是席丰履厚惯了的人，不知道人情冷暖。我虽不知道阁下的家世，然看阁下两月来的举动，可知尊府必是很富厚的。我此时去替阁下请个好医生来，阁下将病养好了，就赶紧回府去。世道崎岖，家中富裕的人，犯不着出门受苦。”在刘晋卿说这番话，自以为是老于世故的金石之言，魏壮猷只微微的笑着点头。

刘晋卿一片热诚，亲去请了个医生来，给魏壮猷诊视了。开了药方，也是刘晋卿亲去买了药来，煎给魏壮猷服了。外感的病，来得急，也去得快，服药下去后，只过了一夜，魏壮猷便能起床，如平时一般行走了。

因已有几日不曾出外，探访偷金子的人，心里实在放不下。这日觉得自己的病已经好了，正思量应如何方能访得出偷金子的人来，忽然从窗眼里飘进一片枯黄的树叶来，落在魏壮猷面前。魏壮猷原是一个心思极细密的人，一见这树叶飘进房来，心里不由得就是一惊。暗想此时的天气，正在春夏之交，哪来的这种枯黄树叶？并且微风不动，树叶又如何能从天空飘到这房里来？随手拾起这片树叶看时，一望就可认得出是已干枯了许久的，有巴掌大小，却认不出是什么树叶。又想这客栈四周都是房屋，自从发觉失了金子以后，我都勘察得仔细，百步以内，可断定没有高出屋顶的树木。既没有树木，也就可以断定这叶不是从树枝上，被风刮到这里来的了；不是风刮来的，然则是谁送来的呢？

魏壮猷是这么一推求，更觉得这树叶来得稀奇，刚待叫一个茶房进来，教认这叶是什么树上的，只见刘晋卿走来问道："贵恙已完全脱体了么？"魏壮猷连忙迎着答道："多谢厚意，已完全好了。"旋说旋让刘晋卿坐。刘晋卿指着魏壮猷手中的枯叶问道："足下手中这片公孙树叶，有什么用处？"魏壮猷喜问道："老先生认得这是公孙树叶吗，什么地方有这种树呢？"刘晋卿笑道："怎么不认识？这树我在旁处不曾见过，只见泸州玄帝观里面有两株极大的。这叶上的露，能润肺治咳嗽，但极不容易得着。我先母在日，得了个咳嗽的病，什么药都吃遍了，只是治不好。后来有人传了个秘方，说唯有公孙树叶上的露，只须服十几滴，便能包治断根。我问什么所在有公孙树，那人说出泸州玄帝观来。我做盐生意，本来时常走泸州经过的，这次便特地找到玄帝观，公孙树是见着了，但是叶上哪有什么露呢？就是略有些儿，又怎么能取得下来呢？在那两棵树下，徘徊了许久，实在想不出取露的法子来。亏了观中的老道，念我出于一片孝心，拿出一个寸多高的瓷瓶来，倾了五十滴露给我。这是他慢慢的一滴一滴取下来，贮藏着备用的。我谢老道银子，他不肯收受。我带了那五十滴露回家，先母服了，果然把咳嗽的病治好了，因此我一见这叶便认识。"

魏壮猷问道："那玄帝观的老道姓什么，叫什么名字，老先生知道么？"刘晋卿点头道："我只知道一般人都叫那老道为黄叶道人。姓什么，究竟叫什么名字，却不知道。"魏壮猷道："那黄叶道人，此刻大约有多少岁数了？"刘晋卿笑道："于今只怕已死了许多年了，我已有了二十多年不曾到那观里去。我去讨露的时候，看那道人的头发、胡须，都白得和雪一样，年纪至少也应有了七八十岁，岂有活到此刻还不曾死的道理？”魏壮猷道：“既是只有泸州玄帝观内才有这公孙树，这片树叶就更来得稀奇了。”刘晋卿问是怎么一个来历，魏壮猷将从天空飘下来的话说了，刘晋卿也觉得诧异。刘晋卿去后，魏壮猷心想：“这树叶必不是无故飞来的。我于今既知道了公孙树的所在，何不就去玄帝观探访一番呢？”主意已定，遂即日动身向泸州出发。

途中非止一日，这日到了泸州，径到玄帝观察看情形，果见殿前丹墀里，有两棵合抱不交的树，枝叶稼密，如张开两把大伞。叶的形式，与从窗眼里飘进来的，一般无二。只这棵树上的叶色青绿，没有一片枯黄的。

魏壮猷把这观的形势都看了个明白，记在心里，打算夜间再来观里窥探。正待举步往观外走，猛觉得头顶上一阵风过去，树叶纷纷落下来。惊得连忙抬头看公孙树上，只见一只极大的苍鹰，正收敛着两片比门板还大的翅膀，落在树颠上立着，那一对金色的眼睛，和两颗桂圆相似。魏壮猷生平不曾见过这么大的飞鸟，很以为奇怪，心想像这么高大这么雄俊的鹰，若好生调教出来，带着上山打猎，确是再好没有的了。只是它立在这树颠上，要弄死它容易，要活捉下来喂养，倒是一件难事。眉头一皱，忽然得了个计较，心中暗喜道：“我何不投它一个石子，惊动它飞起来，再用飞剑将它两翅的翎毛削断，怕它不掉下来，听凭我捉活的吗？”

魏壮猷自觉这主意不错，随即弯腰拾了个鹅卵石，顺手朝那鹰打去。这石子从魏壮猷的手中打出来，其力量虽不及炮弹那般厉害，然比从弓弦上发出去的弹子，是要强硬些的。无论什么凶恶的猛兽，着了这一石子，纵不立时殒命，也得重伤，不能逃走。谁知这一石子打上去，那鹰只将两个翅膀一亮，石子碰在翅膀上倒激转来，若不是魏壮猷眼快，将身子往旁边闪开，那石子险些儿打在头上。然石子挨着耳根擦过，已被擦得鲜血直流。魏壮猷不由得又惊又气，指着鹰骂道：“你这孽畜，竟敢和我开玩笑吗？我要你的命，易如反掌。”口里骂着，随放出一道剑光来，长虹也似的，直向那鹰射去。哪知那鹰立在树颠上，只当没有这回事的样子，剑光绕着树颠，盘旋了几转，只是射不到鹰身上去，魏壮猷这才慌急起来。正在没法摆布的时候，那鹰两翅一展，真比闪电还快，对准魏壮猷扑来。魏壮猷料知敌不过逃不了，失口叫了声：“哎呀！”便紧闭双睛等死。

少不得“说时迟、那时快”的两句套话，魏壮猷刚把双睛一闭，耳里就听得殿上一声呼叱，接着有很苍老的声音喊道：“休得鲁莽！”那喊声才歇，就觉得一个旋风，从脸上掠了过去。睁眼看时，那鹰已在这边树颠上立着，殿上站着一个白须过腹的老头，左边胳膊上，也立着一只和树颠上一般大小毛色的鹰。那老头笑容满面的，望着魏壮猷点头。魏壮猷见鹰尚有这般厉害，这养鹰的老头，本领之大，是不待思索的了，当下不因不由的，便存了个拜这老头为师的念头，紧走几步到殿上，对老头拜了下去说道：“若不是老丈相救，小子已丧生于鹰爪之下了。小子年来游行各省，所遇的英雄豪杰不在少数，竟不曾遇见有这鹰这般能耐的。两鹰是由老丈调教出来的，老丈有通天彻地的手段，可想而知了。小子一片至诚心思，想拜在老丈门墙之下，千万求你老人家收纳。”老头伸手将魏壮猷拉起来，笑道：“你的骨骼清奇，将来的造诣不可限量。但是我不能收你做徒弟。来！我引你见一个人吧。”

魏壮猷随着老头，弯弯曲曲的走到里面一个小厅上，不禁又吃了一吓。原来这厅上，睡着一只牯牛般大的斑斓猛虎，那虎听得有脚步声，一蹶劣跳了起来，待向魏壮猷扑来的样子。魏壮猷才被鹰吓了那么一大跳，惊魂还没定，哪里再有和猛虎抵抗的勇气呢？吓得只向老头背后藏躲。亏得老头对那虎叱了一声，那虎才落了威，拖着铁枪也似的尾巴，走过一边去了。魏壮猷心想：“幸亏我在白天遇了这老丈，若在黑夜，冒昧到这里来窥探，说不定我一条性命，要断送在这两样禽兽的爪下。”魏壮猷一面这么着想，一面跟着老头，转到厅后一间陈设很古雅的房里。

但见一个须发皓然，身穿黄袍的老道，手中拿着拂尘，盘膝坐在云床之上，并不起身，只向老头笑了一笑，说道：“来了么？”老道也笑着应道：“我正为不仔细，误收了个刘鸿采做徒弟，后悔已来不及。这小子又要拜在我门下做徒弟，道友看我如何能收他？不过我瞧这小子骨骼很好，道友若能收他在门墙之下，将来的成就，倒不见得赶不上铜脚。”老道微微的摇头说道：“这小子此刻心心念念所想的，只是黄金白银，哪有些微向道之意？铜脚能敝屣妻孥，视黄金如粪壤，却是难能可贵的。这小子未必能及得。”

魏壮猷听了两老问答的话，虽听不出铜脚是什么人，然老道人瞧不起自己的语意，是显然可知的。思量他说我心心念念所想的，是黄金白银，可见得我失窃的事，与他有关联，他才知道我是为探访黄金下落来的。我岂真是为探访黄金？这却看错我了。心里如此想着，即走近云床，跪下来叩头说道：“小子年来游踪所至，极力结交各类人物，为的就是想求一个先知先觉之辈，好作小子的师资。即如小子这次失却了黄金，若是被寻常人盗了去，小子决不至四处探访。只因料知盗黄金的人，能耐必高出小子万倍，且其用意，必不在一点点黄金。小子若不探求一个水落石出，一则违反了小子年来结交各类人物的本意；二则既逆料那个盗黄金的人，用意不在黄金，便是有意借这事试探小子。若小子置之不理，也辜负了这人的盛意。小子果得列身门墙，妻财子禄，小子久已绝念。”说着，连叩了几个头。

老道人至此，才起身下了云床，点头笑道：“你知道绝念妻财子禄，倒不失为可造之才。你师傅田广胜，曾与我有点儿交情，我因见你的资质不差，恐怕手中钱多了，在重庆流连忘返，特地将你所有的尽数取来。又见你得不着探访的门道，只得给你一个暗记，那黄叶便是我的道号。”

魏壮猷听了这老道就是黄叶道人，暗想刘晋卿在二十多年前看见他，说他已有了七八十岁，于今照他这般精神态度看来，寻常七八十岁的人，哪有这般强健？我能得着这么一个有道行的师傅，此后的身心，便不愁没有归宿了。当下魏壮猷便在玄帝观，跟着黄叶道人一心学道。这个养鹰的老头，看官们不待在下报告，大约也都知道，便是金罗汉吕宣良了。

黄叶道人收魏壮猷做徒弟之后，即将从魏壮猷衣箱里取来的金叶、金砖，仍交还魏壮猷。魏壮猷想起刘晋卿送银，及代延医治病的盛意，觉得自己此刻既一心学道，留着许多金子在身边，也没有用处。刘晋卿因生意亏了本，不能撑持，才到成都招人盘顶，若将这金子送给他，正是雪里送炭，比留在身边没有用处的好多了。魏壮猷自觉主意不错，随即禀明了黄叶道人，带了金子回成都。

刘晋卿这时正为找不着盘顶的人，住在客栈里异常焦急。客栈里账房见魏壮猷出门好几日不回来，以为是有意逃走的，因刘晋卿曾代魏壮猷延医熬药，硬栽在刘晋卿身上，说刘晋卿必知道魏壮猷的履历。魏壮猷欠了客栈里二三百串钱的房饭账，要刘晋卿帮同追讨。刘晋卿更觉得怄气，这日忽见魏壮猷回来，心里才免了一半烦恼。

魏壮猷一回到客栈，就拿出几十两银子来，叫了一桌上等酒席，专请刘晋卿一人吃喝。刘晋卿见魏壮猷仍是初来时那般举动，心里很不以为然，推辞了几遍，无奈魏壮猷执意要请。只得在席间委婉的规劝魏壮猷道："我和足下虽是萍水相逢，不知道足下的身世。然看足下的豪华举动，可知道是个席丰履厚的出身。于今世道崎岖，人情浇薄，只看足下初来的时候，结交何等宽广，往来的人何等热闹，客栈里账房何等逢迎；只一时银钱不应手，哪怕害了病，睡倒不能起床，也没人来探望足下一眼。客栈里账房更是混账，竟疑心足下逃走了。因我曾代足下延医，居然纠缠着我，要我帮同找足下讨钱。看起来，银钱这东西，是很艰难的，拿来胡花掉了，不但可惜，一旦因没了钱，受人家的揶揄冷淡，更觉无味。足下是个精明人，想必不怪我说这话是多管闲事。"

魏壮猷哈哈笑道："承情之至，两月以来的举动，我于今已失悔了。不过我在此一番举动，能结识老先生这么一个古道热肠的人，总算不虚此一番结纳了。老先生的生意，也不必再招人盘顶，我此时还有帮助老先生的力量。"说着，将所有的金子都搬到酒席上，双手送到刘晋卿面前，直把个刘晋卿惊得呆了，半晌才徐徐问道："这……这……这是怎么一回事？"魏壮猷笑道："没有什么，我的钱，愿意送给老先生，老先生赏收了便完事。"

刘晋卿迟疑道："足下前几日不是因没有钱，将衣服都典质尽了的吗？怎的出门几日工夫，便得了这么多黄金呢？但是足下不要多心，怪我盘查这黄金的来历。我是做生意买卖的人，非分之财，一丝一粟也不敢收受。足下若不愿将来历告我，请将这金子收回去，我感激足下相助的盛意便了。"

魏壮猷敛神叹道："难得，难得！我这金子送得其人了。我的履历，从不曾告人，老先生是长厚有德的人，故不妨见告。"随将自己出生历史，及此番失金得金情形，略述了一遍。刘晋卿因那日曾亲眼看见那片公孙树叶，又见魏壮猷的气概确是不凡，不由得十分相信，便道谢收了金子，自归家重整旗鼓，经营固有的生意。

刘晋卿店里，有一个姓戴名福成的徒弟，十二岁上，就在刘晋卿跟前学买卖，为人甚是聪明伶俐，刘晋卿极欢喜他。三五年之后，戴福成对于盐业的经验很好，刘晋卿因信任他，渐渐给他些事权。谁知他年纪一到了二十几岁，事权渐渐的大，胆量也就跟着渐渐的大了。时常瞒着刘晋卿，在外面嫖赌。帮生意的人，一有了这种不正当的行为，自然免不得银钱亏累。因银钱亏累，就更免不得要在东家的账务上弄弊，这是必然的事势，谁也逃不了的。戴福成掉刘晋卿的枪花，也不止一次，久而久之，掩饰不住，被刘晋卿察觉了，遂将戴福成开除。

四川的盐商，原有帮口的，帮口的规则很严，凡是经同行开除的人，同行中没人敢收用。戴福成既出了刘家，在四川再也找不着一碗盐行的饭吃，只得改业，跟着一班骡马贩子，往来云南贵州道上贩骡马。一日跟着几个马贩，赶了一群骡马，行到云南境内一处市镇上。那市镇上有个都天庙，这日庙里正在演戏酬神，戴福成因闲着无事，便去庙里看戏。

这日看戏的人异常拥挤，戴福成仗着年轻力壮，在人丛之中，丝毫不肯放松的和众人对挤。挤来挤去，挤到一块空地，约有五尺见方，中间立着一个衣履不全的道人，昂头操手，闲若无事的，朝戏台上望着。戴福成看了这道人，心中觉得奇怪。暗想他一般的立在人丛之中，左右前后，并没有什么东西遮拦，为何这许多人独不挤上他跟前去呢？我不相信，倒要挤上去看看。想罢，即将身子向道人挤去。

不知戴福成挤上去的结果如何，且俟第四十三回再写。

第四十三回

巧机缘深山学道　显法术半路劫银

话说戴福成向那道人挤去，眼里明明看见并没有什么东西阻挡，然而只是挤不上去，身体一用力，就不因不由的挤到了道人前面。回头看道人，仍操手昂头，独自立在一块空地上。心里更觉得奇怪起来，掉转身仍朝着道人挤去，一眨眼却又到了道人左边。戴福成一连挤了四五遍，都是如此，口里不禁喊了声："哎呀！"他这声"哎呀"一喊出口，那道人就随着望了他一眼。戴福成正想开口问这道人，是什么方法独不怕挤，那道人一弯腰，提起放在脚旁边的一口小木箱，掉头就混入人丛之中。戴福成越觉得诧异，连忙紧跟在道人背后。道人头也不回的，径走出都天庙，戴福成也紧跟着不放。约莫同走了十来丈远近，戴福成几步抢到道人前面，回身向道人作揖说道："老道爷将上哪里去？我心里有一句话想请教，不知老道爷可肯赏光，同去前面那个小茶楼上，略坐一会儿？"

道人在戴福成身上打量了几眼，说道："贫道还有事去，实在没有工夫，有什么话，就请在此地说吧！"戴福成向左右看了看，说道："此地乃是市镇之上，来往的人多，不便说话，千万要求老道爷赏光，不要多久的时刻，不至耽搁老道爷的事。"道人听了，面上露出不高兴的样子，问道："你可知道我是哪里人？"戴福成摇着头道："不知道。"道人忽仰天打着哈哈道："是吗？我也不知道你是哪里人。我再问你，你从前在哪里见过我么？"戴福成仍摇头道："好像不曾见过。"道人又打个了哈哈道："好吗！我也好像不曾见过你。你我往日不曾闻名，近日不曾见面，凭空有什么话要问我？我没有工夫，你去问别人吧。”

戴福成挡住去路，连连的作揖说道：“我心里要请教的话，非得向老道爷请教不可。若是往日闻过名，近日见过面，也用不着请教了。”道人又打量了戴福成几眼道：“也罢，我就同你去坐坐，看你要请教些什么？”

戴福成见道人答应了，欣然将道人引到这市镇中，一个小茶楼上，拣了一处僻静的座头，请道人在上面坐了。向堂倌要了一壶茶，将茶杯抹洗清洁，斟了一杯茶，恭恭敬敬的双手送到道人面前，随即拜了下去，叩头说道：“我知道你老人家，是个有大道法的人，要求你老人家收我做个徒弟，传我一些道法。”道人吓得连忙立起身来，一把拉起戴福成道：“笑话，笑话！我流落在这里，连讨饭都没有路，你还拜我做什么师傅？快收起这些话，不要挖苦我了。”戴福成道：“师傅不要隐瞒，弟子已看出师傅，是个大有道法的人，诚心诚意的拜师。哪怕师傅叫弟子赴汤蹈火，弟子断不推辞。”道人大笑道：“这话从哪里说起？我的道法，就只会替人家做道场，近来运气不好，简直没人家请我。你和我今日才初次见面，从什么地方看出我是个大有道法的人来，我倒得向你请教请教。”

戴福成道：“刚才凡是在都天庙看戏的人，没一个不是被挤得连气都不能吐，唯有师傅昂头操手的，立在众人当中，左右前后就好像有栏杆，遮拦着似的，谁也挤不到师傅身上来。弟子在旁边看得明白，这不是极大的道法是什么呢？”道人做出踌躇的样子说道：“有这种事吗？只怕是你的眼花了，或是认错了人吧。我正因为看戏的人太多了，只挤得我一身生痛，才赌气不看了，走了出来。你怎么倒说人家挤不到我身上来呢？”戴福成道：“弟子明明白白的看见，又不老了，如何会眼花？不是看一眼两眼就走开了，更不至认错人。师傅不要隐瞒了吧，弟子不是曾留神看得分明，也不跟着出庙来，要拜你老人家为师了。”道人只顾摇头笑道：“即算你不是眼花，没看错，这旁人挤不过我，也不能说我有什么道法；或者是我的气力，比他们一班看戏的人大些，这又算得什么呢？”

戴福成笑道：“如果师傅和一班看戏的人对挤，一班人挤不过师傅，弟子也知道算不了什么道法。弟子亲身挤了四五遍，无论如何用力，总沾不着师傅的身，这不是师傅有极大的道法是什么？”道人笑道：“这就奇了！刚才在都天庙看戏的，何止千人，偏巧你看得这么清楚。我也懒得和你多费精神争辩了，我听你说话的声音是四川人，这回到云南来干什么呢？”戴福成道：“弟子原是在四川做盐行生意的，近来改了业，帮人做骡马生意。这种生意，劳苦就劳苦极了，出息是一点儿没有，仅能糊口不饿死，所以见了师傅这样的道法，情愿不做这苦生意了，学会了道法，自然不愁衣食。”道人又问道：“你既在四川做盐行生意，你可认识刘晋卿么？”

戴福成听道人提出“刘晋卿”三字，惊喜得连忙答道：“怎么不认识？并且是弟子的老东家，弟子从十来岁就在刘家行里学生意，十几年不曾帮过第二家。”道人道：“你既在刘家帮了十几年，却为什么改业呢？”戴福成不肯说出舞弊被斥革的话，随口答道：“弟子本来没打算改业的，只因刘家生意做亏了本，支持不下了，才将弟子辞退；同时被辞退的，也不仅弟子一个人。”道人偏着头沉吟了一会儿说道：“你既是在刘晋卿行里，帮了十几年生意的人，也罢，我瞧刘晋卿的情面，收了你做徒弟吧。”戴福成见道人已经答应了，很高兴的从新拜了师。

这道人便是魏壮猷，自从拜黄叶道人为师后，即改了道家打扮。他生性喜欢游历，所到之处，从不肯向人道姓名，遇人有急难的事，最喜出力救济。黄叶道人每传一个徒弟，必传给一口小木箱，木箱中藏的，是黄叶道人亲手制炼的膏丹丸散，所以欧阳后成在渡船上遇着铜脚道人，手里也是提着一口小木箱。这时黄叶道人在南七省，住持十多处有名的大道观，自己住在泸州玄帝观，其余的道观，都派遣他自己的徒弟住持。魏壮猷派在清虚观，就叫清虚道人，又因欢喜仰天大笑，不知道他道号的，都随口呼他笑道人。

笑道人这日在茶楼上收了戴福成做徒弟之后，便向戴福成说道：“你的悟性很高，不是寻常人所能及，心思更是灵敏，所以能在热闹混杂之中，看出我与旁人不同的地方来，并能追随不舍，要学道法。这也是你的缘分好，方有这般遇合。只是你的骨气，不但平常，且还有些坏处。我其所以不肯轻易答应你拜师，就因见你的骨气不佳，恐怕你中途变卦的缘故。你既是刘晋卿的徒弟，又曾在刘家店里帮了十多年生意，我知道刘晋卿是个正直不苟的人，因他就相信你或不至中途变卦。不过你是个从小时候便在生意场中混的人，什么东西叫做道，你都不懂得，一时的高兴，便想跟着我学道。而我也容容易易的，便肯收你做徒弟，千古以来，实在没有这样糊里糊涂的事。你此刻虽已拜过了师，但我仍得问你学道的人，须受平常人万不能受的困苦，永远不能有退悔的念头，你自问能受得了么？”

戴福成绝不思索的答道：“不问什么困苦，哪怕就苦死了，为学道而死，也死得瞑目。若将来倘有丝毫退悔的念头，师傅尽管置我于死地，我决不怨恨！”笑道人立起身，抚着戴福成的肩头，笑道：“好！你能拼死学道，成道只在眼前，随我来吧。”戴福成给了茶钱，替笑道人提了小木箱，一同下了茶楼。戴福成顺路到同伙住的饭店里，向骡马行贩辞了职务。

笑道人将他带到一个深山石穴之中，运了穿吃的东西上山，传授了入道修炼之法，叮咛戴福成道：“这山上毒蛇猛兽不少，你在这石穴中，穴外的一切毒物，都不能进来伤你。若一出穴口，就有性命之忧。这穴口所陈列的鹅卵石子，是我特地仿照诸葛武侯成法布的‘八阵图’，虽不能说如铜墙铁壁一般坚固，然不是道德高深之士，休想能从这里面出入。你只专心一志的修炼，我自会不断的来看你。”笑道人将戴福成安置妥当，仍提着小木箱，往各地游历去了。

戴福成想修炼道法的心思急切，很能耐苦用功，虽时常看见穴口外面，有豺狼虎豹之类的恶兽走过，只因仗着穴口有自己师傅的八阵图保护，并不畏惧。那些野兽也果然不敢向穴口窥探。穴内吃喝的东西将要完了，笑道人准按时再运上来。笑道人见戴福成进步神速，自甚高兴，加倍的传授。在山上苦练了三四年，已很有些儿道法了，笑道人这日来到石穴，对戴福成说道：“你这几年修炼的成绩，凡是学道人所应有的基础道法，你都已完备了。此后用功的门径，不与前几年相同了，也用不着拘守在这石穴里修炼，尽管去各地游行。只是入我门下的戒律，你得一一遵守。”随将几条戒律，说给戴福成听了，无非戒盗、戒淫、戒杀几件普通的条律。戴福成自然唯唯听命。笑道人又叮嘱了一番学道的人，应该注意的行径，戴福成也一一承诺。

笑道人去后，戴福成心想：“我已离四川多年了，于今师傅教我去各地游行，我何不且去家乡地方走一遭。古语说得好‘恩怨分明大丈夫’，家乡地方的人，平日待我有些好处的，我此去应该报答。平日和我有嫌隙的，也就在这回，要使他们知道我的厉害。有一般见我歇了生意，便瞧我不起，不肯与我来往的势利小人，更要重重的处置他们一番。”

戴福成这么一设想，心里很觉得痛快，即时下山，施展着几年来所学的法术，搬运了些衣服银两，将身上的衣服更换了，备办了些行李，兴高采烈的回到四川。和戴福成认识的人，见戴福成出门好几年没有音信，今一旦回来，容颜焕发，衣饰鲜丽，加以举动豪侈，都以为在外省做生意发了财回来。普通人的眼皮，照例没有多深，看了戴福成的情形，无不争先恐后的巴结。戴福成报答人好处，光明正大的送银钱给人；对于有嫌隙的，就黑夜前去，或放一把无情火，将人家的房屋、器具、财帛，烧个一干二净；或使弄神通，将人家所积蓄的金银珠宝，一古脑儿搬运来家，供他自己的挥霍。看往日仇怨的深浅，定这时报复手段的轻重。只要曾有些睚眦之怨，没有不尽情报复的。他是个有法术的人，存心要和寻常人为难，寻常人哪有招架的能力呢？不但没有招架的能力，受了倾家荡产，送命伤生的祸，都是连来由多不知道，只各自埋怨各自的命运不济，才遭此飞来之祸。

戴福成了却平生恩怨，心中不由得十二分的痛快，猛然想起几年前在刘家盐行里的时候，就为在班子里恋爱着一个妓女，亏空了不少的银钱。于今我既有了这样的法术，银钱取之不尽，用之不竭，我何妨先弄些钱来，把刘家的亏空填补了，就将那妓女讨回家来？我在山中受了那么久的辛苦，此刻回到家乡，也应扬眉吐气，快乐快乐才是。想罢，自觉主意不差，立时盗来了不少的银两，亲自送到刘晋卿盐行里。

此刻刘晋卿因得了魏壮猷的帮助，生意比前更做得发达了，戴福成回来的时候，刘晋卿已听得人传说，发了不小的财，但是也没想到会送银钱来，填补以前的亏空。这日见戴福成来了，刘晋卿原打算问他这几年在外省如何情形的，及看了戴福成趾高气扬的样子，便不高兴打听了。戴福成也不提起学道的话，只扬着脖子说道：“我那年因亏了宝号一点儿银钱，你便不念我十年来帮生意的情分，将我斥革。同行因我是被斥革出来的，也都不肯用我，若不是我自己努力，怕不饿死在这地方吗？我亏空了银钱，既被你斥革了，本来可以不归还的，不过这一点数目，有限得很。我犯不着留这一笔账在宝号，将来子子孙孙说起都不好听，所以我亲自带了银子到这里来，请你教账房连本带息算起来，看是多少，我如数奉还便了。”

刘晋卿想不到戴福成说出这番不中听的言语，当下只气得目瞪口呆，说话不出。欲待发作一番吧，又觉得这种不讲情理的人，他既不以学徒自居了，若拿出从前当师傅的声口，教训他几句，他不但不肯承受，必且反唇相稽，说出更听不入耳的话来。刘晋卿是个更事最多的老成人，只得竭力按捺住心头之火，勉强赔笑说道："那是我对不起你的地方，亏点儿银钱，原算不了一回事，只怪我那时气魄太小，于今事已多年了，还说什么填补的话。"

戴福成不料刘晋卿竟这么客气，一时想起在茶楼上拜师的时候，师傅所说看刘晋卿面子的话来，心里不由得就有些翻悔自己鲁莽起来。只因笑道人当日未曾向戴福成，说出与刘晋卿是如何的关系来，便也立时改换了一副笑容，向刘晋卿说道："师傅这么客气，就更显得我无礼了。我毕竟年轻，不懂事，师傅的大度包容，不要放在心上。亏空的款子，是无论如何要奉还的。我要向师傅打听一个人，清虚道人和师傅的交情很深厚么？"

刘晋卿愕然答道："我平生没有交过做道人的朋友，清虚道人是谁，连这名字我都没听得说过。"戴福成疑心刘晋卿不肯说，笑了笑说道："师傅何必隐瞒？清虚道人当面对我说，他和师傅的交情很深。"刘晋卿正色答道："道人不是不可结交的人，我如果真个和清虚道人有交情，无端隐瞒些什么？并且你在我这里帮了十来年生意，几时见我和道人往来过？"

戴福成看刘晋卿的神情，不像是不肯说的，心想我师傅当日原不曾说和刘晋卿有交情的话，刘晋卿是个生意境中的老实人，从来又不大出门，也没有和我师傅交朋友的道理。必是我师傅曾听人说过刘晋卿的行为，知道是个正直人，所以对我说出看刘晋卿面子的话。刘晋卿既确实不认识我师傅，我也就用不着怕他在我师傅面前说我什么了。戴福成如此一想，刚才翻悔自己鲁莽的念头便立时打消了。

偿还了亏空的银两，出来就去班子里找那个心爱的姑娘，居然被他找着了。班子里姑娘只要嫖客有钱，是没有嫖不到手的。并且戴福成嫖的这个姑娘，名字叫做叶如玉，是重庆有名的妓女，牢笼嫖客的手段极高。戴福成在云南深山之中鳏居了这几年，一旦破戒，比较寻常狂旦荡子，更特别的来得热烈，银钱随手花去，随手又使神通弄了进来。几多大商家、大银号，窗不开门不破，失去了整千整百的银两，查无可查，究无可究。

叶如玉见戴福成用钱如泥沙，要多少有多少，以为是个大富豪。又听了戴福成说家中没有妻小，遂倾心要嫁给戴福成。戴福成正在迷恋叶如玉的时候，当然是愿意的，于是戴福成便成立起家庭来。

凑巧在这时候，四川起解三十多万协饷银两去云南，戴福成知道了这消息，心想我三百、五百的，用法术去搬运商家的银两，一则麻烦费事，二则总觉不够用。难得这协饷银有三十多万两，劫到手来，还愁我夫妻两个，不够一生温饱么？

戴福成自从回到四川，盗劫的勾当，也不知干过了多少次，胆量越干越大了。国家的法律，固然不在他意下，便是他师傅清虚道人的戒律，他也早已不拿着当一回事了。因屡次犯戒，并不见自己师傅前来施行惩处，更以为自己师傅不在跟前，不妨为所欲为。解饷银虽有兵士拥护，但哪里是戴福成的对手呢？还不曾解出四川的境地，这夜宿在火铺里，人不知鬼不觉的，三十多万饷银都被戴福成使神通搬走了。那位解饷官，直到天明起床才发觉，自然是惊得面无人色，当下虽一面飞报本地官厅，协同缉捕劫犯，一面自行侦查下落。只是哪里查得着一些儿踪影呢？解饷官知道自己肩上的责任重大，便是回省自请处分，也决没有好结果的。情急起来，便独自跑到一处山林之中，解下腰带来，打算寻个自尽，以一死卸责。

真是无巧不成书，解饷官才拣一个树枝，结了腰带，伸进脖子去，不迟不早的，清虚道人走这山林中经过，将解饷官救了下来。解饷官见是一个衣衫褴褛的道人把自己救了下来，只气得跺脚道："你这道人，真不知轻重，我不是万不得已，何至自寻短见，要你把我解下来做什么？"清虚道人哈哈笑道："世间哪有什么万不得了的事？只要求我道人帮帮你，无论什么不了的事，都可以了。"解饷官听了这话，看了看清虚道人这种穷相，更气得说话不出。清虚道人接着问道："你所谓万不得已的，究竟是什么事？说给我听，我或者真个能帮助帮助你，也说不定。"

这位解饷官，生成一双势利的眼睛，哪里把这样穷的道人看在眼里？并且因这穷道人，使自己寻死不成，这失却饷银的困难问题，没方法解决，心里反恨清虚道人多事，将脸扬过一边，睬也不睬。清虚道人哈哈笑道："你这人真是没有见识！世间人寻短见的，我眼里看得多了，十个之中，有九个是为少了几个钱，穷逼无奈，只得寻死。我看你身上的衣服很整齐，大概亏空的钱不在少数。然而你若肯求我道人帮忙，不问多少钱，我都可以设法。"

解饷官不由得鼻孔里哼哼了一声道："你有钱，且把你自己身上的衣服弄整齐了，再来说这大话吧。"清虚道人又打了个哈哈道："你的眼力不错，我自己确是没有钱。但我有一个朋友，这几日发了一注大横财，听说有三十多万两银子，那横财的来路，很不正当。我正打算去讹诈他几万两来，建一所道观，看你要多少，我就多诈索他些分给你。救人一命，胜造七级浮屠。好在我并不费事。”

解饷官一听这话，不觉陡然高兴起来，连忙换过一副嘴脸，很殷勤的问道：“有这种好事吗？请问你这朋友姓什么，叫什么名字，住在某处地方？”清虚道人摇摇头道：“你不必打听这些，你只说要多少银子才能了事，说这数目给我听，我去诈索了银子回来，照数送给你就是。”解饷官心里好笑，暗想这牛鼻子道人哪里知道，他朋友的三十多万横财，就是在我身上发的。我于今若向他说穿了，他必然立时逃跑，去告知他朋友。我不曾问出他朋友的姓名住处，仍是查拿不着，不如把这道人骗到我的寓肵，先将他拿下来，不怕他不供出他朋友的姓名住处。除了这批协饷，哪里还有三十多万的横财可发。

解饷官想罢，即向清虚道人作揖，说道：“虽承道长的好意，肯向别处弄了钱来给我，只是恐怕远水难救近火。我现在就有几个债主，在我家里坐索，我被逼得没法，才出来寻死。最好求道长先同我到我家里，对债主说说。因为那些债主，都已不相信我说话了。”清虚道人道：“你这骗法果好！不过你知道我身上的衣服，还不及你整齐，你家的债主，未必肯相信我的话。”

解饷官正待再说，只见树林外有几个壮健汉子，在那里探望，认得是自己护饷的兵士，心里高兴，连忙指着树林外，高声说道：“道长！你看吧，债主就从那边来了，请你快去向他们说说情。”清虚道人朝林外看了一看的笑道：“我平生被债主逼怕了的人，你那几个债主的相貌凶恶，怪道逼得你寻死，还是你自己去说吧，我今夜送银子到你家来便了。”边说边往林外走。

解饷官哪里肯放清虚道人走呢？赶上前要拉住。无奈道人的脚步太快，只几步已相离了丈多远近。解饷官唯恐被道人走脱，一面拔步追赶，一面回头招呼林外的兵士，快来拿劫饷的大盗。林外兵士因不见了解饷官，特地来寻觅的，见解饷官这么招呼，大家发声喊，一齐追出树林。眼见道人在前面越跑越快，越离越远。解饷官只追得两腿酸软，口吐白沫，倒在道旁，挥手向那些兵士道：“快追，务必拿住，就是劫饷的大盗。”

几个兵士拼命追了一程，直追到连道人的背影都不看见了，才各自回头报告解饷官。解饷官气得大骂这些兵士无用，几个气壮力强的人，追一个瘦弱的道人，都追不上，这其中显有纵逃的情弊。骂得这些兵士哪敢置辩，只得扶着解饷官，垂头丧气的回去。

不知清虚道人，怎生去追回三十万饷银，且俟第四十四回再写。

第四十四回

还银子薄惩解饷官　数罪恶驱逐劣徒弟

话说清虚道人跑离了追赶的兵士，即向戴福成家里跑去。戴福成这时正在志得意满的，和叶如玉在家调情取乐，将大门牢牢的关闭，叮嘱用人不问是谁来会，只说出外不曾回来。在戴福成的用意，并不是怕自己师傅找来，只因做了这种亏心事，自己不免有些疑神疑鬼的，恐怕被人看出破绽。以为只要闭门谢客，等到外面的风声平息了再露面，便没人疑心到自己身上了。谁知清虚道人并不打从大门进来，也不待用人通报，戴福成和叶如玉并肩叠股的坐在床缘上，清虚道人却从罗帐后面闪身出来，高声打了个大哈哈。这哈哈一打出来，只把戴福成、叶如玉两个人，吓得目瞪口呆。

但是戴福成耳里听熟了清虚道人的笑声，这时笑声一落耳，便知道是清虚道人来了，料想不妙，打算从窗跟里逃走。不知怎的，仿佛被那笑声笑失了魂魄，在深山石穴中几年修炼的神通，一时竟不知应如何使用才能逃走。正在非逃不可，欲逃不能，只急得目瞪口呆的时候，笑道人已走入房中，指着戴福成点了点头笑道："好，好！你倒会弄钱，会寻快乐，难得，难得！"戴福成偷眼看笑道人的神色，虽则和平时一般的满脸是笑，然此时的笑，觉得比平时来得可怕，只得就床前跪下来，叩头说道："弟子该死！"

笑道人不待戴福成多说，连忙双手拉了起来，说道："不敢当，不敢当！贫道哪有这么大的福分，做你的师傅？你此刻的本领，不但比我强，比一般修道的老前辈都强呢！从来不论有多大道行的人，没有敢劫饷银的。你的本领，若不在一般修道的老前辈之上，怎么敢于这种惊天动地的勾当？我的眼睛瞎了，看错了你，弄得祖师怪罪下来，几使我没有容身之地，只好到你这里来。你的本领虽然大得很，敢打劫饷银，无奈祖师和我的本领，胆量都太小了，担当不起这么大的罪过。你有这种好所在可以藏躲，我和祖师都没有好所在藏身，看你打算怎生办法？”说罢，仍是嘻嘻的笑，不过这笑容，就更觉得比发怒还来得难受。

戴福成只吓得身不由己的乱抖，口里一句话也说不出。笑道人催促道：“一人做事一人当，你既有这胆量，做出这种惊天动地的事来，却为什么又做出这个没有担当的样子呢？原来你还赶不上一个寻常的强盗，值价些，快说打算怎么办？”戴福成只得又跪了下去叩头道：“弟子该死！听凭师尊惩办。”笑道人摇着头说道：“太言重了，解饷官只差一点儿送了性命，我刚才从绳索上救了他下来，约了他就去回信。没奈何，你也去走一遭吧。”

戴福成流泪哀求道：“弟子犯了罪，听凭师尊如何惩办，都情甘领受。若见了解饷官，势不能不受国法，弟子不足惜，于师傅的面子也不好。”笑道人又仰天大笑道：“倒看你不出，你此刻还居然知道世间有什么国法，更还记得有个师尊，并且想得师尊也有面子，真正难得，走吧！”说时，一手挽了戴福成的衣袖，喝一声起，戴福成即觉得身体虚飘飘的，眼前的景物，登时变换了。

才一霎眼的工夫，已脚踏实地，定睛看时，原来到了自己藏匿饷银的山谷中。只见笑道人取了一封银两，纳入袍袖之中，但见天旋地转一刹那，又到了当日劫取饷银的所在。一家火铺门首，立了几个壮健兵士，戴福成认得是押运饷银的。那几个兵士一见笑道人，即时都露出惊疑的样子，用很低的声音议论了几句，便分作两边包围过来。笑道人双手扬着笑道：“我是送银子来的，你们快去把那个在山林中寻死的人叫出来，我已当面答应了他，替他帮忙，此刻已送银子来了。”笑道人虽是这么说，兵士仍围着不放，只一个兵士跑进火铺报信去了。

没一会儿，即见那解饷官，领了七八个兵跑出来，对包围的兵士喝道：“还不动手拿住，更待何时？”众兵士一拥上前，想把笑道人师徒拿住，只是分明看见道人立着没动，却好像隔了一层玻璃的样子，可望而不可即。

笑道人拍着巴掌笑道：“你们真是不识好人，我救了你这人的性命，又来送银子给你，你倒仗着人多势大，要想欺负我。我也懒得和你们鬼混了，银子在这里，短少了六百两，我原打算替你设法弥补的，就因看你对我的行为，平日不待说是个倚仗官势，欺压小民的坏蛋。这六百两银子，不得不罚你掏一掏腰包。”即从袍袖中摸出那封银子来，向那火铺的门角落里掷去，只听得哗啦啦一阵响亮，仿佛倒塌了几间房屋。惊得解饷官，和众兵士都张皇失措起来，看房屋并不曾倒塌，回头再看笑道人和戴福成，都不见踪影了。大家不由得又吃一惊，不知团团围着，如何能在转眼之间，便逃得不见踪影的。

解饷官这时正立在火铺门口，忽觉脚旁有一堆东西滚出来，低头看时，只见一封一封的银子，好像从地下涌出来，只往外滚。那银封的形式印信，一望便能认得出就是被劫去的饷银。这时又惊又喜的神情，自是形容不出。众兵士也都看见了，大家看那滚出来的银封时，原来是大门角落里堆满了，堆不下的，所以滚了出来。一点数目，只少了六封。解饷官这才想起道人要罚他掏腰包的话来，只要大数目回来了，便是万幸，这短少的六百两银子，自然心悦诚服的掏腰包赔垫，这事便不成问题了。

再说笑道人借遁法挈戴福成出了众兵士的重围，霎眼工夫就到了一处石穴之中。戴福成看那石穴，分明认得出是自己修炼道术之所，石穴中已有一个十五六岁的童子，就在自己当日打坐的石台上坐着，盘膝闭目，好像是正在做功夫。忽然睁开眼来，看见笑道人，连忙跪下叩头。笑道人满脸堆笑的扶起说道：“很好，很好！你脸上已盎然有道气，只是魔障仍不得退，此后务必在正心诚意上做功夫，克魔之功自有进境。”童子唯唯应是。

戴福成看这童子，生得目如点漆，神光射人，两道剑眉插鬓，鼻梁端正，两颧高拱，任凭什么人一看，也能看出这童子是个极精明有机变干才的人。耳里听了自己师傅称赞童子的话，回想起自己下山后的行为，脸上不禁十分惭愧。他心里正在疑虑，不知道他师傅将他自己带到这地方，将作何区处？笑道人已回头向他问道：“你知道这是什么所在么？”戴福成道：“知道，是师傅当日传授弟子道术的所在。”笑道人点了点头，又问道：“道术是什么东西，我传授给你做什么的？”戴福成不敢答应。笑道人接着问道：“什么东西叫做戒律，我曾说给你听过么？”戴福成只得跪下来说道：“师傅是说过的，弟子该死，不能遵守。求师傅责罚，以后再不敢犯了。”

笑道人笑道：“如何能怪你该死，只能怪我该死，当日在茶楼上，为什么不查问个明白？就听了你一句‘在刘晋卿家帮了十来年生意’的话，以为刘晋卿是光明正直的人，你若是不成材的，不能在他家十来年。因此一层，便慨然允许你列我门墙。谁知刘晋卿就是因你不成材，才将你辞歇，你倒说是他生意亏了本，不能支持，你才出来改业的。我那时又因你在都天庙许多看戏的人当中，能看破我的行径，以为你的悟性很好，是能学道的材料。遂遵祖师广度有缘人入道的训示，收你做徒弟，传你的正道。像你这种遭际，千百个慕道坚诚的人当中，受尽千辛万苦出外求师，尚且找不着一二个得师如此之容易，何况你是一个毫无根基，并不知什么叫做道的愚民呢？我以为你凭空得有这般遭际，应该知道奋勉，从此将脚根立定，一意修持。并且看你那初入山的时候，尚能耐苦精进，因此才将修道人应用的一切法术，都传授给你。道家其所以需用法术，是为救济人，以成自己功德的，是为自己修炼时，抵抗外来魔劫的。谁知你倒拿了这法术，下山专一打劫人的财物，造成自己种种罪过。你的罪过，不是责罚可了的，我也不须责罚你。我错收了你这个徒弟，我应代你受祖师责罚，我于今唯有还你的本来面目，我门下容不了你这种徒弟。这里有六十两银子，足够你回四川的路费，免你流落异乡，情急起来，又做害人的事。”说时，从怀中取出一个纸包来，往戴福成跟前一掼。随即抬腿一脚，向戴福成头额上一踢，喝了一声：“去吧！”只踢得戴福成向后便倒，就此昏过去不省人事。

戴福成也不知在梦中经了多少时间，猛然清醒转来，睁眼看自己睡倒在地上，觉得背上有石块顶得生痛，身体好像才遭了一场大病初好似的，四肢百骸，都一点儿气力没有。打算翻身起来，只是没气力，翻转不动。心里不由得暗自惊疑道：“我在未曾修道以前，身上的皮肉很容易觉得痛痒，多走几里路便脚痛，多睡一会儿觉便周身都痛，若睡的地方不平，醒来更是痛得厉害。自从修道以后，身体不因不由的结实了，休说走路永不觉脚痛，哪怕就睡在刀山上，周身也不会有一些儿痛苦。几年来都是如此，怎么此时睡在这平地，又会觉得背痛起来呢？我又没害病，如何这般没有气力，连身体都不能转动呢？我不是跪在这地下，听师傅教训，忽被师傅一脚，踢得昏倒的吗，此时师傅到哪里去呢？

“师傅教训我的话，我还记得清楚。末了曾拿出六十两银子来，是说给我做回四川的路费。唉！师傅也真是糊涂了，特地传授我的道法做什么？从云南到四川这一点儿路，只一遁便到了，用得着什么路费。我那次下山回四川去，原是想一路风光些，才弄钱置办行装，好大模大样的回家乡，使人家知道我在外并不落寞。于今发了财回来，并不是我不能借遁，顷刻千里。师傅大约是误会了，以为若不拿这六十两银子给我，又怕我仍蹈故辙，用道法去搬运人家的银钱。其实我刚才受了师傅的教训，以后总得敛迹一点。师傅虽说不要我做徒弟了，然我既相从师傅几年，又学了师傅这么多法术，师傅又何能真个不要我做徒弟呢？

“我这回略施小技，劫了三十多万饷银，师傅就吓得这个样子，说得受祖师的责罚。若师傅真个不要我做徒弟，以后不管我了，我一旦没有管束的人，岂不为所欲为，更要闹出乱子来吗？我无论到什么时候，闹出了乱子，师傅终究脱不了干系。可见得师傅不要我做徒弟的话，不过故意是这么说了恐吓我的。嗄，嗄！师傅拿这话来恐吓我，哪知道我的法术既已学成，便如愿已足了，巴不得没有师傅，倒少一个管束我的人。人生在世，能活多少年，辛辛苦苦的，修炼了法术干什么？不趁这年纪不大，身体未衰的时候，仗着法术快乐快乐，岂不成了一个呆子？师傅说不论有多大道行的人，从来都不敢劫饷银，大概因饷银是皇家的，来头太大，所以不敢动手。我此时只须拿定一个主意，凡事等打听明白了，确实没有大来头，不会有后患的再做。我从下山起，到劫饷银止，中间也不知用法术，搬运了人家多少银两，放火烧了多少人家房屋，并不见师傅前来责骂我不该。可见得那些小事，是不甚要紧的。我千不该，万不该想发大横财，才弄出这乱子来。此后若再不知道谨慎，再累得师傅受责罚，也就太无味了。”

戴福成心里如此胡思乱想，自以为拿定的主意不错，从此没有管束的人，更好作恶了。心里既这么着想，自然不觉高兴起来。勉强挣扎了几下，虽有些觉着吃力，然毕竟坐了起来。低头看那包银子，还在地下，随伸手拾起，揣入怀中。猛然想起坐在石上的童子，忙回头看时，只见那童子正垂眉合目，盘膝而坐，仿佛不知道有人在他面前的样子。

此时戴福成正觉肚中有些饥饿了，暗自好笑道：“原来我是肚中饿了，怪道睡得背痛，四肢不得气力。”遂立起身，向那童子说道：“没请教师弟贵姓大名？”童子只当没听得。戴福成也不怪，仍赔着笑说道：“对不起师弟，师弟正在用功的时候，愚兄本不应该多言分你的神。不过此时又当别论，师尊在这里教训我的时候，师弟也在跟前，我于今实在觉得饥饿不能忍了，师弟这里必有干粮，千万求师弟，分给我一点儿充充饥，我还有话问师弟。”童子听了这话，才慢慢的睁开眼来，点了点头说道：“这瓦罐里有干粮，请师兄随便用些吧。”说毕，又将眼合上了。

戴福成取了些干粮吃下去，顿时精神振作起来，不禁暗自安慰道：“果然是因饿得太厉害了，所以没一些儿气力。此刻吃了些干粮，背上也不觉得痛了，这小孩有什么能耐，什么道行？师傅却当着我称赞道气盎然。我看他是没什么道气，师傅必是有意怄我的。他这一点点年纪，在这里修炼了几天，哪里就看得出什么道气？师傅既当我的面，如此称赞他，我倒要寻他开个玩笑，看毕竟是谁有道气？”想毕，即向童子说道：“我请教师弟贵姓大名，如何不肯赐教？”

戴福成说这话的时候，带着些儿发怒的声调，果将童子惊得张开眼来，赔笑说道：“对不起师兄，我姓贯，名晓钟。只因师傅曾吩咐过，在做功夫的时候，无论如何不能使身外的物，分了身内的心，入正道只在方寸之间，入魔障也只在方寸之间，就这一点，师傅再三吩咐我仔细，我所以不敢和师兄多说话。”戴福成听了，哈哈笑道：“原来老弟错解了师傅的话。这话在几年前，师傅也曾在这地方，再三吩咐过我的。我是此中过来人，确知道一点儿不错。不过老弟须先将师傅这两句话，解释明白。什么谓之身外之物，什么谓之身内之心，老弟此刻能解释得明白么？”贯晓钟道：“我想这两句话，没有难解释的所在。心便是修道的心，是在身体之内的，身体以外的东西，不拘什么，都可以谓之身外之物。分了道心，便是魔障。”戴福成摇头笑道：“只怕师尊的意思，不是这般解法。”贯晓钟连忙问道：“不是这般解，怎么解呢？”戴福成道：“若依老弟这般解法，师尊是不是你身外之物呢，是不是分你身内之心的呢？”

贯晓钟想了想，也笑道：“这是我错了，师尊是传道给我的，固然不至分我的道心。师兄先我得了师尊的传授，也只于我有益，不至有损。我不应该怕师兄分了我的道心，理应求师兄指示才是，望师兄恕我才来这里学道不久，不是经师兄提醒，我不懂这道理？请问师兄姓什么，已跟师尊多少年了？”

戴福成说了自己的姓名道：“我在你此刻坐的这块石上，整整的坐过三年。你已坐过多少日子了呢？”贯晓钟笑着摇头道：“差得远啊，我还不过三个多月呢！师兄既是在这里坐过了三年，服气的功夫，想必已是很好的了。”戴福成点头道：“那是不须说的，服气的功夫，不做到那一步，不能成遁法，这是勉强不来的。你才做了三个多月的功夫，任凭你如何下苦工，也还够不上说能服气的话。我忝在先进，做了你的师兄，你休怪我托大。你要知道，服气是我辈学道的基础功夫，初学固然是从服气下手做功夫，直到成道的一日，也还是在这上面，不能放松半点。所谓‘神仙不食人间烟火’，不就是服气有了那种火候的缘故吗？”

贯晓钟道：“我就因听了师尊也是这么说，所以才请问师兄服气的功夫，是不是已做得很好了？”戴福成笑道：“这是不待问的，你只听我说在这块石上，整整坐了三年的话，便可想到我服气的功夫，实在有个样子了。若不然，我在修道的时候，莫说下山采办食物，是很扰乱道心的勾当，就是现成的食物在这里，每日要用火来煮两三次充饥，也是分心的事。师尊只许半年火食，半年之后，便是干粮。干粮也只许一年半，第三年连干粮也不许吃了，仅能略略吃些儿果实。服气的功夫，不做得有个样子，不要饿得不能动吗？”

贯晓钟问道：“要半年后才许吃干粮吗？”戴福成道：“不是不许吃干粮，服气功夫不做到半年，吃干粮一则免不了饿，二则功夫不到这一步，便勉强支持，吃下也要生出毛病来。”贯晓钟道：“我只在这里吃了两个半月的火食，何以师尊就要我吃干粮？怎的已吃了一个月，却不见生出毛病来呢？”戴福成道：“你是小孩子，或者功夫容易些，我是整整的吃了六个月火食。”贯晓钟点头道：“师兄服气功夫，既做到很有个样子了，刚才却说实在觉得饥饿不能忍了，倒要取干粮吃，这是什么道理，师兄可以指教我么？”

戴福成一听这话，仿佛被提醒了似的，登时也不由得暗自惊疑起来。心想我只知道解释背痛和四肢无力，是因为肚中饥饿了，便没想到平时常十天半月，不吃一点儿东西，从来不觉着饥饿，何以此时忽然饿得这般厉害，究竟又是什么道理？哦！只怕是了。遂问贯晓钟道：“师尊已去多久了呢？”贯晓钟道：“刚去一会儿。”戴福成又问道：“师傅教训我的时候，用脚在我额上踢那么一下，我就睡倒了。你看见的么？”贯晓钟道：“师兄就睡倒在我面前，怎么没看见？”戴福成道：“你记得我睡了多少日子么？”贯晓钟怔了一怔，反问道：“怎么记得睡多少日子？师兄难道真个睡着了，不知道吗？”戴福成道：“岂但睡着了不知道，简真和死了的一样。也不知昏昏沉沉的经过了多久，才忽然清醒转来。大概是魂灵已经出窍，在空中飘荡了许久，忽然寻着了躯壳，所以又清醒转来。就在你面前你都看不出，你学道真是差远了。”

贯晓钟道：“我眼里看见的情形，和师兄说的不对。我只见师傅一脚将师兄踢倒，即时吩咐了我几句话便走了。我跪送过师傅之后，刚坐好合上眼来，就听得师兄翻身坐起来了。从师尊带师兄到这里来起，至现在总共还不到一刻儿工夫。却问我记得睡了多少日子，教我听了，如何能不发怔？”

戴福成听了这么说，也不觉怔了半天。说道：“依你说来，这话就更稀奇了，更使我不得明白了。你既以为我并不曾睡着，自是为时不久，然若真个没睡多久的时间，我不仅不至于觉得肚中饥饿难忍，并何至只在地下略躺一会儿，便觉得背上被石子顶得生痛，四肢便懒洋洋的，没一些儿气力呢？”

贯晓钟也很诧异的问道：“有这种事吗？师傅常说修道的人，只要服气功夫做到了五成，便能入水不寒，入火不热，与铜筋铁骨相似，所以夏天能着重裘，冬天能睡在冰雪之中。于今师兄服气的功夫，何止做到五成？莫说才躺下没一会儿，就是在这地下睡了几昼夜，像这般平坦温软的所在，便略有几颗小石子，也断不能将师兄的背顶得生痛。我本是初学，够不上说功夫的，然此刻若教我仰天睡着，尽管睡在尖角石块上，已能不觉得有丝毫痛楚了。”

戴福成心中异常惊骇，面上不由得不有些惭愧，打算显点儿道法给贯晓钟看了，好遮一遮脸上的羞惭。即对贯晓钟说道：“寻常人要显出自己是真心竭力替人做事，都是说赴汤蹈火不辞的话，可见赴汤蹈火在寻常人看了，是一件极难的事，所以拿来做比譬。其实若在我辈修道的人看来，赴汤蹈火算得了什么。师傅所说‘入水不寒，入火不热’的话，不就是赴汤蹈火的意思吗？这个平常得很。我今日初次与你见面，你在这里住了三个多月，我是过来人，知道你口里必然清淡得不分难过。我可略施小技，请你饱吃一顿，只看你欢喜吃什么东西，凡是在一千里以内的，你心里想什么就说什么，不问价钱贵贱，我能在一个时辰之内，照你说的，用五鬼搬运法搬来，一样也不会错。这就算是尽了我做师兄的，一点儿情分。”

贯晓钟毕竟是个小孩，听了做这种玩意，心里甚是高兴。加以这几个月来，在这石穴里面也实在熬得真够了李铁牛的话，口里淡出鸟来了。慌忙立起身来，笑道：“我倒叨扰师兄，如何使得？不过我此刻还没有这等能耐，不能搬运酒菜，来替师兄接风，就只好领师兄的情了。”戴福成得意扬扬的说道：“用不着这么客气，你我同门学道，就是亲兄弟一般，横竖不要我破钞的事。你将来练成了我这般本领，也是一般的不问什么难得之物，都只要一道灵符，便能咄嗟立办。我们修道的人，受尽了千辛万苦，为的就是有这种快乐的日子在后面。”

贯晓钟道：“画符不是要纸笔银朱吗？此地没有这些东西，怎么办呢？”戴福成摇头笑道：“有这么些麻烦，还算得了什么道法？”说时，右手捏了个诀，装腔作势的说道：“你瞧着吧，就只用这么一个诀，是这么向空中画符一道。哦！你想吃什么，快说出来。看是在哪一方，我好向哪一方画符。横竖是一般不费什么，乐得拣你心爱的搬来吃个痛快，免得搬运来，都是不欢喜吃的东西。”

贯晓钟笑嘻嘻的说道：“能随我的意思，想吃什么，便有什么吗？”戴福成摇头晃脑的笑道：“不能是这么便当，我也不要你说了，不但想吃什么有什么，你尽管指明要什么地方，什么人家用秘法制造出来的食物，我都能运来给你吃。若不能这么办，又如何显得出道法的高妙来呢？江湖上卖幻术的，谁也能当众搬运几样东西出来，给人惊讶惊讶，就是不能随人指明要什么地方、什么人家的东西。当日左慈在曹操跟前，钓出松江的鲈鱼来，便是我们这种道法。不是真有本领的人，万万做不到。你试说几样平日欢喜吃的东西，这是要当面见效的。”

贯晓钟真个说了几样乡味，入山修道以来所想望不得的。戴福成问明了地点方向，凝神静气的向空画起符来。贯晓钟立在旁边，留神细看戴福成的举动，以便后来自己学这道法的时候，胸中有了这模范，修炼容易些儿。只见戴福成一面用手画符，一面口中念咒，画念了一会儿，两脚在地下东踩到西，西踩到东，口里越念越声高，急促像动怒的样子。这么又闹了一会儿，就见他将头上的辫发拆散，分一半披在两肩上，一半披到前面来，用牙齿咬住发尾，满脸汗出如洗。

就在这时候，石穴外面陡起了一阵狂风，只刮得山中合抱不交的树，都连根拔了起来。斗大的石块，被风吹得在半空中飞舞，仿佛有千军万马，狂呼杀敌的气象。在这狂风怒号的当中，贯晓钟分明看见有五个身高二三丈的恶鬼，在石穴外面盘旋乱转，再看戴福成已将身体缩作一团，筛糠也似的抖个不了，脸上全没一些儿人色。突然一个霹雳，从石穴门口打下来，烟火到处，五个恶鬼已烧得无影无形了。狂风也登时止息，仍回复了清明的天气，只戴福成被这霹雳震倒在地，半晌才苏醒，手脚都慢慢的伸缩起来。

贯晓钟想不到有这种现象发生，一时惊得呆了，年轻初学道的人，见了这般险恶的情形，自不免心中害怕，以为戴福成被雷劈死了，吓得不敢上前。及见戴福成手脚都能伸缩了，才走过去，俯着身子问道："师兄醒来了吗？"戴福成睁眼望着贯晓钟不作声，贯晓钟伸手将戴福成拉起来，说道："这样的大风刮起来，师兄搬运的东西，只怕在半路上打落了。啊呀！师兄为什么流泪哭起来了呢？弄不着吃的东西，有什么要紧？等不刮风的时候，再使法搬运些来，饱吃一顿便了。"

不知戴福成听了这类小孩子口腔，回出什么话来，且俟第四十五回再写。

第四十五回

乌鸦山访师遭白眼　常德府无意遇奇人

话说戴福成心里正在极难过的时候，听了贯晓钟那种小孩口腔的活，不由得又是好气，又是好笑，举手用衣袖揩了揩眼泪说道：“你哪里知道我的苦处啊。我在这石穴里三年的功夫，想不到就被师尊在我额头上那一脚，踢得前功尽弃了。怪道我清醒转来的时候，四肢也没有力了，背也痛了，肚里也饿了，全不像是曾做过道家功夫的人。我没想到自己做的功夫，师尊也有法取了去，还想用五鬼搬运法搬东西来吃，险些儿倒连我自己的性命，都被五鬼搬运去了。”说时，又流下泪来接着说道：“我此刻的道法，反赶不上你初学的人。唉！就悔过也来不及了啊。”

贯晓钟看了这情形，仍回身在石上坐下来说道：“我曾听师尊说过，能悔过便是豪杰，哪有悔过也来不及的道理？方才师尊临走的时候，曾留下几句话，教我在响过霹雳之后向你说。于今霹雳已经响过了，你听着吧，师尊说：‘我原念你三年面壁，道法得来不易，不忍一旦尽行剥夺。无奈你下愚不移，随时随地都生妄念，实在玷我门墙。若再姑容，我必因你获罪。’”贯晓钟述罢，默坐不话，嬉笑的态度，一点儿没有了。

戴福成这才知道被师傅认真驱逐了，连道法都被剥夺得干净，不禁伤心痛哭起来。哭了一会儿，打算和贯晓钟商量，看还有挽救的方法没有。谁知贯晓钟不待他开口，已向外面挥手，说道：“你快去吧。不是我不念同门之情，只因这里地位绝高，不到日落，就寒恶不可当。你的道法既被师尊剥夺尽了，身上又没有御寒的衣服，必受不住寒冷。”

戴福成被这几句话提醒了，果然登时觉得冷起来，筛糠也似的发抖。再看贯晓钟板着冷酷的面孔，绝没有商量余地的神气，想起自己是他的师兄，刚才还对着他，说了许多自居先进的话，此时实无颜再说告哀乞怜的话，便也不说什么了，垂头丧气的下山。还亏了怀中有那六十两银子，有盘缠能回四川。戴福成修道的事，就如此做了一场大梦，只略能记忆，不复有踪影可寻了。笑道人自从误收了戴福成这个不成材的徒弟，很受了黄叶道人几番训斥，以后收徒弟，便格外慎重了。这是后话，后文尚有交代。

于今，既因写朱镇岳的身世，连带将笑道人的来历，说了个大概。这支笔不能不回到陆伟成身上，再一个大弯子，绕到襄阳府的朱复身上去。

且说陆伟成自得了徐书元的指引，次日即独自骑了一匹马，到乌鸦山拜朱镇岳。这时候朱镇岳，年纪已有了六十多岁，他儿子朱宝诚，都已有二十多岁了，家务概由朱宝诚经理。朱镇岳夫妻两个，对于一切外事都不过问，也不和世人来往。因此常德人只知道乌鸦山朱家，是常德一府的世家大族，却没人知道朱镇岳夫妇，便是唐人小说中所称述的“剑仙”一类人物。

这日陆伟成到了乌鸦山，由朱宝诚接见了，陆伟成说明了来意，要求见朱镇岳。朱宝诚见陆伟成是个贵家公子气概，又来得很突兀，知道自己父亲的脾气，从来不肯传授徒弟，而对于有富贵气息的人，更不欢喜交谈，逆料是决不肯接见陆伟成的。便对陆伟成说道：“家父年来精力衰竭，终日静坐，尚唯恐家中人多纷扰，所以独自住在一间楼上，多久就不能接见亲友，不与闻外事。实在对不起，辜负了阁下一番跋涉。”陆伟成见朱宝诚这么说，把来求师的兴头扫了一个干净。只得说道：“我诚心前来拜师，即不蒙收纳，但求见一面也罢了。”

朱宝诚也不知道陆伟成的来历，以为富家公子，不是真能有诚意拜师的人，若果是诚心前来拜师的，便不是这般口气了。遂说道：“家父平生不曾收过徒弟，也本来没有艺业可以传人，阁下只怕是听错了。家父习静已久，恕不能出来接待。”陆伟成只听得徐书元说，究竟不知道朱镇岳是何等样人，原没有十分诚意，今见话不投机，只索作辞回家，很没有兴致的坐在马上，缓缓走进常德城。

常德城里的街道不甚宽阔，这时的天色又快向晚了，行人本很拥挤。走到一条街上，只见前面挤满了一街的人，都不走动，好像在那里看什么热闹。陆伟成策马近前一看，原来许多行人都挤在一家酒楼门首，一个个抬头颠脚，朝酒楼里面望着。陆伟成在马上比人高些，看见酒楼底下的账桌跟前，立着一个年约四五十岁的人，蓬首垢面，身上穿着一件破旧不堪的蓝布袍，宽大无比，使人一望便知道他所穿的，不是他本人的衣服。下面露出一双精光的脚杆，只一只脚趿了一只破鞋，乱丛丛的头发，披满一头，像是多年不曾剃过的，靠账桌立着，现出满脸顽皮相，望着外面许多看热闹的人。

账桌这边立着的，像是个管账的人，怒容满面的向看热闹的人，诉说这人的罪状。只听得说道："我见他这模样，早已料到他是打算来吃白食的。他上楼我就关照堂倌，他若只吃一碗面，或是几样点心，事情不大，由他白吃一顿也罢了；像是一个癫子，能敷衍他出门便没事。谁知他并不疯癫，说话倒有板有路，坐下来就对堂倌说，我知道你们管账的先生，看了我这种模样，疑心我是来吃白食的人，又疑心我是个癫子，想拿一碗面，或几样点心敷衍我出大门。这是你们管账的先生，看走了眼色，你们都只认得衣服，不认得人。我若没有钱，也不上这里来了，要吃面，不会到面馆里去吗？要吃点心，不会到点心店里去吗？特地跑到这里酒楼上来，不待说是要喝好酒，要吃好下酒菜。我自己很识趣，喝酒要喝得快活，你们疑心我，防备我，不敢给我吃喝，我有什么兴味呢？你们所虑的，不过怕我吃了不给钱，这很容易，我先交钱，后吃喝。有多少钱，吃多少钱，这样行不行呢？堂倌只得说：'我们管账的先生，并没说这话，客人若怕银钱放在身上遗失，就请暂时交给账房保管也使得。吃完了，再还给客人。'他说：'很好。'随即从身边摸出一个大布手巾包，交给堂倌道：'这里面有十三两五钱银子，你去教账房尽这数目，给酒菜我吃，拣上等的办来，不怕价钱大。'

"堂倌拿到我这里，我用天平一秤，足有十七两五钱。银色虽低了些，因有十七两五钱，无论要吃什么东西，一个人总够吃的了，便招呼厨房办给他吃。谁知他的食量大得骇人，从正午吃到刚才，独自吃了一桌上等翅席，一缸陈酒，结算应该八两七钱六分银子。我照算当找他八两七钱四分，我拿出他交存的银子来找还。他看了看银子，说我换了他的，他存的是十三两五钱纹银，这里十七两多，是假银子。不错！堂倌拿这银包来的时候，我是不曾仔细得看走了眼。这时仔细一看，原来他交存的，是一包假银子。请众位评一评这道理，我们规规矩矩做生意的人，哪里会有假银子换他的真银子？

分明他拿这假银子来讹诈人，吃了酒菜，还想讹诈几两银子去，看世间有没有这道理？”

管账的这般说，众看热闹的人当中，也有说看这人的模样，是像使用假银子的；也有说只能怪账房太粗心，做生意的人，不应看不出银子的真假。当时看出是假银子，就应该退还这人的；也有说账房因贪图便宜，以为可以多得这人四两银子，利令智昏，便不仔细看银色的。只是各人虽有各人的议论不同，然没一个肯出头判断一个是非曲直。

这人见账房向大众说了那一段话，也高着嗓子说道：“不用我说什么，只就这管账先生亲口向众位说的话，请众位平心说句公道话。我只交存十三两五钱银子，若不是他们换了，如何会多出四两来？如果我交存的，是这么一包假银子，他岂有看不出成色，并称不出分量的道理？他不怕我吃了不给钱，便不会要我先拿出银子来。别人交存的银子，他还可以推说没看得仔细；他既防备我没有钱，我交出来的银子，不待说比平常更要看得仔细些。像这样一望而知的假银子，能瞒得过他做管账先生的眼睛么？”当下有和这人表同情的，就随声附和道：“这银子不是账房换了，便是堂倌换了。上酒楼要先交出钱来，才给人家吃喝的事，本来也没有听人说过。这是账房没有道理，太存心欺负没好衣服穿的人了。”

账房听了这番话，只急得一副脸通红，两眼圆鼓鼓的对大众说道：“这冤枉使我有口也难分辩。我说话不能不要天良，于今我自愿吃亏，赔他的真银子。不过我不是开设这酒楼的人，是在这酒楼管账的，我一个月的薪俸，只有几两银子。要我拿出四五个月的薪俸来赔他，我也没有话说。但是要我赔银子的事小，怪我拿假银子换他的真银子，这种声名，我做生意的人担不起。众位街邻在这里，我拿出十三两五钱银子来，和他一同到城隍庙去，将银子搁在城隍爷跟前香烛里面，他只发一个誓，银子就给他，我从此辞事，再也不给人管账了。”

众人还没回答，这人已扬着双手说道：“这话不对，这话不对！你不能拿着城隍爷来吓我。我本来十三两五钱纹银，交存在你这里，为什么要当神发过誓才能拿去？你以为你从此不给人管账了，我就害怕么？你管账不管账，与我有什么相干？我花钱买酒菜吃，只知道吃了多少银子，给多少银子。”账房听了，也对外面扬着手喊道：“众位街邻听吧，他交存的既不是假银子，为什么不能同去城隍庙发誓？我没做亏心的事，尽管到神前斩鸡沥血，求菩萨把使用假银子的人显出来。”常德又最是信神的，大家都说这事不到城隍庙去，谁也断不出究竟是谁的不是来。

这人忽然哈哈大答道：“也罢，也罢！你做生意的人吃不起这样大的亏，我也不要你找还银子给我，你也不要问我讨酒菜钱，就是这么脱开。众位说我这话公道不公道？”账房连忙指着这人说道：“可见你交来的是这包假银子，此刻怕去神前发誓，才说出这话来了。你存的果是十三两五钱真银子，照算应找给你的，为什么不说找还？你存的是十七两五钱假银子，吃了八两七钱六分银子酒菜，为什么不问你讨酒菜钱？你做客人的得脱开，我管账的收下这假银子，如何能脱开？”这人笑道：“你刚才不是当众一干说了，情愿拿出四五个月薪俸来赔的吗，怎么一会儿就不作数了呢？”

账房更生气道：“我赔是情愿赔，但是要去神前发誓再赔。你不敢同去神前发誓，我岂仅没有银子赔，怕不把你送官，问你一个使用假银子的罪吗？”这人做出涎脸的样子，说道：“好大的口气！我一番体恤你的好意，你倒要搭起架子来了。老实说给你听，我从来吃酒菜是不会账的，越是怕我白吃，我越得多吃他些，今天还得算是吃得少的。”

看热闹的人一听这话，都哄起来说：“这人真没有道理，原来果是拿一包假银子，哄骗账房。”账房连忙接着说道：“这下子他自怕发誓，招出供来了。请众位说，这样没天良的人，应该送官不应该送官？”有几个嘴快的就说：“白吃的罪，还在其次，用假银子就应重办。”这话一说出来，便有堂倌模样的人，走过这人跟前，一边一个，将这人的胳膊拿住道：“这种东西不送官，我们还能做生意吗？”

陆伟成看了这情形，觉得有些过不去。慌忙跳下马来，分开众人，走进酒楼门，向那账房说道：“这事他原可以不招承的。他不招承，不发誓，论理也不愁你不找还他四两多银子。发誓无非表明心迹，你要表明心迹，应你发誓，他本可以不怕的。于今他既直说出来，可见他倒是一个有些良心的人，你反要拿住他送官，人情上未免说不过去。”账房打量了陆伟成两眼，料知是个有点儿来头的人，不敢拿出对这人的轻侮态度对待。赔笑说道：“不是我定要拿他送官，只要他拿出八两七钱六分银子来，我就不说什么了。这假银子由他拿去，我也不追究，白吃是不行的，他一个人哪里能吃下这么多？分明是存心来白吃，故意将酒菜糟蹋。我刚才说了，我不是开设这酒楼的人，是在这酒楼管账的人，漂了账是要担责任的。他既是有良心的人，为什么存心要害我赔这么多银子？”

这人双手拍着鼓也似的肚皮说道：“你说我一个人吃不下这么多酒菜，我还觉得没到半饱呢。你搭什么架子，要拿我送官，倒看你凭什么送我去。我只喝你四两酒，四小碟下酒菜。你欺我是外省人，银子到了你手里，硬要讹诈我八两七钱六分银子，我正想去见官，看常德府的酒菜，如何这么昂贵？”

账房见这人又变换了腔口，竟不承认吃了一桌上等翅席，一大坛陈酒的账，不由得又冒火又着慌。为什么着慌呢？这账房并不是个糊涂人，逆料这事当了官，论情论理，都说不过这人。本来独自一个人，决吃不下一桌上等翅席，一大坛陈绍酒，官府断不肯相信有这种事情。弄得不好，反把自己问成一个见财起意，讹诈客人的罪名，所以不能不着慌。只是面上不肯露出着慌的样子来，也不和这人辩论，只向陆伟成说道：“我们做生意的人，多是安分怕惹麻烦的。先生和众位街邻，都在这里看了的事，于今他连吃下肚里去了的酒菜，都不肯认账了，看有没有这个道理？这酒楼在常德城里，开设了二三十年，我也在这里管了六七年账，凭众位街邻说，何尝有一次讹诈过客人？这简直是存心来捣乱的，望众位街邻参一句公道。”

陆伟成道：“有什么公道不公道？你既说怕惹麻烦他要就这么脱开，你便不应该不答应。好！大家都不用说了，你做账房的赔不起账，自是实在话。然看他身上这般衣服，就到县衙里去，姑无论这场官司问下来，谁曲谁直，即算能办他使用假银子的罪，判令他再拿出八两多真银子，来还酒菜账，你说他有真银子拿出来么？到底仍免不了是给他一场白吃。八两多银子，算不了什么大事，我身上还有点儿散碎银子，虽不曾秤过，不知有多少，然大约相差也不多，我替他会了这笔账吧。若相差在一两上下，说不得要你做账房的吃点儿亏。”

陆伟成边说边将怀中所带的散碎银两，尽数掏了出来，放在账桌上，教账房用天秤量量看有多少。账房看了看都是十足纹银，拿到天秤盘里量起来，笑道：“这真巧极了，一分不多，也一分不少，恰好是八两七钱六分，众位看巧不巧。”这人指着天秤盘里的银子说道：“不要又看走了眼呢，于今有人替我会了账，你还有什么话说么？”账房笑道：“这位先生身上拿出来的银子，哪有假的道理。用假银子是何等样人呢？我这次不但看走了眼，简直是瞎了眼。”说得众人都笑起来。

这人倒不觉得难为情，向账房要回假银包，在手中掂了两掂，笑道：“我有这包东西，到处有得酒菜吃，不一定要照顾你这里。”说着，也不向陆伟成道谢，高一脚，低一脚，偏偏倒倒的往外走。众人都说：“这人真不是个好东西，有人替他会了账，连姓名都不请教一声，谢也不谢一句，就掉头不顾的走了。”陆伟成听了，却毫不在意。

等众人散了，才待据鞍上马，只见这人又走回头来，走到陆伟成跟前，偏着头在陆伟成浑身上下，端详了几眼问道：“刚才替我会账的，就是你么？”陆伟成原是一个聪明绝顶的人，在两江总督衙门里的时候，便能看出徐书元，是个异人来。这番若不是觉得这人，有些奇异之处，也不至出头多管闲事。在陆伟成心里想，在酒楼里当账房的人，银子的真假应该落眼便能分别。这账房既存心防备这人白吃，而这人竟能交出这么多银子来，岂有不仔细看清成色的道理？并且说是十三两五钱，秤起来又多了四两，尤应该仔细看看。假银子居然瞒过了账房，这一层已很奇怪；一桌上等翅席，纵办得不丰盛，大盘小碗也有二三十样，一个人便有牛大的食量，也吃不下这些。一坛陈绍酒，怕不有二十来斤，一个人要一顿喝下肚里去，也不是一件容易的事，这层就更是奇怪了。这假银子账房既当时不曾看出来，已代收管了半日。这人若一口咬定是账房换了，数目又不相符，谁能说是这人没道理的话！便闹到官衙里去，这人也担不了什么罪名，何苦自己招承出来，当着一干人丢自己的脸呢？城隍爷不是活神仙，这人岂真个不敢发誓，怕犯了咒神么，这一层不也很奇怪吗？

陆伟成因觉得有这几种奇怪的地方，所以忍不住出头多事，及至自己掏出来的银数，恰好够还账，一分不多，一分不少，心里更惊诧得了不得。本想就当面请教这人姓名的，只因一转念这里看热闹的人太多了，异人决不肯在这种地方露出真面目，打算等众人散了，才骑马赶上去，想不到这人却已回头来了。听了这人问的话，即赔笑说道：“小事何足挂齿！请问长者尊姓大名，仙乡何处？”这人翻起两眼，将陆伟成望了一会儿，也不回答，好像疯了的人一般，忽然对陆伟成点了点头，说道：“孺子可教。”说毕，又一偏一跛的走了。

陆伟成此时虽觉得这人有些奇异之处，然自己毕竟是个读书人，在父母师保跟前长大的，不明白江湖上三教九流的勾当，不知应如何对待才好？只眼睁睁的望着这人走得远了，才上马回家。

陆伟成家里房屋很宽大，是常德城里有名的巨第。陆伟成因图读书清净，独自住在靠花园的一间楼上。这夜因白天去乌鸦山拜师，来回骑了四五十里路的马，身体觉得有些疲乏了；又因拜师遭了拒绝，心上甚不爽快，没心情读书，二更时分就上床睡了。刚睡了一觉醒来，正待下床小解，猛听得花园里风声陡起，只刮得花枝树叶瑟瑟作响。对园里的窗门，原是关闭严密的，这一阵大风过去，接着就听得“喳喇”一声，两扇窗门大开了。亏得房中的灯光是有琉璃罩笼着的，不曾被风刮息，只刮得一闪一闪，摇摇不定。

陆伟成的胆气极壮，连忙翻身坐起来，打算下床仍将窗门关好。才一伸手撩开帐门，举眼向窗口一望，就见凭空飘进一个人来，直到床前落下。陆伟成虽在这时候，心里并不惧怯，只觉得很奇怪，也没有防备这凭空飘进来的人，有加害自己的心思。目不转睛的看飘进来的这人，衣服身段，和黄昏时在酒楼底下所见的，一般无二。眼里一看得明白，胆气就更加壮了，慌忙跳下床来，迎着这人一躬到地说道：“我固知长者不是凡俗之辈，今果得法驾降临，还求恕我不曾扫径恭迎。”只见这人笑容满面的说道：“有根气的毕竟不同，徐黑子的眼力，果是不错！”这人说时，弯腰取出一件黄灿灿的东西，往桌上一搁，听那搁下的响声，很像有些分量。陆伟成就灯光看那东西时，不觉吃了一惊。

不知是什么东西，且俟第四十六回再写。

第四十六回

铜脚道运米救饥民　陆伟成酬庸清道藏

话说陆伟成见这人弯腰取出一件黄灿灿的东西，搁在桌上，连忙就灯光看时，乃是一只铜铸的脚，形式大小和人脚一样。正待问这人，这铜脚有何用处，这人已指着铜脚说道：“你无须问我的姓名，只认明这个就得了。你是富贵中人，原不能甘寂寞耐劳苦，潜心学道。只因你在两江总督衙门的时候，曾动过一点儿向道之念，我道家和佛家一般的以渡人为主，我所以特地前来传你道法。朱镇岳从来是个独善其身的人，徐书元错认了他，将你引上这条行不通的道路。”陆伟成见铜脚道人说出来的话，和亲目所见的一般，不由得不惊服。当下铜脚道人便传陆伟成修养之道，隔几日来指点一次，来时必在半夜。如是经过了一年多。

一夜，铜脚道人向陆伟成道：“我不能长久在此地教你，你也不能长久住在家中修道。我于今有事须往别处去，此后你我何时再会，就得看你修持的力量和缘法。”陆伟成听铜脚道人这般说，不觉黯然问道：“师傅此去何方，不能将地址说给弟子听吗？”铜脚道人摇头道：“说给你听，你也不能知道。”陆伟成道：“弟子他日若想寻觅师傅，可向何方寻觅呢？”钢脚道人笑道：“有缘千里来相会，无缘对面不相逢，寻觅是没有用处的。”

陆伟成道：“然则弟子这一年来，受了师傅成全之德，将如何报答呢？”铜脚道人道：“各结各的缘，各修各的道，无所谓成全报答。”陆伟成道：“话虽如此，然受恩的究不能忘报。”铜脚道人捏指轮算了一会儿，说道：“且等你到了襄阳再说。你此时还有什么心事要说的么？”陆伟成一时竟想不出要说的话来。铜脚道人好像等待什么似的立了一会儿，见陆伟成没话说，才叹了一声气道："缘尽于此矣。"话才说了，陆伟成再看铜脚道人时，已去得无踪无影了，心里很觉得奇怪。暗想我原没有要说的心事，何以师傅是这么问我呢，更何以忽然叹气，说缘尽于此矣的话呢？

陆伟成正在疑惑，猛听得花园里有人发笑声说道："可惜，可惜。少爷为什么学了一年的道，不提起拜师的话呢？"陆伟成大吃一惊，听声音知道是徐书元。才放大了胆说道："徐先生请上这里来，我正在非常想念你。"陆伟成说毕，不听得回答，高声叫了两遍，也没人应。急忙赶到园里寻找，哪里还找得着徐书元呢？料知是说了那两句话就走了。

当下陆伟成也研究不出一个所以然来，只失悔自己太不细心，叫了一年的师傅，竟不曾想起没叩头拜师。这"师傅"两个字，从哪里叫起？然而只心里懊悔一阵，也就罢了。至于不叩头拜师，何以就说缘尽于此的道理，陆伟成也不知道。

过了五六年之后，陆伟成得着陶文毅公的接引，由州县次第升迁，这年升到襄阳府知府。陆伟成本是个能员，到任后爱民勤政，一府的百姓都很感念他。只是他上任的这一年，天时雨水极少，田禾都干枯死了，入秋颗粒无收，灾区并且极广，把个陆伟成急得什么似的，只得召集襄阳一府的官绅大贾，募捐赈济。但是灾区既广，灾民自多，富绅大贾捐助的有限，杯水车薪，济什么事呢？陆伟成是个爱民的官，正急得无法可施，这日忽报玄妙观的老道人求见。

陆伟成到任的时候，就听说玄妙观的住持黄叶道人，道行高妙，没人知道这道人的年纪，究有多少岁，每年必到襄阳玄妙观住几个月。襄阳七八十岁的老人，都说在做小孙子的时候，就看见这黄叶道人，每年到襄阳玄妙观住持几个月，七八十年中没有更变。道人的容颜神采，永远如初见的时候，一些儿不觉得比前苍老。道人每年到玄妙观住持的时候，必做一坛水陆道场，赈济一班孤魂野鬼，此外一事不做。玄妙观的观产极富，襄阳一府中，房屋田地最多的当首推玄妙观。黄叶道人从来不肯结交官府，有许多贪婪的官垂涎观产，借故去拜黄叶道人的，都见道人不着。陆伟成知道黄叶道人不肯与官府往来，所以募捐不到玄妙观去。

这日忽听报黄叶道人来拜，不觉十分诧异。暗想黄叶道人是个历来不与官府往来的人，我到任便闻他的名，就因为前几任的官府，去拜都碰了钉子，恐怕他对我也一例拒绝不见。难得他今日竟肯来拜我，他来必有缘故。随吩咐开中门迎接，自己也恭恭敬敬的降阶恭候。不一会儿，只见一个须发如银的老道，身穿杏黄色道袍，潇洒风神，望去如经霜之菊，全没一些儿尘俗之气。不问是什么人见了，都得肃然起敬。

陆伟成的夙根甚深，生成一双慧眼，少小时便能看出徐书元的根底。从铜脚道人学道年余之后，两眼观人的能耐，当然比少小时更加确定了。何况一到襄阳府任，就闻黄叶道人的声名呢？当下忙紧走几步迎上去，打躬说道："想不到法驾降临，未曾熏沐敬候，罪过，罪过！"黄叶道人回礼笑道："不敢当，不敢当！折煞贫道了。"

陆伟成侧着身子，将黄叶道人引进客厅中，推在上面坐了，自己坐在下面相陪。黄叶道人只略略谦逊了两句，便说道："贫道因今年旱荒，为百十年来不经见的大灾，灾地之宽广，也为从来所未有，百十万饥民，都奄奄垂毙。贫道有白米三十万石，愿捐供赈济，已派小徒从各处陆续运来襄阳河下，所以亲身前来，请求委员分途按户施放。"

陆伟成听说白米有三十万石之多，料知足够赈济这一府的饥民了，不由得又惊又喜，更五体投地的钦佩，从心坎中说出许多代饥民感谢的话。黄叶道人只说明了这话，即告辞起身。陆伟成恭送出大门，回头打发两个衙役，去河边看米船来了没有。

衙役去不多时，两人都气急败坏的样子，回来报道："河边停泊的大小船只，比平时果然多了几十倍，并且都是重载船。但是各船上一律用芦棚遮盖得严密，一个船户也没看见。小人叫问了几遍，不见船里有人答应，只得拣一只靠岸近些儿的大船，跳上去查问来历。只见一个乞丐似的跛脚，从芦棚里爬出来喝问：'是什么人，跑到我船上来干什么事？'小人回他是府衙里打发来的，看你这船上装的什么。叵耐那厮可恶，听了小人说'是府衙里打发来的'这句话，不但不赶紧迎接招待，反将两个乌珠一瞪，对小人骂了许多无礼的话，小人不敢说出来。"

陆伟成很惊异的问道："骂了些什么无礼的话？尽管说出来，不与你们相干。"衙役才接着说道："那厮瞪着两个乌珠骂道：'我船上装的什么，关你们府里什么事，要你们来看些什么？'小人见那厮敢如此无礼，实在是目无王法，打算将他拿回来。谁知那厮形同反叛，竟敢不由分说的一手一个，将小人抓着掼到岸去。并声称：‘你们回去告知陆某，要看我船上装的是什么，须他亲自前来。打发你们来是不中用的。’小人因那厮的形状虽然猥琐，气力却是很大，不敢再上船去拿他，只得回来禀报。”

陆伟成一听衙役的报告，也按不住冒火，但不便对衙役露没度量、没涵养的样子来，极力按捺住问道：“没船户的大小船只，共计约有多少艘？”衙役道：“一时也点数不清，大约至少也有几百条。”陆伟成便传谕亲到河边去。

那时的一个知府出门，前护后拥的好不炫赫。陆伟成因听了衙役报告的话，心想如果是寻常驯良船户，断没这大的胆量，敢将知府衙门里的官差，胡乱抓着往岸上掼，并说出那些横蛮无礼的话。便是黄叶道人派遣的运赈米的徒弟，就应该知道，赈米当然得由府衙里派人接收，然后分途施放，更不敢对我打发去的人，有那种荒谬言动。也没有数百号米船上，不见一个船户的道理。陆伟成心里一有这种思想，便不能不预防有意外变动的心思，因此所带随从的人，比平时出门更加多了。

一路鸣锣喝道，全副仪仗的拥到河干。陆伟成坐在大轿中，举目向河边一望，只见一字长蛇阵也似的，排列着无数的船只，牵连一二里路远近。每只船桅上，悬挂黄色长方旗一面，旗上分明写着“玄妙观赈济襄阳之米”，九个斗大的黑字。棚席都已除掉，露出一舱一舱的白米来。每船二三个、四五个船户，都寂静无哗的在船头立着，那一种整齐严肃的气概，与衙役所禀报的绝对不相符合。正待将那两个衙役传来，问他谎报之罪，忽一眼看见一艘最大的船上，一个蓬首垢面的人，斜靠着船舱打盹，一双赤脚向前伸直，一只是平常人肉脚，一只黄光灿烂，一望就看得出是铜脚。陡然触发了少年时学道的事，不由得吃了一惊，两眼不转睛的盯住那人，想看个仔细。只是那人低着头打盹，面部又不清洁，认不出是否铜脚道人。

陆伟成正在注意的时候，那两个衙役已到轿前禀道：“小人刚才来这里探看的时分，这些船只多不曾靠岸停泊，离岸有丈来远，也没有旗帜，也没有船只，全不是于今这种气象。不知怎的变换得这么快？唯有抓着小人掼上岸的那厮，此刻还是在那条大船上，靠着船桅打盹的便是。”陆伟成点了点头，吩咐停轿，自己走下轿来，向那大船走去。

那人忽伸着懒腰，打了一个呵欠，朝河岸立起身来，仔细看时，不是铜脚道人是谁呢？陆伟成一看出是铜脚道人，便不敢慢忽了，也顾不得自己是襄阳府的知府，河边有多少人民注目，急忙走上那船，朝着铜脚道人双膝跪下，叩头说道："想不到在这里得拜见师傅。"

铜脚道人忙伸手将陆伟成扶起来，笑道："你还没忘记吗？只是于今已拜得太迟了些呢。我当日已说过了，你要报答我的话，且等你到了襄阳再说。这回我师傅要广行功德，委我运来白米三十万石，赈济这一府饥民。只是从来办理赈务，经手的人莫不希图中饱，难民所受的实惠有限，你此番能认真办理，使这三十万石米，颗颗得到饥民肚中，就算是你报答了我。而你办好了这回的事，你自己的功德也无量。"陆伟成至此，才知道铜脚道人，还是黄叶道人的徒弟。

陆伟成本是个爱民如子的好官，赈济饥民的事，原来办得十分认真，便没有铜脚道人一番嘱托，也不至和寻常借赈灾捞钱的样，经手的只图中饱，何况有番嘱托？不待说一府的饥民，没一个不实受其惠。赈务办了之后，官厅对于捐钱出力的人，照例有一大批保奏。陆伟成因黄叶道人的功绩太大，不能与寻常捐钱出力的人一例保奏，亲自步行到玄妙观，请示黄叶道人，看他心里想得何种褒荣之典。黄叶道人从来不接见官府的，这回却破例迎接陆伟成，到静室里款待。

陆伟成表明来意，黄叶道人表示不愿意的神气说道："贫道自行功德，别无他项念头。无论何种褒荣之典，在贫道看来，都觉得不堪，不是出家修道的人所应当膺受的。"陆伟成哪里知道黄叶道人是朱明之后，正恨挽不回劫运，不能把清室推翻，光复他朱明的故物，怎么反想得清室褒荣之典呢？以为黄叶道人是客气的推辞，很诚恳的说道："你老人家虽是清高，不存这种念头，然朝廷酬庸之典，是没有偏私的。"

黄叶道人见陆伟成说得极诚恳，遂点头说道："贫道个人实用不着何等褒荣，但我住持这玄妙观的年数不少了，却没一些儿可以留作纪念，传之久远的东西。你能为玄妙观奏请领下全部道藏，倒可以作镇观之宝。"陆伟成听了，自是欣然应诺，转奏上去，不料部里竟批驳下来。陆伟成在官场中混的日子不多，又是个科甲出身，不大明白部里需索银钱的手段。见保奏上去，居然批驳了，只急得什么似的。黄叶道人倒知道部里批驳的用意，亲自进京，花了上万的运动费，经过一年多的时日，才将全部道藏请下来。这一路运回襄阳，沿途官府都焚香顶礼，陆伟成事先就满城张贴了告示，道藏运到襄阳的这日，家家户户都得在门口陈设香案。

襄阳一府的百姓，受了黄叶道人赈济之德，异口同声的称黄叶道人为万家生佛，没一个不想瞻仰丰采。

朱复姊弟和胡舜华，正在这日由金陵到了襄阳，看了这家家点烛户户焚香的情形，不知道为的什么。向人打听，才知道是迎接玄妙观从清廷请下来的道藏。朱复也不明白道藏是什么东西，有何焚香顶礼迎接的必要，少年人好事，定要参观一番。朱恶紫、胡舜华也愿意看个究竟。三人便杂在瞧热闹的人丛中，等待道藏经过。耳里就听得瞧热闹的人，议论黄叶道人如何高寿，如何富足，和陆知府如何要好，这一部道藏的价值，是三十万石白米。朱复一听黄叶道人的名字，心里就是一惊，正待和朱恶紫说话，忽前面鼓乐声喧，两旁鞭炮齐响，原来道藏已由这里经过。只见十几口木箱，每口用四人抬着，木箱上有绣金龙的黄缎子覆着，前面八人扛抬，抬着圣旨两字。后面一个黄袍老道，也坐着八人大轿，还有许多官员的轿子，跟随在后。

朱复看了圣旨两字，便不出得气愤，不高兴再看，带着恶紫、舜华，投到一座古庙里，悄悄的向朱恶紫说道："姊姊知道方才坐八轿的老道是谁么？"朱恶紫摇了摇头道："我和你一般的，今日初次到这里，谁知道什么老道？是好东西，当不至有这番举动。"朱复道："这事很奇怪。据路旁人说，这个老道，便是黄叶道人。我师傅曾对我说过，他老人家平生最钦佩的，碧云禅师之外，就只黄叶道人和金罗汉。并说过黄叶道人的胸襟行径，教我将来行事，当推黄叶道人的马首是瞻。只是照方才的情形看起来，何尝是和我们同道的人呢？"胡舜华道："只怕不是师傅所钦佩的那个黄叶道人，师傅怎么会钦佩这种势利出家人呢？"朱复道："没有第二个。黄叶道人在南七省，出家人无不推崇，有谁能假？几省玄妙观的总住持，更不是别人假冒得来的。"

朱恶紫道："不管他是真是假，我们到了药王庙，会见栖霞师傅之后，就自然知道详细了。"胡舜华道："不错，栖霞师傅与这里相隔咫尺，断无不知道详情之理。"朱复道："不然，这事用不着问栖霞师傅。并且道藏今日才到，栖霞师傅也未必便知道详尽。不如今夜我亲往玄妙观探看一遭，务必探个水落石出。”朱恶紫劝他不要去，朱复一定不肯。朱恶紫道：“也罢，就让你去走一遭。唯对于老前辈，千万不可有无礼的举动。这古庙不好停留，我二人可先去药王庙，你探过玄妙观便来。”朱复应是。朱恶紫遂同胡舜华，去柳仙村药王庙，朱复独自等到夜深，在古庙中改了装束，穿檐越栋，向玄妙观奔来。

不知他探得了什么情形，且俟第四十七回再写。

第四十七回

探消息误入八阵图　传书札成就双鸳侣

话说朱复从古庙中出来，穿檐越栋，不一会儿便到了玄妙观。这玄妙观的规模极大，有五重大殿，壮阔异常。朱复不曾到过，不知道黄叶道人，是住在哪间房内，伏在瓦上静听了些时，下面寂寂无声，连掉下一枚绣花针，都可以听得出声息。每间屋上都听过了，直听到第五重大殿旁边一间房上，才听得下面有人谈笑的声音，并听得很清晰。一个苍老的声音说道："没缘分的，竟会如此当面错过。"接着就听得一个声音也很苍老的说道："修持的事，成功迟早真难说。我就为得不着一个有缘的徒弟，使我得迟六十年成功……"话才说到这里，忽截然停止了，仍是静悄悄的，没一点儿声息。

朱复伏着听了一会儿，不听得再往下说了，只得飞身下到殿后院落里，一看那房中灯烛辉煌，从窗格子里透出来的灯光，都照彻得院落里如同白昼。房门窗户都关着，朱复便走近窗户跟前，从纸缝中朝房里窥探，只见房中陈设得和天宫一般。朱复虽生长在富厚之家，却不曾见过这般富丽庄严的器具，对面一张金碧灿烂的大交椅，椅上端坐的，就是白天所见那个坐八人大轿，身穿黄袍的黄叶道人。垂眉合目，静坐养神的样子。交椅前面，安放着一座四方八角的炉鼎，约有二尺多高，鼎内有一缕一缕的青烟袅出来。鼎的两旁，有两张形式略小些儿的交椅，东边椅上，危坐着一个也是道家装束的老头，满身土头土脑的气概。一领黑色的布道袍，破旧得不成个模样，还有一把破雨伞，和一个黄不黄白不白的大布包袱，搁在交椅旁边。这般装束和行李，在这种富丽庄严的房间里，一眼看去，不但有雅俗之分，简直有仙凡之别。再看这老道人的脸色，虽则黄中透黑，却有一种光辉，和坐在正中的黄叶道人一般神气，也是闭着两眼，不言不动。回头再看西边交椅上坐着的，也是一个年纪很大的人，身上的衣服，比这老道人更是破旧得难看，无论是谁见着，都得认作在乡下乞食的老头。面庞枯瘦得像是已有多少日子，不曾吃着什么，饿成如此情形的模样，两个眼眶陷了进去，是闭着呢，还是睁着，也看不出来。

朱复边看边寻思道："这老头可怕的样子，我眼里不是曾在什么地方见过的吗？"思索了一会儿，猛然想起来了。暗自诧异道："这老头分明就是我那次跟着师傅，在土地庙里看见的刘景福，怎么于今还活着到了这里呢？那次我见他已死了，后来走出土地庙的时候，虽看见他已端坐在石供案上面，然当时据师傅说，那便是坐化，躯壳已没了知觉。怪道刚才在房上，听得说为得不着一个有缘的徒弟，得迟六十年成功的话。不过师傅当日，只说迟五十年，这里多说十年，略有点儿不对。"

朱复心里正在这么胡想，忽觉得头顶上有一阵清风吹过，便见房中琉璃灯光，同时摇闪了几下。朱复的眼光，也就跟着撩乱起来，仿佛被极强烈的闪电，闪得人眼花摇荡似的。朱复也不知道是什么缘故，只连忙将两眼闭着，凝了凝神，再看房中并无变态，只见又多了一个穿破旧蓝布道袍的老道，朝着黄叶道人，双膝跪在炉鼎前面，连叩了三个头。起来的时候，随手将放在旁边地下的一个小红漆木箱提起，闪在刘景福背后站着，笑容满面回头望着窗外。

朱复见这道人的眼光，正对着自己，禁不住打了个寒噤。但是还疑心是偶然望到这方面来了。隔了一堵这么厚的砖墙，又相离这远，未必就真个被他一眼就瞧出来了。也不畏惧，仍不转睛的向里面窥探。可是作怪，那道人居然向朱复笑嘻嘻的点头。这一来，却把朱复急坏了。心想我虽不是盗贼，只是这地方非同小可，这黄叶道人的班辈，比我师傅还大。我师傅尚且非常钦仰他，可见他的尊严了。我深夜偷来此地窥探，自是无礼的举动，见着面怎么好支吾呢？不如赶紧逃走，免得当面受辱。

朱复此时哪敢迟慢，一抹头便蹿上了房檐，比飞鸟还快的向前狂逃，唯恐那望着他笑的道人出来追赶。一口气约莫奔逃了二三十里，才敢将脚步略慢些，留神听背后有不有脚步声响。听了没有，才敢回头朝背后望了望。

这夜月色清明，不见有追来的人影，才敢坐下来吐一吐气。暗想今夜真侥幸，那望着我笑的道人，我并不曾看见他从什么地方进房，只一霎眼，就见他跪在地下叩头。窗户房门都关着，不但没见开动，并没听得有什么声响，可见得他的本领，已是不小。他尚且朝着黄叶道人叩头，黄叶道人的本领，不是更大吗？他们必已知道我的来历，没有想将我拿住的心思，若打算将我拿住，只怕也逃不到这里。我听了姊姊的话，不来窥探倒好了，于今什么也没被我探着，弄巧反拙，将来师傅还说不定要责备我荒唐无礼。

朱复想到这里，很觉懊悔，只是事已如此，懊悔也没有用处，只得无精打采的起身，想投奔柳仙村药王庙来。举眼向四面辨别地势方向，只是从玄妙观逃出来的时候，一时心慌意乱，见路便奔，没闲心辨别东西南北。此时既决定要往柳仙村去，自不能不认明方向，但是举眼向四面望了一会儿，只觉得四方都雾沉沉的，五丈以外，即模糊不能辨认，耳里却听得远近都有雄鸡报晓的啼声，并听得有更锣的声音。心里陡然吃惊道："难道我逃了这么远，还不曾逃出襄阳城吗？怎么会听得更锣的声音，就在近处呢？我记得从玄妙观逃出来的时分，明明白白的蹿过了一道很高的城墙，照着一条白色的道路奔跑，直跑到这里才坐下。这里分明是一个荒村，即算附近村庄里有鸡叫，这更锣从哪里来呢？"兀自思想不出道理，只好仍依着白色的道路走去，以为在这晓雾迷离的当中，自是不能辨明方向，只待天光一亮，就容易辨认了。

果然渐走渐觉得四面的雾都稀薄了，隐隐的看见前面有一片树林，走到跟前，只见树林底下，青草如铺着一层绿褥，登时觉得身体异常疲乏，昏昏的想睡。遂走进树林就青草上坐下来，将背倚靠着一株大些儿的树打盹。

刚睡了一会儿，仿佛有人在背上推了一把道："还不醒来，这里岂是你鼾睡的地方吗？"朱复惊醒转来，睁眼看时，红日当空，树荫覆地，好像已到了正午。忙立起身来，一看树林外面的情形，不由得一怔，原来一堵丈多高的白粉墙，矗立在树林外面，跑出树林看时，更惊得手足无措。这地方哪里是什么荒村旷野呢？分明认得还是在玄妙观的第五重大殿后院之中。昨夜因房里透出来的灯光，照耀得院中如同白昼，院中景物都看得明白，窗门依旧，昨夜窥探的所在，在眼前。只院中地下，用白粉画棋盘似的，画了许多界线，这是昨夜不曾看出来的。

朱复心想："这道人的神通真大，能使我在这一个小小的院落当中，奔逃一夜，一点儿不曾察觉。夜间尚且逃不了，此时是更毋庸动这要逃的念头了。我本来到这里，并不为偷盗，有什么不能见人的事，定要拼命的逃走？事到于今，倒不如索性进去说个明白，免得盗贼也似的怕人追赶。"想罢，觉胆气壮了许多，正待走上前推门，只见那门已"呀"的一声开了，昨夜那个提红漆木箱，望着他笑的道人，飘然走了出来，仍旧笑嘻嘻的向他点头，招手说道："辛苦了贤侄台，请进里面来，老祖有话和贤侄台说。"

朱复虽自觉没有什么不能见人的事，只是一见这道人，想起昨夜望着自己笑嘻嘻点头的情形，就和此刻所见的一样，不知不觉的面红耳赤起来，话更不好怎生回答。只得合掌行了个礼，低头跟着道人进房。

这房里的情形，昨夜已看得仔细，只偷眼看炉鼎两旁的椅上，那土头土脑的老道人，和刘景福都不见了，炉鼎中袅出的一缕青烟，仍不断的如蚕吐丝。有一股香气，冲入鼻观，非兰非麝，闻了这香气之后，顿觉神志清爽，五体舒畅。看黄叶道人还端坐在正中交椅上，不敢怠慢，急就昨夜那道人跪拜的所在，叩头下去。

只听得黄叶道人带笑说道："你昨夜探得了我什么情形没有？你真糊涂，全不懂得混俗和光的妙用。不过你的志向还不差，你于今切身的大仇已在云南报过了，可算是你一个人的大事已了。你师傅智远和尚，他有他的正事，你此后跟他得不着益处。你的孽缘甚重，你师傅为掩人耳目，才将你剃度，于今你师傅得刘景福的提携，已在我万载玄妙观闭关修养，你此后可拜他为师。"说时，伸手指着那引他进房的道人，接着说道："他在清虚观里，他的门徒很多，你从他可得不少益处。"朱复起身，待向清虚道人叩拜。

黄叶道人忙摇手止住道："还不曾到拜师的时候，得等你去万载玄妙观，见过你前师智远和尚之后，方能拜他。到了清虚门下，便可蓄发返俗，了你自己的冤孽。你父亲未了的志愿，只能委之天数，你不能了，我也不能了，自有代你我来了的人，此时尚在襁褓之中，我将来还有缘可以见得着。"

朱复听了，很惊疑的问道："其人姓什么，叫什么名字，现在哪里呢？"黄叶道人摇头道："这却不知道，你也用不着打听。"朱复不敢再问。黄叶道人继续说道："你此刻也毋须往别处去，且等你将来的同门师弟到了，再去万载。你姊姊和胡舜华，药王庙不是她二人归宿之处，等你同门师弟到了，自有区处。"朱复心想，我跟了师傅这么多年，不曾见师傅说有第二个徒弟，哪有同门师弟到这里来呢？正打算问个明白，见黄叶道人已将两眼合上，像是入了睡乡的样子。清虚道人朝着他笑道："你从昨夜到此刻，不曾吃着什么，腹中大概久已闹饥荒了。跟我来，给点儿东西你充饥。"说着，往左首一个门里走去。

朱复跟在后面，经过几间很幽静的房子，到一个大殿上，只见二三十个道人，都穿着花花绿绿的法衣，整齐严肃的在殿上做法事，香烟满室，乐声盈耳。昨日白天所看见的，那几口黄缎覆着的道藏箱，做两行排列在殿上。朱复留心看这殿，是玄妙观的第三层，清虚道人并不在殿上停留，直将朱复引到一间静室里。朱复看这房很小，房中也没多的陈设，床几桌椅都不精致，墙上嵌着一块二尺多长、尺多宽的青石，石上仿佛刻了些行书字，一时也没心细看。清虚道人教朱复坐下，便转自出去，随即有个火工道人，托了一盘饭菜进房。朱复正苦饿得难受，狼吞虎咽的把饭菜吃了。心里终觉得疑疑惑惑的，不明白黄叶道人的言语举动，更猜不透清虚道人给他吃一顿饭，为什么要引他到这房里。

吃完了饭之后，火工道人又将盘碗收去了，仍不见清虚道人进来，坐着无聊，只好起身在房中踱来踱去。默想黄叶道人所说的话，记得自己师傅因在湘潭救周敦秉，见过刘景福之后，曾对自己说过，将来刘景福可帮助师傅得地，黄叶道人所说的刘景福提携的话，必就是这点儿来历。只是昨夜坐在刘景福对面椅上的，那个土头土脑的道人，又是谁呢？胡思乱想了一阵，偶然一眼看见墙上的青石，上面粘了很厚的灰尘，看不明白字迹。随弯腰脱了一只草鞋，将灰尘拂去，看石上字道：

收拾起大地河山一担装，四大皆空相。历尽了渺渺穷途，漠漠平林，磊磊高山，滚滚长江。似这般寒云惨雾和愁织，诉不尽苦雨凄风带怨长。雄城壮，看江山无恙，谁识我一瓢一笠到襄阳。

朱复虽则是一个继承父志、图复明社的人，然少时读书不多，失学太早，这词的来历，苦不能懂。不过看了这词句中的口气意思，料知必是一个前朝被难蒙尘的皇帝，也是假装出家人，到了此地，感怀身世，便做了这一首词，以抒愤慨。

朱复当下看了几遍，心中也就有无限的感慨，觉得自身和朱恶紫、胡舜华三人，都还没有归宿之处，报仇的事业，能做到与不能做到，何以委之天数，人力不能勉强。至于自己安身之所，是不能委之天数的。又想到自己的姊姊朱恶紫，虽说愿遁迹空门，终身修道，然她是个生长礼义之家的女子，父母俱已去世，嫁人的事，当然不便由本人说出口来。只一个如重生父母的了因师傅，都已圆寂了，朱恶紫嫁人的事，非由自己做兄弟的做主，实没有能代替做主的人。但是朱复知道朱恶紫的本领性格，要物色一个资格相当的人物，很不容易。

朱复正在思潮起伏不定的时候，清虚道人走进房来，笑道："你不要在这里胡思乱想。一饮一啄，莫非前定，岂必大事才是天数，小事便不是天数吗？何况安身立命，原是无大不大的事呢！你只须安心在此地住几日，自有你安身之所，并代替你姊姊做主的人来。"朱复听了，虽摸不着头脑，然相信黄叶老祖，和清虚道人所说的话，必不是诳人的。朱复自己也正苦不好去柳仙村药王庙居住，就在玄妙观住了些时。

原来欧阳后成在陕西奉碧云禅师之命到襄阳来，那信中就是教朱复与胡舜华完婚，并替朱恶紫作伐，配给清虚道人大徒弟杨天池。朱复得了那信，即到万载玄妙观，禀明智远禅师。第十九回书中所写的少年和尚，跪在智远禅师所坐木龛前面，口中念经一般的念诵，为向乐山、解清扬二人所见的，就是朱复为禀明这事，所以向智远禅师禀明之后，出来便实行拜清虚道人为师。从此朱复脱却僧袍，蓄发还俗，姊弟两个一娶一嫁，都成立了家室，只是这些事，与本书无重要的关系，不过略述来历，没工夫去细细写他。

于今，却要另写一人，这人的历史，凡是看过第一集奇侠传的看官们，脑筋里大约都还有他的影子。这人姓杨，名继新，看官们看了杨天池娶朱恶紫小姐为妻的事，总应该想到杨天池的替身上去，这杨继新便是杨天池的替身。这段奇情，在第一集第五回书中，已记述得详细，此时自毋庸重述了。

杨天池的年龄，比杨继新实际上小几个月。杨天池都已到成家立室的时候，杨继新替杨天池的缺，在杨晋谷那种富贵人家长大，杨晋谷望曾孙的心切，不待说是特别的早婚。杨晋谷只在衡州做了三四年的官，就因挂误了公事，把官丢了，带着全家回广西原籍，杨继新从此便离开他父母之邦了。才长到十三岁，杨晋谷因自己已有六十多岁了，急想见着自己的曾孙，方死无遗憾，就吩咐杨祖植给杨继新娶媳妇。富贵之家的子弟，不愁没得门当户对的女儿结亲，很容易的，杨继新便娶了妻。但是杨晋谷命里不该见着曾孙，孙媳妇虽进门了三四年，只因身体孱弱，夫妇的年龄又都太轻，所以没有生育。而杨晋谷却已老态龙钟，竟等不到曾孙出世，就呜呼死了。

杨祖植是一个完全当少爷出身的人，也没有什么学问能力。杨晋谷死后，他也不想做官，也不打算经商。因杨晋谷做了大半世的官，积蓄的资财，足够杨祖植一生温饱而有余。当惯了公子少爷的人，家产又很富足，吃现成的饭，穿现成的衣，享安闲自在的福，何等逍遥快乐，哪里还有上进的心呢？就在广西思恩府原籍，广植田园，实行安享。但是对于杨继新，因不是自己亲生的骨血，当杨晋谷在日，不便露出不钟爱的样子来，恐怕被杨晋谷看出破绽；及至杨晋谷死了，对杨继新父子之情，便不免渐渐的淡薄了。只是仍不肯把杨继新，确是长沙钟广泰裁缝店的儿子的话说出来，也恐怕杨继新知道了这段历史，不把杨祖植当父亲孝顺。杨继新只觉得自己父亲，待自己很淡漠，并不知道何以忽然淡漠的原因，为人子的，不得于其父，在家庭中便失了天伦的乐趣。

杨继新既不得于其父，杨继新的媳妇，也就跟着不得欢心。这媳妇的身体，原不甚强壮，所以难于生育，就因没有生育，不能如祖父的愿，心中加以忧急，体质更形亏弱了。即令杨祖植夫妇欢喜她，替她医治调养，尚怕不得永年，何况不拿她当自己儿媳看待呢？因此杨晋谷去世才三年，杨继新的媳妇也就随着夭折了。杨继新已经不得父亲的欢心，有一个知痛识痒的妻子在身边，还可以得着些儿安慰；于今连这个唯一无二安慰自己灵魂的妻子都死了，这种拂逆人意的境遇，教这正在少年的杨继新，如何能安处呢？还亏了杨晋谷在日，虽把杨继新看待得宝贝一般，但是不似普通不懂得教养的上人，一味糊里糊涂的溺爱。从杨继新长到五六岁，便专聘了有学问道德的先生，在家中教读。杨继新投生在一个多儿多女的穷裁缝家，而后来居然能成就一个人物，当然不是一个根基薄弱的人，读书长进得很迅速。读到杨晋谷死的时候，杨继新年纪虽只十八岁，学问文章，已很负些时望了。杨继新幸有这一肚皮的学问，在家庭中不能安处，不怕出外没有自谋生活的能力。遂决心出外谋事，不在家中过那没生趣的日月。亲自将这出外谋事的心思，对杨祖植夫妇陈明，杨祖植夫妇心里，既不爱他这个非亲生的儿子，听他要出门，自没有不肯的。

谁知杨祖植夫妇，都是三十年前享爷福，三十年后享儿福的命，杨继新一离家，家中就接连不断的飞来横祸，二三年之间，就把家业败尽了。说起来，看官们必不相信，杨祖植因杨继新单身出门去了，夫妻商量纳妾，想再生育，在纳娶的这日，来了许多宾客。杨祖植正在兴高采烈的时候，忽听得大门外有人吵闹，并夹杂着哭泣的声音。杨祖植听了这哭声，觉得不吉利，异常愤怒，自己走到门口去看。原来有几个乞丐，为争打发，和自家当差的口角起来。当差的仗主人势力，伸手就抓着一顿打，乞丐中老实些儿的，被打得哭起来，强悍些儿的不服，也有回手反抗的，也有回口恶骂的。

杨祖植听得有一个乞丐，被当差的打得一边闪躲，一边指着当差的骂道："你狗仗人势，凶什么？你也是吃着旁人的，只要你东家说一声，叫你滚蛋，怕你不和我一样吗？休说你这样狗仗人势的东西，就是你东家，也说不定没有像我一般，讨着吃的这一天呢。"杨祖植起初听得哭泣之声，心里已十二分的愤怒，此时更听得这么骂，以为这乞丐，有意来破他的禁忌，坏他的彩头的，再也按捺不住胸中三丈高的无名业火，几步赶到乞丐跟前，挥退当差的，自己向乞丐问道："你这畜牲，存心趁我的喜庆日子，来破我的禁忌么？为什么要骂我，有像你一般讨吃的这一天呢？"

这乞丐被当差的打横了心，也不知道忌讳了，见杨祖植赶过来问他这话，就翻起一双白眼，望着杨祖植说道："三十年河东，四十年河西，你能保得住永远没像我的这一天吗？老实说给你听，我少年的时候，在家也有三妻四妾，出外也是前护后拥，哪一件赶不上你？你少凶点儿。"杨祖植被骂得气破了胸脯，指着乞丐的脸，厉声叱道："你若不是一个不成材的东西，何至好好的家业，会弄到讨吃？你知道我有多大的家业，不和你一样不成材，怎么有弄到像你的这一天？"

乞丐反凑近身来，对准杨祖植的脸，做出鄙视不屑的样子，"哼"了一声说道："且慢夸口！三场人命两次火，看你像我不像我。"杨祖植看了这情形，气得说话不出，提起脚就是一下，不偏不倚，正正的踢在乞丐小腹当中。

这乞丐本来是痨病鬼模样，也合该杨祖植家里得遭横祸，乞丐受了这一脚，登时倒在地下，只叫了一声“哎呀”，打了几个滚，两眼往上一翻，两脚往下一伸。杨祖植怒还不息，待赶上去再踢两下时，乞丐已无福消受，被踢死了。杨祖植也不放在心上，拿了几串钱给地保，叫地保领尸安埋。哪知道这乞丐所说少年时候，在家有三妻四妾，出外前护后拥的话，并不虚假。他确是一个官宦人家的子弟，就因不务正业，无所不为，被家里驱逐出来。他生成执拗的性质，既被家里驱逐，宁肯在外乞食度日，不愿再回家去。他家里曾屡次派人来接他，他睬也不睬，情愿讨一顿吃一顿，终年挨饥忍冻，已如此经过好几年了。于今被杨祖植一脚踢死，当时就有他同伴的乞丐，报信到他家里。古人说的“人命关天”，杨祖植在愤怒的时候，踢了这一脚不打紧，这一场人命官司遭下来，便非同小可了，耗费了家产的大半，结果才免了罪戾。

这场人命官司刚打完结，接着又闹出了一场人命，这场人命，就是因杨祖植新纳的妾，不安于室。杨祖植为这妾进门的这日，家中就遭了人命官司，觉得这妾的命运极坏，正在和乞丐家属打官司的时候，退财怄气，对这妾当然说不到宠爱两个字上去。当小老婆的人，如何能耐得住冷淡？偷偷摸摸的，便和那个打乞丐的当差的，勾搭起来了。杨祖植直到打完了官司，心里才略略的安逸了些儿，就发觉小老婆和当差的暧昧情事。这一气，竟比受乞丐的恶骂还要厉害几倍。公子少爷的性格，心平气和的时候处事，尚且不知道思前虑后，何况失意之余，又在气愤填膺的时候呢？当时一发觉了这奸情，就将当差的毒打了一顿，并定要送官惩办。幸亏了他夫人，是平江大绅士叶素吾的小姐，很精明贤德，劝了又劝，杨祖植才只把当差的斥退了。

这小老婆见奸情败露，奸夫挨了打还要送官，料知自己也免不了有一场大羞辱，一时情急起来，竟乘着杨祖植正在打当差的时候，悄悄的拿一盒官粉，往口里一倒。待杨祖植走进小老婆房里来时，已是不可救药了。小老婆虽是花钱买来的，然不遭横死则已，一遭了横死，便是平日和小老婆绝不相干的流氓痞棍，遇了这种场合，立时都变成小老婆的亲戚故旧了，成群结队的跑到杨家来闹。这个问杨祖植：“为什么将我的姑子逼死？”那个问杨祖植：“为什么把我外孙女儿逼死？”说起来，没一个不是小老婆的至亲。杨祖植明知是一班痞棍，想借事来讹诈银钱的，自然恃强不理。然而有那个被毒打斥退的当差，从中主使，竟告了官。

这一场人命官司，虽不比打死乞丐那么大，但也耗费了不少的银钱。这两场人命官司下来，杨晋谷大半世宦囊所积蓄的，已所余无几了，田园产业，都已归了别人，只略余了一点儿衣服细软。在杨祖植这种挥霍惯了的人手里，区区之数，算不得是财产了。而那个被斥退的当差，还记恨在心，不肯善罢甘休，无时无地不暗中和杨祖植为难。把杨祖植吓得连树上掉下一片枯叶，都疑心是大祸临头了。他夫人觉得思恩府万不能住了，劝他趁这时还有点儿衣服细软在手里，可以当盘川，夫妻两个动身到平江来，依赖岳父度日。好在叶素吾家业极富，叶素吾夫妇原来极痛爱女儿，巴不得女儿女婿长远住在家里。

杨祖植夫妇到平江来后，杨天池才去广西寻觅父母。杨天池并不知道他父亲，是广西哪府哪县的人，泛泛的访问，偌大一个广西省，又在杨祖植夫妇已离开了广西之后，莫说费四年的时间访不着，便是四十年，又如何访得着呢？不过杨天池既是生成的天性笃厚，又练就了这一身的本领，越是访不着，越觉得这身子没有来历，算不得英雄豪杰。经碧云禅师作伐，与朱恶紫小姐结婚之后，成立了室家，更日夕不辍的，思念亲生父母。一日向清虚道人说道："我记得蒙师傅当日救活弟子的时候，曾说过能使弟子一家团圆的话。于今弟子已承师傅栽培，练就了这些本领，并成就了家室，师傅待弟子的恩重如山，弟子就粉身碎骨，也永远报答不了，唯有尽今生今世的寿命，时刻在师傅左右伺候。只是生育我的父母，至今还在人世，弟子受了一场生育之恩，不但毫没报答，即见一面，使两老略得安慰的事都做不到，心里实在过不去。弟子深知道师傅通天彻地的道法，看天下万事万物，直如掌上观纹，断没有不知道弟子亲生父母所在的道理，无论如何，得恳求慈悲，指引弟子前去。弟子只将父母亲迎接到这里来供养，仍顷刻不离师傅左右。"说时，两泪直流下来。

清虚道人微微的点头道："你骨肉团圆的时期，已在眼前了，但是你的骨肉固应团圆，须知因你而分离他人的骨肉，也应同时团圆，方可以见造物之巧，天道之公。天道不能偏厚偏薄于一人，我有何道法，敢逆天偏厚于你呢？"杨天池揩干了眼泪，问道："师傅所讲因弟子而分离他人的骨肉，应如何才得同时团圆呢？"

不知清虚道人怎生回答，且俟第四十八回再说。

第四十八回

遭人命三年败豪富　窥门隙千里结奇缘

话说清虚道人见杨天池问因他而分离他人的骨肉，应如何才得同时团圆的话，即捏了捏指头，笑着说道："这事倒很有趣，不但因你而分离的骨肉可以团圆，我们也因此可以多得两个有能为的女子，做争赵家坪的帮手。"杨天池听了，莫名其妙，因问道："赵家坪的事，今年不是已过了收割之期，浏阳人并没出头争斗的吗？他们已被弟子一阵杀寒了心，今年情愿认输，完全让给平江人了，还有什么争斗呢？"

清虚道人大笑道："你哪里知道啊，浏阳人今年为什么不出头争斗？"杨天池道："这个弟子知道，自然是因师傅邀齐了红姑和朱师伯、欧阳师伯一班老前辈，准备大斗一阵。他们知难而退，所以不敢出头，情愿退让。"清虚道人笑着摇头道："你所说的他们，是浏阳人吗？"杨天池也摇头道："浏阳人哪怕再加几倍，有弟子一个人，已足对付了，哪里用得着邀请那些老前辈？弟子所说，是甘瘤子师徒、杨赞廷兄弟。"清虚道人问道："你至今尚以为杨赞廷兄弟，是畏惧我们的人吗？他们今年不出头，是情甘退让吗？"

杨天池道："不是却是为什么呢？"清虚道人道："若单论崆峒派，本不是我昆仑派的对手，说杨赞廷兄弟畏惧我们，也可以说得过去。只是这里面牵涉的人多呢，差不多可说得普天之下，此刻都在和我昆仑派为难。今年若不亏了到襄阳替你们郎舅送作伐信的，那个欧阳后成时，早已不知在赵家坪打成一个什么结局了呢。"

杨天池吃惊问道："这话怎么讲，师傅能将原因教给弟子么？"清虚道人停了一停，才叹口气正色说道："你是我门下的大徒弟，我又知道你天性甚厚，遇事尚能慎重，不妨将大概情形略告你知道。不过你知道后，只能搁在心里，无论在什么时候，对什么人，一句也不能出之于口，因为不是当耍的事。"杨天池正襟危坐，诺诺连声的答应了。

清虚道人才继续说道："于今的皇帝，不是我们汉族的人，这是你知道的。你的老祖，因修真的力量，至今已活了二百多岁。他老人家是大明福王的嫡孙，好容易才留得一条性命，遂他老人家修真的志愿。这二百年当中，为图光复明社，也不知断送了多少他老人家亲身传授的徒弟。无奈天命难违，任凭有多大的能耐，也拗不过来。他老人家修持的能耐越增加，越知道不能勉强。近年来对于大仇的气运，已明如观火，暂时唯有沉机观变，教门下诸徒众各人努力各本身的修养，并培植后进，为将来有机可乘的准备。只是他老人家，因是昆仑派的缘故，无端被牵扯的做了崆峒派的敌人。

"崆峒派屡次和昆仑派寻衅，都没占着上风，专依赖本派的力量，又不能报复。于是就一面联络普天下修真练气之士，以做帮手，一面指我们是谋叛的人，向满、蒙两族中有道法的人跟前揭发。修真练气之士，安肯平白受他们的挑拨？因此已经被他们联络了，许帮他们的很少，即有也非了不得的人物。唯有满、蒙两族当中有道法的人，为要稳固他同族的河山，已有好几个很可怕的人，被他们引诱成功了，其中极厉害无比的，就是红云老祖。其他虽也有可怕之处，然我派中尚有能对付的人。

"红云老祖本已答应今年来赵家坪观阵，只那个到襄阳送信的欧阳后成，原是红云老祖的徒弟，在四年前，我们老祖就算定了，不肯因一时意气之争，损伤自家的原气。特地打发你师叔，趁欧阳后成归家报仇的时候，设法把他收到昆仑派门下，借着诛妖的机会，使他救了他师兄庆瑞的性命。庆瑞得了这一点好处，才要求红云老祖暂时中止观阵的举动，以表他本身感念昆仑派相救的好意。红云老祖一答应了不来观阵，于是道法远在红云老祖之下的人，便有些气馁，不肯自告奋勇了。杨赞廷兄弟得了一场无结果，也只得暂时退让。然崆峒派对昆仑派累世之仇，怎么能因红云老祖不来，就不图报复呢？至于赵家坪归浏阳人，或归平江人，与崆峒、昆仑两派都没有干系。不过借赵家坪这块两县不管的地方做战场，又借两县农人照例的恶斗，做隐身之具罢了。我们老祖所虑的，就只红云老祖一人，以外都毫不足虑。就是这番出三百万谷，赈襄阳一郡之灾，又亲自进京运道藏回襄阳，也无非表示没有大志；不是清朝的顺民，不至肯拿出这么多谷来，替清朝的官府助赈的意思。”

杨天池道：“红云老祖的能耐既有那么可怕，难道他不知道我老祖这番用意吗？”清虚道人道：“前知之道，谈何容易！这里面的区别极细微、极繁复，专凭数理，也能前知，只是这种前知，算得什么！江湖术士，能的都很多。从修炼得来的前知，才有足贵。然其中的区别，就和明镜照人，清水观物一样。同是一种镜子，有大有小，有极大，有极小；有明有昏，有极明，有极昏。大小之中，分数十百等；明昏之中，也分数十百等。极大极明的镜子，如日月悬在天空，凡天以下的万事万物，无论极微极细，无不照彻；镜渐小，照彻的地方也渐小。越昏越不能照彻细微，清水里看东西，也是一样。红云老祖的道力，确能前知，只是不及我老祖通彻，而我老祖的道法，却又不及红云老祖厉害。这是各人所做的功夫不同，我们不能妄为轩轾。我老祖只要红云老祖不出头，便无妨碍了。红云老祖也只要知道我老祖非有报复的大志，便决不至出头，所以我老祖有进京请经的举动。而一路回来，故意乘坐八人大轿，招摇过市，藏经到了玄妙观，还得传齐道众，在大殿对着藏经，恭行法事，也就是要借此表示尊敬御赐的意思。”

杨天池道：“弟子已明白了！师傅为何说，不但因弟子分离的骨肉可以团圆，还因此可以得两个女子，做争赵家坪的帮手呢？”清虚道人摇头道：“这话不能在此时说给你听。你还记得你那次送回隐居山下的柳迟么？”杨天池道：“这如何不记得。”清虚道人笑道：“你只须去他家一行，见着他就能如愿了。”

杨天池见师傅说得这般容易，喜不自胜的问道：“弟子什么时候可去呢？”清虚道人道：“他们早已在那里专等你去，你刚才便不求我，我也要向你说了，立刻就去吧！”杨天池忽现出踌躇的样子问道：“弟子还不甚明白。弟子此去会着隐居山下的柳迟，就可以一家骨肉团圆呢？还是使因弟子而分离的人的骨肉团圆呢？”清虚道人挥手道：“到了那里，自然明白。”杨天池不敢再问，即时动身向隐居山去，于今暂将杨天池这边按下。

且说杨继新禀明了父母，单独出门，心中并没有一定的目的地，但求脱离了那种不亲爱的家庭，耳目所接触的，不是家庭中凄凉景物，就如愿已足了。杨继新出门的时候，杨家正富足，他虽不得杨祖植夫妇的欢心，但他已是成年的人，手中也还有些私财，带出来的盘川，足敷几个月的用度，因此暂时也没有急谋生活的必要。听说什么地方有好山好水，或有名胜古迹，立刻就去游览。舟车便利的所在，雇用舟车代步；不便利的所在，就缓缓的步行。出门二三年之后，辗转到了河南，一路也不知经历了多少奇山异水、名园胜迹，觉得胸怀开朗，在家时积蓄的忧郁之气，至此完全消除尽净了。

这日到河南遂平县，他所到之处，在城市繁华之地，都不甚流连，只略住一二日，就打听四郊野外，有什么可以观览的所在。便是这县没什么名胜，只要是风俗纯朴，民性温和之处，也欢喜多住几日。这是由杨继新的生性如此，并没有丝毫用意。遂平不是繁华大县，风俗极纯朴，民性极温和，山水也很有些明秀之处。杨继新从思恩一路游览到遂平来，沿途有许多地方，因他是一个飘逸少年，胸中又有学问，谈吐风雅，举止大方，凡是诗礼大家，很有拿他当宾客看待的。临行时，还有送他路费的。因此他游踪所至，遇到天色将近昏暗了，左近有饭店可以容身，就投饭店歇宿；若左近没有饭店，便不问是谁家庄院，他都前去借宿。

那时各处都粉饰太平，他又是一个文士，随便到哪家借宿，纵不蒙主人优礼款待，也从来没遭过拒绝。所以他带出来的盘川，虽只敷几个月的用度，而游历二三年，并不感觉困苦。

他到遂平县的时候，身边由家中带出来的盘川，早已分文没有了。他以为这地方的风俗既纯朴，民性又温和，必有肯送路费的人。谁知在四乡浪游了几日，不但没有送路费给他的，连正式给一顿茶饭他吃的人也没有。他觉得诧异，在饭店里住着，遇着年老喜谈故事的人一打听，才知道这遂平县的风俗，素不重视读书人，若是会些儿武艺的，到这地方来，倒到处能受人欢迎，路费也有得送。如果武艺真高强的，年龄不大，并可以希望在这里娶一个极美的老婆，多少还能得些妻财。因为这地方重武轻文，山川灵秀之气，多钟在女子身上，女子生得美丽，而会武艺的很多。这地方的家庭制度，比别处不同，女子也有承袭一部分家产的权。女子嫁人，多以武艺为标准，完全不会武艺的男子，尽管有钱，有文学，这地方女子是不中意的。

杨继新听了这种奇特的习俗，觉得好笑，心想好在我没有在这里讨老婆的心思，会武艺的女子便是美得和天仙一样，一经练武，照理总免不了一股粗野之气。她们就是愿意嫁我，我这文弱书生，也没有这大胆量敢娶她们。这里既瞧不起文人，我在这里也存身不住，不如游往别县去，于是打定主意，想往西平县去。

才走出那饭店，还行不到半里路，只见劈面来了一个妙龄女子，生得修眉妙目，秀媚天成。那种惊人的姿态，一落到杨继新眼里，杨继新并非轻薄之徒，心中又存了个鄙视这里女子的心思，尚且不因不由的为之神移魄夺，两眼竟像是不由自主的一样，自然会不转睛的向那女子望着。那女子于有意无意之间，回看了杨继新一眼，随即把粉颈低垂，两靥微红，现出一种羞怯的态度。杨继新看了这神情，更如中了迷药，全忘记自己的身份，和平日守礼谨严，一点儿不敢逾越的行径。喜得附近无人看见，直呆呆的看着那女子，挨身走了过去，还掉转身来，细玩那翩若惊鸿，宛若游龙的姿态。

那女子低头走过去十来步后，也回过头来，偷看杨继新。不提防杨继新的两眼，还正在注视不曾移动，美盼回来恰好被杨继新的眼波接住，只吓得那女子羞惭无地，翻身如风舞垂杨，径走过山嘴去了。

杨继新恐怕那女子再回顾偷看自己，错过了饱餐秀色的机会，不敢即时将眼光移向别处。直待那女子走过了山嘴半晌，不见再回头，才暗自思量道："世间竟有如此惊人的美女吗？饭店里那老年人说的话，只怕有些靠不住。他说这里的女子都练武，难道这样的美女，也是曾练过武的吗？他说这里的女子都不欢喜文人，刚才这女子看见我的情形，丝毫没有瞧不起的意思。若真是这里的女子，普通都轻恶文人，我的神情装束，任是什么人一见面，就知道是文人，这女子就应该不现出羞怯的态度，更不应走过去，又回头偷看。我自从丧偶以后，不是全没有胶续的心思，一则是因家庭间，对于我身上的事很淡漠，父母都不曾提到续弦的事上面去；二则也因我眼中所见过的女子，实在绝没有使我心许的。我前妻是由祖父主聘的，我那时年纪太轻，无可不可，就是前妻的姿色，也很可过得去。断弦后所见的女子，不仅像这样天仙一般的没有，只求赶得上我前妻的，也不曾见过。我能得这般一个齐整婀娜的女子做继室，这番出门，也就很值得了。"

杨继新正在这么心猿意马的胡思乱想，猛觉得背后有人在肩上拍了一下，说道："你站在这里胡想些什么，少年人想老婆么？"杨继新吃了一吓。连忙回身看时，只见一个须眉雪白的老头，满脸堆笑的对他点头。杨继新看这老头的顶光滑滑的，没一根头发，一脸红光焕发，两目虽在那两道雪白的长眉之下，却不似寻常老头昏瞀不明的样子，顾盼仍有极充足的神光，颔下一部银针也似的胡须，飘然长过脐眼，身体不甚魁梧，但屹然立着，没一点儿龙钟老态。若不是有那雪白的须眉，表示他的年事已老，远看他这壮健的神气，谁也可以断定他是个中年人物。

杨继新初听了那几句调笑的话，心里很不高兴，以为是过路的人，看了他为那女子失魂丧魄的情形，有意这么轻侮他的。心里已打算抢白几句，及看了这老头的神气，打算抢白几句的话，一句也不好意思说出来了。反赔着笑脸，也点了点头说道：“老丈休得取笑！”老头正色说道：“谁与你取笑呢？你家里若有老婆的，就不须说得。如果你还不曾娶妻，或已经娶后又亡故了，正好在此地娶一个如意的老婆回去。这里美人多，包你易如反掌。”

杨继新听这话来得很稀奇，又正说在他心坎上，不由得不注意，回问道：“请问老丈尊姓，为什么无端问我这些话？”老头说道：“我并不是讨你的媒人做，你用不着问我姓什么。我因见你是一个诚实的书生，如痴如呆的站在这路上，向那个山嘴望着，很有些像在这里想老婆的样子。我老年人心地慈悲，所以拍着你的肩头问问你。你既向我装假正经，我也就懒得管你是不是想老婆了。”说着，提步要走。

杨继新看这老头的容貌，一团正气，不是个喜和人开玩笑的轻薄人，说出来的话，又很有意味，如何当面错过，便放老头走开去呢？遂也顾不得面上难为情，拦在老头面前陪话道：“不敢瞒老丈，我实在是断了弦的人，刚才偶然遇见一个女子，姿容绝世。我自束发读书，生长礼义之家，受父母师保督率教诲，从来不敢有越礼的举动。唯有刚才遇见这绝色女子的顷刻之间，确是情不自禁了，存了一点儿非分的念头。老丈果能玉成我这头亲事，舍间还薄有财产，尽力答谢老丈，并感谢没齿。”

老头仰天大笑道：“卖弄家私，想拿钱来买我了，只怕你一旦老婆到了手，就把我作合的功劳忘了呢。也罢！你有了老婆，就不忘记我，也没有用处。不过我才走到这里来，就只看见你一个人如痴如呆的站在这路上，并不曾看见什么女子。你看见的那女子，毕竟姓什么，住在哪里？你说给我听，我方好替你玉成其事。”

杨继新忍不住又好笑又好气，说道："我已说了，是在这里偶然遇见的，如何能知道她的姓氏住处呢？"老头笑道："你刚才不是和我见面，就问我尊姓的吗？我以为你看了心爱的绝色女子，必然不放她走过去，得抓住她问明她的姓氏住处。谁知你的脸皮竟有这么嫩，连姓氏都不问她，这又转她什么念头呢？你真要打算在这里娶一个美如天仙的老婆，你的脸皮就一点儿嫩不得，越老越好。因为这地方的美人，最不中意脸皮嫩的男子。"

杨继新见老头愈说愈离了本题，便截住问道："然则老丈何以说包我易如反掌呢？不是我刚才所看见的女子，就找着我做老婆，我也不要，不必烦老丈操心。"老头做出思索什么的神气，问道："你说看见的，是姿容绝世的女子。我思量这地方，纵横几十里以内的年轻美女，我没一个不曾见过，也没一个不和我家沾亲带故。你所见的，大约是上身穿着什么颜色、什么裁料的衣，下身系着什么颜色、什么裁料的裙，怎么样的面庞，怎么样的身段，十七八岁的年龄，是不是这样呢？"杨继新连忙笑道："不错，不错！正是和老丈所说的一般无二，老丈知道她姓什么，住在什么地方么，也和老丈沾亲带故么？"

老头连连点头道："只要是她，包管你这头亲事容易成就。你的眼力倒不差，这地方纵横几十里以内，确实只有你看见的这个最美，并只有她家最豪富。她又没有兄弟，没有母亲，仅有一个父亲，一个胞姊。家里有百多万产业，现在正要招赘一个女婿，到她家经管财产。"杨继新道："她家既有这么大的产业，那小姐又有这般姿首，还怕没有好儿郎到她家做女婿吗？怎么肯招我这个一面不相识的外省人呢？并且我知道这地方的风俗，是重武轻文的，一般人都瞧不起读书人。要想在这地方娶妻，非有很高强的武艺不可。老丈虽说得极容易，我却有自知之明，我手无缚鸡之力，决难中选。"

老头怫然说道："有缘千里来相会，无缘对面不相逢。我是出于一片慈悲之心，向你说说，信不信在你。这女子若是想嫁会武艺的人，此刻还有你的份儿吗？就因她立志要嫁读书人，这地方纵横数十里内，用灯笼火把照着寻找，也寻找不出一个读书人来。所以她姊妹两个，尚在闺中待嫁。依着这条道路，转过前面山嘴，再朝西直走七八里路，右手边一个大山坡之下，有一所极堂皇富丽的房屋，就是那女子的家。"

老头刚说到这里，杨继新听得路旁一座山上树林中刹刹的风响，好像是砍伐了无数的大树，倒下来枝叶相碰的声音，惊得忙回头朝山上张望，只见两只硕大无朋的黑鸟，从树林中冲天飞起。那两鸟的形象，仿佛似鹰，却比寻常的鹰大了十多倍。翅膀只两展，就没入云中，仅现两点黑影，一瞬眼间，连黑影也不见了。杨继新生平不曾见过这么大的飞鸟，很觉得稀罕，用尽目力朝黑影望着，也和望那女子一般，直望到没丝毫影相了，才低下头来，打算问老头是什么鸟这般大。但是一回过头来，老头也不见了，不禁“咦”了一声，转身向四方都看了一看道：“怪呀！我青天白日遇了鬼么？怎么一霎眼工夫，就跑得无影无踪了呢？这四面都没有遮掩的东西，可以藏身，难道这老头会隐身法么？”随又转念想道：“这老头的言语举动，也是有些奇气，不像是个平常老头的样子。他来的时候，一点儿脚步声息没有，我转身看那女子过山嘴，并没多少时间，在未转身之前，并不见有人跟在女子后面走，何以忽然就到了我背后呢？少年男子见了美丽的女子，多看几眼极是寻常的事，这老头与我素昧平生，何以就敢冒昧对我说那番话呢？将前后的情形，仔细参详起来，这老头实在奇异得不可思议。他既说要娶这女子易如反掌，又说这女子存心要嫁读书人，或者天缘凑巧，竟能如我的愿也未可知。好在我不急于去什么所在，何妨且照这老头指引的地方，去探看一番。成功自是如天之福，便不成功，也于我没有损害。”杨继新当时存了这个或然之想，就转过山嘴，朝西走去。

约莫走了七八里，果见有一所形似王侯巨第的房屋，依靠山坡建筑，高高下下，随地势布置楼台亭阁，俨然如张挂了一幅《汉宫春晓》的图画，周围绕着一道雪白粉墙。杨继新立在对面，庭园景物，一望无余。屋后山坡上，有一条鹅卵白石子砌成的道路，弯弯曲曲，直达山顶。粉墙近石路之处，安设了一张门户，是关着的，墙以内的树木，苍翠欲滴。看那苍翠树林中，隐约有几个花团锦簇的美眷，来回走动。但苦相离太远，又被楼台树木遮掩了，看不分明。

杨继新此时的色胆甚豪，扪萝攀葛的绕到山坡之上，看那粉墙上的门虽然关着，只是那门经多了雨打风吹，门片上裂了几条罅缝。从罅缝中向园里窥探，满园春色，尽入眼帘。在对面隐约看见的如花美眷，此时已看得很亲切。只见一个淡妆幽雅的女郎，率领着四五个年龄都在十二三岁的丫鬟，各人手中提着一把浇花的水壶，往来汲水，浇灌花木。看这女郎的年龄，比在路上所看见的，略大一两岁。天然秀丽，摈绝铅华，玉骨冰肌，如寒梅一品，比较在路上所见的，更觉名贵。只是看这女郎的容色，黛眉敛怨，渌老凝愁，亭亭玉立在花丛之中，望着这些丫鬟奔走嘻笑，自己却不言不动，好像心中有无限抑郁忧伤的事，无可告语，只搁在自己心里纳闷似的。

杨继新看了这种憔悴的容颜，不知不觉把初来时一团热烈的好色念头，冷退了大半。心想这女郎必是那老头所说的，和在路上所见的是同胞姊妹。但是何以那个是那么不识忧、不识愁的样子，而这个却如此郁郁不乐呢？大概是因她的年龄大一两岁，对着这黄莺作对粉蝶成双的景物，不免有秋月春风等闲度却的感慨。

杨继新正在心坎儿温存，眼皮儿供养，忽听得远远的有笑语的声音，眼光便向那方望去，只见在路上遇的那个女子，分花拂柳的向浇花的所在走来，笑嘻嘻的呼着“姊姊”说道：“我今日要你同去，你偏偷懒不肯去，你今日若是和我同去了多好。”这女子有意无意的应了声道：“同去又有什么好呢，你得了好处在哪里？”

那年龄小些儿的，已走过来，双手一把将年龄大些儿的头抱住，向耳根唧唧哝哝的说了一阵，放开手，又做了做手势，好像是比譬看见了什么东西的形状。说得这年龄大些儿的低头不语，忧怨之容，益发使杨继新看了心动。那年龄小些儿的拉住她姊姊的衣袖，并招呼这四五个灌花的丫鬟，缓缓的往园外走去。

杨继新心里急起来了，恨不得跳过粉墙去，追上前一手一个，把这两个初离碧霄的玉天仙搂住。只是哪有这么壮的勇气呢？从这条镶缝里张看一会儿，看不完全，连忙又换过一条镶缝张看，一行人越走越远，使杨继新越远越看不分明。连换了几条镶缝，仍被许多花木，遮了望眼，只听得“啪”的一声，估料是出了花园，关得园门声响。

再看园中景物，蝶恋花香，风移树影，依然初见时模样，只玉人儿去也。顿觉得园中花木，都减了颜色，也不免对景伤怀，惘然了许久。心想意中人既经去了，我便在这里明蹲到夜，夜蹲到明，也没有用处。不如且在附近略转一转，等到天色将近黄昏的时候，去她家借宿，看是如何情形，再作计较。正待立起身来，猛见身后立着一个人，急回头看时，把他惊得呆了。

不知他身后立着的是什么人，且待第四十九回再写。

第四十九回

奇风俗重武轻文　怪家庭独男众女

话说杨继新回头看身后立着的，也是一个须发皓然的老叟，身量比在路上遇见的老头高大，面貌便不似路上遇见的老头慈善，脸上微带些怒容，望着杨继新“哇”了一声，说道：“我看你也像是一个读书人，难道不懂得非礼勿视，非礼勿动的道理？你在这里窥人闺阁，有何道理可说？”

杨继新在富贵人家长大，平日不曾有过非法无礼的举动，面皮甚是软嫩。此时做了这心虚不可告人的事，老头发现了便不言语，他也要吓得面红耳赤，怪难为情，何况这老头严词厉色的质问他呢？只问得他羞惭无地，恨不能学路上遇见那老头的样，一转眼就隐藏得无影无踪。然既对了面，不能因面上羞惭便不回答，只得定了定神说道：“我是外省人，初从此地经过，因迷失了路径，误走到这山上来了。一时疲乏，借此地蹲着歇息一会儿，偶然看见这园里的景致甚好，顺便窥看了两眼是实，并不见有什么闺阁，我也没存着窥人闺阁的心。老丈不可错怪我。”老头听了，略转了点儿笑容说道：“你还抵赖没窥人闺阁，何不索性说人的闺阁窥你呢？我且问你，你是哪一省的人，来此地干什么事，是不是实在的读书人？”

杨继新见老头说话的声音和缓了许多，心里就安定了些儿，不甚害怕了，随口答道：“我是广西人，家中也还有些产业，从小就随着先大父在任上读书。只因近年来中途丧偶，在家抑郁无聊，想借着出外游览名山胜迹，散一散愁怀。离家已有了三年，才辗转得到此地。我心思只在搜奇探胜，并不干什么事。我不是狂且浪子，偶然的过失，望老丈宽宥，不加罪责。”

老头打量了杨继新几眼，说道："既是如此，你也可算得一个雅人。老夫平生最契重实在的读书人，只苦于住在这种文人绝迹的地方，终身见不着一个读书种子。很好，很好！你与我总算有缘，所以你会迷路走到这里来。这下面便是寒舍，不嫌弃就请同去。我好稍尽东道之意，以表我契重读书人的心。"杨继新自是喜出望外，也不肯假意推辞。老头一伸手，便将粉墙上的门推开了，先塞身进去。杨继新紧跟在后，心想原来这门是虚掩着的，并没门锁。我若早知如此，刚才见一对玉天仙走了，我情急忘形的时候，怕不推门追下去吗？一面这么思想，一面跟着老头走过了花园，刚才听得"啪"的一声关上了的门，也经老头一推，就哑然开了。

老头将杨继新引到一间精雅绝伦的书房，分宾主坐下，即有个十四五岁的标致丫鬟，送茶进来。杨继新偷眼看这丫鬟，不是在园中所见的，虽不及那两个小姐如天仙化人的一般姿首，然妖艳之容，已是杨继新平生所罕见的。心想怎么绝世姿容，都聚集在这一处呢？

老头让了茶，开口说道："这地方的风俗习惯，从来是重武轻文的，无论什么人家的子女，都得延聘武教师，在家教习武艺。唯有我生成的脾气，最恨是有力如牛的武夫，粗野不懂道理，动不动就揎拳捋袖，嗔着两眼看人，胆量小些儿的，一吓一个半死。至于女孩家，长大嫁人，应该以温柔和顺为主，练会了武艺，有什么用处？难道在娘家就教会把势，好去婆家打翁姑丈夫么？

"我的老妻亡过好几年了，本有意想续娶一房，以慰我老景。无奈这地方的女子，没有不是练得武艺高强的。她们果然不愿意嫁我这个文弱的老头，就是我也不敢娶她们那些压寨夫人的继室。我老妻只生了两个女儿，没有儿子，我情愿绝灭后代，也不续弦，就是因这地方好武的缘故。我两个小女，也是因为不曾练武的缘故，都已成年了，尚不曾有人前来说合。不过我既不欢喜练武的人，两个小女也是和我一般的厌恶。即令有人来说合，除了远处人，没沾染这地方恶习，实在是读书的儿郎，年龄相当，我才肯议亲。若是本地方的，我情愿将两个小女养在家中一辈子，也不忍心送给那些粗野之夫手里去受委屈。

"这地方上的人，因见我一家人不与他们同其好恶，都似乎不屑的样子，不肯和我家往来。我正乐得眼前干净，巴不得那班野牛，永远不上我的门。我不但不欢喜练过武艺的男子，即不曾练过武艺的，不读书总不免鄙俗，我也看了心里不快活。所以我家中伺候的人，尽是女子。生得丑陋的女子，行为举动讨人厌，也和粗野的男子一样，养在家中，恐怕小女沾染着恶俗之气，因此舍间的丫鬟，虽未必都美好绝俗，然粗手笨脚，奇形不堪的也没有。这些丫鬟，我都费了许多手脚，从外府外县买到这里来，本地方的，一个也用不着。”老头谈论这些话的时候，神情很像得意。

杨继新不好怎生回答，唯有不住的点头应是。老头说了这一大段话，才问杨继新姓名身世，杨继新一一照实说了。老头表示着十分高兴的样子说道：“难得你是个外省的读书人，年纪又轻，容貌又好，更难得又是胶弦待续的人。我想把第二个小女，赘你到我家做女婿。我也不备妆奁，就将我所有的产业，平分一半给我女儿，不知你的意思怎样？”杨继新听了这话，仿佛觉得是做梦一般，心里几乎不相信真有这种好事。只是眼中所见种种类类的景物，都是真的，确不是做梦，只得慌忙立起身谢道：“承丈人不以草茅下士见遗，唯有感激图报于异日。”

老头喜道：“如此，我可了却一桩心愿了，我方才已向你说过，我家虽住在这地方，只因和地方上一般人的好恶不同，大家都不往来。像我们这种门第的人家，招赘婿到家里来，无论如何节俭，也得选时择日，悬灯结彩，遍请亲戚六眷，邻里乡党，备办上等筵席，大家热闹热闹，才可以对得起女儿、女婿，才可以免得了世俗人的嘲笑。不过我这里的情形不同，我的亲戚六眷，都居住在数百里以外，不容易通个消息。就是他们知道我家办喜事，遥遥数百里山川阻隔，也不容易前来庆贺。而且我为着小儿女的事，发动亲戚六眷，远道跋涉而来，我心里也觉不安。亲戚六眷既不能来，邻里乡党又如方才所说，素来不通庆吊，我便备办无数的上等酒席，有谁来吃呢？张皇其事，反为没趣。好在你是一个雅人，没有世俗之念，至于第二个小女，更是天真烂漫，丝毫没有世俗姑娘们的龌龊心想。我活到六十多岁，从来不信什么年成月将。俗语说得好‘选日不如撞日’，撞着今日，就是今日最好。你们新夫妇，只须叩拜天地祖先，再交拜一会儿，便算是成了婚了。你的意思，不嫌这办法太简慢么？”

杨继新巴不得立刻就和意中人会面，搂抱如帏，所怕的就是要经过种种麻烦，荒时废事。今见老头这样说法，直喜得心花怒发，哪里会嫌简慢呢？

连忙回答道："听凭丈人的尊意，小婿无不恪遵。"老头即起身到里面去了。杨继新此时单独坐在书房之中，心里快活得不知应如何感谢天地神明才好。横亘在胸中打算的，便是成婚后，如何对新妇温存体贴，此后享受的艳福如何美满。

老头去里面约有一刻工夫，即带领两个年纪都有十六七岁的大丫鬟出来，一个双手捧着金漆衣盒，一个双手捧着靴帽。老头堆着满脸的笑，说道："衣服靴帽都很粗劣，将就穿用一番，成婚后再随意选制。"两丫鬟将衣盒靴帽放下，过来替杨继新解衣宽带。老头仍退了出去。杨继新是在富贵人家长大，但自成年以后，不经过丫鬟动手解衣宽带，只羞得两脸通红浑身都不得劲。两丫鬟倒都似乎很有经验的样子，一件一件的替杨继新脱下，没一点儿羞怯的意味，连贴肉的衣裤，都要替杨继新脱下。杨继新急得将身体背过去说道："里衣不换也罢了么？"丫鬟咯咯的笑着不作声。杨继新道："改日再换也使得啊。"捧衣盒的丫鬟笑道："新贵人说话，也太鲁莽了。怎么说改日再换也使得呢，难道改日再这么换一回吗？不全行更换新衣，如何得叫做新贵人呢？请站过来，让我们脱吧，不要耽搁了时刻。此刻的新娘只怕已经妆好了呢。"

杨继新被这几句话说得自悔不迭。心想我和前妻成婚的那日，也是有些不吉利的兆头，事后许多人说出来才知道。今日我怎的这般不留神呢？心里有如此一追悔，就顾不得害羞了。恐怕再说出不吉利的话来，回转身听凭丫鬟将贴肉的衣裤都解了，露出一身莹洁如玉的肌肉来。两个丫鬟看了，都忘了形，争着用手到处抚摸，现出垂涎三尺的样子。杨继新怕老头来看见，催促丫鬟，才从衣盒中提出衣服来穿上。竟如特地给杨继新缝制的，长短大小，都极合身。杨继新装扮好了，又来了两个遍身锦绣的小丫鬟，共捧着一大段朱红绸子，走到杨继新面前，请安道喜。

大丫鬟接过红绸，向杨继新颈上一挂，两端垂下来，两个小丫鬟，每人双手握住一端，说："请新贵人去神堂成礼。"杨继新也不知道这是一种什么礼节，只得随着小丫鬟，穿过了几间房，到一间十分庄严的神堂里。看堂中的红绿灯彩，已陈设得非常华丽，俨然大户人家办喜事的模样，万不料咄嗟之间，便办得这么齐整。正中神座边，两排立着十多个粉白黛绿的丫鬟，一眼看去，年龄都不相上下，只在十四五岁之间，没一个不是娇姿丽质，楚楚动人。整齐严肃的分两摊立着，如衙门中站班伺候官府一般。神座前面地下，铺了一张金花红缎拜垫，小丫鬟引杨继新到拜垫上左方立着，即见也是两个遍身锦绣的小丫鬟，分左右夹扶着新娘出来。新娘有盖头遮盖了面目，看不出容貌，然只看身段，已能认得出是在路上遇见的那个可意人儿。新娘到拜垫上右方立着，做傧相高声赞礼的，也是一个十七八岁的丫鬟。一对新人拜过了天地祖先，对老头也拜了，才彼此交拜。一待拜毕，众丫鬟争着上前拜贺，新郎新妇同入洞房。

杨继新看这洞房的陈设布置，简直没一处使人看得出是仓促办成的。新娘去了盖头，杨继新看她的容光，比在路上和园中两次所见的，更觉美不可状。此时天色已渐向黄昏，就在洞房中，开来晚膳，也没旁人陪伴，就只新夫妇两人，共桌而食。杨继新脸嫩，几番想和新娘说话，因见有丫鬟在房，待说出口，面上不由得一红，话又吓得退回喉咙里面去了。新娘也是害羞的样子，不肯开口。二人徒具形式的吃喝了些儿，丫鬟撤了出去。

杨继新见丫鬟都不在房里，欢喜无限，唯恐再有丫鬟进来，也顾不得害臊，连忙起身将房门关了。回身见新娘低头坐在床缘，即一躬到地，说道："我是几生修来的福气，得有今日。我愿终生侍奉妆台，只望小姐不嫌我恶俗。"说罢，凑近床缘坐下。便觉得一般异香触鼻，不禁骨软筋酥，心旌摇摇不定，只一把就将新娘抱住。新娘慌忙撑拒道："怎么这么粗鲁！"杨继新经这一撑拒，不知怎的，两手自然放了。新娘正色道："读书人也是这么狂荡么？"吓得杨继新连忙站起身来作揖，口里赔罪道："望恕过我这一次，下次再也不敢鲁莽了。"一揖作了，伸起腰来一看，床上空空的，哪有什么新娘呢?

杨继新这一惊非同小可，向房中四处寻了一会儿，连新娘的影子也没寻着。听外面寂静无声的，好像大家都入了睡乡，想开门出外叫唤，又怕是躲在隔壁房里去了，不敢再鲁莽。一个人在房盘旋，不得计较。约莫经过了一个时辰，身体实在疲乏了想睡，却又舍不得就这么单独的睡。

正在无可如何的时候，忽听得新娘的声音，在窗外带笑说道："明日再见，今夜我是不敢和你睡，你一个人睡一夜吧。"杨继新听了，连忙拉开房门追出说道："我再也不敢鲁莽了，求小姐恕了我这一遭。"一面说，一面看窗下，并不见有新娘在那里。举眼望左右，都黑暗无光，看不出新娘躲在什么地方说话，估料必还不曾走开，只得向着黑处求情道："小姐回房来，如果我敢有无礼鲁莽的行动，小姐再撇下我走。我就单独睡十夜，也不能埋怨你小姐，只能怨我自己太不知道温存体贴。"杨继新才说到这里，忽听得黑暗处有咯咯的笑声，隐约听得在那里说道："不无礼鲁莽，却求我回房干什么？"说完这话，就听得笑声渐远渐小，渐不听得了。

杨继新想用言语表白，无奈一时说不出动人的话。又听得笑声去了很远，便说出什么话来，也不能达到新娘耳里，只好不说了。如痴如呆的靠房门呆立了好一会儿，听不到一点儿声息，心想这小姐的性情举动，也太奇怪了，难道她长到了十八岁，尚不解风情吗？男婚女嫁，为的是什么呢？我并没向她行强用武，只将她搂抱在怀中，这算得什么鲁莽咧？哦！是了，她必是害羞，见我不等到将灯吹灭，上床盖好了被，便动手去抱她，所以嗔怪我鲁莽。她哪里知道我爱她的心，在初见面的时候，早已恨不得把她搂抱起来呢。我若早知道她如此娇怯，也不这么急色了。天长地久的夫妻，何愁没有我温存亲热的时候，何用急在这一时半刻呢？这本来是我不对，他父女为嫌武人鲁莽，不解温柔，才存心要招赘读书人。今忽见我读书人，也有如此鲁莽，不待上床，就动手动脚，难怪她不吓得惊慌逃走，但是她如何逃走得这般快呢？我只弯腰作一个揖的工夫，立起身来，床缘上就没有她了。

这窗户离地有四五尺高，休说她这般柳弱花柔的小姐，不能打窗户钻出去，便是教我这男子汉，从这上面出入，也得有东西垫脚，才能缓缓的往外爬，谁也不能跑得这么迅速。房门是我亲自动手关闭的，她逃走后，房门依旧关闭着，直到听得她在窗外说话，我才拉开来。这房不是只有这一张门吗？窗户既太高了，不能出去，门又关着没动，她毕竟如何得到窗外去的呢，难道这床后还有一张小门么？杨继新想到这里，就擎起一支蜡烛，走到床头，撩开帐帏一照，果见壁上有一张小小的门，只是也并不曾打开。虽是不曾打开，然在杨继新心里，已断定新娘是从这小门逃出去的，便不再去研究。逆料新娘既说了今夜不敢来同眠，决不至再来。独自坐着等到天明，也没有用处，身体也很倦乏了，就独自上床睡觉。

杨继新在外旅行三四年，平日山庄茅店，随遇而安。有时就在乱草堆中，胡乱睡一夜，几年来何尝有过这种温柔香腻的锦裀绣褥，给他安眠一夜呢！因此这一觉睡下去，酣甜美适，也不自知睡过了多少时间，只觉在梦中被人轻推了两下，耳里仿佛听得有人用很低的声音说道："睡到了这时分，还不舍得醒来吗？"杨继新被这话惊醒，睁眼一看，羞怯怯坐在床缘上的不是新娘是谁啊？杨继新翻身坐了起来，说道："小姐真忍心，教我一个人睡在这里。从此我再也不敢像昨夜那般鲁莽了，只求小姐不可撇下我，就从后门逃走。"

此时新娘的神情，不似昨夜那般害羞得厉害，听了杨继新的话，脸上现出很惊讶的样子，说道："我何时从什么后门逃走过？你这话我听了不懂。"杨继新指着新娘笑道："小姐昨夜不是从这床后的后门走出去的，是从什么地方走出去的咧？"

新娘就像不知道有这一回事似的说道："我昨夜什么时候走出去了，你还在这里做梦，不曾醒明白么？"杨继新这才急得跳下床来，说道："小姐这话，说得我又不懂了。小姐昨夜没出去，却在哪里呢？"新娘道："我不是在这房里吗？"杨继新笑道："小姐在这房里吗？坐在什么地方，睡在什么地方？"新娘指着床缘道："我就坐在这里，睡也是睡在这里。你自己鲁莽发猴急，被我推开了，往后你就做出没看见我的样子，瞧也不瞧我，理也不理我，教我有什么法子。这时倒来怪我忍心，撇下你从后门逃走了。这床后的后门，虽是安设了一张，但是因为门外是一个靠近后山的大院落，我胆小害怕，不敢打开，从来是紧紧关闭着的，一次也没开过。其所以将床紧靠这门安设，也是废却这后门，不许出入的意。要开这后门，须得先将这床移开，我昨夜移这床么？"

杨继新听得新娘这般一说，心里更诧异到了极处，指着窗外向新娘问道："小姐说昨夜不曾出去，我心里也疑惑小姐，是没有逃走得那么迅速的道理。只是小姐既不曾出去，何以又在窗外对我说'明日再见，今夜我是不敢和你睡，你一个人睡一夜吧'的话呢？"新娘摇头道："我不曾向你说这些话，你当面见我说的么？"杨继新道："我虽不是当面看见小姐说的，确是亲耳听得小姐是这么说的。我当时听得这么说，即刻开了这房门追出去，只是已不见有小姐在窗外了，并还听得一路咯咯的笑着去了。事情又不是隔了多少时日，难道我已记忆不清楚？"新娘道："这就奇了，我在这房里一整夜，至今一步也没有跨出这房门，你居然会听得我在窗外说这些话，这是从哪里说起？"

杨继新至此已满腹的疑云，想不出解释的道理。只得又向小姐问道："即算我昨夜糊涂了，当面看不见小姐。小姐既是一整夜在这房里，也看见我么？"新娘带笑说道："为什么不看见你呢，看见你呆头呆脑的，被我推开之后，就像失掉了什么东西似的，这里寻寻，那里看看，又打开房门，朝外面东张西望一会儿，口里唧唧哝哝一会儿，又擎起蜡烛，向床后照一会儿，只不来睬理我。看着你在房中踱来踱去，做出愁眉苦脸的样子，有时也向我身上望望，最后就见你上床睡了。从我身边擦过，也不拉我同睡，也不问我睡不睡，竟像没有我这个人在你眼里，我自然不好说什么。见你已睡着了，有了鼾声，我才躺在床这头，睡了一觉，衣也不曾脱。刚才被丫鬟在外面说笑的声音惊醒转来，看天色已不早了，看你还睡得鼾呼呼的。恐怕丫鬟进来看了不好，只得将你推醒，你醒来反对我说出那些无头无脑的话。"两人正在说着，外面忽有几个丫鬟推门进来，都笑嘻嘻的向新娘、新郎叩头道喜。

不知杨继新怎生应付，且俟第五十回再写。

江湖奇侠传

（中）

武侠宗师平江不肖生作品集

平江不肖生——著

团结出版社
UNITY PRESS

图书在版编目（C I P）数据

江湖奇侠传 / 平江不肖生著. -- 北京 : 团结出版社, 2020.6

ISBN 978-7-5126-7709-8

Ⅰ. ①江… Ⅱ. ①平… Ⅲ. ①侠义小说－中国－当代
Ⅳ. ① I247.5

中国版本图书馆 CIP 数据核字 (2019) 第 300381 号

出　版：团结出版社
（北京市东城区东皇城根南街 84 号　邮编：100006）
电　话：（010）65228880 65244790（出版社）
（010）65238766 85113874 65133603（发行部）
（010）65133603（邮购）
网　址：http://www.tjpress.com
E-mail：zb65244790@vip.163.com
fx65133603@163.com（发行部邮购）
经　销：全国新华书店
印　装：三河市三佳印刷装订有限公司

开　本：165mm×230mm　　16 开
印　张：77
字　数：1204 千字
印　数：1-4000
版　次：2020 年 6 月 第 1 版
印　次：2020 年 6 月 第 1 次印刷

书　号：978-7-5126-7709-8
定　价：179.00 元

第五十回

做新郎洞房受孤寂　抢软帽鱼水得和谐

话说杨继新正和新娘说着，众丫鬟笑嘻嘻的推门进房，争着向新郎新娘道喜。杨继新也笑向众丫鬟说道："你们今日且慢道喜，留待明早再来吧。"新娘瞟了杨继新一眼，杨继新立刻自悔失言。幸亏来的都是些小丫鬟，听得和不曾听得一样，胡乱敷衍了一会儿，众丫鬟都退去了。新娘从此对杨继新的情形，似乎亲密了许多，不像昨夜那般羞涩了。一日三餐，都是极丰美的酒席，开到新房里来，由新娘陪着同吃。

这日早起，杨继新原要新娘带他去给老头请安。新娘说："用不着，父亲已于清晨出门去了，一时不得回来。"杨继新见如此说，乐得终日在房中，与新娘厮守。杨继新无论说笑什么，新娘都陪着说笑，俨然是一对新结婚的恩爱夫妻。只杨继新一动邪念，或紧相偎傍，或伸手去抚摸，新娘便立时站起来，或闪过一边，或正色说不可轻薄。杨继新恐怕又和昨夜一样，弄成对面不相逢的局面，只得竭力的收勒住意马心猿。心想等她上了床，我把灯火吹灭了，从暗中摸索，她没有害羞的心思，便可以为所欲为了。

这日杨继新盼望天黑的心，急切万分。好容易盼到天已昏黑了，便催促新娘上床。这新娘的性质很奇特，在白天里和杨继新有说有笑，姿态横生，一点儿羞涩的神气没有。一到了夜间，房中高烧了两支儿臂粗的红烛，在烛光之下，看新娘的神气，就渐渐的改变了，好像有祸事将临头，急须设法避免的样子。杨继新见天光一黑，就精神陡长，兴致勃然，七扯八拉的，寻些使新娘听了开心的话来说。新娘听了，都似不甚在意，并显出时时刻刻防备杨继新，去动手轻薄她的神气。

杨继新以为少女初经人手，羞怯自是常情，寻出许多“男女居室，人之大伦”的腐话来譬慰，想借这些道理，壮一壮新娘的胆气。谁知新娘听了，又好像全不懂得有这么一回事似的。杨继新催促新娘上床，新娘半晌不说话，只坐着不动。杨继新催了两遍，新娘才说道：“你先上床吧。”杨继新既不敢接二连三的催，更不敢伸手去拉，只得遵命，先自解衣上床。心里计算，等新娘上了床，再起来将烛光吹灭，重新上床搂抱，便不愁不如愿以偿了。叵耐这新娘教杨继新上床，自己却坐在床缘上，低着头仿佛思量什么，约莫坐了一个更次，还不表示睡意。

杨继新独自睡在那软温香腻的被中，就没有这个玉天仙坐在旁边，也不免要存些遐想。何况与这个玉天仙已厮混一昼夜，到这时候，如何再能忍耐得住呢？但是仍不敢过于鲁莽，只在被中说道：“我遵老丈人之命，与小姐成为夫妇，非是我无端的敢对小姐存邪念。昨夜小姐因怪我鲁莽，以致我咫尺天涯，无由得亲芗泽。今夜我实在未尝鲁莽，而小姐却只坐在床缘不动，神气之间，似乎是厌弃我的一般。究竟小姐是如何存心呢？如果是厌弃我，不妨明说出来，我不是承老丈人恩遇，没有今日。既不蒙小姐见爱，我何敢勉强咧？若不是厌弃我，此刻已不早了，满屋的人都久已熟睡得寂静无声，小姐还不上床，更待何时呢？”

新娘初听时，似不理会，及杨继新说了，新娘忽然掉下泪来，忙用手帕揩拭。杨继新一见新娘流泪，吓得翻身坐起来，用极恳切的态度问道：“小姐有什么委屈的心事，请直说出来，我断无不见谅的道理。”杨继新其所以说这般几句话，是以为新娘不肯上床同睡，被催急了就哭，是因自己已非红花闺女，曾和人有过私情，怕被丈夫识破出来的缘故。这几句才说出口，新娘已换了副笑脸，站起身来说道：“睡吧，睡吧！你劝我睡，怎么自己反坐了起来呢？”杨继新笑道：“小姐忽然哭起来，叫我怎么睡着。索性下来吹灭烛光，好使小姐安心睡觉。”新娘也不作声。

杨继新跳下床，把烛光吹灭了，回身一把抱住新娘，连推带抱的上了床。新娘惊得气吁气喘的说道：“你又是这么强暴吗？”杨继新此时情急到极点，也不顾新娘说什么。以为紧紧抱住不放，不怕再有昨夜那种现象。尽管新娘撑拒，只顾紧压在新娘身上，腾出一只手来，替新娘解衣松带。谁知才放松一只手，就被新娘用双手在胸前一推，杨继新一只手当然搂抱不住，被推得离开了新娘的身体。杨继新想已经行了强，不能由她推开我，便是这么罢休了。不如索性再强迫她一下，估料新娘没起来这般快。随将身体又压了下去，想不到竟扑了个空，新娘已不知闪躲到什么地方去了。因房中漆黑，什么东西也看不见，只得一面恳求："小姐恕我。"一面张开两手，向床上摸索。

但是说尽了恳求的话，不见新娘答应，满床都摸索遍了，除被褥帐幔之外，空无一物。床上摸索不着，就张开两手，在房中一来一去，和小孩们玩捉瞎子把戏的一般。满房也都摸索了好几遍，不仅没新娘触手，连躲闪的脚步声，和鼻口呼吸的声，也没听得一点。杨继新急得无可奈何了说道："小姐既是厌弃我，不愿意和我做夫妇，何不在未成婚的时候说出来，使我好游历别处去呢？我与小姐往日无怨，近日无仇，何苦是这般作弄我？"杨继新虽则向空这么说，然心里已疑惑是与昨夜一般的情形，昨夜房中有照彻如白昼的烛光，尚且一霎眼就见不着影子了，今夜房中漆黑，必更没有希望了。

真是作怪！杨继新说毕，以为是没有答复的。却听得新娘柔脆的声音，近在耳边说道："恐怕不能怨我作弄你，我已说了上床睡觉，你为什么把烛吹灭，向我行强呢？你枉做了个读书人，举动比武人还粗野可怕。我今夜断不敢和你同睡，你一个人且再睡一夜。"杨继新听声音靠近右耳根，冷不防对准发声之处，一把抱过去。只听得"噼啪"一声响，额头正碰在一张衣橱上，只碰得眼中金花四迸，痛不可当。两手腕撞在橱角上，也撞得臂膊酸麻了，并不曾挨着新娘的衣服。这一碰，碰得杨继新忍不住生气了，连说："可恶，可恶！"接着又听得新娘在房外笑个不止，就和看见杨继新碰痛了额头，她在旁边看了开心的一般。

杨继新正待责备新娘太忍，新娘已在窗外停了笑，说道："谁教你把烛吹灭，还是这么强暴呢？你越是这么强暴，我越不敢近你，不使你孤苦两夜，你的强暴举动，大概也改变不了。"杨继新赶紧说道："我从此若对小姐，再有半点像今昨两夜的强暴举动，就天诛地灭，立刻化身体为灰尘。我于今已对小姐发过了誓，小姐可以回房了么？小姐若嫌这誓发得还轻了，不问什么重誓愿，我都可以发得。"说罢，静听新娘的回答。

好一回寂然没有声息，想把吹灭了的烛点燃，又苦寻不着火镰，缓缓的摸到床缘上坐了。思量这两夜的情形，很觉得蹊跷，自己盘问自己道：“这地方的风俗，虽说离奇，一般人都重武轻文，因此有女想嫁个文人，甚不容易。但是这河南居中国之中区，四通八达之地，即算这纵横数十里以内的地方文人稀少，数十里以外，哪里就会少了文人呢？有这么大的家财，又有这么娇丽的女子，竟因这一隅之地，没有文人，便养在家中，胡乱遇见路上一个读书人，就于立谈之间可以招做女婿。这种情形，也很不近情理了。我一时色令智昏，不暇细想，居然答应他拜堂成礼，至今还没有向他家的姓氏。这不怪我太荒唐了吗？新娘这般娇弱的身体，我是一个少年男子，竟搂抱她不住。她只把手一推，我就不因不由的，离开了她的身体，这一点已很奇了。而我仅低头作一个揖的上天，伸起腰来看新娘便已不知去向，遍寻没有，这不是奇而又奇吗？

“姑退一步说，这地方的风俗，是轻文重武，新娘住在这里，也练会了一身武艺，能来去得极快，使我看不见。然据她今日早晨对我说，她并不曾走开，亲眼看见我如何如何的举动，我却连影子也不见她，这又是什么道理呢？十七八岁的闺女，无论在如何守礼谨严的家中，断没有完全不懂人事的。并且看这新娘的神情言语，也不是不懂人事的模样，何以这样害怕呢？我虽是过于急色了点儿，但在将睡的时候，搂抱搂抱，也不能说是鲁莽，分明是借词归罪于我罢了。照这种种情形看起来，简直是凶多吉少，我应如何才能逃得出这是非之场咧？”

杨继新是这般思量了一遍，随又转了一个念头道：“我是一个光身的游客，既没有金银珠宝，又没有结怨于这家的人，谋害我有何用意？即令有谋害我的心，要谋害一个文弱书生，岂不易如反掌，为什么要费这些周折，闹这些玩意呢？古今笔记小说诸书上面，谋害过路行人的很多，然从来不见有毫无用意，又费这许多周折，以谋害人的。并且我昨日从饭店里出来，在路上遇见这新娘之后，随即有那个老头出来，分明指引我这条道路，说包我可得一个老婆。那老头满面慈善之气，又有那么高的年纪，何至无缘无故的陷害我呢？照这方面的情形想来，又可以断定没有凶险。各人有各人的性情不同，举动也就跟着有分别。新娘胆怯，怕我太鲁莽了难堪，不敢与我交接，也在情理之中。我刚才吹灭烛光，用强将她搂抱，按在床上解衣的举动，本来也太显得强暴了。昨夜只抱了她一下，就吓得她不敢同睡，今夜就应该凡事顺着她才是。比昨夜更变本加厉，怎能怪她闪躲呢？横竖我已做了这里的赘婿，一个光身人，也不怕损失我什么。今夜是已经无望了，明夜我只百依百随，诚惶诚恐的伺候着她，她不开口叫我睡，我就坐到天明也不睡。睡了她不表示可以亲昵，我就连睡十夜八夜，也只当她不在床上。是这么顺从她多少时候，静待她的春情发动，料没有妻子永远畏避丈夫的。”杨继新自以为得计，心安神逸的上床睡觉。

睡到次早醒来，看房中仍没有新娘，时光像已不早了，只得起来，丫鬟送水来盥洗。杨继新拖住丫鬟，问道：“二小姐现在哪里，你知道么？”丫鬟笑道：“姑少爷还问二小姐呢？”杨继新听了这语气很奇特，紧跟着问道：“二小姐怎么，我为何问不得？”丫鬟抿着笑道：“我家二小姐，不是昨夜被姑少爷吓坏了吗？于今正发寒热，睡在大小姐床上，不能起来哩。”杨继新急得跺脚道：“我真荒谬糊涂！她是个胆小娇养惯了的人，房中有那么大的烛光，她尚且怕了我，我怎么糊涂到这一步，反把烛光吹灭了，去对她动手动脚呢？我昨夜将她按倒在床上的时候，听得她气吁气喘的，就像是惊骇到了极点的样子。我不怜惜她，已是荒谬糊涂了。倒趁她惊骇得心胆俱碎之际，腾出手来解她的衣裳。幸喜她力能把我推开，若再迟延一时半刻，怕不把她吓得连命都送掉吗？”杨继新对着丫鬟，是这么自怨自艾，丫鬟只是望着杨继新笑。

杨继新要丫鬟带他去大小姐房里探病，丫鬟摇头笑道：“姊姊的房，姑少爷也好进去的么？”杨继新正色道：“凡事有经有权，若在平常，无端跑进姊姊的房，果然非礼。但此时不能一概而论。”丫鬟只管摇头道：“姑少爷再说得有道理些，我也不敢带姑少爷去。”杨继新道：“你为什么不敢带我去呢？”丫鬟道：“姑少爷不知道我家大小姐的脾气，全不和二小姐一样容易说话。有时不高兴起来，连老太爷都让她几分。就是老太爷要带姑少爷到她房里去，也得先问过她，她答应了，才能带姑少爷去。不先得她答应，谁也不敢冒昧。”

杨继新见这丫鬟说话，伶牙俐齿，想将所思量种种可疑的情形，在这丫鬟口中盘问一番，还不曾说出口，已有个丫鬟在外面叫唤，这丫鬟慌忙挣脱手出去了。杨继新好纳闷，直到下午，还不见新娘进房来，独自坐在房中，觉得太寂寞不堪，便走出房来，观察前后房屋的形势。

他曾在后山上，看过这所房子的结构，知道新房离花园不远，也不叫丫鬟带领，反操着两手，慢慢向后花园踱去。一路踱进花园，不曾遇见一个人。这时的红日已将西下，照映得园中花木分外生色，只是杨继新的形式上虽是游园，然实际哪里有心情赏玩景物。走到前日从门缝里窥见众丫鬟灌花的所在，只见那些花枝花叶上面，都水淋淋的，地下也是湿漉漉的，像个才浇灌了不久。杨继新暗悔来迟了一步，大姨姊已浇花进去了，不得饱餐秀色。即蹲下身来，望着枝叶上的水点，一滴一滴的滴落而下。心里就思量前日所见的情形，是觉得这个大姨姊的神情，比新娘冷峻，像是一个胸有城府，不容易被人看破的样子。心中正在这么想象，忽听得近处有枝叶挨擦的响声，像是有人从花丛中走过的。立起身朝响处一看，原来就是他心中正在想象的大姨姊，仍是淡雅的装束，手中提着一把灌花的水壶，独自分花拂柳的向园外走去，低着头并不回望一眼。

杨继新越看越觉可爱可敬，蹑足潜踪的跟在后面偷看，并想趁这机会问问新娘昨夜吓病了的情形。才追了十来步，相离只在五步以内了，他大姨姊好像已知道他在后面跟踪偷看，蓦的停步，回头说道："你为轻薄的缘故，死在临头了，还敢来轻薄我吗，追着偷看些什么？"

杨继新一听这话，不由得大惊，只急到双膝望地下一跪，说道："姊姊救我，我实在非敢在姊姊跟前轻薄。我追踪上来，是想向姊姊打听令妹的病状。我经过这两夜的情形，已觉得在这里是凶多吉少，只因我是个没见识没阅历的人，想不到有什么凶险。不蒙姊姊矜怜，便得不着姊姊这话。姊姊救了我，此后有生之年，誓不敢忘记姊姊恩德。"说罢，叩头流泪不止。大姨姊回头向园外望了一望，略踌躇了一下，问道："你真能不忘记我么？"杨继新连忙指天誓日。

大姨姊走近了两步，教杨继新立起身来，说道："你用不着求我救你，你只求你的夫人就行了。"杨继新紧接着说道："她不是被我吓病了，睡在姊姊房里，不能起床了吗？"大姨姊笑若点头问道："你这两夜和她睡了，她对你曾说了些什么呢？"杨继新急急的分辩道："她何尝和我同睡过一时半刻呢，两夜都是一霎眼，就不见她的踪影了。"大姨姊道："你等她今夜进房之后，冷不防将她头上的帽子，抢下来掼到窗外去，再上前搂抱她，她便不能走了。你和她成了夫妇以后，她自然会救你。不过你那时不可忘记了我。”杨继新听了，莫名其妙，正想问个仔细。大姨姊仿佛听得什么声响，怕有人来发觉似的，朝四处望了一望，急匆匆的出园去了。杨继新也思量不出是什么道理，但是相信大姨姊说的，决有妙用，不至无故作弄他，回到房中，坐待新娘进来。

天色已到黄昏时候，新娘才莲步姗姗的来到屋里。杨继新看新娘的神色，确是有病的样子，大不是前昨两日那般说也有、笑也有的姿态了。进房一声不作，直上床缘坐下。杨继新上前赔罪，说道：“我问丫鬟，知道小姐为我病了。我听了这话，心里不知如何的难过，当下要丫鬟带我，去大小姐房里看小姐。无奈丫鬟说大小姐的脾气不同，不敢冒昧带我去。我只得独坐在这里着急。昨夜小姐去后，我已对虚空过往神祇，发过了大誓愿，此后我若再敢在小姐跟前，有前昨两夜一般的鲁莽无礼举动时，便天诛地灭，此身立刻化为尘埃。只求小姐莫拿我当虎狼蛇蝎般看待，我生生世世，感激无涯。”新娘微露笑容，说道：“我自有我的病与你不相干。不过我这病久已不发，这两夜因害怕你行强暴的缘故，将病引发了。我待你有什么好处，你何必对我这般痴情呢？”

杨继新两眼又流出许多眼泪来，说道：“小姐许我伺候妆台，这恩典已是天高地厚了。”新娘瞟了杨继新一眼，随即掉头望着别处。半晌，才悠悠的叹了一声，也不说什么。杨继新问道：“小姐心中有什么不如意的事，如何长叹呢？”新娘摇头笑道：“我没有什么不如意的事，偶然抽一口气罢了。”杨继新便不再问了。

晚膳过后，杨继新乘新娘对窗户坐着的时候，一面寻些闲话，逗着新娘说笑，一面在新娘背后踱来踱去。踱到切近，猛然一伸手，便将新娘头上的软帽抢下来，随手向窗外一撂。新娘惊起来抢夺时，已被杨继新拦腰抱住了，不由分说的拥到床上，脱衣解带，新娘并不和前昨两夜那般撑拒，只口里说道：“冤孽，冤孽！必是大丫鬟向你说的。但是我虽长到一十八岁，并不曾经过这羞人的事，望你怜惜我一点儿。”杨继新到此，才真个销魂了。春风已度玉门关之后，新娘整衣理鬓起来，杨继新拉住道：“不睡却坐起来做什么，你难道又想走了吗？”新娘回头笑道：“你真不知道死活。我如今既弄假成真的与你成了夫妇，怎能望着你把性命断送？快起来，不赶紧逃走，诚恐逃不了性命。”

杨继新虽在花园中，曾听过他大姨姊死在临头的话。然少年人一为色欲所迷，无论如何切身的利害，都不暇虑了。以晋文公那么精明能干的人，尚且为贪恋一个女色，把复国的大事，置之脑后不管。何况精明能干，远不及晋文公的书呆子杨继新呢？既与新娘遂了于飞之愿，也早把大姨姊死在临头的话，连同新娘的软帽，丢到窗户外面去了。及听得新娘重提这话，才现出惊慌样子，拖住新娘问究竟是怎么一回事，是谁要害他的性命？新娘说道："此时万来不及诉说情由，你且坐在这里不要动，我去取点儿东西来。"杨继新叮嘱道："你不可同昨晚一样，一去不回。"新娘也懒得回答，摔开杨继新的手，急走出房去了。杨继新呆呆的坐着。

不等到一刻工夫，只见新娘右手提了一只大雄鸡，左手挽了一段红绸，走进房来。杨继新认得那段红绸，就是他做新贵人的时候，挂在颈上，两个小丫鬟，每人手握一端的。也猜不透拿来这两样东西，有什么用处？新娘将红绸和雄鸡都放地下，端了一张小凳子，安在床头，垫脚立了上去，抽出一根悬挂帐幔的竹竿来，跳下地将雄鸡捉在手中，用红绸捆缚了，绑住竹竿颠上。杨继新看新娘的举动态度，异常矫捷，全不是前次温柔旖旎、弱不胜衣的样子，又看了这种种奇特不可思议的行径，正在非常诧异。

新娘绑好雄鸡，交给杨继新道："你将这竹竿挑在肩上，即时从后花园逃出去，径向西方快跑。不问跑得如何疲乏，万不能在路上休息。约莫跑了三十里，才能略略的走慢些，然仍是不能坐下来。在这慢走的时候，若忽然觉得背后有风声响亮，其声又来得十分尖锐，你切记不可回头反顾，只反顾一眼，就没了性命。尽管不住的往前走，等到听得这挑在肩上的竹竿，'喳喇'响了一声，你就把竹竿向背后一丢，空手再快跑。跑到路旁有一棵大槐树的所在，方可在树下坐下来休息，性命便可无忧了。"

杨继新道："这些做作，究竟是什么意思呢，你何妨说给我听？"新娘着急道："此刻若有工夫向你说明，何待你来问我？于今救性命要紧，你依我的话快去吧，实在不够耽搁了。"杨继新看了新娘慌急的神色，料知必是极凶险的事，只得把雄鸡挑在肩上，问道："你怎么样呢，就让我一个人逃去吗？"新娘道："嫁鸡随鸡，嫁狗随狗，你去了，我岂能留在这里？你在槐树下等着，我随后就到了，断不使你坐在那里着急。"杨继新道："然则何不就在此刻，和我一同逃走呢？"

新娘只急得跺脚道："我能和你一同逃走，还待你说吗？你且快走！我到槐树下，自然会将详细情由，说给你听。"杨继新不敢怠慢，急匆匆出房。幸亏白天到过后花园，路径熟悉，花园的后门，因初到的时候，在那里蹲了许久，也不待寻觅，直走了出去，依照新娘的言语，向西狂奔。

不知如何逃出了性命，且俟第五十一回再说。

第五十一回

出虎穴仗雄鸡脱险　附骥尾乘大鸟凌空

话说杨继新向西奔逃，因有新娘叮嘱的话在心，疲乏了也不敢休息。可怜他一个文弱书生，近年来在各省游历，虽也时常步行二三十里，但是那种步行，是赏玩清幽的山水，随兴所至，缓缓行来。所谓“安步可当车”，心中只有快乐，没有忧惧，常有已行了二三十里，自己还不觉得有多远的。

杨继新此时真是急急如丧家之狗，茫茫如漏网之鱼，又在黑夜之中，不辨地势，高一脚、低一脚，不顾命的往前奔逃。两只脚底板，一着地，就痛得如有千万口绣花针，在内戳刺，仍是咬紧牙关，忍痛前跑。也不知已跑过了若干里路，心里因记挂着新娘所吩咐有风声追来的话，边走边留神听背后有没有风声。只觉得有电光在天空闪了一闪，接着就有一种声音，比箭镞离弦的破空声，还尖锐几倍，一扬一抑，仿佛是一起一落而来，电光也随着闪个不住。杨继新知道是新娘的那句话应了，却不明白这尖锐的声音，究竟是什么东西，追来有什么用处？只牢记着新娘的话，不敢回头看顾。自发觉那响声，行不到两步，就觉得握竹竿的掌心，微震了一下，同时听得竹竿颠上，发出极细微的“喳喇”之声。记得新娘吩咐的话，到了这时分，须将竹竿向背后掼去了。不假思索的将竹竿向背后一掼，随即回头看竹竿上的鸡，已被劈作两半边，鲜血流了一地，不禁打了个寒噤又跑。

跑到东方将近发白了，才远远的看见前面道旁，有一棵大槐树。一到槐树下，就倒地不能动了，两腿肿得和吊桶相似，脚底走破了皮，血流不止。休说教他再走，就教他爬行一步，也做不到了，仰面躺在树下，哼声不绝。

看看天光已亮了，仍不见新娘赶来。

杨继新痛定思痛，回想这番遭际的情形，简直如坠五里雾中，再心思量不出究竟是怎么一回事。只依情理推测，逆料故设这美人局谋害他的，必是那个在粉墙外面遇见的老头。但是那老头和新娘是父女，父亲要谋害的人，给女儿放走了，这女儿又如何能脱离干系呢？并且几十里路程，即算能从家里逃出来，也不容易走到这里。她对我说随后赶来的话，只怕是当时有意拿这话安我的心，使我好从速逃走的。我在心慌意乱的时候，也不知道问她一个弱不胜衣的女子，怎么能跟着我逃五十多里路？我当下若想到这一层，无论如何祸到临头，也得拉着她同走。杨继新想到这一层，甚是失望，更着急自己两腿，肿痛到如此地步，此后不能步行，身边没有银钱，又不能雇车马代步。

正在前思后想，着急非常的时候，忽听得远远有马蹄之声很是急骤。杨继新恐怕是追赶他的来了，勉强挣扎得移过头来，向来路上望去，只见一匹黑马，飞奔而来，马上坐的好像是一个女子，头脸被手帕蒙了。才一转眼，马已奔到了跟前，马上的女子，即翻身下马，去了蒙头面的帕子一看，原来就是杨继新所着虑，不能跟着逃五十多里路的弱不胜衣女子。杨继新此时心中的欢喜，自是无可形容。

这新娘揭下蒙面帕，笑向杨继新道："到了这棵树下面，你我的性命才可说是已逃出鬼门关了。"杨继新问道："从此已没有凶险了吗？"新娘点头笑道："若再有凶险，你能逃几十里么？"杨继新忙用双手扬着说道："我情愿延颈就戮，决不能再逃一步。毕竟是什么人，为着什么事，要谋害我的性命？你说到了这里，便可将情由说给我听，此刻可以说了么？"

新娘挨着杨继新坐下来说道："你们少年男子，真容易入人圈套。你这番能保住性命，可算是万分侥幸了。你知道我父亲姓什么，叫什么名字么？"杨继新道："我自从在路上遇见了你之后，我的一颗心，上下四方，都被你的影子包裹了。除你的影子而外，什么事也没搁在我心上。我与你父亲相遇，正在我偷看你姊姊的时候，突然被你父亲发觉，正容厉色的斥责我一番，我那时惭愧得无地自容。随后你父亲虽改换了面孔，对我和平了，然我终觉面子上有些难为情。及至你父亲提出招赘我做女婿的话来，我心里又欢喜得不知应如何才好。你父亲说过那话，紧接着就换装成礼，我一则心里没想到还不曾问出姓氏；二则也没有给我问姓氏的时候。直到昨日才想起这事来，却已来不及了。”

新娘笑道：“即此可见你们男子，只知道好色，连性命都可以不顾。还不知道姓名，便做这人家的女婿，除你而外，恐怕世间也找不出和你一样的第二个人来。”杨继新笑道：“你这话说得不差，我自认疏忽之罪，不过世间固然找不出我这样的第二个人。就是像你家这样，父亲拿着女儿的身体，似这般做美人计害人的，又何尝能找得出第二个呢？如果有第二个你父亲这样的人，必免不了也有第二个我这样的人。”

新娘道：“我和那老头，岂真是父女么，他姓刘名鸿采，是个无恶不作的恶人。他的本领大得了不得，仅有三分畏惧他自己的师傅，除他师傅而外，他时常向我们夸口，世间没人是他的敌手。他师傅的名声极大，就是江湖上无人不知道的金罗汉吕宣良，他是大徒弟。他师傅痛恨他的行为不正，屡次训斥他不听，已在十年前将他驱逐了。我姊妹也不是同胞姊妹，都是在三四岁的时候，被他拐到这里来。我们因为离家太早，久已把原来的姓名、籍贯，以及家中情形忘了。不但我是拐来的，他家此刻二三十个大小丫鬟，没一个不是拐来的。只因我两人生得比这些丫鬟齐整，才认我两人做女儿。

“他被他师傅驱逐之后，赌气去江宁拜红云老祖的门，专练最恶毒的法术。红云老祖传他一种练百魂幡的法，是旁门左道中最厉害的东西。要练这百魂幡，须谋取一百个读书人的灵魂。据说练成了功，用处大得不可思议。他学了这法，才特地搬到遂平县乡下住着，因为那地方历来是重武轻文的风俗，本地没有读书人，地方上也不把读书人当人，从别处骗来读书人害了性命，方不至被人发觉。几年以来，是这般用美人计害死的读书人，已有八九十个了。

“这也是合当你命不该绝，那已死八九十个读书人当中，年纪也有比你轻的，容貌也有比你好的，然在我姊妹眼睛里看了，都只觉得行尸走肉，不值一看。这次一见你的面，心里便不和从前一样了，两夜都不忍下手勾你的魂，所以你一行强，我就把身体隐了。若两夜勾去你二魂，昨日你已昏沉沉的不能起坐了。我两夜不勾你的魂，原是存心要救你出来。但是我一个人，胆小不敢干这险事，踌躇了好久，只得和姊姊商量。姊姊素来是不肯多言的脾气，也不答应我，也不阻拦我。我见姊姊那般冷淡样子，摸不透她的心事，不知她愿不愿意担这干系，救你我二人出火坑。我心里一着急，就病倒在姊姊房里。姊姊也不睬理，夜间只催促我回新房。直到你从我背后，冷不防抢了我的软帽往窗外掼，我心里才恍然是姊姊教你的举动。她既教你抢我的软帽，就可以知道她是存心帮助你我了。我放你走后，去向姊姊道谢，她仍不开口说什么。

“我计算你已走了三十来里路，才装出慌张的样子，去报知刘鸿采。说这个姓杨的读书人，大约很有些来历，两夜没将他的灵魂勾着。刚才进房去看时，不知道已在什么时候逃了。”刘鸿采听报，大吃一惊，连忙掐指轮算了一番道：‘不打紧，逃不了的。他向西方逃，此刻不过逃了二三十里路，我的马快，一刻工夫便追上了。刘鸿采说毕，将亲自骑马追赶。我心里只急得无可奈何，因为他的马，能日行八百里，两头见日，他说的方向又不错，你如何能逃得了呢？这时就亏了我姊姊出来了，故意问为什么事，我也故意依报知刘鸿采的话，再说了一遍。姊姊笑道：“这如何用得着父亲自己出马，我去追拿回来便了。若只怕他逃出去，误父亲的事，唯有飞剑去取他的首级。’刘鸿采迟疑了一会儿道：‘也罢，宰了他灭口便得哪。’当下就用飞剑来追你。你在路上听得背后有很尖锐的风声，便是飞剑追来了。他想不到我早已用代替法，将雄鸡代了你的性命，飞剑把雄鸡劈了便回，他见剑上有了血迹，也没细看，以为是已将你杀却无疑了。我回房对姊姊说出要跟你走的意思，姊姊点头没说什么，只教我问你，还记得跪在地下，当天发的誓么？”

杨继新道：“就在昨日的事，我如何会忘记呢？并且我的性命，虽说是由于你见怜，然若不是承她指点，你一个人未必敢担当这么大的干系，放我逃走。这样救命之恩，我终身也不至忘掉。不过忘掉不忘掉的话，只在我心里，姊姊是个有本领的人，看她种种言语举动，更是机智异常。我一个文弱书生，便拼着不要性命，也没有报答她的时候。”杨继新正说到这里，只见新娘忽然惊慌失措的说道：“不好了，不好了！我以为已在五十里以外，不妨事了，怠慢了一点儿，不料竟有追赶的来了。”杨继新一听，也慌了手脚，说道：“你怎么知道有追赶的来了，不能趁早再逃吗？”新娘仰面望着天空，说道：“此时已来不及逃了。还好，追来的是姊姊，不是刘鸿采自己，你我可以向她求情的。”

话还未了，只见一个女子，骑着一只大黑鸟，从天空飘然而下。杨继新看那女子，正是两次在后花园里看见的大姨姊。大姨姊脚才点地，那只大黑鸟已展翅凌空而去。杨继新不觉失声说道："这黑鸟不是我那日遇见那老头之后，眼见这般的两只黑鸟，从树林中飞起的吗？"杨继新说时，见新娘已朝着大姨姊跪下，便也想挣扎起来跪下。大姨姊摇手笑道："我不是来追赶你们的，是来跟着你们同逃的，妹妹请起来好说话。"新娘这才变换了惊慌的神色，起来问道："刚才送姊姊来的，不是吕祖师爷的神鹰吗，姊姊如何能骑着的呢？"

大姨姊笑道："妹妹问我，连我自己也不明白。好几年来，我们都不曾见过吕祖师爷的面。明知道他老人家，是痛恨那无恶不作的徒弟，既经驱逐门墙之外，所以不愿见面。我们因终年跟着那恶贼刘鸿采的缘故，心中也渐渐把他老人家忘了。今早自妹妹偷身走后，我一个人更无聊赖，正坐在房中纳闷，那恶贼忽打发人来叫我去。我心里便再愤怒十倍，也不敢违拗他，只得忍气到恶贼跟前。这时恶贼还没发觉你走了的事，同时也打发了人去叫你。我到没一会儿，叫你的人回报说，满屋和花园都寻遍了，不见二小姐。厩里那匹日行八百里的马，也连鞍辔不知去向。那恶贼闻报，即大叫了一声，跳起来说道：'贱丫头，好大的胆量，这还了得！'旋骂旋掏指轮算了一会儿。猛然向案上拍了一巴掌，说道：'咦，这其中有主使的么？'随又自言自语道：'若其中没主使的人，贱丫头哪有这么大的狗胆。'

"我一听恶贼说出这话，惊骇得了不得，唯恐恶贼算出主使的是我来。我方在心里着慌的时候，恶贼恰巧望我一眼，只望得我几乎把胆都吓碎了。恶贼原是叫我们去有话吩咐的，这一来，什么话也不说了，面上的怒容，霎时间改变了忧愁着急的模样。大约是虑着你走后，宣泄他的作恶行径。我立在旁边不敢退，他好像已看出我心不自安的样子，即换了一副笑容，向我说道：'你是好静的脾气，还是回房静养吧，那贱丫头此时虽然逃了，但是听凭她逃到九洲外国，哪有我拿她不回的？我此刻有紧要的勾当，没工夫去拿她，明日我将她拿回，处治给你看看，你暂时回房去吧。'

"我听了退出来，心里仍是害怕得很，因在房中闷得难过，独自到后园里闲行，心里也知道是这么过下去不了，然而丝毫没有主意。越是羡慕你能得所，便越是伤感自身不知如何归宿。就在我心中正十分难过的时候，偶然抬头，便见吕祖师爷笑容可掬的立在面前。我不由得不吃了一惊，只得慌忙跪下叩头。祖师爷道：‘不必多礼，我特地来这里救你，不可迟延，赶紧追上你妹妹去吧！’我见祖师爷这么说，又是欢喜，又是为难。欢喜的，是难得祖师爷肯拿我当一个人，亲自前来救我；为难的，是因这匹日行八百里的马，已被你骑走了，我如何能追得上你呢？并且追上了你，又将怎么办呢？你也是和我一样，初从火坑中逃出来的人。

“亏得祖师爷的神通广大，我的念头一转，他老人家早已知道。即对我说道：‘事不宜迟，老夫送你一程吧。你追上你妹妹的时候，我自有摆布。’随说随向园中一棵大桂花树上招手。枝叶一响动，即飘然飞下一只神鹰来，落在祖师爷肩上。祖师爷一面用手抚摸着，一面凑近鹰头说了几句话。那鹰真是神物，一敛翅就到了我面前地下，我还不知道是什么用意，望着神鹰发怔，祖师爷指着鹰背，向我说道：‘你只骑在它背上，不可害怕，也不用你驾驶它，它自然能将你送到你妹妹所在的地方，万无一失的。’我早闻名他老人家的神鹰，有骇人的本领，驮我一个年轻女子，自是用不着我害怕。我即跳上鹰背坐了，双翅一招展，我就跟着身凌太虚，只一霎眼之间，便到了这里。那恶贼能剪纸为鸢，骑着飞行千里之内，你我都曾骑过的，哪里及得这神鹰的安稳迅速？”

新娘点点说道：“我刚才就因见天空有一只大鸟，鸟背上仿佛有人，向这里比箭还快的飞来，疑心是那恶贼，骑着那纸剪的东西追来了。正和他说，失悔不该怠慢，在此地停留。再看鸟背上不像男子，就知道是姊姊了。想不到吕祖师爷，有差神鹰送姊姊来的这回事，但不知道他老人家说，见了我自有摆布的话，是怎生一个摆布。”杨继新听了这些话，心里一快活，两眼登时觉得舒畅多了，挣扎起来，向大姨姊道谢救命之恩。

大姨姊这时的态度，不似在花园里那般冷淡了，开口笑问杨继新道：“你跪在花园里当天发的誓，就这么空口道谢一声，便算了事么？”杨继新红了脸答道：“我是一点儿能为没有的人，只要姊姊有用得着我的事，我无不鞠躬尽瘁，至死不悔。”大姨姊待说什么又停住，一会儿脸也红了。

杨继新倒不觉着，回过头向新娘问道：“我至今还不明白，昨夜为什么抢下你的头上软帽掼了，你就服服帖帖的不把我推开了呢？”新娘见问这话，顿时想起昨夜成就百年佳偶时的情形，不禁红呈双颊，回答不出来，杨继新见新娘红脸不说，益发连声追问是什么道理。

大姨姊忍不住笑道："你讨了便宜，她吃了亏的事，还只管问些什么呢？你若真不明白，那方法是我教给你的，我就说给你听吧。妹妹头上戴的软帽里面，贴了一道遁甲符、一道替身符，那两张符，是刘鸿采给她勾读书人的灵魂时用的。平常引诱了读书人进门之后，不必我姊妹两个出面，随便拣一个整齐些儿的丫鬟都使得。就仗着有这两道符，用种种邪荡的手段，引逗得读书人动火。等读书人上前拥抱，即仗着两道符的力量，将自己的身遁开，随手指一样东西，做自己的替身。在被引诱的读书人看了，只觉得意中人已抱在怀中，并看不见有遁形代替的举动。读书人抱着替身，无所不至，所谓销魂地狱。就在这时候，被引诱的人，勾去一魂了。一连三夜，勾去三魂。试问没有魂的人，如何能活？我妹妹因存心爱你，不忍指东西代替。然她自己又不愿冒昧失身于你，恐怕一个人力量太弱，救不了你，反害了自己。所以宁肯使你守两夜空房，昨夜因见有我替你出主意，她的胆量才大了，知道有我从中帮助，便不怕不能救你脱险了。"

杨继新听到这里，正待问刚才乘坐的神鹰，是如何的来历，陡听得背后有人大笑。忙回头看时，正是那日从饭店里出来遇见的须眉如雪的老头。心中一感激，不由得就立起身来，向那老头作揖道谢，把腿上的痛苦完全忘了。老头指着新娘对杨新继笑道："何如呢？娶这么一个如花似玉的老婆，不是易如反掌吗？"杨继新还不曾回答。只见新娘和大姨姊都跪下来，叩头道："承祖师爷救命之恩，粉身难报。不过我等此刻，虽已逃到了这里，一时仍没有安身之处，不知以投奔何方为好，还得祖师爷明示。"

杨继新见二人称老头为祖师爷，才知道就是刘鸿采的师傅吕宣良。那日在树林中看见的两只大黑鸟，就是大姨姊乘坐飞来的神鹰。心想怪道他能包管我易如反掌的，娶这么一个绝世美人。得有他这样大本领的人，从中作合，我也不知几生修到这种缘分。杨继新心中说不尽的高兴，至于有没有安身之处的问题，在他这到处为家的人，并不在意。随着就听得吕宣良说道："安身之处，何愁没有。"说时，望着杨继新道："你一家骨肉团聚之期，就在目前，岂可另谋安身之处？"杨继新道："祖师爷是教我就此回思恩府去么？"

吕宣良摇头道："不是，我这里有一封书信，你们三人一同送到长沙隐居山下柳大成家，交给柳大成，自有区处。”随从袖中取出一封信，并两个包裹，递给杨继新道：“这两个包裹里面，是刘鸿采半生作恶积蓄得来的珍宝。他刚才已被红云老祖拘去，责其改悔，十年之内，红云必不许他离开左右。我将他的家财，分给众丫鬟，已打发各归原籍。只她们姊妹，终身都已有了着落，并早已无家可归，所以留了这两包东西带来。这里面的东西，虽我是取之刘鸿采，但刘鸿采在十几年前，也曾取之于你两人家中。此中因果，不爽分毫。”

杨继新双手接过来，觉得十分沉重，当即转交新娘和大姨姊两个。三人一同向吕宣良叩谢。吕宣良本是萍踪无定的人，此事既经办了，仍带着一对神鹰，不知往何处去了。

杨继新带了新娘大姨姊投奔长沙，在途中问起姊妹两个的身世，才知道二人本是姑表姊妹，都是浙江新城县的巨室。两家其所以都弄得家败人亡，一家仅留了一个弱女儿，尚且得受尽千般磨折，这其中也有显然的因果可言。非是在下迷信因果报应的话头，只因生成了这种惨酷不近情理的事实，自然使人看了，觉得处处是报应昭彰。二人既是本传中两个女侠，便不能将身世忽略不写。

不知二人的身世当中，有何惨酷不近情理的事实，且俟第五十二回再写。

第五十二回

钱锡九纳宠受恓惶　蒋育文主谋招怨毒

话说浙江新城县辖柳树桥地方，有一个姓钱的富室，原是由祖宗做官发了财，在柳树桥置了许多房屋田产，给子孙享受。这时钱家的主人叫钱锡九，年纪才得三十来岁，生性欢喜结交江湖上三教九流的人，如走马卖解、阴阳风水等人，钱锡九时常留在家中款待。有时有江洋大盗犯了案，被追捕得紧急，无处藏身躲影，跑到钱家来，说出实在情形，求钱锡九保护。钱锡九也不顾案情轻重，自己是否担当得起，多是一口答应，窝藏在家。钱锡九也略会得些武艺，曾中了一名武举人，有一个胞妹，嫁给同乡十多里蒋家，蒋家也是新城的巨富。妹婿蒋育文，挂名读书，花钱买了一名秀才，为人机巧变诈，刁恶百端，郎舅之间，却甚相得。

这日，有夫妻两个，带着一个女儿，到柳树桥地方卖解。凡是来这地方卖解的人，无有不闻钱锡九的名，先来钱家打招呼的，这三人也照例先到钱家来。钱锡九一见这女儿年方十五六岁，生得玲珑娇小，秀丽无伦，心中已非常爱慕。及见这女儿使出来的技艺，都不是寻常一班卖解女郎所能比拟，更倾倒得了不得，将三人留在家中，攀谈家世。知道这女儿叫韩采霞，已十六岁了，是夫妻两个的亲生女儿，没有儿子，打算将韩采霞招一个有些儿能为的女婿，好供给夫妻两个残年的衣食。钱锡九既爱上了韩采霞，又听得还不曾许人，便喜不自胜的，差心腹人向韩采霞的父母说合，情愿多送些银钱，定要纳韩采霞做姨太太。

韩采霞正如初开的一朵鲜花，她自己的志愿很大，便是嫁人做结发夫妇，也得由她自己看中了人物，依得她自己的种种条件，才算如愿相偿。于今钱锡九的年龄，比她大了一倍，人品又生得粗蛮凶恶，更加上是做姨太太，她怎么得愿意呢？她本人既明说不愿意，她父母是爱怜她的，是将依赖她下半世生活的，当然不忍勉强她，很委婉的向说合人回绝。

说合人存心要讨钱锡九的好，生拉活扯的，要把这事做成，威逼利诱，不知费了多少唇舌，用了多少心思，居然诱逼得韩采霞父母答应了。钱锡九出一千两银子的聘金，交给韩采霞父母，硬逼着写了一张卖身字给钱锡九。夫妻两个搂抱着韩采霞痛哭了一场，才泪眼婆娑，一步三回头的忍泣去了。

韩采霞见自己父母，因贪图一千两银子的聘金，竟忍心写卖身字，将她卖给这样粗蛮凶恶的钱锡九做妾，心里又是伤感，又是痛恨。伤感的，是为骨肉至亲，都敌不过钱神的势力，钱神一到，便教人骨肉分离；痛恨的，是为钱锡九本有老婆，不应倚仗钱多势大，欺骗贫人，为图遂自己的淫欲，硬逼着将人家的至亲骨肉拆开。韩采霞心里虽则如此痛恨，然父母既收受了人家的银两，卖身字且已到了人家手里，还有什么方法，能避免那个不愿意干的勾当呢？

钱锡九见已达到了目的，直喜得心花怒发。地方邻居，得了这消息，存心巴结钱家的都来庆贺。钱锡九办了些酒席款待，悬灯结彩，俨然办喜事的模样，并引着许多贺客，来赏鉴韩采霞的姿色，以表示他的眼力不差，艳福极大。

众贺客看了，休说韩采霞本来生得秀丽无伦，不由人不诚心赞赏，便是姿首平常，贺客既存心巴结钱锡九，又有谁敢说半个不赞美的字呢？异口同声的，当着韩采霞，恭维得钱锡九周身十万八千个毛孔，孔孔钻出一个快活来。浑身十万八千个快活，把个钱锡九包围了，其得意的神情，便说不出，写不出，画不出。钱锡九越是得意得说不出，写不出，画不出，韩采霞痛恨的心思，也越跟着说不出，写不出，画不出。越是痛恨得厉害，当然越是不愿意和钱锡九好合。

这夜，钱锡九因贺客恭维得快活，多喝了几杯喜酒，乘兴到韩采霞房里来，准备尽情享受他生平未曾享受过的温柔艳福。一见韩采霞的面，就想上前搂抱。韩采霞连忙避开，说道："你是个有钱有势的人，拿银钱引诱我父母，拿势力压迫我父母，使我父母不敢不答应你的话，忍痛将我卖给你做妾。于今银子已拿去了，卖身字也到了你手里，无论如何，我也翻悔不了，唯有忍气吞声的跟你做妾。不过你的势力，只能压迫我那忠厚诚实的父母，我是不怕你压迫的。你的银钱，只能向我父母买我的身体。我这身体，原是我父母的遗体，父母要拿来卖钱，只由得父母，我不能作主。但我这颗心，从娘胎里出来的时候，是无知无识的，可见得知识不是父母的遗体。父母只能卖我的身，不能卖我的心。你不想买我的心便罢，若想买我的心，就没有这般容易的事。”

钱锡九万想不到韩采霞临时有这些话说出来，不觉怔了一怔，望着韩采霞那种如雪似霜的神气，不由得把初进房时一团极热烈的欲火，冷了一个七八成，酒兴也被冷退了，只得勉强扮出笑脸来，说道：“怎么叫做买你的心，我不懂得？人人个个的心，都在身体里面，我花一千两银子，买你的身体，自然连你的心一并在内。难道你一个人不和旁人一样，心是另外放着的吗？”

韩采霞点头道：“你要装糊涂，也只得由你。我的心，确是不和旁人一样，是另外放着的，不跟着身体在一块。”钱锡九大笑道：“这话倒说得有趣，我倒要问你的心，此刻放在什么地方。”韩采霞正色道：“你要问我的心么，我的心从来是放在我父母身上，不曾移动过一时半刻。”钱锡九道：“然则你这里是没有心的了？”韩采霞道：“我若有半点儿心在这里，也不和你说这些话了。我简直没有心在这里，你就勉强逼迫我，有什么趣味呢？”钱锡九道：“我不爱你，就不妨逼迫你，既是爱你，却如何忍心逼迫你呢？无论怎么，也得把你的心买转来。不过你的心，要如何才能买得转来呢？这是要你自己说的。”

韩采霞道：“你要买我的心，也不是一件难事，我的身体虽瘦弱，气力虽很微小，只是几年来就存心要嫁一个身体伟大、气力强壮的丈夫。像你这般的身体，也可算是伟大的了，但不知道气力怎么样。”钱锡九不待韩采霞说完，即抢着笑道：“你要我旁的东西，我不见得能遂你的意。讲到气力这件东西，敢夸一句大口，是我身上出产的东西，如何强壮得骇人的话，我也不必说，只看你要多大有多大便了。”

韩采霞听了，微露出欣喜的神色，说道：“我也不要如何骇人的强壮，我只直挺挺的仰面睡着，你能用两手，将我并做一块儿的那两条腿，分开来到一尺五六寸宽，我就如愿已足了。”钱锡九打量了韩采霞几眼，笑道：“这真是哄小孩子的笑话。像你这般大小的身体，我只须用两个指头，便可将你全身提起来。就是你两腿这般粗细的两条铁棍，我也能要它弯就弯，要它直就直，何况常人一般的皮肉、一般的筋骨呢？你大概还不知道我是什么人。老实说给你听吧，我是新城县大大有名的武举人，两把十六个力的硬弓，我能并做一块儿，要向左边开，便向左边开；要向右边开，便向右边开，一点儿不费事。头号大刀，我能一只手握住刀把的颠儿，伸直手膀，做一百下太公钓鱼，你看我两膀的气力有多大。全新城县找不出第二个像我这般大气力的人来。你若疑心我夸口，今夜是已来不及了，明早我便可以显点儿真材实力给你瞧瞧。”

韩采霞道：“你是新城县的武举人，我不曾到你家之前，就听得我父母说过。你既有这么大的气力，何必要等到明早才显出来呢？难道你的气力，也和我的心一样，是另外放着的吗？”钱锡九道：“我不是定要等到明早才显出来，只因见你这般孱弱的身体，不是我试力的东西。你既执意要我是这么试，我有何不可？你就躺下来，看你能有多大的气力，尽管使出来便了。”韩采霞道：“试便试，但是你得依我的话。”钱锡九道：“你有什么话，不妨都说出来，我依得的决无不依。”韩采霞道：“你分开了我两条腿，到一尺五六寸宽，我从此一心一意，跟你做妾，誓无异言；若是分不开，或分开不到一尺五六寸宽，当怎么办？”

钱锡九绝不在意的答道：“不是生铁铸成的，哪有分不开的道理？”韩采霞道：“分得开，是你的造化；但是万一分不开，当怎么办呢？”钱锡九道：“看依你说当怎么办，便怎么办。”韩采霞道：“你今夜喝多了酒，气力或者不能如平常一般大。我限你三夜，你在三夜之中，能分开我两腿，我心甘情愿的从你；分不开，便不能怪我。要强逼着我跟没气力的人做妾，我宁死不甘愿。”钱锡九随口应道：“好！我若真个分你两条腿不开，也没颜面做你的丈夫了。一千两银子算不了什么，一分一厘也不要你父母退回，并把你的卖身字还给你拿去。”

韩采霞问道：“这话能作数么？”钱锡九拍着胸脯道：“大丈夫说的话，哪有不能作数之理？不过你说的话，也要能作数才好，不要分开了你的腿，又生出什么难题目，来给我做。”韩采霞道：“我虽是个女子，说话也是一句成单，两句成双，断不改移。”说完，仰面横躺在床上，将两腿直挺挺的伸出床外，两膝两踵紧紧的靠着。

钱锡九仔细端详那两只瘦削如笋的脚，能并在一个手掌中握住。那时一般男子的心理，都爱看小脚，越是小得可怕，在那时男子眼光中看了，便越是觉得可爱。看了瘦小不盈一握的脚，没有个不勃然动心的，钱锡九当然也是这一般的心理。望着韩采霞两只脚，越看越爱，握在手中，轻轻捏了两下，柔若无骨，尤觉摇神荡魄。暗想这样两只勾魂的莲瓣，能有什么气力？就是平常握在掌中，还得仔细，捏重了些儿，受了伤不是当耍的事。拿这东西来，和我这个有力如虎的武举人斗气力，岂不是笑话？

韩采霞见钱锡九，只顾握着两脚端详抚弄，一点儿没有使气力分开的神气，不禁气愤起来说道：“你再不使气力分开，我已不耐烦等你了。”旋说旋将两脚一缩，脱出了钱锡九的掌心，待翻身坐起。钱锡九忙止住道：“我不是不使力，是不忍使力。也罢！你若觉得有些儿痛，就得快说，免得捏伤了，使我心里难过。”韩采霞也懒得回话，只仍将两脚伸直。

钱锡九一手握住一只脚，拉弓也似的，渐次增加气力，向两边分开。却是作怪！两膀的气力，看看使尽了，两腿竟比生铁铸成的还要强硬，莫说向两边分不开来，连上下移动分毫，也做不到。只累得一身大汗，羞得满面通红，握着也不好，放手也不好。韩采霞连声催促道：“怎的还不使力呢？”钱锡九被催促得恨无地缝可入，只得借着韩采霞的话解嘲道：“今夜只怕是应了你的话，喝多了几杯酒，气力大不似平常。使力过于凶猛了，又觉心中不忍，且依你的，明夜再来吧。我连你两条腿都分不开来，更有何颜面做你的丈夫。你独自睡吧，若三夜不曾分开，你去跟你的父母，我也无面目再住这新城县了。”

钱锡九明知不曾将韩采霞的两腿分开，勉强要和韩采霞同睡，是得不着甜头的。并且他先夸下了大口，此时面子上，也实在有些难为情。不如索性不在韩采霞跟前，倒可减轻多少惭愧。韩采霞也不说什么，等钱锡九一出房，就关上房门睡觉。

钱锡九也不好意思拿这夜的情形，对家里人说。次早天未明就起来，赶考期工夫似的，认真攀弓搬石，自觉气力并不比考武举时减少。足足练习了一整日气力，试用两根檀木棍，拿麻绳捆缚在一块，再用凉水蘸在麻绳上，使麻绳缩紧，将全身气力，运到两条膀臂上，一手握住一根木棍，只一声断喝，喳喇喇分作两开，看麻绳已断做了若干段。试验后，望着麻绳不住的点头道："她的两腿，不过硬得和檀木一样，并拢来的力量，不过和麻绳捆缚的一样。今夜若再分不开来，就只好认命了。"

这夜，钱锡九饱餐了夜饭，一口酒都不敢喝，进房欣然对韩采霞道："昨夜一则因喝多了酒，二则不忍用力过猛，今夜你得当心一点儿，拗痛了筋骨，是不能怪我的。"韩采霞道："能拗痛我筋骨，是你的本领，来吧！"说时，仍照昨夜的情形躺下。

钱锡九今夜便不似昨夜那般轻怜重惜的了，和握檀木棍一般的，将两脚牢牢的握住，运足了气力，也是一声断喝，猛然往两边一撕，只因用力过猛，竟将韩采霞的身体，直挺挺的横擎在手中，唯有两腿依旧并做一块，不曾分开一寸半寸。

钱锡九不知不觉的长叹了一声，放下韩采霞，回身往外便走。独自思量了一夜，简直想不到韩采霞是用什么方法，将两腿合并得这么强硬，更想不出破这方法的方法来。思量三夜的期限，已过了两夜，若明夜再分不开，一千两银子的事小，面子如何下得来呢？想到这一层，更是急得如热锅上蚂蚁，走投无路。一夜容易过去，天光一亮，便是最后五分钟的第三日了，仍是和昨日一样，尽力的攀弓搬石。

午饭后，蒋育文来了，见钱锡九一个人，在练武的房里，累得汗流遍体，便笑着问道："新讨了姨嫂子，今日才三朝，怎么舍得不在房中结实亲热亲热，却独自在这里，讨这种苦吃呢？大概是姨嫂子嫌你的弓马生疏，怕将来夺不着武状元，逼着你吃这种苦头。"钱锡九被说得红了脸，半晌不好回答。

蒋育文很觉得诧异，接着问道："我真不懂得你是什么用意，我见你自中过武举之后，不曾有一次到这房里来，理会这些东西。今日一则是纳宠后第三天，不应有闲情余力来弄这些玩意；二则你中举之后，已心得意足，并不打算再从这上面做功夫。你累出这一身臭汗，毕竟为着什么呢？"

钱锡九素来和蒋育文的感情很好，又逆料这事终久不能瞒他，便将蒋育文拉到僻静处，说道："不瞒你说，我真倒霉极了。前日你不是还在这里喝了喜酒，黄昏时候才回去的吗？你回去之后，我乘着酒兴到新讨的人房里，以为可以遂我这几日来的欲望。谁知如此这般的闹了两夜，若今夜再不成功，你替我想想，弄个人财两空，还在其次，你看我此后拿什么面目见人？我怎能不着急，怎能不拼命的练气力？”蒋育文听罢，哈哈大笑道：“原来有这么一回事。我昨夜还向你令妹说笑话，不知你得了这么一个宝贝也似的人儿，这两夜是如何盘肠大战的情形。令妹说，必是通宵达旦，人不离鞍，马不停蹄。做梦也想不到你专在她一对脚上，玩了两夜的把戏。这却如何是好呢？据我想，你这练气力，是白练了的。姑无论练一日两日，练不出多少气力来，即算能练得增加些气力，你要知道，她教你分开到一尺五六寸宽，你这两夜，用尽平生气力，尚不能分开一寸半寸，所差的气力，不用说不在少数，略略增加一点儿，有什么用处呢？并且照情理推测，你能将用麻绳捆缚的檀木棍分作两开，麻绳断做若干段，而不能将姨嫂子的腿，移动分毫，这就不关于力大力小了。这其中必有别的缘故，知道了其中窍妙，大约不用多少气力，便可以分开。若一味行蛮，哪怕你的气力再加几倍，也是枉然。”钱锡九点头道：“我何尝不也是如此着想，无奈想不出是什么窍妙来。除了行蛮，更没有旁的方法。”

蒋育文不作声，低着头，闭着眼，好像思索什么的样子。过了一会儿，忽然抬起头，向钱锡九笑道：“我已替你想出一个方法来了，你不妨去试用一遭。好在你原来是束手无策的，我想的方法便不灵，也不至误你的好事。”钱锡九连忙问道：“什么方法，快说出来，不灵决不怪你。”蒋育文道：“你今夜带一块小小的铁片或铁锤在身上，但不可贴肉将铁锤怀热了。照昨夜的样，两手把姨嫂子的身体擎得悬空，以你的力量，一只手必能将她擎起。腾出一只手来，拿出铁锤或铁片，只轻轻向她腰眼里一点，赶紧放下铁锤，一手握住一脚，往左右一分，便不怕分不开了。”钱锡九问是什么道理，蒋育文道：“且试用了灵验再说，此时我还没有把握。”

钱锡九虽不相信这方法有效，然在一筹莫展的时候，得有这效否不可知的方法，毕竟聊胜于无。遂依蒋育文的话，如法炮制。果然铁锤一着韩采霞的腰眼，绝不费力的，就将两腿分开了。韩采霞两腿既被钱锡九分开，有言在先，无可抵赖，只得含着两泡眼泪，听凭钱锡九为所欲为。

好事成后，韩采霞问道：“你怎么知道用铁锤点我的腰眼？”钱锡九笑道：“不想出这方法，如何能使你心甘情愿呢？”韩采霞道：“你从什么地方想出来的呢？我倒很佩服你的心思细密。你把如何想出来的道理，说给我听听看。”钱锡九哪里知道其中的道理，只得说道：“你的腿已被我分开了，如了你的心愿，便算完事，何必追问什么道理？”韩采霞道：“你说不出其中道理，可知道这方法，不是由你想出来的。我于今做你姨太太，生米也煮成了熟饭，难道还有翻悔？你把想这方法的人说给我听，使我也知道这人的能耐，有什么要紧。”钱锡九被逼得没法，只好将蒋育文说出来，韩采霞便不作声了。

又过了几日蒋育文来钱家闲坐，到了韩采霞房里。韩采霞用闲谈的态度笑道：“姑老爷是精明能干的人，做事要处处存心积德才好，这回不应帮着你舅老爷，出这坏心术的主意。做这种坏事，将来是免不了要受报应的。”蒋育文大笑道：“怎么谓之坏事？姨嫂子应该感激我才是。不是我出那个主意，姨嫂子至今还尝不着那夜分开两腿以后的滋味哩！”彼此是这么笑谑了一会儿，蒋育文便走出来了。

岂知这日在钱家吃了午饭回家，肚中就泻个不住，一夜数十次，没有收煞的时候。一连三四日如此，把个蒋育文泻得头昏目眩，腿软腰酸，知道是韩采霞用报复手段。蒋育文妻子回来求情，韩采霞送了一包药服下，才将泻止住了，从此两家就有了嫌隙。钱锡九宠爱韩采霞，言无不信，计无不从，遇事与蒋育文作对；蒋育文仗着自己一点儿小聪明，也遇事不肯退让。两家的怨越积越深，倾陷的手段，也越使越辣。四五年之后，毕竟因这一点小愤，两家都弄得家破人亡。

不知因何弄得家破人亡，且俟下回再写。

第五十三回

熏香放火毒妇报冤仇　拔刀救人奇侠收双女

话说韩采霞到钱家才一年，就生了一个女儿，取名素玉。素玉不到周岁，蒋育文也生了个女儿，取名琼姑，这时两家骨子里虽有嫌隙，表面仍相往来。蒋琼姑从小就生得玲珑可爱，最能窥伺长辈的意思。韩采霞虽因蒋育文代钱锡九出主意，怀恨刺骨，然见了蒋琼姑，却忍不住不欢喜痛爱，凡事之不可理解的，不谓之天缘，便谓之天数。大概蒋琼姑命里合当和钱素玉有同时落难的天数，又有同时适人的天缘，所以不由得韩采霞不欢喜。若不然，钱蒋两家当日已成冰炭，蒋育文全家男女老少一十五口，竟有一十四口屈死在韩采霞一怒之中，而蒋琼姑独能因得韩采霞欢喜的缘故，得保性命，岂是偶然的事？

两家毕竟为什么如此惨酷的陷害呢？说起原因来，实在是一件小而又小的事。休说至亲骨肉，不应因这点小事即相仇杀；便是一面不相识的强暴之徒，也罕有生性偏狭，居心狠毒到这一步的。

事因钱锡九有一座祖坟，在蒋育文的田庄附近。那座祖坟，据研究阴阳风水的人说，钱家做官发财，添丁进口，就全仗那座祖坟保佑。那祖坟的龙脉如何好，朝岸如何好，砂水如何好，只要后人能小心谨慎的，将那祖坟保护得没有伤损，钱家的富贵，便能永远维持，不至中落。钱锡九是个迷信风水的人，一班以阴阳风水之术，在江湖上糊口的人，终年不断的有三五个在钱家住着。钱家的产业多，房屋大，江湖上九流三教的人，一到他家，他不问有不有一点儿真实本领，但是能奉承得法，恭维恰当的，一体留作上宾款待。到钱家来的地理先生，无不深知钱锡九的性情，和钱家所自信的发冢。钱锡九也自以为那座祖坟，是将来公侯将相发源之地。每新来一个地理先生，钱锡九必亲自带着到那座坟上赏鉴赏鉴。走江湖的人，哪有蠢笨的呢？奉承恭维的话，都是如出一口。

久而久之，远近的人，既不研究地理，及与钱家素不相识的人，也都知道那座坟，是钱武举家的发坟。附近牧牛羊的，都相诫不许牛羊践踏那坟周围数十丈之地。因为钱锡九听了地理先生的话，尽力的保护那坟，不使受丝毫损伤，专派两个壮健汉子，常川住在墓庐里，看守坟墓。遇有牛羊在墓旁数十丈以内践踏，不是将牧童饱打一顿，便将牛羊牵去不放。必须牛羊的主人，到坟前叩头赔礼，并大受钱锡九一番叱责，才得牛羊回来。

蒋育文有一所田产，在那坟的对面，当亲戚和谐的时候，蒋家对于那坟，也尽相当的力量保护，及已有了嫌隙，便不过问那坟的事了。嗣后仇怨愈结愈深，不但不过问，反时刻想损害那坟墓，使钱家的家运受些影响，也招引些地理先生来家，研究破坏那坟的方法。有的说：“须在那坟的来龙上，掘一个吊井，使龙脉泄了气，坟就不灵了。”蒋育文说：“这事办不到，因为那坟的来龙，是钱家的土地，我蒋家不能去掘井。破坏得太显明了，若钱家告状，打起官司来，我亏理打他不过。”就有第二个地理先生献计道：“断他的来龙，不如截他的朝岸。只要在那坟的对面，建一所楼房，使坟里的人，看不见岸山，以后生出子孙来，一个个都是瞎子。”蒋育文喜道：“这方法好极了，又容易办到。我有一所田产，正在那坟的对面，我拼着花几千两银子，到那田庄上，建造一所楼房。钱家就明知我是有意破坏，我在我的土地内，建造我自己住的房屋，他也没方法来阻拦，打官司也不怕他。”看定了地基方向，就动手开工。

地理先生巴不得有这种事发生，好从中沾刮些油水，即时跟着蒋育文，到那田庄上，择定了地基。有钱的人，无事不可以咄嗟立办，加以有心陷害仇家，尤以越快越好，比寻常建筑房屋多几倍的工人，昼夜兼营，好像这所楼房一旦造成，钱家人立时就都变了瞎子似的。等到钱锡九得着墓庐里人的报告时，蒋家房屋的墙基，已砌成几尺高了。

钱锡九随即带领几个地理先生，匆匆同到坟上视察。地理先生的见解，大抵差不多。一看都大惊失色道：“那房屋万不能使他造成。造成了，钱家有无穷的祸害。”钱锡九听了，这一气非同小可。当时打发门下的清客，去蒋家质问，多少地方好建造房屋，为什么偏要在钱家发冢的对面建造，使发冢看不见岸山？蒋育文既是故意这么办，怎肯因质问便中止进行呢？对清客大骂了一顿，说我建造住宅，在我自己的土地内，用我自己的钱，纯不与钱家相关，休得前来放屁！清客挨了这一顿骂，跑回来对钱锡九添枝带叶的，说得钱锡九恨不得抓住蒋育文，活吃下肚里去。当下就要冲到建筑场去，凭着他自己身上的武艺，将蒋育文和一班工人，打一个落花流水，把砌成的几尺墙基，推为平地。

只是同来的几个地理先生，心中虽一般的唯恐天下不乱，然他们这一类人，只能凭着一张嘴，在背后挑拨怂恿，好从中得些利益。至于挺身出头，与人动手相打的事，恐怕吃了眼前亏，还得不着多少好处，是不愿意干的。因此大家把钱锡九劝住，归家从长计议。

钱锡九气愤愤的回到家中，召集众门客商量对付的方法。人多口杂，主张自不齐一，有主张多办酒席，将附近数十里的绅耆请来，向蒋育文评论道理的；有主张以惊动祖墓的罪名，去县里控告蒋育文的。钱锡九都觉不甚妥当，不能必操胜算，而自己却又思量不出对付的方法来。

韩采霞知道了这消息，忙打发丫鬟将钱锡九请了进来说道：“蒋家这番陷害我家的举动，毒辣到了极处。他料定我家明知道他是存心陷害，只是奈何他不得，请地方绅耆来，向他评论道理吧，他在他自己所有的田庄内建造房屋，只要不侵占钱家的土地，钱家没有出头阻拦的道理；至于有不有妨碍风水的话，是没有凭据的。莫说道理说不过他，即算能说得他无理可答，他恃强不理会，仍照常加工建筑，也就无可奈何他了。道理说他不过，打官司也不见得能胜过他。你恃仗着身上武艺，冲过去打服他吧，不但打他不服，他还巴不得你有这无理的举动，好到县里告你。依我的主意，暂时万不可与他计较，一面对外人说实在没有方法，能使蒋家停止建造；一面托人向蒋家说情，愿赔偿他多少银钱，求他将房基移左或移右二三丈。”

钱锡九不悦道：“要我去向他低头他便依了我的，移开二三丈，我也犯不着在他跟前示这个弱，何况逆料他决不肯依呢！于事无益，徒留一个笑柄给人，这事干不得。”韩采霞笑道：“我何尝不知道他决不肯依，我出这个主意，自有我的道理。”钱锡九喜道：“有什么道理，且说给我斟酌斟酌，如果可行，我就依你的办。”

韩采霞将房中丫鬟挥了出去，关上房门，低声对钱锡九说道：“蒋育文惯用恶毒的手段害人，我不图报复就罢了，要报复，也就得用极恶毒的手段，使他全家俱灭，还得不着一点儿是被我害了的凭据，做鬼也教他做个糊涂鬼。我有一种熏香，是我父亲在江湖上，费了多少的时日、多少的心思，才得到手的，厉害无比。我父亲传给我，我在你家，这东西没用处。于今蒋育文既有这般恶毒，说不得我要拿出这东西用一回。”

钱锡九道：“这东西我虽没见过，但是我曾听得人说，熏香是强盗用的，用处在使人嗅着气味，立时昏迷不醒。于今我又不打算劫取蒋家的银钱，徒使他全家昏迷一阵子，有什么益处呢？”韩采霞凑近耳根，说道：“我的话还不曾说明，你就来不及似的问，自然不知道有什么益处。你要知道，此刻是太平世界，无端要使蒋家的人，都死在我手里，旁边人得不着一点儿凭据，除了用这东西，是做不到的。我这东西的力量，能使人昏迷一昼夜不醒，拣没有月光的这夜，我独自一个人，带了这东西前去，人不知鬼不觉的，将他一家人迷翻，加上一把火，连房屋带人烧他一个干干净净，有谁能拿得出是我家放火的凭据来。你这一口无穷的怨气，不是已得着了出路吗？”

钱锡九喜得跳了起来，说道：“他在我发冢的岸山上建造房屋，用意正是要害死我全家。我不能把他全家害死，我这口怨气，也是得不着出路。打官司和请绅耆评理的方法，我就因为太和缓了，不是对付蒋育文这种恶毒人的手段。你这办法，才正合了我的心愿。”韩采霞连忙摇手止住道：“低声些，这不是当耍的勾当。除了你我二人之外，断不能使第三个人知道一点儿风声。我其所以要你一面对外人说，实在没有方法，能使蒋家停止建造，一面打发向蒋家求情，就是有意做出软弱的样子来，好教人不疑心有极恶毒的方法在后。你我于今既经议定了，分途照办便了。谨慎，谨慎！万不可对家里人，露出一点口风。”钱锡九点头称是，心中很欢喜韩采霞足智多谋，能替他出气。

谁知钱韩二人尽管秘密，毕竟事还没做，便已被人知道了。知道的是谁呢？原来就是那个无恶不作的刘鸿采。这时刘鸿采尚不曾被吕宣良驱逐，到处游行，原也抱着一点儿行侠仗义的宗旨。无奈刘鸿采生性不是公平正直的人，吕宣良因他的天资极高，夙根极深，急欲成就一个好徒弟，不曾端详审慎。既列门墙，就不免有些感情用事，非到万不得已，没有肯将已经作育成功的徒弟轻易驱除的。误收匪人做徒弟，自己因之受了拖连的，在修道的人当中，极多极多，不是吕宣良一个。不过这时的刘鸿采，行为虽不甚合理，然尚不是有心作恶。即如这回钱韩二人，在密室商议害蒋育文全家性命的事，刘鸿采凑巧不先不后的，到了钱家屋上。因听得夫妻密议的声音，心中动了一动，即用隐身法到了钱锡九身边，什么言语都听了入耳。

若是旁的剑侠，听了这种恶毒的消息，必然设法阻拦，使这恶毒的计划不能实现。无如刘鸿采的思想，和人不同，他也是个相信风水的人，觉得蒋家在钱家发冢岸山上，建造房屋，于钱家固是有祸害；而蒋家对着人家阴宅，建造阳宅，且存着不利于阴宅的心，论天理地理人理，也都应有极大的祸害。两家的厉气，都已聚得非常浓厚，结果应该两败俱伤。我只择其中有缘的人，能救的救一两个。刘鸿采既是这么一种奇特思想，就存了一个隔岸观火的心思，不肯偏袒哪一方面。

次日，刘鸿采假装一个乞丐，到蒋家乞食，恰好遇着蒋琼姑，跟着几个兄弟，在庭院中玩耍。刘鸿采见面便吃了一惊，暗想这般秀外慧中、玲珑娇小的女孩，我平生未曾多见，天生这样的丽质，必有用处，决不应该死在这劫数之中。我何不救她出来，暂时做我的义女，传她些道术，或者将来能做我修炼的帮手。其余的这些人，一个个印堂发暗，准头带青，都已透出了死气，是无可挽救的了。刘鸿采既存心想救出蒋琼姑，也不动声色。等到韩采霞实行毒计的这夜，悄悄的躲在蒋家房上偷看。

这夜是月尽夜，天上只微微的有点儿星光。二更时分，隐约看见一条黑影，很急的向蒋家奔来，认得出就是韩采霞。刘鸿采用棉花塞了鼻孔，借隐身法跟在韩采霞背后，好看她如何举动。只见她身手好快，一垫脚就上了房子，穿房越脊，飘风也似的没有声响。经过几间房屋，到一处院中，飘身而下，揭起外衣，从腰间取下一条拇指粗的纸卷来，敲火镰点着，从门斗隙中塞进房去，好像烧着了硫黄，发出一种哧哧的细响。

韩采霞立了片刻，回身又到这边房门口，也取了一条同样的纸卷贴着，如前塞了进去，又立了片刻，才将房门撬开。刘鸿采跟着进房，见韩采霞把几上的银灯剔大，看房中陈设，整齐华丽，一望就知道是富贵人家的卧室。

床上帐门垂着，床前踏板上，并排放着一男一女的两双鞋子。韩采霞一手高擎银灯，一手撩开帐门，望着床上睡得和死人一般的男子，点了点头，恨声说道："你今夜可不能怪我，我的身体，因你一句话断送；我的父母，因你一句话分离。我就剥你的皮，吃你的肉，也难消我胸中之恨！我若愿意给姓钱的做妾，何待你出主意？我不愿意，何用你造这大孽？你今夜若死得不甘，尽管去阎王跟前告我，我随后便来。你须知我此刻来杀你全家，并不是为钱家坟墓的事。"说罢，仍将帐门放了，将灯也搁在原处，出房去到这边房里。

刘鸿采看这房丁字式安放两个床，帐门都垂下，房中陈设的寻常家具。韩采霞也将桌上的油灯，剔亮了些，端起来照床上，每床上有一个形似乳妈的人，带两个小孩睡了，蒋琼姑也在其内。韩采霞用灯在蒋琼姑脸上照了照，肌理莹彻，眉目如画，那种美睡酣甜的样子，便是具蛇蝎虎狼之心的人见了，也得油然发生爱惜的念头。刘鸿采原打算等韩采霞转身，即将蒋琼姑抱在怀中，再跟着看韩采霞的举动。只是韩采霞望着蒋琼姑，好像现出迟疑不决的神气，好一会儿，才自言自语的说道："我原来十分爱你的，此时见了你的面，究竟不忍心使你葬身火窟，且替蒋家留了你这一点骨血吧。"旋说旋一手将蒋琼姑提起来，夹在胁下。

受了熏香的人，和死了的只多一口气，就是用油煎火灼，至死也不会醒来。蒋琼姑被夹在韩采霞胁下，头垂脚軃，软洋洋的毫无知觉。韩采霞夹了蒋琼姑出来，复用熏香，把蒋家的底下人都熏翻了。在蒋育文房中，搜索了一大包细软，做一包袱，连同蒋琼姑系在背上，然后搬柴运草，放起火来。

乡村之中，房屋稀少，不似市镇都会，一家失火，邻居容易发觉，前来扑灭的人又多。乡村中失了火，若不赖自己惊觉得快，起来救熄，邻居是非待次日早起，不能发觉的。韩采霞特地前来放火，引火之物，当然都搬运在紧要的地方，一烧着就冒穿屋顶，风增火势，火助风威，可怜蒋育文全家男女老少，主仆共一十五口人，除蒋琼姑而外，十四口都在迷梦中被烧得伸手舒脚，休说图逃，连醒转来再死的都没有。

韩采霞见几间睡了人的房屋，都烧得表里通红，火焰冲天，逆料是早已死了，才转身飞奔钱家。刘鸿采紧紧的跟在后面，只见韩采霞奔到离钱家，约有半里路的一座山上，寻着一处山岩，将背上的蒋琼姑和包袱解了下来，纳入山岩里面，再回身向钱家奔去。刘鸿采跟在她背后思量道：“这举动很奇怪，怎么纳在这山岩里面呢？难道夜里不好安顿这蒋琼姑，须待明日白天再来么？”韩采霞的脚下很快，半里多路，霎眼工夫就到了，也是一垫脚上了房檐，到她自己卧室外面天井中落下，蹑脚潜踪的唯恐有响声，被房中人听得的样子。也从腰间摸出一条纸卷，敲火点着，照蒋家的样送入房中。房中原有鼾声的，纸卷进房不多时，鼾声顿时寂然了。

韩采霞推开门进去，绝不露出踌躇的意味，从左肘上取下一把尺多长的尖刀来，寒光闪灼，可知是锋利极了。左手撩开帐门，右手握刀指着钱锡九的脸，低低的声音，却很斩截的说道：“你倚财仗势，强娶我做妾，几年来被你奸污，时时刻刻恨不得吃你的肉。替你出主意的蒋育文，我也取了他一家十四口的性命，我对他的怨恨，已可消除了，此时轮到了你头上。我若不将你杀掉，也对不起蒋家一十四口的冤魂。”

“魂”字才说出口，利刃已刺入钱锡九胸窝，一抽刀，血便跟着直喷出来，有二三尺多高，溅在帐顶上，喳喳的响。刺死后，看也不看一眼，在被褥上揩去刀上血迹，即走到床头，提出一个捆好了的包袱，急急走进后房，将钱素玉抱起，也和受了熏香的一样。就从后房窗眼里，耸身上房，头也不回的向那座山上飞奔。

韩采霞这番举动，倒把个刘鸿采怔住了，暗想这女子，也可算是毒辣到极处的了。和钱锡九做了这几年夫妻，女儿都有这么大了，居然忍心下这样的毒手。倚财仗势逼迫人家做妾的，看了这种榜样，也就应该有点儿戒心了。我倒要始终跟着她，看她将这一对女儿，怎生处置。没一会儿跟到了山岩里，将钱素玉放下，打开包袱，取出衣服来，把身上溅了些血迹的衣服更换了。

天光渐亮，钱、蒋两女儿因睡在地下，比睡在床上的容易清醒。蒋琼姑先醒转来，睁眼看了看四周的情形，便“哇”的一声哭了，口里不住的叫妈妈。韩采霞好像怕被人听得哭声，前来识破她行踪似的，忙伸手将蒋琼姑的小口掩住，一面就耳根说道：“我救了你的性命到这里，你还哭么？若再敢哭，就连你这条小命也不留。多死你这么一个才出世的小东西，和多踏死一只蚂蚁差不多，你不可不识好。”

韩采霞这派话，若对已经成年有知识的人说，自可将哭声吓住。无奈蒋琼姑才得五六岁，知道什么东西是性命，和死有什么可怕？越是见韩采霞说话的声音严厉，越是吓得大哭不止。蒋琼姑的哭声，正高得震人耳鼓，钱素玉已醒转来，张眼看了一看，也紧跟着大哭起来。韩采霞只急得无可奈何，举手将蒋琼玉脸上，啪、啪、啪打了几个嘴巴，恶狠狠的喝道："要讨死就哭！"

蒋琼姑长到五六岁，父母钟爱得如掌上明珠，几曾挨过一下巴掌，更几曾听人骂过讨死的话？不曾挨过打的小孩，并不知道打她的用意，脸上受了痛苦，怎么倒能把哭声停住呢？不待说是益发号啕得厉害了。刘鸿采隐身在旁边，看得分明，见韩采霞两眼忽然露出凶光，射在蒋琼姑身上，咬了一咬牙关，恨恨的说道："你这贱丫头，本合该与你父母，同死在一个火窟里。我逆天行事，将你救出来，毕竟是白用了一片好心。我若为救你把性命丢了，就太不值得。罢，罢，罢！送你和你父母一道儿去吧。"说着，已拔出那把刺钱锡九的刀来，对准蒋琼姑的头顶心，顺手刺下。

刘鸿采到了这时，再也忍耐不住了。说时迟、那时快，来不及现出本来面目，一手就将那刀夺了过来。韩采霞不提防有人隐身跟在左右，不见人影，忽觉手中刀被人夺了，不由得不大吃一惊。刘鸿采夺刀在手，才收了隐身法，即用那刀指着韩采霞骂道："我没见过你这么毒的妇人，实在容你不得。这刀是你刺死亲夫的刀，不教你死在这把刀下，也不见得天理循环、报应不爽的道理。"一面说，一面转刀尖向韩采霞胸窝刺去。

韩采霞的武艺，本很高强，虽不能与剑客相抗，然刘鸿采用短刀去刺她，论她的武艺若在平时，使出腾挪躲闪的功夫来，也不是容易可以刺着的。此时因刀无形被夺的时候，吃了一惊，接着突然在眼前，显出一个凶神恶煞一般的汉子来，更把她惊得呆了。加以是才犯了大案，心中正在虚怯的时候，连退步都来不及，刀尖已刺进了胸窝，立不住仰后便倒。刘鸿采看已是死了，才掼了短刀，提起两个包袱，在钱、蒋二女孩头上，各人拍了一下，二孩即时迷失了本性，不知道哭泣了。

这便是钱素玉、蒋琼姑到刘鸿采手下的来历。嫁给杨继新的，就是蒋琼姑。蒋育文在日，曾替钱锡九主谋，破了韩采霞的身体。所以钱素玉也替杨继新主谋，破了蒋琼姑的身体。韩采霞破身，在嫁钱锡九的第三夜；而蒋琼姑破身，也在嫁杨继新的第三夜。钱锡九两夫妻商议去烧杀蒋育文全家，而他夫妻自身也都在这几个时辰以内，双双饱刃而死，因此在下说，照这件事实看来，使人觉得处处都是因果报应。

只是钱、蒋二人的来历已经述明了，闲言少说，再说杨继新收了金罗汉的书信，带着蒋琼姑、钱素玉，从遂平一路向长沙进发。在途中问出了二人的略历，才知道世间有这些奇人怪事。一路上饥餐渴饮，晓行夜宿，不止一日。这日到了湖北，杨继新雇了一条很大的民船，打算一帆风顺，几日便可达到长沙。

杨继新是个富有才华的人，气宇自与常人不同，加以年轻飘逸，服饰鲜明，又配上一个丰姿绝世的蒋琼姑，兼有骨秀神清，如寒梅一品的钱素玉同行，三人所到之处，无不认作官家眷属。杨继新雅人深致，独自出门的时候，尚且到处流连山水，诗酒自娱。于今日对天人，胸无俗虑，并无须急急的苦赶途程，遇着风色不顺，就拣稍可流连的地方停泊。

这日还停泊在湖北境内，因连刮了几日的逆风，才转风色。船户正准备开行，忽见两个行装打扮、背驮包袱的大汉，忽匆匆向船跟前走来。在前面的年约四十来岁，跟在背后走的年纪略小些儿，离船还有十来丈远近，在前面的汉子就高声问道："请问这船是开到长沙去的么？"船户看二人的步履很矫捷，气魄又十分雄壮，恐怕不是正路上的人，不敢答白。杨继新听说岸上有人问话，即推开舱门向岸上看去，两个大汉已到了船旁，同赔笑对杨继新拱手道："我兄弟是多年在各省大码头做买卖的人，这回因要到长沙去，在湖北等候了多时，若没有相安的顺便船只，只得从旱路步行。我兄弟这回是初次去长沙，不知道去长沙的旱路，比水路还难行走。难得遇见公子这船，福气极大，千万恳求公子，分船头一尺之地，给我兄弟，顺便搭到长沙。沿途饮食，我兄弟自有糇粮，不须破费公子。"

杨继新见二人的言动，虽彬彬有礼，只是那种赳赳雄武的气概，使杨继新也疑心不是正道人物，随即摇头说道："船上多搭一两个人，原没妨碍。不过我这船是特地包了载家眷的，为的就是怕有外人同船，起居不便。这河里往来的船多，请两位另搭他船吧。"二人听杨继新推却不肯，即时现出神色沮丧的样子，同时跪下朝杨继新叩了一个头道："这河里若有第二条船可搭，我兄弟也不来恳求公子了。我兄弟确是规规矩矩在各大码头做买卖的人，求公子不要认作匪类。公子鸿福齐天，决没有大胆的匪类，敢转公子的念头，我兄弟就是来求庇护的。”

杨继新益发疑惑说道：“现在清平世界，到处行旅平安，这条路上，更是道不拾遗、夜不闭户，无端用得着什么庇护？我这船上，其所以不搭外客，并非怕误搭匪类，更非认两位不是规规矩矩的买卖人。并且我看两位身壮力强，不是孤单软弱的行商可比，在行旅平安的路上，无缘无故，要存这害怕的念头干什么呢？”二人听杨继新说完，年长的抬头打量了杨继新两眼，回头向年轻些的说道：“这不像是老于江湖的人口吻，难道我们找错了么？”年轻的且不回答，只顾用两只闪电也似的眼睛，向船舱内窥探。

这时钱素玉正与蒋琼姑下围棋，杨继新和岸上二人对答的话，都听得明白，至此，才忍不住起身向岸上看了一眼，即对杨继新说道：“这是两个好人，妹丈可教他们上船，顺便带他们到长沙，也免得他们在路上受惊恐。”杨继新见自己大姨姊这么说，也猜不透是什么意思。然逆料钱素玉是个极有见识极有能为的人，她主张的必无谬误，遂对两人说道：“既是二位定要搭我的船去长沙，我也是出门的人，得行方便，且行方便，就请上船来吧。”两人如得了恩诏，谢了又谢，才一跃上船。

船户看了这情形，以为杨继新是读书公子，不知道世路崎岖，这类凶相外露、素昧平生的人，也居然许可他们搭船。在半途中出了乱子，船家多少担些干系，不能袖手旁观，不先事交代一番，以卸自己的责任。船户有了这种心理，便到杨继新跟前说道：“这船是杨公子出钱包了的，公子要许可谁上船，小人不敢顾问。不过小人在这河里行了几十年，深知道这条路，只表面上安静，实在是一步一关，难行极了，素不相识的人来搭船，公子若图免麻烦，小人的愚见，仍以不答应为好。小人既知道这河里难走的情形，不敢不禀明公子，并非故意说这话，使公子受惊。“杨继新点了点头道：“知道了，我自有道理。”船户诺诺连声，退了出去。

杨继新口里虽说“知道了，自有道理”的话，其实他心里何尝有什么道理？等船户一退去，就问钱素玉道：“姊姊何以知道两个汉子是好人，许他们上船来坐呢？”钱素玉只顾低头想棋不答，蒋琼姑也行所无事。杨继新接着将船户进来禀明的话，述了一遍道：“姊姊不可大意，我虽不是老走江湖的人，然人情鬼蜮，世路崎岖，是知道到处皆然的。”钱素玉边拈着棋子沉吟，边随口说道：“知道了，我自有道理。”杨继新便不再问了。

船已开行，几十里就入了湖南省境。这夜停泊在前书常德庆被劫饷银的罗山底下。杨继新照例在船停泊的时候，不问晴雨，必立在船头上，向两岸观望山形水势。此时杨继新走上船头，只见那两个要求搭船的汉子，各枕着各的包袱，一颠一倒的在船头上躺着，一个面向东，一个面向西。杨继新留神看那两个包袱，都有二尺多长，像很有些分量，隐约看见有一把单刀的形式，因包袱捆缚得紧，刀是挺硬的东西，所以从包袱里面露出一点模型来。再仔细看时，连刀柄都露出一二分在外。

杨继新一见这杀人的器具，就不觉心里有些着慌。暗想大姨姊说他们是好人，世上岂有规规矩矩做买卖的好人，肯随身带杀人凶器的道理？这回大姨姊只怕是看走了眼。我既发觉了，不能不赶紧说给她姊妹听，使她们好早些防范。哪里还有心思观望山水呢？连忙转身进舱，神色惊慌的将所见情形，对钱素玉说了道："姊姊打算怎么办？我看还是趁早勒令他们下船去的好。"钱素玉道："我并没打算怎么办，看你说怎么办好就怎么办。"杨继新急道："姊姊不是说自有道理吗？怎么此时倒说看我怎么办好，就怎么办呢？"钱素玉笑道："自有道理的话，是我说的吗？我因听你对船户说，知道了，我自有道理，所以我也照着你的话说，以为你真是自有道理，我倒安心和妹妹下棋呢。"杨继新跺脚道："这才冤枉！我不仗着有姊姊能担当，怎敢对船户那么说？"

钱素玉见杨继新真个很着急的样子，才止住了嬉笑的态度，说道："妹丈请放宽心，出门做买卖的人，谁不带防身的兵器？何况这所在，是历来有名的盗窟，我们这船经过此地，原可望平安无事的。但是今夜因有这两个人同船，或者免不了有些风吹草动。只是有我姊妹在船上，妹丈不用多操心。这两人自己救死不暇，托庇到这船上来，妹丈倒防范他们做什么。"杨继新问道："姊姊今日也是初次看他两人，怎么便知道是他们自己救死不暇，托庇到我们船上来呢？"

不知钱素玉如何回答，且俟第五十四回再写。

第五十四回

杨赞廷劫财报宿怨　万清和救难释前嫌

话说杨继新问钱素玉怎么知道要求搭船的两人，是他们自己救死不暇，托庇到这船上来的？钱素玉笑道：“这一点儿眼力都没有，走什么江湖呢？这两人是不是同胞兄弟，虽不得而知，然为诚实老于江湖的行商，是可一望而知的。你和船户都因见他两人突如其来，体魄又异常强壮，疑心非正道人物，恐怕是来船上卧底，做里应外合的。江湖中这类事情尽有，你和船户所虑的，并非无见。不过你们其所以如此疑虑，是因看不出他两人背上的包袱里面，是什么东西；若能看得出来，也就不会有这种疑心了。”杨继新道：“用布层层裹扎的包袱，不打开来，如何能看出里面是什么东西呢？”

钱素玉道：“你自不知道看法，与用布层层裹扎有什么相干。休说是布包的容易看出，就是用皮箱、篾篋严密封锁的，也能一望而知。这两人遍身的珠光宝气，必是经营珠宝生意的行商，每人身上所值的，至少也是十多万。这两人的本领，虽不见得如何高强，只是敢在江湖上经营这大的生意，便可知不是无能之辈。若不是走这罗山经过，旁处水旱两路的强人，能奈何他两人的只怕很少。”杨继新问道：“这两人身上，既是每人有值十多万的珠宝，这项生意也就不小了。却为什么不多带几个会武艺的伙计，和我们一般的包雇一条民船，安安稳稳的向长沙去呢？”

钱素玉笑道：“你这话更显得全不懂江湖情形。你不知道各处水旱的强人，最踌躇不敢轻易动手的，只有三种人。第一是方外人，如尼姑和尚之类；第二读书人，譬如一个文士装束的人，单独押运多少财物；第三就是这类单身珠宝行商。因这三种人的本领，平日在江湖上都少有声名，不容易知道强弱。虽有绝大的本领，从表面上看去，也与毫无本领的无甚差别。鲁莽些儿的，因轻视这三种人，吃亏上当，甚至送了性命的，极多极多。为此绿林中人，相诫遇着这三种人，不轻易动手，务必慎重从事。在江湖上够得说会艺，很不是一件容易的事。真会武艺的人，更谈何容易请来当伙计？愿意跟人当伙计的，本领便不问可知了。就请三五百个那种伙计同行，反不啻高挂怕人抢劫的幌子，本来不敢动手的强人见了这种幌子，也就知道是可以动手的了。你不相信两人身上，每人有值十多万的珠宝。这很容易，不多一会儿，自有水落石出，使你相信的时候。”

谈论时，天色已渐就昏黑了。钱素玉教杨继新吩咐船户，将船舱四面的板门取下，明早开船时再关上去。杨继新不知道用意，问为什么夜间反把四面的板门取下来，一点儿没有遮拦，在岸上的人看船舱里，不是可以一望无余吗？钱素玉笑道：“你难道怕岸上人看了去吗？我姊妹两个，今夜非打开门，给人看个饱不可。并不能使你出头露面，你最好躲在这舱底板下面，免得碍人的眼。”

杨继新一听这话，心中很不自在，正色问道：“这船是我们一家人雇的，怎么我坐在舱里，倒碍了别人的眼呢？并且光明正大的家眷，为什么非给人看个饱不可呢？”钱素玉将脸扬过一边，不作理会。蒋琼姑才低声说道：“江湖上的勾当，你既是一点儿不懂得，凡事由姊姊作主，是不会有差错的。姊姊教你如何，你便如何，事前用不着过问，事后自然会知道的。”杨继新这才放宽了心，叫船户将四面的舱板取下。

这罗山也是一个小小的泊船埠头，这夜靠着杨继新这船停泊的还有几条货船，二三副大小木排。入夜，各船头排尾，祭江神的锣声鞭爆之声，同时并作，响得震耳欲聋。正在这时候，两个搭船的行商，各提着各自的包袱，同走进船舱来，对着钱素玉、蒋琼姑叩了个头，起来说道：“我兄弟今夜得两位小姐庇护，保得住资财性命，终身感激不尽。这两个包袱搁在船头，动手时有许多不便。恳求小姐不嫌烦琐，使我等寄存一夜何如？”钱素玉、蒋琼姑都起身避开二人的大礼。钱素玉听罢，微微的点头说道：“同是出门的人，可以帮助的地方，自无不尽力帮助之理，但不知两位尊姓大名，何以知道到我们这船上来的？”

那个年纪大些儿的说道："我兄弟其所以知道到这船上来求庇护，原因说来很是奇怪。我姓胡，名成雄，这是我同胞兄弟，名成保，广东潮州人。从小就跟着家父，终年往来各大通商口岸，做珠宝买卖，家中也略有些积蓄。只因在十多年前，我胞妹舜华，随侍家母到外祖母家，在潮州城隍庙里迷失了，遍寻无着。家母为不见了胞妹舜华，日夜忧煎，已成了一种瘫废的病，辗转床褥好几年了。我兄弟借着做买卖，到处寻访胞妹舜华的踪迹，十多年没访着一些儿消息，以为胞妹必是已经死去不在人世了。

"想不到前几日，因做买卖到了湖北襄阳，在饭店里遇着一个和我同行的人，找我兄弟攀谈。我问他姓名，他说叫张万泰。我不合向他打听我胞妹舜华的事，他当时含糊答应不知道。谁知第二夜，我兄弟借宿在乡村一个农家的楼上，那张万泰便存了不良之心，深夜前来劫夺我兄弟的珠宝。那厮的本领，竟比我兄弟高强十倍以上，哪里是他的敌手？两个包袱都已被他劫夺去了。只是我兄弟这点儿东西，关连着性命，一口气尚在，如何舍得由他劫去，不思量夺回来呢？并且同行劫同行，江湖上也万万不容开这恶例，因此我兄弟拼命跟在张万泰后面追赶，虽明知不是他的对手，然总得跟出他的下落来，以后才有找寻他的所在。

"幸亏我兄弟跟踪在后，刚追了一里多路，在星月光辉之下，眼见张万泰在前，相离不过一箭之地。忽见从斜里飞出两条黑影，立在大路当中，拦住张万泰的去路，向张万泰大喝一声：'站住！'张万泰毫不在意的样子，一面仍旧前跑，一面也厉声喝道：'讨死的囚囊，休得多管闲事！'说罢，只见一道金光，闪闪的朝两条黑影刺去。就听得那黑影打了个哈哈，同时飞出长虹似的两道白光来盘旋上下，将金光逼得一步一步往后退。又听得那黑影笑道：'原来四海龙王的本领，也不过如此，领教了。还不将劫夺的东西退还出来么？'张万泰这时才知道敌不过那两条黑影了，收了金光，问道：'请两位留下尊姓大名，好日后相见。'那黑影答道：'你我日后相见的时候多着呢，你记着吧！我叫欧阳后成，这是我夫人杨宜男。此番奉黄叶祖师之命，前来堵截你这个强盗。'

"我兄弟此时真是喜出望外，连忙赶上前去，张万泰已将劫夺到手的两个包袱，交给欧阳后成道：'我何至做强盗行劫？只因他兄弟向我打听胡舜华，我知道胡舜华是了因的徒弟。了因在日，曾欺负我徒弟庞福基，帮着张炳武、萧挺玉一干人，夺过山龙。我原想去五华山找了因说话，后来听得了因死了，此恨怀在胸中，多年不曾出得。他兄弟既是胡舜华的胞兄，我劫了他的东西，也可因此出一点儿胸中恶气。于今既是黄叶道人出头干预，我暂时只得饶了他们，将来大家自有算总账的时候。’说完，掉臂不顾的去了。

“欧阳后成便将包袱还了我兄弟说道：‘这厮是江湖上有名的‘四海龙王’杨赞廷。论本领，我等都不是他的对手，只因遇了我夫妻的雌雄剑，才占了他的上风。不过今夜的事情虽了，日后的纠葛更多。黄叶祖师命我夫妻来告你知道，你胞妹胡舜华，现在万载县境内住着。你兄弟可就此动身去湖南。但是此去湖南，水、旱两路都不好走，加以与杨赞廷结下了这番嫌隙，沿途更免不了有与你为难的人。凑巧吕宣良祖师，前日曾来玄妙观说作成了两对好姻缘，一对已成了亲，一对还须到湖南后，才得成就。于今正包雇了一艘民船，从湖北动身往湖南去了。黄叶祖师用慧眼一看，说机缘甚是巧妙。你兄弟要沿途能庇护的人，固是非追上那艘民船，恳求顺便载到长沙不可，就是想兄妹重逢，线索也只在那船上的三人身上。’

“我兄弟欣然问明了船上是何等的三人，即拜谢了欧阳后成夫妇，动身追赶前来。一路探看了多少民船，都是些平常客商，一望就可知道不是能庇护我兄弟的人物，连问也无须过问。直到追着了这船，看见公子探身舱外，风神潇洒，气宇温文，才料定是不错的了。及至向公子恳求，至于下拜，尚不蒙公子首肯。看公子神气之间，似乎有些疑虑我兄弟别有用意。我暗想若是本领能庇护我兄弟的人，岂有眼力如此不济的？因此我又以为还不是这船。正在踌躇，公子却已首肯了，探看舱中，原来是小姐格外施恩，特地要公子命我兄弟上船的。于今既承小姐的恩典，许我兄弟上船，这一路平安达到长沙，是无须我兄弟过虑的了。不过据欧阳后成述黄叶祖师的谕旨，胞妹胡舜华，现在万载县境内。我欲兄妹团圆，应该直到万载县去才是。为什么又令我兄弟，附搭小姐这船去长沙呢？小姐的本领高深，不知可否将此中缘故，指教我兄弟，舍妹舜华的居处，小姐想必也是知道的。”

钱素玉听了这一大段情由，才知道胡成雄兄弟求搭这船的原因，虽是由黄叶祖师差人指点，然也是由吕宣良祖师，存心到玄妙观露出话头的。当下即教杨继新收了包袱说道：“此中缘故，此时毋须根究。黄叶祖师指示的，自有道理，且等到了长沙，自然有水落石出的时候。令妹胡舜华，我只闻名，是和朱恶紫一同学道的，前几年听说也在江湖上游历了一番，干了些行侠仗义的勾当。只是有一次曾被红云祖师的徒弟，将她二人监禁了些时，亏得智远禅师有信保了去。欧阳后成的名字，仿佛曾听得说，也是红云祖师的徒弟，却不知道何以又到了昆仑派黄叶老祖的门下。他若还在红云祖师那边，便决不至与杨赞廷动手。总之，究竟是如何的原因，非到可以知道的时候，推测也是无用。两位今夜睡在船头上，无论水中岸上，有如何的响动，不可鲁莽起来动手。来的若是寻常无能之辈，固用不着两位动手；如真有能为的来了，两位动手也没用处，徒然白饶了两条性命。果是来劫银钱珠宝的强盗，我知道两位的手段，足可对付。无奈这里面夹着昆仑、崆峒两派的宿嫌积怨，不可视为等闲。”

胡成雄兄弟诺诺连声，自退到船头睡下。杨继新至此，才相信钱素玉有先见之明。读书人毕竟胆量小些，知道这夜必不得安静，心中实不免有些虚怯怯的，却又不愿意独自示弱，躲在舱底板下面，只好以被蒙头而卧。

钱素玉和蒋琼姑对坐舱中，高烧两支大银蜡，在烛光之下下围棋。船舱四面的板门都已取下，江面风吹波响，浪激砂鸣，一一听得清晰。约莫二更过后，猛听得靠左边停泊的一艘很大的船上，有人厉声喝了一句道：“来得好！已静候你多时了。”此语才毕，就听得“扑通”一声，好像哎呀不曾叫出，便被打下河去了。钱素玉、蒋琼姑原准备有强人到自己船上来的，真个有强人杀到，是意料中之事，并不至于吃惊。今听得强人向邻船上杀去，而听邻船上厉声喝骂的口气，竟也似准备有强人杀来，早已为之防范的。被打下水去的，不用看已可知道是强人无疑了。倒不由得都吃了一惊，一人一口气，将两支大蜡烛吹灭，从取板门之处，朝左边邻船上一看。

只见月光之下，照见一个道士装束的人，披发仗剑立在船头，好像正在念咒作法的模样。随听得岸上远近的有人大声呼道：“焦大哥快来呀，彭四哥被妖道一剑劈下水去了呢。”即又听得一个很苍老的声音回喝道：“大惊小怪些什么！”说声未了，紧接着一道金光，裂帛也似的一声响，从数十丈以外直向道士射来。只是那金光绕着道士的身体打了一个盘旋，又是一声响，射了回去。道士举手中剑向空一指，口喝一声“敕”，陡然狂风大作，眼见一阵旋风着地，卷起岸上的小砂大石，落冰降雹一般的，一齐朝金光发射之处打去。惊喊叫痛以及争先奔避的声音，同时并起。而在这纷乱的当儿，忽听一声霹雳，破空而来，好几道金光夭矫，如长虹东驰西突。

钱素玉看那道士有些惊慌失措的样子，不由得也吃惊，向蒋琼姑道："这剑光来得蹊跷，必有崆峒派的名人来了。你我的本领哪够得上抵敌，这便如何是了。"蒋琼姑道："是找那道士对敌的，或者不与我们相干。"钱素玉来不及回答，头顶上已"喳喇"一声巨响，船身摇荡了两下，船桅被两道金光拦腰一搅，登时劈作两段，折落水中去了。那金光跟随而下，钱素玉、蒋琼姑虽明知不能敌，也只得放出剑光将金光抵住。然哪里抵抗得下，眼见得那两道金光，要杀到身上来了。只急得钱、蒋二人，几乎哭了出来，除束手待死而外，一些儿没有救急的方法。再看那道士，已不见踪影了，只有一团极浓密的黑气，圆桶也似的立在那船头上，四五道长长短短的金光，萦绕着那一团黑气，时而闪开，时而合拢，料知那黑气必是道士护身之物。

钱素玉猛然想起，刘鸿采所传"纸鸢凌空"的法术来，思量虽只能逃得自己姊妹两个，然到了这种时候，不逃也是同归于尽。杨继新是个手无缚鸡之力的文人，他本人又从来和崆峒派人没有嫌隙，崆峒派人虽狠，不见得下手杀他。至于胡成雄兄弟，我们尽了力，便是尽了心，我们无力救他们，也只好各安天命。旋思量旋从袋中摸出两个剪好了的纸鸢，刚待伸手拉蒋琼姑的手，同乘纸鸢逃走。蒋琼姑的手还不曾拉着，忽觉得眼前一黑，耳里听得蒋琼姑叫了句"哎呀"，自己也不因不由的哎呀一声，立脚之处，摇动起来，身体也摇摇如凌虚空，两眼和瞎了一般，虽睁开来仔细定睛，也毫无所见。耳里又听得蒋琼姑的声音，就在身旁唤姊姊，却是不见形影。

钱素玉应了一声道："妹妹看见了什么没有？"蒋琼姑道："不好了，我两眼没有光了，什么也不看见。姊姊看见他在哪里么？我们为什么立脚的地方这样飘飘不定呢？"钱素玉道："我才从袋中摸出纸鸢来，正待拉妹妹的手同乘鸢逃走，尚不曾念咒，身体就是这般飘飘不定了。"蒋琼姑发出悲哀的声音，说道："姊姊也太忍心了，只图我两人能逃，教他一个全没有道法的读书人留在船上，被人杀了，做鬼还不明白是如何死的呢。"

钱素玉听了这些埋怨的话，不服气道："幸亏我的纸鸢才摸出来，尚不曾念咒，也没拉你同乘。你不要埋怨我，我看你的本领，便是不忍心逃走，也不过多饶上一条性命，不见得有能耐将姓杨的救出来。姓杨的就有你陪着被人杀了，做鬼也不见能明白是如何死的。就有你这个明白鬼在旁边，将如何死的缘由说给他听，于他更不见得有什么用处。”

蒋琼姑听了，知道钱素玉的性情从来很仄狭，脾气也从来很古怪，自悔说话太鲁莽，打算用言语来解释，免得钱素玉因此生心。便听得杨继新带着笑意的声音说道：“我只道又是和在遂平一样，只我的眼睛看不见你，原来你们也看不见我么？我睡在被里一动也没动呢！你和姊姊说话，我一句也听到了耳里，就只眼前漆黑，不但不看见你和姊姊在哪里，一切的景物都看不见了。这船走得多快啊，我耳贴舱底，听得下面的水声，哗啦啦比箭还急呢。”

蒋琼姑一听自己丈夫安然无恙的说话，心里又是惊喜，又是惭愧。惊喜的自是因不曾把杨继新，单独留在凶险之处；惭愧的是惭愧自己不该脱口而出，埋怨钱素玉。然做女人的，临急难的时候，但求自己心爱的丈夫无恙，旁的事便教她受些委屈，也心甘情愿。当下用极诚挚的声口，向钱素玉谢罪赔不是。钱素玉见杨继新也仍在身旁说话，心中也自然安了。从小共患难的姑表姊妹，当然犯不着因情急口不择言的时候，略失检点，认真生起嫌隙来。便也带笑说道：“在此刻乌鸦与喜鹊同鸣，吉凶全然未卜的时候，谁真个怪妹妹说错了话呢？我们现在究竟是怎么一回事，是我们自家这边的人如此搭救我等呢，还是有敌人如此捉弄我等呢？胡成雄兄弟睡在船头上的，此刻又是怎样的情形呢？”

钱素玉说时，杨继新截住话头，喊道：“啊呀，这船已停了么？”钱素玉果觉得立脚之处，已不似方才摇荡了。两眼渐渐能隐约看见自己身上衣服了，仿佛如立在浓雾当中，浓雾逐渐稀薄，眼光也逐渐能远视。不一会儿，在舱里的三人，彼此都能辨认了。船舱中景物，如吹灭了的残蜡、没下完的残棋，都历历在目。再看船头，胡成雄兄弟，横刀挺立在那里，等待厮杀的模样，原来此时的天色，东方已经发亮了。

钱素玉和蒋琼姑来到船头，打算问胡成雄兄弟在船头所见的情形，即见昨夜靠在左边的那船，仍然靠在左边。昨夜的道士，已结束了顶上头发，从容走过船来，向钱、蒋二人稽首道：“贫道万清和，是茅山末底祖师的弟子。昨日奉祖师之命，前来搭救胡舜华的胞兄。只因胡舜华在未成年的时候，曾经受过贫道的磨折，结下一点儿冤仇。祖师恐怕冤仇不解，必将越结越深，知道胡成雄兄弟，去长沙寻找胡舜华，免不了罗山一厄，特地差贫道来，聊尽一番心力，使胡舜华知道，将受贫道磨折的事忘怀。胡舜华的丈夫朱复，也和舜华同时受贫道磨折，将来遇有机缘，再图解免。不过贫道的法力，终属有限，昨夜甘瘤子父子、杨赞廷兄弟，和董禄堂都到了，贫道的法力，已不能抵敌。只得练起一团浓雾，保护贫道一身，这船上如何便顾不得了。但不知是谁，有这么高的道法，也练起一团浓雾，将这船遮护，并送了一帆风，连贫道的船，推到了这里。这里已是湘阴县境，离罗山二百多里了。”胡成雄兄弟听了，连忙过来拜谢万清和，钱素玉踌躇道：“这又奇了，是谁在暗中救了我等，却不使我等知道呢？”

话才说出，就见一个身体很瘦小的白须老头，短衣赤脚，其貌不扬，从船尾钻了出来笑道：“怎会不使你们知道呢，你们有认识老朽的么？”钱素玉、万清和等人，都怔了一怔。看那老头，都不认识。老头指着万清和笑道：“他们年纪太轻，又不是老在江湖上行走的人，不认识老朽也罢了。你也说不认识吗？”万清和很惶恐的说道：“贫道有眼无珠，该死，该死！”老头笑道：“你回去问你祖师，就可认识老朽了，老朽是现在的排教头儿。昨夜的事，是偶然相遇，一则有末底祖师的情分，替你和胡舜华解冤仇；二则看金罗汉的情分，不能坐视他作合的姻缘不得成就，所以出头露面，得罪崆峒一干人。老朽这话既经说明，没工夫在此多耽搁了，得追上木排去照料。”说罢，只见他虾蟆也似的，一头蹿入水中，连波浪都没有，便不看见了。钱素玉等都异常惊愕。

万清和跺脚道：“贫道真该死，现在的排教头是李金鳌，和我祖师极相投，每年必有一二次来看我祖师。不过他每次来时，我都不在祖师跟前，只耳里听得说罢了。昨夜我船靠罗山的时候，分明见他独自立在一副很大的排尾上祭江神。木排上的规矩，只有排教头儿祭奠江神，是独自一个人立在排尾的，除了头儿之外，都得率领好几个水手，分两排在排头祭奠。我一时因心中有事，看了并不在意，所以他见我也说不认识，觉得很诧异。这无怪他老人家诧异了。”万清和很懊丧的说毕告辞，钱素玉等都道谢了，各自分头开船。从湘阴到长沙，不过百多里水程，一路平安的到了长沙，船才靠码头，就听得码头上一片喊杀的声音，如千军万马，在码头上开仗似的。

不知为着什么事，且俟第五十五回再写。

第五十五回

靠码头欣逢戚友　入苗峒误陷机关

话说钱素玉的船，才靠近长沙码头，就听得码头上有一片喊杀的声音，仿佛千军万马，在码头上开仗的一般。胡成雄等都不知道为着什么事，大家朝码头上看时，只见黑压压的一大堆人，一个个都踮起脚，伸长脖子，好像争着看什么热闹似的。喊杀的声音，就从那一大堆人中发出来。一片喊杀之声过后，接着就有一片吆喝之声。

杨继新虽是生在长沙，当离长沙的时候，还在襁褓之中，连他自己都不知道是长沙人。以为此时是到了异乡，又眼见了这种奇异的现象，急急的想上码头去瞧瞧热闹。胡成雄兄弟也同具一种心理，三人遂先上码头，走近一堆人跟前，只见千数百人，重重叠叠，围了一个大圈子。只因围观的太多，看不见圈子里面是什么。亏得胡成雄、胡成保二人力大，慢慢的分开众人，杨继新跟在后面，一步一步挨进去。

只见两个少年男子，年龄都不过二十多岁，一个身体十分壮健的，用青绢包头，上身的衣服脱了，堆在旁边地下，露出半身羊脂玉也似的白肉来。前后立了七八个身穿号衣的兵士，各人手中执着一条白蜡木矛竿，矛头磨得雪亮，使人一望便知道是很锋利的。矛头都对准那袒衣少年的前胸、后背，齐喊声杀，同时猛力向少年胸背刺去。杨继新看了，不觉惊得喊了一声“哎呀”，以为必是前后刺七八个透明窟窿。可是作怪，杨继新这声哎呀，喊得并不甚大，可被刺的少年倒像听入了耳，随即望了杨继新一眼，杨继新更不由得打了个寒噤。再看那少年行若无事的样子，矛头刺到那白肉上，比刺在钢板上还要坚硬，连刺处的痕迹也没一点。围着看的人，接声就打一个吆喝。

只听得那被刺的少年，笑嘻嘻的对前后兵士道：“你们刺了这么多下，已刺够了么？你们要知道，我这不算稀奇，我这个伙计的本领很大呢。你们不可因他的身体瘦弱，便瞧不起他。”即有一个兵士问道：“你这伙计有什么本领？”少年正色道：“他的本领就会喝水。”这句话说出来，说得大家都哄笑起来。那兵士也笑道：“水有谁不会喝，算得了什么本领？”少年道：“谁会喝水，谁和我这伙计同喝着试试看？”兵士道：“怎生一个喝法？”少年道：“这码头下面，有的是水。你们用水桶挑来，看毕竟是谁会喝？”兵士听了，向四围一看，见有好几个原是挑了水桶，到河下来挑水的，因有这热闹可看，便放下水桶看个不走。兵士就指挥了几个挑水的，每人赶紧挑一担河水来。这些挑水的，都存心想看把戏，无不兴高采烈的，各自跑到河边，挑一担水来圈子里面，顷刻之间，挑来八担河水。

只见那瘦弱的少年，做出埋怨壮健少年的样子说道：“你见我得着了片刻安闲，便不服气，无端要生出这些事来，累我一下子。这一十六桶河水，看谁有这么大的肚皮，可以装得下，请谁去喝，我这一点儿大的肚皮，是喝不了。”壮健少年做出赔笑恳求的样子说道：“好哥哥，我已当众将你说出来了，顾全我这点儿面子，喝了这一次吧。并且是你我两人同闹出来的乱子，我已送给他们刺了那么久，你就喝点儿水，也不算吃了大亏。”瘦弱少年才转了笑容，向那几个兵士道：“你们谁会喝的先喝，明人不做暗事。你少爷喝过水，就要少陪了呢。”众兵士道：“原是挑来给你喝的，你且喝了再说。”

瘦弱少年这才举眼向四围望了一望，一眼望到胡成雄兄弟身上，略略的打量了两下。即走近水桶，弯腰用双手捧起来，张口对着桶边，咕噜咕噜一会儿，就喝干了一桶；又捧第二桶，又是咕噜一阵喝干了，把四围看热闹的人，都惊得目瞪口呆。

胡成雄悄悄的向胡成保道：“我看这两人必有些来历。这个青绢包头的少年，说话带些我家乡的口音，这喝水的又单独打量我们两个。我想等他们走的时候，跟上去探探他们的来历，或者能在这两人身上，探出妹妹的踪迹，也说不定。”胡成保道：“结识这样的两个朋友，也是好的。”二人说话时，那少年已喝了十桶水下去，也伸起腰来，两手拍着鼓也似的肚皮，对大家说道："我本待把这六桶水，做一阵喝下去。无奈我这小肚皮不答应，已经喝下去的十桶，此刻都不许它立脚，要把它排挤出来。我正在竭力的向肚皮说好话，还不知道肚皮依与不依？依了便没事，这六桶水一并喝下去了事，若是肚皮不听说，就只得仍把十桶水退出来。"说着，接连哎呀几了声，双手紧紧按住肚皮，蹙着眉、苦着脸道："这便怎么了，肚皮竟搭起架子来了，一刻也不许那十桶水停留。哎呀，不好了，挤出来了。"只见他两眼往上一翻，脖子一伸，即有一匹白练也似的水，夺口喷将出来，向天射去，足有十多丈高下，才散开来，如雨点般落下。落到一班看热闹的身上，衣服登时透湿，一个个争先躲避。杨继新头颈上着了几点，觉得痛不可当，见大众都四散奔逃，也回身向船上逃走。

胡成雄兄弟毕竟是老走江湖，又会武艺的人，不肯逃跑。只见这少年把头一低，那股水便向几个兵士身上射去，只射得那几个兵士跌跌滚滚的逃跑。再回过身来，那股水竟射到胡成雄兄弟身上来了，淅淅的好似暴雨一般。胡成雄兄弟且不回船，只向人少的地方闪躲，谁知那股水直跟在背后赶来。胡成雄忽然心中一动，暗想这水来得蹊跷，其中必有缘故。黄叶老祖既命我兄弟来长沙，而到码头就遇着这两个异人，我心里正想结识他们，他们也只追赶我两个，何不且跑到僻静处所，看他们追来，怎生说法。

主意想定，即示意胡成保，同向荒野的地方跑去。听得两少年果在后面赶来，四人的脚步都快，约莫一口气跑了五六里路，那水早已没有了。只听得少年在后面喊道："两位不用跑了，我二人已在码头上迎候多时了。"胡成雄听了，甚是惊诧，忙停步回身，抱拳向二少年说道："请问二位尊姓？何以知道我兄弟会来，预先在码头上等候？"说时，二少年已来到切近。瘦弱些儿的说道："二位可是广东潮州人姓胡的么？"胡成雄连连点头道是。少年笑道："那么，一定是因寻找令妹而来的了。"胡成雄又点头道是。少年即指着那壮健些儿的笑道："我这伙计是二位的同乡，曾会过面么？"

胡成雄看这少年生得浓眉大眼，气概非常，上身脱了的衣服已经穿好，和这瘦弱的一般长途旅行的装束，摇摇头说道："我兄弟眼拙，或者在哪儿会过面，因日子太久，已经忘了。请问尊姓？"瘦弱少年哈哈大笑道："二位确是不曾和我这伙计会过面。倒是令妹，和我这伙计会面的日子多呢。"

胡成雄见这少年说话，处处带些滑稽意味，正不好如何回答，这壮健少年已拱手向胡成雄说道："大哥不用疑虑，我这师兄说话，素来喜开玩笑。我姓朱，单名一个复字，令妹舜华，是和我在小时候同时落难的，今已承我师傅及黄叶祖师的训示，与令妹返俗成婚了。这位师兄姓向，名乐山，他因有杀兄之仇，不曾报得，求师傅指示仇人的所在。他的仇人是个当船户出身的，姓林，名桂馥，此时已成为广西武鸣的土豪了。师傅派我与他同去，我与他前日才从广西报了仇回来，到长沙就遇见解清扬师弟，传师傅的谕，说两位寻找令妹来了，不可错过。我二人因此就在长沙守候。

"今日也是事有凑巧，我二人因无事在码头上闲逛，偶然遇见有两个身穿号衣的兵士，在码头上调戏洗衣的妇人。我这师兄看了不服，上前正言厉色的说了几句，谁知那兵士恼羞成怒，伸手就打他。我上前拦阻，也举起手来要打我。我一时气涌上来，将那两个恶贼痛打了一顿。谁知那两恶贼跑回营去，纠合了七八个凶暴之徒，各拿矛竿追来，想打个报复。我思量这些东西虽说可恶，然究竟是些血肉之躯，如何够得上与我们动手。不如索性开个玩笑，脱去上衣，听凭他们拿矛头饱戳一顿。正在给他们戳的时候，我忽听得有一个仿佛外省的口音，在人丛中说话，并喊了声哎呀。我看时，原来是两位和一个文士打扮的人，站在一块儿。我看了两位的神情面貌，同胞兄妹，毕竟有些仿佛，所以看了能辨认得出。但是仍没有十成把握，不敢直前相认，因此才对那些恶贼，说出师兄会喝水的话来，用意就是要借水力，将围困我们的人喷开，我们好会面谈话。两位真机警，知道向荒僻所在逃走，正合了我二人的心愿。"胡成雄兄弟听了大喜，从此兄妹相逢，各叙别离后情状。这些事毋须在下浪费笔墨，且搁下不去说它。

于今却要叙述看官们心里，时时刻刻记着的八月十五了。在第一集第四回书中，金罗汉吕宣良到柳大成家，传授柳迟一部《周易》的时候，不是当面约了柳迟，于明年八月十五日子时，到岳麓山顶上云麓宫大门口，坐着等候他的吗？此时书已写到第五十五回了，一个字也不曾提到那八月十五日子时的事上面去。并不是在下把那一回事忘了，实在自第四回以下的书，从向乐山、解清扬在玄妙观看见朱复起，都是补写以前的事，并不曾写到吕宣良所约八月十五日的时期上来，直到此刻，才是时候了。

闲话少说，且说柳迟自从得了吕宣良赐的那部《周易》，日夕不辍的口诵心维。初读的时候，多不能了解，看了吕宣良的注释，也是茫然。但他抱定一个熟能生巧的主意，不问自己能理会与不能理会，尽管周而复始，一遍一遍的读下去，精诚所至，金石为开。何况柳迟是个生有慧根的人，自然渐久渐能领悟，穷研几个月之后，心境不知不觉的一日开朗一日，凭着所心得的理解，占测天气阴晴风雨，在三日之内，异常准确。

柳大成夫妇中年才得这一个儿子，家中产业，虽不能说是豪富，但已是小康之家了。他夫妇所希望于柳迟的，不在能赚钱谋衣食，只想他能认真读书，图个上进之路。谁知柳迟生小就与寻常小孩不同，种种举动，以普通的眼光看来，都得骂他一句毫无出息的孩子。自柳迟从清虚观由杨天池护送回家后，接着有清虚道人来探视，吕宣良来赐《易经》。柳大成听了两奇侠的言语，看了两奇侠的举动，才觉得自己儿子，不是寻常没出息的。不过大成夫妇的心里，对于柳迟有两种希望。一种是方才说了的，希望柳迟能图个上进，飞黄腾达，光复门庭；二种就是希望从速替柳迟娶个媳妇，他夫妇好早日抱孙。今见柳迟举动奇异，所结交的是清虚道人、吕宣良这类怪人，希望他读书发达的念头，是不能不自行减退的了。只是不发达还可以，不娶妻生子，是关系柳家宗祀的，断不能马虎听柳迟自便。

这日，柳迟的母亲问柳迟道："你知道人生的第一件不孝的事，就是没有儿子么？"柳迟连忙答应知道。他母又问道："你要如何才有儿子呢？"柳迟道："要讨老婆才会养儿子。"他母亲笑着点头道："是呀，好孩子，知道这道理就得哪！你父亲现在已快要替你讨老婆了。"柳迟道："不行，父亲替我讨的，不是我的老婆。我老婆得我自己讨。"他母亲听了，诧异问道："你这是什么话，从来儿子讨媳妇，是由父母作主的。你于今小小的年纪，知道些什么，如何能由你自己讨？并且你何以知道你父亲替你讨的，不是你的老婆？"

柳迟道："我自然能知道，决不敢欺骗你老人家。"他母亲因他平日预言气候阴晴寒暑，及一切人事变迁，十九奇验，遂又问道："你自己讨老婆，在什么时候？"柳迟摇头道："早呢。"他母亲道："是得早些讨进来才好，我和你父亲望孙子的心思很急切，巴不得你早一年讨媳妇，好早一年得孙子。"柳迟道："我说早，不是讨得早，是说讨来的时候还早。我推定我的媳妇，今日还不曾离娘胎，不是差讨来的时候还早吗？"

他母亲道："胡说！今日还不曾离娘胎，那不是等到我和你父亲死了，葬在土里，脚杆骨可翻出来打鼓的时候，你还不能讨老婆吗？自从那个顶上没有毛的老头，无端跑来，送了那本劳什子书给你之后，你就终日躲在书房里，失魂丧魄似的，一阵一阵发呆，于今越弄越说出些鬼话来了。旁的事不妨由你，这替你讨媳妇的事，不是当耍的，不能由你自己胡闹。此刻在你父亲跟前替你作合的，已有好几个人，我就要你父亲拣相当的定下来。"

柳迟道："便是父亲定下来，也不中用，徒费心机而已。"他母亲不悦道："替儿子娶媳妇，是凡有儿子的都免不了的事，怎么说是徒费心机？我和你父亲，就只你这一个儿子，若依你的性子胡闹下去，怕不绝了我柳家的香火吗？"柳迟见自己母亲生气，便叹了一声说道："孽障，孽障！"叹罢，即退了出来。他母亲也不理会，自去和柳大成商量定媳妇的事。

湖南的风俗极鄙陋，凡是略有资产的人家，不论如何不成材的儿子，从三五岁起，总是不断的有人来做媒。若是男孩子生得聪明，又有了十多岁，百数十里远近有女儿的人家，更是争着托了情面的人出来做媒。每有为父母的，因为来替儿子做媒的人太多了，难得应酬招待，就模模糊糊的替儿子定下来，好歹听之天命，只图可以避免麻烦。柳大成只有一个儿子，虽没有这种图免麻烦的心理，只因见柳迟从小行为特异，平日待人接物的礼节，以及家庭琐屑的事，好像全不懂得的样子，以为若能替他娶一个贤德的媳妇，慢慢的劝导，必能将柳迟引上为人的道路。因此夫妻同一心理，急想将柳迟的亲事办妥。不过一时得不着相当的，只得留心物色而已。

柳迟的姨母，嫁在新宁县巨族刘家，有个女儿名细姑，年龄比柳迟小两岁，德言工貌都好。柳迟的母亲，早有意定作自己儿媳。只因刘家世代做官，声势甚大，柳大成虽也是个读书人，但不曾发迹，家业又非豪富，恐怕刘家嫌是小户，不愿结亲。刘细姑的父母，倒没有这种势利之见，只为细姑的年龄尚幼，许人还早，而柳迟自从八九岁的时候，曾跟着他母亲到过新宁一次之后，为路远不曾去过二次，细姑父母也没到柳家来。在一般世俗人的眼光看柳迟，没有不骂他是一个没出息的孩子的，细姑的父母没听得有人称赞柳迟，也就想不到结亲的事上去。

柳迟的母亲既有意想定细姑做儿媳，除了细姑而外，又实在找不着相当的女子，便顾不得怕刘家有不愿意的表示，只得托人微向刘家示意。刘家并不表示可否，只打发人来迎接柳迟母子到新宁去。柳大成夫妇料知刘家迎接的意思，是在相攸，遂不推辞，即带着柳迟动身到新宁去。柳迟明知此去的作用，很不情愿，只以在清虚观听过欧阳净明那番教训之后，从不敢过拂他父母的意思，勉强随行。

到新宁后，见新宁的山水明秀，远胜长沙，随处游览，都可快意，心里倒十分高兴。也不在刘家与姨母、表妹亲近，终日只在丛山深谷里面盘桓，入夜才回刘家睡一觉。这时柳迟的姨父，很注意的看柳迟的行动。柳迟的母亲也再三叮嘱，言语举动都得谨慎些，不可给姨父看了，笑是不成材的孩子。柳迟只是口里答应理会得，每日用过早点，仍是放开两条腿，独自往各处山里游行了。

一日，柳迟游到一处丛山之中，那山千峰竞秀，树绿如烟，独立在一个山峰之上，四望群峰万壑，穷竭目力，不见人烟，也不见田畴屋宇。正在浏览四山景物之际，忽从远处一个山谷当中，发现一个很大的石岩，岩口仿佛有身体很小的人走动，只是因相隔太远了，看不分明。柳迟心中暗想道："此处四望没有人烟，怎的却有小孩在那石岩外面走动呢？我既到了这山中，不妨去那石岩跟前看个明白。"柳迟从在清虚观得了清虚道人的指教，每日按时修炼，不曾间断，上黑茅峰遇吕宣良的时候，即已能轻身健步了。此时不待说更有进境，一日之间，信步游行六七百里路远近，能随意往还。两眼能望得见的所在，不须一会儿工夫就走到了。

柳迟因四望皆山，恐怕迷了方向，只得从高处直向那石岩奔去。已跑到近石岩不过一箭之地了，猛觉得脚底下一软，来不及腾身上跳，已全身掉下了陷坑。上面的泥沙石子，纷纷落下，将两眼迷得睁不开来。刚待举手揉眼，不知不觉的，手脚都已被绳索捆缚了。心想这真奇怪，在这无人烟的万山丛中，如何会有这种陷坑？难道这深山里面，有落草的强盗吗？边想边动弹了几下。谁知不动弹还好，一动便觉得绳索更捆缚得结实了，不但手脚被捆，连身体头颈，都像有罗网包围了。两脚不因不由的站立不住，就如被人牵动捆脚的绳索一般。两脚原来被捆在一块，一有人牵动，登时倒正坑里。随即听得陷坑外面，有脚步走近和谈话的声音，只是谈的什么，一个字也听不懂，还夹杂着欢笑的声音在内，渐渐到了陷坑上头。

柳迟忍痛睁眼朝上看时，只见有七八个衣服装束和寻常人不同的大汉，围陷坑站着。有手拿钢叉的，有一手握弓，一手持箭的，相貌都带着几分凶恶的模样。但是都对着坑里狞笑，并用很严厉的语调，说了几句话，仍听不懂说的什么，以神情度之，似乎是问柳迟的来历。柳迟回说了自己是来游览的，失脚踏下了陷坑的话，那几个大汉却像明白了。坑边有好几根绳索，垂入坑中，即有四五个弯腰握住坑边的绳索，同时往上一提，已提上坑来。柳迟以为，必替他解开捆缚的绳索罗网，谁知那几个汉子都不理会他，只顾大家谈笑。好一会儿，才有个人把柳迟提开坑边，由他直挺挺的躺在草地下。几个汉子七手八脚的，一半爬上树折树枝，一半用手中刀叉掘土。折树枝的，将树枝横架在陷坑上；掘土的就捧了土铺在树枝上。一会儿，已掩盖得随意望去，看不出陷坑的痕迹了，便各操各的兵器，昂头掉臂的一路走去了，并没有一个人回头看柳迟一眼。柳迟见他们就这样不顾而去，倒不由得有些慌急起来，向那几人背后大声叫唤了一阵，哪里叫唤得转来呢？用尽浑身气力，想将绳索挣断，无奈那绳索是牛筋做的，又细又坚牢，更是打的活结头，越用力越捆得紧，越捆紧越皮肉生痛。周身的罗网，又包裹得没些儿缝隙，料知决挣扎不脱，也就懒得白费气力，将手脚的皮肉挣破。只好听天由命的躺着，静待有路过此地的人来解救。

幸亏柳迟在家做服气的功夫，已有了几分火候，能数日不吃东西，不觉得腹中饥饿。整整是那么躺了两昼夜，直到第三日东方还不曾发白的时候，才听得远远的有脚步声响。因这时天黑如墨，不看见是何等人，向哪方面行走的。心里疑惑在这时分出外行走的，十九不是正经人，又恐怕言语不通，过路的人不肯解救，忍耐着不敢叫唤。这边的脚声刚听入耳，接着又听得那边也有脚声响了，伏耳静听时，两边的脚声，都越响越近，转眼之间，都响到身边不远了。就听得一个声音很清锐，好像十几岁的童子，先“哎呀”了一声，问道：“来的不是大师兄吗，这时候上哪里去？”这一个声音滞涩的答道：“原来是四弟啊，我有极紧要的事，须去托一个朋友，所以出来得这么早。四弟怎的这时候跑到此地来呢，难道是师尊特地教你来的吗？”那童子答道：“怎么不是？大师兄有什么要紧的事，打算去托哪个朋友？”这人叹了口气说道：“师傅既是特地教你来，我的事也瞒你不了，不妨说给你听。一则可使你今日看了我的榜样，不再上我这般的大当；二则我原也有事想托你，不能不把情由告知你。你记得师傅的戒律，第一条的什么？”

童子仿佛带着笑声说道，“这如何会不记得呢？第一条是不许干预国家政事。”这人又问道，“是了，第二条呢？”童子答道：“第二条是不许淫人妻女。大师兄忽盘问我这些东西干什么？”这人道：“哪里是盘问你呢？老实对你讲吧，我于今犯了第二条大戒了。”童子又失声叫唤哎呀道：“什么话！大师兄怎的如此糊涂，居然会犯第二条大戒呢？这却怎么了。大师兄平日做事，又精明、又老练，究竟怎样生得美丽的一个女子，能把大师兄引诱得犯戒咧？”

这人道：“这种事连我自己也不明白，只好归之前生冤孽。若果是怎样生得美丽的一个女子，我就拚着性命为她犯戒，也还说得过去，死后不过受人唾骂而已。无如这番使我犯戒的女子，不但生得不美丽，并是一个凶而且丑的东西。若不是前生冤孽，注定了我今生的性命，须断送在她手中，何至一时便糊涂到这一步。前几日我因惦记你二师兄，不知那条被虎爪伤了的左膀，完全医治好了没有，特地骑了匹马进峒里来，在蓝家盘桓了一日。见你二师兄的左膀，虽然抓伤的皮肉不大，但是抓断了筋络，伤口完全医好了，就是不能使劲，一使劲便牵得筋痛异常，再也不能干那与张三斗法的玩意了。你二师兄因废了那条胳膊的缘故，心里很不快乐。我在他家看了他那不快活的神情，也很替他难过，遂不愿意多住。次日，即作辞出了蓝家。原打算到师傅那里去的，谁知行到一座石山脚下，忽然从半山中飞下一块石片来，那石片不前不后的恰好从马眼前擦过，将马惊得跳起来，无论我如何勒也勒不住。正在无法可施的时候，又是一块石片飞来，挨马屁股擦下，那马经了这一下，倒不乱跳了，扬起头，竖起尾，追风逐电也似的向前飞跑。

“我回头看半山里，一个人影也没有，估量必是躲在石头背后；若没有人，石片决不能自行飞下山来，更不能打得这么巧。一时气愤不过，存心要上山找那打石片的人算账。叵耐那匹马不争气，平日我骑着它长行，极驯良无比，独这日自受惊乱跳之后，简直如疯癫了的一般，只是放开四蹄，围着那座石山打转。勒它上山不听，勒它向大路上走也不听，足打了四五个轮回，才慢慢的收了劣性。向大路走了一会儿，我因放那打石片的东西不过，骑在马上，旋走旋回头望那山上。偶然大意了一下，在两条路分岔的地方，本应向左边走的，误向右边的路上走了。走过好几里，看了山形不对，才发觉错了路，然不愿意回头，拚着多绕几里白路。

“可是作怪极了，右边这条路，竟越走越小，不似一条通行的大路。初走错的时候，在路上遇了好几个行人，我负气不肯问这路通什么所在。及至越走越不成路了，想找个人打听打听，却走过几十里，不曾见有一个人。天色又看看要黑了，马因乱跳乱跑的时间太久，又走了几十里不曾休息，已疲惫得低下头，一步懒似一步的颠着走。我在马上，更是又乏又饿。那时心里思量，只要有人家肯容我歇宿一宵，饱餐一顿，我真一生感激那人的大德，不问要我如何报答都情愿。心里虽是这么思量，不过哪里寻得出这样一个人家呢？可怜我那时真是苦得不堪了，休说寻不着人家，便想寻一棵大树，在稌枝茂叶之下打一夜盹，也无处寻觅。

“正自悔恨不该无端负气，才错走了几里路的时候，不肯回头，以致错到这一步，还不知得跑多少冤枉路。那时马也不能骑了，牵在背后，缓缓的行走。猛然见前面有灯光射出来，我心里这一喜，就如出门多年的人，一旦回了故乡，看见了自家门闾的一般。身体原已疲乏不堪的，灯光一落眼，登时显得精神陡长，急急的牵着马向灯光处走去，一点儿不觉得辛苦了。及走近灯光，就见一所土筑的房屋，约有十多间，一望便知道是苗族中很有势力的人家，灯光从门缝里射出来。

“我上前敲门，听得里面有女子的声音说道：‘这时候来敲门的，多不是好人，不开的好。’又有个女子的声音答道：‘若不是有紧急的事，怎得这时候来敲门？不开使不得。’接着，门便开了。我趁灯光见房中有两个苗女，年龄大些儿的，约二十来岁，小些儿的约十七八岁。在不甚光明的灯光下看了，都生得艳丽似天仙，加以举止比汉人来得大方，我不由得心里略动了一动，然随即将心神按定了。拱手对那大些儿的说道：‘我系走错了道路的人，没地方歇宿，不得不恳求两位慈悲，许我在房檐之下，歇息到天明便走，不敢在宝庄上打扰。’那女子听了，且不回答我，笑盈盈的向那小些儿的说道：‘何如呢？我原料定不是有紧急的事，不至这时候来敲门。走错了路的人很苦，你瞧这人不是疲惫了的样子吗？’小些儿的向我瞟了一眼，也笑盈盈的点头。二人又咬着耳根说了几句，将我的马系在门外，引我到另一间房里。

“我这时心里虽有些摇摇不定的意思，然而明白师傅的戒律第二条，不是当耍的事，竭力的把持着心猿意马。须臾，二人送了酒菜进来，好像是预备了专等我去吃的。我腹中正饥饿得没奈何了，怎么忍得住不吃喝？谁知那酒菜吃喝下肚，一颗心就糊涂起来了。我相从师傅学道十多年，不曾有一次动过欲火，这时候大动起来了，再也压抑不下，连身体都不知道疲乏了。那小些儿的女子，乘我欲火大动，不能把持的时候，悄悄的前来相就。前生的冤孽，到了这一步，哪里还逃避得了？何须片刻工夫，已犯过第二条大戒了。

“等到天明看那孽障的姿容时，简直吓我一大跳。满脸横肉，一口黄牙，凶恶丑陋，都到极处，和夜间所见的，截然是两个人。我心里明知是夙孽，还有什么话说，唯有赶紧准备后事，拼着一死便了。我的兄弟，我的侄儿，我死后都已付托有人，用不着再托你。我所欲托你的，就是我这个孽报之躯，若不托你替我掩埋，必至因我又害得许多人得秋瘟病。你能答应我么？”

童子似是沉吟了一会儿的样子说道：“大师兄遇了这种可伤痛的事，只要是我力量所能做得到的事，哪有不能答应的道理。不过以我的愚见，人死了不能复生，圣贤无不许人悔过，就是师傅的戒律，虽说犯了，大师兄果能真心悔悟，师傅也没有不容改过的。即算师傅的戒律严，悔恨无用，也还有三条大路可走，何必就此轻生呢。”这人发出带悲哀的声音说道：“我若愿意走那儒、释、道三条大路，早已不从师傅学道了。现在的儒，我心里久已不觉得可贵，并且科名不容易到手。不得科名，在我们这一教，是不能算他为儒的。释家的戒律更难遵守。至于此刻的道家，比儒家更不足贵，都不过偷生人世而已。我未曾遇着师傅的时候，尚且不愿意走上那三条路去，何况受师傅熏陶了十多年呢，我的志愿已决，好老弟不用多费唇舌，只请快点儿回答我一句话。我急须去会朋友，不可再耽搁。”童子道：“既是大师兄的志向已决，我答应替大师兄经营丧葬便了。”这人道：“多谢老弟的好意。我死的时候还早，死的地方，也还不曾定妥，等到时日地址都选择停当了，自有消息给老弟。我去了。”一语才毕，柳迟就听得一阵其快如风的脚声，渐响渐远，渐不听得了。

柳迟打算不叫唤的，只因分明听得跑去的脚声，仅有一个，还行这童子不曾走开。遂朝着童子立着谈话的方向说道：“见死不能救，还学什么道呢？”这童子听了，并不惊讶，倒走近了两步，说道：“不能救人的死，只要能救你的死，也就罢了。”

不知柳迟怎生回答，且俟第五十六回再说。

第五十六回

布机关猛虎上钓　合群力猴子称雄

话说柳迟听这童子回出来的话，竟像是已知道他被困在此似的，不由得心中纳罕。此时天色已将发亮了，朦胧晓色，看得出这童子就立在跟前，即忙说道："你能救我，真感激不尽。我已被困两昼夜不能动弹了。"这童子即蹲下来，替柳迟解脱了身上的绳网。

柳迟因为被捆太久，浑身都麻木得没有知觉了，绳网虽已解开，然四肢仍是不能动弹伸缩。正想运用功夫，使周身血液流畅。这童子已动手在柳迟身上按摩揉擦，柳迟觉得童子手到之处，和熨斗擦过一般，一股热气，直透骨髓。一霎时间，就遍体融和，异常舒畅了。并不须童子帮扶，即坐了起来，拱手向童子称谢道："我初到此间，情形不熟，误落陷阱之中，被几个土人捆缚起来，掼在这里。若不是足下前来相救，在这旷野无人之处，怕不就此丧了性命。我心里实存感激足下救命的大德，请问足下尊姓大名，我不揣冒昧，想与足下结为兄弟，往后慢慢的报答足下恩惠。"

童子也拱手说道："我是奉师傅的命，特地到这里来救你的，你不要感谢我，只应感谢我的师傅。我姓周，名季容，我师傅就在离此地不远，派我来救你的时候，教我请你同到他老人家那里去，就去么？"柳迟道："承尊师救了我的性命，就是他老人家不教我去，我也应当前去叩谢。但不知尊师法讳，怎么称呼？刚才听足下和那一位朋友谈话，方知道这里是苗峒，尊师是我们汉人么？"

周季容道："我师傅姓方，讳绍德，因为收我二师兄做徒弟，才到达苗峒里来。二师兄叫做蓝辛石，是苗族里面的读书人，进了一个学，苗人本来都称他为苗秀才。自从拜在我师傅门下后，因欢喜显些本领给苗人看，苗人都改口称他为蓝法师。师傅和刚才在这里谈话的大师兄，都是宝庆人。大师兄犯了色戒，不久便要自杀，托我将来替他收尸。我想我大师兄的本领，高到绝顶，平日又恪守戒律，这回虽偶然欠了把持功夫，师傅谅不至十分责罚他，何必就要自杀呢？我猜想大师兄生性是个极要强的人，大约是因自已犯了色戒，知道师傅的戒律最严，犯了是决无轻恕的，恐怕师傅重罚他，无面目见人，又不敢到师傅跟前求情，所以故意对我那么说。知道我现在日夜伺候师傅左右，看我能代替他，向师傅求一求情么。殊不知这种事，我怎敢向师傅开口？即算我冒昧去说，师傅不但不见得听，说不定还要骂我呢！”

柳迟道：“只要是一句话能救得一人性命，便是不相识的人也应尽力量去救，何况是同门师兄咧。不过这求情的话，出之足下之口，确不甚妥当。因为尊师传戒，务令受戒的敬谨遵守，毫不通融。足下年事尚轻，若见犯色戒的且可容情，或将以戒律为不足轻重，足下适才所虑的，实有见地。我承尊师救了性命，此去叩谢的时候，若能相机进言，必为足下大师兄尽力。”周季容听了，即作揖道谢。

此时红日已经上升，周季容在前，柳迟在后，面日向东方走去。才走过了两个山峰，柳迟忽听得一种很凶猛怕人的吼声，觉得发声的所在并不甚远。心里猜想是猛兽相斗，斗输了负痛哀号的声音。柳迟虽是在乡村中长大的人，然长沙乡下，人烟稠密，猛兽极少，这类吼声，并不曾听过。停步问周季容道：“听得么，这是什么东西叫？”

周季容伸手向前面一指，说道：“咦！那山洼里不是吊着一只上钓的老虫吗？那孽畜不小，只怕足有二三百斤呢。”柳迟卒听这话，还不懂得是怎么一回事，跟着他手指的方向一看，因阳光照眼看不分明。手搭凉棚看去，才见对面一个山洼之中，仿佛一根绝大的钓鱼竿，竖在地下，一只水牛般壮的斑斓猛虎，一条后腿被绳索缚住，鱼上钩也似的，倒悬在钓竿之上。钓竿太软，猛虎太重，只悬得钓竿弯垂下来，和引满待发的弓一样。那虎在半空中乱弹乱吼，绳索钓竿都被弹得来回晃动。柳迟看了诧异道：“这是什么人，能将一只这么大的猛虎，生拿活捉这样的悬在竹竿上呢？”

周季容笑道：“哪里是人捉拿了悬起来的啊。这一带山岭，平日少有人迹，山中种种野兽都有，时常跑到平阳之处伤人。苗人都好武，欢喜骑马射猎，箭镞上都敷有极厉害的毒药。只是猛虎、金钱豹那一类的凶恶野兽，不容易猎得，因藏匿在深山的时候居多，而出来伤人的，又多是这种恶兽。所以就仿效我汉人的法子，在猛兽必经之地，掘成陷阱。阱中并有钩绳捆网，阱上盖些浮土，猛兽身躯沉重，踏在浮土上，登时塌陷下去，阱底有许多钩绳，陷下阱去的猛兽，不动不至被捆缚。只一动，便触着钩绳，即刻被捆缚了四脚。猛兽落下了陷阱，安有不动的呢？但是只捆缚了四脚，一则恐怕捆不结实，二则恐怕齿牙厉害的，能将钩绳咬断逃走。更有一种捆网，悬在陷阱的两旁，和钩绳相连的，不用人力，只要牵动了钩绳，捆网自然能向猛兽包围拢来。猛兽越在阱中打滚，那网便越网得牢实。”

柳迟听到此处笑道：“哈哈，不用说了，那是我亲身经历过的。我还只道是有人将我的手脚捆住呢，原来是触动了钩绳，怪道我初掉落下去的时候，手脚并没有被捆，因上面的浮土，纷纷撒下，把我两只眼睛迷得不能睁了。我举手打算揉擦几下，想不到就在这一举手的当儿，好像挠钩钩住了胳膊似的，一霎眼间，手脚就捆得不能活动了。那网也就跟着包裹上来，简直是苍蝇落在蜘蛛网里面，蒙头蒙脑的将我捆得连气也不能吐。若是那几个大汉不来，我这两昼夜，必就在那里受罪。”

周季容也笑道：“在里面受罪倒不甚要紧，就只怕有虎豹跟着掉下来，你被钩绳捆网缚住了不能动，恰巧给它饱吃一顿。你这两昼夜，幸亏是躺在那陷阱不远的所在，若在别处，怕不已成了虎豹口中的粮食吗。”柳迟道：“陷阱原是掘了等虎豹来堕落的，怎么倒幸亏躺在离陷阱不远的所在，才没被虎狼吃掉呢？”周季容道：“这道理很容易明白，这山里掘了个陷阱，只要曾陷过一只野兽，至少也有一个月，野兽都不敢跑到这陷阱周围数十步以内来。相隔的时候久了，禽兽毕竟不及人能长久记忆着，积久就忘怀了。你掉下去的那陷阱，大约在一月之内，曾陷过一只猛虎，所以那附近两昼夜没有野兽经过。因为陷阱在一年之内，最多不过能陷十来只野兽。而一山之中，多掘也没有用处，于是就有这竖钓竿的法子。这法子是苗峒里猎户想出来的，也和陷阱一样，无论如何凶猛的异兽，都能活捉生擒。”

二人旋说旋走，说至此，已走到了钓虎的山洼。周季容便指给柳迟看道：“你瞧这钓猛虎的法子，想得巧妙么？”柳迟抬头看那只斑斓猛虎，吼也不吼了，动也不动了，只一对眼睛圆鼓鼓的突了出来，愤怒异常的神气瞪着二人。两边口角里的涎，直滚下来，地下淌一大块白沫，两前爪揸开来，和十只钢钩相仿，像是用力想抓扒什么，一条五六尺长短，赛过竹节钢鞭的尾巴，不住的右绕到左，左袅到右，也像是要钩搭什么。无奈四面虚空，有时偶然钩着了上面系后脚的绳索，却因绳索太细，又有无数五六寸长一个的竹筒，接连套在绳索外面，圆转不定，再也钩搭不牢。周季容指着绳索，说道："这老虫是后脚在上，倒悬起来，这绳索外面的竹筒，便似乎没多大的用处。若是前脚误踏在铁钳里面，钓起来头朝上时，这竹筒的用处就大极了。如没有这些竹筒，这孽畜的爪齿，何等锋利，不问多牢实的绳索，也经不起几抓几咬。有了这又圆转又光滑的竹筒，那锋利的爪牙，就无所施了。"

柳迟看那虎的后脚弯上，原来有一把很粗壮的虎口钳钳住，绳索就系在铁钳这端的一个环上。另外还有七八个同样的铁钳，都张开口悬在旁边，每一个钳上的绳索竹筒也同样。那竖着做钓竿的竹子，下半截足有饭桶粗细。周季容走近竹竿跟前，伸两手将竹竿围着说道："你在旁处曾见过这么粗壮的竹子没有？"柳迟摇头，答道："一半这么粗细的也不曾见过。这竹你两手抱不过来，若不是我亲眼看见，有人对我说有合抱不住的竹子，我真不相信呢。"

周季容点头道："没有这么粗壮的竹子，无论什么树木，都不能做这种钓竿。你看上面那些绳索和铁钳，就是钓鱼的钩。放钓的时候，须有七八个壮健汉子，先择定猛兽必经之处，掘一个四五尺深浅的窟窿，将钓竿竖起来，插进窟窿里面，用砖石将周围筑紧。钓竿尖上，那些绳索铁钳，在不曾竖起之前，都已扎缚妥当。竖起后，就得用七八个壮健汉子，牵住竹尖的另外一根长绳索，尽力向下拉。竹性最柔，任凭怎么拉，是不会拉断的。拉到竹尖离地不远了，才用木桩将长绳拴住，打一个活结。那些虎口铁钳，分布在青草里面。野兽走这地方经过，只要有一个脚爪，误踏在铁钳口里，那铁钳很灵巧，必登时合拢来，紧紧的钳住，不能摆脱。野兽的脚，忽然被铁钳钳住了，自免不了猛力向前，想将铁钳挣脱。哪知道拴在木桩上的长绳，是打的活结，一拉扯便解发了。你想，用七八个壮健汉子，才拉弯下来的竹竿，全靠这点长绳系住，长绳的结头一解，竹竿势必往上一弹，竹竿越粗，上弹的力量也越大，三四百斤重的野兽，都能弹得飞起来。这只老虫，也就不算小了，你瞧悬在半空中，不是和悬灯笼一样，一点儿不费事吗？任凭如何凶猛的野兽，一上了钓，就如上了死路，吼也是白吼，动也是白动。装钓的人家听了，连睬也不睬，只看是什么野兽，便知道须吊多少时日，才能吊得它精疲力竭，放下来才不伤人。到了可以放下的时候，妇人和小孩子都能制它的死命。我们汉人中的猎户，不能仿效这方法，就因找不出这么粗壮的竹子做钓竿；若各地一般的出产这种大竹，那么野兽就遭殃了。”

柳迟听了这话，陡然想起自己未落陷阱以前，所望见那石岩口边，仿佛有小孩走动的情形来。回思那时自己所立的地位朝向，觉得正在这竖钓竿的方面，只为是迎着日光走来，那石岩不曾触眼，心里便没想起来。当下即问周季容道：“这附近一带的山里，全无人居住吗？”周季容点头道：“这一带都是石山，不能播种，谁住在这里面干什么？”柳迟道：“装这钓的人，也不住在这山里吗？便有野兽上了钓，相隔得很远，又如何能知道呢？”

周季容道：“这种钓可以装在几十里路以外，专以畋猎为业的苗人，一家有装设百数十竿的，每日分班轮流到装设的地方，探着几回，哪有野兽上了钓，还不知道的道理？”柳迟听了，自沉吟道：“这就奇了，我分明望见那石岩口边，有几个身体矮小的人走动，好像是住在那石岩里的一般。我因想上前看个明白，抬起头只顾向前走，以致掉下陷阱中去了。既是这一带全没人居住，那几个人必就是到这山里来，探看陷阱和这钓，有没有猎着野兽的了。”

周季容问了问当日所望见的情形笑道：“哦，我知道了，你那时所望见的，只仿佛是人，确实不是人，是一种野猴子。这一带山中，野猴子最多。大的立起来，足有三尺多高，三五成群，常住在最深的石岩里面。在我师傅未到苗峒，收我二师兄做徒弟以前，这种野猴子，简直凶顽得无人不怕。靠山近些儿的所在，无论播种的什么粮食，若不日夜有人监守着，等到嫩芽出土，十九得被野猴子挖去吃了。守到出了芽，方可听其生长开花结实。然在结实将成熟的时候，又得有人日夜把守，不然，就有无数的野猴子前来搬运。这种猴子，比一切野兽都生得灵巧，只略略的畏惧虎豹，除虎豹之外，什么野兽也不能奈何它。就是虎豹，也不过仗着声威，使它们不敢尝试，虎豹走这山里经过的时候，稍为敛迹些。有一时半刻的工夫，在树上的不敢下来，在岩里的不敢出来。虎豹一走过山头，即时就回复原状了，从来也不见虎豹咬死了猴子，倒是猴子在无意中，卒然遇了虎豹，没有树可上，没有岩可钻，被虎豹逼得发急的时候，有将虎豹的肾囊抓破，虎豹立刻丧命的。

“苗峒里的猎户，照例不打猴子，并不是不打，是为打不着，反惹出许多麻烦来。这家猎户，只要在打猎的时候，偶不留神，误向猴子发了一毒箭，不问射中与否，都可说是撞了祸。这种猴子出来行走，单独一只的时候绝少，至少也有一雌一雄。打猎的毒箭射去，十九被它将箭接去，从此告知它的同类，专一与猎户为难。即算这猎户的射法高妙，一箭能射死一只猴子，然这一只同行的，必驮起死猴逃跑。猎户在这当儿，若不赶紧逃出深山，只一刻儿，就有大群报仇的猴子来了，猎户每每因此送了性命。”

柳迟听了这些话，觉得是闻所未闻的，甚是有趣，连忙笑着问道：“猴子如何能专一和猎户为难呢？它能成群结党，难道猎户还不能成群结党吗？猎户有种种方法、种种器械，不信倒弄这些猴子不过。”

周季容笑道：“你不曾在这苗峒里盘桓过，哪里知道这类猴子的厉害！猎户打猎的种种方法和器械，不但在这些猴子跟前施用不着，不得罪这些猴子还好，种种器械虽猎不着猴子，然尚可以猎旁的野兽；若得罪了它们时，永远不再在这山里打猎就罢了，如仍须在这山里打猎，便不能不进贡些粮食水果，向这些猴子求和。在调和不曾妥协以前，像这样钓竿就不敢装设，装起来不待半日，竿尖上的绳索铁钳，包管一条也不见了，光剩下一根竹竿，朝天竖着。你前日掉下去的那样陷阱，里面的钩绳捆网，甚是值钱的东西，多少只猴子，拉断一副钩绳，撕破一副捆网，一点不费气力，猎户就吃了好几两银子的亏。

“猴子在山中镇日没甚事做，又是生性最喜把一切东西弄坏的，你说猎户靠打猎谋生的人，如何敢和它们做对头。猎户尚且不敢得罪猴子，寻常的苗人更可想了。猴子时常把人家存积的粮食，搬运作践，一般人只敢邀集许多壮丁，虚张声势的将猴子吓跑，没人敢真个动手打它。这么一来，猴子的胆量越弄越大，苗人害怕的程度，也越弄越高。还幸亏猴子不和虎豹一般的吃人，不然，苗人早已被猴子灭了种了。

“自从我师傅为收我二师兄做徒弟，到苗峒里来住着，眼见这些猴子，猖獗得不成话，帮着打猎的杀了十多只，都是趁猴子在撕捆网拉钓绳的时候，下手杀的。原来猴子的胆量，比一切野兽都小，人纵容它，它便敢无恶不作，只一用严厉的手段对付，杀几个榜样给它们同类的看，它们就吓得战战兢兢，动也不敢多动了。你前日所望见的，便是这种猴子。以前是满山乱跑乱跳，毫无忌惮，于今被我师傅杀得吓破了胆，都躲在很深的石岩里住着，轻易不大跑出来。这一带的山，没一山没有，只我师傅能驱使它们，片刻之间，能把岩洞中所有猴子，一只不留的都呼唤到跟前来。”

柳迟喜道：“驱神役鬼的道法，我曾见过，倒是像尊师这般能驱使猴子的，不仅不曾见过，连听也没听人说过。我这番得瞻礼尊师，正是因祸得福，可谓是三生有幸了。我们在这里已经耽搁很久了，尊师必然盼望，请引我快点儿走吧。”周季容笑道：“我因贪着说话，几乎把引你去见师傅的事忘了。”于是二人离了钓虎的所在，又越过了几个山头。

周季容在前面走着，忽伸手向左边山上一指，口里“哎呀”了一声，说道：“你瞧，那不是我二师兄来了吗？只怕是师傅久等我两人不去，放心不下，特地打发他迎上来探看的。”

柳迟顺着周季容手指之处望去，只见一个身高七尺有零的黑皮大汉，大踏步从那山上走下来。那一种雄浑的气概，直能使萎靡的人看了，顿时精神抖擞；懦弱的人看了，顿时豪气干霄。只是虽有这么高大的身躯，这么乌黑的皮色，却没有粗犷的样子，神情举止之间，都透着一种很文雅的意味，绝不像是不懂文物礼教的苗人，身上的衣服，和读书的汉人一样。柳迟问道：“那就是你师兄蓝辛石吗，不是汉人吗？”周季容点了点头答道：“这苗峒里面，就只我这二师兄是个读书人，并进了一个学，所以和我们文人一般装束。”

说话时，蓝辛石已走过这山来。周季容迎上去问道：“二师兄，是师傅教你来催我回去的么？我因遇见大师兄，谈了许久的话，刚才走到半路上，又看见一只极大的斑斓猛虎，上了钓竿，所以耽搁了些时。我们一同见师傅去吧。”蓝辛石点头问道：“你见什么地方有一只极大的斑斓猛虎，上了钓竿呢？是不是吊睛白额，你看仔细么？”

周季容道：“那虎被吊住了后腿，尾冲上，头冲下，我看得很仔细，不是吊睛白额。二师兄问吊睛白额虎，是什么用意？”蓝辛石道：“不是就罢了，没有什么用意。”说毕，望着柳迟笑道：“你是金罗汉的徒弟，怎的误落陷坑，便不得出来呢？”柳迟听了，面上很觉惭愧，勉强答道：“只因初入师门，并无毫末道行，所以也和山中的野兽一样，一落陷坑，便不能脱。但不知足下何以知道敝老师是金罗汉？”

蓝辛石一面回身引二人走着，一面闲闲的说道：“倒不要看轻了山中的野兽，也居然有陷坑陷不着，上了钓还能逃走的。”柳迟见蓝辛石的神气很怠慢，所答非所问，好像竭力表示出瞧不起人的样子，遂也不愿意多说。

周季容却忍不住问道：“二师兄在什么地方，看见有陷坑陷不着，上了钓还能逃去的野兽？”蓝辛石道：“这不稀罕，就在离我家不远，有一家专以打猎为生的人，前几日追赶一只吊睛白额虎，十多人追了半日，忽然追得不知去向了。第二日到山中检点陷坑里的钓绳捆网，好像被人撕破了的一般，捆网已到了坑外，细看坑里坑边，踏了无数的虎爪印。打猎的人正觉得奇怪，有一个砍柴的人过来说道：‘我在这山里砍柴，只见一只很大的吊睛白额虎，仿佛被人追得慌了，逃进山来，吓得我连忙爬上树枝。看那虎跑不了几步，就喳的一声掉下陷坑去了。我心里好欢喜，以为这一下去，休想再有活命逃出来。我慢慢的缘到树梢，看它掉在坑里是什么情形，只见它已被捆网缠绕得在坑中打滚。但是滚得奇特，不像寻常落了捆网的野兽，滚过来滚过去的滚法，只专向一边滚过去，滚一个不停歇。约滚了十多转，竟将捆网生根的所在，滚离了坑边，网的网绳都被挣断了。网绳一断，网便不能得力了。四爪不住的挣扎，只挣得那网一片一片的裂开。前两爪才露出网点来，只一蹿就连网蹿出了陷阱，立在坑边筛糠也似的，浑身抖了几下，那捆网便纷纷脱落下来。那虎还回头向坑里望了一望，才摇着长尾巴走了。’”

蓝辛石述到这里，回头笑向柳迟道：“听得么，这虎不比人还精明吗？”柳迟觉得这苗人说话太无礼貌，不愿意回答，只当没听得的一样。周季容问道：“上了钓又逃去的，是怎么一回事呢，难道能将绳索咬断吗？”

蓝辛石笑道：“钓上的绳索，哪有能咬得断的？就是能咬得断，也没有给它咬着的道理。并且若是咬断绳索逃走，也算不得什么了。据我想，从钓上逃去的那虎，就是从陷坑里蹿上来的这虎。这个装钓猎户，也离我家不远，昨日才天明的时候，这猎户在睡梦中被虎嗥醒了，料知是有虎上了钓，即起来到山上装钓的地方去看。果见有一只极大的吊睛白额虎，被吊着了前脚，正在半空中乱动乱吼。装钓的钓着了野兽的时候，照例不去动它，任凭它在空中叫唤两三日，到差不多要死了，才去放下绳索来。这猎户自然依照老例，当下只望了一望，便不再做理会了。在家里的人，听得那虎嗥一阵，歇一阵，经过了大半日，有好大一会儿不听得叫唤了。又跑出来看时，哪里还见那虎的踪影呢，仅剩下一只约有六七寸长的虎前爪，仍被铁钳钳着，悬在钓竿的上面。原来那虎自己咬断前腿，脱身逃了。所以我刚才听得你说，有一只极大的斑斓猛虎上了钓，便问你那虎是不是吊睛白额。一座山里，不能容两只吊睛白额虎，并且白额虎最少，因此我推测上钓的，必就是落陷坑的。”

周季容道：“那虎真有些神通，不知二师兄若遇了它，能将它制伏么？”蓝辛石笑道：“没有我不能制伏的虎！不过像这种通灵的虎，料它不敢在我眼前出现。”二人说着话向前走，已将柳迟引到一处，忽停步不走了。

柳迟看此处是个山坡，坡中有一个黑色的圆东西，有七八尺高，上小下大，望去仿佛一座很高大的坟茔，只是那黑色光润，和涂了漆的一般，看不出是什么。刚待向周季容打听，周季容指着那东西说道：“已经到了，我师傅就住在这里面。”柳迟听了，好生诧异，走到切近一看，原来是一口极大的瓦缸，覆在地下，这缸足有一丈二三尺的口径，八九尺高下，向西方开了一个小门，仅能容一人出进。从门口透进些阳光，照见里面如一间室，室中陈设了许多居家应用的器具，如锅、灶、桌、椅、卧榻之类都有，不过具体而微罢了。有一个瘦如枯蜡的老头，年纪约有六七十岁了，容貌异常清古，衣服也很朴质，和寻常种田人家的老年人一样，只精神充足，两眼灼灼有光芒，不是寻常老年人所能有的。柳迟能知道清虚道人和吕宣良为异人，拜师求道，自然能看得出这老年人，必就是蓝、周二人的师傅方绍德。

这时方绍德正在自炊早饭，独坐灶前扇火，见三人立在外面，回过头来。蓝辛石才当先钻进缸里去，柳迟跟着二人进缸，见缸里虽陈设了这许多家具，容四个人并不拥挤。周季容上前简单陈说了在路上耽搁的原因，方绍德点头挥手，教蓝、周二人立在一旁。柳迟就这当儿，向方绍德叩头说道：“蒙老丈解救之恩，特地前来叩谢。晚辈生性好道，只苦没有心得，还得拜求老丈指教。”

方绍德连忙抬身笑道：“用不着这么客气，你要知道，我并不是为救你的性命，将你弄到这里来，是为要借你一张口，替我带句话给你师傅吕宣良。你不久就有与你师傅会面的时候，你只对他说道：‘我在新宁遇着金眼鹭鸶方绍德，他教我对师傅说，我们这种能耐，传徒弟不是一件当耍的事。徒弟犯了戒律，是不应该装聋作哑、曲徇私情的。若戒律可以犯得，我们却要这东西干什么呢？犯杀戒、犯淫戒的，应得教徒弟本人自己值价。万一遇了形同反叛的徒弟，便说不得，只好做师傅的亲自动手惩戒了。你有三个徒弟，我也有三个徒弟，请你瞧瞧我犯戒的徒弟，是怎生结果？再回头瞧瞧你自己在河南的徒弟，看凭良心应当怎生处置？’”

方绍德说到此处，略停了一停，问柳迟道：“你听明白了么？你照我这些话，向你师傅说一遍便得哪，你不可害怕说不出。你要知道，纵容徒弟犯戒，师傅的罪孽，比犯戒徒弟加重十倍。你敬爱你师傅，就是万不能不说。”柳迟只得诺诺连声的应是，在山中答应周季容，替他大师兄求情的话，哪里还敢说出口来呢？只听得方绍德继续说道：“你来这里一趟，很不容易，我知道你现在所住的刘家，有五鬼为殃。你此时尚没有力量，能驱灭五鬼。我可派二徒弟蓝辛石送你回去，顺便驱除五鬼，”

柳迟连忙拜谢道：“晚辈初到新宁时，正觉得舍亲家中的阴气过重，却苦没道法看出所以然来。承你老人家关怀，不但晚辈感激，便是舍亲一家也应感激。不过敝姨父是个读书人，对于神鬼的事，恐怕认为荒诞。”方绍德不俟柳迟说下去，即摇手笑道：“你离他家，已有三日三夜了。在这三日以前，你姨父自是不相信有神鬼的，此时已不然了。你回去时自会知道，不用我多说。”柳迟便不再说。拜辞了方绍德，与周季容握手作别了，才和蓝辛石一同退出瓦缸，取道向刘家来。

蓝辛石在路上对柳迟道：“我且在你亲戚家门外等着，你先进去，到用得着我的时候，只须向空唤三声‘蓝法师’，我自能随声而至。”柳迟答应理会得，然心里仍不免有些怀疑。暗想这三日中，难道刘家有什么变故吗？若没有显明的变故，使我姨父相信确有五鬼为殃，我却怎生好平白无故的说，有法师同来驱鬼呢？为此踌躇着，不觉已走近了刘家。蓝辛石找一棵很大的枣树下立住了脚说道：“我就在这树上，听候你的呼唤，你去吧。”

柳迟看这树离刘家还有半里多路，不由得现出怀疑的神气，说道：“舍亲家的房屋很大，离此又太远了些，恐怕听不着我呼唤的声音，反为不便。

不如索性过了那一座桥，在那边树下等候。”蓝辛石笑道：“这有多远，十里之内，我听苍蝇的哼声，与雷鸣相似。”柳迟这才知道蓝辛石是修天耳通的，便独自回到刘家。

刚跨进门，就隐隐听得里面有哭泣的声音，走进里面，只见自己的母亲和姨母，两人对坐着相向而哭。柳迟还不曾动问缘由，他母亲已看见他了，连忙起身一把将柳迟搂住哭道：“我的心肝儿子，你还有命回来么？可怜我和你姨母，已整整哭泣一昼夜了。”柳迟道：“孩儿该死，错走到苗峒里去了，失足掉下陷野兽的深坑，几乎送了性命。今早才遇救得脱，所以回得迟了。只是孩儿在家中的时候，也时常出门多少时日不回，你老人家是见惯了的，怎么这回才三日，你老人家和姨母就哭泣了一昼夜呢？”

他母亲拭干了眼泪，说道：“你哪里知道这几日家里的情形啊，昨日逼得没有法子，已打发人追赶你姨父去了。你姨父有要紧事去长沙，若不是因家里闹得太不成话，何至打发人去追赶他回来呢？大前日自你出门之后，你表妹就说觉得头昏目眩，心里冲悸得难过。我和你姨母也不在意，以为是受了些凉，睡睡就好了。谁知才到黄昏时候，你表妹本来是睡着的，忽然坐了起来，翻起一双白眼，望着我大声喝道：‘你不要糊涂！跑到这里来想替你儿子定媳妇，你知道你打算定的媳妇，是我什么人呢？’

“我当时一听你表妹说出这些话来，很觉得诧异。但是说话的声音变了，是一个男子的口音，并不是本地方人，就知道是有鬼物凭附在你表妹身上。只得对你表妹说道：‘我并没有这种心思，我到这里来，完全是因至戚，平日本有来往，不为想定媳妇而来。’我这么一说，你表妹只是摇头说道：‘这话瞒不了我，我与刘小姐前生是夫妻，缘还没有尽。她因一点儿小事，就寻短见死了。我应趁这时候，来了未尽之缘，你不要妄想。’说到这里，忽然现出慌张的样子，向房门外面望了望，双手抱头。说道：‘不好了，对头来了，只好暂时躲避躲避。’说罢，即寂然无声了。

“我和你姨母都以为房外有什么人来了，同时回头向房门口看，并不见有人进来。你表妹又改变了一个口音说道：‘我只来迟了一步，就险些儿被别人把我的老婆占去了。’说了这两句，又和起初一般的翻起两眼，望着我笑道：‘你看好笑不好笑，这刘小姐果然不是你儿子的媳妇，难道又是他那东西的媳妇？幸亏我还来得凑巧，若再迟一时半刻，不是糟透了吗？’边说边做出得意的样子来。你姨母看了这情形，只急得掩面哭泣。你表妹居然涎皮涎脸的，呼着丈母笑道：‘见了女婿的面，应该欢喜，应该笑一个不闭口，才是做丈母的本色。所以有一句老俗话：丈母见了郎（湘俗呼女婿曰郎），屁股不沾床。几见过你这个丈母的，反望着我愁眉泪眼。我做你的女婿，哪里就辱没了你吗？老实讲，比你那柳家的孩子强多了。’你姨母听了，更气得哭起来。我只得在旁问道：‘你究竟是什么人，与刘小姐有什么冤仇？幽明异路，刘小姐如何能做你的老婆？’你表妹摇头晃脑的说道：‘我的姓名，不能说给你听，我与刘小姐没有冤仇，她本来是许了给我做老婆的。你说幽明异路的话错了，我又不是死了的人，怎得谓之幽明异路？只因这两天的日子不好，不能成亲。须略迟几日，我便能在此地袒腹东床了。’说毕，又装模做样的闹了一会儿。陡然做出吃了一惊的样子，举右手在额上搭凉棚，向墙壁上寻觅什么似的，仔细看了几眼，即时露出惊慌的神色，对我说道：‘前面好像是你的儿子来了，我并不是怕他，只因不屑和他计较，暂时让他一让吧。’

“这话说了，你表妹仰后便倒，躺在床上。我只道是你出外回来了。你姨母走到床前，抱着你表妹呼唤，和睡着了一样，再也唤不醒。半晌不见你进房，打发丫头到外面去问。丫头还不曾回报，你表妹又翻身坐起来，一手把你姨母推开说道：‘你是什么人，要你搂住我夫人叫唤些什么？我就是柳迟柳大少爷，承姨母的好意，许将表妹配我做夫人，我特来成礼。刚才有两只大胆的孽畜，居然敢来想霸占我的夫人，逃得快是他们的造化，见了面我真不饶他。’你姨母就问道：‘你是柳迟柳大少爷吗？’他答道‘怎么不是！谁哄你么？’你姨母又问道：‘你既是柳大少爷，知道这个老太太是谁么？’你姨母说时，伸手指了指我。他跟着睁眼望着我，说道：‘怎么不认识，这是柳老太太，就是柳迟的母亲。’你姨母道：‘是柳迟的母亲，是你的什么人，你不是说你就是柳迟吗？’他才连“哦”了几声道：‘不错，不错！我该打，连母亲都忘记了。’随即向我叫了两声妈妈道：‘恕孩儿无状。’

“我指着骂道：‘你放屁！你是什么柳迟，我哪有你这种不孝的孩儿。你要假冒我的儿子，得变成我儿子的声音。你是识时务的，趁早滚开！我儿子立刻就要回来了，看他可能饶恕你。’我骂了这几句话之后，你表妹低头坐着，一言不发，红了脸好像有些惭愧，又好像思索什么似的。一会儿，忽然抬头说道：‘柳迟也只有那么大的威风，我假冒他干什么！老实说给你听，你以为你儿子会回来么？你做梦啊。你儿子的性命，早已丧在我手里了。我不把他的性命弄掉，就敢到这里来做他的替身么？’我听了不相信，仍开口骂道：‘你是什么东西！配把我儿子的性命弄掉。你想拿这话来吓我，哪里吓得着。’他仰天打着哈哈说道：‘不相信由你。我们五兄弟，合伙要把你儿子的性命弄掉，今日才好容易将你儿子迷了双眼，引进苗峒，我那四个兄弟，故意在你儿子前面的石岩之下，跑进跑出，使你儿子分了神，走近陷坑。我在后面只这么一推，就跌倒到陷坑里面去了，这陷坑跌下去，是必死无疑的。你不相信，且瞧着吧，看有你儿子回来没有！’

“我当时一听这些话，不由得不有些相信，正待求他。但我尚不曾说出口来，他却立起身向空中作揖道：‘我就走，我不过趁你没来的时候，到这里玩玩。你既来了，我怎敢留恋不去呢？’说罢，又跪下去，叩了两个头起来，仍向床缘上一坐，说话的声音又改变了。只听得长叹了一声，说道：‘什么兄弟，比外人都不如，明知是我的夫人，竟敢乘我还没到的时候，接二连三的来开我的玩笑，真要把我气死了。’说完，又长叹了一声。忽起身向你姨母拜下去，说道：‘愚子婿叩见丈母，给丈母请安。’你姨母只气得大骂。可是作怪，那东西倒像怕骂，一骂就没有声息了。不过你表妹昏迷不醒，沉沉的睡一会儿，那东西又来附着乱说一会儿，直到此刻三昼夜，不曾清醒，而你又果然一去不回，教我和你姨母，怎得不哭？”

不知柳迟怎生说法，且俟第五十七回再写。

第五十七回

谢援手瓦屋拜奇人　设神坛瓷缸装恶鬼

话说柳迟听他母亲述完那些怪话，即忙安慰道：“妈妈，姨母，都不用着急。我在苗峒里就已知道这里闹鬼，已带了个法师回来，可以驱除鬼蜮。据那鬼所说，迷了我的眼，引入苗峒，将我推下陷坑的话，事后回想起来，确有几分相近之处。这些鬼既无端害了我，又来向我表妹无礼，实在可恶已极。”说至此，只见一个丫头进来说道：“小姐很安然的睡着，不知怎的，忽然伏在枕上哭起来，叫也叫不应，推也推不醒，此刻正哭得十分悲伤。”柳迟的姨母紧蹙着双眉，一面向自己女儿房中走去，一面呼着柳迟道：“你也同来瞧瞧，男子的阳气，比女子足些，或者能把那些鬼吓退。”柳迟母子遂跟着走进那房。

刘小姐已坐在床上，两眼虽已哭得通红，只是眼泪已经揩干了，做出盛怒不可犯的样子。两手握着两个拳头，手膀直挺挺的据在两膝上。真是柳眉倒竖，杏眼圆睁，俨然等待着要和人厮打的神气。刘夫人一踏进门，那鬼就“呸”了一口，说道：“我做你的女婿，有哪一桩哪一件不相称，辱没了你？你以为你们是世家大族，我不配高攀么？哼！你错了念头啊，你若不是式微之家，我们连门都不敢进。此刻的气焰，已吓不倒我们了。你为什么请法师来，想驱除我们，我若是害怕的，也不敢到这里来做女婿了。”

刘夫人道：“我家请了什么法师，法师现在哪里？”那鬼道：“眼前的事我都不知道，算得什么神通呢？你家请的法师，此刻躲在桥那边枣树上。他有什么本领，配来驱除我们？他因为心里害怕，不敢进这里来，所以躲在那树上。我老实对你讲吧，你就把这法师请进来，不但驱我们不去，弄发了我的脾气，我一定取他的性命，那时你家反遭了人命官司。我已做了你的女婿，毕竟还有点儿情分，好说话。就是我那四个兄弟，脾气都古怪得厉害，动不动就杀人放火。他们不是你家的女婿，有什么忌惮？那时你家就后悔也来不及了。我是为你家好，大家和和气气的，不愿意破面子，才把这话对你说，你不要自讨苦吃。你姨侄是个小孩子，他的话听信不得。”

柳迟已走过来笑道：“你把我推下陷坑，害了我性命没有？你既有神通，不怕那法师，又何妨和那法师见见面，斗一斗法力呢？”那鬼道：“你小孩子知道什么？我们和法师斗法不打紧，你姨母家里吃亏，我不是外人，是你姨母的女婿，女婿有半子之谊，我不能不替丈母家着想。并且这法师不是我丈母请来的，我夫人和我丈母都待我很好，所以我不忍连累她家。你这小孩子不懂事，替她把法师请来，她家的人一个也不知道，我不能怪她家，因此才说这些话。若是她家里人去请来的，我怕什么呢？你真心想帮助你姨母，就得听我话赶紧去把法师退了。我和你此后是至亲，我照顾你很容易，劝你不要多管闲事吧。”柳迟叱道：“胡说，青天白日之下，岂容你们如此横行。”说完，向空连呼了三声“蓝法师”。

就见蓝辛石从房门口应声而入，把柳夫人、刘夫人都惊得呆了。便是柳迟因不曾经过这种神奇的事，也不觉有些纳罕。蓝辛石走进房来，刘小姐仰面向床上便倒，口中吐出许多白沫，额头上的汗珠儿，一颗一颗迸出来，比豆子还大。刘夫人看了，好不伤感。蓝辛石望着柳迟道：“那鬼见我来，已经藏躲了，须在正厅上设起坛来，还得准备几件应用的东西，方能施展法力，将他们收服。”

刘夫人抱住刘小姐，向柳迟道：“你表妹已有三昼夜水米不沾牙了。此刻承这位法师到来，鬼虽驱走了，然你表妹还是这种情形。不知这位法师，有方法能将她救醒来么？”蓝辛石接着答道：“救醒来很容易，现在病人口吐白沫，额头出汗，是因为身体亏损过甚，鬼不难驱除，病却不容易调治得回复原来的形状。”当下蓝辛石要了一杯清水，用指头向水里画了一阵，喝了一口，立在远远的对床上喷去。叱一声“起”。作怪，刘小姐如被人牵拉一般的随声坐了起来，握住刘夫人痛哭道：“我被五个大汉子拘禁了，直到这时候才逃了出来。”刘夫人、柳夫人也都觉得凄惨，流泪问刘小姐昏迷中情形，蓝辛石和柳迟退出房来，回到正厅上。

这时柳迟的姨父，被追赶得回来了，也陪着蓝辛石，问须准备几件什么东西。蓝辛石道："这五鬼也颇有点儿神通，必来与我斗法。须准备五只小瓷缸，一大盆白炭火，一条酒杯粗细的大铁链，长五尺以外，一副新犁头，九口青砖，一只大雄鸡，此外香烛、朱墨、纸笔之类，都是容易办的。坛用四张方桌，在这厅檐下搭起来，准备的各物，除香烛、朱墨、纸笔之外，都搁在坛下。"有钱的人家，凡事皆能咄嗟立办。柳迟的姨父照样一声吩咐下去，不须一刻工夫，就办齐备了。蓝辛石又要了一大碗清水，双手捧着，吩咐柳迟："不许人向他问话。"从容移步到神龛前面（湘俗每家正厅上必设神龛，或供天、地、君、亲、师，谓之五祀；或供财神；或供魁星以及其他神像），背向神龛，盘膝往地下拜垫上一坐，双手捧水齐眉，两眼合着，好像默祷什么似的，嘴唇微微的开合。

如此好一会儿，才张眼立起身，径走到搭的坛上，当中放下那大碗清水，掳起长袍，从腰间解下一个褡裢袋来（用青布或蓝布缝制，两端有袋，袋口居中，店家多用之以收账，以便搭肩上行走，故名褡裢袋。湖南之法师道士，行教时多用此种袋），袋里似乎装了许多物件，鼓起来很大。而蓝辛石系在腰间，从表面看去，并不觉得衣内有这么大的东西藏着。

当下蓝辛石将褡裢袋提在手中，从袋口取出一把有连环的师刀来. 放在坛上。随手提着褡裢袋，向空中一挂，好像空中有钩子悬着一般，竟不掉下来。刘家多少当差的看了，无不惊奇道怪。

蓝辛石很诚敬的神气，右手拿起师刀，左手托着那碗清水，用师刀在水中画符一道。画毕，就将师刀竖在水中，也和有人扶着一样，不歪不倒，仍将清水供放原处，回身招柳迟上坛，帮着烧香点烛。蓝辛石提朱笔在黄纸上画了五道符，就烛上烧了第一道，左手捏着诀，右手又向袋中取了一条戒尺，口中念念有词。陡听得檐瓦上一声响亮，一大叠瓦片对准蓝辛石劈将下来。蓝辛石只作没看见，倒将头顶迎上去，"喳喇"一声，就如劈在顽岩上，瓦片被劈得粉碎，纷纷落下。蓝辛石毫不理会，就碗边喝了一口清水，仰面朝檐上一喷，跟着一戒尺就坛上拍下，只见烛光几闪，一团黑影由上而下，直落到蓝辛石面前。蓝辛石拿起一只瓷坛，对黑影一声叱喝，仿佛坛中有吸引的力量，一霎眼间，黑影就射入坛口中去了。

蓝辛石用师刀在坛口画了几画，拿起来递给柳迟道："你们大家都凑近耳边听听，看他在里面有什么动静没有。"柳迟双手接过来，真个凑近耳根一听，只听得里面好像有人哭泣，不过声音很是低微，似乎相隔甚远，越听越觉显明。哭了一会儿，截然停止了，接着就听得叹气的声音。叹罢，接续说道："我不过一同到了这里，还是他们四个硬拉我同来的。在这里只我毫无举动，为什么把我关起来呢？你蓝法师既有这种神通，就应该知道这事与我无干，分个皂白。这蓝法师若肯饶恕我这一遭，我从此永远不到这里来了。"柳迟听了这些鬼话，心里好笑，举眼看蓝法师时，只见正烧了第二道符，又提起戒尺作法了。刘家上下的人，都要听坛中鬼说话，柳迟便递给家人去听，叮嘱小心，不可跌破了。

这第二道符才烧毕，情形就不似烧第一道符时安静了，也是从檐边响了一声，跟着一阵旋风陡起，只吹得飞石扬砂，房屋都摇摇震摆。坛下所立刘家上下人等，一个个被吹得毛骨竦然，双手紧掩着面目，不敢张眼。幸亏瓷坛在柳迟的姨父手里，连忙送到坛上。坛上的蜡烛，几番险些儿被风吹灭。蓝辛石两眼不转睛的望着烛光，将要熄灭了，只对烛光喝一声，火焰登时又伸了起来。接连三五次，烛的火焰直伸长到一尺多高，竖在风中，动也不动，那风才渐渐的息了。蓝辛石从坛下提起那只大雄鸡来，走到磉柱跟前，要了一口五寸多长的钢钉，在雄鸡眼上钉进磉柱，那鸡的两翅两脚都往下垂直了，和钉死了的一样。对着鸡又念了一会儿咒，回到坛上，将第二个瓷坛取出，又喝了一口清水，如前一般的喷去，戒尺刚拍下，柳迟的眼快，便看见一团黑影，由檐边直射进瓷坛。也用戒尺画了符，又提向柳迟说道："你们再听这里面，有何声息？"

柳迟很高兴的，听里面也有哭声，不过是旋哭旋骂，没有哀求苦告的声口了。骂的什么言语，初时听不什么清晰，听了一会儿，才听出是骂刘小姐没有天良，不念几夜夫妻之情，不出头阻拦请法师的事。柳迟又是好气，又是好笑，懒得久听。

再看蓝辛石，把第三道符烧了，离坛一丈远的前面，隐约现出一个人影来，身体足有七八尺高下，上身能看得出形像，只自大腿以下，就模糊不能辨认，不知是赤脚还是着了鞋袜的。头上留着满发，好像挽着牛心髻，装束也不是清朝的服制。在空中朝着蓝辛石指手画脚，嘴唇也动个不住，却不听见说些什么。蓝辛石念咒喷水，那影都似不怕。

蓝辛石将戒尺放下，几乎就把头发拆散，披在肩上，跳下坛来，从磉柱上拔起钢钉，提了那雄鸡的头，直上直下的在石阶基上，掼了好几下。众人看了，都以为这几下，必掼得骨断筋折了。谁知将手一放，那雄鸡直跳了起来，展了几展双翅，伸长脖子啼了一声。鸡声一起，那影就现出了畏缩的神气，向后退了几步，退一步影便淡一点儿，几步后，仅能依稀仿佛，非仔细定睛看不出了。蓝辛石飞身上坛，一手托着瓷坛，一手向那影只一招，就觉有一阵风吹到，都没看见有黑影到坛里去。蓝辛石已拿戒尺在坛口画符封锁了。

柳迟凑近耳去，不觉吃了一惊，原来里面正呼着柳迟的姓名说道："我和你往日无怨，近日无仇，你为什么把蓝法师请来，和我们兄弟作对？你表妹本来与你没有夫妻的缘分，就嫁给我们兄弟，一不辱没她，二不是夺了你的，于你有什么损害？我这回吃了你的苦，暂时报不了仇，将来终有我们出头之日。那时我们兄弟，若不将你碎尸万段，你也不知道我们的厉害。"柳迟答应了一声道："很好，很好！我等着你们出头便了。"

此时蓝辛石已把第四道符烧着，念了一会儿咒词，丝毫没有动静。蓝辛石刚提起戒尺，还不曾向坛上拍下，猛听得里面人声喧扰，夹杂着许多哎呀不得了的声音。立在坛下的刘家仆役，一听里面这么惊闹起来，都不知道为着什么事，一窝蜂也似的奔里面去打听。柳迟立在坛上，心里也不免有些着惊，疑心里面的丫头、老妈子不谨慎，引火烧着了什么，忙回头跟着众仆役奔去的方向看去。只见那些仆役才奔到中门口，大家一声吆喝，又潮也似的纷纷退下来，各自分头乱窜，好像怕人追打的一般。柳迟已看见自己表妹，蓬松着一脑头发，双手擎着一条臂膊粗细的门杠，俨然临敌的武士模样，没一点儿闺房小姐羞怯之态，大踏步打将出来。仆役奔避不及的，一触着门杠，就得跌倒在几尺以外，半晌爬不起来。使门杠的身法步法，也使人一望便能知道是个会武艺的好汉。一路打出中门，直向坛上扑来。

柳迟的姨父是个读书人，见自己女儿如此发狂，自觉面子上很难为情。料知众仆役不便上前动手阻拦，丫头、老妈子胆小害怕，只得自己上前去，打算拦腰一把将女儿拖住。一看自己夫人和柳夫人，都跟在后面追出来，胆量更壮了些儿。一面大声向女儿喝骂，一面奋不顾身的迎将上去。哪知道他女儿这时候的身体，并不由他女儿自己作主，一切举动都是因有鬼凭附了，就是那鬼的举动，那鬼如何认他做父亲呢？举门杠迎头劈下，读书人又有了几岁年纪，哪里知道躲闪，这一门杠劈下来，眼见得要劈一个脑浆迸裂。却是作怪，蓝辛石在坛上只用戒尺向那举得高高的门杠一指，大喝一声："木雷安在？"就在正厅上轰了一个大霹雳，只震得屋宇荡摇，灰尘乱落。柳迟再看自己表妹，如睡魔刚醒一般，弃了手中门杠，惊慌失措的神气向左右乱望。柳夫人、刘夫人都吓得不敢上前，只远远的叫唤女儿的名字。刘小姐跑过去抱了自己的娘，号啕痛哭，柳迟已跳下坛来，问如何闹到这样。

柳迟的母亲说道："你表妹因有三昼夜不曾进饮食了，人一清醒，便觉得腹中饥饿，炖了半罐粥给她喝。我和你姨母都在旁边。只因听得丫头进来报说，法师把鬼装入瓷坛，拿耳朵贴到瓷坛上去听，鬼在里面哭泣哀求，都听得十分明白，要我们也出来听听。我们觉得这事太稀奇了，不妨听听也广一广见识。我们为你表妹已经清醒了，并且有法师正在收鬼，用不着顾虑，所以只吩咐了一个小丫头，陪伴你表妹在房中，我和你姨母就走到中门口站着，教老妈子捧瓷坛来听。想不到才听了两个瓷坛，第三个还不曾捧上来，那个陪伴你表妹的小丫头，就被打得哭哭啼啼的跑出来了。我们正要动问为什么，你表妹已手舞门杠，恶狠狠的冲将出来，几个老妈子上前夺门杠，都被打得东倒西歪，并举起门杠要向我和你姨母打下。方才若不是凭空打下那一个炸雷来，你姨父的头颅，怕不被门杠打破吗？"

柳迟听到这里，听得有铁链铿锵的声音，回头看时只见蓝辛石已将披散的头发挽起，卸去了身上长袍，露出筋肉坚壮的赤膊来，正拿火钳在炭火里拨那烧红了的铁链。这里刘夫人、柳夫人，自带着丫头、老妈子，拥护病人回房。柳迟仍到坛跟前，看蓝辛石将铁链拨出一端来，红得通明透彻，随意伸手握住，拖蛇尾巴也似的，拖出火盆来，火星四迸，立在数尺以外的人，头脸都被火逼得痛不可当。蓝辛石绝不在意的，提起那红铁链，往他自己肩部上一绕，铁链着处，只听得喳喳的响，身上皮肉被烧得浓烟突起，在旁边看的，没一个不吓得心胆俱寒，就是柳迟也不禁吐舌摇头。

蓝辛石把铁链在身上盘绕了两三匝，腾出两手来，仍是一手提戒尺，一手托瓷坛，口里喝道："再不降服，更待何时？"随即就见火盆里起了一道黑烟，在空中袅了几袅，才射进这坛里去。

蓝辛石用戒尺在坛口画了符，柳迟又凑耳去听，这鬼的声口，更凶狠异常了，竟是破口大骂道："你蓝辛石是个苗人，我们都是汉人，两不相干，要你替刘家出死力，和我们作对做什么？我们将来不报这仇恨，也算不了好汉。"柳迟听了，又禁不住笑道："你们本来要算几个好汉，蓝法师也只好等着你们将来报仇雪恨了。"

说时，看蓝辛石才把第五道符烧化，脸上就露出惊怪的神气，口中默念不到几句，即连连跺脚说道："不好，不好！已被他逃跑了。这东西真有点儿神通，于今要去追他，倒是一件很麻烦的事，这却怎么办呢？"柳迟也惊问道："怎么会让他逃了的呢？"蓝辛石道："我在枣树上等候你呼唤的时候，已经把网张好了，逆料他们没能耐逃出去。不过我的网张了十里，他此刻是不是已逃出了罗网，或者还在罗网内藏匿，一时尚不可知。"旋说旋踌躇了一会儿，忽然笑道："不要紧，我有对付他的法子了。"柳迟忙问有什么法子。蓝辛石道："方圆十里的地方，可以暂时藏匿的所在，自是不少。我所虑就是我一离开此地，他立刻就回来骚扰，他不回头来则已，回头必比前次更闹得凶狠。这四个瓷坛，不能在此地久留，务必送到和宝庆交界的十字路上，掘土埋藏，方可保他们不为后患。我此刻动身去，至快也得明日下午才得回来。在我未回来以前，就恐怕那在逃的东西，又乘隙前来作祟。我于今想了个主意，再用法术将这所房子团团围了，不但我去宝庆的这当儿不怕他来为难，便是他这番已逃出了罗网，只要在六十年以内，无论什么时候，休说这种作恶多端的厉鬼，不能进这所房屋来。就是已成了鬼仙的，也不容易踏进我的罗网一步。"柳迟此时还不懂得这类神通，只有连声应好。

蓝辛石直到这时才解了盘绕在身上的铁链，用手蘸了碗里的清水，在身上被铁链烙伤了的地方摸擦一过，比什么灵丹妙药都来得神效，清水一着上去，立时肿退红消，和不曾被烙的皮肤一样。将披散了的头发，也挽结起来，仍是赤膊，从碗里拔出那把有连环的师刀，吩咐刘家当差的，准备灯笼火把应用，又上坛念起咒来。不一会儿，当差的已安排了几个灯笼火把，每人拿了一个，在坛下候着。蓝辛石念完了咒词，忽然在坛上翻身一个筋斗，打下坛来，对一个提灯笼的当差说道："你提灯笼在前面，旋走旋照着我，走出大门外，朝西围着这房屋缓缓的走，绕到东边，仍从大门进来。这些灯笼火把，都跟随在我后面。"众当差的答应理会了，蓝辛石便随着那灯笼，一路筋斗打出来。

刘家的房屋宽大，绕周围打一遍筋斗，足打了八百多个，才从东边打到了大门。这一遍筋斗打过，天已半夜了。蓝辛石趁着天色未亮，提起四坛恶鬼，带了一把铁锹，动身向宝庆交界的路上走去，片刻也不敢耽搁。直走到次日早点以后，才到了可以埋藏的所在，深深的将四坛恶鬼埋了。

据当时在旁边看见蓝辛石埋藏的人传说，蓝辛石用铁锹拣适宜的所在，掘好了一个大窟窿，原打算四坛做一处幽囚的。刚提起瓷坛要放下去，只听得四个坛里，同时大叫着蓝法师说道："我们不曾到你家扰害过，与你有什么仇恨，值得用这么狠毒的手段对付我？并且法师是苗人，平日和刘家绝无来往，又岂值得这么替他出死力。我们于今向法师求情，法师如肯开一条方便之路，只松松的将浮土掩上，我们将来重见天日的时候，决不寻法师为难。若一定要做恶人做到底，我们此刻虽是奈何你不得，你须知我们终有出头的时候，到那时你自讨麻烦，便怨不得我们了。我们五兄弟，你仅收服了我们四个，你知道不曾收服的那个，就是将报复你的祸根么？"

蓝辛石毫不迟疑的笑答道："倒亏你们提醒了我，是这么做一个窟窿埋了，果然不妥。万一那个在逃的东西，前来相救，岂不很容易的就被他教了去？报复我，向我寻麻烦，都是废话，不但我不怕，谅你们也不敢。我倒有些怕你们出来得快，汉人当中少有能收服你们的，将来受你们害的人家必多。我不能贪懒，将你们埋做一个窟窿，须分作四处掩埋才妥当。"坛里恶鬼听了蓝辛石的话，登时都鼓噪起来。蓝辛石也不作理会，拿铁锹又掘了三个窟窿，一个一个埋下去。此时坛里的恶鬼，有哭的，有恨声不绝的，有抱怨不该向蓝法师求情，反增加痛苦的。在旁边看的人，都一一听到了耳里。

蓝辛石掩埋停当了，便向旁边的人说道："本来应该在半夜三更的时候，到这里来掩埋，无奈我没有时候等待。你们今日适逢其会看见了，就得借你们的口，传出几句话去。这地底埋的是四个恶鬼，以后有谁触动了这上面的土，谁就得被这恶鬼缠扰，轻则送了自己个人性命，重则闹得妻离子散，家破人亡，确不是一件当耍的事。"那些人听了这话，都不由得毛骨竦然。蓝法师的声名，从这番以后，不多时就传遍了周围数百里地面。

湖南人本极迷信，凡是蓝法师吩咐的话，谁也不敢故意违犯。至今蓝法师在新宁、宝庆一带的奇情怪事甚多，如一棵树、一块石头，只要故老相传，蓝法师曾吩咐不许人动，即父诫其子，兄勉其弟，永远没人敢动。间有冒失鬼或不知道忌讳的人，偶然在蓝法师吩咐不许动的东西上面，动了一下，无不当面见效。或即时倒地不省人事，或归家便头痛发热，并有鬼物凭附在病人身上，胡说乱道。但是这都是后话，趁这时表过不提。

且说蓝辛石当下吩咐了看的人，仍提了铁锹回刘家来，到刘家已是黄昏向后了。柳迟的姨父母感念蓝辛石出力救了自家女儿性命，特地办盛筵款待。蓝辛石在席上向柳迟的姨父说道："这回你家小姐的病，虽经我治好了，然除了这种病，不久那种病又要来纠缠的。若但求治标，不仅不胜其烦，且恐怕有治不了的时候。"柳迟的姨父问道："治标固是不好，但是治本须怎生治法呢？"蓝辛石笑道："说起来很奇怪，或者你府上的人听了也不相信。你小姐近来不是正在商议许配人么？"

柳迟的姨父听了，随望了柳迟一眼，点头说道："我和内人虽有替小女议亲的意思，然现在还只商议商议，并不曾说妥当。"蓝辛石也点头答道："我也知道还只商议。就因为还在商议，才有可救药，若已经说妥当了，只怕你小姐的病，尚不止此呢！我劝你快把这一段婚姻的念头打消，另择高门，便是治本的方法。"说时，用手指着柳迟说道："我曾听得我师傅说，他的夙根极深，然夙孽也跟着极重。这番在府上骚扰的五鬼，便是他的孽障，暂时决躲避不了的。"

柳迟的姨父虽不十分相信这些夙根夙孽的话，只是既听说自己女儿的奇病，是由于许配柳迟发生的，当然把这种念头打消。柳迟在未动身来新宁的时候，就占了一卦，知道自己婚姻不在此地，且相差成亲的年数还远，因此听了并不在意。

蓝辛石这夜在席上，被主人敬了多少杯酒，已喝得有八九成醉意了。天色也已过了二更，此时正是四月间初夏天气，夜间的月光甚好，刘家原挽留蓝辛石休息一夜，次日才回苗峒去的。蓝辛石不肯在汉人家歇宿，定要乘着酒兴，踏月回家，刘家的主人只得谢了他，和柳迟同送出来。柳迟有些依依不舍的说道："我们在这时别后，不知又须什么时候，才得见面。"蓝辛石回身笑道："这有何难，我们不久便又有见面的时候。"

柳迟心里想问究在何时，应在何处？只是还没问出来，偶然一眼向前面桥上望去，忽见一个黑影，伏在桥那边石柱之下。柳迟生成的一双明察秋毫的眼，没有能在他眼前逃得过去的形影。当时既发现桥柱下的黑影，便停了那话不问，悄悄的指着那桥柱，对蓝辛石把所见的情形说了，蓝辛石胡乱向桥上看了看，摇头说道："月光底下看不分明，有我在这里，有什么东西敢来这桥上伏着。我就得经这桥上走过去，你们在此等着，看有什么没有？"说罢，一路趔趔趄趄的走向桥上去了。直走过桥那边，回头大笑道："可瞧着了什么吗？"见刘柳二人都转身进去了，才径向归家的这条路上，高一步，低一步，一偏一倒的走。

这时虽是初夏的天气，然深宵半夜，又在山野之间，一阵阵冷风吹来，仍不免吹得肌肤起栗。蓝辛石初从刘家出来的时候，因酒喝得多了，有些发热，将胸前的衣服解开，袒出胸膛来。走了一会儿，被几阵冷风，吹得觉得有些寒侵肌肉，只得仍将胸前的衣服理好，酒意也被吹醒了几成。他是醉后的人，又在这种清凉的深夜，独自行走丛山旷野之中，心境自不期然而然的觉着凄楚，无端的要生发许多感喟。

蓝辛石身抱奇能绝艺，并擅文才，这种能为的人，在汉人当中，尚千万人难得一个，何况是在苗族里面呢？然蓝辛石尽管有这般奇能绝艺，终日只在苗峒中，仗着一己能为，替同族人除害，如毒蛇猛兽、野魅山魈等类伤人的恶物，不遇在他手里则已，一落到他手里，便休想能脱逃出去。和他同族的苗人，都能享受他的利益，而他却丝毫没有腾达得意的机会。

他的神力是得之于天的，并不是由练习得来。他在十零岁还未成年的时分，最喜在山涧里面寻觅鱼虾，弄回家下饭，每日总得去山涧中盘桓好一会儿。附近他家的一条山涧，某处有岩，某处有穴，他都探寻得异常熟悉。这日他正去涧中捕鱼，忽见一条碗口粗细的大蛇，约有二三丈长，遍体赤鳞，在涧水里面翻来滚去，好像洗澡的样子，搅得涧水四面溅泼，涧边的砂石都飞扬起来。

这种骇人的情形，若在寻常未成年的小孩看了，能不吓得两腿酸软，连跑也跑不动么？但蓝辛石生成是这些恶物的对头，见面不但毫不害怕，并且立时怒从心上起，恶向胆边生，恨不得一下将这赤蛇打死。只是他向来捕捉鱼虾，就是凭一双空手，不曾携带一尺长的器具来。这蛇如此长大，又在涧水之中，赤手空拳，如何能打得死呢？心里一着急，就四处寻觅可以当兵器的东西。涧边岩穴里面，他平日都摸熟了，记得有一个穴内，时常有一件圆而且硬的长东西触手，仿佛是钉下去保护涧边的木桩。平日因无可用之处，就触手也不在意，于今既用得着打蛇的兵器，不由得想起来了。连忙跑到那穴旁，伸手往穴内一摸，果然还在里面。触手即握住一摇，似手钉得很牢，随手不能摇动，遂伸进两手去，竭力往穴外一拖。想不到用力过猛，几乎仰后跌了一跤，那东西居然被拖了出来，甚是沉重。看时，不禁吃了一惊，哪里是什么木桩呢？原来是好好的一把大砍刀，连柄有四尺多长，五寸多宽，刀背有二寸来厚，刀口虽不甚锋利，然逆料用斩这蛇，是断没有斩不死的。全体是纯钢造就，形式虽古，却没生一点儿锈。是谁将这刀搁在这穴里，是什么时候搁的，都无从知道。蓝辛石此时也不暇思量许多，双手将那刀擎起来，直向那条蛇奔去。

蓝辛石在水里的日子多，水性原来很熟，赶到此蛇切近，一刀劈将下去。那蛇也合该死在他手，躲闪都来不及，就被劈作一刀两段。蓝辛石既劈了赤蛇，得意非常，提刀玩弄了一会儿回家。他家中人看了这刀，都惊讶问从哪里得来的。蓝辛石将缘由说了。家里人想接过去看，哪里能拿得起？掉落在地下，直陷下地半寸来深。四个人上前扛抬，才能勉强扛动，尚不能提步，提步便闪伤了腰肢。蓝辛石的神力，因此才显了出来。从得刀以后，猛兽被杀死在这刀下的，不计其数。后来他长大了，觉得这刀虽好，苦于太笨重，一则周转不灵，二则刀口不甚锋利。于是又造了一把重六十斤的钢叉，杀豺狼虎豹之类的猛兽，便用这钢叉。自遇方绍德收他做徒弟之后，又得了许多道法。

他既怀抱这些本领，少年人飞黄腾达的念头，自然很重，只是仅进了一个学，便没了上进的机会。酒后触动了愁怀，对着那般凄清的景物，不觉边走边悠悠然叹了一声。长叹的声音才歇，就听得有一种哭泣的声音，被风吹荡得侵入耳鼓。蓝辛石正在感叹的时候，一闻这哭声，也不暇细听，更觉得凄然不乐。低着头慢慢的向前行走，很不愿意听那哭声。叵耐那哭声越听越清晰，蓝辛石原是存心不做理会的，至此虽欲不听，已不能把两耳塞住，只得将自己的心事丢开。听那哭声中还带着诉苦，一听便能分出是个女子。那声音约发在一里之外，寻常人虽在万籁俱寂的深夜，相隔这么远的哭声，也决不能听得。蓝辛石是个修天耳通的，所以听得清晰。

不知听得诉些什么，且待第五十八回再写。

第五十八回

蓝辛石月下钉妖精　宋乐林山中识神虎

话说蓝辛石听那哭声中诉道："我实在不愿意活了，这种苦日月，活着还有什么趣味？倒不如拚着一死的干净多了。"蓝辛石细听那哭声的方向，正在自己归家应经过的道路上。心里不愉快的人，听了这类的悲哭的声音，更是难过，遂懒得着意去听，只放紧了些脚步向前走。走不到一里多路，遇了一座大石桥，那哭声不在别处，正是从这桥上发出来的。

此时天上的月光，已偏在西边，将近钻人地下去了，因此桥上已没有月光。蓝辛石听哭得益发凄惨，即立在桥头上高声问道："是哪里来的娘子？为什么三更半夜的，独自在这里哭泣？"这话问出去，不见有人答应，只是哭声已停了。蓝辛石接着说道："娘子不要害怕，我不是无赖的人。若娘子有为难的事，不妨照实说给我听，凡我所能帮助的，无不竭力。"这几句话一说出去，便听得很娇怯很脆嫩的口音答道："虽承先生的好意，愿竭力帮助我，但我是个生成薄命的人，就得先生帮助，也只能帮助一时，长久下去，仍是不了。先生是过路的人，可以不必怜惜我，左思右想，还是拚着一死的干净，免得在世界上终日受人欺负。"

蓝辛石一听这女子说话，伶牙俐齿，娇啼婉转，使人荡魄销魂，心想这样年轻的女子，有什么委屈，这时分在这个人烟稀少的地方悲哭？听她说话的情形，不像是小户人家的女子。小户人家女子，见了面生男人，说话决没有这么大方。大户人家女子，又岂有半夜三更独跑到这地方来的？若为寻死而来，何地不可以寻死，必要到这里来呢？这东西的来历，只怕有此蹊跷。

我何不盘问她一番，看她怎生答应？蓝辛石想毕尚没开口，那女子已接续哀啼着说道："我若不因为怀中已有了四个月的身孕，寻死也用不着踌躇了。我这样苦的命，死了不算什么，怀中的冤孽没有罪过，不应该跟着把一条小性命断送。"说罢，又嘤嘤饮泣起来。蓝辛石说道："娘子徒然悲伤，也没有用处。请问娘子贵姓，家住在哪里，究竟为的什么事，如此伤感？"边说边走近前去。

那女子背靠桥柱坐着，此时月光虽已偏西，远望不得分明。就近借着满天星斗之光，还能看得出女子的身材窈窕，态度风流，头上青丝，蓬松覆额，虽看不清容貌怎样，然仅就所见的，已足使人动心了。

女子见蓝辛石走近面前，即抬起头来答道："三更半夜，抛头露面的出来，连我祖宗三代的脸，都被我丢尽了，我还好意思把娘家的姓氏，说给先生听吗？翁姑、丈夫都凌虐我，不将我当人看待，我原不妨将婆家的姓氏，说给先生听。然说给先生听了，也没有用处，不如存一点厚道。我的命已苦到如此地步，并且已是快要死的人了，犯不着扬人之恶，加重我自己的罪过，来生更受苦报。至于先生问我究竟为什么事，如此伤感，我不能不将大概情形说出来。不然，也太辜负先生的一番盛意了。

"我今年一十九岁了，我父亲、哥子，都是读书有功名的人，我婆家也是诗礼之家。只丈夫不争气，因生长富厚之家，不知银钱艰难，不识人情刁狡，从去年我到他家起，初时一二个月内还好，白天不大出外，就是出外，一到黄昏向晚就得回来。两个月以后，不知如何结识了地方上几个不成材的人，终日吃喝嫖赌，无所不来，越闹越糊涂，时常半夜还不回家。翁姑怪我不会伺候丈夫，不能得丈夫的欢喜。我何尝不会伺候呢？无奈那没良心的人，成心不欢喜我，我除了哭劝、哀求而外，又有什么法子咧？谁知那没良心的人，见我越是向他哭劝，他越是嫌讨厌似的，更整日整夜的在外嫖赌，一连三五日不见他的踪影了。翁姑大发雷霆，说她的儿子原是极老成极规矩，从来不在外面胡行乱走的。只因讨了我这个不贤良的媳妇，将她儿子逼得不能在家安身，只得去外面借着嫖赌解闷。

"请先生替我想想，我就是容貌丑陋、性情恶劣，何至便逼得丈夫不能在家安身？并且丈夫去外面嫖赌，在翁姑手里拿不着银钱，将我所有陪嫁过去的私蓄，一古脑儿用尽了。还嫌不够，把我陪嫁的金珠首饰，拣好的拿去变卖，连问也不问我一句。我为怕他生气，想借这些事换转他的心来，件件依遵他，看他要多少银钱，我无不尽力设法给他，原不过想图他一个高兴，对我回心转意，不忍再去外面胡闹了。谁知不讲情理的翁姑，反怪我别有用意，成心要丈夫去外面胡闹，原来只骂我的，至此更动手打起我来了。

“翁姑打媳妇，做媳妇的自然只能顺受，哪敢违抗呢？翁姑见我跪着不动给他们打，不说我懂礼节有孝心，也就罢了，倒骂我不动是和他们拼死，更打得厉害些。我见跪着不动有罪，就起来走开，却又骂我目无尊长。我处这种境遇，也只好自怨命苦，不能怨翁姑、丈夫不好。想不到那没良心的人，无论给他多少银钱，不须几日工夫，就嫖赌得没有了，不到手中没了钱，也不回来。我赔嫁的银钱、首饰是有限的，怎经得起他这样泥沙不如的使用呢？我手边有的时候，他一开口，就如数拿给他；手边一没有了，教我去娘家设法，何能每次都能如愿？我给得少了，或给得迟了，他也由不高兴而责骂，由责骂而动手打起来。

“可怜我一个终身不出闺房门的女子，身体又素来孱弱，不但没有反抗他的力量，连躲闪也躲闪不来。近来知道我有了身孕，若是寻常人家见媳妇怀了孕，举家都应该欢喜，教媳妇好生调养的；唯有我的翁姑、丈夫不然，硬说我怀中的身孕，不是她儿子的骨血，将我吊起来拷打，问我曾和什么人通奸。唉！这真是黑天的冤枉，我是何等人家的小姐、何等人家的媳妇？翁姑、丈夫现在正不欢喜，我岂肯自寻苦恼，再干这种辱没家声的事呢？我也不知道我翁姑、丈夫，前生和我有什么冤孽，有多大的仇恨？任凭我如何表白，如何发誓愿，只是咬紧牙关，说不是他家的。我要她儿子自己凭良心说，那东西确是没有良心的人，板着面孔不作声，也不说是，也不说不是。翁姑见她儿子这样的情形，更坐实我曾和人通奸。每日朝骂暮打，吃没饱的给我吃，穿没好的给我穿。我忍气吞声过到今日，连那没良心的人，今日都说出我怀中的孕，不是他骨血的话来了。我实在不能再忍了，问他不是你的骨血，是谁的骨血？我半年之内不曾回娘家，也不曾离你家的大门，有什么人能飞进来和我通奸？你虽说在外面嫖娼的日子多，然手边没了钱的时候，归家向我要钱，哪一次不在家中歇宿，如何能说怀中身孕不是你的？凡人既不要天良，便没有不能做的事，没有不能说的话。他是我的丈夫，他要咬紧牙关这么说，我就有一百张口，也分辩不了。

“做人做到了我这种地步，活在世上，除了受罪而外，还有什么可享受的呢？万不得已，只得趁他家人都睡了的时候，悄悄的到厕所里，打算悬梁自尽，拼一死了却前生冤孽。哪知道苦命的人，孽报不曾受了，连寻死都不能如愿。他家当差的，早不上厕屋，迟不上厕屋，偏巧在我正套好绳索，刚将脑袋伸进圈里去的时候，那当差的擎着一支蜡烛，走进来了。一见我已上了吊，就一面大声叫唤，一面把我解救下来。翁姑从梦中惊醒，到厕屋里一看，登时怒火冲天，大骂我有意害她家遭人命官司，一人拿了一条鞭子，将我按在厕屋地上痛打。两个人都打得精疲力竭了，就逼着我立刻回娘家，不许在她家停留。要寻死也得去外面寻死，死了不干她家的事。我说我娘家虽是我生长之地，然我在娘家一十八年，一次也不曾在外面走过，出大门就不认识路径。便是嫁来这里一年，也不知道大门外是什么情形，这时分教我回娘家，不派人送我，我如何认识路径呢？翁姑齐说认识路径也好，不认识路径也好，他们不管。只要出了她家的大门，哪怕走不到三步，就寻了短见，也不与她家相干。

“只怪我自己命短，他们既对我这么恶毒，我如何能再停留？只好横了心，打算真个出大门就寻死，因此才走了出来。但是我走到门外一想，此时就这么死了不妥。翁姑、丈夫既说我怀中身孕，是和人通奸来的，若就这么死了，不仅这冤诬没有伸雪的时候，他们还要骂我是因奸情败露了，含羞自尽的。我一个人蒙了这不白之冤，还不要紧，我怀中的孕，既确是我丈夫的亲骨肉，尚不曾出世，也就跟着我蒙了这不白之冤而死，未免太可怜了。并且我娘家是书香世族，若因我这不争气的女儿，把世代清白的家声玷污了，我就到九泉之下，有何面目能见祖先？因有此一转念，觉得短见暂时是不能寻的。既不能死，又既被翁姑驱逐出来，除了回娘家，实在无路可走。但是我娘家的地名虽知道，路有多少里，应该朝着哪方面走，都茫然不知。黑夜又无人可问，只得勉强挣扎着，随着脚步走去。走到这桥上，两脚委实痛得走不动了，不得不坐下来歇息些时。当此凄凉的月夜，回想起种种伤心的事来，不由我不痛哭。想不到惊动了先生，承情关切，感激之至。”

蓝辛石呆呆的立着，听女子说完了这一篇的话，心中也未始不有些感动。但是总觉得这女子的态度太风流，言语太伶俐，既不像是大家的闺秀，更不像是穷家的女儿，始终疑心来历不正当。自念从方绍德学道以来，所治服的山魈野魅、木怪花妖，实在太多了，恐怕这女子就是那一类的余孽，乘黑夜酒醉之后，前来图报复的。只是他凭着所学的本领，和从来驱除丑类的志愿，即令这女子果是那一类东西的余孽，也不觉得可怕。心想此时天色昏暗，究竟是不是妖怪鬼魅，纵有本领，也无从辨别确实。若这女子所言的，果然真实不虚，也可称得一个很贤孝、很可怜的女子。便是古时候的烈女贞姑，行为品格，也不过如此。我生性仰慕古来豪侠之士，这种贤德女子，在如此遭际之中遇了我，我若因疑心她是妖怪鬼魅，不竭力救她，岂不是徒慕豪侠之名，没有豪侠之实吗？我凭一点慈悲之心，便是认错了，中了妖魔的圈套，也可以无悔。并且就是妖魔，也不见得能奈何我，我只存着一点防范的心思罢了。想罢，自觉如此做去不错，遂向这女子叹道："原来娘子有这般凄凄的遭际，真是可怜可敬。以我替娘子着想，暂时也只有且回娘家的一条路可走。娘子的娘家叫什么地名，何不说给我听？我可以立刻送娘子回去。"女子似乎有点为难的意思，踌躇着不肯就说。

蓝辛石道："娘子是不是因恐怕有伤娘家的声望，所以不愿意说给我听呢？娘子不可生气，这念头实在错了。休说这种事是世间极寻常的事，即算可丑，也是婆家没道理，与娘家不仅不伤声望，像娘子所说这般贤淑的性情、孝顺的行径，娘家并很有光彩，为什么反怕人知道呢？"

女子至此才发出带些欢喜的声音答道："先生的高见自是不错，只是先生不知道家父的性情脾气最是古怪，他老人家若听我说是被翁姑、丈夫驱逐回家的，必不问情由，即时大怒，也将我驱逐出大门之外。因为我未出嫁以前，家父时常拿《烈女传》、女四书一类的书教我，对于三贞九烈之道，解说得很仔细。并曾说过，若女儿嫁到婆家，不能孝敬翁姑，顺从丈夫，得翁姑、丈夫的欢心，以致被退回娘家来了，这女儿简直可以置之死地，毫不足惜。如念骨肉之情，不忍下毒手，就唯有也和婆家一样，驱逐出去。这女儿既是娘、婆二家都不要了，逼得没有路走，看她不自去寻死，有何法生活。家父的性格，素来是能说能行的，平时已有这种话，今日轮到他自己家里来了，请先生说，他老人家如何肯容留我？我刚才被翁姑逼得出门的时候，虽只好打算回娘家，然心里计议是万不能向家父说实话的。于今承先生的美意，送我回家，我正是要回家不认识路的人，自然感激万分，岂有恐怕有损家声，不敢将地名说出之理？并且一个地名，与舍下声望也绝不相关，我其所以踌躇的缘故，完全不在这上面。先生不要误会了。”

蓝辛石问道：“然则娘子不肯说，是为的什么呢？”女子道：“这其中有两个缘故，我都觉得甚是为难。我就把地名对先生说了，先生也不能立刻送我回去，说与不说无异，所以不得不踌躇。”蓝辛石道：“只要有地名，哪怕在天涯海角，我既说了送你回去，不问如何为难，我都不怕。请娘子且把第一个缘故是什么说出来，看我觉得为难不为难，不为难，就再说第二个。”

女子带些笑声说道：“我婆家离我娘家，平日听得人说有三十里路。我今夜走了许久，不知方向错也没错，若是错了，此地离我家，就应该还不止三十里。这么远的道路，如何好烦先生相送呢？况且我所知道的是小地名，只近处的人知道，此地若相离太远，就说给先生听，先生平时没听说过那地名，岂不也和我一样不知道东西南北吗？”

蓝辛石也笑着截住说道：“这便是第一个为难的缘故吗？不用说三十里不算远，就是三百里，也不过两三日的程途。地名虽小，只在几十里路以内，我就不知道，也好向人打听出来的。你且把地名说出，看我知道不知道。”女子道：“既是如此，舍下的地名叫做雄鸡岭，先生知道么？”

蓝辛石哈哈大笑道：“雄鸡岭吗？岂但知道，并且是我归家所必经之地，我每个月至少也得走那山上经过一两趟，此处还不上十里路。你这第一个为难的缘故，可说是毫不为难了，第二个呢？”女子很高兴的问道：“原来此去雄鸡岭，已不到十里路了吗？我倒不明白何以信步乱走，居然没走错方向，而且走得这么快？从来不曾走过稍远些儿的路，今夜居然不觉着就走了二十来里，这是什么道理呢？我只怕地名叫做雄鸡岭的，不仅这里一处，舍下那边也叫做雄鸡岭。听说两地同名的很多，先生可知道旁处还有地名叫做雄鸡岭的么？”

蓝辛石摇头道：“这雄鸡岭并不是小地名，周围百数十里左右的人，除妇人小孩子而外，不知道这地名的很少。这样大地名，在几十里以内，怎么会有相同的呢？我所知道的决不会错，娘子不用疑虑。至于素来不曾走过远路，今夜不觉着就走了二十来里，这并不稀奇，道理很容易明白。二十来里路本不算远，娘子被那不仁的翁姑逼出门之后，心里又悲伤，又愤恨，自是巴不得从速远离那受辱之地，急匆匆的向前走，也无心计算路程。直走到两脚痛不可当，精力疲惫极了，才忍不住坐下来休息。娘子平日虽不曾走过远路，然年轻的人，走路而至于两脚走不动了，若没有二三十里路，又何至如此呢？这尤是显而易见的道理，闲话少说，请把第二个缘故说出来吧。”

女子笑道：“第二个缘故么，你已知道了，无须乎我再说。”蓝辛石现出诧异的神气，问道：“这话怎么讲？你没说出来，我从哪里得知道，这话说得我不明白。”女子道：“先生确已知道了，也是我早已说了出来的，请先生猜一猜，看究竟是什么缘故？”

女子说这几句话的时候，很透着挑逗蓝辛石的神气，软语温存，就使铁石心肠的人听了，也难保不心旌摇荡，不能把持。蓝辛石一时竟忘了形，也答以极温和的声口说道：“你刚才向我说的话很多，我不能一句一句都记在心上，此时教我如何能猜得着？你还是自己说吧。”女子更吃吃的笑道：“我说的话，你自然不把它放在心上，你方才不是说，没有二十来里路，不至于把两脚走痛的吗？”

蓝辛石道：“因你对我说走到这桥上，两脚委实痛得走不动了，我才是这么说，并不是由我说出来的。”女子道：“是吗？我原说是我早已说了出来的，很容易猜的一句话，先生却猜不出，这便是第二个缘故。”蓝辛石问道：“这脚痛怎么说是第二个缘故？你虽说出来了，我还是不明白。”女子又吃吃的笑道：“你是大丈夫，如何这话也不明白？我不是说有两个缘故，都觉得很为难吗？此去雄鸡岭虽不远，然毕竟还有十多里路。这十来里路，在你这样金刚一般的人物，自然看得很近，一提脚就到了。像我这么软弱不中用的女子，加以两脚因跑了二十多里，正在痛彻心肝，几番想立起身来，向你道谢关切我的好意，稍一移动，且痛得如千百口花针，向脚踵里乱戳，只得不动了。请你说还有这十来里路，教我如何能走？不走在这里坐着，又如何是了，这不是很为难的缘故吗？”

蓝辛石听了，也踌躇起来说道：“这果然有点儿为难，却是怎样好呢？”女子从容说道：“我看你的言谈举止，很像个读书人，果是读了书的么？”蓝辛石道：“够不上称为读书人，不过略能认识几个寻常的字罢了。”女子笑道：“是读书人就好办了，我立不起来，走不动，只要你用一只手的力量，搀扶我一下，我就不难勉强挣扎了。”蓝辛石道：“这怎么使得？越是读了书的人，越应该知道男女授受不亲，何以反说是读书人就好办？”

女子笑出声来说道：“你读的是死书吗？男女若限死了授受不亲，何以又说‘嫂溺援之以手’的话呢？叔嫂是极应避嫌的，然到了要紧的关头，也只能援之以手。若那时再拿着男女授受不亲的礼节来说，不肯援手，便是豺狼了。我于今和你并非叔嫂，这番承你的好意相救，也和救溺差不多，搀扶我行走，正是读书明理人应做的事。我去年以前，在家做女儿的时候，常听得家父说，柳下惠能坐怀不乱，可见得男女之间，礼节只能使一般没学问、没操守的人，好借此防范自己有非礼的举动；若是有学问、有操守的，莫说援手不算一回事，就是绝色女子坐在怀中，也全不要紧。几千年来，何尝有人疵议柳下惠，不应该不遵守男女授受不亲的礼节，将女子搂在怀中坐着呢？”

蓝辛石见这女子竟说出这些话来，不由得有些惊讶，暗想道理果是不差，但这类言语，诗礼之家的闺秀，在深夜无人之处，对着面生男人，决说不出口。小家女子，便能认识些字，也说不出这种话来。就从这一点儿上看去，已可看得出不是个人了。据她自己所述在婆家的行动，简直是个贤德无比的女子，岂有平日那么贤德的女子，此时肯如此挑逗我的？我倒不可不谨慎些，大师兄就因犯了色戒，不敢见师傅的面，只等料理了他身后的事，便得择一个地方自杀。我岂可重蹈覆辙，自取灭亡？不过这东西太可恶了，与我有何仇恨，想乘我喝醉了酒的时候，这么来引诱我？我这番若饶了她，不仅将来还是我的后患，并不知道要害死多少年轻没把持的人。我何不将计就计，和她开个玩笑？随即做出涎皮涎脸的样子说道：“你以为我真有这么呆吗？在这种旷野无人的地方，我搀扶你也好，你搀扶我也好，有谁能看见，只要你我自己不拿着去向人说。说一句你不嫌轻薄的话，哪怕就同在这桥上睡一觉，也只要你我高兴，都算不了一回事。来，来！我就搀扶着你走吧。”边说边凑近一步，伸右手挽住女子软玉温香的臂膊，轻轻的往上一提，左手跟着捏了一个诀。这个诀能防范妖魔鬼怪遁形，最是厉害。

这女子果然不出蓝辛石所料，蓝辛石才将诀一捏，她就知道自己的行藏败露了，即时打了个寒噤。但想逃被这诀禁住了，逃不脱蓝辛石的手，连忙将身子一晃，霎眼就变成了一只大雄鸡。

蓝辛石既是早已有了防备的人，当然不能由她逃脱，一举手之劳，便将这雄鸡捞在手里。一手忙从腰间褡裢袋里，抽那把师刀来，指点着雄鸡笑道："原来就是你么？你的胆量可也不小，才从刘家逃了出来，就想在这里图报复。于今也一般的落到了我手里，看你还有什么方法能逃脱？你以为能逃出我的罗网，就有报复的能为么？我此刻倒不防显点儿能为给你看。你那四个伙计，我都不敢轻视他们，破了我一昼夜的工夫，将他们埋在宝庆界上。于今对你，反不用那么麻烦，只要你有能为可以逃脱，尽管逃去不要紧。你自己若没有能为逃脱，安分守在此地，六十年后，你那四个伙计有见天日的机会，你自然也有人来解救；但是非我蓝法师的徒子徒孙，谁也解救你们不了。你打算报复我蓝法师的念头，是永远不中用的，老实说给你听吧。"蓝辛石说罢这几句话，将师刀尖向雄鸡胸脯当中，戳了个透明窟窿，跳到桥底下，在沙滩上钉进去，口中默念了一会儿。

说也奇怪，无论什么人，若不曾在那道桥下，亲眼看见这雄鸡的，也决不会相信有这种荒诞无稽的事实。不肖生有个朋友，就是这新宁刘家的，蓝法师当日在他家设坛收怪的时候，他还没有出世，于今这朋友已有三十多岁了。据说那只雄鸡，至今还是被一把师刀，穿胸钉在那桥底下沙滩之上，也不能动弹，也不能吃喝，也不像死的，也不像是活的。一般妇孺小孩，都知道是蓝法师收服在这里的妖怪，谁也不敢上前去动一动。偶然有不知道的小孩或过路的人，不明白就里，想上前动手的，走到雄鸡跟前一丈以内，必就头痛不可当，甚至登时昏倒在地。湖南人本来最迷信神怪的，因此几十年来，从没人敢去动那雄鸡。时间原不曾有六十年，蓝辛石此刻也还没有收得有缘的徒弟，并且在新宁、宝庆一带，蓝辛石所干这类奇怪不可思议的事迹，也不仅这桥下一处。

宝庆有一座山，名叫五老峰的，山顶有一只穿了底的破石臼，底朝上，口朝下覆着，穿底的窟窿内，插了一株杨柳。据说也是蓝辛石将这破石臼，镇压了妖魔在下。有人去动那杨柳树，立时就听得隐隐的雷声。平常杨柳树多是栽在水边的，因为这种植物的性质，非近水不能生活。偏是五老峰顶的杨柳树，枝叶密茂，并能四时不凋不谢。年老的人传说，石臼内镇压的，是一条毒蟒，在未经蓝辛石镇压时，曾伤害人畜无数。究竟是与不是，不肖生出世太迟，不曾目睹，只好姑妄听之，姑妄述之。

蓝辛石这夜钉了那雄鸡之后，回到家中已是天明了。他平日在家的生活，和一般苗人不同，他从小供奉了一个五寸多长的木偶，那木偶的来历，他从来没对人说过。不过看那木偶满身沾了泥土，雕刻得也很古朴，好像是从土中掘出来的，形象与普通木偶完全不同。普通木偶，或是坐着，或是站着，或是睡着，或是蹲着、跪着，从不见有倒竖着的。唯他所供奉的这木偶，两手据地，两脚叉开朝天，和器械体操中拿顶的姿势一般。蓝辛石供奉这木偶，异常虔诚，每早起来，焚香叩拜，提起两片竹卦问卜。旁人也不知道他问的是些什么，未遇方绍德以前就是如此，和他亲近的人推测，这木偶必是猎神。因为有时跪在木偶面前问卜之后，连忙更换衣服，赤脚科头，左手提起那六十斤的钢叉，右手握一块很长大的罗布手巾，急匆匆上山打猎去了。有人跟着他去看，他也不拒绝。

他上山不须费多少寻觅的工夫，必有猛虎或极大的金钱豹蹿出来。平常虎豹见了人，多是一瞬眼就扑过来的，只一见了蓝辛石，便没有寻常那般威猛了。蓝辛石也不待虎豹近前，即对着大声喝道："张三，可来和我比一比武。"奇怪极了，虎豹原是不能人言的兽类，蓝辛石对着这么说，却像是懂得的一般，将一股野蛮粗暴之气，完全变化了。假装斯文的样子，从容不迫的走来。蓝辛石也行若无事的，立出一个姿势，左手执叉向前，叉柄竖在左脚尖相近的地上，叉尖高出头顶尺多，身体在钢叉背后，右手握着罗巾等候。

虎豹从容赶到钢叉跟前，突然怒吼一声。这一声必吼得山谷震动，树叶脱落，林木中所有飞鸟，纷纷插翅飞往他山。近一二里内狐狸、獾、兔之类的小野兽，同时都惊得乱窜。有许多野兽，就因这一吼吓软了，瘫在地下不能走动的。胆小些儿的人听了，也得魂飞魄散，顿失知觉。这一声吼罢，将身躯一扭，翻身扑了转来，两前爪就踏在两个叉尖上，向蓝辛石怒目而视，蓝辛石也仰面对望着。猛然一口白沫，朝准蓝辛石脸上喷来，蓝辛石眼也不霎一下，等那涎沫流滴了一会儿，才用右手的罗巾，在脸上揩拭一遍。揩干之后，将罗巾往腰间一纳，右手抢住叉柄，只向旁边一拖，顺势便把那虎掀翻在地。那钢叉有三个叉尖，中间一尖最长，虎的两前爪踏在两短叉尖上，中间叉尖正对着虎的咽喉。掀翻以后，随手刺将过去，很容易的便刺死了。有一次掀不翻，刺不死的，如前一般的又比第二次；二次刺不了，又比三次；到了第三次，就决没有刺不死的。蓝辛石自从用钢叉是这么刺虎，外人只知道他刺死的极多，究不知他已经刺过了多少只。

这次从刘家回来，有好些日子不曾出外，有人邀他同去什么地方玩耍，或看朋友，他都推辞不去。每日只焚香向木偶叩几个头，连照例要问的卜也不问了。平时每日必到那瓦缸里向他师傅请安的，这些日子也不去了。他家中问他是什么缘故，他只摇头不肯说。每日到了夜间，就将大小两把钢叉拿出来，在石上磨砺得锋利无比，斧头、大砍刀也都磨得透亮，如是过了一个月。

这日清晨，蓝辛石才起来，正在木偶前焚香跪拜，忽来了十几个衣服齐整、年龄都在三十以上的人，在门外对蓝家人说，有要紧的事特地来求蓝法师的。蓝法师听了，只好出来迎接。见面时，蓝辛石认得几个是新宁县的大绅士，接进来宾主坐定。就中一个与蓝辛石认识最久的绅士开口说道：“我们平日疏忽，不到辛翁府上来奉候，今日有事相求，便成群结队的来吵扰辛翁，我等心里实在抱愧之至，只求辛翁原宥。”蓝辛石随口谦让了几句。

那人接着说道：“我等此来，实是出于无可奈何，非来拜求辛翁慈悲，不能救许多人畜的性命，不能代许多已经送命的人畜报仇。无论如何，得求辛翁劳动一次。这一个月以来，我们那边乡下，简直被一只三条腿的白额虎，闹得不成话了。那孽畜也不知是从哪里来的，前腿断了一条，吊睛白额，其大无比。论理那孽畜既断了一条前腿，应该比四腿完全的虎，来得柔弱些。谁知竟是不然，在二十多日前，我们那边乡下人家喂养的猪狗牛羊，每日总有几头不见了，去各山中寻找，见了吃不完的皮毛蹄爪，才知道是来了猛虎。不见了的猪狗牛羊，是被猛虎衔去了。当时就有几家猎户，争着想打这孽畜。谁知猎户不转这孽畜的念头倒罢，它只衔家畜，不曾伤人。猎户一上山，发现了这孽畜的形象，我那乡下的祸事，就从此开端了。

“第一次发现这孽畜的猎户，共有八个人，都是我那边有名的健汉。其中有三个，都曾独立杀过虎豹的，以为这缺了一条腿的虎，不愁打它不翻。哪晓得这孽畜三条腿跑起路来，比四条腿的还快，竟是飞得起的一般。行走转折既快，又灵警非常，猎户才一举枪，来不及拨火机，它即已扑过来了。寻常猛虎咬着了人，不即时松口的，在旁边的人，便可乘这机会开枪打它。这孽畜似乎早已知道了这一着，扑倒了猎户，只拣要害的地方咬一口，不停留的又飞奔过一边去了。是这么连伤了三人，偏巧那三人都是曾经独力杀过虎的。八个人伤了三个，并且伤势都极重，如何敢再将这孽畜围住不放呢？那三个抬到家，顷刻便都死了。

“第二次发现的，也重伤了两个有名的猎户。自这两班猎户死伤以后，其余的猎户，多不敢冒昧到山里去了。只遍山满岭的安设窝弓弩箭，想孽畜自行射杀。那孽畜何等机灵，哪里肯上这种当，二十多日不曾发出一支弩箭。那孽畜大约是因山里的毒弩太多，不好停留行走，终日在平原旷野之地徘徊，有时睡在田禾之中。无意中走到它跟前去的人，被它跳起来抓伤了，咬死了的，已不计其数了。我们简直吓得连门都不敢出，只得去县衙里呈报。县太爷爱民如子，当即请了一营兵下乡，到处围猎，抬枪、鸟枪一排一摊的轰去，俨然临阵一般。那孽畜出现一次，总得死伤几名兵士。枪炮也不知对准那孽畜身上，轰去了多少，就和不觉着一样。轰得它兴发了，蹿进兵士队里，连咬带抓的死伤几个兵，兴尽又一蹿而去了。三日共死伤了二十多名兵士，营官料知无能为力，徒然使兵士吃亏，不肯再打，竟自带兵回县里去了。我们见是这种情形，若不从速将这孽畜驱除，未免太不成话。

“当初我们原没有出头大家设法的，至此不能不大家出来，商议驱除的方法了。于是就议定凑集五百串钱，悬赏只要有人能杀死这三脚白额虎的，就拿这五百串钱做花红。唉！这赏不悬倒也罢了，悬出这赏之后，徒然又送了两个最勇敢少年的性命，而孽畜的凶横，益发厉害了。我们也愤恨到了极处，又大家凑成了一千两银子，招请各府、县有名的猎户。来应招的也很不少，只是都不肯上山，在我们大家的家里住着。我们问他们既来应招，何以来了却不肯上山？他们说还有两个人没到，只等那两个人到了，就可上山动手。不动手则已，动手没有不立时成功的。

“等了两日，果然有一老一少两个人来了。老的年约五十岁，短小身材，并不显得精干的样子；年少的约二十多岁，身体却甚是魁伟。老的自言姓宋名乐林，少年是他的儿子，父子两人，专以打虎为业，据说已不知杀过多少虎了。到了次日，宋乐林只提了一把一尺多长的小斧，他儿子提了一把钢叉，就只二人上山去了。不一会儿，便回来对这些猎户说道：‘这孽障不但你们不能打，连我父子也奈何它不了，不要自讨苦吃吧！这虎久已通神，只因孽缘未尽，本性忽然沉迷了，唯有去苗峒里拜求蓝辛石法师，他必能替这孽畜了账。’这些猎户听了宋乐林的话，同时作辞去了。

“我原是早与辛翁熟识的人，只因平日是文字的交情，尚不知道辛翁有这种降龙伏虎的本领。宋乐林去后，我一打听，才知道辛翁的神通广大，不仅是我们文人中的杰出之士。所以邀集了一县的绅士，专诚前来奉恳，务求辛翁体上天好生之德，慨然出来驱除这一大害。”这人说罢，立起身来对蓝辛石一揖到地。这十多个绅士，也同时起身对蓝辛石作揖。不知蓝辛石回出什么话来，且待第五十九回再写。

第五十九回

除孽障几膏虎吻　防盗劫偏觅镖师

话说蓝辛石见这绅士说完这一大篇话，大家都起身向他作揖，他只得回礼答道："兄弟十多年以来，无一年不杀死几只猛虎，除害原是兄弟的素志，本算不了什么。若在平时，不待这孽畜闹得如此无法无天，兄弟早已动手杀它了。无奈这孽障出世略迟了些，正在我已满限的时候，我不敢冒昧，恐怕不能收服它，反伤了兄弟自己的身体。所以我近来匿迹家中，不肯出外，就是不愿意与那孽障狭路相逢。今日虽承老友及诸位先生降临，旁的事都可以效劳，唯有这事，兄弟万不能遵命。并不是有意推诿，实在是因兄弟杀虎的限已满，勉强为之，必有夭殃。"

众绅士听了，都面面相觑，各人都显出失望的神气，这众绅士问道："杀虎有什么限满？这限是谁限的，限到何时为满呢？"蓝辛石正色道："这种事相沿已久，并非兄弟故甚其词。从来猎人杀虎，每人至多不能满一百。兄弟十多年来，所杀的虎，已有九十九只了，自后就遇了虎，也不能动手。宋乐林父子，是河南有名的猎师，他父子平生所杀的虎豹，也不在少数了。他们只知道我没有杀不了的虎，却不知道我已杀到了限，不能再杀了。至于这孽障通神与否，在兄弟并不措意。它尽管通神，若在兄弟未曾到限的时候，也只当它平常的虎一般杀，倒也不愁它能逃出我的掌握。"

这绅士和众人商议了一会儿，向蓝辛石说道："原来先生有这种为难的情形。先生既已剖述明白了，论理我等本不应该相强，不过我等今日到先生这里来恳求，是已将所有除害的方法都使尽了。新宁数十万生灵的性命，唯一之生路，就只望先生出头。于今先生又因限满，无可通融，新宁一县数十万生灵，不是从此永无安身之日吗？先生既抱除暴安良的素志，这番无论如何，不能不恳求大发慈悲，为全县数十万生灵请命。若先生委实不能亲自出马，就得请先生代筹一个除这大害的方法，使我等有所遵从。”

蓝辛石道：“除了我亲自出马，若还有驱除之法，也不待诸位前来请求了。我将实话说给诸位听吧，我的师傅现在离此间不远，他老人家是修道已经多年的人，未来一年的事，都能了如观火。日前曾叮嘱我，这一个月以内，务须凡事小心谨慎，不可多出外，不可多管闲事，免招无妄之灾。我师傅的言语，从来没有不应验的，我不敢不听信。这孽障第一次从陷坑中逃出，我就听得说了。隔不两日，又听说已上了钓，又被它自行咬断前脚逃跑了。我那时原打算上山，寻它斗一斗法力的，奈向我这祖师问卦，祖师不答应。”说时，伸手向堂上安设的神龛一指。

众绅士看那神龛上，供着一尊倒竖的偶像，这绅士便继续问道：“先生何以知道祖师不答应呢？祖师不会说话，或者是先生不曾问明白，也未可知。”蓝辛石摇头道：“我每次出猎，是得先向祖师请过示，答应了才去的。讲到这次请示，更不比寻常，寻常问卦不准，我存心不敢违拗就是了。这次我问卦之后，当夜就得了一梦，梦见祖师亲自降临，苦着脸向我说道：‘九十九不可忘记。’我在梦中听了这话不懂，正待上前请示如何解说，谁知一转眼，已不见他老人家的踪影了。我惊醒转来一想，才恍然悟出曾经杀过虎的数目来，正是九十九只。因此觉得我师傅吩咐我，一月内不可多出外，不可多管闲事，就是为这孽障。这孽障不先不后，正在我杀虎九十九只的时候出世，已断了一脚，尚如此凶横，即此可以见得它在这时出世，不是偶然的事。我既亲经师傅、祖师两次警戒，自然不敢玩忽。”

众绅士见蓝辛石说得这般慎重，不敢再说恳求的话，只是大家一想起蓝辛石不肯出头，这三脚猛虎的大害，便再没人能驱除了。以后新宁县的人畜，将如何安生呢？不由得大家都急得流泪起来。蓝辛石生成的侠义性情，平日没人请求，尚且以驱除害物为事，于今见了众绅士这种焦急情形，又听得恶兽伤害生灵到如此地步，心里着实不忍坐视。低头踌躇了一会儿，忽抬头向众绅士道：“诸位不用着急，且等我再向祖师求情，只要祖师答应了，我哪怕因此送了性命，为地方多少人除害，也说不得顾虑了。”众绅士同时立起来，说道："好极了！我等感恩之至。不但先生向祖师求情，我等更应同向祖师求情，务必求到答应了才罢。"

蓝辛石吩咐家里人焚香点烛，自己将顶上发结抖散，分披在两边肩膊上，从神龛内取下两片竹蔸制成的卦来，跪在神龛下面，伏地祷祝。众绅士也都整理衣冠，排班跪在蓝辛石身后。

蓝辛石祷祝了一会儿，提起竹卦卜下去，众绅士偷看两卦，落地都仰，又卜下去，仍和第一次一样，两片都仰着落地，连下了七八次，全没改变卦样。众绅士心里都怀着疑虑，不知道这卦是如何的意思，究竟是答应，还是不答应？只见蓝辛石叩了一个头起来，悠然叹道："祖师硬不答应，奈何，奈何！这卦两片都仰落为阳卦，都俯落为阴卦，一仰一俯为胜卦。从来问卦，得胜卦最好，阴卦次之，阳卦最下。得阴卦而勉强出猎，虽不得兽，可无灾祸及身。得阳卦则万不可动，勉强必灾祸立至。本来杀虎不能满百，满百必有夭殃，便是祖师慈悲，也不能逆天而动。因为有害于己，无益于人，我能拼着性命，将大害除灭，我死可以无恨，所虑就是害不能除，徒招祸患。"

蓝辛石刚说到这里，陡听得对门山岗之上，震山动谷的一声虎啸。众绅士登时都惊得变了颜色，有吓得浑身乱抖的。看蓝辛石时，只见他两道浓眉倒竖，两眼圆睁得几乎要忒了出来，凶光四射。古人说"怒发冲冠"，不过是一句形容怒极了的话，一般人的心理，无不以为头发是软而无可用力的东西，无论怒到如何地步，断没有上指冲冠的可能。谁知竟不是古人过甚的形容词，蓝辛石这时分披在两边肩膊上的散发，就果然随着两道倒竖的浓眉，一根根挺硬分张起来，仿佛如被狂风砍成这种模样似的。连两只耳朵都和兽类的两耳一样，张着风听那虎啸。那种威严的神态，直使众绅士看了，比陡然听得虎啸还觉得胆寒。

那虎一声啸了，紧接着便发出一种哼声来。那哼声作怪，连众绅士立脚的地面，也像被哼得战栗不安。蓝家养的两头猎犬，原在门外的，虎啸之声一作，立时吓得辫着尾巴，低头戢耳的朝家里逃命，八条腿都像是吓软了的，不能直立起来行走，只蹲着身体，匍匐如蛇行。一头伸着懒腰，睡在堂屋方桌底下的花猫，原是垂眉合眼，众人在堂屋中吵扰都不作理会的，一听着那虎的啸声，一蹶劣爬起来就待溜跑，还没跑到一尺远近，四腿也好像一软，便就地跌了一跤，跌下去又勉强挣起来，跑两步又软得跌下去了。众绅士本已吓得发抖了，加以看了这猫、狗害怕的情形，更不由得胆都破了，也恨不得和猫、狗一样，寻个安全的地方逃避才好。但是已在蓝辛石的家里，还有什么安全的地方，给他们逃避呢？

正在各自竭力镇摄，想掩饰惊慌失措的神情。只见蓝辛石一翻身向着神龛拜倒在地，并不祷祝什么，急匆匆的连叩了几个头，跳起身从龛中将偶像取下，解开胸前的衣钮，把偶像贴胸放着，仍将衣服钮好。慨然对众绅士说道："这孽障欺我太甚！不由我不出头，与它较量较量。我已发了誓愿，除了这孽障之后，我永远不上山猎一野兽。祖师答应与否，我都不能顾了。请诸位在旁边看的，替我呐一声喊，助一助威风。"

绅士问道："对面山上虽是虎啸，然毕竟是不是那只三条腿的吊睛白额虎，没人到外面去看，还不得而知，先生何妨且到门口瞧瞧再说呢？"蓝辛石摇头道："用不着去瞧，不是三脚虎，怎敢到我对面山上来。"说着，折身到里面房间去了。

没一会儿，就更换了一种装束，短衣扎裤，脚套草鞋，胸前高凸，估量是因有偶像在内。头发尚是披着，左手提着一把雪亮的钢叉，连柄有五尺多长，右手握一条很长大的罗巾，大踏步走了出来，凛凛如天神下降。后面还有两个苗人跟着，一个用肩扛着一把比蓝辛石手中略短小些儿的钢叉，一个肩着一把大砍刀，两件兵器，也都摩擦得雪亮。众绅士心想这两个苗人，扛着这么重的兵器，行走都像很吃力的样子，到山上与虎斗起来，如何能挥舞得动呢？

蓝辛石直向门外走去，众绅士也跟着两个苗人出来。才走到大门外，向对面山上一看，果见一只吊睛白额虎，蹲在山巅上，面朝蓝家望着。前腿仅有左边的一条，右腿自胫以下没有了。山巅与蓝家大门，相距不过一百步远近，众绅士仅听得虎啸，尚且吓得无可奈何了，此时都亲眼看见那虎，其视眈眈的蹲在面前，如何能禁得住心头的恐怖呢？更如何敢跟随蓝辛石径上山巅去呢？出门走不到三五步，就趔趄不敢向前了。蓝辛石似乎已明白了众绅士害怕的心理，即回身教两个苗人立着不动，独自一个上山去了。

众绅士昂头看蓝辛石上山，却不直向那虎走去。原来这山巅并不是尖锐的峰头，一条山脊甚长，蓝辛石向左倾走上，走到离虎约有十来步远的所在。那虎一扭身躯，就立了起来，伸直了那蛇矛也似的尾巴，往左右袅动了几下，前腿往下一屈伏，就显出要对准蓝辛石猛扑过去的神气。只见蓝辛石将叉柄在山脊上一顿，接着厉声喝道："张三，不得无礼，快前来与我比武！"旋说旋将身体缓缓的蹲下，左膀伸直，叉尖对着那虎。

那虎甚是作怪，一闻蓝辛石的喝声，应声就把那要猛扑过去的姿势改变了，那条蛇矛也似的尾巴，也随着弹了下来，抬头注视叉尖，好像思索什么的样子。好一会儿工夫，突然仰面一声大吼，这吼声一出，凭空从山脊起了一阵狂风，只刮得山中的砂石飞扬，村上的枝叶纷纷飘坠。狂风正刮得起劲，眼都不能睁的时候，那虎已扑将过来。蓝辛石不慌不忙的把叉尖一抖，那虎不曾扑过叉尖，后脚落地，前脚就据在旁边的一个叉尖上，张开血盆大口，露出银馋一般的獠牙，一口就要将蓝辛石生吞下去的样子。但是隔着钢叉，模样便再来得凶些，也咬蓝辛石不着，只圆睁两眼，向蓝辛石的面孔望着。蓝辛石目不转睛的，仰面望着虎头。

两下与斗鸡相似的对望了一阵，那虎才忽然一合口，就朝蓝辛石两眼喷出唾沫来。蓝辛石这时瞪起两眼，昂头仰面，任凭那唾沫着在两眼之中，和面孔之上，比铁砂子还厉害，只是咬紧牙关，眼睛也不瞬，面孔也不动，俨然睢阳城上的雷万春。据知道其中情形的人说，蓝辛石若在这时候，或被虎一声大吼惊得分了神，或因受不起那口唾沫，动了面孔霎了眼，都要算是蓝辛石斗输了，性命就断送在虎口里了。这一吼、一扑、一喷，便是那虎和蓝辛石所斗的法，这三件法宝吓不倒蓝辛石，此后就轮到蓝辛石使法了。

蓝辛石当下受过了那一口唾沫，慢条斯理的拿右手的罗巾，在脸上一揩，往腰间纳好了罗巾，腾出右手来。这时候就快极了，只一伸手便抢住了叉柄，再将两手上下一翻，若是寻常四条腿的虎，前两脚踏在叉尖上，经这么一翻，虎的身躯十九被翻倒在地。虎的身躯既被翻倒，叉的中尖正对着虎的咽喉，自没有不登时了账的道理。唯是这只吊睛白额虎，前腿只有一条，翻过去不甚得力，叉还不曾翻转，这条腿便已踏不住，落在地下去了。原只有一条腿，这腿一落地，叉尖与虎即脱离了关系。哪怕蓝辛石的气力再大些，手法更快些，是这么翻过去不得力，也是枉然。这一下没将那虎翻倒，照例仍得和第一次一般的再斗。

蓝辛石见一下不曾翻倒，只得仍把钢叉竖起来，如前又斗了一遍，就因那虎只一条前腿，反占得多少随宜，叉柄一起，那爪便自然而然的掉落下来。第二次又不曾将虎翻倒，蓝辛石已满头是汗，情形好像有些慌急。正待又将钢叉竖起来，作第三次的决斗，只见那虎不待钢叉竖好，一口咬住叉柄，只将虎头一扬，那六十斤重的钢叉，已被抛去数丈开外，跌落在山脚之下，蓝辛石只落得赤手空拳。众绅士看了都着急异常，唯恐那虎趁蓝辛石手中空虚没有兵器的时候，张牙舞爪扑过去。但是事也奇怪，那虎虽夺了钢叉，并不乘虚袭击，就是蓝辛石也不因手中钢叉被夺，便露出惊慌失措的样子，反比较手中有钢叉的时候，神气来得安逸，两下都似乎休息的模样。

只见扛小钢叉的苗人，扛着小钢叉向山上跑去。众绅士以为必是上去帮助蓝辛石，与虎决斗，都替这苗人捏着一把汗。因见他用肩扛着那把小叉，精神都像十分吃力，蓝辛石用大一倍的钢叉，尚且斗不过那虎，何况这苗人的小钢叉？只是见这苗人奔上山巅，并不与那虎打照面，那虎也不理会有人上山来了。蓝辛石回身迎着苗人，伸手就把那小叉提了过去，苗人仍跑下了山。众绅士才知道，蓝辛石早已逆料自己手中的大钢叉，要被那虎夺去，原来特准备小钢叉等候补充的。

蓝辛石的钢叉到手，那虎便登时变换了那休息的态度，那铁枪也似的尾巴，不住的向左右摆动，浑身的斑毛，同时直竖起来，显得身躯越发粗壮了。又仰面朝天发一声大吼。古人说“风从虎，云从龙”，确是一些儿不虚假的话。本来一点儿风声没有的，只那么一吼过去，也不知风从何来，但见满山树木，摇摆相擦的响声，如大海中的波涛汹涌。胆量小的人，遇了这种陡然而起的狂风，风中并带着些腥膻的气味，没有不惶恐万分的。众绅士作壁上观，虽相隔得很远，然那虎一吼之威，也都吓得战栗不已，一个个面无人色。蓝辛石却乘着那狂风陡起之际，神威抖擞，舞动手中钢叉，又向虎头刺去。那虎一腾一扑，俨然浑身都有解数。蓝辛石的钢叉，始终刺不到那虎身上，那虎也扑不着蓝辛石。

一人一虎来回斗了数十合，蓝辛石一叉刺中了那虎的颈项，那虎顺过头来，一口又将钢叉咬住了，这一抛比那叉更抛落得远了。钢叉一落，人与虎又都变了休息的态度。这个扛大砍刀的苗人，又和送小钢叉的一样，送大砍刀上山。蓝辛石接过大砍刀，又与那虎开始战斗起来。斗到结果，大砍刀被虎衔着抛落山下去了。

众绅士看了这情形，一则替蓝辛石着急，二则为地方担忧，都皇皇然不知要怎样才好，恨不得大家一拥上山，将那虎围住打死，只是如何能有这种勇气呢？正打算招蓝辛石下山，暂时不与那虎斗了，从容商议驱除之策。只见蓝辛石在山巅上禹步作法，一会儿双手据地，两脚朝天倒竖起来。说也奇怪，蓝辛石手舞数十斤的钢叉、大砍刀，与那虎奋斗的时候，那虎一些不畏惧，卒将叉刀都夺了去；而此时蓝辛石一倒竖在地，那虎反现出畏葸退缩的样子，决斗时威武的神气，一点也没有了。几次回身现出要逃跑的模样，不知因甚缘故，回身才走几步，就仿佛有什么东西在暗中堵截了的一般，又俯首贴耳的走了回来。这方面走不去，又向那方面走，也只走得几步，就退了回来。四方都走遍了，那虎就如冬天在冰雪之中，耐不住那寒威的一样，抖瑟瑟的立了一会儿，三条腿渐渐软了下去，伏在地下不动了。蓝辛石才一个筋斗翻了过来，在那虎身上，从头至尾仔细端详了一会儿。走到一棵松树下，伸手摘了一根二尺长的松枝，在虎背上打了两下，和赶牛羊一般的赶得立起来，一颠一耸的走下山。

那虎在未经蓝辛石用法力降服以前，虽是三条腿走路，反比寻常四条腿的虎，还要走得快些，并一些儿看不出是断了一条腿的。此时一经蓝辛石法力的压服，那腿就仿佛才断不久，负痛不能行走的，一瘸一跛。众绅士看了，好不高兴，两个苗人也欢欣鼓舞的迎上去。蓝辛石将虎赶到山脚下，交给二个苗人说道："趁它此刻正被我的法力制住了，从速将它的皮剥下来，过了时，又得费事了。"两个苗人听了，一齐动手，也和屠夫捉猪的一样，一个揪住虎的两耳，一个扭住虎的尾巴，将虎掀翻在地，就从腰间拔出解腕尖刀来，从虎口的下颔起，一刀劈到肛门，把虎肚皮劈了一条裂缝，实施剥皮的手段。

蓝辛石因通身衣裤都汗透了，祖师的偶像还在胸前，急忙回家安放了祖师的像，更换了一套衣服。因许多绅士尚在门外，不曾作别回去，不能不出外应酬，又惦记那虎的皮，不知已剥下来了没有，遂回身走了出来。众绅士这才一齐上前，向蓝辛石道贺道谢，蓝辛石说道："这回的事，全仗祖师的威力，与诸位先生的鸿福，方能将这孽障克服下来。祖师原不许我去的，就是我自己，也委实不愿意满额。无奈这孽障竟是有意与我为难，居然敢到我对面山上来长啸大吼。我若再不出去，说不定这孽障就要找上我的门来。

我一时愤不可遏，不暇问祖师许与不许，唯有一面请祖师同行，一面心中发下誓愿，但能仗祖师的威力，除了这孽障，从此永远不再杀虎，虽在狭路相逢，亦只有避让；如起丝毫杀虎的念，即死于虎口。只是我虽发了这个誓愿，上山与这孽障比并起来，祖师仍不肯附体，所以三次都被这孽障将刀叉夺过去了。我在这时候，已危急到了万分。心想祖师附我的体已十多年了，为什么忽然在这紧要的时候，使我为难呢？大约是不相信我的誓愿，真能此后与虎狭路相逢，不起杀念。因为我生性不能与毒蛇猛兽相见，见面便如仇雠，不歼灭不痛快。十多年来的习惯，又是遇害必除，一时未必果能变易旧性。只得重新默祷祖师，但能仗祖师威力，除了这孽障，我情愿从此成为废人，永远不能杀虎。发了这个大愿，祖师才肯附我的体了。我其所以披发倒竖起来，便是祖师的法身出现，任凭这孽障的神通再大些，见了祖师的法身，也不由它不贴伏了。”

蓝辛石在说这些话的时候，所立的地位，离虎不远。那两个苗人已将虎皮剥下了一半，因听蓝辛石说话听出了神，忘记用力将虎按住，以为皮且剥了一半，也用不着再提防逃跑了。谁知那虎乘两个苗人不在意的当儿，一蹶劣跳了起来，对准蓝辛石狠命一扑。蓝辛石正在说话，也没提防有此一着，猛然见一团黑影，从侧面朝自己扑来，哪里来得及避让呢？只连忙振左臂一挥，也对准黑影迎上去，失口一声“哎呀”没叫出，那虎已被蓝辛石一臂膀，挥扑一丈开外，跌下来又死了。不过蓝辛石这条臂膊，也同时如受了刀劈，鞞下来血流不止，连同衣袖被虎爪抓破了一道尺来长的裂口，已伤了筋络，从此使不动钢叉了。好在蓝辛石业已发愿成废人，并不懊丧，送众绅士去后，即收拾起刀叉，不再入山打猎，一心跟着他师傅方绍德修炼。

这日正是八月十四，蓝辛石正自在家研练法术，忽听得有人在门外高声喊道：“二师弟在家么？”蓝辛石知道是大师兄卢瑞来了。这卢瑞是个什么人呢？就是柳迟被困在荒山之中，听得与周季容谈话的那个壮士。看官们大约也还记得，那时卢瑞与周季容所谈的，是关于卢瑞本人犯了色戒，决心伏罪自杀的事。卢瑞犯戒的端末，已在卢瑞口中述了一个大概，至于卢瑞的出身履历，因与本书有些关系，只得趁这时候纪述一番。

卢瑞是江西吉安府人，卢家世代经商，到卢瑞生长十一二岁的时候，他父亲的年纪，已有五十多岁了。因历代经商的贮积，已将近百万的产业，在各省开设的商行字号，虽仍继续营业，不曾收歇。然他父亲以年老不欲过于操劳，各处的店务，都完全委托伙友，自己就住在吉安府家中，安享清闲日月。卢家住的地方，地名就叫做卢家堡，因是居住年久的缘故，卢家的人口又多，房屋又大，所以地方人都顺口叫为卢家堡。

卢瑞的父亲名敦甫，是一个胆量极小、心计极工的人，自五十岁以后，虽然终年闲住在家中安享，然对于各处所开设商行字号的盈亏消长，以及各伙友的贤奸勤惰，皆能了然于心，丝毫不能在他跟前掉枪花，使手段；因此卢家的家业，月不同月、年不同年的继长增高。各处商行字号每年盈余下来的金银，都归总在卢家堡一处。卢敦甫恐怕金银存积得太多，容易惹得盗贼的眼睛发红。

吉安一府的富商最多，寻常富商收藏银两的方法，普通都是在家里深奥的房中，掏掘一个土坑，将所有的银子，用大锅炉熔化成汁，倾入土坑之内，使成一个大块。下次熔了，仍向坑里加上去。加到不能加了，就在旁边又掘一坑。那时是承平之世，为人一生到老不见有刀兵之祸，银两是这么藏着，水也推不去，火也烧不去，窃贼不待说奈何不得，便是有明火执仗的强盗，明知银坑的所在，像这般山丘也似的银块，仓促之间，又有何方法能移到别处去呢？因此一般大富商，皆以此为藏银最妥当的方法。卢敦甫存积的银两一多，也就仿效这种方法，收藏起来。但是像这般收藏最妥当的，仅有银两，银两以外的贵重东西，便不能照这种办法。卢敦甫为防范盗贼起见，在住宅周围，挑了一道护庄河，就将挑河的泥沙，筑成一座土城，出入均由一道木桥。桥头有铁栅门，栅门旁有一所小房屋，用了两个壮健汉子看守。房屋的墙壁，也建造得十分坚固，决不是一般窃贼所能挖掘得通的。是这么防闲设备，卢敦甫还嫌不稳固。寻常富商之家，照例都请了会武艺的人，常川住在家中保镖的。卢家历世豪富，这种保镖的武士，也历世豢养了不少。传到卢敦甫手里，专一注重防范盗贼的方法，就觉得家中历来豢养的武士，多没有惊人的本领，想再聘请一个武艺最高强的，使远近盗贼闻风胆怯，不敢来卢家堡尝试。

大凡豪富之家，越是注意防范盗贼，盗贼越是争先恐后的转他的念头。卢家堡在未经卢敦甫有这种设备以前，每年总有几次盗贼来光顾的事。保镖的武士，因有一次将贼捉住了一个，送到县衙里办了。在逃的贼，便衔恨那个动手捉拿的武士，不到两个月，竟想方设计，把那个武士谋害死了，替那被捉的贼伙报仇。有此一来，其余的武士，自后遇了盗贼前来光顾，多是有意装聋作哑，等贼人略得了些东西到手，才大呼小叫的，把贼人吓跑，不敢认真和盗贼为难作对了。卢敦甫就为这些情形气愤不过，而家业又更加富足了，所以不能不如此认真防闲。

那时江西有一个唱大花脸的戏子姓胡，因身材生得异常高大，认识他的人，都称他为“胡大个子”。这胡大个子从小练得一身惊人出众的武艺，年纪才十八岁，便随着戏班到湖南唱戏。那戏班里面抚州人居多，抚州人的口音，有几个字从来咬不像京音。唱起戏来，遇了那几个咬不像的字，仍是用抚州的口音说出，在台下看戏的听了，总是齐声喝倒彩。江西戏班在湖南受这种倒彩，也实在受得太多了，然没有方法对付，只得忍气吞声。胡大个子这戏班到湖南来，也受了几次这种倒彩，胡大个子年轻气性大，又仗着会些武艺，哪里忍耐得住？凑巧那个戏班里的角色，会武艺的共有十多个，其余的虽不会武艺，然是唱戏出身的人，手脚究竟比寻常人便捷些。胡大个子一人被倒彩喝得忍耐不住，就用言语激动全班的人，主张将所有看戏的人毒打一顿，以泄胸中积愤。有了十多个会武艺的在一块，有什么祸撞不出呢？

那次唱戏的地点，在湘潭城隍庙，全班戏子都暗中准备停当了，出台故意唱出抚州口音来。看戏的如何想得到戏子已安排报复的手段，照例一声倒彩喝出来。这一声倒彩才出口，台上的锣顿时停了，装戏的各人掣出兵器在下，也是齐发一声吼，一个个从台上跳下来，各舞手中兵器，向人丛中杀去。看戏的一则没有防备，二则老弱小孩居多，少壮的也多不会武艺，哪里是这班戏子的对手？真是斩瓜截菜一般的，只杀得满庙的人，抱头乱窜，庙门早被班里的人关闭下锁了，逃也逃不出去。不须片刻工夫，死的死，伤的伤，所剩不过十之三四了。幸亏戏子停锣动手的时候，有立在庙门口的人，见机得早，抽身逃出了几个，往四处大喊救命。闹得湘潭一县的人，都和发了狂的一般，奔到城隍庙来救人。

城隍庙的庙门，有四寸多厚，用铁皮包裹了的，坚固非常，里面的门闩更粗壮，加上了锁，外面的人想冲破进来，委实不是一件容易办的事。并且闻风奔到城隍庙来的人，手中没带兵器的居大半，就是带了兵器，也不过是单刀、铁尺之类，怎能冲破这城门也似的庙门呢？因此奔来救人的人虽多，只是都拥在庙门外，望着庙门着急。分明听得庙里杀得鬼哭神号，无法进庙援救。有些年轻力壮的，扛起街石来，对准庙门乱撞，无奈那门太厚太牢了，撞了好大一会儿撞不破。亏得惊动了一个姓邓的好汉，奋勇跑到城隍庙来，大声叫众人让开，将庙门两旁安设的两个大石狮子，一手挽住一个，立在庙门中间，左一下，右一下，朝庙门碰去。不过三五下，就把门斗碰破了，庙外的人，就此一拥冲进去了。看了庙里众人死伤狼藉的情形，没一个不双眼发红，拼命与那些戏子厮杀。这一来激动了公愤，满城的湘潭人，抓着江西人便杀，清朝二百六十多年第一件械斗最烈，而又最没来由的，便是这件案。为这件案，也不知参革了多少有关系的官员。这案倡首酿成的人，就是这胡大个子。胡大个子这次杀人极多，自己居然一点儿没受损伤，乘着纷乱的时候，逃离了险地。他那一班的戏子，安然逃出来的，只有他一人。

他逃回江西后，仍以唱戏为业，武艺也更练得高强了。江湖上会把式的人，多有闻名拜访他的，知趣的多不敢与他较量，不知趣的动手无不被他打得大败。唱戏唱到四十岁，不知何故，忽然哑了嗓子，不能上台了。有一个吉安的富商，仰慕他的威名，就礼聘到他家里保镖。有了他那么大的声名，果然吓得一班盗贼不敢妄动欲念。卢敦甫的家财，渐渐要成为吉安一府的首富了，久闻胡大个子的名，便托人暗地向胡大个子说，愿意加倍出钱，请胡大个子到卢家来。胡大个子眼睛只认的是钱，有什么不可？遂托故辞了老东家，变成卢家堡的镖师了。

那时卢瑞的年纪，正是十二岁，延了先生在家里读书。卢瑞读书聪悟绝顶，然极不喜用功，成日成夜的只欢喜和一班保家的武士，在一块儿使枪弄棒。自胡大个子进门后，便一心要跟着胡大个子练武艺。卢敦甫爱子情切，并且富家子弟，能学会些武艺，自然很好，遂教卢瑞上半日读书，下半日从胡大个子学武，夜间也和胡大个子做一间房睡觉，以便早晚练习。

这日正是八月十四夜间，胡大个子教卢瑞练了一会儿拳脚，很疲乏的睡了。约莫睡到三更时候，蒙眬中忽觉有人揭动帐门。替富商保镖的人，自是随时随地都很警觉，提防有人暗算。胡大个子才觉得帐门一动，立刻一翻身坐起来，顺势一腿就往帐门外扫去，并没扫着什么，却听得房中有冷笑的声音。胡大个子一听到这冷笑之声，哪敢怠慢，他夜间从来拥着一把单刀同睡的，这时已绰刀在手，一手将帐门撩起，待蹿下床来。

不知房中究是何人冷笑，且待第六十回再写。

第六十回

卢家堡奇侠抢门生　提督衙群雄争队长

话说胡大个子正待蹿下床来，忽听得冷笑的那人说道：“久仰大名，原来是好一个大饭桶！请从容下来，不要吓坏了你的小徒弟。”胡大个子听了，不觉怔了一怔，暗想这东西半夜到我房间里来，被我觉察了，还能是这么从容说笑，可见他的胆量不小。他若没有可恃的本领，决无如此大胆。我这房间里，岂是半夜三更，外人好随意进来的？被我一刀砍死了，冤也无处伸诉。这东西来得如此从容，我倒不可轻视他。五十年的威名，不要一日坏在他手里才好。胡大个子心里这般着想，两眼就撩开的帐缝，向房中一看。清秋明月射进窗来，照耀得房中透亮，只见房中立着一个遍身穿白的人，身材不大，是一个瘦而长的体格，头上戴的也是一顶白色头巾，虽看不清面貌美恶，然就神情气概看去，可以看得出是个中年以上的人物。双手空空，好像没操着兵器，装束也不是夜行人模样。

胡大个子见不是绿林中夜行人打扮，不由得自己宽慰自己，心里略安了一点儿，便不存心畏惧了。一面踊身下床，随即立了个等待厮杀的架势，一面朝着那白衣人喝道：“你是什么人？半夜三更闯进我房间里来，有什么事故？快说，快说！言语支吾，就休怪我鲁莽。”说时，将手中刀紧了一紧，只等白衣人回答，一言不合，就要杀将过去的模样。

那白衣人并不回答，只斜着两眼望着胡大个子冷笑，瞧不起胡大个子的情神，完全在这冷笑上面表现出来了。胡大个子无端遭人这样白眼，恨不得立时动手，一刀将这厮劈死。只是胡大个子的年纪，已有五十多岁了，对于江湖上绿林中情形，很有些儿阅历。知道世间有能耐的人很多，稍不谨慎，胡乱和人动手，说不定顷刻之间，就弄得身败名裂。暗忖这卢家堡不比寻常庄院，四围护庄河有两三丈宽，一丈多深，河这边又有一丈多高的土城包围了，非有大本领的人，休想在半夜偷进里面来。并且夜行人照例是穿黑衣，为的黑色在夜间，使人不容易看见。这厮却浑身着白，不是有意给人好辨认吗？若没有惊人的本领，怎敢是这么行径？

胡大个子如此一着想，不知不觉的气就馁了许多，见白衣人只冷笑不作声，便接着说道："你再不回答，我就要对不起你了。你可知道，我在这里是干什么事的？不是我欢喜得罪江湖朋友，与江湖朋友作对，古人说得好'食人之禄，忠人之事'，我胡大个子于今既吃了卢家堡这碗护院的饭，一概由不得我自己作主。"胡大个子说这话的用意，是恐怕来人不知道他是久享盛名的胡大个子，于今已改受了卢家堡的聘，所以特地表白出来。

只见白衣人缓缓的将头点了两下说道："你不这么表白倒也罢了，你一提起'胡大个子'这四个字，我就不由得有些冒火。不过我和你也没有私仇，此时哪有工夫与你计较！明人不说暗话，我此来是为向你借盘缠的，并不要多，赶紧拿出一千两银子来。我还有要紧的事去，不可耽搁了我的时刻。"胡大个子听了不由得有些冒火的话，简直摸不着头脑。接着听得硬说要借一千两银子，一时更不知要怎生回答才好，又暗自寻思道："这东西的本领，我十九敌他不过。不给他银子，自免不了与他动手，动手被他打输，银子还是得拿给他，我五十年的威名，又从此丧尽了。不动手就拿银子给他吧，我自己不但拿不出这多的银子，就是拿得出，也没有当镖师的暗中赔银的道理。待向东家那里去取吧，我是得薪俸在这里替他家保镖的，这种话如何好说出我的口来。"

胡大个子正在如此踌躇不决，白衣人已连声催促道："快拿，快拿！这有什么迟疑，我不能顾你愿意不愿意。你愿意，爽利些如数拿出来，免我劳神费力，果然是好；你就不愿意，我也非从你身上拿一千两银子，决不离开这卢家堡。"

胡大个子听了这般声口，益发不敢用硬功夫对付了。只得把单刀放下来，双手向白衣人抱拳说道："我虽没有眼力，然看了你老哥的气概行为，也知道你老哥是个够朋友的好汉。一千两银子算不了什么事，请坐下来谈一谈吧。”旋说旋端一张椅子让坐。

白衣人一面就坐，一面说道：“一千两银子自然算不了什么事，就去拿来给我好走路。”胡大个子侧着身子坐下来，赔笑说道：“我很愿意拿一千两银子，结交老哥这么一个朋友。请问老哥尊姓大名，贵处是哪一省？”白衣人听了，现出不耐烦的神气说道：“我一不和你攀亲，二不与你结义，要你请教我的姓名住处干什么？你愿意拿一千两银子，快拿出来就完事，少啰嗦为妙。”

胡大个子好不着急，只得仍赔着笑脸说道：“我愿意是极愿意，无奈我在这里的薪俸，只有三十两银子一月。一年多积下来的，总共不过四百来两银子。可否求老哥通融一点，将就些拿去使用么？”白衣人哼了一声道，“谁和你做买卖争论价目似的，要多还少，一千两少一钱一厘也不行。你替人看家，一年才积下这一点儿银两，就孝敬我使用了，也不痛快。你去向你东家说罢，少了是不行的。”

胡大个子只急得搔耳挠腮，半晌又对白衣人作了个揖道：“望老哥体谅我，既吃了东家这碗护院的饭，每月受东家的薪俸，这种话，委实有些不好意思向东家开口。”白衣人不待胡大个子说了，即将两眉一竖，厉声说道：“废话少说些！不教你去向东家开口，吉安一府少了富家，取不出一千两银子吗？我为什么巴巴的跑到这里来，你是识时务的，便不要啰嗦惹我生气。”胡大个子至此已知道软求是绝望了，只得垂头丧气的起身，到里面敲卢敦甫的门。

此时卢敦甫已深入睡乡了，被胡大个子叫了起来，问什么事。胡大个子吞吐了一会儿，才说道：“今夜落了强人的圈套了，我一则为保全东家的财产，二则为保全小东家的性命，不能不忍气吞声，来找东家商量。此刻来了一个江洋大盗，本领大概比我差不了好多，刚才乘我正睡着的时候，悄悄偷进我的房间，先将小东家挟在胁下，待要把我刺杀。亏我机警，帐门一动，我就醒了转来。本当使出些手段来，给点儿厉害他看，一看小东家在他胁下，投鼠忌器，吓得我不敢动手。只好暂时用软功夫对他说道：‘朋友，若是一时短少了路费，不妨向兄弟明说。兄弟是个欢喜结交的人，银钱最不吝惜。何必把我的徒弟挟在胁下，使他小孩子受惊吓呢？放下来好好的商量吧。’叵耐那厮知道论本领敌不过我，原是有意挟着小东家在胁下，使我不敢动手杀他。我一动手，他必先下手将小东家置于死地，如何肯容易放下来呢？他说：‘要我把你的徒弟放下来使得，我是短少了一千两银子的盘缠，你只如数拿出来，我便将你的徒弟还你。你若使强，有本领只管使出来。不过徒弟在我胁下，我不和你动手没要紧，一动起手来，我不能使劲，使劲把你的徒弟挟死了，你却不可怨我。’这时小东家已被挟得在那厮胁下叫痛，我一想不好，那厮是个江洋大盗，杀死个把人不算事。等到小东家有了差错，我便将那厮砍成肉酱，也不能抵偿小东家的命。并且这种江洋大盗，不来则已，来便不止一人。为一千两银子，认真得罪他们，使东家永远提心吊胆的防备。就令他不将小东家挟在胁下，我也不想过于认真，给东家惹祸。所以忍着气来找东家商量，看东家的意思怎么样，好在一千两银子不是大数目。”

卢敦甫听说自己儿子被江洋大盗挟在胁下，自不免心中慌急起来，连忙说道：“银子事小，只要他不损伤我的儿子。请你快去和他说，我就带人搬一千两银子出来给他。”胡大个子道：“东家万不可去见他的面，银子我自己拿去给他便了。我只等他把小东家放下来，仍得跟他见个高下。”卢敦甫连连摇手道：“使不得，使不得！一千两银子既经给他了，还见什么高下。”胡大个子说要见个高下，原不过是一句要面子的话。卢敦甫这么一说，反觉得面上更难为情了。卢敦甫打开银柜，搬出一千两银子来，胡大个子将银子做一包捆了，打起来往外便走。

卢敦甫虽经胡大个子叮嘱，万不可与那强盗见面，然听说自己儿子被挟在强盗胁下，怎么忍得住不去看个究竟呢。胡大个子扛着银子在前面走，卢敦甫便悄悄的跟在背后。胡大个子一时心里又愤怒又惭愧，也不觉得有卢敦甫在背后跟着。走到自己房里一看，那个穿白衣的人已不见了。清明如水的月色，仍从窗口射入房中，照映得与白昼无异。胡大个子不由得诧异起来，扛着银子立在房中间，四周望了一会儿，不见一些儿踪影，一些儿动静。只得且把银包放下来，撩开帐门向床上一看，不禁大吃一惊！原来睡在床上的小东家，也跟着那白衣人不知去向了。当时心中慌急起来，连忙弯腰在床底下寻觅，见床底下也是空空的。这才自言自语的说道：“难道那狗强盗，真个把我的徒弟偷去了吗？”

胡大个子这句话才说出口，猛听得背后一声“哎唷！不得了，我的儿子呀”的哭起来。胡大个子没想到卢敦甫在背后，哭声突如其来，又受了一惊非同小可。吃惊后，知道是卢敦甫了，心中更着急。在卢敦甫跟前掩饰捣鬼的话，被刚才无意中露出的言语证明虚假了。然心里着急，尽管着急，表面仍得竭力镇定着，只得安慰卢敦甫道：“东家不要悲哀，大约是因我到里面取银子，耽搁的时间略久了些儿，那狗强盗起了疑心，以为我是安排捉拿他，不敢停留，所以挟住小东家就走。不要紧，那狗强盗既下这种毒手，给我过不去，我也顾不得与江湖上人伤和气了，我立刻去追赶那狗强盗，拼着我一条老命，也得把小东家夺回。夺不回时，我也无颜面在这吉安做人了。”说罢，紧了紧裤带，脚上套了一双行走轻便的草鞋，用青绢裹了头。

卢敦甫见胡大个子说追赶，又不急追赶出去，痛子心切，只急得跺脚催促道：“还不趁他跑得不远，赶紧追上去夺回来。万一我的儿子被强盗挟死了，我只问你要命。”这话说得胡大个子满面羞惭。半晌恼羞成怒，提起单刀来说道：“东家不要这么说，我为什么要替你儿子偿命？你是请我来保家的，不是请我来看守你儿子的。强盗来你家抢劫银钱去了，你要我赔偿，情理倒还说得过去。于今你家的银钱，分文不曾被强盗抢去，单抢去了你的儿子。你只能求我帮忙去追，追得回更好，万一追不回，也是你儿命该如此，不与我相干。”

卢敦甫见胡大个子发怒，自悔出言鲁莽，心想有胡大个子追上去，儿子倒有回来的希望。若和胡大个子弄翻了脸，真个不竭力去追，不是眼见得自己儿子，永远落到强盗手里，没有见面的日子了吗？只得勉强按捺住性子，向胡大个子作揖赔话道：“师傅不可见怪，我是一时痛子心切，口不择言，千万求师傅原恕。师傅能替我出力，将我儿子追回来，我感激师傅，无以为报，就拿这一千两银子送给师傅，作为酬劳的意思。”

胡大个子还没回话，即听得房檐上有人说道：“卢敦甫不要着急，我不是强盗，是特来收你儿子去做徒弟，教他练习能为的。练成了便送他回来，使你父子团圆。胡大个子这种草包镖师，花钱聘在家里太冤枉，请他滚蛋吧！”胡大个子一听这话，真是怒从心上起，恶向胆边生。也不回答什么，舞动手中单刀，直奔窗口，耸身一跃，待蹿上房檐。双脚才离地，便听得房檐上咳了一声嗽，咳出一口痰来，仿佛是朝着胡大个子一唾。胡大个子正蹿出窗口，身到半空，跟着唾痰的声音，一句“哎呀”没完全叫出，就一个倒栽葱跌下来。“嗜唧唧”单刀抛到一丈多远的阶石上，胡大个子跌倒在窗外院落里，还是“哎呀”“哎呀”的叫痛，屋檐上一路哈哈笑着去了。

卢敦甫虽十二分的惊慌害怕，然因自己是一家之主，责无旁贷。又为心痛儿子，反把自己的危险看得轻了，连忙赶出院落来看，只见胡大个子在地下打滚。走近前看时，胡大个子口中淌出许多鲜血，果见一口凝痰，正着在胡大个子的脸上。胡大个子一开口，就吐出几颗牙齿来，连连的摇头说道：“好厉害，好厉害！世间有这种凶恶的强盗，我的本领也委实够不上当镖师，用不着他教你请我滚蛋。”

卢敦甫见胡大个子着唾沫的这边脸上，看看肿得和瓜瓢一样，勉强挣扎起来，用双手将肿脸捧着，心里倒有觉得不忍，忙用好言安慰道：“师傅不要这么说，这人刚才在房檐上说不是强盗，话虽是由他自己说的，然照情形看起来，也实在不像是强盗的举动。若真是强盗，舍间有的是金珠宝物，凭他的能为，什么东西取不去？我儿子值得多少钱，他巴巴的来劫去，有何用处？如果是强盗有这种本领，将师傅打伤，劫了我的金珠宝物去了，师傅便可以说不够当镖师的话。如今打伤师傅的，既不是强盗，古话说得好：‘强中更有强中手’，世间没有个真能打尽天下无敌手的人，便没有个能夸大话当镖师不被人打伤的人。舍间聘师傅是为保护银钱，只要银钱没被强人劫去，师傅就算尽了镖师的职务了。”

卢敦甫的这类话，原是于无可安慰之中，寻出这些话来安慰。然在胡大个子听了，忽然想起刚才回答卢敦甫要他偿命的话来。这话一句句针锋相对，简直是拿他的拳头，打他的嘴，心中更是觉得难受了，哪里还有颜面在卢家堡当护院镖师呢？一时半刻都停留不下，当下也不再说什么，捧着肿脸回房，连夜拾夺了行李，不待天明就去向卢敦甫辞职。

卢敦甫虽亲耳听得那白衣人说，并不是强盗，是特来收他儿子去做徒弟的，将来本领练成了功，便可使他父子团圆。但是自己亲生的儿子，如何舍得给一个不知姓名籍贯的人，抢去做徒弟呢？并且有产业的人，对于承袭产业的儿子，特别看得比寻常人家不同。寻常人家多希望儿子成立，巴不得练成很好的本领，好创家立业，耀祖光宗。豪富人家便没有这种思想，只要是一个儿子，尽管文不能提笔，武不能提刀，凡百技艺，一无所长，是绝不要紧的。卢敦甫教儿子从胡大个子学习武艺，夜间陪胡大个子同睡，并不是存心要儿子练成如何高强的本领。不过恐怕儿子的体格不强，不得永年，练习些武艺，一则可以强壮身体，二则外面传出些会武艺的声名，可以使盗贼存些儿畏惧的心思，不敢轻易转卢家堡的念头。谁知因陪胡大个子同睡，倒弄出这种祸事来，回房后越想越难过。

正在悲伤的时候，胡大个子进来辞职，见卢敦甫满面的泪痕，只得说道："今夜的事，自是我对不起东家，我也知道东家心里，必是很难过的。但是我心里的难过，也和东家一样。我受东家的薪俸，充当护院的镖师，就在我睡的家里，闹出这种乱子来，无面目见人还在其次；承东家不弃，将小东家托我教练武艺，我教得好好的徒弟，竟被人当我面夺了去，我不能要回来，这未免太使我过不去了。据那厮说，不是强盗，是特来收小东家去做徒弟的。我想那厮有本领要传徒弟，岂愁没有徒弟可收？就算他欢喜小东家资质好，这样好资质的徒弟，不容易得着，他也应该知道，东家不是不肯教小东家练习武艺的人，我更不是定要霸占小东家做徒弟的人，何妨在白天里，堂堂皇皇的来见东家，要小东家拜他做师傅呢？是这么黑夜乘人不备，强抢徒弟的事，也实在太稀罕了！我镖师可以不当，徒弟也可以不教，唯有这口气却不能不出。我于今辞别东家出去，就从今日中秋节起，出门访查小东家的下落，看那厮劫到什么地方，传授些什么本领？不查一个确实的下落，便死在异乡异地，也不回吉安府来。"

卢敦甫听得这般说，即对胡大个子作了一个揖道："师傅肯这么替我出力，能使我父子团圆，我自愿将那一千两银子，送给师傅，作为酬劳。"胡大个子因受了白衣人这种奇辱，自料此项消息不久必传遍吉安，本人为体面计，自后万不能在吉安混下去。好在胡大个子在吉安并无产业，已打算从此离开吉安，所以见卢敦甫悲伤流泪，就顺口说出这番诚恳的话来，以为卢敦甫见他替自己去寻回儿子，必送他些盘缠旅费。谁知卢敦甫要等到他父子团圆后，才肯拿那一千两银子作酬劳，盘缠旅费的话，一个字也不提起，只落得一个不值钱的揖。胡大个子也知道卢敦甫平日鄙吝得厉害，只得自挑行李，退出卢家堡。

胡大个子虽是从此离开了吉安，然因十四夜受了白衣人的创，自后见了凡是穿白衣的人，就不由得心惊胆怯，哪里有这勇气，敢去找白衣人，探访小东家的下落呢？只是他这小东家，究竟被什么人劫去了呢？白衣人究竟是谁，为什么收徒弟是这样的收法？这样说起来，来源极长。看官们不待在下交代，大约也知道他这小东家被劫的事，不但关系吕宣良与柳迟，明年八月十五日子时，在岳麓山云麓宫门外之约，并是这部《奇侠传》的前后一个开合大关键，必不厌在下麻烦，许可在下从头叙述。要从头叙述这桩事，就得从清代中兴名将鲍春庭的一员部将写起。

鲍春庭有八个最勇敢善战的部将，第一个姓孙名开华，就是民国元年做过福建都督孙道仁的父亲。这孙开华当年轻的时候，原是一个赌博无赖的青皮，亲兄弟三个，都是一般的无赖性格。地方上的远近邻居，没有一个不望着他兄弟的背影，就害怕得奔逃躲避的。孙开华的父亲死得早，母亲虽甚贤德，却因家计贫寒，不能教三个儿子读书，也不能送三个儿子学一项手艺。为的是三个儿子都生成难驯的野性，乡下做手艺人，谁也不肯收他们做徒弟。只得勒令他兄弟三人，每日打多少柴，捞多少鱼，作为家中生计。

孙开华水性独好，能在水上行走，只腰以下浸在水中，腰以上完全露在水面，能头顶一大袋米，走过一两里路的河面，水不浸过胸膛，米袋上不沾半点水痕。他有这般好的水性，所以他母亲教他每日出外捞鱼。捞鱼变卖了钱，十有九送到赌博里面去了，只有一成回家养娘。他不但水性独好，气力更是极大，也没从教师练过武艺，寻常二三十个蛮汉，在他恼怒的时候，没人敢近他的身。讲到他的性情举止，竟和《水浒传》上的李铁牛一样，本领却比李铁牛还多一桩会水。

他二十几岁的时候，他母亲死了，家中一文余蓄没有。三兄弟商量，二人推他去舅父家报丧，并告借些银两，好安葬母亲。他不能推诿，只好跑到舅父家中，对他舅父叩头号哭，报告如此长短。他舅父自然顾念兄妹之情，当即拿了十两银子给他，教他先归家准备葬事，自己随后就来。他拿了那十两银子，一路回来，无意中遇了几个平日同赌钱的赌友，不知如何知道他身上有十两银子，生拉活扯的拖他去赌。他一时赌兴发作，便转念一想，这十两银子办我母亲的葬事，也太不够了。莫不是我母亲有灵，教我在赌博场多赢个几十两银子，好回家热热闹闹的办一番丧事，替我母亲风光风光？这样念头一转，即时只觉得有利，不觉得有害。一面心中默祷他母亲在天之灵，保佑他多赢些银两，一面跟着那几个赌友，同进赌场。但是他默祷尽管默祷，灵验却一点没有，反比平时输得痛快些，一注也不曾赢过。十两银子已输得干干净净，毫厘不剩。孙开华到这时才着急起来，向同赌的借钱，想再赌几下捞本。同赌的都素来知他是有借无还的，谁肯借给他呢？他气极了打算行强，将输去银两抢回来，又自觉得理亏，没这勇气。

赌博场中的规矩，输了钱不能再赌的人，连看都不许看的。因为要赌的人多，不赌的把地位占了，要赌的便没地方下注，照例由开设赌场的人，在场上照料，谁的手上赌空了，就请谁下场。孙开华既借不着钱捞本，便没有在赌场中留恋的资格了，垂头丧气的走回家，不能隐瞒哥哥弟弟。他哥哥弟弟也都是好赌如命的人，不能责备他埋怨他，只得三人商量："舅父快要来了，没有钱买办衣衾、棺木，这事怎么了？"

亏得孙开华有主意，主张趁舅父还不曾来的时候，赶紧将母亲的尸首，用芦席包裹了，胡乱拣一块地方，掘一个窟窿埋了，急忙做起坟茔来。舅父来时，见已经埋了，必不追究棺木、衣衾的事，就可以模糊过去了。他哥哥弟弟也都以为然，依照他的主张，三人慌急慌忙的将母亲埋了。果然，掩埋停当后，他舅父才来，见屋中并没停放灵柩，动问方知道已经葬了。

他舅父懂得些堪舆之术，带了个罗盘来，教三人引他到坟上去看。三人都诚惶诚恐的，生怕舅父盘问装殓时的情形。他舅父到坟上一看，孙开华那时靠近他舅父站着，他舅父猛不防朝着他就是两个嘴巴，打得孙开华更加慌了，以为用芦席包葬的事，必然被舅父看出来了，吓得跪在地下叩头。正待认罪说该死的话，他舅父已跺脚说道："你这东西，不是不知道我懂地理，你母亲葬坟，为什么不等我来看过再葬！你知道这地方，是一个大富大贵的好所在么？于今可惜都被你们这三个不孝的东西弄坏了，已走泄了地气，不中用了。这种地名叫'猪婆地'，不能用棺木衣衾装殓好了去葬的，只能用草包了，还不能深葬，只能入土一尺五寸，就得掩埋。我悔不该拿十两银子给你，使你们好买衣衾、棺木。"

孙开华听到这里，就截住问道："不用草包，用芦席包了葬的，使不得么？"他舅父见这话问得奇怪，连忙反问道："是用芦席包了葬的吗？"孙开华便将归途遇赌博朋友，以及种种情形说了道："我兄弟因恐怕你老人家跑来看见，不敢掘深了耽搁时间，果只掘了一尺五寸深，就匆匆拨土掩埋了。"他舅父听了，心中明白是有神助，他兄弟必然发达。

那时正是洪杨之乱才发动不久，湖南各地招兵，孙开华兄弟就去投军。

孙开华投在鲍春庭部下，仗着生性勇敢，武力绝伦，每次临阵，必勇冠三军，斩将搴旗，所向无敌。论功行赏，每打一次仗，升一次官，不到几年，已做到提督军门，赏穿黄马褂。只是孙开华的官虽做到提督军门，性情、举动却还和未曾做官一样。打仗的时候，果然是与士卒一般装束，一般的起居饮食；就是不打仗了，也丝毫没有官派，时常提着大壶的酒、大钵的肉，到营盘里找着一般会武艺的兵官，大家痛饮畅谈。他军队驻扎的地方，必打听有不有会武艺的人。只要有会些儿武艺的，孙开华必延纳到营盘里来，谈论拳棒。真有能为的，就留在营中，好好的安插位置，到处如是。后来这情形越传越开了，有许多身抱绝技的人，知道有这条出身的道路，从多远的赶到孙开华驻军的地方来。

这时孙开华已做了厦门提督，衙门里会武艺有能为的人，一时没有相当地位安插的，还有百数十人，只得另设一个护卫的名目，将这许多有能耐的人，都充当护卫之士。但是这种护卫队，应该有一个最有能为的人当队长。然而百数十人，个个都是身怀绝技，自以为了不得的人，谁肯佩服谁，谁肯居谁之下呢？在势又不能各显本领，大家较量一番。

孙开华想来想去，想出了一个试验本领强弱的方法来，对这一百数十个卫队说道：“看你们各有什么绝技，一个一个显出来，由我来评判高下，不许争论。经我评判之后，认为可以当队长的，再看你们服也不服。有谁不服，就请谁出头较量一下。”一百数十人都说这方法很好。于是有一个人出头说道：“我的本领，须用十石大豆方能显出来。”孙开华即教人备办十石大豆，问他怎生显法。这人将十石大豆，都倾在一个大厅上，平铺了三四寸厚，脱出一双赤脚来，在大豆上走了一路过去。看他赤脚所踏之处，大豆都被踏得粉碎了，回身走一路过，也是如此。连走了数十百遍，十石大豆中所存留的整粒，不到十分之一了。卫队中许多人看了，都同声赞好。孙开华也说这个汉子的本领了得，忙问姓名、籍贯，原来这人是山东蓬莱人，姓曹名金亮。

孙开华正待说曹金亮这种本领，可以当这队长了，只是话还不曾说出口，队中又走出一个人来说道：“这种本领算不了什么，我有十石面粉，便能显出我的能为来。”孙开华大笑道：“好的，好的！一个十石大豆，一个十石面粉，这一队人的本领显过之后，我倒可以开设一个很大的粮食行了。”说得左右的人都笑起来。

孙开华继续道：“也罢！既是要十石面粉，才能显出能为，就办十石来吧。”不一刻，照数办来了。这人也是倾在一处地下铺得平平的，却不打赤脚，反着一双有铁钉的皮鞋，从容在面粉上走了一路过去。脚落处，不但没有脚印，连钉子的印也没有。来回不停步的走了无数次，始终没一脚踏下一点儿痕迹来。

孙开华看了赞不绝口，问曹金亮：“心服不心服？”曹金亮承认这人的本领比自己高，心服了，愿意让队长给他当。这人很得意的说出姓名籍贯来，是福建长乐人王允中。孙开华恐怕更有本领高强的，不敢就说出委王允中当队长的话，只望着队中问道：“有本领更比王允中高强的，可快出来试一试。”

话未说了，果然又从队中出来一人，对王允中笑道：“老哥轻身的本领高是很高，不过还没有到绝顶。老帅养了两只大猴子，求老帅打发人牵出来，试试我的能耐。”孙开华那时在提督衙门里，不仅养了二只大猴子，并喂养了许多的飞禽走兽。两只猴子的身体，立起来都有三尺多高，平日用铁链锁着，还关在铁笼里面。此时牵了出来，问这人怎么试法。

这人要了十串长短不一的鞭爆，从一百响到一千响。先取了一串一百响的，用线缚在猴背上，解了锁链，对孙开华说道：“这猴子的背上鞭爆一点着，放开手来，它必吓得飞跑。我能不等到一百响鞭爆响了，就将它擒回来。擒回来又缚上二百响，点着仍放它逃走，我也能恰在鞭爆响了时，又将它擒捉到手。一连十擒十纵，鞭爆响歇后才擒住，不算是能为；擒到手后，鞭爆还响着没了，也不算能为。”孙开华心想：“这猴子从来没解放过，背上就不缚鞭爆，都不是一个人的力量，所能擒捉得住的，何况点上一串鞭爆呢？”心里如此思量时，这人已点着了鞭爆，将猴子放开了。

这猴子被鞭爆一吓，脱手就蹿上了一株大树，在树枝上乱梭乱跳。这人的身体，就像是一张纸剪的人儿，用线系在猴尾巴上一样，紧紧的跟定那猴。猴梭到这个树枝，人也跟到这个树枝；猴跳到那个树枝，人也跟到那个树枝。凑巧鞭爆的响声一停，猴子便被擒住在这人手里了，在下面抬头看的人，听得孙开华叫一声好，大家不由己的都齐声叫好。“好”字的声音未歇，这人已擒着猴子下树来了。

正要再缚第二串鞭爆，队中忽发出一种冷笑的声音说道：“这样的轻身，算得了什么？不用再献丑也罢了。”这人即停了手，说道：“就看你的吧！”孙开华也觉得诧异，很注意的看队中，只见一个年约三十开外的汉子，边走边笑着说道：“要看我的吗？像这样轻身的本领，就算已到了绝顶么？猴子虽是个身体最灵巧的东西，然究竟飞不起。并且这猴子的身体不轻，它能上去的树枝，人有什么不能上去？我要请老帅放出一只会飞的鸟来，离我一百步远近飞起，我能和你捉猴子一样捉住；由自己放出去的，还不算真本领。”

孙开华听了，大笑道：“我手下有这么多的能人，终日和我在一块儿厮混，我竟不知道。若不是今日选队长，只怕再过些时，也不会显出这些能为来给我看。我有一头金砂眼的雕，飞得最好，气力也大。我平日带出去打猎，不问什么会飞的鸟雀，都不能落它的眼，一落眼便休想逃得了，你能将它擒住么？”这汉子道：“且请老帅放出来试试，金眼雕虽不同常鸟，然它的翅膀，到空中有一种声响，落耳便能辨别，与常鸟不同。或者能托老帅的福，将它擒住，也未可知。”孙开华即回顾身后的人，去后园里将金眼雕取来。那人领命去了。

去不多时，只见这汉子忽然吃惊似的问孙开华道：“老帅有几只金眼雕？”孙开华笑道：“好容易有几只？这一只还不知费了多少的力，从甘肃弄来的。休说我衙门里只有这一只，通福建也只有我这一只。”这汉子听了，失声叫道：“不好了，要被它逃回甘肃去了。”这汉子说完这话，就转眼不见了。孙开华并左右的人正在惊愕，忽见那个去取雕的人，慌里慌张的跑出来，双膝向孙开华面前一跪说道：“小的该死，被那雕在手上啄了一下，手不由放松了些，它便牵着金链条飞了。”孙开华看这人已吓得面无人色，忙安慰道：“你起来，不妨事的，已有那汉子追去了。”

大家静候了一会儿，孙开华忽向众人问道：“你们听得我那雕的叫声么？”众人齐道：“没听得。”孙开华喜形于色的说道：“那汉子一定将雕擒住了。”话才说毕，就见那汉子飘然从半空落下了来，左手握住金链条，右手捉住那只硕大无朋的金眼雕。只是已累得气大气喘，满头满额的汗珠，比黄豆还大，紧捉住那雕，唯恐被它逃去的模样。孙开华不觉立起身来，迎着那汉子说道：“真是好汉子，有能为！”那汉子双手呈上那雕说道：“虽托老帅的福，未被它逃掉，但是已累得我苦了，直追赶了八十多里的程途，还幸亏有这样长的金链条，系在它脚上，一则能使它飞行得稍缓，二则因有这金链条拋在后面，我才能将它擒住。若不然，就更费事了。这东西在空中力大无穷，好几次险些儿被它牵着我走，我只好将它抱住，不让它双翅得力，它才没可奈何了，唯有张开口乱叫。”孙开华接了那雕，笑道：“叫声我倒听得了。像你这样的能为，莫说在我这衙门里当卫队长，就当御林军的队长也够得上，决没有更高似你的人了。”

孙开华很高兴的说这话，待要这汉子报上姓名、籍贯，忽从队中又走出一个浑身着白的人，身材并不雄壮，走近孙开华跟前从容说道：“这位的本领确是不差，只是在我的眼里看来，一点儿也不稀罕，我有比他再高出十倍的本领，不知老帅许我显出来么？”孙开华现出吃惊的神气问道：“你还有比他高出十倍的本领？是什么本领，如何显法？”

不知这着白衣的人，究竟有什么本领，且俟第六十一回再写。

第六十一回

开谛僧峨眉斋野兽　方绍德嵩岳斗神鹰

话说上回写到孙开华选拔卫队长，奇才异能之士层出不穷。那汉子身凌虚空，追拿金眼雕，顷刻之间，来回八十多里。这种能为，不但孙开华看了纳罕，就是一般参与选拔的奇才异能之士，也都摇头咋舌，恭维那汉子是天人，足有充当卫队长的本领。孙开华接过金眼雕，正待问那汉子的姓名、籍贯，队中忽又闪出一个人来，带着讪笑的意味说道："费了这么大的气力，才将这一只老母鸡也似的东西抓住，算得了什么稀奇本领？"

孙开华听了，不禁吃了一惊，急抬头看时，只见这人年约三十多岁，身体瘦削而长，毫没有魁硕武勇的气概。全身穿着白色衣服，也不是通常武士的装束，气宇更安闲自在，不像是要和人争夺什么的。孙开华现出不甚高兴的脸色问道："这样飞得起的本领，还算不了稀奇，难道你更有稀奇的本领吗？"这人笑道："没有比他好的，也不出头说话了。"孙开华道："你有什么本领，要如何才显得出来呢？"这人道："我无所不能，看老帅要显什么，我有什么，不拘哪一项。"

孙开华略想了一想，说道："你说他追这金眼雕，费了这么大的气力，不算稀奇；你能不费气力，从天空将金眼雕抓回来吗？"这人仰天笑道："这有何不能？"能字才说出口，孙开华已将两手一松，厉声向这人说道："就看你的吧！"

金眼雕脱离了羁绊，两只翅膀只一扑，从这人头顶上掠过，但闻"飕"的一声，早已冲霄高举了。这人只当没看见的，应声说道："请瞧我的吧！”随说随举手向空中一招，煞是作怪，那金眼雕飞到空中，经不起这一招，就仿佛被这人用绳索缚住的一般，并且来不及敛翅回身，竟是一翻一仰，不由自主的扑落下来，正正的落到这人手上。这人一不捏住链条，二不抓住脚爪，自然服服帖帖的伏着，没有飞逃的意思。

这人双手托住金眼雕说道：“这不过是一点儿小玩意，也算不得什么本领，真本领是显不出来的。”孙开华看了这情形，心里疑惑这人会妖法，不是真实本领，口里正待说出来，那个身凌虚空，追赶八十多里的汉子，已走到这人跟前，很诚恳的作了个揖说道：“听得江湖上的人称道，当今之世，只有方绍德有这种本领，老哥莫不就是方绍德么？”这人点了点头道：“见笑之至，这算不了什么！”许多参与选拔的武士，都同声赞叹方绍德的本领，愿推为队长。孙开华当时以众武士同声推许的缘故，只得任方绍德为护卫队长。然心里仍以为手招飞鸟，是妖法，不是武功。

一日孙开华清早起来，独自走到花园里闲步，花园里有一口吊井，井水极深，特凿了这井为灌花用的。孙开华反操着手，缓缓的在花丛中走着，耳里忽听得“咚”“咚”的声音，仔细听去，好像是吊桶在井里打得水响。心想：“这时候有谁在这井里打水？”心里一面疑惑着，两脚一面向井边走去。

才走到离井边一丈来远，就见一个浑身穿白衣服的人，面朝井口盘膝坐着，右手张开五指，向井中抓上来，放下去，井底的水，就跟着咚咚作响。孙开华虽只看见这人的背影，然就身材的模样，及衣服的颜色，一望已知道是方绍德，只猜不透他无端向井抓些什么。看他空着手，并没牵扯什么，何以抓得井底的水，咚咚作响？绝不踌躇的走到切近，方绍德回头见是孙开华，连忙停了手，立起身来请安。

孙开华忙摇手止住道：“我正要看你在这里干什么玩意，怎么把井里的水，弄得这么咚咚的响？再做给我看看。”方绍德笑道：“这没有什么道理，闹着玩玩罢了。”孙开华道：“照样玩几下给我看。”方绍德推却不过，随意伸手向井中一放，井中就如落下一块很重的石头，“咚”的一声，水珠四溅。接着将手往上一提，井水随手向上涌起二三尺高。一放一提的接连几次，井水便越涌越高，不到十次，与磁石引针相似，水已引到掌心了。孙开华看了诧异，问是什么法术，方绍德摇头道：“连我自己也不知道是什么法术。”说罢，即走开了。方绍德回房向同伙的说道：“孙开华名虽好武，实在不懂功夫，我不愿意在这里了。”同伙的也不在意，方绍德即日不辞而去，孙开华也并不觉得去了可惜。

只是这方绍德毕竟是怎样一个人物呢？说起他的来历，却真有些奇怪。相传他原是四川一个富贵人家小姐的私生子，一出娘胎就被接生的捏死了，用破衣服包裹着，教人乘黑夜提到山上去掩埋。谁知那人一到山上，就听得许多猢狲在树林中唧唧的叫。那人胆小，不敢在山里久停，便将这婴孩的包裹搁在草地上，打算等到次日天明了，再来掩埋，当下即转身回家。次日再来那草地上看时，那包裹已不知去向了。那人以为是被野兽拖去吃了，谁还破工夫去山里寻这私生子的死尸呢？隔了四五年，那地方上的人，时常从远处望见那山顶上，有一个赤身露体的小孩，跟着一大群猢狲，上树打跟头玩耍。身上也好像有寸来深的毛，不过不及猢狲那般浓厚罢了。从远处望见的人，一赶到那山上寻觅，便不看见了。

那时峨眉山伏虎寺里，有一个老方丈和尚，法名开谛，是个极有道行的长老。也不知从哪一年开始，每年二八两月两次斋期，专供养种种飞禽走兽。到期在伏虎寺正殿屋脊上，竖起一幅长幡，幡上悬了无数的小铃，迎风发响，清音远闻数里。开谛长老在寺内独自升坐讲经，接连七日，种种的飞禽走兽，群集座下，鸟都敛翼，兽皆俯首，各自为伍，丝毫没有相侵害的意思。长老讲经完毕，搬出斋供来，一一散发。众兽之中，唯有猢狲成群结队，最大的在前，越是在后的越小，结队向伏虎寺走来，没有一个乱跑乱跳的。走到将近伏虎寺一百步远的所在，最大的首先跪下来膝行，跟在背后的，也都照样匍匐，不敢抬头。长老散斋的时候，每一只猢狲给蜀黍一合，小猢狲的喉囊太小，装不下一合，剩下来的给大猢狲吃，从来没有争夺的事。峨眉山附近的居民，因钦敬开谛长老，多受了长老感化的缘故，知道这些听经的禽兽，都有来历，也皆不敢存侵害的心思。每年到了这两次斋期，远近来看的人极多。凡是见过那种听经领斋情形的，无不感叹开谛长老的德行。

这年二月的斋期当中，来了一大群猢狲，就夹了一个年约五六岁的小孩在内，跟着一只绝大的老母猴，跪在山门之外，不肯走近长老讲经的法座下。比较小些的猢狲，也就依次跪着，没有进山门以内的。开谛长老在坛上看了，连称："阿弥陀佛，善哉，善哉。"随即停了讲，走下座来，伸手抚摸着小孩的头顶说道："小子不要迷了来路，暂且随老僧过度些时，再给你一个安身之所。"

小孩仿佛懂得长老的言语，不住的望着长老点头。老母猴听了这几句话，也似乎懂得的，回身搂住小孩，现出依依不舍的样子。当时立在山门外看热闹的人，又觉得奇怪，又觉得凄惨。虽无人知道这小孩的底蕴，然看了这两相依恋的情形，都不能不为之感动。开谛长老等老母猴放了手，才将小孩引进伏虎寺，做衣服给他穿着，渐次教他言语。

一年以后，因吃的是烟火食，又经衣服的摩擦，身上原有寸多深的黑毛，都脱落干净了，只是瘦削仍与猢狲相似。年龄虽仅六七岁，然因是在山野中长大的，力大无穷，矫捷赛过飞鸟。无论如何陡峻的石岩峭壁，他总是和走大路一般的，绝不吃力就上去了。在树木茂密的山上，他能在树梢上奔走数十里，由这株树梢，跨到那株树梢，枝叶都不颤动一下。开谛长老见他有这么好的根底，便传授他的道行，他的资质异常颖悟，练到一十二岁，已有绝大的神通了。

一日，长老清早起来，教他把山门外面的道路打扫干净，就在山下等候。等到有一个骑黑驴的老人，向上山的这条道路走来了，即上前行礼，迎接到寺里来。他依着长老的话，在山下等了些时，果见一个年约五十多岁的老者，须眉半白，穿得遍身绫锦，满面慈善之气，骑在一匹很肥大、鞍辔鲜明的黑驴背上，缓缓的向上山的这条道路走来。他料知必是长老教自己迎接的人到了，连忙上前行礼说道："奉师傅的命，专诚在此地迎候你老人家。"老者在驴背上拱手答礼，两眼不转睛的向他浑身打量，面上很现出惊疑的样子。

他将老者引到山上，开谛长老已立在山门外，合掌向老者笑道："居士别来无恙？六年之约，不差时刻，真信人也！"老者跳下驴背，拱手答道："岂敢失约！"

原来这老者姓方，名维岳，是四川石泉县的第一个富绅，少时读书，未成年就中了举人。因性好黄老之学，不喜仕进，家业百多万，为一县的首富，也用不着做官谋利，就在家乡盖造了极精雅富丽的庭园，招纳各处方士，专一研究长生修养之法。只是从来方士都是挟术以骗人钱财的，哪里有什么长生修养的法术。方维岳从方士的指导，修炼了若干年，不但没得着一些儿进益，反因服食的丹药不得法，服成一种不能人道的毛病。四五十岁了，还没有儿子。当少壮的时候，因一心想成道，将一切身外之物都看得不值一顾，妻室儿女也已置之度外了。后来因游峨眉山，遇着开谛长老，才知道以前若干年，完全是盲修瞎炼，去道还不知几千万里。归家后，便谢绝一般方士，摔破丹炉药鼎，不信那些邪教了。但是，这种成道的心思一退，世俗想儿子承宗接嗣的心思，又不由得发生了。因正宗夫人已有了四十多岁，不能望生育了，买了两个身体强壮的姨太太，日夕望他生儿子。无奈少壮时所服啬精的丹药太多，本人已绝了生育之望。

开谛长老知道方维岳想得儿子的心事，收养这私生子的时候，就打算给方维岳做儿子。只因那时这私生子初从山野中收来，一则还不通人言，二则野性不易驯服，有开谛长老那般道行，才能将他收服。若在平常人，便用铁链也收锁他不住，因此开谛长老不肯当时送给方维岳去。凑巧那年方维岳重游峨眉，到了伏虎寺，开谛长老遂乘便向他说道："居士不须着急没有儿子，现正有一个根基最好、资性最高、无父无母的孩子，由老僧收养在此。于今他的年龄才得六岁，须经老僧教养六年，他有十二岁了，便可送给居士做儿子。"方维岳问："是哪里来的这么好的孩子，父母是不是都已死了？"开谛长老不肯说出来由，只说道："居士但牢记在心，六年后的今日再到这里来，包管居士带一个称心如意的儿子回家去。倘不是与居士有父子因缘的，老僧也不这么多事了。"

方维岳自遇着开谛长老之后，心中极钦敬长老的德行，知道长老所主张的，决无差错。没有儿子的人，在想望儿子情切的时候，忽听说有这么一个儿子，当在六年之后的今日见面，怎得不把日期牢牢的记住呢？所以这日如期到伏虎寺来了。在山下见这私生子前来迎接，并恭恭敬敬的说那几句话，心里便已猜着是这孩子了，所以目不转睛的向这孩子浑身打量。此时这孩子年龄虽只十二岁，然已具绝大神通，得乎中者形乎外，那种雍容温雅的气宇，已能使人看了油然生敬爱之心。方维岳想不到有这般气概的人物，所以脸上不免现出惊疑的样子。

开谛长老亲自在山门外将方维岳接进寺内，未曾让座，即招下教这孩子过来说道："你可知道我教你打扫山路，专诚迎候的这位老居士，是你的什么人么？"孩子听了，翻起两眼望着方维岳，不知如何答复才好的神气。长老哈哈大笑道："老僧出家人，可没有父母亲族。你不是出家人，岂可不认识父母？快过来叩头，这位便是你的父亲。"孩子以为师傅说的必无虚假，诚惶诚恐的叩了好几个头，爬起来很亲切地叫了一声父亲，叫得方维岳笑起来了。开谛长老也笑道："这孩子不但不曾见过自己的父亲，并不曾见人叫唤过父亲，连一声'爹'都不知道叫唤。"孩子忙改口唤了一声"爹"。

开谛长老问道："你父亲也见过了，爹也叫过了，但是你爹的姓名、籍贯，还没有知道。老僧因你在这里六年，没有说身世给你听的机缘，直到如今，才是机缘到了。你父亲姓方名维岳，是石泉县的首富，少年科第，二十多岁就中了举人，原可以青云直上，作一个金马玉堂的人物，只因性喜黄老清净无为之学，又误于江湖方士，至今不愿仕进。你命里合该出母胎即遭魔难，应受猢狲抚育，并非猴能生人，此刻你的能为，已足够将来应用而有余了，此地不是你长久安身之所，从此就跟着你父亲回石泉县去吧。老僧给你一个名字，叫做绍德，你的后福无量，好自为之，不可迷了来路。"

方绍德听罢，不禁双膝向长老跪下，泪如泉涌的哭起来说道："师傅的吩咐，弟子本不敢违，只是弟子若无师傅，将永远不得齿于人类。于今承师傅收养，并赐教训，正要永侍师傅法座，徐图报称于万一。今忽教弟子远离，虽说父母是应该侍奉的，但是弟子受师傅的恩多，报师傅的恩少。父亲年非老耄，尽有侍奉的时候，望师傅格外开恩，许弟子侍奉到师傅西归之日，再回家尽人子之道。"

开谛长老拈着胡须微笑点头道："好可是好，但何苦又自寻这一番烦恼啊！"说时，随掉头对方维岳说道："既是如此着念，居士且在这里多留两日。"方维岳见开谛长老的举动，料知方绍德对于他自己的身世，全不明瞭，所以开谛长老能这般说法，心里异常高兴。及见方绍德不肯同回家，开谛长老并不解劝，神气之间，好像已许可方绍德的要求，心里又不觉有些着急起来了。暗想开谛长老的年纪虽已很高了，然精神充足，步履康强，且是一个有大神通的高僧。就现在的情形看，休说三年五载不会死，便是再过十年八年，也还能过得去。真个再过十年八载，方绍德的年龄越发大了，世故也越发深了，即算是亲生骨血，不从小带在跟前抚养，长大成人了，尚难得亲切；何况并非亲骨血，没有天性的关系，等到二十多岁才见父母，能望他将来孝养吗？并且他既不肯就此同我回石泉县去，我便在此多留几日，也没有用处。只是方维岳心里虽如此着想，然开谛长老是这么吩咐，也只得在伏虎寺暂时住下。想不到方绍德对他，倒很亲热，能恪尽人子之礼。

好容易过了两日，第三日开谛长老忽然召集寺中僧侣，一一话别，说就在今日正午，当往生西方极乐世界。方维岳看长老的精神态度，一些儿没有改变，心想此时已离正午不远了，哪里有这样急症病死呢？正在这么疑惑，只见长老一一话别完了，有话叮嘱的也叮嘱完了。满寺的僧侣，平日都是极敬信长老的，到这时候，面上也不知不觉的露出狐疑的神气。长老盘膝合掌，闭目诵佛，声音朗彻，与平时一样。念诵到那时候，满寺的僧侣，都忽然听得空中有音乐之声。大家正相顾错愕，再听长老的念佛声音停止了，仍是那么坐着不动，脸上也没改变颜色。众僧侣还侍立着等候，以为长老尚有法音传出，只方绍德因年轻性急，凑近长老面前细看了一看说道：“师傅不是已经圆寂了么？”一句话提醒了众僧侣，大家争着细看抚摸时，可不是已死去好一会儿了。方绍德伏在地下痛哭，众僧侣才披法衣做佛事，忙着了结开谛长老的遗骸。方维岳至此，方知道长老教他多留两日的用意。

开谛长老既已圆寂，方绍德侍奉终天的志愿已达，自不能再在伏虎寺停留。开谛长老的葬事一了，便跟随方维岳回石泉县。方家的人，见无根无据的，突然来了一个这么大的小主人，自免不了群相疑讶！不过方维岳夫妇承认方绍德是儿子，方绍德也承认他夫妇是父母。旁人疑讶，只是一时的现象。方绍德因是在山野中由猢狲抚养大的，天赋的武功已非小可，便不再练习武艺，高来高去的能为，谁也赶他不上。何况加以开谛长老六年的训练，还愁不登峰造极吗？方绍德到方家当大少爷，袭丰履厚，原用不着这么高深的能耐。但他从婴孩时代，就在山野中与群猴生活，过惯了清苦日月。六岁后虽经开谛长老收养，然伏虎寺的起居饮食，也很清苦，像方家那种锦衣玉食，连见也没有见过。初到方家，反觉得衣冠礼节，束缚得很不自由，情愿穿着破旧衣服，终日在外面游行。偶然见有不平的事，多挺身出头干预。后来人世的情形愈熟，所见不平的事愈多，经他出头救助的人，也日见其多了。

古语说得好“人的名儿，树的影儿”，有多高的树，就有多高的影。

以方绍德这种能为，终日出头行侠做义，他的声名，自不期然而然的大了，交游也自然宽了。在方家做不到十年儿子，方维岳夫妇都死了。方维岳死的时候，他不待说是做孝子，寝苫枕块，尽人子之道。方家族人，觊觎方家丰富的产业，合谋想趁方维岳初死，排挤方绍德出外，说方绍德不是方家的骨血。方绍德听了，宣言道："你们眼看的，不过是这点遗产，你们便不转这点遗产的念头，我也早已打算只待父母去世，即行分散给一干穷苦的亲族戚友，我自己一文不要。于今你们想排挤我，正中我的心愿。不过你们几个强梁的，想将遗产朋分，是做不到的。"

族人都知道方绍德有绝大的本领，不能不存些畏惧之心。一般处境穷苦的亲族戚友，听了方绍德这般言语，当然称颂不置。方绍德将方维岳的丧事办妥，便实行俵分遗产。戚族原有家业的，及平日为人刁狡强梁的，一文也分不着。俵分妥当了，将余剩的钱，替方维岳夫妇建了一所家祠，留了几亩香火田，委托族中正直的人，经管春秋祭祀。一切应办的事都办理完结了，单身脱离了四川，就凭着一副侠义的心肝、一身过人的本领，闯荡江湖，结交天下奇才异能之士。

一日行到河南，心想嵩山居五岳之中，必有了不得的人物，在山上隐居修炼，我何不去那山里游历一番？也说不定能会见一两个雄奇魁杰的人物，使我增进些学问。主意已定，即向嵩山进发。胸无俗累的人，到处流连山水，也不觉得道途遥远。他从小野宿山行惯了，入夜并不投宿旅店，走到什么地方，天黑了，人疲了，就在什么地方，捡一处略可避免风雨的所在，放下身躯安睡。腹中饥了，也不必投饭店吃饭，山中木实，在平常人不能入口的，他都可以取来充饥。遇着毒蛇猛兽多的所在，他睡着了恐怕受其侵害，就在树枝上，也可以打盹一宵。有时那地方没有大树，他能于顷刻之间，搬土运石，砌成一处毒蛇猛兽不能侵入的堡垒。所以他游山玩水，比古来喜游历的人，都来得方便，一不用带盘缠，二不用带行李。这日，他已到了嵩山，在山里盘桓了几昼夜，并不见一个雄奇魁杰的人物。山岩石洞之中，都已游历了一转，也不见有隐居修炼之士，打算再游一日，将一座嵩岳游遍了，即下山往别处游览。

这夜他睡在一个岩石之下，一觉醒来，天光才发亮，迷蒙晓色，尚看不清山中景物。方绍德刚待起来，忽有一块斗大的圆石，从半空中跌落下来，恰好落在方绍德的头顶旁边，着在一块极大的顽石上，只碰得火星四溅，石屑横飞。突如其来，倒把方绍德吓了一跳，心想这是什么人，这般恶作剧？随即抬头向空中一看，只见一只绝大无比的黑鹰，正张开两片门扇也似的翅膀，在空中盘绕，偏着头向方绍德望着，好像留神窥察方绍德如何行动的一般。

方绍德怒道：“你这东西，也敢来戏弄我吗？我本待取你的性命，姑念你长到这么大，不是容易，下来吧，惩处是不能免的。”说毕，伸手向空中一招。方绍德这一招，足有千斤的吸引力，那鹰身不由自主的，在空中打了个翻身，从斜刺里翻下山去了。方绍德更大吃了一惊，不觉跳起身来说道：“这东西的本领不小，居然能逃出我的掌心，倒要追下去看看。”

不知方绍德追去看了什么情形，且俟第六十二回再写。

第六十二回

伏猢狲道法惊苗峒　捉虾蟆口腹累真传

话说方绍德跳起身来往山下追去，才追了十来步，忽见从半山岩里，比箭还急的，飞出两只一般儿大的黑鹰来，四片翅膀搏空的声音，隐隐如走雷霆。树林的枝叶，顿时激荡得与波涛汹涌一般。半山岩里的砂石，被刮得在空中冰雹也似的纷纷打下。四只圆溜溜金黄色的眼睛，向四山瞬了几瞬，仿佛寻觅獐兔的样子。眼光一射到方绍德身上，即发出一种极尖锐的叫声，好像表示得意的神气。

方绍德看了，不由得心下诧异道："这样大的鹰，我平生不但没有见过，并不曾听得人说过。我在这嵩山，也游览过几日了，又何尝见过有这么大的鹰呢？如果嵩山本来出产大鹰，见过的人必不少，我来这里也应该听得人说。并且这鹰的翮骨，强健异常，估计它两翅膀的力量，就没有一千斤，至少也有八百斤。这种神鹰，实不容易遇着。我若用飞剑伤了它，未免可惜，何不将它收服下来，好生调养得驯熟了，岂不是我一对好帮手？"方绍德心里这般计算，只见那两鹰一面一递一声的叫着，一面在头顶上翻飞回绕，显出欲下不敢、欲去不舍的模样。方绍德仰空笑道："怕什么，也知道不敢下来吗？你们这一对孽障，在深山大泽之中，修炼得有今日，也非容易。我和你们并无仇怨，不值得将你们伤害，你们若是能领会我的言语，明白我的好意，我不嫌你们是异类，愿意收你们做徒弟。"

话才说到这里，忽听得远近的一声长啸，其声幽扬清脆，山谷生风。方绍德一听这啸声，心里便猜度必是高人隐士所发。正待向四处张望，在头顶上回绕的两鹰，已各将双翅一展，流星般快的，飞进山坳中一片树林里面去了。方绍德喜道："原来这两只鹰是有主儿的。这人能驯伏这般两只神鹰，不待说本领是高强到绝顶的了，我不可失之交臂。"

此时一轮红日，刚涌出地面，方绍德远望两鹰飞进去的那片树林，受初出的阳光照着，云笼雾罩，与初揭盖的一甑热饭相似，无论如何的眼力，在外面也看不出里面是怎样的情形。只是那一片树木，并不十分浓密，若不是被云雾笼罩，在树林中发声长啸的人，是何模样，及两鹰飞进去后，是何情景，以方绍德的眼力，必能一目了然。再看别处的树林上面，都清清朗朗，一点儿云雾没有。方绍德心想："这人昨夜必是在那片树林中歇宿，恐怕有山妖野魅前来侵扰，所以喷起一团雾来，隐藏他的身体。不过这人既经驯伏了这般两只神鹰，正是山行野宿的好伴侣。飞禽中眼力最厉害的就是鹰，和走兽中的狗一样，人眼所不能看见的鬼物，鹰狗都能看见，何用再喷起这一团雾干什么？"

方绍德心里如此思想，脚不停步的朝那山坳走去。眼看那山坳，实不甚远，至多也不过一里来山路。但是朝着那方向不停步的走了好一会儿，看那山坳仍在跟前，树林上面的云雾，也还没有消退，更腾腾的如冒热气。初出地面的日轮，在人的眼光看去，升腾的速度，似觉比在中天的时候，来得快些。方绍德听得啸声的时分，红日刚涌出地平线，此时已离地平线有数尺高下，日光的色彩，也由深红色渐变深黄色了。心中猛然一动，即停步暗忖道："这事太蹊跷了，我脚下虽不算快，然以我的能耐，像这么不停步的走去，日行千里，却非难事。这一眼望得见的山坳，至多不到两里路，何以走了这一回，望去还是那么远近的光景呢？然则我方才不停步所走的路，走到哪里去了呢？"

旋作念旋回头向来路上一看，山岳的形势大都仿佛相似，没有特殊的标识，也看不出动身的所在是何处，行走时曾经过了些什么地点。随即又向四周的形势，打量了一会儿，也看不出毕竟曾走了多远。这么一来，倒把一个具绝大神通的方绍德，弄糊涂了，只得就地坐下来，定了定神志，仍旧立起身，向那树林望去。浓云密雾，早已没有了，也是清清朗朗的树林，全不是未坐下以前所见的景象。树林不密，可以一望无余，不但不见有什么高人隐士在内，连亲眼看见飞进去的那两只大鹰，也不知去向了。方绍德不相信眼前景物，会变幻得这般快，大踏步走入树林之中，四处张望了一会儿，确是除树林青草之外，一无所有。细看这山坳树林的形势，与在远处望见的，又确是一点儿不错。

正在心中疑惑，忽低头见阳光射在青草上，有一个黑影闪了过去，连忙抬头看天空，只见那两只大鹰，一前一后的飞到嵩山顶上去了。方绍德独自作念道："我在这嵩山游览了五六日，虽负着中岳盛名，实在毫无可取。原打算今日再盘桓一日，明日便往别处去的，不料遇见了这两只东西，倒使我不舍得就这么走开了。这两只鹰，若不是经高人调教出来的，决没有这般本领。我自从离开四川，足迹遍南七省，没遇见一个有惊人道法的人，倒是这两只背脊朝天的扁毛畜类，能耐实在不小。若能会见调教这鹰的人，我必能得些进益。"

方绍德出了那树林，又向那两鹰飞上的山峰走去，到山峰上举目四望，仍不见一些儿踪影。暗想这才奇了，分明看见它们一前一后的飞上了这山峰，这山峰上并无处可以隐藏，何以跟踪追上去，就不看见了呢？独自在山顶徘徊了一会儿，不见有什么动静，只得心灰意懒的打算下山。

但是还不曾举步，就猛觉得头顶上发生一种可怪的声音，十分细微，若非方绍德那般有能耐有机警的人，断难察觉。方绍德既听得那种声息，即抬头仰看天空，只见那两点黑星，在云中徐徐移动，仔细定睛半晌，才看出就是那两只大鹰，渐飞渐下。约莫离山顶还有数十丈高下，方绍德忽然转念道："这两只东西的情形太可恶，简直是有意作弄我，我也不管它们有没有主儿，主儿是何等人物！既敢有意作弄我，我不能不给点儿厉害它们瞧瞧，且把它们捉到手里来，它们果有主儿，就不愁它们主儿不出头和我见面。说得好时，我立刻可以把两鹰还他；如出言不逊，我便硬夺人家两只鹰，也算不了强梁霸道。"主意打定，即使出生平本领来，双手向两鹰一招，口呼一声："下！"即见半空中一翻一覆的掉下两只黑东西来。

方绍德张开两掌，两只黑东西直向掌心落下，方绍德心里好生欢喜，逞口而出的笑道："看你还能逃得了么？"这话才说了，觉得两掌所捉住的不是飞禽。捞过来看时，哪里是两只鹰呢，原来左手握住的，是一只金钱花的豹子；右手握住一只梅花点的小鹿，都是刚死了不久的，肢体还温软。方绍德不禁愤怒起来，将死豹、死鹿往山下一掼，两手仍向空一指，从食指尖上发出两道剑光来。只是剑光在空中缭绕，并不见两鹰所在，无可击刺。方绍德满腔愤怒，无处发泄，两手忽东忽西的乱指了几下，那两道剑光，便如游龙绕空，横扫过来，竖扫过去，将山顶上所有树木，都拦腰斩断了，才将剑光收敛。也懒得寻觅两鹰的去向，愤然移步下山。

正没精打采的走着，只见迎面走上来一个须发如银的老叟，笑容满面的点了点头问道："请问老兄是从山顶下来么？"方绍德口中应是，两眼打量这老叟仙风道貌，神威逼人，不是寻常老年人的模样。心里逆料必是一个有些来历的老头，正待请问姓名，这老叟已接着问道："老兄既是从山顶上来，请问看见我的两个小徒么？"方绍德听了，暗自好笑道："这老头只怕是老糊涂了，我和你初次在这里会面，彼此连姓名都还没有请教，我知道你两个小徒是谁呢？"只是方绍德心里虽这么暗笑，口里却不好意思这么直说，只摇摇头说道："不曾看见两位令徒。"

老叟脸上露出疑讶的神气说道："这事却有些古怪，我两个小徒今早回来对我说，有一个大本领的人，愿意收它们做徒弟。它们听了欢喜，就要辞别我，跟那个有大本领的人去，并将我家里养的一只金钱豹、一只梅花鹿拿去做拜师的贽敬。我不答应它们，追了出来，谁知它们已跑得无影无踪了。只好亲自上这山里来寻找，我倒要看看是怎样一个有大本领的人，为什么要抢夺我的徒弟去做徒弟？"

方绍德一听这话，知道是有意挖苦自己的，忍不住说道："老丈不要当面瞧不起人，我并不知道那两只背脊朝天的扁毛畜类，是老丈的高足。因见它们还生得好，果曾说过愿收做徒弟的话，谁也没有抢夺的意思。不过那两只扁毛畜类，既是老丈的高足，老丈就得好生管教管教，以后不得平白无故的拿石头打人。我以为是山野之中没人管束的东西，所以犯不着拿人和畜牲较量。若早知是老丈的高足，我也不放它们过去了。"

老头笑嘻嘻的对方绍德拱手道："好极了，好极了！我两个小徒生性顽皮，我多了几岁年纪，简直没精力能管教它们。我在家不知道小徒要跟谁做徒弟，不大放心，于今既知道是老哥了，我还有什么不放心？从此就交给老哥去管教吧。"说毕，用手捏住下嘴唇，吹哨也似的叫了一声，音高而锐，不像是从人口中发出来的。临风扬抑，十里以内的人，必能闻得着这叫声。

老头的叫声才歇，只看那两只大鹰已从左右很茂密的树林中飞出。老头将两手向腰里一叉，两鹰便集在两边肩膀上，老头仍是开玩笑的神气说道："请问老哥，打算怎样不放它们过去？我这两个小徒，仗着八十年前在峨眉山伏虎寺听过经，与开谛和尚是同门弟子，就心雄胆大，不把一般后辈看在眼里。老哥高兴管教他们很好，但是得留意些，须不错了班辈才好。"方绍德听这话，不由得吃了一惊，暗想我才离开四川不久，认识的人物有限，天下尽多比我行辈高、神通大的，亏得我不曾冒昧。这两鹰既与我师傅同班辈，这老头的班辈，不待说比我师傅更高了。我若冒昧和他们动手脚，无论胜负如何，天下人总得骂我目无尊长，我何必跟他们在这里纠缠些什么呢？不如一走完事，免得在此地受他们的奚落。

方绍德五遁都精，当下主意打定，也不说什么，身体一晃，就借土遁走了。后来结交的人一多，才知道那老头子是绰号"金罗汉"的吕宣良，那两鹰在八十年前听经伏虎寺的话，一点儿不虚假。江湖上老前辈曾听人传述两鹰事迹的很多，方绍德虽知道了吕宣良和两鹰的历史与能耐，然对于吕宣良那种当面瞧不起他的神情，及两鹰戏弄他的举动，当时一点儿不曾报复得，心中很不能甘。不过一则自顾力量不见得能胜过吕宣良与两鹰；二则自己的班辈太小，对前辈无礼，胜得过倒也罢了，万一不能讨胜，当时受辱受窘，远在其次，事后更得遭人唾骂。因此心中尽管不甘，不能对吕宣良有什么举动。

这次从嵩山借土遁走后，又在各省游览了几年。有本领的人，所至之处，自容易显出声名，并且方绍德有些本领，是寻常剑侠之士所没有的。因为开谛和尚的神通，是佛家的神通，与道家修炼的不同。方绍德仗着这么一身本领，行为又甚正当，江湖上自然称道他的人很多。他见剑侠之士，在夜间行动，多是青黑两色的服装，觉得不甚光明正大，还存了些怕人看见的意思，他就改用全身着白，使人在远远的一望便知。他原想依附一个有地位有大志的人，使出平生本领来，做一番名垂久远的大事业。听得孙开华在厦门招贤纳士，海内有能为负时望的人，去投奔的不少。他心想厦门的地势很好，孙开华是一个身经百战的骁将，于今在那里有这种举功，必是蓄有大志，因此也特地去厦门看看情形。

他到厦门的时候，正遇着孙开华甄选卫队长，所以他出头夺得锦标。后来细看看孙开华的举动，并用言语试探，才知道是一个平庸的人物，不但没有大志，而且并不识人。其所以招纳许多有能耐的人来做卫队，不过壮壮他自己的声威，搭高他自己的架子，丝毫没有识拔英雄的真意。逆料依附他决无出息，所以毅然决然的走了。

方绍德从厦门走出来，一路游览到新宁县附近的苗峒。因贪恋着苗峒中山水清幽，风俗纯朴，与他山野之性极为相合，在那丛山之中，流连了许多时日。那时，苗峒里的风俗习惯，素来不许汉人到里面窥探游览的。若汉人无端跑进苗峒，被苗人打死了，绝不算一回事。不仅有冤无处伸诉，往往连尸都无法取出来。方绍德知道这种习惯，虽仗着一身本领，不怕苗人与他为难。然方绍德心想在苗峒里长久居住，若不能与本峒苗人融洽，时时得提防苗人暗害，何能安居呢？那时蓝辛石因生成异人的禀赋，文武全才，是苗峒中首屈一指的人物。一峒苗人，无有不钦敬蓝辛石的，蓝辛石替苗族谋利益，也无不尽力。

在前几回书中说过的，苗峒里有伤人的毒蛇猛兽，蓝辛石仗着天生的大力，与从山涧中得的那把大刀，驱除了不少；唯有深山岩穴里的猴子，蓝辛石没力量能驱除。因为那些猴子，比一切野兽都精明机警，又能合群，多则十数只，数十只不等，至少也有三四只，高大的比成人差不多。猎户装设的毒弩、陷坑，别的野兽中之机警的，不过自己不上当，不到装设的那一方走动。有时偶然忘记了，或装置得巧妙，表面上看不出的，就是机警的野兽，也免不了丧生；猴子则不然，无论猎户装置得如何巧妙，没有看不出来的。即算偶然也有上当的时候，然因能合群的缘故，一只二只上了当，其余的连忙上前救护，必将毒弩、捆网破坏得一干二净，并能侦查得出装置这类器具的猎户，施种种报复的手段。

猴子的知识，有时比人还高。猴子是不会泅水的，遇了水深又阔的山涧，跳也跳不过、浮也浮不过的时候，居然能从它们本身上想方法过去。那种方法，确是好看又好笑。它们遇了那种所在，知道山涧那边多有可吃的东西，非过去不可，就邀集附近所有的猴子，立在一块。由其中最大的，爬上涧边一棵大树，两脚和尾巴用力勾住树枝，两手倒悬下来，抓住第二只猴子的双脚。第二只猴子的尾巴，紧紧缠住第一只猴子的腰，两手也向下悬着。第三只照第二只的样，是这般一只一只的联络起来，看山涧有若干宽，便联络若干长。联络好了，即由多余下来的猴子，推的推，挽的挽，将这一串猴绳，和打秋千相似的摆动起来，越摆越高，摆到与对面涧边的树枝相接了，联络在尾上的那只猴子，就一把将树枝捞住，死也不放，两头牵起成了一道桥梁。多余下来的猴子，就由这条桥梁上爬去。等到都过去完了，第一只将抓住在树枝的脚和尾巴一松，又如前打秋千一般的，摆到了对岸。这种猴子过河的事，在苗峒时常能见着，一点儿不稀罕。

蓝辛石因那些猴子害得苗族耕种不安，发愿要把所有猴子驱除干净，知照满峒的苗人，每遇猴子过河的时候，就一面吹角传集众苗人，一面送信给他。大家携带打猎的器具，赶到群猴齐集的所在去，将群猴围住厮杀。无奈人类爬山越岭、攀藤拊葛的本领，究竟赶不上猴子。苗峒中除弓箭而外，又没有更厉害的武器。大猴子十九会接箭，小猴子目标小，不容易射中。并且每次不待苗人围过去，群猴即已知道大祸将临了，急忙爬到极高的树顶，向四下里一了望，看哪一方面没有人，或来人稀少，就相率向那一方逃去，一只也杀不死。那些猴子竟像是通了灵性的一般，农夫猎户都受过猴子的报复与侵害，只有蓝辛石住宅的前后左右山里，没有猴子的足迹。

蓝辛石原存了个杀尽山中猴子的念头，只因见那些猴子都不敢来侵犯他，转念一想："它们既知道畏惧我，我也不可做得太毒了，但使它们能不侵害人，我就不妨留它们一条生路。只是猴子不通人言，人类又不懂猴语，如何才能使所有的猴子，不侵害人类呢？"寻思了许久，实在没有方法摆布。

这日蓝辛石早起，正在大门外闲步，忽有一个瘦长身体的汉人，穿着一身白衣服，缓步从容的走了过来，向蓝辛石突然问道："我听说蓝辛石住在这里，特地前来访他，请问他此时在家么？"蓝辛石一听这话来得很突兀，一时猜不透是什么用意，便不肯自认就是蓝辛石。先打量这人枯瘦如柴，肉如黄蜡，手如鸡爪，两目神光如电，使人见了害怕。问话的神气，也似不怀好意的样子，很注意地提防着，才答道："你是哪里来的，访蓝辛石有什么事？"这人傲然说道："我是四川的方绍德，因为听说蓝辛石有降龙伏虎的能为，所以特来访他，顺便领教领教。"蓝辛石平日异常自负，此时说不出推诿的话，只得点头道："原来如此，请去寒舍坐谈吧，我便是蓝辛石。"

方绍德跟进蓝家，分宾主坐定后，即开口问道："老哥既有降龙伏虎的能为，何以峒里的猕猴如此猖獗，老哥却不使出些本领来降伏它们呢？难道只要那些猴子不侵犯到老哥跟前来，老哥便可以不过问吗？”蓝辛石不觉红了脸说道：“阁下初到我这里来，何以知道我不过问？”方绍德笑道：“原来老哥已过问了，那么是降伏不下吗？我想幺魔小丑的猕猴，有何能耐，岂有能降龙伏虎的老哥，尚降伏不下的道理？我一路走来，见凡是种有杂粮的地方，都有猴子侵害；有许多农夫上前驱赶，那些猴子都不畏惧。敝省是有名出产猴子的地方，也不曾听人说过有这般猖蹶的情形。我因此不能不上老哥这里来问问。”

蓝辛石虽是个苗人，但生性诚实，不肯说假话。当下便直说道：“这些猴子虽没有了不得的能耐，然要驱除干净，管不是一件容易的事。阁下如有本领能把这些猴子降伏，我情愿拜阁下为师，终身侍奉。”方绍德道：“你打算要我怎生降伏？”蓝辛石道：“能使一般猴子都藏在深山之中，不敢出头，就算是降伏了。”方绍德点头道：“山中有果实足供它们的粮食，不许出头害人，也不为过。但是这事情要做到果不容易，你要我降伏它们，这本领倒是有的，只是你得依遵我三件事，我方能为你们地方除害。”蓝辛石喜道：“什么三件事？三十件事都可依遵，请你说出来吧！”

方绍德道：“第一件，要搭一座台，在这一带最高的山峰上，准备十石蜀黍，安放在台下，我有用处；第二件，你同族的男妇老幼，只要能到那高山下看我降伏猴子的，都得前来，我临时有话吩咐，不得违拗；第三件，我降伏众猴子之后，要在这地方长久居住，但不须你们供应一切，我连房屋都有。”

蓝辛石立起身来说道：“就是这三件事么？这算得什么，都是极容易办到的事，只看搭台要不要选择时日？”方绍德摇头道：“用不着选择，你们若来得及，今日就很好。”蓝辛石见有这种人来替他地方除害，自是非常高兴，连忙吩咐家中的壮丁，分头去办第一、第二件事。峒里的苗人，听了蓝家壮丁传达的话，一因除害心切，二因好奇心冲动，顷刻之间，台也搭好了，蜀黍也准备好了。所有听得说的苗人，更不必有蓝辛石的吩咐，有谁不想瞻仰方绍德这种异人，与见识降伏猴子这种异事呢？不一刻，壮丁回报事已办妥，人已来齐。蓝辛石即引导方绍德到那最高的山上去。

才走到离那山还有七八里远近，就望见满山满谷的苗人，将那一座高山团团围住。蓝辛石在前面走着，众苗人都知道跟在蓝辛石后面的，便是有降伏众猴本领的方绍德。平日苗人见了汉人，面上总免不了要露出些仇恨的样子；这回见方绍德却不然了，凡看得见方绍德的，没一个不表示一种欢迎亲热的态度，纷纷如潮涌一般的，向左右让出一条道路。蓝、方二人直走上山峰，方绍德在台上向蓝辛石道："你去吩咐大众，东、西、南、北四方，都得像刚才你我上山的样，向左右让出一条道路来，再挑选十个壮健的人，上来挑着这十石蜀黍，随我往各处布置。"蓝辛石一声答应，即下山对大众说了，带了十个蛮汉上山，挑着蜀黍，跟随方绍德走到一处山上。

方绍德教蓝辛石帮着用手抓蜀黍撒向山谷之间，撒完一石，又换一处山头，又照样撒一石。接连撒了十处，那座高山的四围八方都撒遍了，才回到高山上来。方绍德盘膝坐在台上，合掌闭目，好像默念咒语的样子。蓝辛石立在旁边，大家都寂静不敢声张。

约莫过了一刻工夫，蓝辛石立处的地位高，偶然向对山望去，啊呀！只见成千累万的猴子，与出洞的蚂蚁相似，从远远的朝这座高山跑来。大的在前，小的在后，也看不出牵连若干里路。峒里的猴子虽素能合群，然从来也没见过有合到这么样多的。在前面走的大猴子，边向前走，边回头向后望，唯恐背后的猴子，不跟着上来的样子。蓝辛石忙掉头看左、右、背后三方，也和前方一样，不知有多少，都朝这高山跑来了。正在觉得诧异，忽听得山下的苗人都哗噪起来。原来四只走在前面的大猴子，已走进人丛中让开的那条道路来了。众苗人都不曾见过猴子有这么大的胆量，敢直挺挺撞进人丛的，突然遇了这种情状，所以禁不住都哗噪起来。只是尽管大众哗噪，那些猴子都像有恃无恐的样子，一些儿不露出畏葸退缩的神气。

众苗人也都明白，这些猴子，是方绍德用法术招得来的，只初见的时候哗噪一阵，并没一个敢动手打猴子的。四队猴子同时走上山来，四只最大的一拥上台，倒把蓝辛石吓了一跳。以为来势这般凶猛，对方绍德必非好意。正打算动手帮助方绍德将四只大猴子赶走，谁知那四只猴子拥上台后，并不敢扑到方绍德身上，就在台角各自朝方绍德跪下来，与人一般的叩头礼拜。再看方绍德，这时两目张开了，口里不知说了几句什么话，声音并不嘹亮。四只猴子都听得了似的，蛇行匍匐，慢慢挨到方绍德跟前，都做出十分亲热的样子。或用鼻嗅方绍德的脚，或用舌舐方绍德的手。台下四大队猴子，也都挨次序跪下，抬头望着台上，平时跳踉浮躁的气概，至此完全消灭了。方绍德对这四只大猴子，也像是多年不曾见面的朋友，一旦相逢，心里高兴得说不出话的模样。人与猴纠缠在一块好一会儿工夫，方绍德才立起身，挥手教四只猴子下台去。四只猴子片刻也不迟延，翻身向台下便跳。牵连跪了若干里远的四大队猴子，同时都站起身，后队变作前队，台上跳下来的大猴子，俨然是四个督队官，押着众小猴，头也不回的去了。众猴走到撒了蜀黍的地方，全体散开了，争着拾蜀黍往嘴里塞，猴多黍少，顷刻便拾得一干二净。便不再成行结队了，三五一群，各自分头散去。

众苗人看了这情形，无不叹服方绍德是天神下降，即时就山下跪拜的，一望不计其数。蓝辛石也对方绍德跪下叩头说道："弟子在家里的时候，已经说过了，师傅果能降伏这些猴，便拜在师傅门下，侍奉终身，此刻得求师傅允许了。"方绍德伸手拉了起来，笑道："好，好！我欢喜这地方的山水好，打算在此久住，就收你做徒弟也使得。"说罢，一同下台回到蓝辛石家。从此，方绍德便在苗峒中隐居不出了。

他因从小在石岩中住惯了，仍喜在石岩中居住，只是苗峒中没有像四川那么深邃不畏风雨的石岩，又非人力所能建造。蓝辛石体贴方绍德的意思，特地到缸窑里定烧一口绝大的瓦缸，留一个缺口做门，覆在地下，远看一座坟茔，里面与深邃的石岩仿佛，方绍德住在里面很舒服。

苗峒中的猴子，经过方绍德那番举动后，果然都绝迹不到种粮食的地方骚扰农民了。不过猎户所装置的毒弩、陷阱，猴子不遇着则已，遇着仍不免拿来破坏，只不存心与猎户为难便了。蓝辛石想传方绍德的道法，方绍德道："我并非不愿将我所有的道法全传给你，免得吾道失传。无奈要传我的道法，非童男之身不可，你已破了身，无复纯阳之体，仅能传你一些儿法术，大成是无望了。"

蓝辛石着急辩道："弟子固不曾娶妻，平生也未尝与妇人交接过，师傅怎么说弟子已破了身，无复纯阳之体呢？"方绍德现出诧异的神色问道："你平生未尝与妇人交接过吗？这话就奇了，你自己心里明白的事，应该知道瞒不过我。"蓝辛石只急得跪在地下哭道："弟子实在未尝近过妇人，怎敢欺瞒师傅，求师傅明察，开恩传弟子道法。"

方绍德越发惊讶起来问道："你果是一次也不曾与妇人交接过？"蓝辛石又叩了一个头答道："不但不曾交接过，平生实未尝动过这种念头，如敢说欺瞒师傅的话，应遭天雷击顶之报。”方绍德一面挥手教蓝辛石起来，一面低头沉吟了半晌，忽然在大腿上拍了一巴掌，叫道：“哎呀，了不得！你的元阳一定是被妖精吸去了。”蓝辛石一听这话，即时惊得呆了。

方绍德道：“你成年之后，必在极僻静的地方，遇见过极妖艳的妇人，那妇人并曾送东西给你吃了。你想想，是不是曾有过这么一回事？”蓝辛石想了一回，摇头说道：“生得妖艳的妇人，确曾在僻静地方遇见过一次。只是弟子生性不喜妇人，且少读诗书，颇知礼义，非礼的事，素不敢做。就是有妇人送东西给弟子，弟子是决不敢受，何况吃呢？”

方绍德只管沉吟着说道：“你再仔细想想，我说的必无差错。”蓝辛石又偏着头寻思了一回，也忽然失声叫着“哎呀”说道：“弟子想起来了，果曾有过这么一回事。那妖精确是生得极美，又确是在极僻静的地方遇着的。它送东西给弟子吃，还不止送一次，接连送了三次，不过弟子直到第三次才知道罢了。”方绍德问道：“毕竟是怎么一回事，可详细说给我听？”

蓝辛石想到自己元阳被妖精吸去，不能传授道法，不由得急得哭起来，叩头如捣蒜的，求方绍德慈悲解救。方绍德道：“我只能替你报仇，将妖精除了。至于被吸去的元阳，须你自己有了这种能耐，才能再吸回来。然童身已破，纵能再吸回来，也不复如前圆满了。因你禀赋异人，妖精才生心前来采补。但是你非糊涂人，何至直到第三次才知道呢？这事也就太奇了。”

蓝辛石揩着眼泪说道：“总之，是弟子贪口腹，该死！在此去三年前，弟子因喜吃虾蟆，一到了秋夜，就每夜去山涧里寻虾蟆，捉了回来剥吃。这夜天气很热，山涧里虾蟆极多，竟用不着寻觅，随手就抓满了一布袋，从来也没见过有那么多虾蟆的，次日吃了一个饱。次夜又去，也是越捉越多，顷刻又捉满了一袋。那时弟子心里虽觉得奇怪，然因贪吃的念头太重，不暇仔细寻思是何道理。第三夜更换了一个大些儿的布袋，仍到山涧里去，这夜的虾蟆，又多又大，也不知随手提了多少，塞进了布袋。只是捉了许久，还只提了半袋，贪念一起，便想将布袋装满了才回去。一路随捉随往布袋里装，直到了山涧尽头之处，才觉得奇怪。心想怎么装了这么多，这布袋还不曾装满呢？提高布袋看时，原来袋底下穿了一个窟窿，恰好能容一只虾蟆漏出，袋里存留的，不过十来只，其余所捉的都漏跑了。一时气愤得什么似的，打算将窟窿缀好，回头再捉。正将手中照虾蟆的火把，往涧边上一搁，只见一

个妖艳惊人的少妇，立在涧边上，望着弟子含笑点头问道：‘你吃了我这么多的虾蟆，可以不向我道谢吗？’

“弟子看那妇人说话的神情，实在是美妙极了，心旌摇摇不定，竟不知应该怎生回答。那妇人见弟子望着她不回答，即向弟子跟前走来，相离还有几尺远近，忽觉有一种腥羶之气，冲入鼻孔。弟子心里顿时明白了，知道这时分哪有人家女子到这山涧边来？这来的必是妖精鬼魅。随即厉声喝道：‘你是哪里来的？我捉虾蟆，为什么要向你道谢？这山涧里的虾蟆，怎么是你的？’

“那时弟子腰间带了一把大刀，即拔刀在手，看那妖精怎生举动。谁知那妖精反做出千娇百媚的样子，笑盈盈的说道：‘你每夜来这涧里捉虾蟆，曾捉过前、昨两夜那么多的吗？你要知道那些虾蟆，都是我平日蓄养在家，前昨两夜特地放出来，送给你吃的，你吃了我的虾蟆，如何不应该谢我呢？’”

方绍德听到这里，已长叹了一声，说道：“冤孽，冤孽！”

不知方绍德说出什么冤孽来，且俟第六十三回再说。

第六十三回

抢徒弟镖师挨唾沫　犯戒律岳麓自焚身

话说蓝辛石听得他师傅说是冤孽，连忙辩道："那妖精虽是做出千娇百媚的样子，然弟子当时并未被她迷惑。"方绍德点头道："我知道你至今还自谓没有被她迷惑，你哪里知道，你在和她见面的时候，早已被她迷惑了。你的元气，就在你心旌摇摇不定的时分，被她摄取去了。她不摄取你的元气，你怎能嗅得着她腥膻之气？这妖精我不难替你除掉，但除掉了妖精，于你并无益处。你伤生的罪孽太重，所以妖魅敢于近前，你从此果能洗心涤虑，力戒伤生，将来的结果，尚不至十分恶劣。遇了可以传授你道法的机缘，我必传授给你。"蓝辛石悔恨不该贪图口腹，从此再也不敢无故伤生了。

方绍德一日向蓝辛石说道："我自从到这地方隐居，原不打算再去外面游览了。只因苗族里面的人，除你以外，找不出第二个能做我徒弟的人来。我恩师开谛长老传给我的道法，不能不急觅传人。我昨夜虔占一课，收徒弟的机缘已熟，课中虽不十分美满，然也顾不了许多，我只得再出外游历一遭。你好好在家修炼，我遇了可收的徒弟，便带了同来。"蓝辛石问归期约在何日，方绍德道："至多当不出三载。"方绍德离开苗峒，在湖南各府、县游行物色了多时，没遇着相宜的人物，遂由湖南入江西。

这日游到万载，正在一座高山顶上徘徊眺览，忽听得东南方半空中有破空的响声，仿佛如响箭劈空而过，心里不知不觉的吃了一惊，暗想这类响声，我平生只在嵩山顶上听过一次。那是金罗汉吕宣良的神鹰，在空中飞过的缘故。于今这响声相似，难道又是那东西来寻我的开心么？旋想旋抬头努目向东南方望去，只见一条白东西，比箭还急，直朝这山顶射来。方绍德眼快，已看出那白东西不是禽鸟，是一个炼气的人。逆料是偶然在此遇合，并非有意寻仇而来，便也不存敌抗的心思。立着见那人渐近渐低，已在相离数丈远的一个山头落下了。那人双脚才着落山头，身上的白布便纷纷掉下，抖了几抖，已露出一个儒冠儒眼，年约五十来岁的人来。那人面上很透着些斯文之气，花白胡须，于思于思的下颌都满了。一眼看见了方绍德，似乎被人识破了他的行藏，很吃惊的样子，不住的用两眼向方绍德打量。

方绍德暗想这人的本领不凡，难得在此地无意中遇着，我正苦独自一个游览，寂寞无聊，何妨上前与他攀谈一回？或者也能使我增加些儿见识。方绍德刚这么着想，那人已走过来，带笑拱手说道："幸会，幸会！老哥不是四川的方绍德吗？"方绍德连忙回揖答道："请问阁下贵姓大名，缘何知道鄙人姓字？"那人笑道："天下何人不识君？我便是河南的刘鸿采，偶然到这山里休息休息，想不到与老哥相遇。因见老哥的容貌清奇，浑身着白，若是平常人，突然见我从半空中落下，必露出惊慌的样子来。今见老哥看了我若无其事，料知非有大本领大胸襟的人，不能镇静到这样。所以不揣冒昧，试问一声，谁知果然是了。"

方绍德心里并不知道河南刘鸿采是什么人，也不便追向，只得口头谦虚了几句。刘鸿采问道："听说老哥近年来隐居在苗峒之中，何以来这山里游览呢？"方绍德见刘鸿采是同道中人，对于自己的情形很熟悉，以为必是个关切他的人，遂把特地出来物色徒弟的话说了。

刘鸿采听了，低头寻思了片刻说道："老哥想物色好徒弟，我心里倒想起一个好的来了。就在这江西吉安府属下，有一个大富绅卢敦甫，他这个儿子，单名一个瑞字，真是天生聪俊，不同等闲。可惜生长在富厚之家，没有真实本领的人去传授他的能耐。现在虽延聘了一个会把式的人，在家教卢瑞的武艺，无奈那个会武艺的叫胡大个子，原是一个唱戏的人，并没了不得的本领。那年湖南湘潭城隍庙里，戏子与市民打大架的时候，这胡大个子便是其中的要犯，事后只他一个人变装逃脱了。回到吉安，专替富人家当镖师。卢敦甫还费了许多手脚，才将他延聘来家，卢瑞拜在他手下做徒弟，日夕不离左右。老哥想得好徒弟，不妨去吉安打听打听，能中选也未可知。"

方绍德听了刘鸿采的话，很欢喜的说道："阁下所见的必然不差。我已到了江西，当顺便去吉安府走一遭。"刘鸿采复拱手作别，下山而去。方绍德远远的望着他走进一座很壮丽的庙中去了，也懒得独在山顶流连，照着刘鸿采所走的方向下山。看那庙宇的大门牌楼上面，悬挂一块金字大匾，题着"清虚观"三个大字。不由得点了点头，暗自寻思道："我几年在江湖上常听得人说，万载清虚观是昆仑派中人聚会之所，刘鸿采到这观里去了，可知他也是昆仑派的人。曾听说昆仑派仗着人多势大，每有欺侮崆峒派的举动，两下结了深仇，时常借着一点小事儿，就彼此争斗起来。幸亏我恩师在峨眉不肯传徒，另开派别，不然，数十百年之后，只怕峨眉一派，也要和这两派互相争斗了。"边想边走离了清虚观，径向吉安府走来。

在路上不止一日，这日到了吉安府，卢敦甫是个大富豪，倒容易打听得着。在卢家附近调查了几日，本地方人都推崇胡大个子的本领了得，说胡大个子在吉安府各富绅家，保了若干年的镖，一次跟斗也没栽过。于今虽有了几岁年纪，气劲胆力，少年人都还赶不上他。方绍德到吉安正是八月十五，就在这夜进了卢家。

若论方绍德的本领，不问什么时候，都可以将卢瑞偷出来，使胡大个子连风声都得不着。只因方绍德见那地方的人，把胡大个子推崇到三十三天去了，不知道胡大个子的本领，究竟怎样？存心想试验他的气劲胆力，到底如何？卢家的房屋，在卢敦甫自以为建造得如金城汤池，纵有大本领的强盗，也不能飞渡几丈阔的护庄河，谁知方绍德如走平地一样。胡大个子替各富豪保了若干年的镖，威名远震，从没有大胆的强盗敢来尝试。因此推崇的越多，胡大个子的气焰越盛，眼眶越大，以为这碗把式饭，可以吃到老。每逢三节生期，东家照例办酒席款待。这日中秋节，胡大个子正吃喝得酒醉饭饱，放翻身躯睡了，做梦也没想到方绍德存心要试验他的能耐。胡大个子若没有那种虚名，方绍德的那一口凝唾沫，决不至吐到他脸上，栽那么一个跟斗，把牙齿都打落。这些事在前几回书中已说过了，不用重述。

于今且说方绍德将卢瑞挟在肋下，几起几落的就出了卢家。卢瑞早已清醒过来，只因被挟着动弹不得，以为是被掳到了强盗手里。知道叫唤无用，动也是白费气，初时还希望胡大个子来救，后来见方绍德一口唾沫，便将胡大个子吐翻了，心里自不免越发害怕起来。及听了方绍德对他父亲说的那几句话，心里才略安了些，仍是不言不动。

方绍德出了卢家，瞬息就跑了四五十里路，在一片很密的树林之中，慢慢的把卢瑞放下来，他自己也待坐下来休息。谁知道卢瑞的脚才着地，一抹头就向树林外逃跑。方绍德看了也不追赶，只对着卢瑞的脊梁招了招手，笑道："回来，回来！打算跑到哪里去？"卢瑞正在往林外飞奔，经方绍德这一招手，煞是奇怪，就和被绳索牵扯住了的一般，不但不能再往前奔逃一步，并立时身不由己的倒了回来，比向前奔逃时还快。直退到方绍德跟前，两脚才能立住。

方绍德牵了卢瑞的手，笑问道："你打算跑到哪里去？"卢瑞不慌不忙的答道："打算跑回家去。"方绍德点头道："为什么要跑回家去？"卢瑞道："不回家去，在这里干什么？我又不认识你，我睡在家里好好的，你为什么把我抱到这里来？"方绍德见卢瑞说话口齿伶俐，虽在这种非常时候，而态度安闲，神志清澈，休说寻常未成年的人做不到，就是平日自负有些学养的人，遇了这种时候，也难得如此镇静。不由得欣然说道："好孩子，不枉我辛苦了这一遭。你且坐下来，听我说出将你抱到这里来的缘故。你要知道我一不是强盗，二不是拐带，只因你与我合该有师生的缘分，我是特来收你去做徒弟，传授你道法的。你将来学成之后，不仅随时可以回家，数千里远近的所在，可以于顷刻之间任意来去。你有这种缘分，我才不远千里前来找你；你若没有这种缘分，就跋涉数千里来找我也找不着，你明白了么？"

卢瑞似领会似不领会的问道："什么叫做道法，怎生传授？"方绍德笑道："道是道，法是法。此时费千言万语，你不能了解的；将来不用片言只字，你自然能领悟。即如刚才我叫你来，你不能不来；你想去，我不叫你去，你便不能去，这就是我有道法、你没有道法的缘故。又如在你家保镖的胡大个子，他自以为本领了得，地方上人也恭维他本领了得，而我只一口唾沫，就吐得他跌了一个倒栽葱，这也是我有道法、他没有道法的缘故。你明白了么？"

卢瑞好像登时领悟了似的，随即爬在地下叩了几个头道："愿意拜你老人家为师，求你老人家传授我的道法。"方绍德喜道："我既特地来收你做徒弟，自然会传授你的道法。不过在未学道法之先，须牢记我的戒律。我如今虽已收了一个比你年纪大、本领高的徒弟，但因他在数年前于不知不觉中，被妖精吸去了元阳，非复童身，不能直传我的道法。不能直传我的道法，便不能做我的大徒弟。因为大徒弟是将要执掌戒律的，不能得道法的真传，焉能执掌戒律，使同门诸徒心服？你此刻年纪虽轻，夙根甚好，所以收你做我的大徒弟。我的戒律，只三条最关紧要，你须牢记在心，谨慎遵守！”

卢瑞真是天生才智，一听方绍德的话，就欢天喜地的说道：“我只要能传师傅这样的道法，自愿遵守戒律，请师傅说出是哪三条来？”方绍德道：“你仔细听着吧！第一条，不许干预国家政事。我这道法，传自佛家，佛家是不许干预国家政事的，哪怕昏君临朝，奸臣当国，我门下的弟子，永远不许有出来干预的事。你能遵守么？”卢瑞拜了一拜说道：“能遵守。请问第二条？”方绍德道：“万恶淫为首，第二条就是戒淫。凡在我门下的，须终身保持童阳身体，不许娶妻纳妾，不许奸淫他人妇女。你能遵守么？”卢瑞心想：“这条太难了，我虽不怕绝了卢家宗嗣，然要终身保持童男之身，是不是一件容易做到的事，我此刻还不得而知。只是要传师傅的道法，有这条戒律，便不能不答应遵守。”想毕，遂随口应道：“愿遵守。请问第三条？”方绍德见卢瑞踌躇了一会儿，才答出愿遵守的话来，不觉望着卢瑞唏了一声道：“第三条戒偷盗。无论穷困到什么地步，宁饥寒交迫以死，不许仗着所学的能为，去偷盗人家的财物。你能遵守么？”

卢瑞想了一想，问道：“假使有为富不仁的，置数十百万金银于无用之地，使无数贫民无处得钱为活，我乃取有余以补不足，而无自利之心，这也在偷盗之例么？”方绍德摇头道：“安得无自利之心，即不自利，也犯刑章。这三条戒律，须遵守到底，丝毫不能假借。”卢瑞连连答应：“能遵守，能遵守！”方绍德道：“在我门下，必须恪守这三条戒律。如犯了其中一条，便得承受处罚，毫不通融。”卢瑞问道：“犯戒的当怎样处罚呢？”方绍德道：“稍知自爱的，犯戒后，应图自尽以掩耻。不能自尽的，唯有驱而逐之门墙之外。”

卢瑞道：“这人既得了师傅的传授，在师傅门下，有管束的人，尚敢犯戒；被驱逐后，没有能管束的人了，不越发肆无忌惮了吗？”方绍德笑道：“既要驱逐他，何能使他再得我的传授？我自有方法，使他回复未入我门下以前的原样。不但如此，要出离我的门墙，只有三条大路可走，就是儒、释、道三教。要从儒教，还得取科名，列仕版，方能上算。不入这三教，是不能出我门墙的，因为入了三教，便不愁没有管束的人了。我门下的戒律，是有这么谨严的，宁肯使吾道失传，不能移易以误后世。”

卢瑞连声应是道：“我此后一定恪遵戒律，如有过犯，甘愿自尽，誓不跳出师傅的门，再走那三条大路。取科名、列仕版的愿望，不是中途改业的人所能做得到的。至于此刻的和尚道士，我宁死不愿做他们的徒弟。”方绍德称赞道：“你果能犯戒后自尽，便能拼死遵守戒律，同是一死，与其犯戒而死，毋宁以死殉戒。”

谁知论情理虽则如此，事实却又不然。卢瑞从这八月十五夜拜在方绍德门下，猛勇精进，不到五年，已得了方绍德十分之七的真传，其能耐已远在蓝辛石之上了。在第三年的时候，已独自归家一次，身后本领越高，来去越容易。卢敦甫见卢瑞已长大成人，几番要给他娶妻，他都以师傅的戒律太严，不许娶妻纳妾为词推脱了。在方绍德门下十多年，经过了多少事故，从来一步不苟，这次破戒行淫的缘由，便是方绍德也只好委之前生冤孽。若论卢瑞平日为人，断没有这般容易破戒的道理，既经破戒之后，悔恨也来不及了。

他在拜师的时候，曾说过如犯戒即图自尽的话，而他又是生性要强的人，不愿苟且偷活，因此决心以一死偿还孽债。所以在柳迟被困的这一夜，他遇着他四师弟周季容，有那一番谈话。这日来到蓝辛石家，也无非是为托付后事。

且说当日卢瑞与蓝辛石见面后，将糊里糊涂就破了淫戒的情形，照着说给周季容听的话述了一遍道：“我枉做了师傅的大徒弟，这一点儿操守也没有，真是辱没师门，更有何颜偷生人世？你我同门十多年，情逾骨肉，明知道你听了我为破戒将要自尽的话，心里必然悲伤难过，我要死就死，原可以不必前来见你，使你悲伤的。无奈有两种原因，不由我不当面向你说说。第一因师傅定这极严的戒律，是为见现在最盛的昆仑、崆峒两派，只为戒律不严，两派的门徒都仗着有些能耐，横行无忌，奸盗邪淫的事，全由他们做了出来。曾听师傅说过，以吕宣良那么高强的本领，那么清高的品行，他徒弟刘鸿采在河南，也是无恶不作，他竟不管教。若照这样长此下去，什么国法也用不着了。师傅是峨眉一派的开派祖，所定的戒律，若在他老人家还活着的时候，就不去实践，将来流传数代之后，还知道什么叫做戒律呢？我侍奉师傅左右十多年，深知师傅垂戒的苦心。若不幸是你和三、四两弟犯了戒，我也断不敢以姑息爱人，使戒律归于无用。于今鬼使神差，竟是我执法的犯法，我如果就是这么悄悄的寻个自尽，不但天下后世，无人知道我峨眉派戒律之严，毫不假借；便是我同门的兄弟，也不知道前车覆辙，后车当戒，因此我不能不亲来说个明白。

“第二因我既存心以死殉戒，便得选择一个好地方自尽，使同道中人容易知道。于今地方已选择妥当了，在长沙省会对面的岳麓山。我是十五年前八月十五日拜在师傅门下的，到今年八月十五日，整整一十五年。所以我自尽的日期，也定了八月十五日子时。身后的事，此刻都已办妥了，就只我这个自尽后的孽报之躯，虽已托四师弟替我收拾，因怕他年轻，独自经营不了，三师弟又不在跟前，只得累你也陪我去岳麓山走一遭。”一说罢，向蓝辛石拱手道：“拜托！”他们师兄弟虽是情同手足，然这种违戒的事，非同小可，谁也没力量能使卢瑞不死。除了流泪叹息之外，没有旁的话说。

到了八月十四的这日，卢瑞拜辞了方绍德，同着蓝、周两个师弟到岳麓山来。行到岳麓山，已是二更时分。卢瑞跳上云麓宫前面的飞来石，盘膝坐了下来，运用他的内功，不一会儿，就张口喷出一股烈焰，仿佛左右前后都有东西挡住了似的，火焰只围绕着卢瑞的身体焚烧。直烧到皮焦骨烂，那火焰才停熄了。蓝辛石、周季容看了，都忍不住向尸痛哭，才拿出带来的皮袋，将烧化的灰骨装好，忽听得有人在黑暗中问道：“前面不是周季容兄么？”

周季容听那声音好熟，只是不见面，又在悲痛时候，想不起来，正待回问，那人已走近前来说道：“我便是前承老兄解救的柳迟。因敝老师命我八月十五日子时，在这云麓宫大门外等候他老人家，才到不久，想不到就看见了令师兄这种难能可贵的举动。若从此我等学道的人，皆能以令师兄为鉴戒，正是可喜可贺的事，何用如此悲伤？我那夜被困的时候，听得令兄这么说，心里就只是疑惑，现放着三条生路不走，却存心走上死路，恐怕易说不易行，谁知此刻竟得亲眼看见了。”柳迟刚说到这里，猛听得山上很大的声音喊道：“柳迟，你曾亲眼看见了么？”

不知喊的是什么人，柳迟怎生答应，且俟第六十四回再写。

第六十四回

论戒律金罗汉传道　治虚弱陆神童拜师

话说正在和周季容说话，猛听得山上是那么大喊了一声。那声音一到柳迟耳里，便听得出是他师傅吕宣良的腔调，当即随口应道："是弟子亲眼看见的。"蓝辛石、周季容都愕然问道："谁呢？"柳迟还不曾回答，吕宣良已在飞来石上笑道："不是别人，是你师傅的老朋友。承你师傅的盛情，上次救了小徒弟的难，并承他教小徒弟带信给我。小徒虽到此刻才会见我，然他说的那些话，我早已知道了。我也托你两位回去拜上你的师傅，以开谛和尚那么高的道行，尚且不敢以开派祖自居，须知不是本领够不上。当开派祖的，得享千秋万世的香火，没有那么大福分的人，尽管神通广大，法力无边，也当不了开派祖，这便是我对他的忠告。至于我那个不守戒律的徒弟，只等到他自己的恶贯满盈，我自会去收拾他，决不姑息。"在这说话的时候，天光已经亮了。周季容知道这老头是吕宣良，连声应是，不敢回答什么话。

蓝辛石半生在苗峒里受人推崇敬服惯了，养成一种目空一切的脾气。除了他师傅方绍德而外，无论什么人，他都不看在眼里。此时见吕宣良说出来的话，隐含着讥讽他师傅的意味，哪里按捺得住火性，即瞪了吕宣良一眼说道："你既与我师傅是老朋友，我师傅没有当开派祖的福分，何不去当面直说，却要托我们呢？"吕宣良绝不惊疑的打着哈哈笑道："这个不当面去直说，却要托你们转说的道理，你是个被妖精吸去了元阳，不能得你师傅真传的人，如何能知道？只可惜你没福分做我的徒弟，我不便教给你，你还是回峒里去向你师傅请教吧！你不妨当着你师傅骂我不懂理，不应该拿着骂师傅的话，托徒弟去说。”

蓝辛石听了吕宣良这话，心想我师傅不是也曾拿着责备吕宣良的话，托柳迟去说吗？吕宣良这番话，分明就是骂我师傅不懂道理。这老东西说话真可恶，偏巧我今日不曾带得大砍刀来，若带了那刀在身边，从这老东西背后冷不防劈他一下，怕不劈得这葫芦头脑浆迸裂。蓝辛石心里才这般一想，吕宣良似乎已明白了他的心事，目不转睛的望着他笑道：“你那把大砍刀，可惜那夜被妖精劈成一个大缺口，于今只能称为大缺刀，不能称为大砍刀了。”蓝辛石听了，不由得大惊失色，暗想那夜劈妖精，将刀劈成大缺口的事，除我自己而外，什么人也不知道。并且事已相隔二十来年了，他竟如亲眼看见的一样，神通果是不小。

原来蓝辛石在未遇见方绍德以前，因贪捉虾蟆遇见那个女妖的事，对方绍德只述了一半情形，方绍德即已知道他的元阳，就是被那妖精吸去了。蓝辛石心里一着急，便没将结局的情形述出来。实在那夜见那妖精之后，蓝辛石虽明知不是人家女子，然因为生得太娇艳了，一时心猿意马，委实有些把持不住。那女子又柔情软语的与蓝辛石纠缠，蓝辛石一则仗着自己的胆力，不知道畏惧；二则也不舍得决然撇了那女子就跑。那女子见蓝辛石虽拔出刀来厉声叱喝，然眼光并没露凶杀之气，知道已动怜惜之念，当即立住脚不再追前，只用极风骚的态度，瞟了蓝辛石一眼笑道：“何必使出这么凶恶的嘴脸来做什么呢？你欢喜吃虾蟆，我将家里养的虾蟆送给你吃，难道还对你不起吗？我向你讨酬谢，论情理是应该的。你便不讲情理，不酬谢我也就罢了，为什么还要对我这么凶恶呢？”

蓝辛石道：“这山洞里的虾蟆，近三天果是比平日多些，但是从没听人说过有家里养虾蟆的。并且我与你素不相识，即算你家里养虾蟆，为什么无端送给我吃，这事也太不近情理了。”那女子笑道：“我为的就是要得你的酬谢，你不相信，不妨同去我家里瞧瞧，看是不是养了许多的虾蟆？”那时蓝辛石的年纪轻，胆气壮，好奇的心更切。经这些软语一说，早把那拔刀叱喝的勇气收歇了，改换了客气些儿的声调问道：“你家住在哪里，离此地有多远的路？”

那女子伸手向一座高山说道：“没有多远，就在那山腰里面。你若果是名不虚传的好汉，要走就走，不用迟疑。”蓝辛石果然不肯示弱，左手拾起火把，右手握着大砍刀，教女子在前引导，自己步步留神的跟在后面走。

一会儿，走到了山底下，看那山很陡峻，并没有上山的道路，攀藤拊葛的爬上去。才爬了几步，布袋就被树枝挂落了，再爬了几步，火把也熄了。刚爬到一片略为平坦些儿的地方，见女子在前面不动，仿佛爬得疲乏了，立住歇息歇息的样子。蓝辛石忽然心里一动，觉得今夜凶多吉少，火把又熄了，天上仅有一点儿星光，十步之外，便看不清人物。万一这女子不怀好意，我的性命不怕断送在她手里吗？古语说得好：“先下手为强，后下手遭殃”，这女子只怕是合该要死在我的大砍刀之下。此时她偏背着我立住不动，我再不动手，更待何时。蓝辛石杀心一动，随手就举起大砍刀，对准那女子的后脑，用尽平生之力劈将下去。只听得“哗喳”一声响，眼前火星乱迸，大砍刀飞了起来，把虎口都震开了，哪里还握得住刀柄呢？险些儿被飞回来的刀背，倒劈开了自己的额头。不禁大叫了声“哎呀”，大砍刀已脱手从头顶上飞落到山下去了。

蓝辛石掉转身便跑，却忘记了自己爬上了极陡峻的山，只一失脚，即骨碌碌滚下山来。幸亏他的皮粗肉糙，又还爬得不高，不曾滚伤身体，从山底下没命的逃回家，次日白天才敢出来，仍到那山下寻刀找布袋，寻着那刀看时，已砍了一个半寸多深、二寸来长的大缺口。心想这妖精真厉害，怎的有这么硬的后脑？回想昨夜上山的情形，再依样爬到平坦的所在一看，只见一块五尺来高的大石碑，竖在那里，碑顶被劈去了一角，正是刀缺口那般大小。

蓝辛石因这是自己失面子的事，从来不肯向人漏出半个字，就是在无可掩饰的时候，对方绍德说起来，也还不愿意尽情吐露。他自以为除了他自己，是再无人知道的，今忽然听吕宣良若不经意的就道了出来，更在他正转念头，想拿大砍刀照样劈吕宣良后脑的时候，安得而不大惊失色呢？蓝辛石生性虽蛮，然遇了这种时候，也就不敢再倔强了，只是要他伏低就下，反向吕宣良说赔礼的话却又不愿，心想大师兄托我收拾尸骨的事，既已办了，何不趁早回去，要站在这里受他的形容挖苦。当即拉了周季容一下，掉转身往山下便跑。

周季容不知为着什么，也只得跟着就跑，吕宣良也不呼唤，也不追赶，望着二人跑得远了，才回头向柳迟说道："你这一年来的进境很好，你生成只有修道的缘分，妻财子禄都与你无缘。你这回为娶妻的事去新宁，你表妹才被鬼缠，你自己才落陷阱。落陷阱之后，接着就听得犯淫戒、谋自尽的话，这都是可以使你醒悟的地方，而你却糊里糊涂的经过了，当时心里并未加以思索，直到今早亲眼看见了犯淫的结果，你心中才有些感觉。若不使你有这回的经历，将来一犯淫戒，便难免不堕落，这是修道人最大的关头，所以必须你自己彻悟。我约你到这里来，为的就是这事，你于今已明白了，我再传你修炼的诀窍。"当下柳迟就在飞来石下拜受指教。修炼只在得诀，诀窍只在名师指点，三言两语，一经道破，豁然贯通。

吕宣良传授了诀窍说道："方绍德想做峨眉派的开派祖，他定的戒律，第一条是不许干预国家大事。这条就没有道理，我们修道的人有什么国，有什么家？只问这事应干预不应干预，不能说谁的事就可以干预，谁的事不可以干预。即如现在就有一桩事，若依照方绍德定的戒律，是不能干预的，而我却不能不管。不过这事我暂时不能露面，就是清虚门下诸弟子，也有不便之处。你初列我门下，不曾出外交游，外面认识你的人少，唯有差你去较为妥当。你附耳过来，我教你几句话。"柳迟忙凑近身去，吕宣良低声叮嘱了一番，柳迟连称遵命。师徒二人即此分别，柳迟自遵着吕宣良附耳叮咛的话，干那方绍德所定戒律不许干预的事去了。毕竟那事是什么事呢？后文自有交代。

于今且说那个与诸位看官们久违了的陆凤阳。他自从在浏阳人帮里当队长，为争赵家坪被平江人打伤之后，幸遇常德庆替他治好了伤，并留药替一班受了伤的浏阳人都治好了。陆凤阳和众浏阳人，都日夜思量如何报仇雪恨。只是平浏两县人为赵家坪争斗的事，一年照例一次。这一年争斗输了，只得吞声忍气，以待来年。这一年中，在平、浏两县参加战团的人，原没有什么准备，就只忙煞了常德庆。常德庆当日对陆风阳说是江西抚州人，并说我本来不合多管这些不关己的事，那都是临时随口说出来掩饰他自己行藏的话，其实他崆峒派与昆仑派久成水火。常德庆这回来替浏阳帮治伤，原是已知道此次的争斗，有昆仑派人出头，帮平江人助阵，正有意借此在暗中帮助浏阳人，使昆仑派人栽一个跟斗，消消积怨。不料就因留药治伤的事，一时传遍远近，杨天池当时就得了这个消息。知道崆峒派的人久已存心报怨，这种替浏阳人治伤的举动，不是偶然的。

杨天池此时虽也有些失悔不该鲁莽助阵，无端替平江人结下这一场仇怨，更惹出崆峒派的人来。然一时失检，已弄成了这么一个局面，在势万不能就此罢休。并且两派人，因彼此都不服这一口气，谁也不肯退让半点。从来不问所争执的事由大小，都不过只借这点儿事做引子，究其实，平、浏两县争赵家坪，与两派有何关系？为的只要借这争赵家坪做引子，所以，两方都尽力准备。

以前两派的人虽常有争斗，然多半是狭路相逢，少数人决斗几下而已，这回却不是平常了。崆峒派因势力较小，被昆仑派压抑的次数太多了，要借这回的事，大举与昆仑派拼个强存弱亡。无奈本派的势力既小，明知就拼着不要性命，也决斗不过昆仑派的人多势大，只得求助于昆仑以外修道的人。崆峒派为首的，是杨赞化兄弟；昆仑派为首的，是笑道人。笑道人探明了杨赞化兄弟的举动，曾邀集同道，准备与崆峒派人较量。柳迟初次在清虚观所见的情形，便是昆仑派人将要出发与崆峒派人厮杀了。

杨天池送柳迟走后，两派人已决斗了一次，毕竟仍是崆峒派斗输了。只是笑道人因为忽略了一点儿，被杨赞廷一剑掠去了头巾，几乎连头顶皮都削了，所以吕宣良在柳迟家与笑道人相遇，说出那几句不伦不类的话。杨赞化兄弟求助外人，一时没有愿意无端与昆仑派人为仇的。崆峒派人只得大家勉强暂将一腔无穷的怨气按捺住，等待报复的机缘。不过他们两派虽格于形势，不能真个大举出头露面，一边帮平江人相杀，一边帮浏阳人相打。然平、浏两县的人，并不因两派不出来相帮，便停止每年在赵家坪的例斗。只是那种蛮争独斗的胜负，既无两派人夹杂其中，便不与义侠传相干了。唯有陆凤阳的儿子陆小青，与本书中好几个义侠生了关系，要写杨天池骨肉团圆，胡舜华兄妹见面，都不能不先从他下手写起来。

陆小青在八岁的时候，因在鸦片烟馆里对对子，一般人都称他为神童，后来读书越发肯猛勇精进了。只是当孩童的时候，知识开得太早，又加以刻苦读书，陆凤阳是个一句书不曾读过的农人，只知道想望儿子多读书早发迹，替家族争光，哪里知道孩童身体发育未完全，脑力用得过度，呆坐不运动的时间过久，于身体大有妨碍的道理。因此，陆小青读到十二岁的这一年，书是读得不少，文字也都能得地方上有名的文人学士推许，但是身体就瘦弱得不成个模样了。年龄才十二岁，背也弯了，眼也花了，步行两三里路，就走得气吁气喘，满身是汗，还一阵阵的头眼发昏。寻常孩童嘻笑跳踉的举动，从来不曾有过一次。陆凤阳夫妇这才着急起来，不敢再教陆小青读书了，每日逼着他和左邻右舍年龄相等的孩童玩耍。只是无论什么玩耍的事，在寻常孩童觉得极有趣味、极可笑乐的勾当，总引不起陆小青的兴趣。陆凤阳以为邻舍家孩童不曾读书，没有知识，自己儿子瞧不起他们，不愿在一块儿玩耍。

因此他们以为有趣味可笑乐的事，引不起自己儿子的兴趣，仗着家中殷实，将地方上的读书人，平日与陆小青说得来的，卑词厚礼迎接到家里来住着，陪伴陆小青。殷勤拜托这些人，想方设计引陆小青快乐。以为陆小青心里一舒畅，再加以起居有时、饮食有节的调养，身体就可以望日渐强壮了。谁知身体已经衰弱的人，凡事振不起精神，如何能凭空使他的胸襟舒畅，谈笑的时间太多了，反伤了他的神。

陆凤阳将陆小青这个儿子，看得比什么宝贝还贵重，是这么一来，只急得陆凤阳夫妇求神拜佛，恨不能折减自己的寿数，使陆小青多活几年。无如家族的人都说，只有子女请折减寿数给父母的，没有父母折减寿数给子女的。若这么求神，必反使子女受折磨。陆凤阳夫妇无奈，只好遍求名医，给药陆小青吃。药只能治病，像陆小青这样的虚弱身体，服药也没有效验。陆凤阳急到无可奈何的时候，忽发一种奇想，教人写若干张招贴，张贴繁华市镇，招贴中写出陆小青的体格症候，以及致病的原因，招请能医治的人，如医治好了，敬谢白银一千两。这招贴出去，来想得这一千两银子的医生很多，但和陆小青谈论一番，就被陆小青拒绝诊治了。因说出来的治法，与以前所延请的名医治法，都仿佛相似，都说是童子痨的病症。不到几个月，远近的医生以及江湖上的术士，都来尝试过了，陆凤阳夫妇至此也已绝望了。

这日忽然来了一个年约五十多岁的人，身上行装打扮，背上驮一个不甚大的包袱，相貌很端正，却没有惊人出色之处，说话长沙口音。进门向陆家的人说："特来替陆小青治病的，要见陆凤阳。"陆家人打量这人的手脚极粗，不像个做医生的，心里已存了个瞧不起的念头。然东家既有招贴在外，不能不立时报给陆凤阳知道。陆凤阳在受了伤神志昏迷的时候，能看得出常德庆是个异人，总算是有些胸襟有些眼力的。听报走出来招待，看这人果不像是一个做医生的，然也不像是江湖上行术的，面目透些慈善之气，仿佛一个做小本生意的人。

陆家自发生那种招贴以来，无日不有专替阎王做勾魂使者的医生上门，陆凤阳初时忙着招待，以为重赏之下，必有能人。后来渐渐把那些应招医生的伎俩看穿了，招待也不愿意殷勤了。平日应招而来的医生，多是不骑马便坐轿，做出很有身价的样子来。陆家开发轿马费的钱，都不知用了多少，从没有像这人步行自驮包袱的，因此陆家的人，更瞧不起。陆凤阳只远远的立着，向来人抱拳说道："听说老哥是特来替小儿治病的，感激之至，请进来赐教。"来人却很谦和的答礼，到里面分宾主坐定。

来人先开口道："我姓罗，名春霖，住在长沙。从来并不懂得医道，不能替人治病。"陆凤阳听到这里，忍不住笑了一笑说道："老哥既不懂得医道，不能替人治病，又何必劳步，远道赐临呢？"罗春霖点头道："是！我本不能来应招的，不过我细看那招贴上写出来的得病原因，疑惑老先生的少爷不是害病。若不是害病，是因年轻用功过度，妨碍身体的发育，以致虚弱得奄奄一息，和害了重病的一样，我倒有方法能使他强壮。"陆凤阳听了，又不由得欢喜起来，忙立起身作揖道："小儿正是因用功过度，将身体累得虚弱了，一般医生都说是什么童子痨，用药却又毫不见效，老哥说不是害病，只怕果然不是害病，我就教小儿出来，请老哥瞧瞧。"罗春霖应是，陆凤阳随即起身将陆小青带了出来。

此时的陆小青，年纪虽只十三岁，颓唐萎弱的样子，比六七十岁的老翁还厉害。浑身上下，瘦刮不到四两肉。脸上如白纸一般，不但没有血色，并带些青黑之气。两眼陷落下去，望去就和土里挖出来的骷髅一般；嘴唇枯燥，和面庞同色。罗春霖起身握住陆小青的手，周身看了几眼笑道："我猜度不是害病，真个不出我所料。"陆凤阳喜问道："老哥何以看得不是害病呢，不是已显出许多病症出来了吗？"

罗春霖摇头道："身体有强有弱，身体弱的不见得都有病。他这显出来的症候，是身体虚弱的人应该有的，不是病症，可以从他身上三处地方看出来。第一他的两眼虽然陷落，眼光的神并没有散，这种昏花，与老年人的两眼昏花不同。老年人是由内亏损，他这是由外蒙蔽，容易治得好的；第二他的嘴唇虽枯燥没有血色，然人中不吊不欠，平时口不张开，若是童子痨，便免不了有那些败像；第三他的两只耳根丰润，像他这么瘦弱的人，若是真病到了这一步，两耳根早应干枯得不成个样子了，哪有这么丰润的？”

陆凤阳听了，仔细看所指出来的三处，只喜得开口笑得合不拢来，也不说什么，掉转身向着里面就跑。同着一个五十来岁的妇人出来，向罗春霖介绍道：“这是敝内，可怜她望儿子病好的心，比我还急切，难得今日遇见老哥，确是我夫妇的救星。老哥这般高论，我夫妇从来没听过，我听了欢喜得什么似的，也使我内人欢喜欢喜，她也实在着急得够了。’

罗春霖对陆凤阳的妇人说道：“令郎的身体，已虚弱到极处了，若从此永不服药，安分随缘的过下去，倒不要紧，不过不能望他强壮罢了。如群医杂进，百药纷投，无论所服的怎样，尽管都是极王道的药，至多也不能再延三年的寿命。”陆凤阳问道：“不服药将怎生治法呢？”罗春霖道：“我的治法很平常，也不是十天，半月可望有效。好在不服药，就收效稍迟，也毋庸疑虑。于今要说我的治法，须先把我的家世说出来。我先父在日，在长沙也颇有点声名。先父的名字，是‘有’字底下一个‘才’字。”

陆凤阳不待罗春霖说下去，即截住问道：“是不是往年押解饷银的罗老英雄呢？”罗春霖起身应是，陆凤阳大笑道：“他老人家真是威名远震的老英雄，我虽无缘会见他老人家。然我有一家亲戚，住在长沙凤凰台，我每年到长沙，必到舍亲家居住。那罗老英雄也住在离凤凰台不远。我所以时常听得舍亲说起他老人家的事，可惜他老人家已去世有好多年了。我记得他老人家告老的那年，饷银才到罗山，就闹出了乱子，押饷的兵士，还有些被强盗捉去了。可见得他老人家的本领，实在了得！”

罗春霖道：“先父的武艺，固是少有人赶得上，然他老人家按摩推拿的手段，更是绝技，独得异人的传授。于今除传了我而外，可断言全国没有第二个知道的人。这种按摩推拿的法子，有起死回生的神效，令郎的身体就用我这独得的方法，包管一年之内，使他强壮。不过令郎须得拜我门下做徒弟，不是我好为人师，只因令郎的天分太高，非拜在我门下，我犯不着容易给他知道了我秘传的手法。”

不知陆凤阳夫妇怎生回答，且待第六十五回再写。

第六十五回

思往事借宿入丛林　度中秋赏月逢冤鬼

话说陆凤阳见罗春霖要收陆小青做徒弟，才肯替陆小青治病。心想我这儿子经过多少名医诊治，都没有效验，并且都说已成了不治之症。眼见得是离天上远，离地下近了，只要可以延长我儿子的寿命，莫说要拜他为师，便是要给他做义子都可以。陆凤阳心里正在这么打算，他妻子已开口向他说道："拜师是好事，也是很容易的事。不过我曾听说有徒弟要伺候师傅，无论师傅到什么地方去，徒弟都得跟着同走。不知道这位罗师傅收徒弟，是不是这般规矩？"

陆凤阳还没回答，罗春霖已笑着摇头道："我收徒弟没有这种规矩。我父亲一生没有第二个徒弟，所有艺业，仅传我一人。我今年五十岁，也还不曾收得一个徒弟。大凡一种绝艺传人，非得有缘的不可。每有从中年就到处物色有缘的徒弟，直到八九十岁临终才得着的，也有至死不遇有缘人的。令郎能传我的艺业，是令郎的缘分，于我并无好处。我在长沙若肯胡乱收徒弟，到此刻就没有一千，也有八百个了。我于今替令郎按摩推拿，一年半载之后，使他的身体与寻常年龄相等的人差不多了，才可渐渐传他的艺业。"

陆小青听了罗春霖的话，不待陆凤阳夫妇开口，就双膝向罗春霖跪下叩头，口称"师傅"说道："既蒙师傅救我的命，又传我的艺业，真是恩同再造。就教我伺候一生，也是应该的，无不情愿。"罗春霖欣然扶起陆小青来。

从此，罗春霖就在陆家住着，陆小青无论吃喝什么东西，都得由罗春霖察看仔细，限定分量，一些儿不许过多，也一些儿不许过少。初时，每日早晚替陆小青按摩两次。平日陆小青夜间苦睡不着，现在经罗春霖一按摩，每次不待摩遍全身，就呼呼的发出鼾声，极酣美的睡着了。每夜必俟陆小青按摩得睡着了，罗春霖才睡，恰好睡到天光一亮，罗春霖就起来替陆小青按摩。按摩的手段，仿佛魔术，分明精神抖擞，眼睁睁睡不着的人，经他一按摩，就自然睡着了。疲倦到了极点，昏昏欲睡的人，经他一按摩，顷刻之间，便见精神焕发，无纤微睡意。陆小青夜间被他按摩得睡着了，天明非待他按摩不醒来。

是这般调治了一个月，陆小青的食量也增加了，遇着有趣味的事，或听了有趣味的话，也觉着高兴了，罗春霖才传他几下拳脚功夫。这种治疗虚弱的方法真妙，只有一年多的时间，陆小青已变成一个极精干极活泼的青年了。陆凤阳夫妇感激罗春霖自不待说，只是陆小青虚弱的身体，经罗春霖一年工夫就调治得壮健了，而陆凤阳夫妇本来康健的身体，这一年来倒日甚一日的衰弱了。少年人的虚弱有治法，老年人的衰弱无法治，从得病不到半年，夫妇都相继去世了。

陆家世代务农，陆凤阳到中年以后，自己才不打赤脚下田做功夫了，请了十多个长工，由陆凤阳指挥耕种。若是陆小青不改业读书，陆凤阳夫妇虽死，农事也还能继续下去。既是从小就寝馈在读书里面，对于农事一点儿不知道，年纪又轻，又没有叔伯，这样大农家的门面，当然不是他所能撑持得住的。陆凤阳夫妇的丧葬一了，陆小青便将田土招佃户耕种，辞退了十多个长工，迎接罗春霖来家，专心一志的练武。这也是合该罗有才的本领，应得传人，陆小青刚得了罗春霖的真传，罗春霖就病死了。陆小青家中虽有些遗产，然因没有妻室，又没有其他骨肉亲人，便懒得在家撑持门面。他从小原是读书望科名发达的，只因身体虚弱之后，与他相关切的人，都力诫他不可再近诗书，罗春霖也不许他再用心思脑力。在书里面受了痛苦的人，又已改变了途径练武，对于诗书文字，自然不愿意再亲近了。科名发达的心思，因此也就没有了。他自有生迄今，终年困守在家，不曾到外面游览过。于今一户热烘烘的人家，转眼就只剩了他一个孤单的人，在家也太觉得寂寞寡欢。他心想我从恩师练了这一身武艺，若仍和往日一样，终年拘守家园，不但单身寂寞，生趣全无，并且也太没有出息。曾听恩师说过，欲求艺业精进，必须多与名人逸士交游。所以古时有本领的人，无有不出外求师访友的，我现在娘死爷不在，一身无挂碍。一无叔伯兄弟，二无妻室儿女，再不于此时出外求师访友，更待何时？主意既定，便将陆凤阳遗传的产业，托付一个公正族人经管，独自带了些盘缠，出门游览。

长沙省城他虽跟着陆凤阳到过几次，不过那时还是在小孩子时代，糊里糊涂的，只知道比浏阳乡下人多，热闹而已。至于省会五方杂处，交通便利的地方，实为奇才异能之士荟萃的场所的道理，是不懂得的。并且那时正是沉迷书，便懂得这道，也不知道去访求请益。这番特地为求师访友出来，所以从家里出门，就直向长沙进发。

自他家到长沙省城，只有二百多里路，若是平坦大道，至多不过三日的程途。只因那一带地方，曲折多山，山路极不易走，寻常人行走起来，总得走四五日。陆小青没有急切到省的心思，只缓缓的随着脚步走去。

正是八月间天气，白天还很热燥，行行歇歇，一日只走三四十里山路。遇着清爽些儿的饭店，就停歇不走了。是这般一连走了四日，这日是中秋节了，一面走着，一面心想："今夜是中秋佳节，须捡一家四周风景好的饭店歇下，夜间弄些酒菜赏月。虽在客中，也不可太辜负了良宵。"

陆小青虽有这般雅致，不过一路走来，没有一家风景稍好的饭店。乡下的饭店，必相隔十多里，才有三五家连在一处，有饭店的地方，便是一个小市镇。一错过了这市镇，又得多行十多里。陆小青在将近黄昏时候不曾落店，再走不到十里，天色便已快要黑了，打算加紧些脚步，赶到前面市镇上，不问四周风景如何，只得歇宿了。正急急的走过一座山岭，忽见山底下有一所很高大的庙宇，虽天色已经向晚，看不出房屋的新旧，然那雄壮的形势，是可以看得出来的。庙里钟声梵乐，热闹非常，使人一听就知道庙里正做功德。陆小青闻到这种声音，不知不觉的触动了他一桩心事。

是一种什么心事？他想起他父母去世的时候，请了红莲寺十几个和尚做道场。那夜用许多张桌子，搭起一座高台，方丈和尚上台放焰口，不知怎的那台搭得不牢实，方丈和尚正抓着馒头往台下扔的时候，突然，"哗喳喳"一声响，高台倾倒下来，方丈和尚已有五六十岁了，那台一倒，大家都吓得大叫起来，以为老和尚倒栽葱跌下，必跌得头破血流，不死必得重伤。谁知在台下年轻的人，倒有好几个被台压伤了，老和尚却安然立在地下，连惊慌的神色都没有。

于是一般人都说，这是陆家的福气好，若把老和尚跌死了，红莲寺的和尚是断然不肯善罢甘休的。因为红莲寺是一个很大的丛林，寺产极丰富，寺里常住有百多个和尚。那方丈和尚法讳知圆，知识高妙，品行端方，在红莲寺住寺了二十年，寺里的清规，是再严没有的了。

知圆和尚最喜与人方便，寺里每年有三四千租谷的出息，谷价比一般富户便宜十之三四，只是不许买了他的谷，搬运到几百里之外去，也不许数十石、数百石的整买。知圆和尚说："这人能一次买数十石谷，不待说是有钱的人，有钱的人，不应该争买穷人喜买的便宜谷。至一次能买数百石的，自然是谷贩。我与其卖贱价给谷贩赚钱，穷人一般的得不着好处，这钱我何不留给自己赚呢？"

每年到青黄不接的时候，附近数十里小农家，都可以到红莲寺借谷。秋收后一石还一石，并不取息。要借钱做种田资本的，也是一文息钱不要。乡绅官府都因知圆和尚这般慈善，又有才学，无不欢喜与他往来，他倒轻易不到乡绅家去。至于县衙府衙，更是殷勤迎接，他也不肯走动的。他时常向人说："我们出家人，只一走动衙门，结交官府，便不愁不造出种种的罪孽来。既是名心不死，何必出家做什么呢？"

红莲寺的和尚，不问年龄老少、在寺里的名位大小，没有一个不循规蹈矩的。有时在路上行走，遇着妇女，和尚总是远远的就低下头来，拣宽阔的所在，立住等候，必让妇女走过了才走，从来没有敢多望一眼的。有妇女到寺里烧香，知圆派定寺里招待的和尚，年龄多在六十以外。俗人想出家的，往旁的庙里受戒都容易，唯有在红莲寺出家，真是比登天还难。不问这人在俗的时候，人品如何好，学问如何好，身家根底如何好，要想在红莲寺受戒，可不是一件容易办到的事。寺里的饮食，粗恶到了万分，便是当乞丐的也吃不来，这还在其次，最使人不容易遵守履行的，就是那戒律细如牛毛，一举一动，一言一笑，都有一定的规则。偶一失错，处罚极严。哪怕在俗时是个很有身份、很有名望的，或出家时的年纪已很大的，也和责罚小孩子的一般责罚。连受到三次责罚，就得被驱逐出来。因此出家人能在红莲寺受戒的，不但俗人都特别尊敬，便是游方到各地寺院里挂单，各寺院的当家师，都得拿他们当高僧迎迓。

知圆和尚平日是不出寺门，去拜访他的，也不肯轻易接见。唯有请他讲经，或死了人请他做道场，他说这是度人的大事，从来毫不推诿。因他有这么多难能可贵的地方，四周几县的人，异口同声的称他为“活菩萨”。若这夜因在陆家放“焰口”跌死了，休说红莲寺的和尚不肯善罢甘休，就是远近的地方上人，也都要责备陆家不小心，非还出他们的活菩萨不可。当时既不曾跌伤，有的说是陆家福气好，合该不遭人命；有的说这不干陆家的事，像知圆和尚这样的活菩萨，本应该有百神呵护，逢凶化吉，遇难呈祥，岂有这般慈悲的好和尚，会得这种惨结果的道理？

陆小青当时也立在台下，看了只觉得太奇怪。知圆和尚是坐在一把太师椅上，仰天向后倒栽下来，照理应该头先落地，被太师椅压住；既不然，也应该随着桌椅倒下，躺在倒塌的桌子旁边，何以分明看见倒栽下来，落地却直挺挺的立在离倒塌的台很远呢？并且知圆和尚年纪已有五六十岁了，平时举动虽没有老态龙钟的样子，然地方上人都知道他是个文弱书生出家的。因他初到红莲寺当住持的时候，年纪才得三十零几，简直是一个斯文人。他自己说二十岁进了学才出家，可知不是个强壮矫健的人。陆小青为此不由不觉得奇怪。不过那时因父母去世，心里方在悲哀，只要老和尚不曾跌伤，便是万分侥幸。一时须忙着救护台下压伤的人，这种觉得奇怪的思想，仅能在脑海里面略转一转，立刻就消减了。几年来偶然想到这上面，仍觉得是一件不可解的事。

他也曾拿这事，与年老及自谓明白事理的人研究，年老及自谓明白事理的人，反大笑说道：“你怎的忽然这么糊涂了，这是很容易了解的事。一因知圆和尚是个有道德的高僧，应有神灵保护，不使他跌伤；二因放焰口是赈济孤魂野鬼，那些来受赈济的孤魂野鬼，感知圆和尚的德，见知圆和尚有难，正好齐心合力的拥护，以图报答。有了这两个原因，台就搭得再高些，也不至于把他跌伤。还有你父母的英灵，更不能不竭力把他扶住，如果跌死在你家，你是逃不脱的一场人命官司。你父母念你年轻，没有帮手，如何能遭得起这种人命官司？所以只好在暗中将知圆和尚扶住，好好的脚先下地，不使跌倒。假使不将知圆和尚扶得离台远远的站住，仍恐怕被倒塌下来的桌椅碰伤了。你想若不是有这么多鬼神在暗中保护，五六十岁的老和尚，从一丈多高的台上倒下来，能有那么平安无事么？你要知道这些话，不是我们凭空捏造出来说的。当时我们围住知圆和尚问，何以好好的站住，一点儿不曾跌伤？知圆和尚就说想必是有鬼神护佑，若不然，骨肉都已跌碎了，哪里还留得下性命。”

陆小青听了这些议论，口里不能反驳，心里总觉得鬼神在暗中保护的话，太没有凭据，只是自己仍想不出有凭据的道理来。这事搁在心里几年了，此时听得寺里做功德的声音，所以不知不觉的把这桩心事触动了。

当下陆小青心里寻思道：“我不曾到过红莲寺，只听说从我家到长沙去，须走红莲寺门口经过。我小时候虽走过这条路，然那时不关心，不知这庙是不是红莲寺？此时天色已经昏黑了，若是红莲寺，我何妨就在这里借住一宵。听说红莲寺的和尚，都肯与人方便，孤单客商错过了宿头，及穷苦文人在外游学，到了这地方，无钱到饭店歇宿的，去寺里借宿，无不容纳，并有很整齐清洁的被褥，次早还留吃一顿早餐。每年这笔接待俗客的费用，却不在少数。那十几个曾在我家做过佛事的和尚，或者还能认识我；即算不认识，说起来也应该记得。”陆小青旋寻思着旋向山下走。

不一会儿，陆小青绕到了山门前面，定睛细看山门上的匾额，幸依稀辨认得出，果是“红莲寺”三个大金字。上面两边角上，还有两个小些儿的，就形式猜去，大约是“勅建”二字。山门大开着不曾关闭，望见里面佛殿上灯烛辉煌，无数的和尚都身披袈裟，手执法器，念经的念经，拜佛的拜佛。那种又华丽又庄严的气象，使人在远远的望着，就油然生敬重三宝之心。不敢冒昧闯进去，扰乱他们的佛事，只得缓缓走进山门，拱立在佛殿下等候。虽隔几年没见知圆和尚了，然此时还认得出他正领率着众和尚拜佛。众和尚已有看见了陆小青的，但是都在一心拜佛，没一个肯作理会，只当不曾看见的一样。

约莫经过了一顿饭久的工夫，功德才做完了，知圆和尚自走进佛殿里面去了，其余的和尚也都各归各的寮房，没有一个开口说话的。陆小青暗想：“这才真是整齐严肃，怪不得远近的人，同声称赞红莲寺的法规好。不过他们都各自散了，我若再不上殿去，随便拉住一个，说出借宿的话头，一会儿都走散了，教我去哪一间寮房里找谁呢？”一这么着想，便提步往佛殿上走。

就在这时候，只见一个五六十岁的老和尚，从众和尚中走出佛殿，迎面向陆小青合掌念了一声佛，现出极谦和的神气问道：“居士从哪里来，有何贵干？”陆小青连忙打拱答道：“请恕冒昧，我是打从此地过路的，因贪着多走几里路，错过宿头，天色已晚，前面山路不易行走，只好来宝刹借宿一夜，当随缘奉纳香金。”老和尚就佛殿上灯烛之光，略略打量了陆小青几眼说道：“原来是错了宿头来借歇的。这很容易，只是没好款待。”陆小青连声称谢。

知客老和尚即引陆小青走下佛殿，到东边一所连三间的房内。陆小青看这房中陈设的桌椅，虽很粗劣很破旧，然打扫得洁净无尘。房中悬了一盏玻璃灯，灯光仅能看清房中的陈设，左右两间的房门都开着。知客老和尚让陆小青坐下问道：“居士既是错过了宿头，想必此时还不曾吃晚饭。敝寺的斋供，苦不适口，只能充充饥肠，不嫌粗恶么？”陆小青忙谢道：“承赐地方歇宿，已觉心里不安，若再打扰，不太过分了么？”

知客老和尚谦逊了一句，转身出去了。不一会儿，托出一个木盘来，盘里一小桶饭，两样素菜，就桌上摆好碗筷，让陆小青吃。陆小青正觉腹中饥饿了，看饭菜果不精美，知道红莲寺的和尚，素来是饭食粗恶的，在势不能为招待俗客，另办精美的饮食。有两样素菜，还是款客的排场，寺中和尚每餐都只有一样素菜。陆小青腹中正在饥饿的时候，虽是这般粗恶的饭菜，也一顿狼吞虎咽的吃了。知客老和尚点了一支寸多长的小蜡烛，送他到左边房间里，四围靠壁都架了床，好像是特地预备给俗客睡的。知客老和尚道了安置，自将小蜡烛插在壁缝中去了。陆小青独自坐着太没有趣味，只得倒在床上睡起来。

睡了一会儿睡不着，烛光一灭，忽见房中有月光射进。不由得暗自好笑道：“我这番出门，连走了五天路，前四天都落在饭店里，虽不及在家时的饮食起居方便，然大致也还过得去。今日因是中秋节，不愿意辜负了良宵，在上午就打算，今夜要拣一处风景好些的饭店落下，准备弄些酒菜赏月，也可借此以消客中寂寞。谁知在黄昏以前走过一处饭店，便直走到天黑，也再遇不着饭店了。幸亏有这红莲寺，素来喜与人方便，我才得了歇息之处。若不然，休说弄酒菜赏月，再走几里路，落店太迟了，各饭店都住满了旅客，还不见得能留一个安身的地方给我呢？即此可见得万事皆由前定，合该我今年应在这红莲寺里，过这种人世第一的寂寞中秋节，才会转那拣好饭店赏月的念头。若没有那样念头，前四日都是黄昏以前落店的，今日何独不然呢？”

陆小青自拜罗春霖为师后，几年来都是每到夜间睡觉，头一落枕，便万念俱寂，合眼就悠然睡着了。前四夜在饭店里歇宿，也是如此。独这夜看见从窗格里射进来的月光，无端的思潮起伏不定。辗转了几次，又忽然转念笑道：“中秋的明月，难道定要在有风景的饭店里，弄得酒菜来吃喝着才能赏的吗？这也未免太俗了，这庙里清高绝俗，正能替中秋的月光生色不少，只看从窗格里射进房来的这一点儿月光，有多明亮，我既睡不着，何不起来去外面欣赏一回？”一想到这里，雅兴顿增，一翻身就坐了起来。

热天起睡，不须穿脱衣服，更觉便利。下床开了房门，步出这一座三开间的房屋，走廊庑下出来，就是大佛殿下面的一个大坪。坪地都用四方石块铺着，平坦坦的，受那极清明的月光照着，就和结了一层厚冰的水面一般。坪的两边，安放了两只高有一丈的铁香炉，此外别无一物。

陆小青反操着两手，仰面在月光中走了几转，觉得万物都静悄悄的，连风动林叶的声音都没有。心想这寺里住了一百多个和尚，此时还不过二更时分，便各处全听不出一些儿声息，仿佛是一座无人的空庙。这种清规，确是旁的庙宇中和尚所万万不能遵守的。认真说起来，出家人实在应该如此，方足使人钦敬。若出家人的起居饮食，及一切举动，都和在家的俗人一样，就只剃光了头发，穿上圆领大袖的衣，便算是和尚，受十方供养，那简直是天地间的罪人，懒惰无业的游民，都不妨借着做和尚骗衣食了。只是可惜守清规守戒律的和尚，远处的寺院如何，我不知道，这方圆数百里以内，就仅有这红莲寺。怪不得这寺里的寺产丰富，原来寺里的和尚，待自己都极刻苦，待人却处处行方便，实行佛菩萨慈悲度人的志愿。有钱的人不想积功德则已，想积功德，不拿钱捐助在这种寺里，待捐助什么地方呢？我父亲给我的那些遗产，我一个人哪里用得着那么多，我凭着胸中学问、手上的能为，也不愁一生谋不着衣食，何不将遗产提一半出来，捐在这寺里，替我父母做些功德呢？陆小青想到这一层，心里异常高兴，觉得这功德非做不可。

此时的月光已渐偏西了，照得东边廊庑下，安放了一口五六尺高的大铜钟。随意走近前看那钟，是云白铜铸的，上面镌了制造的年月，计算已有百多年了。贡献的人，是一个做湖南按察使的。细看那钟并没有破坏，钟上打扫得干净，一点儿灰尘没有，好像是才安放在这里不久的样子。正待伸手摩挲，猛觉得佛殿上有一阵很怪异的风，吹得殿上悬挂的东西，都瑟瑟作响。陆小青不觉回头向佛殿上望去，那般庄严宏伟的佛殿上，只佛座前面，点了一盏悬挂的琉璃灯，以外别无灯火。琉璃灯的光线，四围都还明亮，只灯的底下，是照例有一块篮盘大小的黑暗圆圈。

陆小青朝佛殿上看时，那琉璃灯的寸长火焰，正在摇摇不定，因此灯底下的黑圆圈，也跟着忽然明暗。就在这当儿，只见那忽然明暗的圆圈里面，有好几个妇人，集聚在那一块地方，齐向佛像叩头礼拜。陆小青不禁吃了一惊，暗想这时分怎得有这么多妇人来拜佛呢？并且寺门关着，妇人从何处进来，不是奇了吗？一面心里这么想，一面再定睛看那灯下，却是一个也不见了，只依稀隐约的看见一群黑影，同时向佛座下藏躲的模样。

陆小青随即吐了一口唾沫，低声呸了几下，说道：“这才是活见鬼了！我这两眼睛，自遇恩师之后，一日光明一日。近年来寻常人看不清晰的东西，我都能一望了然，昏花的毛病，一点儿没有了。若在五年前看了这情形，还可以疑是两眼昏花误认。于今我自信不至如此，不是活见鬼了吗？”当下举眼向殿上四周看去。

陆小青初进红莲寺的时候，一因寺内的和尚，都整齐严肃的在念经拜佛，不知不觉的发生了一种敬畏之心，不敢随便抬头乱看；二因此来目的是在借宿，在未得和尚许可以前，无心浏览景物。因此虽在佛殿下拱立了多时，然佛殿上的情形，并不曾看明在眼里，此时才看出这佛殿从殿基到屋脊，足有三丈多高。正中莲座上的一尊佛像，还是坐着的，头顶已直冲屋脊。那莲花座有一丈二三尺高，朱漆的莲花瓣，一片一片张开来。每片和门板一般大小。莲座前面的香案，也硕大无朋。佛像的两旁，排列着许多金漆辉煌的木龛，龛里约莫是五百尊罗汉的像。因离琉璃灯太远，只借着佛殿下明月反射的光，陆小青又立的地方太远，所以看不大明白。心里又转念道：“我为什么只管站在这廊庑下，朝佛殿上呆看呢？这时又没有和尚在殿上做道场，索性上去瞻仰瞻仰不好么？”遂举步向佛殿上走去。

才走了几步，偶一抬头，又分明看见那琉璃灯底下，拥挤着一大堆的妇人，向佛像叩头礼拜。这次所见，比前次更多更清晰，前次大约只有十来个，这次就有二三十个了。陆小青既发现了这种怪异情形，只得立住不动，目不转睛的望着灯底下，仔细看怎生变化。

说起来奇怪极了，陆小青一仔细定睛，便看出那一大堆妇人，并不是陡然出现的，明明白白的一个个从莲座下走了出来，向灯底下一挤，就掉转身叩头礼拜起来。每出一个都是如此，好像只有那灯底下的黑圆圈里面，才可以容身似的。渐出渐多，约计已有七八十个了。猛听得“喳喇”一声，佛殿上的瓦，好像被猫儿踏碎了一片，这响声一出，灯底下的妇人，登时惊慌得往莲座下一闪，睁眼便一无所见了。

陆小青如痴似呆的望着，也被那响声惊得清醒转来了，连连说：“怪事，怪事！”三步作二步走上佛殿。心里自寻思道：“佛殿之上，是何等清净庄严的地方，如何会有这些女鬼，齐集在此呢？并且看这些女鬼拜佛的神情，好像是伸诉冤苦，哀求佛祖超度的一般，这是什么道理？我两次都看得明明白白，向这莲座下一晃就没看见了。刚才更分明看得清楚，一个一个从莲座下走了出来，莫不是这莲座下有什么蹊跷？”

看香案上有点不完的蜡烛，便拔了一支，跳上香案，就琉璃灯火上点着，细细的照看莲座前面的莲花瓣。一片片都看了几眼，摇了几下，看不出一点儿可疑的痕迹，也摇撼不动。照到后面，毕竟被他看出一些破绽来了。

原来其中有一片莲瓣，边上有数寸远的所在，特别的光滑，可以看得出是时常在这地方捏手的。就那光滑的所在，用手捏住一摇，不摇这下没要紧，只这么一摇，摇得那莲瓣往旁边一歪，里面跟着一般阴冷之气冲出来，只冲得陆小青皮肤起栗。古人说得好“艺高人胆大”，虽则发现了这种可怕的情形，然陆小青仗着一身出色超群的本领，并不知道害怕。换左手捏住莲瓣，右手拿烛向冲出阴冷之气的所在一照，只见这莲瓣原是一扇洞门，莲瓣让开了，即时现出了一个洞口来。洞口里面，漆也似的黑暗，就有烛也照不见洞有若干洞，洞里有什么东西，只觉得一股臭气冲入鼻孔，比无论什么臭气都难当，使陆小青闻了，禁不住要呕，心里已猜着必是尸臭。

正要想方法进洞里探看一个究竟，陡听得有脚步的声音，吓得陆小青忙噗的一口将烛吹灭，随手仍将莲瓣扶正。跳下来，将烛插在原处，打算回房再作计较，免得被和尚出来看见了，知道识破了他寺里的机关，不是当耍的事。再听脚步声音倒没有了，然在佛殿上徘徊也没用处，仍由东边廊庑下，走进那三开间的房。脚才跨进睡房，就见那个知客老和尚坐在床上，笑容满面的立起身迎着说道：“居士适从何来？”陆小青这时真是怀着鬼胎的人，忽看见老和尚坐房里，这一惊真是非同小可。

不知他怎生支吾应付，且俟第六十六回再写。

第六十六回

窥密室逼小豪杰出家　遇救星冲破屋瓦逃命

话说陆小青忽一眼看见知客老和尚坐在房里，真是一惊不小，见他问话，只得竭力装出行所无事的样子答道：“因为今日是中秋佳节，我在白天行路的时候，便打算拣一处地方风景好的饭店落下，准备弄些酒菜赏月，免得虚度良宵。谁知所经过的饭店，我都觉得不好，原想多赶一程路，以求能满我这心愿的。无奈山路难行，刚近宝刹，天色已昏黑不能行走了，因此只得来宝刹借宿。方才正上床睡了，忽见从窗格里射进来的月光，清明如昼。偶然想起这样皎洁光明的月色，照着这样清净庄严的佛地，应该比一切的地方都好看。在饭店里赏月，怎赶得上在这地方赏月呢？我何幸于无意中遇了这种良宵美景，若就这么糊里糊涂的睡了，辜负了这样好时光，岂不太可惜。虽说一时间取办不出酒菜，然我以为在这种清净庄严的地方赏月，饮酒食肉，反觉太俗。于是就翻身起来，在外面廊庑下及石坪中，徘徊欣赏了好一会儿。我生平所历的境遇，实以刚才这一刹那为最高洁。”

陆小青有意是这么接连不断的说了一大篇，好掩饰他偷窥秘密的痕迹。知客老和尚也不打断他的话头，只管笑嘻嘻的望着他说。他见知客老和尚不像有恶意的样子，以为知客老和尚另有事故到这房里来，偶然凑巧在这时候，并不是为知道他有偷窥秘密的举动而来的。自己疑心生暗鬼，无端吃了那么一大惊。

说完了这一大套话，看知客老和尚不住的点头笑道：“居士真是雅人，才有这般清兴，贫僧钦佩之至！”陆小青这时心里已安定了，问道：“老和尚怎的这时分还不去安睡，来此有何见教？”知客老和尚两眼只是不转睛的，望着陆小青的脸笑道：“并没有什么事，只因贫僧心里异常钦佩居士，想来这里与居士多谈一回。”陆小青道：“我生平一无所能，怎敢当老和尚‘钦佩’两个字。”陆小青口里这么说，心里却疑惑这和尚必是从什么地方，看出他是一个有本领的人来，所以回答说生平一无所能。

想不到知客老和尚听了，伸手竖起大拇指说道：“居士的能为很多，贫僧久已知道。不过贫僧钦佩的，不是钦佩居士的能为，是钦佩居士独一无二的胆量。”陆小青觉这话很诧异，随口问道：“老和尚和我初次相逢，何以知道我有独一无二的胆量？”知客老和尚大笑道：“居士可明白贫僧的职务，是干什么事的，如何会不知道居士的胆量好呢？”

陆小青虽明知话里有因，然仍猜不透是什么用意，只好说道：“我生性太愚笨了，老和尚的话带着禅机，我仍是不能领悟。请老和尚明白说出来吧！”知客老和尚道：“居士故意装呆也罢了，教贫僧明说，贫僧也只得明说了。世间上的人，不论男女老少，没有一个不怕鬼的。虽也有些自负胆壮的人，青天白日说大话欺人，他不怕鬼，究其实，何尝不怕？明知青天白日是不会有鬼的，才敢说这种大话，若在深夜无人的时候，真个有鬼出来，给那些说大话的看见了，看他到底怕也不怕？我看谁也不能有居士那般大的胆量。居士说生平的境遇，以刚才一刹那为最高洁，贫僧很相信居士的话确不虚假，像刚才那一刹那的境界，人生原不容易遇着。但是贫僧要请教居士刚才所遇的，究竟是如何的情形？”

陆小青听了这番话，已经安定了的一颗心，不由得又冲跳起来了。暗想我若承诺是看见了许多女鬼，便不能不承诺偷窥了莲座上的黑洞。这寺里和尚，表面装做得个个是罗汉、个个是菩萨，暗中却造下弥天罪孽。如果被我识破了揭穿出来，这寺里百多个和尚，不待说都没有活命，就是这座堂皇壮丽的红莲寺，也必付之一炬。这样关系重大的秘密，被我识破了，可知他们决不肯与我甘休，我还是一口咬定不曾见鬼的好。

陆小青当时心里虽这么细细的思量，然面上并不敢露出一点儿踌躇的神气，听完知客老和尚的话，故意装出惊讶的样子说道：“老和尚，这些话从哪里说起？我听了完全莫名其妙。我生平没见过鬼，并不相信世间上果有鬼，也没有很壮的胆量。老实对老和尚说，我刚才起来赏月，固然是因中秋月色好，然大半也因平日不曾独睡得惯。就是前昨几日在饭店里歇宿，也是四五个客商同歇一房，独自睡一间房的时候，从来没有过，免不了有些胆怯，不如索性起来，到月光下赏玩一会儿。老和尚倒来钦佩我的胆量，这简直是有心挖苦我的一般。”

知客老和尚至此，忽然改换了一副严厉的脸色，伸手在桌角上拍了一巴掌怒道：“你这人太不识好，敢在真菩萨跟前烧假香！我的话已向你说明了，你还敢是这么瞎扯谈，你以为不承诺有这回事，便可以支吾过去么？你也不想想，我这红莲寺里一百多个和尚，不都是死的，你在佛殿上的行为，岂能瞒得过我们的耳目？我劝你自己知趣点儿吧。”

知客老和尚此时的神情声口，与初见面的时候，前后截然两人。初见面时春风满面，开口必合掌躬身，无论如何会巴结的小老爷，见上司也没有这般殷勤恭敬。此刻一翻转脸来，那种横眉竖目的凶恶样子，就是杀人不眨眼的强盗，也没有这般厉害。陆小青初次经历这样险境，又早已自觉心虚，此时见了知客老和尚这般凶像，更不由得胆怯起来。

那些无礼的话听到耳里虽不免有些冒火，然不敢发怒，恐怕闹得决裂了，单身一个人，纵有绝高的本领，身入虎穴，也断乎讨不着便宜。只得竭力按捺住火性，平心静气的说道：“老和尚这些话实在来得太奇怪了！我来宝刹借宿，是老和尚允许了我的，我并没有偷进宝刹来。实心实意的与老和尚说话，为什么无端责骂我是瞎扯谈？我睡不着出房外赏月，本除赏月光而外，什么东西也没看见，老和尚却硬栽在我身上，说我看见鬼。我便退让一步，就算是我看见鬼了，也不干朝廷的国法，不犯宝刹的法规，老和尚何必这般恼怒？我不知道‘知趣’两个字怎么讲？只是我乃过路的人，明早天光一亮，就要动身赶路的，因此我也毋庸请教是怎生解说。既承情许我借宿，于今时候也不早了，请老和尚进去安歇，让我安睡一觉，明日好趁早登程。”说罢，拱了拱手，做出准备送客的样子。

知客老和尚哪里作理会呢？虎也似的“哼”了一声，指点着陆小青的脸说道：“真是天堂有路你不走，地狱无门闯进来！你借宿便借宿，谁教你多管闲事？你既没看见鬼，好好的佛座莲台，要你点着烛东寻西觅些什么？你要知道，嘴巴硬是不中用的。我因怜念你年纪轻，不知世事，在佛殿上那些举动，或者是出于无意，我才不辞烦琐，用好言来开导你。谁知你是狗咬吕洞宾，颠倒不识好人，反想在我跟前卖弄你的口才，以为说得近情理，便可以支吾过去。试问你此刻还能有话支吾么？”陆小青见点烛照莲台的事，已被老和尚看见了，知道再掩饰也不中用，越是胆怯害怕，越想不出对付的主意。

到了这种时候，明知就是哀求苦告，也不见得便能免祸，倒不如索性和他硬来，看他把我怎生办法？我若命中注定了要死在这寺里，任如何也逃不脱。恩师传授我的本领，不在这时候应用，有何用处？凡事只在一转念，陆小青赖有此一转念，胆气登时豪壮了，也陡然在桌上拍一巴掌叱道：“你不要欺我太甚！我是从此地过路的人，第一次到这寺里来，谁知道你这寺里有不能见人的机关？佛座莲台安放在大殿上，原是给人礼拜的，我就拿烛照看一会儿，算得了什么？”

知客老和尚见陆小青生气，面色倒和缓了说道：“在你自然算不了什么，然你知道我们也算不了什么吗？”陆小青道：“我鬼是见了，莲台也是照了，你既怪我不应该看，只看你打算将我怎样？你有什么手段，尽管使用出来。”知客老和尚点头道：“你既肯承认见了鬼，照了莲台，以下的话就好说了。你依得我的话，我并没有什么手段使用，我这寺里的机关，万不能给寺外的人看破，谁看破了，便取谁的性命，不问是有意无意、善人恶人。你今夜识破了寺里的机关，照例本没有闲工夫来和你说话，一炷闷香将你熏翻过去，随便派一个小沙弥来，可以了你的账。只因我们当家师说，你是个有些来历的人，不忍拿对待平常人的法子对待你，佛眼相看，开你一条生路。你只立刻皈依当家师，剃度出家，从此你也成了这寺里的和尚，不但不追究你偷窥的罪，凡是寺里一切秘而不宣的事，你都能预闻，比真个成佛成仙的，还要快乐多少倍，这是你的大造化。有几多大富大贵的人，勘破红尘，要求皈依我当家师的，当家师哪里把那些人看在眼里，多是连瞅也不瞅一眼。又有几多大丛林里的大和尚，要求在当家师跟前参学的，没一个不被当家师一口回绝。你是前生修积了，今生才有这样好机缘，你的意思以为怎样？”陆小青问道：“你这话是教我出家做和尚么？”

知客老和尚道：“不错！除了立刻出家做和尚，没有第二条生路给你走。”陆小青冷笑道：“出家做和尚，我知道是再好没有的事。我父母都已去世，没有兄弟叔伯，没有妻室儿女，出家也正相宜。不过，我不能被你们逼迫出家，我到了愿意出家的时候，自会皈依三宝，此时不是我出家的时候。”

知客老和尚笑道：“亏你说得好太平话，你在这里做梦啊！若由得你此时不出家，也不说没有第二条生路给你走了，你趁早打定主意吧。你存心要走死路，就是活佛临凡，也不能度你。”一面说，一面突然从衣底拔出一把雪亮的单刀来。只是看那单刀的形势，和寻常的单刀不同。刀背不过半分厚薄，刀长约二尺四五寸，宽才一寸五六分，刀把也比寻常单刀把短些，仅够握一手的地位，刀叶十分绵软，好像是卷起来系在腰间的。拔出来时，弯曲得与一条皮带相似，随手举向桌上一拍，登时挺直与寻常的单刀无异。知客老和尚即用刀尖指着陆小青道：“你不立刻皈依三宝，就请试试我这缅刀的滋味！”

陆小青虽不曾见过这种又软又薄的单刀，然一听试试缅刀滋味的话，心里却想起他师傅罗春霖曾对他说过，缅刀是缅甸出产的，极锋利无比。缅甸的风俗尚武，无论何等人家生了男孩子，亲戚六眷送三朝周岁礼物的，都少不得要送些毛铁，至少也得送三五斤，多则数十斤百数十斤不等。这生男孩子的人家，将各处送来的铁集合起来，用炼钢的方法，终年不断的炼起来，直炼到行冠礼的这一日，才打成一把刀。这把刀就归这个男孩子终身使用。这种钢炼得纯熟到了绝顶，能和盘皮带一般的，卷成一个圆圈，系在腰间，从表面一点儿看不出。这种刀虽是锋利无比，然使用也极不容易。因为刀叶太软，若使劲略偏斜了些儿，每每将刀口劈将翻转过来了。缅甸人从小操练，然能使用如意的，一百个之中，也还不过几个人。中国人少有用这种刀的，能用这种刀，必有惊人的本领。

罗春霖曾拿这些话向陆小青谈过，此时想起来，知道这老和尚必有些了不得的本领，但是陆小青是个好强的性质，又是年纪很轻的人，正想凭着一身本领做些事业，如何肯出家做和尚呢？当下也顾不得自己的本领，是不是知客老和尚的对手，他是练童子功的，周身能不避刀剑，所以虽明知道缅刀厉害，并不畏惧。反掉转脸望着旁边笑道：“你这类东西，毋庸拿出来吓我。莫说我这时候宁死也不出家，就是要出家，也不得在你这万恶的红莲寺出家，你休得妄想。你有手段杀我，尽管杀来。”陆小青说完这话，以为知客老和尚必真个动下杀过来，倒很留神他的举动。

谁知他又自行转过脸来，从容说道："古人说的'蝼蚁尚且贪生'，岂有一个少年人，无端自愿走上死路的道理？你此刻这般桀骜，难道疑惑我不敢杀你么？你这个念头就错了。你代替我们想想，你既识破了我们的机关，又不皈依我当家师，我们敢留你一条性命，放你出去么？你自问能有多大的本领，自问能打出这红莲寺么？"

陆小青道："我既说了宁死也不在这时候出家，还有什么话说！"知客老和尚趁陆小青在昂头说话的时分，冷不防举刀扑杀过来，口中随着骂道："好不识抬举的东西！"其实陆小青早已处处提防着了，见一刀劈下，有意伸出左膀迎上去，一则存心卖弄他自己的功夫，二则想借这一下，试验这缅刀究竟怎样锋利。想不到老和尚一刀未曾劈下，忽然"哎呀"一声，自行将刀掣了回去。一低身窜出了房门，回头向陆小青说道："好，看你有本领，能插翅飞出红莲寺去！"说时，房门"噼啪"响了一下关了。这么一来，倒把陆小青怔住了，猜不透老和尚是一种什么举动，见房门已是关闭，连忙回身一脚踢去。

谁知这一脚用力过猛，门板动也不动，倒把脚尖震得麻了，不禁大惊失色，暗想这房门开着的时候，我进房就看见的，好像是一扇半寸多厚的木板门，和寻常的单片房门并没有不同之处。不知究竟是什么东西做的，竟有这么牢实？可恨房里的灯早已熄了，不能仔细照看，只得用手去摸，触手便能分别得出不是木板门，摇着不动丝毫，有极密的铁丁钉在上面，可知是用多厚的铁皮包裹的边。

边摸索边心里诧异道："这又奇了呢！我进房的时候，若看见是这般用铁皮包钉的一扇房门，岂有不留心看看的道理？并且知客老和尚道了安置，退出去之后，房门是我自己关闭的，只轻轻一拨就关了，也没有刚才这么大的响声，难道有两层房门吗？"随即摸到门框上，所猜的一点儿不错，果然这关闭的，又是一扇房门，这门是从墙壁里面推出来的，不关闭时一点也看不出。

陆小青将通身气力，都提到两只手上，自信没有一千斤，至少也有八百斤的实力，连推了几下，就和生了根的一般，料知是打不破推不开的。心里计算，这门既不能开，就只有看窗格怎样，即走近窗前。偏巧这时的月光，已不射在窗格上了，摸窗柱虽知道是木做的，然因窗孔太小，所有的窗柱，都是很粗大的杂木，没有刀锯，谁也不能用手捏断。再看看屋瓦，离地足有两丈多高。

陆小青到了这时候，一想到是自己的生死关头，便不由得不努力寻出路。一面默祝他师傅罗春霖英灵保佑，一面运用气功。运到了那时分，忽发一声吼，两脚朝下一蹬，身体直向瓦屋冲去。原打算用一头两手，将屋瓦冲破一个窟窿，身体就可以冲出屋顶去的。

论陆小青的能耐，休说这房屋只两丈多高，便再高一二丈，也能冲得出去。无奈这房的悬皮屋梁，都用铁皮包钉在靠瓦的那一面。从下面抬头看去，与平常人家房屋的悬皮屋梁一样，看不见有铁皮包钉的痕迹。陆小青这一头冲上去，只冲得“哗喳”一声响，屋瓦冲碎了一大块，纷纷往房里掉下，悬皮屋梁一条也不曾冲断。

悬皮屋梁即不曾冲断，身体便不能冲到屋顶上去，凌空没有立脚之处，也跟着碎瓦掉落房中，反冲得头顶生痛。只好揉擦着头皮叹道：“做梦也想不到我一条性命，会断送在这红莲寺里。这红莲寺既是这般一个万恶的地方，而外面的声名，平江、浏阳、长沙数县几百里的人，莫不异口同声的称赞，二十多年来不曾败露过。不见得这二十多年中，直到今夜才被我看出了破绽。听那老贼秃刚才说对我是佛眼相看的话，可知平日对于识破寺里机关的人，也不知用闷香迷翻杀了多少。知圆和尚在我家放焰口，台塌没将他跌伤的时候，我就疑惑他不是个寻常的老和尚，无如那时称赞他是活菩萨的人太多，使我不敢疑心他来历不正。大家又都说他是读书人出家，我因此才没拿着当一回事。于今方知道这寺里和尚，其所以敢于作恶，毫无忌惮，就是仗着各有一身武艺。那老贼秃已经动手杀我，却无缘无故的，忽然叫了声‘哎呀’，将劈下来的刀掣回去不杀了，并即时窜了出去把房门关闭。这种离奇的举动，虽猜不出是什么用意，然听他出门的时候所说的那几句话，可见他不是好意。不待说就要再来对付我的。那当家的知圆和尚，能不提防在几丈高的台上跌下来，面不失色。那种本领，便不是我赶得上的，若是他亲自来和我动手，我赤手空拳的，拿什么东西抵挡他呢？于今逃既无望，终不能坐以待毙，总得找一件可以拿在手中当兵器的东西，人多动起手来，方不至因短手上当。”

陆小青心里想着，两眼向房中搜索，虽没有灯光，看不大明白，但是窗外的月色光明，反射进些儿光亮来，可以看得见靠窗一张方桌，是很坚牢的木料做的，四条桌脚，更是粗壮。心里很欢喜，折两条桌脚下来，可以马马虎虎的当兵器使用。刚待扳翻桌子将脚卸下，只是还没动手，陡听得有许多脚步声，在外面石坪中走得响。因是十分寂静的深夜，万物都和沉沉的睡着了一样，什么声息也没有，所以虽相隔不近，响声都能听得进耳。那响声一步近似一步，且来得非常急骤，不待思索，就料定是知客老和尚叫来的帮手。哪里再敢怠慢？一手将桌子掀翻。“喳喇”“喳喇”两声响亮，两条桌脚已在陆小青双手中握着了，打算当门立着等候，只要外面和尚一开铁门，就用“毒龙出洞”的身法，出其不意冲杀出去。

才一霎眼，便听得脚声已到了房外，好像有几个走进了中间吃饭的房里，有几个走到了窗户外边。两处都唧唧哝哝的说话，只不见推开铁门。陆小青异常着急，恐怕那些和尚从窗眼里放闷香进来。心想守在这房里，横竖免不了是一死，与其落到这些贼秃子里去死，不如拼命再向屋瓦上冲它一回。冲出去了是我的造化，冲不出去，就冲得脑浆迸裂而死，也强于死在贼秃手中。遂仰面朝屋瓦上一看，不看时几乎急煞，这一看却又几乎喜煞。

屋瓦上有什么可喜的事呢？原来刚才冲了一下，不曾冲成窟窿的所在，此时不知怎的，已成了一个很大的透明窟窿，悬皮屋梁都断了。已经在生机绝望的时候，忽然看见了这一条生路，教他如何能不喜煞呢？既有这现成的透明窟窿，要冲出去，便是很容易的事了。陆小青抖擞精神，双脚一垫，身体就从窟窿里蹿到了瓦面。

脚才立住，猛听得背后有人说道：“不肯在这里出家，倒是一个好汉。”陆小青惊魂初定，听得背后有人，又是一惊不小。急回头看时，只见一个身材不高的人，神气很安闲的立在瓦上。此时月已衔山，这人又背月立着，猝然看不清面貌，但是顶上有发，知道不是和尚。然而陆小青自忖没有好武艺的朋友，前来相救，并且也没人知道他在红莲寺借宿的事，逆料这说话的，必是与寺里和尚一类的人。觉得先下手为强，后下手遭殃。当即折转身来，打算向这人一脚踢去。

这人从容避开一步笑道：“我是救你的恩人，你反认做害你的仇人，怪道那老贼秃骂你‘狗咬吕洞宾，颠倒不识好人’。你瞧吧，追赶你的来了！”说时，手向对面屋上一指，陆小青看时，果见有三个大袖光头的人影，从对面屋上飞也似的向这边屋上扑来，手中都操着明晃晃的单刀。陆小青道：“我们从这边走吧！”这人道：“不行！你不见吗？这边屋上也有人来了。”

这人没说的时候，陆小青眼睛虽望着这边，只因这边是背月光的地方，甚是黑暗，并不曾看出有人上来。经这人一说破，即见四个光头，正冒上房檐，东张西望的寻觅，一眼看见在这屋上，便也扑奔过来。陆小青刚要朝有月光的地方跑，免得有人黑暗处杀出，难得提防。这人已伸手牵住陆小青的衣袖道：“那边也去不得，随我来吧！”陆小青不知不觉的，被这人牵得倒向黑暗处飞跑，两脚似不曾点着屋瓦。耳里分明听得背后有人追赶上来，起初还觉得很近，后来越听越远，知道追赶的脚慢，已跑得落后了。这人还牵住衣袖，跑个不止，陆小青是练童子功的人，轻身的本领，自信也不弱示人，只是看这人的轻身本领，却又自愧不如。一口气约莫跑了三四十里路，哪怕是极陡峻的高山，就如走平地一样，一转眼便翻过山那边去了。

直跑到东方渐次发白，这人才停步松手，向陆小青说道：“我们就在这里等候着吧！”说着，就路旁石上坐下来。陆小青这才对这人作揖称谢道：“请问老兄尊姓大名？何以知道我被困在红莲寺，深夜前来相救？”这人道：“我姓柳，名迟。并不是特地前来救你，是奉师傅之命，前来搭救一个很要紧的人。想不到一到红莲寺，就看见你从床上起来，走到石坪中赏月。我当时跟了你出来，就伏在东边廊庑的屋瓦上，看你正仰面对着冰轮也似的明月，好像有什么心事的样子，忽然佛殿上一阵阴风吹起，登时琉璃灯下，现出几个女鬼的阴魂来，朝着佛像礼拜。我只当你不曾看见，回头看你也正在望着殿上露出惊疑的样子，才知道你已看见了。等我再回头看殿上时，不知怎的阴魂都没有了。因你渐渐的走到东边廊庑下去，我在瓦上伏着，看不见你，只得到檐边伸出头来看。那时还在上半夜，月亮不曾偏西，我才一伸头，就见我自己的影子照在地下，恐怕被你看出，连忙缩转身伏着。看殿上的鬼影又出现了，正待仔细定睛，因见你已从廊下走出来。我疑心你是看见了照在地上的人影，出来向屋瓦上寻觅的，逆料你不抬头朝我看则已，若朝我一看，我必无处藏形。那时也顾不得再看殿上的鬼影了，慌忙从屋脊背后，飞上正殿。不留神一脚下重了些，踏碎了一片瓦，随即看你听了瓦声，有什么举动？只见你并不抬头，两眼呆呆的望着佛殿上，似乎看了可惊的事，怔住了的一般，随即就见你向殿上走去。

“我这时在佛殿的屋脊上，又不能看见你到殿上的举动，知道你毫不疑心屋上有我，正在见鬼的时候，只要我不再踏着瓦响，你是不会回头寻觅的，因大胆飞到佛殿对面的屋上。看你果然全不觉得屋上有人，一心一意的在殿上张望，料知你是寻觅那些阴魂的去向。你点烛照莲台的时候，我虽离那莲台很远，然那莲台是多少莲瓣合成的，我一望便知道，大小共一百零八瓣，这是我从小时候练就的这种眼力。你照到莲台后去了，我在对面又看不见，明知那莲台内必有机关，不亲眼察看一番，我是奉命特为这事来的，怎能放心得下？虽不认识你是何等人，然见你的胆量很大，处那种可怕的境遇，并不惊慌失措，反能从容点起烛来，从莲台上寻觅破绽，可知你也是一个有心人，我便存心想结识你。

“正在打算也到佛殿上来，忽一眼看到佛像顶上，仿佛有一个黑东西动了一动，接着就见那个老贼秃从佛殿正梁旁边，钻到了屋上。原来佛像极高，头顶抵着正梁，佛像里面大约是空的，老贼秃在里面，必已看见你用烛照看莲台。我伏的地方，因比佛殿低了许多，恐怕被老贼秃看见，唯有紧紧伏着不敢动。再看你已慌里慌张的将烛吹灭了，仍插在原处，径回睡的那房里去。老贼秃的身法很快，他在屋上，你在地下，同时向那房里走，他却先到，在你床缘上坐着。我也跟着在屋上细听，你两人所说的话，我句句都听明白的。只不知道你的能为毕竟怎样，及见他举刀劈你，你居然伸膀膊迎上去，正想因此看看你的能为，不知那老贼秃陡然想起了什么事，无端叫了声‘哎呀’，掣缅刀便往外跑。我不敢耽误，紧跟着出来。只见他跑到佛殿的莲台前面，一霎眼就不知去向了。我也到莲台背后，揭开一片能摇得动的莲瓣，向里看了一看，只觉有一股尸臭味冲出来，里面黑漆也似的看不见什么。我奉命要救的人，终不知在什么地方，但是我又惦记着你，被困得不能出来，回到你睡房的屋上，你正冲那一下没有冲出来。

“我将悬皮屋梁弄断后，想向你打个招呼，因见老贼秃统率十来个和尚，气势汹汹的奔来，恐怕开口被他们听见，有碍我的大事。心想瓦上有那么大的一个窟窿，料你不至看不出，所以只在窟窿旁边静等。不一会儿，你就冲出来了。我的眼睛比你的明亮，他们从那边追来，我很远就看见了。若不向无人之处奔逃，被他们堵住了，也很危险。你手无寸铁，我也是赤手空拳。”陆小青听了这些话，才恍然大悟，正待问柳迟奉命来救的是谁，在这里等候哪个？猛听得有人说着话来了。柳迟即起身笑道：“来了，来了！”

不知来了什么人，且俟第六十七回再说。

第六十七回

坐渡船妖僧治恶病　下毒药逆子受天刑

话说陆小青看见柳迟立起身说："来了，来了！"即抬头看前面，只见一行来了九个人。一个武官装束，年约四十多岁，生得浓眉巨眼，膀阔腰圆，面上很带着忧愁的样子。无论什么人一望，便可以看得出他有很重大的心事。同行的八个人，一色身穿得胜马褂，头戴卷边大草帽，背上斜插一把单刀，刀柄红绸飘拂，一种雄赳赳气昂昂的模样，好像就要去冲锋陷阵的一般。那武官装束的人在前面走着，并不注意柳、陆二人。渐渐走近跟前，将要走过了，柳迟才挡住去路问道："你们是从湖南巡抚部院来的么？"

那武官低头见柳、陆二人年纪又小，衣服又平常，说话更率直没有礼貌，官场中的势利眼睛，哪里瞧得起这么两个人物！随将那副卷帘式的面孔往下一沉，两只富贵眼向上一翻说道："你管我们是哪里来的干什么？"八个带刀的兵士，以为柳、陆二人不是善类，当即一字儿排着包围上来，来势都很凶恶。

柳迟一看这情形，连忙拉着陆小青往旁边让开，说道："对不起，对不起！是怪我不该多管闲事，请快去送死吧。明年今日，我准来扰你们的抓周酒！"湖南的风俗，小儿满周岁的这一日，照例用一个木盘，里面陈列士、农、工、商所用的小器具，以及吃的糖果，当着亲戚六眷，给这个周岁小儿伸手到盘里去抓。看抓着什么，便说这小儿将来必是这一途的人物。那时风俗重读书人，小儿抓着笔墨书本的最好。这种办法，谓之"抓周"。抓周的这日，是要办酒席款待亲戚六眷的，吃这种酒席，叫做吃"抓周酒"。柳迟一时气愤不过，对那武官说出这话来，只把那武官和八个兵士都气得顿时横眉竖目，怒气如雷。

那武官忽然指挥着八个兵士喝道："且把这两个混账忘八蛋捆起来，回头送到长沙县衙里去，每一个的狗腿上，挖他两个大窟窿，这时候没有闲工夫和他们多说。"八个兵士真个如奉了将军令，一齐张手来捉。本来八个兵士，不是柳、陆二人的对手，加以八人欺柳、陆年轻，不看在眼里，以为荞麦田里捉乌龟——手到擒来，算不了一回事。谁知八人才一拥上前，连手都不曾沾着柳、陆二人的身，早被陆小青三拳两脚，将奋勇上前的几个打跌了。立在后面的几个，不由得吓得呆了，不敢再上前讨打。只圆睁着眼看陆小青，倒安闲自在的，不像曾与人厮打的样子。

柳迟笑嘻嘻的说道："你偏有这些精神和他们纠缠，他们今日起得太早，敢莫是遇见鬼了。不过一会儿工夫，好歹都是要去送死的，这时把他们打倒干什么呢？"陆小青也笑道："谁值得去打倒他们，他们自己和喝醉了酒的一样，一个个立脚不住，只怕真是起得太早了，想在这地下睡一睡。"

那武官看了柳陆二人的言语举动，心里甚是纳罕。不过做官的人，只惯受人奉承，不惯受人凌辱，今见手下的兵，被这两个不足轻重的青年打跌了几个，哪里按捺得住心头火起？一迭连声的催促这几个不曾跌倒的兵士动手捕捉。这几个兵士不敢违抗，都从背上拔下单刀来。这几个跌倒在地的，因身上没有受伤，倒地一个翻身，又跳起来了，也将单刀拔下，齐吼一声"杀"，刀光如闪电一般的飞舞过来。

陆小青忽想起刚才听得柳迟说，在红莲寺将要与知客老和尚动手的时候，正想看他的本领如何，叵耐那老和尚一刀不曾劈下，就"哎呀"了一声，无端将刀掣回去跑了的话，有心想在这时候，显点儿能为给柳迟看。喜得是八月间天气，身上穿的是单衣，乘那些兵士正在拔刀的时候，故意将上身的衣脱下来，露出一身枯蜡也似的瘦骨，两条胳膊就和两根枯柴梗一般，连骨朵缝里都寻不出一点儿肉。肋条骨一道一道的排列着，仿佛是纱厂的铁丝灯笼。柳迟虽也是瘦弱身体，然看了陆小青这般鸡骨撑持的样子，反觉得自己是很肥壮的了。

那些兵士一见陆小青消瘦得如此可怜，倒吓了一跳。原是各人舞动手中单刀，待没头没脑劈杀下去的，及见是这么一个骨朵架子，都不知不觉的手软起来。有一个兵士用刀指着陆小青，先开口说道："你自己也不去撒一泡尿照照，看你这种的样子，是不是从土里挖出来的枯骨，真是豆腐进厨房，不是用刀的菜。"陆小青听了，忍不住生气说道："我本来不曾惹你们，你们要不自量来和我动手，此时自知斗不过我，却又做出假惺惺的样了。我瘦虽瘦，结实倒很结实，你们有气力尽管砍过来，避让一下的，也不算是好汉。来吧！"说罢，将两条柴梗般的胳膊向左右张开来，挺着胸膛等他们砍杀。

那些兵士平日虽是狗仗人势，凶恶非常，只是对于无冤无仇的人，是这般脱了衣服，等待他们砍杀，倒真有些不敢下手。一个个擎着刀，望着陆小青发怔。陆小青愤不过，只将身体一缩，便溜到了一个兵士身边，如从兵器架上取兵器似的，毫不费力就夺了一把单刀在手，随即旋舞了几个，逼得那些兵士纷纷退后。陆小青忽然挺身立着说道："你们不用害怕倒躲。我若有意杀你们，你们便插翅也飞不了。你们因见我的身体瘦弱，以为禁不起一刀，我就借这把刀，劈给你们看看。"旋说旋举起刀来，刀口对准他自己的额头，猛力一刀劈下去，同时将额头往上一迎，只听得"哧"的一声响，和砍在棉花包上相似，砍着的所在，一些儿痕迹没有。

接连又砍了几刀，才换过手来，在周身都砍了一遍。将刀向那兵士跟前一掷道："这刀是一块死铁造的，太不中用了，你拾去瞧吧。"那兵士连忙弯腰拾起来看时，只见刀口全卷过来了，都惊得吐舌摇头，同声说好厉害。柳迟笑道："你们这种刀，真是截豆腐都嫌太钝了，带在身边做什么，不是丢你祖宗十八代的人吗？"

那武官看了陆小青的举动，听了柳迟的言语，那种不屑和小百姓说话的傲慢态度，不因不由的取消了。那一双翻起来朝天的势利眼，也不因不由的低下来活动了。他们这种在官场中混惯了的人，转脸比什么都快，那武官只念头一转，脸上便登时换过了一副神气，对八个正在吐舌摇头的兵士喝道："还不快给我滚开些，你们跟我在外面混了这么多年，怎么还一点儿世情不懂得？冤枉生了两只眼睛，在你们的脸上，全不认识英雄。这两位都是有大本领的英雄，你们居然敢当面无礼。幸亏今日有我一同出来，若不然，你们不到吃了大苦头，哪里会知道两位的能耐！"

八个兵士好像领会了那武官说这派话的用意，一片声应是，都忙着将刀插入鞘内，诚惶诚恐的垂手站着。那武官拿出神气十足的样子，望了兵士几眼，好像竭力表示他不满意兵士刚才的举动，尚有余怒未息的模样。这几眼只望得八个兵士，都似乎在那里打寒噤。那武官这才觉得显出他自己的威仪了，回过头来，赶紧又换过一副堆笑的面孔，打算向柳、陆二人说话。谁知柳迟已拉着陆小青的手，说道："我们走吧，弄得不好，说不定又要把我们捆送到长沙县里去。我们的腿子要紧，若真个打成两个大窟窿，还能跑路吗？"

二人才走了几步，那武官已抢到面前赔笑拱手说道："两位不要生气，只怪我肉眼凡夫，错认两位是青皮光棍一类的人，所以对两位说了些无礼的话，并且还有一个原因，得请两位原谅。我此刻正是有极重大的事在心里，很不耐烦，偏巧两位挡住去路，问出来的话，又恰好触动了我的心事，使我登时更不耐烦起来。若在平日，就是两位问我什么话，我也决不至无端出恶言恶语来回答。我于今得请教两位贵姓台甫，从哪里来，怎么知道我们是从湖南巡抚部院来的？"

柳迟指着陆小青说道："这位老兄，我也是昨夜才会着，因见面仓促，至今还不曾请教他的姓名。不过能在无意中遇着这样一个人物，确是天假其缘，大非易事。"陆小青趁此便将自己的姓名履历简单说了几句。柳迟也将姓名说了道："我昨日奉了我师傅的命，教我到红莲寺救一个贵人，说那贵人已在红莲寺被困三日夜了。若我一个人的力量不能救，只须回头向长沙这条路上行五十里等候，自有湖南巡抚部院的人来，可以与他们商量救法。至于在红莲寺被困三日夜的，究竟是什么人，我师傅不肯说，只说是五十多岁的一个贵人，被困在红莲寺的事，是不能给外人知道的而已。"

那武官听了，很现出惊慌失措的样子问道："贵老师尊姓大名？我确是从巡抚部院到这里来，只是昨夜三更过后才动身，临行除了院里几个重要的人，没外人知道。贵老师怎么能在我未动身之前，就教足下到这里来等候呢？"柳迟笑道："我师傅的大名，在南七省我敢说无人不知、无人不晓，就是江湖上人都称他老人家为'金罗汉'的吕爷爷。他老人家道法高深，千里以外的事，都能明如观火，何况就在眼前的事？"

那武官更现出惊讶的样子，问道："是金罗汉吕宣良吗？"柳迟道："怎么不是，你也认识么？"那武官"哎呀"了一声道："这就奇了，这就奇到极处了！”柳迟看了那武官十二分惊诧的神气，也不由得惊诧起来问道：“这话怎么说，有什么奇到极处？”那武官自言自语的说道：“只怕这个金罗汉，不就是那个金罗汉。”柳迟不悦道：“普天之下，只有我师傅吕爷爷配称金罗汉，没有第二个人配称金罗汉，也没第二个人敢称金罗汉。你何以见得不就是那个金罗汉？你所知道的那个金罗汉，究竟是什么样子呢？”

那武官道：“那个金罗汉，我只知道姓吕，名宣良。什么样子，我却不曾见过，不得而知。但知道那金罗汉有两只极大的神鹰做徒弟，片刻也不离身。”柳迟笑道：“原来你所知道的，也不过如此。我师傅金罗汉，正是养了两只极大的神鹰，也是片刻不离左右，不知你何以会疑心恐怕不就是那个？”

那武官又赔着笑说道：“足下不要因我的话说得不好生气，且待我将原因说出来，足下自然不怪我疑心不就是那个金罗汉了。我姓赵，名振武，是巡抚部院里的中军官。我在十来岁的时候，就听得家里的人说，我高祖赵星桥在湖南做巡抚的时节，有一个年约七八十岁的老和尚，生得体魄魁梧，态度潇洒，头戴昆卢冠，身披大红袈裟，左手托一个石臼也似的紫色钵盂；右手握一柄三尺来长的铁如意，估计那铁如意足有百多斤轻重，那和尚握在手中，行若无事的样子。从岳麓山那边坐一只渡船过来，到城里化缘。一不要钱，二不要米，不论贫富人家，都只化一碗白米饭，便高声念一句‘阿弥陀佛’，用铁如意在钵盂边上轻敲一下。一到黄昏时候，仍坐渡船过河到岳麓山那边去了，每日是这般来城里募化。有人问他，是哪个寺里的和尚，法名什么？他说：‘老僧素来山行野宿，随遇而安，没有一定的寺院。一心在深山修炼，不与世人往来，因此名字多年不用，早已忘记叫什么了。’有人问他：‘从什么地方，在什么时候到岳麓山来的？’他说：‘全世界都任意游行，只知道从某世界游到某世界，在这一个婆娑世界之中，却不能记忆小地名。此地在婆娑世界中，叫什么地名，老僧并不知道。’

“那时长沙城里的人，听了老和尚这种奇怪的语言，又见了那些奇怪的举动，不到几日，已哄动满城的人，都争着化白米饭给老和尚吃。老和尚的食量大得骇人，每家化一大碗，随化随吃。从早到晚，至少也得化一百多家，便能化一百多碗饭，吃到肚里，还不觉得很饱的样子。因此城里的人，都知道他是一个有道行的和尚，有当面称他圣僧的，有拿着前程休咎的事去问他的，他摇头不肯说。

“那时有个做泥水匠的人，姓王行二，大家就叫他王二，家住在岳麓山下水麓洲。家中有一个六十多岁的老母，一个妻子，三个女儿，两个儿子，一家连自己八口人，就靠着王二一个人，凭着做泥水匠的手艺生活。这日王二在人家做手艺回来，忽觉得胸脯上，有一块碗大的地方胀痛，初起不红不肿。他这种做手艺的粗人，身上虽有些痛苦，也不拿着当一回事，次日仍忍痛去人家做工。下午回家，便觉胀痛得比昨日厉害了，用手去摸那胀痛的所在，皮肤里简直比铁还硬，呼吸都很吃力，好像饱闷得很的样子。第三日就红肿得和大馒头一般，不但不能去人家做工，连在家中走动都极不方便，只得坐在家里，也无钱请外科医生诊视。四五日后，只痛得王二呼娘叫爷的哭。做手艺的人，家中毫没有积蓄，八口人坐吃得几天，哪里还有东西吃呢？可怜王二的老婆，只得带着儿女出来行乞。王二胸前的疮，更溃烂得有碗口大小。久而久之，知道王二害疮的人多了，虽也有愿意做好事的外科医生，不要王二的钱，送药替王二诊治，无奈这疮的工程太大，不是寻常敷疮的药所能见效。

“一日，王二的老婆带着儿女过河，到城里行乞，顺便打听会医毒疮的外科医生，居然被她找着一个在长沙很有名的外科医生了。王二的老婆带着五个儿女，向那医生叩了不计数的头，才求得那医生许可了。不要医药费，替王二诊治，不过须将王二抬到医生家里来上药，医生不肯亲到水麓洲去。王二老婆已是喜出望外了，连忙要求王二的同行，用竹床将王二抬到城里来，请那医生诊治。但是那外科医生的声名虽大，身价虽高，医病的手段却甚平常。他自以为是莫大的恩典，不要钱替王二医疮，实在他那药不敷上去倒也罢了，不过是溃烂，不过是疼痛；敷了三四次药之后，不仅毫未见效，反红肿得比不敷药的时候更厉害了，从胸脯肿到颈项，连话都说不出来。那医生至此才知道自己的手段不济，恐怕王二死在他家里不吉利，只好说这种疮是没有治法的，教王二的几个同行，将王二抬回水麓洲安排后事。

“王二老婆不能把王二赖在外科医生家，只得哭哭啼啼的跟着几个同行的抬起王二，走到河边，恰好有一只渡船停泊在码头下，一行人便走上那渡船。王二睡的竹床，就安放在船头上，奄奄一息的哼个不了，王二老婆坐在旁边哭泣。

“长沙河里的渡船，照例须等载满了一船的人才开船的。他们上船等了好一会儿，刚等足了人数，快要开船了，忽见那个老和尚走到码头上来。架渡船的艄公，知道老和尚是要过河的，遂向码头上招手喊道：‘老师傅要过河么？请快上来，就要开船了。’老和尚一面举步上船，一面低头望着睡在竹床上的王二，只管把头摇着，现出看了不耐烦的样子。同船的人都觉得老和尚这种情形很奇怪，出家人不应如是的。当下就有一个年轻口快的泥水匠同行，对老和尚说道：‘出家人多是以慈悲为本，方便为门。老师傅每日到长沙化缘，长沙人无不知道老师傅是个有道行的高僧。这睡在竹床上的王二，是个孝子，一家大小七口人，全靠他做泥水匠养活。于今他胸脯上忽然害这么大的一个毒疮，经许多外科医生治不好，眼见得是没有命了。他不死便罢，只要一口气不来，他将近七十岁的老母，不待说是得饿死冻死、气死急死，就是他这个嫂子，和这五个不曾长大成人的儿女，恐怕也难活命。老师傅是出家人，见了他这样可怜的人，不怜悯他也罢了，为什么反望着他做出讨厌他的嘴脸来呢？’

“老和尚听了，益发做出爱理不理的样子，将脸向旁边一扬，冷笑了两声说道：‘你这些话向谁说的？只能拿着向两三岁的小孩说，或者可以瞒得过他，使他相信。拿着对老僧说，你就认错人了！’这同行的少年，一听老和尚说出这些不伦不类的话，不由得气往上冲，逼近老和尚跟前问道：‘我哪一句话说得不对，怎么只可以瞒两三岁小孩？我一不想骗你的钱，二不想骗你的米，为什么向你说假话？你倒得说个明白，看我刚才说的话，哪一句是假的，不能相信？’

“老和尚仍是鼻孔里‘哼’了一声说道：‘这真是好笑！老僧出家，管你哪一句真，哪一句假。你说他于今胸脯上，忽然害这么大的一个毒疮，经许多医生治不好，这话就显见得是假的，你还说不是想骗我吗？一个好好的壮健汉子，无端是这般装出害重病的样子来，教老僧看了如何不讨厌呢？’这同行的少年又是好气，又是好笑，拖住老和尚的袈裟说道：‘你若说我旁的话是假的，我一时拿不出证据来，不能和你争论。至于说他胸脯上害毒疮的话是假的，他这样子是装出来的，我却不能由你说。于今人在这里，这船上坐了这么多人，可以请大家做见证，我去揭开他胸前的衣，请大家来看。

若真是胸脯上不曾害毒疮，算我们是骗人，听凭你们怎生惩治，我们都情愿领罪，没有话说；若果是害了毒疮，看你怎么说？'

"当时同船的人，有一大半认识王二的，知道王二确是害了毒疮。就是驾渡船的艄公，因王二用竹床抬着，来回坐过好几次渡船，也曾看见王二的毒疮。这时忽听得老和尚说王二假装害疮骗人，不由得都替王二和这同行少年不平，齐声向老和尚说道：'这话很公道，若揭开衣看没有毒疮，随便老师傅骂他们一顿也可以，打他们一顿也可以。万一王二不是假装病，他们骂老师傅，老师傅就不能生气。'老和尚气愤愤的伸手向王二一指道：'你们去看吧，看有什么毒疮在哪里？'

"这少年也是气愤愤的两步跑到船头，将王二胸前盖的衣一揭。不揭看没要紧，经这下揭开一看，只把这少年惊得呆了。原来王二胸脯上，果然是好好的，不但不见有什么毒疮，连痱子也没有一颗。王二的老婆在旁边看了，也仿佛做梦的一般。半晌才轻轻推着王二，问道：'你胸脯上的疮还痛么？'王二原是闭着眼睡的，此时张开眼来，不答他老婆的话，且用手在胸脯上缓缓的摸了几摸说道：'我难道在这里做梦么，我的疮到哪里去了呢？"王二的老婆答道：'我也只道是在这里做梦呢！'老和尚仍是怒气不息的问道：'疮在哪里，你们能瞒得过我么？'说话的时候，船已到水麓洲，老和尚跳上岸，大踏步不顾而去。

"王二摸胸脯不见了毒疮，一时连痛楚也不觉得了，颈项原肿得不能说话的，此时也畅快了。同行的几个人见渡船靠了岸，正待大家仍旧抬起他上岸，他不知不觉的已坐起身说道：'我若不是在这里做梦，害了半个多月的毒疮，怎的忽然好得这般快？'

"同船的人都觉得这事奇怪，有年老有些儿见识的说道：'依我看王二的疮，就是那老和尚治好的。那老和尚是个有道行的圣僧，必是他老人家看见王二病得可怜，用法术将疮治好。'满船的人见这人如此说，也都附和说是老和尚显神通。只有那个和王二同行的少年，因受了老和尚的叱骂，心恨不过，不承认老和尚有神通，说老和尚若真有这样大的神通，何不当众说明替王二治疮，也好扬扬名呢。同船的人道：'老和尚又不是做外科医生的，完全是出于一片慈悲之心，要人扬什么名？我看他老人家就是怕知道的人多了，传扬出去，以后求他老人家治病的太多，推也推托不了，难得麻烦。因

此故意说王二装假，好使人不疑心是他老人家治好的。’

“经过这回事以后，不到两三日，长沙满城的人都知道老和尚有法术，能替人治不治的病。等老和尚一到长沙化缘，就有许多人抬着病人，或搀扶着病人，跪求老和尚诊治。老和尚一口咬定不会治病，王二本不害疮，不干他的事。然曾当面跪求老和尚诊治的，老和尚虽睬也不睬，但是病人回家，多有登时就好了的。

“一日清晨，南门的城门才开，就进来个六七十岁的老婆婆，左手牵一条大黄牛，右手握一根树枝，走进城来，就立在城门洞口不动。经过城门洞的人一看这黄牛，都大惊叫怪。原来这黄牛，全体与平常的黄牛无异，只有一颗头是人头，头上也有两只角，并看得出这人头的年纪，大约已有四十来岁了，是一个做工人的面貌。城门口陡然来了这么一条怪牛，凡是经过这地方的人，谁不立住脚问这怪牛的来历呢？老婆婆初时只流眼泪不说话，后来围着的人越来越多了，老婆婆才连哭带诉的说出来。原来南门城外十多里，有一个姓张的木匠，因手艺平常，没有多少人家雇他做木器。张木匠只有一个老母，已有六七十岁了，没有妻室儿女。张木匠平日对他老母，虽不能尽孝，然左右邻居都还不见他有忤逆的举动。

“这年因田里收成不好，雇木匠做功夫的人家更少了，张木匠渐渐不能养活他母亲。不知怎的，张木匠忽然起了狠毒的心，心想我若不是为有这个老母，独自一个人，天南地北都能去，怕什么没有饭吃！何不买点儿砒霜来，将老母毒死了，独自出门去呢？张木匠一起了这念头，就跑到药店里，推说要毒耗子，买了一包砒霜。又跑到熟人家借了两升米，提回家交给他老母道：‘这里有米，你老人家自己煮饭吃吧。我还有要事出去，须到夜间才能回家。这里还有一包好东西，煮好了饭，就把这包东西拌在饭里，那饭便非常好吃，一点儿菜不用，吃下去并能几日不吃不饿。’他母亲信以为实，欢天喜地的收了。张木匠随即走了出去。

“他老母刚待洗米烧饭，忽听得外面有人高声念了一句‘阿弥陀佛’。张母走出看时，只见一个老和尚，身体高大，头戴昆卢冠，身披大红袈裟，左手托紫色钵盂，右手握铁如意，右膀上挂一件灰色面的皮袍，立在大门口向张母说道：‘老僧是特来府上化缘的，只是我并不白化，能化给我十串钱，我这件皮袍就留在这里。’张母道：‘可怜，可怜！我家连饭都没得吃，哪来的十串钱？请到别家化去吧。’老和尚道：‘便没有十串钱，少化些也使得。’张母道：‘我家一个钱也没有，拿什么化给老师傅呢？’老和尚道：‘实在没有钱，米也是用得着的。’张母道：‘我家仅有两升米，还是我儿子刚才提回来的。’老和尚道：‘就是两升米也罢，这件皮袍我出家人用不着，留在这里，给你儿子穿吧！’张母见两升米能换一件皮袍，自是很欢喜的，将张木匠提回的两升米，都给了老和尚。老和尚接了米，留下皮袍，自敲着钵盂去了。张母因没了米，不能烧饭吃，只是忍饿等候儿子回来。

“张木匠直到夜间才回，自以为老母是已经吃下砒霜死了的，打算回家收尸。谁知进门见老母还坐着不曾死，不由得心里就冲了一下，连忙问道：‘我白天拿回来的那包好东西，不曾拌在饭里面吃吗？’张母还喜滋滋的说道：‘快不要提那包好东西了。我从你走后，直挨饿到此刻，一颗饭也没得入口。’随即就将和尚来化缘的情形述了一遍道：‘皮袍现在床上，你拿起看看，明日拿到城里去卖，必能多卖些钱。’

“张木匠听说两升米换了一件皮袍，心里也禁不住欢喜。拿起皮袍看了几看道：‘我活到四十岁，还不曾穿过皮袍，且穿上身试试看。’说着，将皮袍向背上一披。想不到皮袍刚一着身，张木匠便立不住脚，身体不由自主的倒在地下，口里连珠般的叫痛。顷刻之间，全身都已变成一条黄牛了，只有面孔不曾变换，口里仍能说话。这一来，把张母吓得痛哭起来，张木匠亲口向张母，供出买砒霜毒母亲的心事来，道：‘这是上天降罚，将借我这个忤逆子，以警戒世间之为人子不孝的。娘只有我一个儿子，于今我既变了牛，没人养活了，娘可牵我到城里去讨钱，看的人若问我的来历，娘只用树枝在我背上打几下，我自然会供给众人听，若不忍打我，便说不出来。’张母心里是不忍把儿子变成的牛，牵出去讨钱，然肚中饥饿难挨，张木匠又哭着求张母牵出去，好慢慢的减轻些罪孽。

“张母只得牵进城来，在城门洞口见聚集的人多了，大家盘问来历，张母举起树枝，在牛背上打了几下，张木匠真个口吐人言，一五一十的照实说了。听的人不待张母开口，都争着给钱，一会儿就有十多串钱了。大家因听得送皮袍的和尚，就是那个替王二治疮的老和尚，更是异口同声称赞那老和尚是活佛临凡，不仅称为圣僧了。从此老和尚到人家化缘，有许多人家用香花供养的，老和尚说出来的话，大家都看得比圣旨纶音还重。

“这年正月十三日，老和尚忽对许多妇孺说道：‘今年玉帝有旨，从明日起，在长沙大西门城外，搭天桥一座，接引有缘的人上天。十四、十五、十六连搭三夜，这是登天堂的捷径，千载难逢的，不可错过。’当时就有人问道：‘从天桥就可以走上天堂里去吗？’老和尚点头道：‘走不上天堂，怎好谓之天桥呢？你们见了天桥，不可害怕，尽管大着胆量走上去。’又有人问道：‘天桥是在夜间搭下来吗？’老和尚道是，这些人又问道：‘夜间没有灯火，桥上如何能看见行走呢？’老和尚道：‘夜间没有灯火便不看见行走，还能算是玉帝搭的天桥吗？那时天门开了，自有两盏天灯，高悬在天门两旁。上桥的人一到桥上，自然看得明了，一步也不会走错。有尘缘未了，暂时不能就登天堂的，到天堂里面游观一番，仍可回家，并非一去不回的。’

“老和尚自说了这番旷古未有的奇谈，城里城外的人，十个之中，竟有八个相信活佛的话，是不会有假的。其余的两成人，也还不敢断定说是假的，不过因为从来不曾听人说过有这种怪事，略有点儿疑虑罢了。十四日天色才到黄昏时候，大西门城外河岸一带地方，已是人山人海。大家都抬头望着天上，等待开天门，搭天桥下来，直等到三更过后，还不见有一些儿动静。老弱妇孺不耐久等的，有些灰心回去了。体格强壮的，都相信老和尚的话，决不至于骗人，誓必等到天明没有才回去。看看等到敲过了五更，相差不过半个时辰，就要天亮了。将近天亮的时候，照例天色必有一阵漆黑，此时更忽然起了一天的雾，真是伸手不见五指。到了这时分，便是十二分相信的人，也实在等得有些意懒心灰了。颈也胀了，腿也酸了，精神更提不上来。大家正在商议不再等了，打算各自归家。陡听得天空中如响雷一般的，发出一种很洪大的声音，只吓得众人一个个抬头仰望，即见有两道电也似的亮光，在天空闪灼了好几下。随即就有人喊道。‘好了，好了！天桥搭下来了。’”

柳迟听赵振武说到这里，忍不住截断话头，问道：“难道真个有什么天桥搭下来了吗？”

不知赵振武如何回答，且俟第六十八回再写。

第六十八回

搭天桥小百姓遭劫　射毒蟒赵抚台祭神

话说赵振武对柳迟、陆小青二人，述那老和尚搭天桥的事，述到众人中有人大呼天桥搭下来了的时候，柳迟截断话头问了那么一句。赵振武不慌不忙的笑道："自然是真个有天桥搭下来了，只是众人看那天桥，不过有两尺来宽。因为起了极浓厚的雾，看不了多远，但是确见有两盏天灯。灯光能照透重雾，眼力足的少年，能隐约看得见两盏天灯之中，有一个仿佛似门的黑洞，大家都断定那黑洞便是天门。再仔细定睛一瞧，这座天桥，就是从那天门里搭出来的。想看天桥的人虽多，敢上天桥的却少。

"立处与天桥相近的几个人，趔趄不敢上去。立在远处有的想上去的，又被人多拥挤住了，一时走不到桥前，只急得大喊道：'前面的人想登天堂的就得快走，没有这种福分的，就得赶紧滚开些，让我们好上去！这样千载难逢的机会，岂可错过？有多少修道的人，勤修苦练一辈子，还不能上天堂。我们若不是蒙活佛临凡指引，谁知道玉帝有这道意旨，连搭三夜天桥来接引凡夫呢？'在前面的人，听得后面的人这么说，登时都鼓起一腔勇气，同声应道：'不错，不错！我们记得活佛曾说过的，我等若是尘缘未尽，暂时不能脱离尘世的，到天堂游观一会儿，仍可由天桥上走回尘世来。活佛吩咐的话，决没有虚假！我们即算没有登天堂的福分，到天堂上去开一开眼界也是好的。'这些人说着，真个举步向天桥上走去。

"凡事难于创始，没有人奋勇上前，大家都存心观望。一见有人走第一，以下走第二、第三的，就接着争先恐后了。当时也没人在旁计数，大约已走上去二三十个人了，忽然两盏天灯同时熄灭，天桥跟着往上一收，天门也随即关闭了。已走上天桥的人，一个也不曾掉下，只在天桥刚收上去的时候，隐约听得半空中‘喀喳’响了一声，于是来不及上去的人，同声喊道：‘天桥收了，天桥收了！’有许多跺脚叹息，归咎各自的福命薄，不能走这条捷径上天堂的；有归咎天桥太收快了的；有怪立在天桥跟前的人，既自己无福上去，就应该赶紧走开，让一条路给旁人上去的。总之，无一个不以未得走上天桥为可惜。那二三十个已经走上天桥去了的，各人家中都有亲戚六眷，及地方邻居前去道喜。都说这样上天堂，就和修道的白日飞升一样，一人得道，鸡犬同升，将来各家都是要得好处的。相信最笃的人，以为不得上去，是由于心不坚诚，多有在元宵节这一日，斋戒沐浴，焚香祷祝虚空过往神，保佑他得上天堂的。满城人如发了狂的一般，简直没人敢说半句轻慢侮辱的话。

“这夜到大西门外去看的，比昨夜更多了。昨夜有些等不及回去了的，都后悔不迭，这夜誓必等到天明。这夜的天桥，比昨夜却搭得早些了，才到三更对分，便和昨夜一样，陡起一天浓雾，浓雾一起，天灯即悬挂出来，天桥也就接着搭下来了。昨夜悔恨不曾上去的人，今夜一见天桥，一个个争先向天桥跑。约莫已跑上去了五六十个，地下的人，正接连要往上跑，天桥忽然收了，天灯也熄了，天门也关了。须臾之间，一阵怪风突起，吹得云消雾散，一轮寒月当空，天上除几点寒星而外，什么东西也没有。地下想上去不曾来得及的人，都捶胸顿足的哭起来，长沙是这般一连闹了两夜。如此奇怪消息，传播得比什么还快，四乡的人，二三里远近的，都赶到省城来看。

“那时是我高祖赵星桥做湖南巡抚，听了这消息，明知没有真个搭天桥的事，不过究竟是怎么一回事，他老人家也猜度不出。逆料两夜上天桥的人，必无生还之理。心里着急长是这么闹下去，一则妖言惑众，煽乱人心；二则一般无知无识的愚民，相率是这般平白无端的枉送了性命，也太觉可怜可悯。待出示禁止妖言，不许众人在大西门外集聚吧，只因天桥天灯，确有那件东西，经数千百人的眼睛看见的。要出示禁止一般愚民上去，告示上面须说出一个不足信的所以然来。自己既不知道究竟，几句空空洞洞的官样文章，如何能禁得住那一般愚民呢？他老人家着急得无可奈何，只得瞒着满衙门的人，独自改装一个平常人出来，打听外面的议论，并查访两夜上天桥的实在情形。

"在大西门外搭天桥的地方，勘验了好一会儿，看不出一点儿可疑的痕迹。当下找了一个接连看过两夜搭天桥的船户问道：'你记得那两盏天灯，悬挂在什么地方么？'船户答道：'我当时看得最清楚，两次的天灯，都悬挂在一处地方，没有移动。天灯的光亮，仿佛看见是淡绿色的，若不是有那么厚的雾，我连远近都能看得出来。'他老人家一听船户这么说，就觉得这里有可疑之处，连忙问道：'天灯悬挂在天上，你怎么能看得出远近呢？'船户伸手向那方一指说道：'确实就在那地方，虽是在雾里看见，但我驾了半生的船，在河江里遇雾，是极寻常的事。我两只眼睛，看雾也看惯了，不过前昨两夜的雾，比平日浓厚几倍，所以我只看得出在那地方。毕竟离地下有多远，不敢乱估。'他老人家就船户所指的方向看去，好像就在岳麓山顶上，他老人家连问了几遍，船户断定是在那地方。船户走开后，他老人家独自远望着岳麓山顶出神。

"那时天气晴明，从大西门河岸到岳麓山顶，照弓丈量起来，虽也有好几里路，然山顶的树木房屋，尚能历历看得分明。忽见那山顶上有两只黑鸟，一上一下的翱翱飞舞，有时冲天高举，健翮凌云；有时敛翼卑飞，疾如星火。我高祖心想：'相隔这么远，平日山顶上有人，立在这里尚看不清楚，如何能看见飞起来的鸟雀呢？这必是我的眼睛发花，不是真个有这么两只鸟在那里飞舞。'一时心里虽这般疑惑，然放不下就此不看个仔细。用衣袖将两眼揉了几下，自觉很光明了，再定睛看那山顶，实在是有两只黑鸟，飞起来的时候，并能看得出两鸟的肚皮上，都有一块白毛。我高祖看得仔细了，不禁大吃一惊！暗想这是从哪里来的这样两只怪鸟，若不是比寻常鸟雀高大到数百倍，相离这么远，决看不见。方才船户说天灯悬挂的地方，就是岳麓山顶上，而此时又凑巧看见这般两只怪鸟，我何不趁现在天色尚早，亲到山顶上察看一番？若因此看得出一些儿形迹来，能设法将前昨两夜的事弄明白，岂非地方人民之福？

"我高祖生性极强毅，胆量又极大，主意一定，便雇了一只划船，顷刻就渡河到了岳麓山下。抬头看两只黑鸟，已不知飞到哪里去了，只是既到了山下，不能因看不见两鸟，便不上山。振作起精神，一口气走上山巅。举眼向四处一望，飞来飞去的小鸟很多，再也寻不见那大鸟的影子，其他可疑的形迹，更是一点也看不出。在山顶上立了些时，觉得上山很吃力，身体异常疲乏，口里也渴得厉害，只得走进云麓宫去。

“刚跨进山门，只见一个童颜鹤发的道人，迎面走了出来，显出很诚谨的样子，向我高祖行礼说道：‘贫道早知今日有贵人降临，只因不便远迎，尚希原谅。’那道人说这话的时候，声音很低，好像怕旁边有人听去的样子。我高祖那时虽已在湖南做了一年多的巡抚，然不曾到过岳麓山，这道人是谁，更没有见过。这回微服私访，连衙门里左右的人都不知道，这道人怎么说早已知道今日有贵人降临呢，这不是很奇怪吗？并且道人既是知道我高祖是贵人，这日会到云麓宫来，何妨大大方方的出来迎接。说这几句客气话，又要是这么低声，怕人听见做什么呢？我高祖当时着实吃了一惊，欲待不承认自己是贵人，因料想这道人必有些来历，决难赖过去，只得答礼谦逊。那道人不再开口说话，即邀我高祖到里面一间楼上。那楼上陈设得非常清雅，毫无尘俗之气，已有一个白须毛头、笑容可掬的立在楼上，好像知道有客来，特地起身迎迓的样子。看那老头的头顶光溜溜的一根头发没有，颔下那部雪白的胡须，倒十分茂密，飘飘过腹；面目慈祥，风神潇洒，和这道人一样的仙风道骨，不是寻常年老人的气概，使我高祖看了肃然起敬。

“道人指着老头介绍道：‘这位是贫道老友吕宣良，江湖上人称他为金罗汉的便是。因知道大人今日想为民除害，必亲身来这山里探看，我愿助大人一臂之力，所以在此恭候。’我高祖一听这话，又是惊讶，又是欢喜，连忙向吕宣良拱手道：‘幸会，幸会！难得老先生如此古道热肠，但不知前、昨两夜那种奇离的景象，究竟是何妖魅，竟敢如此横行？两位想必知道详细。’吕宣良笑道：‘老朽是山野之夫，举动言语，素来放诞惯了，不知道礼节，望不见怪。这楼上是我这位道友静修的地方，四围窗壁，都贴了符箓，不问什么妖魔鬼怪，都不敢到这楼上来。我们无论如何纵谈，都不要紧，若出这楼门一步，我便不敢回答了。’我高祖才想起进山门时道人低声说话的情形来，原来果是怕有妖物在旁听得。

“吕宣良又接着说道：‘我们这位道友，因生性喜种梅花，又喜画梅花，就自称梅花道人，在这楼上已七十多年了。前、昨两夜那种景象，非妖非魅，乃是一条数千年的大蟒。相传禹王治水的时候，这大蟒就在洞庭湖里兴妖作祟。禹王用法术将它拿住，锁在岳麓山飞云洞里，因恐年深锁坏，又逃出来害人，当时并刻画一道符箓在一块大石碑上，就用这石碑堵住洞口，把飞云洞封了，这碑便是现在大家都知道的禹王碑。也是合该长沙的人民要遭劫！几千年来，不曾有人敢将禹王碑污秽，偏几个月以前，忽有一只母狗，在禹王碑旁边深草里面，产了一窝小狗，糊了许多狗血在禹王碑上，将碑灵污秽了。这大蟒身上的锁链，久已锈断，只因有这一块碑封住洞口，不能冲出来。既污秽得不灵了，哪里还禁得它住呢？就在产小狗的这夜，冲出洞来，出洞便化一个老和尚，来云麓宫求见梅花道人。道人知道这东西阴毒异常，接见必受其害，不敢出面。云麓宫大门上，有这人的符篆，它也不敢冒昧进宫里来。

“这几个月内，它每日到城里化斋，我这道友就知道它是存心欺骗愚民，好落它的圈套。它的本身，能大能小。小的时候，和平常的水蛇无异；大时十数丈、数十丈不等。发威的时候，充其量能长至百多里，昂头与衡岳齐高。它因为显出本身来，虽在黑夜，也容易被人看出，所以前、昨两夜，特地先喷了一天浓雾，然后显形。它的心思，原想欺骗得一般愚民都信仰它到了极点，以为真是上天堂捷径的天桥，源源不断的走上去。那天桥到底是什么呢？就是它本身上的一条舌头。大人请想，它头在这岳麓山顶上，舌头能伸过河去，使一般愚民认做天桥。可想见它的身体，有多么长，有多么大！’我高祖听了这些骇人的话，在正月那么寒冷的天气，都惊得遍体流汗，即截住问道：‘那么长大的身体，当时却在何处呢？’

“吕宣良笑道：‘地下哪有好安放它的所在，当时仅有头搁在这山顶上，身体还悬在半空中。依它几个月的处心积虑，本顶算只须三次，便能轻轻巧巧，吃尽一省城的人民。亏了我这位道友在这山上，不容它如此作恶，特地找我来做个帮手。然我和道人，都没有收伏这东西的力量，仅能使它略略受创，不得安心吃人。两夜都乘它刚将舌头伸过河去的时候，同时各赏了它一剑，所以两夜都只走上几十个人，它就负痛不能不将舌头收回。若不是这么对付，只怕省城里的人民，此时已存留不到一半了。道人算定这东西，非有大人这般福分与刚正之气的人，断不能伤损它。预知大人今日必亲临此地，已为大人准备了软胎弓、雕翎箭，箭镞上并敷好了见血封喉的毒药。凭大人的威福，虽未必能取它的性命，使它终身残废，也可减退它不少的恶焰，料它以后不敢再来肆毒了。’

“我高祖见说前、昨两夜，因有吕宣良和梅花道人两个，在暗中各刺了大蟒一剑，舌头才收得那么快，使满城的愚民，免遭大劫。一时心里感激真是不可言喻，立起身来，恭恭敬敬的向两人作了两个揖道：‘我枉受朝廷重寄，作一省封疆大员，坐视人民被毒蟒吞噬，不能解救，真教我愧怍欲死。苟非两位道长仁爱为怀，救人民于毒蟒之口，这样亘古未有的奇祸，出在长沙，我便万死也不足以蔽辜了。只是虽承两位道长的仁爱，已替我准备了弓箭，无奈这恶物在伸舌头吃人的时候，身体悬在天空，又在夜深雾厚之际，寻常弓箭如何能射伤它呢？并且说起来愧煞，我的射法平常，更久疏弓马，没得倒打草惊蛇，恶物不曾受伤，反惹发了它的毒性，益发肆无忌惮，那却怎么好咧？’梅花道人大笑道：‘这不过凭仗大人的威福，假手大人射它而已。若专凭本领去射它，休说大人射它不着，就是养由基来，也奈何它不得！’

“梅花道人的话才说到这里，忽见一个小道童走进楼来，直到梅花道人身边，凑近耳朵低声说了几句话。只见梅花道人脸上登时露出惊疑的样子。我高祖以为，必是那毒蟒在外面又有了什么举动，道童前来报信，所以道人现出惊疑的脸色。我高祖心里也不由得有些惊慌不定，呆呆望着梅花道人，看道人有什么言语举动。只见突然伸手向吕宣良一指笑道：‘哦！是了，一定是你两位高足干的玩意，不能胡乱怪火工道人！’吕宣良也现出吃惊的样子，问道：‘什么事是我小徒干的？’梅花道人笑道：‘去年有一个猎户，送两条腊鹿腿给我。我一向因没有嘉宾，不舍得弄来吃。今日难得有贵人光降，早就吩咐火工道人取一条好生烹治出来，饷宴贵客。此刻小徒来报说两条腊鹿腿，素来是挂在厨房里的，昨夜还看见挂在原处，方才打算取下来，不知怎的两条腿都已没有了。小徒说曾屡次听得火工道人说，这么肥的鹿腿，好生用文武火炖出来，想必好吃得很，可惜师傅不教炖了吃，我们也就没有这样口福。火工道人本来嘴馋，又曾说过这些想吃的话，因此疑心是他偷吃了。我想火工道人虽说嘴馋，究没有这么大的胆量，岂有他偷吃了，我推算不出来的道理？并且即算他忍不住馋，竟敢偷吃，至多也不过偷吃一条。我此刻虽不曾推算，然估料偷我这两条腊腿的，必是你两位高足无疑。’”

话说柳迟听赵振武说到这事，又忍不住插嘴笑道：“哦！你于今说起这事，我也想起一件事来了。我师傅吕爷爷初次到我家来的时候，我记得曾提过这回事。那两个高足，就是那两只大鹰，还不仅偷吃了两条鹿腿，并偷吃了腊麂子和腊猪肚肠。”赵振武点头道：“那些东西也被偷吃了，我却不知道。我只知道当时吕宣良听说，面上很觉有些难为情的神气，随即撮口长啸了一声。梅花道人忙起身摇手道：‘这算不了一回事，你将它们叫来干什么呢？何况我并不曾推算，不敢断定是它们吃了？即算确是它们吃了，吃也吃到了肚里，难道还叫它们来责打一顿么？也未免显得我这东道主人太寒酸了。’

“梅花道人虽是这般说，吕宣良的啸声已发将出去，不能收回来。两鹰刚躲在树林里，各将一条鹿腿吃完，听了它们师傅的啸声，不敢不到，只得飞到楼上窗口边站着。我高祖一见，不禁大吃一惊，然而心里却明白在大西门河岸边看见的，就是这两只大鹰。吕宣良指两鹰大骂了一顿，只骂得两鹰低头缩颈，浑身战栗不止。梅花道人代替求情，吕宣良才渐渐的平了气，大喝一声：‘滚开些！’两鹰如得赦旨，真个就身一滚，转眼便冲上半天去了，好像不敢扑翅膀，惊动了楼上的贵客一般。

“不一刻，小道童开上饭来，留我高祖吃了饭。梅花道人从橱里取出一副弓箭，送给我高祖道：‘大人不要轻看了这副弓箭，这弓虽是软胎，寻常最强的硬弓，十把也赶不上这一把，大人用时自然知道。这箭有贫道的符箓在上，凭仗大人的威福，虽在百里之外，不愁射不着妖魔。烦大人亲手带回衙去，今夜不到二更，那毒蟒必照前昨两夜的样出来。大人可在初更以后，二更以前，将督抚印信带在腰间，并带了这副弓箭，尽管乘坐大轿开锣喝道，多带护卫之人，使一般愚民知道是宪驾到了。预先在河边陈设香案，大人一到，就对天焚香礼拜，默祷虚空过往神祇暗中保佑。等到河面有热气上腾时，便是将要起雾了，大人即可拈弓搭箭等候。天灯就是那恶物的两眼，虽在浓雾里看不分明，然只管对准那发光之处射去，自有妙用。那恶物受了这一箭，免不了有一番发作，有贫道和吕兄在此，恶物既经受伤，大约还不难制止。大人射过这箭之后，回衙即须暗中派人传谕城内外各药店，如果见有瞎了一眼的和尚来买眼药，务必拿极厉害的烂药给他，纵不能把那恶物烂死，然能将他的眼烂瞎了，永远不能看见，也可少造些孽。’我高祖受了那弓箭，即刻作辞回衙。

"这夜遵着梅花道人的话，在河边等到云蒸雾涌的时候，两盏天灯闪灼而出。我高祖也不管相离有多远，弓力能射到与否，只对准那方一箭放去。真是作怪，那箭一离开弓弦，箭镞上发出一种响声，就和响了一个晴天霹雳相似。响声还不曾停止，那对天灯已同时熄灭了，只见两道金蛇一般的白光，在天灯附近之处，来回缭绕了几次，便也熄灭得一无所见了。转眼之间，仍是云消雾散，一轮冰盘也似的明月，随即涌了出来。

"次日九芝堂药店才开张，果然那个披红袈裟、执铁如意的老和尚来买眼药，左眼闭着，流血不止。九芝堂的膏丹丸散，素来是很有名的，因我高祖派人吩咐了给烂药，当时就包了些极厉害的烂药给和尚。从此以后，便没人再见过那和尚的面。我高祖也不久离了湖南，没遇着金罗汉和梅花道人，不知道那毒蟒究竟怎样了？"

柳迟笑道："我做小孩子的时候，也曾听人说过赵抚台射蟒的事。只因不知道有我师傅和梅花道人在内，不相信有这种事，以为如果有那么大的毒蟒，也决不是一个文官用箭所能射伤的。既有我师傅在内，这事就无疑义了。"

赵振武忽然向柳迟恭恭敬敬的作了一个揖道："既是尊师吕爷爷教老兄来红莲寺搭救一个贵人，并教老兄在此地等候巡抚部院的人来，虽不曾说明贵人是谁，但是他老人家既说等候巡抚部院的人，可知教老兄搭救的贵人，必不是别个。我于今就是为一个贵人，自前日出门私访，至今不曾回衙。我昨天寻访了一日，没有着落，只因这事关系重大，不能给外人知道，寻访起来，更是为难。老兄是奉吕爷的命，特地前来搭救那贵人的，这事便不妨向老兄明说。不曾遇着老兄的时候，我已疑心到红莲寺了，此去就是打算到红莲寺探寻。不过没有想到红莲寺的和尚，竟敢做出那些无法无天的事来。只因我们大帅素来信佛，自到湖南巡抚任上，就听得红莲寺是湖南全省最清净最庄严的丛林，方丈和尚的学问人品更了不得，所以我们大帅到任不久，便亲自去红莲寺拈香，与方丈和尚谈得十分投机。从那次以后，曾三次派人接那方丈来院里讲经。可恶那方丈摆架子，仅来了一次，坐谈片刻就告辞走了，两次都推病不来。我们大帅平日最欢喜游山玩水，虽是官居一品，然时常青衣小帽，装出寻常人模样，一个随从的人也不带，独自走出来；或在城里三街六巷游览，或到城外山野田亩之中，拉着种田的砍柴的，谈论些人情风俗。

“各处守城的都认识他老人家就是卜巡抚，每次见他老人家独自步行出城去了，便立刻到院里来报。我们带了人去迎接，十九得挨一顿骂。这回他老人家早几日就对左右的人说，今年的中秋节，要找一处很清净、很雅洁的地方赏月才好。左右的人回说，上林寺、开福寺、妙高峰几处，都很清净很高雅，他老人家没置可否。到十四日下午，我们见北门守城的来院里报告，才知道我们大帅又独自出北门城去了。我们因屡次带了人夫轿马去接，都得挨一顿骂，虽听了守城的报告，仍不敢就去北门外迎接。直到黄昏时候，还不见大帅回来，我们只得去城外找寻。谁知寻到初更过后，尚没有寻着他老人家的踪影，满院的人都吓慌了，又不敢张扬出去，恐怕一时惊传不见了巡抚，因而闹出旁的乱子来。遵太太的吩咐，不许向外人提出半字，对一切上院来拜节的官员，都说大帅有病，不能起床，暗中却派了好几班人，出四城寻访。

“昨日整整的寻访了一昼夜，毫无消息。我思量我们大帅，既和红莲寺的方丈和尚说得来，几番迎接那秃驴不到，莫不是我们大帅偶然高兴，步行往红莲寺找那秃驴谈禅去了。因此我才带了这八个人走到这条路上来，想不到在此地遇见老兄。”柳迟道：“我常听得人说，现在这个卜抚台，是一个极清廉刚正的好官。他有难，怪不得我师傅打发我前来搭救。不过据我看红莲寺那些贼秃，其所以敢是这么无法无天的作恶，一则因仗着佛寺的左右前后都没外人居住，无论什么事，只要自家人不去外面漏出消息，外面决无由知道；二则因各贼秃的出身来历，大概都不是正派安分的人，各自都仗着会些武艺，越做越胆大。我料想他们掳掠妇女、抢劫银钱的事，断不在近处地方下手，至少也得出湖南境界，手脚做得干净，出事的地方，就有著名的捕快，只因窝藏的所在太远，事后从哪里去破获呢?

“此番若不是这位陆小青兄于无意中看出多少鬼魂，聚集在琉璃灯下拜佛，也无从看出寺里的破绽。这也是众贼秃的恶贯满盈，该当破露，才鬼使神差的教陆小青兄来这寺里借宿。若不如此，我就奉了师傅之命来寺里搭救贵人，然既不知道贵人是谁，又不知道贵人如何在寺里被困，寺中寂静静的，看不出那些贼秃一点儿为恶的证据。这时便遇着你们，我因不知道红莲寺，究竟是何等样的地方，也就没有把握帮你们去搭救贵人。只是于今虽已看破了那寺里贼秃的行径，但要去搭救你们大帅，就只我们这十来个人去，恐怕救不出大帅来，倒把事情弄糟了。此刻你们大帅被困在红莲寺内，毕竟是怎样的情形，虽不得而知。然那些贼秃既敢下手将一个堂堂的巡抚困住，弥天大罪已经闯下来了，一不做，二不休，必已有了准备。我们这里统共只有十一个人，就是都有惊人出众的本领，也不容易从那种龙潭虎穴里面，将你大帅安然救出，何况你带来的这八位伙计，只能凑凑人数，不能靠他们做事的呢？”

赵振武听了着急道：“然则我们将怎么办咧？难道因人少了，便不去救吗？”柳迟道：“红莲寺这种害人的巢穴，就是不将卜大帅困住，也得斩草除根，不许他们再能害人。然要不许那些贼秃漏网，唯有你赶紧回省城去，火速调一标人马，前去将红莲寺团团围住，方能不使一个得逃脱。不过此刻既有卜大帅被困在内，投鼠忌器，不能就这么领兵去围。我和陆小青兄先回到红莲寺去，见机行事。我料卜大帅为一员封疆大臣，应有百神呵护，不至为贼秃所算。若叨天之幸，我两人能不动声色的将他先行救出，你们的兵方来围剿，固是再好没有的事。即算我两人的力量弱，不能做得那么干净，也务必在里面尽力保护他，使不至为贼秃所害。”

赵振武连忙对柳、陆两人一躬到地说道：“能得两位先去寺内暗中保护大帅，这件功劳真了不得，兄弟就将这千斤重担，付托两位老兄了。”柳、陆二人也连忙还揖。赵振武率着八个巡抚部的亲兵，匆匆回头去了。

柳迟向陆小青说道：“我从小就是个慕道法喜修真的人。不问多大的功名富贵，于我都没有缘分，我也不把富贵看在眼里。这回卜抚台被困在红莲寺里，非你我不能将他救出。将他救出之后，这件功劳确实不小。你在青年就练得这么一身好武艺，将来的前程不可限量，而这回的事，说不定就是你进身的机会，所以有这般凑巧。”

陆小青道：“我承老哥救了我的性命，老哥教我怎么办，我便怎么办。至于做官赚钱的两桩事，老哥是修道清高的人，果然不看在眼里，就是我也从来不曾将这两桩事放在心上。做官，我没有学问，朝廷名器，不是我这种草茅下士所可滥竽的。银钱这样东西，先父母弃养的时候，遗传给我的还不少，足够我一生的衣食。并且这回搭救卜抚台，全仗老哥一人之力。我在红莲寺被困的时候，自己尚不能脱险，若不得老哥援手，此时早已死在那些淫僧手里了。我纵年轻不知廉耻，何至贪老哥的功劳，做自己进身的机会呢！”

柳迟哈哈笑道：“你把我这话的意思弄错了，你以为我是和你谦让么？我虽是今日才初次与你见面，然你的性情举动，与我十分投契，我很有心与你结交。你我既一见如故，说话就用不着客气。你要知道世间人，各有各的路数不同，不是富贵这条路上的人，便疑心妄想的去求富贵，富贵终轮不到他头上来。反转来说是应该富贵的人，便视做官为畏途，见银钱如仇敌，竭力的想躲避，也躲避不了。我自知于富贵无缘，并不是故意这么说。”

陆小青道：“话虽如此，但是现在卜抚台还不知是怎样的被困在红莲寺，我们既打算竭力去搭救，就应该赶紧前去，看如何方能救得出来。这些救出来以后论功行赏的话，似乎可以不必早计，就是我也未见得便于富贵有缘。”

柳迟摇着头笑道：“我何尝不知道论功行赏，是救出来以后的话，用不着在此刻计议。并且救出来以后论功行赏的权，也在卜抚台，不能由你我私相授受。你知道我在这时候，特地说这话是为什么呢？因为我这回奉师傅的命来救卜抚台，其中另有一种缘故，我本人不宜露面。我师傅自己的能为，早已登峰造极，是不待说，他老人家没有干不了的事。若得他老人家亲自救卜抚台，真是不费吹灰之力，何以他老人家不亲自来呢？即算是他老人家懒得亲自烦神费事，在他老人家门下的大徒弟，以及同道的晚辈，比我能为高出数倍的，不知有若干人，何以不打发他们来救，却偏要我这个初出茅庐的小徒弟来呢？就是因为红莲寺的贼秃，行为虽与吃人不吐骨子的妖魔相似，来历倒很是不错。犯下了这种弥天大罪，由官府用国法来惩治他，哪怕惩治得极惨酷，罚浮于罪，也不要紧。他们同党的只能叹息委之气数，不能怪人，只一听得有昆仑派的人出头帮助官府，那么他们同党的一股怨气，便不问情由的都结到我们昆仑派头上来了。我师傅明知这回救人，救得好便没事；救得不好，就是替昆仑派结下一个大大的冤仇。待坐视不救吧？一则违反了他老人家平日行侠做义的素志；二则恐怕因红莲寺贼秃之无法无天，将来国法若有伸张的一日，必拖累到昆仑派身上。再三审慎，因我是个不曾走过江湖的人，外人少有知道我名字的，出头来干这件事，或能瞒得过去。

“我仔细思量，既不可替昆仑派结怨，我于今虽说在江湖上没有声名，认识我面貌的人更少，然能保将来永远不到江湖上行走么？这般重大的一桩事，是谁干出来的，便是没声名也有声名了。如果昨夜不遇着你，我奉命而来，说不得也只好出头露脸的做去。天假其便，有你在这里，我何不让你一个人出头，我始终在暗中帮助呢？你没有派别，论根源更可说是官府这边的人。我在暗中不出头，也不居功，也不任咎，免得替昆仑派结下无穷的仇怨，你的意思以为何如呢？”

陆小青笑道：“既是老哥有这种不宜露面的原因，此去不露面便了。莫说老哥还跟我同去，许我在暗中帮助，就是老哥不去，教我一个人去做，我只要力量做得到，拼着性命也得去干一干，不要耽搁了，我们就此去吧。”二人说毕，仍回身扑奔红莲寺来。

不知二人如何搭救卜巡抚，且俟第六十九回再写。

第六十九回

常德庆中途修宿怨　陈继志总角逞英雄

话说柳迟和陆小青回身扑奔红莲寺，才走了二十多里，忽见前面一个跛脚叫化，蓬头散发，满面泥垢，身上衣服破烂不堪，肩下搭着七个布袋。手中撑着一根拐杖，甚是粗壮，弯弯曲曲的，左一个节，右一个包。虽看不出是什么树木，只是一望便能知道这拐杖的分量不轻，一颠一跛的迎面走来。拐杖所点之地，一个一个的窟窿，和牛蹄踏在烂泥里的形迹一般。柳迟曾在叫化队里混过几年，分得出叫化的资格等第。当下看了这叫化，便只声向陆小青道："你瞧前面来的那叫化，是一个寻常的大叫化么？"陆小青望着笑道："看他那根讨米棍，倒是不小。叫化手里的棍是准备打狗的，什么恶狗能受得起这么一棍。只怕是一个有些儿来历的人，不是寻常的叫化。"

二人说话时，那叫化已拐到了跟前，原是低着头只顾走的，至此因二人立在旁边让路，那叫化忽然抬头向二人望了一望。柳迟一看那叫化的两只眼睛，真是神目如电，威势逼人，不由得心里一惊。暗想这人哪里是叫化，分明是有大能为的人假装的，但不知是什么人，为什么要假装叫化？正踌躇着想向这人打招呼，忽见他对陆小青笑道："陆少爷久违了！"陆小青望这人打量了一眼，不觉"哎呀"了一声，问道："你老人家不是那年替先父治伤的常师傅吗？近年来我时常想慕师傅，只恨不知道师傅的住处，无从拜访。想不到今日在这里遇着了，师傅此刻打算去什么地方？"

看官们看到这里，大约不待在下表白，也都知道这个常师傅，就是第一集书中，因押解三十万两饷银，在罗山遇盗伤足的常德庆。常德庆当下见问笑道：“我是个乞食糊口的人，哪里有一定的去向，你打算去哪里呢？”陆小青道：“我原是要到长沙省城里去的，不料在半路上出了差头，险些儿把性命都送掉了，于今要到红莲寺去。”柳迟见陆小青对常德庆说实话，心里甚是着急，当面又不好阻止的，只好轻轻在陆小青的衣角上扯了一下。但陆小青的话已说出，一时提不回来，虽不继续再说下去，然常德庆听了那几句话，已似乎很注意的问道：“在半路上出了什么差头，于今到红莲寺去干什么呢？”

陆小青因柳迟在他衣角上扯了那么一下，又听了赵振武说这事不能声张出去，心里很后悔自己说话太鲁莽，不该露出半路出差头和去红莲寺的话来。不过话已说出，常德庆又很注意的盘问，一时哪有可以遮掩的话呢？只急得红了脸望着柳迟。柳迟知道陆小青这时心里是很窘的，便挽着陆小青的手，对常德庆道：“改日再会吧，此时实在有点儿很要紧的事去，不能在此地多耽搁。”说毕，二人提脚便走。只听得常德庆哈哈大笑道：“泥菩萨过江，自身难保，还打算保人家么？”柳迟一听这话，心里不由得动了一下，不知不觉的停步回头问道：“这话怎么讲？”常德庆不作理会，支着拐杖只顾一颠一跛的往前走。

陆小青低声对柳迟道：“这常师傅是个异人，先父在日，是极钦佩他的。我记得先父时常说常德庆的能耐，大得不可思议。那时我浏阳人正为争赵家坪的事，和平江人相打，我浏阳打输了，先父受了重伤，命在呼吸，多亏了常德庆师傅前来医治。据常师傅说，先父受了平江人的暗器，那暗器名叫梅花针，非练剑和修道的人不能使用。我先父痛恨切齿，誓必报这仇恨，当面哀求常师傅帮助。常师傅当时虽不曾明白应允，然看他那时的神气，对于那个使用梅花针伤人的人，确也非常愤恨。不过从那回医治先父的伤以后，便不曾再见他到我家来了。第二年平、浏两县的人，又在赵家坪相打。使用梅花针的也不见再来，常师傅也不曾到场，我浏阳人却打胜了。后来我先父仿佛听得人说，常师傅就为争赵家坪那回事，曾邀集多少能人，和使用梅花针的本人及其师傅、师兄弟等，大大较量了一次，好像两边的本领都了不得，没分出谁胜谁负来。

“我彼时因年事太轻，又专在读书用功的时候，听了也不在意，不曾追问个究竟怎样，总而言之，这常师傅是个有绝高本领的。他刚才说‘泥菩萨过江，自身难保’的话，其中必有道理。我想红莲寺既是那么一个万恶的所在，里面能人不少，并且我昨夜窥破了他寺里的底细，那知客僧将铁板门关上，原是要置我于死地的，想不到有你在屋上帮助我逃了出来，我料他们此刻必已有了准备。我二人就有登天的本领，也敌不住他们数百个凶恶的和尚，不如回头去追上常师傅，求他帮助，同去除了那个万恶的害人坑，搭救卜巡抚。”

柳迟踌躇道：“这事只怕向他说不得，我师傅既叮嘱我不许露面，我想露面尚且不可，怎好拿这事去向人说，胡乱求人帮助呢？你不知道我师傅的神通，是通天彻地的。若是我干不了的事，决不至差我来干。你如果害怕不敢前去，尽管请便。我师傅原是差我一个人到红莲寺搭救贵人的，想不到却先救了你。我明知红莲寺的僧人恶毒厉害，论本领你我都不是他们的对手。不过一则因师命不可违，二则我也略知数理，算定这回心事虽是险恶，只是好在帮助我成功的人很多，并且无须我去求助，所以我敢大胆前去。”

陆小青道：“安知这常师傅不就是帮助你我成功的人呢？我的性命，若不蒙你搭救，昨夜早已断送在红莲寺了，死里逃生的人，还有什么害怕？我想不先不后的，偏巧在这时候遇见常师傅，也可见得是你的数验了。常师傅既是不约而来，自然无须你去求他帮助，但是总得向他说一番。你还是可以不露面，我去追上他向他说，好么？”柳迟听了，不好再说不肯，只得微微的点头。陆小青即回身向常德庆走的那条路追赶上去。

追过一个山嘴，就见常德庆撑着那根拐杖，在前面一颠一跛的走着。陆小青一面跑，一面喊道：“常师傅请停步，我有话说。”常德庆随即掉过头来问道：“什么事？”陆小青已跑到了跟前说道：“你老人家听了我说去红莲寺的话，便说什么泥菩萨过江，自身难保。我仔细思量你老人家这句话，我此去红莲寺，必是凶多吉少。我不在这里遇着你老人家便罢，既有缘遇着了，就得求你老人家助我一臂之力。红莲寺那种万恶的地方，你老人家必早已知道，他们如今竟敢将一省的督抚软困在里面，不放出来，这还了得！”

常德庆听了，且不回答，只探头朝陆小青后面望了几眼问道：“和你同行的那小子呢？他不是暗中扯你的衣角，不许你和我说话的吗？怎的你独自追来，对我说出这些没头没脑的话？”陆小青红了脸说道：“我那朋友并不是不许我和你老人家说话。实在因心里着急，恐怕在路上多耽搁了误事，所以挽着我走。求你老人家大度包容，不要见怪。”

常德庆笑道：“不干我的事，我怪些什么！你不追回来找我，我就懒得说。你听了我泥菩萨过江的话，便知道此去凶多吉少，也难得你有这般机警。我看在你亡故的父亲面上，老实对你说一句，你既不为官作宰，又不当差供职，管什么督抚被困的事，休说你此刻只有罗春霖传授的这点儿能为，够不上管这些闲事；便是有再大些的本领，事不干己，也以不过问为好。你想去长沙，就和我一同到长沙去吧。”

陆小青摇头道：“这却使不得，不是我敢不听你老人家的吩咐，也不是我仗着这点儿能耐，爱多管闲事。只因男子汉大丈夫，受了人家的好处，不能不尽力图个报答。”常德庆很诧异的问道：“你几时受过那督抚的好处吗？”陆小青道：“不是，督抚与我分隔云泥，哪有好处给我？我于今安心要求你老人家帮助，不能不向你老人家说实话。我昨夜因是中秋节，想找一个地方好的饭店歇宿，倒把宿头错过了，只得在红莲寺借宿。半夜在月下徘徊，无意中看见了许多女鬼在佛前礼拜，忽然屋上一声瓦响，那些女鬼登时都钻进那莲花台下去了。我赶到莲花座跟前看时，原来座下是一个地洞。我想佛殿乃清净庄严之地，如何会有鬼魂出没，如何会有地道呢？心里正在疑惑，谁知回到睡处，那知客和尚已坐在我床缘上，说我已窥破了他寺里的暧昧，勒逼我非立时剃度出家不可！我不依从，他就抽刀要杀我。我正待举手迎上去，却不知道那秃驴为什么忽然将刀抽回去不砍下来，并来不及的往门外跑去。那秃驴刚跨出房门，‘啪’的一声就将一扇铁板门关上了，我被禁在房里，想冲破屋瓦逃走，谁知那房子的悬皮屋梁都是铁的，只冲得头皮生痛，不曾冲得出来。那秃驴出去，耳听得带了许多人向那房子里奔来。你老人家替我设想，在那时急也不急？就亏了刚才和我同行的那位朋友，他因为到红莲寺想搭救卜巡抚，正在我被禁的屋上躲着，将悬皮屋瓦打了一个窟窿，才把我救了出来。于今卜巡抚还不曾救出，我自然应该帮同他去救，才是道理。”

常德庆点头道：“原来是这么一回事，救你的那人姓什么，他为何要去搭救卜巡抚？”陆小青低头想了一想说道：“我那朋友原是不肯露面的，不过我既来求你老人家帮助，便不能不说实话。他与那卜巡抚并不相干，他是奉了他师傅的命而来的，他姓柳名迟。据他说，他师傅姓吕，名宣良，绰号

‘金罗汉’，好像在江湖上很有些声名，大约你老人家也认识。”

常德庆睁开两眼望着陆小青说到这里，仿佛忍耐不住了的样子，摇着手说道：“不用往下说了！我不但认识他，并且时时刻刻想会他，只苦会他不着。今天难得有你对我说实话，有他的徒弟来了，没当面错过。我愿意出力替你们帮忙，就此一同到红莲寺去吧。”陆小青不知道昆仑派与崆峒派积有仇怨，也听不出常德庆的话来，以为真个肯出力帮忙，当下喜不自胜的引常德庆走回来。

走到与柳迟分手之处，却不见柳迟的踪影了。一听路旁的山里树林中，有妇人、小孩的说笑声音。陆小青道：“那柳迟本是站在这里等候的，此刻不知跑到哪里去了。这山里有人说笑，莫不是上山看去了？你老人家同到山里去瞧瞧，好么？”常德庆现出不耐烦的神气说道：“既约了在此地等候，为什么不等到你回来，就独自跑到山里去呢？我懒得上山，你自去叫他下来便了。”

陆小青便不勉强，只得独自跑进树林里面寻找。但是这山里的树木非常茂盛，几步外就树木遮断了望眼，看不见人物，而听那说笑的声音，却很明晰，并听得出有柳迟的声音在内。依着发声的所在寻去，甚是作怪。寻到东边，一听说笑声，又仿佛在西边发出来；寻到西边，再听得笑声又仿佛到了南边。寻来寻去，只是见不着。寻得陆小青心里焦躁起来了，叫了几声柳大哥，也不见柳迟答应。心想这不是青天白日遇见鬼了吗？怎么这么一块巴掌大的地方，听得说话的声，见不着说话的人呢？

柳迟并不曾对我说有同来的女伴，我上山的时候，分明听得有年轻女子的声音在内。我曾听得人说，常有少年人被狐狸精迷了的事。柳迟年纪很轻，人物又生得漂亮，莫不是真个有狐狸精来采取他的元阳，使神通将他迷在树林中？我肉眼凡胎，所以看不见他们。常师傅的本领大，请他上山来，必能把狐狸精的法术破了。柳迟昨夜救了我的性命，我何能坐视不救他？想罢，即向山下奔来。

才跑出树林，就见常德庆已撑着拐杖，正一颠一跛的朝山上走。一见陆小青，便带气说道：“怎么只管教我在路上等着，连回信也不给我一个呢？那小子十九是逃跑了。你还是同我去长沙吧，不要多管闲事！”陆小青道：“他是奉了他师傅的命，特地前来救人的，无端的怎肯逃跑？不过这事很是蹊跷，我分明听得是他的声音，和一个年轻女子的声音，在树林里说话，并有一个男小孩子的声音，夹在里面说笑。估计那发声的所在，至多不过十来丈远近，不知是什么缘故，再也见不着他们的面。”

常德庆偏着头听了一听点头道：“不差，那说笑的声音，我耳里也分明听得。”随即举眼向树林中望了一望笑问道：“你以为是什么道理？”陆小青道：“我知道他是一个人到红莲寺来的，并没有女人、小孩子同行。若是偶然遇着的，好人家女子，决没有和面生男子是那么说笑的道理。听说有种狐狸精，最会迷惑少年男子，采取元阳，我料柳迟必也是遇着那一类妖精了。你老人家的本领大，千万救他一救！”

常德庆哈哈大笑道：“什么狐狸精，有这大的胆量，敢在青天白日里迷人？你哪里知道，这是那小子有意在我跟前卖弄神通的。嗄，嗄！我不知道你是吕宣良的徒弟便罢，既知道你是那老贼的徒弟了，今日狭路相逢，只怕由不得我做人情，放你过去！”说罢，举左手向树林中一照，随手起了一个霹雳，只震得山摇地动，树林跟着一起一伏，如被狂风摧折。把个陆小青惊得浑身发抖起来，心里才明白常德庆是和柳迟的师傅有仇，怪不得柳迟不肯露面，不许说实话，不由得十分懊悔自己不该鲁莽。

常德庆本已走过去了的，自己不合不听柳迟的言语，将常德庆追回来，又把实情对常德庆说了，以致好意弄成了恶意。若常德庆真个把柳迟打死了，自己不是恩将仇报吗？陆小青心里一着急，就不知不觉的双膝朝常德庆跪下来，身体筛糠也似的抖着说道：“柳迟是我的救命恩人，他和你老人家没有仇怨，何以是这么跟他过不去呢？”

常德庆满面的怒容，还不曾回答，只见一个年约十二三岁的小孩子，从树林中走了出来。那孩子生得眉目如画，齿白唇红，头上二三寸长的短发，用红丝绳结成五个角儿，身上穿着花团锦簇，俨然一个富家公子的气概。常德庆觉得这孩子生得可爱，正很注意的看着。不提防那孩子的身法真快，还相隔两三丈远近，只见他头一低，双脚一垫，已比箭还急的，对准常德庆怀中撞将过来。常德庆知道不妙，想躲闪哪来得及，“哎呀”都不曾叫出，已被那孩子一头撞中胸膛，就是一个仰天倒栽葱，骨碌碌滚到了山下。

常德庆曾练过多年内功的身体，平日刀剑都砍刺不入，想不到那小孩头上的五只角儿，竟比五只钢锥还来得锋利，胸膛上险些儿被撞成了五个窟窿。常德庆身体才着地，就待跳来和那小孩拼命。无奈栽下来是背脊着地的躺着，他原是断了一条腿的人，终不能像有两条腿的一般便捷，仰面朝天躺着的时候，更不大好使力，必须翻一个身才能爬起来。刚翻过身来挣扎，想不到那孩子真刁狡，不先不后的，正在常德庆背脊朝天的时候，饿鹰扑兔也似的扑将过来，只用脚尖在常德庆背脊上一点，正点在穴道上。

常德庆禁不住身体一软，鼻尖擦地，伏在地下动也不能动了。不但全身的本领施展不出，就是一肚皮的法术，和多年的苦功练成的飞剑，也因被那小孩在无意中点着了穴道，浑身登时失了知觉，一点儿不能使用了。只耳里明明听得那小孩在背上笑道："你这个臭叫化，真不自量！从哪里学会了一手掌心雷，就随处拿来献丑。我们坐在树林里说话，与你这臭叫化有什么相干，平白无故的用得着下这种毒手。我若不取你的狗命，你也不知道你小爷爷的厉害。"当即觉得头顶上的乱发被小孩抓住了，背脊上如失了千斤重负，身不由已的被小孩提了起来。

就在这时候，忽听得山腰里有娇滴滴的女子声音喊道："弟弟放手吧，这叫化不是外人，原是我们家里的小伙计。且放下来问他，为什么无端下毒手打人？"常德庆听声音，想不起是谁。等那小孩放了手才抬头看时，不由得两眼冒火，七窍生烟。原来他认识山腰里的女子，不是别人，正是背父母跟丈夫私逃的甘联珠小姐。登时想起甘二嫔驰的老命，虽是断送在吕宣良的神鹰爪下，然当日若不为甘联珠背父图逃，吕宣良帮助桂武，又何至有那种惨事闹出来？就是今日用掌心雷去劈柳迟，也无非为那回的事，寻报吕宣良仇不得，杀了他的徒弟，也可以消消胸中的恶气，谁知这贱丫头偏巧也到这里来。我知道这贱丫头除了练就了一身惊人的武艺而外，并没有别的本领。也是我今日合该倒霉，略不小心，倒被这小鬼头欺负了。这里面必然还有能人，若不然，我一掌心雷也就把他们打昏倒了。只是我受了这小鬼头这般凌辱，自后也没有面目见人了。不管他里面还有什么能人，我情愿把这条命拚了。

常德庆将心一横，即仰面向甘联珠骂道："我想不到你这贱丫头还有脸来见我！我不把你杀死，你祖母也死不瞑目！"说罢，一拍后脑，只见一道金光射出，直向甘联珠头上飞去。说时迟那时快，那小孩笑嘻嘻的叫了一声："好宝贝！"也从脑后射出一道白光来，对准那金光横截过去。常德庆一见白光射出，好像知道敌不过的样子，忙伸手将金光招了回来，改变了一副很和悦的面孔，对那小孩作揖说道："好本领，使我钦佩之至！请问你的尊姓大名。"

小孩也伸手招回了白光笑道："你是打算问了我的姓名，好日后报仇雪恨么？我也不怕你，我姓陈，名继志，红姑就是我的母亲。我母亲的神数，知道你这臭叫化为甘家报仇，要害金罗汉徒弟的性命，特差我和表嫂来救的，你知道么？"常德庆叹了一口气道："昆仑派有这么多的能人，哪得不强盛！"旋说旋弯腰拾起拐杖，一颠一颠的走了。

且说甘联珠见常德庆走后，向树林中招了柳迟出来说道："你此时用不着先到红莲寺去。我料常德庆受了这番凌辱，知道有能人在此，他们是与红莲寺贼秃通气的，必然去红莲寺通信。那些贼秃原没有逃避之心，有常德庆去通消息，便不怕他们不急急逃避了。你可在此等候那中军官带了官兵前来，再一同到红莲寺去。免得和那些贼秃见面厮杀起来，又结下无穷的仇怨。我奉了姑母的命，和表弟到这里来，就是要借常德庆的口，去说些厉害给红莲寺的贼秃听，所以是这般做作。"柳迟问道："现在卜巡抚还被困在红莲寺里，不怕那些贼秃杀了他泄愤么？"甘联珠笑道："那些贼秃若能把卜巡抚杀死，还等到此刻吗？"

柳迟不懂这话怎么讲，正待发问，只见陆小青从树林中探头探脑的走了过来。陈继志一见面，就指着对甘联珠笑道："昨夜见鬼的那人来了！"边说边掉过脸望着陆小青说道："我是你的救命恩人，你知道么？"陆小青听了，摸不着头脑，也望着陈继志发怔。陈继志道："我昨夜用梅花针救了你的性命，你还不知道吗？"陆小青只得赔笑说道："只怪我的本领太低微，实在不知道在什么时候，承情救了我的性命！"

陈继志道："昨夜那贼秃举刀要劈你，你可知道那刀是什么刀？"陆小青道："我认得是缅甸刀。"陈继志道："你既认得是缅甸刀，就应该知道缅刀的厉害，是能削铁如泥的，怎么倒举着胳膀迎上去呢？那刀若真个劈下来，不但你这条胳膀登时两断，说不定连头带肩劈成两半个。那时我和表嫂戴了我母亲给的遁甲符在头上，能隐形使人不看见，已在红莲寺守了三昼夜了。寺里贼秃几次想害卜巡抚，都是我在暗中用梅花针打在贼秃的光头上，有发根遮掩住了，使他们看不出来。直到昨夜，那贼秃举刀来劈你，我想打他的头来不及，只得向他的脉腕打去。你的命虽然救下，只是我这把戏却玩穿了。贼秃中也有好几个是练剑的，齐出来和我两人作对。我因家母不许我两人露面，恐怕被贼秃破了遁甲符隐不了形，给他们知道了是家母的主使，只好退出红莲寺来。”

柳迟笑道：“到底还是非露面不可！”甘联珠道：“在常德庆跟前是这么露面，是不妨事的。常德庆为甘家的事向你寻仇，我自不能坐视不救，这另是一桩事。崆峒派的人便不讲道理，也不能因此结怨。”陈继志对甘联珠道：“我们的事情已了，好回去消差了吧。”陆小青连忙恭恭敬敬的作了两个揖道：“承两位救我的命，只好铭感在心，徐图报答。”陈继志笑道：“我是向你说笑话的，哪里算得了一回事！”

甘联珠率着陈继志已走了几步，忽回身叫了声“啊唷”说道：“还有一句要紧的话，忘记向你们说。”柳迟忙问什么话。

不知甘联珠说出什么要紧的话来，且俟第七十回再写。

第七十回

游郊野中途逢贼秃　入佛寺半夜会淫魔

话说甘联珠回身说道：“你们知道那些贼秃将卜巡抚藏在什么地方么？”柳迟道：“我正着急不知藏在什么地方。偌大一个红莲寺，又有地洞和机关暗室，寻找起来很不容易。”甘联珠笑道：“知道了便极容易，一不在地洞里，二不在机关暗室里，就在那左侧廊檐底下的铜钟里面。”陆小青听了笑道：“原来就在那里面罩着吗？我昨夜还在钟的左右徘徊了许久，因见殿上有鬼魂出现才走开的呢。”甘联珠说明了这话，自带着陈继志走了。

且说柳迟同陆小青遵着甘联珠的话，在路旁等不多时，便见赵振武统率一大队兵马，风驰电掣一般的来了。一同杀奔红莲寺看时，果然满寺的僧人，早走得不见一个踪影了。扛起那口铜钟救出卜巡抚来，已被闷得奄奄一息了，灌救了一会儿才醒来，说已三日不沾水米。

原来八月十三这日，卜巡抚又私地走出衙门，在街上闲行访问民间疾苦。这种举动，在平常为官作宰的人，不必做到督抚，只要是一个上了流品的官儿，便不肯单独步行，恐怕失了体统。唯有这卜巡抚，在湖南巡抚任上，每月至少也有二三次青衣小帽的，闲步出来游览。在巡抚部院里听差供职的人，习久也都见惯了，不以为异。八月间郊外田禾正熟，一望如黄金世界，卜巡抚久想去城外看看秋收丰歉。走出南门城，不觉信步向田亩中走去，遇着年老的农夫，便立刻闲谈片刻。是这般且行且止的，不知不觉就离城五六里了，口中有些发渴，见前面大路旁边，有一所小小的茶铺。茅棚中安放了许多坐椅，原是给行路人息肩解渴的，已有几个小贩模样的人，很疲乏的坐在棚里休息。

卜巡抚遂也缓步进去，就一处当风的所在坐下来。茶铺主人见卜巡抚的服装，比寻常小贩齐整，气概也与寻常小贩不同，料知茶钱是可望多得几文的，很殷勤的招待。卜巡抚坐了一会儿，喝了一杯茶。他是在四乡游行惯了的，每次总得带些零钱在身边，准备做渡钱、茶钱。这时取出些零钱来，给了茶铺主人，正待起身走回衙去。

只见有两个少年男子，从省城里这条路上走来，都是身穿长衫，脚着缎鞋白袜，很像个文人的装束。只是二人头上，各戴一顶青布缘边的草帽，步履很慢的走入茶棚。在前的就近拖一把椅子坐下，从袖中取出一块洁白的手帕，揩脸上的汗珠。在后的刚待取椅就座，好像突然想起了什么事的样子，回身对那已坐下的说道："时候不早了，快点儿走吧！"

茶铺主人正在满面春风的托了两杯茶出来，这两人已举步朝棚外走了。卜巡抚回头望着两少年的背影，见走出棚外有数十步了，那在前的忽回头朝棚里探望一眼，随即掉头走去。那人不回头探望倒没事，这一回头，却使卜巡抚生出疑心来了。因为卜巡抚看得清晰，见在后的才和在前面的交头接耳说了几句话，在前的便回头来探望。而在后的神气之间，又似乎在那里禁止他不许回头探望，所以一回头就急忙掉过去了。

卜巡抚不由得暗自思量道："这两个东西的举动很蹊跷，这种青布缘边的白细草帽，虽是有钱人戴的，然十九是因骑马不便撑伞，才戴这种草帽遮阴。上流人步行，何妨打伞？并且这么炎热的天气，草帽戴在头上不透风，岂不更热？即算这两个东西嫌两手难擎，不愿意打伞，只是已进了茶棚，何以还将草帽戴在头上，不取下来凉凉呢？我看那个在前面的，气概不像是男子，步履又迟缓不似少年男子的活泼。已经坐下来又走，更显得其中有情弊。天色尚早，我何不跟上去探个究竟？若是伤风败俗的行径，也是我应该整顿的。"想罢，便不迟疑，立起身就跟踪前去。

眼见两人仍在前面缓缓的行走，但是恐怕跟得太紧，两人生疑，一分头逃跑，便不容易查出他们的根底了。因自己有地位与力量的关系，即看出了破绽，也不便就这么动手逮捕人，只能查出一个下落来，回衙着落府县官去究办。幸喜跟在背后行走，两人全不觉得。这时路上的行人稀少，在后的少年，用右手挽住在前的左手，仿佛扶持着行走的模样。那种腰肢软弱、体态轻盈的形象，更完全透露出来了。两条辫子垂在背后，都是又小又短，并不光泽。那时少年男子的辫发，一般的甚是讲究，从来不见有像这两人的。

卜巡抚仔细留神，越看越能断定，在前的必是小尼姑改装的，在后的必是小和尚改装。勤政爱民的好官府，见了这种行径的人，自忍不住心头气愤。当下卜巡抚旋走旋猜度这一对狗男女，住处必不遥远，所以一同步行。只要知道了他们的巢穴所在，就不愁他能逃出法网了。一时为一般刚正之气所鼓动，丝毫不觉得可怕，也不觉得离城太远了，不容易回去。

约莫跟了三四里，那两人忽转向一条小路上走，卜巡抚心里欢喜道："转上小路，必是离住处不远了。"看那小路前头，多是山岭，卜巡抚恐怕在山岭树林中容易走失，不敢相离远，和两人相差不到两丈远近。山中寂静，听得在前的说道："我两脚实在走不动了，好哥哥让我在这树林里歇歇吧。你自己疑心生暗鬼，害得我一身都走痛了。"在后的答道："你也太不行了，这一点儿路都走不动，定要歇歇，就歇歇吧！"两人说着，同时就一块草地坐下来。

卜巡抚听在前的说话声音，娇脆非常，无论什么人听了，都能辨出是个女子。两人才坐下，那在前的又说道："你瞧我额上的汗，和水一般的淌下，这山林里没人来，取下这劳什子凉凉好么？"一面娇滴滴的说，一面已伸手将草帽取下，露出一个又光又白的秃顶，不是小尼姑是什么呢？卜巡抚看得分明，心想这一对狗男女，此时虽是都脸朝那边，不曾见有我在这里跟着。然万一他们回过头来望望，我一时不是无处躲藏吗？低头一看，就在身边有一块大粗石，有两尺多高，石后足够藏身。

刚要移步向石后蹲下，但是已来不及了，小尼姑说要取下草帽凉凉的时候，这小和尚也脱下草帽现出秃顶来。先朝左右看了一看，随即回转头，一眼便看见了卜巡抚。卜巡抚不禁吓了一跳，以为两个狗男女忽见看有人来了，也必大惊失色。谁知小和尚倒显得毫不在意的样子，对着卜巡抚点了点头笑道："既跟上来了，又藏躲做什么呢？请过来谈谈吧。"

卜巡抚见已为人识破，当然不能再向石后躲，只得大摇大摆的走过去笑道："我光明正大的行路，又不犯法，无端的要躲藏做什么？你们两位是佛门弟子呢，还是在俗的呢？"小和尚也笑道："那却随便，要说我是僧，便是僧；要说我在俗，便在俗。这么大热的天气，你也跟着走得太辛苦了，请坐下来歇息歇息，再跟我们走吧！”卜巡抚装出行所无事的样子说道：“你们也是行路，我也是行路，怎么是跟你？难道这条路，只许你两人行走吗？”小和尚刚要回答，小尼姑伸手拉了小和尚一把说道：“他行路也好，跟我们也好，管他做什么？”小和尚做出十分亲昵的神气，说道：“哎哟！小妹妹，你哪里知道啊！你以为他是寻常行路的人吗？他贵人多忘事，只怕不认识我，我倒还认识他呢！此刻在湖南一省当中，要算他一个人最大，他跟我们走到这地方来，简直不怀好意。”

卜巡抚听了这几句话，险些儿惊得呆了。暗想这贼秃，既认识我是此刻湖南一省最大的人，居然还敢拿这般傲慢的神气待我，可见他已是目无王法了，倒得留神一点对付他才好，不要吃了他的眼前亏。心里是这么想着，口里便说道：“你说的是什么话？我到贵省来探亲访友，今日才是第三天，你在什么地方曾认识我？你真不要疑心生暗鬼，以为我是跟着你们走，不怀好意。其实我是外省人，什么事也不与我相干，我就不怀好意，于我又有何好处？我改换一条路走吧，不要害得你们疑疑惑惑的不自在。”说罢，回身提步想走出树林，早离开这是非之场。

无奈这小和尚自知行藏已为人瞧破，不是一件当耍的事，仰天打了个哈哈，托地跳起身来喝道：“待跑到哪里去？”这“去”字才脱口，卜巡抚已觉得胳膊被人捉住了，挣了几下，哪里挣得脱，仿佛被夹在铁钳里面，越挣扎越钳夹得紧，只觉得钳处痛彻心肝。转脸看时，原来小和尚用两个指头捏住胳膊，轻轻的摇动几下笑道：“你好好的在督抚衙门里安享，何等自在，何等快乐？偏是生成的贱相，这么炎热的天气，要独自跑出来讨苦吃。或是在衙门里闷得慌，要独自一个人出来走走，瞧瞧风景也就罢了；偏要多管闲事，死死的盯住我们不放。若真个被你盯上了，那还了得！你开口就说你没有犯法，用不着藏躲。不错，我是犯了你的法，落在你手里，是断不肯轻轻放过的。只是你不盯我，你不犯法，既是盯我到了这里，便犯了我的法了。于今落到了我手里，我也断不肯轻轻放你过去，随我来吧。”和牵小孩子一般的，将卜巡抚牵到树林深处。

卜巡抚痛得忍耐不住，口里“哎哟”“哎哟”的喊叫起来，小和尚顺手往地下一带，卜巡抚便立脚不住，扑地就倒了。小和尚用一脚踏住，招手叫小尼姑过来，取了那条揩额汗的洁白手帕，先把卜巡抚的口缚了，使他喊叫不出。小尼姑又从长衫里面解下一条很长的绸巾来，小和尚接着将卜巡抚的两眼并两手缚了。卜巡抚既无力反抗，只好紧闭双目，听其所为。手眼都失了作用，又是背脊朝天的倒在地下，小和尚的脚虽已不踏在背上了，然因双手是反缚着，更牵连着后脑，扑在地下一点儿不好着力。处了这种境遇，唯有听天由命，连哼也不哼一声。

随听得小尼姑的声音呼着哥哥说道："就是这么缚着掼在此地吗？我想这山里来往的人很稀少，就有人走这山里经过，也不会无端跑进这树林里来。他一不能动弹，二不能叫唤，有谁来救他呢？至多不过两三日工夫，便不饿死也得闷死。我们不管他，走吧。"小和尚发出踌躇的声口说道："这是使不得的，此地并不是深山穷谷，哪能保得没人行走？只要有一个砍柴的走进这山里来，就能将他救去。他一旦得回衙门，便是放虎归山，终久要出来伤人的。我戴了草帽的时候，他自然认不出我是谁。只是我已把草帽脱下，他不见得还不认识我。他原是对我们不怀好意才跟上来，若使他留得性命回去，那还了得！"

小尼姑道："然则就用绸巾将他勒死，掼到山石里去好么？"小和尚仍是沉吟不决似的，半晌方答道："这也使不得，你不知道我师傅的规矩很严。在周围百里之内，休说不能私自伤害人的性命，就是对于畜类草木，也不许有一些儿伤损。并不许在一百里之内，与俗人口角斗殴，便被俗人打了骂了，都不许计较的。"小尼姑发出带笑的声音说道："咦，咦，咦！罢了，罢了！不要信口乱说了吧，我都知道。"小和尚辩道："你这话怎么讲？难道还怀疑我这些话是假的吗，我无缘无故哄骗你做什么？"小尼姑笑道："谁说你是哄骗我？你是忘记前几天向我说的话了。你们寺里尚且不禁止伤害人，出来倒有这么些规矩了。"

小和尚接着哈哈大笑道："原来你是这般着想，怪道你以为我是随口乱说的。你是个聪明人，却怎么不懂得这道理？你可知道我们寺里的清规戒律，远近百多里无人不赞叹，是什么道理？就是这个道理。寺里都是自己人，那些清规戒律，有什么用处？"小尼姑道："这也使不得，那也使不得，到底打算怎么办啊？"小和尚道："不用着急，好在天色已快要黑了，把他扛回寺里去，听凭师傅发落，死活我们可以不管了。"

卜巡抚听了二人谈论的话，心想我自到任以来，时常单独步行出外，认识我的自是不少。不过他说他寺里的清规戒律，百里远近的人无不赞叹。我所闻清规戒律最严的，莫过于红莲寺，红莲寺的知圆长老，我曾迎接到衙里讲过经。我记得他来的时候，带了法随侍六人，其中有两个的年纪很轻。只因我当时不曾留意，相貌记不清晰了，或者这贼秃便是其中的一个。卜巡抚虽如此猜度，然始终不相信知圆长老是个恶僧，以为到寺里见了贼秃的师傅，是不是知圆，落眼便能认识。若是知圆，除了他蓄志谋叛便罢。不然，绝没有这大的胆量，敢公然害我的性命。并且我待他那么殷勤，见面总应该有点儿情分，所虑就怕不是红莲寺，落到强盗窝里去了，便更难望生还了。

想到这个生死的关头，委实有些慌乱。也不知在地下躺了若干时刻，忽觉身体被人提起来，仿佛是在肩上扛着，一高一低的行走得很快。耳听得背后还有一个人跟着走，逆料扛自己的就是小和尚，跟着走的是小尼姑，不过二人在路上都不开口说话。两眼虽被绸巾缚了，不看见所经过的地方是何情景，但是就身体起落的情势推测，所经过的多是山路。并且一路之上，都是静悄悄的，不仅不闻人声，连鸡鸣犬吠之声，也不听得。只觉有一阵一阵的风吹到身上，是很凉爽的，不似白昼的热风，料知此时至早也已在黄昏过后了。

不知经过了多少里道路，忽隐隐闻得钟声，隔半晌才撞响一下。思量已听得着钟声了，离寺大约不远了。果然没一刻工夫，陡觉身体往上一抛，凌空与腾云相似，唯恐这一跌落下来，势必粉身碎骨。谁知却是不然，并不是单独将他的身体抛起。原来是小和尚扛着他往上一纵，大约是纵上了一道高墙，或是屋顶，听得脚底下有细微的瓦碎声，行走比在地下时还快了数倍，也没有高低起落。

约莫是到了高墙尽头之处，陡觉得身体又往下一沉，不一会儿就卸了下来，仍和在山里的时候一样，背脊朝天的扑着，即听得一路脚声走出来了。不到一盏茶时候，那脚声又响了回来。有人将缚手的绸巾一扯，两手就敢松了，再在后脑上扯了一下，两眼也能睁开看物了，只见眼前有不甚明了的灯光。正待抬头向四面瞧瞧，已听得小和尚的声音，立在身旁说道："解了你的缚，还不自己挣扎起来，难道想人扶你吗？"

卜巡抚想用两手在地下挣扎，无奈反缚得太久了，臂膊已痹麻不仁，休说不能在地下挣扎，想运动一下都如失了知觉，不由自主只得伏着不动。

小和尚似乎不耐烦了说道："怎的做官的人这么不济，起来吧，你的老朋友在方丈等你！"说时，伸一只手握着肩胳只一提，就提得站起来。小和尚又把缚口的手帕解下，凑近鼻端嗅了一嗅说道："原是一条香帕，一用着缚你的臭口，就变成臭帕了。若不是我心上人的东西，我真不要了呢？随我来吧。"旋说旋揣了手帕，牵着卜巡抚的衣袖就往房外走。

穿门过户，走到一处，灯烛辉煌，陈设精雅富丽。卜巡抚一眼看见靠墙根安放着的一张花梨木禅榻，顿时想起这房间就是知圆和尚的方丈。卜巡抚曾到红莲寺烧香，知圆和尚便是迎接在这方丈里款待。方丈中陈设的器具，仍与从前所见的无异，不过昼夜的光景不同罢了。此时禅榻上并不见知圆和尚，也没有旁的僧人，心里又不由得诧异道："这小贼秃说我的老朋友在方丈里等我，所谓老朋友，不待说必是知圆了，何以方丈中又没有他呢？"

正在如此疑惑，小和尚牵着衣袖直到禅榻跟前，一脚跨上去。只见他伸手在墙上不知如何推按了几下，才一霎跟工夫，禅榻自然向后移动了一二尺，墙根上闪出一个洞门来。小和尚指着洞门说道："走进这里面去吧！你来晏了一时半刻，你的老朋友已进宫取乐去了，懒得出来，教我引你进宫去见。尽管放胆走，若是存心要取你的性命，随便怎么下手你都逃不了，这不是为要害你才哄着你进去。"

卜巡抚落圈套已到了这一步，是早拼着一死了。然一瞧洞门里面，漆也似的乌黑，房中的灯烛光，却被禅榻遮掩了，一点儿看不出洞门以内是何模样。毕竟读书人的胆力不壮，不敢跨进脚去，小和尚现出轻视的神气说道："怕死的人也终免不了一死，我引你进去吧！"回身握了卜巡抚的手，弯腰向洞门里走去。

卜巡抚跟着一进洞门，只觉得凉气袭人，脚下一步低似一步，好像是很平坦的石级，二三十步外才是平地。更行数步，即见有自里面射出来的灯光了，在未见灯光的时候，两耳如在瓮中，仿佛有数十百种声音，同时在远处发作，但觉满耳嗡嗡的，辨别不出一种声音来。及一见灯光，种种庞杂的声音，立时都入耳分明了。原来有丝竹管弦的声音，有歌喉婉转高唱入云的声音，有笑语喧哗的声音，有喝好鼓掌的声音。

卜巡抚暗自寻思道："谁也想不到万人称赞、清净高尚的红莲寺地下，会有这种所在。这寺里贼秃平日之无法无天，概可想见了。我的命若不该丧在此地，脱险后又不能为民间除了这一大害，从此誓不再做官了！”才思量到这里，小和尚一手握着他，一手撩起一条门帘，将握手的手向门帘里一带说道：“你老朋友在内，你自去见面吧。”随将手一松，卜巡抚险些儿栽了个跟斗，立稳脚一看，竟把个官居极品的卜巡抚看得呆了。

这间房子，分明是一间地下室。然寻常地室，都是湫隘卑湿，仅能容几人起卧而已，哪里有这样堂皇高大的？这房仿佛极宽大的厅堂，横直穿心都有三四丈，四围上下，装饰得耀睛夺目，巨烛高灯，照彻通明，与白昼无异。上首安放了一个形似禅榻，而大倍寻常的东西，一个脱得精光的老和尚，颓然高卧在上面。两个妙龄的女子，也是一丝不挂的坐在旁边，替老和尚捶腿捏胳膊。榻前原有帐幔的，此时向两边悬得高高的并没放下。幔前约有十来个粉白黛绿的女子，也有古装的，也有时装的，也有赤条条毫无遮掩的，在一团舞的舞、唱的唱。奏乐的坐在四角，也有十多个，尽是青年和尚，不用说衣服，连带也不见有一条在身上。一个个涎皮涎脸的，眯缝着两眼望了歌舞的女子。那些歌舞的女子，也故意卖弄风骚，做出种种淫荡不堪的神态，撩拨得那些青年和尚，简直如雪狮子向火，浑身骨头节都融了。却又各自距离得远远的，不敢挨近身去。

老和尚看得高兴，就高声喊起好来，也看不出老和尚是什么用意。卜巡抚虽与知圆和尚见过几次面，然这个老和尚因脱得一身精光了，又是睡在榻上，相隔有二丈远近，竟看不明白不知是不是知圆和尚，也不敢冒昧走上前去瞧个仔细。

卜巡抚见了这种邪淫的现象，心里虽不由得愤恨到了极处，但转念一想：“这些贼秃，居然敢如此无法无天，哪里还知道什么忌惮？我不去触怒他们，犹恐他们不放我出去；惹恼了他们，就更不要望活命了。于今只要能委曲求全性命，便是千万之幸了。”卜巡抚一这么着想，即做出老实可怜的样子，低头站着不动。

歌舞的女子一会儿停止歌舞了，奏乐的青年和尚也都停止吹弹了。老和尚忽从榻上抬起头来问道：“还不曾来吗？”歌舞的女子见问，同时十几双清妙的眼光，齐射到卜巡抚身上，都伸手指了一指，向老和尚回道：“喏！早已在这里站着。幸亏是男子汉大脚，若是教我们一动也不动的站这么久，只怕两条腿早已痛断了。”

老和尚轰雷也似的喝一声道："贵人在这里，你们也敢胡说乱道，这还了得，都听我赶紧滚到帐幔后头去。"十来个女子都吃吃的笑着，躲藏到帐幔后面去了。坐在榻上的两个女子，也待下榻跑去，老和尚摇手止住道："你们不要走，只顾好好的替我捏着捶着吧。"边说边抬起半边身子来，对卜巡抚招了招手，笑道："请过这里来。"卜巡抚假装老实人害怕的样子，缩缩瑟瑟的挨近禅榻，仍低头立着。老和尚在卜巡抚浑身上下端详了几眼笑道："果然是贵人到了，有失迎候，罪过，罪过！别来不久，贵人更见发福了。老衲真说起来惭愧，一日衰似一日，于今已是颓唐得不堪了。"

卜巡抚这时已看出老和尚是知圆了，却仍做出发怔的模样，两眼一翻一翻的望着知圆说道："老师傅莫不是认错了人么？我姓张，名伯和。从河南来贵省探亲，才到了三日。不知为着什么事，少师傅在路上遇着我，就不由分说的，将我捆起扛到这里来。我曾在什么地方看见过老师傅，已想不起来了，望老师傅慈悲，放我出去，免得舍亲盼望。"

知圆和尚已坐起身来大笑道："这一派话用不着说了，若是闻名不曾见面的人，便不难用花言巧语瞒混过去。我和你是老相识，烧成灰我还认识你，由你假装不认识就行了么？我这地方，不但外边俗人不能来，就是同寺的僧人，非经我呼唤，也不敢跨进一只脚来。你虽是官居极品，然是对于俗人才有高低上下，我们出家人佛法平等，人世的官阶，与我们释家无涉。不过你既到我这秘密地方来了，不得不谓之与我有缘，你我就此畅饮一场吧。"说时，举眼向房角上的青年和尚说道："传语出去，从速开一席酒菜上来。"便见青年和尚走到门口，撩起门帘，照知圆和尚吩咐的话说了一遍。大约门外有人伺候着，青年和尚说了自还原位。

顷刻之间，酒菜就送进来了。就在大禅榻上安放一张坑几模样的矮脚方桌，金杯牙箸，海错山珍，罗列一桌。知圆让卜巡抚在对面坐下，亲自执壶斟了一杯酒笑道："我这里的酒，是不容易饮着的，虽赶不上天宫里的玉液琼浆，可以延年益寿，也实在能忘忧解闷，奉劝你多饮几杯吧。"

卜巡抚此时哪里还有闲心饮酒，只急得不知要如何才好，也不愿意与知圆和尚虚谦假让，接过酒杯就搁下，也不敢饮。知圆好像已看出他不敢饮的意思，先举杯一口饮干了，将杯照着说道："我要害你性命，岂用得着毒酒？你且干了这杯，我有话说。我为你设想，既到了这一步，就忧愁烦闷到死，也不过是白送了性命，有什么用处呢？你要知道人生寿命有限，苦多乐少。我们活在世上，若不自己寻些快乐，简直从出娘胎以至老死，没一时一刻不是苦恼。我明白你此时的心事，总以为我难免不伤害你的性命，所以急得要想逃生的方法。老实对你说一句，你若是一个平常与我不相识的人，到了我这地方，窥破了我的行径，便插翅也休想能逃得出去。因为我不将他杀死，不能灭他的口，使他不能去向外人乱说。你的官阶大小，虽与我佛门无涉，但是你曾殷勤迎接我到衙门里讲经，又曾来这寺里拈过香，毕竟比较寻常人多一些儿情分，我决不取你的性命就是了。”

卜巡抚料知不能再瞒混过去了，只得放开了胆量说道：“老和尚的话，固是不差。我也知道人生苦多乐少，为人须及时行乐。不过像老和尚是出家人，不受王法拘束，没有国家责任，可以一心寻乐。我是薄福的人，为何能与老和尚同日而语？”知圆紧接着说道：“你想学我的样，不是极平常极容易的事吗？有一句俗语道‘和尚是人做成的’，谁生成是和尚？我立刻给你剃度，你便立刻做成和尚了。你心里不要搁不下一个湖南巡抚的虚名，须知终归是要搁下的。我这寺里虽有一百多位法侣，只是还不曾有可传我衣钵的人。你剃度后，便可传我衣钵，你居了我的地位，不用说一个巡抚赶不上我的尊荣快乐，就是贵为天子，富有四海，也不及我的自在舒徐。”

卜巡抚道：“我此时的俗务纠纷，尘心未退，还不是出家的机缘。望老和尚宽假些时，等我回去将一切俗务了脱，一定皈依座下，也不敢望传老和尚衣钵，就做一个火工道人，也是心甘情愿的。”

知圆笑道：“你这个想回去的念头快点儿打消吧！非是我少了徒弟，要勉强你出家，只怪你无端要多管闲事，存心窥破人的阴私。小徒在路上行走，实不曾有干犯你的地方，你偏要紧紧跟随不放。你那时若不是动了杀念，小徒又何至将你扛到此地来。如果到此地过来的俗人，居然能带着性命回去，我这所在不早已变成瓦砾之场了吗？我自从住持这红莲寺，对于窥破了我底蕴的人，早限定了只有两条路给他走，从来没有丝毫通融改变。”

卜巡抚问道：“请问是哪两条路？”知圆道：“我佛以慈悲度人为本，所以第一条路就是立刻剃度。若这人不识抬举，不愿剃度，就只得即时给他一布袋石灰，送他到西方极乐世界去。想留着活口去外面胡说乱道，无论是谁也休做这梦想。”卜巡抚道：“剃度后是应遵守怎样的清规戒律？”知圆道："清规戒律倒不难遵守，不过我这寺里此类剃度，与其他佛寺里的剃度不同，终年只能在地室中逍遥快乐，不许任意行动。"

卜巡抚心想："这种剃度，何异活埋在这地窖里！衙中人见我独自出来不曾回去，势必四处探寻，若侥幸得救出去，顶上的短发已经剃了，此后岂但不能为官，并不能为人了。宁死也不能受这大辱。"主意已定，即正色对知圆说道："我受朝廷封疆重寄，岂可偷生忍辱？你若尚有丝毫畏法之心，趁早送我回衙，我倒可通融，不认真追究。如你执迷不肯放我，任凭你处治便了。"

知圆点了点头道："两条路我也任凭你走，你既以为剃度是受辱，也罢，就由你走第二条路吧。"随即向房角上的和尚道："取弥勒来，送他到西天去。"便有两个青年和尚应声而去。

只一转眼的时间，忽见一个青年和尚面如土色的奔回来说道："不知是什么缘故，长兄才一伸手去取弥勒，就一跤跌倒了。弟子只道他提不起，用力过猛闪了腰肢，弯腰去扶他，谁知他和死了一样，鼻息都没有了。"知圆吃惊似的跳下禅榻来道："这是怎么一回事？"

不知究竟是怎么一回事，且俟第七十一回再写。

第七十一回

杨状元倾家结豪杰　张义士访友变姓名

话说知圆听了青年和尚那种奇异的报告，即起身走到那倒地的青年和尚跟前一看。灯烛之光照得分明，不是死了是什么呢？知圆不由得踌躇起来，暗想卜巡抚官居极品，大概他所到之处，必有百神呵护。这弥勒布袋取去，便是他生死的关头，所以百神要保护他的性命，就得是这般显点灵应出来，使我好消灭杀他的念头。不过我今日不杀他，来日他必杀我。像红莲寺这么好的基业，一旦败露了便不能再在此地立脚，却教我们到何处更创一个这般稳固的所在呢？他既不肯剃度，难道因取弥勒布袋的人死了，便饶了他放他出去不成！生死原有一定，安知不是这小子应该得急症病死，适逢其会在这时死了？我倒不相信真有神灵如此保护这狗官，我命里若也注定了要死在这时候，就躲也躲不了，我何不亲自动手将布袋提过去。

知圆这么一想，立时似乎下了一个决心。才向布袋跟前移了两步，正待弯腰伸手，猛觉得呼的一阵旋风，房中的灯烛，登时齐被吹熄了。有几盏灯竟被风刮倒在地，只吹得知圆毛骨悚然，连忙伸起腰来，左手捏诀，口中念动禁压妖魔鬼怪的真言。这是知圆和尚的看家本领，无论山魈野魅、鬼怪妖精，哪怕在百里以外，知圆将这种真言念动，立刻都不能行动，唯有俯首帖耳的听知圆的指挥令。

知圆何以有这般本领，毕竟他是如何的来历？前几回连篇累幅的写红莲寺，却没工夫把红莲寺的历史叙述出来，大概看官们心里总不免有些纳闷，以为光天化日之下，逼近省会之地，怎的会忽然钻出一个这般鬼鬼祟祟的万恶红莲寺来？一定是不肖生活见鬼，青天白日在这里说梦话。看官们不要性急，这是千真万确的一桩故事。诸位不信，不妨找一个湖南唱汉调的老戏子，看是不是有一出火烧红莲寺的戏。这戏在距今三十年前，演得最多，只是没有在白天演的，因为满台火景，必在夜间演来才好看。不过演这出戏，仅演卜巡抚落难，陆小青见鬼，甘联珠、陈继志暗护卜巡抚，与卜巡抚脱难后火烧红莲寺而已。至于知圆和尚的来历，戏中不曾演出。并且当时看戏的，都只知道知圆的诨名“铁头和尚”，少有知道他法号叫“知圆”的。在下却破工夫打听了知圆的一生来历，正好趁这时分写出来。

知圆的俗家姓杨，原籍河南人，他父亲单名一个“幻”字，二十五岁上就点了武状元，专好结纳海内豪杰之士。论到杨幻的武艺，能大魁天下，自然是了不得的高强。不过他点状元的本领，是他极不得意的功夫。他得意的功夫，为一般会武艺的行家所推崇佩服的，在会试场中都用不着。他最会纵跳和使放暗器。身体魁梧奇伟，无论什么有眼力的人一眼看去，无不以为他这么高大的身材，必然笨滞不堪；谁知他上起高来，竟比猢狲还加倍轻捷。浑身筋骨，要硬便硬如钢铁，要软便软如丝绵。身材矮小人钻不过去的缝隙，杨幻钻过去倒像绰有余裕，一点儿也不觉得那缝隙仄狭了。寻常会武艺的人，使放暗器，尽有准头极好百发百中的，然普通只能近放，不能远放；就是有力量能放远的，也只能在那毫无遮拦阻隔的地方打人。若在树林当中，及有窗格阻挡的所在，暗器便发放出去，也不能远，效力是更差了。唯有杨幻的暗器，不拘在什么地方，只要有一线之路，能看得见心里想打的人，不问上下左右有多少层障碍，他的暗器能照着那一线之路，直射过去。

他正练习暗器的时候，每在墙壁上掏一个茶杯大小的窟窿，点一支线香在墙那边，他立在墙这边，暗器从窟窿中打过去，将香头打灭。后来练习的日子长了，能在黑夜之中，暗器穿过两层墙洞，将点在第三间房里的香头打灭。凡是有人使用的暗器，他无有不会，无有不精。

他祖传的产业，原极豪富，自奉却非常俭约，银钱专用在交游上面。只要是有点儿能耐和声名的人走他家经过，或是专程去拜访他的，他总得奉送些程仪。若有缓急去求他帮助，看需要多少，开出口来，没有不如数奉送的。受他殷勤款待与银钱帮助的人越多，“杨幻”两个字的声名也越大。那时在江湖上一提起杨状元，不问认识不认识，都得称赞一声“仗义疏财的好汉”。后来杨幻的家产，被杨幻没有限制的赠送得精光了，在原籍不能居住。一则因为远处闻名的人，不知道杨幻的处境不如从前，以为永远是一个可扰之东，源源不断的来杨家拜访。杨幻慷慨惯了，一旦没力量帮助人，面上觉得很惭愧；二则因家境既不宽舒，便不能款待朋友。他是生性好友的人，没有朋友在一块儿盘桓，更觉得索居无味。有这两个原因，只得离开原籍出门访友。这时杨幻的年纪已有了五十多岁，只有一个儿子名从化，年已十六岁了。杨从化得他父亲传授的武艺，虽赶不上他父亲那般高妙，然不但和他一般年龄的人没有能敌得过他的，就是从来在江湖上称好汉的老手，看了他的功夫，也都得说一句后生可畏，不敢存与他尝试的心。杨从化才到十岁，他母亲便死了。杨幻也没续弦，也没纳妾。杨幻一带着杨从化出门，原籍地方就没有杨幻的家了，杨幻父子到处游行访友。

这日在陕西境内，坐船经过一处很大的码头，天色已将近黄昏了。船靠码头的时候，杨幻坐在舱里，推开窗门向码头上看热闹。只见离船约一箭远近的岸边，有一个大石岩伸在水里，石岩上巍然矗立着一个和尚，右手撑着一条臂膊粗的禅杖，左手握拳抵在腰间，挺胸昂头，竖起两道浓黑如漆的扫帚眉，睁起两只光如闪电的巨眼，不转眼朝船上看着。

杨幻一见面，就不由得吃了一惊。暗想我自己的身材已是很魁梧的了，这和尚只怕比我还要高大一倍。这和尚的年纪虽也不小，然像这样金刚一般的气概，出门怎用得着撑拐杖？并且看这拐杖的形式，十九是用纯钢打就的，怕不有一百来斤重。看他两眼露出凶光，下死劲钉住在我这船上，难道曾和我有甚仇怨，知道我今日到这里来，特地先在此地等候我吗？只是我平生并不曾见过这样的和尚，也不曾有开罪和尚的事。我于今也不管他是不是有意来与我为难的，今夜只小心一点儿睡觉便了。杨幻心里这么思想着，两眼懒得与那和尚对望了，移向码头上闲看了一会儿，再向石岩上看和尚时，已不知在何时走到何处去了。这夜杨幻父子都不敢安然就睡，准备那和尚前来有什么举动。但是提心吊胆了一夜，直到天明，丝毫动静也没有。

杨幻不由得暗自好笑道：“我真是疑心生暗鬼，白担了一夜的心思，不敢安睡，谁知是偶然遇着。只是这和尚虽不知道我，我既遇见他，倒得上峰去访访他，看他的本领毕竟怎样。这和尚在此地的声名必不小，逆料没有访不着的。”杨幻父子所坐的船，是单独雇的，行止可以自由。因为他父子的目的在访友，沿途遇着名人好汉，随处都得流连。这日杨幻吃了早饭，即带着杨从化上岸，专访本地的丛林古寺，却不见有那般模样的和尚。找着地方年老诚实的人打听，也没人知道有这么一个和尚。整整的访了三日，不曾访着，只得罢了。

第四日仍开船向前进发，行了几十里，天色向晚，又到了一个埠头停泊。每次泊船的时候，杨幻照例凭窗向岸上眺望。想不到一举眼，又见那个和尚，仍是与前日一般的眼睁睁向这船上望着，右手还是撑着那支臂膊粗的黑色禅杖。杨幻心里想道："难道这番也是偶然的遇着吗？我看这秃驴的神情，逆料他对我必不怀好意。我平生虽不曾有事得罪过和尚，只是和尚是凡人做成的，说不定这秃驴在未出家以前，曾与我有什么事过不去。我当时不留意，相隔的年数多了，他又出了家，改变了装束模样，我见面不认识他，他是存心图报复的，自然能认识我。有一句古话说得好'先下手为强，后下手遭殃'，他若不是为寻仇报复的，便不应该是这般跟着我，现出这样神气来。我乘他不防备的时候，赏他一袖箭，我宁可错杀了他，不能因姑息之念反为他所算。"

主意既定，再看那和尚，正掉头望着后面。杨幻不由得暗喜道："这真是绝好的机会。"一点儿不踌躇，右手一起，一支箭早已如掣电一般的，直向和尚的后脑射去。杨幻自以为一箭射在没蓄发的光头上，至少也得射进去两寸多深，将脑髓射出来。哪知道事实完全与理想不对！那箭不偏不倚的射在和尚后脑上，只听得"喳"的一声，就和碰在钢板上一样，不但没射进去一分、半分，反碰得那箭射回来，足有一两丈远近，落到水里去了。

和尚仿佛吃了一惊似的，一面用左手在袖箭射着的地方搔着，好像表示射着的地方，如被虱子咬着一般的痒；一面掉转脸来，望着杨幻含笑点头。这一来，倒把一个见多识广武艺高强的杨幻，弄得不知待怎么才好。此时船已靠好了码头，那和尚便拖着禅杖，一步一步的向船跟前走来，现出满面的笑容，不似以前那般横眉鼓眼、凶不可当的模样了。杨幻这时心里虽甚后悔不该鲁莽动手，然事已到了这一步，吉凶祸福，已来不及计虑了。唯有连忙吩咐杨从化在隔舱蹲着，端整兵器在手，准备和尚一动手，就冷不防的钻出来，帮着厮杀。自己也将应手的兵器，安放在便于携取的地方，装出安闲的样子，走出舱来。

只见和尚已到船头立着，将禅杖倚在身边，双手合十，迎着杨幻笑道：“来者果是杨状元么？贫僧迎候了好几日，只因不知究竟是也不是，不敢冒昧进见。幸蒙赏赐了这一袖箭，贫僧方能断定，若不是杨状元，他人决不能打得贫僧的头皮这么发痒，真是幸会之至。”这几句话，只说得杨幻的脸红一阵、白一阵。只是看和尚说话的神气，甚是诚恳，并没带着讥讽的意味，也不像是前来寻仇报复的，只得也赔着笑脸抱拳说道：“不知大和尚法讳怎么称呼，宝刹在哪里？何以知道不才会来此地？”旋说旋让和尚进舱里，分宾主坐定。

和尚接着答道：“贫僧法号无垢，这番因云游到陕西，在西安报恩寺雪门师叔那里，听说杨大居士已动身来陕西访友。贫僧久慕大居士的声名，本打算亲到河南拜访，无奈一晌都不得方便。近来正喜有机缘可以成行了，偏巧小徒从河南回来，据说曾到了大居士府上，适逢大居士已离开原籍，出门访友，并无一定的行踪。贫僧听了，唯有自叹缘悭，却想不到一来西安，无意中倒得着了大居士的踪迹，所以特地来河边等候。”

杨幻见无垢和尚说得这般恳切，料知决无恶意，忙起身拱手道：“承大和尚如此厚意殷勤，不才真是又感激又惭愧。大和尚刚才说西安报恩寺的雪门师叔，不知是不是和江南周发廷老爹同门的雪门师傅？”无垢连连点头笑道：“正是他老人家，居士原来和江南周老爹相熟么？那是贫僧的师伯。”杨幻笑道：“江南周老爹谁不知道，更是不才平生最服膺的老辈。听说周老爹同门兄弟，并雪门师傅只有三人，还有一位田老师，多年隐居不出，外人知道的很少。想必大和尚的尊师，就是他老人家了？”无垢和尚微笑点头道：“贫僧俗姓田，字义周。居士所说的，便是贫僧的俗父，已于五年前去世了。”杨幻喜道：“怪道大和尚有这等惊人的本领，原来是大名家之后。我真是肉眼凡胎，唐突了大和尚，罪该万死。”

无垢和尚摆手说道：“居士不用客气。贫僧虽是出了家，然贫僧的功夫，不是在出家后练的，你我都是同道的人。贫僧因听得小徒说，居士有一位公子，功夫甚是了得，居士带着一路出门，何不请出来给贫僧见见？”杨幻谦逊道：“小孩子顽劣不堪，怎够得上说功夫。”旋说旋向隔舱叫道：“我儿快出来向大和尚请安。”

前舱说话，杨从化在后舱听得分明，连忙放下手中兵器，理了理身上衣服，应声出来，恭恭敬敬的向无垢和尚行礼。无垢慌忙双手拉了起来，两眼在杨从化浑身打量了一遍，不住的点头笑道："好气宇，好骨骼！怪不得小徒再三称赞。"杨幻问道："令徒是哪位，曾见过小子么？"无垢道："自然是见过的。"说着，拉了杨从化的手问道："你今年有十六岁了么？"杨从化应是。无垢又问道："从几岁起练功夫？"杨从化道："五岁。"无垢叫着"哎呀"道："练过十一年了，难得，难得！你也读过书，认识字么？"

杨从化道："书也略读了些，字也略认识一些。"无垢道："书是从几岁读起的？"杨从化道："也是五岁。"无垢听了，欢喜得哈哈大笑道："书也不间断的读了十一年。像这般文武全才的童子，除了你恐怕没有第二个。"杨从化不作声，杨幻在旁谦谢道："大和尚太夸奖他了，小子今日能遇见大和尚，实可谓之三生有幸，得恳求大和尚玉成他才好。"说罢，起身对无垢一躬到地。

无垢欣然答道："令郎合该与贫僧有缘。贫僧在十年前虽收了一个徒弟，只是他有他自己的事业，不能随侍左右，多久就存心要物色一个，无如称我心愿的实不容易找着。就是我那小徒，也随处替我留意，因此见了令郎，对贫僧称道不置。"杨从化生性聪明，听得自己父亲求无垢玉成他，无垢已应允了，不待他父亲开口，即双膝往舱板上一跪，捣蒜一般的叩了四个头。

无垢很高兴的坐受了，对杨幻说道："贫僧近年募化十方，已在湖南长沙、浏阳交界之处，买了些田地。那地方原有一所古寺叫红莲寺，规模不大，地形却甚好。贫僧已从四川、陕西两省，雇了二三十名很工巧的泥木匠，到湖南重新盖造起来，此刻已造成一所大寺院了。那地方最好修炼，令郎既拜给贫僧做徒弟，就得跟随贫僧到红莲寺去。不过出家不出家，倒可听凭尊便，那是不能勉强的。"

杨幻笑道："师傅知道我父子此刻虽不曾出家，却已没有家了么？十年前，我父子在河南原籍不但有家，并是轰轰烈烈、热热闹闹的大家。自己家里的眷属奴仆不在内，就只每日在我家盘桓的亲戚朋友，至少也有四五十人，这还不是热热闹闹的大家吗？谁知敝内去世后，家政经理无人，家业便一年不如一年的凋零下来，渐渐供给不起亲友，亲友也渐渐的疏远不大上门了；更渐渐蓄不起奴仆，奴仆也就一个一个的换上主人了。所有相依不去的，只有这个小子。为人到了这一步，还有看不透的世情吗？这小子若没有安顿的所在，我也不舍得就此不顾他。于今既遇着师傅了，正是他的福报。他果能即时皈依三宝，求师傅剃度，我心里不但没有舍不得的念头，并且深庆他能得所。”无垢合十，口念阿弥陀佛道：“这就更难得了。”无垢和尚这夜就在船上歇宿。

杨幻陪着谈论了多少时事，评骘了多少人物，忽然想起无垢所说的徒弟来，忍不住问道：“师傅在十年前收的那位高足，毕竟姓甚名谁？既到寒舍见过小子，一定也见过我的，我只是想不起何时来过会武艺的出家人来。”无垢略沉吟了一下笑道：“我那小徒原不曾出家，居士如何想得起来呢。居士不是外人，贫僧不妨直说。小徒到尊府去的时候，贫僧虽不知道他假托什么姓名，然可料定他决不肯将真姓名说出。因为他身上的案件很多，在河南地方说出真姓名来，多有不便，并且怕拖累居士。居士广结纳天下豪杰之士，张汶祥这个人，居士曾听人谈起过吗？”

杨幻道：“不是四川的枭匪头目张汶祥么？”无垢和尚笑道：“除了那个张汶祥，哪里还有第二个张汶祥，够得上称天下豪杰之士呢？”杨幻也点头笑道：“那是时常听得有人谈起他，说他武艺高强，性情豪侠，实在是一个数一数二的好汉。不过谈论他的人，没一个不叹息他，说他可惜走错了道路。以那么好的天资能耐，不走向正路上去，建功立业，将来封妻荫子，却专一结交川中无赖，成群结队的贩私盐。听说几次与官兵对垒，都是张汶祥打胜了。官厅几番想招安他，他不但不理，并杀戮了好几名官员，弄得官府没有法子，只好悬重赏捉拿他。我听了张汶祥这种行为，也委实有些替他可惜。大师傅的高足，就是张汶祥么？”

无垢也叹了一口气说道：“凡事不是身历其境的，不容易明白。以张汶祥的聪明智识，何尝分辨不出邪正。譬如骑在老虎背上的人，岂不自知危险，急想跳下虎背来。但是不跳下，不得近虎口；跳下来反不能免了。如果有方法能跳下虎背，又可免遭虎口，张汶祥早已改邪归正了。”

杨从化偏着头思索了一会儿，忽向无垢问道：“张师兄是不是三十来岁年纪，长条身体，紫色脸膛，两道长眉入鬓，说话略带些口吃的呢？”无垢笑道：“你何以见得这般模样的是他呢？”杨从化望着杨幻说道：“爹爹不记得那个姓赵的吗，他说姓赵，行一，就叫赵一，没有名字。他去后，爹爹不是很觉得奇怪吗？说像他这般本领高强的人，应该早有很大的声名了，怎么就叫做赵一？而‘赵一’这两个字，却从来没听人谈过呢？我当时听得爹爹这般说，也疑心必是有名的人，或者因恐怕敌不过爹爹，坏了自己的声名，所以不说真姓名。依师傅的话推想起来，那赵一不是张师兄，还有谁呢？”杨幻沉吟着没开口。

无垢已笑道：“倒是你推想的不差，你且说那赵一是何时到你家去的，在你家是怎样的情形？”杨从化道：“那赵一在三年前到我家，只歇宿一夜，就推说事忙走了。初时谈论拳脚武艺，不肯和我爹爹较量，言动很是恭敬，很是客气。问我练了些什么功夫，似乎十分仔细。后来定要和我交手，我推辞不掉，只得和他走了两趟。他却只是招架，绝不回手。我见他身体矫捷得非常，只顾向后闪退，打算将他逼到没有退路的地方，看他怎样。只见他背贴墙壁，墙壁就洞穿了一个和他身体一般大的窟窿，用斧头钢凿成，也没有这般迅速这般齐整。我记得他次日临走的时候，笑嘻嘻的向我连说了几句后会有期。”杨幻说道：“怪不得那人有如此高强的本领，原来是老师傅的高足，我真粗心，当时也不知道根究他一个来由。”无垢道：“居士当时不根究他的来由也好，小徒生性甚是多疑，他去府上原是好意，没得因无意的根究他来由，倒使他好意变成了恶意。”杨幻父子这夜又和无垢谈论了一会儿，就彼此安歇了。

次日带着杨从化要走，杨幻心里总不免有些依恋，对杨从化说道：“你的缘法好，能得着这样的高明师傅，更有那么了得的师兄。只要你能不辜负你师傅的栽培，将来的造就，实不可限量。我现在已年将花甲，此后得一日清闲，便是享受一日的福报。没有重创家业的心，自然没有再行住家的事，游到哪里是哪里，在何处死了，便在何处掩埋。你此去但一心伺候师傅，不可想念我。我若有缘游到湖南，必来红莲寺瞧你。你会着你师兄张汶祥的时候，说我问候他，他的境遇，我因与他只有一面之缘，不得而知。不过我十分佩服他是好汉，也十分爱惜他这个好汉。师傅说他骑虎不能下背，自是实在情形。但是我有一句话奉送他，就是劝他得好休时便好休，绿林只是好汉暂时存身之地，不是终生立足之区。他既得高师，出家岂非跳下虎背的第一妙法？”

杨从化流泪说道："爹爹的话，孩儿牢记在心，遇见师兄便说。"杨幻又拜托了无垢一番，无垢才带着杨从化做辞去了。杨幻从此单独一个人，游踪无定。不知游了多少年，何时死于何地，正应了那句"不知所终"的老话了。

于今且说杨从化跟着无垢和尚，一路并不耽搁的回到红莲寺。这时红莲寺里，已有十来个和尚，都是无垢和尚的徒弟。寺里虽一般的供奉了佛像，只是并不开放给俗人烧香礼拜。无垢和尚在寺里的时候，每日由他率领着众和尚做几次照例的功课。一到夜间关闭了山门，无垢便督率着众和尚练习武艺。杨从化聪明出众，武艺本来在众和尚之上，无垢更特别的喜爱他，尽自己的能耐传给他。杨从化一因没有六亲眷属，心无挂碍；二因年轻没有损友引诱他入邪途，除学做佛堂功课以外，能专心一志的练习武艺。无垢在众徒弟中，独喜爱杨从化，也只最信用杨从化。寺中有许多内容，众和尚所不知道的，杨从化无不知道。

原来这红莲寺，表面虽是无垢募化十方得来的银钱，盖造这一所寺院做净修之所的。实在就是张汶祥拿出钱来，由无垢经手盖造这寺院，为他自己将来下台地步的。所以泥木匠都从四川雇来，暗室机关造得异常巧妙，非深知内幕情形，不但在房里房外都寻不出一点儿可疑的破绽来。尽管动手将这一座寺院拆毁，夷为平地，也不会显出可疑的地方。是这般建造红莲寺的主意，果然不是无垢和尚想出来的，也不是他徒弟张汶祥想出来的，这其中还有一个才高八斗、足智多谋的人物在内。

这人是张汶祥的把兄，姓郑，单名一个时字。讲到张汶祥的事，因为有刺杀马心仪那桩惊天动地的大案，前人笔记上很有不少的记载，并有编为小说的，更有编为戏剧的。不过那案在当时，因有许多忌讳，不但做笔记，编小说、戏剧的得不着实情，就得着了实情，也不敢照实做出来、编出来。便是当时奉旨同审理张汶祥的人，除了刑部尚书郑敦谨而外，所知道的供词情节，也都是曾国藩一手遮天捏造出来的，与事实完全不对。在下因调查红莲寺的来由出处，找着郑敦谨的女婿，为当日在屏风后窃听张汶祥供词的人，才探得了一个究竟。这种情节不照实记出来，一则湮没了可惜，二则在下这部《奇侠传》，非有这一段情节加进去，荒唐诡怪的红莲寺，未免太没来由。因此尽管是妇孺皆知的张汶祥刺马故事，也得不惮词费，依据在下所探得的，从头至尾写出来，替屈死专制淫威下的英雄出一出气。

闲话少说，且说杨从化到红莲寺有了半年，与闻了无垢和尚与张汶祥的一切秘密。这夜已在二更过后了，杨从化在梦中被人推醒。张眼看时，还仿佛认得出是几年前，在河南原籍和自己交手的赵一。心里早已明白就是大师兄张汶祥，并非真个姓赵行一。连忙翻身坐起来，正待称呼他一声大师兄，张汶祥已笑着开口说道："杨公子久违了，还认识我赵一么？"杨从化已下地对张汶祥叩头行礼，口称"大师兄"道："自从来此半年，无一日不想念大师兄。"慌得张汶祥连忙赔礼笑道："杨公子为何称我赵一为大师兄？"杨从化正色道："还在这里杨公子、杨公子，我真不敢和大师兄说话了。那年自大师兄走后，我和家父都疑心赵一不是真姓名，不过凭空想不到是大师兄罢了。所以我和家父在陕西初遇师傅的时候，师傅一提到大师兄曾去我家的话，我便知道大师兄必就是那个假赵一。"

张汶祥道："我那时连对你说几句后会有期，你不觉着我是有意么？"杨从化道："那时虽不知道是什么用意，但已觉得说那话的语气和神情，都不像平常临别时照例说出来的套话。"张汶祥笑道："可见得凡事皆由前定，我若在那时向你和老伯直说，要引你到红莲寺来，拜我师傅做徒弟，十有九是办不到的。因为那时的机缘还不曾成熟，雪门祖师在三年前，早算就了杨老伯必有在家乡不能居住的一日，所以直待你随杨老伯游到了陕西，师傅才来相见。"杨从化想起自己父亲吩咐转述的话，即将那夜在船上杨幻与无垢和尚谈论张汶祥的话，及次日临行所吩咐的话，都很委婉的说了。

张汶祥听罢，就窗眼里向天空恭恭敬敬的作了三个揖道："杨老伯爱我的厚意，我应铭心刻骨的感激，我只要略有机缘，誓不辜负他老人家这番厚意。你是我自己亲兄弟一般的人，我的事不妨直告你知道。我此刻的境遇，若是出家可以了事，也不自寻苦恼了。我在四川，连我自己有三个把兄弟，大哥姓郑，名时，虽只进了一个学，然学问渊博，四川的老生宿儒，没一个不钦佩郑时的才情文采。并且他不仅文学高人一等，就是行军布阵，划谋定计，虽古时的名将，也不见得能超过他。数年来我辈在川中的事业声名，全仗他一人运筹帷幄。我和三弟施星标，只是供他的指挥驱使而已。不过每次与官兵对垒，总是我奋勇争先，所向披靡，因此我在四川的声名，倒在郑大哥之上。其实我辈若没有郑大哥运筹帷幄，早已不能在四川立脚了。

郑大哥也知道绿林只可以暂时托足，不能作为终身的事业，无如手下数千同甘共苦好多年的兄弟，一个个都是积案如山的人。一旦散伙，他们都找不着安全立足之地。望着他们挨次断送在那些狗官手里，我们当好汉的人，于心何忍？”

杨从化截住问道：“不是大家都说官府曾几次派人来招安，大师兄不但不肯，反把官府派来人杀戮的吗，这又是什么道理呢？”张汶祥笑道：“‘招安’两个字，谈何容易？在四川那些狗官，哪一个配有招安我们的气魄，配有驾驭我们的才能。既没有气魄，又没有才能的狗官，就不应提起‘招安’两个字。‘招安’这两字从他们口里说出来，不过想邀功得赏，打算用‘招安’两字骗我们落他的圈套罢了。是这般居心，就应该杀戮，何况真敢派人来尝试？他既存心来要我们的命，我们自然不能饶恕他。如果真有一位有才干有气魄的好官，休说招抚我们之后还给官我们做，哪怕招抚我去替他当差，终日伺候他，我也是心甘情愿的。我和郑大哥都抱定一个主意，宁肯跟一个大英雄、大豪杰当奴仆，不愿在一个庸碌无能的上司手下当属员。”

杨从化点头道：“这种主意，实在不错。不过英雄可以造时势，豪杰之士，虽无文王犹兴。以师兄与郑大哥这样的文武全才，只要有了这个改邪归正的念头，将来一有机缘，飞黄腾达自是意中事，本来也不能急在一时，更不必急在一时。不知那位施星标三哥，是怎样的一位人物？”

张汶祥道：“施三弟么，论这人的本领，文不能提笔，武不能挥拳，只是为人诚实，外不欺人，内不欺心，现成的事教他去办，他是能谨守法度，不能将事情办好，也不至将事情弄糟。若教他去开始办理一桩事，那是不成功的。我和郑大哥就爱他为人诚实，不知道世间有狡猾害人的人，并不相信世间有狡猾害人的事。他跟着我兄弟两个，总不至有上人家当的时候，若离开我兄弟两个，他就不行了。”

杨从化问道：“听说师兄在四川，也时常攻城夺地，将府县官拿住斩首，是不是确实有这种行为呢？”张汶祥道：“这不算稀奇！攻城夺地，杀戮官府，也不但我们这一起人。凡是干我们这种行业的，总免不了有与官兵动手的时候。既动手就有胜负，负则逃散，胜则夺取城池。不过只我们这一起的力量大些，从来不曾打败过，所以外面的声名闹大了。”

杨从化道："那么师兄在四川占领的城池，应该不少了？"张汶祥笑道："谁去认真占领，和官兵打一个不歇休呢？我们若和官兵认真打起来，是无论如何讨不了便宜的。我们的人，一阵少似一阵，一时没有增加添补，官兵是可以有加无已的。唯有飘忽不定的一法，可以对付官兵。做官的人，谁也不愿意打仗，只要目前安靖了，就得粉饰太平，邀功讨赏。便明知我们藏匿在什么地方，他也不愿问，不是面子上太过不去了，决不至兴师动众的和我们相打。我们也只求生意上可以获利，又何苦无端去找官府为难，因此才能两下相安的过下去。"

杨从化道："此刻师兄到这里来了，于那边的事业，没有妨碍吗？"张汶祥道："久离是不妥的，有郑大哥在那里，大致还可以放心。这地方就是郑大哥出主意经营的，郑大哥也多久就料定做私盐，不是长远的局面，不能不趁这时候，积聚几文血汗钱在这里，做将来退步的打算。但是我们三兄弟的声名闹得太大，万不能由我三人出面购产业，而这种银钱上的事，又不容易托付得人。郑大哥想来想去，唯有托我师傅，因他老人家是个出家人，银钱可以由募化得来，不必定有出处；若在俗人，凭空拿出许多银两出来买田购地，旁人看了，没有不生疑的。旁人一生了疑心，就难免不查根问蒂，万一露了一点儿风声出去，我三人便枉费心机了。我三人将来的下场，十九得依遵杨老伯的话，以出家为上。"

杨从化道："我的母亲早已去世，父亲虽健在，然风烛残年，且萍踪无定，今生能否再见，尚不可知，是则有父也和无父一样，兄弟妻子更是无有。难得有这出家的门路，我一晌打算求师傅替我剃度，师兄的意思以为怎样？"

不知张汶祥怎生回答，且俟第七十二回再写。

第七十二回

求放心杨从化削发　失守地马心仪遭擒

话说张汶祥听杨从化打算出家的话，很高兴的答道："贤弟能出家，是再好没有的了。不过出家容易，既出家之后，又想返俗，就太不成话了。贤弟此刻年轻，有几件出家人最难守持的戒律，还不曾经历过，不知道艰难。所虑的就怕将来守不住出家的戒，以出家人造在家人所不敢造的孽，那就不是当耍的事。贤弟若自问将来，能保住决不至有犯戒的事做出来，那么出家真是再好没有的了。"

杨从化问道："将来怎么样，我不曾经历，固是不知道。不过我得问师兄一句话，只看出家人最难守持的戒律，是由旁人逼着我使我不能守呢，还是由我自己忽然不能守？"张汶祥笑道："哪有由旁人逼迫犯戒的事。出家人犯戒，全是由于自己没有操持的力量，与旁人无涉。"杨从化道："如果是由旁人逼迫的，我倒有些害怕，因为我的能力有限，强似我的人多；若遇着一个能力强似我的人，要他逼迫我做犯戒的事，我拗他不过，又不肯拼命保守，那就难免不被他逼得犯戒。至于没有能力强似我的人来逼迫，我自己不肯做犯戒的事，却如何会犯戒呢？"

张汶祥微笑点头道："但愿老弟能口心如一，能始终如一，将来成佛成仙，也都从这不犯戒中得来。老弟能从此立定脚跟，我即刻便去向师傅说，求他老人家替你剃度。我也知道出家修行，是最好的事，无如我自知生成的尘心太重，和野马一般的性格，丝毫受不了羁勒。什么菩萨戒、罗汉戒、比邱戒，种种繁难的戒律，我果然是守不了。就是极简便的杀、盗、淫、妄、酒五居士戒，我除了妄语而外，这四戒都难保不犯。这是由于我的生性到了那时分，自己也制自己不了。我也知道不可杀生，不过遇了有一种恶毒的人，正在干恶毒的事，一落到我眼里，心里就不由得冒起火，两手就也不由自主的，非杀了他不可。刀光过去，心里便顿时舒畅了。老弟生长名门，人心险恶，世路崎岖，都没有阅历，又得早遇名师。譬如一株树，出土就有人栽培执植，不经风雨摧残，冰霜侵蚀，所以能枝干条达，没有轮囷盘曲的奇形怪状。老弟此时的心地，光明活泼，渣滓全无，出家修道最相宜的。快把身上衣服整理，就一同到师傅那里去，我好将老弟要求剃度的心愿，当面禀明师傅。”杨从化欣然答应，立时端整了衣冠，随同张汶祥到无垢方丈里。

这时无垢还不曾安歇，正盘膝坐在禅床上做禅定的功夫。张汶祥轻轻的立在一旁，不敢惊动。好半晌，无垢才出定，张眼望着杨从化问道：“你和他别了几年，见面还能认识么？”杨从化上前一步应道：“像大师兄这般英伟的气概，便再过十年八载，见面也能认识。”无垢笑了一笑，又问道：“你父亲吩咐你对他说的话，你已说过了么？”杨从化道：“已向大师兄说过了。”

无垢即转脸望着张汶祥问道：“你听了他父亲的话，心下如何打算？”张汶祥道：“弟子明知杨老伯的话，句句都是金石良言。师傅是深知弟子的，暂时唯有尽人事以听天命，若撇下数百个几年来同甘共苦的兄弟，只因自己能安然脱身，他们的死活都不顾，这是弟子万万做不到的。不过弟子出家的事，虽遥遥无期，杨师弟却已动了出家之念，特地同来，要求师傅给他剃度。”

无垢听了，现出踌躇的神气，问杨从化道：“你知道出家有什么难处么？”杨从化道：“弟子不曾出家，不知道出家有什么难处。但是弟子曾读孔孟之书，孟子曾说‘学问之道无他，求其放心而已’，弟子思量出家修行，也只在求放心上做功夫。这求放心的勾当，说难便难，说易也易，不知道是与不是？”

无垢原不是读书人出家，只因那次败在朱镇岳手里，朱镇岳逼着要见他，气量偏仄的人，一时羞愤得跳窗户出来。后虽自悔鲁莽，然打听得朱镇岳在山中守制，自觉不好意思转脸回山去，就此出家做了和尚。

剃度他的师傅，虽也是四川峨眉山伏虎寺方丈，开谛和尚的徒弟圆觉大师，也是个大有道行的好和尚。无如田义周不是个十分聪悟的人，又非由他本人看破了红尘出家的，迫得无家可归，才出家借寺院为栖身之所。因此在圆觉大师跟前，并没领会多少修行真谛。不过他从小在侠义之门，平日的熏陶濡染，已使他不敢有背义害理的举动。受戒后自能恪守清规，凡是普通出家人所应行的功课，他都能遵照实行罢了。至于禅机妙理，是没有多大心得的。在红莲寺的和尚，大半出身盐枭，通文理的更少。当下听了杨从化求放心的话，便欢喜称赞，以为是寺里许多和尚所不及的。次日就替杨从化剃度了，赐名“知圆”。知圆的天分果是极高，遇事能得无垢和尚的欢心。寺里众和尚也因知圆的年纪虽轻，文才武艺都高人一等，又是方丈和尚得意的徒弟，大家都争着巴结。知圆这时在红莲寺做和尚的事，暂且搁下。

再说那张汶祥，自听了杨从化转述杨幻劝他的那番言语，初时还觉得自己的处境，一时要改变途径，有些为难。在归途上一路左思右想，越想越觉得现在的处境危险，因此改邪归正的念头，不知不觉的就决定了。回到四川，将杨幻的话，又对郑时、施星标二人说了一遍道：“同走我们这条道路的人，除了有几个因洗手得早，打起捆包远走高飞，不知去向的而外，简直没有听说一个能善始善终的。未必他们的力量都不如你我，可见得这条路是不能多走的。依我的意思，果是趁早设法抽身为好！”

施星标素来是个毫无主意的人，听了不开口，望着郑时。郑时笑向张、施二人道：“这些兄弟怎么样，我都不管，我只问两位老弟，现在能出家做和尚么？”张汶祥道：“我说要设法抽身，就是为现在不能去做和尚，所以说要设法。若愿意就做和尚，有现成的红莲寺在那里，去落发便了。”郑时道：“好吗！既不能出家，你们可知道抽身就很不容易么？和我们同道的人，虽有打起捆包远走高飞不知去向的，只是我们不能照他们的样。他们多是偷偷摸摸的不敢撞祸，没闹出什么声名来，只要离了四川，尽管行不更名，坐不改姓，也没人知道他的履历。你我此刻是何等声势，就是出家尚且恐怕有人挑眼，何况不出家呢？”

张汶祥道：“照大哥这样说来，不是简直不能下台吗？”郑时道：“且看机会如何，暂时是没有妥当的法子。我们既存了这个得好休时便好休的心，料不久必有机会。不过我们万不可因动了这个念头，便自馁其气，遇事退缩不前，那就事不小，更不可露一点儿消息给众兄弟知道。如果大家在未下台之前，先自馁了锐气，便永远没有给我们好下台的机会了。”张汶祥点头道：“这是至当不移的道理，我和三弟两人，横竖听从大哥的主张便了。”三个商议之后，并没有改变行动，仍是各人督率手下兄弟，做私盐交易。

又过了一些时，一次与官兵对打起来，官兵败退，盐枭照例攻夺城池。这次攻破了一座府城，将知府全家拿住了，这位城陷被擒的知府，便是马心仪。马心仪的品貌才情，当时四川全省的官场中，没有能及得他的，在四川早有能员的声望。这回因兵力不足，又疏于防范了一点儿，被张汶祥等攻进城来，一时逃走不及，全家被捉。马心仪早知张汶祥等这班盐枭，特别凶悍，官府落到这班盐枭手里，从来没有好好释放过。自己这番被捉，也只好安排一死，不存幸免的心思。

平时盐枭捉了官府，也和官府捉了匪徒一样，由匪首高坐堂皇，将官府提出审讯，并不捉着便杀。张汶祥等这部分盐枭，在四川所杀戮的官府，尽是平日官声恶劣的。若是爱民勤政的好官，为地方人民所称道的，他们不但不拿来杀戮，并不去攻打好官所守的城池。马心仪虽有能员之名，对于地方百姓，却没有恩德可感，没有使张汶祥等钦敬之处。所以城陷的时候，便将他全家拿住了。他们从来拿了官府，照例是由郑时坐堂审讯的。

这日郑时审讯过马心仪之后，退堂传集张汶祥、施星标二人，秘密会议。郑时先开口说道：“前次二弟从红莲寺回来，因听了杨幻劝勉的话，动了改邪归正的念头。我一晌留心寻觅大家好下台的机会，即苦于寻觅不着。刚才我审讯这个知府马心仪，看他的谈吐相貌，很不寻常。我料他将来发达，不可限量，我等要下台，这机会倒不可错过，只不知两位老弟的意思怎样？”张汶祥道：“这知府的谈吐相貌好，如何是我们下台的机会？我不懂得其中的道理。”

郑时道：“我也知道老弟不懂，也只问老弟愿意不愿意趁此下台。愿意，我再说其中的道理。”张汶祥道：“既是下台的好机会，安有不愿意的？”郑时点头道：“我看马心仪的仪表非凡，逆料他将来必成大器。我打算好生款待他，和他结纳，求他以后设法招安我们，于我们有好处，于他自己也有好处。我料他为人精干，将来必能如我等的心愿。”张汶祥道：“他若自以为是朝廷大员，瞧我们这些私盐贩不起，不愿意和我们结纳，大哥这番心机不是白用了吗？”

郑时摇头道：“这一层倒可不虑，因为我们平日捉拿了官府，都是置之死地；于今我们不杀他，反殷勤款待他、与他结交，人谁不怕死，岂有不愿意的道理？”张汶祥道：“世人能心口如一的绝少。我们殷勤款待他，他这时为要保全他自己的性命，口里说得很好，尽可对天发誓，与我等结交，将来尽力设法招安我等；一离开了我们，就立时变卦，甚至还记我们擒捉他的仇恨，反力图报复。这片心机不仍是枉费了吗？”

郑时笑道：“我也想到了这层。不过我料他决不至有这种举动，我知道马心仪做官，十分热衷，我有方法能帮助他，使他升迁得快，不愁他不落我的圈套。我既有力量帮助他，使他升迁，就有力量陷害他，使他不安于位。他心里尽管不高兴与我们结交，一落了我们的圈套，便不能由他做主了。好处就在我们是贩私盐的，他为自己的地位、官声起见，断不敢开罪我们。”

张汶祥道：“大哥是心计素工的人，只要大哥觉得是这么办妥当，就这么办下去。俗话说‘求官不着秀才在’，我们结交了他，他能如我们的心愿，自是再好没有；就是他转脸不识人，我们也没有吃什么亏。”郑时见张、施二人没有异议，便独自到拘押马心仪的所在，亲手替马心仪解开绳索，引着与张、施二人相见。

马心仪不知郑时是何用意，盛气相向的说道：“你们这班逆贼，打算将本府怎生摆布？要杀只管就杀，休得啰唣！”张汶祥听了这几句话，又见了那种骄慢的神气，已忍不住待伸手抽刀。郑时连忙望着张汶祥使眼色，等马心仪上座了，才从容说道：“我等若有相害之心，也用不着这些啰唣了。你在四川做官的能名，我等早已听得，我等在四川的威望，你大约也有所闻。我三人虽是异姓兄弟，然情逾骨肉，三人一般的性格，生平痛恶贪官污吏、恶霸土豪，所以贪官污吏落到我们手中，简直和有深仇积恨的一样，顷刻不容缓的将他处死。你在四川没有贪污之名，我们兄弟原不存心和你作对，无奈你放我们不过，几次派兵向我们穷追痛剿，逼得我们没法，只好努力攻进城来，和你当面说个明白。我等其所以甘触刑章，拼死要做这私盐买卖，全是迫于生计，不能坐待着饿死，就只得铤而走险了。如果有贤明官府怜悯我等是出于无奈，设法安置我等，我等是情愿效死的。”

马心仪见郑时没有杀害他的心思，他也知道郑时是个豪杰之士，便改换了很和易的脸色说道："你既说如有贤明官府，设法安置你们，你们便情愿效死，何以官府几次派人到山里招安，你们反把派去的人杀戮呢？"郑时道："那几次招安，何尝有一次是真意，无非想用招安的名儿，骗我等人入牢笼罢了。我的耳目很多，官府的一举一动，都不能逃我的耳目。并且那几个想骗我们入牢笼的官府，就是我们兄弟所深恶痛绝的贪官污吏，正恨不能吃他的肉，刮他的皮，岂肯受他的招安？我粗知相人之术，看你的相，将来必位极人臣，因此不打算害你，并愿尽我的能力帮助你，使你宦途平坦，一路升迁上去。不过你得应允我一句话。"

马心仪问道："应允你什么话？且说出来，看能不能应允？"郑时道："你不能应允的，我也不至向你说。就是我先帮助你升迁，你升迁之后，再尽力援引我们。我们非不知自爱的人，到时决不会有使你为难，或拖累你的举动。"马心仪道："你有什么能力，能使我宦途平坦，一路升迁上去呢？"郑时笑道："这倒是一件易如反掌的事。你应允了我的话，我自然要做给你看的。若以后我的话不验，你也不妨将应允我的话勾销。"

马心仪暗想这话倒爽快，他既能先帮助我升迁，我升迁之后再援引他，于我有益无损的事，如何应允不得呢？当下便答道："我真能宦途平坦，一路升迁上去，将来一定尽力援引你们出头，决不食言！"郑时道："就是这么应允，大丈夫一言既出，驷马难追，虽也未尝不可。不过我与你地位悬殊，似乎非经过一种仪式，不足以昭慎重。常言'贵人多忘事'，你将来大贵的时候，因与我们有云泥之隔，若存心嫌我们微贱，我们也无可奈何。你是真心打算将来援引我们出头，此刻就应该不存贵贱高下的念头，与我们三兄弟结拜。我们绿林中人最重结拜，一经结拜，便可共生死，永远没有改悔的。你肯和我们结拜，方可显出你的真心。"

马心仪是个做知府的人，哪有真心和盐枭结拜为兄弟呢？不过在初被擒的时候，以为万无生理，已拼着一死，说话才能气壮。此时见有一条生路，便只求能脱身，不肯再向拼死的这条路上走了。明知若不应允郑时的话，使他兄弟恼羞成怒，翻过脸来，就不好说话了，遂不踌躇的答道："我也知道你们都是些豪杰之士，将来必能为国家建立功业，不是久困风尘的。结拜为兄弟，我很愿意，不过你我此时因地位不同的缘故，结拜的事，除了我们自己而外，无论谁人都不能给他知道。这风声传出去，于我果然不利，你们也讨不了好处。既讨不了好处，又何必多此一举呢？”

郑时道：“敬遵台命，我所以亲自来解缚，不许有一个跟随的人在这里，也就是因这事不宜使外人知道。”当下双方说妥了，就点烛焚香，四人对天结拜为兄弟。并照着寻常结盟的例，都对天发了“有福同享、有祸同当”的誓。论年龄，马心仪最大，郑时、张汶祥次之，施星标最小。郑时原是做大哥的，此后的大哥，就得让马心仪做了，各人都降了一级称呼。

四人结拜过后，郑时早已安排了丰盛筵席，算是庆祝成功。马心仪在筵席上虽是强作欢笑，然时时露出愁眉不展的样子来。郑时看了不乐道：“难道大哥心里有不甘愿的地方，碍难说出吗？这事虽由我等强迫做的，然我能断定于大哥有益无损。大哥是有胸襟有气魄的人，料不至因我等出身微贱，便存不屑之心。何以大家正在开怀畅饮之际，却时时露出愁苦的样子来呢？”

马心仪道：“二弟说尽力量帮助我，必能使我宦途平坦，一路升迁上去，这话我也相信。因为素来闻二弟的名，知道是个足智多谋的人。不过那是以后的事，我所着虑的，就在目前的这个局面，教我不好摆布。我是有守城之责的官儿，于今城被攻破了，我全家被擒，如果我能以身殉城，身后还可以得些荣典。除了身殉以外，败兵失地的处分，总不能免，教我如何能不愁苦呢？”

郑时大笑道：“这算得什么，我若没有对付的方法，也不敢说帮助大哥的话了。大哥目前有为难的事，我就不能帮助，以后帮助的话还靠得住吗？大哥只管开怀畅饮。我们今日虽结拜了成为异姓兄弟，然因地位不同的缘故，此后料不定要到何时，方能与大哥再是这么共桌饮食。大约第二次能与大哥共饮，便是我们三个老弟出头的时候了。”

马心仪立时现出了笑容问道：“二弟有何方法，就说出来让我参详一番，能得周全，我总知道感激。”郑时道：“感激的话，太显得生分了，请大哥以后不但不可再是这么说，并不可想这么存心，只求此后不忘记我们三个兄弟久困泥涂，就受赐已多了。这回的事，极容易对付，大哥不是在几个月以前，曾出了教四乡招募团练的告示吗？”马心仪笑道：“就是为你们闹得太凶了，只好是那么办。”郑时道：“有了那道告示就好办，大哥此刻赶紧办一道告急求援的公文，倒填今日黎明未破城的时刻，火速报到省城里去。”

马心仪道：“那倒用不着临时办了，黎明时原有告急求援的公文去了。”郑时道：“那就更简便了。大哥只须带了印信，单身混出城去，将四乡招募的团练，不问老幼强弱，数目能多越好，就由大哥率领了，趁明日绝早赶到城下来，虚张声势的将城围了，只留南门不围。我也率领众兄弟，到城上抵抗一阵，两边不妨打得热闹些，我们做出抵抗不住、不敢恋战的神气，率领众兄弟掳了大哥的官眷，从南门败逃下去。大哥一面进城安民，一面仍统率团练追赶，在路上又得虚打一阵，才把官眷夺回来。如此一番做作，照情形夸张一点儿呈报上去，大哥还得受处分吗？”

马心仪喜得立起来笑道：“二弟真不愧‘足智多谋’四字，能照这样做，必不至再受处分，不过委屈了三位老弟。”郑时道：“大家都有妙用在内，也说不到委屈的话。”马心仪遂向三人拱了拱手道：“事不宜迟，我就不再耽搁了。”郑时点头对施星标道：“守城的不知端的，不见得肯容大哥混出城去。大哥快改了装束，四弟亲送到城外再回来吧。”马心仪连忙改装一个粗人，随身带了知府的印信，由施星标护送出城去了。

四乡的团练，原是招募现成的，有一个知府亲身去召集，还怕不容易凑成军吗？绝不费事的就聚集了一千多名高低不一、老幼参差的团兵。马心仪誓师出发，离府城原不过几十里路，半夜动身，不到天明就抵城下，将一座城三方面包围起来，抬枪鸟铳，一齐向城上开放，城上也噼噼啪啪的对打。只吓得这一城的百姓，一个个从睡梦中惊醒，儿啼女哭，夫叫妻号。

郑时等依照原定的计划，掳了马心仪的眷属，率众弃城从南门逃走。马心仪进城分了一半团练兵，留在城里假做搜捕余匪，其实哪里还有余匪留在城里，给团练兵来搜捕呢？不得不是这么做作掩人耳目罢了，亲自带了一半团练兵，追赶出城。追不到几里，就将眷属安全夺回了，真是齐打得胜鼓，高唱凯歌还。一府城的人民，无不称赞马知府的神勇，并没一人知道其中内幕。官场中照例最会铺陈战绩，已经被盐枭占领了的城池，居然能在一个对时之中，恢复转来，表面上并杀得盐枭大败亏输，狼狈逃遁。在不知道内幕情形的人，自不能不恭维马心仪有胆有略。马心仪有了这番的事功，更得上官信任，官运果然益发亨通了，屡次升擢，不到一年工夫，就升到了山东藩台。竭力提拔他的人，就是清室中兴的名人曾国藩。

曾国藩素知四川盐枭厉害，而他自己也是个得力于团练兵的人，见马心仪能统率团练兵恢复失地，杀败四川最以凶悍善战著称的盐枭，因此十分器重马心仪是个有用之才，存心要提拔他出来，好做自己一个帮手。那时曾国藩的权势，倾动朝野，凡是经他赏识的人，无不功名成就，要算是有清一代中第一个热心培植人材、奖掖后进的。马心仪的才干本来不弱，又有这样转祸为福的好机会，送给他利用，再加一个有大力的存心提拔，竭力保举，有时遇了关于盐枭为难的事，更有郑时在暗中为之划策，宜乎无往不利，一月三迁了。

只是马心仪自恢复失地后，不到一年就升到山东藩台。而郑时等一班盐枭，自从假败之后，却交上否运了。就在那日假败出城，等马心仪追来，将眷属交还后，率着七零八落的队伍，打算回山里休息。不提防走了二十多里，忽然迎面冲出来一支兵马，见面就杀将起来。郑时以为反中了马心仪的诡计，气得跺脚叹道：“人心真难测，我这么帮助他成功，他倒存心算计我，预先在这里伏下一支兵马等候我们。”张汶祥也气得磨牙咧龇，奋勇当先与官兵对杀。往日张汶祥手下的兄弟，与官兵对垒，无不一以当十，所向无前。这回虽是假败，并没损耗军实，兄弟们也非疲乏不堪应战，无如队伍散乱，毫无应战的准备，临时由少数人振作不起来。

张汶祥独自带了些亲近的兄弟，当先杀了一阵，回头看四面都是官兵旗帜，自己不过一二百人，被困在中央，郑时、施星标都不知被冲到哪里去了。心里着慌二人被官兵擒捉了去，料知久战必难幸免，只得率了这一二百名兄弟，又奋勇杀出重围。看前面也有一大堆兵马，好像是围困了自家兄弟在内。张汶祥高声对手下一二百名兄弟说道：“我大哥、三弟，量必被困围在那一团兵马之内，你们情愿帮我去救的，请随我来，我今日不要命了。”众兄弟听了，轰雷也似的应一声道：“我也不要命了。”

亏了这一鼓勇气，如冲发了一二百只猛虎，齐发一声吼，大地震动，张汶祥左手挽藤牌，右手握单刀，只见就地一滚，赛过一团黑烟，马撞着马倒，人撞着人翻。众兄弟紧跟在后，转眼就杀进了重围。郑时正被困得无可奈何，张汶祥若再迟一刻儿赶到，他和施星标二人不落到官兵手里，便是自刎而死了。官兵见张汶祥这部分如此骁勇，不由得胆都寒了。张汶祥所到之处，纷纷后退，让开一条道路，给众人逃去，也不敢追赶。

张汶祥等事后调查，才知道这一支兵马，并不是马心仪预先埋伏的。原来是因省里接了马心仪告急求援的公文，星夜派兵来救援的。盐枭的旗帜装束，都与官兵不同，远远的一见便能认识。郑时等不提防有官兵来，官兵是来救援的，却料知近城处必有盐枭，所以见面便动手杀起来，好像是预先埋伏了的一样。

这次郑时三兄弟虽不曾受伤，然手下的兄弟死伤不少。他们自当盐枭以来，从没有是这么大败过。行军打仗，全赖一股锐气，这锐气一挫，就有善战的好主将，也不能带着没锐气的兵应战。郑时因在暗中帮助马心仪的缘故，对于别部分盐枭，平时可以援助的地方，总得量力援助；既和马心仪有了关系，就不便再助盐枭了。因此别部分盐枭，对郑时等多怀怨望，也都不肯出力来相助了。从来官兵剿匪，失败则悄悄无声，略得胜利，就雷厉风行的想斩尽杀绝。省城派来救援的官兵，无意中打了个大胜仗，官兵与郑时这部分盐枭相打，要算是第一次得胜，哪里舍得就这么轻放过去？接着又加派了一标人马，跟踪追剿。

任凭郑时足智多谋，张汶祥骁勇善战，盐枭都是乌合之众，从来胜则奋勇争先，败则如鸟兽散，“纪律”两个字是说不上的，没有纪律的兵打了败仗，哪里还能振作呢？接连又被官兵打败了两次，三兄弟每人手下所存留的，只二三十个人了，尚且被官兵追赶得无处立足。郑时只得率着败残的兄弟，逃进一座深山，向张、施二人提议道：“我想不到假败弄成了真败，以致热烘烘的基业，没一年就亏败到这步田地，这虽是因我的计谋不得当，然也有天意。我们此刻想再恢复以前的基业，等马大哥招安，是办不到的事了。我想马大哥于今在山东，名位已是不小了，若有心照顾我们，并非难事。我打算教施四弟先去山东找马大哥，我再详细写一封信给他，看他对待施四弟的情形如何，我两人再作计较。不知两位老弟的意思怎样？”

不知二人怎生回答，且俟第七十三回再写。

第七十三回

郑秀才听笛识佳人　张义士挥拳战群寇

话说张汶祥听了郑时的话，踌躇了一会儿说道："现在也只好如此，我与二哥的声名，闹得太大了。我总觉得马大哥是做官的人，不见得可靠。四弟为人诚实，没有多大的才能，不招人忌刻，他先去试探一番最好。四弟到山东见了马大哥之后，看对待的情形如何，写一封详细的信来。他肯拿四弟当自己人看待，我和二哥便不妨前去；若他搭起官架子来，竟不认四弟为把兄弟，或十分冷淡，我们就只好别寻门路了。"

郑时道："他如果竟不认四弟为把兄弟，我们自然用不着再去，就是四弟也以赶快离开山东为好。不过我们去投奔他，也得替他原谅原谅，他是个热衷做官的人，万一将和我们拜把的事，走漏了消息在外面，说不定立时就有杀身之祸。我们求他帮助，总以不至连累他为主。四弟到了那边，须先买通门房，将我的信递上去，看他如何吩咐下来。在官场不比在山里，任情率性的举动，一点也来不得，凡事总以忍耐谨慎为好。他就有十二分的心思想提拔我们，帮助我们，但限于地位，格于形势，有许多不能在表面上露出来。不能因他外面十分冷淡，就赌气不在那边了。"

施星标道："我只要他肯认我是他的把兄弟，随便他如何对我不好，我朝着他是大哥的名分上看，决不至和他赌气。不过我们三兄弟，一晌在一块儿干这营生，我的声名，虽不及二哥、三哥那么大，然也多久就已悬了赏格捉拿的。我从这里动身到山东去，在路上就难保没有人点眼药。不过我动身时不给人知道，在路上不停留耽搁，并将姓名改变了，或者不至闹出意外的事情。唯有到了山东之后，将二哥的信投上去，倘马大哥竟抹杀天良，硬抓了我就地正法，我不是自投罗网，白送了性命吗？”

张汶祥道：“这一层倒也是可虑的，二哥以为怎么样？”郑时偏着头想了一想道：“我料他断不敢这么做，也不值得这么做。想得赏得功的，是差役和候补小老爷。他已做到了藩台，何至有这些举动？并且他在四川做了多年的府县官，早闻了我两人的声名，也应该知道不是好惹的。杀了四弟，于他自己丝毫没有益处，而留得我两人在世，他从此就休想高枕而卧。他是个精明能干的人，何至做这种于自己有害无益的事。四弟尽管放心前去，若他真个被糊涂油蒙了心，杀了四弟，我两人不出头替四弟报仇，剜了他的心祭四弟，我两人便不是人了。”施星标是极信仰郑时的，郑时教他去做什么事，哪怕赴汤蹈火，也不推辞。三人当时商议妥当，施星标拾掇了随身包裹，带了郑时写给马心仪的信，即日动身向山东前进。

在路上免不了旧小说书上所说“晓行夜宿”“饥餐渴饮”的两句套话，一路不停留的，安然到了山东。也不落客栈，驮着包袱，径跑进藩台衙门，找着门房里人说道：“我是马大人家乡来的，这里有一封信，请你就替我送上去，我在这里等回信。”施星标那般粗莽的人，加以身上是行装打扮，藩台衙门里的门房，眼眶何等高大，哪里把施星标看在眼里？以为不过是讨了一封有点儿来头的信，到这里求差事的，连睬也懒得睬一眼。反抬起头，跷起腿，向旁边的人说话。施星标在四川当盐枭的时候，手下也是一呼百诺，哪里受过这样冷落，依得在山里时的性格，已要动手打人了。只是心里一想郑时吩咐凡事忍耐谨慎的话，火性就按捺下去了，勉强赔着笑脸，对门房说道：“这封信请你替我送进去，我有要紧的事须等回信呢！”门房听了仍是不睬，只鼻孔里冷笑了一声，继续向旁边的人说道：“也不知是哪里来的野瘟身，没名没姓的，究竟是向谁说话啊？”旁边的人哨了施星标一眼，登时满脸现出鄙视的神气，也是鼻孔里冷笑了一声，脸又掉了过去。

施星标看了这情形，忽然想起郑时吩咐买通门房的话来了，暗自思量道：“原来官场的门房，都是要有钱给他，他才肯替人传报。我忘记了郑二哥吩咐的话，没拿钱给他，怪不得他使出这般嘴脸来给我看！这是我自己不好，不能怨他。”施星标心里这么想着，即从包袱里取出准备送给门房的一包散碎银子，约莫有二十来两，双手连那封给马心仪的书信，捧到这神气活现的人面前，赔笑说道：“我是个乡下人，初次到衙门里来，不知道礼节，连一点儿小意思，都忘记拿出来，对不住，对不住！请你自己去喝一杯酒。”

门房听了这几句话，倒觉很中听，随即掉过脸来，先向施星标手中望了一望，似乎还有点儿嫌弃轻微的神气，不肯就放出笑脸来。及伸手接过去，在掌心中略掂了一掂，知道分量不轻，竟不像是乡下人的出手，不由得喜出望外，连忙立起身对施星标笑道：“何必如此破费，请在这里坐一会儿。这信我立刻亲自送上去，有不有回信，等我下来就知道了。”

施星标暗喜亏得郑二哥有见识，若没有这点子准备，我这一趟简直是白辛苦了。施星标在门房里坐等了一刻工夫，这送信进去的门房，已满面笑容的走了出来，对施星标招手道：“大人传你上去，随我来吧！”施星标抖去了身上灰尘，一手提了包袱，跟着门房穿厅过厦，直走到上房内客厅里。门房招呼施星标坐了，自去通报。

不一会儿，马心仪就走了出来，施星标见面几乎不认识了。因为初次见马心仪的时候，马心仪正在缧绁之中，满脸憔悴忧煎之气。别后马心仪官运亨通，官途得意，居移气，养移体，此时的马心仪已养成一个大胖子了，气度也与从前迥然不同。施星标哪敢怠慢，忙起身趋前请安。

马心仪伸手拉起来笑道：“老弟辛苦了，自家人不用多礼，坐下来好谈话。”施星标诺诺连声的斜签着半边屁股坐了。马心仪挨身坐下来说道：“老二的信，我已见过了。那种局面，本来不是可以长久的，你于今打算在这里弄点儿差事干干呢，还是由我荐到别处去呢？”施星标道：“情愿在这里伺候大哥，承大哥栽培，就教我去死，我也不含糊。”马心仪紧蹙着两道浓眉说道：“依我的意思，还是由我写一封信，荐到别处去的好，包你得着一个好捞钱的差缺。”施星标道：“我从四川动身，就存心是来伺候大哥的，郑二哥也吩咐我须小心伺候大哥。只要大哥肯拿眼角照顾我一下，我便终身感激不尽，并不曾动捞钱的念头。”

马心仪道：“我知道你是个实心人，也未尝不想留你在眼前，做个贴身的人。不过其中有些不便之处，不说大家不好，说了又对不起你。”施星标道：“大哥何必这么客气！我将要动身到这里来的时候，郑二哥已说过了，我到这里来，大哥必有许多为难的地方，教我忍耐谨慎。大哥有什么说，尽管吩咐，我决不敢违拗。”

马心仪笑道：“倒是老二有些见识，他既经对你说过了，知道我有为难的地方，我为顾全你们，便不和你客气。你我虽是当天结拜的兄弟，但这一节事故，在当日已有约在先，只有我四人各自心里知道，无论对何人不能透露，因此称呼上须大家留意。你的姓不能改，名字却不能再用‘星标’两个字。你排行第四，我此后只能叫你‘施四’。你须记着，万不可失口呼我大哥。暂时还没有相安的事给你干，且在衙门里住着，等到有机会就安插你。我的事情忙，恐怕没有工夫和你谈话，你得原谅我。”

施星标连声应是，从此就住在藩台衙里。没住到几个月，山东巡抚出缺，马心仪便迁了巡抚。教施星标当了一名巡捕，施星标也不懂得巡捕的官阶大小，以为巡抚是一品封疆大臣，巡捕的官衔，照字面上看，相差并不甚远，必不十分卑小，兴高采烈的当着巡捕。同事的人因施四不肯说出自己的出身、履历，并和马心仪的关系，都疑心他是马心仪的亲戚，说出来恐怕辱没了马心仪，所以不肯直说，却没人疑心有那种不能告人的事实在内。施星标几番想寄信给郑时和张汶祥两人，无如从山东到四川的道路太远，托人带信本不容易；而施星标自己不能写字，他们的秘密关系，又不能给外人知道，不敢请人代写。因有这两种原因，施星标到山东一年多了，还不曾有一个信给郑、张二人。

郑、张二人在四川的势力，一日薄弱似一日，盼望施星标在山东的消息，简直望眼欲穿。等了七八个月，还杳无音信。郑时只得主张将手下亲信的兄弟，每人给了些生活银两遣散。张汶祥并无家人妻室，郑时的发妻早已死了，因年来不得一时安居，便懒得续娶，二人都是孑然一身。手下的人既经遣散，就不能在四川逗留了。二人假装做生意的人，带了盘缠行李，打算在东南各省闲游几处名胜，顺便探听施星标在山东的情形。若还得意，就到山东去走一遭。在重庆包雇了一条船，一路顺流而下，遇着可以流连游览的所在，便将船停泊，游览些时又走。他两人在四川的声名，虽闹得很大，然一则因认识二人面孔的人还少；二则因他们当盐枭时的举动，从没有结怨于人民的，地方人民不存心与他们为难。官场缉捕的力量是有限的，并且二人既改了姓名，又不在一处地方停留多日，所以能平安无事的到了湖北。

他们到湖北的这日，正是七月初七。这夜天高月朗，微风不动，汉水波平，映着半轮缺月，光明如镜。船泊黄鹤楼下，楼影也倒映在镜光之中。郑时欣然对张汶祥说道："我等半生劳碌，未尝得一日清闲，像这般清幽的景致，哪里是劳碌人所能领略得到的！我们于今可算得天牖其衷，回头是岸，才有这种景物，给我们在安闲中享受。若糊涂错过了，实太可惜。我们何不趁这月色正好的时候，到黄鹤楼上去游览一番？"

张汶祥道："既是二哥有这般清兴，我陪二哥去便了。"郑时一团的高兴，与张汶祥携手上岸，抖擞精神，走到黄鹤楼上。凭栏俯首，只见江流如带，夹岸武汉三镇万家灯火，隐约如烟雾迷离中，几条秋叶一般的渔船，往来荡破一平如镜的水光，下网的声音，都仿佛送到耳边来了。二人不觉心旷神怡，相视而笑。

正在这尘襟涤尽、荣辱皆忘的时候，忽闻长笛之声，悠扬清远。张汶祥听了笑道："我记得小时候读过'黄鹤楼中吹玉笛，江城五月落梅花'的诗。难道这黄鹤楼中，真是时常有人吹笛子吗？"郑时笑道："哪有这回事，你听这笛子是在黄鹤楼中吹吗？远得很呢！说不定离这里还有几里路。"张汶祥侧耳听着说道："好像是两支笛子同吹。二哥也是会乐器的，听这笛子吹得好么？"郑时一面用手在栏杆上拍板，一面答道："吹得很好，只是听这音调凄凉抑郁，估量必是两个有心事的女子在那里吹弄。"

张汶祥问道："听吹出来的音调，就分得出男女吗？"郑时道："这如何听不出，不但分得出男女，其人的老少美恶，以及性情行动，都能于所奏的音乐中求之。不仅这笛子可以听得出，在一切乐器的音调中皆能听出。"张汶祥笑道："然则二哥听这两个吹笛子的女子，其年龄容貌，以及性情行动如何呢？"郑时道："我既说是两个有心事的女子，可知年纪不大，至多不过二十多岁，容貌决不丑陋。并可知道她两人的乐器，是由高明的师傅传授的。"

张汶祥问道："不是娼妓在那里陪客侑酒么？"郑时摇头道："不是，不是！世间恐怕没有这么文雅的娼妓，就有也是由宦家小姐沦落入烟花的。"张汶祥道："细听这声音，好像是从江边发出来的，我们何不顺便去探寻一番，看二哥所料的究竟是也不是？"郑时点头道："也使得，我本来要回船去了。"二人仍携手走下黄鹤楼，听笛声觉得一步近似一步，直走到泊船的所在，用不着探寻，原来笛声就是邻船上发出来的。

二人回到自己船上，看邻船的窗门都已敞开，看见舱里堆积了许多箱箧，箱上都贴了封条，却看不出封条上写了些什么字。舱上首安放了一张床，床上枕席皆异常精洁。床前一张小几，一个年约二十岁的女郎，盘膝坐在几旁的一张湘妃竹榻上，一支笛子握在手中，已停口不吹了，侧转脸向坐在床缘上一个年龄稍大些儿的女郎说话。几上也有一支同样的笛子，是坐在床缘上的女郎放下来的。两女郎脸上都没脂粉的痕迹，而修眉美目，皓齿朱唇，天然绝丽。因两船紧靠着船舷停泊，郑、张二人所立之处，相离那床不过一丈远近，女郎说话的声音虽低，没有关闭窗门的缘故，也能听得分明。

只听得坐在床缘上的女郎悠然叹着气说道："去依靠人家的事，总是为难的，此去也只好听天由命吧。就是林家不能相容，也不见得便是不了之事，到那时再作计较。"即听得坐在湘妃榻上的女郎说道："我想姨母、姨父决不至存心歧视我们。我们此去，虽说是不得已，去依靠他两老人家，但是银钱上并不沾他家的光。父亲在绵州的时候，我的年纪虽小，还记得姨父、姨母带着海哥到那衙门里住了一年半，临行还向父亲借了三千两银子。那三千两银子借去以后，听说姨父很得了几个阔差事，却不曾听说归还那银子的话。无论那银子还了没有，姨父曾向我家借银子的事，总是确实有的。我们于今并不图沾他家的光，只图他两个年老的至亲，照应照应，若还不能相容，就未免太不念我父母的旧情了。"

床缘上的女郎正色说道："妹妹快不要将这些事搁在心里，到林家之后，万一不留神说到这些事上面去了，传到姨父姨母耳里，定要背地责备我们不懂事。父母手里做的事，我们不应该管。"女郎说到这里，偶然回过头来，好像已觉得邻船上有人偷看的神气，当即立起身来，顺手将这边的窗门推关了。窗门一经关上，说话的声音便听不明晰了。郑、张二人只得缩身进窗。

张汶祥道："二哥的本领真不差，估量得和目睹的一样。她说她姨父、姨母在衙门里住了一年半，又借去了三千两银子，可知她两人确是官家小姐。"郑时仿佛思索什么，似乎不曾听得张汶祥说话，坐下来半晌没有回答。张汶祥笑道："二哥便着了魔吗？"郑时摇头道："哪里的话，你可知道她两人是谁么？"

张汶祥道："我又不曾去打听，刚偷看了一面，如何得知道她们是谁？”郑时笑道：“你自粗心不理会，她已说出来了，怎的还用得着去打听。老实对你讲吧，若认真说起来，我们还是她们的大仇人呢！你这下子可想得起来么？”张汶祥望着郑时出神道：“从来没有见过面，仇从哪里来，我简直想不起了。”

郑时道：“她说她父亲在绵州时候的话，你没留神听么？”张汶祥忙接口说道：“我没听仔细，只道她说的是在绵竹的时候，然则二哥料她姊妹，就是那个做绵州知州的柳剥皮的女儿么？”郑时道：“不就是他的女儿，是谁的女儿呢？”张汶祥道：“何以见得便是的？”郑时道：“我料的决无差错。因为我知道柳剥皮是南京人，和福建人林郁是同年，又同是福建藩台福保的女婿。两连襟都仗着福保的奥援，林郁在江苏也做了好几任的县官。她刚才所说的海哥，就是林郁在海门厅任上生的。林郁做官与柳剥皮一般的贪婪残酷，因官声太恶劣了，被上司参革，耗了多少昧心钱才得脱身。丢官后就带了妻子到绵州，在柳剥皮衙门里住了一年多的事，我早已知道；借三千两银子的话，外边人自不得而知。柳剥皮是一个极贪酷的小人，其所以一般百姓送他这个‘剥皮’的绰号，就因他有三件剥皮的事。第一件是有一次拿着一个著名女赌痞，他坐堂问了几句，就向左右的衙役喝道：‘把她的裤子剥下来打屁股。’从来没有抓着女人打屁股的事，衙役迟疑不敢动手。他更发怒喝道：‘裤子不能剥吗？本县还要剥她的皮呢。’第二件是因他打人的小板，两面都有许多半寸长的小尖钉子，打在人身上血肉横飞，不到几十板，就得剥去一层皮肉。第三件，就为他专会剥地皮，他做金堂县的时候，有人就他的名字做成一副骂他的对联，乘黑夜贴在他县衙的大门上，他看了几乎气死。他名字叫做儒卿，那对联道：‘本非正人，装作雷公模形，却少三分面目。惯开私卯，会打银子主意，绝无一点良心。’上联切儒字，下联切卿字。他自从看了那副对联之后，自知官声太坏，贪赃枉法的事，稍为敛迹了些。只是益发鄙吝了，看得一钱如命，不知他怎的肯拿出三千两银子来借给林郁的。柳儒卿为人虽贪鄙不堪，书却读得很好，并会种种乐器。文庙里习乐所的各种古乐，他都能教人练习，所以他这两个女儿的笛子吹得这么好。”

张汶祥笑道：“既是柳儒卿的女儿，论起冤仇来，与二哥真是不共戴天的了。我记得那次打进绵州的时候，柳儒卿单身逃出衙门，劈面遇着二哥。因二哥认识他的面貌，才喝一声拿住，柳儒卿登时吓得跪下来。二哥骂他胆小无耻，就将他杀了。那时若遇着我或四弟，当面不认识他，必放他走了。”

郑时也笑道：“也是他恶贯满盈，才遇着我，我没杀他全家，就是十分宽厚了。林郁此刻在什么地方，不得而知，因此她姊妹现在将去何处，也不得知道。我们的船，总以不和她们的船在一块儿走为好。她姊妹虽不认识你我，然她们乘坐的也是川帮里的船只，驾船的多是四川人，万一弄出意外的枝节来，失悔就来不及了。”张汶祥道：“二哥所虑不错，我们总以小心谨慎为好。明早不待天明，无论风色怎样，吩咐船户开船便了。”这夜二人安歇了，次日东方才白，船就开离了黄鹤楼。

好色的这个关头，任是英雄，也难打破。郑时为人对于一切的事，都极精明能干，唯一遇美色的妇女，心里就爱慕得有些糊里糊涂了。他明知邻船那两个女郎，是与自己有不共戴天之仇的，但是开船以后，总觉得两女郎太娇美可爱，心心念念的放不下来，仿佛害相思的样子。张汶祥知道郑时从来是这般性格，故意打趣他道：“想不到柳儒卿那般贪鄙无耻的人，倒有这样两个如花似玉的女儿，可惜二哥当时料不到有这回的遇合，若当时饶了柳儒卿的性命，今日岂不好设法将他的女儿，配给二哥做继室吗？”郑时听了，并不觉得张汶祥这话是有意打趣他的，一面沉吟着答道：“我仔细思索了，似觉与绵州的事不相干。”张汶祥吃惊问道：“怎么与绵州的事不相干，难道不是柳儒卿的女儿吗？”

郑时道：“不是这般说，我所谓与绵州的事不相干，是因事已相隔七八年了，她姊妹那时年纪小，未必知道她自己父亲是死在何人手里。即算能知道，也不认识你我的面孔。我们只要把名字改了，女子们有多大的见识，怕不容易对付吗？”张汶祥笑道：“然则我们用不着回避么？那么，仍旧把船开回黄鹤楼下去好不好？”郑时看了张汶祥说话的神气，才知道是有意打趣的，便不高兴回答。

船行到第三日下午，忽然刮起大风来，同行的船，已有一艘重载的被风打沉了，各船上的人看了都害怕起来，只得急抢到背风的汊港里停泊。汊港小了，停泊不了许多船只，后来的船，就只得靠近浅水沙滩，使船底搁住不能转动，以免被风刮到江心里去。郑、张二人所坐的这船，也是找不着汊港，就沙滩上抛了锚。所靠的这处沙滩上，一望无涯的，尽是七八尺深的芦茅，被狂风吹得一起一伏。七月初间天气的芦茅，尚不曾完全枯槁白头，青绿黄白相间，起伏不定的时候，就和大海中的波涛一样。

郑时与张汶祥同立在船头上看了笑道："这般景物，也是我们在四川所领略不到的。"张汶祥道："四川若有这种所在，我们的船敢停泊吗？只怕连船底板都要被人抢去呢。"郑时道："这也是现在的乱世才如此。在太平盛世，没有失业的人，尽管有这般好藏匿的所在，有谁愿意去干那些犯法的勾当？于今的四川，固是遍地荆棘，就是这长江一带，也未必真安靖，不过没有大帮口，略敛迹些儿罢了。论起地形来，四川就因山岭多，好藏匿，能容留大伙的人，才弄出到处荆棘的局面。像这种所在，不过好藏匿一时，使追捕的找不着途径罢了，哪里赶得上四川的层峦叠嶂？"

张汶祥道："怪道只有我们这一只船，靠在这芦茅边上，大概那些装运了货物的船，也是防这类地方不妥当，所以都挤到那边汊港里去了。"郑时笑道："那却不见得是这般用意，只要能挤进那边汊港里停泊，风浪确是小些。此时天色还早，上流头的船，就要找一处像我们这样的地方抛锚，也找不着。再过一会儿你瞧吧，一定还有船在我们这一带停泊的。"

二人在船头上谈论了一会儿，回到舱里没一刻工夫，忽听得江边有船篙落水的声音。郑时笑向张汶祥道："何如呢，不是有船来我们这一带停泊吗？"张汶祥随手推开窗门向外面看时，果见有两条一大一小的船，撑过滩边来停泊，即回头对郑时说道："这两条船吸水都很浅，可见得也是和我们的一样，没载多少货物，所以也敢停泊在这里。"郑时随口应了一句，也懒得起身探看。

行船的人，照例不待起更就安睡了。郑时这夜在睡梦中，猛被邻船上"哎哟"一声惊醒了，醒来便觉得船身有些儿荡动，接着又听得有人扑通落水的声音。郑时惊得翻身坐起来叫三弟，连叫了几声，不见张汶祥答应。忙伸手向张汶祥睡的地方一摸，已不知在何时起去了。再听邻船上似乎有人在那里格斗，心想难道真个有强盗前来打劫吗？郑时虽是一个文人，然在四川当盐枭时，常有亲率党徒与官兵对抗的事，寻常两三个蛮汉，也不是他的对手，胆力更是极大。这时听到外面的声息，料知必是张汶祥已与来打劫的强盗动手，当下并不害怕。因身边不曾准备兵器，立起身顺手摸了一条压舱板的木杠，看朝船头的舱门已经开了，即窜身出外。

此时的大风已息，天上星月之光，照见邻船上约有七八个汉子，各人都操着雪亮的单刀，围住一个人厮杀。这人正是张汶祥，赤手空拳的腾拿躲闪。一霎眼就见一个汉子被张汶祥踢下河去了。郑时逆料这些蛮汉，便再增加七八十个，也不是张汶祥的对手。只是眼见着七八个手操兵刃的，围攻自己赤手空拳的兄弟，不由得愤怒起来，手起杠落，劈在一个汉子后脑上。那汉子不提防背后有人暗算，也被打落下水。

正待赶过去打第二个，只听得张汶祥喊道："这里用不着二哥帮助，二哥快进舱里去救人吧。"郑时也是老在行的人，知道弯腰窜进不知虚实的船舱，容易受人暗算。听了张汶祥的话，先提脚将窗门踢破了两扇，就月光向舱里窥探时，只见两个赤条条的女子，仰面躺在一张床上，好像是被绳索捆缚了的，舱中箱箧器具，横七竖八的乱堆着。

郑时一看舱中情形，心里就忍不住一跳，暗想这不就是柳儒卿的小姐吗？登时勇气更鼓动起来了，将手中木杠一掼，就从窗门窜身进去，口向床上的女子喊道："不要害怕，我是邻船上来救你们的。"旋说旋上前动手解缚。见两女子都不开口，知道是口里塞了东西，先将两人口中的东西掏了出来，然后解开了身上的绳索。

郑时眼快，已看见床头有一堆衣服，即抓了撂在两人身边，只羞得两人恨无地缝可人。郑时也觉得在旁看了难为情，反身跳出来，打算帮着张汶祥将强盗打走，但是众强盗已一半打落了水，一半驾着靠在旁边的一只小船逃了。张汶祥道："饶了这伙毛贼吧。只要人没吃亏，东西没被抢去，便是万幸了。"郑时还没回答，两女郎都已穿好了衣服出舱来，低头向张、郑二人叩拜道："今夜若不蒙两位义士搭救，我姊妹身死不足，还得受这班狗强盗的污辱。两位义士实是我姐妹的救命恩人，不敢避嫌，请两位进舱里就座。"

郑、张二人不便伸手去扶掖，只得在船头答拜道："同是出门人，急难相救，只要力量做得到，是应该做的。快不要说什么救命恩人，承当不起！"郑时首先进舱，听得后舱里有人的哼声，刚待问是哪个，年大些儿的女郎已跟进舱说道："哦！我的丫鬟春喜和老妈子在后舱里睡着，只怕也被捆绑了。"郑时道："船户一个也不见出来，大概都被绑在后面。"这时郑、张所乘船的船户，因这边打闹得厉害，也惊醒起来，到这边船上帮着松了船户、水手的缚。

大家混乱了一阵，两女郎才请郑、张二人在舱中坐定，请问姓名去处。郑时将自己和张汶祥的名字都改了，因郑、张二姓极平常，用不着更改，也故意回问两女郎，才知道大些儿的叫柳无非，小些儿的叫柳无仪。因林郁住在南京，特地到南京去，想依附她姨父母居住。柳无非又说："这条强盗船在湖北就跟着开行，一路时前时后，开也同开，泊也同泊，并不断的有人向这边舱里窥探。我已疑心那船上不是正当人，特地叫船户进来吩咐，夜间须择妥当地方停泊。想不到今日忽然刮起大风来，我姊妹害怕得什么似的，叫船户趁早停泊。无奈一路下来，简直找不着可以停泊的所在，直走到这里，船户见两位所坐的船在这里，就进舱来向我说：'这边已有一条四川的船，靠芦茅滩停泊了，我们的船只好停泊在一块，比单独抛锚的好多了。'我那时见天色已近黄昏了，若再不停泊，恐往下更找不着好地方，既是有同乡的船在这里，仿佛多有一个伴侣似的，遂叫船户开了过来。及至锚已抛了，才看见那小船也跟了过来，紧靠我们的船泊来。我姊妹虽是害怕极了，但也无法逃避，入夜便紧紧的关闭舱门安睡，连高声说话也不敢。及至从梦中惊觉时，身体已被强盗按住，一张口要喊，那堵口的东西已塞进来了，只得拼命挣扎，船身摇荡得几乎倾覆了，强盗刚将我姊妹捆绑了，待施无礼，陡听得舱口有人喝了一声：'狗强盗，快出来送死。'接着就好像有一个站在舱口边的强盗，被人抓了出去，扑通掼到一丈远近的江心里去了。舱里的强盗才一拥出外，在船头上厮杀起来。"

郑时听到这里，截住话头向张汶祥问道："三弟，同睡得好好的，怎么知道那船上闹劫案，也不招呼我一声，就悄悄的出来动手呢？"张汶祥笑道："那小船跟着抛锚的时候，我在窗门里看见，有四个彪形大汉在船面上撑篙，篙尖落水的声音，分外沉重。我在江河里混的时候多，知道老当篙师的人，篙尖落水没有声响，偶然有之，也只在水面上飘一下，不至有深沉的响声，即此可知那四个撑篙的人，都是外行。再看船舱里，还有两个汉子伸头向外边张望，并时时回头对舱里说话，可见得舱里还不止两个人。那船既吸水很浅，可知没装货物。若说是专装客的吧，搭船的客，不应都是三四十岁的壮健汉子，并且也没有搭客大家帮着撑篙的道理，这船就很可疑了。再看这条大船，是我们川河里的，虽是舱门紧闭着，看不见船里的情形，逆料必是有阔人在内。既是我川河里的船，又靠着我的船停泊，如果夜间有什么动静，我是不能袖手旁观的。我虽存心如此，不过我料的究竟对与不对，不敢决定。若拿出来和二哥商议，料得是便好，万一看走了眼色，二哥不要责备我遇事张皇吗？我外面和二哥同时安睡，实在因有这事搁在心中，哪里睡得着！当强盗跳过这船上来的时候，踏得这船身一歪，荡得我们的船身都动了，我就知道所料的验了。我船上的舱门，早准备了是虚掩着的，从容起来，结束好了，才轻轻的走过这船上来。强盗人多手快，已有几个扛着皮箱在肩上，待搬过他们自己船上去，不提防我堵住舱门一喝，大约也猜不透外面有多少来拿他们的人，只惊得各人都将皮箱放下，想冲门而出。第一个冲出来，被我顺手揪住了胳膊只一拖，拖得他‘哎哟’一声。我恐怕船上人多了，缠脚碍手的不好施展，就提起那强盗向江心抛去。”郑时道：“我就亏了那一声‘哎哟’把我惊醒了，若不然，只怕直到此刻还在酣睡呢。”

郑、张二人在舱里坐谈了一会儿，张汶祥起身作辞道：“那些小毛贼受了这次大创，估量他们逃得了性命，也寒了胆不敢再来了。此后尽可安心，一帆风顺到南京，想不至再有意外。此时才到半夜，还可以安睡些时。”说罢，提步要走。

柳无非连忙起身说道：“我想求两位再坐一坐，承两位救了我姊妹的性命财物，还要耽搁两位的安眠，我也自知原是不近情理的事，本来说不出口。不过我姊妹险些儿被强盗污辱身体，蒙两位救了，此恩不比寻常，我姊妹何敢以外人待两位。我们从重庆动身到此地，在船上已有两个多月了，虽是素来胆怯，然没有像此刻这么害怕的，千万求两位在此多坐一会儿，我还有话说。”张汶祥听了不作声，望着郑时。

不知郑时怎生摆布，且俟第七十四回再写。

第七十四回

摆官格施星标娶婢　营淫窟马心仪诱奸

话说郑时见了柳无非说话时那种娇怯可怜的样子，不但心里软了，连带浑身的骨头骨节都软洋洋的了，当即对张汶祥说道："女子的胆量，本来多比男子小，何况是宦家平日不出闺门的小姐，又才经过这般大惊吓！就是平常的男子，也要吓得胆破魂飞，手足无措。能像柳小姐这样不慌不乱，便很不容易了。我等救人救彻，就多坐一会儿吧，行船不愁没有睡觉的时候。"张汶祥知道郑时平日对于女色之迷恋，此时心里虽觉得柳家姊妹万分迷恋不得，然口里不便违背郑时的意思，说出定要过去安睡的话来。只得依旧坐下，听郑时与柳无非互相谈论身家遭际。

柳无非道："我姊妹都是在四川生长的，先父在四川做了十几年州县官，两位居住四川的时候多，大约已闻先父的名。"郑时装作不知道的说道："我们是做生意的人，平日于官场中人不甚留意，不知尊大人上下是哪两个字？"柳无非瞟了郑时一眼，说道："先父讳灼，字儒卿，丙辰年在绵州殉难的。"

郑时故作惊异的样子说道："我们在外省的时候多，竟不知道家乡地方的绵州，曾闹过什么乱子？"说时，捏着指头，口里念着丙辰、丁巳的轮算了几下说道："怪道我不知道，我从甲寅年出四川，在新疆、甘肃一带盘桓，直到前年才回四川去。因我的行踪无定，家乡的消息，很不容易传到我跟前来，究竟丙辰年绵州曾出了什么乱子？"柳无非黯然说道："并不曾闹旁的大乱子，就是近年来在四川闹得最凶的枭匪，乘先父没有防备，陡然攻进了绵州城。先父逃已来不及，在衙门口遇着匪首，认识先父的面貌，先父遂被难。”

郑时问道：“四川的枭匪大小有若干股，小姐可知道那时攻进绵州的是哪一股么，匪首的姓名还记得么？”柳无非点头道：“匪首的姓名，自然记得，但是那枭匪是四川最凶悍有名的，谁也奈何他们不了。我又没有兄弟，这仇恨是永远没有报复的时候了。”郑时仍作不知道的问道：“在四川最凶悍有名的枭匪，不是小辫子刘荣么？”柳无非摇头道：“不是姓刘的，是姓张的，叫做张汶祥，于今还在四川。官兵闻他的名就害怕，多不敢与他对垒。”

张汶祥坐在旁边听了，心里止不住的怦怦跳动，看郑时行所无事的神气问道：“尊大人就是张汶祥所害吗？”柳无非道：“那倒不是。听说动手杀我先父的，是张汶祥手下一个小匪。先父殉难之后，先母因哀伤过度，不到三年也弃养了，丢下我姊妹两个。亲房叔伯人等虽有，只是不但得不着他们的照应，并欺负我姊妹年幼无知，用种种盘剥计算，侵占吞蚀，无所不至。幸亏当日随侍先父母在各州县任上的时候，我姊妹都曾略读书史，处理家政，不至茫无头绪，才能将先父母遗留的财物，略略保存些儿。不过自先母弃养后，我姊妹家居便没有相关切的家长，究竟诸事都嫌不便，我有姨父、姨母住在南京，我只得带了舍妹到南京去，打算相依姨父母度日。以为由水路直到金陵，是可望一帆风顺平安无事的，不料在半路上会有今夜这种险事发出来。若没有两位拔刀相救，我姊妹受祸真是不堪设想。”

郑时谦逊了两句，将自己和张汶祥的身家履历，随口编造了许多好听的说了。二人既更改了名字，郑、张又是寻常多有的姓氏，柳无非听了，当然不至疑心二人就是她自己不共戴天的大仇敌，只道郑时所说的身家履历，是真实不虚的。郑时说自己也是大家公子出身，因读书进学之后，无意科名，又生性喜欢游览，就借着经商，好游览天下名山大川。柳无非听了就笑道：“这就对了，我刚才听先生说是做生意的人，平日于官场中人不甚留意的话，心里正在疑惑，怎么做生意的人，有先生这般气宇，这般吐属？原来是厌恶科名，借着经商好到处游览的。”

郑时的学问，本来很渊博，此时更有意夸示才华。柳无非姊妹都能略通文墨，两下接谈之后，不由得柳无非不五体投地的佩服。柳无非姊妹虽是生长宦官之家，知书识字，然因柳儒卿死得太早，失去了拘管的人，种种淫词艳曲的书，遇着便废寝忘餐的不肯释手。她母亲不识字，以为女儿能发奋读书，是不会有差错的。已成年的女孩儿家，装了一肚皮的淫词艳曲，安有不心心念念羡慕那些才子佳人的呢？加以她姊妹被强盗剥得一身精光的捆缚了，是由郑时亲手解开的，有这一层关系，柳无非心里对郑时就不知不觉的亲热了。男女之间，只要双方都有了爱慕的念头，便没有不发生肉体关系的。在郑时不过因柳无非生得可爱，素来好色的人，不能制止自己不转念头，只是还有些觉得自己的年纪，比柳无非大了一倍，不敢希望便成夫妇。不料柳无非因自己曾赤身露体与郑时接触，更钦佩郑时的学问好，并不嫌郑时年老，竟愿以终身许给郑时。郑时原是没有家室的人，自是再得意没有了，但是张汶祥心里极不以为然，却又明知郑时决不听劝，不便拦阻。郑时和柳无非都看出了张汶祥不愿意的神气，二人商量对付，就将柳无仪配给张汶祥。张汶祥这时除了与郑时绝交而外，没有方法可以拒绝。一个铁铮铮的汉子，遂也轻轻的被卷入这爱河的旋涡中了。两真姊妹既嫁给两盟兄弟之后，便大家计议，恐怕到南京不为林郁夫妇所欢迎，即决议不到林家去了。依郑时的计算，径到山东去找马心仪，看马心仪对待的情形，再定行止。柳无非姊妹既嫁了他二人，行止自由他二人做主。去向已定，便望山东进发。

柳无非姊妹陪嫁的资财，都是柳儒卿在四川搜刮的，也有十多万。郑时打算到山东后，借马心仪的门路，捐一个官衔，凭着自己的才干，也不愁没有出头之日。在路上经过了多少时间，这日到了山东，在一家招牌名鸿兴的大客栈里住下，先打发人去巡抚部院里将施星标找来。

施星标这时的气概，已大异乎从前了，因终日和官僚接近，眼见的是官模样，耳听的是官言语，而他又自以为做了巡捕大官，不能不有官架子、官习气。巡抚部院里的人，因不知道他的来历，见他初到的时候，马心仪立时传见，并很密切的和他谈了一会儿话，估量必是和马心仪有密切关系的。官场中人的眼睛最势利，不要说是和督抚有密切关系的人，全省的官员都得逢迎巴结；只要督抚在闲谈中提了这人的名字，或在上衙门的时候，督抚单独对这人点了点头，这人便得了无上的荣幸，一般同僚的官员，即时对这人就得另眼相看了。

施星标就因马心仪对他，与一般在部院里供职的人，略似亲切一点，便没有一个不在施星标跟前献殷勤表好意的。施星标原本是老实人，看了这些人对他的情形，不知道势利官场，照例如此，只道是自己的官阶比人高，应受一般人的敬礼。

这时他骑来一匹马，带了两名跟随，自觉很体面的到鸿兴栈来。他是个天真烂漫的人，倒还有一点儿念旧之心，见了郑、张二人，连忙行礼说道：“二哥、三哥到这里来，怎的也不早给我一个信，使我好远些迎接？并且也用不着住客栈，直到院里去住，多少是好。”

郑时看施星标还是在四川时一般的亲热，便说道：“自家兄弟何用客气，说什么远些儿迎接的话！老弟知道院里好住吗？”施星标笑道：“怎么不好住呢，难道二哥、三哥是外人吗？”郑时也笑道：“老弟还责备我不早给你信，你到山东来这么久了，曾有一个字给我们么？我和三弟因没得你的信，委实有些放心不下，只得亲来这里瞧瞧，如何好冒昧径去部院里去呢？”

施星标跺脚说道：“二哥快不要提写信的话了，真是急得我要死。从前我们兄弟在一块儿的时候，凡是要提笔的事，有二哥做主，我倒不觉得不识字的不方便。我动身的时候，记得二哥曾叮嘱我写信，那时还没拿写信当一件难事。及到了山东一两个月，差事弄妥了，才想起要写信的事了。但是我既提不起笔，又没有知心的人可代我写，你想我不是急得要死！”

郑时点头道：“我也想到了你有这层为难的情形，于今大家都见了面，这些话也不用谈了。你且将到山东后的情形，详细说给我听，我再告诉你别后的经历。”施星标即将马心仪待遇了他的言语、行为，和盘托出说了一遍。郑时踌躇道：“既是这么一回事，你何以见得我两人好到院里去住呢？”施星标道：“这还有什么可疑虑的地方！像我这样文不能文、武不能武的笨人，到这里没几日，也就弄到了这么一个前程；难道对二哥、三哥还不如我么？放心，放心！于今是我们兄弟应当得志的时候到了。

郑时见施星标自以为巡捕是大前程，不由得好笑，但也不便说穿，扫了他一团高兴，便说道：“能如老弟所说的自是好事，你我都巴不得有一条出头之路。不过到院里去住的话，就是大哥吩咐我们搬去，我也觉得不大方便。老弟到这里坐谈了这一会儿，我还没引见你两个嫂子。”

施星标听了，望着郑、张二人发怔道：“什么嫂子，两个哥哥都在我走后娶了亲吗？”郑时笑道：“自然是娶了亲，否则哪里有嫂子给你引见？”施星标登时很着急似的说道：“这却怎么办，我不知道二哥、三哥都已办了喜事，有嫂子同来了，一点儿见面礼也没准备，我面子上不太难为情吗？”说时，立起身伸手在怀中摸索，大约是打算摸些儿银两出来。

郑时忙拉着他的手在身边坐下说道：“不要忙，我还有话向你说。我和三弟娶你这二个嫂子的原因，不能不先说给你听。但是这原因只能向你说，因你和我们赛过亲手足，在一块儿时候的事，不能瞒你，别后的事不忍瞒你。除我们自家兄弟而外，无论什么人都说不得。”

施星标道：“那是自然，我到此地这么久了，从不曾向外人漏出半句以前的事。”郑时接着将七夕在黄鹤楼闻笛，及以后种种经过，详述了一遍道：“这事可算是弄假成真的，三弟当时果然没有动丝毫不正的念头，就是我也不过生性惯寻这种开心，见了可爱的女子，不问成与不成，是要转转无聊的念头的。谁知竟是天缘凑巧，居然都成了夫妇，若给她姊妹知道了我和三弟的履历，日后恩爱深了就不要紧，暂时是难保不有些麻烦。”

施星标愕然说道：“那回打进绵州，我不是也在内吗？”郑时笑道：“谁说不是有你在内？我也想到了这事不免有些行险侥幸，但我却有把握，决不至给她姊妹知道。就是万一有泄露的时候，我等男子汉，身上长了一对腿，还怕跑不了么？”施星标道：“怕什么！我们男子总占了便宜。好，就带我去拜见吧，见面礼日后补来便了。”

郑时因恐怕施星标来了，说话给柳无非姊妹听了去，特地另觅了一间相隔很远的房会面，这时才引施星标与无非、无仪见面。施星标见无非姊妹都生得这般艳丽，险些儿看痴了，原预备了几句吉利话，打算在见面时说的，竟说不出了。郑时看了他这样失魂丧魄的神情，见礼之后，便不让座，仍引到坐谈的房间里来。

施星标突然对郑时说道：“二哥、三哥的福命真好，简直是一对玉天仙，凡人哪有这样美貌的？大哥于今共有六个姨太太，都是年轻好看的，在我的眼睛看了，以为生得好的都聚在他一家了；此刻看了两位嫂子，才觉得那六个姨太太，都是俗不可耐的女子了。”郑时含笑不作声，施星标继续说道：“我们兄弟在川中的时候，都怕家室累人，现在既大家换了局面，我也要留心访求一个才好。”郑时笑道：“老弟的事，我当代为物色，包管你得一个称心如意的人儿便了。”

施星标正色说道：“二哥不要多心，我想你们也应该找一个相安的给我快活快活，才对得起我。”张汶祥忍不住笑问道：“你这话怎么讲？凭什么定要我们找一个相安的给你快活，你自己不会去找的吗？”施星标涨红了脸说道：“要我自己去找，要把兄弟做什么？”张汶祥大笑道：“把兄弟是专为拉皮条的吗？你这话真露出你呆子的原形来了。”

施星标很要紧似的辩道：“说媒，娶老婆，算得是拉皮条么？当日拜把的时候，不是摆了香案，一同跪下来发过誓的吗？那几句发誓的里头，是不是有‘有福同享，有祸同当’的话？于今你们都有天仙也似的老婆享福，教我一个人睁开眼睛望着，你们凭良心对得起我吗？”

张汶祥听了，虽是笑不可抑，但也说不出驳他的话来。郑时哈哈笑道：“呆子何用发急呢，我不是说了包管你得一个称心如意的人儿吗？”施星标忽转了笑容问道：“二哥这话可是真的么？”郑时道：“我何时曾向你说过假话？”施星标喜道：“我知道我自己是一个老粗，人品赶不上二哥、三哥，学问也赶不上二哥、三哥，不敢望有二嫂、三嫂那么美的。不过我现在已有了这样的前程，若是我的官运好，将来的升迁是量不定的，总要像一个官家太太的样子，才可以配得上我。”张汶祥道：“官太太的样子是什么样子？我没有见过官太太，倒有些分别不出。”

施星标道：“说正经话，三哥不要开我的玩笑。一种人有一种人的样子，三哥这般精明的人还说分别不出，不是存心开我的玩笑吗？”郑时知道施星标是老实人，说话最容易认真，便接着说道：“是否官太太的样子，我一望就分别得清楚，不配做官太太的，我断不至从中撮合，你只回去多准备些喜酒给我们喝。你是在官场中的人，娶亲须得有个场面，不能像我们一般的草率。”

施星标道：“话虽如此说，只是二哥一时哪里有一个这么合适的人儿呢？我到山东来了这么久，不曾遇着有相安的人。不相信二哥刚到这里，便已看中了有可以配给我的人。”郑时笑道：“你可以不问我这些话，我从来没有哄骗过你，这一层还不能使你相信吗？”施星标心里想着这话倒是可信，我在四川的时候，许多人都因我老实，每每说假话哄骗我。就是张汶祥也时常拿假话来寻我的开心，唯有他一次也没有骗过我，并且因我老实，连笑话都不大向我说。他的话是可以相信的。想罢，就说道："我不是不相信二哥，是恐怕一时找不着合适的人。"

张汶祥道："你只回去准备办喜事，二哥替你撮合的人，我也知道了，确是再合适没有，我也能包你称心如愿。"说得施星标如雪狮子向火，浑身都喜得融化了，当下辞别了郑、张二人，回到巡抚部院，即到上房里见马心仪。马心仪平日也是因施星标诚实可靠，出入必带在身边，所以能直接跑进上房去。

这时马心仪正在检阅重要公文，忽见施星标进来，脸上喜气洋洋的，不是平常的态度，料知必是有什么可喜的事，随将手中公文搁下。施星标见左右没有人，便近前说道："郑时二哥和张汶祥三哥都来了，二人说本应一到就进来禀安禀见的，因为不敢鲁莽，先打发人来叫我去。"马心仪不待施星标往下说，接口问道："带多少人来了？"施星标道："没带旁人，只各带了一房家眷。"马心仪道："他们不是都没有家眷的吗，怎么各带了一房家眷呢？"

施星标是素来不会说假话的人，随口就将郑、张娶柳氏姊妹的经过，及柳氏姊妹如何美丽的话说了。马心仪笑道："你的眼睛里看出来的美丽，只怕不见得是真美丽吧？"施星标急得竭力争辩。马心仪低头沉吟了一会儿道："他两人改了名字很好，不过鸿兴客栈里面住的人太杂，种种类类的人都有，在那里住久了，终恐遇见面熟的人，传扬开了不是当耍的事。你就去向他两人说，我原想去看他们，亲自接他们到院里来住的，只为有许多不便的所在，不能随意行动，望他们原谅。即日将家眷、行李都搬到这里来，且住下再看机会。只须将西花厅腾出，就够他两房家眷居住了。西花厅虽是离上房太近了一点儿，好在不是外人，没甚要紧。"施星标见马心仪这么说，心里说不出的高兴，一迭连声的代郑、张二人道谢。

次日一早，施星标就吩咐人收拾西花厅，准备给郑、张二人居住。马心仪取了一张名片，教施星标去鸿兴客栈迎接。施星标领命到鸿兴栈来，见郑、张二人，将马心仪的话传达了。郑时问道："你曾听大哥说过，将如何安插我们的话么？"施星标道："他只说且住下再看机会。我们既住在那里，他自然得安插我们。"

郑时低头不作声，好像思量什么似的。张汶祥道："我们既经来了，在客栈里住着，总不成个体统。我们又没有第二个可靠的朋友，二哥毋庸踌躇，不搬去，倒觉得对不起他似的。”郑时点头道：“承马大哥的盛意，教四弟前来迎接，我们岂有不遵命的道理。不过我所踌躇的，是为从四川出来，因路途遥远，不曾携带一些儿土产来孝敬马大哥，见面是很难为情。打算就在此地办几色礼物带去，聊表我二人一点敬意。”

施星标道：“这却可以不必，他哪里在乎这点儿礼物！”张汶祥道：“他虽是富足，不在乎人家的礼物，我们不能不聊表敬意。二哥说应办些什么，我去照办便了。”郑时当即开了一单应办的礼物，张汶祥亲去办了。就在这日，施星标帮着将眷属、行李都搬进了巡抚部院。马心仪与郑、张二人相见时，只寒暄了几句，便有事走开了，好在有施星标督率着下人安置一切。

直到夜间，马心仪才安排了筵席，在上房款待郑、张及柳氏姊妹。马心仪的六个姨太太，都对待柳氏姊妹十分亲热。柳氏姊妹虽也是生长在官宦之家，然柳儒卿当日不过做了几任州县官，排场气概，如何及得巡抚部院里的阔绰？少年女子的虚荣心最重，当下看了马心仪六个姨太太的豪奢放纵情形，不知不觉的动了艳羡之念。而施星标在帮着搬行李的时候，看见春喜丫头了，也不知不觉的动了爱慕之心。暗想二哥只说替我撮合，教我准备喜酒，他何不就把这丫头配给我？虽说是个丫头，身份有些不对，但是这丫头的模样儿很好，举动比寻常人家的小姐还要来得大方。大哥身为督抚，尚且讨班子里的姑娘做姨太太。论人物，六个姨太太都赶不上这丫头，我讨了她，料想不至被人笑话。就只怕二哥是个有名的好色之徒，他要留着给他自己做姨太太，不肯让给我。我且先和三哥商量，求三哥帮忙我说，如果他硬不愿意让给我，我就向大哥叩几个响头，也说不得，总得求大哥说一句公道话，看我为什么要单身过一辈子。

想到这里，自觉有了把握，乘左右没有人的时候，悄悄的对张汶祥说道：“男子汉到中年以后，还没有一房家室，好像凡事都没有个着落的样子。我自从来到山东，境遇一天好似一天，地位也一天高似一天，我就想在山东成立一个家业，免得终年和没庙宇的游神一般，没个归宿之处。无如我既不是本地方人，对本地官宦人家又少有来往，高不成低不就，很难得有合意的人。前日二哥说替我做媒，并说包管我称心如意，不知他打算替我撮合的，究竟是谁家的小姐？”

张汶祥因施星标的言语、举动，从来有些呆头呆脑似的，和他没多的正经话说，一开口便是开玩笑。这时见施星标说得如此慎重，并不似平日说话的没条理没次序，也就不便拿出开玩笑的神气，只得应道：“此后既安排在官场中过活，家眷是少不得的。二哥打算替你撮合的，他不曾说给我听，不知道究竟是谁家的小姐。”

施星标道：“不问是谁家的小姐，我都不愿意。大富贵人家的，好是自然很好，不过我做官不久，总怕匹配女家不上。我只要讨一个人，能像二嫂的春喜丫头那般一模一样的，就心满意足了。你可知道春喜已经许配了人家没有呢？”张汶祥大笑道：“既是你自己说出来愿意讨春喜，那是再好没有的了。”施星标喜问道：“难道二哥说替我撮合的，就是春喜吗？”张汶祥道：“不就是她，还有谁呢？”

施星标道：“怎么这两日不见二哥提起，你猜事情不至变卦么？”张汶祥道：“二哥因你说要讨一位官太太，他恐怕春喜是个丫头出身，不配做官太太，所以说出来之后，就失悔不该说了。你于今既不嫌弃丫头，我去向二哥说便了。”施星标听了，来不及似的对着张汶祥一连作了好几个揖说道：“这事就拜托三哥了。”张汶祥将施星标的话对郑时一说，这段姻缘便立时成就了。马心仪听说，即赏给施星标二百两银子作结婚费，郑、张二人也都有馈赠，于是施星标兴高采烈的和春喜结起婚来。

施星标是个有职务的人，结婚后仍照常供职，也没有另租房屋。春喜夜间陪他睡觉，白天不在柳氏姊妹房中闲坐清谈，便在上房陪马心仪的几个姨太太寻开心玩笑。春喜本来生性聪明，因从小伺候柳无非姊妹，也略解文字。施星标一心想马心仪栽培提拔，无时无地不求得马心仪的欢心，知道马心仪最宠爱的，是新讨来的六姨太。六姨太是北京极有名的红姑娘，艳名也就叫做“红姑娘”。但是容貌并非惊人之艳，就只应酬的本领高大，一张嘴伶牙俐齿，能遇一种人说一种话，使凡见过她的人，个个疑心她对自己有无限深情。心思更是细密玲珑，在她班子里走动的，不是王公贵人，即是富绅巨贾。每有为难的心事，或是在她跟前愁眉不展，或是背着她短叹长吁，她总得寻根觅蒂，问出情由来，只须她那两个水银也似的眼珠儿一转，不论什么为难的事，她都能立时代筹应付的方法。虽不见得处处妥当，但见解确能比人高。因此一般在她那里走动的王公贵人、富绅巨贾，见面多呼她为“红军师”。

马心仪为慕她的名，花了上万的银子讨来，果是名下无虚。马心仪宠幸她无所不至，大小家政，多半归六姨太掌握。满衙门的人，没有不畏惧六姨太的，没有不巴结六姨太的。施星标想马心仪栽培提拔，更是巴结得尽心尽力。春喜是当丫头出身的人，不待说最会承迎色笑，对于几个姨太太，虽是一体奉承，只是在六姨太房里周旋的时候为多。马心仪既是宠幸六姨太，当然除了办公事的时间以外，总在六姨太房中寻欢取乐。论年龄，春喜比六姨太轻；论姿色，也比六姨太美。马心仪是个纵欲无厌的人，六个姨太太还不能满足他的欲念，见春喜生得有几分动人之处，又镇日的在左右殷勤，便串通六姨太勾引春喜实行无礼。

在六姨太未尝没有醋意，因知道马心仪生成的如妇人之杨花水性，可以随处钟情，恐怕他再讨第七个姨太太进门，夺了自己的宠幸。春喜是有夫之妇，只能通奸相好，不能定名正位，停眠整宿，对于自己的宠幸，还可以保全。因此情愿顺承马心仪的意旨，用种种方法引诱春喜。在班子里当姑娘的人，引诱妇女的手段，自是高人一等，全不费事的便将春喜引诱成奸了。施星标是个粗人，又轻易不敢到上房里走动，哪有察觉的时候呢？

马心仪与春喜通奸了一两个月，厌故喜新的毛病，不觉又渐渐的发出来了。这时秘密对春喜说道：“我今年差不多五十岁了，中国各省繁华之地，我多到过，生得美的妇女，在我两只眼里见的，也实在不少；只是从来没见过有美丽像你家那两个小姐的。我不知道郑老爷、张老爷怎么有这么好的艳福，不费什么气力，在半路上遇着，便成就好事，真是可羡可慕。从外面看，似乎我比他两人命好；其实我的命，如何及得他两人？我若能得一个像你家大小姐那般美女子的，陪伴终身，现在的高官厚禄，都情愿让给旁人去享受，我就以白丁终老也是快活的。”

春喜笑道：“我家两位小姐岂但生得容貌美，诗词歌赋琴棋书画，没一件不会，没一件不精。这回嫁给郑姑老爷和张姑老爷，也要算是天缘凑巧。不然，也没有这么容易。我记得当日在四川，老爷太太还存在的时候，来替大小姐、二小姐做媒的，也不知经过了多少次，都是官宦人家的少爷。老爷太太说门弟人品都很相安，可以定下来，偏是两个小姐自己不肯，说那些官家少爷，多是酒囊饭袋，毫无学问的，一旦没了祖业，便无力谋生。我大小姐并不知道害羞，当面向太太说，不愿意嫁给那些文不文、武不武的少爷。有一次赵提台托人来做媒，想把我二小姐配给他家大少爷。那时赵家大少爷已经做到都司了，年纪还只二十五岁。据说赵大少爷能开两石重的硬弓，武功好得了不得。我家老爷、太太以为二小姐是没有不中意的了，谁知二小姐仍是不情愿。我那时心想两个小姐这也不愿，那也不愿，到底心里打算要什么样的人物才嫁呢？谁也想不到在船上遇见郑姑老爷，即时就倾心要嫁他。小姐原是要到南京林家去的，大约也是因为喜事办得太草率了，恐怕到林家说起来不体面，所以情愿不去林家，径随姑老爷到这里来。论两位姑老爷的人品，虽是很好，但从前做媒的那些少爷们，不见得都赶不上。”

马心仪问道：“然则你那两个小姐，何以是那么来不及似的嫁他们呢？”春喜道：“我在隔壁舱里仿佛听得大小姐劝二小姐道：‘你我的年龄也不小了，终身大事，若依赖姨父、姨母，是靠不住的。我们赤身露体的，承他两人从强盗手里救了回来，因要解我们身上的绳索，遍体都抚摸到了，难得他两人没有娶妻，我们不趁此嫁他，好意思去嫁什么人呢？’”

马心仪笑道：“遍身被人抚摸了，就得嫁给这人。我倒得设法在她姊妹身上抚摸一阵，看她又肯嫁给我么？”春喜想迎合马心仪的意思，便说道：“这不是极容易的事吗，大小姐、二小姐都欢喜喝酒，而酒量又不大，两三杯酒下肚就醉了。不过这事也得商通六姨太，要六姨太出头，请她姊妹到上房里来。”马心仪不待春喜往下说，即连连摇头道：“这事不能给六房知道。她姊妹既通文墨，我自有方法，使她姊妹心甘情愿的着我的道儿。只要你在中间做个穿针引线的人，事成后我自重重的赏你。”

春喜道：“我自然应该尽力，不过两个小姐平日待我，虽与姊妹无异，我却从不敢在她跟前放肆。勾引她的话，我是不敢去说的。”马心仪问道：“看她姊妹的性情举动，都像很随和的，很容易说话的，并且你此刻的身份、地位，已和她一般大了，有什么不敢在她跟前放肆呢？”

春喜道：“两个小姐的性情举动，实在都很随和，就是我当日伺候她们的时候，一次也不曾受她们责骂过。只是要我向她们说无礼的话，她们究竟是小姐，有小姐的威严，我怎敢和她们比身份、比地位。”马心仪听了，两个眼珠儿登时向上转了几转，不住的点头笑道：“有了，有了！我有计较了。你既畏惧她的威严，便勉强教你去说，也是说不动她的。大小姐为人更精明能干，一张嘴又能说会道，就是商通六房里去勾引她，也不见得不碰她的钉子，没得弄巧反拙，倒难为情。我于今思量出一个最妙的方法来了，不问她是怎样三贞九烈的女子，不愁她不上我的圈套。”春喜忙问是如何的方法，马心仪笑道：“现在还不曾着手，不能说给你听，你瞧着便了。”春喜遂不敢再问。

过了几日，六姨太忽亲自到西花厅里来，柳无非姊妹迎接进房。这时张汶祥和郑时都到外面闲逛去了。六姨太坐下来笑道：“两位妹妹都是极精明的人，可知道我此来是干什么事？”柳无非也笑道：“姊姊不说，我们从哪里知道呢？”六姨太道：“今日是我的贱辰，特来接两位妹妹上去喝一杯淡酒。”柳无非道：“啊呀！我真疏忽得该打，劳动姊姊亲自来接，如何敢当！我早应该上去给姊姊叩头才是。”

六姨太连忙伸手来掩柳无非的口说道：“快不要说这些客气话，我们都是年轻轻的人，岂是庆寿的时候？只因我今年二十七岁，正逢暗九。我那生长地方的风俗，每人生日，逢着明九暗九，都有禁忌。据老辈传说，若这人逢明九或暗九的生日，不依照老例热闹一番，这人必不顺利，并且多病多烦恼。”

柳无非道：“我倒不懂得这种风俗，怎么谓之明九？怎么谓之暗九？因四川没有这风俗，不曾听人谈过。”六姨太道：“风俗自是一处不同一处。如我今年二十七岁，三九二十七，所以谓之暗九；若再过两年二十九岁，便是明九了。遇着明九的生日，须在白天安排些酒菜，邀请若干至亲密友。男子生日邀男子，女子生日邀女子；已成亲的邀已成亲的，未成亲的邀未成亲的，大家围坐在一处，每人由生日的人敬九杯酒。酒杯可以选用极小的，酒也可以用极淡的，但是少一杯也不行，这就是托大家庇荫的意思。各人尽兴闹一整日，越闹得高兴越好。暗九就在夜间，一切都依照明九的样，也是越闹得凶越好，务必闹到天明才罢。平常生日做寿，至亲密友都得送寿礼，唯有逢着明九暗九，无论什么人，一文钱的礼也不能送。若是明九暗九有人送礼，简直比骂人咒人还厉害。过了六十岁的人，便没有这种禁忌了。我今年是暗九，所以特来请两位妹妹去喝点儿淡酒。务望给我面子，早些光降，最好大家聚饮到天明。”

柳无非道："姊姊说得这么客气，真折煞我姊妹了，我们即刻就上来给姊姊叩头。"六姨太道："依照我生长地方的风俗，凡是至亲密友，都得邀请，越请来的人多越好。无奈在这地方和做官一样，至亲不待说没有，便是密友，除了两位妹妹之外，就只有我家里那五个姊姊。太太肯不肯赏光，此时还说不定，须看她临时高兴不高兴。"

柳无非道："我不知道姊姊贵地方的风俗，本应略备礼物，以表我姊妹一点儿庆祝之心。既是姊姊说送礼比骂人咒人还厉害，我姊妹就只好遵命来讨酒喝了。"六姨太道："原是为有这种风俗，才依照老例热闹一番；若送礼，便犯了禁忌了。"柳无非姊妹信以为实，丝毫没有疑虑。

六姨太去后，不一刻，郑、张二人都回来了。柳无非对郑时说了六姨太亲来邀请的话。郑时笑道："明九暗九的话，我也曾听人说过，只不知道有邀请至亲密友饮酒的风俗。你是欢喜喝酒的，酒量又不大，宴会中万不可多喝。喝多了一则身体吃亏，二则酒能乱性，恐怕错了规矩礼节，闹出笑话来，醒后就失悔也来不及了。"

柳无非笑道："同席的没有外人，都是些每日见面的，就多喝两杯，也未必就闹出什么笑话。好在六姨太说，酒杯可以选极小的，酒也可以喝极淡的，仅仅九小杯酒，哪里能喝醉人！不过六姨太说，照风俗须共饮到天明，你不是得独睡一夜吗？"郑时笑道："我独睡一夜倒没要紧，你每夜不到二更就睡，于今忽教你熬一通夜，你怎么受得了？"柳无非摇头道："熬夜算不了什么！你睡在床上等我，我只要可以抽身回来，就回来陪你睡。"夫妻很亲密的谈了一会儿，六姨太已打发丫鬟来催了。柳无非姊妹方一同走进上房里去。

此时天色已是上灯时分了，内花厅里已摆好了酒席，虽没设寿堂，也略有铺陈，是个有喜庆事的模样。马心仪的六个姨太太，都浓妆艳抹，出厅迎接。春喜也打扮得花团锦簇的，跟在六个姨太太当中。柳无非姊妹同向六姨太下礼，大家都争着搀扶，齐说不敢当。分宾主略坐了片刻，六姨太即起身邀请入席。各姨太都自有丫鬟在旁斟酒伺候，另派了三个丫鬟，伺候柳氏姊妹和春喜，每一个丫鬟手捧一把小银酒壶，各斟各的酒。柳无非看杯中酒色金黄，喝在口中，味极醇厚，但是略有点甜中带涩，仿佛有些药酒的余味，不觉用舌在唇边舐咂。

六姨太非常心细，已看见了柳无非的神情，连忙含笑说道："今日贱辰，承诸位姊姊妹妹赏光，和我喝酒。我知道诸位姊妹的酒量，都未必很大，恐怕外边的酒太厉害，喝不上几杯就有了醉意，因此特地派人办了几坛金波酒来。这金波酒的力量不大，大家都可以多喝几杯。"说时，两眼望着柳无非问道："妹妹曾喝过这种金波酒么？"柳无非道："不曾喝过。"柳无非满心想问怎么有药气味，因转念一想："这是庆寿的筵席，如何好随便说出药字来？"只心里猜度，以为金波酒本是这般的味道。喝了两杯之后，便不觉得有药味了。

六姨太殷勤劝敬，柳无非觉得九杯之数未曾喝足，不好意思推辞，勉强喝过了九杯，已实在不胜酒力了。六姨太即向她说道："妹妹今夜无论如何得热闹一整夜，我知道妹妹的身体不甚强健，此时可到我房里去休息片刻。"说着，起身走到无非跟前，就无非耳根低声说道："喝酒的人，每小解一次，又能多喝几杯。"柳无非此时正想小解，听了这话，便也起身对同席的说道："对不起，我立刻就来奉陪。"大家齐起身说请便。六姨太搀着柳无非的手，一同走进卧室，推开床后一张小门。

柳无非举眼看这房间，比六姨太的卧室略小些，房中灯光雪亮，陈设的床几、桌椅，比六姨太房里还加倍的精洁富丽。正待问这是谁的房间，六姨太已说道："这是我白天睡觉的房间。床头那个形象衣橱的，不是衣橱，拉开橱门，里面便是马桶。妹妹小解后，在床上略坐一会儿，我去教人弄点儿解酒的东西来给妹妹吃。我这房里谁也不敢进来，外边有什么声息，里面毫不听得。这里面也不论有多大的声响，只要关上房门，哪怕就站立在门外的人，也简直和聋了的一样。因为我白天睡午觉，最怕有声响，一有声响，就被惊醒得再也睡不着了。为此弄这么一间房子，连我自己的丫鬟，都不许进来。"

柳无非心中羡慕不已，六姨太回身退了出去，顺手将房门带关了。柳无非走到床头，轻轻将橱门一拉，看橱里果和一间小房子相似，并有一盏小玻璃灯，点在橱角上，照见橱里不但有一个金漆马桶，并有洗面的器具，玻璃灯侧还悬挂了一轴五彩画。

柳无非这时忽闻得一种极淫艳的香气，登时觉得浑身绵软，心旌摇摇不定，两腮发热。自知是因为多喝了几杯金波酒，连忙解衣坐上马桶，两眼不由得望着那轴五彩画。那画不望犹可，一落眼真教人难受，原来是一幅极淫荡的春画。柳无非初看时，吓得掉过脸不敢多望，只是两眼虽望在旁处，心里再也离不开那画，觉得房中没有人，我何妨多看看，这类东西是轻易看不见的。谁知越看越不舍得丢开，欲火也就跟着越发腾腾蒸上，不能遏抑，却又恐怕六姨太送解酒的东西进来，撞见了不好意思。只好硬着心思起身，决然走出来，关了橱门，整理了衣带。觉得这房里的香气，比橱里更甚，看壁上也挂了好几幅工笔画，以为这壁上的，断不是春画。

柳无非本是会画的人，尤喜工笔画，就近看时，不是春画是什么？并且每幅画上，都是一男数女，妖亵不堪。柳无非正在春兴方浓的时候，再加上看了这类东西，哪里还讲得上“操守”两个字，两脚竟软得支不住身体了，就到床上横躺着，一颗心不待说在那里胡思乱想。正在此时，忽见马心仪从床后转出，走近床前，笑嘻嘻的打了一躬。

不知马心仪将怎生举动，且俟第七十五回再写。

第七十五回

马心仪白昼宣淫　张汶祥长街遇侠

话说柳无非眼望着马心仪笑嘻嘻的向她打了一躬，说道："好妹妹！你真想死我了。"柳无非吓得心里一跳，正待挣扎起来，无奈在醉了酒的时候，身体不由自主。马心仪来得真快，只一霎眼工夫，已被搂抱入怀。柳无非身体既不能动，唯有打算张口叫六姨太快来。不张口倒也罢了，口才张开，随即就被塞进一件又软又滑的东西来，只塞满了一口，不能出声。动不能动，喊不能喊，挣扎又无气力。此时的柳无非，除了听凭马心仪为所欲为外，简直是一筹莫展，因此柳无非遂被马心仪玷污了。

马心仪最会在妇人跟前做功夫，柳无非一落他的圈套，便觉得他是个多情多义的人。大凡妇人一被虚荣心冲动，"操守"两个字是不当一回事的，只有如何才能满足自己的欲望。倒是马心仪还存了几分畏惧郑时的心思，明知道郑时有杀柳儒卿的事，因恐怕对柳无非说出来，柳无非不能忍耐，在郑时跟前露出形迹来。郑时机智过人，必能看出其中毛病。万一因这奸情事，彼此弄决裂了，郑时不是好对付的。此时的马心仪心目中，只觉得郑时可怕，以为张汶祥不过一勇之夫，不足为虑的。幸亏马心仪不把张汶祥放在心上，方有以后惊天动地的事闹出来；若马心仪将张汶祥和郑时一般看待，那就难免冤沉海底了。这是题外之文，不去叙他。

且说马心仪既诱奸了柳无非，就每日教六姨太借故将柳无非接到上房里来，以满足双方的兽欲。郑时虽也是一个好色之徒，然尚顾体面，不似马心仪这般不择人、不择时、不择地，公然白昼行淫。郑时自进巡抚部院后，每日除了同张汶祥去外面闲逛些时外，总是独自坐在西花厅里看书。白天非有事故，并不和柳无非在一块儿厮混。也不是郑时对柳无非的爱情减少了，不愿意亲密。一则因已成了眷属，自以为夫妻是天长地久的，不必和露水夫妻一般的如胶似漆；二则因柳无仪与柳无非不曾离开过，姊妹的感情厚，欢喜时刻在一处笑谈。并且马心仪的六姨太太和春喜，也不断的到柳无非房中来，自觉坐在一块儿不方便。加以郑时喜读书，日常手不释卷，夫妻在一间房里坐着，总不免有些分心，不如独自在花厅里的清静些。因此六姨太每日来引诱柳无非到密室去行淫的事，郑时丝毫没有察觉。

马心仪的欲望若是容易满足的，便不至有了六个姨太太，又弄上了春喜，还要想方设法的诱奸柳无非。既是个逞欲无厌的人，初与柳无非成奸的时候，似乎很满足，及至每日欢会，经过若干度之后，趣味就渐渐的减少了，一缕情丝，又不知不觉的绕到柳无仪身上去了。寻常爱情专一的女子，醋心也非常浓重；和马心仪鬼混的这些妇女，既无所谓爱情，便也没有什么醋劲，并巴不得多拖几个人同下浑水，免得人家独为君子。

柳无仪从小就异常服从柳无非，有时她母亲叫她做什么事，反不如柳无非说的，一些儿不敢违背。就是在船上与张汶祥成亲的事，柳无仪因张汶祥的年龄比自己大过一倍，又是一个武人，没一些温柔文雅之气，原不甚情愿的。只为柳无非已与郑时发生了夫妻的情感，郑时恐怕张汶祥不高兴，也是竭力想把张汶祥拉下浑水，教柳无非劝柳无仪与张汶祥成亲。柳无仪服从惯了，不敢说出不情愿的话来。张汶祥一般的是服从郑时的人，遂由双方生拉活扯的成了眷属，然这般成亲的夫妻，自表面上看去，好像是经过一番患难的，可以称得是一段美满姻缘，其实夫妻各有各的不情愿。加之张汶祥是个铁铮铮的汉子，早晚必锻炼身体，终年无间，对于女色，虽不说视如毒蛇猛兽，但是存心要留着这有用的身体，好待将来做一番事业，是绝对不肯在妇人身上消磨豪气的。因此柳无仪空得了一个嫁人的名，夫妻之乐领略得极少。心里早就有些怨恨柳无非，不该拿她当送礼的人情。柳无非这回引诱她上马心仪的圈套，也和六姨太引诱她一般的做作。柳无仪一旦尝着了这滋味，对张汶祥更加冷淡了。

张汶祥哪里拿她的行为言语放在心上，尽管柳无仪冷淡，他只是不觉得。倒是郑时看出柳无仪不亲热张汶祥的神气来了，背地里劝张汶祥道：

“我知道三弟把功夫看得认真，不肯在女色上糟蹋了身体。不过少年夫妻，实在不宜过于疏淡。你要知道，你是练功夫的人，越是不近女色越好。三弟媳不是练功夫的，又在情欲正浓的时候，何能和你一样呢？”

张汶祥听了从容问道：“二哥这话怎么说起来的，难道无仪对二嫂说了什么话，二嫂叫二哥来劝我的吗？”郑时连忙摇头笑道：“岂有此理！不但你二嫂不敢对我说这类话，就是三弟媳又难道肯拿这类话，向你二嫂说么？”张汶祥紧接着问道：“然则是二哥亲眼看出无仪什么情形来了么？”郑时道：“你知道的，我生平的大毛病，就在好色。因为好色的缘故，和女人亲近的时候居多。因亲近得多，对于女人的性情举动，也揣摩得很透彻。我眼睛里三十年来所见的少年夫妻，其和好亲热如胶似漆的，必是男女的身体强弱相等，性情灵活也相等的。聪明强健的丈夫，没有亲爱愚蠢衰弱妇人的；反转来，妇人对丈夫也是一样。少年夫妻不和好，不是一边的身体太衰弱，便是一边的性情太古板。总而言之，十九是由于情欲上一方太过，一方不及。若两边能如愿，夫妻就没有不和好的了。你对三弟媳，自成亲之日起，到于今举动言语都无改变。只是我细心体察三弟媳对你的神情，就仿佛一日冷淡一日，不似成亲时那般亲切了。”

张汶祥笑道：“我倒不曾在她身上留心，不觉得她冷淡，也不觉得她亲切。二哥既看出她对我冷淡的神情来了，却教我有什么法子又使她亲切呢？”郑时笑道：“你我做丈夫的，也得代她们做女人的设想设想。她们终身所依赖的，在儿女未成立的时候，就只能依赖丈夫。若丈夫不和她亲近，她终身的快乐便保不住了，她心里安得不着急呢？只要你我做丈夫的肯体贴她、亲热她，除了生性下贱、不顾名节、不知廉耻的女子而外，绝没有不体贴丈夫、亲热丈夫的。”

张汶祥也摇头道：“这只怪我的生性不好，从来拿女子当一件可怕的东西，不仅觉得亲近无味，并时刻存心提防着，不要把性命断送在女子手里。我未尝不知道这种心思，只可以对待娼妓，及勾引男子的卑贱妇人，不能用以对待自己的妻子。无奈生性如此，就要勉强敷衍，也敷衍不来。我这头亲事，原是由二哥、二嫂尽力从中做成的，我自己不曾有过成立家室的念头。二哥方才劝我体贴亲热的话，我也知道是要紧的。但我仔细想来，即算我依遵二哥的吩咐，从此对无仪，照二哥对二嫂一样，无仪心里自是快乐。不过我为图她快乐所受的委屈，就真是哑巴吃黄连，说不出的苦了。何况在我这个生性不会体贴、不会亲热的人，纵勉强做作，能不能得她快乐，还不可知呢？我想与其是这般两边不讨好的延长下去，不如仍由二哥二嫂做主，另物色一个好男子……”

郑时不等张汶祥再说，急伸手去掩着张汶祥的口说道：“这不像话，快不要如此乱说，便是这般存心也使不得。休说无仪是你很好的内助，你不可胡乱存这骇人听闻的念头。就是无仪的德、容、工、貌都很平常，只要她没有失脚的事，你也不能这么乱说。你非不知道她姊妹都是诗礼之家的小姐，这话若传到她姊妹耳里去，你试代她们着想，寒心不寒心？”

张汶祥道：“我并不是胡乱说的，二哥既以为不能这么做，我只好依二哥的话，此后凡事将就她一点儿就是了。”郑时喜道：“好嘛！夫妻间很有一种乐趣，非做丈夫的凡事将就妻子，这种乐趣便不能领会。你依我的话，将来尝着了这种乐趣，还得向我道谢呢。”张汶祥不说什么，自闷闷不乐的走开了。

过了几日，张汶祥忽于无人处对郑时说道：“我们山遥水远的来依靠大哥，到这里也住了几个月了。初到时还见过几次面，近来简直面都见不着了。他口里虽道竭力设法安插我们，心里不见得有这一回事。我想久住在这里也无味，我们原不是为官做宰的人，娶了个官家小姐做妻子，已经是不相匹配了。再加上久住在这种富贵地方，使她们终日和一般骄奢淫逸的姨太太住在一块儿厮混，把两个眼眶儿看得比箩盘还大，将来一定有不把我们这些穷小子看在眼里的时候。我想不如趁早离开山东，去另寻事业。不知二哥的意思以为如何？”

郑时笑道：“三弟的性情，还是这么躁急。你不知道在官场中候差候缺的人，每日得上衙门钻营巴结，无所不至。常有候到几十年，还候不着一点儿差事的。我们在此地才停留了几个月，也并不曾去巴结人，向人求差事，怎样就着急要去另寻事业呢？我并不是贪恋这地方，且图一时的安乐，我们既是在几年前便动了这个想混进官场去的念头，好容易才得了这条门路，你不要把这条路看轻了。寻常做官的人，花多少万银子，还赶不上我们这种际遇呢。”

张汶祥见郑时这么说，没话回答，只低下头像思索什么。郑时道：“我料着你说这番话的心事了。你必是因三弟媳近来终日和大哥的几个姨太太在一处厮混，你觉得对你益发冷淡了，由这一点原因就动了率眷离开此地的心思。我料的是与不是？”张汶祥面上透着不耐烦的神气说道：“这倒用不着说了，我当日在四川的时候，看了那些督抚司道的排场，只觉得做官的快乐。于今来这里住了些时，才知道做到督抚司道的人，都已受过大半世钻营巴结的苦了。我生性不惯巴结人，将来有不有给我快乐说不定，此时的苦我便已不能受了。并且我自知是个粗鲁人，就有官给我做，也干不了。二哥不妨在此多住些时，我打算动身去湖南走一趟。我已有多少时候不见我师傅了，心里思念得很切。”

郑时问道：“你去湖南，来回大约须多少时日？”张汶祥道：“好在此刻不比当年了，此地没有少不了我的事，来回的时日不必计算。”郑时道：“这使不得！三弟不能就此撇下我，自去另寻生活。我也不是贪图富贵的人，若此地实在不能混了，要走得大家同走。我劝三弟暂且安住些时，我明后日上去见大哥，问他一个实在，他有没有将你我放在心上，言语神气之间是可以看得出的，且待见后再作计较。”张汶祥点头道：“我等候二哥便了。”

次日郑时照例坐在西花厅里看了一阵书，觉得心里有事看不下去。他的书籍原是安放在他自己卧室里的，就捧了这本书回房，安放在原处。一看柳无非不在房中，料知又是被几个姨太太邀到上房里闲谈去了。心里登时转念道：“我何不趁这时候去上房里，找大哥谈论一回？三弟是个生成的急猴子性质，谈论了一个着落，免得他在这里等得焦急。”想罢，即反操着两手，一步一步踱进上房的院落。

平时这院子里照例有几个伺候上房的人坐着，听候呼唤传达，此时却静悄悄的，一个人影没有，一点儿声息也没有。郑时并不踌躇，仍是一步一步的踱上去。刚踱近上房的窗格跟前，耳里便隐约传进了一种气喘的声息，这声息不待审辨，就能听出是有人在房里白昼宣淫。

这声息若是传进了张汶祥的耳里，必立时退出去，连呼晦气。无奈郑时也是生性好淫的人，听了这声息，心中就猜度这行淫的不是别人，必是马心仪和最宠爱的六姨太。难得有机缘遇着，何不从窗格张望张望，毕竟是何情景？不张望倒没事，这一张望，却把一个足智多谋的郑时气得发昏。和马心仪行淫的，哪里是什么六姨太，原来就是他自己最宠爱的柳无非。当时看了柳无非的丑态，不由得气得举手打了自己一个耳光。知道若被马心仪看见了，必有性命之忧，不忍再看，也不敢再看，连忙三步作两步的退了出来。仍从卧室里取了一本书，坐在西花厅装作看书的样子，咬牙切齿的心里恨道："我真瞎了眼，人面兽心的马心仪，我不曾看出来；水性杨花的柳无非，我也看不出，拿她当一个义烈女子。怪道她近来每夜说身体疲倦，上床就睡着不言不动。我还心里着急，以为她身体虚弱，欲念淡薄，打算找一个名医来，替她诊治诊治，谁知是这么一回事！"

郑时独自越想越气，恨不得拖一把快刀，即时冲进上房去，将马心仪和柳无非都一刀杀死，再回刀自杀。但是立时又转念道："我与柳无非原不是明媒正娶的夫妇，在船上乘她之危，将她轻薄，因此勾得她上手。这样配合的夫妻，原来是靠不住的。她若是一个三贞九烈的女子，便不应胡乱在船上许我亲近。这事只能怪我自己不好，所谓'悖人者悖出'，我不值得因此气愤，为这种淫贱妇人送了我的性命，更是不值得了。就这回的情形看起来，不待说两姊妹都被这淫贼马心仪奸占了。我真被鬼迷了眼睛，前日还竭力劝三弟亲近那淫妇。为今之计，除了我和三弟偷逃，没有别法。不过我和三弟忽然弃眷潜逃，在别人不知为的什么，那淫贼心里是明白的。那淫贼既怀着鬼胎，又知道我和三弟的履历，未必不想到放我们逃了，不啻留下了两条祸根。那时为要免他自己的后患，即不能不借着在四川的事，破脸缉拿我们，使我两人到处荆棘，也是不好过活的。待借故带着两个淫妇走吧，姑无论没地方可走，那淫贼也决不肯放。那淫贼是何等机警的人，一疑心被我识破了，便很危险。"郑时如此翻来覆去的思量了好一会儿，一时委实想不出两全的方法来。

正在闷闷的难过，忽见张汶祥兴匆匆的走了进来笑道："可惜今日二哥不曾同我出去，我今日连遇着两个异人，都是寻常不容易遇着的。"郑时勉强赔着笑脸问道："两个什么样的异人，你如何遇着的？"张汶祥吃惊似的在郑时面上打量了两眼，凑近身坐下来问道："二哥身体不大舒服吗？面上的气色很不好。"郑时摇头道："没有什么不舒服，只心里觉得有些儿闷罢了，你说你所遇的异人吧。"

张汶祥见郑时说没有不舒服，便又鼓起兴致来说道："我今日出衙门去街上闲逛，信步走到一处，只见前面一个痨病鬼也似的人，穿着一件破烂不堪的衣服，低头曲背的向前走。那走路的形象，一歪一扭的，简直是一口风来就得吹倒了的样子。左手提了一根尺多长的旱烟管，右手擎着一个酒葫芦，边走边用嘴对正葫芦，仰面咕啰咕啰喝下酒去。喝了这口酒，又将旱烟管送到嘴边，呼呀呼的嘘几口烟。是这般怪模怪样的走着，引得满街的人都笑嘻嘻的看他。他仿佛全不觉得有人看了他好笑，只管偏偏倒倒的一面嘘烟，一面喝酒。

“许多过路的见了，多停步望着他，也有好事的，跟在他左右背后，和看什么新奇把戏一样。我正是无事出来闲逛，见了这般怪物，不知不觉的也就跟在他后面，看他究竟是个干什么事的。跟过了一条街，只见他转身走进一条狭巷子里去。

“刚走进巷口，忽然迎面来了一辆骡车，那骡车因是空的，行走得很快，骡夫更在将出巷口的时分，催着那骡快走。不提防凑巧这怪物迎面走进来，一时收缰哪里来得及，骡头不偏不斜的正与怪物撞个满怀。骡夫只吓得‘哎呀’一声大叫，以为这一下撞出大祸来了，跟在背后看的人，也都齐声叫不好了，连我也吃了一惊。再看那怪物真是作怪，经骡头那么一撞，倒撞得不歪不扭了，身体都不曾向后仰一下，只立着屹然不动。葫芦口正对着嘴边喝酒，并不因骡头撞过来停止不喝，咕啰、咕啰喝下了酒，一面提旱烟管往嘴边送，一面仍举步向巷里行走。

“这条骡子就走了倒运了，骡头抵着怪物的胸膛，怪物向前行着，骡车便被抵得向后倒退，骡子大约被抵得忍痛不住，弓着背屈着颈乱跳起来，牵连得骡车一掀一落。若不是在狭巷子里，早已翻倒在一旁了。骡夫也惊得出了神，不知待怎样才好。委实奇怪，那头骡子虽是弓着背乱跳，骡头贴住怪物的胸膛，就和有胶漆粘着了的一样，无论如何跳，总是贴着不能离开。骡子乱跳的时候，怪物就立着喝酒；骡子一停脚，怪物又衔着烟管前行几步。是这么一停一走的约有十来次，我们看的人都拥进了巷口，大家吼起来大笑。骡夫在这时方才明白，知道得罪了这怪物，非赔礼软求是不得了的。也顾不得骡车翻倒，慌忙跳下地来，抢到怪物跟前，屈膝请了个安，哀求苦告的说道：‘求爷爷恕小人粗心，小人实在不知道爷爷在这当儿走进巷口来。’怪物见骡夫这么哀求，才慢慢的顺过脸来说道：‘你们赶车的，在转

弯抹角的地方，照例是应该催着骡子快走的么？’骡夫还不承认道：‘小人并不曾催着快走，求爷爷饶恕。’

“那怪物听了，也不开口，衔着烟管向前又走了几步。没有骡夫在车上，车辆更掀簸得厉害了，吓得骡夫双膝跪下来道：‘是小人不该，是小人不该，千万求爷爷不要再走了。’怪物遂止步用旱烟管指着骡夫说道：‘你们这类东西真该死。幸亏今日撞的是我，若换上一个年老的或小孩，便不撞死也得踏死了。你们下次再敢是这么胡冲乱撞，就休怨我不容情啊。’说着，身体一偏，又是歪歪倒倒的走过骡车去了。

“许多看热闹的人，也有想再跟上去的。无奈那辆车塞满了一条狭巷，挤不过去，只得退出巷口，让骡车走过。我知道这是个异人，有心想结识他，便不肯跟着大众退出来，侧身从车旁窜过去。看那人还在前面，我想赶到他前面，看看他的容貌。但是赶到了他背后，正打算从他身边抢上前去，他却不先不后的将身体向这边一歪，恰好挡住了我的去路。我以为他走路本是这么偏偏倒倒的，偶然倒在这边，我抢那边过去便了。等我刚抢到那边，他就和有后眼相似，又不先不后的倒向了那旁，又是恰好挡住了我的去路。我还不觉得他是有意的，直到连抢了十多次，无论我用什么身法，他只轻轻的一歪就挡住了，我才知道他是存心与我开玩笑，只得立住脚待开口问他的话。他已回过头来望着我说道：‘你到底为什么事，只管在我背上左一下、右一下的这么撞？我一立着不动让你过去，你倒也立着不动，不是存心开我的玩笑吗？你要过去就快过去吧，我的头都被你撞昏了。’

“我见他倒来是这般责备我，不觉好笑道：‘我如何敢和您老人家开玩笑。我在各地游行，本领高强的人也会了不少，从来没有见过像您老人家这般高强的。我心里佩服极了，愿闻尊姓大名。’我在说这话的时候，一面留心看他的面貌，那副脸嘴，可是丑得怕人。面盘瘦削得不到一巴掌宽，皮色比刨了皮的南瓜还要难看。头发固然是蓬松散乱的，连两道长不过半寸的眉毛，也是丛丛的如两堆乱草。两眼合拢去只留了两条线缝，鼻孔朝天，一张阔口，反比寻常人口大了一倍，口角在两腮上，淌出许多涎来。听了我的话也不回答，好像已被酒醉得迷迷糊糊的神气，胡乱将头点了几点，掉转身躯就走。旋走旋举起酒葫芦在头上敲着，口里怪腔怪调的不知唱些什么。

“我心想这人必非疯癫，也不是喝醉了酒，大概是装成这个样子，以免有人看出他的行径。我已经请教他的姓名，不肯回答，就再追上去问，照这情形看来，也是问不出所以然的。不如且缓缓的跟着他走，看他走到什么所在停留。知道了他停留的所在，就好去从容结识他了。随即远远的跟在他后面，见他走进关帝庙里去了，我也跟进庙去。只见他已头枕葫芦，鼾声动地的睡在庙门弯里。我找着庙祝打听，据说已在那庙门弯里睡了半个月。有时整日的睡着不动，有时日夜不睡，擎着酒葫芦喝个无休无歇。我打听了走出庙门，因关帝庙已靠近乡村了，心想索性到乡村里玩玩，打算玩一会儿回头，再到关帝庙里去，看那异人醒也没醒。

“主意既定，照着一条小路信步走去，约莫也走了三四里，只见一个年约二十来岁的后生，挑着一副豆腐担，从一个小山上走了下来。我看那后生就觉得可怪，皮肤白皙，面貌姣好如女子，完全不像乡村里卖豆腐的人；并且身穿一件长单衫，脚上穿着鞋袜，也不像一个卖豆腐的装束。我在这边打量他，他的一对眼睛，也不住的打量我，只望了我几眼，就折身走过那边去了。我心里揣测，这后生多半是世家子弟，原是读书的，只因家业衰败了，不能安心读书，没奈何挑了这担儿贩卖豆腐。让我去问明他，凑这么几十两银子给他，那他便不愁无钱读书了。

“我心里这么思量着，就提步追上去。我与他相离虽不甚远，只是那后生的脚下倒很快，我就放紧了脚步追赶，总相差一箭之地，追赶不上，不由得诧异起来。暗想我自问脚下不慢，怎的他挑着担儿从容行走，我倒追赶不上呢，难道这后生也是个异人吗？不相信山东有这么多的异人，偏在一日遇着了，倒得尽我的力量追他一回试试看。遂提起精神来，施展生平本领向后生追去。并不见后生奔跑，约莫又跑了二三里，忽见前面有个村庄，后生挑着担儿走进庄子里去了，我这时相隔还有一箭远近。心里已断定这后生决非寻常人物，估量他既进了村庄，是不难与他会面了，仍不停步的走着。再看从庄子里突然跳出三条极雄壮的狗来，只略吠了两声，即同时对着后生猛窜过来，蹿得比后生的头还高……”

张汶祥说到这里，柳无非姊妹同走出花厅来笑问：“什么事说得这么起劲？”便把张汶祥的话头打断了。

不知那后生怎生对付三条恶狗，且俟第七十六回再写。

第七十六回

打恶狗赵公子逞奇能　造文书马巡抚施毒计

话说张汶祥听柳无非问什么事说得这么起劲，只得起身让柳无非姊妹坐了回道："且待我说完了，二嫂欲知详情，再问二哥吧！"当即继续着说道："我看那三条狗的来势凶猛，便是空手也难招，那后生肩挑了豆腐担，待放下来是万分来不及的，不放下来却怎生对付呢？在这时分，就显出那后生的本领来了。只见那后生一手护着豆腐担，一手从容向迎面扑来的那狗挥去，那狗的颈项，早被他抓住了。才一抓住，这两条狗恰好扑到，就将手中的狗横掼过去，只见狗碰狗，同时叫了一声，三狗都跌在地下，几翻几滚，便和死了的一样，不能动弹了。

"那村庄里的人，大约是听得外面有狗叫的声音，立时跑出一个年约三十多岁的莽汉来。一眼看见三条狗都死在地下，不由得怒冲冲的问道：'你这东西是哪里来的，为什么把我家三条狗都打死？你能好好的照样赔出三条狗来便罢，赔不出就得请你赔命。'后生也怒道：'你家简直是率兽食人，我正要找养狗的人问个道理，你倒来找我，很好！我且问你，你家为什么要养这般比豺狼还凶猛的狗咬人？今日幸亏是遇着我，若是年老人或小孩、妇女，不要活活的被狗咬死吗？'那汉子辩道：'养狗的不仅我一家，乡村里人家，哪有一家不养狗的？就是我家养狗，也不是从今日才养的。平日在我家来往，及打这门口经过的人，也不知有多少，若依你说的，老年妇孺就得活活的被咬死，那么我家应该遭了多少场人命官司了。你这东西定是个贼，存心打死我的狗，好来偷盗，真是好大胆的恶贼。'

“一面骂着，一面窜上前去拿那后生。我看那汉子的身法好快，武艺必练得不弱。那后生竟是毫不在意似的，并不放下豆腐担，只见他的手一举，好像在那汉子的肩窝上点了一下，汉子的两条腿，就和软瘫了的一般。登时支持不住，一屁股坐在地下，身体随着向后一仰，面朝天的躺着，也和死了的一样，一下也不曾动弹。后生这才从容放下豆腐担来笑道：‘就是纸扎的人，也不应该像这么不结实。’

“我这时与后生相隔不过丈来远近，即走过去打了一拱说道：‘好武功，佩服，佩服！请教尊姓大名？有这样好的武功，为什么做这小贩生意？’

“后生刚待回答，才向我回拱了一手，庄子里跟着便拥出七八个身强力壮的大汉来了。每人手中都操着兵器，单刀、花枪、双钩、棍棒都有，仿佛是事前准备了厮杀的。我想这后生今番可糟了，看那七八个大汉的身手脚步，使人一望就知道不是好容易对付的。常言‘好汉难敌三双手’，那后生又是赤手空拳，并是长衣大袖，倒要看他怎生对付？我那时心里已抱定一个念头，后生果有大能耐，能对付那些凶神恶煞便罢；万一寡不敌众，我就只好跳进圈子去，助那后生一臂之力。因为七八个围打一个，未免太欺人了。谁知那后生绝不把那些人看在眼里，神色自若的举手摆了两摆说道：‘你们这样拿刀使杖的拥上来，是不是打算和我动手相打呢？’

“大汉之中的一个年岁略大些儿的，擎着一把雪亮的单刀，挺身走近后生跟前答道：‘你打死了我家三条狗，还不认错，公然敢动手将我的兄弟打死。我们岂但打算动手和你相打，不取了你的狗命，替我家兄弟报仇，我们也不活在世间做人了。’后生哈哈笑道：‘你们一不与我沾亲，二不与我带故，你们不活在世间做人，干我什么事？我一点儿不着急。不过据我看你们这些笨蛋，哪里是我的对手，休说只有这几个毛人，便再邀几十几百个来，也不够我动一动手。我若不事先说给你们听，就一阵将你们个个打死，所谓不教而诛，显得我太残忍了。于今我也没精神和你们多说，只略给点儿能为你们看。你们是有眼睛有心思的，看了自去思量，若自信能和我动手，被我打死了就不能怨我，你们仔细瞧着吧。’说毕，回头看草地上有一个长方形的石磴，现在草地上面的，有一尺五六寸高下，见方约一尺大小，半截埋入土中去了，却看不出埋在土内的有若干深浅。后生望着这方石，点了

点头道：‘就拿这东西做个榜样给你们看，你们有气力好的，可将这石头摇出来。’

“那些大汉好像都自知拿不起那石头的样子，大家不作理会。后生不慌不忙的走近石头跟前，低头看石上有两处握手的地方，露在外面，原来是一个练武的头号石磴。大概是因为太重了，没人能拿起来，年深月久，所以埋了半截到草地内去了。后生端详了几眼，也不用手去拿，只一脚横扫过去，那石头就连黄泥带青草的翻了一个跟斗。后生并不踌躇，两手捧住那石头，轻轻往上一抛，伸左手托着，随即举右手对准石头劈去，只听得‘喳喇’一声响，碎石四散。吓得立在近处的人，连忙躲闪。后生指着散在地下的碎石说道：‘你们自信比这石头坚硬，就不妨前来和我试试。’那些大汉一个个惊得脸上变了颜色，没一个敢动手的。

“就在这时候，又从庄子里走出来一个须发雪白的老头，撑着拐杖，缓步走近后生面前说道：‘你显出来的能为是不错，只是能为显过了，这躺在地下的人和狗，你应该赶紧救转来。’那后生看老头精神充满，颜色和平，便也改换了和易的神气说道：‘要救转来是极容易的事。不过你们庄子里养了这种恶狗，白昼放出来咬人，还想归咎于我，说我不应该打，我无论如何不能认这个错。’老头笑道：‘不能教人立着不动，送给狗咬，怎能归咎你不应该打呢？这只怪他们不懂礼节，又不懂人情。且请你将人和狗救转来，我还有话向你说。’

“后生欣然点头，走到躺地汉子身边，一弯腰捉住汉子两脚倒提起来，和烂醉的人一样，浑身绵软，似乎一点儿知觉没有。后生将两手抖动几下，仍放下来伸手在汉子肋下一扭。扭得‘哎呀’一声，即时如梦初醒，睁眼向四周望了一转，托地跳起来，指着后生对老头说道：‘师傅，看这忘八蛋把三条狗都打死了，非教他偿命不可。

“老头儿厉声叱道：‘休得胡言乱说！你知道是打死了吗？’叱得这汉子不敢作声了。转脸又向那七八个手操兵器的大汉叱道：‘还不快给我滚进去，都站在这里现世。’那些大汉被叱得满面羞惭，一齐奔进庄子里去了。我估量这老头也不是寻常人物，既经遇着，岂可失之交臂，遂整衣上前施礼，请问他的姓氏。老头拱了拱手，指着地下的狗对我说道：‘等这狗救转来了，一同请到庄子里指教指教。’只看那后生毫不费事的样子，在每条狗

身上踢了一脚，狗即随脚而起，低头휘尾的走开了。老头向门里叫了个汉子出来，替后生把豆腐担挑进去，然后让后生和我进庄子。

“这庄子的房屋不小，进门经过一处方形的土坪，两旁排列着刀枪架，架上有种种的兵器，一望而知这土坪是练武所在。土坪尽头处，才是三开间的房屋。看房中的陈设，可知是个务农之家。老头让我和后生在东首一间房里坐下说道：‘我并非这里的主人，我是流落在此地，承这里的主人赏识，留我在这里，给碗闲饭我吃了，教我陪着他家的子弟练练武艺。我原不懂得什么武艺，又加以年老血气衰颓，只好借此骗碗饭吃罢了。难得今日无意中遇着两位英雄豪杰之士，真是三生有幸。这里的主人拜客去了，一会儿工夫就得回来。他也是一个欢喜结交的，请两位多坐一会儿，等他回来了，我还有事奉求。’后生问道：‘我还没有请教老丈和此间主人的尊姓大名？’

“老头答道：‘说起来见笑，我的姓名，已有四五十年不用了。十年前皈依我佛的时候，承雪门恩师赐了‘慧海’两个字。原来认识我的人，都呼我为在家的老和尚，其实我历来无家，却又不能出家，只是一个老怪物罢了。听两位说话，都不是本地方口音，请问两位因何到此乡僻之处来了？’后生答道：‘我是湖北襄阳人，也是流落在此地，只得做做小贩生意糊口。’老头似不在意的听了，掉转脸来问我。我知道后生所说流落的话是假，但我也不愿意说出真话来，随口报了个姓名，并胡诌了几句来历。老头略沉吟了一下，问后生道：‘你是襄阳人，知道有一个叫黄花镇的地名么？’

“后生忽然怔了一怔说道：‘我就是住在黄花镇的人，老丈曾到过那地方么？’老头含笑点头道：‘离黄花镇不远有个柳仙祠，还有个药王庙。你家既住在那里，这两处地方，应该都去玩耍过？’后生道：‘那地方是常去玩耍的。’老头又问道：‘那药王庙里的沈师傅呢，你知道他老人家此刻还康健么？’后生听了，望着老头出神道：‘老丈也认识沈师傅么？’老头笑道：‘论班辈，他老人家还是我的师叔，如何不认识？’

“后生至此，连忙立起身来，恭恭敬敬的向老头叩拜道：‘沈师傅便是我的恩师。’老头也慌忙立起身拉住后生笑道：‘你原来就是未家的公子么，得名师传授，果是不凡，才几年工夫，就有这般成就，佩服，佩服！’从此他们一老一少所谈论的言语，我因不知底细，听了也摸不着头脑。但是可以听得出老头的能耐，比后生还要高强多少倍，时见后生很诚恳的求教。约坐谈了一个时辰，我曾两次作辞，被老头留住不放。

“又过了一会儿，有一个人进房报道：‘少爷拜客回来了。’老头挥手说道：‘有稀客在这里等过多久了，去请少爷快来。’来人应声去后，即有一个面如冠玉的少年跨进房来，口里向老头呼了声师傅。老头起身指着后生对少年笑道：‘这是赵承规公子，沈栖霞师傅的高足。难得有机缘在这里遇着，快过来拜见拜见。’我听了不由得心中疑惑，刚才分明听得老头说道，这后生是未家的公子，怎么一会儿又说是赵承规公子呢？但是我心里虽然疑惑，却不便向他们盘问。少年很亲热的拜见之后，老头又给我介绍见面。

“这少年姓鲁，单名一个平字，好像他父亲是个京官，此刻已经去世了。我陪着坐了些时，一则因他们有世谊，我是过路之人，久坐在那里，使他们谈话不便；二则我心里时刻惦记关帝庙的醉人，猜度他必差不多睡醒了，想去见面探问一番，遂勉强作辞出来。老头和赵、鲁两少年都送到门外。老头忽皱着双眉，伸手给我握着说道：‘老哥气色不大开朗，凡事以谨慎为上。我知道老哥是个有作有为的好汉，万一此后有什么为难的事，请过来与我商量，我能为力的，必当尽力。’我只得道谢走了。我心想这老头无端对我说出这些话，是什么用意？我思索了好一会儿才明白了。因为老头自己说流落在这地方，后来赵公子也说是流落在此，我既不愿说实话，也只好说是流落。老头必是不知道我是随口说的，以为我真是流落无依，所以此后有为难的事，可去与他商量，他必尽力，我想来不觉好笑。

“走到左近的人家一打听，才知道鲁家原是山东的大族，族中读书发迹了，在外省做官的人不少，家中还是务农为业。合族有二三百男丁，个个都会些武艺。老头到鲁家教武的来由，我也打听着了。在三年前，鲁家庄子里共请了四个武教师，两个文教师，分教族中子弟读书练武。老头装作游学的模样，到了鲁家，正遇着四个武教师，分作四处教鲁家子弟练武。众子弟当中有一个年纪最轻、容貌最好、武艺也练得最精的，就是鲁平，老头看了称赞不绝口。

“鲁平生成的聪慧绝伦，见老头岸然道貌，又称赞他的功夫，料知必是个行家，当下就把老头请进庄子里去。两下一谈论，老头也不客气，直说少爷的天资极好，无论学什么都可望大成，只是不经高人指点，功夫是不能成就的。即如你此刻所学的，不过是一些花拳绣腿，耍的时候好看，实用是丝毫没有的。

“鲁平这时虽逆料老头是个行家，但是究竟年纪太轻，没有多大的见识，听了老头的话，不由得有些不服道：‘我初练的拳脚，自然不能实，老先生不曾见过我家几个教师的武艺，都是在山东有大名头的，不能不算是高人。’老头笑道：‘这也算高人，那也算高人，高人也就太多而不足贵了。我是个游学的，也不懂什么武艺，更不借着教武艺骗饭吃。只因在各地游历了若干年，还不曾见过有天资像你这般好的。好师傅果然是难得，好徒弟也是一般的踏破铁鞋无觅处。像你这么好的天资，使我看了不能不欣羡，所以不客气和你直说。府上四位教师的手脚，我一见已知大概，教你府上那些子弟，是无妨碍的，教你就实在可惜了。’

“老头在房里和鲁平谈话，不防四个教师都躲在门外偷听，老头的话，一句也听得了。当下哪里再忍耐得住，四教师在一块儿商量着，要和老头比赛。四人的年纪都只四十多岁，正在精壮的时候，哪里把这老头看在眼里？商量妥了，即一同进房向鲁平说道：‘我们本来练的武艺都是些花拳绣腿，只能骗碗饭吃。于今有这位老师傅到了，我们应当知趣，自行告退。不过我们从小练起功夫，几十年来没有见过高人，不知道高人是怎生模样？这位老师傅开口高人，闭口高人，想必他就是一个高人。我们也是有缘才得遇着，倒要请求他指教指教。我们原是些专骗饭吃的人，便是被老师傅打死了，也算不得什么！就请少爷做个凭证人，我们倘被老师傅打死了，只算我们命短，各自的家属来领尸安埋；万一老师傅因多了几岁年纪，一时头昏跌倒了，就此中风、中痰，不省人事，也不能怪我们的手脚无情。少爷以为我们这话怎么样？’

“鲁平还没有回答，老头已立起身来说道：‘你们的本领真不差，胆量更是了不得，我委实五体投地的佩服。只可惜我是个游学的老头，不是个卖武的壮士，你们不要会错了意，我不是和你们争夺饭碗的，无端要与我拼命干什么呢？’鲁平也从中调解说道：‘这位老先生是读书人，他与我闲谈的不干你们的事，劝大家不要认真吧。’教师奋臂嚷道：‘他对少爷说的话虽不中听，然也还罢了，刚才这一番话，简直比打了我们还厉害。这老东西把我们当人吗？我们不与他见过高下，就死也不甘心。他不能拿年老来推托，他活到几十岁，是吃饭的呢，还是吃屎的？若是吃屎长大的，我们可把他当个狗畜生，就乱咬人也不与他计较；如果也是和人一般吃饭长大的，便不能许他胡乱骂人。少爷倘怕遭连累，我们可到野外去，先把窟窿掘好，谁死了就埋谁。’鲁平见四个教师都横眉怒目凶恶异常，年轻的人，遇了这种时候，不知要如何劝解才好。

“老头却从容自若的坐下来笑道：‘我倒想不到你们有这么厉害。也罢，生死都有一定的，古语所谓阎王注定三更死，谁敢留人到五更。不过我须问你几位教师，你们打算怎生比赛法？这是得于未动手之前说明的。’其中有个教师说道：‘听凭你要怎生比赛，就怎生比赛，我们随便。’老头点头道：‘你可以随便，这三位呢，你们也可以随便吗？’三人同时答道：‘我们都随便，你且说出一个比赛的法子来。’老头踌躇了片刻说道：‘我是诚如你们所说的，多了几岁年纪，走路走得太多了些，就不免头昏眼花，腿酸腰痛，若和人动手相打，时间不久，或者还可以勉强支持。你们四个人，大概打了这个，不打那个，是不甘心的，一个一个的打起来，实在太麻烦。真个把我弄得头昏跌倒了，发起痰厥来，我死不要紧，于你们的名声不大好听，旁人一定要骂你们欺负年老人，四人用车轮战法。依我的意思，不如到门外大草场上去，将你们所有的徒弟，都叫出来围成一个大圈子，将我们五个人围在当中。我在正中间立着，你四人分四角立着，同时动手。也不必真要打得不能动弹，跌倒了就算输。若动手之后，自信敌不过，只要跳出圈子就算认输了，不能追赶着打。你们看这种比赛法行也不行？’

“教师冷笑道：‘我们真不上你这老东西的当。你以为是这么打，便是你打输了，也不能骂你无能，是我们倚仗人多欺负你，你是不是这般用心？哈哈，你倒生得乖，其如我不呆，你到底有什么飞天的本领，敢教我们四个人围住动手？’老头大笑道：‘这就使我有口难分了，我因问过了你们，你们都说随便，我才想出这妥当的方法来，你们却又多心。也好！你们既不肯一齐动手，就是一个一个来吧。去什么地方打呢？’

“鲁平也想看看热闹，便说道：‘还是门外草场上宽展好打。’此时在房外偷听的，有几十人，都是鲁家练武的弟子，见说游学的老头，就要去草场上和四个教师比赛，登时喜得各人分头四处送信。顷刻之间，鲁家二三百名男丁，都齐集在门外草场上，已围成了一个好大的圈子。鲁平陪着老头和四个教师一同出来。

“四个教师到这时候，看老头的神色自若，就好像毫不在意的样子，也就知道老头若自信没有惊人的本领，料不至无端拿他自己的老性命当儿戏，觉得就这么冒昧动手，恐怕反上老头的当。四人又背着人商量了一会儿，即由那年老些儿的教师，当众开口向老头说道：‘我有一句要紧的话，须在未动手以前说明。我们和老师傅都是未曾见过面的，彼此都不知道身家履历。老师傅练的武艺，是什么家教，我们未领教过，果然不知道。就是我们也没在老师傅跟前献过丑，老师傅也未必知道。总而言之，我们想请教老师傅的是武艺，不请教老师的法术。老师傅便有高妙的法术，也不能使用出来，我们也只凭硬功夫见个高下，不知老师傅的意思怎样？如果要用法术，也不妨明说出来，我们也好拿法术来领教。’

“老头听了，笑道：‘原来你们还会法术么，我是只会两下硬功夫，不懂得什么法术。’教师见老头说只会硬功夫，很高兴似的说道：‘只会硬功夫就好办了。’随即转过脸向鲁平道：‘请少爷和诸位旁观的做个见证，有谁用邪术取胜的，便算谁没有武艺。’旁观的人都是四教师的徒弟，自然都帮助师傅说话，各人巴不得各人的师傅打胜，当下大家同声应是。

“众人分开来，让老头和四教师走到圈子中间，先由四人中推出一个，与老头动手。教师的拳脚打过去，只见老头的身体微微转动，教师的拳脚，不知不觉的下下落了空，拳也打不着，脚也踢不着，只累得一身大汗，不但没有沾着老头的身体，连宽大的衣服都沾不着。立在旁边等候轮流交手的三个教师，至此已忍耐不住了，也顾不得他们自己刚才所说的大话，就一拥上前，单对老头要害之处下手。

“三人不上倒也罢了，老头不过和那教师开玩笑似的盘旋着，三人一上前，老头便变换身法了。只见他两只大袖飘飘飞舞，如蝴蝶穿花一般的，绕着四个教师，穿过来梭过去，忽高忽低，忽徐忽急。四个教师分明看见他走身边擦过，等到一拳打去，却又打了一个空，他早已穿走那边去了。是这般穿了一阵，只穿得四个教师头昏眼花，立脚不住，不待老头动手，一个个往草地下蹲，不敢提步。但又恐怕老头打他们，各举双手护住头，开口大声告饶。老头即时停步，不喘气，不红脸，就和没有这回事的一样。四个教师哪里敢再说半句不服气的话，各自抢夺行李悄悄的走了。老头从此就在鲁家，鲁家的子弟都跟着他练习拳棒。地方上人说，只有鲁平的武艺得了老头的真传，其余的鲁家子弟，不过得些粗浅的功夫罢了。”

郑时听了，叹着气说道：“这老头本领，确是了不得，只是他这种行为，我倒不敢恭维。常言‘鹭鸶不吃鹭鸶肉’，那四个教师，一般的拿着拳棒功夫教人糊口，功夫好也罢，不好也罢，只要鲁家的人不嫌弃，与别人有何相干？无端的去打人家，赶人家走开做什么！强中更有强中手，不见得老头武艺，便是天下无敌。若再有一个高手出来，将老头打跑，想必老头也觉难堪。”

张汶祥道：“打教师拆台的举动，我也是不敢恭维的。不过这回的事，论情理却不能怪老头有意夺人家饭碗，只能怪四个教师欺他衰老，不度德，不量力，定要找着他打，教他没有推辞的方法。”

柳无非在旁听了笑道：“我虽是没头没脑的听着，只是我一设想四个教师与老头相打时的情形，就不由得也有些头昏眼花似的，难怪四个教师就往草地蹲下来。不过我不明白那老头是什么妖精变化出来的，他自己为什么头也不昏，眼也不花呢？”张汶祥笑道：“哪里是妖精变化出来的，他平日练的是这种功夫罢了。”郑时问道：“有这么一种穿来穿去的功夫吗？”张汶祥点头道：“怎么没有？我听说有一种功夫，名叫‘八卦游身掌’，练这种‘八卦游身掌’的，就是专练老头这般身法。平时整年不断的按着八卦线走圈子，翻过来覆过去，每日转个无数。再插九根竹竿在地下，每根相离尺来远，将身体在竹竿缝里穿来穿去，不可挨着竹竿。是这么穿个若干年，自然能穿得和游鱼一样，哪有头昏眼花的时候呢？”

柳无非笑道：“身体太胖了的人，若教他是这么穿起来走起来，想情形倒是好看得很。”说得柳无仪、张汶祥都笑起来了。唯有郑时翻眼望了无非姊妹一下，即低头仍看在书上。

柳无非当即走近郑时身边，很亲切的说道：“你整日的手不释卷，学问虽是可以求好，只是把身体弄坏了，却怎么好呢？刚才六姊还对我说，大人说你好学是不可及的。不过全不去外面走动走动，尽管坐在西花厅里看书，只怕倒把身体弄坏了，将来为国家出力的时候，精神倒衰颓不堪繁剧了，岂不可惜？教我劝你半日读书，半日去外边溜溜腿。”

郑时听了这派假话，想起方才在窗眼里所见所闻的情形，不觉如滚油煎心。但郑时是个深沉不露的人，这样险事，如何敢现诸形色？勉强振作起精神，抬头望着柳无非笑道："这地方几条街道，我一到就都走遍了，毫没有什么可看的东西。有时街上人多了，避开这个，又要让那个，倒累出我一身汗，哪有好清净所在给我走动呢？反不如坐在这里看书的自在些。"说时，见张汶祥待转身回他自己房里去，即呼着三弟说道："你的话不曾说完，就被她姊妹几句笑语打断话头了。你接着说下去吧，那醉酒的异人又是怎样？他究竟醒了没有？你会见了他没有？"

张汶祥转身笑道："说起来也是我的缘法不好，因为在鲁家坐的时候太久，出来又为打听鲁家的事，耽搁了些时，待我回到关帝庙时，大门旁边已不见那异人的踪影了。找着庙祝问时，庙祝很不耐烦似的说道：'谁留心看管他，既不在大门口，自然是到庙外去了。'我复到大门口，寻那酒葫芦和旱烟管都不见，料知不在庙里。暗想去寻找他，不知道他出门的方向，寻找也是寻找不着的。若我和他合该有缘见面，总有相会的时候；无缘就见着面，也不能攀谈。因此一念，便回衙门来了。"郑时听了没话说。

从这日起，郑时因在家见了柳无非，心里就不免触动在上房窗外所见闻的事。心里一想到那里，面上要完全不露出一些儿不愉快的神气，还得和平时一样对柳无非亲热，是很难办到的事。不如就借着柳无非劝他去外边溜溜腿的话，每日吃了早点，就跟着张汶祥同到外边闲走。张汶祥也是个很机灵的人，见郑时近日来的神情大异平时，每于无意中叹息，已看出是有心事的样子。但张汶祥心里以为郑时是胸怀大志的人，于今千里依人，尚无立足之地，不免心中不快，想不到其中有这些龌龊之事。即思量了些言语，安慰郑时道："二哥时常拿官场中谋差事为难的情形来安慰我，怎么自己倒现出焦急的神气出来呢？"

郑时怔了一怔问道："三弟何以见得我为谋差事为难焦急？"张汶祥笑道："我又不是老四那样的呆子，和二哥在一块儿厮混这么多年了，性情举动，如何会不知道呢？二哥平日遇着为难的事，不问为难到什么地步，从来不曾见二哥悄悄的叹息过。这几天同在外面闲行，二哥不知不觉的叹出气来，一声一声的都入了我的耳，二哥的心思到底怎么样？若是已看出这地方再住下去也没多大的出息，我兄弟何妨另寻生路？"

郑时摇头道："我没有这样心思，但是我心里近来确有不大快活的事。

我们亲兄弟一般的人，原可以和你商量，不过依我的见解，和你商量不仅没有好处，你的脾气不好，说不定还要商量出乱子来。我此刻正在思量妥当的方法，有了方法，再和你说不迟。”张汶祥道：“这才奇了，我跟二哥十多年了，何尝有过一次芝麻大小的事，不听二哥的吩咐，由我自己任性的事，以至二哥怪我脾气不好，不肯和我商量。”郑时见张汶祥发急，连忙声辩道：“三弟不要误会了，我是因为这事就和你商量也没有用处，只在明后日我必有办法。难道你还不知道我的性情吗？”张汶祥见郑时不肯说出心事，也不好再说了。

这夜三更时分，郑、张二人都已深入睡乡了，忽听得春喜敲着房门说道：“请郑姑老爷起来，有要紧的话说。”郑时从梦中惊醒，开了房门，刚待问有什么要紧的话，春喜已走过那边敲张汶祥的房门去了。郑时遂走到张汶祥房里，只听春喜神色惊慌的说道：“大人教我来请两位姑老爷的，大人现在内签押房等着，请两位姑老爷就去。”

郑时看春喜低着声音说话，唯恐怕人听得的样子，料知不是好事。当即回房整理了身上衣服，带着张汶祥，跟随春喜同到内签押房来。这房是马心仪办机密公事之所，外人不能进去的，走到房里一看，只见马心仪和施星标两人对坐着，两人都现出忧愁的脸色。房中摆了一桌酒席，四双杯箸，马心仪见郑、张二人进房，即起身带着一点儿笑意说道：“近来公事略忙些，简直没工夫和两位老弟谈话。只得在这时候，胡乱弄几样酒菜，我们大家叙一叙。”郑时慌忙谦谢。

张汶祥心想做官人的举动，真是荒谬绝伦，他一时高兴，就不顾人家已经睡了，也得半夜三更捶门打户的将人闹起来。春喜那鬼丫头，并做出那惊慌失色的样子，险些儿把人家的魂都吓掉了。却原来是胡乱弄了几样酒菜，请人家来吃喝，真是笑话。马心仪自己据了上座，教三人分三方坐了，并不用人伺候，就是施星标亲自提壶斟酒。

各人饮了几杯，马心仪忽蹙着眉头对郑时说道：“大约二弟也猜不出我在这时分请三位到这里来的意思，世间事真教人难料，方才到了一件公文，我给二弟瞧瞧，就知道了。”说着从袖中摸出一封公文来，顺手递给郑时。郑时先看了看封套，然后抽出里面看了一遍，从容自若的仍旧套上，双手奉还马心仪。马心仪苦着脸说道：“他们怎么会知道二弟到了山东呢？这公文一来，真教我为难了。素知道二弟是个足智多谋的人，所以特地请你来，看这事应该如何对付。我们自己人，什么话都好说，用不着客气。”

郑时道：“这有什么不好对付，这公文上面分明说了，或拿着押解去四川，以了如山积案；或因路远恐怕中途疏忽，便拿住就地正法。好在我现在此地，两条办法，听凭大哥行一条就是，我看最好还是就地正法。”马心仪做出不愿意的样子说道：“我若是这般存心，也用不着请二弟来了，不可见外，且另想个方法，待我思量。”郑时道：“那么，就求大哥给我一点儿盘缠，放我自寻生路去。回文只说访查无着便了。”

马心仪沉吟了半晌，点头道：“大概以用这方法对付为最妥当吧，你我相聚无多时了。且多饮两杯，这事搁下不必谈了。”郑时表面做出从容样子，心里直和刀刮一般，哪里还能多饮？张汶祥虽不曾见着公文，但听马、郑二人所谈的话，已明白不是好消息了。心里正自胡思乱想得着急，也非饮酒作乐之时。施星标自然也不快活，当夜不欢而散。

张汶祥一到西花厅，即拉住郑时问道：“我看那公文封套上的字，好像是四川总督衙门里来的，是特地行文来拿办我们的吗？”郑时点头道：“与你无干，公文上只有我一个人的姓名，这一着我早几日就想到了。”张汶祥惊问道：“公文还没有来，你就想到了吗，却为什么不打算早走呢？”郑时长叹了一声道：“人心难测，像这样的人心世道，我实在不高兴再活在这世上做人的。”张汶祥急道：“二哥这话怎么讲？是这般半吞半吐的，简直要把我急死了，求二哥爽直些说给我听吧。”

不知郑时如何回答，且俟第七十七回再写。

第七十七回

赠盘缠居心施毒计　追包袱无意脱樊笼

话说郑时听了张汶祥发急的话，翻起两眼望着张汶祥的脸，出神了半晌，才一把挽了张汶祥的手，走出花厅，到一处僻静所在，低声说道："你以为这公文果是从四川总督衙门里来的么？"张汶祥惊问道："难道公文也可以假造的吗？"郑时叹道："人心难测，你只想想，你我两人在四川的声名，究竟谁的大些？"张汶祥道："一切的事都是由我出面做的居多，知道我的人，自比知道二哥的多些。"郑时道："好嘛！这公文里面，只有我一个人的名字，你和老四都没有提起。老四到山东的时日比我久，何以四川总督就只知道有我呢？"张汶祥道："我心里也正是这么想，然则这公文毕竟是怎么来的呢？"郑时仍是叹气摇头道："人心难测，我不愿意说，说起来你也怄气，我更怄气。你的性子素来不能忍耐，甚至还要闹出很大的乱子来。"

张汶祥急得跺脚道："二哥简直不把我当人了么？我跟二哥这么多年。出生入死的也干了不少的事，何时因性子不能忍耐闹过事？这几日我看二哥的神气，大异寻常，好像有很重大的心事一样，我几次想问，都因二哥说旁的话岔开了。于今忽出了这桩意外的事，二哥还不肯对我实说，不是简直不把我当人吗？"

郑时握住张汶祥的手道："你不用着急，我仔细思量，这事终不能不向你说，我悔当日不听你的话，胡乱娶了柳氏姊妹同来，以致有今日的事。你以为马心仪这东西是一个人么？说出来你不可气愤，柳氏姊妹都被马心仪这禽兽奸通了。”郑时说到这里，觉得张汶祥的手，已气得发起抖来，即接着劝道：“这事你就气死，也是白死了，且耐着性子听我说完了，再商量对付吧。”遂将那日在上房窗外所闻见的情形，继续述了一遍道：“像这样来路不正的女子，我也明知道是靠不住的。我只因平生好色贪淫，每遇女色，就不由得糊涂不计利害了。我受报是应该的，毫不怨恨，只可惜你一个铁铮铮的汉子，平时视女色如蛇蝎的，也为我牵累，怄此龌龊之气，我心里甚为不安。”

张汶祥道：“二哥何必说这样客气话！我仔细想来，倒不觉得怄气了。我与柳无仪名虽夫妇，实在和邻居差不多。我一则因她是柳儒卿的女，她不知道我是张汶祥，不妨和我做夫妻，若将来知道了，她念父仇，则夫妻成为仇敌，我送了性命还得遭人唾骂。若她竟因私情把父仇忘了，则这种妇人的天性凉薄可想，我如何能认她为妻室呢？我既明知是这般配合的夫妻，万不能偕老，又何必玷污她的清白，以增加她愤恨之心呢？二则因我练的武艺，不宜近女色。当日为二哥与无非已结了不解之缘，使我不得不勉强迁就，然直到如今，彼此都不曾沾着皮肉。二哥前日既劝我那些言语，大约我对无仪的情形，也可以推测得几分了。原不过挂名的夫妻，管她贞节也好，不贞节也好，我越想越觉得犯不着怄气。还得劝二哥不要把这事放在心上，只思量将如何离开这禽兽下流之地。”

郑时点了点头道：“三弟真是个有为有守的人，愧我枉读诗书，自谓经纶满腹，真是一个又聋又瞎的人。你我相交十多年，到今日才知道你有这般操守，我不成了个瞎子吗？你当日在船上说的话，我不能听从，不是个聋子吗？我自从那日在上房窗外，看见了那种禽兽行为之后，就无日不思量离开此地。只因一时想不出相安的去处，所以迟疑不能决，想不到马心仪就有今夜这番举动。他是这么一来，我倒不能悄悄的偷走了。’

张汶祥道：“原来的情形既是如此，那么淫贼今夜这番举动，其本意不待说便是打算借此将二哥和我撵跑，所以刚才他已露出放二哥逃走的意思来。我们到了今日，难道在此还有什么留恋？只看二哥的意思，就是这么不顾而去呢，还是想警戒这淫贼一番再走？打算如何警戒他，我都可以包办。”

郑时道：“警戒他的举动，尽可不必。这种不体面的事，我们极力掩饰，还恐掩饰不了，岂可再闹出些花样来，自己挑拨得给外人知道？我若不为想顾全这点儿体面，早已离开这里了。于今四川总督的公文，在我自己可以断定是假的，而外人不明白这里面实在情形的，决不会猜疑到‘假’字上去。我若在此时悄悄的逃走，将来绿林中朋友，必骂我不是汉子，只顾自己贪生畏死，不顾结拜兄弟为难，没有义气。”

张汶祥愤然说道：“谁还认这人面兽心的东西做结拜兄弟？”郑时道：“这却不然。你我心里尽可不认他，口里不能向人说出一个所以然来，并且我看世道人心坏到了这一步，我左思右想，总觉得人生在世，没有趣味。我当日不杀他，反和他结义，并用种种方法，使他的功名成就，原想今日借他一点儿力量，开你我一条上进之路。我平生不倚靠旁人，倒也轰轰烈烈的干了半世，谁知一动了倚靠旁人的念头，就没有一件适心遂意的事了。不但凡事都不顺手，连心思都觉不如从前灵敏了。”

张汶祥道：“没有志气的人，每遇失意的时候，多喜说颓丧厌世的话，二哥怎么也说出这些话来了呢？依我看来，这公文算不了一回事，既决计走，就走他娘，管什么人家骂不骂。绿林中人巴结官府想做官，就是应该挨骂的了，我因不愿意再与那人面兽心的东西见面，趁今夜悄悄的走了完事，且看他们这般狗男女，究竟能快乐多久？”

郑时摇头道：“此时已是半夜，离天明不久了，待走向哪里去？休说我不能和你一样穿檐越脊，如履平地。即算我有你一般的能耐，也不情愿悄悄的偷走。你是与那公文无干的人，趁这时就走，倒是上策。”张汶祥叹道：“我若肯撵下二哥，一个人逃走，岂待今日？二哥既是存心要来得光明，去得正大，我也只好听凭二哥。”

二人正在说话，忽听得施星标的声音，“二哥”、“三哥”的一路从里面叫了出来，郑时连忙答应。二人回身走到西花厅，只见施星标一手擎烛，一手托着一包似乎很沉重的东西，愁眉不展的向郑时唉声说道：“真是天有不测之风云，人有旦夕之祸福。我简直做梦也想不到忽然会有这么一回事。”

张汶祥接声叹了一口气，正待答话，郑时原是和他握手同行的，忙紧捏了张汶祥一把，抢着答道：“公文虽是这么来，好在有大哥这般的靠山，还怕什么！不过累得大哥为我的事麻烦担风险，我心里终觉有些不安罢了！

于今是大哥教四弟来有什么话说么？”施星标一面将手中的包儿递给郑时，一面说道：“大哥口里虽不曾说什么，只是我看他的脸色神气，也像很为二哥这事着急的样子。这包裹是大哥交我送给二哥的盘缠，纹银二百两。大哥说，他还有要紧的话和二哥说，奈院里不便说话，教二哥且到鸿兴客栈里停留半日再走，他改装悄悄的前来相会。”

张汶祥忍不住问道：“与其白天改装到鸿兴栈去说话，何妨此时到这里来，或教二哥到签押房去呢？”施星标道：“三哥不知道大哥为这事担着多大的干系，必然是因在这里说话有多少不便之处，所以宁可改装到鸿兴栈去。”这时郑时因伸手接那银包，不曾握着张汶祥的手，听张汶祥这么说，很着急的抢着说道：“大哥思虑周密，不会有差错的。我本当即时上去道谢，只因此时夜已深了，大哥白天事多，恐怕扰了他的清睡。不过得托四弟转达几句话，公文上既只有我一个人的名字，只我一人避开，便可无事，家眷不宜与我同走，我并不向内人说明。我将内人寄在大哥这里，千万求大哥照顾。”

张汶祥见郑时到这时候还说这种言语，不由得气愤填膺，哪里忍耐得住呢？逞口而出的说道：“这何待二哥嘱托，公文上虽没有我的名字，然二哥既不在这里，我还在这里做什么！无论去什么所在，我始终跟着二哥走便了。”

这几句话，只急得郑时不知要如何掩饰才好。幸喜施星标为人老实，听不出张汶祥的语意来，也接着说道：“三哥的话不错，我们都是自家兄弟，二嫂留在这里，何待二哥嘱托照顾呢？难道大哥还好意思不当自家的弟媳妇看待吗？”张汶祥又待开口，郑时连忙截住说道：“话虽如此，我拜托总是应该拜托的。四弟上去回大哥的话，请顺便说三弟为人疏散惯了，在此地打扰了这么久，于今也想到别的地方走走。不待说他的家眷，也是要寄居这里的。”施星标道：“公文里面既没有三哥的名字，三哥何必走什么咧？”张汶祥道：“定要公文中有名字才好走吗？等到那时，只怕已经迟了呢！”

郑时唯恐张汶祥再说出什么话来，急将手中银包交给张汶祥道：“三弟不要说这些闲言杂语，且把这银子收起来吧。我两人的盘缠都在这里，搁在你的身边妥当些。”这么一来，才将张汶祥的话头打断了。好在施星标是个心粗气浮的人，听了也不在意，当下就回身复命去了。

郑时见施星标已去，便跺脚埋怨张汶祥道："我的性命只怕就断送在你这些话上头了。"张汶祥吃惊问道："这话怎么讲？"郑时道："你听人说过'强盗出于赌博，人命出于奸情'这两句古语么？寻常人和女子通奸，给女子的丈夫知道了，尚且多有谋杀亲夫的举动；何况一个官居极品，一个有罪名可借的呢？我就处处做作得使他不疑心我已识破，还愁他不肯放我过去，故意发出言语来使他知道，还了得吗？"

张汶祥愤然说道："二哥不要是这般前怕龙、后怕虎，为人生有定时，死有定地，杀了头，也不过一个碗大的疤。他不要二哥的命便罢，他要了二哥的命，我若不能要他的命，算我不是个人。"郑时急忙掩住他的口说道："我其所以不早向你说，就是为你的性子不好，怕你胡闹。你要知道，我们此刻不能和在四川的时候比了。便是在四川，手下有那么多兄弟，也只能与不成才的县府官为难，司道以上，就不容易惹动他了。于今你我都是赤手空拳，常言'单丝不成线，独木不成林'，一轻举妄动，便是自送性命，于事情无益，反遭了骂名。"

张汶祥听了这些话，心里益发怄气，只口里懒得辩论。这夜二人等到天明发晓，就不动声色的走出了巡抚部院。张汶祥道："我们何不就此出城走他娘，还去鸿兴栈做什么呢？"郑时道："不然。我原是不打算偷逃，才等到今日，早走本十分容易，已到了今日，他若没有杀害我的心思，我用不着逃走，有心杀害我，岂容我一个人单身逃走？"张汶祥没得话说，跟着走到鸿兴栈。郑时与张汶祥商议道："我仔细想来，你我命里，于妻、财、子、禄都是无缘。亏得当日经营了一个红莲寺，从此只好出家不问世事。我在这里等着，你去街上买两件随身换洗的衣服，和长行人应带的雨具之类。马心仪来过之后，我们便好登程。"张汶祥应着是，带了银两出来，匆匆忙忙买了些东西，连同银两做一个包袱捆了。忽然觉得有些心惊肉跳，不敢多耽搁，回头向鸿兴栈这条街上走来。

离鸿兴栈还有半里远近，陡见前面有无数的人，如潮涌一般的奔来，少壮的争先恐后，将老弱的挤倒在地，背后的人又拥上了，就在老弱的身上踏践过去。只挤得呼号哭叫，登时显得纷乱不堪。张汶祥看那些人面上，都露出一种惊疑的神气，心里正想扯住一个年老些儿的人，问他们为什么这般惊慌逃跑，那些人跑得真快，一霎眼就拥到跟前来了。张汶祥向旁边一闪，打算让在前面的几个少壮男子冲过去，再扯住年老的问话。谁知这一闪却闪坏了，脚还不曾踏稳，猛觉有一个人向胳膊上撞来，这一下撞得不轻，只撞得张汶祥头脑一昏，被撞的胳膊，痛得与挨了一铁锤相似，两脚便站立不住，一翻身就栽倒了。张汶祥心想这东西好厉害，哪来的这么大的气力，竟能将我撞成这个样子。会武艺的人毕竟不同，便是躺下了也比寻常人起来得快些，张汶祥正待奋身跃起，就觉有人将他的胳膊挽住，往上一提，说道：“对不起，对不起！”张汶祥乘势跳起身来看时，仿佛是很面熟的一个人，已撇开手上前挤去了。

张汶祥陡觉背上轻了，反手一摸，不见了包袱，不由得着惊，暗想道：“难道连缠在背上的包袱都撞掉了么？”再回头向地下寻找，哪里有什么包袱呢？随口骂道：“将我撞倒的那个东西，一定是个剪绺的贼。怪道他那么重的撞我一下，原来是有意来偷我包袱的。这包袱是我兄弟逃命的盘缠，由你偷去了就是吗？怪道他挽住我的胳膊，把我提了起来，若不然，也取我背上的包袱不住。”一面骂着，一面不迟疑的折身追赶，喜得那人还走得不远，分明看见他一手提了那个包袱，向前跑几步又回头望望，好像看失包袱的追来没有追来的神气。

只是张汶祥走街边追赶，那人只回头看街心的人，眼光不曾做到张汶祥身上。张汶祥气得胸脯几乎破裂了，暗骂你这不睁眼的小贼，怎么剪绺会剪到我身上来了呢。紧追了几步，忍不住旋追旋喊道：“哇！你抢了我的包袱，打算跑到哪里去？你若是知趣的，赶紧退还我没事，定要我追上，就休怪我不饶你啊。”张汶祥不是这么喊，倒也罢了，那人跑得并不快，且不断的回头，要追上还容易些；这几句话一喊出来，那人听得回头望张汶祥一眼，两脚登时和打鼓的一样，急急的跑起来了，似乎嫌包袱提在手中不好畅所欲跑，边跑边将包袱照样缠在背上。这种气教张汶祥如何能受，也就尽力量追上去。

两人的脚步都迅捷如风，顷刻便追到了城外，张汶祥只是追赶不上。又追赶了一会儿，看见前面有一个庙宇，张汶祥心里才忽然想起来了，原来这个抢包袱的人，便是那日在街上遇见用胸膛抵住骡车不许过去的异人。因那日这人的酒已喝得酩酊大醉，神情态度与今日大不相同，所以见面但觉面熟，加以心中有事，一时竟想不起来。此时看见了关帝庙，才将那日的事触发了。张汶祥既想起了抢包袱的就是那异人，心里倒不着急了，也不觉气愤了。因为料想有这般大本领的人，决不至存心抢人的包袱，是这般举动，必有缘故。再看这人，果然背着包袱，跑进关帝庙里去了。

张汶祥跟进庙门，只见这人已将包袱就庙门旁边的地下打开来，取了一件新买的衣披在身上，一摇一摆的，低头打量称身与否，见张汶祥走来，也不理会。张汶祥在江湖上混了多年，遇了这种异人，自然不敢怠慢，当即上前作了个揖说道："前日从某处追随老丈到这里，原是要听候指教的，因不敢扰了老丈的酣睡，以为在别处盘桓一会儿再来，老丈必已睡足了。谁知在别处略耽搁了些时，回头来老丈又已酒醒出去了。今日难得老丈肯这么赏脸，特地把我引到这里来，请问有什么见教之处？"

这人抬头看了看张汶祥，做出不认识的样子说道："你认识我吗，你既认识我，怎么骂我是剪绺的小贼呢？"张汶祥笑道："那是我的两只肉眼不争气，因为与老丈亲近的时候太少，突然于无意中遇着，一时想不起来。请问老丈，刚才那许多人，为什么那么惊慌逃跑？"

这人说道："我也弄不清楚，我有一个朋友初到山东来，寄寓在鸿兴客栈里。我前几日去访了几次，都因去的时候太晏，我那朋友出门拜客去了，今日只得早些起床，等城门一开就到鸿兴客栈去，才和我朋友会了面。正是久旱逢甘雨，他乡遇故知，彼此谈论得非常高兴，忽听得隔壁房间里人声嘈杂，满客栈都震动了，那朋友拉我出房探看是什么事。不看犹可，看时真险些儿把我吓死了。原来挤满了一客栈的兵，刀枪炫目，威势逼人，就在隔壁房间里，据说捉拿江洋大盗。一会儿便拖出一个人来了，我看哪里像一个江洋大盗，分明是一个很儒雅、很漂亮的斯文人，拖出来连话都没问一句，只怕姓名还不曾问明白，就在客栈门口杀了。杀了那个斯文人也罢，忽然那些兵又说逃了一个，大家仍回身到各房间里搜查。是这般拿了不问情由的就杀，你说谁不害怕，自然一个个都向外面逃跑。一半兵在客栈里搜查，一半兵跟着逃跑的客追出来。过路的人不知道什么事，也吓得乱跑。我怕得最厉害，所以跑得最快，不提防把你撞倒了，临时见财起意，取了你这包袱，谁知你这么小气，拼命跟着追赶。"

张汶祥知道事情不妙，心里和刀割一般的难过，表面上仍竭力镇静着问道："老丈可曾打听杀的那个江洋大盗姓什么？"这人摇头道："杀的人哪里是江洋大盗，是鸿兴栈住的熟客，和现在山东的马抚台是亲戚。姓甚名谁虽不知道，只是大家都因他确实是一个斯文人，料定他死得很冤枉。”张汶祥听到这里，脸上不由得已急变了颜色，两眼同时忍不住流下泪来。

这人做出惊异的样子问道：“难道杀死的是你朋友吗，要你哭些什么？”张汶祥明知这人是个有来历的，其所以有这番抢包袱的举动，是恐怕他回鸿兴栈去自投罗网，有意是这般将他引出城外来，就是在暗中救他性命的。便不再隐瞒了，随即向这人跪下说道：“我早知你老人家是异人，这番救我的盛意，我也明白了。你老人家既能是这般救我，我和郑二哥在督抚衙门里面的事，不待说是了如观火的了。于今我郑二哥既屈死在那人面兽心的淫贼手里，我唯有求你老人家指引我一条报仇的路，我的性命可以不要，这仇却不可不报。”

这人忙伸手将张汶祥扶起来说道：“泪眼婆娑的跪在地下，若给到这庙里来烧香的人看见了，像什么模样！”张汶祥立起身来说道：“我一则感激你老人家救命之恩；二则因报仇心切，非求你老人家指引，恐难如愿，所以不觉得跪下来了。喜得此地离城已远，行人稀少，敢先请示尊姓大名，再述我和郑二哥来山东的履历给你老人家听。”

这人冷冷的笑道：“你也毋须告诉履历，我也毋须通报姓名。那郑时枉担了半世英雄之名，自谓经纶满腹，原来也不过是一个好色之徒，将仇人的女儿骗做老婆。到今日才身首异处，我已嫌他死得太迟了，你还提什么报仇的话！”张汶祥听了，心中好生不快，若在平日见寻常人这般批评郑时，他必已怒不可遏的和人反脸了；此时因知道这人本领比他自己高，又是曾救他性命的，不敢不耐住性子说道：“话是不错，我郑二哥好色贪淫，确有应得之罪，但无论如何不能说，应该是这么不明白的死在忘恩负义的马心仪手里。如果是明正典刑，死于王章国法，我有什么话可说呢？我报仇之念已决，至死不悔。”

这人忽然现出欣笑的样子来说道：“名不虚传，果是好一个义烈汉子！这里为来庙烧香的必经之地，不便谈话。你将包袱拾掇好了，随我到僻静地方商量去。”旋说旋把披在身上的新衣脱下，交给张汶祥。张汶祥心里也就安慰了许多说道：“这衣我原是买给我郑二哥穿的，你老人家穿上既合身，何不就将它穿上？”这人笑着摇头不作声。张汶祥知道他是表示用不着的意思，遂不多说，捆好了包袱，仍旧驮在背上，跟随这人走出关帝庙。

到附近一个树林茂密的山里，各自就石头上坐下来。这人先开口说道：“你决心替你郑二哥报仇，自是义烈汉子所应当有的举动。不过你的力量有限，这仇只怕你一时报不了。”张汶祥道：“寻常的仇恨，便得估量自己的能力是否报得了。至于兄弟之仇，是顾不了许多的，哪怕因报仇送了性命，我也甘心瞑目，毫无怨悔。并且我看马心仪那淫贼，除了官高势大之外，一点儿能为没有。我的本领果是不济，但自问对付那淫贼，还勉强能对付得下。我只要报了仇，便已完了心愿，也不想在人世苟且偷生了。”说时气愤填膺的样子，两眼火也似的发赤。

这人摇着手，从容说道：“这些话不待你说，我是早已知道的。你报了仇再死，我相信你是甘心瞑目，没有怨悔。只是若你的仇还不曾报得，反被仇人把你的性命害了，你甘心不甘心，瞑目不瞑目呢？”

张汶祥道：“我在淫贼衙门里住的时候已不少了，淫贼果然是个手无缚鸡之力的人，就是满衙门的上下人等，也不见一个稍有能为的人。衙门里的路径门窗，我都熟悉。我逆料取这淫贼的性命，如探囊取物。”这人笑道：“谈何容易，真是一厢情愿的话！你知道此刻有在暗中保护那淫贼的人，本领比你高强十倍么？”张汶祥不由得露出惊疑的神气问道：“是什么人在暗中保护他？像这样的衣冠禽兽，有大本领的人为什么不杀他，反在暗中保护他？也就太不分皂白了。”

这人道：“各自有各自的交情，不能一概而论。即如那个郑时，据我们看来，不过是一个贪财好色之徒，这回被杀得一点儿不委屈。而你却不顾性命的要替他报仇，若旁人也和你刚才这一般的议论，不也要骂你太不分皂白吗？究竟在这里暗中，保护那淫贼的是谁呢？我不妨说给你听，这其间有一段因缘，不仅你住在衙门里不知道，就是马心仪本人也不知道。并且连在暗中身任保护马心仪的人，都不知道。”张汶祥道：“这就奇了，既是大家都不知道，到底是怎么一回事呢？”

这人微微的点头道：“自然有知道的人，我说出来，你就明白了。马心仪的母亲，从小就欢喜斋僧拜佛，而马心仪的父亲，却是一个毁僧骂道的人。这日忽有一个年约二十零岁的尼姑来马家化缘。马心仪的父亲不在家，他母亲因这尼姑生得端庄齐整，说话很有道理，就留在家中攀谈。不料一时天变，雷雨交作，尼姑不能作辞，他母亲便留歇宿。想不到马心仪的父亲回来，见尼姑生得貌美，顿时起了邪念。半夜偷到尼姑睡的所在，想勒逼成奸。那尼姑在危急的时候，亏得马心仪的母亲来了，夫妻大吵了一场，他母亲将私蓄布施给那尼姑，亲自陪尼姑坐到天明，因此保全了那尼姑的节操。那尼姑是谁呢？在当时没有名头，无人知道，就是于今人人钦仰的沈栖霞师傅。沈栖霞因那回在马家受了侮辱，险些儿失身匪人，遂自恨身体孱弱，没力量抵御侵凌，一转念之间，便决心访师学道。到现在修炼了五六十年，已是神通广大法力无边了。事情虽隔了五六十年，然沈栖霞总觉得受了马心仪母亲解围和布施的好处，应该报答，无奈没有机缘。直到现在，她才推算得是报答的机会到了，特地打发她在襄阳柳仙村收的两个男徒弟，到此地来暗中保护马心仪。她这两个徒弟的道法，虽不算高强，然不是修道有成的人，寻常人无论有多大的能耐，也休想敌得过他。”

张汶祥问道：“你老人家知道她徒弟有多大年纪了么，其中是不是有一个二十多岁的少年？”这人点头道：“两个的年纪差不多，都只二十多岁，你怎么知道的？”张汶祥将日前遇着挑豆腐担少年打狗的话说了。这人笑道：“你自问是他的对手么？你所见的这个，年纪比那个略小些，本领也还不及那个。两人每夜轮流值守在马心仪左右，岂容你去寻仇报复？”

张汶祥诧异道：“这就奇了，马心仪今日才杀我郑二哥，我因他杀了我郑二哥才存心报仇，这是顷刻间的事，如何沈栖霞师傅早已打发人前来保护呢？”这人笑道：“这倒毋须惊讶，我既受人委托，前来略尽人事，只得老实说给你听。你于今虽不认识我，我在几年前，却久已认识你了。我这番是受了你师傅无垢和尚的托付，特地前来救你的。就因知道你在激于义愤的时候，必不顾利害，去寻马心仪报复。沈师傅的两个徒弟，只知道保护马心仪，他们并不明白你为的是什么一回事。你是这般把一条命送在他们手里，岂不冤枉？”

张汶祥忽然立起身来说道：“你老人家不是孙耀庭师叔吗？”这人点头笑道：“你怎么知道的？”张汶祥连忙叩头下去说道：“我时常听得我师傅说，孙师叔的神通了得，只恨我每次到红莲寺，总是来急去忙，并且多在夜间，因此无缘拜见。我师傅在红莲寺不大与外人结交，只和孙师叔有些往来，而听你老人家说话，又是浏阳口音，所以你老人家说出受了我师傅托付的话，就知道必是孙耀庭师叔无疑。”

著书的写到这里，又得趁这当儿，将这个孙耀庭的来历叙述一番了。

说起这个孙耀庭，也可算得是一位奇侠。他是浏阳县人，因小时候生了一满头的癞疮，浏阳人都叫他“孙癞子”。他的历史，若说给一般富于科学头脑的人听，不待说必叱为完全荒谬。就是在下是个极端相信天下之大无奇不有的人，当日听人传说孙耀庭历史的时候，心里也觉得好像是无稽之谈。直到后来阅历渐多，才知道孙癞子的事绝对不荒谬，而拿极幼稚的科学头脑，去臆断他心思耳目所不及的事为荒谬的，那才是真荒谬。

闲话少说，却说孙癞子生长在浏阳一个极贫苦的人家。当他十岁的时分，浏阳地方遭瘟疫，孙癞子的父母同时染疫死了，只丢下一个伶仃孤苦的孙癞子，吃没得吃，穿没得穿，还亏了地方上人凑了些钱，将孙癞子父母的尸安葬了。孙癞子长着一头的癞疮，龌龊得臭不可近，也没人理会他。他父母在日建筑的两间茅屋，不须多少时日不修补，便不能住人了，孙癞子也懒得在茅屋里居住。白天到乡村人家乞食，夜间或是灵官庙，或是土地堂，随处找一个可以藏身的所在安歇。

是这般流落了两年，他有十二岁了。一日乞食到一处大做田人家，那家主问了问孙癞子的身世，便向孙癞子道：“你愿意讨饭吗？”孙癞子道：“谁愿意讨饭，没有家，没有饭吃，不流落讨饭有什么法子养活这条性命呢？”那家主道：“我留你在我家住着，给饭你吃，给衣你穿，只要你替我家看牛好么？”孙癞子喜道：“那还有什么不好！”从此孙癞子就在这人家看牛。

这人家养了七八头耕牛，一个人照顾不了，往往跑到别人家田里园里吃禾吃菜，所以加上孙癞子照顾。孙癞子每日骑在水牛背上去山里吃草，不愁穿不愁吃，倒很逍遥自在。谁知这种安闲茶饭还吃不到半年，这日忽然出了乱子。

农家放牛，每日照例早起一次，黄昏时候一次。这日黄昏时分，孙癞子牵牛吃好了水草，照例骑在牛背上缓缓归家。还有一个年老同看牛的人，也骑着牛跟在后面走。一行七八头牛，不知怎的只孙癞子骑的这头，忽然和癫狂了的一般，两耳朝天一竖，四脚腾空的跳了几跳，跳得孙癞子几乎滚下牛背。幸亏他一晌骑牛骑惯了，两腿能挟持得住，然也吓得什么似的，连忙将身体伏在牛背上，两手紧紧的抓住两把牛毛，口里连声叫那同看牛的过来，将牛牵住。

那同看牛的也觉得这牛跳得奇怪，刚翻身下牛背，正待跑过去抢住牛鼻，不提防这牛猛然一转身，放开四蹄便跑。把跟在后面走的几条牛，都冲得翻的翻，跌的跌，同看牛的哪里肯舍，慌忙将这几个牛的绳索，就路旁一棵树上系好了，尽力追赶上去。

这时天色不曾昏黑，眼看着那牛驮了孙癞子，比加鞭的马还快，头也不回的直向前跑，并听孙癞子在牛背上惊慌乱叫。看牛的追了一会儿，哪里追得上？心里又惦记这几头牛，恐怕被坏人赶现成的牵了去，只得停步回头，喜得没人经过，系在树上的牛没有走失，急急的牵回家报告家主。

做田人家的牛，看得何等重大，岂肯听其跑失？当即派了好几个壮健汉子，照着去路追赶。追了十来里，天色已经昏黑了，简直没追见那牛的踪影。偶然遇着两三个行人，向他们打听，却都说不曾看见有牛跑过。直追寻到半夜，才隐隐听得前面有牛蹄踏在沙地上的响声。赶上去看时，果是一个人牵了一条水牛在路上走。追的人一见那条牛，就认得出是自家的，但是牵牛的人，不是孙癞子，是一个地方上的无赖，平日偷扒抢窃，无所不来的。追的人既遇着了自家的牛，自然上前认赃。

无赖子争执了一会儿，见这边人多，料知斗不过，只得罢休。追的人还抓住他要孙癞子，他才急得嚷道："你们不要太赶着人欺负了，我今夜在枫树铺饭店里赌钱，输得精光，正自没好气的走出来，打算想法子弄几个钱回头去捞本。还没走到半里路，就见这畜牧拦在路上睡着，倒把我吓了一大跳，不知是什么野兽，仔细看出是一条牛，又没人看管，以为是天赐我的赌本。待牵回家去，明早好赶到县城里变卖。你们既是失了牛，我也知道本来大路上哪有牛捡，还给你们便了，你们倒抓住我要什么孙癞子，我知道孙癞子是谁，不是赶人欺负吗？"

追的人只要追着了牛，见不见孙癞子是没人拿着当一回事的，当夜将牛牵了回家。次早看这牛睡着不能起来，原来四只牛蹄都磨见了肉，鲜血淋漓的不能走动了，将养了半个月才好。而这半个月并不见孙癞子回来，这家主也曾派人寻找了一会儿，没有着落。大家都以为当水牛发狂奔跑的时候，孙癞子在牛背上坐不牢稳，滚上深山岩谷中跌死了。

哪知道事出人意料之外，孙癞子紧伏在牛背上，初时尚竭力叫唤，想同看牛的追来将牛制住。后来见牛越跑越快，只觉两旁山树，如流水一般的后退，两耳风声大作。张眼望着地下，就觉头目昏眩，只好紧闭两眼，听凭牛跑。约莫跑了一个时辰，耳里风声才息，仿佛牛背也停了摇动，方敢张开眼看，牛果然停了步，正在低头嚼草。看天色虽已迷茫，然尚能看出四围山势，原来已身在乱山丛中，乃是平生所未曾到过的所在。只得从容爬下牛背来，指着牛头骂道："你这孽畜，无端发暴，把我驮到这地方来了，还不知道已离家有几里路了，看今夜如何回去？依得我的性子，恨不得折下树枝来痛打你一顿。"

孙癞子边骂边举手在牛头上敲了一下，只敲得这牛又像发了狂的，两耳又朝天竖起来，脚又腾空跳了几跳，掉转身往山下就跑。孙癞子心想失了牛回家必受处分，一面跟着追，一面口做看牛人招牛的呼声。平时牛听了这种呼声，纵不跑近前来，也得立着不动；此时的牛，简直不作理会，转眼就跑得不见了。孙癞子只急得一路哭泣，一路到各处树林中寻找。趁着星月之光寻了半夜，肚中也饥饿了，身体也疲乏了，耳内听得四山都是狼嗥虎啸的声音，只不见那牛的影子。自料在这黑夜是寻不着的了，仰看天色像个快要下雨的样子，心想若在这时分下起雨来，我没有地方避雨，怎生是好？回头看身边有一个石岩，岩下是空虚的，好像可以藏身，遂伏下身子爬进石岩。漆也似的黑暗，一些儿不看见，只觉得身体伏的所在很光滑。顷刻之间，就听得岩外的雨声滴沥，愈下愈大了，接着雷电交作，电光闪处，照得岩下通明，才知道这岩不仅能藏伏一个人的身体，里面还有很多余地。

不一会儿，觉得伏的所在有水透过来了，孙癞子要避开这水，唯有将身体渐向岩里移动，越移到里面越觉宽大，反手去摸上头，没有撑手的东西，就坐了起来，再伸手去摸，还是空的，竟能立起身行走。心想这地方实在奇怪，怎么石岩之下，会有这么宽大的空洞呢？是生成的吗，还是人凿成的咧？若是人凿成的，里面必有人居住，我何不再摸到里面去，看究竟有多大，是不是有人住在里面？心里这么想着，就伸起两手，再向里面摸去。

弯弯曲曲、高高低低的约有一里远近，陡见前面有白光射出来。孙癞子看了喜道："果然是人凿成的，里面有人住着，我可以去向他们讨些饭充饥。"随即朝着白光走去，没几步就见一处四方形的地方，仿佛是一间石室，正中安放一张石床，床上盘膝端坐一个宽袍大袖的老头，垂眉合目的像是睡着了。再看室中的四围上下，并没有灯火，也没有窗户朝着外面，看不出白光从什么地方发出来的。细看近石床的所在，光比远处大些，石床底下依然黑暗。

孙癞子暗忖道："怎么只有这么一个老头坐在这里，我不管他，就是他一个人，他总得吃饭。我已有半年没开口向人家讨饭了，何不叫一声试试看。"遂即使出他平日讨饭的口腔来叫了一声。这一声叫出，只见老头慢慢的张开眼来，望着孙癞子微微的点了点头，含笑伸手向孙癞子招了一招。孙癞子身不由己的如被人推着，脚不点地就到了石床跟前。

不知老头是谁，如何对付孙癞子，且俟第七十八回再写。

第七十八回

峨眉山孙癞子学道　浏阳县邓法官逞能

话说孙癞子脚不点地的到了石床跟前，只见老头从袖中摸出一个烧饼模样的东西来递给他道：“我这里没有饭讨，你肚子饥了，就吃了这个饼吧。”孙癞子双手接着吃下肚去，登时不但不觉得肚中饥饿，并且分外精神了。当即听那老头问道：“你这小叫化是从哪里来的，如何会跑到我这洞里来讨饭？”孙癞子答道：“我是看牛的，不是讨饭的。我骑在牛背上正待回家，走到半路上，牛忽然如发了狂一般的回头飞跑，直跑到这山上才停住。天又下起雨来，我为避雨，就爬进这里面来了。”老头问道：“你在谁家看牛？”孙癞子说了那家主的姓氏和小地名。

老头似乎不懂得的，又问道：“你那地方归哪县哪府管辖？”孙癞子答道：“归浏阳县管辖。”老头现出沉吟的神气说道：“浏阳县不是在湖南长沙府境内吗？此去至少也有一千里路程，如何就跑到这里来了？”说时伸手抚摸着孙癞子的头顶，揣骨看相似的揣了一会儿，用中指按着脑后的一根骨说道：“原来你头上有这根仙骨，有求仙访道的缘分。我这洞里，便是有道之士也不容易进来，你此来自非偶然的事。你年纪小，大约也不知道这里是什么所在。这山是天下有名的四川峨眉山，凡是修道之士，每年必借着朝峨眉来此聚会一次，非有大本领的不能进这洞府。你的缘分不浅，就在这里住着吧，等到有机缘再送你回家乡去。”孙癞子平日脑筋是糊里糊涂的，自吃下那个饼子，忽然明白了，自然知道跪下去，拜求老头收他做徒弟，老头也就欣然应允。

从此孙癞子便从这老头学道，才知道满室的白光，就是从老头身上发出来的。老头传他修炼的方法，他很容易领悟。洞里四时皆是春和气候，不冷不热，老头除了传授孙癞子修炼方术之外，终日只静坐在石床上，不言语不饮食。每日从袖中取出两个烧饼给孙癞子吃，也不知道饼从何来。口渴了就房子石壁上有一个小窟窿，是用木头塞住的。拔出木塞，即有一线极清冽的泉水流出来，可用手捧着止渴。在这里面，不但不知道冬夏，并不知道昼夜。老头吩咐他每到房中漆黑伸手不见五指的时候，不可胡乱走动，只许闭目静坐，依照传授的方法修炼。

初时孙癞子并不知道何以房中会忽然漆黑，遵着老头吩咐的，哪里敢乱动一下。好在老头传他修炼的方法，正是要坐着不动的。房里光明的时候，心里不容易宁静，倒不如漆黑的好做功夫。是这般的在洞中修炼，也不觉得经过了多少时日，只记得有无数修道的人，曾来洞里聚会过四次。聚会时所谈论的言语，孙癞子听了都摸不着头脑。来时没人从洞口走进，散时也没人从洞口走出，一个个都是霎霎眼就不看见了。直到第四次聚会时，老头才教孙癞子拜见那些修道的人，告知他某个某个的名姓。

孙癞子自会着许多同道的人，才知道这老头叫做毕南山祖师，已曾经尸解过七次了，为当时剑仙中资格最老、本领最大的一个。童身修炼，比破了身的容易。毕南山曾对孙癞子说过每年聚会一次的话，孙癞子经过四次聚会，是已修炼过四年了。这时孙癞子的功夫，也就不甚浅薄了，渐渐知道房中忽然漆黑的缘故，是因毕祖师每夜在亥子相交的时候，必到山顶最高之处，修炼到日出才回洞，不过不知道修炼的是什么道法。

孙癞子静极思动，要求每夜同到山顶上去。毕南山道："你要同去不难，但是非传给你几种防身御侮的法术，冒昧出洞，难保不受惊吓。"当下就传授了几种法术给孙癞子。法术确是不可思议的东西，只要得了真传，顷刻之间便能自由使用，与学会了多年的并无分别。孙癞子既学会了法术，这夜便能跟着他师傅到峨眉山顶上。他存心要看师傅在山顶如何修炼。这夜银河高挂，月色空明。孙癞子已有四年未见天日了，此时见了这般清秋景物，心里说不出的高兴。正要借月色看看四山形势，只见师傅右手仗剑，左手捏诀，剑尖向空一绕，口中念念有词，登时剑尖上射出一线白烟来，越射越远，在空中凝而不散。转眼之间，白烟就变成了一天浓雾，整整的笼罩了这座峨眉山顶，星月之光，都黯然无所见了。

孙癞子低头看自身，与在洞中一样，真是伸手不见五指。忽觉眼前有光一闪，急朝光处看时，原来是从他师傅的头顶上射出光来。这一道光直冲霄汉，浓雾被冲开了一个圆洞，月光即从圆洞中照在他师傅身上，仿佛是在房子里开了个天窗。由天窗里射进来的月色，从头顶射上去的那道光，与月光融合，已分不出谁是月，谁是光了。他师傅从容盘膝坐在一块石上，也和坐在洞中石床上一般，闭目垂眉，不言不动。

孙癞子见山顶都为浓雾所罩，不辨高低路径，不敢走动。料知师傅一时是不会回洞去的，遂也就他师傅身旁坐下来，自做功夫。直到月影西斜，他师傅才收了一天浓雾，带他回洞。第二夜又带他出来，是这般在山顶上又修炼了几个月，他师傅渐渐的许他白日出洞外玩耍了。

这夜他跟着他师傅在山顶上起雾，刚将山顶照例的笼罩了，耳里忽隐约听得有一下钟声，那声音悠扬清远。孙癞子知道山下有寺，估量这钟声必是从寺里发出来的，毫不在意。谁知那钟声过去，浓雾顿时没有了，正自觉得奇怪，看师傅也似乎现出很惊疑的神气，才收剑盘膝坐好，又立起身来，重新作法。这回的雾，比平常来得更浓厚，一霎时就弥漫了山顶，接着又听得一下钟响。说也奇怪，钟声过去，又是天清地白，浓雾全消了。

孙癞子看师傅的神情，好像有些着慌的样子，忍不住说道："师傅，我听得出这钟声是伏虎寺里发出来的，一定是伏虎寺的秃驴，知道师傅在这里起雾，有意和师傅斗法的。师傅何不就到伏虎寺去寻那秃驴算账？看他有多少的本领，敢来找师傅斗法？"毕南山听了，摇头不作声，将指头捏算了一会儿说道："卦象和平，不是有人和我斗法。"说话时，钟声又响了。

毕南山点头道："这是伏虎寺里撞幽冥钟，只好让他撞过了再说。"孙癞子心里不明白，何以伏虎寺里撞幽冥钟，山顶上会作不起雾？见师傅已闭目凝神坐着，不敢追问，仍疑惑是和尚有意为难。直坐到子时过后，幽冥钟停歇了，毕南山方起身作雾，照常修炼。从这夜起，寺里每夜撞幽冥钟，毕南山就每夜须等到钟声过后，才能修炼。孙癞子实在纳闷不过。

这日孙癞子趁白天走出洞来，径到伏虎寺找当家和尚说话。这时伏虎寺的当家和尚了空，虽是一个有道行的好和尚，只是并没有神通法术。孙癞子走进伏虎寺，见一个小沙弥正在殿上烧香。他也不知道什么礼节客气，即

“哇”了一声说道：“你们当家和尚是哪个？快去叫他出来，我有话说。”小沙弥倒吃了一惊，回头看是一个癞头叫化，便也没好气的答道：“你是哪里来的烂叫化臭叫化，敢到这里来吆喝撒野？还不给我滚出去。”

孙癞子大怒道：“你这小秃驴骂我吗，我且打死了你，再和你当家的秃驴算账。”孙癞子在洞里虽是不曾练武，然由修道得来的武艺，比从一切拳教师所练的武艺都高强得多，外强中干的小沙弥，哪里是他的对手！只一只手捏住小沙弥的胳膊轻轻一提，就提得双脚离地，往地下一放，就倒在地下不能转动，只知道张开喉咙“哎呀”“哎呀”的叫痛。这一叫，叫得里面的了空和尚听见了，连忙出来问是什么事。孙癞子正指着小沙弥骂道：“你若再不去把你们的当家和尚叫出来，我只三拳两脚就取了你的狗命。”

了空和尚一路念着阿弥陀佛，走近孙癞子跟前，合掌当胸说道：“小徒有什么事开罪了施主，求施主念在他年纪小，宽恕他这一遭。若是不能宽恕，就请将事由说给老僧听，老僧自当惩办他。”孙癞子见了空这么温和客气，倒觉不好再恶狠狠的说话了，只得按下一肚皮怒气，掉转脸将了空打量了几眼。见是一个六七十岁的老和尚，慈眉善目，满面春风，不由得也用很和缓的声口，手指小沙弥说道：“我到这寺里来，并不是找他说话，只因有事特来会会这里的当家师。叵耐他不但不肯替我传话，反开口就骂我烂叫化臭叫化。我是个多年在山中修道的人，没闲工夫在衣服上讲究，他不应该见我身上衣服不好，便骂我叫我滚出去。”

此时小沙弥已爬起身来辩道：“我为什么先开口骂你，你自己不讲理，没名没姓的向我吆喝，开口就要我把当家和尚叫出来。谁是你家的当差，谁吃了你的饭，要听你的叫唤？”这几句话说得孙癞子恼羞成怒，又待发作了。了空却即向小沙弥叱道：“不许多话，进去吧。”随即又对孙癞子合掌道：“小徒不懂事，老僧自会责备他。请问施主要找老僧有何见教，请进里面来坐着好说话。”了空当将孙癞子引到一间客室坐下。

孙癞子说道：“我此来不为别事，就为每夜跟我师傅在山顶上修道，亲耳听得你这寺里打钟，使我师傅的雾作不起来，以致我师傅每夜得迟一个时辰修炼，这亏吃得不小。我实在忍无可忍了，不得不来问个明白。你这寺里究竟是谁存心和我师傅作对？你是当家师，必然知道，请你交出这个人来，我自和他说话，不干你当家师傅的事。”

了空听了，茫然摸不着头脑似的说道："施主这话从哪里说起，这寺里的僧人，从来安分守法，一点儿不敢胡为。令师是什么人？这峨眉山顶上，并没有寺院、房屋，令师每夜在什么地方修道？何以知道是因这寺里打钟，才作不起雾来？"孙癞子道："你不要装成这糊涂样子。我师傅是谁，你不知道，还可以说得过去，因为僧道不同门，平日没有来往；至于你自己寺里每夜打钟，难道你也可以说不知道吗？"

了空笑道："老僧为什么装糊涂，山寺里打钟打鼓，是极平常的事，早夜都是免不了的。施主于今说寺里不应该打钟，打钟便使令师不能修道，是存心和令师作对，教老僧怎生能不糊涂呢？"孙癞子想了一想说道："我看你的年纪已这么大了，确是一个好和尚的样子，料想你是不至无端作恶，与我师傅为难的。只是你这伏虎寺里的和尚不少，你得仔细查一查，看半夜三更撞钟的是谁？平常这寺里打钟打鼓，我也曾听得过，并不妨事。只近来每夜在亥子两个时辰之内，一下一下很慢的撞着，你这里钟声一响，我师傅在山顶起的浓雾，就登时被钟声冲散了，害得我和师傅都坐在山顶等候，到今日已将近一个月了。"

了空听到这里，不住的哦了几声道："老僧明白了，这钟是住在山下的一个绅士，为要超度他去世的母亲，托老僧替他撞的幽冥钟。这钟须撞到四十九日。不错，今日已撞过了二十九日，只差二十日了。这钟撞起来，在幽冥的力量是很大。但是何以撞得令师的雾作不起来，老僧却不明白。"

孙癞子见了空说的果是幽冥钟，和毕南山说的相对，便问道："幽冥钟是什么钟？"了空道："就是和佛殿上所悬挂一般的钟，并无分别，不过撞时所持的经咒不同罢了。"孙癞子道："每夜撞钟的是谁，就是你吗？"了空道："不是老僧。寺里有一个聋了耳朵的老和尚，今年八十六岁了，历来是他专管撞幽冥钟。他因老态龙钟，又聋了耳朵，已有二十多年不出寺门了，除替人家撞幽冥钟以外，终日只是持佛号不歇。老僧能担保他，决不知道有令师在山顶上作雾，存心用钟声将雾冲破。"孙癞子摇头道："这话只怕难说，我不相信不存心与我师傅为难，一天浓雾会无缘无故的被钟声冲破。从来雾不怕钟，钟也不能破雾，可见有人从中弄鬼。你且带我去瞧瞧那钟，并见见那撞钟的和尚。"了空点头道："可以，就请同去。"说着起身引孙癞子走到寺后一所孤零零的楼房跟前。

看这所房子的形式奇特，从顶至底，足有五六丈高下，却只最下一间房屋可住人。这间房屋之上，高耸一座钟亭，亭里悬挂一口铁钟，一根长绳垂下，系在撞钟的木棒上。撞钟的坐在房中，只须将长绳牵动，那木棒自然向钟上撞去。孙癞子问道："半夜撞的就是这口钟吗？"了空道："正是这口钟。这钟已用过七八十年了，原是专为撞幽冥钟而设的。撞钟的老和尚正在房里念佛，施主看他可像是一个存心和令师为难作对的人？"

孙癞子跨进房间，只见一张破烂的禅榻上，盘膝坐着一个佝腰驼背的老和尚，双手捻着一串念珠，口里咕噜咕噜的念着，那根撞钟的长绳，就悬在右手旁边。和尚的手脸都污垢得不堪入目，头顶上稀稀的留着几根短发，原是白的，大约因积久不洗，已被灰尘沾着得又粗糙又黄黑了，仿佛成了一堆秋后凋零的枯草。

孙癞子走近前劈面问道："这几夜撞幽冥钟的是你么？"老和尚慢慢的抬起枯涩的眼睛，望了一望，摇头不答，口里仍继续着咕噜咕噜。孙癞子见他摇头，只道是不承认夜间撞钟的是他，愤愤的回头问了空道："他说夜间撞幽冥钟的不是他，你怎的对我说假话？"了空笑道："他何尝是这么说了，无论什么人和他说话，他都是摇头不说什么，因为他的耳朵异乎寻常之聋，简直连响雷都不听得，听不懂人家说的是什么，所以不能回答。二三十年来多是如此。就是老僧教他替人家撞钟超度亡魂，也得写字给他看，口说是不中用的。老僧出家人，岂肯说假话？施主不要多心，请回去对令师说，夜间作不起雾，多半是另有缘故，不与幽冥钟相干。"

孙癞子看两个老和尚的情形，也觉得不像是存心和师傅为难的人。然心想师傅作法起雾，我亲眼看见的已有半年了，没一夜不是剑尖一绕，便是浓雾弥漫；唯有幽冥钟一响，就如风扫残云，消灭得干干净净。这口钟，据当家师说，已用过七八十年了。我小时曾听得人说，一切物件，都是年久成精。莫不是这口钟因悬在高处，年深月久，吸受的日精月华多了，已成了妖精，在暗中与我师傅作对？两个老和尚自然不知道。我既到这里来了，不管它是也不是，且把它毁了，免得我师傅每夜耽延修炼的时刻。即算毁错了一口钟，也值不了什么。想罢，觉得主意不差，遂对了空说道："我也相信你和这个聋和尚，都不至与我师傅为难，但我师傅每夜在山顶上修炼，非有浓雾将山顶笼罩不可，近一个月以来，确是因为这口钟响，使我师傅作不起雾来。我于今并不归咎你们，只毁了这口钟就没事。我毁了之后，你们要撞幽冥钟，换过一口也使得。”

了空惊道：“这却使不得。这钟是伏虎寺的，不是施主家里的，不能由施主毁坏。”孙癞子道：“这钟妨碍我师傅修道，如何由不得我，难道倒要由你吗？”了空道：“你怎的这般不讲理！若是伏虎寺的东西，可以这么听凭外人前来毁坏，一点儿不讲情理，那还了得吗？我不做这寺里的当家师，轮不到我过问；既是我当家，这钟就不能由你随便毁坏。”

孙癞子笑道：“你只怕是老得糊涂了，我要毁坏你这口钟，难道还要问过你肯不肯么？我老实对你说，我此刻就要动手毁了，看你有什么法子阻拦？”了空听了，气愤得没有回答，以为这口钟高高的悬挂着，要毁坏也不是一件容易的事，估料像孙癞子这般一个叫化，不多邀些帮手来，一个人是决不能行强将钟毁的。心中暗自打算，这伏虎寺里也有几十个和尚，齐集在这里保护这口钟，倒看他如何动手毁坏？

了空正自这般计算，只见孙癞子抬头望着那口钟，自言自语的说道：“究竟夜间撞得我师傅作不起雾的，是不是这个东西，我何不试撞一下，看声响对也不对？”一面是这般鬼念着，一面举起右手，伸直一个食指，做出敲东西的手势，向那钟敲去。真是奇怪，食指在地下一敲，钟便应手“当”的一声响了，比用木棒撞的还响得清澈，只响得坐在房里念佛的聋和尚都抬起头来，看这钟何以不撞自响。

孙癞子接连又敲了几下道：“一点儿不错，正是这东西作祟。”了空不禁惊惧起来，心想看不出这样一个后生，竟有如此法术，这就不能不恳求他了。连忙对孙癞子赔笑说道：“你要毁坏这口钟没要紧，只是得请原谅，这钟亭的工程不小，非费极大的手脚，不容易将这么大的一口钟悬挂上去。并且偌大一个峨眉山，就只伏虎寺有这座钟亭，实在是因建造一座，非有绝大誓愿，经十多年募化不能成功。今以虚无渺茫的事将它毁坏，岂不太可惜了。”

孙癞子圆睁两眼，喝道：“你刚才还那么硬，这时又软起来了吗？不行，不行！你只知道你这钟亭的工程不小，却不知道我师傅修炼的功夫更大呢！”说罢口中念念有词，跟着将左手握着拳头，仿佛抓了什么东西对钟放去的样子。

这一来不好了，孙癞子的左手五指刚放开，脱手就是一个大霹雳，连钟带亭子都劈落到山下去了。钟破亭裂的响声，震动数里。坐在钟亭底下念佛的老和尚，闻声倒打了一个哈哈，就这么赴极乐世界去了。满寺的僧人一齐惊得来寺后探看，孙癞子也不作理会，劈了钟亭，就大踏步往外走。众僧人向当家师问了情由，大家不服，要追上去将孙癞子扣留，向他师傅论理。了空摇手止住道："这也是一场魔劫，躲避不了的，由他去吧。他有邪术，我等不是他的敌手。"众和尚听了才不敢追赶。

且说孙癞子得意扬扬的出了伏虎寺，自以为这事做得痛快，师傅必然称赞他。回到洞中，见师傅照常在石床上打坐，不敢惊动。正要做自己的功课，毕南山忽张眼呼他到前说道："你下山去吧，我这里容不了你这样粗暴、这样大胆的徒弟。幸亏你的野性显露得早，若再过几年，你自己的内丹有了火候，那还了得？"说时待伸手向孙癞子顶门拍去，孙癞子不觉大惊失色，知道这一拍，是要将他自己所得的内功和法术，一股脑儿收回去，立时仍变了个寻常人。吓得趁势跪拜下去，闪开了这一拍，泥首哀求道："弟子有过犯，求师傅责罚，就是打死也情愿，只求师傅不要驱逐下山。"

毕南山指着孙癞子骂道："你这东西，敢如此胆大妄为，还了得！幽冥钟妨碍我的修炼，已有一个月了，若可以将钟毁坏，还待你去动手么？故念你这番妄动，居心是在要不耽延我修炼的时刻，尚可饶恕。只是你粗暴大胆的处分，不能宽免。罚你吊饿三天，看你下次敢也不敢？"随用手向房角上一挥，孙癞子便身体不由自主的，仿佛脚跟上有绳索捆绑了，身体即刻在房角上倒悬起来。偷眼看师傅，闭目打坐如故，佝起腰去摸脚跟，却又摸不着什么。

初吊时还能支持，吊了一会儿，就渐觉难受了，只得运用起功夫来。经过一昼夜，肚中又饥饿，身体又痛楚，什么功夫也运用不灵了，忍不住痛哭求饶。毕南山又责骂了一顿，才将他放下。从此没有幽冥钟响，毕南山每夜作法起雾，便用不着等候了。

又过了些时，这夜孙癞子正跟着毕南山在山顶上修炼。此时孙癞子的法力，已比初出洞时高强几倍了，无论如何浓厚的雾，能一眼看个透明。这夜的月色，也分外皎洁，孙癞子看见离毕南山约有百步之外，有一只绝大的狐狸，朝着毕南山，和人一般的跪在地下，捣蒜也似的叩头。口里衔着一件白色的东西，初看分不出是什么。孙癞子揉了揉眼睛，仔细看去，原来是一个人的头颅骨，大约是从坟堆里掘出来的。只不知它是这么衔在口里叩头，有什么用处。再看自己师傅，似乎还不曾觉着的样子，只是闭着眼不作理会。

那狐狸叩了一阵头，和人一般的用两脚立起身来，向前走了几步，重复跪下叩头，又叩了几十个头，又立起身向前走几步。如是者三四次后，跪下去就将头颅骨放在地下。每叩一个头，朝着毕南山“吱吱”的叫几声。孙癞子见狐狸开口叫起来了，以为自己师傅必然张眼看看，谁知毕南山竟像是睡着了的一样，仍是不作理会。狐狸叫后又衔了头颅骨向前走，孙癞子见狐狸已走近毕南山不过十来步远近了。心想时常听人说，狐狸是会迷人的，莫不是这孽畜不怀好意，这么一步一步的逼过来，想将我师傅迷惑？我师傅若不是被它迷了，怎么在跟前这般叫唤也不听得呢？我不在旁边看见便罢，既看见了，岂有袖手旁观，不救师傅之理？并且人人都一般的传说，狐狸精是害人的东西，我杀死它也可算是除了一个害。

孙癞子主意已决，他此时已得毕南山传授了不少的法术，当下就用左手结了一个雷诀，才举起来还不曾发放。那狐狸仿佛已经察觉有人暗算了，掣身就待逃走。孙癞子到这时哪里肯容它逃脱，一面将雷诀向狐狸发去，一面口里喝道：“孽畜，待逃到哪里去！”就这一举手之间，烟雷生于掌握，霹雳起于空中，眼见那狐狸被雷劈得就地一滚，山岭都摇摇震动，即见毕南山的袍袖一拂，张眼向孙癞子叱道：“胡闹，它干犯了你什么，应当伤害它的性命。你既居心如此狠毒，我这里容你不得，就此下山去吧。”

毕南山这一番发作，只吓得孙癞子魂都掉了，慌忙翻身跪下说道：“我并不是居心狠毒，要将它处死。只因见它一步一步的向师傅跟前逼过来，师傅闭目静坐不曾觉着的样子，恐怕它不怀好意，想乘师傅不觉，暗加伤害，所以用雷火伤他。”

毕南山当下鼻孔里“哼”了一声道：“岂有此理！你的法术能制伏的东西，能伤害我么？我当时初带你出洞的时候，是如何吩咐你的？像你这般浮躁的人，岂是载道之器。”孙癞子不敢多辩，唯有叩头哀求饶恕。毕南山的气愤虽已渐渐平了，然终不肯答应容留他的话。

毕南山走近那狐狸，指给孙癞子看道：“你瞧见了它这般皮焦肉烂的样子，心里也得安然么？你虽是为要救我才杀它，但伤生为修道人第一件宜守的戒律，我曾屡次叮咛吩咐，你于今既犯了这条戒，没奈何只得教你下山去。你此后虽离开了我，然一般的可以修炼，倘修到了须我指引的时候，我这里自然知道，自然前来指引你；若不努力，就休想此生再见我了。你看天色已经亮了，你就此下山去吧。这山下有我收藏的一锭银子，你可拿去做回浏阳的路费，到家还充足有余。”

孙癞子本是个无家可归的人，这回师徒相处又有几年了，忽一日教他分离，他哪里舍得，当下忍不住便哭起来。毕南山安慰他道：“人生遇合都是前缘，一点儿不能勉强。你只牢牢的记着，此后多行功德之事，猛勇精进，与我会面之期，必不在远。如果拿着这点法术下山去胡作乱为，你只一转念头，我便完全知道，虽在万里以外，也能在俄顷之间，取你性命。”孙癞子原想哀求再容留几时，因看毕南山的神气十分决绝，料知是有定数，无可挽回的了，只得依依不舍的拜别师傅，含泪下山。

才行了十来步，满山云雾都顿时开朗了，一轮红日已冒上地面来，映射得满山树木戴露的枝叶上，一道一道的光芒闪灼，仿佛每株树上，结了千万颗明珠。孙癞子到峨眉虽住了几年，却不曾有一次在这时候出来，流连过这般美景。少年人的心性容易转变，无论什么忧愁的事，只须换一个境界就忘怀了，师徒离别之感，也只在一刹那。当时看了这种朝阳初上的丽景，便立住脚举眼向四山望了一望想道：“我记得初到这山里的时候，已在黄昏过后了，暮色苍茫，山中形势，全看不见，并且连来路的方向，此时都想不起来了。究竟浏阳在哪里，我于今当向何方走去才不错呢？”随即又转念道：“好在我并没有父母兄弟和田产在浏阳，虽是浏阳人，也不必就赶回浏阳去，慢慢的访问，便多走些时日也没要紧，且下了山再打听吧。”

想到这里，刚待提步下山，猛然想起一件事来，连连的跺脚，说道：“糟了，糟了！师傅说，他有一锭银子，收藏在山下，教我取了做回浏阳的盘缠。这样大一座峨眉山，我不问个明白，知道那一锭银子藏在山下什么地方呢？若围着这座山寻找，只怕寻找三年五载，也是枉然。这山下不是没有行人来往的，收藏了若干年，没被人拾去，可知收藏得很深密。我不回去问明收藏的所在，是不能成行的。”边想边回身走了几步，看毕南山平日打坐的一块大岩石，依然光滑滑的受着日光，只岩石上已不见了师傅的踪影。再者那狐狸倒毙之处，也不见狐尸的所在了，但是细看地上还有一团烧焦了的狐毛，旁边丈多远一棵大松树底下，有一个小小的新坟，泥土还松，一看就知道是新筑的。

孙癞子暗想道："我每夜跟随师傅在这里修炼，这里周围半里来远近的一草一木，我都认看得仔细了，何尝见过有这么一个坟堆呢？可见得这坟就是那狐狸藏骨之所。我拜别师傅才走了十来步就回来，耳内不曾听得一点儿声响，这坟堆便已筑成了。我若有了这种神通，就不在师傅跟前，也不愁修不成道了。"想罢又向坟堆默祝道："我因制不住一时火性，胡乱伤了你的性命，以至被师傅驱逐，后悔也来不及了。你死在九泉之下，不用怨我，等我修道成功的时候，一定首先超度你。"

孙癞子此时还有些稚气，以为是这般默祝一阵，可以表示悔意，算是向狐狸道歉。哪知道默祝已毕，耳里就听得有很娇嫩的女子声音说道："你孙癞子不要假意慈悲，我母亲无端屈死在你手里，我只恨自己力弱，不能即时将你碎尸万段，谁稀罕你将来超度。"孙癞子吃了一惊，连忙回头看左右前后，都没有什么形迹。心想我不过心里默祝一番，并不曾说出声音来，这小狐狸精居然知道。怪道师傅说，只须我念头一转，他老人家便完全知道。我此后存心，倒是疏忽不得。小狐狸精既明说了自恨力弱，奈何我不得，我也用不着理它，到洞里见师傅问那锭银子去吧。遂掉臂不顾的向平日回洞的道路走去。

约莫走了二三里，不由得心中诧异道："我记得洞口离山顶没有多远，平日来回都是一会儿就到了，怎么此时走了这么远，还不见那大石岩呢？并且这山的形势，也不像平日常经过的，难道每日来回两次的熟路，也会走错吗？必是不留神的走过了，不回头必越走越远。遂又回头走着，细细的向左右察看，越看越不像洞口的情景。

这一来，可把个孙癞子弄糊涂了，找来找去，又找到了山顶葬狐狸的坟堆跟前。孙癞子定了定心神想道："必是刚才在我耳根边说话的那小狐狸精怀恨，有意是这般捉弄我，迷了洞口，使我见不着师傅，问不到藏银子的所在，没有盘缠回浏阳。也罢，没有银子，难道我就走不动吗？莫说我还有这多法术，就是不会法术，也不见得不能回浏阳。"想到这里，便决心不再寻洞口了，大踏步顺路向山下走去。

已走到离山脚不远了，忽听得树林中有"嘤嘤"的哭泣之声，侧耳听去，觉得十分悲惨，忖度这哭声是个女子，离身边并不甚远。孙癞子少年好事，思量这一带树林里并没有人家，有什么女子一清早起来，就独自跑到这树林中哭泣呢？大凡放声哭泣的人，为是有不得了的事。师傅吩咐我多行功德之事，我若能替这哭泣的女子出力，或救她的性命，或减她的痛楚，岂不就做了一件功德之事？自觉这念头有理，即时循着发声的方向走进树林，觉得哭声更近了，耳里并听得出是如怨如诉的女儿哭母声，仿佛就在离身数尺远近。

孙癞子一听清楚是女儿哭母，登时就想起那说话的小狐狸精了，向左右望去，却仍是看不见形迹。忍不住用脚在地下一顿喝道："哭的到底是狐是鬼？光天化日之下，竟敢这么横行，还了得吗？"这几句话一喝出口，即见一只浑身黑毛的狐狸，连头尾足有五尺来长，靠近一株树根伏着，似乎知道自己露出了原形，很是着急，慌里慌张要逃走的样子。

孙癞子不曾在白天看过这么大的狐狸，卒然发现了，自免不得也吃了一惊，正待看个仔细，那狐狸也拖着扫帚一般的尾巴，不顾命的逃跑。孙癞子虽不敢再存伤害它的心，然因想看它逃到哪里去，不知不觉的就跟着追赶。只见那狐狸跑不上两三箭远近，就钻进一个小小的石岩里面去了。

孙癞子追到石岩跟前，低头伏身看石岩里面，也好像是一个石洞，漆黑的看不见里面深浅大小的情形。只是岩下的窟窿极小，便是三五岁的瘦弱小孩，光着身子也不容易钻进去。窟窿周围的石上，都摩擦得非常光滑，可知不断的有狐狸进出。孙癞子笑道："原来这地方就是你这小狐狸精的巢穴。我虽用雷劈了你的母亲，但我师傅既将你母亲的尸体埋葬了，并筑了坟堆，我又在坟前默祝了后悔之心，并许了超度它，你不应该迷了我的方向，使我不能回洞，见不着师傅，得不着盘缠。我原是不恨你的，至此也不能不恨你了，性命可以不伤害你的，但须忧得你暂时不能在洞里存身，以泄我迷途之愤。"

举头看岩边有好几株树，孙癞子在看牛的时代就惯会上树。当即爬上树去，折了一枝大树丫下来。两脚刚着地，瞥眼就看见那只黑狐狸从洞里蹿了出来，跑得真快，霎霎眼便没看见了。孙癞子疑心是自己的眼花了，料想狐狸不能逃跑得这般快，随把树丫的小枝去了，仅留了尖上几根小枝叶，从窟窿口塞将进去。以为这样狐狸的巢穴，纵深也不过数尺，有这么的树枝，足够戳到底了。谁知塞进窟窿去，毫无阻挡，直塞到树丫都进了窟窿，孙癞子还不舍得放手，自己将身体伏在地下，伸直了右臂，也送到窟窿里面去。在里面握紧树丫，用力搅动了几下，忽觉得窟窿旁边，有一件尖锐的硬东西碰得手痛。顺手放下树丫一摸，摸着了似很沉重，取出来看时，原来竟是一个大元宝，朝窟窿口的一方面，也摩擦得非常光滑了。不由得喜出望外，连忙跪在地下叩头谢了师傅的赏赐，起身待走，忽又转念道："照这情形看来，我是错怪小狐狸精了。它原形都保不住不显露，哪里能有神通迷我的路？我无端将树丫塞进它窟窿里，若不取出来，它果然早已逃出了窟窿，倒还罢了，不过从此回不得巢穴。倘若还在里面躲着，不能出来觅食，不活活的将它饿死吗？"遂揣好了银子，仍伏身把树丫拖了出来，才下山寻人打听了回浏阳的道路。

在路上也不知走了多少时日，向人打听了多少次路程，一日毕竟被他走到了浏阳县。他既没有家可以回去，又没有亲朋戚友之家可以投奔，初到浏阳，只得权且找了一家客栈住下。他虽是在浏阳生长的人，然一则因生长在乡下，不曾到过县城；二则因那时年纪太轻，又出自穷家小户，所以对于浏阳的一切情形，皆不熟悉，不过一口浏阳话还不曾忘记说就是了。一到了浏阳县，心里说不尽的高兴，每日在客栈里吃了早饭，就到街上去闲逛。打算在客栈里略住些时，再到自己生长的乡下去谋安居生活之道。

这日他正在街上缓缓的走着，忽见前面远远的一大群人，男女老少都有，一个个眉花眼笑的，不知围拥着一件什么东西，边看边走。孙癞子是专在街上瞧热闹的，看了这情形，自然加紧了脚步，迎上前去看。他不看倒罢了，这一看几乎惹出一场大祸来。原来大家围拥着看的，乃是一条三尺来长的木凳，凳上放着一颗人头。木凳并没人推挽，自然会一步一步的向前移动。那人头虽是自颈以下截断了，但是不见一点儿血迹，两眼并和平常人一样，能左顾右盼，头发朝天绾了一个道装髻，还戴了一支古玉簪。

周围看的人虽多，连小孩子都没一个敢动手去探摸的。孙癞子看了，虽知道是有人卖弄法术，然不知道这人是谁，是何等样的人物。正想找一个年老的人打听，凑巧有个人看了，向旁人称叹道："像邓法官这么高强的法术，普天下只怕也找不出第二个人来。"这人听了点头道："法术确是高强得很，不过说普天下找不出第二个，就怕未必，只我浏阳自然没人及得他。”又有一个离木凳远些儿的人听了答道：“我浏阳若有人能及得他时，他也不敢这么横行无忌了。”这人话还未了，就有个年老些儿的，连忙摇手止住道：“快不要随口乱道，你以为他只有一颗头在这里走，便听不出你说的话么？此时这头不能开口，等一会儿剃过了头发回去，一般的能将眼里看的情形、耳里听的言语，一五一十说给那邓法官听呢。”那说话的人道：“隔了这么远，我方才说的声音又不大，料他也不听得。并且看他的人这么多，他即算听得了，也不见得便知道是我。”孙癞子这才知道是邓法官的头，因想看这头究竟如何举动，便不暇多听这几个人谈话，即跟上人头同走。

又走了十来家店面，到一家剃头店门口停了，只见一个年约四十多岁的人，装束情形与普通剃头的差不多，好像欢迎上宾的神气，慌忙走出店门，恭恭敬敬的对这头拱手笑道：“邓法官今日又来光顾小店了，请进，请进！”说着，将双手先在自己衣上揩擦了几下，觉得揩擦干净了，才诚惶诚恐的捧起那头来，走进店就一张高凳子上安放了，和平常人剃头一般的剃起头来。剃干净了，仍捧出来安放在长凳上，那凳又自然能行走了。孙癞子是个会法术的人，见了这种情形，如何肯舍了不看个究竟，遂又跟着长凳行走。

不知跟得一个如何的结果，且俟第七十九回再写。

第七十九回

斗妖术黑狗抢人头　访高僧毒蛇围颈项

话说孙癞子跟着邓法官的头，走进一条巷子，看这巷子又污秽又狭小，使人一望而知是穷家小户聚居之所。孙癞子心里想道："难道这个邓法官，就住在这么一个贫民窟窿里吗？他既学会了一肚皮法术，只应该在浏阳替人家拿妖捉怪，保人平安。无端的取下头来，是这般招摇过市，以致满街的老少男女，都和看把戏一般的围拥着走，像这样的逞能，也就太无味了。我今日不遇着便罢，既遇着了，倒得和他开个玩笑。"

说起来真怪，孙癞子不曾转这念头的时候，那邓法官的头被长凳驮着只顾向前行走，两眼虽是不住的开合，然并不注意看谁一眼。孙癞子才转这念头，那头似乎已经知觉了，两眼登时横过来，圆溜溜的向孙癞子瞪着。孙癞子见了，随即现出笑容，仿佛向熟人打招呼的神气，接着举右手迎头一招，那头便如被人推了一把，朝后滚了下来，长凳仍不停留的向前走了。许多跟进巷口看热闹的人见了这情形，也莫名其妙，只一个个发出诧异的声音喊道："哎呀，不得了，邓法官跌了跟斗了，我们快些追上去，将长凳抢回来。若不然，这颗头只怕不能回去了。"其中有一个年少的说道："使不得，使不得！你们不曾听得邓法官说过吗？凡是遇着他用法术驱使什么物件在街上行走时，万不可动手和拦住去路，如不听吩咐，必有大祸。于今邓法官的头已进了这巷子，离他家不远了，我想这头忽然滚下凳来，必是邓法官有意要玩一个什么把戏给我们看；不然，决不至无故滚下地来。你们看，这头已滚向前追赶那凳去了。"只见这头在地下转了几转，即一路翻滚直向长凳追去。

孙癞子哪里肯放他走呢，口中默念了几句，伸手一指那头，那头立时如有绳索牵扯，又是一路翻滚，退还原来落地之处了。看的人尚不知是孙癞子与邓法官斗法，但见人头滚来滚去，真以为少年说的话对了，果是邓法官有意玩一个把戏给大家看。只见那头接连来回滚了八次，看热闹的只觉得好看，大家拍掌欢呼邓法官好法力。

谁知大众欢呼的声音还没停歇，突然从人丛中钻出一只黑狗来，一口咬住那头上的发髻，依着长凳去的方向便跑。孙癞子看了，大笑道："人奈不何，狗奈得何吗？回来，回来！"说着，对狗招了招手。那狗仿佛听了主人的呼唤，登时摇头摆尾的，衔着那颗人头回到孙癞子跟前。孙癞子弯腰从狗口中取下那头来，托在手中抚摸。看热闹的这才吃了一惊，知道是孙癞子与邓法官斗法。大家从孙癞子手中看那颗头时，额上的汗珠儿，一颗颗掉下来比黄豆还大，两只眼睛也红了。就有人向孙癞子请教了姓名说道："邓法官今日遇着对手了，这回吃苦不小，只看他这一颗颗的汗珠儿，就可知道他此时甚是着急，可以饶恕了他么？"

孙癞子点头："我孙耀庭出门多年，于今刚回浏阳不久，不但不曾和邓法官见面，并不曾闻他的名，与他毫无冤仇，谁愿意无端与他做对头。不过我们学法术的人，非到万不得已的时候，不可轻易使用法术。剃头是一件极平常的事，何必要是这么招摇过市，害得许多过路的人都跟着瞧把戏似的，岂不是无聊之至。我因此要和他开个玩笑，使他知道学法术的人，是这般瞎闹不得。他既急了成这个模样，就放他回去也使得。"话才说了，忽见一只篮盘大的麻鹰，从天空如射箭一般的扑下来，一伸爪也是抓住那头的发髻，冲天飞去了。孙癞子不觉仰天笑道："何苦要费这么大的事，我既存心放你回去，便用不着再闹这玩意了。若安心给你下不去，鹰与狗又有什么分别？"

一人向孙癞子说道："我们在这里亲眼看见的，虽知道是你存心放他回去，他这鹰方能衔着头飞，但他或者还以为是自己的法力抢回去的呢！他仗着法力高强，在我浏阳横行无忌，我浏阳人被他害得上天无路入地无门的，已不在少数了。难得你是浏阳人，法力更比他好，他就住在这巷子里，何不去会会他，也替我们浏阳人出一口气呢？"

孙癞子看这说话的人，年纪虽只二十多岁，做手艺人的装束，然言谈举动，看得出很是诚实，不像是一个轻浮多事的少年。并且说话时，面上还带着些儿愤怒的神气。孙癞子料知这少年即是被邓法官害了的一个，随即点了点头问道：“你老哥贵姓？听老哥的语气，邓法官必有对老哥不起的地方。”少年答道：“我姓张，我父亲就是在北城外烧砖瓦窑的张连升，在浏阳烧了四十多年的砖瓦窑。凡是久住在浏阳的人，敢说不问大家小户，没有不知道我父亲的。张连升的砖瓦，有名的价钱公道、货色认真，并不曾有事得罪过邓法官，不知他为什么平白无故的找我父亲为难，竟将我父亲的窑捣毁。我父亲那时已有六十多岁了，受不下这般气愤，没几日就咬牙切齿的死了。”

孙癞子一听少年提起张连升的名字，却想到十一二岁的时候，曾听人闲谈过烧窑的张连升，法术异常灵验，时常替人画符治鬼，不取分文。寻常不会法术的人烧窑，每每因误犯了土煞和窑神，不是窑匠害病，便是窑里的砖瓦破碎；唯有张连升的窑，哪怕架在太岁头上，也平平安安的出货。只不知邓法官是怎生与他为难的？当向少年问道：“你父亲张连升不是也会法术的吗，如何被邓法官捣毁了窑呢？”

少年叹道：“若不是我父亲会法术，大约姓邓的也不至找来为难。不过我父亲虽则会法术，然从来不曾见他在人跟前无端夸耀过。便是有人求他去治病，他能推诿的，还是推诿不去，必不得已也不问病家要钱。邓法官素不与我父亲相识，我父亲也不知道他到浏阳来了。他原是醴陵人，前年才到浏阳来，究竟到浏阳来干什么，也无人知道，专喜在稠人广众之中，显出他的法术来，好像唯恐旁人不知道他会法术似的。

“他第一次显法，我也在场，记得在去年正月十五，有一个绅士雇了戏班在龙王庙演戏酬神。新年无事的人多，看戏的比平时多了几倍。正月间天气寒冷，人人头上都戴了帽子，姓邓的就拿着各人的帽子显神通。只见他忽伸手向自己头上抓下帽子来，朝天舞了几下，向空中一掷，那帽子脱手就变了一只乌鸦，展翅在空中盘旋飞舞。立在他后面的人看得清切，都仰面观望，不提防那乌鸦才飞绕了几转，各人头上的帽子，都跳起来，离开各人的头颅，也变做乌鸦，跟着那只乌鸦飞个不住。霎时间就有千数百只乌鸦，在众人头顶上飞的飞，扑的扑，日色都被遮得没有光了。看戏的遇了这种情形，不由得又惊讶又欢喜，知道是他使的手段，就争着问他的姓名，于是满庙的人，都知道他邓法官的神通广大了。乌鸦飞舞了一阵，仍飞回各人的头上，各显原形，还是一顶帽子。是这么到处显法术，我父亲不仅不肯在场和他为难，并存心躲避他。每见他来了，就悄悄的抽身走开，到底不知他为什么放我父亲不过？

“去年八月，我父亲正在窑棚里烧窑，只差一两日就要出货了。好好的一窑火，突被一阵冷风吹来，登时完全熄灭了。这样骇人的情形，我父亲在窑棚里四十年不曾见过，只得点起香烛来请师。谁知烛刚点着，也被一口冷风吹熄了。我父亲知道有人暗算，正捉住一只雄鸡，待一撕两半，姓邓的却已先下毒手了，天崩地塌也似的一声大响，窑已倒陷下来，我父亲当时就气得昏倒在地。直到我父亲死后，我到窑棚附近打听，才明白当时的情形。

“原来那日姓邓的到他朋友家中闲谈，那朋友的家就在窑棚对面。那朋友忽问邓法官道：‘对过窑棚里的张连升，你认识么？’邓法官摇头道：‘只闻名不曾见面，听说他的法术不错，不知究竟怎样？’那朋友道：‘张连升的法术，是在我浏阳有名的。收吓、断家、催生、接骨，没一件不灵验非常。你只看他烧窑四十年，无一次不顺利，就可以知道他的法术是浏阳数一数二的了。’哪知道这话就触犯了姓邓的，不服气似的说道：‘不见得他张连升在浏阳是数一数二的法术，我多久便想瞧瞧他的本领。你既这么佩服他，我且和他开个玩笑你看。我借你这床上睡一睡，你躲在大门里面，偷看对过窑棚里有什么举动，随时报我知道。’那朋友不知道厉害，见邓法官仰面睡在床上，就躲在大门里望着对过窑棚。忽见很浓厚的黑烟，突然中断了，如熄了火的一般，便去到邓法官床前报道：‘窑里已不见冒烟了，进火的人现出慌张的样子了。’邓法官挥手道：‘再去看，看了情形，再来报我。’那朋友看了我父亲点烛，又去报告。只见邓法官张嘴向空中一嘘，又教朋友去看。那朋友报我父亲捉了一只雄鸡在手，邓法官顺手拖了一张被单，一面蒙头蒙脑的盖在身上，一面说道：‘先下手为强，后下手遭殃！’说时，两脚一蹬，两手一拉，被单早已撕成了几块。这边把被单撕破，那边的窑便应声而倒，可恶姓邓的听说我父亲急得昏倒在地，还跑出来远远的指着向那朋友揶揄道：‘原来你浏阳数一数二的法力高强人物，也不过如此。’说罢，得意扬扬的走了。我自恨一点儿法术不懂，不能替我冤死的父亲报这仇恨。难得今日无意中遇见了你，凑巧你又是浏阳人，无论如何也得求你替浏阳人出了这口气。姓邓的还有两个徒弟，比姓邓的更加凶恶，终日在赌场烟馆，无风三个浪，无人不见了他两个徒弟就头痛。”

孙癞子问道：“他两个徒弟姓什么，叫什么名字，是浏阳人么？”张连升的儿子说道：“他大徒弟姓王，多半也是醴陵人，前年与邓法官同过浏阳来的。浏阳人因他身体生得很长大，相貌又很凶恶，都呼他做‘王大门神’，外人知道他名字的倒少；二徒弟是来浏阳不久收的，姓赵，名如海，浏阳北乡人。年纪虽只止二十四岁，却生成一身好气力，拳棒功夫，浏阳一县人没一个敢惹他，自拜邓法官为师后，更是横行无忌了。”

孙癞子道：“照你所说的，他师徒既在浏阳如此横行，应该有人出头惩创他才是道理。我虽是浏阳人，不过从小出门在外，现在刚回来没有几日。故乡情形，因离开久了，一时不得明白，你且耐心多等些时。他姓邓的上了今日这番当，若能从此改悔，强盗收心也可以做好人，偌大的浏阳，何处不能容一个醴陵人居住！如果仍怙恶不悛，我自有对付他的法子。”许多看的人见孙癞子这么说，以为是推诿，不肯认真和邓法官作对的话，料知没有把戏看了，各自退出巷去。

孙癞子也待走出来，张连升的儿子却拉住不放道：“你不肯替我父亲报仇，代浏阳人出气，都不要紧，只是得收我做个徒弟。”孙癞子笑道：“我自己求做别人的徒弟，别人还弃嫌我，不要我，我倒能收你做徒弟吗？并且你的年纪，只怕比我还大一两岁，我如何能做你的师傅，快不要这般乱说。”张连升儿子道：“这却不然，我拜师是学法术，但是有法术的便能做我的师傅，年纪大小有甚相干。我父亲的法术虽不甚高，然确是个很灵验的。我若是有心要学法术，在几年前就应求我父亲传授我，只因我原求是不打算学法术的。自我父亲被姓邓的气死后，我报仇的念头，虽不曾一日停歇，然从来不敢在人前显露。因姓邓的在这里也有些党羽，我又是个没有能耐的人，倘若向人露出报仇的话来，传到姓邓的耳里去了，仇报不了，没得反把一条性命送掉。刚才看了你和姓邓的斗法的情形，喜得我忘了形，竟当着许多人向你诉说缘由，以为你已经与姓邓的破过脸了，听了我的话，立时就可以到姓邓的家里去，替浏阳除了这个毒物，想不到你不肯即时下手。你的法术比姓邓的高强，自然不愁姓邓的寻仇报复，我此后若不拜你为师，求你保护，却如何敢在浏阳居住呢？所以不能不求你慈悲，收我做个徒弟，我情愿终身侍奉你。我父母都已去世了，因此刻尚在服中，还不曾娶妻，我家里有几亩祖遗的产业，节省些儿过活，也够我一生的温饱，只求你答应我，我就诚心恪意的迎你到我家中供养一世。”

孙癞子心里踌躇道：“我刚下山不久，正是自己要用力做功夫的时候，本不应该就收人做徒弟。不过我是个无家可归的人，终年住在客栈里也不成个局面，难得他能迎接我到他家里去，就答应他也没有妨碍。”孙癞子是这么踌躇，张连升儿子不待他开口答应，也不顾地下污秽，扑翻身躯便叩了几个头道：“师傅就不答应，我也在这里拜师了。”孙癞子慌忙拉了他起来说道：“你既是拜我为师，就得请我喝进师酒。不喝进师酒，便传授你的法术，也是不灵验的。”张连升儿子连声应是道：“进师酒是应该请师傅喝的。”当下就陪着孙癞子走到一家素来与张连升做往来的酒馆，要了几样下酒的菜，请孙癞子喝酒。

谁知孙癞子此时虽尚是一个少年，酒量却好像一只没有底的酒桶，一杯一杯的喝下肚去，与浇在酒缸里一般。一口气喝了十多斤烧酒，才微微的显出些醉意，眯缝着两眼向张连升儿子道：“天色快要黄昏了，你自回家去吧。我趁着这时高兴，要出城去瞧一个朋友，明天再到你家来。”张连升儿子道：“师傅不是说出门多年，才回浏阳不久吗，有什么朋友住在城外呢？并且这时出城去，等到看了朋友回头，城门必已关了，不能进城，我看不如就到我家去。师傅喝了这么多酒，在这时分独自跑出城去，很不相宜，到我家睡过了今夜，明天再出城看朋友也不迟。”孙癞子摇头笑道：“好容易喝酒喝得这么高兴，不趁此时去看朋友，岂不辜负了这一团兴致？你不用管我的事，明天只坐在家里等我便了。”说完偏偏倒倒的往外走。

张连升儿子不敢多说，急忙算清了酒菜账，追出酒馆，打算跟在孙癞子背后，看他出城看什么朋友。若是因喝醉了酒倒在地下不能动时，便好驮着回家。幸喜追踪出来，孙癞子踉踉跄跄的还走得不远，遂不开口，只悄悄的在后跟着。只见孙癞子头也不回的走出城来，翻过了几重山岭，走到一座庙宇门口，庙门已经关了。孙癞子毫不迟疑，伸手就推那庙门，竟是虚掩的，随即塞身进去了。张连升儿子唯恐自己师傅顺手将门关闭，自己便不能进去，忙紧走了几步，跑到庙门跟前。喜得孙癞子并没将门推关，大着胆子挨身进去，却不敢跟着走上神殿。看大门两旁有两匹泥塑的马，马前都有一个与人一般高大的马夫，心喜这马夫背后倒是好藏身之所，三步作二步抢到马夫背后立着。定睛看自己师傅正一步一偏的走上了神殿，故意咳了一声嗽，大声问道："里面没有人吗？"这话问出没一会儿，就有一个小和尚走出来问道："你是什么人，来这里找谁的？"只听得孙癞子答道："我并不找什么人，是特来看和尚的。"

小和尚带着不快意的声口问道："你找哪个和尚？我看你像是灌醉了酒的，无故跑到这里来发酒疯，出去吧，这里是佛门清净之地，不许俗人到这里胡闹。"孙癞子怒气冲冲的说道："小秃驴好生无理！我来看你这庙里的住持和尚，谁喝醉了酒，谁发了什么酒疯？看住持和尚的客，能由你这小秃驴骂出去的吗？"

小和尚听了这些话，虽则一肚皮的不高兴，然因究竟不知道来的是什么人，恐怕真个得罪了住持和尚的朋友，不是当耍的。只得勉强按捺住火性问道："你既是来看我们师傅的，见面为什么不明白说出来，只说是特来看和尚的。庙里的和尚多，知道你是看哪个和尚！"孙癞子笑道："这庙里有好多的和尚吗，我看只有一个和尚，一个和尚之外，都是魔障。"说话时喉咙里"咕噜""咕噜"响了几声，好像要呕吐的神气。

小和尚看了这情形，心里已断定不是来看自己师傅的，不知哪里的醉汉，胡乱撞进庙门来了。不由得气又冒上来喝道："灌醉了牛尿，这佛殿上呕不得，快给我滚出去！真不知是哪里来的晦气，山门已经关了，你为什么敢推开进来？"孙癞子也喝道："你这小秃驴实在太可恶了，你真个敢不去叫你的住持和尚出来么？若再说我是喝醉了酒的，就休怪我动粗打了你。"说着将衣袖捋了一捋，做出要打人的样子。

小和尚见孙癞子捋起衣袖要打他了，倒高兴起来笑道："你这醉鬼想到这庙里来打人么？那就不要怨我出家人不慈悲。"一面说，也一面捋着衣袖。孙癞子哪里把小和尚看在眼里，一顺手便抓了过来。小和尚好像也会些拳脚似的，正待挣脱，里面已走出一个老和尚来，问道："什么人在这里喧闹？"

孙癞子见有老和尚出来，随即将小和尚放了。小和尚受了一肚皮的委屈，正要向老和尚申诉，老和尚不待他开口，就叱道："孽障！一点儿礼节不懂得，动辄和人相打，还不滚开些。”小和尚被骂得堵着嘴不敢说什么，老和尚很和气的问孙癞子道：“施主这时分到此地来，有何贵干？”孙癞子也赔笑答道：“并没有什么事故，是特来贵庙借一个地方，暂宿一宵，求老和尚慈悲。”

老和尚道：“这却对不起，敝庙地方狭小，不但没有留客的床帐被褥，连容客的所在都没有，请到别处去吧。”孙癞子道：“若有别处可去，我也不到这里来了。没有床帐被褥，便坐着打一夜盹儿也使得。”老和尚道：“实在对不起，不能遵命。因为敝庙的规则，是从来不许留俗人住夜的，这规则是要一干僧众大家遵守的，不能由老僧破坏。”

孙癞子道：“此时天色已经昏黑了，庙外都是山林田野，与其出外死在虎豹口里，宁肯在这庙里吊一夜，虽不得安睡，然不至送了性命。我不占贵庙的地方，难道悬空吊一夜也使不得吗？”老和尚道：“不要和老僧开玩笑，一个人怎么能悬空吊一夜不占地方呢？请到别处去吧，这里委实不能相留。”孙癞子道：“我确能悬空吊一夜。老和尚不相信，我就吊给老和尚看。”话才说了，抬头向屋梁上看了一看，只一耸身，就向正梁蹿上去，用三个指头捏住屋梁，身体悬空吊下，问老和尚道：“是这般吊一夜也不行吗？”老和尚忽然哈哈笑道：“请下来吧，原来是好汉有意向老僧显功夫的，确是了不得，老僧已领教了。”孙癞子听了老和尚的话，三指一松，身体如秋叶一般的飘然而下。

老和尚已合掌当胸请问姓名。孙癞子将姓名履历略说了一番，老和尚让进方丈就座。孙癞子笑道：“我也有一个一点儿礼节不懂的新徒弟，今日才拜师，却不听我的吩咐。我原是教他归家去的，他公然悄悄的跟我上这里来了，我本待不理他的，又恐怕被令徒拿住他当贼打。他今日刚拜师，一手功夫不曾学得，打起来不是令徒的对手，请教老法师怎么办？”老和尚道：“既是令徒来了，现在外面么？请进来便了。”张连升儿子见孙癞子已知道他跟来了，不由得心里一冲，待赶紧溜出庙门逃回去吧，又因天色已经晚了，城门久已关闭，不能回家；待仍躲在马夫身后不动吧，一会儿被人搜出来了，更难为情。

正在进退两难的时候，只听得老和尚向着自己藏匿的所在喊道：“张大哥，贵老师既知道你跟进来了，再躲着有什么用处呢？”张连升儿子至此再也藏身不住了，只好硬着头皮走出来，直到佛殿上。孙癞子指着老和尚给他看道："他是雪山大师，在浏阳是无人不知道的。你是生长浏阳的人，也应该认识。"

张连升儿子对雪山和尚行了个礼道："虽不曾见过老和尚的面，但是闻名已久了。"孙癞子笑道："浏阳人个个知道雪山大师，也可以说浏阳人没一个知道雪山大师。你所闻的名，不过是闻他品行超卓、戒律精严的名；有谁知道他是一个神通广大、法力无边的人啊！"雪山和尚合掌念着阿弥陀佛道："不敢当，不敢当！是这般替我吹嘘，简直是不容老僧在浏阳住了。"旋说旋让孙癞子师徒进了方丈，分宾主坐定。

孙癞子将本人的履历和学道的经过，向雪山和尚说了一个大概道："我在峨眉的时候，就时常听得四方来聚会的道友谈及老和尚，那时便已打算回浏阳时必来拜访，今日算是如了我的心愿了。我有一事特来请教老法师，近两年来住在浏阳的邓法官，老法师可曾认识他？"雪山和尚笑道："怎么不认识，他虽来浏阳只有两年，然不认识他的大约很少很少。"孙癞子点头问道："老法师本来认识他呢，还是从他到浏阳以后才认识呢？"雪山和尚道："他到浏阳不久就来看老僧，不是本来认识的。"孙癞子道："老法师觉得他为人怎么样？"雪山和尚道："老僧出家人，终年不大出庙预闻外事，他为人怎样，倒不觉得。"孙癞子道："他自从见过老法师后，也时常来亲近老法师么？"

雪山和尚摇头道："仅来过那么一次，以后不曾来过。"孙癞子道："他来见了老法师，曾有什么言语举动，老法师可以使我知道么？"雪山和尚点头道："这有什么不可以，不过老僧不愿传扬到外面，使大家都知道。他来见老僧的情形，老僧不向人说，外人是永远不会知道的，因为他自己断不愿意拿着去向人说。他当日会见老僧的时候，只略略寒暄几句，就和老僧谈道。老僧素性愚戆，或者因谈论旁门左道，有开罪他的所在，他心中似乎不快，即从左手食指放出一条青蛇来，围绕在老僧脖子上。喜得老僧的皮肤粗老，不曾着伤，只是不该将他练了多年的法宝，一拉两断的掼在地下，登时显出一柄折成两段的剑来。他看了不由得大哭，说是半生精力，付之流水了。老僧那时虽自悔鲁莽，但也无法补缀他已断之剑，只好敷衍他出了门，自后便不曾见面了。"孙癞子叹道："老法师使他受了这么重大的惩创，他在浏阳居然还敢肆无忌惮，这东西胆大妄为，可谓达于极点了。”

遂将耳内听得的邓法官的行为，和他两个徒弟仗着邪术横行的事迹，一一述了一遍。雪山和尚道：“我虽有耳目，却和聋聩了的差不多，他师徒在浏阳的这些行为，我简直毫无闻见。不过他们左道的人，行径是与寻常人有别，左道是注重尸解的，尸解有兵解、木解、水火解等分别，在学道时候，就定了这人应该兵解或火解。若这人应该兵解的，不作奸犯科，便不至于明正典刑，兵解的境界，不容易达到。所以每有学左道的人，行为比世间一切恶人还恶劣若干倍。这邓法官将来应该如何尸解，外人虽不得而知，然他现在的行为，必步步朝着将来尸解的路上走去。”

孙癞子道：“古人修道，志在度人，他为修道而反害人，这道又如何得成就呢？”雪山和尚道：“不如此，又安得谓之‘左道’？”孙癞子道：“我特来请教老法师，应如何对付他，使他以后不在浏阳作恶？”雪山和尚道：“管他做什么！据老僧看，他在人世横行的日子也有限了，且耐心等些时再瞧吧！”孙癞子在峨眉山就闻雪山和尚的名，知道他的道术玄妙，并深自掩藏不露。他说看邓法官在人世横行的日子有限，必不会差错，当下便不再说。这夜孙癞子师徒就在庙里歇宿了，次日作别回到张连升儿子家，便在张家过活，也传授张连升儿子一些小法术，不在话下。

孙癞子自见了雪山和尚出来，过不到半月，就听得浏阳一县城的人纷纷传说，邓法官被妖精所害，自知不久就要死了，此刻正忙着自己料理自己的后事。孙癞子听了这种传说，暗想雪山和尚的神通真不错，在两年前见了一面的人，竟能断定他的生死，可知我的道术，仅能知道一些皮毛，算不了一回事。不过邓法官的邪术，也还有一点儿真材实学，什么妖精能害他到这一步，倒得去详细打听一番。想罢，径自打听去了。不知打听得究竟是什么妖精，如何将害邓法官的情形，且俟第八十回再说。

第八十回

邓法官死后诛妖　孙癞子山居修道

话说孙癞子存心要打听邓法官，如何被妖精害了的情形，喜得浏阳人都很关心邓法官的事，就是平常的一举一动、一言一笑，只要是邓法官的，浏阳人多欢喜传说。无论老弱妇孺，随便在什么地方遇见了邓法官，多是笑嘻嘻的要邓法官使点法术玩玩。邓法官生性欢喜炫耀本领，有人要求他使法，他完全拒绝的时候极少。常有少年妇女在路上行走，忽然裤带做几截断了，裤子掉了下来，赤条条的没一些儿遮掩，被路人看得羞得哭起来，及至拾起裤腰来找裤带时，却又是好好的并不曾断。遇了这种时候，不用疑惑，不用打听，人人都知道必是邓法官在附近，有人要求他使法。有时少年妇女在路上走着，忽然觉得要小解，急胀得片刻都不能忍耐，每每的来不及解裤子蹲下去，真是若决江河，沛然莫之能御，直弄得下半身透湿，寸步难移，不待说是窘状毕露。在这时候，必有一大堆人在附近山顶上，或高阜之处拍手大笑。虽人人知道是邓法官的无聊举动，然被作弄的人，只有哭泣，连骂也不敢骂一句，因为骂了他更有的是苦吃。

邓法官其所以专喜轻薄少年妇女，却有个缘故。据传说他在醴陵曾收了一个徒弟，将符本给徒弟带回家中练习，那徒弟是有老婆的。学法术的人，有许多禁忌，而最要紧是不能与老婆同房。年少的老婆不甘寂寞，劝说丈夫又不肯听，气愤不过，乘丈夫不在家中的时候，将邓法官的符本，塞在马桶里面。丈夫回家不见了符本，诘问老婆，老婆也不隐瞒，把个丈夫气得要死，夫妻打了一架。丈夫跑到邓法官家，将情形告知师傅，邓法官这一气也非同小可，愤然说道："这种不顾廉耻的贱妇，留在世上有何用处，不如杀死了的干净。"当即发出飞剑，去杀那老婆。想不到那老婆身上正在经期之中，飞剑到她身边的时候，她凑巧坐在马桶上，将月经带握在手中，飞剑是通灵的东西，受不得污秽，不敢近前去刺那老婆，只在老婆左右前后飞绕。

那老婆低头坐在马桶上，忽见眼前一亮，抬头看时，只见一条丈来长的青蛇，在空中围着自己旋转，心里明白不是自己丈夫使的法术，便是邓法官使的法术。也不害怕，顺手提起月经带，对准青蛇掼去。那青蛇即时落地，变成一柄三尺来长的剑。那老婆还恐怕它有变化，起身涂了些经血在上面。

后来邓法官为污了这把剑，足费了二年多苦功夫，才将这剑修炼还原，赌气不在醴陵住了。那徒弟就是王大门神，也赌气不要老婆了，情愿跟着师傅学法。邓法官便因此不欢喜少年妇女，常说少年妇女只知道淫欲，为要遂自己的淫欲，无论如何伤天害理的事都做得出，有时连性命都可以不顾，廉耻是不待说不放心上。这类少妇，尽可不必重视她，尽可任意轻薄她。邓法官的这般存心，所以在浏阳专一欢喜寻少年妇女开心。有些生性淫荡的少年妇女，不知邓法官存心轻薄她们，见邓法官和她们谈风话，以为他是一个喜嫖的人，倒找着邓法官亲近，要求邓法官玩把戏给她们看。

邓法官的把戏，本是随时随地都喜玩给人看的，合抱不交的大树，邓法官只须用一口寸来长的铁钉，插进树身里面，次日看这树，就枝枯叶落的死了。浏阳四乡的大树，是这般被邓法官钉死了的，已不计其数了。只南乡社坛旁边有一枝古梨树，老干撑天，已多年不结梨子了。这树的年代虽不可考，然至少非有数百年，不能长得这般高大、这般苍古。邓法官在夏天里，每日坐在这树下歇凉，不曾用铁钉将这树钉死。这日也是他的劫数到了，不知因什么事走社坛前经过，见梨树下已有几个乡里人就地坐着闲谈。细看那几个人，都是素来会面认识的。那几个人见是邓法官来了，齐立起身来笑道："好几日不见邓法官的把戏了，难得今日在这里遇着，我们正在谈论，没有会寻开心的人在一块儿玩要，就是人多也觉得寂寞。有你邓法官来了，我们便不愁不开心了，请一同坐下来歇歇，玩几套把戏给我们瞧瞧。"

邓法官笑道："我玩把戏给你们瞧，你们是开心，只是这么热的天气，我不坐着乘凉，却来玩把戏给你们看，不是自讨苦吃吗？"边说边一同坐下来。众人问道："我们听说浏阳又来了一个法术高强的人，叫什么孙癞子，有一天曾和你斗法，将你的头颅扣住不放，害得你出了满头的汗，还亏了看的人替你求情，孙癞子才放你走了。这话传遍了满城，是不是果有这么一回事？”

邓法官摇头道：“孙癞子和我开玩笑的事是有的，不过他的本领有限，我并不怕他。那日的事，满城的人都知道是我差神鹰将头颅夺回的，谁也没替我求情。”众人道：“你既不怕他，他找你开玩笑，把你的头颅扣住，你为什么不去报复他，使他知道你的厉害呢？”邓法官道：“他与我无缘，我去找他干什么？”众人听了，知道是掩饰的话，也就不再追问下去了。

其中有一个年老些儿的人，忽向邓法官说道：“昨日我那邻居张婆婆的儿子张一病了，原是要请我进城去接你来画符的，哪知道还来不及动身，张一便两腿一伸死了。”邓法官问道：“是发了急痧症么？死得这么快。”这人道：“要说是急痧症，却又和平常的急痧症不同。平常的急痧症，多是肚里痛，或吐或泻，或是一倒地就人事不知，遍身发黑，张一的病不是这样，张婆婆说是被狐狸精缠死了。究竟不知是也不是？”

邓法官笑道：“狐狸精缠人，哪里有一缠就死的道理？张婆婆何以见得是狐狸精呢？”这人道：“近一个月以来，张一本来身体瘦弱得不像个人样子。我虽是和他邻居，因平日来往不密，也没人留神他是病了。直到昨日，忽见张婆婆慌急得什么似的跑过我这边来说道：‘不得了，我儿子病得要死了，要请许大叔替我去城里将邓法官接来。’我问她儿子忽然得了什么病，这么厉害？她说他昨日起床就如痴如呆的不说话，饭也没吃多少，刚才陡然倒地，口吐白沫，也不知是什么症候？看神气只怕是……

“张婆婆说到这里，即凑近我的耳朵，说道：‘只怕是有妖精作祟，非请许大叔去城里将邓法官接来，旁人不容易治好。’我听了觉得奇怪，当即跟张婆婆到他家看张一时，果然还倒在地下。要说不省人事，口里又‘叽里咕噜’的说个不了，口旁流出许多白沫，两脚直挺挺的不动，两手忽伸忽缩，好像要推开什么东西的样子。我看了，也疑心不是害病。因见张婆婆只有这一个儿子了，若张一有个三长四短，眼见得张婆婆非出外讨饭不能过活。天气虽热，也只得帮她向城里跑一趟，想把你请去瞧瞧，谁知等我回家穿好了草鞋要走，还没走出大门，已听得张婆婆一声儿、一声肉的，号啕大哭起来了。我吓了一跳，再跑去看时，张一竟自咽了气了。天气又热，张婆婆又没有钱办丧事。幸亏张婆婆有留着她自己用的一口棺材，地方人恐怕张一的尸臭了，害得地方闹瘟疫，就拿张婆婆的棺材把张一睡了，马马虎虎的抬到山里埋葬。张一死后，张婆婆才敢说出来。

“原来张一在一个月以前，每夜睡了，就像有人和他在一床说话的样子。张婆婆听了，问过几次，张一只回说是说梦话，并没有和他说话的人。张婆婆每夜听得，越听越清切。前几日又问张一，并对张一说：‘你近来的脸色很是难看，身上也瘦得不成样子，你若再隐瞒不说出真情来，岂不是害了自己？’张一知道瞒不过，才说有个姓黎的姑娘，就住在这个社坛不远，年纪十七八岁，生得美丽非常。在一月以前，因那日天气热得厉害，张一打从城里回家，因喝多了几杯酒，走到社坛，天色已黄昏时候了。酒涌上来，觉得身子疲乏，就坐在这一棵梨树下歇息歇息。刚待合上两眼打一回盹儿，忽觉有人在肩上轻轻拍了一下，惊醒看时，乃是一个姑娘。这姑娘就是姓黎的，问张一为什么坐在这里打盹儿。张一见了女人，素来是欢喜偷偷摸摸的，大约当时见了这姓黎的姑娘，就干了不顾廉耻的事，并且还约了每夜到张家相会。张婆婆心里疑惑是狐狸精，口里却因张一吩咐了，说黎姑娘是不曾许配人家的姑娘，每夜来张家的事，不能使外人知道，遂不敢向人说。直到昨日张一快要死了，还不敢大声说妖精作祟的话。那妖精说住在社坛旁边，我想我们不是时常在这树底下乘凉的吗，有谁见过什么妖精呢？据你看，张一究竟是不是妖精害死的？”

邓法官听了冷笑道：“黎姑娘竟敢是这般作祟害人，我真不曾想到。可惜许大爷昨日不到城里接我。”这姓许的答道：“我还没走出大门，张一便已咽了气，还接你来做什么呢？”邓法官道：“在断气一个时辰以内，我还有法可设。这虽是张一该死，但是那妖精也实在太可恶了。”众人听了都问道：“到底是一只什么妖精，是狐狸精么？”邓法官生气的样子答道：“哪里是什么狐狸精，老实说给你们听吧。”说时伸手向老梨树一指道：“就是这棵梨树，年久成了妖精。大约张一那次坐在这下面打盹儿的时候，因喝醉了酒，心里有些胡思乱想，所以妖精能乘虚来吸取他的元阳。”

众人都吃了一惊，一个个抬头望着梨树出神。姓许的“哎呀”了一声说道：“这却怎么了，这梨树正在大路旁边，来来往往的，在这下面歇息的，每日不知有多少。谁知道坐在这里，心里便不能胡思乱想，将来不是还要害死好多人吗？”

邓法官道：“这事我不知道便罢，既知道了，岂能袖手旁观？我到浏阳，已不知道钉死了若干树木，只这梨树我没下手。就因为它生长在大路旁边，枝叶茂盛，可以留给过路的人乘凉避雨。于今它公然敢出来兴妖作怪，我怎肯饶它？”旋说旋从怀中探出一口寸多长的铁钉来，口中念念有词，弯腰拾了一个鹅卵石，将铁钉钉入树身。回头向众人说道：“你们瞧着吧，到明天这时分，便教它枝枯叶落，永远不再生芽。”

姓许的向树身端详了一会儿道：“依我看像这么大的梨树，就用刀斧劈去半边，只要在土里的根没有伤损，也不至于枝枯叶落。这一点儿长的铁钉，仅钉在它的粗皮上，不见得能教它死。”邓法官笑道：“你不信，明天来瞧着便了。”众人接着又谈论了一会儿，才各自散回家去。

次日邓法官也觉放心不下，知道这梨树不比寻常，恐怕真个一铁钉钉不死，给地方人看了笑话，亲自走到社坛来探看。只见昨天在场的几个人都已来了，齐起身迎着邓法官道：“你看，这树的枝叶，果已枯落得不少了，大概是因这树的年数太深远，生气比寻常的树足些，所以一日工夫，不能教它完全枯落。”邓法官抬头细看那荫庇数亩的枝叶，已有一大半枯黄了，心里也认众人所道的不错，连忙点头说：“是生气太足，枝叶太多的缘故。任凭它的命根有多么长，也挨不到明天这时分，不愁它不死个干净。”于是大家又坐下来谈话。

正谈得高兴，忽有一个年约三十来岁的妇人，肩挑一担篾箩，缓缓的从城里这条路上来。那妇人身上衣服虽是破旧，倒洗濯得很清洁，一望就使人知道是个农家勤奋的妇人。肩上担子，似乎有些分量，挑不起，走得很疲乏的神气。走近社坛，便将担子放下，离众人远远的坐着休息。箩上面有盖，看不出箩里装的是什么东西。众人看这妇人的容貌，倒生得甚是齐整，眉梢眼角，更见风情。不由得几个悄悄的议道：“这妇人没有丈夫的吗？怎么一个妇女会挑着箩筐在外面走呢？”

邓法官低声问姓许的道：“你们也都不认识这妇人是哪里的么？”姓许的点头道：“且待我去问问她，箩筐里是什么东西，挑到什么地方去？”说着，从容起身走过去，赔着笑脸问道：“请问大娘子，这箩里挑的什么东西，从城里挑出来的么？”妇人也不抬头看姓许的，只随口应道：“半担宜昌梨子。”姓许的听了是宜昌梨子，很高兴的接着问道：“挑回家自己吃吗？”妇人微微的叹了一声道：“我若有钱能吃半担梨子，也不自己挑着在路上走了。”姓许的道：“不是自己吃，是贩来到乡下发卖的么？”妇人低头应是，显出很害羞的样子。

众人中有一个二十多岁的后生看了，心里不免冲动起来，也走过一手将箩盖揭开说道：“好宜昌梨子，卖多少钱一斤？”妇人踌躇道：“不好论斤的卖，大的卖三文钱一个，小的五文钱两个。”后生拈了两个，在手中掂了掂轻重道：“大的两文钱一个，肯卖么？若是两文钱一个能卖，我就做东，这里共有八个人，十六文钱买八个，大家解一解口渴。”妇人摇头道：“两文钱一个买我的小的，我都得贴本。两文钱一个，只能由我拣选最小的。”后生伸手在箩里翻了几翻道：“十分小的倒少，也罢，就由你亲手拣选几个看看。”后生一说做东的话，大家都欢喜得什么似的，登时围住一担箩筐，想吃不花钱的梨子。

邓法官素来不能看见生得标致的妇人，一见了标致的人，浑身骨头骨节都和喝了酒的一样，不得劲儿，定要逗着那妇人说笑一阵风情话，才开心快意。不然，便得使用法术，害得那妇人当众出丑，羞愤得无地自容。平时既习惯了这种行为，此时自然也改变不了。见妇人从箩里拈出一个最小的梨子，递给那后生，后生摇头不接道：“这个太小了，你卖我两文银一个，像这么小的，也值得两文钱吗？”

妇人还不曾回答，邓法官已笑嘻嘻的说道：“由大娘子亲手拣选的，你如何还说值不得？大娘子若肯亲手送到我口边，哪怕就教我出十文钱一个，我也说值得。”后生笑道：“你不出钱，专说便宜话，有什么不值得。”邓法官道：“你以为我不舍得花钱么？这样小东西，算得什么，你们大家尽管吃吧！三文一个也好，五文两个也好，你们尽量吃便了。看共吃了多少，由我还钱就是。”姓许的笑道：“邓法官说这话是要作数的，我们不讲客气。”

邓法官也不回答，伸手拣大梨取出来，每人两个分送了。后生接了梨子笑道：“我们不妨就是这样吃，只是邓法官说过了，大娘子若肯亲手拿梨子送到他口边，他出十文钱一个。大娘子就拿一个送到他口边吧，这有什么要紧？送到口边，和送到手里，有何分别？大娘子既辛辛苦苦的出门做这种小生意，只要伸一伸手，就多赚几倍的钱，出钱的说值得，赚钱的难道反不值得吗？”

妇人含羞带笑的望了邓法官一眼道：“哪有这么呆的人？我的手上又没有蜜，送到口边与送到手上，不是一样吗，为什么肯多出几倍的钱？”邓法官道：“我的话倒不是骗你的。我欢喜你亲手送到口里，觉得好吃多了，你真肯拿着给我吃，不用我自己动手，就要我吃一个算四个的价钱，我也情愿。你不信，我先交钱，后吃梨子，还怕我说假话骗了你么？”

姓许的指着邓法官向妇人说道：“我能担保他决不骗你，他是城里有名的邓法官。你是在乡下居住的人，不曾闻他的名，若是住在城里的人，便是三岁小孩，提起‘邓法官’三个字也知道。”妇人点了点头，向邓法官打量着笑道：“你的手又没害病，无端的教我拿着给你吃，这么多的人看了，不是难为情吗？”邓法官道：“有什么难为情，快拿给我吃吧！你看，他们每人吃一个，已将吃完了。”一面说，一面从腰里掏出一把散钱来，约莫也有七八十文，安放在箩筐盖上。

妇人笑道：“何必认真先拿出这些钱来，你既定要吃我手上的，也好，我就拿给你吃吧。待我选一个顶好的出来。”在箩筐里翻来覆去的挑选了一会儿，果选了一个茶杯大的梨子，用自己的衣袖揩抹一阵，真个笑盈盈的送到邓法官口边。

邓法官张口便咬，这七人都睁开笑眼望着。不料邓法官一口连妇人的手都咬着了，吓得妇人慌忙缩手，拖起两箩梨子转身就跑，两脚比飞还快。七人不知是什么缘故，都惊得怔住了。邓法官苦着脸，跺脚说道：“上了妖精的大当了！我活着不能报这仇恨，便是死了也不饶它。我有事去，不能在此奉陪诸位了。”姓许的连忙问道：“毕竟是怎么一回事？我们是当面看见的，何妨说给我们知道呢？”

邓法官将走，忽停了脚说道：“不是不能说给你们听。不过我上了妖精的当，去死已不远了，还有许多未了的事，须趁此时回去做了。刚才这个贩梨子的妇人，就是害了张一的妖精，也就是这株古梨树的木妖。我一时大意了，不曾识破它，及至那梨子一着口，觉得有针射进了我的舌尖，才悟出它的来历。打算一口咬破它的指头，谁知敌不过它通灵乖觉，不待见血就缩回去跑了。若被我咬见了血，它也没有活命。于今它有针射进了我的舌尖，早则三天，迟则一七，必然身死。只是我虽身死，这道路旁边的大害，我必替地方人除去，你们看着便了！”

姓许的道：“这树经昨日钉了那口铁钉，今日不是已有大半枯黄了，快要完全死去的吗？”邓法官摇头道：“这也是妖精的狡计，并非真的枯黄，故意黄了些枝叶，使我不疑心的。我去了！”当即拔步急急的回家。到家便把王大门神、赵如海两个徒弟，叫到跟前说道：“我当日在茅山学法的时候，祖师就判定了我是应当木解的，于今我木解的时期已经到了。因我平日用铁钉钉死的木妖很多，今日应得仍受木妖的报。劫数注定了是如此，任凭有多大的力量也无可挽回。我本人身后的事倒很容易，用不着我此时吩咐准备，就只有我的法术，你两人所得的有限，我带到土里去也没用处，须完全传授给你们。不过法术不能同时尽数传给两个徒弟，只能看谁与我有缘，便传授给谁。未得真传的，可再从这个得了真传的学习。有缘无缘怎生看法呢？历来都是一般的试法，我闭了双眼，盘膝坐在床上，将帐门放下。不问有几个徒弟，从大至小，一个个挨次拿枪在帐外对我刺杀。与我无缘的，无论如何枪法高妙，也刺我不着；有缘的毫不费事就刺着了，这就名叫‘教了徒弟打师傅’。每人可以刺数十枪，直刺到自信刺不着才罢。”

王大门神问道：“随便如何刺杀都行吗？”邓法官点头道：“这是自然。只看你要如何刺才刺得着，便可以如何刺，就是悄悄的转到我背后刺来也使得。照次序应该大徒弟先刺，你是我的大徒弟，由醴陵相从我到这里，朝夕不曾离过左右，我很喜欢你，很想将法术完全传给你。但不知你与我的缘法何如，不能不这么试试。”

王大门神心想：“论枪法，我是远不及赵如海。只是师傅既闭眼坐着不动，又可以从背后刺去，又可以刺到数十枪，岂有刺不着的道理？幸亏我是大徒弟，首先轮我动手，这是师傅存心要将法术传给我，所以用这种法子来试。若是赵如海做大徒弟，我做二徒弟的便无望了。”心里越想越高兴，取了一杆长枪在手，看赵如海蹙着眉，苦着脸，甚是着急的样子。王大门神料知他是因得不了真传着急，也不去理会他。

等邓法官盘膝在床上坐好了，吩咐放下帐门来，遂抡枪在手，仔细觑定了方向。邓法官已开口喊道：“尽管刺过来，刺中了是你的造化！”王大门神恐怕邓法官躲闪，将枪尖靠近帐门，离邓法官的身体不过尺来远近。邓法官话刚说了，就挺枪直刺进去。自以为这一枪是没有刺不中的，谁知枪尖是着在柔软的帐门上，不用力还好，一用力便登时滑到旁边去了，身体向前一栽，倒险些儿把自己栽倒了。不由得怔了一怔，暗自想道："原来是我自己没有当心，枪尖在帐门外面，隔了这么一层不能着力的东西，用力刺过去如何能不滑开呢？好了，师傅没限定我刺多少下，一下不中没要紧。"随即抽回枪看了看枪尖，觉得很是锋利，其所以刺不进帐，是因帐门垂下来，下面不似两头及后方有竹篙压着，活活动动的，枪尖不容易透穿进去。若从两头刺进去，只须刺破了帐子，师傅明明坐在中间，哪怕刺不着？遂挺枪跳过床头，对准邓法官坐的所在，又猛力刺将去。以为床头的帐子是一刺一个窟窿的，只要枪尖刺进了帐子，就伸进枪去一阵乱搅，床上只有这么大的地方，坐着不动的邓法官断没有不碰着枪尖的道理。

谁知王大门神是一个不会武艺的人，平日一次也不曾使用过长枪。初次将长枪握在手中，自觉用尽全身的气力，枪尖上竟是一点力也没有。浏阳人家悬挂的床帐，多是用极粗夏布做的，粗夏布比一切的布都牢实，哪里刺得穿呢？只刺得枪尖向上一滑，奈用力过猛，枪尖直刺在天花板上，震得许多灰尘掉下来。王大门神一抬头，两眼都被灰尘迷了，一时再也睁不开来，只得腾出一双手来揉眼。想不到那灰尘越揉越陷在眼里不得出来，眼泪倒是如丧考妣的流个不住，并且痛得非常。满心想放下枪来，去外面用清水洗一洗眼睛，再来刺杀师傅，又恐怕自己走开了，按次序须轮到赵如海来刺。赵如海的枪法高妙，一被赵如海刺着，自己便落了空，大徒弟倒弄得须向二徒弟学习法术，不但面子上难为情，心里也有些不甘愿。不过两眼痛到这一步，不去用清水洗净，若何能睁得开呢？只得叫了一声师傅说道："我还只刺了两下，就把两眼弄得不看见了，想去拿冷水洗一洗再来刺行么？"

邓法官在床上仍闭着眼睛问道："好好的两只眼睛，怎么无缘无故会不看见呢？历来师傅临死传徒弟的法术，刺师傅是照例不能停留等待的。我若破了这个例，你们将来传徒弟都麻烦。刺得着师傅的便是有缘，自问不能再刺，就得让给以下的人。若各人都刺个不歇手，眼痛了可以洗一回再来刺，那么疲乏了也可以休息一回再来刺，谁刺不着，便谁不肯放手，不是永无了期吗？你能不停留的刺下去便罢，不然就且让给赵如海刺了再说。如果赵如海也刺不着，你两人就可以平分了我的法术，谁也不能得到完全的真传。"

王大门神听了，一手仍握着枪不肯放，打算忍耐着两眼的痛苦，非刺着师傅不放手。无如两眼经手一揉擦，竟肿起来比胡桃还大，用力也睁不开来。连邓法官坐的地位，都认不准确了，情急得只管跺脚。邓法官催促道："能刺就快刺过来！"王大门神口里答应，叵耐不凑巧的两眼，正在这要紧的关头，痛得比刀割更厉害。心里也知道睁开眼尚且刺不着，闭了眼如何刺得着？被催促得只好长叹了一声道："我没有这缘法，赵如海你来吧。"说毕将长枪向地下一掼，走过一边，双手捧着眼哭起来了。

赵如海也叫着师傅说道："我自愿不得师傅的真传，请师傅传给大师兄吧。"邓法官道："没有这种办法，要授真传，照例应是这么试试缘法。你是会使枪的，拿枪刺过来吧。"赵如海道："我就有这缘法，也不愿意是这么得真传。"邓法官诧异道："这是什么道理？从来学法的人都是如此，你何以不愿意？"

赵如海道："我相从师傅学法，年数虽不及大师兄久，然也有两三年了。平日蒙师傅传授我的法术，恩义深重，我丝毫不能报答师傅，心里已是不安。今日师傅被妖精害了，我做徒弟的又不能替师傅报仇雪恨，怎忍心再拿枪向师傅刺杀？像大师兄这么刺不着倒还罢了，若万一我一枪刺到了师傅身上，我岂不成了一个万世的罪人？"

邓法官道："你的话虽不错，但是茅山教传徒弟的规矩是这么的。你要知道，我既能做你的师傅，决不至怕你刺杀，巴不得你能刺中才好。"赵如海道："我的枪法不比大师兄。大师兄是个不懂武艺的，他手上毫无力气，所以枪尖刺不透帐子。我从小就练武艺，枪法更是靠得住。师傅坐在床上不动，除了用法术使我刺不着便罢，若不用法术，有缘法的仍是刺得着。我宁死也不忍挺枪对准师傅刺去，真传得不着有什么要紧。"

邓法官听了，猛然跳下床来，一面点头一面笑道："这才是我的徒弟，够得上得我真传的。"说时回头望着王大门神道："你只管哭些什么，你自己不想得我的真传，怨不得赵如海，更怨不得我。你心里也不思量思量？我坐在床上不动，你一枪若把我刺死了，试问你向谁去得真传的法术？快给我滚出去吧。我收你做了这么多年的徒弟，也传了你不少的法术。我于今死在临头了，你还忍心挺枪刺我以求法术，你自己凭良心说，尚有半点师徒的情分么？我的法术如何肯传给目无师长的徒弟！"王大门神没有言语争辩，两眼还是痛不可耐，只得恨恨的捧着痛眼走了。

邓法官将真传教给了赵如海，便对他自己老婆说道："我今夜必死，我的仇恨，虽身死还是不能不报。不过你得好好的帮助我，我的阴魂才能去报仇雪恨。我这里有七只铁蒺藜，你预备一炉炭火在我床前，将七只铁蒺藜搁在炭火里烧红。只等我咽了气，就拿烧红了的铁蒺藜，一只一只的塞进我的喉管。我有了这七只铁蒺藜，便好去报仇雪恨了。"

他老婆道："烧红了的铁蒺藜塞进喉管，不是你自己受了痛苦吗？你虽是咽了气不知道痛苦，然我如何忍心下这种毒手？你改用别的方法去报仇吧，是这样仇还不曾报得，自身就得先受痛苦，我不愿意。"邓法官着急道："这是哪里来的话，连你都不知道我的本领吗？那妖精已有五百多年的道行，这仇很不是容易报复的。除了用这厉害的法子，没有第二个法子。我此时不曾咽气，这身体还是我的，只一口气不来，我就有法术能使我的尸体，立刻变成那妖精的替身。你塞铁蒺藜，不是塞进我的喉管，是塞进那妖精的喉管。你若不遵我的吩咐行事，我死后不但不认你是我的老婆，并且要在你身上泄我的怨气。"他老婆既明白了塞铁蒺藜的作用，也就应允遵办了。

邓法官又叫赵如海过来吩咐道："我死后你须在社坛附近守候，看那梨树的枝叶完全枯落了，方可回家来装殓我的尸体。含饭的时候，务必仔细看我的舌头，有针露尾，便得拔出，免我来生受苦！"赵如海自然遵嘱办理。

这夜邓法官果然咽气了，他老婆早已烧红了铁蒺藜等候，刚咽气就用铁筷夹了铁蒺藜塞进喉管去。已塞过六只了，第七只才夹在手中，稍不留意，铁筷子一滑，铁蒺藜便掉在地下。不知道地下在何时滴了一滴水，铁蒺藜的一角正落在这点水上。已烧得内外通红的铁蒺藜，因着了一点儿水，那一角就登时黑了。他老婆以为只黑了半粒米大小的一角，是没有妨碍的，重新夹起来塞进去，静候赵如海从社坛回来装殓。谁知等一日不见赵如海回来，等两日也不见赵如海回来。八月间天气还热，他老婆唯恐在床上停放的日子多了，尸体难免不臭。因邓法官曾吩咐了，又不敢不待赵如海回来就装殓。

直等到第七日夜间，他老婆睡着做梦，见邓法官来了，满面的怒容说道："你这东西也太不小心了！铁蒺藜掉在地下，被水浸黑了一角，你难道也不看见吗？就因为黑了那一角，害得我用口吹了七昼夜，方将黑角吹红。于今我的仇已报了，我的徒弟立刻就回，你安排装殓吧。"老婆从梦中惊醒，即听得外面有人敲门。起来开门看时，果是赵如海回来了，对邓法官的老婆说："在社坛守候那株梨树，枝叶并不见枯黄，白天也没有什么动静，一到夜间，就听得梨树底下，仿佛有人吹火的声音。此时那梨树的枝叶，不但完全枯落了，连根干都像被火烧焦了的一样，数里以外都嗅得着柴烟气味。我见师傅的仇已经报了才回来。"随即到邓法官尸体跟前，撬开嘴唇看时，只见上下牙齿将舌尖咬住，已露出两分长的针尾。用两指拈住针尾向外一拖，随手拔出一口二寸多长的钢针来，再看喉管里的铁蒺藜，已不见了。

后来地方人见那梨树已经枯死，锯倒下来，发现树心中有七只铁蒺藜，才知道邓法官死后，尸体确是变了那梨树的替身。浏阳人因此都知道邓法官被妖精害死，及死后报仇的故事。

孙癞子探询了一个实在，益发佩服雪山和尚的道法高深，交往得十分密切。只是过不了几年，雪山和尚便死了。孙癞子因县城里嚣杂，不便修行，独自在浏阳县境内金鸡岭山上，盖造了一所茅屋，终年住在屋内潜修苦练。轻易不下岭来，也不和世俗的人来往。在岭上经过了若干年，这日他心中偶然一动，忽想起已有好多年不曾去浏阳县城里玩耍了，即乘兴下山，走到县城里来。刚走进城，就听得街上的人纷纷传说，赵如海今日遇着对头了，看他还有什么能为可以逃跑？孙癞子不觉暗自诧异道："赵如海这个名字，我耳里听得很熟，不就是邓法官的徒弟吗？我记得他是因不忍拿枪刺邓法官，所以得了邓法官的真传。这浏阳县里，雪山和尚既死，我又隐居在金鸡岭修道，赵如海硬软功夫都不在人下，有谁是他的对手呢？凑巧我今日下山去，何不顺便打听打听，看是怎么一回事？"

正待找人探问，忽见前面来了一个身材魁伟的和尚，身穿黄色僧袍，上面科着头光滑滑的，下面赤脚套着草鞋；右手提起一支黑色很粗壮的禅杖，却不在地下支撑，杖头悬挂一个本色的葫芦，精神满足的挺胸而走。街上及两旁店家的人，都很注意似的望着这个和尚。

孙癞子一看，也就觉得这和尚非等闲之辈，不因不由的定睛看着，思量这和尚的年纪，就皮色须眉看去，至少也有五十多岁了。精神步履，便是少壮的汉子，也多赶他不上。怎的浏阳县有这么一个莽和尚，我是本地人倒不曾见过？正如此思量着，和尚已昂然走过来了。孙癞子就近看和尚的头顶，并没有受戒的艾火瘢，脸肉横生，浓眉大眼，全不是出家人的慈悲模样，神气之间，似乎知道街上的人都注目望着他，他自觉要显得分外精神的样子。孙癞子又暗自猜疑道：“我看他原不像个出家人模样，果然是一个不曾受戒的野和尚。多半是个大强盗，因犯了大案，削发出家希图避罪的。我既是隐居修道的人，管他是强盗、是好人，横竖不干我事！我还是去找人探问赵如海的消息吧。”

不过孙癞子心里虽这么想不作理会，两眼不知怎的不舍得撇了这和尚不看，跟着掉转脸一看和尚的背影，登时禁不住吃了一惊。原来孙癞子是个修道已有火候的人，一看这和尚的后脑，便看出是个剑仙，方才所猜疑的完全错了，也不说什么，随即转身跟着这和尚行走。和尚出城后，脚步益发快了，若在平常人，无论如何飞跑也追赶不上。幸亏孙癞子也是修道有神通的人，又是有心要窥探这和尚的行踪，自然不肯落后。

转眼之间便追了数十里，只见这和尚直走进一座树林深密的山中。孙癞子停步看那树林中隐约有一所很大的寺院，和尚头也不回的走进那寺院中去了。孙癞子不觉独自叹息道：“何处没有人物！我以为雪山师傅死后，浏阳便没有可与谈道的人了。谁知只离城数十里，就有同道的人居住。目空一切的邓法官，怪不得处处遇着对头。我既追踪到这里来了，何妨进寺去拜访这和尚一番？”主意已定，即上山走进寺院去。

不知要拜访的这和尚是谁，赵如海的事究是如何情形，且俟第九卷再写。

第八十一回

红莲寺和尚述情由　浏阳县妖人说实话

话说孙癞子走到那寺院门口一看，寺门上嵌了一方石匾，匾上刻着“红莲寺”三个大字。心想红莲寺不是才建造了没有多少年的新寺院吗？我回浏阳就听得有人说，红莲寺里的和尚戒律极严，不似寻常庵寺里的和尚，一点儿清规没有。原来有这种人物在里面，怪不得比寻常庵寺里的和尚好。可惜我刚才失了计较，不曾追上这和尚攀谈，不知道他的法号，怎好进去拜访他呢？

孙癞子正在山门外踌躇，忽见寺里走出来一个四十多岁的和尚，两眼东张西望，好像寻找什么人的样子。看见了孙癞子，便合掌招呼道：“你这位老板贵姓，是从城里跟随我们师傅到这里来的么？我师傅打发我出来接老板到寺里去有话说。”孙癞子听了，暗自吃惊道：“我一路跟来，并不见他回头，我也没露出一点儿声息，使他听得，他毕竟知道我是从城里跟出来的，可见他的本领确是了得。我正着急不知道他的法号，不好进去拜访，难得他先打发人出来迎接我。”当即拱手向和尚答道：“我姓孙，名耀庭，因见令师的仪表非凡，料知不是寻常的和尚。请问令师的法讳是如何称呼？”这和尚答道：“我师傅法名无垢，现在佛殿上等候孙老板进去。”孙癞子便跟着和尚走进红莲寺。

只见无垢和尚巍然直立在佛殿上，双手握住那枝又粗又壮的禅杖，抵在地下，远望去俨然一尊护法的韦驮神像，杖头的葫芦，已不知在何时除去了。孙癞子看了这种神威抖擞的样子，觉得奇怪，不由得边走边心里忖念道："我虽是初次来弄访他，不应在暗中跟随他走这么远。但是我只为钦仰他是同道，并无丝毫恶意，他既能不停步不回头，知道有我跟随他到了山门之外，便应该知道我绝没有与他为难的念头，又何必使出这般神气来见我呢？"一路忖想着，已到了佛殿。因见无垢和尚还是那般神气，心里很不高兴，深悔不该进来，自寻侮辱。出外迎接的和尚，上前对无垢说道："这人自称姓孙，名叫耀庭。据说因见师傅的仪表不凡，所以跟到这里来了。"

无垢和尚鼻孔里响雷也似的"哼"了一声，即掉过脸来，换过了一副笑容，望着孙癞子，说道："原来是孙大哥，大约已相隔差不多十年不见面了，不说出来，简直见面不认识。对不起，对不起！"说着倚了禅杖，重新合掌行礼。

孙癞子见无垢这么一来，更弄得莫名其妙了，只得回礼说道："我因见了老法师的庄严仪表，有心结识，不知不觉的就从城里追随到了此地。是这般拜访高贤，实是冒昧之至。但记不起与老法师十年前曾在何处相见过。"无垢和尚笑道："老僧因经营这所红莲寺，已八年不朝峨眉了。不是已差不多十年不与孙老哥见面了吗？"孙癞子听了喜笑道："我的眼力真太不济了。我追踪老法师的时候，还只以为是同道，谁知竟是同门的道侣。只因那时每次在峨眉聚会的人太多，所以在异地相逢，稍不留意便错过了。"

无垢和尚立时改变了一种亲密的态度，殷勤招待孙癞子到方丈里坐着说道："老哥不要见怪，我刚才相见时那般傲慢的举动，这其间有一个缘故，不能不向老哥说明白。老哥是自家人，不用相瞒。我住持这红莲寺已有七八年了，这七八年中，我的足迹不但去城市的时候稀少，并且不大跨出寺门。就是这寺里的一干僧侣，因多半是在四川剃度的，为要清修才到这寺里来。于本地的人情习俗，都不大明白，平日也少有去外面走动的。不料前月忽然来了一个身材很壮健，年纪约有三十多岁的汉子，到寺里声称要会当家和尚。知客僧问他会当家师干什么？他就圆睁着一双怪眼，大声喝骂道：'你管我会当家师干什么？你当家师不做强盗，难道不敢见人吗？'知客僧见他开口便骂人，好生无礼，本待和他计较一番，只因碍着寺里清规，是不许与人恶声争吵的，勉强按捺住性子，来方丈如此这般的报给我听。我想世间哪有这么不讲理的人，必是有意来寻事的，我只好出去见他。以为他不过是一个无赖的痞棍，想来找我们出家人喝横水的。及至走出来一看那人的神气，却不像个无赖，并很客气的向我行礼说道：‘我是赵如海，听说老和尚的法术高强，特地前来领教。’说罢又拱了拱手。

“我初到浏阳的时候，就听得地方上一般老年人，时常闲谈起邓法官的法术怎生高妙，如何屡次用法术捉弄妇人，用铁钉钉死古树。我正待去会会他，看他究竟是怎样一个三头六臂的人物，敢如此肆行无忌？无奈那时初到浏阳，镇日为建造这红莲寺的事忙个不了，一时抽不出闲工夫去瞧他。而不久也就听得人传说，邓法官已被树妖害死了，生平所会的法术，一股脑儿传给他第二个徒弟赵如海了。嗣后又听得人说，赵如海在邓法官手下做徒弟的时候，虽也是和他大师兄王大门神一般的喝酒赌钱，毫无忌惮。然吃他两人的亏，被他两人所害的，尽是平日在赌场里面讨生活，及时常和两人在一块儿鬼混的无赖。绝不与他兄弟相干的人，并不侵犯。谁知邓法官一死，赵如海的行径，便简直是十恶不赦了，弄得浏阳人又恨他又怕他。有几个出头露面的绅士，都为自己的小姐、少奶奶上了赵如海的当，不好明说出来，借故在浏阳县告他。县太爷派差去拿他，那些差役自知不是赵如海的对手，不敢去拿，故意卖人情，使人送信给赵如海，教他避开一步，好用‘畏罪潜逃’四个字回去销差。

“只是赵如海哪里肯逃呢？口里对送信的人说就走，等送信的人去后，仍是坐在家中不动。差役见了面没法，只得向他求情，请他到案。他说我不打算到案，也不坐在家中等候你们了。去吧，去吧！于是跟随差役同到县衙里。那几个绅士告他是妖人，专会用邪法害人。县太爷坐堂审讯他，他直言不讳是会法术。并且不待审问他用邪术害人的事迹，他自己一口气供出来。说某公馆的某小姐，因爱他身体生得强壮，暗地打发老妈子到他家约他去通奸；某公馆里的少奶奶，因不生育请他去治病。在治病的时候，欢喜他的法术灵验，自愿和他做露水夫妻。都是出于两厢情愿，没有一个是用邪术强奸的。

“县太爷想不到他会说出这些话来，一则各绅士的面子过不去，二则这样案情重大。待认真按法惩办吧，又恐怕吃力不讨好；待不认真吧，于自己的官声有碍。若遇着挑眼的上司，说不定就因此坏了前程。只得故意将惊堂木一拍喝声：‘混账东西！在本县面前，怎敢是这么胡说乱道！你分明是得了癫狂的病，所以满口疯话，再敢胡说，本县就要赏你的板子了。’以为有这样的言语开导了赵如海，赵如海理会了这用意，索性装出疯癫的模样，便可以含糊了案的。叵耐赵如海偏不自认疯癫，倒扬扬得意的说道：'你不要打算加我一个疯癫的声名，替那几家公馆里遮丑。她们不迎接我到她公馆里去，我不至无端跑去。她们的小姐、少奶奶不求我通奸，我不至跑到她闺阁里面去行淫。'

"县太爷见掩饰不了，只得问那些绅士为什么要迎接他到公馆里去。他说某绅士因听说他会用黄铜炼成黄金，特地亲自到他家迎接。为怕外面露出风声，不是当耍的，所以殷勤款待他，住在小姐的闺房隔壁，不许当差的见面，免得去外边对人乱说。某绅士因想从他学道，教自己的姨太太、少奶奶都拜给他做女弟子。总之，家家都是想得他的好处，自讨亏吃，与他无干。

"那县太爷是个科甲出身的人，虽听了这些供词，却不相信赵如海真有什么法术，即问他果真会些什么法术。赵如海说：'会的法术太多，一时也说不尽。看要什么法术，便会什么法术。'县太爷也想看看到底有什么法术，便说你且随意显一些儿，给本县看看。赵如海说：'这是很容易的事，你瞧着我，眼睛不要动，我的法术就来了。'县太爷真个目不转睛的瞧着他，忽觉两眼一花，眼前的人物都看不清楚了。连忙举起衣袖，揩了揩眼睛再看时，已不见赵如海的影子了。两边站班的衙役也都登时惊诧起来，各人都一般的只觉得两眼一花，不知道赵如海是怎生跑掉的。

"他自在县衙大堂上闹了这回玩意儿，做县官的就想不认真，敷衍过去也不行了，没奈何，只得又出票拿他。第二次又把他拿着了。县太爷预备了许多乌鸡、黑狗的血，赵如海一到，真个弄得狗血淋头，所有的法术，一时都被污秽得不灵验了，这种妖人照例处死。行刑的这日，浏阳满城的男妇老幼，上万的人拥到法场看热闹。刽子手推赵如海出来，一路谈笑，神色自若，并对着许多看热闹的人，问刽子手的刀快也不快。大家眼睁睁的望着刽子手举起雪亮的钢刀，一刀斫去。但见金光一闪，钢刀斫在空处，刀下的赵如海已不知去向了。仅剩下一条捆绑的绳索，委弃在地。监斩的官儿和刽子手正在惊骇之际，天色陡变，一霎时狂风怒吼，大雨倾盆而下。监斩官分明看见赵如海科头赤脚的，在看热闹的人丛中跑来跑去，一般人好像多没有看见的样子。监斩官指挥左右去捕拿，左右的人都不曾看见，如何捕拿得着咧？拿了些科头赤脚的人，一看都不是赵如海。监斩官因有职责在身，不能眼望着赵如海逃走，不上前擒捉，只好亲自动手。也顾不得风吹翎顶，雨湿衣冠，窜入人丛中，东抓一把，西拉一下。看热闹的人见了这情形，都以为监斩官疯了，吓得四散奔逃。直等到看热闹的人散尽了，监斩官才没看见赵如海了，浑身被雨淋得如落汤鸡一般，加以累得一身大汗，哪里还是一个威风凛凛的监斩官呢？

"次日赵如海又在街上行走，有人问他昨日在法场上的事。他说：'我自己的死期未到，谁也杀不死我。我因那监斩官的情形可恶，我在路上和人说说话，他也装腔作势的向我高声叱骂。他以为我死在临头了，不妨欺负欺负，显显他自己的威风。我若不捉弄他，使他吃点儿小亏，他也不知道我的厉害。'自是以后，赵如海的行为，不但没有变好，益发比从前来得恶毒了。

"我曾几次动念，要替浏阳人除了这妖物，无奈我是出家人，一则不愿意轻犯杀戒；二则因赵如海是远近知名的妖物，我出头去除他，说不定也弄得大众都知道了我的行径。因此迟疑复迟疑，不敢冒昧从事，想不到他竟会自己找到我这里来。我既是出家人，怎愿意与他争长较短？当下自然不认会法术的话，说他误听人言，找错人了。他说我姓赵的岂有找错人的道理？我那时仔细打量他，觉得他的面貌，并非十分凶恶之人，何以他的行为竟这般凶恶得不可思议？他不来找我，便可以不管；既是找到我这里来了，我佛以度人为本，不妨设法开导他。倘能使他归向正路，岂不甚好？

"我既动了这个念头，就对他说道：'我现在也用不着争辩，即算我是个有道术的，我是出家人，住在这红莲寺里，从来不与外人交接，也不碍你的事。你为什么要特地跑来和我较量呢？不是我出家人说瞧不起你的话，你的行为我早已知道，休说你只有这一点儿茅山法，就是上界金仙，像你这般行为，也快遭天谴了。你师傅一生造孽的结果，你不是亲眼看见的吗？'我以为这一番话，总可以说得赵如海悔悟，不料他听了反哈哈大笑道：'我见面说特来领教的话，不是要领教这些三岁小孩都说得出的言语。你要知道，各人的处境不同，见地也就跟着有区别。你以为我师傅的死，是一生造孽的结果，我却说我师傅一生修积，已得到彼岸了。'"

孙癞子听到这里说道："原来他师徒修的是魔道，大师却怎生对付他呢？"无垢点头道："倒来得凑巧，他找我比剑，算是他自讨烦恼，累出一身大汗，连眉毛都削去了半边。临去的时候，见东边廊下安放着一口铜钟，他顺手向钟上一指，便听得‘当啷’一声，铜钟被他指破了一条缝，足有尺来长，三寸来阔。他说留了这个纪念给后人看。我说就这么给后人看了不稀罕，请看老僧的吧。我当时走过去，捏了一把鼻涕，糊在裂缝上，将裂缝登时补了起来。他看了一言不发，就此拱了拱手走了。

“前日我偶然出外，听得许多人传说，那社坛附近十多里地方，发生了瘟疫，人畜被瘟死的已不少了，幸亏有赵如海在社坛里敕符水救人。不论是人是畜，害了瘟疫的，只要一喝他的符水便立时好了。不过他这符水，不肯轻易给人，至少要卖一串钱一杯。若是富有家产的人去求水，八百串一千串不等，他说多少要多少，短少一文也没水给人家。有钱的人为要救性命，说不得价钱贵，就是变卖产业，也得如数给他钱，买他一杯符水。唯有没钱的人，害了瘟症，非有他的水不能治，多有逼得鬻妻卖子的。有人问他取了这么多的钱，有何用处？他说他师傅死后已经成神，至今尚没有庙宇，卖符水得来的钱，就将社坛的地址，建造一所很大的庙宇。我一听这类传说的话，就觉得不对，哪有瘟症百药不能治，而他的符水却独能奏效的道理？借一杯符水是这般勒逼人家的钱，这番的瘟疫，不显系是他造成的吗？像这样恶毒还了得！偌大一个浏阳县，既没有人出头制伏他，我的寺院也在浏阳，不能再装聋作哑不过问了。主意已定，即时走到社坛去。

“我在几年前，曾到社坛游览过的，那株合抱不交的梨树，那时虽已枯死，然只没了枝叶，树身还是挺挺的竖着，撑天蔽日。前日去看时，连树蔸都不知掘到哪里去了，就在梨树的地址上，搭盖了一所茅棚。求水的人，来来去去，提壶捧碗的络绎不绝。那些愚民，真愚蠢得可怜，出了许多卖田产、鬻儿女的钱，换了一杯符水，悟不到中了赵如海的奸计，倒也罢了。瘟症用符水治好了的，还十二分的感激赵如海。赵如海对人说是他师傅邓法官显灵，所以符水有这么神验。于是治好了的人，有捧着三牲酒醴来祭奠邓法官的。有做了匾额，雇了吹鼓手，大吹大擂抬了匾额前来贡献的，也还有来求治杂病的。一所小小的茅棚，简直比一切的神庙都来得热闹。

“县太爷也虑及怕因此闹出什么乱子来，出示禁止。无如赵如海从来不知道畏惧国法，而一般衙役，也都知道赵如海厉害，虽奉了县太爷的命前去封禁，哪里敢在赵如海跟前露出半点封禁的意思来。我看了委实有些忍耐不住，走进茅棚，举禅杖一阵乱扫。众乡民不认识我，大家嚷着：‘哪里跑来的这个疯和尚，好大的气力。啊呀呀！神龛香案都扫得飞起来了。快躲闪，快躲闪！碰一下不是当耍的。’大家嚷着都四散跑了。赵如海想不到我有这一招，没看见我的时候，以为果是偶然跑来的疯和尚。他是会邪术的人，大约自谓不难对付，横眉怒目的从神龛后面蹿出来，口中一路喝问：‘是哪里来的野杂种，敢闹到这里来？’我也懒得回答，一禅杖就把那茅棚的顶揭穿了。

“赵如海一抬头看见是我，连忙转身往棚后便跑。我料想他不敢再来，因见一般敬神求水的人并没有散去，大家都远远的立着，伸长脖子向茅棚里张望。我不愿意使人知道我是这红莲寺的住持，所以不在那茅棚里停留，也从棚后走了出来。一看不见赵如海的踪影，心中忽然一动，暗想这妖物逃得这么快，莫不是乘我出外，趁这当儿到我寺中骚扰去了？赶回这山下一看，果不出我所料，赵如海正待放火烧我的红莲寺。亏得寺内众僧人中多有壮健的，仅烧着了寺后两间寮房，好在是白天，一会儿工夫就扑灭了。赵如海知道奈何我不得，不待我赶回，只放了一把火，咒动了一阵邪风，又逃回家去了。

“我回寺后，越想越觉这妖物可恶。我之他既结下这仇怨，若不赶紧将他除去，谁有工夫终日去防闲他呢？他学的是这般妖法，平白无故的尚且要害人，今后岂有不常来害我的道理？倒不如索性一劳永逸，即刻追上去将他处置停当！哈哈，真是天网恢恢，疏而不漏。他在社坛里用妖法造作瘟疫，不知害死多少人畜，逼卖了人家多少儿女，谁知道他自己的一个年方五岁的儿子，就在我去捣毁他茅棚的时候，被人杀死了。我跟踪追到他家，他正出外替儿子报仇去了。

“我向他左右邻居一打听，才知道杀死他儿子的，并不是别人，就是他师兄王大门神。王大门神自从邓法官死后，两眼痛了一年，心中并不怀恨师傅不肯传他法术，只痛恨赵如海不应该假装有天良，说出不忍为要得真传挺枪刺师傅的话。相形之下，使他不成为人，时时存着要报复赵如海的念头。无奈自己的法术，固不是赵如海的对手，就是硬气力，也赶不上赵如海，实在寻不出报复的机会来。隐忍了这么多年，面子上毫未露出想报复的意思，仍和邓法官在日一样，彼此常在一块儿厮混。直到这日，王大门神知道赵如海在社坛里一时不得回来，想乘机到赵家偷窃符本。

“也是赵如海的儿子合当命尽，王大门神偷进赵如海卧房的时候，赵如海老婆在厨房里并不曾觉得，偏是他儿子睡在赵如海床上，被王大门神惊醒了。他儿子年龄虽仅五岁，却是聪明绝顶，知道自己父亲的符本是最要紧的，不能给旁人看见。平时常见自己父亲正在翻看符本，一听说王大伯来了，就慌忙将符本收起。小孩子心里已明白这符本是断不能许王大伯看的。这时惊醒转来，张眼便见王大门神伸手到橱中拿符本，不由得就高声喊道：‘妈妈快来呀！王大伯在这里拿爹爹的符本。’王大门神被这一声喊得心慌手乱了，本待提脚往外逃跑，只因符本还不曾拿到手，心里有些不舍。接连又听得赵如海老婆在厨房里，回声问儿子为什么叫唤，一时触动了恼恨之心，恐怕赵家儿子再嚷出什么话来。也来不及细想，回头看见壁上悬挂的一把宝剑，慌忙抢在手中。赵家儿子已下床待往外跑，王大门神既提剑在手，怎容他跑去？一手就拉了过来。赵家儿子刚开口要叫，剑尖已从口中刺入，直穿背上而出，只一下就结果了。

“赵如海老婆做梦也想不到有这样的祸事临门，以为儿子在梦中叫唤，从容不迫的走向房里来探看，正瞧见王大门神拉住他的儿子便刺，登时惊得软了。妇人的识见胆量，哪里赶得上男子？经不起这种意外的横祸，当时除了捶胸顿足的号哭而外，没有一点儿主张。左右邻居因赵如海平日为人太坏，见他家出了这种事，大家心里只有痛快的。还算凑巧，有我去社坛捣毁他的茅棚，赵如海从红莲寺放了火回家，才知道爱儿惨死的事。听说他倒不哭泣，只急急忙忙的寻王大门神报仇去了。

“论情理赵如海既受了这般惨报，我本不妨暂缓处置他。谁知这东西生性太恶毒，当时追到王大门神家，因不见王大门神，就把王家大小一共十七口尽数杀死，并迎风纵火，将王家的房屋烧成一片瓦砾场。偏是他的邪法灵验，很容易的就知道了王大门神藏匿的所在。他寻着了王大门神，也不打也不骂，只勒逼着一同回家来，打算就手将王大门神杀了，剖心祭他儿子的灵。你看这东西恶毒不恶毒？”

孙癞子吐了吐舌头说道：“真了不得！究竟王大门神杀了没有呢？”无垢摇头道：“我既知道了这事，自然不容他在浏阳城明目张胆的杀人报仇。只是赵如海这厮也奇怪，当他拿了王大门神回家的时候，我正在他门外等候。我只道他见我的面，仍是要逃跑的，不逃跑就得与我动起手来。却是不然，他一见我，便点头说道：‘我已知道有你在此等我，也是我的死期到了。不过我有一件事须求你原情答应，我要将这一颗黑良心取出来，祭一祭我儿子的魂灵。祭过之后，听凭你如何办都使得。’边说边指着王大门神的胸窝给我看。我说我就为这事做不得，才到这里来等候着你。你的良心比他更黑，你若定要取他，我就先取了你的再说。死在你手里的冤魂，应该祭奠的，还不知有多少呢？

“赵如海听我这么说，知道求情不中用，便将王大门神放了说道：‘既是如此，也罢！我是在县里有案的，不能由你处置，你将我送到县里去吧。我与县太爷还有话说。’我说县太爷若能处置你，也轮不到老僧今日在这里等候了。看你有什么话应吩咐你家里的，快进去说了出来，我并不逼迫你就走。赵如海摆手道：‘我没有应吩咐的话，我要吩咐家事，生死没有分别，死了还是一般的可以处理。你要知道我修的这一种道，在尸解的时期不曾到的时候，谁也不能教我死。死期既到了，谁也不能留我活。我明白你的意思，不过想拿本领制伏我，使我不能出头害人，这哪里及得明正典刑的好呢！你送到县里去，如果觉得我的话不对，你难道还怕我逃了吗？’我想这东西所说的倒也不错。本来我一个出家人，擅自处置国家的要犯，也是不妥当，不如且听他的，将他押送到县里去。

“他见了县太爷说道：‘我赵如海是修道的人，上次因我尸解的时期没有到，所以我借金遁走了。今日我愿自行投到，但是我虽甘受国法，若照寻常斩决的法子，教刽子手向我颈项上一刀砍下，仍是杀不死我。杀我的法子有在这里，只是我不能就这么说了出来。大老爷须先答应我一件事，我方肯说。’县太爷问：‘是一件什么事？可以答应的，自然答应。’赵如海道：‘这事是极容易的事，就是我死之后，尸首须葬在社坛里原来的梨树蔸下。每年春秋两季，无论谁来做浏阳县，都得亲自到我坟上祭扫一次。’县太爷听了，沉吟一会儿道：‘在本县手里是不难答应你的，下任的官如何？本县却不能代替答应。’赵如海道：‘只要大老爷答应了便罢！下任的官来，我自有法子使他也答应。大老爷肯答应么？’县太爷只得点头道：‘本县权且答应了，你说吧。’赵如海喜笑道：‘堂堂邑宰，决不至骗我小民。我死后能享受这样隆重的典礼，就死也瞑目了。要杀我也容易，只须在月色好的夜

间，将我跪在月下，用一桶冷水，从我头顶泼下，再教刽子手一刀朝我地下的影子杀去，我的头颅自然应刀而落。’

“县太爷因他还有许多案子没有录供，不能就糊里糊涂的杀却了事，只得细细的审问他的供词。我逆料赵如海若是要逃命的，便不至要我送他到县里去，说出这类实话来。县里问供，用不着我监在那里，我就此走出来了。出城的时候，觉得有人跟在我背后，我疑心是赵如海的同道中人，跟着我想替赵如海报复的。一路留神着回寺，觉得已直跟随我到了山下，益发使我疑惑起来，所以打发知客僧出来询问。我若在半路上回头问一声，也不至使出那般神气对孙大哥了，真是对不起！”说着又合掌道歉。

孙癞子只得也拱手笑道：“自家人何必如此客气！我想此刻正是七月中旬，夜间月色正好，赵如海料必就在今夜处决，我两人何不去城那瞧瞧呢？”

不知无垢和尚如何回答，赵如海究竟处决了怎样，且俟第八十二回再写。

第八十二回

诛妖人邑宰受奇辱　打衙役白昼显阴魂

话说无垢和尚听得了孙癞子说，要去城里瞧处决赵如海，即正色说道：“这杀人的勾当，不是我们出家修道的人所应看的。我原意并不打算伤他性命，他自己要借此尸解，我只得由他。”孙癞子道：“万一赵如海是因恐怕你处置他，故意是这般做作。浏阳县又和前次一般的杀他不着，岂不上了他的当吗？”无垢和尚道：“决不至此！他若敢当着我说假话，便不至怕我了。所可虑的只怕县太爷答应他葬社坛，及每年春秋二祭的话靠不住，以后就还有得麻烦。”

孙癞子道：“那种答应的话，自然是靠不住的。县太爷为要他自己说出杀他的法子，说权且答应，可见将来决不答应。赵如海不是糊涂人，怎的这样闪烁不实在的话，也居然相信了？”无垢和尚笑道：“我为赵如海这个孽障，也受累好几日了。于今只要他不再出世害人了，我的心愿就算满足，以外的事我们都可以不管。你我已十来年不见面了，难得今日于无意中遇着。我去城里的时候，曾顺便带了一葫芦好酒回来，我两人分着喝了吧。”

孙癞子是生性最喜喝酒的，听说有酒喝，连连点头笑道：“原来你那禅杖上挂的葫芦里面是酒啊。我在城里初看见你的时候，心里正猜度不知你那葫芦里卖的是什么药呢！你那酒葫芦倒不小，不知一葫芦能装多少酒？”无垢和尚一面起身从床头取出那葫芦来，一面笑说道：“我这葫芦从外面看了很平常，喜酒的人得着了，却是一件好东西，夸张点儿可以说是喜酒人随身的法宝。”

孙癞子即起身将葫芦接过来掂了一掂轻重，约莫有三四斤酒在里面。仔细看了几眼笑道："这葫芦的年代，只怕已很久了，究有些什么好处？就外面果是看不出是什么法宝来，不过像这般大的葫芦，也不容易寻着便了。"无垢和尚道："你当心一点儿，不可掉在地下打破了。因里面装满了一葫芦的酒，太重了些，落地就难免不破。没有酒时倒不要紧，这葫芦大得不稀奇，比这个再大三五倍的我都见过。这葫芦的好处，就在年代久远。实在已经过了多少年，虽不得而知，然只就我师祖传到我师傅，由我师傅传到我，总算起来便已有一百二十多年了。"孙癞子笑道："这不是一件古玩家用的什物，年代越久远，越朽败不中用，有什么好处呢？"

无垢和尚笑道："若是年代久远了，便朽败不中用，我还说它做什么呢！这葫芦的好处，在我师祖手里便已和此刻一样，可见得以前已不知经过多少年了。这葫芦里面，不问你装什么酒进去，只将塞头盖好，无论你搁多少年不喝，不但不致变味，并且越久越香醇，分量也不短少毫厘。这一层好处，在寻常的酒葫芦中，已是少有的了。然若仅有这一层好处，还够不上说是喜酒人随身的法宝。最大的好处，乃是喜酒的人出门走长路，走到了荒僻的所在，每苦沽不着好酒。有了这葫芦，尽管沽来的酒味平常，只须装进这葫芦里面，停留一两个时辰，喝时就和好酒一样。若到了连坏酒都沽不着的时候，就用开水装进葫芦，盖了塞头，等到冷透了再喝，比荒僻所在沽来的坏酒还香醇得多。"孙癞子听了，喜得捧着葫芦嘻嘻的笑道："有这么大的好处吗？这简直是我们随身的法宝！可惜是你师祖传师傅，师傅传你的，我不敢存非分之想。若是你得来得容易，我就不客气，忍不住要向你讨了。"

无垢取出酒杯来，将葫芦接过去斟了两杯酒道："且请尝尝看这葫芦里酒的味道何如再说。"孙癞子当无垢和尚揭开葫芦塞头的时候，即嗅得一阵扑鼻很浓厚的酒香，已禁不住口角流涎了。端杯一饮而尽，舐嘴咂舌的说道："好酒，好酒！"

无垢和尚道："我师祖、师傅都是出家人不能戒酒，偏巧我又是一个好酒若命的人，这葫芦可算是物得其主了。不过我近年来住持这红莲寺，将来就是这红莲寺开山祖师。我师祖、师傅不能戒酒，受酒害的只有他个人本身，与旁人无涉，更不至因酒坏多人的事。我于今则不能，一举一动，在这红莲寺里都是可以成为定例的。我若再将这葫芦传给我的徒弟，则将来势必成为禅宗的衣钵，岂不是一桩大笑话？大凡一件好东西，若不遇着能爱惜能使用的人，也和怀才不遇知己的人一般埋没，一般可惜。我于今已决计从此戒酒了，难得有你这般的人物来承受这葫芦，就此送给你去享用吧。”

孙癞子听了，真是喜出望外，只是口里却不能不客气道：“这样稀世之物，怎好如此轻易送给人？我有何德何能，更怎好领受你这般贵重的东西？你不要因我说了一句贪爱的话，便自己割爱让我。”无垢连忙摆手道：“你我何用客气！若在几年前，我不为这红莲寺着想，你就向我讨索，我也决不肯拱手让给你。于今我的境遇既经改变，凑巧有你来承受这葫芦，还算是这葫芦走运。不然，我不久也要忍痛将这葫芦毁坏了。与其毁坏，何如送给你呢？”孙癞子这才起身对无垢作了个揖道：“那么我就此拜谢了。”无垢笑嘻嘻的双手将葫芦捧给孙癞子。从此，这葫芦可称是遇着知己了，一时片刻也没离过孙癞子的身边。这夜孙癞子就在红莲寺歇宿了。

次日早起，特地走到东边廊庑下看那口铜钟，果见向外边的这一方，有一条尺来长、三寸来宽的地方。不过铜质好像瓷器上面的釉彩一般，透着淡绿色。用手摸去，其坚硬与铜无异，不由得不心里叹服无垢和尚的法力高妙。正在抚摸赏玩的时候，无垢和尚反操着两手，从容缓步的从佛殿上走了下来。孙癞子迎着称赞道：“果然好法力！有了这口钟在浏阳，不但‘无垢法师’四个字可以永传不朽，就是赵如海那厮声名，也可以跟着这口钟传到后世若干年去了。我料这钟必没有名字，让我替它取个名字，就叫‘鼻涕钟’好么？”无垢和尚笑道：“有何不好？不过鼻涕这东西太脏了，此后不能悬挂在佛殿上使用。”孙癞子道：“正要它不能悬在佛殿上使用，方可望它留传久远。若是朝夕撞打的钟，至多不过百年，便成为废物了。”当时亏了孙癞子替这钟取了这个名字，渐渐传扬开了，至今这钟还在浏阳，不过土音叫变了，鼻涕钟叫成了“鼻搭钟”，这话后文自有交代，于今且不说他。

却说孙癞子这日辞别了无垢和尚，带了酒葫芦，欣然出了红莲寺。回到浏阳县城，就听得街上的人说，赵如海果在昨夜月光之下，按照那斫头的法子杀去。说也奇怪，刽子手等到冷水浇上赵如海头顶的时候，一刀对准赵如海地上的影子斫下，赵如海的头颅，竟应手落地，略动了一动，就呜呼死了。赵如海老婆到杀场痛哭祭奠，预备了棺木收尸，要扛到社坛里去埋葬。县太爷忽然翻脸不答应了，说社坛是社神受祭祀的所在，岂可安葬这种恶人？勒令赵如海老婆扛回家自去择地掩埋。赵如海老婆不敢违抗，只好泪眼婆娑的教扛柩的夫役，暂且遵示扛回家去。

这么一来，赵如海又作怪了，一口棺材连同一个死尸，重量至多也不过五六百斤。平常五六百斤的棺木，八个人扛起来，很轻快的走动。这次赵如海的棺木，八个人哪里能移动分毫呢！加成一十六个人，龙头杠都扛得“喳喇”一声断了，棺木还是不曾移动半分。一般夫役和在旁看的人都说：“这定是赵如海显灵，非去社坛里安葬，就不肯去。”于是公推地方绅士去见县太爷禀明情形，求县太爷恩许。

县太爷赫然大怒道：“这种妖人，生时有妖术可以作祟，本县为要保全地方，不得不处处从权优容。此刻既将他明正典刑了，幽明异路，还怕他做什么？你们身为地方绅士，为何不明事理到这一步？光天化日之下，岂有鬼魅能压着棺木，使夫役扛抬不动的道理吗？这分明是赵如海的老婆，想遵从她丈夫的遗嘱，故意买通夫役，教他们当众是这般做作的。这种情形，实是目无法纪！可恶，可恶！本县且派衙役跟随你们前去，传本县的谕，晓谕赵如海的老婆和众夫役，赶快扛回家去择地安葬。若是再敢如此刁顽，本县不但要重办他们，并且立时要把赵如海的棺木焚化扬灰，以为后此的妖人鉴戒。”几个绅士碰了这么大的一个钉子，谁还敢开口多说半句呢？县太爷登时传了四个精干的衙役上来，亲口吩咐了一番话，一个个雄赳赳的跟随众绅士到杀场上来。

赵如海的老婆正在棺木旁边等候绅士的回信，四个衙役也不等绅士开口，走上去举手在棺盖上拍了几下，对赵如海老婆喝问道：“还不扛回去掩埋，只管停在此地干什么？哦！你因你丈夫的尸还没有臭烂，还不曾生蛆么？这么大的热天，不赶紧扛回去掩埋，你也难道要在这杀场里赖死不成？”赵如海的老婆哭道：“请诸位副爷问他们扛柩的人，这一点儿大的棺材，用一十六名夫来扛，还扛不动半分，所以托各位街邻去向太爷求情。”

衙役截住话头问道：“什么呢，一十六名夫扛不动吗？”说时掉过头望着那些扛夫说道：“你们是扛不动吗？”扛夫齐声说道：“实在是和生了根的一样，休说扛不起肩，就想移动一分半寸也不行。”衙役横眉鼓眼的望着众扛夫下死劲呸了口骂道：“放你妈的臭狗屁！你们这些东西也敢在老子面前捣鬼吗？你们老实说，每名受了赵家多少钱，敢是这般约齐了口腔捣鬼？”这一骂只骂得那些扛夫低着头说冤枉。赵如海老婆也连忙分辩道：“副爷这话真是冤枉！”

衙役哪容他们分说，一迭连声的喝问扛夫道：“你们扛走不扛走，快说？不扛，老子也不勉强你。”扛夫苦着脸答道：“我们都是执事行里的扛夫，平日靠扛丧吃饭的，能扛走还要等待副爷们来催逼吗？请副爷看，这里不是连龙头杠都扛断了，还是不曾扛动的吗？”衙役瞅也不向龙头杠瞅一眼，就扬起面孔说道：“好！看你们捣鬼捣得过老子！”接着又对赵如海老婆道：“我老实说句话给你听吧，太爷吩咐了，限你在一个时辰以内将棺木扛回去，若过了一个时辰还没有扛去，便不许人扛了。拼着几担柴几斤油，就在这里将你丈夫化骨扬灰。你知道了么？这一班扛夫太可恶了，太爷吩咐拿去重办。你赶紧去另雇一班来扛吧。”说罢，也不听赵如海老婆回答，四人都从腰间掏出一把细麻绳来，不由分说的，每人一串牵四个，拖到县衙里去了。可怜十六个扛夫，不能分辩，不敢反抗，只好哭的哭，抖的抖，听凭衙役牵着走。赵如海老婆听了衙役所说那番比虎还凶恶的话，又见扛夫被拿去了，只急得抚棺痛哭。

此时天色虽在下午，然天气晴明，日光如火。经赵如海老婆这一阵痛哭，陡然狂风大作，走石飞砂，晒人如炙的日光，为砂石遮蔽得如隔了一重厚幕。在杀场上看的人不少，看了这种天色陡变的情形，心里都料知是赵如海的阴魂显灵了，各自都有些害怕，恐怕撞着了鬼，回家生病，不约而同的各人向各人的家里逃走。只是还没跑离杀场，就是一阵雨洒下。天色益发阴沉沉的，风刮在身上，使人禁不住毛骨悚然。不过大众仗着人多，且又不曾看见什么鬼物出现，那几个曾去县衙里求情的绅士，觉得在这时候大家躲避，可以不必。冤有头，债有主，我们是帮助赵如海求情的人，赵如海既有阴灵，就不应该害我们回家生病。于今十六名扛夫冤枉被拿到县衙里去了，我们不能不去县衙里设法保释出来。天色是这般陡然变了，料想这位县太爷也不能说是无因。

几个绅士的心里相同，遂不顾风雨，一同复向县衙走去。此时街上的景象，非常使人害怕。因为还在白昼，天色便是这昏沉沉阴惨惨的，加以雨苦风凄，仿佛有无数的鬼魂，在风雨中滚来滚去的一般。满城的商家铺户，平时都知道赵如海生时的厉害，今日又都知道是为县太爷翻悔昨天答应他葬社坛春秋二祭的话，特地在白昼显灵，吓得家家当门陈设香案，叩头祭奠。一个个默祷赵如海，不要和他们不相干的人为难。霎时间，一城的人心都惊惶不定。

几个绅士只因平日经管街坊上公事，不得不硬着头皮前进。走到离县衙还有百十步远近，便已看见那四个衙役，牵着十六名扛夫在前面走。街上闲人跟着看的，已有不能计数的人了。绅士想赶上去劝衙役讲点儿人情，就此把十六名扛夫放了。谁知才追上一个认识的衙役，将求情的话说了，这衙役忽然两眼一瞪喝道："和这些狗杂种有什么话说？你们随我来找瘟官说话去。"大家听了，都骇然不知是怎么一回事。看的人当中有与赵如海往来最多的，便说道："啊呀！这说话的，不是赵法官的口腔吗？"

这衙役听了，即回头望着这说话的点了点头道："咦，秦老板！你的耳朵还不错，居然听得出是我的口腔来。于今这个瘟官太可恨了，他要将我的尸化骨扬灰，我倒要看看他的本领，可能说得到做得到？"说毕，双手一扬大喊道："众位街邻要瞧热闹的，都跟随我来啊。"独自向先冲进县衙，那三个衙役也糊里糊涂的牵了扛夫跟进去。

县官闻报升堂，却不知道赵如海附在衙役身上的事。这衙役一见县官，就指手画脚的骂道："你这狗东西配做父母官么？昨日在这大堂上，分明答应了我葬社坛，和每年春秋二祭的话，为什么我死了尸还没冷就翻腔？"县官听了，勃然大怒道："这还了得！你朱得胜也受了赵家的贿赂，敢假装受魂附体来欺侮本县吗？拉下去给我重打。"一面喝骂，一面提起签筒掼下来。

两边皂隶齐喝一声堂威，登时跳出两个掌刑的人来，将这衙役朱得胜揪翻在地。他们都是同在一个衙门里当差的人，本官喝打，虽不敢不动手，然打的时候，是免不了有些关顾的。这回揪翻之后，多以为确有赵如海附体，是断然打不着的。却是作怪，县官的签筒一掼下，朱得胜好像明白了的样子，不住口的求饶。县官越发怒不可遏，惊堂木都险些儿拍破了，只管一迭连声的催打。掌刑的见本官动了真怒，便不敢容情了，只打得皮开肉绽，昏死过去了才歇。

县官喝教拖下去，刚待传同去的衙役问话，已有一个跳了出来，圆睁着一双怪眼，直走到公案前面，指着县官的脸骂道："你说他是受了赵家的贿赂假装的，难道我也是受了贿赂假装的吗？你再敢打我，我硬要你的命。”县官只气得肚子都要破了，顺手抢了公案上压桌帏的木板，对准这衙役的顶门，没头没脑的便砍。这衙役硬挺挺的立着，毫不躲闪，只当不曾打着的样子，口里仍不断的说道：“正要你打，你不打，我胸中的怨气也不得消。”

县官举木板砍了几下，无奈这木板太薄，几下就砍断了。这衙役口里还在叽里咕噜的骂，只得又喝拉下去重打。这个也是打得皮开肉绽，鲜血直流。这个才打了，第三个衙役已大摇大摆，笑嘻嘻的走出来，朝着县官作了一个半揖道：“你差四个人去，回来已打过两个了，这第三个也索性打了再说。”

这县官是个性情暴躁的人，听了这话，只气得乱叫：“反了，反了！拿下去，打！打！打！”第三个又已打得血肉横飞了。第四个接着跳出来说道：“这个倒可以不打，他在杀场里的时候还好，不像那三个狗杂种的凶横强暴。我若不教你痛责那三个狗杂种，我赵如海一肚皮的怨气，怎得消纳？于今人已打过了，我且问你，我的葬事到底怎样？我听说你打算将我的尸搬出来，就杀场上化骨扬灰。你若真有这种胆气、这种本领，就请你去化，请你去扬吧。你这样糊涂混账，如何配做父母官？你只当我死了好欺负，我如果死了便得受人欺负，你想想我肯说出法子来，使你好杀死我么？”

县官听了，心里虽仍是气愤得难过，只是已相信不是衙役受贿假装的。不过这县官生成倔强的性质，平日仗着自己是两榜出身，对于上司都是不大肯低头的。虽明知是赵如海的阴魂来扰乱，心中并不害怕，定了一定神思，换了一副温和的面目，对赵如海附体的衙役说道：“你赵如海在生目无国法，仗着妖术任意害人，按律定罪，原是死有余辜的。生时既受国法，死后就应该悔悟，安分做鬼，如何反比生时更无忌惮，公然敢在光天化日之下，兴风作雨，惊骇世人，是什么道理？”

只见这衙役从容答道：“生死只是你们俗人的大关头，在我修道的人看了，并算不了一回事。就和世人搬家的一样，世人欠了朋友的账，不能因朋友搬了家，便不偿还。你昨日在这堂上亲口答应我葬社坛，每年春秋二祭。我当时未尝不知道你是暂时哄骗我的话。我其所以敢于相信，随口便把如何才能杀死我的法子说给你听，一则因你是朝廷的命官，逆料堂堂邑宰，怎肯失信于小民；二因有无垢和尚监临在此，或者做出有碍我解脱的事来。谁知你竟不顾自己的身份，转而失言，教我如何能忍耐得下？”

县官说道：“你死了既有这样的阴灵，就应当知道社坛是国家正神所居之地。正神是受了敕封的，所以能享受朝廷官吏的拜祭。你有何德何功，死后配葬社坛，每年坐受父母长官之祭？你要知道，本县在浏阳，年岁是有限的，一遇迁调，便得离开。社坛又不是本县私家的土地，本县只须说一句话，有什么不可以答应？无如法不可弛、礼不可废，若本县但顾目前，随口答应了你，则僭窃的罪，不在你而在本县了。昨日的含糊答应，原是从权的举动，你不能拿着做张本。”

这衙役鼻孔里笑了一声道：“昨日既可从权，今日又何不可以从权？社坛虽是国家正神所居之地，然社神在哪里，哪里便是社坛。既葬了我，那里就不是社坛了。你也要知道，我赵如海此时来跟你讲道理，已是十二成的拿你当一个人看待了，你休得再发糊涂，想与我为难作对。若弄发了我的性子，那时后悔便已来不及了。你曾听说我赵如海在生时，是肯和人讲道理的么？”

县官见这衙役说话的神气十足，简直要翻脸的样子，不由得心里也有些害怕。暗想知县的印信，是朝廷颁发的重宝。有许多人说过，倚赖皇家的威福，印信每可以辟邪。这赵如海的阴魂如此放肆，我何不取出印信来镇压他一下，看是怎样？或者就是一颗印信能将他压退，也未可知。边想边自觉有理，遂亲自起身从印架上取下印箱来。

这衙役望着笑嘻嘻的说道：“你打算拿这块豆腐干出来吓我么？哈哈，你真不知自量。你以为芝麻般大小的一个县官印信，也可以辟鬼么？”这县官听了这几句话，心里又觉得有些惭愧似的，不因不由的双手捧着印箱踌躇起来。忽然一转念道：“我不要上他的当，安知不是他怕我取出印来压他，有意是这般说了阻挡我的呢？不管他到底怕也不怕，且试他一下再作计较。”有这一转念，也不回答，竟将那颗四方铜印取在手中，诚心默祷了一番。正待举起来，对准衙役的脑门磕下去。想不到这衙役的手法真快，只一伸臂膊，印信就被他夺下去了。县官双手空空，倒弄得不知要如何才好。

只见这衙役将印信抚弄着笑道：“好法宝确是一件好法宝，不过你看错了人，用错时候了。不用说你这芝麻般大小的县官，这块豆腐干吓不倒我。就是你们皇帝的玉玺，我的眼里看了，也和路旁的石头一样，拾起来打狗是用得着的。这东西待我说出一个用处给你听听，也可以增长你一些儿见识。最怕你这块豆腐干的，只有道行不甚高超的狐狸精。你若以后遇了有人被狐狸精缠病了的时候，你就不妨依照刚才的样子，取出这块豆腐干来，自告奋勇到病家去。只须在病人脑门上轻轻这么两三下，狐狸精就自然吓退了不敢再来。你治好人家的病，人家多少总得酬谢你一番。”县官面色都气得变青了，却是想不出制伏他的方法。

大凡生性倔强的人，越是怄气得厉害，便越是认真得厉害，有时连自己的性命都置之度外了。这县官心想：“我身为一县之主，今日无端坐在大堂上，受鬼魅如此侮辱，我的尊严何在，朝廷的威信何在？与其是这般受鬼魅的侮辱，倒不如死了的干净。何况这鬼魅虽凶狠，并不见得能制我的死命呢？我何必怕他。”于是将心一横，提起惊堂木就公案上猛力一拍喝道：“什么厉鬼，敢在公堂之上夺朝廷的印信。”喝时向左右的皂隶厉声说道：“替我捆起来！”

两旁皂隶一声吆喝，七八个同时拥上来，想把这衙役捆起。这衙役平时虽也是一个很壮健的汉子，但他并不会把式，有时和同事的衙差相打得玩耍，他被人家打跌倒的时候居多。这回因有赵如海的阴魂附在他身上，便大不相同了。七八个皂隶同时围拥上去，只见他仰天打了一个哈哈，一个脚尖着地，两手平张开来，就地几个盘旋一转。只听得七八个人接连不断的口叫“哎哟”，一个个都来不及似的倒退，退了几步都站住望着这衙役发怔。这衙役还盘旋不止，原来一手绾住印绶，那颗四方铜印，就如流星一样，跟着盘旋。拥上前的皂隶，不提防他有此一招，每人的额头鬓角，都被印信磕起了几个酒杯大小的血包，只痛得头昏眼花，哪里敢再上去挨打呢？怔怔的看着这衙役越转越快，如风车一般的呼呼风响，越快便风声越大，公案上的桌帏，以及地下的灰尘，都被风刮得飞舞不止。

县官两眼不转睛的望着衙役，顷刻就觉得头昏起来，并且心里非常难过，仿佛天旋地转，立脚不牢的样子。公堂上立着的三班六房，没一个不口叫头昏。大家也顾不得有县官坐在上面，都口称求赵法官停了吧，我们实在头昏得受不住了。县官到这时也觉得非教他停住，心里太难过了，也就喊道：“本县有话说，你停了吧！”这话一说出，这衙役登时往左旁一转，截然停住不动了。

县官还不曾开口，衙役已说道："皇家打发你来这浏阳做县官，是要你爱民治民的，不是要你来使性子害人的。你如果硬不肯答应我那葬社坛和春秋二祭的话，我的本领能使你一家一族，在三日之内，都成为癫狂。在七日之内，能使浏阳一县的人都害瘟疫。你若不相信，以为我是说空话吓你的，不妨就试试看，到那时还是要你亲口依从我才罢。"县官心想："这东西也可算得是一个千古未有的厉鬼了，我虽存着一团正气，无奈他全不知道畏惧，我又没有方法能制伏他。若真个弄得我一家一族的人，个个都得了疯癫之症，却如何是好呢？他生时尚有使人害瘟疫的手段，死后成了这般一个厉鬼，要使人害瘟疫，势必比生时还容易。到那时，一县的人民不大家怨恨我吗？事情已弄到了这一步，我便答应了他，将来的人也得原谅我，不能骂我不识大体。"想罢，只得忍气说道："罢了，罢了！本县就依了你，许你葬社坛便了。"

衙役见县官答应了，即时双手将印信捧上公案说道："谢大老爷的恩典，赵如海在这里叩头了。"边说边跪下去叩头。县官道："本县既许你葬社坛，你此后就得做一个好鬼。果能有功德于人，不但上天嘉许，使你成为正神，就是本县也可以代你转求皇上的封典。"衙役又叩了一个头道："谢大老爷的好意！皇上的封典、上天的嘉许，是永远轮不到我们这一道来的，我们也不稀罕。不过大老爷只应允了我葬社坛一事，还有一事呢，也是不应允不行的。"县官被逼得无可推诿，只得也正式应允了。

这衙役还跪着不曾起身，就此往地下一扑，不省人事了。好一会儿才醒来，也只觉得头目昏花，一切的言语举动，丝毫没有感觉，仿佛酣睡了一次。最奇的，是跟随到了县衙的十六名扛夫，好像都看见赵如海和颜悦色的邀他们去杀场里扛柩，十六个人便不由自主的到杀场里去了。此时已风平雨息，天色反明亮了。经这一番扰乱之后，浏阳县人简直个个悬心吊胆，恐怕撞着赵如海这个恶鬼。

那县官虽则被逼得没奈何，允许了赵如海的无礼要求，然心中总觉不甘。过不多时，就是应该秋祭的时期到了，那县官如何愿意去向恶鬼叩头祭祀呢？因见赵如海葬进社坛也有一个多月了。这一个月当中，并不再见有赵如海阴魂出现的事。有一般无知无识的愚民，以为赵如海是最有灵验的鬼，每遇家中有人病了，或有什么疑难不决的事，多擎着三牲香烛，到社坛里拜见赵如海。据求过药问过卦的人说，确是十二分的效验。靠社坛一二十里路附近，地方也非常安静，害邪祟病的完全没有了。大家都说赵如海从此真做好鬼了，县官因此也没把秋祭的事放在心上，县官这样一失信，就坏了。

这日，浏阳城里，陡然间又是狂风大作，走石揭沙，只刮得街上的行人，都立脚不住，许多屋瓦被揭得满天飞舞。狂风是这般刮过一阵阵之后，接着就看见一个人，分明是赵如海，从城外走进城来，一路大摇大摆的走着。遇着生时认识的人，仍是点头含笑，只吓得人人躲避，个个深藏。

不知道赵如海这番怎生扰乱，且俟八十三回再写。

第八十三回

救徒弟无垢僧托友　遇强盗孙癞子搭船

话说赵如海的阴魂，既俨然和生的一样，走进浏阳城来，一般的含笑点头，向生时认识的人打招呼。普通人在白昼遇见了鬼，怎么能不害怕呢？并且都明知赵如海这个鬼，比一切的鬼都来得凶恶，益发不敢亲近。所以赵如海的鬼魂一走进城门，遇着的人，一传十、十传百，顷刻之间，这消息便传遍浏阳城了。得了这消息的，无论大行小店，同时都把铺门关起来，街上行人也都纷纷逃进了房屋。

秩序大乱了一阵之后，三街六巷多寂静静的没有一点儿声息了。似这般冷落凄凉的景象，自有浏阳县以来，不曾有过。既是一县城的人都将大门紧闭，藏躲着不敢出头，赵如海进城后的举动情形，因此也无人知道。约莫如此寂静了一个时辰之后，才有胆大的悄悄偷开大门探望，却是街坊上一无所见。次日早起，就满城传说，县太爷今日亲自去社坛祭奠赵如海，都觉得这是一件千古未有的稀奇之事，不可不去瞧瞧这盛典。

这日孙癞子也邀了无垢和尚到社坛看热闹，此时社坛的情形，已比往日热闹几倍了。往日的社坛，虽是正神所居之地，然因未尝有特殊的灵验，既不能求福，又不能治病，人民没有无端来拜祭的，终日冷淡非常。自从赵如海葬后，来坟前拜祷的络绎不绝。赵如海老婆借着伴丈夫的坟，搭盖了一所茅棚在坟旁，凡是来拜坟的，多少总得给她几文香火灯油钱，每日计算起来，确是一项不小的进款。

县官来看了这情形，若在平时，必赫然震怒，严禁招摇了。此来一句话也没说，亲自向坟前祭奠之后，吩咐左右磨墨，就香案上铺开一张白纸，县官提笔写了“邑厉坛”三个斗大的字，并题了下款，指点给跟来伺候的地保看了说道：“这地方历来是做社坛的，于今既葬了赵如海，历来的社坛自应迁往别处，社坛既经迁移了，此地就不能再称社坛。本县已给这地方取了个名字，便是这三个字。此后你们都得改称这地方为‘邑厉坛’。将这三个字拿去，叫石匠刻一块大石碑，立在这地方，以传久远。”地保躬身应是，县官才打道回衙去了。

过了若干日子，在县衙里当差的人传出风声来，浏阳人才知道那日赵如海的阴魂大摇大摆走进城来，吓得满城人关门闭户的时候，县官正在上房里和太太闲谈，少爷小姐都在旁边玩耍笑乐。太太口说着话，忽然两眼向房门口一望，连忙立起身来，很严厉的声音问道：“哪里的男子汉，如何径跑到这上房里来了？还不快滚出去！”县官听了，以为真个有什么男子汉，不待通报径跑到上房里来了。心里也不由得生气，急掉转脸朝房门口看时，哪里有什么男子汉呢？还只道是已被太太诘问得退到房门外去了，忙两步跨到房门口，揭开门帘看门外，连人影屑子都没有。正要回身问太太，看见怎样的男子汉，太太已大声直呼着县官的姓名说道：“你倒好安闲自在，妻子家人坐在一块儿谈笑，你还认识我么？”

县官很诧异的回身，只见太太脸如白纸，两眼发直，说话已改变了男子的声音。耳里觉得这说话的声音很熟，心中一思量，不好了，这说话的不又是赵如海的声音吗？正踌躇应如何对付的法子，太太已指手画脚的骂道：“你这瘟官真是贱胚子，我不打你一顿，你也把我的厉害忘记了。”说时伸手向房中玩耍的少爷、小姐招道：“来，来，来！你们替我结实打这东西，最好揪这东西的胡子。”

被鬼迷了的人实是莫名其妙，少爷、小姐也有十来岁了，生长官宦之家，不是不懂得尊卑之序、长幼之节的小孩。若在平时，无论什么人指使他们动手打自己的父亲，是决不会听从的。此时就像迷失了本性的一般，毫不迟疑的挥拳踢腿，争着向自己的父亲打下。并且身法灵便，手脚沉重，挨着一下就痛彻心肝。

这县官万分想不到自己的儿女，会动手打起自己来，这一气真非同等闲。一面撑拒，一面向儿女喝骂道：“你们这些孽畜癫了吗，怎么打起老子来了？”儿女被骂得同时怔了一怔，各人用衣袖揩了揩眼睛，望着自己的母亲，好像听候命令的神气。

县官看太太正张开口笑，似乎很得意。这县官是曾在大堂上受赵如海阴魂侮辱过的，这番虽气恼到了极点，也不敢再与赵如海的阴魂使性子了。好在这回在上房里，旁边没有外人，不似坐堂的时候，有三班六房站立两厢，面子上过不去，遂开口问道：“你不就是赵如海的阴魂吗？你要葬社坛，本县已经许你葬在社坛里了。于今无端又跑到本县这里来作祟，是什么道理呢？”赵如海附在县太太身上答道：“你这话问得太稀奇了，你也配问我是什么道理吗？你果真懂得道理，我也不至到这里来了。你知道秋祀的期已过了么？你不去我坟上祭我，我只有使你一家人大大小小都发癫发狂，倒看你拗得过我拗不过我？”

县官只得故意做出吃惊的样子说道：“啊呀！这只怪我自己太疏忽了，竟忘记了秋祀的那回事，明日一定补行。”赵如海附在县太太身上，冷笑了一声道：“做县官的人，居然会忘记了秋祀的那回事，不是该打么？你今日说了明天一定补行的话，到明天不怕又忘记了吗？也罢，要你明天忘记，才显得我姓赵的厉害。”说毕即寂然无声了。

太太一仰身便倒在床上，呼唤了一会儿才醒。问她刚才的情形，也是一点儿不觉着，仅记得眼见一个男子汉走进房来，向自己身上一扑，登时迷迷糊糊的如睡着了。县官问自己儿女，何以敢动手打父亲？儿女都说，当时因看见有一个不认识的男子，先立在母亲背后，后来抓住父亲要打。父亲叫我们上前打他，所以我们拼命的帮着父亲，向那男子打去，不知怎的反打在父亲身上。直到父亲喝骂起来，才明白是打错了。上房里又这么闹了一次鬼，所以县官亦不敢不于次日亲去社坛祭奠。经过这次祭奠之后，便成为例祭了。

每换一任知县，到了祭祀的时期，老差役必对新知县禀明例祭的缘由。若这知县不信，包管他的六亲不宁，只须一祭便好。这件习惯，直流传到民国成立，新人物不信这些邪说，才把这祭祀的典礼废了。却也奇怪，民国以前的知县官不祭他就得见鬼，民国以后的知县官简直不作理会，倒不曾听说有知县衙里闹鬼的事发生过。赵如海的坟和邑厉坛的碑，至今尚依然在原处，没有迁动。据一般浏阳人推测，大约是因民国以来的名器太滥了，做督军省长的，其人尚不足重，何况一个县知事算得什么？因此鬼都瞧不起，不屑受他们的礼拜。这或者也是赵如海懒得出头作祟的原因。不过这事不在本书应叙述的范围以内，且搁起来。

于今再说孙癞子这日与无垢和尚，看过县太爷手书“邑厉坛”三字后，独自仍回金鸡岭修炼。修道的人，日月是极容易过去的，不知不觉又闭门修炼了好几年。这日忽有一个十六七岁的小和尚走进来问道：“请问这里是孙师傅的住宅么？”孙癞子打量这小和尚生得甚是漂亮，年纪虽轻，气宇却很轩昂。眉眼之间，现出非常精干的神气，头顶上还没有受戒的痕迹，身上僧衣也是新制的。心中猜不出是来干什么的，只得回问道：“你是哪里来的，找孙师傅做什么？我也姓孙。但不知你要找的是不是我？”

这小和尚连忙上前行礼道：“这金鸡岭上，除了我要找的孙师傅，想必没有第二个，我是红莲寺的。我师傅无垢老法师打发我来，因有要紧的事，请孙师傅去红莲寺一趟。他自己病了，已有好几日没下床，所以不能亲自到这里来。”孙癞子道：“我已多时不到红莲寺了，你叫什么名字？我几年前到红莲寺不曾见你。”小和尚道：“我法姓知圆，在红莲寺剃度，原不过三年。孙师傅大约有四五年不去红莲寺了，怎得看见呢？”

孙癞子问道：“你老法师害了什么病？好几日不能下床，莫不是快要往生西方去了么？我就和你同去瞧他吧。”说时从壁上取了一根尺多长的旱烟管、一个酒葫芦在手道：“最讨人厌的，就是我一出了这房子，这山里的野兽便跑进这房子里来骚扰，屎和尿都撒在地下，害得我回来打扫，好一晌还是臭气熏人。”知圆和尚道：“何不把门关上，加一锁锁起来呢？”孙癞子笑道：“哪有闲工夫来麻烦这些。若真个关上门锁起来，野兽仍是免不了要进来，反害得到这山里来的人费事。”知圆道：“这话怎么讲，我不明白？”孙癞子笑道：“你不明白么？我是曾上过当的。我这房里除了几把稻草而外，什么东西也没有，值得用大门用锁吗？我当初造起这房子住着的时候，因房里有一块破芦席和烧饭用的瓦罐，恐怕被比我更穷的人拿去，出门就用你的见识，将大门关上，加上一把铁锁。谁知过了几日回来，不但不见了锁，连大门也不见了，倒是芦席瓦罐没人光顾。我以后的见识就长进了，连大门也不用了，看到这山里来的人，偷我什么东西去？”

知圆笑了一笑不作声，暗想这姓孙的也太穷得不像个样子了，身上的衣服破旧腌脏倒也罢了，怎么瘦得这般难看？连顶上的头发，都是这么散乱得和烂鸡窠一般。难道他也有了不得的本领吗？我师傅找他去，好像有很要紧的事托付他的样子。若在无意中遇着他，不但看不出他有什么本领，还得防备他，怕他的手脚不干净呢！

于今不提知圆和尚心里的胡思乱想，且说二人下山，一路没有耽搁，不多时便到了红莲寺。孙癞子直走入方丈，只见无垢和尚正盘膝闭目坐在蒲团上。孙癞子也是修道的人，知道在打坐的时候，不能扰乱，便不开口说话，就在旁边坐下来。约莫等了半个时辰，无垢才张眼注视了孙癞子两眼笑道："孙大哥许久不见，进境实在了不得，于今真是仙风道骨了。"

孙癞子摇头笑道："怎及得老法师，我只是盲修瞎炼，有什么进境？听令徒知圆师傅说，老法师近来病了，已有好几日不曾下床，不知究竟是什么病症？"无垢微微的叹息了一声道："我倒不是害了什么病症，只因有一桩心事，一时摆布不开，思来想去，好几日放不下。除却求孙大哥来助我一臂之力，再也想不出第二条安稳的道路。"

孙癞子见无垢和尚说得这般珍重，连忙答道："只要是我力量所能做到的事，老法师的使命，哪怕赴汤蹈火，决不推辞。"无垢和尚点头说道："我也料知孙大哥有这种胸襟、这种力量，才求你帮助。孙大哥虽与我是同道的人，又同住在浏阳县境内，彼此都见面往来，然平日的谈论，只就道中切磋勉励，从来没谈过道外之事，所以我的身世和这红莲寺的来历，都不曾说给你听。于今既得求你帮助，就不能不细细的说给你听。"随即将在四川的时候，张汶祥拜师，及与郑时等三兄弟当盐枭，特建造红莲寺为将来退休之地的话，述了一遍道，"近来张汶祥手下的人，有几个年老的，因四川已不能立脚了，投奔我这里来，情愿剃度出家，免遭官府捕捉。据他们说，他们郑大哥定的谋略，带了数千弟兄们，围困一座府城，将知府马心仪拿住，逼着马心仪拜把。马心仪无奈，只得与郑时、张汶祥、施星标三人结拜为兄弟。于今马心仪已升山东抚台，张汶祥三兄弟都到山东投奔马心仪去了。我听了这消息，本来已觉得他们此去不甚妥当，无奈张汶祥去山东之前，并没上我这里来。直到他们去后，我才得着消息，已无从阻挡了。我日前为张汶祥占了一课，甚不吉利，因之益发放心不下。每日在入定的时候关照他，更觉得他在山东凶多吉少。这张汶祥是我极得意的徒弟，于今我若不设法教他离开山东，倘有意外，我心里如何能安呢？我待亲自去山东走一遭吧，争奈路途太远，往返需时太多，而这寺里又抽身不得。所以只得请你来商量，看你肯破工夫替我去山东走一趟么？”

孙癞子很讶异似的说道：“张汶祥是老法师的徒弟么？他在四川好大的声名，我几年前就听得从四川出来的谈起他。说他虽是个盐枭，很有些侠义的举动，本领也在一般绿林人物之上。既是这种侠义汉子有为难的事，便不是老法师的徒弟，我不知道就罢了，知道也得去帮助他，何况老法师请我出来帮忙呢？我一定去山东瞧瞧他。我去见机行事，用得着与他见面，我就见面与他说明来由，劝他同回红莲寺。如果他在山东真应了老法师的课，遇了什么意外之事，我自能尽我的力量，在暗中帮助他。”无垢和尚喜道：“有孙大哥去，是再好没有的了。”孙癞子笑道：“我南方人不曾到过北方，久有意要去北方玩玩，正难得这回得了老法师的差使，好就此去领教领教北方的人物。”

孙癞子出门也不带行李，也不要盘缠，就身上原来的装束，左手握着旱烟管，右手提着酒葫芦。天晴的时候，就这般在太阳里面晒着走；天雨的时候，也就这般在雨中淋着走。遇了水路，必须附搭人家的船只，人家看了他这种比乞丐还脏的情形，都估量他不是善良之辈，谁也不许他搭船。有几条船不许他搭，他也不勉强，只在河边寻觅顺路的船只，却被他寻着一条了。这船还只载了一个客，这个客的年纪已有四十多岁了，身上穿得很朴素，像是一个做小本生意的人，满面春风，使人一望就看得出是个很诚实的，孙癞子便向这船老板要求搭船。

船老板瞧也懒得拿正眼瞧一下，反向旁边吐了一口唾沫道：“请你去照顾别人吧，我这船上已装满了客。”孙癞子受了这般嘴脸，忍不住生气道：“分明舱里只坐了一个客，怎么说装满了客呢？你船上载客，不过要钱，我并不少你的船钱，你为什么这么瞧不起人呢？”船老板听了，将脸扬过一边道：“我知道你有的是钱，有钱还愁坐不着船吗？我这船早已有人定去了，没有运气承揽你这主顾的生意，只好让给别人去发财。”

孙癞子听了这派又挖苦又刻薄的话，气得正要开口骂这船老板，忽见坐在舱里的那客人走出来问道：“你要搭船去哪里，是短少了船钱么？”孙癞子还没回答，船老板已大声对那人说道：“客人不必多管闲事，各人打扫门前雪，休管他人瓦上霜。这是出门人的诀窍，都不懂得吗？进舱里去坐吧，我们就要开船了。”那客人见船老板如此一说，登时缩了头退进舱里去了。船老板也走进后舱。随即出来了四个驾船的水手，拔锚的拔锚，解缆的解缆，忙乱了一会儿，船就离开岸了。

孙癞子立在岸上呆呆的看了，忽然心中一动，暗想不好了，这客人误上了强盗船了。这一点儿大的船又没有装载货物，怎么用得着这么多的水手？怪道以前问的那些船，都装了不少的客，只这条船仅载了一个单身客人。大概老出门的客人，都看得出这种船不妥当。这客人不是老走江湖的，就自投罗网了，我既亲眼看见，如何能不想法子救他呢？双眉一皱，即连说：“有了，有了！”看那船才行不到半里水路，忙提步追赶上去，一霎眼就赶上了。一面追赶，一面口中喊道：“你船上分明只载了一个客，为什么不许我搭船？快些靠过来让我上船便罢，若不然，就休怪我搅烂了你们的生意。”

尽管孙癞子的喉咙喊破了，船上的人只是不睬。孙癞子见船上的人不答应，又追赶着喊道：“你们装聋作哑不理会吗？有生意不大家做，你们打算独吞吗？”船老板和几个水手听得孙癞子是这般叫唤，恨不得要抓住孙癞子碎尸万段。待始终不作理会吧，又恐怕孙癞子再叫唤出不中听的话来，万一把舱里坐的这只肥羊叫唤得觉悟了，岂不坏了大事？几个人计议，不如索性将船靠拢，让这穷光蛋上来，料他这么一个痨病鬼似的人，不愁对付不了。计算已定，船老板才缓缓的伸出头来，向岸上望了一望问道：“还是你要搭我的船么，是这般乱叫乱喊干什么呢？”旋说旋将舵把扳过来，船头便朝着岸上靠拢来了。

孙癞子笑道：“你们也太欺负我们穷人了，如果江河里的船只，都和你们这条船一样，我等单身客人还能在江河里行走吗？”船老板听了气得磨牙，但是不敢回答什么，怕舱里的客人听了怀疑，只一迭连声的催促孙癞子上船。孙癞子看着船头说道：“你不把上船的跳板搭起来，像这般三四尺高的船头，教我如何跳得上呢，不是有意想害我掉下河里去吗？我又不会浮水，一掉下水就没有命了。”

船老板似乎很得意的神气说道：“你也是一个男子汉，看你的年纪并不算老，像这一点儿高的船头都爬不上，真得活现世呢。”说时顺手提起一块木板，向岸上一搭，孙癞子就从木板上走到船头来。随即弯腰去提那木板，故意做出用尽平生之力，提得两脸通红、气喘气促的才勉强提上船头。嘘了一口气道："这跳板时常在水里面浸着，所以这么重得累人，差一点儿提不动呢！"

船老板看了这情形，心想这东西只怕是合该要死了，他也敢存心来搅我们的生意！他若仗着熟习江湖规矩，来找我说内行话，我们只有还他一个不理会，看他这内行有什么用处？动手就先把他做了，量他也没有招架的本领。

船老板心里正这么转念头，孙癞子已做出极亲热的样子，向船老板叫着伙计说道："我气力虽没有，但自己知道是个通窍的人，无论在什么地方，总是处处替自家帮忙，从来不惹自家人讨厌。我也不多占伙计们的地方，每天只要给我这么一葫芦酒，连饭也不吃一粒。我一张嘴是再稳没有的了，别人想套问我半句话，就一辈子也套问不出来。"船老板不耐烦的神气说道："谁管你这些！我又不认识你，哪个是你什么伙计？你一身脏到这个样子，也要来搭船，你要知道坐在舱里的这位客人，是规规矩矩做买卖的，他既坐我的船，我不能使他心里不快活。你这般龌龊，不问什么人看了也恶心，不许你走进客人舱里去，我行点儿方便，跟我到这里来蹲着吧。"孙老癞遂由船老板引到船梢，揭开一块船板说道："说不得委屈你一些儿，请你蹲在这里面。"

孙癞子低头看了看道："不是一天两天的路程，这一点儿大的地方，教我蹲在里面，不比坐牢还难受吗？我们都是自家人，我说过了不坏你的事，你不应如此款待我。那客人舱里我可以不去，难道后舱都不给我住吗？伙计，伙计！大家都是在江湖里做生活的人，不应该这般不把我当人。"船老板心想这东西开口自家人，闭口自家人，究竟他是哪里的？我在江湖上混了这么久，并没有见过他这样的人，也没听得同行中人说过，老辈平班里头有一个这样怪模怪样的人物。我倒得盘盘他的底，看他毕竟是哪里来的？如果他真有大来历，做了生意分一成给他，也是应该的。

船老板定了主意，便仍将舱板盖上，让孙癞子坐下来，自己也陪坐一旁，慢慢的盘海底。谁知孙癞子一句也不回答，只管笑着摇头。船老板不由得哈哈大笑道："原来是一只纸糊的老虎，经不起一戳就破了。"说时接着又叹了一口气道，"真是哪里来的晦气，无端害得我们白担了一阵心事。"

孙癞子从容拨开葫芦塞，喝了一口酒说道："谁教你们白担心事呢？我一上船就对你表明了，我是不多事的，我是不惹人讨厌的，谁教你担什么心事呢？你只每日给我这么一葫芦酒，我就终日睡在后舱里，连动也不动一动。"船老板心里好笑，暗骂这种不知天高地厚的混蛋，自己也不思量思量，凭着什么本领在江湖上来吃横水？不过仍不免有些怕他搅坏已经到手的生意，面子上还是向孙癞子敷衍道："也罢！我就让后舱你住着。你自己知趣些儿，不许和前舱的客人说话。"孙癞子连忙应是，弯腰走进后舱里坐着，从此不言不动，只双手捧着葫芦，口对口的咕啰咕啰。

这夜船泊在一个很繁盛的码头之下，孙癞子自己上岸沽了葫芦酒上船，船老板问他道："你上岸去干什么？"孙癞子扬着酒葫芦给他看道："粮食完了，上岸去办粮食。"船老板道："你粮食完了，怎么不向我要呢？我船上还有两大坛陈酒，足够你喝。"孙癞子笑道："迟早是要领你的情的，我只因见你的生意还没有做成，不应该就向你需索，所以自己上岸去沽了喝。"

船老板放下脸说道："你这人真说不上路，我有什么生意没有做成？你以后喝了酒，不要说酒话吧。葫芦里若是干了，尽管向我要。"孙癞子笑嘻嘻的点头，心想这狗强盗不存好心了，他见我欢喜喝酒，就打算拿酒先把我做翻。他们江湖上用的，不过是蒙汗药，倒要看他们如何下手？

这夜安然无事，次日天明开头，顺风走了一日。下午申牌时分，船正扯起顺风帆，走得和跑马一般的快，前面一个沙滩，船行到这里要转拐了，忽然船头反向沙滩这方面一侧，只听得船底板啧啧的响了几下，船头猛触在沙滩上，全船都震动了。水手登时叫唤起来，齐声说："不好了！船身浅住不能动了。"

那客人也惊得跳起来，走到船头上看了看，问船老板道："怎么走得好好的，会走到这沙滩上来呢？"船老板道："陡然从这方面吹来一口风，船轻了载，连转舵也来不及，就走到这上面浅住了。且教水手们下河去推推看，能推动今天还可以赶十来里路，若推不动，就只得等明天再设法了。"船老板这么说着，真个跳下去几个水手，一个个用背贴住船舷，用力推挤。那船就和有胶粘住了的一样，哪里能推动分毫呢？

孙癞子在这时候也慢慢的走到船头上来，抬头向四面望了几望说道：

“好一个荒僻的地方，前不靠村，后不靠市，真是天生的好泊船所在。我们出门人，难得有这种好地方停泊，为赏玩这种野景，应得痛饮一场才好。只可惜我昨天上岸沽的一葫芦好酒，今日已经喝得没有了，此地沽不出酒来，却如何是好呢？”

船老板听孙癞子说出来的话，没一句中听的，简直心里恨得发痒。只因天色还早，恐怕后头有船只走过来，即时弄翻了脸不好下手，勉强赔着笑脸说道：“我昨日不是就对你说过了吗？我船上还有两坛陈酒，尽你有多大的酒量，都有得给你喝。你把葫芦给我，我就去装一葫芦来，包管比你在岸上沽的好多了。”

孙癞子喜道：“真的么？”船老板正色道：“谁骗你干什么呢？”孙癞子随即将葫芦递过去道：“这就好极了！我只要有酒喝，万事都不管，哪怕就死在临头，我也要喝了酒才说。”船老板接过酒葫芦笑道：“你这样也差不多成了个酒仙了。”孙癞子哈哈大笑道：“什么酒仙，做一个酒鬼也罢了。”

船老板提了葫芦进舱里装酒，暗地取出药来，比寻常多了几倍，纳入葫芦里。耳内就仿佛听得有人声说道：“还得多放些，少了没有力量。”船老板吃了一惊，忙回头看时，并不见有人影。急探头从船窗里看船头，只见孙癞子和那客人并肩立在原处，正指手画脚的说话，几个水手也都已跳上船头了。心想他们都知道我取了葫芦进来装酒，决不至放这东西进舱来，这是我自己疑心生暗鬼，所以仿佛听得有人说话。

船老板如此一想，就放心大胆的提了葫芦出来，递给孙癞子道：“你且尝尝这酒味何如？”孙癞子接在手中笑道：“药酒哪有不好的？不过合不合我的胃口，要喝下去才知道。”边说边举起葫芦，凑近鼻孔嗅了一嗅，不住的摇头道：“这里面是什么药，怎的有些刺鼻孔？”船老板笑道：“就是白酒，哪里有什么药呢？酒气自然是有些刺鼻孔的，你不要只管打开塞头走了气，这酒便不好喝了。快喝一口试试看。”

孙癞子举起葫芦要喝，忽又停住道：“我喝这酒，这位客人怎么办呢？”船老板又吃了一惊，极力镇静着道：“你是欢喜喝酒的就喝酒，他不欢喜喝酒的，有什么怎么办咧！”孙癞子点头道：“我也只要有酒喝，以外的事就轮不到我管。”说着咕啰咕啰几口，就喝下了半葫芦，咂了咂嘴说道："酒确是好的，不过不知是什么道理，一喝下肚就觉有些头昏。哎呀！不好了，你们看，这沙滩转动起来了，我的脚站不住了。哎呀，要倒了！"随说随倒在船头上，口里还只管嚷着："好酒，好大的力量。"酒葫芦掼过一边，船老板大笑道："这么没有酒量，也要喝酒，你们把他抬到后舱里去睡吧！"即有四个水手过来，将孙癞子抬进后舱去了。

不知这些强盗如何摆布，且俟第八十四回再写。

第八十四回

救客商装梦捉强徒　受友托隐形探淫窟

话说四个水手将孙癞子抬进后舱，往舱板上一掼，就如死了的一样，一点儿知觉没有。船老板已提着酒葫芦跟到后舱来，伸手在孙癞子胸前额角抚摸了几下，知道已昏迷过去了，才用很低微的声音，对几个水手说道：“这东西实在可恶，险些把我急死了。要说他是内行吧，盘问他的话，他一句也回答不来；要说他是假冒的吧，他又似乎门门懂得，件件在行。我装酒给他的时候，他那神气，不是好像已经识破我的关子吗？我正在急得不知要如何发付他才好，他却举起葫芦，咕啰咕啰的把酒喝下去了。这也是合该这东西的死期到了，仿佛鬼使神差的，教他喝了这半葫芦药酒。这葫芦里我下了五倍的药，他只要喝了一口下肚，就包管他一个对时不得醒来。于今他喝下了这么半葫芦，便是有药去解救他，也不见得能醒转来。若就这么不去理会他，至多两三个时辰就得咽气。”

船老板说到这里，又听耳根前有人说道：“你的药下少了，只怕没有力量。”船老板心里一惊，连忙回头望了一望，向立在身边的水手问道：“是你在我耳根前说话么？”这水手愕然问道：“我们正在听你说话，有谁在你耳根前说话呢？”船老板又看了看孙癞子，不由得独自鬼念道：“这就奇了！在装酒的时候，耳里就分明听得有人说话。那时舱里除了我，并没有第二个人，我还以为是我自己疑心生暗鬼。于今又听得这么说，并且听那说话的，就是一个人的声音，这不是青天白日活见鬼吗？”随又问立在身边的水手道：“你刚才没说话，也没听得有人说话吗？”

这水手道："我们四个人都在听你说话，怎么没听人说话呢？"船老板气得呸了这水手一口道："你真是糊涂蛋！我自己在这里说话，难道我自己不知道，要来问你听得了么？"三个水手都说道："我们只听得你说话的声音，不曾听得再有人说话。这舱里不是大家都看见的，并没有人进来吗？我们四个人跟你站在一块儿，若有人在你身边说话，如何能避得开我们的眼睛呢？"

船老板也懒得回答这些无意味的话，只低头望着孙癞子的脸出神。一会儿，又伸手在孙癞子鼻孔上摸了几摸，胸膛上按了几按道："天色还早，且让他们多挨一时半刻。"随将酒葫芦放在孙癞子的头旁边笑道："这里面还有半葫芦酒，你既这么喜酒，何不一阵喝下去呢？"说着和四个水手回到船梢上去了。

前舱里的那客人，虽亲耳听了孙癞子在船头上说了那些话，亲眼看见孙癞子只喝下半葫芦酒，就昏倒不省人事，然因他是一个很诚实的商人，不知道世道的艰险，并不觉得这船可疑，入夜仍照常酣睡。

约莫到了二更时分，船老板提了一把小板斧，悄悄从船舱走到前舱来。在星月朦胧之中，眼见一个人在船边上蹲着，好像伸着屁股向河里大解的样子。船老板心里一惊，暗想莫不是那客人起来大解吗？怎么我们在船梢里没听得一些儿响动呢？我们自己人此刻都在梢里等着，没人出来，那个穷叫化早已醉得不省人事了，除却前舱的客人，没有第二个。他既在船边上大解，我何妨乘他不防备，从容上去将他一斧劈翻呢？想罢，即将板斧藏在身后，行若无事的走到船头。看那人还蹲着没动，船老板心里毕竟有些恐怕黑暗中错劈了自家人，凑近前一看，不禁又吓了一跳。船边上哪里有什么人呢？连仿佛人影的东西也没有。只得自认眼睛看错了，回身去拨前舱的板门。自己的船，当然绝不费事就拨开了。

刚踏进脚去，便听得舱里的客人在梦中翻身的声音，以为是客人醒了，恐怕被他听出声息，即停脚不敢动。不一会儿，又听得打呼的声音，便钻身到了舱里。那客人睡的地方，船老板是早已看在眼里、记在心里的。此时只要举起板斧，照着认定的所在劈下去就是了。只是这个船老板是个积盗，这种谋财害命的事，经验极多，举动很是谨慎。右手一面举起板斧，一面伸左手去摸索那客人的头颅，恐怕一斧砍得不中要害，客人反抗起来，便大费手脚。谁知不摸倒也罢了，这一摸只吓得缩手不迭。

原来摸着的头颅，一触手就觉得不像是前舱客人的。前舱客人是和平常人一般的头发，结成了一条辫子，垂在脑后；此时所摸着的头颅，是乱蓬蓬的一头短发，并且尘垢粘结。一触手，就心下思量道："这不是后舱里那个穷叫化的脑袋吗，怎么到这里来了呢？"当下吓得缩回左手。忽然转念想道："管他是前舱的客也好，是后舱的穷叫化也好，横竖都是免不了要给他一板斧的。"念头这么一转，那斧就登时劈下了。真是作怪！船老板在前舱一斧劈下，前舱被劈的人一点儿声息也没有，倒是后舱里有人连声"哎呀""哎呀"的直叫，而听那叫哎呀的声音，一入耳便知道就是前舱的客人。

这一来，简直把一个经验极多的积盗弄糊涂了。不过他毕竟是一个积盗，又仗着地方僻静，自己人多，并不害怕。伸手摸板斧，似乎没有粘着血水。心里一横，也不顾后舱里有人叫唤，又是一斧劈下去，想不到竟劈了一个空。刚待提起板斧，猛觉有人从背后一把拦腰抱住，来不及挣扎，已被那人很重的向舱板上一掼，只掼得头昏脑涨。心里虽明白遇了辣手，不赶快图逃没有活命，只是四肢百骸，就如有千百条绳索捆绑了的一样，一动也动不得。舱里又漆黑，看不见把自己掼倒的是谁。只得放出极软弱的声音哀求道："我这回瞎了眼睛不认识客人，求客人饶恕我一条性命，我下次再不敢在江湖上做这生意了。"船老板尽管这么哀求，但是没人答应，也不听得舱里有什么声响，连后舱里叫哎呀的声音也没有了。只觉得船身微微的有些摇动，仿佛船已开行了的一样。

船老板昏沉沉的，似睡非睡，似醒非醒。直到天色已亮，船舱里透进了天光，船老板才明白清醒了。睁眼看舱里，一个人也没有，那客人已不知睡在哪里去了。自己的身体，塞在舱角落里，两手反操在背后，并没有绳索束缚。然因身体是蜷曲着嵌在那角落里的，两手又在背后，浑身无处着力，所以动弹不得。那把素来用作劈人脑袋的小板斧，就在身边横着。想起昨夜的情形来，仍旧疑心是在做梦。正打算要尽力挣扎起身，即听得那客人的口音在后舱里，发出很惊讶的语调说道："咦，咦，咦！昨夜是怎么睡的，如何会睡到这后舱里来了？怪道我昨夜做了一夜的噩梦。哇！你这个人的酒，也醉得太厉害了，怎么睡了一整夜，到这时分还不醒来呢？"

孙癞子这才打了个呵欠，伸了个懒腰，口里含含糊糊的说道："好酒，好酒！好大的力量。"这客人笑道："还在这里好酒好酒，你醉了一夜不省人事，此刻已经天明了，你知道么？"孙癞子翻身坐了起来，揉了揉眼睛，望着这客人道："我怎么真个睡到你舱里来了呢？"这客人笑道："你看清楚再说，看到底是我睡到你舱里来了呢，还是你睡到我舱里来了？"孙癞子抬眼看了看四周说道："这就奇了！你为什么在我舱里睡着呢？"客人道："我也不明白为什么会睡到这里来。"

孙癞子伸长脖子，向窗缝里张了一张道："船不是已开了头吗？我昨日自从喝了那半葫芦酒，简直醉得一夜不得安宁。在梦中好像是睡在你的床上。睡到二更时分，忽然看见从船头上来了一个强盗，右手提着一把小板斧，撬开舱门，跨进舱来。伸左手在我头上摸了一摸，就是一斧头劈下。喜得那一斧的来势不重，我有头发挡住了，不曾受伤。只见那强盗举起那斧头又劈将下来。我虽是喝醉了酒做梦，然心里明白，知道这一下是受不住的，连忙滚下床来。那强盗好像是瞎了眼睛的，我滚下了床，他也没看见，一板斧朝空处劈了。我恨他不过，转到他背后，拦腰抱住他往地下一掼。那强盗的身体，就和纸糊篾扎的一般，只那么一掼，就掼得他不能动了。"

孙癞子说到这里，这客人已跳起身说道："怪事，怪事！我昨夜做的梦，比你这梦还要吓人些呢。我也是梦见一个强盗，手提板斧跑来杀我。还没有跑进我的房，这边房里又跑出一个强盗来，并听得这个强盗说，一斧劈死了，太便宜了他，让给我去慢慢的将他处死吧！说着便将我连人带被褥一把捞起，抱到这边房间里来。一脚踏住我的胸膛，痛得我连声喊哎呀，好像就咽了气，不知人事了。直到刚才醒了睁眼看时，谁知真个睡到这舱里来了。"孙癞子道："我两个做一般的梦，实在太怪了，我倒要到你舱里去看看。我记得在梦中将一个提板斧的强盗，抱住掼倒在你舱里，看究竟有什么痕迹没有？"

二人在后舱里说的话，船老板在舱角落里听得分明，心中也自诧异道："原来他们都不过做了一场噩梦，我却实实在在的被掼倒在这里，受了一夜比上杀场还苦的罪。但是我不解那个穷叫化，喝下那么半葫芦酒，何以这时候不解救就醒来了呢？我再不挣扎起来逃跑，他二人走来看见了我这情形，不是要弄假成真吗？只可恨我船上这些帮手，真是些死人。我独自出来动手，一夜没回到梢里去，怎么也不出来瞧瞧？难道在这时候，一个个都能安心躲在梢里睡觉吗？这也实在太奇怪了。”

船老板心里是这么愤恨，身体竭力向宽处挣扎，只是好像特地造了这么一个陷笼，将他身体陷住似的，无论怎生挣扎，气力都是白用了。耳内听得后舱里二人的脚声，看着从船边绕到前舱来了。船老板既挣扎不起，唯有紧闭两眼听凭摆布。

孙癞子在前，跨进舱就指着角落里的船老板，大笑说道：“果然掼倒了一个瞎了眼的强盗。你看，不还在这里吗？”这客人看了吃惊问道：“咦？这究竟是怎么一回事。哎呀！这里还果然有一把板斧呢。”孙癞子道：“我昨夜在梦中因为舱里漆黑，不曾看清楚强盗的面目。来，来！我们两人看个仔细，好像面熟得很呢。”

这客人看了惊讶道：“这不是船老板吗，怎么说他是强盗？”孙癞子笑道：“是船老板么？那么我这梦就更真了。我记得梦中还到了船梢里，看见船梢里也有几个强盗，各人手中都拿了一把短刀，正要钻出来杀人。我也将他们一个一个掼倒在梢里，也正是这般掼法。这强盗既是不曾逃跑，想必船梢里的那几个，也和他一样。”这客人道：“然则这条船不是强盗船吗？我们且到船梢里去瞧瞧。”孙癞子道：“你去瞧瞧便了，我昨夜喝多了酒，今日还有些头昏，懒得去看。”这客人就独自去了。

孙癞子凑近船老板的耳根，说道：“伙计，伙计！你为什么还只管躺在这角落里不动呢？我上船的时候便对你说过了，有生意大家做，我们都是自己人。你偏要在我面前装糊涂，不理会我，反而拿药酒来把我醉倒。你将那‘灵丹子’（江湖隐语称迷药为灵丹子）放进酒里去的时候，我分明在你耳根前说，教你多放些，少了没有力量，你听了倒不理我。你自己想想，若不是你那酒将我喝得死不死活不活，我如何会做出这么一回梦来？”

船老板听了这些话，才知道这穷叫化是个有大能耐的奇人，果是自己瞎了眼睛，当面不认识，只得告哀求饶。孙癞子道：“我又不曾用绳索捆绑你，你要走尽管走，要逃尽管逃，求我干什么？”说到这里，到船梢里去看的客人已走回来说道：“昨夜的事，真教我莫名其妙，怎么做梦都成了真事呢？这船上的水手，四个人做一堆躺着，手中的短刀，都还紧紧的握着，不肯松开。一个个睁开两眼望着我，也不说什么，也不动弹。我故意问他们为什么拿着刀睡觉，他们一个也不回答，这到底是什么道理？我生长了四十多岁，连听也没听人说过这种奇事。”

孙癞子摇头道：“我也不明白是怎么一回事，你问这位船老板，他是一定明白的。”这客人虽是个老实的行商，然眼见这船老板是个强盗，心里也就异常愤恨，厉声对船老扳喝道：“你半夜手持板斧，偷进我的舱来，想谋我的财害我的命。喜得我命不该死，鬼使神差的将你是这般困住了，你还不照实供出来吗？怪道你昨夜不赶到码头上停泊，原来你这狗强盗不存好心。你老实供出你昨夜的情形来便罢，若想支吾，我就要对你不起了。”旋说旋回头在舱里寻找了一根木棒，提在手中，做出要打下去的样子。

船老板苦着脸说道：“不劳客人动手，我既到了这一步，难道还能隐瞒不说吗？客人不要以为我困在这里是鬼使神差、莫名其妙的事，昨夜若没有这位神仙，客人的性命早已没有了。我自己知道是我的恶贯满盈，才有今日，也用不着再含糊了。客人只道昨夜真是做梦么？都是这位神仙的神通广大。莫说救了你，你不知道；我被他老人家用法术软困在这里，也直到刚才方明白呢！我做了半生谋财害命的事，到今日能死在这么一位神仙手里，也算值得了。我这条船在这河里行过十多年了，每年至少也得做七八次谋财害命的案，只因我的手脚做得干净，没有破过案。不过老走久湖的人，久已疑心我这条船不大妥当就是了。然因为不曾破过案，尽管疑心也不能奈何我，不过坐我这船的很少很少，越是坐船的客少，我们便越好下手。这回合该我们要破案，因看不起这位神仙爷的仪表，三回五次的点破我，我仍不见机。昨夜在黑暗中摸着了神仙爷的头，还举板斧劈下去，这不是我糊涂该死吗？我如今说懊悔也来不及了，听凭神仙爷和客人怎生惩办便了，横竖拼着一死，只求神仙爷慈悲，不将我们送官。我死不算事，送到当官去受种种的凌辱苦楚再死，就死也死得不爽快。”

这客人见是孙癞子救了他的性命，即双膝跪下，向孙癞子叩谢救命之恩。孙癞子拉了他起来笑道：“这是你的命不该死。我因感念你在我要搭船的时候，存心想帮助我，到船头上问我去哪里。我那时看你的气色不佳，才留心看这船上。若不然，我也懒得多管闲事。此刻我已将他们这些没天良的强盗软困在这里，这个为首的也已供认不讳了，只看你打算怎生发落他们。”

这客人道："我是一个无知无识做小本生意的人，这回承您老人家的恩典，救了我的性命，我身边带的三百多两银子，又没有被他们劫去，我实是感激不尽。至于应该怎生发落他们，听凭你老人家说了就是。"孙癞子点头道："论他们的行为，委实是死有余辜。不过我们都不是做官的人，他们犯的国法，应该把他们送到官里去。只方才他求我们不要送官，我想将他们送官是容易的事，但是把他们送去了，我两人不是都得另行搭船到山东去吗？半路上搭船是很麻烦的，不如暂时依了他的不送官，我们仍旧坐他们的船。且看他们这一路伺候得我两人怎样，好便饶了他们。他们从前做了恶事，将来还是逃不了恶报，我们可以不管他。若在路上伺候我们两人不周到，我要使他们吃苦，倒不费事，你以为我这话怎么样？"

这客人虽觉得孙癞子这办法，太便宜了这些强盗，然不能说不依，只得连忙说："你老人家要怎么办，就怎么办好了。"孙癞子笑着向船老板招手道："你起来吧，这一夜的辛苦，也够你受了。"船老板经孙癞子这么一招手，浑身就和解去了千百条绳索一样，并不待如何挣扎，一着力便站起来了。也不说话，跪下地就对孙癞子叩头。连叩了好几个头才说道："我承你老人家不杀之恩，敢不尽心伺候。不过我那几个被困在梢里的伙计，大约也是你老人家的法术，将他们制住了。"孙癞子不待他说下去即答道："你去瞧他们，不是已经起来了吗？"船老板走到后梢，果然几个水手都伸腰舒腿的起来了。

这一船的强盗，自从经过了这夜的无形软困，大家都心悦诚服的将孙癞子做神仙看待，哪里还敢轻慢半点？一路小心谨慎的伺候，一文船钱也不肯收受。孙癞子还恐怕这一船强盗，暗地跟踪这客人图劫，亲自送这客人到了家，才到山东省城里来，打听张汶祥在巡抚部院里的情形。

孙癞子到山东也不住客栈，夜间就在那破旧的小关帝庙里歇宿。初到的这日，他心想我这番受了无垢和尚的托付，来指点张汶祥。我若就是这般形象去巡抚部院会他，休说在巡抚部院里当差的人，都是些势利狗，看了我这情形，决不替我通报进去；就是通报进去了，张汶祥也不见得看得起我。我不远千里的来指点他、帮助他，倒落得他一双白眼相看，岂不是自寻没趣？并且初次见面，他不知道我是何等人，我就一片好心指点他，他也未必肯听。不如在暗中先查察他的行为，若也不过一个利禄之徒，行为荒谬，我就受了无垢和尚的托付，也只是略尽人事罢了，犯不着竭力帮助他。

孙癞子打定了主意，这夜初更以后，便用隐身法进了巡抚部院，在里面穿梭也似的来来去去，谁也看他不见。马心仪与柳氏姊妹和春喜丫头的举动，他却完全看到了眼里。并听得柳无非对马心仪说自己姊妹，在船上与郑时、张汶祥成亲的事，不由得心里恨道："无垢和尚收的好徒弟，在四川弄得立脚不住了，到山东来投奔马心仪这种人面兽心的东西，已属无聊极了。偏偏在半路上还骗娶官家的小姐做老婆，像这种好色没行止的东西，我不杀他，已是看无垢和尚的面子了，还帮助他什么，指点他什么？"孙癞子已经气得打算不管这事了，但是他出来一走到西花厅里，只见郑时正在与张汶祥坐在一块儿低声说话。孙癞子心想："他两人这般低声小气的说些什么，我何不凑近跟前去听听？"随即走近二人身旁。

只听得郑时说道："我知道三弟把功夫看得认真，不肯在女色上糟蹋身体。不过少年夫妻，实在不宜过于疏淡。你要知道，你是练功夫的人，越是不近女色越好。三弟媳不是练功夫的，又在情欲正浓的时候，何能和你一样呢？"孙癞子听了这些话，已不觉在暗中点头道："照这话听来，难道张汶祥并不是一个好色没行止的东西吗？"接着又听下去。听到张汶祥摇头说："这只怪我生性不好，从来拿女子当一件可怕的东西，不仅觉得亲近无味，并时刻存心提防着，不要把性命断送在女子手里。我未尝不知道这种心思，只可以对待娼妓，及勾引男子的卑贱妇人，不能用以对待自己的妻子。无奈生性如此，就要勉强敷衍，也敷衍不来。我这头亲事，原是由二哥、二嫂尽力从中做成的，我自己实不曾有过成立家室的念头。"就在暗中连连点头道："这才是一个汉子，这才不愧为无垢和尚的徒弟！原来是郑时这个色鬼，因骗娶了柳无非，心中不免有些惭愧，所以要把柳无仪配给张汶祥，大家同下浑水，好遮掩他自己不敦品的行为。常言'人命出于奸情'，马心仪既诱奸了柳氏姊妹，两边恋奸情热，一定有谋杀亲夫的事做出来，怪道无垢和尚说张汶祥在山东凶多吉少。郑时这东西，才情学问虽有可取之处，然是个热衷利禄的人，品行又如此不端，就被马心仪谋死，也是自取的，不足顾惜。倒是张汶祥，我得设法使他认识了我，才好劝他离开这龌龊的地方。"当下孙癞子便退出了巡抚部院。

次日天色一黑，又隐形到马心仪上房里来。见这房里只有马心仪的一个姨太太坐着，和一个小丫头说话，柳氏姊妹与马心仪都不见踪影。孙癞子原是想探听马心仪对柳氏姊妹说些什么话，当即到各处房间里寻找了一会儿，连张、郑二人的睡房找遍了都没有。仍回到上房，连刚才坐着和丫头谈话的那个姨太太也不见了。正要走出来，只见一个十四五岁的丫鬟，双手托着一碗菜向上房走来。

孙癞子看了，心想这房里并没摆设席面，怎么托着菜到这房里来呢？忙让过一边，看这丫鬟托到哪里去？料定这菜必是送给马心仪吃的。只见这丫鬟直走到床帐背后去了，跟上去看时，原来床帐背后有一个小门，丫鬟临时一手推开，挨身进去了。孙癞子不等她回身关门，急跟着进去。里面灯烛辉煌，仿佛白昼，直是和天宫一般，说不尽的繁华富丽。房中摆了一桌酒菜，一男三女，各据一方坐着。正是马心仪和柳氏姊妹，还有一个女子，就是刚才坐在前房和丫头说话的那个姨太太。丫鬟送上托来的菜，即转身出去，随手将门推关了。

孙癞子就听得柳无非问马心仪说："他们是在四川做生意的人，你那时在四川做知府，充其量也不过降尊和他们来往来往，何至于与他们结拜为兄弟呢？我这个二爷倒也罢了，可以说是个读书有学问的人，将来的前程不可限量，与他结拜还勉强说得过去；至于三爷、四爷，都是粗人，你那时怎么看中了他两个，会想到要与他们拜起把来呢？你又不是结拜以后才发达的，这道理实在教我想不透。"

马心仪笑道："你只管追问这事有什么用呢？我不是早已对你姊妹说过了吗，二爷和他们两个原是多年结拜过的，并且终年在一块儿合伙做生意，没有离开过。我是后来因和二爷结拜了，不能说他两个是粗人便瞧不起，所以四个人又重行结拜，并没有别的想不透的道理，你这下明白了么？我们谈旁的快活话吧，这类不相干的事，只管谈论它做什么呢？"

柳无非摇头道："你说是不相干的事，我倒觉得是很要紧的事。我还要问你，你既不存瞧不起三爷、四爷的心，与他们结拜了，却为什么又怕外人知道，不许他们当着人称你大哥呢？"马心仪道："你这也不明白吗？我的胸襟不同，自然可以不存瞧他们不起的念头，只是官场中的人，几个和我同一般胸襟的？并且我要避嫌疑，也只好教他们不当着人称呼我大哥。你安着什么心眼，一次又一次的是这般根究？难道做官的人，朝廷订了律不许与不做官的人拜把吗？”

柳无非见马心仪面上带着不大高兴的样子，连忙笑着摇头道：“不是这般说法，我并没有安着别的心眼。不过我听你说的话，与二爷说的，有些牛头不对马嘴，使我不由得不细细的追问。”马心仪问道：“他说了些什么话，与我说的牛头不对马嘴？”柳无非道：“他在船上初次见我的时候，他说他是做生意的人，平日于官场中不甚留意。又说从甲寅年出四川，在新疆、甘肃一带盘桓，直到前年才回四川去。前年你不是已到了山东吗？据我推想，你们结拜，必有缘故。绝不是你因为二爷的才学好，就降尊和他们结拜。我姊妹承你宠爱，这种恩情，我姊妹粉身碎骨也难报万一。你非不知道我姊妹当日在船上，与二爷、三爷成亲，是出于不得已。你难道还疑心，我姊妹尚未忘情于他两人，将你说给我们听的话，去对他们说吗，何以不肯把实话告诉我呢？”

马心仪道：“这倒不用你表白，我已知道你姊妹对我的心。不过我觉得毋须向你姊妹说这些不要紧的话。”柳无非道：“不然！我姊妹既承你宠爱，就巴不得长久能在你左右。我看三爷是一勇之夫，心粗气浮，容易对付；二爷便不然，为人心思极细，主意又多。我们的事，日子长了，难保不有破绽给他看出。我逆料他这种人，看出了我们什么破绽，是决不动声色的。倘若他借故向你告辞，要带着我往别处去，只一离开了山东，便将我姊妹置之死地。到那时我姊妹有什么方法，自全性命呢？”

马心仪沉吟了一会儿道：“你我在上房里干的事，内外都是我的心腹人，有谁敢去说给他们听？没人去向他们说，哪怕老二的心思再细，试问他从哪里看出破绽来？并且这种暧昧的事，除了自己亲眼看见，旁人说的，谁也不能当做实相。你想想，我们在上房里，岂有他从外面进来，我们尚不知道的？丫头、老妈子坐在院子里是干什么事的，大家都不拦阻他，也不跑上来通报，让他撞到这里来捉奸吗？于今且退一步说，即算老二的心思灵巧，眼睛厉害，对你我起了疑心，想把你姊妹骗出去处死，我就肯放你姊妹走吗？你安心吧，不要自己疑心生暗鬼的，这也怕、那也怕。”

柳无非道：“你何不替他两人弄点儿差使，打发他们离开这里，免得终日在眼前讨厌？我在你跟前很快活的，一出去见了他，心里就不自在了。待不理他吧，又怕他疑心，每夜要勉强敷衍他一阵，实在没趣极了。妹妹倒好，三爷对她从来不亲热，她对三爷也是冷冰冰的，时常一夜都不开口，所以我说他容易对付，只苦了我一个人。”

马心仪点了点头道：“你的意思我明白了，不要性急，我不爱你姊妹便罢，既爱你姊妹，老二、老三又本是来求我提拔的，我总尽力替他两人谋外放便了。我明的提拔他两人，暗中就是提拔你姊妹。你不知道我心里踌躇的，自有踌躇的道理。”

柳无非道：“你明白了我什么意思？你以为我是替丈夫求差事吗，我哪里是这种心思？只要使他不在跟前，我心里就安然了。难怪你不肯把你们结拜的原因说给我听，原来这时候还在疑心我是替他们求差事。我姊妹的一片心，真是白用在你身上了。”说时，眼眶儿红了。

柳无仪插嘴说道：“我留神看二爷、三爷说话，一说到在四川时候的事情，两人言词都一般的闪烁，连忙拿旁的话岔开，并且都似乎不愿意提自己身家的事。我虽说生得丑陋，然也是千金之体，实在不承望嫁这么一个粗人。姊姊只说我的容易对付，却不知道我夜间和他在一床睡着，简直比见阎王还难受。”柳无非道：“我正为他两人都不愿意提自己身家的话，才想追问拜把的原因。”

马心仪道：“你们定要问我和他们拜把的原因，我就说给你们听，也没有什么妨碍。你姊妹拿着去对外人说的事，我是料定不会有的。不过恐怕你姊妹听了之后，在他兄弟面前露出使他们生疑的神色来。你知道二爷的心思是极细的，这不是当耍的事。”柳无非道：“我姊妹又不是不知轻重的小孩，这是何等重大的事，岂敢随便露出什么神色？”马心仪道：“只要你姊妹知道轻重，我便说给你们听也使得。”接着就将在四川结拜的情形，大概说了一遍。柳无非变了颜色问道：“这姓张的，就是最凶悍有名的张汶祥么？”马心仪道：“怎么不是？声名虽极凶悍，为人却并不甚凶悍。”

马心仪还在说话，柳氏姊妹都掩面痛哭起来了。马心仪看了柳氏姊妹发怔，半晌才道：“哦！我一时不曾想到，原来你姊妹和他们还有大仇呢！但是此刻也用不着如此痛哭。当你们初到山东来的时候，我听了你们成亲的事，便知道不妥，这也是老二的糊涂，雪里面岂是埋尸的？”柳无非一面揩着眼泪说道：“可怜我父亲当日在绵州死得好惨啊！我只道我姊妹是永远没有报仇的时候了，谁知腼颜做仇人的老婆，做了这么久。这也是先父在天之灵，默佑我才有今日。”说着弯腰向马心仪下拜，柳无仪也跟着拜下去。

马心仪一手搀起一个说道：“我其所以屡次不肯对你姊妹说出他们的身世来，就是为你姊妹和他们有这大仇恨，恐怕你们知道了忍耐不住。郑时聪明，必能料到是我说给你们听的。那时打草惊蛇，他们一走，就反而留下一条祸根。你姊妹向我叩头的意思，我知道，不要着虑，让我思量出一个妥当的法子，一则为你姊妹报仇，二则为我自己除去后患。你姊妹只须依遵我的话，万不可在他们面前露出使他们可疑的神色，要紧，要紧！”

柳无非道：“倒是心里明白了，情愿故意做出和他亲近的样子来，好把他稳住。”这个姨太太在旁边听到这里，才问是什么大仇恨。柳无非只得将她父亲柳儒卿在绵州被张汶祥那股枭匪杀死的事，简单说了一番。马心仪笑道：“我若是命短的，不也是和你父亲一样的殉难了吗？”说至此，那丫鬟又推门送菜进来了。

马心仪笑道：“今夜为说这些事，把好时光糟蹋了，不但没有得着快活，反弄得一把眼泪、一把鼻涕，等歇回到西花厅，不使他们看了怀疑吗？我与你姊妹定一个约，我从此心里决不忘掉你姊妹报仇的事，不过从此不许你姊妹再向我提刚才说的这些事了，我们来饮酒作乐吧，不要辜负了好时光。”孙癞子知道已没有可听的话了，不趁这时开了房门在丫鬟之前走出去，说不定以下有不堪入目的事做出来。

孙癞子出了密室，心想郑时原来是这般一个混蛋。马心仪就不替柳氏姊妹报仇，将他处死，我也不能让他活在世上。一面是这般思想，一面走出上房的院子。见院门已经关闭了，只得打算从房顶上走出去。才纵身上了房檐，忽一眼看见那密室的房顶上，好像有一个人的黑影子伏着，不觉吃了一惊。暗想这黑影不是张汶祥吗？大约他已疑心柳氏姊妹与马心仪有苟且了，所以到这房顶上来偷听。只是他们在密室里细谈，你在这房顶上如何能听得着呢？我既在此地遇着他，何妨上去和他开个玩笑，看他的胆力武艺何如。想罢，即飞身到了那边房顶。

孙癞子是由修道得来的神通，与寻常人由锻炼得来的武艺不同。飞身过去，不但没有声息，因使用了隐形法，并没有人影。尽管有绝大本领的夜行人，也听不出声，看不出形。孙癞子知道张汶祥不过是武艺高强，并不曾修过道，以为自己飞过去，张汶祥是决不会知道的，大着胆量朝那黑影走去。

谁知还没有近身，那黑影已一闪没看见了。孙癞子暗自吃惊道：“倒看不出张汶祥的本领不小，竟能知道有我到了他背后。只是他这一闪又跑到哪里去了呢？”正举眼待向四面寻觅，陡见一道白光从左边房顶上飞来。

孙癞子看了笑道：“原来不是张汶祥啊！想不到在这里遇着同道的人了。我不能就这么出头露面，且和他较量较量，再去与他会面，看他是谁，为什么也在这房顶上伏着？”随即也放出剑光来。刚与那白光一交接，那白光即时掣转去了。孙癞子笑道：“怎么呢？难道不能见人吗？既是同道，何妨玩玩。”正想向左边房上追过去，忽见那人已飞过来了，望着孙癞子拱手说道：“请问老丈尊姓大名，到此有何贵干？”孙癞子忙收了隐形术。

不知来的是谁，且俟第八十五回再写。

第八十五回

报兄仇深宵惊鬼影　奉师命彻夜护淫魔

话说孙癞子见那人拱手问话，忙收了隐形术，看那人的年龄很轻。虽在黑暗之中，因孙癞子修成了一双神光满足的眼睛，能于黑夜之中辨别五色，所以看得出那人年龄不过二十来岁，生得骨秀神清，唇红齿白，真算得是一个飘逸少年。心里不觉非常欣羡的说道："自家人不妨实说，我是浏阳孙耀庭，此番因受了朋友的托付，来此救护一个人。请问你贵姓台甫，为何在此时暗伏在这密室之上？"

少年听了，也十分高兴似的说道："学生姓赵，名承规，湖北襄阳人。此来也是奉了师傅之命，在暗中保护一个人。请问老丈要救护的是哪个？"孙癞子心想："这后生难道是来保护郑时的么？"遂答道："此时更深人静，我们在这屋顶上说话多有不便。我很想问你的话，不知你愿不愿意和我离开这里再说？"赵承规略不思索的说道："好极了！看老丈要去哪里，就去哪里便了。"孙癞子遂引赵承规离了巡抚部院。

到僻静处即停步问道："尊师是哪个，教你到这里在暗中保护谁人，不妨说给我听么？"赵承规道："敝老师就是沈栖霞师傅，大约也是老丈知道的。她老人家在静坐的时候，知道有人将要谋害马巡抚。马巡抚的母亲曾与她老人家有一段布施的因缘，所以打发我来山东在暗中保护。老丈这番受朋友之托前来救护的，也就是马巡抚么？"

孙癞子摇头笑道："我要救护的虽不是马巡抚，然有我在这里，也能使马巡抚不被人谋害。尊师曾对你说明将要谋害马巡抚的是谁么？"赵承规道："她老人家虽不曾明言，但我已来此五六日，每日在暗中细看马巡抚的举动，只怕他将来难免不死于妇人之手。若是死于妇人之手，就有十个我在暗中保护，也是无用的。"孙癞子道："果是死于妇人之手，倒不与谋害相干。我料尊师打发你来在暗中保护马巡抚，不过为尽往日与马巡抚母亲一点私情。实在像马巡抚这种人形兽行的东西，岂是尊师所愿意保护的？你自到山东以后，每夜是这么伏在房顶上保护他吗？"

赵承规道："因为不知道要害马巡抚的是谁，又不能亲见马巡抚向他说明，在他跟前保护，只好随时在房上地下梭巡几遍。若是有武艺的人夜间前来行刺，那是可以对付得了的；如果是同道中有人要刺马巡抚，我想我师傅也不至打发我来保护。"孙癞子笑道："你所想的不错。将来要谋害马巡抚的人，我倒知道，你也想见见那人么？"赵承规喜道："怎么不想见见呢？于今那人在什么地方，老丈能引我去见他么？"孙癞子道："见是很容易的，但是你见面不能和他说话。"赵承规道："为什么见了面不能说话呢？"孙癞子笑道："这其间的道理很难说。我们修道的人做事，也只能尽人事而听天命。若是凡事揭开来说，这种逆天之罪是很重的。即如尊师打发你来保护马巡抚，何以不教你和马巡抚见面，说明来意，使马巡抚好自己加意防闲呢？其所以只教你在暗中保护，就是所谓天机不可泄露。"

赵承规点头问道："那人姓什么，叫什么名字，也不能给我知道么？"孙癞子道："不是不能给你知道，也不是你知道了便有什么妨碍，因为你此时不必知道。你后天在城外某处等候，我自设法引那人到城外来。你只见见面认明白他的身材面貌，免得将来弄出乱子。"赵承规知道不肯说的话，就是追问也是不肯说的，便告别要走。孙癞子道："且慢！你此刻住在什么地方，告我知道。到要紧的时候，我好来找你。"

赵承规道："我有个亲戚在城外开豆腐店，我就寄居在他店里。"当下细说了那豆腐的地址，即作别去了。孙癞子也就回关帝庙歇宿，心中计算，要如何才能将张汶祥引出城与赵承规会面。想来想去，就想出第七十五回书中所写引诱的方法来。孙癞子的来历，既经叙述明白，于今却要接着第七十七回书，继续写"张汶祥刺马"的正文了。

且说张汶祥在树林中问明了孙癞子的来历，忙起身向孙癞子一躬到地说道："难得你老人家不远千里前来救我，这恩德只好来生变犬马以图报答。

因我与郑时拜盟在十年前，誓共生死，今日他既死于马心仪这淫贼之手，我是决不与马心仪两立的。我也知道马贼身为封疆大臣，要杀他不是容易的事，非拼着把自己的性命不要，是不能取他性命的。”孙癞子道：“这事干不得！你是一个豪杰之士，难道说郑时是不该死的吗？我受了你师傅的托到这里来，是为要劝你趁这时候去红莲寺出家。以前的事，一切不放在心上。像马心仪这种恶人，到时他自有恶报。你此刻要图报复，休说做不到，便做得到也不值得。”

张汶祥正色说道：“你老人家和我师傅的好意，我既是一个人，岂不知道感激！郑时的行为，我也知道是有些不正当的，不过不应该死在马心仪手里，马心仪更不应该是这么骗杀。我此心已决，非报了这仇恨，誓不为人，值得不值得我不管。”孙癞子见张汶祥一腔义愤之气，现于辞色，也不由得心中钦佩，连连点头说道：“大丈夫交友处世，本应如此。但是我劝你趁此时回红莲寺去，一则是因受了你师傅的托，不得不这么说；二则因知道马心仪此时死期未到，有本领比你高强十倍的人在暗中保护他。仇报不了，反把性命送掉的事，不是聪明人干的。”

张汶祥听了，似乎不耐烦的样子，将那包袱提在手中说道：“官做到督抚，暗中自有大本领人保护。要等到他没有人保护，除非是他死了。我既肯拼着不要自己的性命，哪怕马心仪本人的本领比我高强十倍，我也不能因畏惧他，便不图报复。于今郑大哥惨死鸿兴栈，还没人去收尸埋葬，我包袱里尚有一百几十两银子，且去打点他的后事再说。”

孙癞子忙摇手阻拦：“去不得，去不得！去就白送一条性命，你知道此刻正关了城门捉拿你么？你不相信，我不妨带你去瞧瞧。”张汶祥忍不住流泪说道：“我不去装殓郑大哥的尸首，听凭街坊的人，草草扛到义冢山去掩埋，我心里怎么过得去呢？”孙癞子道：“这事你不用着急，我倒可以代劳，只是你万分不能在此地停留。就是要存心报复，也得从容等马心仪的防范疏了，方能下手。”张汶祥心想孙癞子受了我师傅之托，前来劝我回红莲寺，自是不主张我去行险的。大丈夫做事，既不求他帮助，何必和他多说，口里答应他便了，免得噜噜唣唣的说得我心思纷乱。当下即对孙癞子说道：“你老人家能代我去安葬郑大哥，我非常感激。这里有几十两银子，你老人家拿去办衣衾棺木。这里还有几件衣服，原是买来给郑大哥穿的，谁知却是买来给他装死的。”说时将手中包袱打开，取出了几件衣服和银两，交给孙癞子道：“此时城里正在捉拿我，我决不前去送死。不过我自己还有一点儿私事不曾做了，不能即刻离开山东。你老人家安葬了我郑大哥之后，请先回浏阳去，我随后就来。”

孙癞子明知张汶祥报仇之念已决，这是随口敷衍的话，也不好再往下说，收了衣服银两做一包系在腰间。张汶祥对孙癞子行了个礼，一面揩着眼泪，一面提着包袱走了。孙癞子并不问他去哪里，也提了酒葫芦旱烟管，回身走进城来。

此时马心仪真个下令满城搜索张汶祥，所有的城门都有人把守了。孙癞子先到棺木店里买了一具棺木，叫人抬到鸿兴栈来，看郑时的尸首，还躺在鲜血之中。街坊上人正在聚议，如何凑钱买棺安葬，见有人抬着棺木来了，大家都落得省钱省事。孙癞子刚教人将郑时的尸首移进棺内，只见前面又有人抬着一具棺木来了，棺后还跟着一个骑马的大汉。原来是施星标顾念四川结拜之情，跪求马心仪恩准收尸安葬，所以亲自前来装殓。

孙癞子见了喜道：“既有他这个出头露面的把兄弟来了，安葬的事，我可以不管了。”也不与施星标见面说话，一掣身就从人丛中走了。施星标查问是谁买来的棺木，无人知道。他倒疑心是柳氏姊妹于心不忍，暗中花钱买人出来的。

马心仪既杀了郑时，吓走了张汶祥，很得意的将柳无非收做七姨太太，柳无仪做八姨太太。心里虽也想到了怕张汶祥寻仇报复，但是觉得张汶祥不过匹夫之勇，自己有这么高的地位，轻易不出衙门；就是出外，也有无穷的人保护，绝不是一人匹夫之勇所能报复的。只亲自挑选了几十名亲兵，夜间轮流在上房的前后院把守，便安然不放在心上了。对施星标说是因四川总督的公文来了，不能不将郑时就地正法。杀了郑时一人，才可以保得住施星标的性命，不然，是免不了受牵连的。施星标信以为实，反感激马心仪是存心开脱他的死罪，益发小心谨慎的在马心仪跟前当差。

且说张汶祥别了孙癞子之后，打听得马心仪捉拿他的风声已经平息了，才敢偷进城里住着。心里想道：“我若要等到马心仪出来的时候，才上前行刺，是很难得有机会的。我在他衙门里住了这么久，一次也不曾见他出过衙门。他于今知道有我在外，自然更不敢出来。我要报仇，就只有黑夜到他衙门里去，连同柳氏两个淫妇一并杀却，我不信他衙门里有能拿住我的人。”主意已定，就在这夜二更过后，独自结束停当，带了利刃，从屋瓦上翻越到巡抚部院来。

张汶祥虽是武艺不错，平日穿房越脊，确能如履平地。无奈巡抚部院，究是武卫森严之地，不比寻常房屋，伏在房檐边偷看上房的前后院子里，都有亲兵擎刀立着，上房门窗紧闭。暗想淫贼有六个小老婆，夜间不知道他睡在哪个小老婆房里，我如何好下手去杀他呢？眉头一皱，忽转念头道：“有了，我身边带了火种，何不去大堂上放起火来？那淫贼听得大堂失火，料他不能躲着不出来。大家忙着救火之际，我还怕不好下手吗？”想到这里，即起身提脚，打算翻到大堂上去，可是心里总不免有些怕院子里的亲兵看见。心里一有顾虑，脚下就不似平时的自如了。一脚踏在瓦上，“哗喳”一声响，吓得连忙蹲下身躯不敢动，侧耳听院子里的兵有没有动静。还好，大家都好像不曾注意。刚待重新立起来，仿佛觉得眼前有一条黑影闪过去，比旋风还快。心里大吃一惊，赶紧抬头张望，这时虽无月色，然星光很亮，数十步以内的人影，在夜行惯家的眼中，是能看得清晰的。只是举眼四望，并不见有人影，暗自诧异道：“什么人有这么快的身法？就是飞鸟和闪电，也快不过我两只眼睛，怎么一闪便不见了呢？咦，难道是大哥的阴灵，知道我此刻来这里报仇，特地前来帮助我么？”

张汶祥正在如此猜想，猛觉身后有什么东西擦得瓦响。急回头看时，只见一个人立在檐边，双手举起一件黑东西，向院子里打去。接着便听得“哗喳喳”的瓦响，原来打下去的是一大叠屋瓦。那瓦一打到院子里，底下亲兵登时惊吼起来。张汶祥还没看明白檐边的人是何形象，一霎眼便没看见了，逆料既是这么惊动了防守的人，今夜是行刺不成了。哪里再敢停留，也顾不得脚下瓦响，一口气逃出了巡抚部院。躲在一处民家的楼房上，偷看巡抚部院，一时灯笼火把照耀得满衙门都红了，但是不见有一个能上高的人，在底下惊扰了好一会儿，才有人用梯子缘上房檐，举火把四处寻觅。

张汶祥暗骂这班不中用的东西，真活见鬼，等你们此时缘上梯子来还寻觅得着的，也到你巡抚部院来行刺吗？偷看到四更以后，灯笼火把还没有完全熄灭，只得垂头丧气的回到住处歇息。

次日就听得有人传说，昨夜抚台衙门里闹了一夜，瓦在屋上好好的，却一大叠的打到上房院子里来，把一个亲兵的头都打破了。马抚台发了怒，每一个亲兵打了几十军棍，因那些亲兵说瓦是鬼打下来的。这马抚台大约是一个不信鬼的人，怪那些亲兵不该造谣言，并吩咐以后如果有人敢再说有鬼的话，定要重办。

张汶祥听了这些话，心里也疑惑那打瓦的，不知究竟是人是鬼？待说是人吧，影子不能是那么一闪就不看见了，即算孙癞子有那么快的身法，而看那影子的大小神情，绝不与孙癞子相似；若说是另有大本领的人帮助我吧，便不应该吓我，并打草惊蛇使他们有了防备。帮助马心仪的吧，就应该将我拿住，不至倒用瓦打伤马心仪的亲兵；待说是大哥的阴灵吧，姑无论那影子不像大哥，并且世间哪有这门活现的鬼呢？张汶祥心里这般疑惑，却不因此减退报仇之念。第二夜又从房上到了衙门里，一看院子里把守的亲兵更多了，就拼着不要性命，也没有法子能报这仇。

一连几夜，简直不能下手，忽然想起鲁平家里的老头慧海来，记得那日慧海曾说过，如果有为难的时候，前去找他。我于今仇不能报，白天又不敢多出外行走，恐怕被人认识，何不去找他谈谈？他是有能耐的，年纪老，见识也多些，或者他能帮助我也难说；便是他不肯出力帮助，我看他是一个很正气的老头，谅不至反帮着淫贼与我为难。

这日一早，张汶祥就出城到鲁平家来，门外草场上，正有几个很壮健的汉子，练拳的练拳，练棒的练棒，一个个面上都现出十分畅快的样子。张汶祥看了，不觉心头羡慕道：“还是安分的良民得真安乐，他们心中无所畏惧，无所忧虑，每日不练把式，就下田做工。不下田做工就练把式，吃得饱，睡得足，何等逍遥自在！我当日在四川，何尝不可以学他们这样快乐一生？偏要自恃武勇，不肯安分做农夫，情愿倾家荡产，结交一般盐枭，受他们的推戴做头目。自做了盐枭头目以后，便不曾有一时半刻像这样的安闲。弄到而今，一身没有着落还在其次，就是这颗心一想到大哥惨死，登时比油煎刀扎还难受。细想起来，乃是自寻苦恼。枉自练好了一身武艺，哪里及得他们这般享受？”

张汶祥如此思量着，不由得停步望着练拳棒的出神。练拳棒的见有人目不转睛的看他们，也都停了拳棒不练，拿眼睛来打量张汶祥。张汶祥知道初练拳棒的人，最是技痒，如果看的人不留神，露出了轻视的神色和言语，是一定要被责问的，甚至还要较量较量。当时见这几个汉子停了拳棒不练，就提防他们是技痒，要兴问罪之师了。不待他们开口，急忙拱手赔笑道："我是特从省里来拜访慧海老师傅的，随便请哪位老大哥进去通报一声。"还好，那几个汉子听说是拜访慧海老师傅的，立时都把寻是非逞身手的念头打断了。

其中有一个练拳的走过来，打量了张汶祥两眼问道："你前次不是曾到我家来过的吗？"张汶祥连连点头应是。这人向前走着道："请随我来。"张汶祥跟着走进前次坐的那间客房里，这人自到里面通报去了。

不一会儿，只见慧海笑容满面的支着拐杖出来，很亲热的说道："张大哥辛苦了，怎的这么早？"张汶祥一面迎上去行礼，一面暗地诧异。记得前次在这里随口答应姓王，并没有说出真姓，何以他会知道我姓张，称呼我张大哥呢？慧海答礼让座说道："我一向很担心张大哥在省里不大方便，几次打算到省里去接张大哥到这里来住些时。一来因多了几岁年纪，真是老朽了不堪劳动；二来也恐怕张大哥多心，弄巧反拙。张大哥不知道我是谁，我却是知道张大哥的。不但知道，说起来还很有些瓜葛呢。"

张汶祥很不安似的望着慧海，不知道究竟有什么瓜葛？慧海继续说道："尊师不是无垢和尚吗？"张汶祥连忙应是，慧海道："你知道无垢和尚的俗家姓什么，原来叫什么名字么？"张汶祥面上好像透着些惭愧的神气说道："不知道。我当日也曾问过他老人家，无奈他老人家硬不肯说。我因出家人多有不肯拿在俗时的姓名告人的，大半由于出家是不得已的事，一提起俗家姓名，就不免触动多少感慨，也有说出真姓名有妨碍的，所以我不敢根究我师傅的姓名。"

慧海点头道："你师傅若拿真姓名告人，并没有什么妨碍，也没有什么感慨可触动。不过你师傅生成要强不肯示弱的性格，与别人不同，说起来只是一桩笑话。你既不知道你师傅的姓名，他的身家履历，不待说是更不得而知了。"接着，将田广胜、周发廷、雪山和尚三人同学剑术，及田义周在仙人溪与朱镇岳交手受伤，朱镇岳入赘田家，田义周愤而出走的话说了一遍道："你师傅就是这个赌气跑出来的田义周。从那次跑出来，至今不但不曾回过家，并一字的音信也没有通过。朱、田两家的人，到处都寻访了一阵，访不出下落，只得罢了。几十年来，大家心里都以为他已不在人世了，直到近来孙耀廷到了山东，因他是在峨眉山学道的人，曾在毕祖师处见过你师傅，向我说起来我才知道。”

张汶祥问道：“孙耀廷老丈，你老人家认识吗？”慧海道：“都是说起来才认识的。我的话还没有说了，我不是刚才对你说，与你还很有些瓜葛的吗，有些什么瓜葛呢？我与你师傅是同门的弟兄，你还有一个师伯名孝周，因带兵与发逆交战，在广西阵亡了，只是尸首不知下落。你师祖田广胜派我们几个徒弟去寻尸，并吩咐我们道：‘谁寻着了孝周的尸首回来，便招谁做女婿。’偏偏被魏壮猷那小子寻着了，他就做了田家的女婿，和你师祖是一家人了。你师祖原有两个女儿，魏壮猷配了个小的。我那时少年意气，想做你师祖的小女婿，你师祖不肯，我也就赌气离开田家了。这都是少年时候的荒谬举动，过了些时回想起来，委实有些觉得对不起人。二十年前遇着雪门师伯，他劝我出家，我因此皈依了佛法，赐名慧海。雪门师伯原是要我披剃的，我一想我本是个无家的人，若一披剃认真做了和尚，在某寺某院当起住持来，无家反变成有家了。我一生是东飘西荡，随遇而安，没有一定住处的，既当了某寺某院的住持，就不能再和从前一样东飘西荡，随遇而安。那么一来，是出家反变成在家了。本来修行重在守成，落发不落发，完全不与修行相干，我不落发，没有拘束，一落发就拘束得寸步难移了，所以我就做了现在这个不落发的和尚。”

张汶祥听到这里，从容立起身，恭恭敬敬的对慧海叩头道：“原来是师伯，不是你老人家说出来，小侄怎得知道？”慧海伸手搀起张汶祥道：“你前次到这里来的时候，我眼里虽已看出你是一个会武艺有侠气的人，然尚不知道你就是田义周的徒弟。你走后，孙耀廷就到这里来了，我才知道赵承规也是孙耀廷约了到这里来的。你那日不是曾在这里，与赵承规会过面的吗？”张汶祥应是问道：“师伯的真姓名，不能说给小侄听么？”慧海笑道：“有何不可？只是我已二十年不用这真姓名了，说出来除了几个少年时在一块儿的朋友，谁也不知道这姓名是何等人。我俗姓史，名卜存，原籍直隶广平人。你这回受的委屈，我完全知道。孙耀廷因为你不听他劝的话，赌气回浏阳去了，打算教你师傅亲自来山东劝你。赵承规也因为你不听孙耀廷的劝，执意要在这时候报仇。他是奉了他师傅沈栖霞的命，特来保护马抚台的人。假使你的仇报成了，他便不能回襄阳见他师傅，因此只得每夜时刻不离的在巡抚部院保护。”张汶祥听了，心里才明白那夜打瓦的是赵承规。

慧海又道：“孙耀廷为恐怕赵承规将你做寻常刺客看待，在黑暗中遇着，使出他的飞剑来。你虽是武艺不错，然完全是血肉之躯，怎能抵敌道家的宝物？费了多少心思，方将你引到这里与赵承规会面，只是那时的杀机还未动。日后的事，孙耀廷虽有预知的道行，但不敢事先揭穿，恐遭天谴。这番的事，孙耀廷实在是煞费苦心，若没有他，你的性命就不送在鸿兴客栈，也早已送在巡抚部院的房檐上了。难得你今日忽然想到我身上，巴巴的跑到这里来，我就看在无垢和尚的分上，也得劝劝你。孙耀廷说郑时这种又热衷好色、又无品行的人，本是应该杀的。马心仪便不杀，他也要杀死他。这算不了什么仇恨，你犯不着拼性命去图报复。他这话虽也是正理，但我却不以为然。我辈为人，讲的是意气，重的是情义。这人的行为不正，我看出来了，早就不应与他结交；结交之后才看出来，就应该苦口劝诫；劝诫不听，只好说明绝交。既绝交以后，他的存亡荣辱，我便可以不过问了。至于你和郑时，我听说十多年来比亲兄弟还要亲热。同荣辱，共生死，不是一两次，那就不是寻常结交朋友的可比。朋友尚且须到明示绝交之后，方可视同路人；你和郑时还正在共患难的时候，他忽被人惨杀了，而杀他的，又是与你也有仇恨的马心仪，我知道你不报这仇，是决不肯善罢甘休的！”

张汶祥听到这里，已止不住泪如雨落，立起身看了看门外。慧海道：“这地方若是不能说话的，我如何敢对你说这许多话呢？”张汶祥见门外果然寂静无人，便说道：“我情愿与郑大哥一同死在那淫贼手里。淫贼能杀死我便罢了，没有人再出头替我和郑大哥报仇；若他不能把我杀死，我留着性命在世一日，是要努力报一日仇的。哪怕那淫贼福分大，不等到我的刀刺进他胸膛，他先自病死了，我也得翻出他尸骨来，戳他几个透明窟窿，以泄我胸头之恨。你老人家刚才说那淫贼与我也有仇恨，这话我却不能不说明。我对那淫贼，除了为他惨杀我郑大哥而外，丝毫仇恨也没有。你老人家以为他奸占了我的老婆，我是应该恨他的。这事不仅你老人家是这般想，大概除了我已死的郑大哥，没有第二个人知道我的心事。那淫贼若不是这般骗杀我郑大哥，仅奸占了柳氏姊妹做小老婆，郑大哥心里或者不免有些难过，然也不过一时；至于我心里，倒觉得非常庆幸，非常安慰。并不是我事后故意在师伯面前说这种矫情的话，实在当日郑大哥教我与柳氏成亲，就是迫不得已，奉行故事一般的举动。自从搬进巡抚部院里住着，我心中觉得对柳氏时刻不安，亲近不得，疏远不得，正拿着不好怎生摆布。难得她肯与那淫贼苟且，就好像读书人遇着一个难题目，做不出文章，忽然有人替他代做了，他岂有不欣喜的道理？”

慧海笑道：“我知道你这话并非矫情，孙耀廷说他曾亲耳听得，郑时在巡抚部院西花厅里，劝你亲近柳无仪。孙耀廷就因听了你那番回答郑时的言语，才知道你是一个好汉。若不听了你那番言语，他虽是受了你师傅之托，然到山东后，因知道你和郑时娶柳氏姊妹的事，就很惊讶无垢和尚何以收了你这么一个徒弟。以为似这般好色的人，受凶险是应该的，哪值得数千里托人前来救护？及知道你果是一个好汉了，就只可惜你结交错了人。不过，于今这些话也都不必说了。我要劝你的话，不是劝你不报仇，是劝你不要性急。你应该知道‘君子报仇在三年’的那句老话。孙耀廷也曾对你说过的，马心仪此时死期还没有到，所以偏巧有沈栖霞师傅那般人物，在暗中帮助他保护他。但是沈师傅也只不过略尽人事，难道能在暗中保护马心仪一生一世吗？我劝你暂时回红莲寺去最好。等到有机可乘的时候，再出来报仇，是易如反掌的事。”

不知张汶祥听了依遵与否，且俟第八十六回再写。

第八十六回

张义士刺马报冤仇　郑青天借宿拒奔女

话说慧海劝张汶祥暂时回红莲寺去，且待有机可乘的时候再出来报仇。张汶祥道："沈师傅是个修道的前辈，她老人家何苦庇护一个人面兽心的马心仪，使我郑大哥冤死九泉，仇恨不能伸雪呢？"慧海道："你这话也就和孙耀廷说你一样了，各人有各人的私情交谊，不可一概而论。总之，你志在报仇，非做到决不放手；而沈师傅志在报德，非尽力保护马心仪，于心不安。但是她保护的，只能保护一时，不能保护终身，你何必定行在这时候自找麻烦呢？我因与两方都有交情，不愿意眼看着自己人动手相残杀，所以劝你回红莲寺去，暂且忍耐些时，自有你报复的机会在后。"张汶祥听了，低头不语。

慧海接着说道："我在四十年前，无意中得了一把好刀，真是削铁如泥，杀人不沾血。不过于今在我手里，已没有用处了，你将来报仇时是用得着的，我就送给你吧。"旋说旋起身掳起长袍，从腰间解下一把刀来。张汶祥看那刀觉得很怪，刀叶连柄虽有二尺四五寸长短、三寸来宽，但是刀背还不到一分厚薄，弯成个半月的钩儿。只见慧海右手握着刀柄，左手捏着刀尖，只一拉扯，刀叶登时拉直了。不过左手放开，刀叶仍旧转了过来。慧海举起来，向桌面上只一拍，那刀叶即直挺挺的，和寻常单刀一般模样。慧海指点着这刀，笑向张汶祥道："这刀在我腰里四十年，也不知诛了多少贪官污吏、淫妇奸夫。因你也是一个侠义的汉子，才愿意送给你，可算得是你的一个好帮手。"说着递给张汶祥。

张汶祥连忙起身双手捧接，觉得轻如箬叶，口里自是极力称谢，心里却不免有些怀疑。暗想这么轻薄这么柔软的刀，使用起来，不但不能挡格人家的兵器，就是杀在人身上，又如何能着力呢？心里如此一怀疑，两眼便不由得怔怔的望着刀叶出神。慧海似乎看出了他怀疑的意思即说道："这种刀出在缅甸，每一把刀，须费一二十年的工夫才能锻炼成功。那锻炼的方法，只有缅甸人知道。用的时候，照我刚才的样，向桌面上一拍，就是这般直挺挺的了。不用的时候，不仅可以缠在腰间，并能盘成一个圆饼儿，系在腰里。不过没练过武艺的人，不能使用罢了。就是会武艺的，初次使用，也难免觉得有些不称手，渐渐懂得了这东西的性格，便知道比一切的刀都好使了。"

张汶祥听了，才明白这刀的来历，当下又称谢了一番，也向腰间缠了，遂作辞出来。临行时，慧海还叮嘱，万不可在这时候去冒险报仇，白送了性命。

只是张汶祥是个热烈的汉子，一时怎能将报仇的念头完全放下？夜深还是偷进巡抚部院。无奈有赵承规时刻不离的保护着，张汶祥一到马心仪睡觉的房屋上，赵承规就在暗中抛砖掷瓦的，警告下面巡守的兵士，总弄得张汶祥没有下手的机会。张汶祥虽是愤恨赵承规比恨马心仪还厉害，但自己的本领不是赵承规的对手，简直没有泄愤的方法，一连几夜都是空劳往返。这夜在黑暗中忽听得赵承规的声音说道："张汶祥，你也太不识好了。我若不看在你师傅无垢和尚与你师叔慧海的情面上，谁耐烦三番五次的和你纠缠？你如果明日再不离开山东，就休怪我姓赵的不讲人情。"张汶祥耳里听得分明，眼前却不见有人影。仔细思量："慧海叮嘱的话，不能不听，只好暂让这淫贼多活几时，等他恶贯满盈了，再来取他性命。"遂忍气吞声的离了山东，悄悄的回红莲寺来。

他到红莲寺不多时，无垢和尚就死了，此时的知圆和尚虽则还年轻，然一则因他是无垢最得意的徒弟；二则因满寺的和尚当中，只有他是文武兼全的，众僧人都愿意推戴他做当家。张汶祥回到红莲寺的时候，无垢曾几番劝他从此削发，他执意不从道："我既削了发，披上了僧衣，便应该遵守戒律，不能再干杀人报仇的事。我只要大仇报了，立刻出家不问世事。"无垢见他这么说，只得摇头叹道："孽障，孽障！要等到报了仇再出家，只怕已是来不及了啊。"

张汶祥也不理会，闷闷的在红莲寺住了两年，打听得马心仪已由山东巡抚升两江总督了，心想这是我报仇的时候到了。不相信赵承规直到今日，还在那淫贼跟前保护，遂即决定前去南京报仇。动身的时分，才对知圆和尚说道："我此去南京，若不能将仇报了，誓不回来。前年在山东的时候，承慧海师叔送给我一把缅甸刀，他老人家原是送给我报仇时用的。但是这刀有好处，也有坏处。好处在刀锋犀利无比，无论接连杀多少人，不至有卷口斫不断的毛病。坏处却在只能挥斫，不能戳刺，并且我习练了若干时候，还觉得用不惯。万一因这东西靠不住，误了我的大事，后悔不及了。我原有一把尺八寸长的匕首，已随身用过多年了，能刺透十层厚牛皮，不闻得响声。我还是带它去的妥当。这缅甸刀也非易得之物，就转送给老弟做个纪念吧。出家人虽说没事用得着这种凶器，然留在身边不用，是没有妨碍的。"边说边从腰间解下那缅甸刀来，交给知圆和尚。知圆料知是不能劝他不去报仇的，只得叮咛他小心谨慎。那把缅甸刀，从此就留在红莲寺了，后来陆小青遇着的，正是这把缅刀。

且说张汶祥身边藏了匕首，从红莲寺动身独自到南京来。此时赵承规虽早已不在马心仪跟前保护了，然马心仪自从在山东闹过那几夜刺客之后，知道张汶祥不死，必存心替郑时报仇，因此防范得极严。尤其是夜间，每夜必更换几次睡处。不到天明，连上房里的丫头、老妈子，都不知道马心仪的睡处。

张汶祥夜深偷进总督衙门探了好几次，简直探不出马心仪睡在哪里，不由得非常纳闷，马心仪在白天又不出来。张汶祥从二月间就到了南京，直等到八月里，竟不曾一次见着马心仪的面。好容易等到中秋这日，才得着了八月二十日，马心仪亲到校场坪看操的消息。张汶祥这一喜就非同小可了，心想这淫贼既亲自出来看操，便不愁刺他不着了。不过他是一个贵极人臣的大官，一般人都说，大富大贵的人，身边常有百神呵护。这话虽荒唐不足信，然我既要报仇，何妨且去城隍庙，拜求城隍菩萨，怜我一片苦心，在暗中保佑我成功。

张汶祥平时原不信神鬼的，这时却买了香烛，走进城隍庙，痛哭流涕的跪在神前默祷了一番。捧卦在手祝道："弟子这仇恨若这回能报得了，求连赐三回胜卦；这回报不了，就求连赐三回阴卦。"祝毕，将卦掷下，得了一回胜卦，心中欣喜。又掷又是胜卦，第三回还是胜卦。于是又祝道："若就在八月二十日能报这仇，仍求菩萨连赐三回胜卦，不能就是阴卦。"想不到掷下卦去，乃是阴卦；再掷再是阴卦，掷三回还是阴卦。张汶祥不由得着急道："菩萨既许弟子的仇能报，八月二十日是那淫贼看操之期，这日不能报，过后又如何有机会给我去报呢？说不得麻烦了菩萨，弟子只得细细的叩求明白。既是八月二十日不能报，若二十一日能报，仍求赐三回胜卦。"掷下去还是三个阴卦；又问二十二，也是三个阴卦；又问二十三，倒连掷了三个胜卦。

张汶祥心中疑惑道："这就奇了！二十日淫贼出衙门看操，我倒不能报仇；错过了这个机会，哪里再有给我下手的时候呢？城隍是阴间的官，总督是阳间的官。常言官官相卫，只怕是城隍爷有意庇护这淫贼，存心是这般作弄我。我忍气吞声的等到了今日，也只好听天由命了，顾不得城隍爷赐的卦象，二十日便是报不了，也得下手。"

出了城隍庙，就思量要如何才能近马心仪的身，忽然暗喜道："有了！从总督衙门到校场，没有多远的道路。总督出来，照例文武僚属，均得站班伺候。我何不办一副纱帽袍套，假装一个候补小老爷，混站在佐杂班子里面。南京几百名候补的小老爷，有谁能个个认识呢？等到淫贼在我身边经过的时候，我才动手，还怕他逃得了么？"主意已定，即买办纱帽袍套，只等到了二十日，就穿戴起来去站班。

谁知度日如年的等到八月十九夜，不做美的天，忽下起雨来。平常七八月的雨，多是下一阵便停止不下了。偏是这回的雨，下了一整夜，二十日天明还不止，只下得校场里水深数寸，早饭后还沥沥淅淅的下着。马心仪只得临时悬出牌来，改期迟三天再操，张汶祥到这时才信服城隍爷真灵验。

到了二十三这日，张汶祥起来穿戴整齐之后，当天摆了香案，跪地默祝他郑大哥在天之灵，暗中帮助他报仇成功。但是他毕竟不是做官的人，不知道官场的习惯，又是独自一个人，没有当差的去打听消息。想不到马心仪下校场的时候极早，等张汶祥赶去时，马心仪已到校场好一会儿了。校场上拥护马心仪的人太多，候补小老爷没有近前的资格，恐怕被马心仪看出破绽，反为偾事。逆料看完了操回衙的时候，文武僚属还是免不了要站班伺候的，只得混在校场中等候。好在南京没有认识张汶祥的人，而头上戴了纱帽，遮去了半截面孔，就是熟人，不注意也认不出来。任凭马心仪如何机警，如何防范，无如在山东时结下的仇怨，事已相隔三数年了，路也相隔数千里了，又正在官运亨通、志得意满的时候，有谁平白无故的想起几年前的仇人来呢？说到这里，又似乎是马心仪的恶贯已盈，合该死在张汶祥手里。

这日他下校场看操的时候，原是乘坐大轿，两旁有八个壮健戈什围护着去的。若下午回衙的时候，还是这般围护着，张汶祥的本领虽高，匕首虽利，也不见得便能将马心仪刺死。偏巧马心仪看操看得得意，因回衙门没有几步路，一时高兴起来，要步行回衙。他是做制台的人，他既要步行不肯坐轿，谁敢勉强要他坐轿？在他以下的大官，当然都逢迎他的意思，陪着他一同行走。一般小官，都齐齐整整的分立两旁，排成一条甬道，从校场直排到总督衙门的大门口。

马心仪在四川做知府的时候，身体本来肥大，此时居移气，养移体，益发肥胖得掩着肚子如五石之瓢了。那时做官的人，最讲究穿着袍褂踱方步，以为威严。平日闲行几步，尚且要摆出一个样范来；此时满城的僚属，都排班在两旁伺候，自然更用得着起双摆了。一面挺起肚皮大摇大摆的走着，一面微微的向两旁的官员点头。哪知道已走近自己衙门了，猛然从身旁跳出一个袍褂整齐的官儿来，迎面打了一个跧，口称“给大人请安”，“安”字还不曾说出口，一把雪亮的匕首，已刺进马心仪的大肚皮里面去了。马心仪当下惊得“哎呀”一声，来不及倒地，张汶祥已把匕首在肚皮里面只一绞，将肚皮绞成一个大窟窿，肠子登时从窟窿里迸了出来。马心仪认明了是张汶祥，还喊了一声：“拿刺客！”才往后倒。

可怜那些陪马心仪同走和站班的官儿，突然遇了这种大变故，没一个不吓得屁滚尿流，有谁真个敢上前拿刺客？只几个武弁的胆量略大，然也慌了手脚，只知道大家口里一片声跟着大喊：“拿刺客！”究竟也没人敢冒死上前。

张汶祥从容拔出匕首来，扬着臂膊，在人丛中喊道：“刺客在这里，决不逃跑，用不着你们动手捉拿。”众人见张汶祥没有反抗拒捕之意，方敢围过来动手，将张汶祥捉住。马心仪左右的人，已将马心仪抬进了衙门。马心仪双手抓住自己肚皮上的窟窿，向左右心腹人道：“赶快进上房去，将七姨太、八姨太用绳索勒死，装在两口空箱里，趁今夜沉到江心里去。施星标夫妇，也得即时处死，不可给外人知道。”吩咐了这番话才咽气。他左右的人，自然遵照他的遗嘱行事，柳无非姊妹和施星标夫妇，真是做梦也想不到是这般结局。

马心仪其所以遗嘱将四人处死，因他在四川与郑时等拜把及诱奸柳氏姊妹的事，若揭穿出来，自己的罪恶也很重，清廷必议他死有余辜，倒被张汶祥得了一个义士的好名声。以为自己的罪恶，当时除却张汶祥，只有这四人知道，留着活口做证，总不稳便，不如赶紧一股脑儿杀却。事后由张汶祥一个人供出来的，事无佐证，同僚的官员，便好上下其手了。真亏他的心思有这般灵敏，身受重伤，命在呼吸的时候，尚有这种怕人的手段使出来。这桩惊天动地的大案，毕竟就因他使了这种手段，曾国藩才敢抹杀一切事实，凭空捏造出一段寻常匹夫报仇的情由，奏报清廷，险些儿把这个顶天立地的张汶祥埋没了。

当时张汶祥束手就擒之后，有职责的官员，便提出他来审讯。他爽爽直直的说道：“你们毋须审问我为什么事杀马心仪。杀人抵命，马心仪是我杀的，快将我杀了抵命便了。”这些问官，遇了这样重大的案件，岂敢就这么糊里糊涂的定案，不问出一个所以然来？只是无论如何诘问，张汶祥只咬定牙根，一字也不肯吐出报仇的缘由。

当时南京的官府和人民，虽都能猜度这案子里面，必含有奸情，然因无从知道张汶祥的来历，猜不透这奸情从何而起。马心仪是曾国藩提拔的人，一旦出了这样变故，他恐怕办理不得法，连累自己，就奏请派他审理。这种骇人听闻的事，那时清廷也要办个水落石出，便准奏钦命曾国藩专办这案。旁的官员审问张汶祥的时候，张汶祥不过不肯供出报仇的事由来。曾国藩来审问他，倒惹发了他的性子，横眉怒目的指着曾国藩大骂道：“你配来审问我么？像马心仪这般人面兽心的东西，你瞎了眼，一力将他提拔，到今日你还有脸来问我么？我没有话对你说。我杀了人自愿偿命，还有什么话说？”

曾国藩究竟是一个学养兼到的大人物，被张汶祥这么指手画脚的大骂，并不生气，反像很爱惜张汶祥的，含笑点头说道：“看你这般气概，倒是一个好汉。你做的事，既是光明磊落，何不照实说出来，使大家知道？何苦担着一个凶手的声名，死得不明不白呢？”张汶祥听了，冷笑一声说道：“你休想用这些甜言蜜语来骗我的供，我只知道你不配问我的话，我就有千言万语，宁死也决不对你说一个字。”

曾国藩见他这么说，只得问道：“我不配问你的话，谁配问你的话呢？你的千言万语，必对谁才说呢？”张汶祥道：“要问我的供，除了当今天子，就只有刑部尚书郑青天才配。此外随便什么人来，我只拼着一死，没有第二句话说。”曾国藩心想：“刑部尚书郑青天，就是长沙的郑敦谨，果然是一个清廉正直的人。这厮既说非郑敦谨来不肯吐实，只好奏明圣上，求派郑敦谨来审。”

那时曾国藩奏事，清廷无不照准。没几日，就钦命郑敦谨到南京帮审。圣旨下来，倒把个郑敦谨吓了一跳，因他并不知道张汶祥是何如人，更猜不出何以满朝大小官员，何止千数，独独的看中了他，指名要他来审问，方肯吐实。行刺总督的凶犯非比寻常，万一弄出些嫌疑到身上来，岂不糟了？饶他郑敦谨平日为人极清廉正直，遇到这般意外的事，心里也就不免有些着虑。诚惶诚恐的奉了圣旨，只带了一个女婿到南京来。

他与曾国藩原是同乡有交情的，以为帮同曾国藩审理这案，自己处心无愧，是不愁有嫌疑弄到身上来的。到南京的这日，就与曾国藩同坐大堂，提出张汶祥来审问。曾国藩道：“你要刑部尚书郑青天来方肯说实话，于今郑青天已奉了圣旨来帮审，你这下子还不实说么？”张汶祥听了，即抬头看了郑敦谨一眼，点了点头说道：“有郑青天来了，我的话是可以说的，不过你不配审问。我有你在跟前，就是有郑青天，我也不说。只能由郑青天一个人问我，并且用不着坐堂，不将我凶犯跪着，我才肯说。”曾国藩为要问出张汶祥实在的口供，只得一一依允。当即退了堂，请郑敦谨单独坐花厅审问。郑敦谨在大堂上见了张汶祥的面，心里方明白指名要他来审问的理由。

原来在十年前，郑敦谨曾有一次步行到浏阳去扫墓，不料在半路上遇了大雨，随身不曾带得雨具，附近又没有饭店，只得到一个绅士人家去暂避。谁知那雨却落个不休，看看天色已晚，不能不在这人家借宿。只是这家的男主人，因到长沙省城里去了，不曾回来。女主人是一个二十来岁的少妇，真是生得芙蓉如面柳如眉，秋水为神玉为骨。郑敦谨这时的年龄，也还只有三十多岁，仪表也生得俊伟异常，这绅士人家的下人，见了郑敦谨的容仪举动，知道不是平常过路的人，当即报告了女主人。谁知这女主人一见郑敦谨，就动了爱慕的心思，只因有当差的和老妈子在旁边，不能对郑敦谨有所表示。郑敦谨是个诚笃君子，哪里看得出这女主人动了爱慕他的念头呢？凑巧大雨下个不止，这女主人正合了她的心愿，殷勤留郑敦谨歇宿。

郑敦谨受了这女主人的优遇，心里还说不尽的感激。女主人因存了挑逗郑敦谨的心思，一一盘问郑敦谨的身世，而郑敦谨因为感激女主人贤德，存心将来要帮助她的丈夫，以报这番优待的好意，也一一盘问她丈夫的为人行事。这女主人却误会了郑敦谨的用意，以为和她自己是一般心理。她家的客房，原与上房相隔很远的，女主人既对郑敦谨起了邪念，这夜留郑敦谨歇宿，便特地打扫了一个与上房邻接的房屋，亲送郑敦谨就寝，郑敦谨毫不注意的睡了。

正睡得酣甜的时候，忽觉有人在胳膊轻推了几下，忙睁眼看时，房里的灯光，照彻得满房透亮。只见女主人浓妆艳抹的立在床前，两只俊俏眼睛，如喝醉了酒的人一样，水汪汪的向他脸上望着，一手支着床柱，一手搭在他胳膊上，继续着轻推了一下，发出又娇又脆的声音说道："怎么这般难醒？独自一个冷清清的，也睡得着吗？"

郑敦谨一见这情形，登时吓得翻身坐了起来，避开女主人的手说道："这时候来推醒我做什么？无礼的事做不得，请快出去吧。"女主人想不到郑敦谨会这么拒绝，已到了这一步，哪里还顾得到廉耻上去？一点儿不踌躇，就伸手赶过去拉了郑敦谨的手说道："你是个男子汉，怎的这么拘板？这时候外面的人都睡尽了，这里面除了你我，一个人也没有，你还怕什么？"

郑敦谨连忙摔开手，从床头跳下地来说道："我郑敦谨岂肯干这种无礼的事！我看你这家里的气派情形，可知你丈夫也是一个有体面的人。他于今有事到长沙去了，将家事托付给你，你就忍心背着他，和我这个过路不相识的人，干无耻的勾当吗？快回房去，不要惹得我大声叫唤起来，丢了你丈夫的颜面。"凡人的兽欲冲动，只在一时，欲火一退，廉耻的念头就跟着发生了。女主人一腔欲火，郑敦谨这几句话说得如汤泼雪，立时羞得低下头去，悔恨交集，原是伶牙俐齿会说话的，这下子一句话也说不出了；连脚都像钉住了的，也不知道走了。

郑敦谨看了她这难为情的样子，便又说道："请回房去。"女主人才似乎被这句话提醒了，提脚往外就走。走到房门口，又停步回身向郑敦谨道：

“我一时该死，做出这种下贱事来，幸遇先生是至诚君子。我于今有一句话，要求先生可怜我。我今夜这番下贱的行为，要求先生不对人说。”郑敦谨正色说道：“请放心，你就不求我，我也决不至对人说。你不相信，我可以当天发个誓你听。”女主人不待郑敦谨说下去，即双膝跪地，对郑敦谨叩了一个头，立起身，一言不发的回房去了。郑敦谨看女主人面上，已流了许多眼泪，不由得独自就床缘坐下，叹息人欲之险。

刚待起身仍将房门关好，再上床睡觉，猛不防劈面走进一个壮士来，吓得郑敦谨倒退了两步。看这壮士包巾草履，身穿仄袖扎裤脚的青布短衣靠，双手空空的，并未携带兵器，只腰间斜插了一把尺多长的短刀。那种英武的气概，真是逼人，但脸色很和悦的跨进门来。郑敦谨料知不是这家的仆役，正要开口问他是哪里来的、到此何干的话。那壮士已双手抱拳，说道：“难得，难得！真是至诚君子，小子钦佩得了不得。顾不得冒昧，要来请教姓名。”

郑敦谨听那壮士说话，带着些四川口音，便随口答道：“我是长沙郑敦谨，请问你是哪里来的，半夜到这里来干什么？”那壮士笑道：“我是过路的人，到此因短少了盘缠，特地到这富豪家里来借盘缠的。合该他家不退财，有先生这样至诚君子在此借宿，我又怎敢在至诚君子面前无礼呢？没奈何只得换一家去借了。”说毕，又抱拳向郑敦谨拱了一拱，转身就往外走。

郑敦谨还待问他的姓名，无奈他身法矫捷非常，一霎眼就出房去了。郑敦谨赶到房门口看时，此时虽已雨过天晴，院中有很明亮的星月之光，但是并看不出那壮士走哪方去的。看官们看到这里，大概不待在下说明，已都知道那壮士便是顶天立地的张汶祥了。张汶祥自这次见过郑敦谨之后，心里十二分的钦佩，到长沙一打听，方知道郑敦谨是个刑部尚书，十多年前曾做过好几任府县官，到处清廉正直，勤政爱民，各府各县的百姓，都呼他为“郑青天”。就是长沙一府的人，说“郑敦谨”三字，或者还有不知道的人；一提起郑青天，确是妇孺皆知的。不过张汶祥可以打听郑敦谨的履历，而郑敦谨却无从知道这夜所遇的是张汶祥，所以直到这番和曾国藩同坐在大堂上，提出张汶祥来，才看出就是那夜所见借盘缠的人，只是不知道张汶祥何以指名要他来审问才肯吐实的理由。心中总有些着虑，恐怕张汶祥说出在浏阳会过他的话来。

退堂之后，只带了两个随身仆役，很不安的坐在花厅上，吩咐提张汶祥上来。张汶祥虽是个重要的凶犯，然因是他自己束手待擒的，衙门中人都称赞他是个好汉，一点儿没有难为他的举动。他身上的衣服，只脱去了一件纱套，还穿着团花纱袍，也没上脚镣手铐，只用一条寻常的铁链锁住手腕，只不过是形式上表示他是一个犯人而已，由一个差头将他牵到花厅里来。郑敦谨指着下边的椅子，叫他就座，他也不客气坐了下来说道："大人要犯民照实吐供，请先把左右的人遣退。犯民若存心逃走，随时都可逃走，不待今日，并且也不是几个寻常当差的人所能阻挡得住的。这位大哥，也请去外边等着。"说时回头望着牵他进来的差头，差头自不敢做主退出去。郑敦谨知道张汶祥是个义士，决不至在这时候乘机逃走，便向随身仆役和差头挥手道："你们暂去外边伺候。"三人即应是，退出去了。

张汶祥见三人已离开了花厅，才对郑敦谨说道："犯民在未招供以前，得先要求大人答应一句话。大人答应了，犯民方敢实说。不然，还是宁死不能说出来。"郑敦谨道："你且说出来，可以应允你的自然应允。"张汶祥道："犯民在这里对大人所招的供，大人能一字不遗的奏明皇上，犯民自是感激高厚之恩；若因有妨碍不能据实奏明，就得求大人将犯人所供的完全隐匿，一字不给外人知道。听凭大人如何复旨，犯民横竖早已准备一死了。"

郑敦谨见张汶祥说得这般慎重，料知必有许多隐痛的事，全不迟疑的答道："你尽情实说便了，无论如何，决不给外人知道。"张汶祥道："大人虽亲口应允了，只是犯民斗胆求大人当天发一个誓，才敢尽情实说。"郑敦谨待说用不着发誓的话，忽然想起那夜女主人要求不对外人说时的情景来，不由得暗自思量道："我为求一个淫奔之女见信，尚可以当天发誓，于今对这么一个勇烈的汉子，有何不可发誓呢？并且他既求我发誓，可知他的事，确是不好随便告人知道的。我非对着他当天发一个誓，也无以使他相信我不至告人。"当下遂发了一个严守秘密的誓。

张汶祥听了，立起身来，恭恭敬敬的向空叩了个头说道："大哥在天之灵听着，我于今已替你把仇报过了！你我的事情，今日实不能不说了，你休怪我不替你隐瞒啊。"说罢起身，重行就座了，才一五一十的从在四川当盐枭时起，直到刺倒马心仪止，实实在在供了一遍，只没提红莲寺的话。供完了，并说道："马心仪若不是临死遗嘱，将柳氏姊妹及施星标夫妇处死灭口，有四个活口做证，犯民早已照实供出来了。今马心仪既做得这般干净，犯民就照实供出来，常言官官相卫，谁肯将实情直奏朝廷呢？既不能直奏朝廷，与其将真情传播出去，徒然使我郑大哥蒙不美之名，毋宁不说的为是。所以犯民得先事求大人除直奏而外，永不告人。”

郑敦谨因地位的关系，不便如何说话，只得叫差头仍将张汶祥带下去，自己和曾国藩商量。他竭力主张照实奏明，曾国藩哪里肯依呢？一手把持了不肯实奏。郑敦谨也因这案子若据实奏上去，连曾国藩都得受重大的处分，自顾权势远在曾国藩之下，料知就竭力主张，也是无效的。然不据实出奏，就得捏造出一种事由复旨，又觉于心不安。思量了许久，除却就此称病挂冠归里，没有两全之道。主意已定，便从南京回到长沙乡下隐居不问世事了。终郑敦谨之世，不曾拿这案子向人提过半个字。幸亏当日出京的时候，带了一个女婿同行，这位女婿乘张汶祥招供的时分，悄悄的躺在那花厅的屏风背后，听了一个仔细。郑敦谨去世之后，他才拿出来对人说说，在下就是间接从他口里听得来的。

这件案子叙述到这里，却要撇开它，再接叙那红莲寺的知圆和尚了。为写那知圆和尚一个人的来历，连带写了这十多回书，虽则是小说的章法稍嫌散漫，并累得看官们看得心焦，然在下写这部《奇侠传》，委实和施耐庵写《水浒传》、曹雪芹写《石头记》的情形不同。《石头记》的范围只在荣、宁二府，《水浒传》的范围只在梁山泊，都是从一条总干线写下来，所以不至有抛荒正传、久写旁文的弊病。这部《奇侠传》却是以奇侠为范围，凡是在下认为奇侠的，都得为他写传。从头至尾，表面上虽也似乎是连贯一气的，但是那连贯的情节，只不过和一条穿多宝串的丝绳一样罢了。这十几回书中所写的人物，虽间有不侠的，却没有不奇的，因此不能嫌累赘不写出来。

于今再说知圆和尚自无垢圆寂之后，他一手掌管红莲寺的全权。无垢在日原传给了他不少的法术，后来他又跟孙癞子学习些儿。孙癞子在浏阳住不到二十年，就仍旧回峨眉山侍奉毕祖师去了。孙癞子既去，知圆和尚便渐渐的不安本分了。不过他为人聪明机警，骨子里越是不安本分，表面上越显得一尘不染，众善奉行。他那种行事机密的本领，实在了不得，不仅做得使一般寻常人识不破，受了你些微好处的人还歌功颂德，就是孙癞子因与他也有师徒的关系，时常到红莲寺来看他，尚且不知道他久已在地窟里，干了许多无法无天的事。听得邻近的人称赞他的功德，反欣然奖饰他。若不是他恶贯满盈，鬼使神差的把卜巡抚弄到寺里来，或者再过若干年还不至于破案。

前书第七十一回中，写他劝卜巡抚削发不从，就叫两个小和尚去提石灰布袋来，打算将卜巡抚闷毙。想不到小和尚会无端突然死了一个，只得亲自去取。却又忽然起了一阵旋风，将几盏灯完全刮倒在地，他惊得只好念动真言，以为是鬼魅便没有收伏不下的。念过真言以后，一伸手去提那布袋，就和生了根的一样，用尽气力也提不起来。连忙放手捏指一算，不觉吃惊说道："不好了！有阴人在暗中和我作对。"一面说，一面两脚在地下东踏一步，西点一脚，两手也挽着印结，圆睁两口暴眼，口中不知念诵些什么。

甘联珠一见这情形，知道他要用雷火来烧了，自料抵敌不住，忙一手拉了陈继志，匆匆逃出了地窟。知圆和尚白使了一阵雷火，见也不曾烧着什么东西。他此时也没想到甘联珠用隐身法，在暗中保护卜巡抚，心里只疑惑是卜巡抚命不该绝，只好不取那石灰布袋了。仍回到那间大地室里，对那些青年和尚说道："这狗官既不肯听我的话，立时剃度出家。留着他在这里，使我心里不快活。你们将他推出去，用那口鼻涕钟把他罩起来。也不要去理他，只活活的将他饿死、闷死，看他有什么神通能逃出钟外去？"

卜巡抚到了这一步，见软求硬抗都不中用，唯有咬紧牙关，一言不发，听凭一般恶僧摆布。那些青年和尚的年龄虽小，气力却都不小，那么高大的一口钟，只四个人用手一扛，就扛起离地好几尺了。勒令卜巡抚蹲下，掩盖得一丝不漏。卜巡抚初时还在钟里面大声叫唤，外边的和尚听了，用铁棒在钟上敲了一下骂道："再敢叫唤，我们就拿柴来围住烧死你。你想想，有谁到这地方来救你，叫唤给谁听？"

卜巡抚闷在钟里，听那铁棒敲在钟上的声音，竟比在耳根前响了一个巨雷，还来得厉害，两耳只震得汪汪的叫个不止。外边的一切声息，从此全不听得了。知圆和尚以为，一个文弱书生，盖在一口四边不透风的钟里面，决不能经过多少时日不死。红莲寺从来没有作恶的声名在外，平日在寺中害死的人也不少了，一点风声都不曾露出去，这回也必不至败露，因此毫不放在心上。表面上仍督率着满寺的僧人做佛事，以掩饰外人的耳目。

中秋这日，陆小青因错过了宿处，到红莲寺借宿。知圆和尚虽提防着长沙有探访卜巡抚下落的人来，然看陆小青不像是衙门中做公的人，并且年纪很轻。红莲寺原来不与寻常寺庙相同，在无垢当住持的时候，就允许从远处来拜佛的人及过路的人借宿，特地造了几间客室。无垢的意思，以为寺里越是有不能告人的隐事，越不能拒绝外边的人来寺里歇宿，从来不拒绝人，就成了习惯。加以知圆作恶既久，胆量越弄越大了，又仗着自己的本领不怕人，更欺陆小青年轻，所以绝不注意的就留陆小青歇宿。

那知客僧本是一个大盗，知圆和尚因赏识他的武艺，就劝他出家，是知圆和尚最得力的一个帮手。这夜他因看见陆小青在鼻涕钟旁边徘徊，就疑心陆小青已发现钟里有人了。陆小青看见鬼魂的事，知客僧并不知道。当时知客僧既看见陆小青在那钟旁边站着，立时就到地窟里报告知圆。知圆尚不在意的说道：“你只去宰了他便完事，估量那小子有什么能为？”哪晓得此时甘联珠和陈继志又已到红莲寺里来了，在客室窗外看见知客僧举缅刀要劈陆小青，连忙对准那举刀的手腕射去一口梅花针。

知客僧是个莽人，只知道中了人家的暗器，抬不起肩窝了，也无心细察这暗器是什么，是从哪里发来的？及至率领几十个同党，翻身杀到客室来，见陆小青已没有了。地下散了许多碎瓦，屋上铁悬皮都被冲成一个大窟窿，才疑惑来的不仅陆小青一人，急急将情形报明知圆和尚。知圆也就不免有些惊慌起来，即时打发一般没有能耐的党羽，趁夜深逃往别处去。自己带了几个有本领的，仍在寺里守着，非到祸事临头不走。半夜容易过去。

次日知圆正和手下几个和尚商议，要把那钟揭开来，将卜巡抚的尸掩埋了灭迹。忽见常德庆支着拐杖，一颠一跛的走进寺来，埋怨知圆道：“你这秃驴的胆量也忒大了些，怎的敢惹出这么大的是非来？你知道于今就是你自己昆仑派的人，到这里来和你作对么？你还不赶紧逃命，定要坐在这里等死吗？”

知圆平日虽是认识甘瘤子、常德庆等崆峒派的人，然只因派别不同的关系，彼此都不大来往。就是常德庆亦不知道知圆在红莲寺如此作恶。这回是甘瘤子有意要趁这机会，将昆仑派的人拉到崆峒派来，以报吕宣良拉桂武到昆仑派去的夙怨，所以特地打发常德庆到红莲寺来劝知圆，暂时离开红莲寺。甘瘤子明知卜巡抚遇救，定要把红莲寺付之一炬的，他便好从中挑拨知圆，说是吕宣良、红姑一班昆仑派的人，存心与知圆为难，好使昆仑派的人自相仇杀。果然柳迟、陆小青等一干人救醒卜巡抚之后，搜查寺中，除在地室里搜出二十多个青年男女，和莲座底下埋藏了几十具男女尸体外，一个和尚也没有拿着。卜巡抚也是恨极了，当下就发令举火焚烧红莲寺。烧罢，带了陆小青、柳迟回衙，细问二人的来历，打算尽力提拔二人。

柳迟再四推辞，说父母在堂，本身没有兄弟，不能不朝夕在家侍奉。卜巡抚十分嘉奖他能孝，只得由他回去。陆小青原是没有职务的人，就此跟着陆巡抚，后来官也做到了参将。柳迟虽家居侍奉他父母，然就因吕宣良差他救卜巡抚的事，和知圆一班恶僧结下了仇怨；加以甘瘤子、常德庆等与昆仑派有夙嫌的人，从中构扇，也不知闹过了多少次风波，费了多少力，才将铁头和尚知圆拿住正法。至于两派的仇怨，直到现在还没有完全消释。不过在下写到这里，已不高兴再延长下去了，暂且与看官们告别了。以中国之大，写不尽的奇人奇事，正不知有多少，等到一时兴起，或者再写几部出来给看官们消遣。

江湖奇侠传

（下）

平江不肖生 著

武侠宗师平江不肖生作品集

团结出版社
UNITY PRESS

图书在版编目（C I P）数据

江湖奇侠传 / 平江不肖生著. -- 北京 : 团结出版社，2020.6
ISBN 978-7-5126-7709-8

Ⅰ. ①江… Ⅱ. ①平… Ⅲ. ①侠义小说—中国—当代 Ⅳ. ① I247.5

中国版本图书馆 CIP 数据核字 (2019) 第 300381 号

出　版：团结出版社
（北京市东城区东皇城根南街 84 号　邮编：100006）
电　话：（010）65228880 65244790（出版社）
（010）65238766 85113874 65133603（发行部）
（010）65133603（邮购）
网　址：http://www.tjpress.com
E-mail：zb65244790@vip.163.com
fx65133603@163.com（发行部邮购）
经　销：全国新华书店
印　装：三河市三佳印刷装订有限公司

开　本：165mm×230mm　　16 开
印　张：77
字　数：1204 千字
印　数：1-4000
版　次：2020 年 6 月 第 1 版
印　次：2020 年 6 月 第 1 次印刷

书　号：978-7-5126-7709-8
定　价：179.00 元

第八十七回

赵老板物色好身手　余八叔讨取旧家财

奇侠传做到八十六回，本打算就此完结，非得有相当机会，决不再继续下去的。书中应交代不曾交代，应照应不曾照应的所在，原来还很多，何以不待一一交代清楚，照应妥帖，就此马马虎虎的完结呢？这其中的原因，非在下亲口招供，无论看官们如何会猜情度理，必也猜度不出，究竟是什么原因。

说起来好笑，在下近年来，拿着所做的小说，按字计数，卖了钱充生活费用。因此所做的东西，不但不能和施耐庵、曹雪芹那些小说家一样，破费若干年的光阴，删改若干次的草稿，方成一部完善的小说。以带着营业性质的关系，只图急于出货，连看第二遍的工夫也没有。一面写，一面断句，写完了一回或数页稿纸，即匆匆忙忙的拿去换钱。更不幸在于今的小说界，薄有虚声，承各主顾特约撰述之长篇小说，同时竟有五六种之多。这一种做一回两回交去应用，又搁下来做那一种，也不过一两回，甚至三数千字就得送去。既经送去，非待印行之后，不能见面。家中又无底稿，每一部长篇小说中的人名、地名，多至数百，少也数十，全凭记忆，数千万字之后，每苦容易含糊。所以一心打算马虎结束一两部，使脑筋得轻松一点儿担负。不料八十六回刊出后，看官们责难的信纷至沓来，仿佛是勒逼在下，非好好的再做下去不可。以在下这种营业性质的小说，居然能得看官们的青眼，在下虽被逼勒得有些着急，然同时也觉得很荣幸。因此重整精神，拿八十七回以下的《奇侠传》与诸位看官们相见。

于今且说柳迟自火烧红莲寺之后，虽以救卜巡抚有功，不难谋得一官半职。只因他生性恬淡，从小就悟到人生数十年，无论什么功名富贵，都是霎霎眼就过去了。唯有得道的人，可以与天无极。加之得了吕宣良这种师傅，更不把功名富贵放在心目中，只一意在家侍奉父母，并努力吕宣良所传授他的道法。柳家所住的地方，在第一集书中已经表明过的，在长沙东乡隐居山底下。

这隐居山本是长沙、湘阴交界之处的一座大山，斯时正是太平之世，人民都得安居乐业，每到新年，士、农、工、商各种职业的人，都及时行乐。不过行乐的方法极简单，除了各种赌博之外，就是元宵节的龙灯。龙灯用黄色的布制成，布上画成鳞甲。龙头龙尾用篾扎绢糊，形式与画的龙头龙尾无异，连头尾共分九节，每节内都可点灯。由乡人中选择九个会舞龙灯并身强力壮的人，分擎九节，再用一个身手矫捷的人，手舞一个斗大的红球，在龙头前面盘旋跳舞，谓之“龙戏珠”。会舞的能舞出种种的花样来，配以锣鼓灯彩，到乡镇各人家玩耍，所到之家，必燃放鞭炮迎接。殷实些儿的人家，便安排酒菜款待，也有送钱以代酒菜的，长、湘两县的风俗都是如此。每年在这种娱乐中，所耗费的鞭炮酒菜的钱，为数也不在少。

这种龙灯，并非私家制造的，乃由地方农人按地段所组成的乡社中，提公款制成。每纵横数里之地，必有一乡社，每乡社中必有一条龙灯。因为龙灯太多，竞争的事就跟着起来了。甲社的龙灯，舞到了乙社，与乙社的龙灯相遇，彼此便两不相让，择地竞舞起来。甲舞一个花样，乙也得照样舞一个，以越快越好。不能照样舞的，或舞而不能灵捷好看的，就算是输了。舞这条龙的人，安分忠厚的居多，输了就走，没有旁的举动；若是轻躁凶悍的人居多，输了便不免恼羞成怒，动手相打起来。每年因舞龙而械斗而受伤的，两县之中，总有数人。舞龙的还容易练习成为好手，唯有舞球的，非平日练有一身武艺，会纵跳功夫的，不能讨好。柳迟所住的地方，与湘阴交界，因县界的关系，舞龙争胜的举动，比甲社与乙社相争得更激烈。长沙这边因会武艺的多些，每次竞舞起来，湘阴方面舞红球的人，多是被比输了的。湘阴人怀恨于心，也非一日了，大家存心要物色一个有惊人本领的好汉，来舞红球，务必胜过长沙人，方肯罢休。

这年十月间，湘阴县城里忽来了一个卖武的山东人，自称为“双流星赵五”。这赵五所使的一对流星，与寻常人所使的完全不同。寻常流星最大的，也不过茶杯粗细，圆的居多，八角的极少；赵五使的竟比菜碗还大，并且是八角的，同时双手能使两个，铁链有一丈多长，比大指头还粗。

赵五初到湘阴县城里来，一手托着这么一个流星，走向各店家讨钱。口称路过此地，短少了盘缠，望大家帮助几文，好回山东去，说毕就舞动两个流星。看的人只听得呼呼风响，无不害怕碰在流星上，送了性命，情愿送钱给赵五，求赵五到别家去。若遇了鄙吝之家，不肯送钱的，赵五便舞动双流星，向街边石上打去，只打得火星四迸，石块粉碎。再不送钱给他，就举流星向柜房里乱打，故意做出种种惊人的举动。有一个店家正在吃午饭的时候，赵五到了店门外讨钱，这店里的人，也不知道赵五的厉害，以为是平常走江湖卖艺的人，懒得理会。各人都端着饭碗吃饭，连正眼也不瞧赵五一下。

赵五说了求帮助路费回山东的话，又舞了几下流星，见吃饭的各自低头吃饭，毫不理会，赵五不由得气急起来，双手举起两个大流星，向上座两人手中的饭碗打去。真打得巧妙极了，刚刚将两只饭碗打翻，覆在桌上，并不曾打破半点，连碗中的饭都不曾散落地下。只吓得同桌的人都立起来，望着赵五发怔。赵五早已收回了流星，又待向座上的人打去。店里的人方注意这一对斗大的流星，惊得连忙摇手喊道：“打不得，打不得！你不过是要讨钱，我们拿钱给你便了。”赵五听了这话，虽不再用流星对人打去，但仍不住的舞出许多花样。只见那个流星忽上忽下，忽前忽后，忽远忽近，舞得十分好看。街上过路的人，无不停步观看。

凑巧这店里的老板，就是靠近长沙乡下的一个绅士，平常因舞龙赛不过长沙人，心中早已恼恨，多时蓄意要觅一个有惊人武艺的好汉，来舞龙前的红球。无奈到处留心物色，总是遇不着当意的人。这回看见赵五舞双流星，不觉触动了新年舞龙的事。暗想有这种舞流星的本领，若到乡下去舞龙珠，料长沙人绝没有赶得上的。好在于今已是十月底了，不过一个月后就是新年，我何不与这人商量，留他在此过年？明年正月初间我带他下乡去，教他当舞龙珠的人，岂不可以报复历年的仇恨？想罢，即放下饭不吃了，迎上前对赵五拱手，请问姓名。

赵五见这老板温和有礼，忙收了流星，也拱手将姓氏说了。偏巧这老板也姓赵，听了喜笑道："你我竟是本家！兄弟在这里开店多年，江湖上卖艺糊口的人，从此地来来往往的，兄弟眼中所见的，也不少了，从来不曾见过有像老兄这般本领的，实在难得，实在令人钦佩！兄弟想委屈老兄到里面坐谈一会儿，不知老兄可肯赏光？"

赵五想不到有人这般优待他，岂有拒绝之理？当即被赵老板邀进了里面客室，分宾主坐定。赵老板开口问道："老兄因何贵干到敝处来的？"赵五道："兄弟出门访友，到处为家已有数年了，并没有什么谋干的事。"赵老板又问道："老兄打算回山东原籍过年吗？"赵五带笑说道："说一句老实不欺瞒本家的话，我们在外求人帮助盘缠回家，是照例的说法，并非真个要归家短少了路费。兄弟特地来贵处访友，尚不曾访着一个好汉，暂时并不打算就回山东。"赵老板问道："不打算回山东，却打算到哪里去呢？"赵五道："这倒没有一定。因为昨日方到湘阴县来，若是在此地相安，等到过了年再往别处去也说不定。"

赵老板喜得脱口而出的说道："能在此地过了年再去，是再好没有的了。"随即将乡间新年舞龙灯，与长沙人争胜的话，及想请赵五舞龙珠的意思说了一遍。赵五听了，踌躇不肯答应。赵老板猜他不肯答应的原因，必是觉得于他自己没有利益，遂接着说道："我们乡下舞龙灯，所到的人家照例得送酒菜油烛钱，这笔款子总计起来，也有二三百串。平日得了这笔款子，除却一切开销外，余钱就存做公款。老兄若肯答应帮忙，余钱便送给老兄做酬劳之费，不知老兄的意下何如？"

赵五这才开了笑颜连说："银钱是小事，倒不在乎，只是从现在到明年正月，还有一个多月。这一个多月的居处饮食，须烦本家照料。"赵老板忙说："这自然是我的事。"赵老板既和赵五说妥了，便特地邀集乡间经理每年舞龙灯的人，聚会讨论请赵五的事。一般人都因平日受了长沙人的气，没有一个不赞成赵老板的办法，并情愿在地方公款内提出些钱来，供养赵五。赵五的酒量最大，湘阴人想他替一般人出气，不惜卑词厚币，以求得赵五的欢心。赵五每饮辄醉，醉后就舞流星。赵五的年纪不过三十岁，酒之外并喜嫖窑子，湘阴人也只得拿出钱来，给赵五充夜度资。

喜得为时不久，转眼就到了新年。赵老板带着赵五下乡，拿出平日舞的红球给赵五看。赵五看了，摇头道："这东西舞起来有什么好看？不如索性用我的两个流星，用红绸包裹起来，舞时倒还好看。”一般人听了，更加欢喜，召集舞龙的人，练习了几日。有了这么一对特别的龙珠舞起来，果然分外精彩。从十二日起，赵五便手舞双流星，率着这条经过特别训练的龙灯出发，向长沙地界舞去。

长沙地方舞龙的人，看了这种特别的龙珠，知道是有意请来图报复的。就是平日以善舞龙珠自豪的人，也自料不是赵五的对手。既是明知赛不过，遂大家议定，这年不舞龙灯，免得受湘阴人的羞辱。以为没人与他们比赛，一方面鼓不起兴来，自非罢休不可。不料湘阴人见占了上风，哪里肯就此罢手呢？

旧例各人家对待龙灯，本境的无不迎接，舞龙灯的也无须通知，挨家舞去就是了；外境的谓之“客灯”，便有接有不接，听各人家自便。客灯得事先派人通知，这家答应接灯，舞龙灯的方可进去。办酒菜接待客灯的极少，因为客灯多是不认识的人，平日没有感情，用不着费酒菜接待。

这年长沙境内既因有赵五停止舞龙灯，地方各人家自然都商妥了不接待客灯。哪知湘阴人不问各人家答应与否，竟照本境龙灯的样，也挨家舞去。赵五舞着一对流星，到人家东打西敲，只吓得各家的妇人小孩躲避不迭。有时不留神挡了赵五的去路，赵五是老实不客气的就举流星打去。但是他的流星很有分寸，刚刚将挡路的人打倒，并不受伤，然被打的无不吓得魂飞天外。长沙人如何能受得了这种羞辱呢？于是集合了许多绅士，商议对付的方法。柳迟的父亲柳大成，也是地方绅士之一。有一个绅士对柳大成说道：“湘阴人这回全仗赵五一个人，在我们长沙耀武扬威。看赵五这厮的本领，委实不错，非有绝大本领的人，对付这厮不了。听说你家迟少爷，多与奇人往来，想必他的本领已不小了。这是地方公事，有关我们长沙人的颜面，想请他出来，替我们大家争回这一口恶气！”

柳大成还不曾回答，许多绅士已齐声说道：“不差，不差！我们这地方，周围数十里内，谁不知道柳迟得了异人的传授，有非常的本领。这事非找他出头，我们是无法出气的。去，去！我们一同到柳家去，当面请他出来，料他也却不过我们的情面。”柳大成见众人都这么说，自己也不知道柳迟究竟有没有这种本领，不好怎样说法，只得答应带众绅士来家。

柳迟正在书房中做日常的功课，忽从窗眼里看见来了这么多绅士，以为是寻常会议地方事务，不与自己相干的，便懒得出来周旋。只见自己父亲竟引着一大群绅士，直走到自己书房门口来了，只得起身迎接。一个年老的绅士在前，向柳迟拱手说道："我们长沙人，于今被湘阴人欺负到这一步了，你迟少爷学了一身本领，也忍心不出来替我们大家出出气吗？"柳迟突然听了这番话，哪里摸得着头脑呢？望了那老绅士怔了一怔说道："湘阴人如何欺负我们长沙人？我因不大出门，不得知道。"

柳大成让众绅士坐了，即将湘阴人越境舞龙灯的情形，说了一遍道："诸位绅士说你多与奇人往来，必有本领可以对付这赵五，好替长沙人争回这口恶气。你究竟有没有这种能耐，你自己知道，若自信有力量能对付赵五，就不妨遵诸位绅士的命，出来想想对付的方法；如果自问没有这般能耐，这也不是一件当耍的事，须得谨慎。"

柳迟笑对众绅士说道："柳迟还是一个小孩子，哪里有这种大本领？实在辜负了诸位老先生一番奖借的盛意。不过湘阴人这种举动，也未免太使人难堪了。长沙人每到新年，照例是要舞龙灯的。今年因见湘阴人请了个赵五，情愿停止龙灯不舞，就算是让输退让了。得了这样的上风，尚不知足，还只管在长沙境内横冲直撞，情形也实在可恶。不过依柳迟的愚见，让人不为怕人，我们已因让他不舞龙灯，好在明日就是元宵了，不如索性再让他一日。照例龙灯舞到元宵日为止，忍过明日便没事了。赵五既是山东人，不能每年来湘阴帮助他们舞龙灯，到明年看他们湘阴人又仗谁的势？我们长沙人是与湘阴人争胜，不是与山东人争胜。他们借山东的人才来比赛，究竟不但不能算湘阴人胜了，反为丢尽了湘阴人的脸，不理会他最好。"众绅士听了柳迟这话，也觉有理，便各自散归家去了。

元宵日赵五带着龙灯，到长沙境内舞得更起劲。无如长沙人都存心不与他们计较，元宵已过，以为此后可以不再受湘阴人的羞辱了。想不到十六日早起，舞龙灯的锣鼓又响进长沙界来了。地方绅士见湘阴人这么得寸进尺的赶人欺负，不由得都怒不可遏，大家商议，仍主张找柳迟出头设法，于是又同到柳迟家来。仍由前日那老绅士开口对柳迟说道："我们前日因迟少爷让人不是怕人，教我们索性再忍耐一日，我们也知道迟少爷少年老成，不愿多事，就依遵了，忍辱让他们湘阴人在长沙闹元宵，毫不与他们计较。哪知道他们湘阴人竟得寸进尺！今日是正月十六，元宵已经过去了，他们闹元宵的龙灯，今日已大锣大鼓的舞进境内来了。似这般受人欺辱，我等断乎不能再忍了，只得再来求迟少爷出头。如果迟少爷定不肯出头，我们也只好鸣锣聚众，务必把湘阴人打出境去，就打死几个人也说不得了。”

柳迟听了也吃惊似的问道：“过了元宵还来舞龙灯吗？是不是仍由赵五舞着双流星在前头开路呢？”老绅士点头道：“若没有赵五那厮，湘阴人就有天大的胆量，也不敢是这般来耀武扬威，我们也不至来求迟少爷出头了。”

柳迟沉吟了一会儿说道：“我料湘阴人虽因往年舞龙灯赛不过我们，心中有些怀恨，今年我长沙人既为不能与他们比赛，停止舞龙灯，他们的上风也占尽了，何苦今日还来舞呢，这不是画蛇添足的举动吗？湘阴绅士中也不少明理的人，何以干出这种无味的事来呢？这其中恐怕尚有旁的缘故，倒不可不派人去湘阴打听打听。”

那老绅士道：“无论他们有什么缘故，其存心来侮辱我们长沙人，是毋庸疑议的了。于今请迟少爷爽利些说一句，到底肯不肯为地方出头对付赵五？”柳迟道：“我没有不肯出头之理，不过我出头也未必能对付赵五。现放着一个武艺极高强的好汉在这里，诸位老先生何以不去请他出来呢？”

那老绅士听了柳迟这句话后，愕然的问道：“这地方只有你迟少爷常有奇人来往，我们料想必有大本领。除了你之外，还有谁的武艺极高呢？”柳迟笑道：“余家大屋的余八叔，不是有极高强的武艺吗？”那老绅士说道：“余八叔才从外省回家的时候，我们确曾听说他练了一身好武艺，只是近年来他专心在家种田，不但没人见他显过武艺，并没人听他谈过武艺。就是从前武艺高强，隔了这么多年不练，只怕也生疏了。”

柳迟摇头道：“旁人没见他显过，我曾见他显过；旁人没听他谈过，我曾听他谈过。不但没有生疏，并且无日不有进境。去求他出头，必能替地方人争一口气。”众绅士道：“既是如此，就请迟少爷同去请他。”柳迟连连摇手道：“使不得，使不得！有我去了，他必不肯出头。不仅我不可去，且不可对他说是我推举他的。余八叔的性情脾气，我深知道，最是面软，却不过人的情面，他待人更是谦虚有礼。旁人去请他，除却是不知道他的，他或者不认会武艺的话；像诸位老先生，都是本地方绅耆，为的又是地方公事，我料他断无推诿之理。柳迟决非偷懒不陪诸位老先生同去，实在是恐怕他向柳迟身上推卸。柳迟也非偷懒不出头对付赵五，只因敝老师曾吩咐在家安分事父母，不许干预外事。加以听说赵五的武艺也非同小可，估量也是名人的徒弟。柳迟能不能对付他，既没有把握，又违了敝老师的训示，所以不敢冒昧，敬求诸位老先生原谅。”众绅士至此都没有话可说，只好仍邀柳大成到余家大屋去请余八叔。

这余八叔究竟是怎样一个人，柳迟何以敢推举他出头对付赵五？这其间的历史，不能不趁这当儿交代一番。以下关于余八叔的逸事，还甚多甚多，更得在这当儿将他的来历，略为绍介，此后的正文方有根据。于今且说余家大屋，也是隐居山下的大族人家，聚族而居于隐居山下，已有一百多年了。当初也不过几口人，住在靠山一所小房屋里，全赖种田生活。后来人口日渐加多，房屋也日渐加大，经过一百多年，地方人就叫这屋为“余家大屋”。传到余八叔的父亲这代，有兄弟四人，余八叔的父亲最小，且最老实。大、二、三房都已抱孙了，余八叔才出世，因兄弟排行第八，大、二、三房的孙子都称他“八叔”。

余八叔生成体弱，五岁方勉强能行走，刚能行走，便把父亲死了。母亲虽尚年轻，但立志守节。无奈大、二、三房的人又多又厉害，不许余八叔的母亲守节，为贪图数十两身价银子，勒逼他母亲出嫁。他母亲因余八叔年纪太小，身体又太弱，明知自己嫁了别人，余八叔没人照顾，不忍抛弃不顾。要求带到嫁的人家去，等到余八叔长大成人，再送回余家来，大、二、三房也不许可。

可怜这个年才五岁，身体极瘦弱的余八叔，已成为一个无依无靠的孤儿了。余家所种的田，是自家的产业，四房并不曾分析。第四房就只余八叔一人，所应承受的产业，山场田亩，也可供一家数口生活之资。大、二、三房因觊觎这一分产业，所以将寡弟媳逼嫁。余八叔那时仅五六岁的小孩，什么事也不知道，听凭大、二、三房的人欺负凌虐。感觉痛苦的时候，除却哭泣之外，别无方法对付。而大、二、三房的人，既是存心欺负他，又如何能容他哭泣呢？挨打的时分，不哭倒也罢了，一开口哭痛，打得更厉害，他真是天生的命苦。

余家共有二三十个年相上下的小孩，独有余八叔不但身躯孱弱，头顶上并害满了瘌痢，加以眼泪鼻涕终日不干，望去简直是一个极不堪的乞儿。是这般受了三年磨折，地方上人知道余家情形的，无不代为不平。不过乡下人大半胆小怕事，余家又人多势大，旁人尽管心里不平，却不能有什么举动，至多谈到余家的事，大家叹息叹息罢了。

这年忽然来了一个游方的和尚，夜间睡在隐居山上的狮子岩里，白天下山化缘，一不要钱，二不要米，每家只化一杯饭。隐居山上虽有丛林庙宇，这和尚并不进去挂单。有好事的人问他："何以不到丛林庙宇去？"和尚摇头道："他们也可怜，他们的衣食，也都是由十方募化得来的，贫僧怎好再去叨扰？"又问他："何以不要钱，不要米？"和尚说："得了钱，没处使用，也没处安放；得了米，没有闲工夫，不能煮成熟饭。"问他有什么事这么忙，他说："生死大事，安得不忙？"

他上山下山，必走余家大屋门前经过，余家的小孩多，见这和尚在六月炎天，还穿着一件破烂腌臜的棉僧袍，科头赤足的，在如火一般的红日之下行走，头上不见一点汗珠，都觉得这和尚古怪。一见和尚走过，就大家跑出来，跟在和尚后面，指指点点的说笑。和尚也好像是极欢喜小孩子，每见这一大群小孩追出来，必回头逗着在前头的几个小孩玩耍。

有一次余八叔也跟着跑出来，抢在众小孩的前头，这和尚回头看见余八叔，便很注意似的打量了几眼。刚待开口问话，后面即有两个小孩跑上前来，年纪都比余八叔大两三岁，一个举手向瘌痢头上就打，一个揪住胳膀，往后就拖。余八叔只向两孩望了一望，即低头不作声。这和尚看了，仿佛有点儿不平的神气，随指着余八叔，问两小孩道："他不是你们一家的人吗？你们无缘无故打他、揪他做什么？"两孩之中的一个大些儿的说道："他不是个好东西，随便什么人都可以打他，就打死他也不敢哭。"说时凑近身去，又举脚向余八叔踢了两下。跟在后边的许多小孩，也都握着小拳头，仿佛都要上前打两下，以表示不算一回事的神气。余八叔只吓得浑身发抖，显出欲逃不敢、不逃不能的样子。

这和尚忙上前拉了余八叔的手，用身躯遮挡着众小孩，很温和的说道："你不要害怕，有我在这里，他们断不能打你。你说你姓什么，家住在哪里，他们是你的什么人？"余八叔道："我也姓余，也是这屋里的。方才打我的是我的侄孙，揪我的是我的侄儿。"这和尚十分诧异的样子说道："是你的侄孙、侄儿吗？还有这许多呢，都是你什么人？"余八叔一一指点着道："这也是我侄孙，这也是我侄儿。"和尚回头问那些小孩道："你们叫他什么？"几个口快的答道："叫他八叔。"和尚问道："你们的班辈比他小，怎么倒可以随意打他呢？"

有一个小孩答道："他又没有娘，又没有爷，打他怕什么？我爷爷还把他捆起打呢！你不信，看他背上，不是还有一条一条的红印吗？就是用篾片打成这样子的。"

和尚看余八叔的背上，果然不见有半寸没有受伤的好皮肉。一面抚摸着伤处，一面问道："你夜间睡觉是一个人睡的吗？"余八叔点头道是。和尚道："睡在哪一间房里呢？"余八叔道："睡在厨房里。"和尚笑问道："厨房里有床铺吗？"余八叔摇头说："没有床铺，热天睡在地上，冷天睡在草里。"和尚道："厨房在什么地方，你家里共有几间厨房？"余八叔道："只有一间厨房。你看那边屋上有烟囱的，底下就是厨房。"和尚回头对这些小孩说道："他的班辈比你们大，你们不应打他。下次我若再遇见你们打他时，我就帮着他打你们了。"众小孩也没有话回答，和尚自掉头不顾的去了。

次日早起，余家大屋忽不见了余八叔，家里人分明看见余八叔昨夜睡在厨房里，半夜还听了他咳嗽的声音，前后门都锁好了不曾开，以为绝没有出外的道理。疑心是不堪凌虐，自行投井死了。长沙乡下的人家，厨房里多有吊井，余家的人用竹竿接长向井内探捞，哪里有呢？好在余家素来不把余八叔当人，巴不得他不在家中刺眼，因此并不派人寻找。

光阴容易，转眼不觉过了二十年，其间毫无音信。不但地方上人心目中，没有余八叔这个人，就是余家大屋的人，也早就认定余八叔死了。整整二十年过去，这年也是在夏天里，隐居山下忽然来了一个身材瘦弱，年约三十岁的人。身上行装打扮，背驮一个很大的包袱，到山下一家伙铺里住着。次日即到本地一个大绅士黄孝廉家，拜访黄孝廉。这黄孝廉年已七十多岁，是这方面乡下的一个极正大的绅士。

这日黄孝廉在家，见门房拿了一张名片进来，说有个异乡口音的人前来拜访。黄孝廉看名片是"余同德"三个字。心想不认识这人，既然登门拜访，不能不见，只得说请。门房引了那人进来，那人见面，即恭恭敬敬的行了一礼说道："你老人家必不认识晚生了。晚生就是余家大屋的余八叔，出门整整的二十年，今日才得转回故乡。听说你老人家还照常康健，所以特来请安。”

黄孝廉想了一想，又连连打量了几眼，不住的点头道：“哦，是了！我记得那年地方上人多说，余家大屋不知如何把余八叔弄死了，连尸身都没有看见。当时我就说决没有这种事，必是你受不了他们的打骂，趁黑夜偷偷的逃跑到哪里去了。一个小孩跑不上多远，或者又会跑回来。不料过了几年，还不见你跑回来，也没人曾见过你的踪影，便是我也有些疑心你，真个是被大、二、三房的人，下毒手害死了，只是没有见证，不能帮你打这个抱不平。于今你又安然回来，喜得当日不曾冤诬大、二、三房的人。此刻你的三个伯父，都在几年前死了，你的七个哥哥，也死得只剩三个了。侄儿、侄孙倒还好，都已娶妻生儿子了。你如今回来打算怎么办呢？”

余八叔道：“晚辈其所以不回家，而先到你老人家这里来，就为有一句话得向你老人家禀明。晚生出门的时候，年龄虽仅八九岁，然八九岁以前的种种情形，晚生铭心刻骨的不能忘记。晚辈四房所应承受的山场田亩，久已被大、二、三房侵占了，不曾管过一天业。若照利息算起来，他们大、二、三房现在所有的产业，都应归还给我，尚恐不够。不过利息的话，晚生也不提了，只是应归我四房承管的山场田亩，从此得如数归还给我，不能再由他们侵占。本来至亲骨肉，为一点儿产业，伤和气相争闹，是不应该的事。但是你老人家年高德劭，他们大、二、三房，在二十年前对待我四房的情形，你老人家是曾亲眼看见，亲耳听见的，确不是晚辈不顾体面，重资财、轻骨肉。晚生禀明了你老人家之后，即刻回余家大屋去，与他们论理。他们肯归还我的产业便罢，若仍仗着人多势大，和二十年前一样欺负我，我到了不得已的时候，须求你老人家出来说一句公道话，望你老人家不可推辞。”

黄孝廉点头道：“这种公道话，你就不来求我，我也不至袒护他们那些无义之人。只是我得问你，二十年前你才八九岁，夜间前后门都锁了，你如何能不露形迹的跑出去？一个小孩子素未出过门，身边又无银钱，当时你曾跑到什么地方去？这二十年来，在什么地方停留，干了些什么事？”

余八叔向四周望了一望说道：“若是旁人问这些话，晚生决不肯实说。因为说出来不但惊世骇俗，甚至闹出多少口舌、多少麻烦来。你老人家是个有道德、有学问的高年人，不至将晚生说的话，随意对不相干的人说，所以不妨实说。晚生在八九岁的时候，身躯孱弱得连跑也跑不动，休说没有地方可逃，就是有地方也逃不去。亏得我师傅大发慈悲之心，半夜到我睡的厨房里来，将我驮在肩上，从房上跑出来。一夜走了八百多里，次日才落地歇息。从此晓行夜宿，走了差不多半个月，到了一座大山之中。那山的上下四围，尽是南竹，大的有水桶粗细，长有十丈，远望青翠欲滴，甚是好看。在山腰竹林之中，有三间房屋，以竹管编墙，竹枝、竹叶盖屋，就是里面的床榻、桌椅，也都是用竹制成的。这屋便是我师傅修真之所。"

黄孝廉至此问道："你师傅究竟是谁呢，怎么会无端到余家大屋厨房里来救你呢？"余八叔道："你老人家还记得那年来了一个游方和尚，夜间住在隐居山上的狮子岩里，白天到山下各人家来化缘，不要钱，不要米，只要饭的事么？"黄孝廉偏着头想了一想说道："不错，不错！我记得那和尚在三伏炎天里，身上还穿着棉袍。那和尚就是你的师傅吗？他叫什么名字，如何认你做徒弟的？"

余八叔道："那就是我的师傅，他老人家法讳无住。因那年于无意中遇见晚生被侄儿、侄孙欺负，当时问了问情形，又向左右邻居探听，知道晚生伶仃孤苦，处境极为可怜，所以夜间前来相救。他老人家完全出于慈悲之一念，并不是因晚生的资质好，可以做他老人家的徒弟。那山在云南省境，山名就叫做'大竹子山'。晚生到大竹子山以后，便要拜他老人家为师，求剃度出家。他老人家连连摆手说：'你宿业太重，此时不是出家之时。老僧不过因你可怜，带你到这山里来住几年。等到你年大了些儿，可以自立了，仍得回家乡去，度农家作苦的日月。'晚生在大竹子山住了五年，师傅终年在外云游，有时偶尔回山，住不了几日又去了。五年后才带晚生同行，敢说是足迹遍全国。直到近来，师傅方叫晚生回家，讨回原有的产业，安分耕种度日。"

黄孝廉道："像你这师傅，真是圣贤举动、菩萨心肠，使我钦佩之至。你尽管回余家大屋去，向你三个哥子讨回山场田亩。如果你哥子恃强不理，我定出头帮你向他们说话。"余八叔这才作辞出来。

走到余家大屋，见了三个哥子，尚能认识，忙行礼称哥哥。他三个哥哥都想不到世间还有余八叔存在。年轻人的身体相貌都有变化，余八叔能认识三个哥哥，三个哥哥却不能认识余八叔了。余八叔只得自行表明道："我是四房的行八，别来二十年不见哥哥，三位哥哥都老了！大伯、二伯、三伯弃世，我因远在云南，不能奔丧回来，实在该死……”他刚说到这里，他三个哥哥已放下脸说道：“我们四房的人，早已死绝了，哪里又钻出你这样一个兄弟来？还不给我滚出去！”

不知余八叔怎生对付，且俟下回再写。

第八十八回

株树铺余八说奇闻　冷泉岛镜清创异教

话说余八叔见三位哥子忽然翻脸不认他做兄弟，仍从容不迫的笑道：“三位哥哥不可这么说，这不是可以假冒的事，我在距今二十年的六月二十四日离家。其所以不告而去，就因为那时的大伯、二伯、三伯，既逼嫁了我母亲，更不容我在家，用种种方法凌虐我，使我在家不能安生。我那时年纪仅八九岁，除了忍受之外，别无他法。我是四房一个承续香火的人，那时在余家大屋，连一间睡觉的房屋也没有。一年四季睡在厨房里，冬无被褥，夏无簟帐，那种情形，料想三位哥哥不见得就忘了。幸得我师傅慈悲，将我救出苦海，并豢养我到于今。以我现在的处境而论，本来不必回家与三位哥哥闹兄弟争产的笑话，无如先父弃养之后，除却我，四房没有第二个承续香火之人。古人说的‘不孝有三，无后为大’，所以师傅命我回来，成立四房的这户人家，好朝夕侍奉香火。应该归我四房承受的山场田地，只得请三位哥哥照数还给我，我力耕自食。等到可以告退的时候，我还得去事奉我师傅。”

余八叔说这话的时候，他三个哥哥交头接耳的议论，至此乃由一个年纪最大的余三，先冷笑了一笑才回答道：“你说的都是废话！当我四叔弃世的时候，果曾留下一个小兄弟，但因身体太弱，不到九岁就死了。如今四房虽已绝嗣，只是早已由大房承继，谁认识你是我余家什么人？就凭你这么胡说一阵，便认你为四房的子孙，将山场田地给你，世间有这般便宜的事吗？劝你打断这番妄想，滚出去吧，我们不认识你是谁。”说时向桌上拍了一巴掌。这两个也伸拳捋袖，准备动手厮打的样子。

余八叔任凭他们使出凶狠的神气，还是很从容的说道："请三位哥哥不要这么做作。凭我一阵胡说，就给还我山场田地，果然没有这般便宜的事。但是我自知确是四房的人，并非假冒来讹诈产业。既经回家来了，又岂是你们空口说不认识便可了事的？大、二、三房的人，原为要侵占我四房的产业，才逼嫁我母亲，凌虐得我不能在家安生。如今事隔二十年了，你们自然不肯认我是四房的人，不过为人总得存一点儿天良，你们大、二、三房不能绝后，难道我四房就应该绝后吗？我四房所应承受的产业，由大、二、三房均分，每房所得无几。为这一点儿田产，不顾兄弟手足之情，眼看着我四房绝后，你们也忍心吗？我老实说给你们听，我不是无力谋衣食的人，因穷极无聊，妄想夺人产业，实在是因为四房不可不成立一户人家。并因你们大、二、三房的人，对待我四房的心思手段过于毒辣，休说我余老八曾亲身经历，不能忘情报复；就是看见你们是那般对待别人，我也得出头打一打抱不平。于今我看在祖宗相传一脉的分上，忍耐着火性和你们说话，你们是识趣的，赶紧将我四房应得的田产交还给我，若再使出那痞徒赖账的神气来，就休怪我余老八翻面无情。你们说不认识我，我还不高兴认识你们呢！老三拍巴掌，对付哪个？我也拍一个榜样给你们看看。"旋说旋举巴掌，也向桌上一拍，只拍得这方桌四分五裂，倒在地下，着巴掌之处，如中利斧，散碎木屑纷飞。随即指着破碎的桌子说道："看你们伸拳捋袖的神气，好像要把我打出去，要打就来吧，我小时怕打，此刻已不怕打了。"他三个哥哥见这么结实的方桌，一拍就破碎分裂，不知不觉的已惊得呆了。

余三最狡猾，当即说道："这是吓人的重拳法，我们不用怕他。他如果真是四叔的儿子，谅他也不敢回手打老兄。我们就动手打他出去，看他怎样？"说着举拳当先向余八叔打来，这两个也同时上前动手。余八叔自将两手反操着，不但不还手，并不躲闪。三人的拳头打在余八叔身上，就和打在棉花包上的一样。每人打过几拳之后，都自觉拳头手膀酸胀，忽然抬不起胳膊了，只得望着余八叔发怔。余八叔仍带笑问道："你们不打了么？我因为此刻还认你们是我的哥哥，所以让你们打不回手。你们且说，我四房应承受的山场田地，交还给我不交还给我？"

余三等三兄弟的拳头手膀，初时只觉酸胀，一会儿工夫就肿痛起来了。

三条胳膊，立时肿得比大腿还粗大，痛彻心肝，口里来不及的叫痛，如何有话回答呢？余八叔望着三人的胳膊笑道："你们丝毫不念手足之情，应该受些痛楚。你们的胳膊肿了，知道呼痛，你们的兄弟没有饭吃，没有衣穿，就毫不关心吗？你们不交还我的田产，尚有更厉害的痛楚在后呢。"

余三到这时候，知道余八叔既有这种本领，再不交还田产是不行的，只得说道："你且把我的胳膊医好，田产可以交还给你。"余八叔摇头道："你不是一个有信义的人，就这么空口说白话不行，须将族长并地方大绅士请来，当着族长和大绅士点明某处的山场、某处的田地归我管业，订立分家字据，到那时我自然能医好你们的胳膊。若不然，我的田产可以不要，你们的胳膊决不能好。"

余三等三人因手痛难忍，不得不依遵余八叔的话，打发人去请族长和地方大绅士，办妥了一切的手续。余八叔才当着众人，将余三等三人的胳膊抚摸了一阵，比仙丹妙药还快，一面抚摸，一面就消肿了。

余八叔自从得了他应得的田产，就在家中种田度日，一切地方事都不预闻。地方上人多有知道他武艺好的，要从他学练，他也不推说不会武艺的话，只是对人说道："武艺不是好学的东西，学不精时用不着，学得精时招祸殃。只看好武艺的多被人打死，就可知道不会武艺的安然多了。练武艺的没练出大声名来还好，若得了大声名，无时无地，不是提心吊胆的防备受人的暗算。好好的一个人，为什么无端要寻这种罪受呢？并且我整天的在田里做工，到夜间得好好的安歇，哪里还有闲精神教你们练武艺呢？"这些人见余八不肯教，只得罢了。

余八到家不久，即到柳迟家来拜访，彼此谈论起来，才知道无住和尚与吕宣良也是至好的朋友。不过吕宣良传给柳迟的是"道"，无住和尚传给余八的是"艺"，两人的根基不同，因之所学的各异，然两人的交情极好。

这日余八正因新年无事，独自坐在家里打草鞋，忽见许多地方绅士走来，余八心想贺年的时期已过，他们这样成群结伴的同来，必有紧要的事，但不知来我家找谁？一面思度，一面放下手中草鞋，迎接出来。认得走在前头的是本地的周团总，周团总一见面便作揖笑道："余八叔好安闲自在，此刻我们长沙人被湘阴人欺压得连气也不敢出了，你余八叔简直没听得说吗？"

余八一听周团总这番话，就猜到是为湘阴人越境舞龙灯的事。余八叔是个生性直爽、不会做作的人，当即回了一揖答道："湘阴人欺负我们长沙人的话，不就是为那舞龙灯的事吗？"周团总道："怎么不是呢？你余八叔既是知道，为什么也不出头替我们长沙人争回这一口气呢？"余八叔邀众绅士到里面客房坐定说道："这种事在诸位老先生以为可气，以为是欺压我们长沙人。但是在我看来，只觉得湘阴人的体面丢尽了，并且是自寻烦恼，最好还是给他们一个不理。"

周团总道："他们在我们长沙境内耀武扬威，如入无人之地，他们的面子十足，我们没一个人敢出头，怎么倒说湘阴人的体面丢尽了呢？"余八叔笑道："湘阴人历年比赛不过长沙人，如今请一个山东人来献丑，还自以为得意，不是笑煞人的事吗？我们长沙人若与他们比赛过，比不上他们，还可以说我们长沙无人；如今我们并不曾与他们比赛，他们借山东人的武艺来耀武扬威，湘阴人还有什么面子？我有亲戚住在湘阴，昨日到我家来说，赵五于今不肯走了，说赵老板当日聘请他的时候，并不曾说明舞龙灯舞到何时为止。因当日应许给他酬劳的钱，他才肯下乡舞龙珠。此刻他舞得正高兴，不肯就此罢休。如果便要从此不舞了，除却有本领赛过他的人，将他打败，就得给他一千两银子的酬劳。若不然，便得长久舞下去，等到油烛酒菜钱，积满了一千两银子，方肯罢手。湘阴人因畏惧赵五凶恶，简直没有方法对付，所以元宵节已经过了，今日还是锣鼓喧闹的舞龙灯。我们索性不理他，看湘阴人拿着这个赵五如何发落？现在的湘阴人，巴不得我们长沙有人出头，能将赵五打走。我们何苦替湘阴人做这难题目呢？"

众绅士听了，都拍手笑道："痛快！痛快！既是如此情形，果然以索性不理会为好。我们倒要睁着眼睛，看湘阴人怎生下台？"众绅士谈笑了一会儿，各自作辞归家去了，余八叔依旧打草鞋。

不到一刻工夫，忽有一个年约五十来岁，农人模样的人，在大门外与余家的长工说话。余八叔听来人说要会余八叔，便出来问会余八叔有什么事。来人现出很匆忙的神气说道："我有要紧事来会余八叔，他此刻在家么？"余八叔问道："你是从哪里来的，你认识余八叔么？"来人打量了余八叔两眼答道："我是从湘阴来的，只闻余八叔的名，并没有见过面。"余家长工即指着余八叔笑道："你要会余八叔，这就是余八叔。"

来人见余八的身体这么瘦小文弱，听了长工的话，似乎很吃惊的说道：“你就是余八叔吗？”旋说旋一揖到地，接着说道：“久仰大名，平日不来亲近，今日有事奉求才来，甚是惭愧。兄弟姓刘，名金万。刘三元便是我先父。”

余八知道刘三元是湘阴最有名的拳师，刘金万的武艺也不弱。并且两父子的人品都极正直，最喜扶危救困，替人打不平，长沙、湘阴两县的人多很钦仰。余八在小孩时代，就曾屡次听得人说，出门二十年回来，方知道刘三元已死。刘金万在家安分种田，不肯拿武艺教人。长沙、湘阴两县的拳师，多有仗着本身武艺，得人几串钱，就帮人打架的，刘金万却不肯帮人打这种无名架。照例拳师所住的地方，周围十数里之内，不许外来的拳师设厂教拳，要在这地方教拳，就得先把本地的拳师打败；若不然，无论有如何的交情，也是不行的。刘金万便不然，不但不阻拦外来的拳师设厂，并自家让出房屋来，听凭姓张的或姓李的拳师教徒弟。

寻常拳师谈论起武艺来，除了自家所习的武艺而外，无论对何种武艺，多是不称许的，不加以诋毁，就是极客气的了。唯有刘金万绝无此等习气，并最喜替后进的人揄扬称道。因此刘金万在长沙、湘阴两县之中，没有曾生嫌隙曾闹意见的人。他既是平生不诋毁旁人，旁人也就没有诋毁他的。余八早知道刘金万为人如此，这时见面也不由得生出钦敬之心，当即让到家中，分宾主坐定。

刘金万先开口说道：“我原籍虽是湘阴县人，然湘阴人的颜面，已被我那地方几个糊涂蛋丢尽了。我今日到这里来，实不好意思答应是湘阴人了。我自从先父弃世之后，近十年来在家中种田度日，就是本地方的一切事情，也都不闻不问。今年新年里头，忽听得有人说，平日经管地方公事的一班人，特地从湘阴县聘来一个姓赵的山东人，善使一对斗大的八角流星。在舞龙灯的时候，将一对流星用红绸子包了，当龙珠舞起来，必然非常好看。舞到长沙去，料想长沙人断没有能比得上的。说的人虽一团的高兴，但我听了也没拿着当一回事。过不了几日，果见舞龙灯的前面，有一个彪形大汉，双手使一对红绸包裹的东西，忽上忽下、忽左忽右的使得呼呼风响。我看着不觉吃了一惊，暗想这厮好大的气力，不论旁的武艺，就看使这么大的一对流星，本领也就可观了。既练成了这般一身本领，何以肯到乡下来干这种无聊的玩意儿呢？我原打算上前和这厮细谈一番的，只是细看他生着一脸横肉，两眼红筋密布，形象凶恶得使人可怕，逆料他绝不是一个安分的人，还是不与他交谈的好。因这么一转念，便没上前去理会他。

“想不到昨日忽有几个经管地方公事的人，到寒舍来对我说，原来这赵五是一个极凶狠，不讲道理的痞徒。因欺我们湘阴没人能制服他，此刻非给他一千两银子的酬劳，他不肯回山东去，要请我出头将赵五打走。我说既请了人家来，他不是本地方人，自然得酬谢他的银子，怎好把人家打走呢？并且我已多年不练武艺了，便是有十个我这样的人，也不是赵五的对手。赵五是你们请得来的，还是由你们送他些盘缠，用好言敷衍他去。寻常的地方事，我尚且不过问，这种事我怎么肯出头呢？那几个人见我一口回绝，只得去了。不料昨夜又是那几个人跑到寒舍来，各人都显着十分懊丧的神气对我说：‘赵五简直恃强不讲理，酒菜略不当意，就把桌子一掀，将桌上的杯盘碗碟打个粉碎。说他本来有要紧的勾当，在去年腊月应到河南去的，因这里定要聘请他下乡舞龙珠，他只得将紧要的事搁着，为的是想得这里的酬劳。如今他替湘阴人争回多年失去的面子，使长沙人不敢舞龙灯，这功劳还不大吗？一千两银子还不应谢吗？不拿出一千两银子来，这龙灯便不能停舞，哪怕就延下去，舞到端阳节也说不定。我们都是各有职业的人，新年里头才可以玩耍。新年既过，谁能只管陪着他玩呢？我们说尽了好话求他，他咬定要一千两银子，一厘也不能短少。他说若没有银子，就得有人能打得过他，他方肯走。

“我昨夜听了这种情形，心里也不免有些气愤，不由得责备了那些管公事的人一番。暗想一千两银子的事小，赵五这厮是山东人，如今到南方来如此横行无忌，若听凭他敲诈去一千两银子，将来传到北方去，真不好听。但是我自料绝非赵五的对手，与其出头反被他打败，倒不如不多事的好，然则就听凭他横行下去不成？左思右想，忽想到你余八叔身上来了。这回的事，本是我湘阴人无礼才闹出来的，不过此时却不能再分长沙、湘阴的界限了。事后我可以教他们管地方公事的人，到长沙这边来赔礼。而对付赵五这厮，不得不求你余八叔出头，这是替南方人争面子的事，无论如何，求你不要推托。”说毕，起身又是一揖到地。

余八连忙还揖答道：“你果然是一个不管闲事的人，我也是除了做我自己田里的功夫而外，什么事不闻不问的。你来要我出头管这种事，我又如何敢答应呢！我不是多久不练武艺了吗？赵五我也曾见过的，我觉得他的能耐，比我高强多了。我就遵命出头，多半被他打败，那时不是我自讨没趣吗？”

刘金万笑道：“这是哪里的话！我虽是今日初次前来拜访，然你余八叔的威名，我早已如雷贯耳。我知道你余八叔是无住禅师的高足，无住禅师的能耐，虽不是我这种浅学之辈得窥其高深。但先父在日，曾见过无住禅师，并曾跪在禅师跟前求道，禅师说与先父无缘，只在狮子岩里传授了几句吐纳的口诀。当时并承禅师开示道：‘你虽得了这口诀，然此生恐怕得不着受用，不过也是来世的根基。’先父回家便对我说：‘无住禅师是当今的活罗汉，可惜我缘分太浅，不能朝夕侍奉他老人家！若能相从三五年，便是不得道，论武艺也可以无敌于天下。’先父的话如此，你余八叔相从禅师二十年，武艺能瞒得过我吗？”

余八笑道：“原来尊大人也曾得我师傅传授口诀，怪道你知道来找我。既是如此，我只得勉强去试一试，如果敌不过赵五这厮，再想别法对付也使得。他们今日不是还在长沙境内玩龙灯吗？”刘万金点头道：“这是我昨夜对他们管公事人说的，教他们只管答应赵五，看他要舞到什么时候，便舞到什么时候。一千两银子，一时是取办不出的，所以今日依旧舞龙灯。”余八叔道：“那么我就和你一道儿迎上去吧！”

刘金万欣然起身，问余八叔随身带了什么兵器？余八叔笑道：“我师傅不曾传授我一样兵器，就有兵器也不会用，如今且去看看情形再说。如果因没有兵器弄不过他，只好另行设法。”二人走出了余家大屋。刘金万道：“你在这里略待一会儿，等我去那山坡，爬上那株大树，听听锣鼓响到了什么地方，迎上去才不至相左。”余八叔点头应允。

刘金万急急跑上山坡，在树巅上细听了一回，辨明了锣鼓的方向，跑回来笑道：“来得很凑巧，锣鼓虽在山那边响，然似乎越响越近，大概舞到株树铺镇上，我们到株树铺去等他来便了。”于是二人向株树铺进发。

株树铺是长沙乡里一个乡镇，镇上居家的，做各种买卖的，共有二三百户人家，是由长沙通湘阴的要道上一个大镇。元宵既经过去，本不是舞龙灯的时候，但是舞的既破例来舞，乡下人无不喜看热闹，也就成群结队的，跟着看舞。越是看的人多，赵五的流星越舞得起劲。拣大户人家进去，舞罢即硬索酒食或油烛钱。乡下人畏事的多，这里人多势大，加以赵五凶恶非常，动辄舞起双流星，将人家的桌椅器皿捣破，人敢上前，他就打人，因此无人敢拂逆他的意思。这日是这般强讨硬索，也得了二三十串油烛钱。赵五不由得十分得意，打算到株树铺午餐，不愁镇上的人家不盛筵款待。

赵五舞着流星在前开道，路上行人，吓得纷纷向两旁躲闪，唯恐被流星碰着。已将近到株树铺了，忽见一个身材瘦小的人，走在赵五前面，相离不过五六尺远近，一步一步很从容的向前走，背对着赵五，好像不觉得背后有龙灯来了的神气。

赵五的前面，哪容人这么大摇大摆，即厉声喝道："滚开些！"这喝声虽然很大，但那人似乎没听得，睬也不睬，脚步益发慢了。赵五疑心是个聋子，更放开了喉咙喝道："还不滚开吗？"那人仍旧没听见的样子。赵五再也忍耐不住了，一抖右手的流星，向那人背上打去。赵五也存了一点儿怕打死人的心思，因见那人相离不过五六尺，便只放出五六尺远的铁链，安排这一流星，恰好将那人打得扑地一跤，并不重伤。谁知这流星发去，铁链短发了半寸，还没沾着那人的背，那人好像毫不察觉。赵五只得又抖左手的流星发去，这回长放了一尺多，以为断没有再不着的道理了。想不到流星刚要打到那人背上的时候，那人忽弯腰咳了一声嗽，流星又相差半寸，不曾打到那人背上。

赵五见两流星都没打着，不觉咬牙恨道："有这么巧的事吗？你若是来试我手段的，请你看我这一下。"说罢举两流星同时打去。只见那人被打得身体往下蹲，赵五心里一喜，正待收回流星，不觉大惊失色，脱口叫了一声："哎呀！"原来两条流星铁链，已被那人用指头夹断了。再看那人一手按住一个流星，蹲在地下哈哈大笑。赵五看铁链断处，和用钢剪夹断的一般齐截，自知不是那人的对手，收了铁链走到那人前面，拱手说道："确是好汉，请教姓名？"那人也起身拱手道："余同德行八，地方人都称我余八叔。唐突了老哥，望老哥原谅。"赵五羞惭满面的答道："岂敢，岂敢！求人原谅的话，不是好汉口里说出来的。我们十年后再见，少陪了。"说毕捧了两个流星，头也不回的去了。

那些舞龙灯的湘阴人，因不知道余八叔是刘金万请求出来的，以为是长沙人请来的好手，安排与湘阴人作对的。凡是舞龙的人，也都懂得些儿武艺，照例动手相打起来，各抽龙节的木把手当兵器。当时虽见赵五走了，然都恐怕长沙人乘赵五走了之后，来打他们舞龙灯的人，不约而同的将木把手抽在手中，连同敲锣鼓的一字排开站了，准备厮打的模样。

刘金万这时已从镇上跑出来，看了这情形，连忙挥手说道："你们真是些不识好歹的人。我们湘阴人在这几天之内，被赵五这东西欺压得简直连气也不能吐了。全县的人忍气吞声，一筹莫展。我好容易才把这位余八叔求出来，轻轻巧巧的将这东西赶跑了，你们不感谢余八叔倒也罢了，还准备厮打吗？你们也太不自量了。"刘金万这么一说，那些人方偃旗息鼓的，拖着龙灯跑了。从此湘阴的龙灯，遇了长沙的龙灯就回避，再也不比赛了，这是后话。

且说当时舞龙灯的跑后，株树铺镇上的人，见余八叔有这么高强的本领，替长沙人争回很大的面子，心里都很快活。大家围住余八叔和刘金万，到镇上喝酒庆贺。余、刘两人不便固辞，只得同到镇上周保正家。周保正立时将办了预备接龙灯的筵席，开出来给款待余、刘二人，并邀了管地方公事的一班绅商作陪。余八叔在席，对刘金万说道："赵五这厮的本领，实在不弱，但不知道他为什么到我们乡下来，这么横行招人怨恨？他说十年后和我再见的话，我倒得留他的神才好。"

刘金万道："几年后再见的话，不过是被人打败了的，照例说着遮遮羞罢了。他是山东人，不见得为报这一点儿羞辱之怨，就回家专练十年武艺，又巴巴的回到湖南来报仇。就是真有这么一回事，你余八叔难道还惧怯他吗？"余八叔摇头道："在旁人或者不过说着遮遮羞，赵五说的倒是一句真话。因为平常被人打败了的教师，多是说三年后再见，从来少有说到十年后的。赵五因自知要报这仇，非下十年苦功夫没有把握，所以说出十年后再见的话来。他若说三年后再见，我就能断定他是说着遮羞的了；便是他三年后果然再来，我也不把他看在眼里。于今我所着虑的，就虑他是李成化的徒弟。若真是李成化的徒弟，我更不能不当心。"

刘金万问道："李成化是谁，我怎么不听得江湖上人说过这名字？"余八叔道："李成化不是在江湖上混的人，江湖上人怎得知道？非是我余八叔说句夸口的话，凡是在江湖上出了名的人，本领就大也有限；真有大本领的人物，决不会在江湖上有声名。李成化是山东玄帝观的一个老道，他的本领，不但我等不是对手，并不能窥测高深到了什么地方。”刘金万问道：“李成化既没有世俗的声名，你如何知道他有那么大的本领呢？你曾会过他么？”

余八叔点头道：“我自然是会过他，才得知道。说到会李成化的事，倒是非常有趣，今天的酒，喝得很痛快，不妨拿来做谈助。于今说起来，已在十年前了，那年我师傅因山东遭旱荒，特地办了些粮食，带我到山东去放赈。我师傅表面上是一个游方和尚，到处化缘充饥，实在无一年不放几回赈。不过他老人家放赈是暗的，从来没人知道罢了。”

刘金万问道：“暗中放赈，是乘人家不知道的时候，悄悄的将钱米送到人家里吗？”余八叔摇头道：“不是这般的，暗中送钱米给人家的事，我师傅虽有做过，但是因为这种举动，究竟太惊世骇俗了，每每弄得一地方的人，都相惊是狐仙帮助人。也有说是出了义盗，劫富济贫的，反害得那地方的官府，派捕探查访，四处骚扰，我师傅才知道那办法不妥，改了由本地的大丛林或大寺观出面，托名某施主放赈结缘。我师傅自己不出名，所以外边无人知道。那年到山东潍县，托崇福寺的道因方丈放赈。我和师傅都住在崇福寺里，寺里有八九十个和尚，一切放赈的事务，都由那些和尚经手。我师傅本来静坐的时候居多，我那时也无事可做。虽是师傅规定了我每日得练若干时的武艺，只因在崇福寺的和尚太多，而来寺里领赈的灾民，又从早至晚，络绎不绝，白天简直没有地方给我练武艺。只好趁夜间明月之下，独自到寺外树林中练习。练了一会儿，正择一块白石坐下来休息，微风吹来，忽觉有一种如响箭破空的声音，送入耳里。细听那声音，仿佛就在林外不远，虽一时辨不出那声音从什么东西发出来的，然细心体会，觉得是有人在高处舞弄很长大的兵器一般。心想这就奇了，难道在这深夜之中，除了我之外，还有趁明月练武艺的人吗？这种奇怪的声音，既送入了我耳里，不由我不查出一个究竟来。遂起身步出林外，跟着声音找去，才知道这声音并不在近处。借着月色朝发声的方向看去，只见东南方一座小山之上，有一所庙宇形象的房屋，周围都是青葱树木，那奇怪的声音，还一阵一阵的从那房屋里面发出来。

“我一时兴起，也不问那房屋是何人居住的，提起精神来，一口气跑上了那小山。走近房屋的大门一看，原来果是一所庙宇。大门上悬挂着白石黑字的大匾额，乃是‘玄帝观’三个大字。大门紧闭，从门缝里向内张望，不见有灯火，再听那声音也没有了，却听得观里有十分细碎的脚步声。那种脚步之声，无论什么人听了也得诧异。因为平常人的脚步声，绝没有轻细到那般模样的。从门缝里张望不出什么形迹，只得耸身上了牌楼，喜得我不敢鲁莽，轻轻的伏在檐边向观里一看，只吓得我险些儿叫出哎呀来了。这夜的月色，本来分外光明，照得神殿前面一方纵横四五丈的石坪。石坪之中，有一个道人，正在练拳。你说那道人的身体有多少高大？”

刘金万听到这里，忽见余八叔问他，即随口答道：“有七八尺高吗？”余八叔摇头笑道：“还不到一尺高，但是虽小得和初出世的小孩一样，颔下却有一部胡须，神气也像是很苍老的。小小的一件玄色道袍，两袖和下摆都用绳扎缚起来。明月之下，可以看得非常仔细。我当时料想这必是一个妖怪，哪里敢高声出气呢？两眼不转睛的，看他所练的是什么拳。看不到几下，便看出这妖怪的拳法，神妙惊人。约莫练过十多手，更显得奇怪了。那妖怪的身已不似初见时那般小了，约有一尺五六寸高，道袍也跟着长大了些。又看了十多手，那身体又长大几寸了。越练越长大，一会儿就与寻常人的身体无异了。他还不停歇，身体也不住的放大，转眼之间，已高到一丈以外，真是头如笆斗，腰大十围。我的胆量，自信也非甚小，然看了这种怪物，不由我不害怕。只是又舍不得不看，就此走开，心里唯恐被这怪物察觉。暗想他万一知道有我在这里偷窥，存心与我为难起来，我自问决敌不过他。不料事有凑巧，伏在我身下的瓦，忽然被压破了一片，‘咯喳’响了一声。有这一声响，不好了，怪物登时停了拳，举头向房上望来。幸亏他望的不是我伏的这方，我趁这机会，抽身便跑，连头也不敢回的逃下了小山。听背后没有追赶的声音，方敢回头望山上，没有动静，回到崇福寺睡了。

“次日将夜间所见的情形告知师傅，我师傅似乎吃惊的样子说道：‘好险，好险！那老道是李成化呢！修真之士都称他为魔王。你敢去偷窥他吗？他是杀人不眨眼的。’我听了也吃惊问道：‘李成化既是修道的人，怎么不戒杀呢？弟子其所以害怕逃跑，乃因为不知道他是人，以为他是个妖怪，所以身体能大小随心变化。若知道他是个人，并且是修道的，我也不至害怕逃跑了。’我师傅说道：‘你若不害怕逃跑，他倒不至因偷窥了他，便动怒将你杀死，就为你逃跑得可疑。他如果动念杀你，是易如反掌的事，你便能飞也逃不脱。他昨夜不杀你，你要知道他不是因追赶你不上。他必然已知道你是我带来的徒弟，所以听凭你安然下山。李成化练会了乌鸦阵，他若是想拿你，也用不着追赶，只须默念咒语，就可以使你立时眼前漆黑，昏然不辨东西南北。因为他修道而不戒杀，其行为举动，也多与寻常修道的相反，所以一般修真之士呼他为魔王。’我又问道：‘师傅认识他么？’我师傅道：‘我不但认识他，并认识他的师傅。他师傅更是一个大魔王，可怕之至。’

“我听了这话，好生欢喜，连忙问道：‘他还有师傅在吗，他师傅是谁，在什么地方？’我师傅道：‘他师傅道号镜清，在今之世，当推他为外道的魁首。他住在与人世隔绝的冷泉岛，自称长春教主。冷泉岛在东海之中，虽非人迹所不能到的荒岛，然从来到那岛上去的，除却修真之士，去那岛上采药，便是寻觅珠宝的大商人，冒险去一二次。因为那海水之中，时常有如山一般大小的冰块，奔流而至，与海水一样颜色，远望不能见，直到切近才看见时，船已来不及躲闪。一撞在冰块上，不问如何坚实的船，也必登时粉碎。船上的人落到水里，在别处可以泅水逃命的，在这海里，无不即时冻死。因此去冷泉岛寻宝的商人，十有九不得回来，若能安然从冷泉岛回来的，必成巨富。

“‘那冷泉岛纵横不过百里地，岛中树木参天，鸟兽繁殖，丈多高的珊瑚树，随处多有。修真之士到那岛上采药的，多是旋去旋回，少有在岛中停留的。因为岛中的鸟兽，比我们陆地的鸟兽高大若干倍，凶悍异常。有一种鹫鸟，大的身重千多斤，就是最小的也有七八百斤，时常与岛中的野兽相斗。一二百斤的虎豹，每每被鹫鸟用两爪一把抓住颈项皮，双翅一扑，便将虎豹提上了天空。猛然朝岩石上掼下来，把虎豹掼得骨断筋折，它才从容飞下，啄食其肉。兽中也有极凶恶的，书上有如虎添翼的话，读书的无不以为是一句比喻的话，谁知那岛上就有生翅的虎，并且是四个翅膀，飞行十分迅速。不过那种四翅虎，在初生数年的时候，飞行和鸟类一般。数年以后，便渐渐飞不动了。何以数年后就飞不动呢？因为身体太肥大的缘故。在那种孤岛之中，一切鸟兽谋食都不甚容易，唯有四翅虎，飞走都迅如疾风。不论什么鸟兽，不落它的眼便罢，一落到它眼里，就成为它口中的食了。它的食量又大，食饱了就择地而睡。它所睡之处，常在上边有树枝，四周有柴草的地方，飞鸟要侵害它，必惊响树枝；走兽要侵害它，必踏响柴草。它既被响声惊觉，鸟兽都非它的敌手，不仅吃不着它，每每倒被它吃了。但是终日饱食安睡，无所事事，于是心广体胖，身体一日一日的加重。那四个翅膀的力量，因睡得太多，反一日一日的减少，就是四条腿也渐渐的软弱无力了。到了这种时候，就轮到这些鸟兽来吃它了。它的身体壮大，不是几只鸟兽所能吃得完的。一只四翅虎，常被众鸟兽啄咬十天半月才死。去冷泉岛搜宝的商人，必带火药鸟枪，然仅能将四翅虎惊走，不容易打死。

"'长春教主因贪爱冷泉岛的风景好，带了二十个徒弟来到岛中，建造一所长春宫。用法术将所有鸟兽，尽驱到岛北，划立界线，鸟兽不能到岛南来。鸟兽之肉，便是他们的食物。他于今男女门徒各有五十人，都是童男童女。当他收女门徒的时候，遍请三山五岳修道之人，到冷泉岛观礼，我也是被请的一个。当日约了与吕宣良同上冷泉岛去，在未动身之前，复遇了几个女道友，也是受了长春教主邀请，安排前去观礼的，于是相约一同御风渡海。我们各自心里猜度，不知道镜清道人收女徒弟，有些什么礼节？虽则凭空猜度不出来，然都逆料镜清道人以教主自居，由他创立长春教，平日的一举一动，皆存心留作教下门徒的模范。这番收受女徒弟，多至五十人，不但在他长春教下为创举，就是儒、释、道三教之中，也少有这种前例。并且镜清道人平时举动无不奇离，这番不待说比平时更奇离的了。

"'果不出我等所料，我们到了冷泉岛，只见他教下的五十个男徒弟，身穿一般的绿色道袍，头戴绿色的道冠，各人双手捧一白玉如意，相离约五六丈远近，即对立二人，从海边直到长春宫，和候补官员站班伺候上司一样。我们看了知道是迎候宾客的，也觉得这种举动，不是寻常修真之士所应有的了。走进长春宫大门，只见门以内直达内殿有七重厅堂，尽是十五岁以上、二十岁以下的姑娘们，也是身穿绿色道袍，头戴绿色道冠，与男徒弟一般装束，也是分左右排班对立。不过每人相离只有四五尺远近，各自合掌当胸，没有捧玉如意罢了。

"'我与吕道兄到的时候，释、道两教的人已到了不少，镜清道人一一殷勤陪款。所请的宾客都到齐了，排班迎候的男女徒弟，才分两边鱼贯而入内殿。这时镜清道人换了一身极庄严华美的道袍，也是手秉如意，率领众女弟子到殿后一所大广场之中。来观礼的道侣，约有五六十人，由长春教下的男徒弟引到广场，各就已经陈设的座位坐下。男女、僧道，都有分别。我看广场之中，一字平行的竖着五十个木桩，每桩约有二尺来高，相离也约二尺来远。木桩上边是削尖了的，每一个木桩两旁，安放泥砖两块。在座的宾客，看了这种布置，没一人能猜出这些尖木桩有何用处。五十个女弟子，依着木桩的位置，也是一字排开的立着，好像一一静候号令的样子。

“‘镜清道人巍然端坐在一座高台上，显着一种十分庄严的神气，高声对台下的女弟子说道：你们小心听着，凡入我教下的人，不问男女，须具有三种资格，缺一便不能列我门墙。哪三种资格呢？第一是不怕死。你们要知道世间使人钦仰的大事业、大人物，都是因不怕死三字做成功的，甚而至于连自己的性命都不顾了，一心一力的以赴各人所期，我可断定没有不能成功的事业。你们将来成仙了道，就全在不怕死三字上努力。你们自问果能不怕死么？这一句话问出，下边娇滴滴的声音齐答道：能！镜清道人点头道：我倒要试试你们。’”

不知镜清道人如何试法，且俟下回再写。

第八十九回

试三事群宾齐咋舌　食仙桃竖子亦通灵

话说刘金万听余八叔说到这里，觉得津津有味，忍不住忙问道：“镜清道人究竟怎样试这班女弟子呢？”余八叔笑道：“你别着急，让我慢慢说下去。老实对你说，我当时听我师傅说这段事情时，我也觉得十分有趣，很欲一知其下文呢。那时我师傅又续说道：‘镜清道人说了我倒要试试你们一句话后，便又举起眼来，好像对着广场中那些木桩望了一望的样子，然后接着说道：不怕死三个字，只轻飘飘的一句话，原是人人会说的；可是到了紧要的关头，能不能实践这句话，却要瞧这人的定力如何了。定力如果不坚，那是一到此时，就会退缩下来，弄得求死不成，反要遭人耻笑，这人的一生，也就完了。我如今欲于仓促间，试你们究竟怕死不怕死，确不是件容易的事情。所好的，我已把试验的器具预备好了，你们瞧，在你们每人面前，不是都植着这么一根木桩么？现在，我以一、二、三为口号。喊一字时，你们都得走上前去，用两足分踏在木桩旁那两块砖石上；喊二字，齐把身子俯了下去；等到我三字一出口，大家须把颈项凑向木桩的上边，越凑得下，凑得紧，越显得出不怕死的精神。可是木桩的上边，是削得很尖的，当你们死命的把颈项凑上去，说不定要刺破你们的咽喉，伤害你们的性命。不过倘能如此而死，你们不怕死的精神是显了，你们的灵魂也一定很是安逸呢。我现在再问一声：你们也愿试一下么？这话说后，下边又是一阵呖呖莺声，齐道一声愿。我见了这种情形，倒起了一种感想，以为不怕死果然是绝好的一种精神，能建大事业，成大人物在此，能成仙了道。不过这种精神，要在偶然无意中显露出，方是可贵。像这样的当着大众，试验起来，未免出自勉强，有点不近人情了。再瞧瞧众道友时，似乎也与我有同一的感想。只是大众的眼光，仍一眼不霎的，望着广场中，急欲瞧他一个究竟。

"'这时镜清道人已喊了声一，下边一班女弟子，果然齐趋木桩之前，在两块砖上分站着了。镜清道人便又喊了一声二，众女弟子齐把身躯俯了下去。于是镜清道人又很严肃的，振着喉咙喊道：三！这真是最吃紧的时候了，我和一班道友，更是眼眈眈的望着他们，暗忖流血惨事，就要现在目前了。这般尖的木桩，刺入了咽喉中，人是血肉之躯，怎能受得住？正不知内中有几个人，要立刻化为异物呢！这班女弟子，却真是勇敢得很，一听这声号令，竟什么都不顾了，一点不踌躇的，把颈项向木桩紧凑上去，直至木桩直贯咽喉而过，把个尖儿露在外面，却寂静异常，连一点呻吟之声都没有。这一来，真使我们惊骇极了。有几位道友，心肠仁慈一点的，竟禁不住低喊起来。以为咽喉已成对穿，这班女弟子的性命，一定是不能保的了。谁知正在此时，却又见镜清道人很庄严的一笑，朗声说道：你们这班人很是不错，不怕死的精神，总算已是显出来了。现在且把身子仰起来吧。说也奇怪，众女弟子一听此语，真的将身仰起，好似十分轻便。那些木桩，也一点不留难的，从颈项中脱卸出来了。再瞧瞧她们的咽喉，不但没有一点血迹，连创口也不露见一个。

"'这时她们虽没有瞧见自己的形状，也没有用手去抚摹一下。然而她们依然是好好的，也没有感受到一点痛苦，这是她们自己当然知道的，所以不由自主的，露出一种惊骇之色，似乎有点不自信的样子。只是我到了此时，却恍然大悟了。这定是当那紧要的时候，镜清道人曾暗暗施了一种什么法术，所以能化险为夷，化危为安，否则这班女弟子也是寻常血肉之躯，并没有什么道力，怎能经得起这木桩的贯刺咽喉呢?

"'却又听得镜清道人朗声说道：你们不要惊骇，这是没有别的缘故，完全是神灵在暗中呵护呢！从此你们可以知道，能够不怕死，倒可于死中求生。一怕死，那死神反就跟着你，准死不得活了。现在第一种资格，你们总算已经有了，便要讲到第二种资格，那就是不怕痛，你们自问也能办得到么？下边又是石破天惊的，齐喊一声能。镜清道人又续着说道：讲到不怕痛，比起不怕死的精神来，果然不及多了。不过死的时间，是绝短的。痛的时间，是较长的。一般视死如归的，只要一死便了，更受不到别的什么痛苦。至于创痛加到身上，那非待创平痛止，不能脱去痛苦，似乎比死的况味还要难受了。所以讲到实在，不怕死还是容易，不怕痛反比较的有点为难咧。在我们一般学道的，任何痛苦必须都能受得，方有成功之望。故这不怕痛三字，更是一个很重要的问题。现在你们既然都答称能够办到的，我倒又要试试你们咧。说到这里，又回向一班男徒弟立的地方说道：你们快把刚才预备好的那架火炉抬了来。即有四个男徒弟，一齐嗷的应了声，趋向内屋。不到一刻工夫，便把一架大火炉抬了出来，放在广场之中。只见有几十柄像烙铁一般的东西，深深的埋在火中烧着，只留一个柄在外面。

"'镜清道人便又向那班女弟子说道：'现在我便要试验你们一下了，仍听我的口令行事。我第一声令下，你们须得卷起衣袖，将臂高高露出，齐趋火炉之前；第二声令下，各持烙铁一柄在手，回归原位；等到我第三声令出，就得将这烙铁，各向自己臂上烙去。一不许有畏缩之状，二不许有惧怯之色，三不许有呻吟之声，须待我命你们将烙铁取去，方算了事。这才显得出你们那种不怕痛的精神了。

"'我当时听了这话，觉得这又是一种残忍的行为，在义理上讲来，总嫌有点诡而不正咧。再瞧瞧那班女弟子时，脸上却露着坦然自若的样子，好像什么痛苦都不怕，一点不以为意似的。等到镜清道人二声令下，她们各人早持着一个烙铁在手，由炉边又重新回到原位了。那烙铁烧得红如炙炭一般，一烙上去，怕不皮焦骨炙，连旁边瞧的人，也见了有些寒心。然而那镜清道人忍心得很，竟一点不犹豫的，又喊了一声三。这班女弟子，便不顾死活，忙把烙铁向臂上烙去。你想，臂肉是生得何等的嫩，这烙铁又是烧得何等的热。两下一触，早把玉雪似的臂儿，炙成焦炭一般。这时凭她们怎样的勇敢，也有些受不住，脸色都痛得由红转白，然也只是咬紧牙关，勉强忍耐住，绝不闻有些微呻吟之声，更不见有一个人敢擅自将这烙铁移去的。这时不但我们暗赞这班女弟子的勇敢，连镜清道人瞧了这种情状，似乎也很为满意了，也便发了一声口令，终止了这幕惨剧。然烙铁触处，早已有了一个不可消灭的焦印，永远留在各人的玉臂上了。

"'镜清道人便又很高兴的说道：你们果是不错，这第二种资格，也可以算是有了，现在便要讲到那第三种资格。你们道那第三种资格是什么？那便是不怕羞。这话一说，倒使一班女弟子一齐呆了起来，顿时露出一种惊疑之色，不比以前二次听他吩咐的时候，那样的神色自若了。镜清道人由这脸色上，似乎也已知道了她们的意思，便又说道：你们不用惊疑，讲到这个羞字，实不可一概而论，其间也有分别。譬如做了什么不道德的事情，或是虚生一世，一点正事也没有干，这原是可羞的。至于寻常儿女子所以为怕羞的事情，其实是一点不足羞的。你们如果也脱不了这种旧习惯，那是大足为学道时一个大障碍了，所以我要把你们试一下呢。你道怎样的试法？便是我一声令下，你们须当着大众，脱去衣服，把上身裸着咧！

“‘众女弟子一听这话，脸上更觉有点不自在了。镜清道人早已窥见，不等她们有什么答语，便又正色说道：“人的身体，受之父母，原是清清白白的，有什么不可当着大众袒裸的道理？如果存着怕羞的意思，那她们的存心，倒反不可问了。我们一班学道的，更不能有下这怕羞的心思。因为一学了道，什么困苦都得受的，万一到了没有衣服，裸着身子的时候，如果只一味的怕羞，不向前途努力，那还有成功的希望么？所以我把不怕羞列为第三种资格。你们如愿列我门墙的，总得有下不怕羞的功夫。如今也愿试一下么？”众女弟子被他这么一说，果然说得顽石点头，一个个把成见消除了。又是一阵呖呖莺声齐答道愿。可是这一来不打紧，我们这班在旁观礼的，倒觉得有些局促不安了。暗忖一班妙龄女子，当着这许多人，上身脱得赤裸裸的，这是成何体统？在镜清道人，纵然不算是什么羞耻的事情，在她们自己，也不算是什么羞耻的事情，然而教我们怎能瞧得入眼咧？

“‘正在十分为难之际，镜清道人却早已发了一声令，那班女弟子便解去衣纽，宽去衣衫，预备将那清白之躯，呈露在人前了。我和一班道友，哪忍去瞧视她们？正想将头别了开去，不料在这间不容发之际，忽见镜清道人将手一挥，一声大喝，天地立时变色，原是白日杲杲，忽然变成长夜漫漫，伸手不辨五指了。便又听得镜清道人在黑暗中朗声说道：好极！好极！你们总算把不怕羞的精神，也显露出来了。不过在这许多贵宾之前，如果真是赤身露体的，未免太不恭敬了。所以我在紧要的当儿，特地略略施了一点法术，把日光遮蔽了去。现在你们赶快仍把衣服穿上吧。这话说后，只听见众女弟子嗷的应了声。不到多时，又听得镜清道人一声喝，天地立时开朗，依然白日杲杲。那班女弟子，仍是衣冠楚楚的，立在广场中咧。于是镜清道人含笑说道：如今你们三种资格已全，可以列得我的门墙了。不过我教中尚有三戒，也最绝重要的。第一是戒犯上，第二是戒犯淫，第三是戒贪得。你们此后须谨谨遵守，不可背越。众女弟子又是唯唯应命，遂行了拜师大礼。至此，这收女弟子的煌煌大典礼，总算是告成了，三山五岳前来观礼的道友，也就纷纷辞归。从此我对于这镜清道人，觉得他是可怕之至，真可算得是当世一个大魔王咧。’”

余八叔说到这里，略停一停，方又道：“这都是我师傅当时对我说的，我听了以后，也觉得他非常的可怕，更想到李成化既是他的徒弟，定也是一个了不得的人物。上一夜我去偷窥他练拳，幸亏他没有和我认真，否则真要不堪设想呢。”刘金万听了又问道：“但是这镜清道人怎么到这冷泉岛去的，又怎样把这些鸟兽驱逐了去，你师傅也曾对你说过么？”余八叔说道：“这倒是和我说过的。不过事情说来很长，一时间万万讲不完。你如果爱听时，可以到我舍间来，我总得一桩桩的讲给你听呢。”

刘金万一瞧酒席已是吃残，时候也已不早，这些话果然讲得太长一些，再也不便讲下去了，就也把头点点，即同余八叔，别了周保正，及陪席的一班绅商，各自分头回家，不在话下。至于刘金万后来究竟曾否去到余八叔家中，询问镜清道人的种种逸事，我们且不去管他。不过镜清道人在这部书中，也可算得是个了不得的人物，总得把他的历史叙上一叙。

且说镜清道人本姓沈，小名牛儿，生长在山东潍县金雀村中，自幼不识不知，愚蠢异常。到了十四岁，还是一点人事都不知道。家人皆不喜他，因此也不教他读书，也不教他做什么事，只教他驱了一头牛，天天到野外去放牧。这明是厌弃他，不要他在家里的意思，他倒很是高兴。

有一天，还不到晌午时分，腹中忽觉饥饿起来。但是瞧瞧晒在地下的日影子，似乎还没有到吃饭的时候，明知回家去也是没得饭吃的，说得不好，或者还要受家中人一顿臭骂，便想先摘几枚野果来充充饥咧。抬头望处，忽见南面一棵桃树上，结了有几枚硕大的桃子，红艳艳的，煞是可爱。倒不觉暗吃一惊，心想这桃子怎么结得如此之快？这棵桃树，我昨天还尚向他望上一望的，连一个小小的毛桃子都没有。想不到一夜之间，就有这些又红又大的桃子生出来了。但他素来是懵懵腾腾的，凡事不求甚解，加之这时腹中饥得可怜，只望采些果实来充充饥，所以对于这桃实速成的问题，也不暇去研究。不管三七二十一，即爬上那棵桃树上去，把上面结的三枚桃子，一齐采摘下来，食在肚中了。只觉入口之际，汁多味美，甜香非凡，较之寻常吃的桃子，真有天渊之别咧！

可是这三枚桃子吃下肚去不打紧，却把他完全改了样子了。他素来是十分愚蠢的，如今却变成聪明了；素来是一字不识的，如今却能写能诵了！然而也有一桩不如意处，从前是每天除了吃饭睡觉之外，就是牵了一头牛到野外去放，浑浑噩噩，觉得很是舒服。现在却不然了，心中觉得非常闷损，像有件什么事情没有得到解决似的，但又不能说出究竟是件什么事。因之虽仍是照常去放牛，只是恹恹闷坐，也无心去照顾那牛。

谁知有一天，却轻轻易易的，把他这个问题解决了。只听耳畔好像有个人唤着他的名儿，向他说道："牛儿，你不要气闷，你的心事，我都知道。你不是看破尘缘，想从个名师修仙学道么？那我就是你的师傅，不久你就可到我那里去，从我学习大道呢！"

这时的牛儿，已不比未吃桃实前的牛儿了，早已有了仙根。一听得这几句话，居然立时解悟。知道被他一语破的，他自已听忧愁闷损，以为未能解决的，确便是这修仙学道的问题。当下连忙跪了下来，恭恭敬敬的叩了三个头，方说道："弟子已蒙收录，实是出自鸿恩。不过弟子该死之至，尚没有知道师傅的法号，还请明示。"只听得空中哈哈一片笑声道："你要问我法号么？我便是东汉时的蓟子训，道号铜鼎真人。遁迹在这西面的白凤山上，也有几千年了。这里的这棵大桃树，是我手植的，虽比不上西池王母那边的蟠桃树，然而也是仙种，须一千年一结实。我也就定下一个规律，也是每阅一千年收一次徒弟；并以桃实为标准，谁吃了我这桃实，谁就是我的徒弟。昨天结成的那三枚桃实，偏偏没有被别人吃得，却被你吃了去，这是你的缘法已至，和我合有师徒之分咧。"牛儿恭听了这番训谕，忙又说道："师傅既是如此说，那么快求师傅度我去吧！我是急于学习大道，在这尘世中，一刻都不耐居住呢。"

铜鼎真人又在空中说道："你不要性急，我既收了你做徒弟，终要度你去的，不过现在尚非其时。你从今天起，且正着心、诚着意，每天不住的向这头牛拜着，但不可被人瞧见。拜得这牛通了灵性，自会驮起了你，送到我住的所在呢！"说完这话，又说了一声："我去也！"空中即寂然无声了。

牛儿谨识于心，从这天起，窥着无人的时候，便正心诚意，很虔诚的向这牛拜着，并把遇仙一节事隐秘着，不向别人说起。可是这样的拜了不少时候，这头牛依然是蠢然的一头牛，只会吃草拉屎，一点没有什么通灵的表示。倒害得他发急起来，向着这牛泣道："牛啊，牛啊，我这样天天的向你拜着，你怎样仍旧一点灵性都没有，不肯驮我到师傅那里去呢？难道师傅的说话是骗我的么，还是嫌我不虔诚呢？如果再是如此下去，死的日子也快要到了，还有求道的希望么？"说也奇怪，这头牛一听这话，竟抬起头来，向他望上一望，口作人言道："哦！你要我驮你到你师傅那里去么？那你何不早说，我又不是你肚里的蛔虫，怎么会知道呢？怪不得你天天向我求拜，原来为的此事。我倒正在有些疑惑不解咧。"

牛儿听这牛居然会说起话来，自然十分欢喜，便又说道："牛啊，牛啊！你居然通灵了。如今闲话少说，快驮我到师傅那里去吧。"这头牛将头点点，便把身子俯了下来，牛儿即跨上牛背喊道："走吧！"这牛就展开四蹄，腾云驾雾一般，向前面飞快的跑去了。

一会儿，奔上了一座山冈，穿林越坡，直向山巅驰去。也不知走了多少道路，经了多少时间，这牛因为走得太快了，忽的蹄儿向前一蹶，一个倒栽葱，将牛儿跌下地来，幸喜没有跌伤，身上并不觉痛。略一定神，举目瞧时，和他相依为命，驮他来到此处的那头牛，早已跑得不知去向了，他自己却卧在一座峭壁之前。这峭壁险峻异常，高插云表，而上面童童然的，一点树木都没有，望之更觉森然可畏。

他不免暗忖道："我师傅究竟住在哪里呢？这峭壁上望去一所房屋也没有，一定是不对的，大概还在这峭壁的后面吧？"他因立起身来，沿着峭壁走去。将近边缘的时候，忽听得一派繁碎的声音，从壁后发出来，不觉暗喜道："对了，对了！我师傅一定就住在这附近了，这大概是他老人家弹琴的声音吧？"等得他飞快的转到壁后，只举眼一望时，不免又大大失望。原来只是一道飞泉，在那里淙淙响着，哪有什么人弹琴呢？再向峭壁上下望去，也和前面一样，不见有一所房屋，于是他又废然踅了回来，对着这座峭壁呆望。心想这蠢牛真误事，竟把我驮到这荒山中来，如今来得去不得，怎么是好呢？不过瞧我师傅那样子，也和神仙差不多，难道会不知道我到这里来么？

一念未已，忽听银钟般的一派声音，在山谷中响动道："牛儿，你来了么？好！你不用疑虑，我在这里呢。"牛儿一听，知是师傅铜鼎真人对他说话，不觉十分喜欢，连忙跪下叩头道："不错，弟子来了。如今请师傅快现法身，领弟子到洞府中去吧。"只听铜鼎真人笑着说道："我也没有什么洞府，就住在这峭壁中，向来不喜人家入内的，也不喜和人见面。你既来到此处，就在外面住着。我且赐你一个道号，唤作镜清。牛儿这个小名，以后可捐去不必再用了，并赐你神经一卷，让你朝夕练习，以为入道之初步。"

镜清细辨他这声音，果是从峭壁中发出来的，但用眼光细细瞧去，却不见壁上有一线的裂隙，倒猜不出他师傅是怎样出入的？正在这个时候，忽听砉然一声，便见那峭壁间裂开了一条小缝，就有一卷书掷了出来，跟着又是一阵响，那峭壁仍密阖如故了。随闻铜鼎真人说道："你且照着这册书中所载的，先习练起来吧。俟你全能领悟时，我自会再以他种道术授你的。"

镜清叩头谢了恩，然后去拾起了此书，只见上面署着几个古篆道"神经第一卷"，翻开书来一看，前面载着些辟谷导气的方法，后面乃是讲的几种防身拳术，中间变化很繁。从此镜清便在这荒山中，安心住了下来，朝夕把这两件事来习练。久而久之，果然能辟谷却食，而于这些拳术的变化，也居然十解八九。

当他练习的时候，铜鼎真人虽未曾露过一次面，然而好像在旁监视着似的，一等到镜清已能将这第一卷书完全领悟，便又听得他二次发言，又把神经第二卷相授了。这第二卷书中所载的，却是些降龙伏虎、役鬼驱神的方法，也是学道的一种看家本领；跟着又是第三卷，乃是讲用了什么法术，可以呼风唤雨，用了什么法术，可以倒海移山；到第四卷，是讲到奇门遁甲，诸般变化了，倒也不是件容易的事情；跟着就讲到飞剑杀人之方，吐气殪敌之法，这算是第五卷了。一口剑，要练得倏长倏短，吐纳自如。一股气，要练得倏远倏近，神化无方，实在很是烦难，非下苦功不可；再练上去，是第六卷，便研究到如何驾云御风，如何烧鼎炼丹。学道者到了这步功夫，差不多已成了半个神仙。可是练习的方法，到此已略略有些改变了。从前是注重在这动的方面，现在却注重在这静的方面。因此在这第七卷中，便讲到养性修心、脱胎换骨上面去，是完全在静字上用功夫的。然而遇着镜清，却是喜动不喜静的。这第七卷的功夫，刚刚只学到一半，就生起厌心来，没有先前这么的勤敏了。暗想道："这荒山中，虽没有什么时历，不知我来到这里究已过了多少年？然而时候总已是很悠久的了。如再这样下去，学到何日为止呢？而且现在就我已学得的这几种本领讲，就是走到外面去，自问也很足对付一切了！"

谁知这铜鼎真人最是通灵不过的，他刚想到这里，早被他老人家知道了。即听得在峭壁中发出声音来道："唉！我原望你循序而进，学成正果的，不料你忽然起了这种念头，这明明是缘法已尽。照我的规律讲起来，再也不能留你在这里了。不过替你想来，实在可惜得很，你如果再能安心学上去，上界真仙虽不敢望，一个地仙，总可以稳稳做得到的。不是比这么半途而废，只会些小巧法术的，强得多了么？"

镜清听了，倒又有些后悔起来了，忙跪下哀求道："这是弟子一时的妄念，不好算数的。现在已知懊悔，总安心学习上去，不闻大道不止就是了。请师傅可怜我，大发慈悲之心，仍留我在这里吧。"铜鼎真人笑道："这话说得太容易了。须知我们学道的，最重要的是缘法，最忌的是勉强。你刚才已生下厌倦之心，被我这番话一说，方又后悔起来，情愿仍在此安心学习，这已是出自勉强的了。就是我仍允许留你在此，也一定不能再学到什么的，所以还是请你赶快下山吧！不过话又说回来了，想不到我收了几次徒弟，最初都是十分高兴的，一学到了这步功夫，便都厌倦起来，总弄得一个半途而废。这真可叹之至，很足使我灰心呢。"

说到这里，忽然一阵风起，把放在镜清面前的那神经第七卷，向空中吹了起来。跟着这峭壁上起了小小的一个裂隙，把书收了进去了。便又听铜鼎真人接着说道："现在你也不必留恋，赶快就下山去吧！不过我这里又有个规律，凡是跟我学道的弟子，如有半途而废，须要把他驱逐下山，不许片刻逗留。你得仔细提防着这种驱逐的方法，说不定很是暴烈的咧！"

镜清听他师傅说得如此决裂，知道是不能再留的了，忙又说道："弟子实是该死，不应忽起妄念。师傅要把弟子驱逐，也在情理之中，弟子一点不有怨恨的。不过自蒙收列门墙以来，只时时闻到训诲，从没有拜见过尊颜，私心常引为缺憾。现在师弟们快要分别了，如能许见一面，弟子虽死无憾。"铜鼎真人道："这话倒在情理之中，等到你下得山去，我自和你相见便了。"

一言未了，忽闻一声狂吼，即从峭壁后蹿出一头斑斓大虎，直向他跪的地方扑来。他一见，就知道这虎是师傅派来驱逐他的，在理不便和虎抵抗，忙立起身来，向着山下便走。谁知他连让了三次，这虎竟向他连扑了三次，仍一点不肯放松，不免暗想道："这如何是好，莫非师傅有意要试试我的本领么？"当下忙回转身来，口中念动伏虎咒语，又戟指指着那虎，喝道一声："咄！"说也奇怪，这猛烈无比的一头虎，被他这么一喝，立时蹲伏在地，变成一块顽石了。

他正自十分高兴，忽觉异腥扑鼻，又有一件东西，倏的飞到他的背后，把他身体缠着了。他忙回头一看，不免大吃一惊，原来一个毛毵毵的龙头正对着他，把口张得很大，似乎要把他吞了下去咧。他这时也不暇顾念什么了，忙又念动降龙咒语，跟着又是一声大喝，并把身子用力的一抖动。这一抖动不打紧，早把那龙摔得不知去向，却在前面横见一道大海，涛声澎湃，听去很足生怖。他暗想这道海是在这一瞬间发现的，而他当日来的时候，也未瞧见有此海，大概又是师傅弄的神通，来试我的本领吧？他想到这里，即向四下一望，便在地上拾起了一块小小的泥土，向着海中一撒，喝道一声："水退！"立时间，水果平了，泥果涨了，又成了一块平地，镜清便又安然走了过去。

可是还没有走到十多步，突的有件黑魃魃的东西飞了来，成了一座小山，又把他的去路堵住了。他见了倒不觉暗自好笑道："你能教这小山飞来，难道我不能教这小山飞去么？"随即施展法术起来。只见他用手轻轻一指，这座山又是齐根而起，呼呼的几声，飞去得无影无踪了。

可是，当他再向前进时，忽又见一群青面獠牙的恶鬼，怪声四起，把他围了拢来。暗想这倒有点不易对付，还是用飞剑扫除他们吧。即从口中把飞剑吐出，向四周扫射过去。不到一刻工夫，早把这群恶鬼杀得东倒西跌，只余下一个大鬼，好似这群鬼中的领袖似的，窥个空，向上一跃，即有两个翅膀，从他身旁伸了出来，逃向空中去了。

镜清这时已杀得有些性起，哪肯放他逃走？也就驾云而起，追在后面。一壁逃，一壁走，也不知经过了多少时候，看看快要追及了，忽又从旁边闪出四个人来，都生得身长巨丈，腰大十围，一般拿着长大的兵器，恶狠狠的碍着他，拦住他的去路。不是四尊凶神是什么呢？

镜清艺高人胆大，倒一点没有畏惧之心，忙凝一凝神，对着他们口一张动，即有一股紫气直射出去。这股紫气好不厉害，一射到这四尊凶神身上，早使他们灭却锐气，减却威风，一个个立脚不稳，在云端中跌下去了。惹得镜清哈哈大笑，也就降下云头，到得平地一瞧，却已到了山下。

正在这个时候，忽听有人在后面唤着他的名儿，忙回头一瞧时，只见山脚下，立着一个巨人，大与山等，高与山齐，恰恰把这山峰遮着了，正笑嘻嘻的望着他，好像要和他说话的样子，倒又把他吓了一大跳。

欲知后事如何，且俟下回再写。

第九十回

工调笑名师戏高徒　显神通酒狂惊恶霸

话说镜清回头看时，只见山脚下立着一个巨人，大与山等，高与山齐，含笑向他望着，一时猜不出他是鬼是怪，倒不觉吃了一惊。正在这惊疑不定的当儿，却听那巨人含笑说道："镜清，镜清！你真愚呆得很，怎连师傅都不认识么？但是这也怪不得你，你虽从我学道这多年，却从来没有和我见过一面呢。"

镜清这才知道这巨人就是他师傅，铜鼎真人的化身，慌忙跪下行礼道："恕弟子愚昧，没有拜见师傅尊颜的时候，一心想和师傅见一见；如今见了面，却又不认识了。只可惜弟子缘浅之至，刚一瞻拜师颜，为了种种因缘，又不得不立刻和师傅分手了。还请师傅训诲数语，以便铭记在心，随时得所遵循。"铜鼎真人道："你要我对你训诲几句么？这是不必待你请求，我也颇有这番意思的。否则，从没有见过面的师弟，就是永远不见一面，倒也不着迹象，今天又何必定要见这一见，不是有点近于蛇足么？如今你且听着，你在我门中学道，虽是半途而废，没有得到正果，但只就你所学得的这些本领而论，已是大有可观。除了一般成仙得道者之外，在这尘世之中，也就找不到几个人可以和你抗手的了。可是如此一来，将来你的一切行动，就更要十分出之慎重，一点儿戏不得。倘能走到善的一条路上去，果然可以打倒世间一切的妖魔鬼怪，做一个卫道的功臣；万一弄得不好，竟走到恶的一条路上去，那世间一切的妖魔鬼怪，就要乘此机会，阳以归附为名，阴行蛊惑之实，把你当做他们的一个傀儡，你就不由自主的，会成了旁门左道中的一个首领。换一句话说，也就是吾道中的一个罪人了。而且善与恶虽是立于对等的地位，然而为恶的机缘，每比为善的来得多。为恶的引诱力，每比为善的来得强，倘不是主意十分坚决的人，就会误入歧途中。所以我望你对于这件事，以后更宜刻刻在意，一点错误不得。倘使到了那时，万一你真的入了歧途中，做起一班妖魔鬼怪的领袖来了，这在我固然有方法可以处分你、惩治你，只要我把主意一决定，略施一点法力，你就会登时失了灵性。你所学得的种种本领，就立刻归于无用了。不过我在最近的五百年中，只收了你一个徒弟，你在我门下学道，也经过了不少的年数，并不是怎样容易的。因此，非至万分无奈的时候，决不肯下这最后的一步棋子。而我在这和你将要分手的时候，这样的向你千叮咛、万嘱咐，深恐你误入歧途，也就是这种意思啊！”

镜清忙道：“这个请师傅放心，我总拿定主意，不负师门期望便了。倘若口是心非，以后仍旧误入歧途，任凭师傅如何惩治，决无怨尤。”铜鼎真人道：“如此甚善。你就向这软红十丈中奋斗去吧。”说完衣袖一拂，倏忽间形象都杳，化作轻烟一缕，吹向山中去了。镜清又恭恭敬敬的，向空中叩了三个头，方始立起身来，辨认来时旧路，向金雀村中行去。

谁知到得村中，却不胜沧海桑田之感了，父母、兄嫂都已去世，由侄辈撑持门户。因为暌隔了有五十年之久，而侄辈中，又有一大半还是在他上山后出世的，故见面后彼此都不相识。至于村中一班的人，更是后生小子居多，没有一个能认识他的。好在镜清学道多年，尘缘已淡，倒一点不以为意，也就不在村中逗留，径向县城行去。可是关于他的将来，究竟应该如何进行，却已成了一个亟待解决的问题。他不禁暗想道：“我对于学道一事，虽已半途而废，成仙证道，此生是没有什么希望的了。但是究已被我学会了不少本领，难道我从此就隐遁下来，把这一身本领一齐都埋没了么？这未免辜负了我多年学道的苦心了。然欲这身本领不致埋没，除了开厂授徒，实在没有第二个好办法。”于是他就在潍县租赁了一所房子，挂了块教授武艺的牌子，开始授起徒来。

山东本是一个尚武的地方，素来武士出产得很多，一班少年都喜欢练几手拳脚的，听得他开厂授徒，自然有人前来请业，倒也收了不少门弟子。但是这个风声传出去不打紧，却恼怒了一个人。这人不是别人，便是那老道李成化，暗想在这潍县周围百里之内，谁不知道我李成化的威名？隐隐中这潍县差不多已成了我的管辖区域。凡是江湖上人，要在这潍县卖艺的，总得来拜见我，挂上一个号。好大胆的这个不知何方来的野道，竟一声招呼也不向我打，便在这里开厂授徒了，这不是太瞧不起我么？当下气愤愤的带了一把刀，就一个人前去踹厂。但是还没有和镜清见得面，早被镜清的一班门弟子瞧见了。他平日的威名，大家早都知道的，今天见他怒气勃勃，带刀而来，更把他的来意瞧科了几分，忙去报与镜清知道。

镜清笑道："他修他的道，我授我的徒，河水不犯井水，大家各不相关。他有什么理由，可以这么其势汹汹的来找我呢？你们去对他说，我不在家就完了。"弟子们果然依言出去向李成化挡驾。李成化没法可想，也只得咆哮一场而去。但是这只能把他缓着一时，哪里就能打消他踹厂的这个意思？所以接着他又去了两趟，镜清却总是回复他个不在家。到了第四次，李成化可再也不能忍耐了，就当场大吼一声道："咄！好没用的汉子，你难道能躲着一世不出来么？你既然没有什么本领，就不应该开厂授徒；既然是开得厂，授得徒，便自认是有本领的了，就应得出来和我见个高下。如今你两条路都不走，只是老躲着在里面，这有什么用？哼，哼！老实说，今天你如出来和我见个高下，或是打个招呼，万事俱休。否则，惹得我性起，定要把你这鸟厂打得一个落花流水，休要怪我太不客气。"说时，声色俱厉，显出就要动武的样子。慌得镜清的一班门弟子，一面设法稳住了他，一面忙去报知镜清。

镜清却很不当做一回事，哈哈大笑道："这厮倒也好性子，今天才真的发起脾气来了。那丑媳妇总得见公婆面的，也只好出去和他见一见，不能再推托什么了。也吧，你们且去对他说，我就要出来了，教他准备着吧。"

等得镜清走到外边厅上，却已运用玄功，摇身一变，变作了一个长不满三尺的侏儒。那时不但他的一班门弟子瞧了，觉得十分惊诧，就是那李成化，也暗地不住称奇："怎么这开厂授徒的拳教师，竟是这么的一个侏儒？这真是万万想不到的。但是这也可算得是一桩新闻，人家以前为什么不传给我听呢？"当下他却又向着镜清一阵大笑道："我道你这炎炎赫赫的大教师，总是怎样一个三头六臂的人物，绝不是寻常人所能比拟的。万不料竟是这么一个矮倭瓜，这真使我失望极了。"

镜清微笑道："我也只借着授徒，骗口饭吃吃罢了。这种炎炎赫赫的头衔，实在出于你的奖借，我是万万不敢受的。不过为了我生得短，竟使你失望起来，这未免太有点对不住你了。还是赶快让我把身子长出些来吧。"一壁说着，一壁跳了几跳，果然立刻长出了几寸来。

这一来，可真把一班在旁瞧看的人惊骇住了。尤其是身在局中的李成化，竟吓得他呆呆的向镜清瞧着，一句话也不能说。镜清却又笑着说道："你呆呆的望着我做什么？莫非还嫌我太短，仍使你觉得有点失望么？那我不妨再长出几寸来。"随说随跳，随又长出几寸。

这样的经过了好几次，居然比李成化的身度还要来得高了。镜清却又做出一种绝滑稽的样子，笑嘻嘻的说道："呀！不对，不对！我又做了桩冒失的事情了。这生得太短，固然足以使你失望；而太长了，恐怕也要引起你的不满意的，还得和你一样长短才对呢！"说着跳了过去，和李成化一并肩，随又向下略一蹲，果然短了几寸，同李成化一样的长短了。这时李成化却已由惊诧而变为恼怒，厉声说道："这算不得什么，不过是一种妖法罢了。别人或者被你吓得退，我李成化是决不会为了这区区的妖法就吓退的。如果真是汉子，还是大家比一下真实的本领，不要再弄这丢人的妖法吧。"刚刚把话说完，便抽出一柄钢刀，劈头劈脑的向镜清挥了来。

镜清一边闪躲着，一边仍笑嘻嘻的说道："你这人也太不客气了，怎么连姓名都没有通报，就无因无由的，向人家挥起刀来呢？"李成化大吼一声道："你别再油嘴滑舌了！我是李成化，外间谁不知道？老实对你说，我今天是特地来找着你的。照形势瞧起来，你是无论如何不能躲避的了，真是汉子，快与我来走上几合。"

镜清笑道："原来你是要和我比武的么？好！好！好！那你何不早说？不过真要比武，也得彼此订定一个办法。如今还没有得到对方的同意，你冷不防的就是这么一刀，所谓英雄好汉的举动，恐怕不是如此的吧？"

李成化被他这么的一诘问，倒也自己觉得有点冒失了，忙道："你既然肯和我比武，事情就好办了，如今闲话少说，你要怎么比，我依你怎样比便是。不过你不能再在这办法上，做出种种留难的举动来。"镜清道："这是决不会的！只有一桩，我的年岁虽然还说不上一个老字，然比你总大了许多了。如要和你们这种少年人走上几合，腿力恐怕有些不对，恕我不能奉命。

现在我却有个变通办法，不如尽你向我砍上三刀，你能把我砍伤，就算是你赢了；如果不能把我砍伤，就算是你输了。万一你竟能把我砍倒，不是更合了你的意思么？不知你对于这种办法，也赞成不赞成？”

李成化听了暗想道：“这厮倒好大胆，竟肯让我砍上三刀，难道他又有什么妖法么？不过我不信他竟有这许多的妖法，倒要试上一试，自问我这柄刀，能削铁如泥，最是锋利无比的。只要他不施展出什么妖法来，怕不一刀就把他的身子劈成两半，还待我斫上三刀么？”当下大声说道：“好，好，好！我就砍你三刀。不过这是你自己定的办法，想来就是我万一的一个手重，当场把你砍死，也只能说是你自己情愿送死，万万不能怨我的呢。”镜清又笑道：“哪个会怨你！你有什么本领，尽管施展出来便了。”

于是李成化略略定一定神，觑着了镜清的胸膛，就是很有力的一刀。满以为这一刀下来，纵不能就把他当场搠死，重伤是一定免不了的了。谁知刀还没到，眼帘前忽地一阵黑，手中的刀就有点握不住，向右偏了许多。因此只在镜清的衣上，轻轻划了一下，并没有伤得毫发。这时李成化倒有点不自信起来了，莫非因为我一心要把他一下砍死，力量用得过猛。同时又因为心情太愤激一些，连脑中的血都冲动了，以致眼前黑了下来，所以刀都握不住了么？如果真是如此，那都是我自己不好，怨不得别人的。这第二刀，我须得变更一下方法才对。当下，他竭力把自己镇静着，不使有一点心慌意乱，然后觑准了镜清的胸膛，又是不偏不倚的一刀。

煞是奇怪！当他举刀的时候，刀是指得准准的，心是镇得定定的，万不料在刚近胸膛的时候，眼前又一阵的乌黑，刀锋便偏向旁边了，依然是一个毫发无伤。这一来，可把李成化气得非同小可，立时又大吼起来道：“这可算不得数，大概又是你在那里施展妖法了，否则我的刀子刚近你的胸前，为什么好端端的，眼前就是一阵乌黑呢？”

镜清道：“这明明是你自己不中用，不能把我刺中罢了。怎么好无凭无据的，捏造出‘妖法’二字，轻轻诿过于我呢？如今你三刀中已砍了二刀，剩下的这一刀，如果再砍不中我，可就要算是你输了。”说完哈哈大笑。李成化道：“不，不！这可算不得数，须得再把方法改变一下。如果你肯解去衣服，把胸膛袒露着，坦然再听我砍上三刀，不施展一点什么妖法，那就对了。那时我如再砍不中你，不但当场认输，还得立刻拜你为师。”

镜清道："好，好！这有何难？我今天总一切听你吩咐就是了。"一壁说着，一壁即解去衣服，把胸膛袒露着，坦然的说道："请你将刀砍下来吧，这是你最后的一个机会，须得加意从事，再也不可轻易让它失去呢。"

李成化也不打话，对准了镜清袒着的胸膛，接连着一刀不放松的，就是很结实的三刀。但是说也奇怪，这三刀砍下去，不但没有把镜清穿胸洞腹，而且砍着的地方，连一些伤痕都没有。再瞧瞧那柄刀时，反折了几个口，已是不能再用的了。这一下子，可真把李成化惊骇得不可名状，暗想我这三刀砍下去，确是斫得结结实实的，并没有一刀落了空，怎么依旧没有伤得他的毫发呢？这可有点奇怪了，看来他的内功也练得很好，所以能挨得上这很结实的刀子，倒不见得全持妖法的呢。

正在他这么想的时候，又听得镜清一阵的哈哈大笑，向他说道："如今你又有何说？你的刀子，不是一刀刀都砍在我的身上么？然而我却一点儿伤都没有。这明明是你砍得不合法，太不济事罢了，难道还能说是我施展什么妖法么？"李成化到了这个时候，可再也没有什么话可说了，一张锅底也似的黑脸，涨得同猪肝一般的红。慌忙把刀丢在一旁，跪下说道："恕弟子有眼不识泰山，同师傅纠缠了这半天，如今也无别话可讲，就请师傅收了我这徒弟吧。我总赤胆忠心的跟着师傅一辈子，不敢违拗一点便了。"

镜清这时却把刚才那种嬉皮笑脸的神气完全收起，一壁忙把他扶住，一壁正色说道："你真要拜我为师么？那'妖法'两字，当然是不必说，已由你自动的否认了。不过我所会的本领也多得很，像你已是这般年纪，不见得还能一桩桩都学了去。你究竟想学我哪几桩本领呢？"

李成化道："别的本领，弟子还想慢一步再学，现在弟子所最最拜服而羡慕的，就是能将身子倏长倏短，及在霎时间能使敌人眼帘前起了一片乌黑，师傅能先将这两手教给我么？至于钢刀砍在身上，可以运股气抵住，不使受一点儿伤，这恐怕是一种绝高深的内功，不是一时所能学得会的吧？"

镜清笑道："原来你看中了我的这两手功夫了。不过这两手功夫，一名'孩儿功'，一名'乌鸦阵'，你不要小觑它，倒也不是短时间中所能学得会的。你既然愿从我学习，我总悉心教授你。大概能用上五六年的苦功，也就不难学会的了。"

李成化听得镜清已肯收他为徒，并肯把这两手功夫教给他，当下十分欢喜，忙又恭恭敬敬的磕了几个头，行了拜师大礼。从此便在镜清门下，潜心学习起来了。可是这一来不打紧，更把镜清的声名，传播得绝远，竟是遐迩皆知。不但是在这潍县周围的百里以内，就是在几百里几千里外，也有负笈远来，从他学艺的。镜清又来者不拒，一律收录，竟成了一位广大教主了。只是一桩，人数一多，不免良莠不齐，就有许多地痞无赖，混进了他的门中。这班人从前没有什么本领，已是无恶不作，如今投在他的门下，学会了几种武艺，更是如虎添翼，益发肆无忌惮的了。所以在地面上很出了几桩案子，总不出奸盗淫邪的范围。

就中有个郑福祥，绰号“小霸王”，更是人人所指目的，也可算是这一群恶徒中的一个领袖。以前所出的这几桩案子，差不多没有一桩是和他没份的。这一天，他同了几个和他同恶相济的坏朋友，到大街小巷去逛逛。在一顶轿子中，瞧见了一位姑娘，年纪约莫十八九岁，生得十分美貌。虽只是惊鸿一瞥，霎眼间，这乘轿子已如飞的抬了走了，然已把这个小霸王，瞧得目瞪口哆，神飞魄越，露出失张落智的样子。

一个同伴唤小扇子张三丰的，早把这副神情瞧在眼中，就把肩膊略略一耸，笑着说道：“郑兄真好眼力。莫非在这一霎眼间，已把这小雌儿看上了么？”郑福祥听了这话，惊喜交集的说道：“难道你也瞧见了她么？你说她的小模样儿，究竟长得好不好？”张三丰又谄笑道：“我并不是今天第一次瞧见她，她的模样儿，已在我眼睛中好似打上一个图样了。她的眉峰生得怎样的秀，她的眼儿生得怎样的媚，我是统统知道，画都画得出来呢。”

郑福祥很高兴的说道：“如此说来，她是什么人家的女儿？住在什么地方？你大概也都知道了。”张三丰道：“这个不消说的。”说到这里，忽又向路旁望了一望，装出一种嬉皮涎脸的样子，说道：“郑兄！这里已是三雅园了，我们且上去喝杯酒，歇歇力吧。在吃酒的中间，我可以一桩桩的告诉你。如此，你这顿酒，也不能算是白请我吃啊！”说了这话，又把肩儿连耸了几耸。

郑福祥笑着打了他一下道：“你这人真嘴馋之至！借了这点色情，又要敲起我的竹杠来了。好，好，好！我就做上一个东道，也算不了什么一回事。”随即招呼了众人，一窠蜂的走上了三雅园酒楼，自有熟识的伙计们招呼不迭。

这时还没有到上市的时候，一个酒楼上，冷清清的并无半个酒客，他们便在雅座中坐下，要酒要菜，闹上一阵，方始静了下来。郑福祥忙又回到本题，向张三丰催着问道："这小雌儿究竟是什么人家的女儿，又住在什么地方呢？"张三丰满满的呷一口酒，方回答道："她便是张乡绅的女儿，住在东街上那所大屋中。郑兄，我可有一句话，这比不得什么闲花野草，看来倒是不易上手的呢。"

郑福祥陡的把桌子一拍道："咄！这是什么话？无论哪个姑娘，凡是被我姓郑的看中的，差不多已好像入了我的掌握中了，哪会有不易上手的？"那班狐群狗党，见他发了脾气，忙也附和着说道："不错啊，不错！这是绝没有不上手的。我们预先替郑兄贺一杯吧，大家来一杯啊。"谁知等到众喧略止，忽听外面散座中，也有一个人拍着桌子，大声说道："不错啊，不错！来一杯啊。"倒把众人吓了一跳。

郑福祥正靠门坐着，忙立了起来，一手掀起门帘，同时便有几个人，和他一齐探出头去，向着外面一望。只见散座中，不知在什么时候，已来了一个三十多岁的男子，独个儿据着一张桌子，朝南坐着。衣衫很不整齐，而且又敝旧、又污秽，一瞧就知是个酒鬼。当众人向他望的时候，又见他举起酒杯，将杯中酒一饮而尽，啧啧的称叹道："不错啊，不错！这真是上等绍兴女贞酒，再来一杯啊。"说着，又拿起酒壶，自己斟酒了。众人见此情景，才知上了这酒鬼的当，不觉一齐失笑，重行归座。

却又听那张三丰说道："刚才确是我失言了，郑兄的本领谁不知道？姑娘既被郑兄看中得，好像已是郑兄的人了，当然不会有弄不上手的。不过想用什么方法去弄她到手，也能对我们说一说么？"座中一个党徒，不等到郑福祥回答什么，就先献一下殷勤道："这种方法容易得很。最普通的，先遣一个人前去说亲，然后再打发一顶轿子去，把她接了来。如果接不成，老实不客气的，便出之于抢。那郑兄要怎样的受用，便可怎样的受用了。从前我们处置那田家的小雌儿，不是就用这个法子么？"

郑福祥先向说话的这人瞪了一眼，然后哈哈大笑道："人家都说你是个没有心眼的粗汉，我倒还不大相信；如今你竟要自己承认这句话，献起这种其笨无比的计策来了。小扇子刚才曾说，这雌儿是张乡绅的女儿，你难道没有听得么？你想张乡绅是县中何等声势赫赫的人家，岂是那田家所可相提并论的？那遣人前去提亲，当然没有什么效果，弄得不好，或者还要被他们撵了出来。至于说亲不成，便即出之于抢，果然是我们常弄的一种玩意儿。但这张家，房屋既是深邃，门禁又是森严，试问我们从何处抢起呢？你的这条计策，不是完全不适用么？”这话一说，众人也大笑起来。顿时羞得那人满脸通红，只得讪讪的说道：“这条计策既不可行，那么，你可有别的妙策没有？”

郑福祥微笑道：“计策是有一条，妙却说不到的。因为照我想来，这张家的房屋虽是十分深邃，门森又是十分森严，我们前去抢亲，当然是办不到，但也不过指日间而言罢了。倘然换了夜间，情形就不同了。而且仗着我这身飞檐走壁的轻身本领，难道不能跑到这雌儿的卧室中，一遂我的大欲么？”说着，从两个眼睛中，露出一种很可怕的凶光来。

张三丰听到这里，却不由自主的大声问道：“哦，哦！原来你想实行采花么？”接着又拉长了调儿吟道：“有花堪折直须折，莫待无花空折枝。哈哈哈，这个主意确是不错啊。”谁知在这当儿，只听散座中那个酒鬼，也在那里长吟道：“有花堪折直须折，莫待无花空折枝。哈哈哈，这个主意确是不错啊。”便有一个党徒，立起身来，向着门帘外一望，笑得一路打听的回归原座，向众人报告道：“这酒鬼大概是已吃得有点醺醺了，真是有趣得很，他竟在外面陈设的盆景上，摘下一朵花来，也文绉绉的吟着这两句诗句呢。”

可是郑福祥听了，却把两眼圆睁，露出十分动怒的样子，喝道：“什么有趣！无非有意和俺老子捣乱罢了。俺定要出去揪住了他，呕出他那满肚子的黄汤，打得他连半个屁都不敢放。”说完，气冲冲的立起身来，就要冲出房去。

张三丰忙一把住住了他，含笑劝道：“天下最不可理喻的，就是一班醉汉，你何必和这醉汉一般见识呢？老实说，像他这种无名小卒，就是把他杀了，也算不了什么一回事。但是人家传说出去，倒疑心你器量很小，连酒鬼都不能放过门，定要较量一下。不是于你这小霸王的声望，反有些儿损害么？”

郑福祥一听这话，略略觉得气平，重又坐了下来。但仍在桌子上，重重的拍了一巴掌，大声说道：“外面的酒鬼听着，这一次俺老子总算饶了你，你如再敢纠缠不清，俺老子定不放你下此楼。”说也奇怪，这话一说，这醉汉好像是听得了十分惧怕似的，果然悄无声息了，倒惹得众人又好笑起来。张三丰便又回顾上文，笑着说道：“你这条计策果然来得妙。像你这身本领，这手功夫，怕不马到成功。不过有一件事要问你，这雌儿住在哪间屋中，你究竟已经知道了没有？如果没有知道，那可有些麻烦。因为这并不是什么冠冕堂皇的事，你总不能到一间间屋子中去搜索的啊。”这一问，可真把这小霸王问住了，爽然道：“这倒没有知道，果然是进行上的一个大障碍。但是不要紧，只要略略费上一点功夫，不难访探明白的。”

张三丰倒又扑哧一笑道：“不必访探了，只要问我张三丰，我没有不知道的。否则，我也不敢扰你这顿东道啊。”郑福祥大喜道：“你能知道更好，省得我去探访了，快些替我说吧。”张三丰道：“你且记着，他家共有五进屋子，这雌儿住在第三进屋子的楼上，就在东首靠边的那一间，外面还有走马回廊。你要走进她的绣房中去，倒也不是什么烦难的事情。”郑福祥当然把这话记在心上。不多一刻，也就散了席。当他们走出三雅园的时候，这酒鬼却已不在散座中，想来已是先走的了。郑福祥便别了众人，独自回家。

谁知还没有走得多少路，忽有个人从一条小弄中踅了出来，遮在他的面前，笑嘻嘻的向他说道：“朋友，你的气色很是不佳，凡事须得自家留意啊。”当他说话的时候，一股很浓的酒气，直冲入了郑福祥的鼻观中。郑福祥不由得暗唤几声晦气，在这今天一天之中，怎么走来走去，都是碰着一班酒鬼啊？一壁忙的向着那人一瞧，却不道不是别人，仍是刚才在酒店中向他连连捣乱的那个酒鬼。这一来，可真把他的无名火提得八丈高了，也就不管三七二十一，举起手来，就向他很有力的一拳。

可是这酒鬼虽已醉得这般地步，身体却矫健得很，还没有等得拳头打到，早已一跳身，躲了开去。却又笑嘻嘻的，向他说道：“我说的确是好话，你千万不要辜负我的一番美意啊。俗语说得好，‘海阔任鱼跃，天空听鸟飞’，你总要记取着这两句话，不要做那不必做不该做的事情。”

郑福祥见一下没有打着那酒鬼，已是气得了不得；再见了这副神情，更是恼怒到了万分，哪里再能听他说下去？早又举起拳头，向他打了过来。这酒鬼倒也防到有这一下的，所以把话说完，不等得拳头打到，即已拔足便跑了。郑福祥一时起了火，恨不得立刻把这酒鬼打死，怎肯放他逃走？自然也就追了下来。但是这酒鬼生就一双飞毛腿，走得飞也似的快，不到几段路，已是走得无影无踪的了。郑福祥弄得没法可想，只好把这酒鬼顿足痛骂几声，然后怅怅然的回得家去。而为了这酒鬼几次三番的纠缠，弄得他意兴索然，对于采花这件事，倒想暂时不进行的了。

无如睡到床上，刚一闭眼，又见那袅袅婷婷的张家小雌儿，仿佛已立在他的面前了。惹得他欲火大起，再也按捺不住，一翻身坐了起来，咬牙切齿的说道："这酒鬼算得什么！他难道能阻碍我的好事么？我今天非去采花不可。"即穿了一身夜行衣装，出了家门，直向东街行去。一路上倒不有什么意外，一会儿，已到了张乡绅的大屋之前。刚刚跃上墙头，忽于月明之下，见有一件东西，飞也似的向他打来，暗叫一声不好。

欲知这向他打来的是一件什么东西，且俟下回再写。

第九十一回

破好事掷镖示薄惩　了宿仇打赌决新机

话说郑福祥刚刚跳上张家的墙头，忽于月光之下，见有一件东西，飞也似的向他打来，不觉吃了一惊。但他接镖打镖，素来也是练得有点儿功夫的，所以一点不放在心上。不慌不忙间，就把来接在手中。也不必用眼去细瞧，只在他手中略略的一揣，早已知道只是毛茸茸的一只破草鞋，并不是什么暗器。倒不禁失笑起来，莫非有什么顽童偶然窥破了我的行藏，向我小小儿开上一个玩笑么？当时因为情热万分，急于要去采花，又仗着自己本领大，不惧怕什么人。所以只向墙外望上一望，见一个人影儿也没有，也就不当做一回事，仍旧跳进墙去。

其实他没有细想一想，草鞋是何等轻的一件东西，要向这么高的墙头上掷了来，倒也不是件容易的事情，岂是寻常的顽童所能做得到的？他到了墙内，脚踏实地之后，只见凡百事物，都入了沉寂的状态中。隶属于这一所大屋子内的一切生物，似乎已一齐停了动作，入了睡乡了，因此，他的胆子更加大了起来。记着小扇子所说的话，径到了第三进屋前，果然，楼前有走马回廊环绕着。他就很容易的走上了这回廊中，又很容易的走到了东面靠边的一室，开了门进去了。

一到了这室中，顿觉和外面好似另换了一个天地。那种种精美的陈设，一一的射入眼帘，使他这么粗暴的一个人，也不知不觉的发生了一种美感，可不必说起了。尤其使他神魂飞越的，觉得有一股似兰非兰、似麝非麝，很清幽的香气，从一张绣床上发出来，一阵阵的袭入他的鼻观，这可不言而喻。他所欲得而甘心的那个目的物，就在这张床上啊。他这时一切都不顾了，更不暇细细赏玩室中的陈设，三脚两步到了床前，很粗暴的就把帐子一掀。帐中卧着一个美人儿，锦衾斜覆着半身，却把两支又白又嫩的臂儿露在外边，连酥胸也隐约可见。一张贴在枕上的睡脸，正侧向着床外，香息沉沉，娇态可掬。不是日间所见的那个小雌儿，又是什么人呢？

他是解不得什么温存的，即俯下身去，把这姑娘的肩儿，重重的摇上几摇，喝道："醒来，醒来！"可怜张家的这位小姑娘，正在香梦沉酣之际，哪里料得到有这种事情发生？被郑福祥推了几推，即"嘤咛"一声，欠伸而醒。等到张开眼来一看，却见一个很粗莽的男子立在床前，向着自己狞笑，显而易见的，是怀着一种不好的意思。这时真把她的魂灵儿都吓掉了。想要叫喊时，哪里由得她做主？郑福祥早已伸出蒲扇一般粗大的一只手，向她嘴上掀去，一壁又要跨入床来了。

正在这间不容发之际，忽听有人在楼前回廊中，打着一片哈哈说道："好个贼子，竟想采花来了！但是有俺老子在此监视着你，由不得你享乐受用呢。如今我们酒鬼、色鬼，共来见一个高下吧。"这几句话，一入郑福祥的耳中，顿时把他色眯眯的好梦惊醒，知道定又是那酒鬼来打搅。今天这局好事，再也没有希望的了。由此瞧来，刚才那只破草鞋，一定也是这酒鬼飞来的呢。不过好梦虽已惊醒，此身却似入笼之鸟，已被困在这楼中，须急筹脱险之计才是。可是前面这回廊中，已有那酒鬼守着，想要打从原路逃出，是做不到的了，还是从后面走吧。

郑福祥一边把主意打定，一边即离了床前，走向门边。开了房门出去，却是一个小小的走道，走道的北端，又是两扇门，外面便是走马回廊。郑福祥绝不踌躇的即把门开了，走上后面回廊中，侧耳向下一聆，一点声息都没有，不觉暗暗欢喜。这酒鬼到底是个糊涂虫，老是守在前面的回廊中，却不知道我已在后面逃了去。弄得不好，惊醒了这屋中的人，倒把他捉住了当歹人办，这才是大大的一个笑话呢！当下，他即想跳了下去。

谁知还没有跳得，忽又听那酒鬼在下面打着哈哈道："不要跳，我已瞧见你了。好小子，你欺我是个酒糊涂，不打我守着的地方走，却从我没有防备的地方逃。谁知我虽终日的和酒打交道，却也是个鬼灵精，特在这里恭候你了。"这种如讽似嘲的说话，郑福祥哪里听得入耳，恨得他咬牙切齿，暗地连骂上几十声可杀的酒鬼。一壁却又变换了先前的计划，一耸身，反跳上了屋面，预备趁那酒鬼一个没有留心的时候，就从那个地方跳了下去。

可是那酒鬼真是一个鬼灵精，本领着实非凡。郑福祥刚偷偷的跑到东，他就在东边喊了起来；刚偷偷的跑到西，他又在西边喊了起来，简直不给他一个跳下地来的机会。而且给他这一闹，张家这位小姑娘虽还惊吓得瘫化在被窝中，不敢走起身来，张家的人却已知道出了岔子，一屋子的人都已惊得起床，乱糟糟的起了一片声音。眼见得就要来捉人了，更无跳下屋来的机会。

这一急，真把他急得非同小可，也就顾不得什么了，偷偷溜到一个比较的人家不甚注意的屋角上，悄无声息的跳了下去。但是当他刚刚跳到地上，早已被人捉住了一只脚。这个捉住他脚的人，不言而喻，就是那个酒鬼。果然就听得那酒鬼的声音，在那里哈哈大笑道："我早已吩咐你，教你不要跳下屋来。如今你不肯听我的话，果然被我捉住了，看你还有什么话说！"

这时郑福祥真是又羞又愧、又气又急，把这酒鬼恨得牙痒痒的。而正因这羞啊愧啊、气啊急啊交集在一起，一时间不知从什么地方，竟生出了一股蛮力来，只轻轻的将身一扭，已从酒鬼手中挣脱了那只脚，飞也似的拔起脚来就跑。那酒鬼倒又在后面笑道："你这小子，倒真也了不得。我刚刚觉得口渴，拿起酒葫芦来润一润喉咙，你就乘我这小小疏忽的时候，挣脱了身子便跑了。但是你不要得意，我比你跑得快，总要被我捉得的。"说着，真的追了下来。而在这追下来的时候，更发现了一件奇怪的事情，只听得呼呼的一片响，好似起了一阵大风，向郑福祥的脑后吹了来；跟着又有雨点一般的东西，直打他的头部和颈部。

这些雨点，和寻常的雨点大不相同，比冰雹还要坚实，厉害的说一句，简直和铁豆没有两样。并且是热淋淋的，不是冷冰冰的，一经他打到的地方，立时皮肤上一阵热辣辣的，觉得痛不可当。但是这时郑福祥逃命要紧，也不暇去研究这打来的究竟是些什么东西，只知道定又是那酒鬼弄的神通罢了。好容易已逃到了墙边，刚刚跃上墙头，那酒鬼却已相距不远，瑟的将手一扬，把一件东西打了来。这一次并不是破草鞋了，却是酒杯大小的一件东西，不偏不倚的，正打在郑福祥的小腿上，深深嵌进肉内去。立时一阵剧痛，郑福祥便一个倒栽葱，跌到了墙外去。跟着那酒鬼也跳出墙来了，立在他的前面，笑嘻嘻的说道："今天有我陪着你鬼混上一阵，总算也不寂寞，你大概不至再想念那位小姑娘吧？此后你如再起了采花的雅兴时，不妨再通知我一声，我总可陪伴你走一遭。自问我虽是个酒鬼，倒也并不是什么俗物，很可做得你这风流小霸王的侍卫大臣啊！"

郑福祥恨得无法可想，只仰起头来，狠狠的向他瞪了几眼。那酒鬼却又走了过来，把他从地上扶起，一壁说道："你这小霸王也真呆，简直是个呆霸王。这小小的一只酒杯也挨不起，就赖在这地上不肯起来了。难道真要那张家的人把你捉送官中去，成就一个风流美名么？罢罢罢，我总算和你是好朋友，既然不辞辛苦的陪了你来，还得把你送了回去咧。"说完又是一阵大笑，即不由郑福祥做得一分主，挽着他的臂儿，飞也似的向前走去。

郑福祥腿上虽是十分作痛，口中连声叫苦，他兀是置之不理。一会儿，到了郑福祥所住的那条巷前，方把郑福祥放了下来，又说道："这里已离你的家门不远，你自己回去吧，恕我不再送了。我今晚能和你鬼混上这一夜，大概也是有点前缘的。你想来急于要知道我这酒鬼究竟是什么人？那你不妨去问你的大师兄李成化，他一定可以对你详细说明的。并且我还要烦你寄语一声，我和你那大师兄，大家尚有一件事情没有了清。我如今特为了清此事而来，请他准备着吧。"随边向他点头作别，边从身上拿出一个酒葫芦来，把口对着葫芦，咽嘟咽嘟的呷着，管自扬长而去。

郑福祥很颓丧的，从地上挣扎而起，踅入自己家中。先把打在小腿上的那件东西一瞧，的确是只酒杯，杯口又薄又锋利，所以打在腿上，就深深的嵌了进去。郑福祥忍着痛，把它取了下来，血淋淋的弄得满腿皆是，也就取了些金枪药敷上，又拿布来裹好。再对镜瞧看头上颈上时，上面都起了一颗颗的热泡，好像被沸水烫伤似的，并有一件奇怪的事情。当他验看的时候，觉得有一股酒气，直冲他的鼻观。起初倒有点莫名其妙，后来细细一想，方才恍然大悟，大概这些热辣辣像雨点一般的东西，并不是什么铁豆，也不是什么沸水，却只是些热酒，由那酒鬼口中喷射出来呢。不过这么沸热的酒，居然能把来含在口中，又能把那酒点练得同铁豆一般的坚实，可以用来打人，这不是没有本领的人所能做得到的。那酒鬼的功夫迥异寻常，也就可想而知了。

郑福祥当下在颈部头部也敷上了些药，足足在家中躺了两天，方才略略复原，减了些儿痛苦。那班狐群狗党，却多已得了消息，纷纷前来慰问他。但一谈论到那酒鬼，却没有一个人知道他的来历。当下小扇子就说道：“他既说大师兄能知道他的底细，想来不是骗人的话，我们不如就去问大师兄去。而且他又说此来要和大师兄了清一件事，不知究竟是什么事？我们也应得知这一点呢。”

李成化这时已在玄帝观中当老道，大众同了郑福祥，遂一窠蜂的到了玄帝观中。和李成化见面之后，郑福祥便问道：“有一个不知姓名的酒鬼，虽然打着北方的说话，但是并不十分纯粹。他自说是和大师兄认识的，不知大师兄究竟也知道他不知道他？”李成化道：“哦？你问的是他么，我怎么不知道他？他在三天前还来了一封信，说在此三天之中，要来登门拜访，大概他不久就要来了。但是你怎么又会认识他的？”

郑福祥经这一问，脸上不觉立时红了起来，然又无法可以隐瞒，只得很忸怩的把那夜的事情，从实说上一说。李成化听了笑道：“那你这天晚上真不值得。这种酒豆，这种酒杯镖，都是很够你受的。不过他这个人，也太会作耍了，怎么整整十年没有见面，这种会开玩笑的老脾气，还是一点没有改变呢！”说着，再把郑福祥腿上的伤痕，瞧上一瞧，又笑道：“他总算还是十分优待你的，他奉敬你的那只酒杯，只是最小的一只。你要知道，他这种酒杯式的钢镖，一套共有十只，一只大似一只。如果请出最大的那一只来，要和饭碗差不多，那你更要受不住咧！而且他对你所喷的酒豆，也是很随意的，并不要加你以重创。否则，他只要略略加点工劲，喷得又大又密，那你怕不要立时痛得晕倒在地么？”

郑福祥道：“大师兄这话说得很对，他那晚如果真要置我于死地，那是无论何时都可以的，我就有一百条的性命，今天恐也不能活着了。不过他究竟是什么人，又要和大师兄了清一件什么事，大师兄也能对我们说知么？”

李成化道：“这些事说来话长，横竖今天闲着无事，我就讲给你们听吧！他是生长在江南的，究竟是哪一府，却不知道，自号‘江南酒侠’，生平最喜欢的，除了武艺之外，就是这杯中物。差不多无一时、无一刻，不是沉浸在酒中，简直没有清醒之时。可是他有一种天生的异禀，是别人所万万及不来的，越是酒吃得多吃得醉，心中越是明白，越能把他所有的本领尽量施展出来。并且他又生来是游侠传中的人物，常在醉中做出许多仗义疏财、行侠使气的事情来。可是在这嗜酒和尚侠两桩事情的上头，便把他祖传下来很富厚的一份家产，弄得净光大吉，一无所有了。他却毫不在意，便离了他的家乡，流转在江湖间。当我和他认识时，他正在我的家乡湖南常德流浪着。我曾问过他：‘你究竟姓什么，唤什么？教你武艺的师傅，又是什么人？’他笑着回答道：‘我是没有姓名的，起初我原也和你一般，既有姓又有名，一提起来，很足使人肃然起敬的。不过自从我把一份家产挥霍完结，变成赤贫以后，已没有人注意我的姓名。就是我自己，也觉得这种姓名，不过表示我是某家的后代罢了。现在我既乘兴所至，把祖产挥霍一个光，这明明已和我的祖宗没有什么关系了，那我又何必提名道姓，徒坍死去祖宗的台？所以，索性把这姓名取消了。你以后如为便于呼唤起见，只要称我是江南酒侠就是了。至于师傅，我是绝对没有的，因为我的确没有从过一个师傅。现在会的这点小小的武艺，都是我自己悟会出来、练习出来的。说得奇怪一点，也可以说是由酒中得来的。所以那造酒的杜康、偷酒的毕卓，以及古往今来其他许多喜欢吃酒的人，都可称得是我的师傅呢。’”

小扇子听他说到这里，忍不住笑着搀言道：“这个人倒真有趣，侠不侠，我还没有深知他的为人，虽不敢下一定评，但是‘酒狂’二字，总可当之而无愧的了。不过他说要和大师兄了清一件事，究竟是件什么事情呢？”

李成化道：“你不要性急，我总慢慢儿告诉你就是了。我在十年之前，也和这位郑家师弟一样，最是好色不过的。县中有个土娼，名唤金凤，要算全县中最美丽的一个女子。我一见之后，就把她爱上了。我又生成一种大老官的脾气，凡是被我爱上的女子，决不许他人染指。但这金凤是个土娼，本操着迎新送旧的生涯，人人可以玩得的，哪里可禁止他人不去染指呢？然而大爷有的是钱，俗语说得好，‘钱能通神’，有了钱，什么事办不到？因此，我每月出了很重的一笔代价，把她包了下来。她也亲口答允我，从此不再接他人，差不多成了我的一个临时外室了。但那江南酒侠听得了这件事，却大大的不以为然，就对我说道：‘像你这么的嗜色如命，一味的在女色上用功夫，我从前已很不赞成。至于你现在做的这件事，更是无谓之至了。’我便问他：‘你这话怎么讲？’他道：‘你出了这笔重的代价，把她包了下来，在你心中，不是以为在这一个时期中，她总守着你一个人，不敢再有贰心了么？但是事实上哪里办得到？试想她素来吃的是一碗什么饭，又是怎样性格的一种人？如果遇见了比你更有钱，或是比你的相貌生得好的，怕不又要瞒着了你，背地里爱上了那人么？我们生在这个世上，待人接物虽不可过于精明，教人称上一声刻薄鬼，自己良心上也有些过不去。但是出冤钱，张开眼睛做冤大头，倒也有些犯不着呢。’

“我那时完全被那金凤迷住了，自己已做不得一分主，哪里肯相信他的话？当下听了之后，就哧的一声笑道：‘你的话说得不错，虑得也很有点儿对，但是这不过指一般普通妓女而言，金凤却不是这等人。你没有深知金凤的为人，请你不必替我多虑。’他当时自然很不高兴，悻悻的说道：‘你不相信我的话，一定要做冤大头，那也只得由你。不过我敢断然的说，你将来自己一定要后悔的。’

“过了一阵，他又走来看我，劈空的就向我说上一句道：‘咳！你如今真做上冤大头了，难道还没有知道么？’我还疑心他是戏言，仍旧不大相信，便正色说道：‘你这话从何而来？如果一点凭据也没有，只是一句空言，那是任你怎般的说，我总是不能相信的呢。’他说：‘我并不是空言，这里有个孔三喜，是江湖班中的一个花旦，生得一张俊俏的脸庞。你大概就是不认识他，总也有点知道的。如今你那爱人，就和这孔三喜搅上了，只要你不在那里，孔三喜就溜了进去，做上你很好的一个替工了，这还算不得一个凭据么？我劝你还是早点觉悟吧。’

“我听他这么说，心中虽然也有点儿疑惑，但是这孔三喜虽是江湖班中的一个花旦，为人很是规矩，平日在外并无不端的行为，而且又是和我相识的，想来绝没有这种胆量。遂又一笑问道：‘莫非是你亲眼瞧见的么，还是听人这般说？’他嗫嚅道：‘这只是听人说的。我一听得了这句话，就来找你了，不过照我想来，这是不必去细研究的。外面既有了这种话，你就慧剑一挥，把情丝斩断就完了。’我笑道：‘并不是亲眼目睹，只凭着人家一句话，哪里可以相信得？我怎样轻轻的就把情丝斩断呢？老实对你说吧，孔三喜确曾到金凤那里去坐过，不过还是那天我领他去的。外间人不明白内容，就这么的谣言纷起了，请你不要轻信吧。我敢说，别人或者还敢剪我的靴子，至于这孔三喜，他并不曾吃过豹子心肝，绝没有这种胆量呢。’他叹道：‘你这人真是执迷不悟，我倒自悔多言了。’跟着又愤愤的说道：‘你且瞧着，我总要把他调查个水落石出。等到得了真凭实据，我自会代你处置，也不用你费心了。’我只笑了一笑，不和他多说下去。他也就走了。

“过了几天，我正在一家酒肆中饮酒，他忽又走了来。先取了一只大杯子，满满斟上一杯酒，拿来一饮而尽，然后笑嘻嘻的向我说道：‘我自己先浮一大白，你也应得陪我浮一白，因为我已替你做下一件很痛快的事情了。’我茫然问道：‘你替我做下了什么事？’他道：‘我已调查明白，你那爱人金凤，确和那孔三喜搅在一起，像火一般的热。所以我今天就到金凤那里去，向她说上一番恫吓的说话，马上把她撵走了。’这种出人意外，突然发生的事情，在他口中说来虽是平淡异常，不当他是怎么一回事，然在我听了，却不觉吓了一大跳。暗想我今天早上从金凤那里出来，这小妮子不是还靠在楼窗口，含笑送着我，并柔声关照我，教我晚上早点回去么？我满以为吃罢了这顿酒，又可乘着酒兴前去，和她曲意温存上一回了。不料这厮真会多事，也不和我商量一下，竟生生的把她撵走了，这是何等的令人可恨啊！想到这里，觉得又气恼又愤怒，把他恨得咬牙切齿的，也就不暇细细思索，伸起手来，向他就是一下耳光。这一下耳光，可就出了岔子了，他马上跳了起来，指着我说道：‘这算什么！我的替你把这狐狸精撵了去，原是一片好意，真心顾着朋友。并且你和我就不是朋友，只要我眼见着一个无耻的女子，对男子这般的负情，我眼中也是瞧不过，一定要把她来撵走的。如今我替你做了这件事，你不感谢我也就罢了，反伸出手来向我就是一下耳光，这不是太侮辱我了么？我为着保全体面起见，今天非和你决斗一下，分一个你胜我负不可。’

“我那时也正在气恼的当儿，哪里肯退让一点？便道：‘你要决斗，我就和你决斗便了。在什么时候、什么地点，请你吩咐下来，我是决不逃避的。’谁知正在这纷扰的当儿，我的家中忽然差了个人来，说是我的母亲喘病复发，卒然间睡倒下来，病势很是沉重，教我赶快回去。这样一来，这决斗的事当然就搁了下来。不幸在这第二天的下午，我母亲就死了，他得了消息，倒仍旧前来吊奠，向我唁问一番之后，又说到决斗的问题上去道：‘这件事情，昨天虽暂时的搁了下来，然而无论如何是不可不举行的。不过现在老伯母死了，你正在守制中，这个却有些儿不便。我想等你终丧之后，我们再来了清这件事，在这些时间中，我却还要到别处去走走。到了那时，我再登门领教吧。’我当时也赞成他的话，大家就分别了，只是我没有等到终丧，为了种种的关系，忽然动了出家的念头，因此就离了本乡；而决斗的这个约，也就至今没有履行。他大概是去找过我的，所说的要和我了清一件事，定也就是这件事情了。”

郑福祥笑道：“看不出他十年前立下的一个约，至今还要巴巴的找着你，捉住你来履行，做事倒也认真之至，和寻常的那些酒糊涂有些不同咧。”

正在谈论的当儿，忽见一个小道童，慌慌张张的奔进来禀告道：“现在外面来了一个人，浑身酒气熏人，好似吃醉了的，口口声声的说要会见师傅，不知师傅也见他不见他？”李成化听了，向众人一笑道：“定是他来了，你们且在后面避一避，我就在这里会见他吧。”一边便吩咐小道童把他请了进来。

不一会儿，那江南酒侠已走了进来，和李成化见面了便说道：“啊呀！在这几年之中，我找得你好苦，如今总算被我找着了。我们定下决斗的那个约，你打算怎么呢？”李成化道：“我没有一点成见，你如果真要履行，我当然奉陪，不敢逃避。就是你要把来取消，我也决不反对。”

江南酒侠听到末后的这两句话，脸色陡的变了起来，厉声道：“这是什么话！取消是万万不可以的。照我这十年来的经验说来，见解上虽已大大的有了变迁，和从前好似两个人，觉得我当日所干的那桩事，未免是少年好事。而娼妓本来最是无情的，要和她们如此认真，真是无谓之至了。但是你打我的那下耳光，却明明是打在我的脸庞上，也明明是当面给我一种羞辱。这不是因着过了十年八年，会随时代而有上什么变迁的。我如果不有一种表示，而把决斗的约也取消了，不是明白自己承认，甘心受你这种羞辱么？这请你易地而处的替我想一想，如何可以办得到呢？所以今天除了请你履行前约，和我决斗之外，没有别的话可以说。”

李成化道：“好，好！我和你决斗就是了，马上就在这里举行也使得。不过你拟用怎么的方法来决斗，请你不妨告诉我？”江南酒侠道：“你肯答允践约，这是好极了。只是照着普通的方法，大家拳对拳脚对脚，这样的狠打起来，也未免太乏味了。让我未将办法说出以前，先对你说上一个故事，你道好不好？”

李成化听他说了这话，不禁笑起来道：“你这个人真是奇怪，起先没有知道我在哪里，倒巴巴的要找着我和你决斗一下。现在已把我找着了，我也答允你履行旧约了，你倒又从容不迫，和我讲起故事来了。这究竟是什么意思呢？”

江南酒侠道：“你不要诧怪，我这故事也不是白讲给你听的，仍和决斗的事情有关系，请你听我说下去吧。在这山东省的德州府中，有个姓马的劣绅，曾做过户部尚书。因事卸官回家，在乡无恶不作，大家送他一个徽号，叫做‘马天王’。有一天，他听得人家说起，同府的周茂哉秀才家中，有只祖传下来的玉杯。考起它的历史来，还是周秦以上之物，实是一件稀世之珍。他是素来有古董癖的，家中贮藏得也很富，听了这话，不觉心中一动，暗想讲到玉这一类的东西，他家中所贮藏的，也不能算不富了，但都是属于秦汉以后的，秦汉以前的古玉，却只有一二件。如能把这玉杯弄了来，加入他的贮藏品中，不是可以大大的生色么？因此他就差了个门客，到周秀才那边去，说明欲向他购取这只玉杯，就是代价高些，他也情愿出！不料这个周秀才，偏偏又是个书呆子，死也不肯卖去这只玉杯。他老老实实的对这差去的门客说：‘这是我祖传下来的东西，传到我的手中已有三代了。如果由我卖了去，我就成了个周氏门中的不肖子，将来有何面目见先人于地下？所以就是穷死饿死，也不愿意把这玉杯卖去的。何况现在还有一口苦饭吃，没有到这个地步，请你们快断了这个念头，别和我再谈这件事情吧。’这些戆直的话，这位门客回去以后，一五一十的拿来对他主人说了。这位马天王，素来是说怎样就要怎样的，哪里听得入耳？当然的动怒起来了。”

李成化听他说到这里，笑道：“像这般相类的故事，我从前已听见过一桩，好像还是前朝的老故事呢。那马天王动怒以后，不是就要想个法子，把这周秀才陷害么？”

江南酒侠道：“你不要打岔，也不要管他是老故事不是老故事，总之，主点不在这个上头。我只把这件事情向你约略说上一说，而我们决斗的方法，却就在这上面产生出来了。不错！马天王动怒以后，果然就要想法子去陷害这周秀才。好在山东巡抚就是他的门生，德州知府又是他的故吏，要陷害一个小小的秀才，真不费吹灰之力。不久，便买通了一个江洋大盗，硬把周秀才咬上一口，说他是个大窝家。这本是只有输没有赢一面的官司，哪里容得周秀才有辩白的机会？草草审了几堂之后，革了秀才不算，还得了查抄和充配云南的两个处分。没有把脑袋送却，还算不幸中之大幸咧！而当查抄的时候，这只玉杯当然一抄就得，只小小的玩了一个手法，就到了马天王家中去了。如今周秀才已远配云南，他的妻子也惊悸而亡，只有一个十五岁的孩子留下，抚养在外家。我却为了这个孩子，陡然的把我这颗心打动了。”

李成化道：“这话怎讲？”江南酒侠道：“我这次路过德州的时候，在一个地方偶然遇见了这个孩子。他口口声声的说要到云南去省父，又说云南是瘴疠之乡，他父亲是个文弱书生，哪里能在那边久居？还想叩阍上书，请把他父亲赦了回来呢。但他的说话虽是很壮，这些事究不是他小孩子所能做得的，我因此很想帮助他一下了。”

李成化道：“你想怎样的帮助他？而且和我们决斗这件事情，又有什么关系呢？”江南酒侠道：“你不用忙，让我对你说，我现在想把这只玉杯，从马天王那里盗了来，去献与朝中的某亲王。某亲王手握重权，又是最嗜爱古董的，有了这玉杯献上去，自然肯替我们帮忙，就不难平反这桩冤狱，把周秀才赦回来了。”

李成化道：“哦！我如今明白你的意思了，你不是要我和你分头去盗这只玉杯么？这种决斗的方法，倒也很是新鲜的。”江南酒侠道：“你倒也十分聪明，居然被你猜着了。不过你也不要把这事看得十分儿戏。这种决斗的方法，虽是十分有趣，却也是十分危险的。能把杯子盗得，果然说是胜了；倘然失败下来，那连带的就有生命之忧咧！你究竟也愿采取这种方法，和我比赛一下么？”

欲知李成化如何回答，且俟下回再写。

第九十二回

见本色雅士戏村姑　探奇珍群雄窥高阁

话说李成化听了江南酒侠约他去到德州，赌盗马天王家中玉杯的话，便慨然说道："我虽不能和你一般称上一个'侠'字，但是义侠之心，却是生来就有的。像你现在替我讲的这桩事，不给我知道便罢；知道了，便不是你来约我，我也要出来打一下抱不平的。何况决斗的这个约，我们早已定了下来，没有得到双方的同意以前，彼此不容翻悔的。如今你把决斗改为打赌，把一桩绝无趣的事情，变为绝有趣的事情，我又有什么不情愿呢？"

江南酒侠也喜笑的说道："你能赞成这个办法，那是好极了。现在且让我把去盗杯时的细节目对你说。这马天王家中的房屋很大，附带还有花园，又在花园中起了一座挹云阁，所有的古董，都贮藏在里面。因为在周茂哉手中夺来的那只玉杯，在他的许多贮藏品中，要算得最可宝贵的一件东西，更把它来贮藏在最上一层的第五层阁上，还藏在一只木匣中，上面装有机关。如果不知道他所装的机关的内容的，只要误去触上一触，机关下面所缀的许多小铃，就要铃铃铃的响了起来。下面看守的人，马上就会知道，当然就要走上阁来捉人了。"

李成化道："那么我们前去盗杯的时候，要怎么办，才可使得铃声不响呢？"江南酒侠道："这个我倒已打探明白，只要未开木盒之前，先把通至下面的消息机关剪断，下面就不会知道了。如今我们姑以一月为期，谁能盗得这玉杯，就算谁得了胜利。至于盗杯不成，反而丧失了性命，或是受了重伤，自在失利之列，只能自怪命运不佳，不能怨尤他人的了。"

李成化道：“这个办法很好，一个月后，我们再在此会面吧。便是万一有个不幸，我竟因此事丧失了性命，我的师弟兄辈也很多，你到这里来，也不患没人招待呢。”当下说到这里，江南酒侠便起身告别。

李成化送了他回来，一班师弟兄又出来相见，都怪李成化太傻，怎么会答允下这个打赌的办法？李成化大笑道：“我何尝傻？你们才傻呢。老实对你们说吧，这只玉杯闻名已久，也是我所最喜欢的，但是要去盗时，还恐我自己的力量不够。如今和他打赌去盗，我自己能够盗来，果然最好；万一我自己盗不来，却被他盗了去，他是个酒醉子，我难道不能使点小小手法，转从他的手中盗来么？如此无论是谁盗来，不是都可稳稳的归我所有么？如今你们也明白我的意思不明白我的意思？”一众师弟兄这才没有话说，也就各散。

如今且把李成化这一边暂行按下，再说江南酒侠自和李成化订定打赌办法后，第二天便向德州进发。到了晌午时分，他的酒瘾又发，恰恰到了一个市镇，便在镇上一家客店中打尖，叫店家烫了半斤高粱酒来。他坐的那张桌子，恰恰对着客店门外，一面赏着野景，一面把酒饮着，心中好不得趣。谁知正在这个当儿，忽然走来一个穷汉，身上虽穿着一件长袍，却是七穿八洞，显得十分褴褛。刚刚走近江南酒侠所坐的桌子前，即长揖说道：“小生适有陈蔡之厄，请阁下顾念斯文一脉，略赠几锭银子，俾得回归故里，不至流落异乡，则此恩此德，没齿不忘矣。”江南酒侠听了暗想：“此人好不识趣，向人求借盘缠，一开口就是几锭银子，天下哪里有这等便宜的事情？”但见他酸得可怜，倒也不忍向他直斥，只温颜说道：“你所向我请求的事情，倒也是很正当的。只我自己也是一个穷鬼，哪里有多余的银子可以资助你呢？”

忽听那穷汉哈哈笑道：“你倒也很直爽，竟自认是个穷鬼。但是照我所知道的，你昨天虽还是个穷鬼，今天却不见得怎样穷了。只叹我没有本领，不能学你这般的方法向人家去借钱，今天依旧是个穷鬼，所以不得不求你分润我一些了。”这几句话，句句话中有刺，暗暗刺中了酒侠的心病，不禁想道：“这穷汉的这番话，说得好不奇怪！难道我昨天做的那番事，自以为人不知鬼不觉，却被他瞧了去么？”

不料在他思忖的当儿，那穷汉却已跳到他的面前，又伸手在他的钱囊上一拍，笑嘻嘻的说道："这里面不是有许多银子么？横竖是傥来之物，分几锭给我，又有何妨！"江南酒侠见这穷汉竟敢如此放肆，向他动手动脚，倒也有些动怒起来。即向之怒目而视，并厉声道："休得如此放肆！就算我这银子是用一种方法向人家借来的，自也有我的本领，如今你又凭着什么本领，要向我分润呢？"穷汉神色自若，一点不屈的说道："你的本领是武功，我的本领是文才。我最大的一桩本领，便是能百问百答，你也要当面试上一试么？"江南酒侠道："哦？好大的口气，你竟能百问百答么？"说到这里，又想上一想，接着说道："也罢，且让我把你当面考上一考。孔门七十二贤，云台二十八将，这是大家都知道的，究竟是哪几个人，你也能一一说出姓名来么？"

穷汉笑道："你这问题虽似乎出得有点凶，但受考的幸亏是我，正欢迎这种难试题，可以借此把我的才学显出来，倒一点不会受窘呢。"当下即滔滔汩汩的把七十二贤、二十八将的姓氏，一个个背了出来。江南酒侠起初听了，倒也很像震惊似的，但一转念间，又哈哈大笑起来道："我上了你的当了，我这问题，原是从一本笔记上看下来的，难保你不也看过这本笔记。但只要记性好一点的，就可把这些姓名完全记着，自能背答如流了，这又有什么稀罕呢？"穷汉道："话不是如此说，就算我是从笔记上看下来的，但总看过这本笔记，这也就算得是我的一种本领。否则，不就生生的被你考住，要交白卷了么？而且题目明明是你出的，就算是出得太容易了，这个过处也在你，而不在我啊。"

江南酒侠道："不，不！这个无论如何不好算数的。再来一个吧。"说着便向店外一望，只见有一群蝙蝠，绕着柳荫而飞，几个十三四岁的村童，拿着竹竿戏打它，嘻嘻哈哈，闹成一片。不觉拍案说道："有了，有了！这个蝙蝠的典故，是很僻的，如今不管它是故实，还是诗句，你也能举说几则出来么？如果说得不错，准一则酬银一锭。倘然你能滔滔汩汩的说下去，就是把我囊中的银子完全赠给你，也是心甘情愿的。"

穷汉道："好！你能如此慷慨，我当然要把我的才学显出来了，你且听着。元微之诗道：'真珠帘断蝙蝠飞。'"江南酒侠屈指数道："一。"便又听那穷汉道："秦淮海诗道：'戏看蝙蝠扑红蕉。'这又是一只蝙蝠。"江南酒侠便又道："二。"那穷汉却笑了起来道："你要记数，记在心上便了。像这般一、二、三的数记起来，徒然扰乱了我的心思。莫非你舍不得银子，故意要把我的心思扰乱，让我好少说几条？还是不相信我，怕我错了你的账咧？”

这么一说，说得江南酒侠也笑了起来，那穷汉却又说下去道：“黄九烟诗道：‘怪道身如干蝙蝠。’又朱竹垞风怀诗道：‘风微翻蝙蝠。’又洞仙歌词道：‘错认是新凉，拂檐蝙蝠。’”跟着，又把《尔雅》《说文》、神异秘经，及乌台诗案中关于蝙蝠的典实说了几条，忽的又停住了不说下去。江南酒侠笑道：“莫非已是江郎才尽么，怎么不说下去了？”那穷汉道：“并非才尽，只是你不可惜你那银子，我倒替你有些可惜起来了。你试计算一下看，我所说的，不是已有上十条了么？这十锭银子，在我取之不伤于廉，在你挥了去，也没有什么大损失。如果再超越此数，那就有点说不过去了。”

江南酒侠听他这般说，倒又笑了起来道：“你这人倒是很知足的，而且也很有趣，立谈之间，便把我的十锭银子取了去。还轻描淡写的，说上一句‘取之不伤于廉’呢。”说完，便从钱囊中取出十锭银子给了他。那穷汉把来揣在怀中后，即长揖为谢，又道上一声：“后会有期。”于于然去了。江南酒侠被他这么一打岔，也无心再饮酒，打过了尖，便又上道赶路。

傍晚时分，到了一个大市集，却比晌午打尖的那个所在闹热得多了。江南酒侠便向镇上的一家大客店投了去。走进门时，只见掌柜的是一个妇人，年纪约有二十多岁，满脸涂脂抹粉，打扮得十分妖娆。一见他走进门来，即撑起一双媚眼，向他很动人的一笑，一壁又媚声媚气的说道：“客官是单身，还是有同伴跟在后面？我们这里的正屋正还空着呢。房儿既是宽大，床儿又是清洁，包你住了进去，觉得十分舒服。”

江南酒侠笑答道：“我只是单身一人，并没有什么同伴。正屋太大了用不着，还是住个厢房吧。”那店妇道：“只是单身一个人，住厢房也好。伙计们，快把这位客官领到西厢房，须要好生伺候。”说着，又向江南酒侠瞟上一眼，接着又是迷迷的一笑。

江南酒侠倒被她弄得莫名其妙，暗想我这个酒鬼，相貌既不能称得漂亮，衣装也很是平常，素来是没有什么人注意的。如今这个婆娘为什么这般垂青于我，挤眉弄眼的向我卖弄风骚？莫非她已知道了我的底细，也像那穷汉一般，看中了我那腰包中的银子么？

他正在思忖的当儿，早有一个伙计走了过来，把他领到内进去。见是三间正屋，两个厢房，倒也很成体统。再到西厢房一看，地方虽是狭窄一点，却也收拾得十分干净。江南酒侠向那伙计点点头，表示赞成的意思，便住了下来。那伙计自去张罗茶水，不在话下。

不一会儿，又见那店妇换了一件半新不旧的衣服，一扭一扭的走了进来。到了西厢房的门首，便立停了足，向门内一探首，浪声浪气的问道："客官，你一个人在房内，不嫌寂寞么，也容我进来谈谈天么？"江南酒侠听了，答允她既不好，拒绝她又不好，正在没做理会处，谁知那店妇早又将身一扭，走进房来。偏偏地方又窄，除了一张桌子外，只放得一张床。她就一屁股在床上坐下，拥着笑眯眯的一张脸，向江南酒侠问道："客官，你也喜欢谈天么？我是最爱闲谈的，每每遇着生意清闲的时候，就进来和一般客官们东拉拉、西扯扯。有几位客官，为了我的谈锋好，竟会留了下来，一天天的延挨着，不肯就走呢。你道奇怪不奇怪？"说到这里，又是扭颈一笑。

江南酒侠本是很随便的一个人，见她倒浪得有趣，虽不要和她真的怎样，但是谈谈说说，也可聊破客中寂寞。便也笑着问道："老板娘，你那掌柜呢？怎么我进店来的时候，没有瞧见他？"那店妇道："再休要提起他！这死鬼也忒煞没有良心，竟老早的撇下了我，钻入黄土堆中去了。你想，我年纪轻轻的，今年才只有二十八岁，教我怎能耐受得这种况味呢？"

江南酒侠道："那么，你怎样办呢？"那店妇又扭颈一笑道："这有怎么办？也只得打熬着苦，硬着心肠做寡妇罢了。只是日子一久，面子上虽仍做着寡妇，暗中却有法子可想了。我的所以要开这所客店，也就是这个意思啊。"说到这里，又向江南酒侠瞟上一眼，咯咯的笑着说下去道："我一开了这所客店，便有你们这班客官，源源不绝的送上门来，可以解得我的许多寂寞了。"

江南酒侠见她越说越不成话，而且又渐渐的说到自己身上来，不禁有些毛骨悚然。倒懊悔不该和她搭讪，起先就该向她下逐客令的。便正色说道："老板娘，你不要误会了，我这个人，除了爱酒之外，别的东西一点也不爱的呢！"那店妇却仍嘻嘻的笑道："哦，客官！原来你是爱酒的，那更容易商量了。如今的一班少年，爱酒之外，又哪一个不再爱上酒的下面一个字呢！好，好！你爱喝什么酒，让我亲自替你烫去。”这么一来，真使江南酒侠紧蹙双眉，弄得无法可想。

不料，正在这个紧要的当儿，却如飞将军从天而下，忽然来了一个救星了。只听得一个大汉，粗着喉咙在院子中叫喊道：“你们的正屋，不是都空着在那边么，怎么不许你大爷住宿？难道狗眼看人低，估量你大爷出不起钱么？”接着又有店中伙计呼斥他的声音。那店妇一听见外面这许多声音，这才暂时止了邪心，不再和江南酒侠纠缠。一壁立起身来，向外就走，一壁咕噜着道：“不知又是哪里来的痞棍，要向这里寻事。让老娘好好惩治他一下，方知老娘的手段。”

江南酒侠也立起身来，向着外面一张，不觉低低喊了一声：“奇怪！”原来，这在院子中大声说着话的，不是别人，就是方才在打尖的所在，向他乞钱的那个穷汉。这时那店妇却早已到了院子中，只见她举起两个眼睛，在那穷汉身上略略一打量，好似已瞧见了他身上的根根穷骨，满脸都显着不高兴，就指着骂道：“我们的正屋，确是空着在那里。但是你自己也不向镜子中照一照，像你这样的人，也配住我们的正屋么？”

那穷汉听了这种侮辱他的话，似乎也有些受不住，立刻把脸一板，就要发作起来。但抬头一瞧，见和他说话的，是一个十分妖娆的妇女，却又颜色转和，反嬉皮涎脸的说道：“说话的原来是大嫂，那事情就容易讲了。我且问你，你这间正屋，不是只要纳足了钱就可以住，别的没有什么限制么？”那店妇道：“口中清楚一点，谁要你唤什么大嫂不大嫂。不错，这间正屋，只要谁有钱，谁就可以住，别的没有什么限制。你如今要住这间正屋，只要把钱缴出来就是了。别说一间，就是三间正屋都给你一人住，也没有什么不可以。”

那穷汉冷笑道：“你肯要钱，事情就好办了，你且瞧上一瞧，这是什么？”说着，便取出一锭银子，在那店妇眼前一晃，跟着又把那十锭银子都取出，随取随向院中抛了去。接着说道：“你们瞧，大爷有的是银子，你们且把来收拾去。老实说，今天不但住定了你们的屋子，并连你们的人都睡定了。”说罢，哈哈大笑，大踏步径入正屋。

这里店妇伙计，都吓得目瞪口哆，把舌子伸出了半截，一壁把地上的银子掇起，一壁跟入屋去。只见那穷汉一到屋中，昂起头来，向屋中四下望上一望，便啧啧的称叹道："好清洁的三间屋子，除了大爷，没有人能住得。也便是大爷除非不住店，住起店来，总得有这几间屋子，才够支配呢。如今且把右首这一间做我卧室，中间这一间，作为宴饮之所，快去配一桌正席来。左首那一间，让它空着吧，倘有人来探访大爷的，就领他到那边坐地。"当他说的时候，他说一句，二人便应一句，恭顺得了不得。那店妇更不住撑起媚眼来瞟着他。

这一来，更把那穷汉乐得不知所云，一味傻笑道："大嫂子，你这一双水汪汪的眼睛，长得真不错。你只这么的向大爷一瞟，已勾得你大爷魂灵儿都飞去了。"说着，又顺手在她的脸上一拂。那店妇一半儿巧笑，一半儿娇嗔道："别这么的动手动脚呀！教人家瞧见了，怪不好意思的。"一壁又呼叱那伙计道："你老站在这里则甚？还不赶快预备茶水去，我也要出去替这位大爷端整酒席咧。"这一句话，把呆站在一旁的伙计提醒，连忙走了出去。那店妇便也一扭一扭的，跟在后面走出。

这些情形，这些说话，江南酒侠虽没有完全瞧见或是听见，但是他那厢房，和正屋距离得很近，至少总有一部分是瞧见或听见的。暗想这穷汉倒也十分有趣，向人家讨了钱来，却是这样的挥霍去，我倒还要瞧瞧他下面的花样呢。

一会儿，天已断黑，由伙计送了一壶酒、几盘菜，和一桶饭来，再替他点上一支蜡烛，就转身走了出去。江南酒侠是素来爱喝酒的，这一壶酒，怎够他吃呢？筛不上几杯，早就完了，便敲着筷子唤伙计，但那伙计老不见来。瞧瞧正屋中时，倒是灯火辉煌，热闹非凡。那店妇和伙计，都在那里殷勤张罗咧，不觉有些动怒起来，想我和他同是住店的客人，怎么待遇上显然有上这样一个分别呢？可是正要发作时，忽又转念想道："这个万万使不得，如果一闹起来，定要把那穷汉惊动。倘是别人也就罢了，偏偏这穷汉又在今天曾向自己索过钱。相见之下，彼此何以为情呢？万一这穷汉倒坦然不以为意，竟要拉着我去同席，那么去的好呢，还是不去的好呢？不更是一件万分为难的事情么？"想到这里，顿时又把这番意思打消。一赌气，不吃酒了，草草吃了两碗饭，就算完事。但这时正屋中仍喧哗得了不得，倒把他的好奇心勾起，便蹑足走到院中，想要瞧瞧他们的光景。等得走到中间那间正屋前，从窗隙中站定向屋内一窥时，只见那穷汉很有气派的朝南坐着，面前一张桌子上，罗列着许多食品。那伙计不知已于什么时候走了，只余下店妇一人，立在当地向那穷汉呆望着。

穷汉呷了一口酒，忽的低哦道：“有酒无花，如此良夜何？”哦了这两句后，又向店妇一望，问道：“大嫂，你们这里也有什么花姑娘么？可去唤一个来，陪你大爷饮酒。”那店妇笑道：“这里只是一个小市镇，哪里有什么花姑娘？还是请你大爷免了吧。”穷汉把桌子一拍道：“这个怎么可免？大爷素来饮酒，就最喜欢这个调调儿的。”说到这里，又向店妇浑身上下一望，忽的笑逐颜开的说道：“你们这个镇上，既然没有花姑娘，也是没法的事。也罢，不如就请你大嫂权且代上一代，好好儿坐在这里，陪我饮上几杯，也是一样的。”

店妇听了，扭颈一笑道：“这个如何使得？在我承你大爷错爱，偶尔干上这么一回事，原没有什么要紧；但一旦被人家传说出去，名声很不好听呢。”那穷汉又把桌子一拍道：“什么名声不名声，好听不好听！你肯答允便罢，否则大爷就要着恼了，请你便把那十锭银子全数还了我。”

那店妇一听要教她把十锭银子全数归还，倒显着十分为难了。那穷汉却乘此时机，走下座位来，把那店妇的手一拉道：“小心肝儿，别装腔作势了，随你大爷来吧。”即把她拉到了原来的座位前。那店妇并不十分推拒，在他将要坐下去的时候，乘势就向他怀中一跌，娇声娇气的笑着说道：“我的爷，你怎么如此粗鲁呀，这么的不顾人家死活的。”

那穷汉就紧紧的将她向怀中一搂，一壁在她两颊上嗅个不住，一壁笑说道：“小心肝儿，别向你大爷做娇嗔了，快快好生的服侍你大爷，口对口的，将酒哺给你大爷饮上一回吧。这个调调儿，大爷生平最最爱玩的。”

那店妇倒真是一个行家，听了这话，虽也把身子微微一扭，口中还说着“别这样作弄人，这个勾当怪羞人答答的”，但同时依旧红着一张脸，将酒含上一口，哺在那穷汉口中了。这一来，真把那穷汉乐得什么似的，舐嘴咂舌的把那口酒吞了下去，又啧啧的称赞道：“这口酒不但好香，还有些甜津津的味儿呢。”引得那店妇笑声咯咯，伸起手来打他的后颈。江南酒侠在窗外瞧到这里，也觉得实在有些瞧不上眼，不免暗地连连骂上几声该死，但一时倒又不忍就走，很愿再瞧瞧以下还有些什么新鲜的戏文。

便又听那穷汉说道：“这样的饮酒，有趣固是有趣，但还嫌寂寞一些。小心肝儿，你也会唱小曲么？且唱几支出来，给你大爷听听。”店妇道：“唱是会唱的，只是唱得不大好。如果唱起来不中听，还得请大爷包涵些。”随又微微一笑，即低声哼了起来。

那穷汉一面敲着筷子做节奏，在一旁和着，一面听那店妇唱不到几句，又教哺口酒给他吃，似乎是乐极了。不到一刻工夫，早已深入醉乡，便停杯不饮道：“时候已是不早，我们还是睡觉吧。”那店妇笑道：“请大爷放我起来，我也要到前面去睡了。”那穷汉哈哈大笑道：“别再假惺惺了，到了这个时候谁还肯放你走？还是老老实实的，服侍你大爷睡上一晚吧。”说罢，即把那店妇抱了起来，向着西屋中直走，引得那店妇一路的咯咯笑声不绝。

江南酒侠便也偷偷的跟到西屋的窗下，仍在窗隙中偷张着。只见那穷汉把那店妇抱到了西屋中，即在一张床上一放，替她解起衣服来。那店妇一壁挣扎着，一壁含羞说道：“这算什么？就是要干这种事，也得把灯熄了去。当着灯火之下，不是怪羞人答答的么？”那穷汉笑道：“暗中摸索，有何趣味？那是大爷所最最不喜欢的，你别和大爷执拗吧。”随说随把那店妇上下的衣服一齐剥下，竟不由她做得一分主。到了后来，那店妇被剥得精赤条条，一丝不挂，把她一身白而且肥的肉一齐露出来了，自己也觉得有些难为情，忙向床里一钻。那穷汉却也会作怪，忽的哈哈大笑，便也把自己外面的衣服脱去，向床上一躺，取条被紧紧裹住，立刻呼呼的睡了去。

那店妇见他躺下以后，并没有什么动静，倒也有些疑惑起来。忙仰起身来一望，见他竟是这个模样，并已鼾声大起，睡了去了，不觉骂上一声道：“你这厮雷声大、雨点小，真是在那里活见鬼，老娘倒上了你的一个大当了。”说完这话，又略略想上一想，便伸足去钩动他所盖的那条被。一会儿，已把被窝钩开，全个身子睡了进去，即爬起身来，想在那穷汉的身上一覆。谁知那穷汉真也妙得很，不待她覆上身去，又是一个翻身，面着里床了。这一来，真把那店妇气极了，一张脸儿红红的，复从被中爬了出来，啐道：“谁真稀罕和你干这桩事？你既高兴不起来，睡得如死猪一般，老娘也乐得安安逸逸的睡上一晚。难道明天还怕你找账不成？”便也取了别一条被，在那穷汉的足后睡下。

江南酒侠到了这个时候，知道已没有什么戏文可看，便也回到自己的屋中，却暗自想道："这穷汉倒真有点儿稀奇古怪。瞧他饮酒的时候，这般的向那店妇调笑，好像是一个十分好色的，但是到了真要实行的当儿，却又一无动静，呼呼的睡去了。这岂又是一般好色之徒所能做得到的？倒真有柳下惠那种坐怀不乱的功夫。就这一点瞧来，已知其决非寻常人。而况再参以刚才乞钱那桩事，一乞得钱来，即于顷刻间挥霍一个净尽，明明又是一种游戏举动，更足见其名士风流了。这种人，倒不可失之交臂，定要探出他究竟是何等人物，并与他交识一场方对。"想罢，也就睡了。

第二天起身，想要到账房中算了账就走。刚刚走到院子中，恰值那店妇蓬着头，从正屋中走出来，一见江南酒侠，脸上不禁微微一红，只得搭讪问道："客官，你起得好早呀。怎么不多睡一会儿？"江南酒侠笑道："我冷清清的一个人，多睡在床上也乏趣。像你大嫂陪着那位大爷，两口子多么亲热？正该多睡一会儿，怎么也很早的就起来了？"这一说，说得那店妇满脸通红，连耳根子都红了起来，啐道："别嚼舌了，你说的是那位客人么？那厮昨晚醉了，硬要揽着人，可是一到床上，就鼾声大起，睡得和死猪一般，直到五更方醒。一醒，却又忙忙的起身走了，真是好笑煞人。"

江南酒侠听到这里，倒也忍俊不禁，脱口说道："如此说来，倒便宜了你，乐得安安逸逸的睡上一晚。"店妇闻言，脸上又是一红，向他瞪了一眼。江南酒侠却又笑着问道："我还有句话要问你，那厮走的时候，没有向你找账么？"这一问不打紧，更把那店妇羞得抬不起头，咯咯的笑着走出去。江南酒侠便也走到外边，将账算清，即行就道。

一路晓行晚宿，不多时，早已到了德州，便在一家客店中住下。当伙计前来照料茶水的时候，江南酒侠想要探听得一些情形，便闲闲的和他搭话道："你们这座府城真好大呀，济南府虽是一个省城，恐怕也只有这么一点模样。"伙计笑着回答道："这是你老太褒奖了，那怎能比得济南府？那边到底还多上一个抚台。不过如和本省其他的府城比起来，那我们这德州也可算得一个的了。"

江南酒侠道："城池既如此之大，那富家巨室一定是很多的，究竟是哪几家呀？"伙计道："有名的人家，固然很多，但是最最有名的，总要算那东城的马家。他家的大人，是曾经做过户部尚书的，只要提起了'马天王'三个字，在这山东地面上，恐怕不知道他的也很少。客官，你也听得人家说起过么？”

江南酒侠故作沉吟道：“马天王么？这个我以前倒从没有听见过。他的声名既如此之大，想来平日待人，定是十分和善的。”那伙计冷笑一声道：“他如果待人和善，也没有这么的声名了。”他说到这里，又走近一步，把声音放低一些说道：“对你客官说了吧，这马天王实是我们德州城中的第一个恶霸，这几年来，也不知有多少人遭了他的残害。就是最近，有一位客官，也是寄寓在这里的，曾向我探听那马天王家中的事迹很详，并且对于那马天王十分愤恨，好像和他有下什么冤仇似的。后来有一晚，这个客官从店中走出，从此就没有回来。照我想来，定是报仇不成，反遭了那马天王的毒手了，但是又有哪个敢去问他要人呢？不但没有人敢去问他要人，并连这桩事都不敢说起呢。”江南酒侠正要问他详情，却见有一个人，向门内一探头，唤道：“小二子，快来帮我干一桩事，别又在那里嚼舌头了。”那伙计嗷应一声，便也退了出去，江南酒侠只索罢休。

第二天，便先到东城，在马天王住屋的四周相度了一番情形。到了晚上，已是夜深人静了，便又换了一身夜行衣，偷偷出了客店，再来到马天王的屋前，就从墙上跳了进去。幸喜这时刚刚起过三更，他在屋中四处走走，并不遇见什么巡逻的人。一会儿，到了一座高阁之前，大概就是这挹云阁了。正立着探望的时候，忽觉有人在他肩上拍了一下，低低的说道：“你这人好大的胆，竟敢走向这龙潭虎穴中来！”倒把江南酒侠吓了一跳。

欲知这拍肩的是什么人，且俟下回再写。

第九十三回

三人同心窥重宝　一士不意破囚居

话说江南酒侠正在挹云阁外，徘徊观望之际，忽觉有人在他肩上拍了一下，并低声对他说道：“你这人好大的胆，竟敢走向这龙潭虎穴中来！”江南酒侠不免吃了一惊，回首望时，却是神秘得很，连人影子都没有一个。不觉更加诧异道：“好快的身手，怎么刚听见他在说话，一会儿便不见了。这到底是什么人，莫非李成化那厮也来了么？”但是转念一想，忽又觉得不对。李成化是湖南口音中夹些山东白，这个人却是一口河南中州白，显见得两下有些不同。而且李成化的武艺也很平常，不会有这般矫健的身手呢？想到这里，忽然意有所触，恍然大悟道：哦，是了！莫非就是在打尖的地方向我乞钱，在住宿的地方向店妇调笑，那个游戏三昧的穷汉！他不也是一口中州白么？不过，不管他是那个穷汉不是那个穷汉，总之他是没有什么恶意的。如果他有下恶意，当在我肩上拍上一下的时候，早可设法把我拿下，还能听我自由自在的游行么？至是，他又胆壮起来，便向阁中走进。

两扇阁门却洞洞的辟着，既不锁键，也无守卫之人，只是里边黑黝黝的，一点不能瞧见什么。江南酒侠这时也不去管他，即将火扇取出，把来一扬，张见里边很是空旷，没有一些陈设，也没有什么橱柜之属放在那边。不免也觉得有些诧异，莫非误听人言，这里只是一所空阁吧？后来忽然憬悟道：“大概因这第一层是出入要道，所以不把重要东西放在里边，到了第二层阁上，一定有所发现了。”一壁想着，一壁寻得扶梯的所在，又向二层楼上走了上去。

在火扇所扬出的火光下，果然见有几口大橱，一并的排列着。这里边所藏的，不言而喻的，都是些奇珍异宝了。江南酒侠也不暇去细看它，又依着扶梯走上了三层阁。忽在一个转角的地方，瞧见了一团黑黝黝的东西。忙走近去，用着火扇一照，不禁扑哧一声笑了起来。原来并不是什么东西，乃是两个更夫，被捆缚在一起，口中也被破布絮着咧。江南酒侠这才知道在他之前，已有人走进这阁中来了，无怪两扇阁门洞洞的辟着，连一个守卫的影子都不见呢。不过这先到这阁中来的，到底是什么人，可又成了一个问题了。第一使他疑心到的，当然就是那个穷汉。因为这穷汉也到了这里，并在这里欲有所图谋，先前已经可以证实，没有什么疑问的了。只有一桩不解的事情，这穷汉走入这个阁中，和他相距也只一霎眼的工夫，并可称得是前后脚，怎么把门打开，把更夫捆起，他一点也不瞧见，一点也不听见声息呢？难道那人竟有上一种神妙莫测的本领，做到这种事情，可以不费什么手脚么？而且还有一个很大的疑点，当他站在阁门前瞧望着，那穷汉在他肩上拍上一下的时候，这两扇门似乎早已洞启着在那里了。如此看来，先到这阁中来的，似乎又不是那穷汉，而为别一人了。然而，一夕之中，竟有三个人怀着同样目的，要到这里来行窃珍宝，这不但是桩奇怪的事情，而且很足引起他的兴趣咧。他最后的一个着想，却决定了这个人大概就是李成化吧。如果真是李成化，那他自己真是惭愧得很，竟被李成化着了先鞭了，他不是已处于失败的地位么？

在他沉思之际，却已把第三层阁中的情形，瞧了一个明白，也和二层阁中一般，一排的放列了几口大橱。当然的，这内中贮藏的，都是些珍宝了。便又匆匆的到了第四层阁上。他在这个时候，耳边忽听得一种声响，似乎是从第五层阁上发出来的。暗想李成化大概已在上面动手了，既是这门熟门熟路，又没有一个守卫在上面，看来一定可以得手的吧。他一想到这里，似乎自己真已到了失败的地步了，心中觉得十分懊丧，也就不暇细看第四层阁中的情形，又匆匆到了第五层。这座阁，是仿照着宝塔的形式建造的，一层小似一层，到了第五层上，只剩方方的一小间了。

江南酒侠走到阁外时，只见那阁门虚掩着，显见里面有人在那里工作咧。忙立住了足，把门推开了几寸，偷偷向内一张，却很是使他出于意外的。下面的几层阁中，当他走上来的时候，都是黑黝黝的不见一点灯火，独在这层阁中，却有一盏很大的玻璃灯，和那佛像前所供的那些灯一般的，高高悬挂在上面。就这灯光之下，瞧见一个躯干魁梧的汉子，立在一口小橱之前，俯着身子有所工作，似乎全神都倾注在上面。而就这背影瞧来，不是李成化，又是什么人呢？江南酒侠看到这里，不觉暗喊一声：“啊呀，这一遭我竟失败在李成化那厮的手中了，这真是意想不到的事。眼见他马上就要把橱门打开，轻轻易易的就可把玉杯取了去，我难道可以拦住他，把这玉杯抢了过来么？不过，这也怪我自己不好，我太是轻信人言了。我如果知道这里防守得如此之松，玉杯可以唾手而得，我又何必和他赌上这个东道呢？”

谁知正在江南酒侠暗喊“啊呀”之际，那个汉子却似杀猪一般，大声喊起来了。这更是江南酒侠所不防的，也就抛去一切思潮，把门一推，走了进去。那时那个汉子，也已听得有人推门进来，忙止了呼喊之声，回过头来一瞧，却又使江南酒侠怔住了。原来这个汉子生得眉清目秀，只有二十多岁的光景，并不是那李成化。然而江南酒侠这时对于这汉子，究是怀着何种目的而来的一个问题，已是无暇推究了，因为同时又发现了一桩骇人的事情，已瞧见那汉子的一只右手，被橱旁伸拿出一只钢铁的手，把他紧紧的握着，无怪刚才要大声呼喊起来咧。这时江南酒侠唯一的心愿，也是他唯一的责任，就是赶快须得把这汉子救下。如果等到马家的人闻讯到来，那就大费手脚了。至于这个汉子是谁，现在可以不必问他。总之，他既在黄夜之间，到这挹云阁中来盗宝，一定是不赞成马天王的为人的，并和马天王是处于反对的地位呢。但是用什么方法去救他，倒又成了一个问题。还是用宝刀去把这钢铁的手斩断呢，还是再想别种妥善的方法呢？而且这橱上除了这钢手之外，还不知有不有别的机关，宝刀斫上去，更不知要发生不发生什么变化？这也都应得于事前考虑一下啊。

可是他还没有把方法想定，却早听得“呀”的一声，有个人推开窗子跳进来了。一到阁中，就笑嘻嘻的说道：“你们这两个人，真是一对呆子。一个自己的手被机关擒拿着了，却不想解救的方法，只是一味的喊叫；一个看见人家被困，只是呆住在旁边瞧热闹，也不替人家想想方法。难道你们二人，专等马天王派遣武士到来，把你们擒拿了去么？你们须要知道这钢手的机关，装置得很是巧妙，只要有人误触机关，钢手便会伸拿出来，把那人的手捉着。下面同时也得了消息，马上就有人前来察看情形了。”

当那人说话的时候，江南酒侠早已把他瞧得清清楚楚，果然就是在打尖的地方向自己乞钱的那个穷汉。那是刚才在揾云阁前，向自己肩上拍上一下的，更可证实是他了。那穷汉说了这番话后，随又一点不迟延的，走到了那少年之前，即从腰旁解下一柄宝刀，对着少年笑说道："我这柄刀，虽称不得是什么宝刀，但也能削铁如泥，犀利非常。让我就替你把这只钢手削了去吧。"说着，只把刀尖轻轻在钢手上一削，这钢手立刻中分为二，失了约束的能力。少年的那只手，便又重得自由了。

少年喜不自胜，方欲向他致谢，那穷汉忙止着他道："现在不是称谢的时候，不如乘他们大队人马没有到来之前，我们就悄悄的溜走了吧。"说完这话，就把少年的手一拉，齐从刚才进来的那扇窗中钻了出去。在刚要上屋之前，那穷汉却又把个头伸了进来，向着呆站在室中的江南酒侠说道："朋友，你不要痴心妄想了。看来这只玉杯，今天是万万不能到手的了，不如过几天再来吧。现在他们的大队人马快到，你还是跟我们一块儿走吧。"这话一说，方把江南酒侠提醒，倒也自己觉得有些好笑起来。暗想我真呆了，他们的大队人马快到，我还呆呆的立在这里则甚，难道真是束手待毙不成？并且我向来行事，虽不十分精明，也不十分颟顸，但照今天的这桩事瞧来，实是颟顸极了。如果老是这样的下去，怕不要失败在李成化的手中么？想到这里，忙把精神振作一下，也就走到窗口，跟着他们二人一齐上了屋面。

却见那穷汉用手指着下面，向他们低声说道："你们且瞧，他们不是已带了大队人马到来么？"江南酒侠忙向下面一瞧时，果见一队武士，约有四五十人，正在蜂拥而来，前锋早已到了揾云阁外。旁边还有几个达官装束的，好像是押着队伍同行，大概是他们的首领吧。

江南酒侠看了之后，忽又哈哈大笑道："我道他们的大队人马中，总有几个三头六臂、十分了不得的人物，不料只是这几个毛虫，那还惧怕他们什么？就是他们全体到来，只拿我一个人对付他们，恐怕也都绰绰有余裕咧！"那穷汉道："以貌取人，失之子羽。你倒不要小觑了他们，而且他们也不是存心要和我们为难，实是平日受了主人豢养之恩，现在既然出了岔子了，他们少不得要替主人出点力，来摆摆样子。我们得饶人处且饶人，何必与他们一般见识呢？朋友，我们还是不要给他们瞧见，静悄悄的走了吧。"

江南酒侠却不赞成这句话，怏怏的说道："你们要走，尽管各自请便，俺还得在这里和他们玩上一下呢。”说着即在屋面上，高声喊起来道：“你们这班瞎眼的死囚，你们以为借着机关的力量，已可把我擒拿着，预备到阁上去拿人么？但是我为你们省力起见，已把这机关弄毁，并从阁中走了出来，特地在这屋面上恭候着你们咧。”下面一听这话，登时很喧哗的一阵喊。一个挺着大肚子的肥人，好像是这一群武士中的首领，也立刻向大众吩咐道：“伙伴们！你们快分几个人上屋去，把这汉子擒住了，别放他逃走，停会禀知主人，重重有赏。”

但是他的话刚说完，早有一件重甸甸的东西，从屋上打了下来，不偏不倚的，恰恰打在这个大肚子上。只听得“啊呀”一声，已倒在地上成一团。众人见了这种情形，当然立刻大乱起来。却又听得江南酒侠在屋面上哈哈大笑道：“你这厮真没用！俺只敬得你一杯酒，你已是受不住，倒在地上了。早知如此，俺倒不该对你行这种很重的敬礼呢。也罢，俺现在顾惜着你们，就改上一个花样，只普遍的请你们尝些酒豆的风味吧。”这话刚完，即有像冰雹似的一阵东西，落英缤纷的从上面飞了下来。一时打在脸上，脸上立刻起泡；打在衣上，衣上立刻对穿。说它是固体呢，却热辣辣的好似沸水；说它是液体呢，却又硬铮铮的有同铅弹。害得一般素来没有尝过这种酒豆的风味的，还疑心他是施的妖法，不免一齐惊喊起来。有几个尤其胆怯的，竟远远的躲避开去了。

江南酒侠瞧在眼中，更觉十分得意，越发把这酒豆不住的喷着。并且他还有一桩绝技，他把这酒豆喷出去，咫尺之间，十丈之内，是把来看得一个样子的，只在运气的时候，有上缓急高下的不同罢了。所以这时大众虽远远的逃避开去，他却连身子都不动一动，只把口中的那股气运得加紧一些，依然喷得一个淋漓尽致，没有人能逃出他的射线之外。

这一来，更把大众惊得不知所云了，几个乖巧一些并和阁门距离得相近的，也就不管三七二十一，赶忙躲入阁中。只苦了几个蠢汉，和离着那些距离阁门太远的，一时竟没有地方可躲，只赶把身子伏在地上，权将背部做盾了。

江南酒侠到了这个地步，也觉得自己玩得太够了，又是一阵哈哈大笑道：“好一班不中用的毛贼，连几点大一点的酒点子都受不住，倒要出来替人家保镖护院了，你们自己虽不觉得羞愧，我倒替你们羞愧欲死呢。哈哈！

俺老子今晚也和你们玩得太够了，如今且再留下一只酒杯，给你们做个纪念品吧，俺老子去也。”说罢，又有一只重甸甸的酒杯，从屋上打了下来。却是凑巧得很，恰恰又打在那肥人的大肚子上，和刚才的那只酒杯配成了一对。这时屋上便起了一阵很轻很急的脚步声，显见得江南酒侠已是走了，大众这才放下了一百个心，立刻从地上爬起。那些躲入阁中的，得了这个消息，也立刻走了出来。但是大众抬起眼来，向屋上一瞧时，哪里还有江南酒侠的一些影踪，早已走得不知去向的了。当时那个大肚子，也早从地上走起，眉峰一蹙，肚子一捧，装作十分能忍痛的样子。便又很威武的向大众发一声令，分头追赶贼人。

这时的大众，也都恢复了以前雄赳赳气昂昂的样子，一听首领令下，立刻又耀武扬威的向园中搜寻去了。其实江南酒侠的踪迹，这时还在马氏园中，并未走得不知去向呢。当他说了一声“我去也”之后，便真的想走了。忽又想起，那穷汉和那少年，现在不知还在屋上不在。刚才正一心的对付着下面这班人，玩弄着下面这班人，倒把他们忘记了。谁知他举起眼来，向屋上四下一瞧，哪里还有他们的踪影？不觉暗暗好笑：“我道他们二人都是什么顶天立地的好汉，原来也都是银样镴枪头，眼瞧着我和敌人交战，竟不从旁帮一下忙，抛弃了我，管他们自己逃走了。这也算得是丈夫的举动么？也罢，我既不是和他们同来的，让他们这班怯条子逃走也好，不逃走也好，我总走我自己的就是了。”主意想定，便在屋面上施展轻身功夫，飞也似的向前走去。

转瞬间，已跃过了几个屋面，到了靠着北首墙根一所偏屋上了。暗想在这屋上望出去，已可望见墙外就是官道，显见只要跳出这道墙，就可到得外面了。我不如就打这里出去吧，免得他们又惊神惊鬼，闹个不了咧。一面想，一面即将身子一耸，轻轻跃至地上。

正拟向墙边走去，谁知在这微风中，忽然送过来了一阵声音，正是两个人在那里问答着。立刻又引起了他的注意，使他不由自主的立住了。只听得一个破竹喉咙的在那里问道：“刚才很响亮的一种铃声，你也听得了么？大概又是捉到了什么刺客了。”一个声音苍老一些的，立刻回答道：“怎么没听见？我倒还以为你正打着盹儿，没有听见呢。但是你可又弄错了，这并不是捉到了什么刺客，实是有人要到挹云阁中去盗宝，误触在机关上被抓住了。这种铃声，就是很显明、很简单的一种报告啊。”破竹喉咙的道：“到底是你的资格老，比我多知道一些。如此说来，我们这里倒少了一注生意了，我还以为又有什么刺客送来咧。”声音苍老一些的笑道：“这个倒又不然。这地方，不见得定是囚禁什么刺客的，或者上头见我们看守得甚是严密，十分信托我们，拿到的就不是刺客，为慎重起见，也得拿来交给我们咧。”破竹喉咙的又道：“但是目下在我们这里的那一个，不是听说是个刺客么？我只望这次送来的，也和他一般的懂得人情世故，那我们就又有油水可沾了。”

江南酒侠听到这里，心中不觉一动，暗想昨天小二说起的那个失踪的寓客，不要就囚在这里么？倘然这个猜想不错，那真是巧极了，横竖今晚要盗这只玉杯，已是失却机会了，不如就乘便把这人救了出来。这虽算不得是什么义侠的举动，但失之东隅，收之桑榆，倒也可聊以解嘲呢。江南酒侠把这主意一想定，即悄悄的走了过去。这两个值夜的，正在谈得十分起劲，竟一点也不听见，加之更棚面前挂的那盏灯，光力很是薄弱，照不到多们远。所以等到江南酒侠走近更棚面前，他们方才瞧见。要想叫喊时，却见江南酒侠执着一柄明晃晃的宝刀，指着他们道：“禁声！如果不知趣的，俺老子就一刀一个，把你们马上送回老家去。”

这两个值夜的，当然也是十分惜命的，听了江南酒侠这番说话，口中哪里还敢哼一哼。却又听江南酒侠对着他们吩咐道：“快把你们身上的带子解下来，并把旁边这座屋子所有的钥匙交给我。”这二人要保全自家的性命，当然又乖乖的服从了。江南酒侠先将钥匙向袋中一塞，随拿带子将他们捆缚起来，随手又割下两块衣襟，絮着了二人的口，就把二人在更棚中一放，然后笑嘻嘻的说道：“实在抱歉得很，暂时只得委屈你们在这里睡一下子。不过不久定有人来解放你们的，我可要失陪了。”即将更棚门带上，向着旁边这所屋子走去。

好得这所屋子的钥匙，已被他一齐取了来了，便一点不费手脚的，打开了几重门，到了楼上的一间室中。这间室中的陈设，很是简单，只有一张桌子，一张床。而在这张床上，却睡着一个三十多岁的汉子，形容十分憔悴，手足都被关着，显见得行动不能自由。这就是这间室中的主人，也就是这间室中的囚人了。他最初听见有人开门进来，依旧躺着不动，露出一种漠不关心的样子。等到江南酒侠已经走入室中，方始抬起眼来一瞧，忽然见是一个素不相识的，并不是在他意料中的两个值夜人，这倒觉得有些惊异了。连忙靠床坐起，瞪起两个眼睛，向着江南酒侠问道："你是什么人，你是什么人？"

江南酒侠十分诚恳的回答道："你别惊恐，我不是你仇家差来的人，也不是要来害你的。说得好一点，我此来或者还和你十分有益呢。"那汉子立刻又惊喜起来道："如此说来，你一定是来救我的，或者是毛家表兄请你来的吧？但是我又遇着一个不可解的问题了。我被囚在这里，当时一个人也不知道，又有谁把消息透漏出去，难道你们是从客店里打听得来的么？"

江南酒侠微笑道："你别管我是谁派来的，至于你所怀疑的这个问题，我也一时回答不了。不过我有一句话，可以很明白的回答你，我确是来救你出险的。请你不要耽延时候，赶快同我就走吧。"那汉子听了这句话，不由自主的，向那关着他的两手和两足的镣铐望上一望，苦着脸说道："我当然很想和你马上就走，但是有这些东西带在身上，一步也难走得，总得先把这东西解除了才好呢。"江南酒侠不觉扑哧一笑道："真是该死，我倒把这个忘怀了。但是你不要着急，这些东西算不得什么。只要我把宝刀一挥，怕不如摧枯拉朽一般么？"说着，即将宝刀取出，只随手的挥上几挥，即将那汉子身上的所有镣铐一齐斩得干干净净，无一留存。

那汉子见此身已恢复了自由，喜得要跪了下来道："幸蒙恩公搭救，又得恢复自由，但是恩公高姓大名，还请明示。以便铭之心版，永矢不忘。"江南酒侠听了这话，一壁不觉把眉儿深深打上一个结，一壁忙把那汉子拉着道："别酸溜溜的闹这个玩意儿了，现在阁下虽已恢复了身体的自由，但尚未出得囚居，并不是细细谈心之时。我们如今且赶快走出了此间，到我寄寓的客店中再谈吧。"那汉子这才不再说什么，同了江南酒侠，一齐出了那所屋子，又一齐从墙上跃出，向客店中行去。

到得那所客店的后面墙边，江南酒侠忽立定了足，对那汉子说道："免得引起人家注意，我们就打这里进去吧。"那汉子就晨光熹微中，向四下熟视了一番。忽然"咦"的一声，低喊起来道："这不是永安客店的后墙么？原来恩公也住在这家客店中，那是巧极了。"江南酒侠微笑无语，即同他跃入墙去，一径走入自家的卧房中，并对那汉子说道："你的那间房，大概已被人家住去了。不如暂在我这里等一下子，等得把应付那伙计的说话商酌定，然后再行出面，似乎来得妥当一些。”那汉子点头应是，即在房中坐下。江南酒侠也把夜行衣装换去。

不料半晌工夫还不到，忽然走来了一个人，在外面叩着房门。江南酒侠听了，忙向那汉子一努嘴，叫他在床后暂行躲避一下，一面即装着好梦初醒的样子，懒洋洋的问道：“是谁，这么早就来叩门了？”却听见那小二子在房门外回答道：“是我！我本不愿意来惊扰你客官的好梦，只因有个客人，在这大清老早，就来拜访你客官，并硬逼着我马上通报，所以只得来告禀一声了。客官，你主张见他呢，还是不见他？”

江南酒侠听说这么一个大清老早，就有人前来拜访他，不免觉得有些诧异，忙问道：“他姓什么，你也向他问过么？”小二子道：“这是问过的，他说姓毛。但是他同时又向我说，单向你客官说上他的一个姓，是不中用的。只要向客官说，在这两个钟头之前，你们还在一个地方会过面，那就可明白他是什么人了。”这话一说，不是明明说这不速之客，就是那个穷汉么？江南酒侠不禁脱口说道：“咦，是他来了么？那就请他进来吧。”

那小二子去不多久，却引了两个人进来。江南酒侠忙向他们一瞧时，一个果然是那穷汉，一个却就是在挹云阁中触着机关的那个少年。江南酒侠当着小二子的面，免不得含笑和他们招呼一下，等到小二子走出房去，脚声已远，陡的脸色一变，向他们发话道：“你们二人真够朋友，当他们大队人马来的时候，竟把我一个人抛弃在屋面，只管你们自己走了。现在事情已过，还要你们来献什么殷勤呢？”

那少年一听这话，脸色立刻变了许多，似乎想要反唇相讥，独那穷汉却一点不以为意，依旧笑嘻嘻的说道：“我们这一次到这里来，并不是要向你献什么殷勤，至于‘不够朋友’四个字，更是谈不到。因为我们彼此连姓名都不知道，哪里谈得到朋友的关系呢？”

江南酒侠最初被这话一蒙，倒不觉呆上一呆，半晌方说道：“话不是这般说，我们彼此虽连姓名都不知道，但照刚才在屋面上的那一刹那讲起来，实已有上同舟共难之谊，比寻常的什么友谊都要高上一层。你们在良心上，在正谊上，似乎都要和我合作到底，万万不可把我单独的抛弃在屋面上啊。至于我为了你们的抛弃，究竟受了危险没有，那倒又是一个问题了。”好一番义正词严的说话，害得那个少年，起初也是变了脸色，此刻倒又觉得抱愧起来。独有那个穷汉，依旧不改常度，又一笑说道："你这话才说得一点不错咧，我刚才实是和你说得玩的。不过我们的把你抛弃在屋面上，一则也是知道你足以对付这些鼠辈而有余；二则我们又可乘此时机，放心大胆的去干别的事情了。"这末一句话，很足引起江南酒侠的注意，忙很殷切的问道："你们是这么一个主意么？那是好极了，但是你们究竟去干了没有，干的又是桩什么事情？"

那穷汉目光灼灼的回答道："当然是去干了，你要知道我们干的是桩什么事情，只要把我们的这件成绩品瞧上一瞧，就可明白了。"说到这里，即从怀中取出一只锦匣，笑嘻嘻的把来放在江南酒侠的面前。江南酒侠这时对于这匣中所藏的东西，也约略有些猜想到，所以不暇再问什么，连忙把那锦匣打了开来。等得匣中物和他的视线相接触时，他这颗心，不禁扑扑的跳了起来。原来他的猜想果然不错，藏在这锦匣中的，是一只高可八寸、径可四寸，古色斑斓、价值连城的玉杯。不就是被马天王从周茂哉手中巧取豪夺而去，他和李成化打赌着要去盗取的那只玉杯，又是什么呢？

他这时惊喜交集，心中真是乱极了，忙把心神定了一定，方又问道："你究竟用上怎样一种神妙不测的手段，在这短时间中，竟又反败为胜，会把这玉杯盗了来呢？"那穷汉道："我的手段，说出来也是寻常之至，一点算不上神妙不测。当在屋面上的时候，我见你硬要和他们作耍，知道你一个人已足把这班饭桶对付着，他们暂时不会到阁中来的了。忽然一个奇想，我何不乘此时机，二次再上阁去，就把这玉杯盗到手，省得再来一次，这不是来得事半功倍么？因把我们这位朋友的手一拉，他也马上会意，便又一齐从先前的那扇窗中爬了进去，重到了那间小阁中。那时他们这班人都注意在你的身上，一个人都没有瞧见呢。我是从前听人说起过，深知道这大橱上的机关的内容的，并知它的厉害，全在五只钢手上，所以设法把剩下的四只钢手也一齐斩了去。于是就很容易的把这橱门打开，这玉杯便入了我的掌握中了。现在这玉杯做何去处，一听你们二人的尊便，我不过问。因为我到那马氏园中去，目的并不在此杯啊。"

江南酒侠一听此话，倒又露着错愕之色，要想问个明白时，又不知从何处问起方好。那穷汉便又笑着说道："一切事情，只有我胸中最是雪亮，让我来简单说上一说吧。不过在未说之前，总得把我们这几个人，先行介绍一下，否则，真是一桩大笑话呢。你是有名的江南酒侠，素来没有姓名的；他是陶顺凡，便是周茂哉那个孤子的朋友，实是一个血性的男子；至于在下，便是神偷毛锦桃，你们以前大概总听得人家说起贱名吧？”当下大家不免又客套了几句。

毛锦桃便又说下去道：“笼统的说起来，我们三人的注目点，固都在这马氏园中。然而分开了说，你们都为这周氏父子起见，目标全在这只玉杯上。至于我，却和你们不同，我是完全为着救我表弟姚百刚而来……”

他的话尚未说完，突然有一个人从床后走了出来，含着惊喜的声音呼道：“表兄，表兄！你的表弟姚百刚，已被这位恩公救回来了。”这实是毛锦桃所没有料到的，不觉老大的一愣，同时，又听得“飕”“飕”的几声风响，好似窗户从外打开了。江南酒侠忙回头一看时，不觉狂喊起来道：“玉杯！玉杯！”

欲知这只玉杯究竟是否失去，且待下回再写。

第九十四回

追玉杯受猴儿耍弄　返赵璧叹孺子神奇

话说“飕”“飕”的几声风响，那扇窗忽从外面打了开来。江南酒侠忙回头一看时，不觉狂喊起来道：“玉杯！玉杯！”这“玉杯”的两个字，好似具有绝大的力量，只从江南酒侠口中一吐出，立时使一室的人，不由自主的都向置放玉杯的这张桌上望着。刚才明明见江南酒侠拿来玩弄一回之后，依旧贮放在锦匣中，即顺手放在桌上的，谁知现在果已连这锦匣都杳无踪迹了。就中要算毛锦桃最是心细，虽在霎时间出了这么一个大岔子，仍旧声色不动，也不说什么言语。即一耸身跃上了窗口，又一攀身，到了屋面上。举起眼来，向四下一望，却不见有什么人，只在东向屋面上，离开他所站处约有十多码的地方，见有一团毛茸茸的东西，伏着在那里。再一细看时，却是两头猴子并伏在一处，内中一头猴子的口中，衔着一件灿烂烂的东西，不是中间贮有玉杯的那只锦匣，又是什么呢？

这时毛锦桃不觉暗想道：“本来我正在这里诧异，这个贼的手脚，怎么如此敏捷，仅一霎眼的工夫，飕、飕的起了一阵风，就把这玉杯攫了去。谁知竟是这两个畜生干的勾当，那就没有什么稀奇了。不过这两个畜生也是奇怪得很，既然已把这玉杯盗去，就该立刻逃逸，为什么还蹲伏在这屋面上，难道是一种诱敌之计，要把我诱了去，再和我玩弄一下子么？如果真是如此，那也可笑极了。我毛锦桃在山东道上，也驰骋了好多年，对于任何武艺高强的人都是不怕，岂又怕了你这两小小的畜类？”他想到这里，不觉有些好笑起来，一壁即向这两头猴子蹲伏的地方走去。

那猴子见他走来，却一点也不畏惧，依旧蹲伏着在那里。等到他走近身旁，方始蹿了起来，却一头向东，一头向西，并不望着一个方向走。这一来可把毛锦桃窘住了，这两头猴子之中，不知是哪一头带着那藏有玉杯的锦匣的，他究竟应该追赶哪头猴子，方才不致有误呢？好在他的眼光尚还锐利，在一瞥之间，早已瞧出衔着灿烂烂的锦匣的那头猴子，是向着东面跑去的。他便立刻舍了西面那一头，向着东面那头追赶上去。

可是猴子跑得快，人跑得慢，一时哪里追赶得上？好容易，才见那猴子的气力有些不济，渐渐落后下来。他不禁大喜过望，哪里还敢怠慢，即加足了足力，又向前追赶上去，果然快被他追到了。但是猴子仍是顽强得很，见他快要追近，即把那只锦匣在屋面上一放，自己却回转身躯，猛力的向毛锦桃身上扑了来。幸而毛锦桃很是眼明手快，一见它向自己身上扑了来，忙把身躯向旁一闪，即躲了开去。猴子见自己扑了一个空，不免有些发怒，只一转身间，又很迅速的扑了过来。毛锦桃当然又一闪身躲过了，于是人与猴便在屋上战了起来。到底人是练过功夫的，猴子是没有练过功夫的，十多个回合以后，猴子便有些抵挡不住，只好一溜烟跑了。

毛锦桃见猴子虽是跑了，那锦匣却依旧留在屋面上，自己此来的目的，总算已经达到，也就不再去追赶那猴子，提了那只锦匣，欣欣然的走回永安客店。只见陶顺凡和着姚百刚，仍旧还在那间房中，却不见了江南酒侠。陶、姚二人见他提了锦匣回来，便很高兴的，向他问道：“你已把这锦匣找回来了么？”毛锦桃把头点点，也露着很高兴的样子，随把那只锦匣向桌上一放。

陶顺凡忽透着精灵的样子，走了过来道：“这锦匣放在这张桌上，恐怕有些不妥当，不要再被它们偷了去，不如把它藏了起来吧。”说着，便把那锦匣从桌上拿起。他只刚刚拿得在手中，忽又喊了起来道：“不对，不对！分量怎么如此之轻？莫非在这锦匣之中，没有什么玉杯藏着么？”这一喊不打紧，却把毛锦桃提醒，立时骇了一大跳。慌忙三脚二步走了过来，也不打话，即从陶顺凡手中把锦匣夺过，立刻打了开来。只向匣内一张时，即狂喊一声，把锦匣掷在地上，良久良久方叹着说道：“这两只泼猴真可恶，我这么很精细的一个人，今日也上了它们的大当了。”

二人忙向他问故，他方把在屋面上和猴子格斗的事说了一遍，又叹道：

“这两只泼猴真是狡狯之至，特地拿这锦匣混乱我的耳目，却让打西面逃跑的那只猴子，拿着那只玉杯，很从容的逃了去。这种声东击西的方法，真是巧妙到了极顶了。”

正在说着，却见江南酒侠从外面走了进来，毛锦桃便向他问道：“你刚才往哪里去的？我上屋去追那贼人，已遭了失败回来，你也知道么？”江南酒侠道：“我统统都知道，不过你也是很精明的一个人，想不到竟会上了那泼猴的当！但是你不要着急，你虽没有把这玉杯追回，只夺回了这只锦匣，我却已探得了这玉杯的下落了。”毛锦桃一听这句话，欢喜得跳了起来道：“怎么说，你已探得了玉杯的下落么，到底是什么人盗去的？”

江南酒侠向椅子中一坐，方说道：“这不是三言两语所能说得完的，待我慢慢的对你说。我自从见你上了屋面，许久没有下来，生怕你打败在贼人手中，颇有些放心不下，因也走上屋面一望。恰见你正向一头猴子朝着东面赶了去，方知来这里盗取玉杯的，乃是猴子，并不是人。可是一瞥眼之间，又见另一头猴子，向着另一方向跑。心中倒不觉又是瑟的一动，暗想来此盗取玉杯的，既共有两头猴子，你怎么知道玉杯一定藏在东面那头猴子的身上，而不在西面那头猴子的身上，却向着东面那头追了去？万一有个失错，不是要遭失败么？横竖东面那头，已有你去追赶，我就去追赶西面那头吧。就算是我白起劲，也不过白赶一趟，于大局总是有百利而无一害啊。主意打定，便向着那头猴子追了上去。这猴子却也妙得很，自以为已没有人去追它，态度十分从容，并不走得怎样快。而我在无意之中又发现了一件事，更使我的主意比前益发坚决，不肯不去追它了。你道是件什么事？原来在这猴子的项下，还挂上一个棕色的袋，恰恰和这猴子的皮毛，是一样的颜色，没有一点分别。在它蹲伏的时候，人家一定瞧不出，不过当它跑走起来，这个袋不住的在项下摇荡，不免教人瞧出破绽来了。然而猴子项下，为什么要挂这个袋呢？这是只要略略加以猜想，便可得到一个很明白的答复，除了要把什么东西藏在这个袋中，还有旁的什么用意呢？更很明了的说一句，这只盗去的玉杯，大概就藏在这个袋中了。”

毛锦桃听到这里，不觉又跳跳跃跃的，显着恍然大悟的样子道：“不错，不错！这玉杯一定就藏在这个袋中。我的眼光自问是很不错的，但是当我瞧见它的时候，它正蹲伏着在那里，所以不能瞧见它项下的这个口袋呢。

但是你既已追了上去，为什么不能把这玉杯夺回来，依然是一双空手？难道也像我一样，又失败在那猴子的手中么？”

江南酒侠道：“你不要慌，让我慢慢的说下去。我还没有追得一段路，已被那泼猴觉察了，马上就把步子加快，不像先前这般从容不迫。我虽是练习过轻身术的，纵跳功夫自问不后于人，竟也追它不上。不到多久时候，已相隔有数丈远了。一会儿，又见它从一个屋角边跳了下去，等得我也赶到那边，跳下屋去四下寻觅时，哪里还有什么猴子的踪迹？眼见得它已逃跑得不知去向了。”

毛锦桃道：“如此说来，你已完全失败了，怎么你又说已探得了玉杯的下落呢？”江南酒侠道：“你别一再的打岔，听我说下去，你就可以明白了。当时我虽迷失了猴子的踪迹，心中很是失望，但我一个转念间，忽然想到，这猴子既左也不下跳，右也不下跳，却从这里跳了下来，显见得它的主人翁就住在这条街上的附近。那我只要细心的寻觅，决不会寻不到他的踪迹的。而且这中间还有一个限制，因为照我的理想猜测起来，这件事颇像是某人所干。而这某人并不是德州本地人，却是从别处来的，那他所住的地方，一定不出于客店这一个范围中了。我把这个方针一打定，就从这条线索上找寻去。不消片刻工夫，果然被我找见一家大客店，就在这条街上，而且照某人的那种身份，是很宜于居住这种客店的。因此我便走进店去，询问掌柜，一问之下，果然有像我口中对他所说的这么一个旅客。并有一事更可证明他是一点没有缠错的，便是据他说起，这旅客还带着两头猴子。这不是益说益对，若合符节了么？不过不幸之至，这旅客已在我走进客店的略前一步，算清房钱，动身走了。”

江南酒侠说到这里，略略停了一停。陶顺凡忽问道：“那么，你所疑心的这个人，究竟是什么人呢？”江南酒侠微笑道：“这是不消问的，除了那个不要脸的李成化，还有什么人会干这种事？至于那两头猴子，却并不属他所有，乃是从他师傅镜清道人那里借来的。镜清道人功夫十分了得，对于驯伏猴子，尤具有一种特别本领咧。不过我和他打赌盗杯，系以从揖云阁中盗来为准，如今他这般的取巧，实在不能算数的。”

毛锦桃当他说的时候，很是用心顺听，这时好像想得了什么事，忽然摇手说道：“不对，不对！你莫非又上了那掌柜的当？当你去查问的时候，这李成化或者还没有动身呢。”江南酒侠听了这话，不觉一怔，一壁问道：“这话怎讲，你为什么要发此疑问？”毛锦桃道：“这是很显明的一桩事，那李成化既然要走，一定要带着这两头猴子同走，决不愿把任何一头猴子抛弃在这里的。然以时间计算起来，当你到客店中的时候，带着玉杯的那头猴子，果然早已回店了。但我所追赶的那头猴子，和他住的地方，适是背道而驰，一定还来不及赶回，那他怎肯在这头猴子未回店之前，就动身先走呢？这你不是显然的，上了那个掌柜一个大当么？”江南酒侠听他把话讲完，略略想了一想，不觉直跳起来道：“不错！我真是上了那掌柜的一个大当了。幸亏时间尚隔得不久，李成化那厮或者还在那里不曾走。让我且再赶去瞧瞧，并和那掌柜算账去。”

那姚百刚这时正靠近窗口立着，偶向外面街上一望，不觉喊了起来道：“这骑在马上的大汉，不是也带着两头猴子么，莫非就是李成化那厮？你们快来瞧上一瞧。”说完，避向旁边一站。江南酒侠却早已三脚两步，奔到窗口了，只向外面街上一望，即见他戟指骂道：“好个奸贼，果然这时方得动身。但是无论你怎样的狡狯，不料鬼使神差的，恰恰又会被我瞧见，我现在再也不让你逃走了。”说着，即想向一边一跳。毛锦桃忙一把将他拉住道：“你真是个傻子。他乘马，你步行，难道能把他赶上么？如果真要追赶他的，也得找匹好马追上去，那就不患赶不上他了。而且我们四人，最好一齐追了去，方才不觉势孤呢！”江南酒侠一听这话不错，也就把头点点，表示赞成，当下即去赁了四匹好马，立刻上道赶去。

但是赶了一程，依旧不见李成化的一个影子。江南酒侠不觉有些焦躁起来道：“莫非我们又上了他的当，他并不打从这条道路行走么？”毛锦桃忙向他安慰道：“你不要着急，我对于这山东省内的道路，最是熟悉不过的。他不回潍县则已，如果回潍县去，那是除了这条路外，就没有别的路可走了。”

江南酒侠方略露喜色说道：“如此，我们仍从这条路赶去。我决得定他是回潍县去的。”大家又马不停蹄，向前赶了一程，果见前面道上，隐隐露一黑点。陶顺凡首先瞧得，就用鞭向前面一指道：“这前面不是有一黑点，飞速的向前移动么？这定是李成化那厮无疑。我们快快向前赶去，不要被他逃走了。”大众听了，忙也凝神向前一望。忽又听毛锦桃直喊起来道：

“不错！这定是李成化无疑，连他带的那两头猴子，都已被我瞧得清清楚楚咧。”于是大众的精神，更比前来得兴奋，拿这黑点做唯一的目标，向着它飞也似的赶去。

一会儿，果然已相距得不甚远了，江南酒侠便在马上，大声呼道：“成化兄，为何走得这般的急？请你略停一停马蹄，在道旁等待我们一下。我们是知道你已盗得了玉杯，特地前来向你贺喜的啊。”李成化一听在后面说话的，是江南酒侠的声音，知道事情不妙，一定是前来向他索取这只玉杯的，哪里肯停马而待？反而连连加上几鞭，飞也似的向前走去。江南酒侠见了，倒又大笑起来道：“老李，你倒也乖巧得很，怕和我们说话。但是在这形势之下，有如瓮中捉鳖，再也不让你逃到那里去的了。”一壁也就加上几鞭。

这时形势真是紧张极了，骑在前面马上的人，已可听到后面的蹄声，李成化不免有些着急起来，一个没有留心，马的前蹄忽向前一蹶，竟把他和两个猴子一齐掀翻在地上。在这当儿，江南酒侠一行人，早已赶到他的身旁了。江南酒侠只笑嘻嘻的向他说道：“我们本是前来向你贺喜的，你怎么不肯领受我们的意思，仍是这样急急的赶道，反使你跌上了这么一大跤，我们心上很是不安呢。大概还不曾受伤吧？”李成化这时已站立起来，一壁拍着身上的灰，一壁白瞪着两个眼睛，望着江南酒侠道：“别这般鬼话连篇了，你们难道真是来向我贺喜的么，贺礼又在哪里？”

江南酒侠听了这话，即笑嘻嘻的，把那锦匣从怀中掏了出来道：“你虽已把这玉杯取了去，但锦匣仍未到手，未免是美中不足。如今我索性再把这锦匣送了给你，这不是绝好的一份贺礼么？”李成化的脸皮倒也来得十分老，竟笑嘻嘻的，把这锦匣接了来，一壁说道：“我正因这两头猴子使了个李代桃僵计，把这锦匣丢失在外面，心中觉得十分可惜。如今竟由你送了来，那真是锦上添花了，怎还不能算是一份厚礼呢？多谢，多谢！”说到这里，略停一停，又从怀中取出一件东西来。众人争向那件东西瞧望时，却就是那只玉杯，便又继续听他说道：“单独独的只是这一只玉杯，未免觉得有些不雅观。如今把这锦匣配上去，那才成个款式了，这不得不感谢你的厚赐啊。”当他说时，早把这只玉杯，郑重其事的放进锦匣中去了。

他这番话，纯以游戏出之，说得又写意、又漂亮。可是江南酒侠听在耳中，却有些着恼起来了，暗想我把锦匣送给他，完全是在调侃他，哪里真有什么庆贺他的意思？这是三尺童子都能知道的。不料他真是个老奸巨猾，竟会将奸就计，当做一回事干起来了，这怎不令人恼恨啊。当下便把脸一板，厉声说道："你不要这般发昏！我实是向你索取这只玉杯来的，你难道一点风色也不瞧出么？"

李成化仍冷冷的说道："你要向我索取这只玉杯么？这是从哪里说起？我是曾和你订过打赌之约的，谁盗得了这玉杯，就是谁得了胜。如今这玉杯既入了我的手，当然是我得了胜，哪里还容你出来说话，哪里还容你向我索取这只玉杯呢？"

江南酒侠一听这话，更是十分动怒，又厉声说道："咄！这是什么话！当时我和你订的约，是以打从挹云阁中盗得这只玉杯为准的。不料你竟如此取巧，自己并不去挹云阁中走上一遭，却在我们得手以后，乘我们一个不备，半路上把这玉杯劫了去。这难道算得是正当的举动么？"

李成化不等他说完，即汹汹然的说道："你既不承认他是正当的举动，那你究竟想要怎样呢？"江南酒侠哧的一声冷笑道："有什么怎样不怎样？你既做出这种不正当的举动，我自有相当的方法对付你。现在我只要把你围住，将这玉杯劫了回来，不是一切都完了么，想来你总也是死而无怨的吧！"说着，就把腰间的宝刀拔出，亮了起来，同时，同来的三人，也把兵器亮出。

这一来，李成化见不是路，也就软化下来，忙和颜悦色的说道："且请住手！有话可以细讲，不必就此动武。"江南酒侠仍气吽吽的说道："我没有别的话，我只问你索还这只玉杯。你如果有什么话，尽管说出来便了。"李成化听了这句话，立时放下了几分心事，忙赔笑说道："我在半路上使弄了一点小计，把这玉杯盗了来，果然不能说是十分正当。但现在你们四个人围困住了我一个人，想要把这玉杯劫了去，恐怕也算不得是英雄好汉的举动吧？"

江南酒侠一听这话，倒又不觉怔住了，半晌方道："那么，你以为该怎样呢？总之你应当有个办法给我，我是决不肯空手而回的。"李成化道："办法我已想了一个，不知你也赞成不赞成？你且听着，现在你们也不必和我动武，且让我把这玉杯带回潍县去。等得我到了玄帝观中，然后限你们在三天中把这玉杯盗去。三天中如能得手，当然是你们得了胜利；否则，这玉杯就归我所有，你们再也不能有什么话说了。”

江南酒侠同了他的三个同伴，这时早把兵器收起，听了沉吟道：“照此说来，你逸我劳，所处的地位显然有些不平等，可不能算是公平的办法。”李成化笑道：“世间原没有真正公平的办法的。不过照我想来，这实是解决纠纷的唯一方法。因为你现在就是仗了人多势众，把这玉杯夺了回去，我虽暂时处于失败的地位，心中却有所不甘，一定要纠集许多人来，再和你见一个高下的。唯有依从了我这个条件，却可图个一劳永逸。只要你能在三天中得了手，这玉杯便归了你，我连一个屁也不敢多放呢。”

江南酒侠一想这话，倒也说得很是动听，而且是艺高人胆大，对于这个玩意儿，倒很愿尝试一下，自问生平闯关东、走关西，什么龙潭虎穴中都曾去过，这一遭不见得定是失败的。当下便连声答允道：“好，好！我们就照此办，请你上马吧。”李成化便上了马，一壁把锦匣揣在腰间，又把两头猴子也弄上了马背，即向前驰去。江南酒侠一行四人，好似保镖一般，也跟在后边，风一般的簇拥而去了。到了潍县之后，李成化自回玄帝观，江南酒侠等便找客店住下，这也不在话下。

再说大家因为风尘劳顿，休息了一天后，便是打赌盗杯的第一天了。日间当然是不便动手的，到了二更时分，江南酒侠结束停当，方始独自一人，前往玄帝观中。到得那边屋上，探得身子向下一望时，只见下面那间偏院中，点得灯火辉煌，如同白昼。那老道李成化，却坐在一张桌前，正自引杯独酌，面前放着一只锦匣，不是贮放玉杯的那只锦匣，又是什么呢？江南酒侠瞧在眼中，倒暗暗好笑道：“这牛鼻子道人倒也有趣得很，他以为这般的把这玉杯看守着，我一定没有下手的机会了。但这漫漫长夜，难道没有个打盹儿的时候？只要他两眼一闭，略一打盹儿，这玉杯不就成为我囊中之物么？我还是悄悄的在屋上守着吧。”

不料足足守了一个更次，那李成化精神竟是十分健旺，连眼睛都不霎一霎，似乎也知道江南酒侠早已到来匿在这里了。江南酒侠这时倒不免有些焦躁起来，暗想现在已是三更时分了，如果再不下手，不是马上就要东方发白么？这第一天不免就白白的牺牲了。他一想到这里，也就不管三七二十一，想从屋上跳了下来。谁知他还没有跳得，他的一团黑影，早被守在下面的那两头猴子瞧得，即乱蹿乱跳的，要向他蹿过来。这一来，倒又吓得他不敢向下跳了。因为照这形势瞧去，只要他一跳到地上，那两头猴子一定就要奔过来，和他纠缠个不清的，不免就有声音发出来。那李成化便立刻有了戒备，哪里还盗得成什么杯子呢？可是这两头猴子狡狯得很，竟是很有耐心的守着在下面。他如果静伏在屋上不向下跳，它们也蹲在下边，动都不曾一动。只要他一有跳下屋来的形势，它们也立刻露着戒备的样子，不使有一点机会可得。

如是的又足足相持了一个更次，江南酒侠可再也忍耐不住了，便轻如猿猱，疾如鹰隼，向院中直蹿下来。可是那两头猴子，怎肯轻易舍去他？只等他的身躯刚着地，早已跳到他的身旁，把他围住。于是一人两猴，便很猛烈的斗了起来。

斗了一阵，忽听李成化在屋中呼道："酒侠兄，你只是一个人，它们却是两头猴子，以一敌二，未免斗得太辛苦了。你是素来喜欢喝酒的，不如到这屋中来，陪我喝上一杯酒吧。横竖今天刚是第一天，尚有两天工夫，足够你来下手咧。"江南酒侠一听这话，暗骂一声："牛鼻子道人好刁钻，竟说出这番写意话来，但我也是参透游戏三昧的一个人，你既请得我喝酒，我难道倒老不起这脸皮么？也罢，我正觉得有些神疲口渴，不免就来扰上你几杯。"一壁想着，一壁便回答道："既承盛情相招，当然是却之不恭的。而且不瞒你说，我口中也觉得奇渴，正想拿酒来润上一润呢。"说完这话，便停止了格斗，举步向前。

那两头猴子仿佛懂得人的说话似的，也就避向两旁，不来阻止，让他走进房去。江南酒侠便和李成化欢然的吃了一阵子酒，方始告别。临走的时候，却笑嘻嘻的向李成化说道："明天你还得加意防范，我颇想在明天一举成功，不耐烦再等到第三天呢。"李成化只以一笑为报。

到了第二天晚上，江南酒侠一等二更鼓过，便又前往盗杯。到得玄帝观偏院屋上时，不须他仔细向下探望，只一瞧在月光下荡漾的两个黑影子，便知这两头猴子又已守在下面了。但是他早已胸有成竹，准备下对付的方法，所以他故意把头向下面一探。那两头猴子一见他的影子，果然就在下边乱跳乱跃起来。他却不慌不忙，窥准了那两头猴子的喉际，嗖嗖的就是两支袖箭。可怜这两头猴子，来不及啼上一声，就饮箭倒在地下了。江南酒侠乘此机会，便悄悄的跳了下去。

正蹑手蹑脚走到偏院窗外时，忽觉飕飕的一阵风，直向脑后而来。江南酒侠知道事情不妙，忙很迅速的将颈项一偏，身躯向旁一闪。这一来，后面斫来的那柄刀，便扑了一个空，害得执刀的那个人，也向前直冲几步，几乎要跌上一跤。江南酒侠却更不怠慢，忙挺着手中那柄刀，要向后面那人斫上去。不料在这间不容发之际，耳边厢陡然间闻得一声大喝，又有一个人从斜刺里冲过来，一展手中的兵器，把他那口刀架住。同时，冲向前面的那个人，已把步子立定，又回过身来前来助战了，于是三个人便在院子中打了起来。

江南酒侠的武艺，虽是不同寻常，然自己只是一个人，敌方究是两个人，众寡终嫌不敌。而且这两个人的武艺，倒也不是十分平凡的，所以打来打去，只是打得一个平手，并不能分什么胜负。不料李成化却又在屋中高呼道："酒侠兄，我的两个师弟，武艺虽都及不上你，但也不是怎样平凡的。现在你以一个人战他们两个人，未免比昨天更是辛苦了。不如再到我这里喝上杯酒，休息一下吧，好在明天方到限期，尽可做最后的努力呢。"

江南酒侠一瞧形势，知道今天又是无能为力的了，不免暗暗想道："也罢，他既又来邀我，我今天就再去扰他一顿老酒吧。"当下便答允下来。一壁即停止厮打，同了李成化的两个师弟，走入屋中，又和李成化吃起酒来。

江南酒侠对于今天这顿酒，似乎比着昨天更是高兴了，只见他一杯杯的把酒倒下肚去，直吃得酩酊大醉，方始踉跄别去。李成化瞧着这种情形，不觉对了他的两个师弟笑着说道："什么叫做酒侠，简直是个酒鬼，只要有酒下肚，便连天大的事都可忘记了。"说了一会儿，便遣两个师弟去归寝，并道："今天他已醉都这般模样，谅来再也不能干得什么事，我们尽可高枕而卧。明天却是一个最吃紧的日子，大家须得上紧戒备啊！"等那二人去后，他自己也呵欠连连，露着想睡的样子，便在床上睡了下来。却为谨慎起见，异想天开的把那锦匣藏在裤中，免得人家乘他睡觉的时候，把这锦匣盗了去。

可是当他正是睡得十分酣甜之际，果然有一个人把他的房门轻轻撬开，悄悄的走了进来，前来盗取这只锦匣了。这个人并非别人，就是江南酒侠。他刚才的吃得酩酊大醉，原是故意假装出来，使李成化等不再来防备他的，不料李成化果轻轻易易的中计了。而且李成化把这锦匣藏在裤中，他似乎已在外边偷偷瞧得了，所以他一入室中，并不去寻觅这锦匣的所在，即取了一盆水，蹑手蹑脚的走到李成化的床前。把帐子揭开以后，即一小掬水、一小掬水，慢慢的把来浇在李成化的裤上。一会儿，裤子已湿了一大块。李成化在睡梦中，当然觉得有些不受用的，然而睡得十分酣甜，一时竟不易醒来。只略略转侧一下，不知不觉的，自己把这裤子解了下去。而在这解裤之顷，这只十分宝贵的锦匣，早已到了江南酒侠的手中了。便人不知鬼不觉的，仍旧走了出来。

到得客店中，他的三个同伴，正在静待好音。一见他已得手，自是十分欢喜，慌忙围了拢来。打开锦匣检看时，不料中间只藏着一块砖瓦，哪里有什么玉杯？方知又上了李成化的当了。正在又懊丧又错愕之际，忽有一个少年奔进房来，立在房中朗声说道："你们不要忧虑，这玉杯已被我取了来呢。"

欲知这少年究是何许人，且俟下回交代。

第九十五回

失杯得杯如许根由　惊美拒美无限情节

话说江南酒侠等四个人，正在懊丧之际，忽有一个少年奔进房来，朗声说道："你们不要忧虑，这只玉杯已被我取来呢。"这好似飞将军从天而下，实是出于他们所不防的，不觉都把视线一齐注射着他。却又听得陶顺凡突然的喊了起来道："小茂，你怎么也来了？并且这只玉杯，怎么已神不知、鬼不觉的入了你的手？这更是我做梦也不曾想到的啊。"回头又想替那少年向众人介绍，江南酒侠却早已笑着说道："我是不用你介绍的，我和你前儿已见过面了。只有一桩令人骇诧的事情，我们相隔仅有几个月，不料他又长大了许多。劈面看去，竟是一个英英露爽的少年，谁还当他是个十四岁的孩子呢？"

这时毛锦桃、姚百刚，也都已知道他便是周茂哉的儿子，大家便又互相招呼了一番。江南酒侠却又向他问道："这只玉杯，李成化存放得很是严密，我接连费了两夜工夫，还上了他一个大当，只盗得一只空匣回来。怎么你一点手脚也不费，就把这只玉杯取来呢？"周小茂苦笑着回答道："一点手脚也不费，这句话倒也是不能说的。不过事情总算得凑巧之至，而且一半还是侥幸，否则，成功得绝没有这般容易。这大概也是老天可怜我那父亲，不愿他老死于荒远之区吧？"陶顺凡道："废话不要多说了，你究竟怎样把这玉杯弄到手的呢？"

周小茂道："这完全不是人的意料所能及的，只能归之于天意罢了。那天，我因为和你已有好多时不见面了，生怕你为了我的事情，或者已发生了什么岔子，所以想去瞧瞧你。后来更把这番意思向我舅舅禀明，我舅舅居然也答允下来。我便乘了一匹马，独自一个人上道了。不料行至中途，偶向前面一望，见也有四骑马，向前急急的行着。内有一个人的后影，看去很像是你，我便想向你高唤一声。可是还没有开得口，又见在你们的面前，还有一骑马匆匆的行着，照情状瞧去，似乎他在前面逃走，你们在后面追赶一般。因此我又不敢冒昧开口，倒要瞧瞧你们到底玩的是一种什么把戏？而我自己，也不期然而然的，加起鞭来了。果然不到一会儿，见你们一行人中，有人向前面那人唤叫着。再一会儿，又见那人惊得跌下马来，你们一行人便蜂一般的簇拥上去。我乘此机会，便偷偷赶入在你们旁边的一带树林中，窃听你们的说话。”

毛锦桃听到这里，倒又喊起来道：“咦？原来是这么一回事。怪不得当时我瞧见树林有些簌簌颤动，还疑心是我自己眼花缭乱，或是神经过敏，却不道真有人藏在树林中呢。”周小茂道：“如此说来，那更是侥幸极了。倘然你在那时再稍加注意一些，走进树林中去搜上一搜，我自然被你一搜便得。以后的事情，也就一桩不会实现了。对你们说吧，我在林中窃听上一会儿以后，你们双方问答的说话，完全都听在我的耳中。而正在这个时候，我的心中也忽的一动。暗想李成化既是这么狡狯不过的一个人，那他如今答允你们前去盗杯，表面上虽好像举动很是慷慨，其实只是一种缓兵之计，哪里有什么诚意？不要说你们和他劳逸不同，攻守异势，三天内不见得能够得手；就是侥幸能够得手，万一他又暗地掉上一个花枪，不是又要失败在他手中么？因此我很想前去卧底，暗暗留心他的举动，替你们做上一个耳目。当我刚把这个主意打定，你们也已谈判妥帖，大家依旧向前赶路。我便又悄悄的跟在后面了。等得到了潍县，我便假装是寻亲不遇流落他乡的一个难民，在玄帝观前哀哀哭泣着，这不过希冀于万一，不料竟会轻轻易易的使他堕入我的计中咧。”

江南酒侠搀言道：“这倒的确是件奇事，像李成化这么狡狯的一个人，当然是十分精细的。对于一个来历不明的人，怎么也不细细盘问一下，就会把他收留下来呢？”周小茂道：“这在当时，我也很当做是件奇事，并暗暗向自己称庆，竟会遇到这种良机。事后方知不然，这并不算得是什么奇事，更算不得是什么良机。因为李成化生性是最爱收徒弟的，凡是流落在他乡的人，只要能够遇见着他，没有一个会不受他的垂青呢。”江南酒侠笑道：“如此说来，他可算得是个广大教主了。”周小茂也笑道：“这个名称，他倒是当之而无愧的。当他把我收为弟子以后，表面上还算信任，然而总因我是新列门墙，仍不免处处防范。我也窥见了他的隐衷，更是小心翼翼，只好暗地窥探了。不料机会之来，竟有出人意料之外的。就在第一天入观的晚上，已是半夜时分了，忽见他悄悄的走到大殿上去。我知道事情有异，也就偷偷跟随在后面，到了大殿之上，在那佛前黯淡的灯光下，果然见他拿出一件东西，放在佛龛下面。并自言自语道：‘这个地方，要算最是妥密没有了，任何人都猜想不到的。你们有本领的，尽管前来施展本领，然终不免徒劳往返罢了。’说完这话以后，脸上又微微露着笑容。照这形状和言语瞧去，他藏放在这佛龛之下的，不是那玉杯，又是什么呢？等他归寝以后，我又悄悄前去一探，果然一点不错。本想即挟之而遁，但一则尚没有知道你们的寓处；二则还要瞧瞧你们盗杯的情形，觉得遁走尚非其时，因此仍把玉杯留在原处，也管自就寝了。”

陶顺凡忽问道：“那么这只玉杯，如今你究竟到手了没有呢？”周小茂笑道：“你不要性急，我既来到这里，当然是已到手了。后来二次盗杯的情形，我都瞧在眼中，那时我恨不得告诉酒侠老叔一声，玉杯便在佛龛下边，只要到那边去一搜便是，又何必枉费这种气力呢？然而我竟得不到这种谈话的机会，也只索罢了。到了刚才，酒侠老叔已把这空匣盗去，我知道事机紧迫，李成化不久就要去瞧视那只玉杯的。不如乘他未起身之前，就取了这只玉杯逃走吧。好得我在酒侠老叔和李成化饮酒的当儿，已听得他谈起了你们的寓处，不怕找不到你们呢。”

陶顺凡忽又问道：“但是还有一件奇怪的事情，这李成化也是十分精细的人，今晚为何睡得这般熟，酒侠把他藏在裤中的空匣盗来，你又偷偷从他观中盗了玉杯逃出，他竟一点也不知道呢？”周小茂还没回答，江南酒侠忽笑了起来道：“这在我瞧来，倒一点也算不得什么奇怪，只不过是我放的蒙汗药所发生的一种功效罢了。老实说，我虽是一个著名的酒鬼，然而蒙众人谬赞，还在‘酒’字下，安上一个‘侠’字。在何时应饮酒，和何人宜对饮，心中总还有点分寸。如果不是要设法把这蒙汗药暗放在李成化的酒杯中，像他这种语言无味、面目可憎的人，我决不高兴和他连饮上二夜的酒呢！”这么一说，大家方恍然大悟，不觉都笑了起来。

却又见周小茂正容敛色，突的向大众下跪道：“小子现有一件事奉求诸公，照诸公这般忠肝侠胆瞧来，想来一定能够答允的。小子特在此一拜。”这一来，倒惊得大众一齐避席。江南酒侠忙把他扶了起来道：“周公子有话尽管请说，无论有怎样重大的嘱咐，我们是赴汤蹈火，也所不辞的，公子又何必行此大礼呢？”周小茂方又说道：“如今在小子一方，就有两件事，应该同时并行的。一是赴云南省视老父，倘然能得请于大吏，小子情愿代父服军役；二是上京师去，把这玉杯献之某亲王，求他替老父昭雪冤狱。然而既到云南省得亲，上京献杯的一桩事，就有些分身不得，在势不能不烦之诸位了。这还不应得受我一拜么？”

江南酒侠道：“好说，好说！上京献杯，当然是我们责任上应做的事，公子就不委托我们，我们也要向公子请求的。只是云南去此，迢迢万里，又是瘴疠之乡，公子虽长成得很快，终究只是一个十四岁的童子，只身如何去得？依我说，不如由我们四人中，分出二人来，陪伴公子前往，事情较为稳妥呢。”周小茂道：“老叔的盛意，固是十分可感，不过云南虽远，在我看来也和咫尺差不多。何况我仅单身一人，又没有多少行李，中途就遇草寇，也决不会对我生心，又何必多此一举？倒是玉杯价值连城，觊觎者众，途中难免不发生什么意外，还是多去几人，小心保护为妙。”

众人又向他百端劝说，周小茂仅诿以来日再谈，大家也即就寝。谁知到了次日，大家皆已起身，独独不见了周小茂。瞧瞧他所睡的床上，也是空空如也，方知他已乘人不备，独自走了。大众不胜叹息，仍是江南酒侠出的主张，上京献杯的事，托之毛锦桃和姚百刚。他和陶顺凡二人，向往云南的一条路上，追踪上去，跟在周小茂的后边，暗尽保护之责。大众对于这个主张，当然一致赞成，随即出了客店，互相分手，不在话下。

却说周小茂偷偷出了客店以后，即问清了道路，徒步向前赶路。虽明知云南相去有万里之遥，决非短时间所能走到，中间尚不知须经过多少魔难。然而省亲情切，无论什么都不在心上，只知走一步，便和老父近一步，终有和老父见面的一日。所以中心熙熙，神志一点也不懈怠。

一天，他正默想着见了老父，天伦团聚后的一种快乐。忽有一骑马，从他身边驰过，不觉把他的思潮突的打断，并使他不由自主的抬起头来望一望。只见坐在马上的，是一个十七八岁的少女。身段轻倩非凡，面貌更是十分美丽，也正回过头来，向他盈盈凝望着。一和他打个照面，这少女好似触了电一般，这骑马也就放缓下来，竟和步行的速率差不多。于是一个乘马，一个步行，便结了个长途的伴侣，互相并行起来。

这少女却真也妙得很，在这行走的时候，又时时的举起一双妙目来，向周小茂脸上凝着。然而也只是痴痴的凝望罢了，终为一种少女的娇羞所袭，虽神意间似乎想要和周小茂谈话，却到底没有谈得一句话。可是在周小茂一方，经她这么的一来，不免已大有戒心了。暗想我从前曾屡屡听人说起，在这北几省的道上，常有一种以色饵人的女盗，勾致孤身行客，只要小小的一个不留神，就会堕入她的彀中。那么小则丧财，大则丧身，事情就不堪设想了。我虽然没有多少行李，身边也没有什么财物，然而她这么的注意着我，终究不是好事，还得加意防备才是。最好能避去了她，不和她同道行走，方是万全之策呢！可是这少女是乘马的，自己只凭着一双足步行，又有什么方法可以避去啊？不过这少女和他并行了一程，依旧没有什么表示，似乎对他并不怀什么恶意。他的所有理想，完全是出于过虑的，而他的已开未开的情窦，为这少女的溶溶妙目炫惑得一稍久，更不免有些发张起来，神情间显然的有些心旌摇摇了。

然而他究是何等纯孝，又是何等有大志的人？一个转念间，他的老父如何憔悴呻吟于云南戍所之中，又现了一幅幻象出来，立时使他神志一清，什么窈窕的少女，什么溶溶的妙目，一切都不在他的心中。更咬了咬牙根，自己呼着自己的名儿，私自惕厉道："小茂，小茂！你不要为美色所惑啊。你只要稍一不慎，就会堕入陷坑，立刻奇祸临身，便永无和你老父见面的日子了。"小茂想到这里，又飞速的向前走了几步，似乎要避去这少女的样子。

这少女也似乎知道他的用意，微微向他一笑，也即策马而前。大家这样的相缠了好多时，不觉已是落日衔山了。少女方向这轮落日望上一望，又回头向小茂一笑，然后策马驰去。小茂顿觉放心了许多，以为自己已脱离了危地了。

一会儿，到了一个小小村庄之中，已是暮色苍茫，颇想找个地方下宿。正在思忖之际，忽有一个老汉迎面走来，含笑向他说道："相公莫非要找宿处么？但这小村中是没有客店的，只老汉的蜗居中还算清洁，或者可供相公下榻。相公也愿跟随我来么？”小茂见他脸上满含慈祥之气，知道并非歹人，也就点头表示赞成，跟着他一同走去。

没有行得一箭路，已到了那老汉的屋中，入门便是小小一个花园，穿过花径，却是一间绝大的厅事，气象很是堂皇。厅后还有许多洞房曲室，看去很是繁复曲折，完全是富家的气派。小茂昏昏然置身其中，倒不觉有些诧异起来。暗想我起初瞧这老汉，装束很是朴素，估量也不过是一个老农。如今进了屋中，瞧见了这种夥颐沉沉之状，方知他是一个富翁。这真叫做“以貌取人，失之子羽”呢。

此时那老汉却早把他肃入厅后一间书室中，殷勤请他坐下，然后笑嘻嘻的向他说道：“老汉是拙于辞令的，不足伴相公清谈。相公且在此小坐片顷，让老汉去请几个妙人儿来也。”小茂听了此话，倒有些莫名其妙，也只好枯坐室中，赏玩那些精美的陈设以消闷。

不到一会儿，只听得室外起了一片很轻盈的笑语声，跟着又是一阵香风，送进了两个人来。小茂忙定睛一瞧时，却是环肥燕瘦，身段不同的两个女子。更使他十分吃惊的，这燕瘦的，便是今天和他厮混了半天，骑在马上的那个少女；那环肥的，年纪似乎比较的大一些，约有二十一二岁光景。相貌虽也一般的长得美丽，但是冶荡非凡，而那水汪汪的一双秋波，顾盼起来，饶有荡意，更是足以撩人了。小茂瞧在眼中，不觉暗暗叫苦道：“糟了，糟了！我今日竟堕在魔窟中了。这明明是那马上的少女看中了我，特地设下了这个陷阱，叫那老汉骗我进来的。加之她不但是一个人，还有一个帮手。而这个帮手，比她更是来得冶荡，我哪里还能逃去她们的掌握之中呢？那我要到云南去省亲，不是已成为梦想么？但我那白发飘萧的老父，或者还正眼巴巴的望我前去呢。”

他正想到这里，那环肥的，早已莺声呖呖的说道：“嘉宾远来，有失迎迓，实是抱歉之至。现在且请在此间小住数天，让我们一尽东道之谊呢。”说完，又举起媚眼，向小茂瞟上几瞟，并嫣然的一笑，一壁展询他的籍贯姓氏。小茂只得依实奉告，并说明省亲心切，当万不能在此耽延。这话一说，那燕瘦的依旧一言不发，只向他睨上一眼。那环肥的，却又笑着说道：“这是公子的一片孝心，我们怎敢再把公子强留？不过今天已是入夜，并不是赶程的时候，何妨屈留一下，且尽一夕之欢呢？”说完，又回顾那燕瘦的道：

“翠妹，你且出去吩咐一下，教他们赶快把酒席送来，我们就在此饮宴。”

燕瘦的嗷应一声，就姗姗的出去了，环肥的便又和小茂闲谈起来，便说起她们姓王，怙恃早失，只有姊妹二人，形影相依，寄居在这红叶村中。她自己名碧娥，年方二十一岁。妹子名翠娟，年只一十有八。至于那个老汉，并非她们的亲属，不过一个纪纲之仆罢了。小茂只唯唯的在旁静听着，不敢和她多兜搭。

碧娥却又接着笑说道：“但在这荒村之中，家内仅有几个女子，一个老仆，而没有什么壮男，难免不被歹人觊觎，终究不是一件事情。所以我很愿替我妹子，物色一个如意郎君。万一为求事情便利起见，姊妹二人共事一人，效学英皇故事，我们也是情愿的啊。”说到这里，又向小茂嫣然一笑。小茂倒觉得有些毛骨悚然了。

一会儿，已把酒席排好，翠娟也已回进室来。碧娥便肃小茂入席，她自己和翠娟分坐左右作陪。小茂虽口饫珍馐，饱餐秀色，在表面上瞧起来，似乎享足艳福，然他的这颗心，却似十五个吊桶，七上八下的升降个不定。暗想照事势瞧来，竟是愈逼愈紧了。她竟把效学英皇的这些话，也一点不怕羞的说出，可见已胸有成见。万一弄得不好，她竟对我强迫起来，这如何是好呢，不是要把我一身坑送在这里？而再要和我老父见面，不是也永永没有这个日子么？

他这么的一想，更加如坐针毡了，只是目观鼻，鼻观心，一眼也不旁瞬，显着十分恐惧的神气。碧娥瞧在眼中，倒又笑起来道：“想不到你小小的年纪，竟是这般道学面孔。但是我们也是好好人家，并不是诱人入阱的妓女，你为什么这般的怕惧我们呢？我劝你还是放下些心，随随便便的饮啖吧。”说着，又将身子靠近一下，举起自己手中的一只杯子，做出硬欲劝饮的样子。

这一来，可更把周小茂急坏了，忙道：“不要如此，我自己会饮呢。”碧娥便又咯咯的憨笑道：“好！那么你自己举起酒杯来饮。否则我真要不客气，实行灌酒给你吃了。”小茂弄得没法可想，只好将酒杯举起，攒眉一饮而尽。

可是作怪得很！小茂在这杯酒未饮以前，神志十分清明，只有一个远戍云南的老父在他心头，眼前虽放着这么一双如花似玉的妙人儿，他不但不有什么留恋，还把她们当做蛇蝎一般；这一杯酒一入肚，却大大不然了。他那时刻不忘的老父，印象已渐趋渐淡，终至于模糊一片，暂时把来搁置一边。而对于这一双少女，却十分热恋起来了。暗想我的年纪虽只有十四岁，然而发育得早，已成了一个壮男。这种男女爱慕之情，当然是免不了的。现在既有两个美貌女郎对我十分钟情，甘心委身事我，我怎可辜负她们的美意呢？同时并觉得美貌的女郎，实是一般男子无上的安慰品。倘然有人甘把现成的艳福抛，不将她们来安慰自己一下，这真是一个大大的呆子了。这么一想，这双姊妹花，在他眼中瞧来，更觉比前来得美丽，竟如天仙化人一般，而在行动之间，也就不知不觉的有些放浪起来。

十分乖觉的碧娥，哪里有瞧不出的道理？当然更是眉开眼笑的，在旁殷勤劝饮。只有翠娟，依旧默坐一旁，并且双蛾紧蹙，好似有下什么心事一般。碧娥向她瞧了一眼，又笑嘻嘻的说道："翠妹，嘉宾在座，你为什么这般模样，莫非嫌闷饮乏欢么？那我们何不离座而起，对舞一回宝剑，这或者也是娱宾之一道。"翠娟听说，忙说使得，双蛾倒又渐渐展开了，随即相将离座而起。早有小婢将剑送来，二姝即掣剑在手，立了一个门户，相将对舞起来。她们对于剑术一道，似乎很有点儿功夫的，在初舞的时候，舞势尚是十分纡徐，还能分得出这是碧娥的剑，这是翠娟的剑；舞到后来，急如飘风骤雨，竟把两股剑气，团成了一道寒光，再也分辨不清了。

这一来，真把个周小茂眩得眼花缭乱，而心中也一半儿是忻喜，一半儿是惊惶。忻喜的，这一双姊妹花，不但是貌艳如花，神清如水，还具上这惊人的绝艺。如今竟肯双双垂青于己，这真可称得稀有的奇遇了；惊惶的，自己究竟有什么本领，对于这一双文武兼全的姊妹花，将来如何对付得下呢？好容易二姝齐说一声："献丑！"各把剑势收住，但仍神完气足，略不娇喘一喘，更把小茂佩服得五体投地。却又听碧娥笑着说道："你瞧怎样，没有什么批评么？"

小茂道："我对于武艺，完全是个门外汉，哪里懂得什么好歹？不过像你们二位刚才的舞剑，就是门外汉看了，也能知道剑艺确已登峰造极。除了连说几个'好'字之外，还有什么旁的话可说呢？"碧娥道："能博得你说上一个'好'字，那我们的剑术就是不好，也要说好了。但除了说好之外，你总还应贺上我们一杯啊。"说着又笑盈盈的走到他的身旁，捧起一杯酒来，送到嘴边。

这时的小茂，已和先前换了一个样子，只觉旨酒美色，都可以陶醉他的心灵，而使他得到无上的快乐。因此竟情情愿愿的，把嘴凑了上去，一饮而尽。可是这酒不比寻常，是特地制来蛊惑一般男子的，何况小茂平日，又是涓滴不饮的一个人，哪里禁得起这酒力的发作？不到一刻工夫，头脑间早已觉得天翻地覆，竟晕倒在席上了。

等到醒了过来，不知已隔了多少时候，却见此身已不在酒席上，而偃卧在锦茵绣褥之间。更有一股似兰非兰、似麝非麝的香气，直袭他的鼻观，使他不由自主的，将睡眼揉上一揉。向身畔一望，则见赫然卧着一人。再就这烨烨的烛光下，细细一辨那人的面目，不是那娇媚绝伦、肥如阿环的碧娥，又是什么人呢？这时碧娥已把衫裙卸去，仅御着一件粉红色的衵服窄窄贴身，连丰满的酥胸，几乎隐约可见，越显得妖冶动人了，正在一旁静伺着他，一见他揉眼相看，即含笑问道："你醒了么？像这样的好睡，连推都推不醒你，我还疑心你是醉死了呢。"说到这里，又是嫣然一笑，而两颊上，也不由得红晕起来。

小茂瞧在眼中，更觉十分动心了。但是说也奇怪，心中虽是十分爱慕，口中竟如噤住了一般，一句话也不能说，只怔怔的痴望着碧娥。碧娥倒又笑起来道："你痴望着我则甚？难道我们见面了这半天，你还不能认识我么？"这一问，才把小茂急得迸出一句话来道："我不是不认识你，只诧异着我自己，为何醉得这般模样？竟一点也不知道，就会和你睡在一起？"碧娥道："这没有什么诧异，也尽可不必诧异的。我和你难道不能睡在一起么？"说到这里，两颊上又瑟的一红，更把个头偎得近些了，小语道："只要你肯答应我的说话，和我结为夫妇，那就可一生一世睡在一起了。"

小茂被碧娥把这玉颊一偎，心儿早已扑扑的跳了起来，何堪这如兰的香气，如珠的蜜语，再吹入他的耳中。更把他的这颗心，乱得不知所云，哪里还有什么勇气，否认碧娥的这番话？碧娥是何等厉害的人物？一见小茂只如醉如痴的望着自己，没有一句什么话说，知道他已对着自己十分醉心。凡是自己所说的话，他没有不默认的了。便又装出一种腼腼腆腆的样子，继续说道："既是如此，今晚我们就在一起睡吧。到了明天，再把婚礼补行，也还不迟。"

不料小茂仍如木偶一般，一点没有什么意见表示，碧娥倒又转喜为忧道：“怎么你竟这般的痴呆，连话都不能说了？但是照我想来，你已长成了如许，关于男女风情的事，当然已很明了，决不至痴呆到这般呢。”一壁说着，一壁便在他身上抚摩起来。小茂只觉得这只软绵绵的手，一抚摩到他的身上，好似有一股电气传度过去，即酥软得麻木得不可名状，完全失去了抵抗的能力，只好听她所为。

谁知正在这间不容发之际，忽听得“訇”“訇”的几声响，接着又是几声猫叫。原来有一只猫跳上桌子，一不小心，竟把桌上供的一个胆瓶打碎了。这一碎不打紧，却顿时把小茂的酒力骇退，绮梦惊醒。好似有一个金甲神，在他耳畔大声疾呼道：“小茂，小茂！醒来，醒来！这是什么时候，省视你的老父要紧，营救你的老父要紧，怎可沉迷在温柔乡中？你若再不醒来，我可要将铜锤击你了。”

这真如闪电一般的快，在他的眼中，立刻不知道什么叫做美色；在他的鼻中，立刻不知道什么叫做芳香；在他的耳中，立刻不知道什么叫做媚语，即把偎傍身旁，那个荡冶无比的碧娥推在一边，并厉声叱道：“好一个不知羞耻的淫婢，竟想来蛊惑我了。这在你，本不知什么唤作贞操、什么唤作名节，当然是一无所恤；但我如果真是受了你的蛊惑，竟把远戍云南的老父，忘记在九霄云外，不是成了个名教中的罪人么？咄！你再躺在这里则甚？还不快快滚出床去。”

碧娥听了，神色一点不变，只咯咯的笑道：“别这么和我闹得玩了，如果胆子小一点的，吓都要被你吓死呢。”小茂正色说道：“谁和你闹得玩？也好，你既不肯起来，就让我起来吧。”说着就要爬出床来的样子。

碧娥这才知道他又变了意，并不是虚言了，也就氳的把朱颜一变，冷笑道：“别这般的做作了，我也不是没有见过男子的，谁真稀罕你这银样镴枪头的男子？不过我有一言奉告，你既来到此间，如果不肯真心诚意的服从我，今生今世休想再出此门。”说完这话，就陡的从床上爬起，披上衣服，向门走去。到了门边，又回身说道：“你且三思，别要后悔。”小茂只恶狠狠的望着她，没有一句回答她，方才绝了望，砰的一声，将门阖上，管自走了。

小茂倒又陡起一念：“莫非此身已入囚笼之中么？那是欲逃出此门，大概很是不易的了。”忙也从床上跳了起来，走至门边试上一试，果然这门关得紧紧的，似乎外面已下了锁了。不觉长叹一声，回到床上坐下，而这种思潮，也就触绪纷来，深悔当时不该背了众人，私自逃走。如果听了他们的说话，几个人结伴同行，也就不会遭到这种事情了。再不然，既在路上遇见了这个形状奇诡的少女，就应得处处防范。对于这个老汉的奸谋，当然可以洞烛到，也便不会出这个岔子。如今大错铸成，弄成这个局面，竟被人家囚在这斗室中了，这还有什么法子可想呢？眼见得他的宝贵的生命，竟要生生的葬送在此间了，而一念及他的老父还在云南戍所中受尽磨折，自己不知还能见上一面不能，更觉肝肠寸断，不禁泪如雨下。

他这样枯坐了好多时，忽听门上又起了一种微声，似乎有人要打开了锁进来。暗想这除了那个淫婢，还有什么人呢？大概她还不能忘情于我，又想了别的方法来蛊惑我吧？但是我的主意已决，无论她怎样的对付我，我总不为所惑，万万不肯顺从她的。横一横心，最多不过一死罢了。

在他想的时候，门外的那人早已把门打开。在灯光隐约中，瞧见了如云的鬓发，显见他的所料不谬，进门来的果然是碧娥了。他就立时将目闭上，显出一种不耐烦的样子。那人却早已把门阖好，走到他的床边了。小茂不待她开口，即厉声叱道：“速去，速去！无论你怎样的花言巧语，我总是不会相信的。”却听进来的那人，娇滴滴的低声说道：“你不要错认了人，我不是碧娥啊。”小茂这才将眼张开，细细向她一瞧。果然不是碧娥，却是那罪魁祸首的翠娟。

不知翠娟来此存着好意，还是存着歹意，且听下回分解。

第九十六回

宝钗相赠红粉多情　木棍横飞金刚怒目

话说周小茂被困斗室，正在无可为计的时候，忽又见房门开启，自外面走进一个鬓发如云的女子来，不觉大吃一惊，以为定是碧娥想得了什么好方法，又前来向他纠缠了。便将双目一闭，不再去理睬她。不料，那女子走至床前，却向他娇滴滴的说道：“你不要认错人，我不是碧娥呀。”这才又使他睁开眼来一看，却是那脉脉含情的翠娟。这倒又使他骇诧起来，这翠娟对于自己，虽然似乎很是有情，然而在途中在席上，始终未交一语。而且常有一种憎厌她姊姊举动轻浮的表示，流露于不知不觉之间，显见得她是一个端庄稳重的女子，而又是羞人答答的。那么在这三更半夜，为什么一点嫌疑也不避，又到我这里来呢？难道也是经不住情欲的冲动，和她姊姊一样，又要来和我纠缠不清啊！想到这里，不觉又有些毛发悚然起来，决定无论如何，自己总是立定心志，依旧给她一个不瞅不睬。

谁知翠娟早又开口说道：“你不要这般的疑虑呀！你要知道，事机已经是十分急迫，便是你要疑虑，也容不得你疑虑来啊。”这话一说，顿时骇得小茂把成见抛去，忙向她改容问道：“究竟是怎样的一回事，难道我除了被囚斗室之外，还要遭到什么意外的危险么？”翠娟哧的一声冷笑道：“这还用问，这早已成为不可掩的事实了。我姊姊是著名的‘金粉夜叉’，无论哪个男子，只要一坠入她的网罗中，没有一个能够幸脱的，你难道还不知道么？老实说，她如今既已看中了你，那就是你的厄运到了。无论你顺从她或是不顺从她，结果总不免于一死，只为一种时间问题罢了。这难道还讲不上

‘危险’二字么？”

这话一说，小茂更是十分吃惊，两颗圆滚滚的眼泪，急得如珍珠一串的直滚而下，忙恳求似的说道：“那么怎样，你也有救我的方法么？”翠娟叹道：“我如果不想来救你，也不深夜冒着嫌疑，来到这里了。并且你的陷落在这里，一半也可说是我的罪过。因为我刚才从外面跨马回来，倘然不说出有你这么一个人，何至使我姊姊生心，遣派老苍头前来诱骗你呢？”说到这里，她的两个颊上不觉也和烘霞一般，瑟得红了起来。

小茂听说是来救他的，不免又生了几分希望，便露着殷切之色，望着翠娟说道：“你既是前来救我的，请你赶快想个方法，把我救了出去吧。我的一身原不足惜，就是死了也不要紧，只是我的父亲还在云南戍所之中，眼巴巴的盼我前去营救。我若一死，一切都成绝望了。在这一点关系上，或者可以引起你的注意么？”

翠娟道：“尊大人远戍云南，处境十分凄惨，你又是一个孝子，这些我早都知道了。老实说，我如果不瞧在这几层关系上，就算你的陷落在这里，我实是罪魁祸首，我也不高兴冒着这种大嫌疑和这种大危险呢。不过在救你出险以前，我须将一切方法向你说明，免得临事仓皇，反为不妙。好在我的姊姊睡兴素来是很浓的，今天更比往日不同，料她此时一定睡得很熟，不到天明以前，决计不会就醒来咧。”

小茂道：“那么是怎样的一种方法呢？”翠娟道：“你且听着，我们厩中有匹青骢马，实是一骑骏马。虽不能如俗语所说的日行千里、夜行八百，然而相差得也就有限了。现在我就去盗了来，让你骑了逃走。不过有几桩事情，你须得牢记在心。第一，我的姊姊是会飞刀的，百里之内，取人首级，有如探囊取物。所以你在路上的时候，千万不可有一刻的逗留，总以能速逾这百里的范围为第一目的；第二，我姊姊除了飞刀之外，又擅长百练飞索，相隔四五丈外，要把一个人擒过马来，是不算什么一回事的。所以你在向前疾驰的时候，如果听得有人在后唤你，千万不可停马，更不可回过头来。如果一停马，或是一回过头来，那就要老大的上她一个当了。这两桩事，你都能记得么？”

小茂道：“谢你关照，我总记在心上就是了。如今时候已是不早，我们赶快去把马盗来，让我立刻逃走吧。”说完，早把衣服穿着整齐，即同了翠娟，双双走出卧室。

一会儿，已到了马厩之前，只见那匹青骢马高骏非凡，果是神品。一见有人走到身前，即四足腾踔，显着不受羁绊的样子。翠娟见了，忙走了过去，在它身上抚了几抚。说也奇怪，这青骢马好像认识人似的，经她抚摩之后，便又十分安静，驯服下来。在这时候，小茂倒又想起一桩事来了，忙对翠娟说道："不对，不对！这番我蒙了你的救援，虽是幸得脱离虎口，然而是什么人放我出去，这骑马又是什么人盗给我骑的？你的姊姊只要一查究，就可立刻查究出来，决不会再疑心到第二人。这一来，不是要把你累及么？这在我良心上，怎么对得住你呢？"

翠娟听了苦着脸说道："这是无可避免的，然而还不要紧，我和她终究是嫡嫡亲亲的姊妹，她见我把你放走了，心中虽是恨我，实际上到底还不能把我怎样呢。不过你既问到我这句话，足见你对于我是十分关心的，倒又引起了我的一重心事。明知是不应该对你说的话，却也要向你说上一说了。我姊姊平素对我虽是十分和平，并没有什么虐待的地方。但是她的性情及行为，终和我格格不相入，却又时时有下一个暗示，要设法引诱我同她走到一条路上去，这实是一桩十分难堪的事情。像她今天对你的这番举动，就可算得一个很显明的例子了。所以在我心中，总希望能早离开这里一天好一天，早离开这里一刻好一刻。如果再停留下去，万一在把握不定的时候，偶然一个失足，也和我姊姊同化起来，岂不是大糟特糟么？可是我孤零零的一个弱女子，一旦离开了这里，又能走到哪里去呢？这可不能不望之于你了。等你把尊大人那方的事料理清楚以后，不知道也能可怜我，把我救出这个火坑么？"

翠娟说到这里，露出一种泫然欲涕的样子。小茂即慨然说道："这是不必小姐吩咐得的。小姐今日把我救出此间，实是恩同再造，刻骨难忘。我只要把私事料理一清，就要设法来救小姐的，小姐耐心等候着就是了。如负所言，有如此月。"说着，即伸出一个指头，向天空一轮残月指了去。

翠娟道："公子言重了，只要公子肯把这番话记在心上，我就感恩不浅了。时候已是不早，请公子起程吧。"小茂把头点点，也就牵了那青骢马，出了马厩，循着甬道，向后园门走去。翠娟一路在后相送，一会儿，已出了后园门。

刚刚走得几步，忽又听翠娟把他唤住。随又见翠娟盈盈走上前来，从怀中摸出一个小纸包递交与他，一壁笑着说道：“我真的闹得昏了，几乎把要紧的事都忘记了。这里有赤金几锭，是我历年储积下来的，如今请你不要见笑，暂时把来收下，聊充一路上的费用吧。中间还有金钗一柄，是我日常插戴之物，现在拿了来赠给你，似乎嫌轻亵一点，冒昧一点。但我们今天这番遇合，不同寻常，无论将来能再见面，或不能再见面，总得有上一种纪念品。而这柄金钗，实可代替得我的。将来你一见了此钗，就同见了我的人一般，所以也要请你收下咧。”当她说的时候，似乎很是光明正大，不涉及一些寻常儿女子的事情。而她的把金钗赠与小茂，更与寻常才子佳人的私赠表记，微微有些不同。然在她玉颊之上，也不自觉的隐隐有些红晕起来了。

可是她这一赠金钗不打紧，却把个小茂为难起来，觉得“却之不恭，受之有愧”八个字，正不啻为他今日而说。所以踌躇了好一会儿，也只有受了下来，又说了几句感谢的话。同时，小茂又私自想道：“她是救我的人，我对于她的这番恩意，在理就应得有点表示。如今我尚没有什么表示，她倒又向我赠起旅费和纪念品来。我如果再不作投琼之报，在情理上未免太说不过去了么？”他一想到这里，就向自己身上去掏摸，无意之间，却在腰间摸得了一块佩玉，不觉暗暗欢喜道：“好了，好了！我就把这块玉还赠她吧。尔以钗来，我以玉往，倒也是两铢悉称咧。”随即将这佩玉解下，恭恭敬敬的递与翠娟道：“你既赠得我纪念品，在理我是不能不报的。这块佩玉，虽算不得什么，然而我佩在身畔，也有上近十年了。如果不以我这番举动为轻亵，就请你收了吧。”翠娟至是，倒又觉得有些羞人答答了，然在势不能不收此玉，只得腼颜受下。小茂却就在这个时候，说上一声珍重，狂挥一鞭，向前疾驰而去。翠娟直目送他至不见了影子，方始阖上园门，踅归寝室，不在话下。

且说小茂别了翠娟，向前驰去，转瞬间，早已出了红叶村，行入坦平的官道中。他一心只记着翠娟叮嘱的说话，马不停蹄的向前走着，不敢稍稍停留一下。有时偶然抬起头来，瞧见照在树枝上的月光，被风簌簌吹动，有如碎金一般，还以为是真有什么飞剑飞到了，把他骇得心胆俱裂，更比以前跑得加快一些。他这样的向前跑去，看看已是破晓时分了，暗忖自己对于道路虽不十分熟悉，这一阵子的狂跑，不知已跑了多少路，然而无论如何，总在百里以外了，所以，这颗心也就放下了许多。谁知还隔不上多少时候，忽听有人在后面唤道："呔！小子，快些住马！俺有话同你说呢。"小茂一听有人唤他，早吓得魂不附体了，也不暇辨明这唤他的是男子还是女子，更不敢向后面看上一眼，只是纵马疾驰。然而后面的这个人，似乎也是有马骑着的。尽你跑得怎样的快，他仍在后面追蹑着，并不住的嚷叫道："快些停马，快些停马！如果再不停马，我可要对不住了。"

小茂却总记着翠娟叮嘱的那两句话，哪里敢把马停止一停呢？这一来，可把后面的那个人着恼了。一时起了牛性，竟不暇顾及一切，陡的把手一起，就把手中的一根木棍子，使劲的向着小茂掷了来。这事真也凑巧，木棍落处，也不前，也不后，恰恰落在小茂的马前。小茂当时虽然吃了一惊，心中却反比以前定了许多。因为他起初见有一件东西飞了来，以为不是飞刀，定是飞索，自己十九没有性命了。谁知等得定睛一看，却是一条木棍，方知这在后追蹑着嚷叫着的，并不是碧娥，而为另一个人，完全是自己误会了。

他这样的一想，倒又起了一种好奇之心，想要瞧瞧这来者究是什么人？为什么向着自己这样的嚷叫，莫非也是出于一种误会么？因此就把马勒，停在道旁。再回过头去，向着来的这条道路上瞧望时，即见有个黑大汉，骑着一匹高头骏马，口中还不住的嚷叫着，正向着自己而来。

一会儿，两马已差不多并在一起了，那个黑大汉却只忒棱棱的鼓着一双眼珠，向着小茂浑身上下不住的打量着，并无一句话说。小茂却真被他瞧得有些不耐烦了，反忍不住向他问道："你是什么人？我和你素不相识，你为何这样的向我喊叫？"这话一说，倒好像把那黑大汉提醒了什么似的，立刻两眼一瞪，厉声说道："好小子，你倒会花言巧语的，我的妹子被你拐到哪里去了？快快还我的妹子来。"

小茂一听这没头没脑的话，真是又好气又好笑，忙说道："朋友，你不要认错人，我和你素不相识，更不知你姓甚名谁，哪里会拐起你的妹子来？"黑大汉最初倒也被这句话折服了，一时不再说什么话，跟着两个眼珠向上一转，像又想得了什么新鲜意思，立刻又大喝一声道："呔，小子！不要一味的花言巧语了，我唤泥金刚薛小三，你难道还不知道么？我的妹子蕙芳，是昨日晚上逃走的，我得了这个消息，就骑了马，循着这条官道寻了来。一路上连一个鬼的影子都不见，只见着你这小子，这不是你拐去的，还有什么人？呔，小子！不要多说了，快快把我妹子还来，万事全休；否则，我可要对不住你了。”他说到这里，便举手作势，似乎要举起棍来，向他劈头打下的样子。方又觉到手中并不有拿什么，那条木棍，早在他恼怒的时候，掷了过来了。这一闹，可闹得他手足无措，窘不可言。那张黑炭也似的脸，也立刻涨红起来，变成紫酱色了。

小茂瞧在眼中，也忍不住笑将起来道：“你要举棍打我么？可惜你的那条木棍，还睡在那边地上呢。”说着，用手向那木棍坠落的地方一指。泥金刚薛小三不管他是怎样的一个浑人，这种情形到底是受不住的，不免又忸怩上一阵，方才走下马来，把那棍子拾取在手，复又上了马，向小茂说道：“如今不管我的妹子究竟是你骗去的，还不是你骗去的，路上既然只有你一个，并无别人，我总得向你要人。你就是还不出人来，至少也得陪我走上一遭，把我妹子寻得，方能许你脱身事外。”

小茂笑道：“这是什么话！你的妹子如果真是我骗去的，当然责成我还出人来。如今既不是我骗去的，我当得置身事外。你怎么可强迫着我，陪伴了你前去找人呢？我这个人难道如此的空闲，竟无一点私事在身么？”泥金刚道：“这些话我都不知道，我只有两句话可以对你说，你肯乖乖的随我同行，那是最好的事；否则我就把你送官，看你能得便宜不能得便宜？如今你只要想一想，你这么一个白面书生，究竟也能和我这黑大汉抵抗一下么，究竟也能逃出我的手掌么？”他说完这话，又干笑上几声，似乎很得意的样子。

小茂知道他是个浑人，不能和他理喻的。如今既然入了他的手掌，只好依了他的说话行事，慢慢的再想脱身的方法了。便蹙着双眉说道：“既然如此，我就陪你同去找寻也得。不过你的妹子，究竟怎样被人骗去的？总得对我说上一说。”泥金刚忽现着惊诧的神气道：“如此说来，我的妹子的确不是你骗去的，那我倒错怪你了。也好，我就对你说个明白吧。我的妹子唤做四妹，素来倒是很幽娴贞静的，简直可以说得不出闺门一步。不料昨天晚上，我正起来小溲，忽见她的房门洞启着，还以为遭了贼窃了。谁知走到她的房内一看，她已杳无踪迹。四处查看，也无一点影踪，反发现厩内失了一匹好马，方知她是有意逃走了。所以我也就骑了马，连夜追寻下来了。”

小茂听完以后，沉吟道：“这倒的确是一件奇怪的事情，怎么半夜三更，好好的就会把一个人丢了呢？但是我要问你，在最近的时期内，也有什么男子到你们家中来么？并且你又怎么决得定，她是被人家骗去的呢？”这话一说，好像把泥金刚陡然提醒了似的，不禁现着恍然大悟的神气道：“不错，是有这么一个男子到我们家中来过的。但是他们在这短时期内，竟会彼此目成，这是我万万想不到的。如今想来，的确有些可疑了。就是那男子的突然逃走，当初很目为是件神秘的事情，现在也就不成问题，定是我妹子把他放走的了。”小茂道：“究竟是怎么一回事，我倒被你说得有些糊涂起来了。”

泥金刚听了，也笑道：“这的确是我的不好，这么没头没脑的说着，怎么使你听得明白呢？对你说吧，我们薛家，和这东村陆家，差不多可算得是世仇，隔不上几年，总要械斗上一次的。上一次的械斗，他们输了，被我们捉了他们那边的一个人来。这人名唤陆有顺，是一个美貌的少年，就暂时寄在我家囚禁着。想不到我的妹子竟会看中了他，暗地和他有上私情了。”

小茂听了这番话，不觉暗暗好笑：“天下事竟无独有偶，这真可算得我和翠娟那番事情的一个影子了。所不同的，翠娟至今还在她姊姊掌握之中，没有逃出樊笼呢。我真是个男子的，将来定须把她从黑暗的家庭中救出，方才于心无愧。”他一壁这么想着，一壁把头点上几点，不禁脱口说道：“不错，这一定是那陆有顺把她带了走的。如今要找寻你的妹子，只须往东村走上一遭便了。可是这东村离开屋里，究竟有多少路呢？”泥金刚把手向前一指道：“不远，不远！就在这东北角上，大约只有五六十里路，只要从县城中横穿而过，马上就可到得那边了。”小茂道：“如此说来，就请你一人前去找寻吧，我可不能奉陪了。”

泥金刚见小茂不肯陪他同去，倒又显着一种着急的样子，忙道：“这可不能，请你可怜我是一个浑人，见了人，除了动手之外，一句话都说不来的。非得你和我同去，和他们好好的办上一番交涉不可呢。”小茂听他说得着实可怜，倒又不免心软下去，而且照情势瞧去，如果坚执着不肯和他同去，也是有些做不到的，便道：“好，好！我就陪你走上一遭。只是我自己的正事，却为了你耽搁下来了。”泥金刚这才面有喜色，便和小茂并鞍前进。

约莫走了十多里路，忽又见泥金刚显着一种愁眉苦脸的样子，口中乱嚷起来道："不对，不对！我的妹子真害透了我，我再也赶不动路了。"小茂倒不免吃了一惊，忙问他为什么这般模样，又为什么不能向前赶路了。泥金刚这才在肚子上一摸，说道："老实说，我实在对不住我的这个肚子了。像这般的腹中空空如也，怎能教我赶得动路呢？"小茂听了这话，倒不禁笑了起来，忙用手在额上一搭，尽着目力向前望去，便向泥金刚说道："你不要着急，前面就有一个市集，我们且上那里去打尖吧。"

泥金刚一听前面就有地方可以打尖，倒又欢喜起来，忙打起精神，纵马向前赶去。不一会儿，已进了那市集，便在一家饭铺前停了骑，相将入内打尖。这泥金刚真也妙得很，刚一坐定，就嚷着唤伙计："快去拿一百个馍馍，一大腿肥猪肉来，填填我的肚子。你瞧，我的肚子不是已饿得瘪了起来么？"他把这话一说，不但一个饭铺子的人都笑得喷饭，连那伙计也掌不住笑了。他倒又正色说道："这有什么可笑！你们到这里来，哪一个不是来填肚子的，为何单单笑我这句话呢？"在他说的时候，伙计早已把热腾腾的一盘馍馍、香喷喷的一腿肥肉送了来。他见了，不禁立刻眉开眼笑起来，也不向小茂让一声，就抓了馍馍，折了腿肉，只是向口中乱塞着。不一刻，早只剩了一只空盘和一台肉骨了，方见他把肚子摸上一摸，啧啧的说道："好，好！如今总算对得住我这肚子了。找寻我的妹子要紧，我们赶快上路吧。"说完，即把小茂一拉，向着外面就走。

那伙计起初见了他这种样子，一时瞧不透他是什么路数，倒瞧得有些发呆。后来见他拉了小茂径向外走，方记得还没有会账咧，倒不免着急起来，忙一路追了出来。到了店门口，才把二人追着，即把泥金刚一把拉着道："大爷，你大概吃得忘了，连账都没有会给我们呢。"泥金刚一听这话，便两眼一睁，向他发话道："怎么说，吃了东西还要会账的么？"一壁说，一壁又把袖子一摔，就把那伙计的手摔了去，想就乘此脱身。

那伙计一瞧这种情形，估定他是要吃白食的了，哪里再肯退让？便又走上一步，拦住他道："吃了东西，当然要会账的，这又何须说得！请你干脆一些，快到柜上把账会下吧，不要这么的支吾了。"泥金刚仍干笑道："吃了东西要会账，这是一句什么话？我出世以来从没听见过，请你免说了吧。"

这时柜上也已知道了这件事，立刻走出了几个人，把他们二人围了起来。内中一个人十分眼快，早已瞧见了他们系在外面的两匹马，便笑着说道："不打紧，他们虽吃了我们的白食，却还有两匹马在这里。他们如果真的不肯会账，我们不妨就把这两匹马扣留下来，大概总还抵得过这一笔账吧。"这话一说不打紧，却把这个浑人也真的说得有些着急了，忙喊道："不要如此，我们大家商量商量吧。这两匹马，你们无论如何，是不可把来扣留的。我的妹子不见了，我和这位伙伴，还要骑着这马去找寻她呢！如今我倒有一个绝好的方法，大可抵得这一顿的大嚼，不知你们也肯答允不肯答允？不过这是最后的一个方法了，你们如果再不答允，也就没有其他办法。因为我出来匆匆，实在没有带得一个钱呢。"柜上的人听他说有一个绝好的办法，也就不和他为难，只催着他快把这个办法说出来，不要多支吾了。

泥金刚便微微一笑，向着众人说道："你们瞧，我这身上的一身肉，不是生得很肥么？如今甘心情愿给你们打上一顿，不敢回上一下手。老实说，你们也只给我白嚼了一顿，如今你们把我打上一顿，不但可消消你们心头的气，两下总可扯一个直了，不是再公平没有么？你们大概总可依照我这个办法吧？"他说完了这番话，也不等人许可，就向拦街一睡，嚷道："快来打，快来打！让我们消了这笔账，也好去办正经的事情咧。"

众人见了他这种呆样子，不禁哄然大笑。那掌柜的却把脸一板，厉声骂道："泼贼，不要假装痴呆了！谁稀罕打你这臭皮肉一顿？快些起来，把账会清，否则我们没有别的话说，只有把你们这两匹马扣留住了。"这泥金刚虽是一个浑人，却也瞧得出人家的脸色，一见这掌柜的声口不对，知道事情棘手，决非一打所能了事。然而身边实在没有一个钱，这可怎么办呢？一时不免发了呆性，竟在地上号啕大哭起来。这一哭，倒把小茂警醒了，自己不觉暗暗好笑："我是和他一起来的，也可算得是个局中人，怎可袖手旁观，也同众人一般尽自瞧着他的这种呆样子呢？"想到这里，便向身边一摸，幸喜还有几锭碎银子，即取了出来，付给那掌柜的，才算解了这个围。随唤起了睡在地上的泥金刚，一同上了马，又向前赶路了。

在途中的时候，泥金刚却还向他埋怨道："你这个人真是呆子，有了银子，尽可自己放在身上，何必付给他们？老实说，像刚才的那件事，最多这身粗皮肉给他们打上一顿罢了，他们难道真能把我们这两匹马扣留着么？"小茂听了，又好气又好笑，也不和他再多说。

一会儿，又走了十多里，泥金刚忽又嚷起来道："不对，不对！我的妹子真害透了我，我再也不能向前赶路了。"说着，又把他的肚子捧着。小茂见了，忙向他问道："莫非你又觉得饿了么？但是这一会儿子，请你忍耐一些吧。我身上的碎银子早已用完，不能再替你会账了。"泥金刚听了，把头连摇几摇道："不是，不是！我并不是腹饥，实在是肚子痛得要死，很想去大便一下呢。"小茂笑道："这个问题很易解决，这些林子中，哪一处不好大解？你尽管前去方便好了。"泥金刚却仍呆呆的望着他道："只有一桩事情，我很是放心不下。当我到林子中去的时候，倘你竟乘机逃走了，不是又孤零零的，剩下了我一个人么？"小茂道："你放心，我既答允了你同去，决计不会逃走的。"

那浑人这才没有话说，把马系在树上，管自入林而去。小茂正在林外等待的时候，忽又见一骑马匆匆从对面驰了来。比及近身，忽向小茂这骑青骢马望一望，突然停了蹄，两眼凝注着小茂问道："我要问你，这骑马你怎样到手的？莫非是你从红叶村中盗来的么？"

欲知这问话的是什么人，且听下回分解。

第九十七回

浑人偏有浑主意　戆大忽生戆心肠

话说泥金刚走入林中大解去后，忽又有一骑马，从对面驰了来。比及近身，忽向小茂的这骑青骢马望上一望，突然停了蹄，两眼凝注着小茂问道："我要问你，这骑马你怎样到手的，莫非是从红叶村中盗来的么？"

小茂最初经他这么一问，倒大大吃了一惊，还以为是碧娥派来的人，否则，这马上的人定和碧娥相识的。继而转念一想，又立刻觉到："这个猜测是错了，因为碧娥是会武艺的，如果发现了他的逃走，而不肯轻于放走他的，一定要自己追了来，决不肯假手于他人。听说北道上的歹人多得很，恫吓骗诈，无所不至。这马上人大概也是这一流人物吧？倒不要上了他的当。"想到这里，胆又壮了起来，即向那人回答道："这是我自己的马，要你来问什么？什么红叶村、绿叶村，我一概都不理会。"

那马上人听了，哧的一声冷笑道："看你不出，小小的年纪，竟是这般的嘴硬，莫非是一个积贼吧？好，你今天遇着我，可就是你倒霉的日子到了。"小茂怒气冲冲的说道："你别赤口枉舌的诬蔑人。谁是积贼，谁又亲眼见我做过贼来？请你还是走你的路，少说几句吧。"那马上人这时再也耐不住了，将眼一睁，大喝一声道："咄！好一个没有眼色的囚徒。你当我是什么人？老实对你说一声，我是这里的做公的，我尽有权可以盘问得你们这班囚徒。"

小茂一听这话，倒也有些着慌起来，但仍倔强着说道："什么囚徒不囚徒，请你讲得清楚一些。而且任你是做公的，可是我并不犯你，你又把我怎样。”说着，将马一带，意欲向前驰去。

但这做公的是何等眼明手快的，不等小茂驰行得一步，即掏出一个绳圈一般的东西，向小茂身上一套。说也奇怪，这个绳圈是做得十分活络的，一套到人的身上，只消将那打结的地方一收，就把那人的身体紧紧的缚住，再也脱身不得了。听说这种绳圈名叫“活络索”，不但是做公人马上的利器，也是那班剪径者的无上法宝。

当时那做公人把小茂缚住以后，即一面像牵弄猴儿似的，牵了小茂向前直驰。一面笑嘻嘻的说道：“好，不要多讲了，还是乖乖的跟了我，到县中走一遭吧。”小茂这时身不由主，又恐一度抗拒，反要跌下马来，也只得跟了他向前驰去，按下慢提。

再说那泥金刚大解以后，从林中走了出来，忽然不见了小茂的人和马，心中不禁大怒，顿足骂道：“好一个不讲信用的小子，既已答允了俺，陪伴着俺同去，怎么乘俺解个溲儿的当儿，又一个人溜走了？俺如果再捉住了他，一定把他斩尸万段，誓不甘休。”骂了一会儿，也就上马。偶向前面一望，只见在这官道上，稳隐露见两个黑影。这不是两骑马在前驰行，又是什么呢？他不禁又骂上一声道：“好一个无信的小子，原来被他的同伴拉了去了。但俺一定要追上去向他问个明白的，他就逃入龙王庙，俺一定要追进水晶宫。”

这浑小子一时上了气，竟什么也不管，连找寻妹子的正事，都抛在九霄云外了。狂挥一鞭，向前驰去。可是他虽连连挥鞭，不顾命的向前跑着，自以为是快极了，不道前面那两骑马，也同他一般的快，竟是望尘莫及。害得这浑小子，只是在马上连声极嚷，两手乱挥，没有什么法子可想。好容易，总算进了县城了，因为街道狭窄，行人拥挤，这两骑马也就缓了下来。但是他为行人所阻，也是欲速不得。因之他这两手更是挥得厉害，声音更是嚷得响亮，累得一街上的人都笑，还当他是个疯子。

一会儿见那两骑马已在前面停了下来，他不禁大喜欲狂道：“原来你也有停止马蹄的日子，如今看你们再逃到哪里去？”他这时也不管撞伤人，或是闹出人命官司，只是催着那马，向人丛中驰了去。可是当他到得那边，那两骑马上的人早已下马，并向一座巍峨的广厦中走入，两骑马早有人牵去了。他见了倒又有些着急起来，忙一壁下马，一壁大喝一声道：“咄！你们二人且住步，你们想逃到哪里去，俺老子已追了来了。”

那做公的牵着小茂，正向里边走去，忽听有人在门外大声喝着，不免一齐回过首来。那做公的还没有说话，泥金刚却一眼瞧见小茂拦腰系着的这个活络索了，虽还不知道究竟是怎么一回事，却已明白小茂的逃走，并不是出于自愿。便又“咦”的一声，喊起来道：“怎么，原来你是被这人劫了来的，俺还疑心你是私自逃走呢！咄，你是哪里来的恶汉，竟胆敢把俺的朋友劫了来。如今俺老子已经赶到，誓不与你甘休，还不赶快把他放了。”说着，一个箭步，便向里边蹿了进去。

那做公的虽还测不定他是什么人物，然而哪里由得他如此放肆？便一声大喝道：“咄，休得撒野！你也知道这是什么地方，岂容得你乱走一步来？”同时，里边又有几个穿青色长衣的人，也向他这么吆喝着。泥金刚却仍是摸不着头脑，只冷笑道：“嘿嘿，你们还以为俺参不透这种行径么？难道这不是强盗窠，还是什么好地方？”

这话一说，不但是先前那个做公的，凡是立在门边的那几个青衣人，一齐怒形于色，嚷了起来道：“反了，反了！这是哪里来的大胆狗男子，竟敢含血喷人，把知县衙门当做强盗窠来。”泥金刚这时倒也吃上一惊，暗想这从哪里说起，这里竟是知县衙门，怪不得有如此的大气派。但他究竟是个浑人，依旧一点也不畏惧，大声说道：“就算是知县衙门，又待怎样，难道可以平空把一个人劫了来么？”

那做公的这时倒也瞧出他是个浑人了，声气比前和平了许多，好像故意和他作耍似的，笑嘻嘻说道：“就算是我平空把他弄了来的，你又待怎么样？”泥金刚气愤愤的说道：“这还待问，当然要凭着俺这两个拳头，把他抢了回来。”说着把个拳头在空中一挥，似欲实行拦劫的举动。那做公的却又把臂一格，将脸一沉说道：“我劝你不要再发昏了。他是一个盗马贼，你难道不知道？你如今竟欲把他抢了回去，莫非也是他的同党么？”这时小茂也向他喊道：“朋友，休要如此。这是我的事，与你不相干的，请你还是干自己的正事去吧。”泥金刚道：“那么，他说你是盗马贼，这句话究竟对不对呢？”小茂道：“这是完全不对的。不过请你尽管放心，我自有洗刷我自己的方法。你还是去找寻你的妹子要紧，免得为了我误了正事。”

泥金刚道：“不，这不是如此说法的。俺最初既承你的情，肯陪伴着俺同去找寻俺的妹子，这在你是何等的有义气。如今你出了岔子了，俺倒抛了你不相顾，反自去干自己的事情，这不是一种无义的举动么？如果被天下人知道了，不是都要说俺泥金刚是个无义的男子么？”说着，又抢前一步，似欲向那做公的用武了。

这时这班做公的，再也容不得他如此撒野了，即一声喊，一齐围了拢来，都道：“看他这种穷凶极恶的样子，谅来定是这盗马贼的同党，不如一并把他拿下了。”可笑这浑人到此地步，倒又突然的想出一个浑主意来了，暗自想道：“俺如果被他们一并拿下，这于俺的朋友，是一点没有什么益处的；还不如暂时忍一口气，走了吧。然后再窥探得俺那朋友囚拘的地方，乘夜去把他劫了出来。谅来在这小小的鸟县中，那牢门不见得是怎样坚固的，凭俺这点气力，还有上几手功夫，一定可以得手。这不是一个绝妙的方法么？”主意想定，便把两手一拱，向众做公的说道：“对不住得很，这是俺一时太鲁莽了，还请诸位海涵，放俺走了吧。老实说，俺和他只是一个萍水相逢的朋友，犯不着管他这种闲事呢。”

众做公的见了他这种前倨后恭的样子，益信他是个浑人，不禁都笑了起来道：“原来也是这样不中用的一个脓包。好，好！我们譬如把一个乌龟放了生，就让你走了吧。”泥金刚一听这话，也不再说一句话，便好似逃一般的，拔足就跑，害得众做公的不禁又都大笑起来。

泥金刚一到外面，却又住了足，牵了自己的马，悄悄的走入附近的一家酒楼中，将马交与店家后，便登楼饮起酒来，他的座位，恰恰当着窗口，所以对于街上的一切，竟是一目了然。一会儿，只听得街上起了一片人声，忙偷偷向下一瞧时，只见小茂脚镣手铐的，又被那做公的从衙门中牵了出来了，同时街上人也纷纷的议论道：“这是一个盗马贼，已被县官判决，现在送去收监的。你瞧，后面牵着的那匹青色马，不就是他的贼赃么？咳，看不出这般小小的年纪，相貌也生得很不错，竟会做起贼来了。这真叫做知人知面不知心啊。”

泥金刚等待人声稍远，方始走下楼来，托言是出去小溲的。好在他有一匹马，交在柜上，决不怕他逃走，所以也没有人去拦阻他。他到得街上，略将步儿加速，也就恰恰混入这一丛人群中，倒没人疑心他是来作探子的。这监狱距离县衙门也不远，不到一刻，早就走到了。在将小茂带入监中，大众乱哄哄的伸头瞧看之时，他却把这监狱的形势，细细相度了一番。觉得果然不出他的预料，这监狱也简陋得很，墙壁并不十分高峻，只能拘押几个寻常的囚犯。倘捉到了什么江洋大盗，也送到这里来，那恐怕就有越狱的事情发生咧！这时狱卒早把小茂收入监中，大众见目的物已失去，没有什么可看了，也就四下分散。泥金刚为免人家生疑起见，忙也跟着他们同走，不敢在狱门前多停留一步。

回到了那家酒楼中，泥金刚却又得了一个主意，觉得这马带在身边，既是惹目，又是不便，不如把它货去了吧。当下请出了掌柜的，向他说了无数好话，总算做成了这注交易，并把酒账算清了。出了酒楼之后，也不敢在街上多徘徊，就找了一家客店住下，专待晚上动手。

好容易挨到黄昏时分了，大家吃了晚饭，各自就睡，店中已静悄悄的没有一点声息。但是泥金刚仍静静的等候着，不敢就出店去。直待二更已过，方始整整衣襟，从店后的短垣边跳了出去，朝着那监狱所在的方向进行。不一刻，经过一座神庙，泥金刚又突然的发生了一种迷信的观念了。暗想这监狱看去虽不十分坚固，要走进去并不是件难事。但是我终究只是一个人，狱内却有许多狱卒，如果我进去的时候，一个不留神，事情竟尔闹穿，那倒有些众寡不敌咧。不如求求神灵默加佑护吧！当下即在路旁跪了下来，恭恭敬敬的磕了三个头，又默默的祷告了一番，方始起身复行。

这在他这么的叩头祷告，虽不能说是无聊的举动，但也不过向自己做上一种安慰，借以壮壮胆力罢了，并不真的希望就有神灵来暗助的。谁知当他到得狱门前一瞧时，使他惊得什么似的，方更信神灵是的确有的，神灵的灵通与威力，真是不可思议的。而他刚才所磕的三个头，和一番默默的祷告之词，尤其是不妄费的了。原来这狱门竟不待他撬启得，已洞直的开启着，好像是特地开了迎接他进去似的。这不是神灵佑护他，特地暗显神通，又是什么呢？可是转念一想，又疑心这是狱卒们的一种诡计，特地诱他进去的。不过他的要来劫狱，除了他自己之外，可说是没有一个人知道，那狱卒们不是未卜先知，又怎会知道呢？想到这里，复又为之释然，即大着胆走了进去。

等他到得里面，更是十分吃惊了，只见在这黯淡的淡光之下，照见七八个狱卒，都是手足被缚，横七竖八的睡在地上，不禁暗自想道："神灵真有本领啊，他竟不要我费上一点力，替我代行动手了。"他当下也不去理会这班狱卒，便急匆匆的向前走去。可是又发生了一桩困难问题，便是小茂究竟被囚在哪间囚室中？他是一点也不知道啊。然而这个困难问题，不必要费上他几度的忖虑，不久便又很容易的解决了。因为当他正在思虑的时候，偶向前面一望，忽又瞧见有一间囚室的门，似乎洞启着在那里。不觉灵机一动，暗道：“神灵既已暗加佑护，替我开启得狱门，捆缚得狱卒，难道反在这个问题上，把我难上一难，要我自己去解决么？这是不消说得，决计不会有这么一回事的。那前面洞启着的这间囚室，一定便是小茂所居的这间囚室，可以说是毫无疑义的了。”他一想到这里，便三脚两步的赶到那间囚室之前。

果然没有瞧错，的确是洞启着在那里，再向室内走去，借着门外那盏灯所发出的光力，已足瞧见一切。里边直挺挺的站着一个囚犯，不是小茂又是什么人呢？他这时真喜极了。然而待他细向小茂周身上下一瞧之下，不觉又微微的有些失望起来。原来这神灵竟小小的和他开上一个玩笑，各事都不必由他费一分心、一分力，完全替他解决了，独有小茂身上的脚镣手铐，却依旧留着，没有把来除去咧。可是他这时也不暇顾及这一层，暗想这是一点不要紧的，倘然小茂戴了这个东西在身上，不便行走，由我驮着他出去便了。反正狱门是洞启着，不必越壁爬墙，一点可不费力咧。等得一到外面，或是用刀，或是用锉，定可把这镣铐斩了去，那就不成什么问题了。因此他只向小茂问道：“谁替你打开这狱室门的，你也瞧见么，莫非是什么神灵么？”小茂听了，把头连点几点道：“大概是神灵吧。刚才我正睡得很熟，忽被一种声音所惊醒，连忙睁开眼来，只见房门已经打开，一个红脸的不知是神是鬼的人，立在我的面前，并向着我微笑。我正想和他说话时，他忽侧耳似向外边听了一听，复向门边走去，霎眼间即已不见。不到多久，便又见你走进来了。照如今瞧来，有红脸人定是一位神灵，莫非是关圣显灵吧？”泥金刚道：“这倒说来有点对的。如今且别去管他，让我就把你驮了出去吧，也不枉神灵的一番佑护呢。”说毕，不等小茂回话，即把小茂向身上一驮，走出狱室。

还没有走完这条甬道，这浑人忽又嚷起来道：“朋友！不对，不对！你且走下身来，我可一步也不能行走了。”小茂倒给他骇了一大跳，忙向他问：“到底为了什么缘故，你一时间又不能行走了？”他听了这句问话，并不立刻回答，先把小茂放下地来，然后弯着腰，皱着眉说道：“并不为别的事，实因我内急得很，要想小溲了。让我先干了这桩事再讲吧。”

这话一说，倒使小茂暂时忘记了现在所处的境地，不禁哑然失笑道：“你的事真多得紧，一会儿大便，一会儿又要小溲了。难道不能稍忍须臾，到了外面再讲么？”泥金刚更把身子弯得下一些，眉儿皱得紧一些，说道：“这是什么事，哪里可以忍耐得的？你在这里略等一会儿吧，我去去就来的。”就回身向甬道的尽头处走去。

才走得几步，忽又回过头来，向小茂说道：“这一回你千万别再走开了。上一回你只走动了一下，就闹出这许多事情来了。”小茂倒又笑起来道：“上一回并不是我自己要走的，乃是人家逼着我走的。如今我当然等候在这里，还会走到哪里去？你放心的去吧。”不料小茂虽是这般说，然而泥金刚的这几句话，却并不是出自过虑，几乎要成为语谶了。原来当泥金刚小溲既毕，回到甬道中的时候，果然失了小茂的踪迹了。

泥金刚当时见了这种情形，惊讶虽是惊讶，却还不当做怎么一回事，以为小茂或者恐被人家瞧见，又走回先前的囚室中去咧。于是他也赶到那间囚室中，可是不要说寻不见小茂的人了，连小茂的影子也不见一个。然他的浑主意，却偏偏比别人来得多，又疑心是小茂故意和他闹着玩咧。便又叫着小茂的名字，在这小小的一间室中，四下找寻起来。为求周到起见，几乎连榻缝中都要张看一下。

这样的找寻了半天，依旧不有一点影踪，他这才有些着急起来了，便把两足一跺，说道：“朋友，这是什么时候，岂是和人家闹得玩的？你如果再躲着不出来，我不但要咒骂你，并连你的祖宗三代，都要咒骂到了。”在他的意中，以为小茂一定不让他咒骂自己和自己的祖宗的，如果真是故意躲着，和他闹着玩的，如今他这么的一说，一定要忙不迭的走了出来咧。谁知他的希望竟是成空，尽是由他这么虚声恫吓着，连小茂的影子，都不见有一个出来呢。于是他方知道事情有些重大，形势有些紧张起来了。

正在这个当儿，忽又灵机一动，想到了一桩事，不觉跺足说道：“我真是一个呆子，现放着这班人在这里，我何不拷问拷问他们？在他们的口中，或者不难得到一点消息咧。”他的所谓这班人，所谓他们，当然是指着被神灵捆缚着的一群狱卒了。当下主意想定，立刻走了出去。

总算第一个被他瞧见的那个狱卒，不知交了什么坏运，他一眼瞧见之后，连忙走上前去，便不问情由的，俯下身来，先把那狱卒结结实实的打了几下耳光，然后问道："你可瞧见那个犯人么？他究竟是同着何人走的，并是走往何处去的？快些替我说来。"那个狱卒听了，只眼睁睁的望着他，并不回答一句话。

这一来，更加使他动怒了，不免又是重重的几下耳光，一壁骂道："俺老子和你说话，你怎么一句话也不回答，莫非是瞧俺老子不起么？好，好！俺老子如今已起了火了，定要打得你开了口。"可是尽他这么的骂着打着，这狱卒仍旧是一个不言不语，只把嘴微微呶动着。这把嘴一呶动，倒又使他恍然大悟了，原来是口中絮着东西，怪不得这小子开不得口来呢。不免暗笑自己粗心，便又说道："你口中既絮着东西，俺也不来强迫你说话了。不过，这个犯人究竟已经出走，还是没有出走，你总该有点知道的。你不妨点点头，或是摇摇头，用来表示一下吧。"

那狱卒一听这话，便把头连连摇着。泥金刚一见他摇头，以为他是表示不知道，忽又动怒道，"怎么说，他出走不出走，你竟没有知道么？"那狱卒却又作怪，依旧把头摇着。这一来，泥金刚更大大的有些不高兴起来了，便厉声说道："你这么连连的把头摇着，莫非是说我那朋友没有出走，仍在这里么，那么他现在又在哪里呢？好，好！我如今就向你要人，如果交不出人来，誓不和你甘休。"说完这话，又举起粗大的拳头，在那狱卒的浑身上下，重重的打上许多下。

正在这纠缠不清的当儿，忽在相距不远的地方，传来了一种极清朗的声音道："薛小三听着，这件事完全与他们不涉，你不要再和他们厮缠吧。他们今晚失去了狱卒之尊，这么的被人捆缚着，已是怪可怜的呢。"这几句话，却又把他立时提醒了，暗想如今在说话的，定是那位神灵，只怪我一时粗心，倒把他老人家忘记了。大概是怪我没有身离险地，就撇下我那朋友，管自前去小溲，做事太无诚心了，所以把我那朋友摄了去，小小示警于我呢。也罢，我如今就跪下来求求他吧。说不定他立刻又会把我那朋友送了回来呢。

想到这里，他也顾不得什么了，立刻跪在地上，喃喃的祷告起来，无非是一派悔罪求恕的说话。可是说也奇怪，这神灵竟是灵验无比的，当他没有祷告得许多时，头还俯向地上没有抬起来，陡觉有一件重甸甸的东西，向他身上一压，好像有一个人驮在背上了。接着，便听得和先前一样的那种清朗的声音，又在后面发了出来道："薛小三听着，如今你的朋友已驮在你的背上了，赶快向狱门外走去。我神一面佑护你们，一面替你们在前引导便了。"说完这话，只见一个黑影一晃，那神灵就展动着伟大的身躯，向前疾驰而去。泥金刚一见，便身不由主的立了起来，飞也似的追蹑在后。

这样的出了狱门，经了大街，又相率缒城而下，顷刻间已到郊外。那神灵行走如飞，倒累得泥金刚出了一身臭汗。正在气喘如牛的当儿，忽闻那神灵止步说道："如今我们总算已经出了重围，就在这里休息一下吧。"泥金刚巴不得有这一句话，忙停了步，把小茂放了下来，却又向那神灵请问道："不知大神是何神号？乞即示下，让小子等以后可制位供奉。"

那神灵听了这话，忽哈哈大笑道："你以为我真是神灵么？那你未免差若毫厘，谬以千里了。"

欲知这被泥金刚目为神灵的，究竟是人是神，且听下回分解。

第九十八回

示真传孺子可教　驰诡辩相人何为

话说泥金刚把周小茂放下以后，又向他拟为神灵的那人问道："不知大神是何神号？乞即示下，让小子等以后可制位供奉。"那人哈哈大笑道："你以为我真是神灵么？那你未免差若毫厘，谬以千里了。"泥金刚道："既不是神灵，那恩公又是什么人？也请明白诏示。"那人又哈哈大笑道："你不认识我么，我的道号，唤作笑道人。因为知道周小茂是孝子，特地前来保护他的。至于乔装作这般模样，不过使狱卒们疑神疑鬼，认不出我的真面目罢了。"停了一会儿，又顾着泥金刚，带笑的说道："你这小子虽嫌傻了一点，但是为着朋友，却能实心实意，煞是令人可爱的，有了这一点基础，将来无论学习什么，不怕不成大器。不过你现在还有自己妹子的事情没有了，须赶快去料理着。等到了清以后，可来到华山上面，那时我自会会着你，倒很想把你收作一个徒弟呢。"

好一个傻小子，居然福至心灵，一听这话，立时口称一声："师傅在上，弟子有礼。"爬下身去，恭恭敬敬的叩了三个头。可是立起身来，还顾着小茂，露出恋恋不舍的样子，似乎不肯就去干他自己的私事。笑道人却早已瞧出了他的心事，又笑上一声道："傻小子，别这般的恋恋不舍了，你们将来自有会合之期。现在你且去干你自己的私事，只要向着东南方行去，自会和你的妹子会见。至于他这里，不但有我在暗中随时保护，并有两位侠士随后即到，可以结伴同行。这一路去，大约可以安抵云南，不致再有什么危险发生吧。"这傻子这才没有话说，和笑道人、周小茂互订后约而别。

这边周小茂既有笑道人保护着，云南指日可到，他的事情也就暂时告一段落，不必再枝枝节节的写下去。可是在上文中，曾说到赵五被余八叔挫败以后，即偃旗息鼓而去，只是在临去的时候，还对余八叔说上一句“十年后再见”的话。后来因为由赵五叙述到他的师傅李成化，复由李成化叙述到长春道人身上，一个大岔岔了开去，竟写了好几万字的闲文，对于此事却始终没有一个交代。在下也自知这支笔太散漫了，现在且收转笔锋，再从这里写下去吧。

且说赵五在余八叔手中，跌了这么一个大筋斗，既折了自己的威风，又断了生财之道，心中当然是十分不甘心的，所以在当场就说了一句“十年后再见”的话。在他的心中想来，他的本领并不算怎样的低弱，余八叔现在虽是比他高强，居然把他挫败了。但他如能再下十年的苦功，一定可反把余八叔打败，复了此仇呢。可是他方离开了这个场所，向前走了几步，却又有些踌躇起来，不禁暗自想道：“就算是我肯下这十年的苦功，但是不得名师指点，这十年的功夫也是白费的，恐怕依旧是无济于事呢。那玄帝观的老道李成化，虽是我的师傅，并有不少的惊人的本领，但我们师生之间，感情并不见佳。那一次分手的时候，现象更是恶劣，差不多像被他撵了出来的。如今我铩羽归去，他能把我留在观中，已是万幸了；如果再要求他传授高深的本领，不见得能够做到吧。”但是忖了一会儿，“丢了这条现成的门路不走，却再要去访求名师，未免是个傻角了。而且无论双方的感情是怎样的恶劣，师生究竟是师生。一旦听得自己的徒弟忽地被人打败，这在任何人都要跳了起来的，下面就自然要联带的讨论到复仇的问题。在这上头，说不定反可改变了师傅平日的心理，得到他的怜悯呢。”他这么的一想，胆子也就大了起来，立刻离了湖南，向着山东潍县进发。

不一日，已到了玄帝观前。却也作怪，李成化好像是预知他要到来，并知他是十分狼狈而归的，早在观门之前，贴上一张示谕似的东西道：“凡不肖门徒，在外行为不端，辱及师门者，可弗在此逗留，即进谒亦拒不相见。此谕。”赵五虽是一个粗人，也曾读过几年书，这张手谕上的几个字是识得的。看了之后，不觉为之气沮，暗道：“坏了，坏了！这张手谕，不是明明为我而发的么？早知如此，我倒不该有此一行了。”既而又转念一想道：“不对，不对！这恐怕只是我的一种过虑吧？我在湖南所干的那桩事，在长沙湘阴一带，虽是闹得人人皆知了，然这里离开湖南究竟很远，哪里会传播过来，师傅又哪里会知道呢？而且这张手谕，看是口气十分严厉，其实也是普通得很，为一般门徒说法，不见得是专为我一人而发吧？”他一想到这里，胆气又为之一壮，也就不管三七二十一，向观门内走了进去。

刚刚走得没有几步，即有一个道童模样的人，从里面走了出来，拦住了他，大声斥道：“你是什么样人？胆敢不得观主的许可，擅自走进观来。咄！还不止步，还不替我赶快滚出去么？”赵五听了这话，忙向那道童一瞧时，却早已认识出他就是师弟了凡，便道：“嘿，了凡师弟，你怎么连我都认识不出，竟用这般的声口来对付了？”这话一说，了凡这才又向他的脸人仔细一瞧，却仍淡淡的说道：“哦！原来是师兄回来了，怪不得师傅这几天曾吩咐我，说是如遇师兄来时，不必与他通报，并不准在观内逗留片刻。他大概是预料到你日内定要到来的呢。”

赵五料不到师傅竟会预先有这么一番的吩咐，不觉大吃一惊道：“师傅真是这般的吩咐你么？”了凡愠声道：“不是他这般吩咐，难道还是我捏造出来的么？而且为了此事，观门外还贴上一道手谕，你难道也没有瞧见么？”这一来，可把这事加倍的证实了。可是路远迢迢的来到此间，竟连师傅的一面都不能见，就立刻退出观去，这是无论如何不能甘心的。所以他只得像恳求似的，又向了凡说道：“这恐怕是他老人家一时的误会，只要我能和他见上一面，很详细的说上一说，一定可以解释明白的。如今请你可怜我，替我进去通报一声吧。”

了凡连连摇头道：“这可不能！师傅的脾气，你是知道的，他既这般的吩咐我，这还有什么话说？我就有天大的胆，也不敢替你通报。不立时撵你出观，容你在这里逗留片刻，已算是我们师弟兄的一番情分了。”正在这个当儿，又听得师傅李成化在里面怒声说道：“了凡，你在外面和什么人说着话？如有那些不相干的人，硬要走进观来，你只要把他撵出观去就是了，又何必和他多说呢。”了凡听师傅已在发怒，忙向赵五连连摇手，一壁即走了进去。

赵五这时倒已横了一个心，暗道既来之，则安之，无论他们怎么的驱逐我，我是一定不走的了。倘能再和师傅见上一面，就是教我死也甘心。当下在门内地上坐了下来，表示一种不走的决心。但是依旧没有人来瞅睬他，就是那些李成化的门徒，在观门内出出进进，内中还有几个是和他相识的，也连正眼都不向他瞧一瞧，似乎没有他这个人坐在地上似的。这明明是受着师傅之教了，还亏了凡时常偷偷的拿出些食物来给他吃，方始能使他坚持下去。

这样的已过了三天，当他在十分失望的时候，也屡次想要拂袖而去，不必再等着在这里了。心想难道除了李成化之外，便没有别的名师可从么？不过转念一想，我那师傅本是十分古怪的一个人，今次这般的见待，或者是故意试试我的忍耐功夫的，否则他如果真的不要和我见面，那见我到来，把我撵了出去就完了，又怎会仍许我在这里逗留呢？所以我如果一个小不忍，竟然拂袖而去，不免反堕在他的计中了。而且外面有本领的人虽是很多，然有几个真能及得上我的师傅的。我如欲实践十年后复仇的这句话，非得苦苦的缠着他，要他再传授我一些本领不可呢。

这天的下午，他又听得李成化在里边说话，并且似乎就在那院子中，和他距离得很近的。他这时也顾不得什么了，立刻立起身来，向里边奔了进去，只见师傅果然立在院中，和着一个门徒谈着天。一见他奔进院来，马上把头摇了几摇，露着十分厌恶的样子，待要躲避时，赵五却早已赶上一步，抱着他的腿，跪了下来。只气得李成化连连跺足道："这算什么，这算什么！"然躲避着不要见他的一种意思，显然已在这时取消了。

赵五乘此机会，便向他哀声恳求道："请师傅可怜我，容我尽情一说，等到说完之后，师傅就是马上赐我一死，我也是心甘情愿的。"

李成化听了赵五的话，眉峰紧紧蹙在一起，又把足一跺道："你还有什么好事对我说？而且这种事又何必定要对我说呢！"赵五倒有些诧异起来道："难道我在湖南所干的种种不肖之事，师傅已经统统知道了么？"李成化冷笑了一声道："若要人不知，除非己莫为。像你这种的门徒，实在把我的台都坍尽了，还有什么面目来见我呢？"赵五道："弟子在湖南所干的事，实在太嫌荒唐一点，自知是罪该万死的，听凭师傅怎样的发落就是了。不过姓余的这厮，本来是与他没有什么相干的，凭空出来搅这场子，未免太目中无人了。而且他明明知道我是拜在师傅的门下，他这出来一搅场，不仅是要扫我的脸，恐怕还有意要和师傅为难呢。所以我在当场就说了一句'十年后再见'的话，这并不是要师傅代我出场，只求师傅把精深的功夫传授给我。我的天资虽是十分鲁钝，然能有上十年苦苦的练习，并有师傅从旁指导，怕不能有上一个谱子。到那时自然就复了仇，师傅的面子也就连带的争了过来了。”

李成化听完了这番话，又大斥一声道：“咄！你不要花言巧语了，这完全是你自己招出来的是非，和我又有什么相干呢？至于面子不面子，那更不必说起了。我如今正在后悔，当初不该收你这个徒弟，以致惹出这场烦恼。你倒再要来哀求我，更传授你一些精深的功夫，这未免太不知风云气色了。”说着，气吼吼的，把赵五捧着他那一条腿的两只手抖了去，露出欲退入后边的样子。

赵五倒也是很知趣的，知道师傅正在盛怒之下，不便再行苦求，便又转了口风道：“师傅既是不屑教授，弟子也就不敢再求，不过弟子已是无家可归的了，可否容弟子在这观内住下？只要能得师傅的允准，就是教弟子斫柴、挑水、煮饭、烧锅，也是一点不怨的。”

李成化听了，兀自沉吟未语，半晌方笑嘻嘻的说道：“哦，你竟愿干这些粗事么？那我这里恰恰正少这么一个人，就让你去干了吧。不过你担任了这个事情后，如果不能耐劳，又要偷起懒来，那我可不能答允你的。何去何从，你还是现在仔细的想一下吧。”赵五忙一迭连声的回答道：“我情愿在此作劳，决不敢偷一些子的懒，此后不幸如有这种事实发生，听凭师傅怎样惩办就是了。”从此赵五便在玄帝观中，打起杂役来。

这种事情看去很是平常，很是容易，但是干起来麻烦得很，几乎一天到晚，都是干着这些事，得不到一点闲工夫。赵五倒又有些后悔起来了，不觉暗自想道：“这是何苦值得？可笑我不去练习武艺，倒在这里打起杂来，这又能熬练出什么本领来呢？而且十年的光阴，说来虽是十分悠久，其实也是很迅速的，倘都是这般悠悠的过了去，那还能复得什么仇？不是太不合算了么？去，去，去！不要再在这里丢人了。”因此把那身污秽的衣服脱了去，换上一身来时的衣装，想要离开这里走了，恰恰被一个同伴瞧见，便笑着说道：“赵师兄，你要走了么？这也好，本来我说的，像这种粗事，只配是我们这班没用的人干的。你赵师兄是很有本领的人，何苦硬要混在这里，还要受尽师傅的白眼呢！”

正说到这里，又有一个同伴踅了来，早听明了他们二人的这一番话，也便笑着搀言道："赵师兄，你真的耐不住劳苦要走么？那师傅的眼光真可以，他在你起始干这件事的时候，就对我们说起道，你们瞧着吧，他现在虽说得这般的稀松平常，但不到几个月工夫，定又要熬不起苦，嚷着不干了。像这般没有恒心、不能耐劳的人，还能练什么武艺？更能说什么报仇不报仇呢？他老人家说完之后，又是一阵大笑。如今你竟真的一走，不是被他料着了么？"

这一说，倒又使赵五怔住了，暗想："不错啊，我今天倘然真的一走，不是明明显出我一点劳苦都不能耐得么？而且照他们所传述的这番话瞧来，师傅的教我来干这些事，莫非有意试试我能够耐劳不能耐劳？那我一走，不是更前功尽弃么？"于是毅然把这身干净的衣服脱了去，又换上了那身污秽的衣服，死心塌地的去操作，从此再也不说一个去字了。

如是的又过了三个月，一天晚上，他因为日间操作甚劳，所以睡得十分的熟。谁知正在他酣睡的当儿，忽有两件东西，不知从什么地方飞了来，恰恰插在他所睡的地板上，铮铮然发出一种锐利的声音，立时使他惊醒过来。急忙揉揉睡眼一瞧时，不觉又大吃一惊，原来两柄亮晶晶的短剑，很平直的分插在他头颈所置的地方的两旁，其间相去不可以分寸，不禁暗自沉思道："这是一种什么玩意呢？如果这两柄短剑飞了来，是怀有恶意的，那决不会故意弄这狡狯的伎俩，使人与剑相距仅以分寸的，早在睡梦中送了性命了。"如此说来，这两柄剑定是人家很善意的赠给他的，不过不愿教他知道是谁何所赠罢了。

他正想到这里，突然的有一个新奇的思想，射入他的脑中道："嘿！这莫不是我师傅弄的狡狯么？他的飞剑素来是为大家所称道，可称一时独步的。如今他把这对短剑慨然赐给我，大概是示意于我，教我从他学习飞剑吧。"当下不敢怠慢，即战战兢兢的，把这双短剑从地板上拔了起来，然后对着天空，恭恭敬敬的磕了三个头，算是向他师傅表示感谢的意思。随又将那短剑很珍秘的藏起来了。可是到了第二天，李成化对他并没有什么特别的表示，更不提起短剑的事。赵五自然也不敢凭空提起，只是心中因此却又有些忐忑不安，暗想这对短剑既不是师傅赐给我的，那究竟是从什么地方飞了来，又是什么人闹的玩意儿呢？而且把这短剑给我，究竟还是善意呢，还是恶意呢？我真有些莫名其妙了。他苦苦的思索了半天，依旧得不到一个较为满意的答案，也只索罢了。

谁知这天晚上，他又遇见了一件奇事，但是这个闷葫芦，却因此被他打破了。原来当他正在酣睡的当儿，忽又飕飕的起了一种像风声的声响，立时把他惊醒过来。他在这睡魔尚未完全驱走的中间，不觉模模糊糊的，暗自思忖道："莫非又有什么飞剑飞来么？如果真是如此，那倒着实有些奇怪了！"

等到睁开眼来，才知并不是这么一回事，只见外面庭中，罩满一庭明月，而在这明月之下，却有一个人在舞动一双短剑，两点寒光，不住的在那飕飕的风声中透出，直向大树的杈丫上射去。那些杈丫摇摇欲动，几乎像要被它斫了下来呢。再向那人仔细一瞧时，高高的躯干，长长的脸儿，不是他的师傅李成化，又是什么人？于是他在惊骇之余，同时又恍然大悟了："这可对了，这一定是师傅要把飞剑授我，却又碍着许多同门，不便这么彰明较著的教授，所以先把短剑赐给我，随又将剑舞给我看，好教我暗中跟他学习呢。"当下便连大气也不敢出，偷偷伸出了头，向他的师傅凝神望着。

谁知他师傅这时又变了方法了，只见把剑放在前面，跟着运上一股气，向那剑上吹去，便把那对短剑先后吸入口中，随又吐了出来。这样的一吐一吸，练得十分纯熟。赵五看了，知道这是练飞剑的入手方法，便牢牢把来记着，心中却是十分得意，知道剑术一旦学成，大仇就指日可复了。不一会儿，李成化已把一回剑练完，仍不和他搭谈，管自悄悄就寝。赵五也就走起身来，取出双剑，照着他所记得的解数，跟着在庭中练上一回。起初很是困难，练了好久功夫，方始略得门径。

从此，李成化每逢月明之夕，便在庭中练剑，暗中以精妙的剑术传授赵五。赵五总是跟着悉心练习，居然进步得很速，久而久之，竟练得能把这短剑缩成一二寸了。可是从此之后，就不大再有进步。他虽是日日勤加练习，这短剑依旧总是这般长，不能再缩短一分一毫。赵五心中不免有些烦闷，暗想如果再照这样下去，天天不能得到一点进步，这剑术又何日能成咧？既而又自己向自己宽解道："这飞剑在各种武艺中，本是最难学的一件东西，尽有费了一辈子的功夫，没有把它练得成的。如今我练剑还不到十年，已有上这一点成绩，也颇足自慰的了，还要起什么奢望呢！而且我这飞剑，虽还没有学成，但余八叔那厮恐怕已不是我的敌手。我要取他的首级，真易如探囊取物咧。”当下反觉十分得意。

转瞬之间，已是十年到来，赵五哪里肯忘记了复仇这件事，便皇皇然前去向他师傅辞行，说要践取前言，前往湖南找寻他那仇人了。李成化起初很诚意的劝阻他，后来见他意志很是坚决，只索罢了，却向他说道：“这十年来，我真的十分的委屈了你了。今日你既然要前往报仇，我得略尽地主之谊，大大的替你饯一下子行。”当下即召集了一班门徒，替赵五开了一个饯行大会。这班同门，在这十年中，见赵五受尽了师傅的白眼，只是做些下役所应做的工作，早把他当做一个不足挂齿的人。如今忽见师傅改变了素来的态度，竟替他设了这么一个盛会，不免十分诧异，都要前来瞧瞧，究竟是怎么一回事。

只见李成化指着赵五，当着大众笑说道：“他的功夫，在这十年中总算已大有进步了。但是你们可知道，他能有今日的进步，究竟得力在哪两个字？”他们只知道赵五在这十年中，尽干着牛马般的苦工，哪里知道他已得有绝大的进步，所以听了很是骇异。跟着再听师傅问到他的得力究在哪两个字，更是瞠目不知所对了。

李成化便又笑着说道：“他的得力，就在‘忍耐’两个字。你们须要知道，一个人要得到精深的功夫，决不是粗心暴气所能做得到的。而他此次再到这里来习艺，目的尤在复仇，更非有下坚忍功夫不可。然他素来是目空一切的，‘坚忍’二字，与他好似风马牛之不相及。在他再来这观中的时候，虽因骤然受了一个大蹉跌，又志切复仇，意气已比从前敛抑了好多。但这不过一时的现象，决计不能持久的。倘然不到几时，再把从前那种心高气傲的脾气复了过来，那不但练不得精深的功夫，又哪里复得了仇呢？所以我在他来观的时候，便十分的折辱他，几乎不把他当人看待。后来又把种种劳役给他干，他居然能拿逆来顺受的态度忍受着，一点没有怨色，我才知他是可教的了，因暗中把飞剑终授了他，这才得到有今日的这点进步呢。”众门徒听了，方知师傅已把飞剑传授给他了，不免一半儿露着艳羡之色，一半儿又怀着妒忌之心。

老奸巨猾的李成化，早已瞧了出来，便又说道：“你们不要妒忌他，我是一点没有私心的，只要谁能有上坚忍的功夫，我便把平生的绝艺传授了给谁，并不限于他一人呢。”说到这里，忽又长叹起来。众门徒忙向他问道：

“师傅说得好好的，为何又长叹起来？莫非以为我们这班人，一个都不能有上赵师兄这样的坚忍之心，一个也得不到师傅的真传么？”

李成化把头摇上一摇道：“不是的！我的所以长叹，叹他虽有上坚忍之心，却因复仇之心，比习艺之心重了一点。究竟不能坚忍到底，竟抛弃了他学习得尚未大成的飞剑，前去干他的复仇事业了。这一抛荒下来，无论他的仇是报得成，或是报不成，在学艺上一定受上了一个绝大的停顿，不能再有进步了。这不是很可叹息的一桩事情么？”

这话一说，赵五忙向他谢道：“这个要请师傅原谅我的。‘十年后再见’的这句话，我既在受了挫败之后，当场向余八叔那厮说过，万万是不可自食其言的；倘使自食其言，不但坍尽了我自己的台，恐连师傅的面子上也不大好看呢。所以我此次无论有上怎样的牺牲，都是不暇顾及的了。不过我还要向师傅请问一声，像我现在所有的这点功夫，不知也足与那余八叔较量一下么？”

李成化沉吟道：“这很难说，像你这十年来的苦苦练习，不但是我所授你的剑术，就是各种功夫，也由你天天自己练习着，都是十分进步了。那余八叔当然不是你的敌手。但在这十年之中，又安知余八叔也在练习着，不也在飞速的进步呢？”这话一说，赵五不禁露着爽然若失的神气。李成化忙又说道：“这个你倒不必听了气沮的，你能自己报得此仇，果然最好；就是不能报仇，万一竟又失败了，还有我们这班人在这里，一定也要替你设法报仇呢。”赵五听了，忙立起身来，向李成化下拜道：“有了师傅这一句话，好似得了一重保障，弟子更可放心去报仇了。”当下无话。过了几日，赵五便拜别了师傅和同门，向湖南进发。

晓行夜宿，不止一日。有一天，正要到一个地方去打尖，忽见市上一块空地上，围成了一个人圈子，并有喧闹之声，从这人圈子中发了出来。赵五知道一定是出了什么事情了，忙三脚两步走向前去，挤入了人圈中。只见空地上设着一个小摊，上面挂着一块招牌，乃是“赛半仙神相”五个大字。五七个梢长大汉，一律都是短衣密钮，并把帽子歪在脑袋的一边，穷凶极恶的，围在那相摊的四周，大着喉咙，向那摊上的相士发话；有几个更是其势汹汹的，似乎就要动手了。

那相士却是一个老者，约有五十多岁的年纪，受了这班人的骚扰与威逼，虽是露着觳觫的样子，但是神态却还镇定。只听内中有一个大汉，又向那相士恶狠狠的说道："好一个不懂江湖规矩的老东西，你既要在这里设得相摊，也不打听打听，在这当地还有上我这么一个立地太岁。怎么一点孝敬也不有，一声招呼也不打，就敢擅自设下这个相摊呢？"相士道："这个我一概不知。我是一个苦老头子，只仗卖相糊口，哪里还有什么余钱可以孝敬人家呢？"这话一说，那个汉子早已牛吼的一声叫起来道："咄！好一个利口的老儿，竟敢自以为是，不向你大爷服罪么？好，兄弟们！快与我把这摊打了。"一声令下，他的一班小弟兄，立刻揎袖攘臂，就要打了起来。

这一来，赵五可有些看不入眼了，忙一分众人，走了过去道："诸位大汉，你们也忒小题大做了。他只是一个苦老头子，就是有得罪了你们的地方，大家也有话好说，何必这般的认真呢？"这干大汉，素来是在这市上横行惯的，哪里容得人家和他们细细评理？而且又见赵五只是一个孤身过客，状貌也并不怎么惊人出众，更不把他放在心上。所以听了他这番话后，那为首的只很轻薄的向他睨上一眼，跟着便冷笑上一声道："好一个有脸子的，也不自己向镜子中照上一照，便要出来替人家捧腰了。哼！像这样的张三也出来替人家捧腰，李四也出来替人家捧腰，我们在这地方，还能有饭可吃么？"

这几句话不打紧，却也把赵五激恼起来了，正要发作的当儿，不料偏有一个不识趣的大汉，已送了一拳过来。这拳刚刚送到他的面前，立刻被他抓在手中，好似抓着了一只鸡，便用劲的向地上一摔，直摔得那人狂喊起来。跟着又有两个人上去，也被赵五打倒在地上。那为首的至是方知不是路数，倒也识趣得很，便皇皇然领了那班弟兄退了出去。到了数步之外，方又回身向赵五说道："你不要这般猖狂。你如果真是好汉的，与我立在这里不要走，让我禀明兄长后，再来和你算账吧。"说完，领了一班人匆匆而去，闲人也就一哄而散。

那相士方才过来，向赵五称谢道："今天不是恩公仗义出来相助，小老儿这条性命，恐怕就要送在他们的手中了。"赵五道："好说，好说！这班人十分可恶，我在旁边见了，实在有些看不入眼，方出来打上这个抱不平的，又何必向我称谢呢！不过相士，你不是挂着'赛半仙神相'的招牌么？既然称得赛半仙，当能未卜先知，怎么自己目下就有这场灾殃，反而不能知道呢？”说着哈哈笑了起来。赛半仙也干笑道：“这就叫做明于人而昧于己了。大概我们一班相士，都有上这么一个毛病吧？只有一桩，恩公须要恕我直言，因为照尊相看来，在这一月之中，恐怕就有一场大祸临身。我是受过大恩的，不得不向恩公说上一声呢。”

赵五听了这话，心下不免一动，忙问道：“究竟是怎样的一场大祸呢？也有避免的方法么？”赛半仙道：“这里不是说话之所，加之刚才出了这么一个岔子，小老儿在这里已做不得生意了。让我收拾好了这摊子，同到小寓中去一谈吧。”赵五点头无语。

当下即等着赛半仙把摊子收拾好，一同来到赛半仙所住的客寓中。坐定以后，又把房门关上了，赛半仙突然对着赵五正色说道：“恩公不是要去报仇么？而且这仇结下，不是已有十年之久么？但是照恩公的印堂上，带着这样的暗滞之色，不但报不得此仇，恐连性命都有些不保呢。”

赵五暗想：“我的要去报仇，并没有招牌挂出，他怎会知道？而且还知道是十年的深仇，真不愧为神相了。那他所说的性命不保一句话，恐怕倒有几分可信咧。”心下不免有些吃惊，因又向他问出一番话来。

欲知他所问的是怎么一番话，且俟下回再写。

第九十九回

挡剑锋草鞋着异迹　烧头发铁匣建奇勋

话说赵五听见赛半仙一句话就把他的心事道破，知道是要去报十年深仇的，心中不免着实有些吃惊。暗想这倒怪了！难道连这些事情，都在相上可以瞧得出来么？忙向赛半仙问道："怎么连一个人要去报仇不报仇，也都上了相么？而且报仇即说报仇便了，怎么连十年的深仇，又都瞧得出来呢？"

赛半仙笑道："这一半果然是在相上可以瞧得出，一半也是由我推测而得的。阁下目有怒睛，筋有紫纹，这在相上，明明已露出是急切的要和人家，去拼一个你死我活的。一个人要急切的去和人家拼个你死我活，这除了要报宿仇，还有什么事情呢？至于一口就说定你所要去报的，是十年的深仇，骤听之下，似乎有些奇怪，其实也是很容易解释的。大凡两下结了深仇之后，口头上所常说到的，不是三年后再见面，五年后再见面，定是十年后再见面。至于约到二十年三十年以后，那是绝无仅有的了。因为人寿几何，十年内的事尚不能知，如今竟欲预计到十年以外，不是成了傻瓜么？然观阁下急于要报仇的心，虽是完全显露在外面，一点不能遏抑，一方面却依旧很有忍耐心。这只要瞧你刚才对待那班地棍的神气，就可知道了。于此可知你所要报的仇，决不是三年的或是五年的，而定是十年的。现在十年之期已届，欲得仇人而甘心，所以在眉宇间，不知不觉的有一股杀气透露出来呢。"

赵五道："尊论妙极！这不但是论相，简直是有一双神秘的眼睛，直瞧到我心的深处，把我秘密的心事完全都瞧了一个透呢。但是你说我此去性命不保，又是何所据而云然？难道印堂暗滞，真与人的一生有关么？”赛半仙道：“怎么没有关系？像你这样的印堂暗滞，主眼前就要遭受绝大的灾殃。而你此行是去报仇的，是去和人家拼一个你死我活的，这哪里还有性命可保呢？”

赵五道：“但还有一说，就算我此去性命要保不牢，然而倘能把仇人杀死，我也就十分甘心情愿了。请你再替我相一相，我此去究竟也能把仇人杀死么？”赛半仙连连把头摇着道：“大难，大难！照尊相看来，万事都无希望，哪里还能把仇人杀死呢？这一定是仇人的本领强过于你，所以你的性命要丧在他手中了。”赵五道：“如此说来，我此仇是不能去报了。可是我为了此事，已费下十年的苦功夫，怎能为了你这句话，就此甘心不去呢？”言下颇露着十分踌躇的样子。旋又毅然的说道：“我志已决，无论如何，此仇我一定是要去报的，就是真的把性命丧却，也是命中注定如此，一点没有什么懊悔呢。”

赛半仙瞧见他这种慷慨激昂的神气，倒又把拇指一竖，肃然起敬的说道：“你真不愧是个好男儿！而且你是有大恩于我的，我如今如果不替你想个解救的方法，坐视你趋近绝地，这在心上如何说得过去呢！也罢，我现在也顾不得我师傅的教训，只好多管一下闲事了。”说着，即从身上取出一只很小的铁匣子，拿来递给赵五，并很郑重的说道：“恩公，你且把这铁匣子佩在身边，片刻不要相离，将来自有妙用，定可逢凶化吉。”

赵五见他说得这般郑重，倒也有些惊奇，但是细向这铁匣一瞧时，也只是顽铁制成很寻常的一只匣子，并瞧不出什么奇异的地方来。只匣盖紧紧阖上，宛如天衣无缝，找不出一些隙处，与别的匣子微有不同罢了。便又笑着问道：“这匣子究是做什么用的？怎么佩带了它，竟会逢凶化吉呢？”赛半仙道：“天机不可泄漏，恩公也不必多问，只要谨记着我的说话，把它佩在身上，片刻不要相离，到了危难之时，自能得他之助。好在这匣子是很小很小的，带在身上一点不累赘，这于恩公，大概总是有益无损的吧！”赵五听了这话，也就向他谢上一声，把这铁匣佩在身上，随即辞别了赛半仙，自向湖南进发。

晓行夜宿，不止一日，早已到了长沙城内。他的第一桩要事，当然就是如何前去报仇，便又自己和自己商量道：“我当时约他十年后再见，在我果然时时刻刻不忘记这句话，在他想来也不会忘记的。如今十年已届，他如果还没有死，一定是在那里盼望着我去践约了。我倘然很正式的前去会见他，恐怕要有不利，说不定他已约好了许多好手，做他的帮手呢。那么，还不如在黑夜之中，冷不防的走了去，用飞剑取了他的性命吧。只要他一死，我的大仇也就算报成了。”继而又把头连摇几摇，暗道：“不行，不行！这算不得是大丈夫的行为。我如果只要暗取他的性命，那在这十年之中，哪一天不能干成这桩事，又何必枉费这十年的苦功夫呢？现在我已决定了，他从前既是当着众人把我打败的，我如今也要当着众人把他打败，才算报了此仇。”主意既定，当下向人家打听清楚了余八叔所住的地方，即直奔那边而来。

到了余宅门前，并不就走进去，却先把余宅的左邻右舍和住在附近一带的人，一齐都邀了来。赵五便居中一立，朗声说道：“我就是十年前替湘阴人掉舞龙珠的赵五，不幸被这里的余八叔赤手空拳剪断了我的龙珠，使我栽了一个大筋斗。我当时曾说过十年后再见的一句话，诸位中年纪长一些的，大概都还记得这件事吧！现在十年之期已届，我是特地遵守这句约言，前来找着他的。此刻请诸位来，并不为别的事，只烦诸位做一个证人，使诸位知道我赵五也是一个慷爽的男子，对于自己的约言很能遵守的。此番能把余八叔打败，果然是我的大幸；就是不幸而再打败在他手中，或者甚至于性命不保，我也是死而无怨的啊。”这番话一说，大家不禁纷纷议论起来，无非又回忆到谈论到十年前，长沙人同湘阴人比赛龙灯的那件事。当下对于赵五此来，也有称他是好汉的举动的，也有骂他是无赖的行为的，毁誉颇不一致。

良久良久，又有一位六七十岁的老者，好像在这一方算是齿德最尊的，忽的在众中走了出来，和赵五打了一个招呼，颤巍巍的说道：“阁下此举，可算得是一种英雄好汉的举动，我们十分敬佩，决不敢说你是不正当的。不过兄弟还有一句话要对阁下说，阁下此次前来报仇，想来是要和余八叔个对个见个雌雄的。然而不幸之至，照现在的形势瞧起来，余八叔已不能和你个对个较手的了。这在阁下新从远方到来，大概还没有知道这番情形吧？”

赵五听了这话，倒好似游子远方，乍听到父母仙游噩耗这般的难过，眼睛中几乎要挂下眼泪来，便很惊讶的问道：“怎么？余八叔难道已经死了么，难道他已不在人世了么？如果真是如此，我这个仇可报不成了。”

那老者道：“他死虽没有死，但也与死了的无异。他在三年之前，突然得了瘫痪之症，终日坐床不起，这不是已不能个对个和你较手了么？”赵五沉吟道：“果真有这等事么？”跟着又眼光一闪，很坚决的说道：“不要说他还没有死，只是瘫痪在床上；就是真的死了，我也要亲奠棺前，和他的遗体较量一下的。而且他瘫痪在床上，也只是从你们的口中说来，我并没有亲眼瞧见。说不定是他怕我前来报仇，故意装出这种样子来的，我倒不愿上他的当咧！如今我总得亲自去瞧他一瞧。至于较手不较手，留待临时再定，也无不可。”

他正说到这里，便另外又有几个人出来，向他说道：“余八叔的瘫痪在床，倒是千真万真，并不是假造出来的。现有我们几个人愿做保证，大概你总可相信得过。不过他既瘫痪在床了，你就是进去瞧他，也没有什么益处。你是好好的一个人，难道好意思和一个瘫在床上的人较手么？胜败且不必去说他，这种事情传说出去，于你的声名上很有些不好听呢。所以依我们之劝，你只当余八叔已死便是，也不必再报此仇了。至于你远道而来，或者缺少盘费，那我们瞧在你的侠义分上，倒也情愿量力馈送的呢。”

赵五听他们如此说，倒又把两目一睁，动起怒来道：“这是什么话！我是报仇来的，并不是打秋风来的，要你们馈送什么盘费呢？如今实对你们说吧，不管余八叔是真的瘫痪在床，或是假的瘫痪在床，我总要亲自前去瞧上一眼。如果只凭着你们几句话，就轻轻易易打消了报仇的意思，那是无论如何办不到的。”

正在难于解决的当儿，余家的人也早被他惊动了。即有余八叔十三四岁的一个侄儿子，走来问道：“你这位客人，就是那年为了掉龙灯的事，和我叔父有上十年后再会的约那一位么？如今来得大好，我的叔父这一阵子正天天的盼望你到来呢。只是他老人家患着疯瘫，不克起床，不能亲自出来迎接，特地叫我做上一个代表，请你到他的卧室中会上一会。你大概总可原谅他吧？”

众人听了这一番伶俐的口齿，暗中都是十分称赞，而对于余八叔并不知道自己是个瘫子，居然还念着这个旧约，又居然邀赵五到他的卧室中去相会，一点不肯示弱，更是十分称奇。正不知他葫芦里卖的是什么药，倒又不等赵五开口，不约而同的先向这孩子问道：“这些话果真是你叔父叫你来说的么，你并没有弄错一点么？”那孩子笑道：“这是很重大的一件事，我哪里会得弄错！”随又回首向赵五说道：“客人，你就随我进去，好么？”

赵五连连点头道：“好极，好极！原来他有这般的胆量，我还疑心他是装着疯瘫，故意不肯见我呢。”当下即跟着那个孩子，坦然走入余家。那班邻舍乡里，有几个是很好事的，为好奇心所鼓动，也就哄然跟随在后面。

余家的屋子，只是乡间的款式，并不十分深广。不一会儿，大家已都走入余八叔的那间卧室中，只见余八叔敧坐在床上，面色很是憔悴，一望而知他是有病在身的。不过手上还执着一只草鞋，正在那里织着，似乎借此消磨病中的光阴呢！

一见众人走入室来，立刻停了手中的工作，把身子略略一欠，算是向众人致意。随又向赵五望了一眼，含笑说道：“你真是一个信人，说是十年后再会，果然到了十年，竟会不远千里，前来践约了。所可惜的，我在三年之前，患上了这个不生不死的瘫痪症，至今未能起床，已不是一个健全的人，万万不能和你个对个周旋了，这可如何是好呢？”

赵五听了这话，只冷笑上一声道：“照你说来，为了你瘫痪在床上，我只好把前约取消了么？未免把事情瞧得太轻易了。那我在这十年之中，为了立志报仇而所吃到的种种苦处，又向何人取偿呢？咳，老实说吧，这种丧气的话，这种没种的话，只有你们湖南人说得出口，我们山东人是无论到了如何地步，也没有脸说这种话的。如今还是请你收了回去，免得不但坍你自己的台，还要坍全体湖南人的台呢。”

这话一说，余八叔两个黯淡无神的眼珠，也不知不觉的微微闪动了一下，却依旧忍着一口气说道：“哦！你们山东人决计不会说这种没种的话么？要我把它收回么，那我倒要请教你们山东人一声，如果你们易处了我的地位，究竟又应该怎样呢？”赵五一点不迟疑的回答道：“这还用问！如果是我，不但是我，凡是我们山东人，倘然有人寻上门来，要报深仇宿怨，只要有一丝气在，不论是断了膀臂，或是折了足胫，一定要挣扎着和那人决战一场的，哪里会像你这么的退缩不前呢！”

余八叔被他这么一激动，实在忍耐不住了，又把两眼一闪动，毅然的说道：“不错，我还有一口气在，并不曾死了去，决计不能退缩不前的。如今你要如何的比武，我就如何的比武，一切听你吩咐就是了。”这时和余八叔同个地方居住，前来瞧看热闹的人，倒又有些不服气起来，忙向赵五说道：

“你这话看去好像说得很对，但是他瘫痪在床上不能行动，已有三年之久，这是谁都知道的。如今你逼他和你比武，他虽无可奈何已是允许了，但在实际上，请问如何能办得到？这还不如教他闭目仰卧在床上，索性静等你结果他的性命，倒来得直截了当一些，用得着说什么比武不比武的话呢？刚才你骂我们湖南人太没种，我们湖南人虽然不敢承认，现在我们湖南人倒也要还敬一声，说你们山东人太残忍一点了。”

赵五一听这话，气得两眼圆睁，怒声说道：“这是我和姓余的两个人的事，我提出要比武，他也已慨然允许了。这于大体上已没有什么问题，用不着你们旁人出来干涉的。如今我所要烦劳你们诸位的，只不过要请你们在场做个证人，此番不论谁生谁死，十年后再见的这句话，我们总算已经履行了。”他正说到这里，忽又像想到了一件什么事，怒意立时全消，微微笑了一笑，便又接续着说道：“而且我虽说要和他比武，却并不要强迫他起立。他既瘫痪在床上不能行动，就让他瘫痪在床上也是不妨的。因为我所决定的一种比武方法，很是变通，又很简单，只要我把两柄飞剑向他飞去，他能将这两柄飞剑完全挡住，就算完了事了。至于轮到他来出手，任他出什么新鲜主意，我是一点不敢推却的。这不是于他的能行动不能行动上，毫无一点关系么？现在请你们想想，我们山东人的生性，到底还是残忍，还是不残忍呢？”他把这番话一说，众人倒只好面面相觑，再也不能出来干涉了。

余八叔却早已有些忍耐不住，便大声说道：“你既远道而来，当然总要有个交代，不能一无所为而去的，又何必多说这些闲话呢？现在你所提出的这个办法，的确很是变通，又很能替我顾到，我哪有反对之理？现在就请你把飞剑请出来吧，不要说只是两柄飞剑了，就是十柄百柄飞剑，我姓余的也是甘愿受的。不过闲人在这室中，恐怕要受惊吓，未免有些不便，还是请他们赶快出去吧。”

这一个条件，赵五倒是听了十分满意的，因为照他的意思想来，在这些闲人中，难保不有几个有本领的人在内，他们当然是偏于余八叔一方的，倘遇危急的时候，说不定要出来帮助余八叔，那无论如何，于他自己总有几分不利了。现在把他们一齐撵了出去，他尽可安心行事，那余八叔的性命，差不多已有一大半落在他的手中呢！忙把头点上几点，表示赞成的意思道：“这话不错。这间房子并不大，我们比武的时候，再放些闲人在内，的确很是不便的，还不如先请他们出去吧。”说完这话，即把两眼望着众人，似乎向他们下着逐客之令。

众人都怀着好奇的眼光而来，如今两人快要比武，好似锣鼓已响，好戏快要开场了，原舍不得离开这戏场而去的。不过这个条件，并不是赵五提出，却是余八叔提出的，他究竟是屋主人，他们违拗不得，只好怏怏然退出室中，但依旧舍不得不偷看一下，便相率转至廊下，就那疏疏的窗隙中偷窥着。

赵五却不知已在什么时候，在他身边的一只小匣中，把那一对飞剑一齐请出来了。众人只见他把口略略一动，似乎对余八叔说道：“你准备着吧。”即有一件东西，倏的从他口内冲出，化成一道白光，箭也似的一般快，直向余八叔的帐内射去。众人并不认识这是什么东西，不过忖度起来，大概就是他所说的飞剑了，倒着实有些替余八叔担心，暗道像这样夭矫无伦的东西，简直和游龙没有两样，很带上一点妖气，哪里是什么飞剑！余八叔虽有绝大的本领，也只是一个凡人，又是瘫痪在床的，哪里抵御得来，怕不立刻就要丧在他的手中么。

可是众人虽这般的替余八叔担着心，余八叔自己却是十分镇定，昂着头望着那道白光，只是微微的笑。那种从容不迫的神气，如果被不知他正在和人家比武的人瞧见，还疑心他是在那里瞧看把戏呢。一刹那间，那道白光却早已益行益近，和他的身体相距只有数寸了。他方把手中没有织完的那只草鞋，略略向上一举。只轻轻的一拨间，那道白光好像受了重大的创痛，再也不能支持了。立刻拨转身子，依着空中原来的路线，飞快的逃了回去。接着就铿的一声，堕在地上。而且奇怪得很，恰恰不偏不倚，正落在赵五的足边咧。这时在窗外偷看的人，再也忍耐不住了，便一片声的叫起好来。

这一来，可真把赵五羞得万分，急得万分，恨不得立刻把余八叔和那些窗外偷看的人，一齐剁成了肉酱。于是又把牙齿紧紧的一咬，低低的说道：“算你有能耐，这第一剑居然被你躲过了，但是这第二剑，我更当加上一些功劲，看你还能抵御得住抵御不住！”他一壁低低的说，一壁又把鼻子向内吸了几吸，两颊鼓了几鼓，好像正在练气似的。一会儿，把嘴尽量的一张，便又有一道白光，从他口内直冲而出。那夭矫的姿势，飞行的速率，比前更要增加了。再瞧那余八叔时，似乎也知道这一剑不比寻常，略略有上一种严重的态度，不比以前这般的从容不迫了。众人不免又替余八叔担着心事，暗道不妙，不妙，看来这剑来势非轻，说不定余八叔的性命，就要葬送在这一剑之中了；否则，他何以也陡然变了样子呢？

说时迟，那时快，那道白光却早已到了余八叔的跟前。余八叔忙又举起草鞋去拨时，这白光却果然和以前飞来的那一道，大不相同了，好似在空中生了根一般，一点也拨移不动。而且不但拨移不动，就是这种相持不下的形势，看去也只是暂时的，不久就要失了抵御的能力，被这白光攻打过来，只要这白光在他的颈上一绕，他立刻便身首异处了。这时不但是余八叔暗暗叫苦，连窗下偷看的人，也都惊叫起来。这一叫，倒又使余八叔忘了自己是瘫痪在床的，也不懂得什么叫做痛苦，马上再把全身的气运上一运。说也奇怪，经不得他这么一运气，那只草鞋上立刻就像加增了几千万斤的气力，同时便不由自主的，又把这草鞋轻轻向前移上几移。这一移动不打紧，这白光可又受了创痛，再也不能在原处停留了，便和先前一样又飞也似的逃了回去。可是作怪得紧，这一次打的倒车，形势似乎比前更是紧张，等得退到了赵五的跟前，并不堕落下来，余势还是很猛，似乎要直取他的脑部咧。赵五这一惊真非同小可，不禁喊上一声“哎呀”，一壁忙又把身子躲了开去。总算运气还好，居然被他躲过了这道白光，只听得铿的一声，这白光又化成一柄短剑，堕在地上了。

谁知正在这惊喘甫定的当儿，又有一件东西，来势很是凶猛的，向他劈面打了来，定睛一看，不是余八叔手中的那只草鞋，又是什么呢？他起初对于余八叔的那只草鞋，原只看做无足轻重的一件东西，现在却已两次被挫，领教过他的本领了。暗想我刚才仗着两柄夭矫无比的飞剑，还是弄他不过，被他打败下来；如今飞剑已打落在地了，只剩着赤手空拳，哪里抵敌得来呢？罢，罢，罢！光棍不吃眼前亏，不如赶快逃走了吧，至于报仇的事，不妨随后再谈呢。他一壁这么的想，一壁早已搭转身子，向外便跑。这一跑，倒又使旁观的人哗笑起来，并不约而同的说道：“山东人好不丢脸，怎么就跑了呢，还敢说我们湖南人没种么？”

赵五这时逃命要紧，对于这种冷嘲热骂，也不暇去管得，只是这只草鞋好像有眼似的，依旧紧紧的跟随在后，不肯放松一点，眼见得就要赶上他了。而且还有一件奇怪的事，偶向肩后一看，余八叔不知在何时立了起来，已不瘫坐在床上了，也像要立刻赶了来。在这情急万分的当儿，陡的一个念头，倒又冲上了他的脑际，暗道这赛半仙真和神仙差不多，预知我此行定要失败的，现在不是已到了万分危急的时候么？不管他究竟灵验不灵验，不如取出他给我的那只铁匣来挡一挡，终比束手待毙好一点呢。他想到这里，早把那只小小的铁匣，从身边取出，也不暇回过身来了，就将那铁匣在肩后晃动了几下。

说也奇怪，他只晃了这几晃，立刻即听得轰的一声，好像什么东西炸裂似的。跟着便有一道青光，在火星飞溅中直穿而出，径向那草鞋打去。这时那草鞋便立刻现着屈服的样子了，忙向后面退缩，青光却紧紧追随不释。不一会儿，早已追到了余八叔所立的地方，草鞋像已无地可避，要找一个地洞钻下去的，即听得嗒的一声，掉在地上。那青光骤然失了目的物，便向余八叔头上直扑。一时间，头发着火，竟蓬蓬燃烧起来了。这一下可把旁观的人一齐骇个半死，又不由自主的惊叫起来，但在这惊叫声中，可又变了一个局面了。只见一柄大扇子，陡的又从外面飞了进来，不消在上面扇得三扇，早已烟消火灭，不但是余八叔的头发上停止了燃烧，连这青光都不知去向了。

众人正在惊诧之间，忽听得外面又起了一片笑声。忙争着走去瞧看时，却不知从哪里走来了一位老和尚，脸上满笼着慈祥之气，一见就知是极有道行的。正望着那呆若木鸡的赵五，笑迷迷的说道："赵居士，你立志定要报仇，十年有如一日，这是很可使人起敬的。不过遇见了一个瘫在床上的人，还不生上一点矜怜的心思，改变一下自己的宗旨，这未免太残忍一些了。至于那只铁匣，并不关你的事，我也不来怪你。只是我如果迟来一步，我的徒弟可就要送在你的手中了。"

赵五听了，依旧木木然立着，没有什么回答。老和尚便又笑着说道："但有一件事，倒也要感谢你的，我的徒弟被你这么一逼，在运气的时候，无意中把他从前所运岔的一口气复了过来；三年未愈的瘫痪病，竟从此霍然了，这不是很可喜的一件事情么？"赵五至是，才瞪着两眼，问上一句道："如此说来，你莫非是无住和尚么？"

欲知老和尚如何回答，且待下回再写。

第一百回

老和尚演说正文　哭道人振兴邪教

话说赵五听老和尚说了那一番话后，方瞪着两眼，问上一句道：“你莫非就是无住和尚么？”老和尚笑着回答道：“不错，我正是无住和尚。我这么的突如其来，大概是居士所不及料的吧？”赵五听了，又是一怔。半晌方才回答道：“的确是我所不及料的，这大概也是天意吧？我们再会了。”说完这话，好像突然发了疯似的，飞步向门外奔去。那班瞧热闹的人，知道这出戏文已完，没有什么可瞧看了。而且他们师徒相逢，定有一番体己话要说，闲人留在这里，究竟是不便的，也就一哄而散。

这时余八叔早已迎出房来，走到无住和尚面前，双膝扑的跪下，向师傅拜谢援救之恩。无住和尚忙一把将他拉起，边同着他走进房去，边向那地上打落的飞剑及铁匣望着，笑吟吟的说道：“这厮此行不但报不得仇，还把两件法宝都打落在这里，真是赔了夫人又折兵了。”

余八叔请无住和尚坐下后，方又问道：“弟子今日有难，大概已被师傅算得，所以特来相救么？”无住和尚道：“这个何消说得！但也是你命不该绝，否则我也无能为力呢。不过如今我要问你一句话，你的瘫痪在床上，完全是为了你自不小心，偶然运岔了一口气，你以前自己也知道么？”余八叔现着疑惑的样子道：“这个不是刚才听得师傅对赵五说起那句话，我竟一点也不知道。总以为我的得到这种瘫痪之症，定是受了地上湿气的侵袭，于练气上是绝对无关的。而且不瞒师傅说，就是现在听了师傅这句话，我依旧还有些儿疑惑呢。”

无住和尚道：“你这句话的意思，我倒是懂得的。你不是说你自己对于练气上，是很有上几年功夫的，怎么会偶不小心，就把一口气运岔了呢？不错，这也是你应有的一种理想。而且你的练气功夫，我也知道你的确是不坏的，把浑身筋骨练得软绵绵的好似棉花团一般，无论怎样粗大的拳头，打在你的身上，丝毫也不觉得，不都是你练气的好成绩么？不过你须知道，练气这门功夫，是无穷止之境的。加之练习起来，更须逐渐而进，万万躐等不得的。譬如说，你所运的这口气，平常只有五百斤的分量，如今骤然间要增至一千斤，或八百斤，不是太嫌躐等么？不是要出毛病么？你的把这口气运岔，也就坏在这个上头。大概是因为知道有人前来报仇，急于要求得进步的缘故吧？”

余八叔这才恍然大悟道：“师傅这话说得一点也不差，那是仅仅得上一个瘫痪之症，还是十分有幸的；万一再弄得不好一些，不是连性命都要送在这个上头么？不过还有一桩不解的事情，刚才怎么如此凑巧，我突然把气一运，又把岔着的那口气复了过来呢？”无住和尚道：“这并不是凑巧，照理是应该如此的。因为你在这三年之间，仍不住的在那里练气练到现在，已是大有进步，要比从前增加分量了，禁不住你奋然把气一运，当然全身可以通行无阻。从前岔着的那口气，哪里还会复不过来呢？”

这话一说，余八叔欢喜得几乎要发狂道：“这真是至理名言，弟子豁然如开茅塞了。但是还有一桩事，我要请教师傅。”无住和尚道：“什么事？”余八叔便向他师傅手中拿着的那把扇子一指道：“就是这把扇子，刚才那铁匣中的那派邪火，正自十分猖獗，把我的头发几乎要烧个干净；只消这扇子飞了来，向他扇了几扇，立刻烟消火灭，莫非这是一种仙人的法宝么，师傅是从哪里得来的呢？”

无住和尚听了这话，忍不住笑了起来道：“哪里是什么仙人的法宝！这也与那赵五的飞剑，和你的那只草鞋，没有什么两样。不过所练的功夫，各有高下的不同罢了。对你说吧，一个人练的功夫，只要把功劲注放在上面，不必定是飞剑，才可把他练得能大能小，飞行自如，千里取人首级；就是别的东西，也同样可以练得指挥如意，得到它的一个用场的。否则，你这一只小小的草鞋，还是未完工的，究竟具何神力，能把这淬厉无比的飞剑挡住？也只是你多年来朝也织草鞋，晚也织草鞋，不知不觉的，把全身的功劲，都注在这织草鞋的手上罢了。你只要如此的一想，就可知道我这扇子也平常得很，并不是什么仙人的法宝了。”

这一说，倒又说得余八叔爽然如有所失。一会儿，方问道：“那么，那铁匣呢？难道也和这扇子，是具着一样的道理么？”无住和尚道：“这倒又不是的，这确是带上一点妖气的，然而也只算得一个起端，以后像这么妖气森森的东西，比它更要厉害到十倍或百倍的，我们恐怕还有得瞧见呢。唉！我索性爽爽快快的对你讲上一讲吧。我本意原想在破刹中闲居着，不愿再出来了，不料妖氛满目，使我瞧了触目惊心，再也不忍袖手旁观下去。加之一班道友，大家会议了一下，又都推我出来，我没有法子可想，只得又到尘世中来走上一遭呢。”当下就原原本本的，把一番事实说出来。在下却因为行文便利起见，把他改作叙事文了。

原来在这时候，四川省荥经县西面的邛来山上，忽然出现了一个妖道，自号“哭道人”。他以前的事迹，没有人能够知道得，不过他把“哭”字取作道号，却也不是毫无根由的。据说他所最擅长的本领，就是哭，遇着与人交手，到了十分紧要的当儿，他就出人不意的，把看家本领拿出来，放声哭上三声。这一哭不打紧，不但是对方的神经受了激刺，变得昏惘失措，完全失了抵抗之力；就是天地日月，也立刻变了色彩，只觉得黯黯无光呢。此外更有一桩奇事，别人家哭的时候，眼泪是缘了面颊直淌而下的，他却不然，他的两个眼眶，好似两道强有力的瀑布，只要哭声一起，眼泪就圆得如珠子一般，十分有劲的从眼眶中飞溅而出。一射到对方的脸上，只觉又热又痛，万分难受，同时脸上又起了无数热泡，不期然而然的，只好屈服在他的手中了。

他住在山上的万妙观中，收了不少的门徒。然而他如果只闲居在山上，规规矩矩的收上几个门徒，没有和外人争竞的意思，也就完了。谁知他偏偏不肯安分，常常要很夸口的对他的那班门徒说道：“你们大概都已知道，如今外面大家所盛称的，只有两派。一派是崆峒派，一派是昆仑派。他们两派积不相能，各自水火，凡是一般知道的人，都把来当做谈助，不是说昆仑的人才比崆峒来得多，便是说崆峒的人物比昆仑来得俊。虽是各阿所好，然而也见得他们的声势大了。其实照我瞧来，这两派都是不足道的，把他们的西洋镜拆一个穿，无非一派的虚张声势。倘然我高兴和他们玩一玩，不问他是崆峒还是昆仑，定要被我一网打尽呢。”

那班门徒都是少年好事的，对于崆峒、昆仑两派的声势，素来是十分心折。如今听师傅把这两派说得如此不堪，可知师傅的本领确是不凡的了，不觉听得他们一齐眉飞色舞，忙又向他问道：“那么师傅也要和他们玩上一玩么？老实说，这两派人平日也太跋扈一点，太嫌目中无人了。如果能把他们打败，替我们另立出一个‘邛来派’的名目，那真是一件十分有趣的事情呢。”

哭道人道：“我既然向你们如此说得，自然不是一句玩话，不久就要和他们玩上一玩的。不过我在出马之先，先要找上那个笑道人交一交手，瞧他的笑，究竟能敌得过我的哭不能？如果是不能的，我简直要逼他立刻把这‘笑道人’的名号取消呢。”

这一席话，他虽是只当着一班门徒说的，然而不知怎样，不久即已传到了金罗汉吕宣良的耳中，笑道人却已云游到别处去了。吕宣良道力高深，虽是十分有上涵养功夫的，可是一听到这派野话，也不觉勃然大怒起来。而且听他说起，第一个要找到的，就是他的师侄笑道人，更觉与自己身上有关，万万不能把他放过，非马上惩治他一下不可。

正在这个时候，却又有一件事情发生了。一天早上，吕宣良刚自起身，忽见有一封信，端端正正的放在他的室中一张桌子上，也不知是何时送来的，更不知是何人送来的。怀着惊疑的心理，忙把那封信拆开一瞧时，却正是哭道人向他挑战的一封信。信中大致说：

我是邛来山上的哭道人，就是立意要和你们昆仑、崆峒两派的人作对的。你大概是闻名已久了吧？我现在报告你一声，我第一个要找到的，就是你的师侄笑道人。这也是我瞧得起他，所以不去找着别人，却把他首先找来作祭旗之用。不过如今他究竟在什么地方，我竟访探不得确耗。你想来总该有点知道的，就请你寄个信给他，教他赶快回来，准备着和我较量一下吧。

吕宣良读完这信，这一气真非同小可，一边又暗想道：“这厮的本领倒也很是不错，像我居住的这种地方，虽说不到铜墙铁壁的这般坚固，但也不是寻常人所能到得的。他竟能神不知鬼不觉的走了进来，而且还胆敢把这封信放在我的桌上呢。”所以依着他的意思，很想亲自出马，把那妖道扑灭去，免得蔓延起来，将来反而不可收拾。

然而在他还未实行之前，早已被一众道友知道了，忙都前来劝他道："那妖道算得什么，何劳你老亲自出马？这明明是那妖道的一种诡计，故意把你激恼起来，使你亲去和他对阵，那他的身份也就抬高起来，无论是成是败，他都可立刻成名了。你如今果然一恼怒，不是反中了他的计么？"正在这时，无住老和尚恰恰前来探望他，听了众道友这番话，也很以为然，并慷然的当着众人说道："我看这厮的本领，也不见得真有怎样的了不得，只是一味的狂吹罢了。所以不但是吕道兄不必亲自出马，便是众位道兄也都不必出马得。好在我正要到湖南长沙望我的徒弟余八叔去，听说吕道兄的高足柳迟也在那边，我只要约了余、柳二人出来，大概也足对付那厮了。众道兄正不妨作为后盾，静听我的消息呢。"

众人把他的这番话细细一想，觉得很有道理，便都把头点点，同声说道："有你老禅师肯出马，那妖道真不足平了。我们正愁没有这么一个道力高深的人，可以制服他呢。"于是无住和尚辞了吕宣良和众道友，径向湖南而来。

在路上的时候，又听见大家沸沸扬扬的传说，哭道人自从说了那句大话以后，也知得罪的人太多了。自己势力太孤，恐怕不是昆仑、崆峒两派人的敌手，所以很想把这两派以外的能人联络起来，集合成一个大团体，和这两派对抗一下。因此特地派了他的许多门徒，扮作医卜星相，及江湖卖艺之流，云游各处，以便暗中可以物色人才呢。这一来，无住和尚倒又对于走江湖的医卜星相人等，暗暗注意起来了。

恰恰在这时候，在路上遇见了那个赛半仙，凭着老和尚的法眼瞧去，知道他不是一个寻常卖相的人，定是哭道人派出来的门徒，便暗暗尾随着他。所以后来赵五仗义相助的一回事，无住和尚倒是亲眼目睹的。等到赛半仙收了摊子，领着赵五向旅馆中走去，无住和尚心中更是十分明白，知道那赛半仙已看中了赵五的人才，要想把赵五收罗去咧。也就暗暗跟着他们，同到了旅馆之中，幸喜没有被他们觉察。恰恰靠着赛半仙住宿的那间房的旁边一间，又正空着在那里，无住和尚便赁居下来。因此赛半仙和赵五问答的一席话，更都被他听了去，只不知赵五的仇人，究竟是谁罢了。

等到赵五走后，无住和尚忽然起了一个念头，想把赛半仙困住了，盘问他关于哭道人的一番实在情形。即闯然的走入了赛半仙住的房间中，屹然立在他的面前，好似一尊石像。赛半仙倒被他骇了一大跳，从椅中直跳起来，瞪着两个眼睛，向他问道："好个撒野的和尚，无缘无故的，闯入人家的房间中来做什么？"无住和尚并不回答，只把两道强有力的目光，凝注在赛半仙的脸上，瞬都不向旁瞬。说也奇怪，这赛半仙看去好像是一个有道力的人，照理应该有上一点本领的。谁知不济得很，经不起无住和尚向他注视上三分钟，早已失了自主之力，完全好似被摄住了。

无住和尚便又望着他，向他问道："你可是哭道人的门徒么？你这次乔装卖相，不是出自你师傅之命，教你物色人才么？"赛半仙连连回答道："是，是！这次出来，的确是受了师傅之命，教我暗地物色人才的。"无住和尚又问道："物色人才只是一句话，究竟也拟有具体的办法么？"赛半仙道："怎么没有？不过派了人到各地去，暗地物色人才，只是第一步办法；他还有第二步办法呢。"无住和尚的两个眼睛，更凝注着他比前厉害一些，朗声问道："还有第二步办法么？那第二步办法是什么，快些说出来。"

赛半仙道："第二步办法，就是在邛来山下摆设下一个擂台，任人前去打擂，打赢的可得千金重赏。如此一来，天下的一般英雄好汉，凡是自命为有下一点本领的，定都要前去一显好身手。如果遇见真是人才出众，武艺超群的，他就不恤卑词厚币的去招罗，不怕不入他的彀中呢。"

无住和尚道："但是私设擂台，是有干法禁的，他难道不知道么？还是已得到在地官府的允许呢？而且要办这桩事，费用也是很巨，并不是轻而易举的。他难道担任得起这笔费用么？"赛半仙道："他要设得擂台，自然要得到官府的准许，万万儿戏不得。所以他在事前早把这件事，办得十分妥贴了。因为他是善治各种疑难杂症的，新近四川总督的一个爱女，害了一种奇疾，请了许多名医去，都医治不好，弄得总督没有法子可想，只好悬挂黄榜，征求名医。他便走去把榜揭了，只一帖药，就把总督的爱女医好。总督欢喜得了不得，把重金酬谢他，他却坚谢不受。总督便问他道：'你莫非有什么事要求我，所以辞金不受么？那你不妨替我说来，只要是我的权力所能及，没有不可答允你的。'这句话问得正中他的下怀，便把要在邛来山下摆设擂台，请求总督允准他的一番意思说出。这时总督酬恩要紧，其他一切都不暇顾及的了，所以把这件事瞧得轻描淡写之至。听了只哈哈一笑道：'你所要请求我的，只是这么一桩事情么，那有什么不可以之理？你尽管前去摆设擂台，我只要下一道饬属保护的文书就是了。不过你要摆设擂台，究竟是什么意思，难道于你本身有什么好处么？’于是他便向总督撒下一个大谎道：‘只因贫道有下一个仇人，本领非常高强，远非贫道所能敌，不久就要来加害了。贫道急得没法可想，只好在这擂台上，物色高人，或者可助得贫道一臂之力呢！’总督道：‘原来如此，那我确应当帮助你的。你快去筹备起来吧。’他有了总督的千金一诺，自然很高兴的进行起来了。”

赛半仙说到这里，即曳然而止，不说下去，只瞪起了一双眼睛望着他，似乎等待他的命令一般。无住和尚便又朗声向他说道：“你刚才说的一番话，我都完全听得了。不过我曾问你，摆设擂台，所需的费用是很巨的，他难道担任得起么？你为什么不回答我，如今快些替我说来吧。”赛半仙忙又很听话似的说道：“这个我们也曾问过他，他说他是会点石成金的方法的，无论要多少黄金，他都可在顷刻间弄了来。所以关于费用的一桩事情，一点不成问题呢。”

无住和尚听了这话，知道便是赛半仙，也都上了他师傅的当了。这件事决不会如此的简单，内中定还有一种秘幕，点石成金，只是一句托词罢了。但是赛半仙既不知道，盘问也是徒然，不妨留待将来再行查究。因又搁下这个问题，再向下问道：“既然摆设得擂台，照例要请一个十分有本领的人做台主，难道就由他自己担任么，还是另请别人呢？”

这话一发，赛半仙的两个眼睛，虽仍瞪着不动，但脸上立刻现出一种十分有兴趣的样子，回答道：“不，并不由他自己担任，照他的意思，很想请长春教主镜清道人出来做个台主。如果镜清道人不肯时，便请镜清道人的徒弟李成化出来。他们二人都是很有本领的，无论哪一个肯出来，总于他十分有益呢。”无住和尚道：“如此说来，他与镜清道人及李成化都是很有交情的么？”赛半仙出其不意的回答道：“不，一点交情也没有。”无住和尚道：“那么，他怎能决得定他们二人肯出来帮助他呢？”

这一次奇怪得很，好似已失了镇摄的效用，赛半仙竟不就回答这句话，无住和尚忙定一定神，又把目光深深的注视着他，几乎要直透他的目睫而入，然后朗声问道：“快说，快说！他为什么能决得定，他们二人肯出来帮助他呢？”这才见赛半仙回答道：“这是有道理的。他以前虽和二人没有什么交情，但是他可以想出法子来，使得他们非和他讲交情不可。我这一次的出来，一半果然是在暗地物色人才，一半的使命，却就为着这桩事情啊。”

这一说，倒说得无住和尚恍然大悟似的说道：“如此说来，刚才你引了到这里来的那个人，莫非就是镜清道人或是李成化的什么人么？”赛半仙道：“不错！那人名唤赵五，是李成化的徒弟。在十年前和人家结下大仇，我们是知道的。预计他在这个时候，恰恰要去复仇去了，这里是他必由之路，所以教我预先候在这里，找个机会和他去结交。见面之后，先一口道破他是去复仇的，再说他此仇定报不成，然后再给他一只铁匣，作为护身之符。如此的市恩于他，将来不管他此仇是报得成或报不成，不怕他不再来找我。只要一来找我，就不怕不入我的彀中了。想不到用不着我去结交他，却因着在地恶棍的骚扰，他竟挺身出来，替我打抱不平。于是我的妙计的第一步，就此很轻易的告成咧，现在只须待第二步的发展就是了。”

无住和尚一听他说完了这番话，倒不觉又暗暗好笑起来。原来刚才走的那厮，就是李成化的徒弟赵五，也就是与自己的徒弟余八叔有上十载的深仇的，自己竟把他失之交臂，未免太懵懂了。现在赵五既下了决心要去报仇，又带了这只带有妖气的铁匣子去，那余八叔的生命，不是很有点危险么？好在自己本要到余八叔那边去，如果赶快从后赶去，或者还不嫌迟。凭着他的这点道力，或不难打败赵五那厮，就是这只铁匣，恐怕也邪不敌正，要打翻在他的手中吧。无住和尚边这么的想着，边又问道：“你和赵五素不相识，怎么一见就会认识他，难道不怕错认么？”赛半仙道：“那是不知我师傅从哪里弄来了一个赵五的小影，画得和他本人很是相像，所以一见便识，决不会有错认他的事情呢。”

无住和尚问到这里，似乎已可告一段落，不必再盘问下去了。便把凝注在赛半仙脸上的两道如电的眼光，收了回来，变成一副笑容可掬的样子，一壁又向着赛半仙连声喝道：“醒来，醒来！”这一喝，真有不可思议的力量，于是赛半仙的两个眼珠，又能转动起来，不像先前这么呆呆的瞪着了。跟着又打了一个呵欠，好似刚从梦中醒了过来一般。然后又举起眼来，向四周望上几望。比及望见兀然立在他面前的无住和尚，恍又记起了刚才无住和尚，闯入房来的那番情形，便厉声向无住和尚说道：“好个撒野的和尚！还不与我快走，兀自立在这里怎甚，难道你是一个聋子，没有听得我的话么？”

这时无住和尚好像要故意戏弄他似的，只笑嘻嘻的回答道："我并不是一个聋子，不但是你撵我快走的那句话，便是你刚才所说的一席话，我一句句都听在耳中，记在心上呢。"这一说，倒又说得赛半仙呆了起来，立刻现着十分疑诧的样子说道："和尚，你不要胡说了。我除叱你快走之外，何尝说过什么话来？"无住和尚忙把笑容一敛，正色说道："騃子，你刚才正在梦中，怎么会知道呢？唉，实对你说了吧，是我略略用了一点小术，把你镇摄住了，使你入了睡眠的状态中，然后用话问你。不怕你不依着我的问句，一句句的回答我，自然把关于你师傅种种的事情，都和盘托了出来了。如今什么你师傅要在邛来山下摆设擂台咧，什么要请镜清道人或是李成化去做台主咧，什么和他们二人并没有交情，设法要得到他们的好感咧，我都知道得很详细，一点没有遗漏。难道不是你告诉我的么？"赛半仙至是，倒也不能不有些相信起来，不知不觉的，又露出一种深思的样子，似乎要于无可追想之中，想出一些影踪来。

无住和尚却又接着说下去道："但是明人不做暗事，无论如何，我总要向你说个明白才走的。而且还要托你带个口信给你的师傅，劝他还是在邛来山中，安安分分的修道吧，不要这般的狂妄了。倘然真要和昆仑、崆峒两派为难，另立一个新派，那别人的意态如何，且不去说他；我无住和尚第一个就不能答允。等他摆设擂台之日，我就要去找着他，教他栽下台来呢！如今话已说完，我们再会吧。"说完，向着房门外就走。

这时赛半仙的意识，倒又完全清醒过来，恨不得揪住无住和尚，切切实实的打上一顿，方消了心头之恨。但是等他走起身来，赶出门去瞧时，无住和尚早已走得不知去向了。

这很长的一番话，在无住和尚口中讲出以后，余八叔便很殷切的问道："那么，如今的第一步，我们该怎样进行呢？"

欲知无住和尚如何回答，且俟下回再写。

第一百零一回

老道甘心做护法　半仙受命觅童男

话说无住和尚，听了余八叔问上将来怎样进行的一句话，便把自己定下的计划向他说上一说，又命余八叔去把柳迟邀了来。如今且按下慢表，再把那赵五提一提。单说那赵五好像发疯也似的，奔出了余八叔的屋中，脑中昏乱到了极顶，只知胡乱向前奔去。等到神志稍清，伫了足四下一望时，却已到了十数里外的荒野之中了。方把刚才的事，一节节的想了起来，倒又徬徨四顾，露出无所适从的样子。暗自说道："罢了，罢了！十载的深仇，既没有报得成，不但是这十年来的苦苦练习，完全是归于无用，而且还有什么面目，回到玄帝观中去见师傅一辈人呢？不如一死干净。"想到这里，便想图个自尽的方法。

可是还没有实行得，忽又转念一想道："不可，不可！我和那余八叔本有上十载深仇的，如今仗着那铁匣之力，眼见就可把他烧死，不料从中又钻出他的师傅无住和尚来。不但使得我功亏一篑，还把我的两件法宝都打落在他的手中，这不更是仇上加仇么？无论如何，我就是自己没有这力量报得此仇，也定要走遍天涯，访寻能人，代我去找着他们师徒两人，了却这一重公案，方雪了心头之恨。如何如此的懦弱，竟要一死了事呢！"

正在这个当儿，忽觉有人在他肩上拍了一下，并笑着说道："如今报仇要紧，立在这里呆想，又有什么用处呢？"这一来，倒把赵五骇了一跳。忙回身瞧看时，却见在背后说这话的，就是说他脸带晦气，报仇不成，并赠他铁匣的那个赛半仙。

赵五和赛半仙只有一面之交，原无什么深切的感情的，但在此时，他正酷念着要报此深仇，而且想觅到一个能人代他报仇，而赛半仙恰恰不先不后的到来。加之赛半仙的神术，又是他所心折的，那代他报仇一件事，他虽不完全属望在赛半仙身上，却至少总有一半是属望着赛半仙的。所以他见了赛半仙，好似他乡遇故知一般，露着十分亲热的样子，很欣喜的说道："相士，我正弄得走投无路，不知如何是好。如今有你到来，我有了生路了。"

赛半仙微微一笑，还没有回答什么。赵五又接着说道："相士，你真不愧是个神相，我果然被你料着，没有报仇得成，反铩羽而归了。幸亏有你给我的那只铁匣保护着，总算保全了性命。所可恨的，后来又钻出来了一个无住和尚，竟把你的那只铁匣也打倒在地上了。"说着，又把去报仇时的一番情形，约略说上一说。说完以后，又加上一句道："相士，你看现在我该有怎样的一种办法，请你明白的教导我，我是方寸大乱，一点主意都没有了。"

赛半仙道："你所遭到的种种事情，就是你不向我说，我亦已有所知，所以在你未向我请教以前，我倒已替你想定了一个办法了。只不知你赞成不赞成？"赵五忙道："什么办法，快些讲给我听听，只要能报得仇，我没有不赞成的。"赛半仙道："不要忙，让我细细对你说。不过这里不是谈话的所在，我们且到那边树林中，坐下来谈一回吧。"

赵五把头点点，即跟着赛半仙同到了树林中，席地坐了下来。又两眼望着赛半仙问道："究竟是怎样的办法？如今你该可以说了。"赛半仙道："我先问你，这无住和尚究竟是个何等样的人物，你也知道么？"赵五摇头道："不知道。"赛半仙笑道："我对你说了吧，他不过是昆仑派中的一个附属品，他那徒弟余八叔更是附属品中的附属品，尤其不足道了。如今我们要想个法子把这昆仑派灭了去。不但是把昆仑派灭了去，并连这崆峒派，也要使他们同归于尽。如果真能办到此事，两派中人再也不能有一个幸得漏网的了。那无住和尚师徒俩，难道还能单独活命不成？那时你的仇，不是也就暗暗报了么？"

赵五道："你这番话果然说得很是爽快。但照我想来，凭着我们二人的力量，要把他们师徒俩对付着，已不是一件容易的事情。如今竟要把这两派一齐扫灭，这如何办得到？你难道没有细细想上一番么？"赛半仙又笑道："我不是欢喜说空话的人，既然向你说得这番话，当然曾经细细思量过一番，而且定要见之实行的。我且问你，李成化不就是你的师傅么？镜清道人不又是你的师祖么？他们二位都是有上了不得的本领的。而我的师傅哭道人，本领虽及不上他们二位，然决不在昆仑、崆峒两派人之下，这是我所信得过的。倘然他们三人，肯戮力同心，合在一起干着，刚才这件快心的事情，不是就可干得成了么？”赵五听他说到这里，不觉也露着十分兴奋的样子，忙问道：“此话怎讲？”赛半仙方把哭道人立意要和昆仑、崆峒两派作对，定期摆设擂台，招罗天下英雄，并要请镜清道人或是李成化前去充当台主的一番事情，一齐说了出来。

赵五沉吟着道：“好是好，只是敝师祖近来不大爱问世事，敝老师也和从前变了样子，不甚爱管闲账，而且和昆仑、崆峒两派中人，还多有些往来。如今令师要请他们前去充当台主，恐怕不见得肯答允呢！”赛半仙道：“这倒不然。昆仑、崆峒两派中人，令师祖和着令师虽和他们多有些往来，但只是表面上的一种虚伪交情，其实心中也不以这两派人的骄横为然，这是我所深知的。但因没有人发难，也就隐忍着罢了。现在既有敝老师肯做这个戆大，谅来他们没有不乐从的。而且充当台主，又是另外一件事，不见得就表示是和昆仑、崆峒两派人作对呢。”

赵五觉得此话很是说得不错，一壁暗想：“也罢！我就打这条路进行吧。万一侥天之幸，师祖或是师傅对于哭道人这个要求，竟是答允下来，那昆仑、崆峒两派人的灭亡之期，谅来也就不远了。我的仇，不是就在暗中报了么？否则，单独的为了我的事情，要请师傅替我前去报仇，不但说出来不大顺口，而且在事实上也有些难于办到呢。”当下便欣然的说道：“好，好！让我先去对我师傅说知。倘然你能和我同去，那是更好的了。”于是二人一同起程，向着山东潍县进发。

不一日，到了玄帝观中，赵五即领了赛半仙，前去参见李成化。略叙客套，赛半仙即把来意说明。李成化听了，倒是十分赞成，只见他很高兴的说道：“这倒也是一件大快人心的事情。本来这两派的人，太骄横得不成样子。以为除了他们两派之外，天下没有什么能人咧。只恨我的本领太浅薄一些，在旁边摇旗呐喊是可以的，若要我充当台主，那就要给人家笑话了。不如让我上一趟冷泉岛，去把我师傅镜清道人请了出来。倘能得到他老人家的允许，这件事情办起来，那就可有十分的把握了。”赛半仙见他肯出于自动，要去把镜清道人请出来，暗中当然喜不自胜。当下又向他说了无数好话。李成化随即嘱咐赵五并一众徒弟，好生把赛半仙款待着，自己立刻上冷泉岛去了。

数日之后，已见他回到玄帝观中，见了赛半仙，劈头劈脑的就说上一句道："这倒是我所不及料的。"赛半仙倒被他骇下一大跳，以为事情已是失望了。赵五自然也是很关心这桩事的，听了也非常的不得劲，忙抢着问道："怎么，莫非祖师爷不肯允承充当台主么？"李成化道："不，哪里会有这种话！我所以十分称奇的，因为他老人家不但接受了我们的请求，而且据他自己说，还和他们是有夙怨的呢。"

二人一听这话，早把心上一块重石放下，便又同声问道："原来是有夙怨的，到底是怎么一回事呢？"李成化道："他老人家最初住居到冷泉岛，创设出长春教，举行收女门徒的典礼的时候，不是曾请三山五岳的道友，前去观礼的么？那金罗汉吕宣良倒也不远千里而来，也是列席观礼者之一。当场并没有什么话说，不料他观礼已毕，在离开冷泉岛，回向自己洞府的时候，却笑着对一个道友说道：'这次的典礼虽是十分隆重，然而照我瞧来，处处不脱一个邪字，离着正道甚远。所以这长春教主饶他有多大的本领，至多只能算是一个外道的魁首。所可怪的，这班女门徒既具有这一种坚毅不拔的志向，当然也是很有夙根的，为何不寻求正道，却去跟他学习邪道？将来正不知伊于何底呢！'说到这里，叹息上一阵，又顾着跟随他的那两头鹰，微笑的说道：'你们虽是扁毛的禽类，却比她们来得聪明多了，不愿接近邪教，只愿一辈子跟着我呢。'这番话不久就传到了他老人家的耳中，当然十分恼怒。不过懒得多事，也就隐忍下来。如今既出上这么一回事，正是他修报夙怨的好机会，怎么还会不高兴担任呢？可是他老人家素来是十分缄默的，以前从没有对我说过这件事，所以我听了之后，倒觉得十分诧异呢。"

赛半仙道："如此好极了。不过这擂台开台之期，大概总在来年三四月间。从冷泉岛到邛来山，倒也有上一点路程，所以今年年底就得动身了。他老人家总已知道了吧？"李成化笑道："这倒不相干的，他老人家是会御风术的，你难道没有知道么？邛来山虽是相距甚远，然在他老人家看来，好似就在邻近一般，不当得怎么一回事呢。不过他老人家又有说话吩咐下来了，他说这一次摆设擂台的地点，虽是僻在四川的邛来山，然而一旦传说开去，一定三山五岳皆会知道得这件事。加之我是素来不轻易出冷泉岛的，忽又担任下了这台主，那更是值得令人注意的了。说不定昆仑、崆峒两派中的能人，都要前来出手一下。万一弄得不好，恐连昆仑派中的吕宣良、崆峒派中的甘瘤子，他们依为台柱子的，都要亲自出马呢。”

赛半仙听到这里，忙谗言道：“这话倒是不错的，那无住和尚并已亲口对我说过，到了擂台开打之日，他定要赶到邛来山下，和我们拼上一拼的。不过吕宣良同着甘瘤子这一班人，究竟会来不会来，现在却还不能预先知道呢。”李成化笑道：“你不要性急，且听我再说下去。他老人家因此又说，凭他自己的这点本领，就算他们全来了，或者在擂台上，也不难把他们一齐打倒，不过还不是万全之策。他却又有一个更巧的算计儿呢。”说到这里，略停一停。赛半仙虽不好意思再向他打岔，心中却一刻也不能忍耐得，似乎向他催着道：“快说，快说！究竟是怎样一个巧的算计儿呢？”随听李成化接着说道：“他老人家的主张是这样的，最好想个方法，使这两派中的重要人物，在我们摆设擂台的时侯，一个个都病了倒来。虽有要来打擂台的这条心，却在实际上万万办不到。这不是很有趣味的一桩事情呢？然而在平常人，这种方法是想得出做不到的，他老人家却竟有这么一点法力。他是会摆设落魂阵的，你大概已听人家说过了吧？现在只要他老人家出来摆上一个落魂阵，不怕他们不一个个病了倒来。而且不但是病了倒来，法力如果再厉害一些，简直要使他们一个个魂消魄散，一命归阴呢。”

赛半仙这时再也忍耐不住了，忙又搀问一句道：“这个法子好是好，可是摆设这个落魂阵起来，究竟也容易不容易呢？”李成化道：“容易之至，只是有一桩事，你们须得赶快去办。就是须把这两派中重要人物的年庚八字，打听得明明白白。他老人家根据着，好替他们制成一个个的草人，把八字放在草人的腹中，然后念着符咒，向这些草人礼拜起来。包管不到七天，他们一个个都要显着落魂失魄的样子呢。”

赛半仙道：“这是容易得很的！只是要打听那几个人的年庚八字呢，须得明明白白的吩咐我一声，让我好去打听。”李成化便从怀中取出了一张名单来，说道：“这是他老人家已在这张单上，开得清清楚楚，你只要照着这张名单上所列的，一个个去打听就是了。”

赛半仙便很郑重的取了过来，放在怀中，又问道：“还有什么事情，要吩咐我去做么？”李成化被他这一问，好似又突然的记起了一件事，便说道：“真的，几乎有一件要紧事忘记告诉你了。在这落魂阵中，照例是要供设一位凶神的。当摆设这落魂阵的时候，须先要把这位凶神很虔诚的祭祀一番。但是别的祭品还是寻常，有一种特殊的祭品，却是万万不可少的，少了就不灵验。倒很要费上一些手脚呢。”

赛半仙忙问道：“究竟是一种什么东西？你老说得如此郑重。”李成化道：“并不是别的东西，实是需要着一对童男女。”赛半仙听了，倒禁不住笑了出来道：“我道是什么东西，原来只是一对童男女，这有什么难办，随意抓来两个就是了。”李成化也笑道：“你不要瞧得这般容易，还得听我说下去。他老人家所需要的，并不是寻常的童男女，却指名着要一个辰年辰月辰日辰时生的童男，和一个酉年酉月酉日酉时生的童女。你瞧，这不是有些难办么？”

赛半仙沉吟道：“有了这么一个指定，事情的确有些难办。不过我是业星相术的，只要再挂上一个算命的招子，到四处去走动起来，或者不难把这一对童男女觅到呢。”李成化道：“如此好极了，你就赶快出发吧，我在这里静听好消息呢。”当下赛半仙即写了一封信，把已和镜清道人师徒俩接洽好，及镜清道人主张摆设落魂阵的一番情形，一齐写在上面。并请哭道人赶快把摆设擂台的事，一桩桩筹备起来，免得临时手忙脚乱。即托李成化用飞剑传递的方法，把这信送到四川邛来山上哭道人那边去。一面又邀了赵五一路同行，做个帮手，即作别李成化走了。

他沿路行去，随处设摊，倒也有不少人来请他相面，请他算命。但是辰年辰月辰日辰时生的童男，和着酉年酉月酉日酉时生的童女，却一个也打听不到，不觉有些闷闷不乐。

这一天行到一个闹热的市镇，便在镇上设了摊。正在谈相批命，忙得一个不亦乐乎的时候，忽有一个英武的少年，同着一个清秀的童子，也走近了摊边，即站在摊前的人丛中间观着。只听得那少年向着那童子笑问道：“老弟，你也要请教他算上一命么？像你的八字这么的特别，是不大有得听见的，说不定是一个贵人之造，将来有上远大的前程呢。”

童子道：“表哥，我的八字有什么特别，我自己倒并不知道。”少年笑道：“你的八字中，有上四个辰字，这字难得遇见的，还能说是不特别么？”童子摇头道：“不，我不要请教他。这种算命先生，全是一派江湖气，任他说得天花乱坠，我总是一个不相信呢。”

每当赛半仙摆设摊子的时候，赵五也装着瞧热闹的人，总在旁边伺察着，暗暗做着赛半仙的耳目。这时这番话早已传入他的耳中去了，不禁暗自欢喜道：“好了！果然有个辰年辰月生的人来了。这是一个送上门来的主顾，我得好好的注意着他，万万不可让他在我们手中溜了去呢。欲知这童子是何人？”

再向赛半仙瞧时，虽正和一个老者算着命，看去却也已听得了这番说话，连连向他使着眼色。似乎教他对于这个童子，特别注意一些，不要放他溜了。一会儿，又听那童子说道：“这也只是一派老生常谈，没有什么可听。表哥，时候已是不早，我们不如回去吧，母亲恐怕已在盼望我呢。”那少年把头点点，便带了童子向前走去。赵五哪肯失去机会，也就悄悄尾随在后。好在他们二人沿路闲瞧着，并谈得十分高兴，所以虽有人在后尾随着，他们却丝毫也没有觉得。

渐行渐远，已离了闹市，走入田野之间，顷刻间，又到了一个三岔路口。童子忽然立停了足，对那少年说道：“表哥，我们就在这里分手了吧。你可打那边走，我也要沿着这条路回去了。”少年道：“你一个人回去，不要紧么，不要我再送你一程么？”童子笑道：“表哥，你又在说笑话了。像我这么一个人，还怕拐子把我拐了去么？如果真有拐子要想把我拐去，那他的胆子也可算大极了。”

赵五在后听得了这几句话，不觉小小吃上一惊，暗道这童子好大的口气，莫非真是有什么来历的不成？还是他已觉察了我在后尾随着，故意说这几句话，把我骇上一骇呢？想着，忙将身子向一个树林中一躲，免被他们瞧见。

这时那少年和童子，点了一点头，却早已分道各行了。赵五倒又胆壮起来，暗想这少年虽不知是何等样人，然而身体很是魁梧，气概很是英武，瞧去倒是不大好打发的。如今他已管自走了，只剩下这童子一个人，正是天造地设，一个绝好的机会。无论这童子有多大的本领，终究是个童子，自己难道对付不下，还怕他溜了走么？于是，他决定主意，要在这四顾无人的田野中，把这童子打翻了，然后再上了迷药，把这童子带了走呢。

不料，事情很是出人意外，这童子刚才和那少年且谈且行，行步非常迟滞。现在剩下了他一个人，竟健步如风，跑得飞一般的快。赵五别说要上前去打翻他了，便连跟了他走，都觉有些勉强。不免暗暗叫苦道："罢了，罢了！我赵五白白的练了这多少年的功夫，谁知走起路来，竟连一个小孩子都跟随不上呢？"并且这童子好像是知道他尾随在后面，故意要和他开玩笑似的，等到走得太快，两下相距得太远了，倒又向后一望，立停了足。赵五见了，暗暗欢喜，慌忙赶上前去，不料还没有走得近，童子又飞也似的拔足向前走了。

如是的跟随了好一程，早已走入一个小村之中，一个道姑装的妇女，穿了一件红色的道服，正伫立在一家门前闲望着。一见那童子走来，即迎了过来，并欢然的问道："好孩子，你回来了么，表哥呢？"童子道："他本要送我回来的，我阻止了他，他才回家去了。"说到这里，忽然俯下身去，在地上拾了一枚石子起来。便又突然的回了身，将这石子用力掷了出去，一壁笑着说道："那边树上有头鸟，叫得很是烦聒，母亲也听得么？我要把它打了下来呢。"

他口中虽说是打鸟，其实这石子一直向着赵五这边打来，吓得赵五只好撒腿便跑，不敢再向村中行去。回到镇上，找着了赛半仙，合在一处一商量，大家都不肯失去这个好机会，决定夜间就去把他劫了来。料想他们那边，只有一个妇人、一个童子，不见得有什么能为可以向他抵抗呢。

当晚二更敲过，镇上已是万籁无声。赵五便换上一身夜行人的衣服，悄悄离了下宿的地方。好在日间一去一来的时间，已把这途径记得很熟，所以一点不有迷路之患。不一刻，早又到了那小村之中，一瞥眼间，就找得了童子所住的那间屋子。再向四周仔细瞧瞧，确定没有错误发生，便又在地上拾起了一枚小石子，向墙中掷了进去。只听得这石子到得墙内，便扑的一声落在地上，半晌并没有别的声息。知道屋中人已是睡熟的了，便大着胆子，走到墙边，只把身子轻轻一纵，早已到了墙上。再向下轻轻一跃，已到了那屋子的院中了。

正立住了足，借着月光四下观望，觅取进内之路。忽在二十步之外，发现了一团黑影，似乎有人蹲在那里大解一般，倒把他骇了一跳。想要躲避时，那黑影的主人翁，似乎已瞧见了他，同时并立了起来了。就这身度大小瞧去，不是别人，正是他所欲得而甘心的那个童子。不禁又惊又喜，暗想这真是巧得很，不必我去寻找得他，他已自己送上来了。当此夜深人静，门户又关得紧紧的，还怕他逃到哪里去呢？

但是他还没有动得手，那童子却又走了过来，悄悄的向他说道，“朋友，刚才日间我觉察了你在后尾随着我，已知道你或者要光顾我家一次，所以就没有睡。后来听得了你投石问讯的信号，更觉得定是你来了，连忙赶了出来，果然就遇见你了。你到底为了什么事要找着我？不妨明明白白的说出来呢。”

这几句十分尖峭的说话，早把赵五着恼了。他也不暇思索什么，伸出一只手来，就想去抓着那童子。但是童子的身手矫健得很，哪里会被他抓住？没有等得他的手伸到，早把身子一扭，跳到墙上去了。却伸出一支小手，向他招着道：“朋友，原来你是要来和我比武的。那么，现在我在这里，你何不也跳上墙来呢？”这时赵五被那童子激怒得不可言状，也就一言不发，气愤愤的跳上墙去。可是他的足刚刚踏到墙上，童子倏的将身子一扭，已跳到对面屋上，又把小手向他招着咧。这一来，真把个赵五气极了，自然也向屋上赶去。

然而那童子的身手轻灵得很，尽在屋上跳来跳去。累得赵五跟着他跳动，出了一身臭汗，依旧没有把他抓得，手脚却都有些发乏起来。一不小心，竟把屋上的一叠瓦踏碎，立时发出一种声响来。童子忙向他摇手道：“朋友，脚步放轻一些，不要这般鲁莽。在这明月之下，我们两个人在屋上玩一下子，原是一点不要紧的。倘然再发出了什么声音，惊动了我的母亲出来瞧视，那可不是当耍呢。”

但是这话刚刚说完，便已听得一阵脚步声响，跟着便有一个道姑，穿着一身红色的道服，走到院中立定，这就是那童子的母亲了。童子便向赵五埋怨道：“如何？果然把她老人家惊动了。”赵五还没有答话，又听得道姑在下面喊道：“好孩子，在这深更半夜，你同着什么人在屋上谈话呀？”童子笑嘻嘻的回答道：“来了一个很好玩的朋友，所以我睡觉都不想了。母亲也要瞧瞧他么？”

这时道姑似也已一眼瞧见了赵五，便向他招手道：“好的，那么你就下来吧。”赵五心中虽是很不愿意下来，但是不知怎样，经道姑将手一招，竟不由自主的跳下屋来。那童子也就跟着跳下，又向他的母亲说道：“这个人的确很好玩，母亲不妨问问他的来意呢。”

欲知道姑问明了赵五的来意没有，且俟下回再写。

第一百零二回

遭危难半仙呼师傅　显神通妖道救党徒

话说赵五经那道姑将手一招，便不由自主的，从屋上跳了下来。那童子也就跟着跳下，向道姑说道："这个人的确很好玩，母亲不妨问问他的来意呢。"道姑道："这个当然要问的。不过承他惠然肯来，庭中立谈，终不是所以款待嘉宾之道，不如到里边去坐吧。"说着，便又向赵五一招手。赵五这时已同瓮中之鳖，万万逃走不来，也就乖乖的跟着道姑和那童子走了进去。

里边乃是一间客室，地方虽不甚宽广，布置得却是十分整洁。道姑请赵五在客座中坐下后，方含笑问道："请问壮士夤夜来到此间，究是什么用意？我们自问既无财产，足动暴客之觊觎；又无什么仇人，可以招致刺客前来行刺，所以我们觉得很是疑惑呢。"赵五经她这么一逼问，倒有些局促不安起来。暗想真话是万万说不得的，还不如承认是觊觎财产的暴客吧。便回答道："只因路过此间，偶然缺少银钱使用，所以想到尊府来告借一些盘川，不料事情没有得手，却被你们识破行藏了。自知罪该万死，不过请念我是初犯，就把我释放了吧。下次无论怎样贫困，再也不敢干这营生了。"

那道姑听了这番话，还没有回答什么，那童子却早已哈哈大笑道："你不要向我们撒这瞒天大谎了。你以为我们不知道你的行藏么？你日间巴巴的尾随着我来到这里，晚间又偷偷的跳到屋中来，难道还能说是偶然么？还能说是只为觊觎财产而来，并不为别的事么？你还是赶快把真情说出，哼，哼！否则我可要对不住你了。"说着，举起两个小拳头，向他扬了扬。赵五虽然有些惧怕，却还是不肯直说。

那童子又冷笑一声道："哼！你道我们是什么人，你竟敢在我们面前作刁么？实对你说，我的母亲，就是外面大家称为'红姑'的。你小爷就是陈继志。你从前大概也已早有所闻吧？"这童子管自说得高兴，那道姑却在一旁叱道："我们也不要和他攀亲配眷，你在这些无名小辈面前，又何必通名道姓似的，把我们的真姓名说出呢！"

可是赵五一听说这道姑就是红姑，这童子就是陈继志，更加觉得有些着急了，暗道："怪不得他们有这般的本领，我怎是他们的对手？我在他们手中栽筋斗，自也是意中之事呢。只怪我自己太粗心一些，事前没有细细打听，现在可弄成个来得去不得的局面了。"这时却又听陈继志说道："你既不肯把来意说出，我也不要你再说了。那个挂着赛半仙招牌的算命先生，不也是你的同党么？别人虽瞧不穿你们诡秘的行踪，我却只在摊前站立上一些些的时候，已把你们的关系瞧了出来了。如今只要把这赛半仙捉了来，再把他搜上一搜，不怕不尽得真相呢。"这话一说，更把赵五急得跳了起来道："这使不得！我和他虽然有些相识，却是一点关系也没有，千万不能连累他呢。"说着，就要向外奔去，似乎欲图逃走的样子。陈继志见了，只伸出他的一只小手，用食指向他虚点一点，赵五立刻又身不由主的坐了下来，好似被定住在那里了。

陈继志便又笑道："这里是什么地方，岂容你轻易走动的？还是静静儿坐在那里吧。至于赛半仙和你，究竟有关系无关系，你徒然白着急也无用。而且你越是着急，越是把这句话证实了。不如等我的表哥桂武到来，去把赛半仙捉了来，自然可以得到一个水落石出了。"

不一会儿，天已大亮，陈继志便去把他的表哥桂武叫了来，却就是日间同着他在一起的那个少年。只见他们低低的商议了一回，便一同走了出去，不到多时，果然把那赛半仙捉了来了。二人相见之下，虽不曾说上什么，却都露着一种嗒丧之色。便又见陈继志将小手一拍，向着赵五说道："如今你可再不能狡赖了。我们已在这赛半仙身上，搜出了一本小册子，上面载着许多人的年庚八字。我的姓名虽没有写在上面，却在另一行中，大书特书的写着辰年辰月辰日辰时生之童子一名等字，这不明明指的是我么？照此看来，你们定是妖人无疑，只不知有无指使之人。如果确非出自你们本意，有人指使你们来的，还是从实招来为妙。免得责打起来，反使皮肉受苦呢。”

二人听了这话，又很迅速的互相看了一眼，似乎彼此在关照着说：“我们只承认是妖人便了，若问什么人指使我们到这里来，万万不可说出。至于摆设落魂阵摄取生魂等事，更是无论如何不可向人宣泄的啊。”因此二人都把头摇摇，表示并没有受着什么人的指使。

这一来，可把桂武着恼了，随手取了一根棍子来，向二人夹头夹脑的打去。赵五虽还是咬紧牙关，用足功劲忍受着，不肯吐露一个字，然久而久之，功劲也有些懈怠下来，渐渐露着受不起痛苦的样子，竟不住声的嚷起痛来。只有那赛半仙，却依旧夷然自若，行所无事。这棍子虽密如雨点一般的打到他的身上去，他并不东闪西躲，好像一下也没有挨受得，只是哼哼的冷笑。

桂武看在眼中，不免有些诧异道：“照此看来，你这厮确是一个妖人，的确有些妖法，竟能挨受得这一顿棍子。但是你投在他人的手中也就罢了，偏偏又遇着我，乃是最最不怕妖法的。无论你是怎样的厉害，我总要想个法子，破了你的妖法呢。”边说着，边又唤着陈继志道：“你快到后院中去，捉着一只鸡把来杀了，将那鸡血陈在碗中拿了来，让我浇在他的身上。再去取一根篾条来，插在他的谷道中。这都是破妖法的好过节，不怕他不要喊痛起来呢。”

赛半仙一听这话，果然暗暗有些吃惊，私忖道：“我所最最惧怕的，确就是这两门。如果真的如此做来，我的法力不免立刻就要完全失去，这一下下的棍子，也就很着实的挨在身上。说不定我的这条性命，都要交托在这棍子之上咧。”同时忽又想起当他的师傅哭道人，遣他出来访寻能人的时候，快要拜别了师傅上路了，忽又露着踌躇之色。师傅便问他：“为何如此？”他道：“我是向来伏处在师傅的帡幪之下的，没有离开过师傅一天；如今忽然只身出门，远走天涯，说不定要遇到什么敌人。自问本领很是浅薄，万万对付不过人家，而急切间又得不到师傅的保护和救援。一旦想到这里，不觉有些胆怯起来呢。”

师傅笑道：“你真是胆小极了。但是你尽管放心，你此次出门远去，虽是骤然和我分离了，其实仍是和我在着一起一样的。你如果遇了什么灾难，我自然会前来援救你，保护你呢。”他听了这话依旧露着疑惑的样子，似乎以为这只是师傅壮他胆的一种说话罢了，事实上决计不能真是这样的。可是师傅早已瞧出了他的心思，便又笑着说道：“你不相信我的说话么？那不妨将来再说。你此后只要记着，如真的遇着十分危急的时候，可大呼三声‘师傅快来救我’，我就在千万里之外，自然也会立刻前来救你的，决不使敌人轻损你一毫一发呢。”

他疑心参半的拜受师言，可是出外以来，并未遇着什么危险，所以尚没有试验过一次呢。现在，可真是大难当头了，不管师傅这番说话可信不可信，呼唤起来灵验不灵验，不如且试验上一下吧。倘得呼唤之后，师傅果然立刻到来，不是就可转危为安，有了生机么？他一想到这里，胆又壮了起来。便不待他们前来处治他，即大声唤了起来道：“弟子有难，师傅快来救我！”

他这一声刚出口，倒引得陈继志笑了起来道：“你这个人真是脓包，怎么高声唤起师傅来了？你师傅又不在你的身旁，哪里会听得到你的呼救之声呢？老实说，我虽是一个小孩子，还不愿玩这一手。我劝你还是住了声，不要惹人笑话吧。”

这时赵五也觉得陈继志的这番话说得不错，暗怪赛半仙也太没用了，又不是小孩子，为什么吃了人家的亏，就要高声唤起师傅来，这不明明是示弱于人么？可是赛半仙一心要脱此大难，依旧信任着师傅这句说话，希望他立刻即显灵验。所以尽着陈继志在旁取笑着他，他一点不以为意，又连唤上二声“师傅快来救我”。

说也奇怪，当他未唤这三声以前，天空中净无纤云，现着一派晴朗的气象；比及这三声喊了出来，外边立刻起了一阵大风，天也跟着黑了下来。而就在这晦冥之中，隐约瞧见一只大手，从屋外伸了进来。只很迅速的一攫手间，早已把赛半仙摄到上面去了。却又听赛半仙带着惊惶的声音说道：“师傅，师傅！我还有一个同伴在这里，也请你老人家一并把他救了出去吧。”这时赵五忙也高声说道：“我在这里，我在这里！不过我已被他们用定身法定住了。”即听得一个苍老的声音，似乎带着笑在说道：“定身法算得什么，我也把你救出去就是了。”随见那只大手，又是向下一攫，这个定住在座位上的赵五，便又被他摄到外面去了。接着，风也歇了，天也开朗了，又回复了以前的样子。

红姑、桂武等人，骤然遇见此等奇事，不免略略呆上一呆。等到心神稍定，随即出至庭中一瞧，只见屋脊之上，立着了三个人，除了被摄出去的两个人之外，还多上一个老道，这大概就是那赛半仙的师傅了。这老道一见他们走至庭中，便向他们说道："你们胆量好大，竟把我的徒弟欺侮起来了。如今我已到来，怎能宽饶你们？定要和你们好好的算一下账呢。"说着，又把红姑凝视了一下，指着说道："你不就是红姑么？我早就打算找着你了。你现在倒又平白地把我的徒弟欺侮起来，我哪里还能放过你！你还是知趣一些，赶快跳上屋来，和我见个高下吧。否则我也就要请出飞剑来，取你的首级了。"

这话一说，把这炉火纯青的红姑，也惹怒得直跳起来，立刻掣出佩剑，要和这老道较量一下。却被桂武出来，把她拦住道："量这妖道有多大的本领，何必要姑母出去和他较量？侄儿虽是不才，自问已足够和他周旋一下。请看我不上十个回合，就把这妖道的首级取了来咧。"

陈继志也在一旁嚷着说道："其实母亲和表哥都不必出得马，只让我一人前去便了。瞧这妖道须发虽已苍白，好像已是有上一点年纪了，然而不教他在我小孩子的手中，大大的栽上一个筋斗，我也不姓这个陈。"说完这话，也不待二人许可，略把身子一耸，早已上了屋脊。即扬起两个小拳头，向着老道说道："来，来，来！我们先走上一百个回合吧。"

老道却露着夷然不屑的样子道："你这个小孩子，莫非存心要来送死吧！谁耐烦和你走这趟子，还是赶快换上你们的大人来。"这时桂武也已跟着跳上屋来，即嚷着说道："你别要小觑他，他比你要强得多了。不过你既不愿在他的手中栽筋斗，就和我来走上一两个趟子也使得，横竖是一样的。"

正在这个当儿，不知怎样一来，倒又把冷在一旁的赛半仙提醒了，登时叫了起来道："师傅，你不必和这汉子多费手脚，只把这个小孩子夹在身边，赶快的一走就完了。我们所以来到这里，就是为着这个孩子，他是辰年辰月辰日辰时生的啊。"老道一听这话，连忙答应一声："知道了。"边躲过了桂武挥过来的拳脚，边就向陈继志冲了来。好一个陈继志，人小胆气粗，见那老道向他冲了来，不但不露惊惶之色，反而觉得十分高兴，也扬起两个小拳头，向他迎了过来。厮斗上好几个回合，竟然不分胜负。

老道见单凭着真实本领，竟不能战胜他，不觉有些着慌。又见红姑全身红服，结束停当，似乎也要跳上屋来助战的样子，更觉事情不妙。如果等到三人一齐出手，用着车轮战的法子和他厮缠起来，那就难于对付了。他一想到这里，立时起了恶念，即把鼻子向上一掀，两眼向下一挤。说也奇怪，在这一掀一挤之间，即有股黑雾一般的东西，从他的眼鼻间飘浮出来，充塞于天空之中，黑漫漫不见天日。同时更有冷如冰坚如雹两道的泪泉，从他的两个眼眶中激射而出，直向陈继志的面部及全身打去。

陈继志尽他本领怎样高强，究竟只是一个小孩子，哪里见过这种妖法？而且这些冰雹也似的东西，来势非常凶猛，挡都挡他不住。比及射在面部，面部立时发肿；射在身上，身上也立时生痛，觉得全个身儿都有些不自在，因此手脚不免略略迟缓下来。可是在这手脚略缓之间，就给了那老道一个可乘之机了。他立刻踏上一步，又伸出生铁也似的一只臂儿，只轻轻的向陈继志的腰间一夹，即把陈继志夹了起来，飞也似的向前走去了。

这时红姑也已跳上屋来，在那将要散尽的黑雾中望出去，早已失了那妖道和陈继志的所在，只有个桂武呆如木鸡的立在一旁，连先前的那两个歹人，也走得不知去向了。红姑不觉跺足道："这是怎么一回事？志儿竟被这妖道夹了去了。桂武，你也瞧见这妖道是向哪方走的呢？"

桂武经这一问，方才如梦始觉，即伸出手来，向着远远的云端中一指说道："这妖道端的好本领，竟会腾云驾雾的。姑母，你瞧，这云端中远远的现着一个黑点，不就是他把表弟夹在身边，飞速的向前逃走么？"红姑听了这话，向云端中一瞧时，桂武的说话果是不错。自己刚才因着继志骤然失去，心中十分着急，连耳目都失去固有之聪明，一时竟没有瞧得到，真是三十年老娘倒绷孩儿了。可是她也是会腾云术的，当下也不答话，即两手一挥，身躯向上一踊，也立刻驾起一片云来，向着那黑点直赶而去。

红姑的腾云本领，毕竟不输于那妖道。赶不上多少时候，这黑点越显越大，彼此竟相距得很近了。红姑即扬声向他警告道："妖道，你不要逃走，如今可被我追赶着了。快些把这孩子还我，万事全休。哼哼，否则我可要请出飞剑来，取你的首级了。"那老道依旧不肯停止前进，只冷笑了一声，也扬声回答道："你有飞剑，难道我没有飞剑，就会怕了你么？而且你的飞剑就算十分厉害，但是现有你的儿子，被我夹在身边，你如果伤了我，不免就要连带的伤了他。你怀了投鼠忌器的心思，恐怕也不敢轻于施展吧。”

红姑听他这番说话，虽然迹近要挟，但是事实上确有如此的情形，这飞剑是不生眼睛的。继志已被他夹在身畔了，既然能伤得他，不免也要伤及继志。而且他如果遇着十分危急的当儿，说不定要陡起恶念，先把继志杀害了再说呢。

这样一想，不免抛去了武力解决的主张，便又声口很和平的，向那老道问道：“我自问与人无怨，与世无仇，而与你这位道友，素来似风马牛之不相及，更谈不到怨仇二字，你如今平白无故的，为什么要把我这孩子劫了去呢？请你快些说出理由来。”老道笑道：“我和你果然似风马牛之不相及，也无仇怨可言。不过你不是红姑么？你不又是昆仑派中鼎鼎大名的人物么？有了这点关系，那我前来找着你，并把你的儿子携去，似乎就算不得怎样兀突了。”

红姑一听这话，更露着十分疑惑的样子道：“你这句话是怎样讲？我倒有些不懂。”老道便又哈哈一笑，方很明白的讲了出来道：“实对你说了吧，现在昆仑、崆峒两派的人，实在太嫌跋扈一点了。派外的人对他们侧目，当然不必说起，而我更是最最反对这两派的一个人，决计不问成败利钝，要和他们周旋一下的。如今恰恰遇着你正是昆仑派中的重要人物，我哪里还能把你轻轻放过呢？”

红姑道：“瞧你这个妖道不出，倒有这般大的口气。不过，你反对昆仑、崆峒两派也可，反对昆仑派中的我也可，你如果要找着我斗一下法力，我是决不躲避的。至于这个孩子，与你年岁相差得太远，你就是真的胜了他，也算不得怎样荣耀的事。你又何必定要把他劫了去呢？”老道干笑道：“关于这个孩子的事，却又属于另一问题了。如今免得你的疑惑，索性一齐对你说了吧。我在明年五月五日端午节，在四川邛来山下摆设擂台之外，还要设下一个落魂阵，你大概还没有知道吧？却预定下在摆设此阵之先，须觅得辰年辰月辰日辰时生之童男一名，和着酉年酉月酉日酉时生之童女一名，备作祭旗之用。如今你的儿子八字中有上四个辰字，恰恰合上这种资格，正是觅都觅不到的，我哪里还肯舍去他呢。而且我的摆设落魂阵，正是为惩治昆仑、崆峒两派人起见。现在祭起旗来，竟选着一个昆仑派中的童男，真是再凑巧也没有。如能再在崆峒派中，觅得一个酉年酉月酉日酉时生的童女，珠联璧合，那就更好了。”

红姑听说他要把继志当做童男拿去祭旗，不觉又大怒起来，也就顾不得许多，边向前飞速赶去，边把唇吻张动，似乎立刻就要动手，把飞剑飞了出去。那老道却一点不在意，反把继志故意擎得高高的，几乎要和他的这颗头相并。笑着说道：“你尽管把飞剑赐下来吧，这是我很好的一面藤牌呢！”瞧瞧那继志时，却听他高高的擎着，手足一动也不动，似乎已死了去了。

这一来，倒又触动了这慈母的悲怀，不但已失了向人动手的勇力，反又很惶恐的向那老道问道：“好一个妖道，你怎么竟把我这孩子扼死了，我与你势不两立啊！”老道忙向她安慰似的说道：“请你放心吧。这是很难觅得的一宗宝物，我在未祭旗以前，把他看护起来，一定要比你对于他还来得加倍注意，决计不肯无缘无故把他扼死的。这不过恐他脾气不好，要在我手中挣扎个不休，所以替他上了一些蒙药，使他得安然睡去，实在是一点不妨事的啊。”红姑经他这么一解释，心神方才略定。

还没有说得什么话，却又听那老道十分得意的说下去道：“我从前听说你红姑，是一个了不得的人物，又是一心修道的，总以为你对于一切尘缘，一定瞧得很是穿透的了。不料照现在这番爱恋儿子的情形瞧来，完全与世俗的女子没有什么两样，还说什么能勘破尘缘，还能称得什么修道之士呢？咳！你们昆仑派中所谓的能人，所谓有道之士，大概都是如此的吧？”

红姑起初听到这番嘲笑的说话，很露着爽然若失的样子，觉得老道这番说话，不可以人废言，倒也说得不错，自己对于尘缘，确乎太重了一些了。可是转念一想，顿又醒悟过来。关于伦常的事情是人道，一般人所欲修持的是天道，人道与天道，原可合而为一的。母子骨肉至亲，母慈子孝，才算是伦常之正轨，怎可因了修道，便可把母子一伦废了呢？如果说是修道之士，定须把伦常一概忘却，骨肉视同路人，其说乃似是而实非，适自暴露其为邪道外教罢了。当下也就不作一声，依旧向前追赶。

那老道却又说道：“也罢！我瞧了你这番爱恋儿子的情形，倒也把我这颗心软下来了。如今我并非一定要把你儿子拿去祭旗，只要你在明年五月五日之前，能替我找得一个与你儿子同一庚造的童男，代替你的儿子，那这孩子就有生还之望了，你看怎样？”

红姑这时愤怒已极，再也不耐和他多谈下去，即把口一张，即有一道白光飞越而出，直取老道首部。老道却也机灵得很，知道红姑已把飞剑斫来了，也就不慌不忙的腾出一只手来，从腰间轻轻掣出一柄拂尘，向空中这么一挥。只这一挥之间，便也有一股黑光飞出，恰恰把这白光挡住了。于是边尽这黑白二光在空中激战着，边仍一个逃，一个追，彼此借着云力，飞也似的追赶下来。

不一会儿，隐隐见前面露着一个大黑点，似乎有一座高山矗立在下边。即见老道重重一拂拂尘，将那白光略略挫退了几寸，然后突然的回过身来，再把拂尘一拂，又把这重行冲射过来的那一道白光挡住了。方向红姑朗声说道："我便是哭道人，就住在下面这邛来山中。如今要少陪了，你以后如果要来找着我时，尽可来到这山中，向我的洞府中找寻便了。"说完这话，又把拂尘重重一拂，即一个筋斗云，翻到下面去了。红姑救子心切，哪里肯把他舍去？也是一个筋斗云追了下来。

可是到得平地时，哭道人身手好快，早已走入一座石室之中，两扇石门砰的关上，竟如天衣无缝，连一些裂隙都瞧不出来了。红姑在石室外徘徊了好半晌，竟找不得一条入路，不觉万分懊丧道："我真是三十年老娘，倒绷孩儿了。我自问有下绝大的本领，无边的法力，任何人都不是我的对手。不料今日遇见了这个小小的妖道，竟会这般的手足无所措起来，这是从哪里说起啊。"想要去到别个道友处，搬来救兵，援救他的儿子时，又觉自己在道中是颇有声名的，今日竟会见挫于一个小小的妖道，弄得无法可想，反要求救于人，实是莫大之羞辱，哪里开得出这张口？

正在进退维谷之际，突然在他的身旁，轰的起了一声巨响，顿把思潮打断。原来有一大块顽石，恰恰落在距离她的立处不到一尺的地方，险些儿把她的头都打破呢。不禁骂道："好一个险狠的妖道，竟要暗箭伤人么？"但当她抬起头来瞧看时，并不见妖道的踪迹，只有两只巨鹰在空中磨旋着，跟着又叫了两声，似乎向她打着招呼一般。于是红姑立时认得这就是金罗汉所调养的两只神鹰，不免又带笑带骂的说道："好胆大的两个顽皮东西，竟把你们老姐姐也戏弄起来么？"正在这个当儿，又见白发飘萧的金罗汉吕宣良，也从空而降，含笑呼着他道："红姑，这两个顽皮的东西真可恶，你也受了惊么？"

欲知金罗汉到来何事，且俟一百零三回再写。

第一百零三回

喷烈火恶道逞凶　突重围神鹰救主

话说红姑追到哭道人的洞府之前，徘徊观望之际，忽有一块顽石，打落在她的脚前，不免小小吃了一惊，忙抬头观看时，却认识出是金罗汉所调养的两只神鹰，向她恶作剧。同时，白发飘萧的金罗汉吕宣良，也从空而降，含笑呼着她道："红姑，这两个顽皮的东西真可恶，你也受了惊么？"红姑边回答没有受惊，边向金罗汉行了礼。

金罗汉便又把手向他一招道："你也不必呆立在这里了，快随我到那边树林中去，我有话要和你说呢。"红姑当然点头答允，随即跟了金罗汉，走到一所浓荫密布的树林前。在刚要走入林中去的时候，金罗汉忽又立住了足，从身边取出一块佩玉，挂在树林之上，方同红姑一齐走入林中。红姑瞧见这种举动，心中很觉疑诧，但又不便询问。金罗汉却早已瞧出了他的意思，即哈哈一笑说道："你以为我的举动可异么？但是属垣有耳，我们不得不加意防范一下呢。你不知道，这厮的本领的确很是不小，居然有上千里眼、顺风耳种种的神通，不要说在这里他的辖境之内了，就是远在数千里之外，只要他把心灵一动，精神一注，无论什么事情，也没有不被他瞧了去、听了去的。不过他的神通虽大，我的这块佩玉，却有抵制他的功用。只要把这块佩玉挂在外边，就能阻隔一切，他的什么千里眼，什么顺风耳，一点都施展不出了。现在我们尽管在这树林中安心谈话，就是声音放高一些，也不怕他听了去呢。"边说着，边即席地坐下。

红姑也坐了下来，因为救子之心甚切，没有等金罗汉开得口，即先向金罗汉请求道："继志那孩子一时受着挫败，不幸落在那妖道的手中，现在已被他摄进石洞中去了，幸喜你老人家恰恰到来，这是那孩子命不该绝，请你老人家赶快施展一点法力，就把他救了出来吧。否则我也顾不得什么，要单身独人前往，和这妖道拼上一拼了。"

金罗汉听了，只微微一笑道："红姑，你为何如此着急？难道忘了'小不忍则乱大谋'那句古训么？继志这孩子被妖道劫了去，我们当然不能置之度外，要去把他救了出来的。但是这座石洞，你倒不要小觑它，恐比金城汤池还要险固到十倍。就仗着我们这点能耐，急切间不见得能把它打得开。而且听说洞内各处还满布着机关消息，如果不把它的内容打听清楚，贸贸然就走了进去，那是机关和消息不会和人打招呼的，十有八九要碰落在上面。一掉落在这陷阱中，任你是铜筋铁骨，一等一的好汉，也要筋断骨折，称能不来，万无生还之望了。所以我劝你还是暂时忍耐一些，不久我们就有法子的。好在妖道把继志劫了去，是要把他作祭旗之用的，在来年五月五日之前，他不但不肯加害他，还要加意的照顾他。我们就是暂时不去救他，也没有多大的关碍呢。换一句话说，大概也是这孩子命中应有上这一场灾劫，不如让他去历劫一番吧。"

红姑觉得金罗汉这话说得很是有理，想起自己拼一拼的那种主张来，未免近于鲁莽割裂了，但仍很不耐烦似的问道："但是依你老人家看起来，我们应该等到什么时候，方可去救这孩子呢？"金罗汉道："不远了，不远了！唉，免得你心中焦急，我再把详细的情形向你说上一遍吧。那妖道自从得到李成化飞剑传来的书信之后，知道镜清道人不但允充台主，还肯替他摆设'落魂阵'，心中欢喜得了不得，因此一面筹备摆设擂台的事情，一面他自己也在物色祭旗用的童男女。不料离此山二百多里外的一个张家村中，恰恰有一个小姑娘，正是酉年酉月酉日酉时生的，不知怎样一来，竟被他打听到了。总算还好，他并不用强劫取，只用甘言去骗那小姑娘的父母，说是因瞧见这小姑娘生得十分可爱，意欲收为义女，常常放在自己身边。倘然他们肯答允这件事，他就是重重的出上一笔钱，也是情愿的。这小姑娘的父母，究竟是愚夫愚妇，没有多大见识，听得有钱到手，心花都怒放了，哪里还顾到小姑娘的将来问题？并这妖道欲把小姑娘收为义女，究竟含有恶意没有，即轻轻易易的答允下来。"

红姑听到这里，忍不住搀言道："如此说来，这妖道所要物色的童男女，已完全被他物色到了。但是你老人家讲述这件事，又有什么用意？难道这小姑娘的父母又后悔了，也想把这小姑娘救了出来么？"金罗汉道："非也。唉！红姑，你不要这般的性急，且静静的听我说下去。妖道把这件事讲妥之后，便取着急进的步骤，立刻拿出钱来，就要带着这小姑娘同走。这时她的父母倒又有些割舍不下了，竟三人相持着大哭起来，不肯就让那妖道把她领去。后来大家说好说歹，总算说明暂准这小姑娘留在家中一月，让他们略叙骨肉之情，等到一月之后，再由这妖道前来把他领去。在这中间，我恰恰经过这张家村，知道了这件事情之后，忙去和那小姑娘的父母会面，把这妖道的历史和诡谋，一齐告诉了他们，劝他们不要上当。他们倒又大大的后悔起来，但是惧怕妖道的妖法，竟闹了个面面相觑，无法可想呢。我因又好好的安慰他们一番，并答允届时自会去援助他们，决不使那妖道得手而去的，他们方觉得略略安心了。现在一月之期快到了，谅这妖道万万不肯不去的，那我们到了那日，不妨暗暗埋伏在那里，只要那妖道到来，就不难把他一鼓成擒。这是一种以逸待劳的方法，不是比着现在拼性舍命，打入他的石洞中去，要强得多了么？"

红姑听完这番说话，脸上略露喜色，不禁连连点头道："这个方法很好，我们准照此办吧。"不料正在这个当儿，忽听得很惨厉的几声鹰叫。金罗汉立时露出一种凝神倾听的样子，瞿然的说道："啊呀！我要紧和你说话，竟忘记把这两个顽皮的东西，也招了进来，如今它们这般的惨叫，不是在外面闯出了什么乱子。定是被那妖道瞧见了，要对它们有什么不利的举动呢。"说着，用手向红姑一招，同时自己也立了起来，意思是要走到树林外面去瞧瞧，究竟是怎么一回事。

谁知还没有走得几步路，红姑忽又不由自主的喊出了一声"啊呀"来。原来这树林虽是森密，也有一丝丝的阳光从林隙透入，所以林中也可辨见一切，并不觉得怎样黑暗。这时只觉眼前突然的闪上一闪，立时所有的阳光一齐收去，四围只是黑漫漫的一片，伸手不辨五指了。金罗汉在红姑未喊出一声"啊呀"之前，已早发现了这种情形，但他艺高人胆大，却一点不以为意，只向红姑安慰着道："这也没有什么可以惊诧的，可笑这妖道浅陋之至，也太把我们看轻了。这种不值一笑的妖法，竟敢在我们的面前施展出来，难道说我们不能破他的法么？老实说，就算暂时不去破他的法，也不见得能难倒我们，我们决不致于为了这黑漫漫的一片，就困在这树林中走不出去咧。何况大地重明，是随时做得到的事，只须一举手之劳就得了。”

他正说到这里，忽又听得那妖道含着嘲笑的声音，在树林外面说道：“金罗汉，你好大胆，竟敢走到我禁地中来。如今可被我围困住了，而且你不但是胆大，也太嫌招摇一点了。你和那个红姑，悄悄躲在树林中，也就完了；你却唯恐我不知道，还把带来的两个畜生放在树林外面，表示出你在里边。这一来，无论我的性情是怎样和平，也不能宽恕你了。如今你能不能逃出这个树林中，完全要瞧你的能耐和命运如何，可不能怪我啊。”说到这里，略停一停，随又听他疾声喝上一个“火”字，即见眼前顿时一亮，全个树林子都烧了起来。顷刻之间，火光四射，热气熏蒸，几乎变成了一座火山。

饶那红姑是一个胆大包天、极有能耐的女子，这时也惊骇得面无人色了。唯有这仙风道骨的金罗汉吕宣良，依旧谈笑自若，不把他当做一回事。边从身畔取出一柄小小的拂尘，随手递给红姑，自己也仗剑在手，边说道：“这派邪火，果然非同小可，但也只能吓吓几个道力浅薄的人。像我们这一辈人，虽还没有修成金刚不坏之体，但也总算有上一些根基了，连三昧真火还烧不死我们，难道反怕了这一派邪火么。”说着，把手中的剑略略挥动一下，红姑也跟着把拂尘拂动起来。

果然很着神效，任那火势怎样的厉害，看去好像就要把人的肢体，灼成焦炭一般，但是只要那剑锋和拂尘触到的地方，那派邪火立刻就退避三舍，不要说没有一些些的火星落下来，一些些的热气熏过来，竟是烟消火灭了。这样的且挥且拂且行，居然让出一条大路，早已到了树林的入口。金罗汉不慌不忙的，又把树林上挂的那块佩玉取了下来，方同着红姑打算走到外面去。不料刚向外面瞧得一眼，竟使这个老成练达，一点不怕什么的金罗汉，也不由自主的，立时惊得呆了起来了。

原来在这树林之外，不知什么时候，已沿着四周打起了一道围墙来，竟把他们二人围困在里边，不能自由出入了。金罗汉惊呆上一会儿之后，忽又笑道：“好个妖道，竟把我们囚禁在里边了，但是这依旧算不得什么。凭他这墙垣来得怎样的坚厚，难道我的宝剑竟是锈废无用的，不能把他斫得七穿八洞么？”说着，就要运用他的宝剑起来。可是一个转念之间，却又抛弃了这个主张了。只见他举起两个眼睛，向着上面一望，立时笑容四溢说道：“割鸡焉用牛刀。这上面不是很现成的留着一条道路，给我们走出去，我又何必小题大做呢。”随即和红姑驾起云来，向着上面直冲而上。

不料到得上面时，又教他们齐叫一声苦。原来上面虽没有屋顶遮蔽着，却也有一层极细的铁丝网高高张着，阻隔他们的出入。四面围着墙垣，上面张着铁网，这不是要把他们活活的囚禁起来么？而且又从铁丝网眼内，喷出一派邪火来，把这树林烧成了一座火山，势非把他们一齐烧死不可。这妖道的存心，真是狠毒之至了。金罗汉想到这里，也不禁勃然大怒起来，恨不得立刻冲到外面，把这妖道一口咬死，随即举剑在手，想把这铁丝网斫了去。

正在这个当儿，忽又听到几声很响亮的鹰叫，看去离开他的头上正不远，不觉又暗暗想道：“这一定是它们两个瞧见火势这般厉害，我们竟不见一点动静，疑心凶多吉少，心中很是不安，所以飞到这里来下警告，教我们赶快出去呢！好一双忠义的小东西，人都及不上它们来呢。但是如果被那妖道瞧见了，恐怕要有什么残忍的行动，加到它们的身上去吧。”

正在想时，又接连听得很锐利的几下响声，好似把什么东西折断了似的，随见折断的一根根的细铁丝，纷纷从上面堕落，那上面张着的铁丝网，也顿时露见一个很大的缺口。这可不言而喻，一定是这一双神鹰救主情切，顾不得这猛烈的火势，飞近到这铁丝网边来，仗着它们这锋利如刀的利啄，把那网上的铁丝，啄得七折八断，纷纷堕落下来，形成一个小洞呢。

这时金罗汉与红姑，也不暇再顾及什么，即鱼贯似的，从这小洞内冲了出去。那双神鹰早已待在洞外，一见他们二人安然出来，又不约而同的各唳叫了一声，像似表示出它们是十分欢欣。随即簇拥着金罗汉之红姑，升在云端之上。金罗汉俯着双目，向下一瞧时，只见哭道人跣着一双足，立在一个高冈之上，手中还执着一柄拂尘，刚才作法烧林的时候，似乎就仰仗着这宗法宝的。现在经他将拂尘拂上几拂，这座火烧的树林，不但已是烟消火灭，还其本来面目；就是围在四周的那道墙垣，罩在上面的那些铁丝网，也已杳无所见了。

及见金罗汉向他望着，也把一双包藏怒火的眼光注射过来，并冷笑一声说道：“你以为脱离我的掌握，完全是倚仗着这一双畜生么？咳，你不要在那里做梦了。老实说，我是以慈悲为怀，并念你修炼到这个地步，也是不容易的事，所以只想小小的惩治你一下，并不真要你的性命，才听你随随便便的逃了出来的。否则，哼哼！你既陷入此中，就像一条鱼、一只虾，抛入了一只沸热的锅子中，怕不要烧得一个烂熟如泥，哪里还有活命之理呢？以后我劝你还是在洞府中逍遥着，不必再干预我的事吧。倘然还不悔悟，更要和我来纠缠时，我可不能再轻饶你了。还有那个道姑红姑，也劝她死了心吧。我把她的儿子陈继志，当做祭神的牺牲，已是无可挽回的一回事，决不能让人再把他劫救出去呢。”

金罗汉和红姑听了这一番无礼的说话，还没有发作得，却恼了旁边已通灵性的两头神鹰，突然的向妖道那边飞了去。一头鹰猛在他头上啄了一下，一头鹰即乘其不备，把他手中那柄拂尘夺了去，又一齐飞了回来。只害得那妖道光着两个眼睛，望着他们，似乎十分愤恨呢。这一来，倒又使金罗汉和红姑一齐消了怒气，反而笑了起来，即带了这两头神鹰离开了邛来山。

又过了一天，他们又预备到邛来山去，窥探一番。正在前行的时候，忽又从云端里，闪出了一个道人来，未曾开言之前，即闻得一阵哈哈大笑，然后又听他接着说道：“巧得很，巧得很！恰恰在这里遇见了。你们二位，究竟打算到哪里去呀？”二人一听这阵笑声，知道是笑道人来了，忙在云端停住了。大家施礼既毕，金罗汉方回答他刚才的那句说话道：“我们前几天曾和一个妖道斗了法，现在再想找他去。你这样行色匆匆，又打算到哪里去呀？”

笑道人道：“你老人家所说的那个妖道，莫不就是自称哭道人的那一个败类么？我正要找他去。他这个也不找，那个也不找，偏偏找到我头上来，宣言要和我决一下雌雄，我怎能示弱于人，把他轻轻放过呢？不过请你们二位瞧着吧，到了最后的结果，我笑道人依旧是终日嘻天哈地，不失我本来面目。他自称为哭道人的，恐怕要求终日哭泣，都不能够呢。”边说着，边又哈哈大笑起来。

红姑道：“他如今不但要找着你，并连昆仑、崆峒两派中人，全当做他的仇敌，要把来一扫而空之，志向真是不小呢。继志那个孩子，已被他劫了去，你也知道么？”笑道人听了这话，更是愤恨到十分，忙道：“原来有这等事，那我一刻也不能放松他了。我们何不直捣他的巢穴，赶快去把继志救了出来呢？”说着，露出一种刻不及待的样子。

金罗汉道：“你也太毛躁了，这种事情哪里是性急得来的，我们如要操得胜算，须要通盘筹算一下，弄得妥妥帖帖，万万不可鲁莽从事呢。”当下把妖道那边一番情形，和自己预定的一种计划，约略对笑道人说了一说。笑道人方把头点点道：“如此甚好，那我们如今也不必再去窥探什么了。现在打这里下去，有一所云栖禅寺，住持智明，是一位有道的高僧，和我很是说得来。我们何不就住到那边去住上几天，以便就近行事？”

金罗汉当即点头赞成。只有红姑是个女子，住在禅寺之中，似乎觉得有些不方便，不免略露踌躇之色。不过她终竟不是寻常的女流，平素又是不拘小节的，一转念间，早又释然于心，无可无不可的答允了。

等到把云降下，到了平地，早见那所宏丽崇伟的云栖禅寺，矗立在眼前了。刚要向寺中走了进去，忽见寺前一块很大的荒场上，围成了一个人圈子，喧笑之声杂作，像在那里瞧看什么热闹似的。金罗汉一时高兴，便也同了笑道人和红姑，挤进这人圈子中一看。只见站在那里瞧看热闹的，僧俗参半。那些僧人，大概就是在这云栖禅寺中的；那些在俗的，都是村中农夫，和着一班小孩子，一般的科着头、跣着足。这时百多双眼睛，一瞬不瞬的，都注射在立在荒场之中，一个瘦长个子，三十多岁的男子身上。那男子却正对着观众，笑容可掬的说道：“如今让我再来玩一套，报答报答诸位的盛情。不过好的玩意儿真也不多，现在姑且来一套‘腾云驾雾’，你们诸位道好不好？”

这话一说，一班观众更是觉得高兴了，不住口的，好好好的叫了起来，并有一个和尚小语道：“‘腾云驾雾’，这名目果然很好，但是你的云在哪里，你的雾又在哪里呢？”谁知这卖艺的男子的耳朵，倒也来得尖利，这几句话，虽说得不甚高，却早已被他听了去。即接着笑说道：“好和尚，你不用替我担忧。我既然来献得这套玩意儿，当然已都完全预备好了。”边说着，边从地上拿起一方长约三尺、宽约二尺的芦席来笑道：“这不是很好的一片青云么。他们仙家驾的祥云，我们肉眼凡夫，虽然没有瞧见过，就是有时居然瞧见了，又因高在云端，一时也瞧不清楚。但是照我想来，恐怕也是和这芦席差不多的东西吧。”

他一说到这里，即把这方芦席，向上一抛。说也奇怪，这芦席经他一抛之后，居然在空中浮着，再也不落下来了。于是那卖艺男子又将身向上一跃，立刻站在这方芦席之上，冉冉向上而升。一壁俯下眼来，望着下面那班观众道："云不是已驾了起来么？"先前那个快嘴和尚，却早又高声喊起来道："云果然驾起来了，但是雾又在哪里呢，为什么我们瞧不见呢？"

那卖艺男子一听这和尚又来挑眼，倒忍不住笑将起来道："好和尚，真有你的，不是你提醒我一句，我倒险些忘记了呢。好！这是容易办到的，你们瞧吧，雾来了，雾来了！"随即将口一张，喷了些唾沫出来。可是真也奇怪，初看虽只是些唾沫，一转眼间，早变成了朦朦然一片，包围在他的四周，与真雾一般无二了。观众瞧到这里，真是佩服到五体投地，早又轰雷一般的齐声叫起好来。那卖艺男子却又在上面打诨道："叫不得，叫不得。我这个仙人究竟是假的，没有腾云驾雾得惯，倘然不受什么惊扰，或者还可在上面多站立些时候，如今被你们在下面这么一闹，万一闹昏了我的脑子，一个失足跌下来，送掉了我的性命，这可不是当耍的啊。"

他说了这几句话，又从身边取出一张白纸，随手一撕，撕成了两半张，再用手搓团着，然后向着空中一抛。这两团白纸，顿时变作了鸟也似的两头东西，在他的前面飞翔着。这时那个快嘴和尚，又有些忍耐不住，便喊了起来道："汉子，这又是什么东西呀？"那卖艺男子道："这是两头鹰。其实这并不像两头鹰，但是我不说他们是别的东西，却说他们是两头鹰，暗中是切合着一桩故事的。这是一桩什么故事呢？原来有一次一位极有道力的人，被困在仇人的地方，幸亏有他所调养的两头神鹰，前来救他出险，于是他驾了云，逃出了仇人的掌握之中。我现在所演的这个样子，就是说他脱险以后，安然驾着祥云归去，神态很是萧闲啊。不过当时还有一位女道友，也驾着祥云跟随在后面，我却只有一个人，分不过身来，只好口头说明一下了。"

金罗汉起初见了这卖艺男子种种的表演，还以为是寻常江湖卖艺之流，或者是用的一种遮眼法，没有什么稀奇的。后来见他一路说下去，竟是暗暗说的自己，倒不觉有些吃惊起来，而且猜不透他是何等人物。所更所不解的，这人为什么要在自己面前做出这种样子来，难道是有意把自己奚落一下么？正在想时，他的那两个最得力的卫士，似已揣知了他的用意，也不待他的吩咐，立刻一边一个，很迅速的向那卖艺男子空中停留的地方飞了去。只各把利啄一张，早把那两头假鹰吞落在肚子中。

这时不但是观众一齐哗叫起来，连那卖艺的男子，也带着尖锐的声音，惊呼道：“不得了，我只玩上两头假鹰，不料竟引出两头真鹰来了，我可再也不能在这空中停留了。”他刚说完这话，即连人带着那方芦席，一个吃屎筋斗，从半空中跌了下来。

观众见他这一跌非同小可，以为定要跌出人命来了，禁不住又一齐尖声骇叫。谁知那卖艺男子在这骇叫声中，早已笔挺的立在地上，非但一根毫毛、一根头发没有受到损伤，而且神色很是从容自若，好似没有经过这么一回事的，边向观众行着礼，边含着笑说道：“诸位受惊了，我如今特在这里陪上一个罪。这只是我弄的小小的一个狡狯，因为我玩这个玩意儿，在势不能在空中站上一辈子，必得故意的这么一来，方可得到一个很美满的结果啊。”当下他又取了一个盘子，向观众要了一回钱。观众随即纷纷作鸟兽散，这个场子也就收了。

这时金罗汉方踅向他的面前，含笑向他说道：“朋友，辛苦了，你是住在哪里的？不知也肯同我到这云栖禅寺中，去说上几句话么？”那卖艺男子道：“那是好极了。不瞒你老人家说，我在这里，正是等候你老人家到来，也有一番话要向你老人家诉说的。只因一时高兴，便在这里先弄上几套戏法玩玩了。”

金罗汉听他竟是这般说，更是弄得莫名其妙，当下也来不及细问，便一行四人，向这云栖禅寺中走了进去。这时老和尚正在打坐，不及出来招待宾客，大家便先在方丈内坐了下来。金罗汉便又向那卖艺男子问道：“你说要有话和我说，究竟是些什么话呢？”那男子不就回答这句话，反向金罗汉问上一句道：“你们不是想直捣那妖道哭道人的巢穴么？”金罗汉道：“这话怎讲？”那男子道：“如果是的，那我就有一番话对你讲。因为能知道他那巢穴中种种机关和消息的内容的，除了我外，可说找不到第二个人呢。”

要知他究竟把这番话说了没有，且俟下回再写。

第一百零四回

堕绮障大道难成　进花言诡谋暗弄

话说金罗汉吕宣良一行四人，进得云栖禅寺，在方丈坐下以后，金罗汉便询问那男子："你究竟有什么话要对我说？"那男子不就回答这句话，反向金罗汉问道："你们不是想直捣那妖道哭道人的巢穴么？"金罗汉对于这句话，觉得很是诧异，因又问他语意所在。那男子方长叹一声，说道："唉！实对你们说了吧。这妖道的巢穴中，布设了许多机关和消息，外人轻易不能入内的，只有我深知他的内容呢。"这话一说，金罗汉、笑道人、红姑等三人，都更加为之动容了。

笑道人即急不暇待的问道："你是他的什么人？怎么只有你能深知他巢穴中的内容？难道他建筑这巢穴的时候，你是替他在旁监工的么？"那男子听了，只露着苦笑，回答道："不但是我替他监造的，所有图样，还是由我一手起的稿子呢。"接着他便把自己的历史，和怎么遇见那哭道人、怎么替那妖道起建这巢穴的一番详细情形，原原本本的都说了出来。

原来这男子姓齐，名六亭，乃是湖北嘉鱼县人氏。祖宗传下来的良田，倒也有二三百亩，不失为中产之家。不料连遭饥馑，粒米无收，家道因之败落下来，他自己也几乎要沦为乞丐了。他为外出觅食关系，不知不觉间，已来到四川省内。这一天他正在街上踯躅着，忽有一个白发飘萧的老道，打他面前经过，已经走过了有好几步了，忽又回身走到他的面前，向他凝视了一阵，方态度慈祥的向他说道："唉！为何一寒至此？但是我瞧你状貌清癯，骨骼非俗，很有一些夙根，决不会长此沦落的。倘能从我入山学道，说不定还有成仙化佛的一日呢，不知你自己也愿意不愿意？”

齐六亭这时正愁没有饭吃，如今老道忽然要招他去学道，不管这个道学得成学不成，自己究竟真有夙根不真有夙根，但是无论如何，一碗现成饭总有得吃的了，不比这么漂流着强得多了么？当下即一个头磕了下去，连称：“师傅在上，弟子在这里行拜师的大礼了。他日倘有寸进，都是出自师傅之赐，弟子决不忘师傅的大恩大惠的。”

道人道：“好说，好说！不过我有一句话，你须牢牢的记着。吃饭与学道，这两件事完全是绝不相干的。为了要去学道，就是把肚子饿了也不要紧，能够有上这种的毅力的，才有成功的希望；倘然为了要吃饭而学道，那就失了学道的本旨了。”齐六亭唯唯答应，即随了那个道人，到了一座深山之中。

在他最初的意想中，以为他的师傅一定住在一所崇闳无比的道观中，谁知到得山上一瞧，不要说崇闳的道观了，竟连三间茅屋都没有。他们师徒二人，只是住在一堆乱石中，齐六亭当然要露着不高兴的样子。老道却早已瞧了出来，便笑着向他说道：“你莫非讨厌这堆乱石么？但是我和这堆乱石，却是始终不能相离的，须知我的道号，就是这乱石二字啊！如果你真不愿意时，那你现在就下山去，还不为迟，我也不来勉强你。”

齐六亭方知他的师傅唤作“乱石道人”。不过，要他在这堆乱石中居住，虽觉得不大起劲，但要别了师傅下山，依旧过着那漂流的生活，也有些不甚愿意，于是向师傅谢了罪，又在山上居留下去。可是住不上几天，又使他觉得十分奇怪起来。原来这在表面上瞧去，虽只是一堆乱石，不料在实际上，却比盖造成的房屋，还要来得邃密。不但风吹不进、雨打不到、日晒不着，而且里面温暖异常。这时虽已是九月深秋，却还和已凉天气未寒时差不多。此外更足使他称奇的是，一到晚上，猿啼虎啸、豹叫狼嗥之声，虽是触耳皆是，然从未见有一只野兽走到里面来过，好像无形中有上一种屏蔽，挡着了不使他们走进来的。至于里面的道路，更是千回万绕，门户重重，越走进去，越觉得深邃无比，别有洞天，再也找不到来时的原路。照外表走了去，就是走上七天七晚，恐怕也不能把这乱石堆游历个周遍呢。

这时齐六亭倒又觉得有些兴趣起来，常常拿着含有疑问的眼光，向老道凝望着。老道也逐渐的有些懂得它的意思了。一天，便笑容可掬的向他说道："你不是要我把这堆乱石替你解释一个明白么？哈哈，你倒不要小觑了这堆乱石，这是我上考天文、下察地理、旁参阴阳五行，以及《洛书》《河图》《文王八卦》等等，方始堆了下来的。奉节县西南面，虽也有诸葛武侯遗留下来的八阵图，但如果和这个乱石堆比起来，恐怕还是小巫见大巫。因为他这个八阵图，只是我所包含的许多东西中的一小部分罢了。不过这中间的道理太奥妙了，变化也太繁多了，我要和你细讲，一时也讲不了这许多，不如由你一件件的去领会，等到日子一久，你自会触类旁通，不必再由我讲解得。那时你去成道之期，也就不远了。"

齐六亭听了师傅这番说话，自然很是欢喜，便细心的考察起来。果然这些一块块的乱石，都按着极玄奥的机理排列着，并不是胡乱堆成的。而且有几个平时禁止走去的地方，也由老道一处处带领去瞻仰过，却更是可怕得异常。什么左行几步，右行几步；何处向左转、何处向右旋，都有一定的规矩、一定的步骤，乱行一步都不可以的。如果乱行了一步，就有大乱子闹了出来咧。至于是什么大乱子，据老道说，不是有一只挠钩突然的伸了出来，把人钩住了；就是踏动了一块翻板，跌入陷阱中去，凭你是铜筋铁骨，也要跌得糜烂如泥呢。

齐六亭这样的住在这乱石堆中，足足的又过了一年。忽然有一天，见他师傅乱石道人从外面领了一个女孩子回来，年纪只有十六七岁，倒是桃腮香靥，生得十分动人。乱石道人即笑嘻嘻的指着那女孩子，向齐六亭说道："我又在路上收得一个女弟子了。你看，长得好不好？"一壁又向那女孩子说道："雪因，这是你的师兄，你就招呼他一声吧。"

那雪因见师命不可违，果然十分腼腆的唤了一声师兄。齐六亭也回唤一声师妹，却觉得有些心旌摇摇了。乱石道人忽又正色说道："我们修道的人，最不可把男女有别这个见解放在心中，一有了这种见解，就会不因不由得发生种种非非之想。一个不小心时，就要堕入绮障了，哪里还能修成大道呢？你们二人从今天起，便须天天聚在一起了，更须将此种观念打破。只须你把他当做兄，他把你当做妹，彼此像嫡亲兄妹这般的相亲相爱着，自然就不会有什么不正当的意念发生了。"二人听了，唯唯受教。

乱石道人又道："现在雪因年纪究竟太轻一些，学道尚非其时，免得寂寞起见，不妨由我教授你几套戏法玩玩。古人所说的，什么逡巡酒、顷刻花种种新鲜的玩意儿，我倒是全会的呢。”说到这里，又顾着齐六亭说道：“横竖你也没有到潜修大道之期，不妨也跟在旁边学习学习。而且我的收授徒弟，本来是与众不同的。人家收得一个徒弟，总是希望他修成正果，克传自己的衣钵；我却不是这样的想，倘然遇着坚毅卓绝的人，能够把我的大道传了去，果然是很好的事。万一不幸，中道发生了蹉跎，我也不便怎样的勉强他。不过道既没学成，连随身技艺也没有一点，使他离此之后，无以在外面糊口，岂不也坍了我做师傅的台么？像我现在所教授的这种戏法，实是一种最好的随身技艺，倘然学会了，遇着你不再愿意修道，要到红尘中去混混，也不怕没有饭吃呢。”他说完这话，觉得与从前的主张又略略有些不同，倒又不自禁的笑了起来。

乱石道人变戏法的本领，果然高明之至，与寻常那班走江湖的眩人术士不同，其实也不能称为戏法了，简直可目为神仙的游戏神通。二人跟着他学习，自然觉得很有趣味。

不知不觉间，又过了四个年头。这一天，乱石道人又出外云游去了，只把他们二人留在这乱石堆中。二人在一起住得也久了，真同兄妹一般的相亲相爱，不起一点狎念。师傅虽然出外云游，依然感不到什么异样之处，到得晚上，也就各自就寝。

谁知睡到半夜，齐六亭忽被一种响声，从好梦中惊醒过来，侧耳一聆，却是雪因在那里嘶声呼唤。暗想这倒怪了，从前师傅在这里的时候，她一夜也没有这般呼唤过的；如今师傅刚刚出去了第一夜，她就这般嘶声呼唤起来，到底是什么缘故，莫非是在梦魇吧？想到这里，便想走去瞧瞧他。

可是刚走得二三步，忽又把个头摇得什么似的，连说：“不对，不对！师傅虽曾吩咐我们，不可把男女有别这种念头横梗在心中，这不过教我们不要想到男女的关系上去，并不是男女真的没有分别。如今已是午夜了，我究是一个孤身男子，忽然走去瞧她一个孤身女子，终觉有些不便吧。”

正在这个当儿，雪因的呼唤之声，更加厉害起来了。倒又使他疑猜到道：“莫非因为师傅不在这里，竟有破天荒的事情发现，什么野兽走了进来么？”他于是不能再顾一切，毅然的奔了去。一壁又默念道：“我这个人也真呆极了，她并不是什么外人，平日和我真同嫡亲的兄妹一般，我现在走去瞧瞧她，又有什么要紧！而且我已学了五年的道，她也来了有四年之久了，大家道念日坚，尘心渐淡，哪里会把握不定，居然要避什么嫌疑呢。”

边想边已到了雪因睡卧的地方，却只有一轮明月，从外面射进来，映照得如同平常，一切都和平常一样，瞧不出有什么变动发生，倒又暗暗称奇起来。不久便断定雪因刚才的呼唤，完全是由于梦魇的了。正想退了出去，谁知在这间不容发之际，忽然由月光中，把雪因的娇躯，全个儿呈露在他的眼底。只见雪因仰天平直的睡着，因为石室里面很暖，她竟把上下衣服一齐脱去，赤裸裸一丝不挂。在白润如玉的酥胸之上，耸着白雪也似的两堆东西，映着他那张红润润的睡脸，真有说不出的娇艳。再由香脐瞧下去，瞧到了那两股并着的地方，尤足令人消魂。

女子身上竟这样的不可思议，女子竟这样的可爱，这是齐六亭从来所没有梦想到的。这时他的一颗心，不禁突突的跳了起来，并不由自主的，走近雪因睡的地方去。一壁却好似替自己在辩护，又好似替自己在解嘲，喃喃的说道：“这妮子怎么睡得这般的不老成，不怕着了凉么？我应当替她把衣服盖上呢。”

一会儿，走到了雪因的跟前，刚刚俯下身去，忽又有一个念头，电一般的射入他的脑海之中，顿时使他怔住了。原来在这昏惘的时候，他竟会忽然想道：“现在的这种举动，实在是不大应该的！而他是修道的人，尤不应该发生这种妄念，倘然被师傅知道了，不但要加以呵斥，恐怕还要立刻把他驱逐下山呢。”于是他竟十分惶恐起来，便想举起步子，离开这可怕的境域。然而已是嫌迟了，当他的步子还未举起，雪因竟突然的坐了起来，也不知已是醒了，还是仍在睡梦之中，口中连喊着：“我的好哥哥，我的好哥哥！”紧紧的把齐六亭搂住了。

在这一搂之间，两人的肌肉便互相接触着，自有一种神妙而不可思议的感觉发出来，使他们立刻知道男女恋爱的可贵。而放着这种现成有趣的事情不去研究，反呆木木的，要去寻求这种眼睛瞧不见，耳朵听不见所谓的大道，未免是天下第一等大呆子了！

齐六亭到了这时，意志就模模糊糊起来，不知自己做了些什么事，并不知对方又做了些什么事。正在这个当儿，忽闻含着严厉的意味的一声：“咄！”他那威严无比的师傅乱石道人，已不知在什么时候，好似飞将军从天而降，突然的出现在他们的面前。

这一来，可把他们二人从绮梦中惊醒，一齐露着恐惶无措的样子。乱石道人却长叹一声，向着他们说道："绮障未除，怎能勤修大道？我早知道有今日的这种结果呢。"二人依旧颜相对，没有一句话可回答。乱石道人便又接续着说道："正因我疑惑着你们没有修道的毅力，没有修道的诚意，所以要把你们试探一下。不料一试探之下，竟使你们把本相露出来了。实对你们说了吧，雪因刚才做的那个幻梦，幻梦中所见到的种种事情，以及后来的嘶声叫唤，虽只是我施展小小法力的一种结果，但也是由她的心境所造成。心境中如果洁洁净净的，一点不起杂念，断不会无因无由的有上这个幻梦。这在雪因自己，一定很是明白，觉得我这句话并没有说错呢。"雪因一听这话，双颊更是涨得绯红，露着局促不安的样子。

乱石道人好似没有瞧见一般，又向下说道："而在六亭一方，他的堕入绮障，虽是完全出于被动，实是被那种不可解脱的爱欲所牵缠，而造成这种无可奈何的境地的，是究竟也是自己道念不坚的缘故。倘然道念真是坚的，不论绮障怎样的陷人，情魔怎样的可怕，一定可以把来解除掉、驱逐去，怎么反会一步步的走入绮障中，和这情魔亲近起来呢？"这一说，又说得齐六亭也更加脸红起来了。

乱石道人又说道："如今既已出了这种事，也不必再去说他。总之是大家没有缘法罢了。不过你们绮戒既破，就勉强留在这里学道，也得不到什么好处的，还不如下山而去，各奔前程吧。好得我已把幻术教授了你们，在六亭还多上一种关于机关、消息一类的学问，拿了这点本领，走到人世中去，大概不致愁没有饭吃吧。"这几句话，分明是一道逐客令，立刻要把他们二人撵下山去了。

二人至是，倒也有些后悔起来，当时不该意志如此薄弱，糊涂到这般地步，竟使数年之功，毁于一旦，把光阴和精神都白白牺牲掉了。将来再要找这么一个学道的好机会时，恐怕是万万找不到了吧。不过大错业已铸成，也就没有挽回的希望，只好由他去了。当下即万分恋恋不舍的拜别了师傅下山。乱石道人把个头别了开去，不忍去看他们，似乎也有些凄然了。

二人下山以后，行了好一程路，方始把惜别之情略略忘去。齐六亭忽又突然想得了什么似的，含笑向雪因问道："真的，我还忘记了问你一件事，那时你在幻梦中，究竟瞧见了些什么，又为什么叫喊起来呢？"雪因听了这个问句，颊上顿时泛起了两道红霞，似乎忸怩不胜的样子，把头一低，不听见有什么回答。

齐六亭却依旧向他催问道："现在只有我们两个人在这里，并无外人在旁，这有什么不可以说呢？而且这个可怕的幻梦，简直可名之为妖梦，完全是把我们二人宝贵的前程送了去的。如果只有你一个人知道，不使我也知道一点儿情形，心中实在有些不甘呢！"他说这番话的时候，很露着一种愤懑不平的样子。雪因被他这么一逼，再也不能不把梦中的真情实相说出来了，只得含羞说道："这真是十分奇怪的一件事情。我自问平日和你相处在一起，虽然十分亲密，只是一种兄妹的情分，并没有丝毫恋爱的念头杂着在里边。不料一到了那个可怕的妖梦中，便立刻两样起来了。那时我似乎一个人住在一间室中，并没有别人伴着我，又好似正期待着什么人似的。一会儿，忽望见你远远的走了来，我顿时喜得不知所云，仿佛我所期待着的就是你，而你和我的关系，似乎比现在还要亲密到数倍呢。"

齐六亭听她说到这里，不知还是真的懂不得这句话，还是故意在逗他，忽又睨着她问道："这句话怎么讲？我倒有些不懂起来了。"雪因脸上又是瑟的一红，娇嗔道："你也不要假惺惺作态了。老实对你说吧，我当时以为与你已有上夫妇的名分了，一见你老远的走了来，就笑吟吟的向你招着手，满含着一片爱意。你也露着十分高兴的样子，一步三跳似的，恨不得马上就走到我的跟前来。等得既走近在一起，你便把我拥抱起来，脸对脸的偎着，轻轻的接着吻。我也以为是很应该的一桩事，并没有向你抵抗得。不料偎傍得还不到一刻儿工夫，我的心地又突然明白过来，警醒似的暗自说道：'不对，不对！我和齐六亭只是师兄妹的一种关系，并没有夫妇的名分，怎么可以亲密到这个地步，放荡到这个地步呢？倘被师傅瞧见或是知道了，那还当了得么？'于是挣脱了你的手，离去你的拥抱，同时又不知不觉的大声喊叫起来。但是你不明白我的意思，依旧要来拥抱我，因此我更叫喊得厉害了。"

齐六亭听了，笑道："原来你在梦中叫喊，是因为我要来拥抱你，可是我哪里会知道！我当时还以为有什么野兽走了进来，或者要来侵害你，你才这么的叫喊着，所以不顾一切的赶了去。早知如此，我就不该再走去了，不是什么事都没有了么？不过，我倒又有一个疑问了。你既然已在梦中明白了过来，拒绝我的拥抱，为什么等得我本人真的走到你的跟前，你又似醒非醒的突然把我拥抱着，并十分亲热的叫起我的好哥哥来，这不是又自相矛盾了么？”

于是两道可爱的红霞，又在雪因的玉颊间晕起来了，十分娇羞的说道：“这就是妖梦的害人，妖梦的可恶了。然时我只明白上一刻儿工夫，忽又听你笑着向我问道：‘雪因，你为什么这个样子？莫非我身上有刺，刺得你在我怀中坐不住，所以这么的大跳大嚷起来么？’我依旧正色说道：‘不是的。我和你只是一种师兄妹的关系，你难道忘记了么？如今做出这种样子来，还成什么事体？倘被师傅知道了，岂不是大家都觉得无颜么？’谁知你听了我这番话，竟是一阵大笑，笑后方又说道：‘雪因，你怎么这般糊涂，莫非在做梦么？我以前虽和你是师兄妹，后来由师傅做主，大家配成夫妇，你怎么把来忘却，说出这种话来了？老实说吧，闺房之乐，有甚于画眉者。这区区的一拥抱，一接吻，实在算不了什么一回事。就是师傅走来瞧见，也只能佯若不见，万不能向我们责备呢。’我于是顿时又糊涂起来，仿佛你所说的都是实话，的确有上这么一回事，我们已配成夫妇了。当下在自咎糊涂之外，还觉得很有些对不住你，便又张开两手来拥抱你，一壁还喊着我的好哥哥，用来向你谢罪。却不道是做了一场梦。唉！你说这个徜恍迷离、变幻莫测的妖梦，把我们害得苦也不苦呀？”

齐六亭笑道：“原来是这么曲折的一个梦，如今我方始明白了。不过话须从两面说，在学道一方面讲起来，这个妖梦果然害得我们很苦，我们从此不但没有修成大道的希望，并在山上存身不住，被师傅撵了出来了；但从另一方面讲，梦中一切经过，未始不是一个预兆，我们从此不是真的可以结成夫妇了么？”齐六亭说到这里，只是笑迷迷的望着雪因，似乎等待他的答语似的。雪因娇羞无语，只扑哧的一笑，把个头别开去了。

从此二人果然结成夫妇，靠着学来的这一点幻术，在江湖上流浪着，暂时倒也可以糊口。不久，来到荥经县，谁知卖艺不到两天，齐六亭忽然病了下来，而且病势十分沉重，已入了昏惘的状态中。一连便是十余天，把所有带在身边的几个钱都用去了，依旧一点不见起色。雪因想要单身出去卖艺，赚几个钱回来，以供医药之费，又觉得把一个病人，冷清清的撇却在栈房中，着实有些放心不下。加之向来出去卖艺，总是二人做的双挡，弄得十分熟练，如今一个人单身出去，不免处处显着生疏了。恐怕要卖不出钱来，倒又踌躇起来。

正在一筹莫展的时候，忽有一个老道，飘然走入他们住宿的那间房中，和颜悦色的向雪因说道："小娘子不要忧虑，我是特地来救治你丈夫的。"说完这话，也不待雪因的回答，径自走到齐六亭睡卧的那张床前。先把齐六亭的脸色细细望了一望，然后偻下身去，伸着手在他的额上、身上，摸上几摸，微微的叹息道："可怜，可怜！病已入了膏肓了。无怪那一班只会医治伤风咳嗽的无用时医，要为之束手咧！不过他今日既遇了我，可就有了生机了，这也是一种缘法啊。"边说边把身子仰起，重又离开床边。

这时雪因早把这几句话听在耳中了，知道这个老道一定有点来历，决不是说的大话。如要丈夫早日痊愈，非恳求这老道医治不可了。当下即装出一种笑容，向那老道说道："我虽不知道爷的道号是什么两个字，然能觉得定是一位大有来历的人物。今在垂危之中，居然能够遇见，真是大有缘法，就请道爷大发慈悲，赶快一施起死回生之术。我们今世纵然不能有什么报答，来世一定结草衔环，以报大德呢。"

老道笑道："小娘子太言重了！小娘子不用忧虑，贫道既已来到这里，当然要把你丈夫的病医治好的，哪里还会袖手旁观呢？"边说边从袖中取出红丸六粒，授与雪因道："这是红丸六粒，可在今日辰戌二时，给你丈夫分二次灌下。到了夜中，自有大汗发出，大小便也可一齐通利，这病就可霍然了。我明日再来瞧视他吧。"说完，即飘然而去。雪因几乎疑心是做了一场梦，瞧瞧六粒红丸，却宛然还在手中，便依言替他丈夫灌下。到了晚上，果然出了一身大汗，大小便也一齐通利，病竟霍然了，夫妇二人当然喜不自胜。

到了明天，那老道果然如约而至。雪因便指着向齐六亭说道："这位道爷，就是救你性命的大恩人，你应得向他叩谢大德呢。"齐六亭听了，忙立起身来，正要跪下去向他磕头，那老道忙一把将他扶住道："不要如此多礼！我虽然救了你的性命，但不是无因无由的。我也正有一件事，要求助于你呢。"

不知那老道有什么事要求助于齐六亭，且待下回再写。

第一百零五回

消息偷传道友示警　春光暗泄大匠怆怀

话说齐六亭正要跪下去，向那老道叩谢救命之恩，老道忙一把将他扶住道：“不要如此多礼，我虽然救了你的性命，但也不是无因无由的，正有一件事，要求助于你呢。”齐六亭忙问道：“什么事，只要是我效劳得来的，虽粉身碎骨，也所勿辞，恩公尽管吩咐出来就是了。”老道方说出自己就是邛来山的哭道人，因为立意要另创一派，专和昆仑、崆峒二派为难，便结下了不少的冤家，现在恐怕两派中人前来袭取他的洞府，因打算在洞府中广设机关，密布陷阱，所以前来请教你了。

齐六亭一听这话，暗想这是自己的拿手戏，没有什么效劳不来的，当下即一口答允下。但又问道：“我的这项本领，自问也浅薄得很，恩公怎会知道有我这么一个人呢？”哭道人微笑说道：“我原是要请令师乱石道人担任的，奈他因欲勤修道业，不肯出山，转把你荐给了我，说你已能传授他的衣钵，由你担任和由他担任，没有什么两样，所以我特来恳求你呢。”

齐六亭听说师傅竟肯公然向人家宣布，说他可传衣钵，自是十分高兴。一方面又想起，师傅既然肯把这件事转介绍给他，想来这件事总可放胆的去做，没有多大的危险，因此更觉得无拒绝的必要了。当下即挈同他的妻子雪因，随着哭道人一同来到邛来山洞府中。

齐六亭为着感恩图报起见，对于何处应安设机关，何处应埋藏陷阱，规划得很是详细，布置得很是周密，差不多把他所有的经验和心得，一齐都拿了出来。哭道人见了，欢喜不必说起，自然一切照办。当时又拨了二十个弟子给他，一律听他指挥，担任各项工程上事。于是齐六亭抛去一切闲心思，把这件事进行起来。不到多久时候，经营得已是楚楚就绪，只有洞府西面的一部分工作尚未开始。然而齐六亭已是急得什么似的，只是催着担任工作的哭道人的那班弟子，赶快进行，并说道："你们师傅是很盼望这项工作，赶快告成的。倘在这工程尚未告成之前，有什么歹人溜了进来，弄出些儿事故，那是大家脸子上都没有什么光彩呢。"

大众听了，都没有什么话说，只有一个姓马的，却只是望着他，嘻嘻的笑。他见了，虽然有些着恼，但当下倒也不便怎样。到了散工的时候，便把那姓马的一拉拉到了无人之处，悄悄的向他问道："刚才我催你们上劲工作的时候，你为何只对着我嘻嘻的笑？老实说，我不是念你和我平日很是说得来，我当时就有一场发作，要使你脸子上过不去。因为你们师傅曾经嘱咐过，是一律要听我的指挥的，你就是受了我的委屈，一时也没有什么法子可想呢。"

那姓马的听了，并不回答什么，先在他们所立的地方，四周画上了四个十字，然后笑着说道："如今好似放下了一道重幕，完全和外面隔绝，任我们在这里说什么秘密的话，也不怕被人家听去的了。唉！你这个人真太忠厚了一些，只知忠于所事，要讨我师傅的欢心，却把其他的事都忽略过去，竟是视若无睹、听若无闻的了。"齐六亭倒诧异起来道："我究竟把什么事忽略了呢？"

姓马的长叹一声道："别人都知道了的事，你却一些儿也不知道，好似睡在鼓里一般，这不是忽略，又是什么呢？"这一说，更说得齐六亭瞠目相对道："那我真是忽略了。别人大家都知道的，又是些什么事？我竟一点也想不出，如今请你不要再打闷葫芦，赶快和我说个明白吧。"姓马的道："要把这事说个明白，倒也不难。不过，照我看来，就不向你说明也使得。只是有二句紧要的说话，你须记取在心，便是这工程没有告成的一天，你还可得相安无事一天；只要这工程一旦完全告成，你便要遭杀身之祸了。"

齐六亭听到这里，惊骇得顿时变了脸色，忙道："你竟越说越怕人了，究竟怎么一回事？请你赶快向我说来，我真有些耐不住了。"姓马的依旧不肯把这件事明白说出，只道："你担任了这件工程之后，不是和你尊夫人好久没有亲热过了么？如今不妨到你尊夫人那边去走上一遭，或者可以得到一些端倪，也未可知。这强似我把空话说给你听了。”

这一派隐隐约约的说话，立时使齐六亭在惊惶之外，又有一片疑云滑上心头来，暗道：“不好，不好！照这说话听去，莫非雪因已做出什么歹事来了么，这倒是出我意料之外的。”当下，气红了一张脸，拔起脚来就跑。姓马的却又连忙把他唤住道：“跑不得，跑不得！你这一跑，倘然弄出些什么事情来，不是善意变成了恶意，反而是我害了你么？”说着，从身上取出一道黄纸朱字的符来，即向齐六亭的衣襟上一贴，方又说道：“这样可无碍了，如今你尽管走去，就是你要去窃听人家的说话，也不会被人家发觉呢。”

这时齐六亭倒又站立着不就走，脸上显然露出一种不相信的样子。姓马的见了，正色说道：“这是什么事，我怎忍欺骗你，使你陷入绝地？你不要怀疑吧。这是我师傅的六道神符之一，最是灵验不过的。我不知费了多少工夫、多少手脚，方始盗取到手。他倒至今还像睡在鼓里一般，一点没有知道呢。”

齐六亭方始释了疑怀，即向姓马的谢过一声，自向他妻子住的那边踅去。一壁又在想道：“这水性杨花的贱妇，不知又搭上了什么人？看来事情总有些儿不妙吧。然而我那恩公，难道不知道这种事情么？就是不便管得，怎么也不透个风声给我呢？”

一会儿，已到了雪因住的那间卧室的前面，却不就走进去，暗在门边一立，侧着耳朵听去。果然有一阵男女嘻笑之声传了来，这可把那姓马的说话证实了。齐六亭一想到雪因竟是这般的淫荡，这般的无耻，不觉一股愤气直向上冲，几乎要晕跌在地。但齐六亭究竟是很有本领的人，忙又暂抑愤怒之情，并把心神定上一定，再凝着一双眼珠，从门隙中，偷偷的向这种声音发出来的地方瞧了去。谁知不瞧犹可，一瞧之下，几乎疑心自己是在做梦，再也想不到会有这种事情的。原来雪因的不端，瞒着他自己在偷汉，齐六亭早已从姓马的吞吞吐吐的谈话中听了出来，如今把事情证实，不过使他增添几分愤恨之情罢了，并不觉得怎样惊奇。

最使他惊奇不置的，却不料和雪因勾搭着，做上这种不可告人的丑事的，并不是别人，竟是这个道貌俨然的哭道人。唉！一个十分具有道力的老道，也是他的一位恩公，现在竟会勾搭着他的妻子，做出这般的丑事来，怎不教他不惊出意外呢？但是这大概是那道神符的功用吧，这时房内的一对野鸳鸯，却一点也不觉得有人在门外窥探着。好个淫荡的雪因，竟把全个娇躯，紧伏在老道的怀中。老道却盘膝坐在卧榻上，越是把毛茸茸挂着胡子的嘴，俯下去向雪因的玉颊上吻着，雪因越是咯咯的笑个不止。

好一会儿，雪因方住了笑声，又仰起脸来，向着老道问道："你屡次说要把他即刻结果了性命，却一次也没有实行得，究竟是什么意思？莫非已把他赦免了么？但是你要知道，有他在世上一天，我们即一天感到不安，纵能时时在一起欢乐着，也总觉得有一些儿顾忌，不能放心托胆的做去呢。"

老道笑道："好一个奸险的妇人，竟一点香火之情也没有，反逼着我要杀害自己的丈夫了。我一想到这层，倒也觉得有些寒心，万一你再恋上了别人，不是要怂恿着那个人，设法把我杀害么？"

雪因一听这话，顿时脸色一变，向老道撒娇道："好！你说我奸险，我确是奸险的。如今你既已发觉得，不如就和我离开了吧，免得你心中时时怀着鬼胎，怕我将有不利于你呢。不过，我有一句话要问你，这一回，究竟是你先来勾引我的，还是我先来勾引你的？要不是那天中了你的奸计，误饮了你那杯春酒，醉中失身于你，恐至今还和从前的态度一样，拒绝你不许你近身，何至会有这种丑事干出来呢？那究竟是谁比谁来得奸险，请你对我说来？"说到这里，把个头不住的在老道怀中撞着，一面嘤嘤啜泣起来。

这一来，可把老道着了慌了，边似哄骗小孩子的，忙把她着意温存了一会儿，边说道："不要这样，我是和你说得玩的，想不到你竟认起真来。好！你并不奸险，算我奸险就是了。至于那厮，你尽管放心，我总设法把他除了去就是了。老实说，有他放在这里，任他怎样的不来干涉我们，在我总觉得有十二分的不便呢。不过，现在全部工程尚未告成，我还有用得着他的地方，不如且让他再多活几时吧。"这话一说，雪因方始止了啜泣。

那老道忽像想得了什么似的，又笑嘻嘻的问道："真的，我倒又有一件解不透的事情了。他是一个精壮的少年，我只是一个干瘪的老头子，实在是不能相提并论的。你为什么又反恋着我，而不恋着他呢？"雪因听了这话，忽然扑哧的一笑，又向老道瞪上一眼，似乎憎厌他多此一问，却不回答什么。

但在这一笑、一瞪眼之中，老道倒又似领悟过来了，不禁哈哈大笑道：

“咳，我好糊涂。原来你是恋着我的那种战术，怪不得要把他抛弃了。不是我说句夸大的话，我的这种战术，完全得自黄帝的真传，世上有哪一个男子能及得我？不要说是你了，凡是天下的美妇人，只要和我有过首尾的，恐怕没有一个肯把我这个干瘪的老头子抛弃呢。”说到这里，便用手在雪因全身抚摩着，眼见得就有不堪入目的事情干出来。

这时齐六亭的两只眼睛中，几乎都有怒火迸出，可再也忍耐不住了，暗道：“这一对狗男女，想不到行为竟是如此的无耻，心术竟是如此的险狠。我齐六亭如果不杀了他们，也枉为男子汉大丈夫了。而且我现在如果不杀却他们，他们不久便要把我杀害，这我纵要十分忍耐，在势也有所不能啊。”边想，边就要冲出门去，恨不得拔出一把刀来，把他们二人立时杀却。

正在这个当儿，忽觉得后面有个人把他的衣襟一扯，忙回身一瞧时，却就是那个姓马的。一面做着手势，叫他不用出声，一面死拉活扯的，把他扯到了无人之处。齐六亭倒向他发话道：“你是什么用意，硬要把我扯了出来？刚才你如果不来阻挡，让我进房去，和那对狗男女拼上一个你死我活，不是很痛快的一件事情么？”

姓马的正色说道：“这个哪里使得？‘小不忍则乱大谋’，这句话，你也听得过么？你要知道，我们如今能自由自在的行走，前去窥探他们的秘密，不被他们觉察，还是仗着这灵符的功用。不瞒你说，我的身上，也和你同样贴着一道符呢！但是灵符的功用，也止此而已，其他是帮不来你的忙的。那么，他是具有何等大本领的人？请问，你哪里是他的敌手，万一交起手来，你竟被他杀害，这非但得不到什么利益，反白白的送掉了一条性命，岂不是太不合算么？”

齐六亭听了这一番话，倒又沉默了一下子，觉得他说得很有道理，但仍说道：“话是一点不错，不过试请你替我设身处地想一想，我哪里再忍得住这口恶气？除了挺身出来，生死不计的和他拼上一拼之外，还有什么法子可想呢？而且依你说来，难道就可以把这事一笑置之，不谈报仇二字么？”

姓马的道：“话不是如此说。仇当然是要报的，只是须以成功为度。俗语道：‘君子报仇三年。’你又何必急在一时呢？”齐六亭道：“那么你要我等待到何时呢？难道到了那时，就是我不出来报仇，人家也会代我报仇的？否则终须和他一拼的，等待了若干时候之后，我的本领不见得就会好起来啊。”

姓马的道：“你这话方有些近情了，但是同时又要说你太糊涂了一点。他和昆仑、崆峒二派中人，已结下了仇恨，你难道不知道么？那么这二派中人要来寻着他，也是意中之事。到了那时，你把这洞府中所有秘密机关的内容，一齐告诉了他们，好教他们来攻破这洞府。那你的仇人，就不死在他们的手中，也就在这里存身不住，不是就报了此仇么？”

齐六亭恍然大悟，决意依此计而行。不过恐哭道人窥破他这种秘密，要先来下他的手，所以不待工程完毕，兀自逃了出来，却常来洞府外窥探着，以便遇到这二派中的能人，可以互相合作，一报此仇。因此继志被劫、红姑赶来等等事情，都在他的冷眼之中。又探知这云栖禅寺中的智明老和尚，很有道力，笑道人和他最是莫逆。笑道人如果来此地，一定要前去访他的，故而先到这里等着。

不料笑道人果和着金罗汉、红姑同来，于是被他借变戏法暗打关子，居然打动了金罗汉一行人的心，便相合在一处了。当下，齐六亭把这番话说完，金罗汉首先问道：“如此说来，这妖道的巢穴，西部最空虚，我们如欲进攻，是不是该先从西部下手么？”齐六亭道：“是的。”说后，正要把这巢穴中的形势，讲述出来。

忽又听红姑很急切的问道：“那么我那孩子，究竟囚居在哪里，你也知道不知道？倘然从西部进攻，又要攻破哪几个机关，方可把他救了出来呢？”齐六亭道：“这个我倒不曾探听得。不过，这妖道是居住在中央的一座高楼上，他自以为是有金汤之固，外人一时间不易走到他那边去。或者你那位世兄，就囚居在那边，也说不定。如果要从西部走到那边去，须得经过一个地道和一座天桥，倒也不是件容易的事情呢。”

当下，又从身畔取出二张草图来，先把地道的一张，指给他们瞧看道：“在这个地道中，共有一十八个拐弯、二十七个盘旋。一个拐弯，有一个拐弯的变化；一个盘旋，有一个盘旋的不同。到了何处，该应左行三步，右行三步；又到了何处，该应交错行六步，径直行六步，都在这张图中记得清清楚楚。记熟了，方能坦然前行，不致弄出岔子。否则，万一错了一步，带动消息，一旦向那其深无底的陷阱中跌下去，不免就有性命之忧呢。”说到这里，又指着天桥的一张，续说道：“至于这座天桥，系建在一个深渊之上，更是险峻无比，而上桥去，应该怎样走；到了桥中，是怎样的一种变化；下桥去，又是怎样的走法，也有一定的步子，半点错乱不得。倘然错乱了一步，那你践踏的地方，立时翻板掀动，裂成一洞，就要把你这个身子，向这万丈深渊中抛了下去呢。”红姑听了，忙把那二张地图细心的阅看，像要把它记熟在心头似的。

正在这个当儿，那法力高深的智明老和尚，却在一阵和蔼的笑声中，走到了方丈中。边向大众行礼，边合十道歉道：“诸位道友来到，贫僧既失远迓，又劳久待，实在疚心之至。怪不得我刚才在打坐，这颗心竟怔忡异常，好久方得安宁下来咧。”比及笑道人把来意向他说出，他即在袖中占上一课，又皱着眉儿说道：“我已在袖中替道友占上一卦了，这妖道虽不久终归灭亡，但照卦象瞧来，如今正在十分势旺的时候。我们不但不能一时把他就扑灭，恐怕还有几个人，要受到一点小小的灾劫呢。”大众听了，都默然不语。

忽而一阵风起，又闻轰的一声响，好像有什么重物，被风吹倒在地上似的，大众不免小吃一惊。连忙出去瞧看时，却是寺前的一根大旗杆，被风折为两段，把那上半段，吹倒在地上来了。幸而其时并没有什么人，站在这旗杆下面，所以还不致闹成大乱子。

智明和尚边命几个打杂的，把这断旗杆收拾过，边又同大众同进了方丈中，向大众环瞩一周后，方问道：“你们诸位，也知道这旗杆忽然折断，主何吉凶？”众人还没有回答得，红姑即率然回答道：“这大概是属之偶然的，因为旗杆被风折断，也是常有的事，不见得主何吉凶吧。”

智明和尚微笑道：“道友有所不知，这旗杆被风折断，连这次算来，已是第二次了。上一次旗杆被折，就发生了一件流血的事件，贫僧的性命，几乎为之不保。此次又见此兆，难免不发生同样之事，贫僧心中，倒很为之惴惴不安呢。”说到这里，随又在袖中占上一卦，方又展颜说道：“还好，还好！大流血的事情，想来还不致有。不过，主有暴客到来，我们今日夜中，还得小心防备才是呢。”金罗汉道：“这倒是说不定的。本来那妖道是修千里眼和顺风耳的，或者已知道我们来到这里。那他为要暗放冷箭，难免不偷偷的到这里来走上一遭呢。”当下，大家点头称是。

到了夜中，三更刚刚打过，忽闻空中鹰叫之声，甚是惨厉。金罗汉即顾着大众说道："你们大家注意，这是我那两个小东西，一种告警的声音，仿佛是在对我们说，有暴客到来了。我们还是赶快出去瞧瞧吧。"大众把头点点，没有什么话说。

当正悄悄的走到大殿上的时候，果然在佛前那盏长明灯的灯光下面，见有一条修长的黑影，从东墙外跳进，到了庭心中。第一个是红姑，对于这条黑影，很是注意。她虽没有瞧清楚这人的面目，但就这人的身材瞧去，决得定果然是那妖道亲自到来了。她一想到爱子被这妖道劫去，至今还在这妖道的巢穴之中，不觉气愤填胸，恨不得马上跳了出去，和这妖道拼个你死我活。倘能一刀把这妖道斩却，那才出了心头之气。可是她虽这么的想，当她还未跳至庭心中，早又见从西墙上跳下一个人来。这人的身材，比先前那个人矮小得多了，看去活像是个小孩子，面貌却看不清楚，只见一头乱发，散披在肩背上，和一窝茅草相似。一跳至庭心中，即抽出一柄三尺多长的刀来，明晃晃的，在那妖道面前一耀道："奸徒！你到这古寺中来干什么？俺老子跟定你了。"

那妖道听了，在一闪之间，也抽出一柄刀来，向他招架着，一壁向他仔细打量上一回，冷笑道："我道是谁，原来是一个死叫化子。我到这古寺中，自有我的事，轮不到你来干涉和顾问。知趣些的，还与我退在一旁吧。"那叫化子也冷笑道："你以为我是个叫化子，便不能干预你的事么？如今我偏要来干预一下子，看你把我怎样。而且你虽不认识我是谁，口口声声唤我叫化子，我却已认识出你是谁来了。呔，妖道！看刀吧。"说着，即飞过一刀来，那妖道便又忙招架着。

大众这时站在殿上，却看得呆了，倒都不愿自己就出手。只见他们二人的本领，倒也不相上下，你刺我架，你斫我格，来往了有五六十个回合，还是不分胜负。忽然间，那妖道似乎已战败下来，忙向圈子外一跳，转身要逃。那叫化子哪里肯舍，忙也赶了过来。谁知正在这个当儿，妖道忽又回过身来，将口一张，即有一股黑雾，喷薄而出，似乎要把叫化子的全身都罩住了。

红姑是知道这股黑雾的厉害的，很替叫化子暗暗捏上一把汗，也想立刻出马，替他解上这个围。可是，说时迟，那时快，早见亮晶晶的一串东西，游龙夭矫似的，飞到这黑雾中，只一横一直的，很迅速的扫上两扫，早把这迷蒙黑雾，扫除得干干净净。那叫化子的全身，又很清楚的透露出来，反是那个妖道，倒好似怔住在那边了。

红姑见了，正猜不出是什么人显的神通，忽听智明和尚哈哈一笑，说道："原来这妖道的本领，也只尔尔，那倒是出乎贫僧意料之外的。贫僧悔不该请这百八念珠出马，未免近于小题大做了。"说着，用手一招，即把这亮晶晶的一串东西，招了回来。红姑方知是智明和尚把这一串念珠，破了那妖道的妖法，暗暗很是佩服。随又见那叫化子，用刀一挥，似乎又要去寻着那妖道了。

这时那妖道却很是知趣，知道非但众寡不敌，而且还有能人在此，远非自己个人所能抵敌的。三十六着，还是走为上着吧，即虚砍一刀，撒腿就跑。一霎眼间，早已到了墙上。这一来，那叫化子反精神百倍起来了，哪里肯把他放过？忙也随后追赶，跳上墙去。金罗汉见了，忙顾着大众说道："如今我们也赶快追去，助他一臂之力吧。看来这妖道妖法多端，这叫化子一旦落单下来，恐不是他的敌手呢。"大众齐声称是。即开了寺门，一窝蜂的在后赶了去。可是到得寺外四下一望时，哪里还有他二人的踪迹？

正在称奇之际，忽闻墙边有呻吟之声，大众知道事情不妙，忙走至墙边一瞧，只见那叫化子，直挺挺的睡在地上，似乎受伤很重，却不知他伤在何处。问他那妖道逃到哪里去了，他只伸出一个指头来，向着天上点点。大众方知道这妖道已驾云逃走了，也就不去追赶。忙七手八脚的，把那叫化子抬进寺中，放在一张床上。

智明和尚便走到床边，把他全身细细一检视，别处却一点不见伤痕，只在右腿之上，露见一个红印，坟起有栗子这么大，但又不见有什么暗器打在里边。不觉攒眉道："这究竟是一种什么暗器所伤的？怎会伤了这一点小小的地方，竟使一个精壮的汉子，呻楚到这般地步呢？"

那叫化子听了，即从炯炯的目光中，露出一种对他这番言语表示同情的状态来，却是不能言语。齐六亭这时也走了过来，只向腿上一望即喊了起来道："啊呀，了不得！这是中了那妖道的穿心箭了。这穿心箭虽和梅花针差不多，但是浸有毒药，而且中着人的皮肤，即向内部直穿，只要穿至心腔中，就要不可救药呢。"

智明和尚听了，倒又颜色一霁，似乎把心事放下一般，笑说道："哦！

原来是中的穿心箭，那我倒也有一种万安水在此，无论心脏中受了什么毒，都可把来解救的。”说着，即从布囊中找出一瓶黑澄澄的药水来，取过一只杯子，倾倒了几滴在杯中，便向那叫化子的口中倒去。

果然很是灵验，不到片刻工夫，那叫化子边喊上一声：“好舒服！”边吐出一大滩黑水在地上，立时似已痛苦全失，精神复元了。随又从床上一骨碌爬起，走下床来，向着智明和尚纳头便拜道：“此番如果不是遇见大和尚，我常德庆性命休矣，大和尚真是我的重生父母啊。”大众听说这叫化子就是崆峒派中的常德庆，不免又齐为一怔。

欲知后事如何，且俟下回再写。

第一百零六回

救爱子墙头遇女侠　探贼巢桥上斩鳄鱼

话说在室中的许多人，一听说这叫化子就是崆峒派中的常德庆，当下齐为一怔，好久没有话说。还是智明和尚慌忙把他扶了起来，又含笑说道："你太多礼了，原来就是常檀越，闻名已久，今天正是幸会了。"随又把室中诸人，替他介绍了一番，并接着说道："我本是世外闲人，在当世所谓崆峒、昆仑两大派中，都挨不上一个名字的。不过，素来和两派中人都有些儿接近，眼见着两派互相水火的这种情形，心下很是不安，颇想出来调停一下，只苦得不到一个机会。如今天幸常檀越与吕师叔、笑道友，竟得相聚于一堂，这大概是天意如此，要教你们两派释嫌修好么？贫僧又何惮费上番口舌，而不出来圆成这个功德呢。不知诸君亦肯顺应这种天意否？"

大众听了，脸上都现出一种笑意，似乎并不反对这番话。金罗汉又很明白的表示他的意见道："我们虽以修炼功夫的方法有不同的地方，被人家强分出崆峒、昆仑这两个名目来，其实是同出一源的，自问宗旨都是十分纯正的。所惜后来因为两派中个人间的关系，起了许多纠纷，不免有上间隙。再无端加上争夺赵家坪的这件事情，一时风云变色，自然闹得更加水火起来了，然而这都是于两派本身的问题无关的，只要一加解释，就可立时冰释。何况现在又出了这个宣言专与两派为难，邪教的魁首哭道人，这正是造成我们两派携手的一个好机会。我们为何执迷不悟，定要仍相水火呢？至于智明禅师的一番好意，我们当然是十分感激的，常兄或者也表同情吧？"

常德庆听了金罗汉这番通情达理的说话，又想到在争夺赵家坪的事件中，自己也免不了有些关系，倒又觉得有些自疚起来，只好把个头连连点着。同时正要想回答上一番话时，忽听笑道人嚷了起来道："红姑呢，她到了哪里去了？"大众方觉察到红姑并不在这室中，似乎正当大众七手八脚的，把这受伤人抬进寺中的时候，她就失踪不见了呢。接着齐六亭走到室中的一张桌子前，望上一望，也喊起来道："不对，她定已单身走到那妖道的巢穴中去了。因为两张地图，刚才我明明是放在这张桌上的，现已不翼而飞，定是被她携了去，作为指南呢。"

金罗汉道："既有地图携去，当然不致跌身陷阱中。至于红姑的本领，这是大众都知道的，妖道纵是妖法多端，恐怕也奈何她不得。看来不久就可安然回来吧。"当金罗汉说话的时候，智明和尚一声儿也不响，原来又在猜详他那袖内玄机了。这时忽向金罗汉说道："师叔的活，果然一点不错。不过我刚才又在袖内占上一课，照课象瞧去，红姑道友恐有失机之虞，不过幸遇救星，终得转危为安。我们还是赶快去救援她为是呢。"大众都点头赞成，不在话下。

如今我且掉转笔来，再把红姑写一写，红姑究竟到了哪里去了呢？大众的猜测，果然一点不错，红姑确是离开了云栖禅寺，要向那妖道的巢穴中，暗地去走上一遭了。当最初那个黑影，从东墙上一跃而下，红姑一眼瞧去，就认识出便是那个妖道。当下仇人照面，分外眼红，恨不得马上就跳出去，一刀取了他的首级。不料，跟着又从西墙上跳下一个人，和那妖道交起手来，红姑只好静作壁上观了。等到妖道受惊逸去，大众慌忙追出寺门之外，又见和妖道交手的那个人，已跌仆在墙边，妖道却已不知去向了。红姑这时再也忍耐不住了，便不暇去问那个人的伤势怎样，乘众人正是乱糟糟没有留意及她的时候，在僻处驾起云来，认清楚那妖道的巢穴的方向，飞也似的追去。私念能把这妖道追及，和他大战一场，侥幸能取了他的首级，那果然是最好的事；万一竟追妖道不及，那么妖道也决不会料到，立刻就有人去找着他，大概不见得有什么防备。如此，自己乘此前去探上一遭，倒也是一个绝好的机会，或者能把继志这孩子劫了出来，也未可知。好在齐六亭所绘的两张图，自己已取来带在身边，正可按图索骥，任他那边布设的机关来得怎样厉害，恐怕也奈何自己不得呢。

红姑边想，边向前进行，觉得自己这个计划，很是不错。不一会儿，早见那座巍峨的邛来山，已高耸在眼前了，而那妖道，却依旧不见一点踪影。知道那妖道定是飞行得很迅速，早已逃入洞中去了，也就抛弃了第一个主张，还是把第二个主张见之实行吧。随在山中僻处降了下来，悄悄的向妖道的巢穴走了去。

不多时，已转到那巢穴的西面，外边却是一道高垣，不如洞前这般的密合无间，竟致无间可入。红姑至是，略不踌躇，即一跃而至墙头。正欲向下跃时，忽觉有人轻拊其肩。这一拊不打紧，任红姑怎样的艺高人胆大，这时也不觉吃上一惊。私念我以为这次悄悄来到这里，定无一人知觉，怎么有人拊起我的肩来，莫非那妖道已经来到我的跟前么？边想边就回过头去一瞧。

在这一瞧之后，红姑惊虽惊得好了一些，却反把她怔住了。原来立在她的身旁，含笑拊着她的肩的，并不是意想中的那个妖道，却是一个婆子，年纪约有四五十岁，面貌生得甚丑。只是红姑就他那种笑意中瞧去，知道她并不会有什么歹意，而且又见她身上穿着夜行装，知道她和自己也是同道中人，或者还和自己怀着同一的目的，决和那妖道是没有什么关系的。便向那婆子轻轻的问道："你是什么人？我和你素不相识，为什么拊起我的肩来？"那婆子也低声道："你这话说得很是，我与你素不相识，忽然拊起你的肩来，当然是不应该的。不过恻隐之心，是人人所具有的，如果见死不救，这于情理上，似乎也有些说不过去呢。"

红姑听了这突如其来的说话，倒又很像生气似的，带着愤恨的音吐问道："什么叫做见死不救？难道我已趋近死地，自己却不知觉，要劳你前来救我么？如果真是如此，那我也太嫌懵懂了。"婆子笑道："岂敢，岂敢！我且问你，刚才如果不是我拊着你的肩，出来阻止你一下，你不是就要向下面跳了去么？但是，你可知道，这下面是些什么？"

这一来，红姑倒又不怒而笑了，反向她问上一句道："是些什么，你且说来？"婆子正色的说道："这个还待说，下面当然不是平地，有陷阱设着、机关埋着，任你有天大本领的人，倘然一旦身陷其中，纵不粉身碎骨，恐怕也要活活成擒，逃走不来呢。"红姑不待她把话说完，又"哧"的一声笑了出道："你这个婆子，真在哪里活见鬼！我倒懊悔不该听你的这篇鬼话，反耽搁了我的许多时候，或者竟误了我的大事，这可有些犯不着。"说着，又要向下跳去。

但这婆子真奇怪，忙又一把将她扯住道："你要寻死，也不是这般的死法！"这时红姑可再也忍耐不住了，也不愿再和她多说，死力的要把她扯着的手挣了去。婆子虽仍是用尽力量的扯着她，不使红姑的身子动得分毫，却也渐渐有些着急起来。一时情急智生，便向红姑耳畔，低低的说道："你如果再执迷不悟，真欲往下跳时，我可就要不管三七二十一，替你大声嚷叫着，看你还能行得事来，行不得事来？"

这个方法真灵验，红姑一听这话，果然不想再跳下去了。只把足在墙上轻轻的一跺，恨恨的说道："我不知倒了几百世的霉，今天竟会遇着你这螯螯蝎蝎的婆子，真要把我缠死了。如今你且听着，这妖道的巢穴中，虽设着不少的陷阱，不少的机关，但在这西部的地方，却还有一些平地，尚在未经营之中。所以外人要探妖道的巢穴，从西部入手，最为相宜。这是代他建造这项秘密工程的那个人，所亲口告诉我的，谅来不致虚伪。你如今大概可以放心了，总不致再这般的大惊小怪，要来阻止我，不许跳下去吧？"说着，鼓起一双眼珠，向那婆子望着，静待他的答复。

这时婆子的态度，反更镇静起来了，只冷冷的说道："哦！原来是这么一回事。既是建造这项秘密工程的那个人，亲口向你说的，当然不致会虚伪。不过，那个人还有一个妻子，名字叫做雪因，却已和那妖道有上一手，你谅来也已知道。而这雪因从前和他丈夫，曾同事一师，建造这种秘密工程，也是她的看家本领，并不输于她丈夫。那她丈夫既一走，她复和那妖道正在热爱之中，又为保护他自己起见，难道还会不挺身出来，把这未完的工程，星夜赶造完全么？"

红姑一听这话，登时恍然大悟起来，果然这事很在情理之中，不但是在情理之中，而且可以说得一定已见之实行呢。不过，转又使她想到，刚才倘然没有这婆子前来阻止，她自己竟信这西部确是空虚的，贸然的向着下面一跳，这事还堪设想么？便又不由自主的，把那婆子的一只手，紧紧的握着，向她吐着感谢的音说道："你真是我的救命恩人。倘然没有你在这恰当的时期中出来阻止我，我这时恐怕已成了这陷阱中的上客了。"说到这里，又露出一种懊丧之色道："但是这妖道的巢穴，难道真和龙潭虎穴相似不成，我们竟没有方法可以进去么？依得我一时性起，倒又要把性命置之度外，不管三七二十一的，冒险进去探上一探了。"

婆子笑道："你不要性急，要到得里边去，倒也不难。你且随我来，自有路指导给你。"边说边就扯着她到了西边的尽头处，又向下指着说道："这是妖道的徒弟，一个姓马的私下告诉我的。只有这一处地方，尚没有安设机关，下去可以无碍，但也只在这一二天中。如果等到他们把工程办妥，恐连这一处也不能下去了。"

红姑把头点上一点，即和那婆子悄悄的跳下墙去。觉得她们脚所踏的，果然是些平地，并没有什么机关埋在下边，二人方才放下一半心事。红姑随又从身上，掏出那二张地图来，指向那婆子说道："我们如今如果要向中央这座高楼走去，须经过一个地道和一座天桥，方能到得那里。好在这两张图上，把一切过节，注得很是明白。我们只要能依照着，小心的走去，大概不致触在消息上吧。"

婆子笑道："你倒细心之至，竟把地图带在身上，但是就算没有这两张地图，却也不甚要紧，因为我已向那姓马的盘问得很是明白，何处应左行，何处应右行，何处应拐弯，何处应盘旋，我好似背书一般，心中记得烂熟。你只要跟在我的后边走，包你不出什么乱子呢。"

红姑忙问道："瞧你对于这里的情形，竟是如此的熟悉，大概有一个男孩子，被这妖道绑了来的一桩事，你也不至于不知道？你可晓得，现在这孩子被这妖道囚在哪里呢？"婆子道："你问的是令郎么？那我当然知道的，现在就囚在中央那座高楼上。如今只要能到得那边，你们母子就可互相见面了。"

红姑听了，即仰起头来，向着那座高楼望望，仿佛已瞧见了她爱子的一张脸，正满掬着一派焦盼的神气，盼望他母亲前去救他出险呢。于是，她紧紧的一咬牙龈，一声也不响的，向着前面进行。

不一会儿，有一大堆黑影，横在她们的面前，似乎把星月之光都遮蔽住了。她们知道，已走近那地道了。婆子即向红姑关照道："这已到了危险的区域中了，你可亦步亦趋的，跟随着我，千万小心在意，不可中了他的机关啊。"红姑边答应着，边即跟随了那婆子，走入地道中。

当在外边的时候，果然觉得十分黑暗，谁知到得里边，更其黑暗到了极顶了。幸亏红姑练成一双电光神目，在黑暗中，也能辨物。那婆子似乎也有上这一种的功夫，所以他们二人，倒一点不觉得有什么困难，只小心翼翼的，踏准了步数，向前进行。

约行了数十步，不料忽有两目耀耀作光的一条大蛇，从右边的石壁上，突然而出，似乎要向她们的身上飞扑来。红姑纵是怎样的艺高人胆大，也不觉小小吃了一惊。暗想这婆子真该死，莫非踏错了步子，触着了机关么？否则，好端端的怎会有大蛇飞了出来。我倒懊悔太大意了一些，只知一味的信任着她，却没有把那张图细细瞧上一下呢。

想时迟，那时快，早又见那婆子，不慌不忙的，伸出一个指头来，向那大蛇的头上只轻轻的一点，那大蛇好似受了创痛似的，便又突然的逃了回去，没入石隙中不见了。那婆子随又回过头来，向着红姑含笑说道："受惊了么？这是他们故作惊人之笔，要使外边进来的人，就是踏准了步子，也不免要受上这种虚惊。或者胆小一些，竟会不敢向前行走的。像这种吓人的机关，前边尚设有不少，并不止这一处，我却已完全打听得清清楚楚了。你尽管跟着我，放胆前行，只要不把步子踏错就是了。"

红姑听了这番话，方又把一片心事放下，知道这婆子倒是十分可以信任的，只要唯她的马首是瞻就是了。好容易又打退了许多虫豸五毒，总算一点乱子也没有出，走完了这条地道。到得走出洞口，眼前不觉为之一亮，远远望去，只见长桥凌空而起，矗立着在那边，气象好不壮观。

那婆子便又指着，向红姑说道："这便是天桥了。讲到这种机关，比刚才所走的那条地道，还要来得可怕。只要一个不小心，把步子走错了一步，翻板立刻掀动，就要把你这个身子，向万丈深渊中抛去。那里边养着有大小不一的鳄鱼千万条，见有生人抛下来，真好似得了一种甘美的食品，哪有不争来吞食之理？那时候你纵有天大的本领，也抵敌不住这千万条的鳄鱼，除了葬身在它们的腹中之外，还有什么法子可想呢？"这一说，倒也说得红姑有些毛骨竦然了。

片刻间，早已到了这座桥前，再向前一望时，在桥的彼岸数箭之外，即矗立着那座高楼，只要把这座桥安然渡过，立刻就可到得那边了。而在那座高楼中，不是有她的爱子被囚着，或者正愁眉泪眼的，盼望母亲到来救他出险么？这一来，倒又把红姑的勇气鼓起，一点不有什么瞻顾，一点不有什么畏怯的，又跟随着那婆子，向这桥上走去。

不料竟是出人意外，这座天桥，并没有像意想的这样的难渡，一个难关也没有遇到，早已到了桥顶了。比起在地道中的时候，左生一个波折，右来一个阻力，枝枝节节，险阻备尝，真有地狱天堂之别了。这不但红姑把心事放下，连那婆子，都比以前懈怠了许多，反都立定下来，向那桥下望着，似乎要把这景色赏玩一下。只见下面横着一道长湖，波涛汹涌不定，望去全作蓝色。

在这山顶之上，会发现这么一条大湖，而且波涛又是这么的汹涌不定，并带上一派蓝色，几乎使人疑心已到了《七侠五义》书上所说的黑水寒潭的旁边，这倒又是出乎她们意料之外的。而在这波涛汹涌之中，又见无数条的鳄鱼，跟着翻腾起伏，更极惊心骇目之至。中间有几条大一些的，尤其通得灵性，似乎已知道有人在桥上望着它们，惹得它们野心大起，争昂着头，张着口，恨不得把那些生人攫取到手，一口吞了下去呢。

那婆子见了笑道："它们这种虎视眈眈的样子，看了倒也很是有趣。但是我们只要站稳在这里，翻板不要带动，身体断不致掉下湖中去，它们也就奈何我们不得。如要腾跳起来，把我们攫了去，瞧这桥身这般的高，离湖面又这般的远，恐怕它们不见得有这种能耐吧！"谁知一言未终，早有一头大鳄鱼，好似生有翅膀似的，猛不防的，从湖中腾跳而起，停在空中，要向那婆子扑了来。婆子不免微喊一声："啊呀。"幸而态度尚还十分镇定，脚下依旧不曾移动分毫。边急从身边拔出一柄剑来，把那条鳄鱼抵挡着，边又向红姑关照道："脚下须要十分留意，一步错乱不得，并须好好的防备着它们，说不定还有第二个、第三个的恶畜，前来向你攻击呢。"

果不其然，她的一句话还未说了，又有一头巨大的鳄鱼，从湖中飞腾而起，张牙舞爪的，来向红姑进攻。红姑只好也拔出一柄剑来，把它挡住了。讲到鳄鱼在水中，本已十分蠢笨，不过这张巨口，生得十分怕人。一旦到了空中，更要失去几分能耐。像红姑同那婆子，都是练过几十年武功的人，早已到了炉火纯青之候，哪里还会把这些冥顽不灵的东西放在心上。不过，挥剑抵敌的时候，还要顾着脚下，生怕一个失错，把翻板带动着，这可有些觉得吃力了。所以战了好一会儿，方把这两头恶畜杀却。

谁知等不到她们二人走得几步，又有三五头飞了起来，而且是愈来愈多，好像特地是来复仇的。这一来，她们二人可不能再停留下来，和这些鳄鱼死战了。只好上面把剑挥动着，保护着自己的全身，下面把脚步踏准，一步也不敢错乱，且战且行的，向桥下走了去。好容易，总算已杀到了桥边，瞧瞧那些纷纷飞在空中的鳄鱼，不是死在她们的剑锋之下，便已逃回湖中而去，居然一个也不余留了。

那婆子方用手拭一拭头上的汗，又如释重负的长叹一声道："总算运气不坏，已把它们杀退了。但是我们是什么人，他们又是些什么东西？如今搏兔也用全力，方把它们杀退，细想起来，我们不但是十分可怜，而且还是十分可笑呢。"

红姑笑道："你这话说得很是！不过搏兔也用全力，这兔总被我们搏得了，还算不幸中之大幸。倘然用了全力，还是不能取胜，岂不更是可怜么？"正在说时，忽听得呼哨一声响，从桥边跳出一个人来，手挥宝刀，拦住她们的去路。红姑忙向他一瞧时，不是那妖道，又是什么人？不觉一声冷笑道："好个没用的妖道，原来埋伏着在这里。倘然刚才你也走上桥来，和我们角斗着，岂不更为有趣么？如今未免失去机会了。"边说边即走下桥去，挥剑向那妖道斫去，也来不及招呼那婆子了。

谁知那妖道不济得很，没有战到二三个回合，已被红姑一剑斫中，颓然仆倒在地上。红姑心中虽是欢喜，还怕他是诱敌之计，故意装作出来的，因又在他背上狠狠的刺上两剑。见他真是不能动弹了，这才俯下身去一瞧。只一瞧间，不觉低低喊上一声："啊呀，我上了他的当了。"这时婆子也已走下桥来，便向他问道："怎么说是上了他的当，莫非不是妖道本人么？"红姑笑道："岂但不是本人，只是一个草人儿，我竟这样认真的和他厮战着，岂不是上了一个大当么？不过这草人儿也做得真巧妙，骤看去，竟和生人一般无二，连我的眼睛都被他瞒过了。你倒不妨把他细细的瞧上一瞧。"婆子微笑着把头摇摇，便又偕同红姑向那座高楼奔去。

红姑心中，却比前跳动得更厉害，因为爱子囚居的所在，已是越走越近，正不知吉凶如何，更不知能不能救他出险啊！等得走到楼前一看，下面四边都是砌实的墙垣，竟找不到一道门，更不见有什么出入之路。红姑见了，不免又把双眉蹙在一起，露着忧愁之色。好婆子，真好似一骑识途的老马，只向四壁仔细端相了一下，早又伸出一只手来，在壁上一处地方按上一按，即见这一垛墙，直向后面退去，露出一个门来了。

那婆子忙又向红姑招招手，即一同悄悄的走了进去。婆子又回过身来，在壁上再按上一按，那垛墙又转回原处，合得不留一隙的了。她们一路如此的走去，竟然得心应手，毫无留阻，一直到了楼上。忽听得有一片嘈杂的声音，传入她们的耳鼓，细聆之下，明明是有人在口角，而且口角得很是剧烈，还有妇女的声音杂着在里边。

红姑耳观很是灵敏，早已辨出这嘈杂声音发生的所在，即向婆子，把一间屋子指指，似乎对她说："口角之声是从这里发出来的啊。"婆子会意，也把头点点，即悄悄的一齐走至那间屋前。凑在门边，侧着耳朵一听，只听得一个妇人的声音，吼也似的在说道："我如今再问你一声，你究竟把我这个孩子弄到哪里去了？你如敢损伤他的一毛一发时，哼，哼！请看老娘的手段。"

在这个声音之后，跟着就是一个男子的声音，听去好像就是那个妖道，只冷冷的回答道："你不要管我把这孩子弄到了哪里去，总而言之的一句话，你们母子二人，今生恐怕没有再见面的希望了。"那妇人又狂吼道："这是什么话！我决不能听你如此，而且你自己扪扪良心看，你所做的事情，究竟对得起我对不起我？我本是马姓的一个寡妇，好好的在抚孤守节，偏偏给你看中了，凭着你的那种妖法，把我劫夺了来，硬行奸污了。我那时一身已在你的掌握之中，除了忍辱屈从之外，实在没有别的方法，不料你等到我一旦色衰之后，又去爱上了别个年轻女子，把我抛弃了。然而，我对于这件事，却一点不放在心上，因为我本来不希望你来眷爱我，你能够不来和我厮缠，反是求之不得的。所希望的，只要你对于我这个视为命根的爱子，也就是马姓的孤儿，能够优待一些，也就好了。谁知你起初倒还把他待得好，并收他做弟子；这一阵子，不知听了哪个狐媚子的说话，竟一变往日的态度，把他视作眼中钉，现在更是失了踪迹，不知把他弄到了哪里去了。你这样的狼心狗肺，教我怎能不向你拼命呢？"

那妖道又冷笑道："这些丑话，再提他做甚？好个不要脸的淫妇，当时你真是贞节的，为什么不一死以明心迹？到了如今再说，事情已嫌迟了。现在我索性对你说个明白吧，那个孩子，我不但憎厌他，并已把他杀了，看你把我怎样。"

这话一说，那妇人更疯狂也似的跳起来道："好！你竟把我的孩子杀了。我也不和你算账，让我找那狐媚子去。"说着，即向门边奔来。

欲知后事如何，且听下回分解。

第一百零七回

阻水力地室困双雌　惊斧声石岩来一马

话说红姑同了那婆子，历尽艰难，到得中央那座高楼上，正站在一间屋子的门前，侧耳倾听着，只闻得那哭道人和一个妇人在屋内吵着嘴。一会儿，忽闻到那妇人要冲出屋子来。这一来，倒把他们二人大大的骇上了一跳。因为这妇人一冲出屋子来，逆料这恶道也要追出来的，这不是糟糕么？不过，二人的心思也各有各的不同。在红姑呢，只想悄悄的就把继志盗了回来，不必惊动得这个恶道；在那婆子呢，也只想把这里的机关探听得一个明白，并不想和这恶道动得手。如今这恶道倘然一追了出来，当然要把她们发现，不免把她们预定的计划全行打破，你就是不愿惊动他，不愿和他动得手，也是不可得的了。但是“人急智生”这句话，真是不错的，就在这十分吃紧的当儿，她们忽瞥见离开这房门口不远，有一个凹了进去的暗陬，很可躲藏得几个人，便各人受了本能的驱使，肘与肘互触了一下，即不待屋中人冲出来，相率向这暗陬中奔了去。

谁知这一下，可大大的上了当了。也不知是否那恶道所弄的一种狡狯，故意布成了这种疑兵，逼迫着她们，不得不向这暗陬中奔了去的。当下，只闻得豁啷啷的一阵响，她们所置足的那块地板，立刻活动起来。她们的身子，即如弓箭离弦一般的快，向着下面直坠，看去是要把她们坠向千丈深坑中去的了。幸而她们都是练过不少年的功夫的，早运起一股罡气，以保护着身体，免得着地时跌伤了筋骨。

好容易方似停止了下坠之势，又像在下面什么地方碰击了一下，起了一个很剧烈的反震，便把她们翻落在地了。照理讲，她们早已有上一个预防，运起罡气保护着身体，这一跌不见得就会把她们弄成怎么一个样子。但是，很使她们觉得难堪的，她们并不是跌在什么平地上，却好像是跌落在一个水池之中，而且有一股秽恶之气和血腥之气，向着鼻孔内直钻。于是她们二人都大吃一惊的想到，我们莫不是跌落在水牢之中了？同时，却又闻得一种声浪，从很高很高的地方传了下来，这是红姑一属耳就能辨别出来的，作这声浪的主人翁，除了那个恶道，还有什么人？

细聆之下，他挟了十分高亢的音调，在上面很得意的说道："你们二个妇人好大胆，竟敢闯进我这龙潭虎穴中来了！如今怎样，不是只须我略施小计，就把你们弄成来得去不得了么？现在我也别无所敬，只好委屈你们在这里，喝上几口血水吧。"说完这话，又是一阵哈哈大笑。此后即不闻得什么声音，大概这恶道已是去了。

她们一闻到恶道说上喝血水这句话，更觉得有一股不可耐受的血腥气，向着四面包围了来。这在那婆子还没有什么，红姑是修道的人，当然不欢迎这一类的东西，教她那得不把眉峰紧蹙起来呢？然四围也是黑魆魆的，她们虽能在黑暗中辨物，却不能把四周围看得十分清晰。于是促动红姑，想起她身上所带的那件宝贝来了，只一伸手间，早已把那件宝贝取了出来，却是一颗夜明珠。

这是她有一次到海底去玩，无意中拾了来的。拿在手中时，真是奇光四彻，无远勿届，比灯台还要来得明，比火把还要照得远。同时，也把她们现在所处的环境，瞧看得一个清清楚楚了。原来这哪里是什么水池，也不是什么水牢，简直是一个很大很大的血污池。在池中浮动着的，全是一派污秽不堪，带着赭色的血水，而且有一种小生物，在这血水中蠕动着，却是一种血蛆，繁殖至于不可思议，数都数不清楚。

那婆子见红姑把夜明珠取出来，颇露着一种惊讶的神气。比见到这血水中的许多血蛆，又早已叫起来道："啊呀，这是些什么东西？适才我见了那些庞大的鳄鱼，倒一点也不惧怕，很有勇气的和他们厮战着；如今却一些儿勇气也鼓不起来，只觉得全身毛戴呢。"说时，身上早已爬满了这些蛆，有几条向上缘着，竟要爬到她的颈项上、脸部上去了，引得她只好用两手去乱撣。

红姑也笑道："不错！越是这些小小的丑物，越是不易对付得。倒是适才的那些鳄鱼，有方法可以制伏它们。你瞧，这些蠕蠕而动的血蛆，难道可以用剑来斫么？就是用剑斫，也斫不了许许多呀。如今第一步的办法，最好把这一池血水退他一个尽，只要池水一退尽，这血蛆就无存在的余地了。”

她边说边又从身上取出一个小葫芦来，而把手中的那颗夜明珠，递与那婆子执着说道：“你且替我执着了这东西，让我作起法来。”这时红姑虽不知婆子是什么人，那婆子却早已知道她是红姑了。心想红姑在昆仑派中，果然算得是一个重要的人物，有上了不得的本领，但瞧这葫芦，只有这一些些的大，又有什么用处？难道说她能把这一池子的血水，都装入这小小的葫芦中去么？当下露着很为疑惑的样子，并喃喃的说道：“这葫芦未免太小了一点吧？你瞧，只要把一掬的水放进去，就会满溢了出来的。”

红姑也懂得她的意思，但仍微笑不语。随即把这葫芦平放在血水中，听那流动着的血水，从这葫芦口中冲进去。说也奇怪，看这葫芦的容积虽是很小很小，只要一小掬的水放进去，都会满溢了出来的。可是如今任这血水怎样的续续流入这葫芦，都尽量的容积下来，不有一些些的溢出，看来尽你来多少，它能容得下多少的，真可称得上一声仙家的法宝了。

不一会儿，早把这一池子的血水，吸得个干干净净了，就是那些血蛆，也不有一条的存在，都顺着这血水流动的一股势，流入了葫芦中去。于是红姑很高兴的一笑，随手把这葫芦系在腰间，又把身上的衣服抖了几抖，似欲把衣服上所余留的那些血蛆，也一齐抖了去的，一边说道：“现在第一步的办法，我们总算已是做了，所幸的，我们都不是什么邪教士，衣服上就沾上了这些污血秽水，讨厌虽是讨厌，却一点也不要紧。倘使这恶道易地而处，那就有些难堪了，恐非再经过若干时的修炼，不能恢复原状呢。”

那婆子最初也照了红姑的样子，抖去了衣服上所余留的那些血蛆，此后却直着两个眼睛，只是望着那个葫芦，好似出神一般。红姑一眼瞥见，早已理会得她的意思，便又笑着说道：“这没有什么不能理解的。讲到道与法二桩事，道是实的，法是虚的；道是真的，法是假的。唯其是虚是假，所以一般修道士所作的法，也正和幻术家的变戏法差不多，表面上看去虽是如此，其实也只是一种遮眼法，不能正正经经的去追究他的实在情形呢。依此而讲，我的这个小小的葫芦中，能把这一池子的血水都装了进去，就没有什么可以疑惑的了。但是你要说我这葫芦中，实在并没有装得这些血水么？却又不尽然。那我只要再作一个法，把这葫芦尽情的一倾泼，立刻又可把这一池子的血水，重行倾泼出来呢。”

那婆子至是，才像似领悟了的，而对于红姑的信仰，不免也增高了几分，不似先前这般的怀疑了，便又说道：“那么我们现在第二步的办法，应当怎样呢？”红姑道：“第二步的办法，当然是要在这间地室中，找寻到一个出路了。”说了这话，便从那婆子手中取过了那颗夜明珠来，又走至靠边的地方，很仔细的照了一照。见这间地室，完全是岩石所凿成的，复用指向石上叩了去，并在四下又试验上了好多次，每次只闻得一种实笃笃的声音，从那些石上发出来，并不听到有一点的回声。不免很露失望之色，喃喃的说道：“这是一间四面阻塞的地室，恐难找得到一条出路呢！别的且不用讲，只要待在这里再长久一些，闷也要把我们闷死了。”

那婆子这时自己已想不出什么主意，也施展不出什么能为，只把这个同舟共难的红姑，仰之若帝天，奉之如神明。以为有她这么一个能人在这里，还怕什么？要走出这间石室，那是一点也不成问题的。如今一听这话，倒又惊骇起来了，不免露着很殷切的神情问道：“怎的，你也没有方法走出这间地室么？那么我们随身所带的宝剑，不是都没有失去么？这岩石虽是十分的坚实，却终敌不过这宝剑的犀利，我们就用宝剑斫石，辟成一条道路。你瞧，好不好？”

红姑仍把头摇了几摇道：“这只是一个不得已而思其次的方法。这里距离着山的边端，不知要有多少路，倘然单仗着我们这二把宝剑，一路的开辟过去，恐不是一朝一夕的事。万一路还没有辟成，我们已闷毙在这乱石堆里，不是白费了许多的力气么？”

于是那婆子对于红姑的信仰，不免又有些动摇，很失望的瞧了红姑一眼，悻悻的说道：“如此说来，难道我们只好坐以待毙么？”随又像想得了一件什么的事情，陡露欣喜之色，望着红姑又说道：“用宝剑来辟路，果然太费时光，现在我们只要有穿山甲这么一类的东西，就可打穿了石岩逃出去。难道在你随身所带的许多法宝中，竟没有这一类的东西么？”这虽只是一个问句，然而很有上一种肯定的意味，以为像红姑这般一个有法力的人，一定携有这一种法宝的。但在红姑听到以后，不免笑了起来，半晌方说道：“不论怎样会施用法术的人，不见得件件法宝都有。我更是非到万不得已不肯用法的一个人，平素对于法宝一点也不注意。适才的那二件东西，也不过是偶然带在身上，想不到都会有用得着的地方，此外可就没有什么别的法宝了。”这一说，说得那婆子又第二次失望起来，而且是失望到了极点，对于红姑的那种信仰心，也根本动摇起来了，不禁喃喃的说道：“如此讲，我们真只好坐以待毙了。”

正在这个当儿，忽闻得从什么地方，传来了一种绝轻微的声响，很带点鬼鬼祟祟的意味。她们二人纵是怎样的武艺高胆力大，然在此时此地，听得了这种声响，也不免有些毛骨竦然。她们第一个所能想得到的意念，这定是那个恶道，还以把她们囚禁在这地室中为不足，又派遣了什么人，或竟是那恶道自己，前来暗害她们。于是她们受了本能的驱使，各自暗地戒备起来，决意要和进来的那个人，大大的厮战上一场，不至势穷力竭不止，万不能像寻常的懦夫一般，俯首受命，听他的屠杀的。

而在同时，红姑倒又从万分绝望之中，生出了一线希望之心。原来她是这么的在想：“照这一派鬼鬼祟祟的声响听去，那人已到了这岩石之后了，那么，他既能走到这岩石之后，可见定有一条道路可通，不是通至山上，就是通至山下的。那如今最紧要的一桩事情，只要把那个人打倒，就可从这条路上逃走出去了。不是比之我们自己，设法要把这地室凿通，反来得便利多了么？”再一侧耳细听这声响的来源，似发自这地室的南端，而就那丁丁的声响听去，似又正把斧子这一类的东西，凿在岩石之上，只因恐给人家听见，所以一下下的凿得很轻微、很当心的。

当下红姑向那婆子使了一个眼色，即向这声响传来的所在走了去。但离开岩石边约有十多步路便立停了，又把这颗夜明珠，也藏进身畔一个黑黝黝的革囊中去。于是，全个地室复入于洞黑之中，更加重了一种阴森的意味。至此，这真是一个最吃紧的时候了。倘然能乘他一个措手不及，就把走进来的那个人杀了去，那她们立刻就有逃出去的希望，否则，势必有一场大大的厮杀，究竟谁胜谁败，可不能预先断定。

幸而红姑天生成的一双电光神目，那婆子虽然及不上她，然因曾下了苦功练习过目力的关系，也能在黑夜中辨物，只是不能十分清晰。因此她们二人，都睁着一双眼睛，凝神注意的向着那岩石边望了去。

不一会儿，只闻得砰砰的几声响，即有不少块的岩石落进地室中来，原来已给那个人在岩石上，凿成了一个圆圆的洞了，并有一股冷气冲了进来。这一来她们二人更加小心在意，竟连大气都不敢透一透，生怕那人知道了她们预伏在这岩石边似的。随即见黑黝黝的一件东西，像是一个人头，从洞的那边伸了进来，显然的，那个人把岩石凿通，就要爬了进来呢。

这时红姑怎敢怠慢，马上走前几步，举起手中的那把剑，很迅速的就向像似人头的那个东西斫了去，只一剑，那件东西早扑的滚下地来。并闻着很惊怖的一声叫喊，此后即不闻得有别的声响。在红姑还想再静静的等待上一会儿，倘有第二个送死者伸进头来，不妨再如法炮制。不料，那婆子已一些不能忍耐了，即出声说道："我看，这滚在地下的，并不像什么人头。大概是那厮先用什么东西来试探上一下，知道我们已有上准备，便尔逃走了。我们不要久处在这黑暗之中了，还是拿出你的那件法宝来，照上一照吧！"

这几句话，倒又引起了红姑的疑心，果然，这不像是什么人头。人头滚下地来，定要发出较重的响声，决不会这般的悄无声息的。而且这婆子既已喊出声来，倘若有人站在洞的那一边的话，一定已经听见，她也用不着再静默，再取着秘密的态度了。因此，又把那颗夜明珠从革囊中取了出来，比拿在手中一照时，果然见卧在地上的，哪里是什么人头，只是十分敝旧的一顶毡帽。倒不禁自己暗暗有些好笑起来，这真是三十年老娘倒绷孩儿了，毡帽和人头都分辨不出，竟会把宝剑斫了下去，还能称得什么夜光神眼呢。谁知这时候，倒又有一个真的人头，从洞外伸了进来。

红姑正在没好气，便一点也不踌躇，又举起剑来，想要使劲的斫下去。但是还没有斫得，早从斜刺里伸出一只手来，把她的手腕托住，一壁很惊惶的呼道："斫不得，斫不得！这是那个姓马的。"

原来这时候，那婆子她倒已把钻进洞来那个人的面目，瞧清楚了。红姑便也收了剑，又向那姓马的，很仔细的瞧了几眼。那姓马的倒似乎不知道自己适才的处境，是怎样的危险，倘没有那婆子托住了红姑的手腕，现在早已是身首异处了，却夷然不以为意的，向地室中瞧了一下，悠然的说道："你们二位的法力真是不小，竟把这一池子的血水，都退得干干净净的了。如今可不必多耽搁，请随我走出山去吧。"

红姑在这时和那婆子，似乎都很信托他的，此中决不会寓有什么诡计，便也一点不露踌躇之色，等他把头连身子退回洞外以后，也都从这圆洞中走了出来，步入一条长长的隧道之中。当步行之际，那姓马的又向她们谈起一切的事情，方知道隧道和那石室，都是天生成的，并不是人工所开凿的。自从那恶道把那石室圈为血污池，作为一种机关后，方把那石室及隧道的入口，都一齐堵塞起来。然他是不论什么都知道的，所以一听到她们二人，被囚禁在这石室来的消息，即偷偷的把堵塞着的隧道口挖开，忙不及的赶了来，想把她们救了出去呢。至于他因恐哭道人对他下毒手，早已偷偷的逃了出来，哭道人说已把他杀死，那只是恫吓他母亲的一种说话。而仗着对于这山上，及山洞中的地理十分熟悉，又有从哭道人那儿偷来的几道符，做他的一种帮助，倒常能掩到洞中去，探听到各种消息。只是要把哭道人杀死，却也没有这种本领罢了。

红姑便又问道："那么你的母亲现在仍住在这山洞中么？适才和那恶道的大吵大闹，不知究竟是怎么一回事？"当将在门边所听到的一番话，对他说了一说，并说到她们就因此，而跌入了这个血污池中去的。在珠光照耀中照见，那姓马的听了这一席话后，很露出一种不安和抱愧的神气，似乎把他的母亲失身于恶道，很引作为一种羞耻的。一壁答道："他们是常常吵闹的，今天的这件事，或者是适逢其会。然那恶道最是诡计多端的，或是他把我母亲的生魂拘了来，故意互相口角着，布成这种疑兵，以引你们二位入彀也有点说不定。我可不能知道了。"

大家谈了半天，不知不觉的，把这条长长的隧道走完，早已到了入口处，他们便从那儿走了出来。却在靠近山腰的一个地方，晓日正从云端徐徐下窥，已是清晓的时候。那姓马的为免哭道人启疑起见，早把刚才取下来的大石条，重行盖覆上去，又在外面堆掩了许多的泥。不料红姑刚放眼向山峰间看去，却见一个人立在山峰上面，正向她们这儿瞧视着。啊呀！这不是别人，却就是那个恶道。

这时那恶道似也已瞧见了她们了，立时毒从心上起，恶向胆边生，即从鼻孔中喷出二道黑雾，直向着她们所站立的地方射了来，滃滃然的，几乎把峰峦间都笼罩着了。但红姑只在眉头一皱间，似早已想得了一个防御的方法，即把腰间那个小小的葫芦解下，高高的举了起来，一壁笑道："即'以其人之道，还治其人之身'，在这儿可用得着这二句话了。"

不知红姑与那恶道，究竟有怎样的一场斗法，且俟第一百零八回再写。

第一百零八回

见绝技火窟救灾民　发仁心当街援老叟

话说红姑把那小葫芦高高举起，只随手一倾泼间，一派带着赭色的秽水，即从葫芦中飞泻而出，游龙夭矫似的，直对着这道恶雾射了去。说也奇怪，这恶雾在最初，来势很是凶猛，大有当之者死、触之者亡的一种气派；然一遇到这秽水泼了去，立刻像似受到了什么打击一般，飞快的退缩了回去。同时瞧那恶道时，也像似大大的吃上了一惊，万想不到对方会请出这般的一种法宝来的。他又生怕这派秽水，再飞溅到他的身上来，坏了他的道法，忙将这恶雾向鼻孔内一收，一壁即来不及的向着洞穴中逃了去。

照着他平日的心性，既瞧见到陷落在水牢中的这二名俘虏，已从他的手掌中溜了出来，势必要和她们大大的斗法一场，决不肯轻轻易易的就把她们放了走。如今却被这一派秽水怕得什么似的，暂时也只好取着放任主义，听她们逃去的了。

这一来，直把个红姑得意到了极点，不觉笑道："想不到这一葫芦的血水，还有这么的一个用处。这恶道也可说得是赔了夫人又折兵了。当他伏在水牢上面和我们说话的时候，差不多把我们当做刀头鱼、俎上肉，瞧他是何等的得意！如今竟有上这一个变局，大概他连做梦都没有想到吧？"

但红姑心中虽是十分得意，只一想到继志依旧没有救出，在实际上讲来，此行仍是劳而无功，不过使那恶道小小的受了一个蹉跌罢了，不免又有点爽然若失。照着她的心思，恨不得马上再冲入这洞穴中去，和那恶道好好的拼上一场，就把继志救了出来。这时站在她身旁的那个婆子，却似已理会得她的心事，忙向她劝道："这时候这恶道在洞中，一定已有上一个准备，我们要去把令郎救出洞来，那是万万办不到的。不如暂时先行回去，窥得了机会再来吧。好在他在摆设'落魂阵'之前，定把令郎好好的看待着，决不敢损伤其毫发，这是你尽可放心的。"

红姑觉婆子这话倒也不错，把头略略一点，表示她是同意。即同了那婆子和那姓马的，离开了这邛来山。刚刚到得山下，恰恰逢着金罗汉、笑道人等，带了大队人马，前来接应她了。这时候，常德庆当然也在这一干人中，只一眼瞧见了那婆子，即带着一种骇诧的神情，一拐一拐的走向前来，又很恭敬的向那婆子行了一个礼，叫了一声师母，然后说道："怎么师母也在这里？莫不是已向这恶道的巢穴中，去探视上一遭了？"当下又向众人介绍了一番。方知道这婆子不是别人，便是甘瘤子的大老婆蔡花香。

红姑虽和他不同派，然为了桂武和甘联珠的关系，说起来两下还有点戚谊，又加上适才同舟共济的一番情形，双方倒都有上一种情感，很是来得亲热。在这时，又见杨天池和着柳迟上来和她见礼，还跟着一个十分斯文的书生，同了两个花枝招展的女子。一问方知是杨继新及钱素玉、蒋琼姑二表姊妹，都是听得哭道人在此肆无忌惮，要和昆仑、崆峒二派人斗法，特地前来助阵的……

哈哈，且住！这杨继新不就是杨天池的替身么，怎么他们二人会弄到一齐来了？倘然我不乘此时细细的申说一下，一定要使诸君感到茫无头绪，问上一句，几时孟光接了梁鸿案？而且，杨天池和杨继新的骨肉团圆，实是书中一大关目，在第六集书中，只略略的提了一笔，并不就接写下去。倘到现在，再不有上一个详细的交代，未免是一个大漏洞了。闲言休絮，待我腾笔写来。

单说杨继新同了钱素玉、蒋琼姑到得长沙，上岸之后，因为天时已晚，便在一个客栈中住了下来。打算第二日清早，再出小吴门，找到隐居山，持了金罗汉所给的书信，前去拜访柳大成。不料睡到半夜，刚值好梦沉酣之际，忽被一阵又急又乱的锣声，把他们从睡梦中惊醒了过来。照着那时候的习惯，在这午夜的时分，敲着这样子的乱锣，向着人家告警，不外乎发生了下面所说的两桩事情：不是盗劫，便是失火。杨继新因为一路上来，都和大姨姊同坐着一只船，彼此十分的熟，并不怎样避嫌疑，所以这晚宿店，也同在一间房中。只是她们姊妹合睡一张床，他独个儿睡一张床罢了。这时他惊得从床上走起，见她们姊妹俩也都披衣下床了。大家侧耳一听时，街上人声如鼎沸一般，乱锣仍是不息，并间以敲脚锣盖的声音，显见得外面是乱到十分了。而一派火光，更从对面直逼过来，烘得这靠街的窗子上，都似鲜血染红了的一般。他们方明白，这一次的告警，并不是发生劫案，乃是什么附近的地方走了火了。忙走到窗前，凑着这派鲜红的火光，向着窗外一瞧看，不禁更把他们骇上了一大跳。

原来这起火的所在，就在他们这客栈的斜对面。幸而这街道尚宽阔，风又不向着这边吹，所以得保无事，只偶然的有些火星儿飞了来，否则免不了要池鱼之及呢。但他们究竟都是少年人，也只暂时骇上一骇，此后竟把这看火烧，当做一件很有趣的事情。觉得站在这客栈的楼窗前，远远的望了去，并不能看得怎样真切，还嫌有些儿不痛快。因此，他们把衣履整一整好，索性出了客栈，走到街上去瞧看了。只见一个街上，都塞满了的人，十有八九都没有把衣服穿得好。不是赤着一个身子，便是裸着一个胸脯。更可笑的，竟有些年轻的妇女，连衣裤都没有穿，就赤条条的逃了出来的。然而她们自已既没有觉察到，别人家似乎也不曾注意到这一层，显见得一闻告警的锣声，大家都慌里慌张的逃了出来，除了普遍的有上逃命要紧的这个心思以外，其它都非她们所计及的。而这一般人更好似疯了的一般，只是在街上乱着嚷着，却不见有一个人走上前去，真的干上一点救火的工作。他们心目中所唯一希望着的，是官厅方面闻得这个警告，赶快派了人来，救熄这一场火罢了。

当杨继新等三人刚行近火场时，忽见有一个肥胖的中年妇人，在人丛中大哭大跳，并拍着手说道："真该死，我当时急得昏了，竟忘记把他们二位老人家，也拉了出来。如今怎么好，不是要眼睁睁的瞧着他们，烧死在这火堆中么……我也决计不要这条性命了，定要冲进屋去，把他们救上一救。"说完这话，即力挣着她那肥胖的臂膀，想要冲进屋中去。

然而哪里由她做得主，她的二条肥胖的臂膀，早给一个四十多岁的汉子，用力的拉住了，凭她怎样的挣，终于是挣不脱。一壁那汉子并向她劝道："你不要发呆，你瞧我们这屋子，不是已着了火么。倘能冲得进去的话，我早已去了，还待你来冲？像你这般肥胖的身体，不要说是把他们二老救出屋来了，只要一股浓重的烟气，正对着你喷了来，就会把你喷倒在地。那时候不但救不出他们二老，还要赔上了你自己的一条性命，这是何苦值得呢。”

那肥妇一听这话，知道自己确是干不上这桩事，果然只要一股浓重些的烟气，正对着自己喷了来，就会把自己喷倒在地的，不免把先前的那股勇气减退了一半。但这颗心仍是不死，故此，她虽不把臂儿乱挣了，却依旧在那里大哭大跳道：“但是不论如何，我总不能眼睁睁的瞧着他们二老，烧死在这屋中，我总得想法子救他们出来。……唉，当家的，你虽只是个女婿，他们二老却把你当儿子一般的看待，你现在也总得想一个法子，把他们从火中救了出来。至于我，终是一个女流，终是一个无用的女流，哪里及得上你们男子汉呢。”

这一来，这个重大的责任，已轻轻的移转到这个汉子的肩上来了。这汉子似乎也知道他妻子对他所说的话，一点儿也没有说错。他确是应该负上这个重大的责任，他确是应该把这二老从火中救了出来的。但他只抬起头来，向着这已着了火的自己的屋子望上一望，好似已有一股浓浓的白烟，对准了自己喷了来，几乎使自己窒了气；更好似有一道红红的火舌，老远的向自己伸了来，几乎燃烧及自己的衣襟。早把刚刚发生出来的几分勇气，全个儿打退回去，再也不能有什么勇敢的举动干出来。只好把头连摇了几摇，双眉紧蹙在一起，默无一语的，望着给他拉着双手，立在身旁的他的妻子，似乎求恕的在说道：“请你原谅我吧，我也不能干此等事啊。”

但他的妻子，倒确是很能原谅他的。就算他当时能有上一股勇气冲进屋去，他妻子为了放心不下，恐他因此丧失了性命，或者反又要拉住了他，不放他进去呢？当下只听他妻子说道：“当家的，我很明白得这种情形。我当时的所以说这几句话，并不是要你自己去干这件事，只是希望你想出一个法子来，或是求求别人家呢。”

这最末了的一句话，却把这汉子提醒了，立刻放出一种十分洪亮的声音，向着大众恳求似的说道：“诸位仁人君子听者，我们的二位老人家，都剩留在这着火的屋子中，不能逃走出来，眼看就要给这烈火烧为焦炭的了。倘有仁人君子，发着慈悲之心，能把他们救了出来的，我们夫妇二人，今生今世就是不能有所报答，来世定也当结草衔环，以报大德的。”

那肥妇对于他丈夫的这个办法，似乎很是赞成，并以为这个办法一提出，她的父母或者就有上几分出险的希望了，便也跟在他丈夫的后面，高声喊了出来，纯是一种恳求的说话。

这一来，这个重大的责任，不免由这汉子的肩上，又移转到大众的肩上来了，然而这实是一件很滑稽的事。试想在这严重的局势之下，亲如自己的女儿，近如自己的女婿，尚没有这股勇气冲进屋去把他们救出来；旁人究是漠不相关的，又有谁肯为了这不相干的事，去冒这个大险，而把自己宝贵的生命，付之孤注一掷的呢？而况他们又并不是什么富有的人，倘然他们能当众宣言，把这二人救了出来，有怎么的一种酬报，那么，重赏之下，必有勇夫，或者肯有人来干上一干了。如今又只是几句不着边际的话，什么结草咧，什么衔环咧，都是虚无缥缈到了极点，还有谁来做这个戆大？因此，他们夫妇二人，虽是一唱一随的在那里嚷叫着，希望有什么救星到来，却并不有人加以如何的注意。尤其是有许多人，都在担忧着他们自己切身的问题，来不及顾到旁人，更连他们在嚷叫着什么，也一句都没有听得的了。

独有杨继新，心肠最是仁慈不过，见了这种悲惨的情形，恨不得走出来帮助他们一下。无奈自己是个文弱的人，没有学习过一天的武，怎能干得上这种事情。只要能有上他妻子和大姨姊那般矫健的身手，那就好了。正在想时，忽出人意外的，只见前面一条黑影，像箭一般的快，已蹿入了一所已着了火的屋子中。这所屋子，就是那一对夫妇说是有二个老人家留剩在那儿的。

不一会儿，只闻得一声响，楼上的一扇窗门已推了开来，适才所见的那条黑影，即从楼窗中直蹿而下，背上还负着黑越越的一件东西。原来这二位老人家之一，已被他救出屋来了。那一对夫妇一见到，不禁欢呼了一声，立刻赶了过来。杨继新虽事不关己，然见了这般义侠的行动，心中兀自十分欢喜，也跟着欢呼起来。再瞧那黑影时，只将身子微微一耸，又从那楼窗中蹿了进去，大概又去救余留下的那位老人家了。但是这时的火势，已比先前厉害到了十分，连楼窗口都已蔓延及，只见通红的火舌，一条条的向外面伸了出来，烧得那椽子和屋瓦，都毕剥的作响，浓烟更是一阵阵的向外直吹。

眼见得一转眼间，这一所屋子就是付之一烬的了。于是吓得站在下面的一般观众，向着四下乱躲乱藏，生怕上面有烬余的椽子，或是屋面等等倒了下来，把他们压伤了的。尤其是杨继新，更比别人多担上了一种心事，生怕那个人举动略为迟钝了一些，不但救人不出，连他自己也会葬身在这火窟中。然而说时迟，那时快，早见那条黑影，又出现在窗前，只轻轻的一跃，已如蜻蜓点水一般，站立在那窗棂之上，手中抱着一件东西，大概就是那另一位老人家。因怕这烈火灼及了这老人家的身体，所以把自己的衣襟在外面裹着呢。更是一低身时，早已到了地上。

当他刚把这老人家在地上放下，众人忽瞥见他的衣襟上已是着了火，都惊得不约而同的喊起来道："火，火！……不好了！你的身上已是着了火，快把来扑灭了去。"杨继新更是慌乱得不知所云，不知如何才好。

然那人一点也不以为意，在微微一笑间，即把两个臂膀很随意的，向着左右拓上两拓，那些观看的人，不期然的都向两旁让了开去。他即乘这当儿，在地上很自然的打上了一个滚。等到他立起来时，身上的火早已给他完全扑灭的了，于是大众又是一阵的欢呼。而在这欢呼之际，又闻得轰轰的几声响，原来这屋面和着那些烬余的梁柱椽瓦等等，都已倒了下来，这所屋子已是全个儿被毁的了。

这时候，蒋琼姑忽笑盈盈的走了过来，迎着那个人慰劳道："姊姊，端的好本领，只一转眼间，已把这二位老人家从火窟中救出来了。我起初也很想助姊姊一臂之力的，后来见姊姊正游刃有余，不必旁人帮助得，所以也就袖手旁观着。想姊姊总不致责我偷懒吧。"

杨继新这才知道并不是自己眼花，这轻便如燕、矫捷如猿，前往火窟中救人出来的，果然就是他的大姨姊。在最初，还以为大姨姊是和自己立着在一起的，决不会在这一霎眼间，就蹿向这所房子中去了呢。因此，他素来是很崇拜这位大姨姊的，如今，更是把这位大姨姊崇拜到了五体投地了。

同时，那两夫妻也扶掖着那二老来谢。原来是两老夫妇，一齐向着钱素玉说了不少感谢的话，还都向他磕下头去。慌得钱素玉扶了这个，又搀那个，弄得没有法子可想。好容易一阵子的乱总算乱定了，只见他们四个人，都望着这已焚去的屋子在那里出神，并不住的唏嘘着。杨继新不免又动了恻隐之心，忙向他们问道："这也是一种天灾，没有法子可想的，事后叹息着也无益。此后你们打算住到哪里去呢？"

他们听了这个问句，更露着泫然欲涕的样子。好一会儿，那老翁方向杨继新打量了一下答道："不瞒公子爷说，小老儿姓钟，是业成衣的，曾养下了六个儿子、四个女儿，不幸死的死了，送人的送人了，只剩下了这个女儿，配了这个女婿姓陆，也是做手艺的。总算他们有好心，把我们二老夫妻迎到家中养着。不料如今遭了这场火灾，把他们所有的一点东西，也都烧得干干净净，想到来日的生计，只有死路一条，教我们又能住到哪里去呢？"

杨继新听了这话，心中更是十分不忍，攒着眉又问道："那么，可有不有什么可靠的亲戚去投奔呢？"那老翁只是把头乱摇着道："没有，没有！就是有，这里的人家都是忌讳很深的。照习惯讲，遭了火灾的人家，不论男女，都不能到别个人家去；便去，别人家也不见得肯收留呢。"

于是，杨继新回过头去，和钱素玉、蒋琼姑嘁嘁喳喳的商量了一回，便对那老翁说道："既如此说，你们诸位如不嫌委屈的话，就请到我们所住宿的客寓中去，暂时停留一下。至于善后办法，不妨从长计议，我是极肯帮助人家的。"老翁等自不免也要私下互相商量一阵。

在最初，对于这个萍水相逢的人，竟有如此热心的一个提议，一半果然是非常的感谢，一半却有点不好意思去接受，觉得这在情理上总有点讲不过去的。然经不起杨继新很恳切的再三邀请，并还急出这么一句话来道："我在家是得不到父母欢心的一个人，大概是我不善侍奉的缘故。所以，我此后想在不论哪个老年人面前，多尽一点心，聊以间接的赎我不孝之罪。如今你们二位老人家不必多讲，就当做是我的亲生父母，好不好？"

这真使老翁等惶恐到了万分了，并深深的给这几句话所感动。加以就实际讲，目前除了接受这个善心的邀请外，实无别条路可走，也就既感且惭的答允下，随着杨继新等，同到他们的客寓中去。

在这时候，官厅方面方派了一个典史，耀武扬威的带了许多夫役，前来救火了。但是，可怜，可怜！不知已有几十所平民的房子，被火焚毁去了呢。到了第二天，杨继新送了五十两银子给那老翁，教他们觅一所屋子住下，容略缓再和他们筹画善后的办法。一壁即同了钱素玉、蒋琼姑，持了金罗汉的书信，前去隐居山，拜访柳大成。这一去，有分教，本身、替身双会面，两姓骨肉大团圆。

不知究竟是怎样的一番情节？且俟第一百零九回再写。

第一百零九回

忧嗣续心病牵身病　乐天伦假儿共真儿

话说杨继新到了第二天，同了钱素玉、蒋琼姑，前去隐居山拜访柳大成。柳大成和柳迟即把他们迎接到屋中去，柳大成又把金罗汉带来的书信，看了一看，即笑容满脸的说道：“这件事情我早已知道了，并且令尊和令堂，早几天已到舍间住下，专等你的到来。这一下子，你们真可骨肉团圆的了。”杨继新一听这突如其来的话，不禁愣住了在一傍，心想骨肉团圆，果然是极美好的一个名词，也是极幸福的一件事。不过自己是得不到父母欢心的一个人，而为什么得不到父母的欢心，自己却也莫名其妙。那就是团聚在一处，依旧是得不到父母的欢心的，又能尝得到什么天伦乐趣！私心所希冀的只是，或者为了这数年的离别，反能使父母想念着他，对于他生起疼爱的心肠来。倘能如此，那就好极了。但当自己离家的时候，父母还好好的住在广西，为什么会到这湖南来？又何由而知道他会来到这柳家，竟先在这里等候着他，这岂不是更奇怪的一桩事情么？

且住，这确是很奇怪的一件事。不特要把杨继新愣住在一傍了，就是读者们看了，恐怕也有些摸不着头脑。因为杨继新的父亲杨祖植，同了夫人离了广西思恩，来到湖南平江，住在他岳父叶素吾的家中。前书中虽也有得提起，但何由知道杨继新会来到这柳家，竟先到这里来等候着，却没有怎样的一个交代呢？如今，且让我腾出笔来，再把他倒叙上一下吧。

且说杨祖植夫妇到了平江，住到叶家去后，叶素吾是极爱这女儿的，由女儿复兼爱到这女婿，当然把他们二人待得非常的好。所以在杨祖植一方，并不以寄居岳家而有所伤感，觉得和住在自己家中，没有什么两样。每日逍遥自在，乐其所乐，一点也不感到怎样的不满足。只有这位叶家的小姐，虽是住的娘家，平素又深得父母的疼爱，照理应该比她丈夫更来得安乐些。但是不知为了何故，心头常像记挂上一件什么事情的。换一句话说，已给她发现了一桩绝大的缺憾，原来她已感觉到膝下的空虚了。然而这番意思，她只能在杨祖植的面前偶然说上几句，在自己父母的面前，是不便说出来的。可是就对杨祖植说说，又有什么用处？除了当时得到杨祖植几声的慰劝以外，事实上却得不到一点儿的补救。因为照他们的年岁讲起来，虽只是刚过中年，然要再得子息，看上去已不是一件容易的事情。而杨继新究不是自己亲生的，他的归来不归来，和将来仍得团聚与否，都是不成问题。现在她唯一的痴心妄想，最好是把他们当时掉落在河中的那个儿子找了来。但一想到当掉下水去的时候，河水是何等的湍急，小孩子方在襁褓之中，又是不会泅水的，眼见得一落水就沉底，哪里会有生望？并且就算侥天之幸，尚有生望，或者竟给人家捞救了去，可是事情已经隔上了这许多年，在这茫茫人海之中，又能用什么方法，把这小孩子招寻了回来呢？因此，觉得她这痴心妄想，终于成为一种痴心妄想罢了。

她这般的闷在心中既久，不免就闷出了毛病来，并且病势很是不轻。这一来，可把叶素吾二老夫妇，急得一佛出世，二佛涅槃，忙忙的延医生来为她诊视。但这是一种心病，倘无心药来医，便把平江的名医延遍了，也是无济于事的。正在束手无策之际，忽走来了一个老道，也不求见叶素吾，只向叶家的下人问道："你家的姑奶奶不是病了么？不是延请了许多名医来，都医治不好这病么？"

下人们都是具有一种势利的根性的，见这老道也是一个寻常的道人，并不见得有一些些的仙风道骨，还疑心他是借医病为名来骗钱米的。便冷冷的回答道："是的，难道你会医病，连名医看不好的病都会医治么？"老道对于他的这番冷待，似乎一点也不觉得，仍和颜悦色的说道："不，我是一个道人，哪里会替人家医病？不过你们姑奶奶所生的，也不能算得是一种病，我现有一个水晶球送给她，她只要向这水晶球中仔细瞧看上一会儿，包她此病立刻便可霍然，也算是我们的一种缘法。"当下，即从袖中取出一个晶莹润彻的水晶球来，递在下人的手中，教他送了进去。

谁知这下人拿到了这个水晶球，不免好奇之心大起，一时并不就走，倒拿起水晶球，放在眼睛前，自己先向球中望了去，看究竟是怎样的一种奇迹。只一望之间，却见现形在这球上的，便是这个老道，可不似先前这般的慈眉善目了，正撑起一双怒目，凶狠狠的凝望着他。随又见老道把嘴一呶动，像似在念什么咒语一般，即有一头斑斓虎，从这老道的身后冲了出来。倏忽间，这水晶球和这猛虎的轮廓，都逐渐的扩大起来，这猛虎似乎就要从这水晶球上猛对他扑了来了。他这一惊，真非同小可，出于本能的，忙把水晶球放下眼来，险些没有把这水晶球滚落在地上。瞧那老道时，早已走得不知去向。立刻追出大门外去望望，也不见有一点影踪。

湖南人的迷信鬼神，素来较之别省人来得厉害，这一来，知道这老道定是一位神仙了。因为倘是常人，决没有这般的足力，转眼间就会走得无影无踪的。这不是神仙是什么？何况还有这个弥着奇迹的水晶球，现成成的在他手中执着呢。当下即爬下地去，很虔诚的磕了几个响头，求神仙恕他愚昧，不要以他适才这般的冷待神仙而加罪。随又从地上爬起，把那水晶球高高的捧着，一路喊了进去道："好了，好了！难得有神仙爷走上门来，我们姑奶奶的病一定有救了。"

叶素吾给他这么的一嚷闹，倒弄得莫名其妙，忙喝问他："你莫非发了疯了，这么大嚷小叫的算什么？"这下人喘息略定，便把这件事对他主人详详细细的一说，又拿那水晶球给他瞧。叶素吾也是素来相信神鬼之说的，立刻也信是神仙，前来救他的爱女了，忙从下人手中，接过这水晶球来，径向女儿房中跑去。一见到女儿的面，也不说旁的什么话，只说："你快向球中望望吧，这是一位神仙送来的，说是能医治好你的病。"

他女儿也就无可无不可的，把这水晶球接到手中，向着球中凝望起来。在这一望之间，可觉得真有意思。原来这时在球上现出来的，乃是一片汪洋浩瀚的河流，而在中流，却有一艘大红船，方乘风破浪的前进。船头上有一个奶妈模样的人，正抱着一个刚过周岁的小孩，在那里玩耍着。这不明明映现着当时他们雇舟归去，小孩子未落水以前一种实在的情形么？谁知这时候这小孩忽在奶妈的手中，乱跳乱动起来，奶妈一个不留神，竟脱手把小孩掉下了河里去。急忙顺手一捞时，却只捞得了一顶风帽，这小孩早已漂流得不知去向。

叶家小姐看到了这里，不自禁的喊了一声："啊呀！"同时两滴痛泪也落了下来。暗想这真是一页伤心史，无论什么人看了，都要恻然生悯，掉下了眼泪来。何况我就是局中人，就是这孩子的母亲呢？而一手造成这番伤心的资料的，就是这该死的奶妈，为了她一时的疏忽，竟使我遭到莫大的惨痛了。

她一壁想，一壁又忍着痛瞧下去，这水晶球上所映现的，却早又另换了一幕的情节了。虽仍是这么的一道河流，但那艘大红船已是不见，却有一个小小的渔划子，由老夫妇二人驾着，向这河中驶了来。已而，忽有一件红红绿绿的东西，随着流水，一起一伏的朝着这渔划淌来。老夫妇二人见了，当然没有不捞取之理。比及捞取一瞧时，却是一个刚在襁褓中的小孩。而叶家小姐，一见小孩子这身的衣服，早已认识出便是她们所掉落水去的那个小孩。方知这小孩当时并没有沉入河底去，却是顺着流水淌了去，而为渔划上的这一双老夫妇捞救了去了。深悔当时没有沿着这湘河的上下流访寻上一下，倘然立刻就访知了这一段的情节，而把小孩要了回来，这事岂不多好么！然为了已知这小孩并没有沉入水底，却为渔划上救了去，不免生了一线的希望，心上倒又安定了一些。

当下出于不自觉的低低的欢呼上一声，便又急急的望下瞧去，要知道这被渔划上捞救去的小孩，这条小性命究竟是有救没有救？比看了此下的数幕，见这小孩非但已是保全了这条小性命，并一年年的长大起来，竟能入塾读书了。叶家小姐很是为之快慰，不觉在乐极而垂泪之外，还在脸上微微的露出点儿笑容来。但一看到这小孩被牛角挑伤，跌入山涧里面去的一节事，不禁又转喜为悲，大大的担起心事来，生怕这小孩的性命仍是不能保。而这小孩受了重伤的腰背和大腿，和流在地上的一大滩紫血，历历的射入她的眼帘来，更是触目惊心，惨不忍睹。幸而紧接其下映现出来的，便是一个道人走来采药，恰恰瞧见了这一桩惨事，即把这小孩救起，驮到了一个道观中去，并用了种种救治的方法，把这小孩的伤完全医好了。

叶小姐方始又重重的吁了一口气，把这一条心放了下去。而且更有一桩可以快慰之事，这小孩子已得了安身立命之所，从这道人学起道来了。最后的一幕，却见这小孩已是长大成人，一股英武之气，自然而然的从眉宇间流露出来，令人见而生爱，正向着那道人拜别了，朝着山下走来。

叶家小姐见了，不免暗想道："他辞别了师傅下山，莫非要找寻他的父母么？但是，可怜的孩子，我们已由广西思恩来到这湖南平江，你又从哪里去找寻我们呢？"正在此时，忽见水晶球上诸象皆杳，却有一行大字现出来道："如欲骨肉团圆，速至长沙隐居山下柳大成家。"这一行字，是何等的有力，真使叶家小姐惊喜交集了。心想果真有这骨肉团圆的一天么？好，想来神仙总不会骗人的，我就依照着这神仙所诏告的话，前去长沙隐居山柳家走上一遭吧。随又目不转睛的，向这水晶球中凝望着，看还有什么别的迹象映现出来没有？可是，一个惊人的奇迹，又出现在此时，原来半空中忽隐隐的起了一些雷声，这水晶球即从她的手掌中飞腾而起，在金光闪烁之中，冲破屋瓦飞了出去了。

叶家小姐在当时虽也怔惊了一下，然转眼间即复了常度，似乎并不以这水晶球的突然飞去为奇异，一壁却像似急于要走下床来的样子，口中在嚷叫着道："我们快去长沙隐居山柳家，我们那孩子恐怕已在那里等候着了。"

这时候，不但是叶素吾，便连叶素吾的夫人同着杨祖植，也都闻得了这件事，赶来站在他的床边。他们只见她向这水晶球凝望着，一回儿笑，一回儿哭。一回儿惊，又一回儿喜。却不知她在水晶球中，究竟瞧到了些什么东西？比见半空中雷声一震，这水晶球忽从她的手中跃出，冲破屋瓦飞了去，更把他们震惊得不知所云了。如今忽又见她要走下床来，还疑心是适才的那件事，太出于常轨一点，骇破了她的神经，所以有这般疯疯颠颠的样子发现。忙一齐向她劝阻道："你不是生了好久的病么？在这病体还未复元之际，下床来都不可以，哪里可以去得长沙？你还是睡在床上安心静养吧，不要这般的胡说乱道了。"

但这几句话并没有多大的效力，只博得她扑哧的一笑，笑后又说道："谁在胡说乱道？你们不知道，我生的并不是病，就算是病，也只是一种心病。如今已得到了一种心药，早把这心病医好，身体完全觉得康健了，为什么不能去长沙？"这一来，连杨祖植也只懂得了她一半的意思，那叶素吾二老夫妇，当然更愣住在一旁了。

叶家小姐方把自己得这心病的由来，对着他们二老一说，又把在水晶球上前后所见到的各种迹象，详详细细的说出。然后又单独的朝着杨祖植说道："如此看来，我们当年掉落在水中的那个小孩，不是还在人间，并已长大成人了么。而照这神仙所诏示我们的，这孩子想来已在柳大成家中等候着，我们应得早去长沙隐居山为是。”于是大家都欢喜起来，并相信这老道定是神仙的化身，特来指示他们的。当向空中拜了几拜，表示感谢之意。

这时叶家小姐心病已除，果然回复了原来的健康。随即夫妇二人一起登程，向着长沙隐居山进发。也不管和柳大成以前认识与否，此举冒昧不冒昧了。未几，便到了长沙。谁知找到了隐居山，向柳大成家中一问时，并没有他们所期望着的这个人在那里。倒又疑心这老道不见得是什么神仙，这水晶球上所映现出来的种种，完全都是靠不住的，一时颇有点进退维谷起来。幸亏柳大成是十分好客的，而柳迟对于他大师兄杨天池幼年的一番历史，又颇有所闻，知道这定是大师兄的父母到来了，便硬把他们留了下来。柳迟并对杨祖植夫妇说道：“照你们二位的一番说话听来，你们所寻找的，大概就是我那大师兄杨天池了。他不久就要到这里来，且委屈二位在寒舍等上他几天吧。”

杨祖植夫妇见柳迟既是如此说，也就在柳家住了下来。不料，杨天池还没有来，杨继新倒先到柳家来了。这在柳迟，很明白这不是杨祖植夫妇所期待着的人，但柳大成对于这件事，究竟不甚弄得清楚，又见金罗汉给他的信中，有骨肉团圆这么的一句话，还以为杨继新这一来，果真就可完了这骨肉团圆的一局了。便也不管三七二十一，就教人去把杨祖植夫妇请出来，说是他们的少爷已是到来，快请来相会吧。

杨祖植夫妇在柳宅已等候了好几天，还不见杨天池到来，心中正是十分的焦闷，如今听得这么的一说，心花都是怒放了。两夫妇来不及的走到厅上去，满以为这一次，总可见到他们所盼望着的那个儿子，骨肉团圆了。叶家小姐并在拟想着，在水晶球上所见到的他们的这个爱子，相貌是长得何等的英武，想来本人也不至会有怎样的差异吧！不料，走到厅上，一眼望去，却只有一个文弱无比的杨继新立在那里。

这误会真是误会得可笑，可把他们二夫妇怔着了。然杨继新在名义上，总是他们的儿子，且不问他为什么找寻到这里来，然总不外于是要来找寻他们，他们在表面上又怎可冷淡了他？因此在一怔之后，忙都又装出一副笑脸来，前去接受他的敬礼，并问长问短的，和他这么敷衍着。

杨继新已是久离膝下了，一见父母走到厅上来，倒不自禁的有上一种说不出的乐趣。然他是何等聪明的，忽见父母最初对他竟是一怔，似乎料不到所见到的会是他，随后方都又装出一副笑容来。然这笑容也装得十分勉强，一看就可看出，因此他心中很觉得有些不自在。心想照此看来，父母到底是不很欢喜我的，否则我离开膝下已有这几年，一旦见我平安归来，又得骨肉重逢，应该如何出自衷心的欢喜起来，为什么会有这种神情流露出来呢？

可是尽他内在如何的痛心，表面上也不得不和他的父母一般，装出一副极欢乐的神气来。先是跪下地去，向父母行了一个大礼，又引钱素玉、蒋琼姑二姊妹和父母相见，并说明自己为了不得已的缘故，不得父母之命，已擅自在外续娶了。又问问家中的情形，并为了什么会到长沙来的。

其实哪里是什么天伦快叙？两方面都感到苦痛极了，他们尽是这么戴着假面具，假意的两下敷衍着，在旁边陪着的柳大成，却一点儿不明白个中的内容，还以为真是照了金罗汉来书上所说的话，他们已得骨肉团圆了，暗地也替他们在欢喜。

就在这个当儿，忽有一个虽是书生模样，而英武之气自从眉宇间流露而出的少年，自外闯然而入，口中在唤道：“柳迟师弟，你在哪里？我来了。”这时别人对于这个来客，倒并没有怎样的表示，叶家小姐却只一眼瞧见，心中即不期然的卜突、卜突的跳上几跳。暗想这老道真是一位神仙，一点也不欺人，这孩子果然来找寻我们了。而且他的面貌，竟与水晶球上所映现的一般无二呢！她一壁想，一壁即发了疯也似的奔了过去，把那个少年紧紧的搂抱着，并欢呼道：“我的孩儿呀，你把为娘的想得好苦呀！”这一来，倒把大家都怔呆在那里了。

不知这少年是不是杨天池，且俟第一百零十回再写。

第一百零十回

指迷途郑重授锦囊　步花径低徊思往事

话说叶家小姐，见外面走进来一个英英露爽的少年，立时心有所触，觉得和她在水晶球中，所见到他们已长大了的那个孩子，面貌一般无二，也就不管三七二十一，发疯也似的奔了过去，搂着了那个少年，喊了起来道："我的儿，你来了么？把为娘的想得你好苦呀！"

这在她，实因想得她这个儿子太苦，一旦居然天如人愿，这儿子竟来省视她们了，这教她又安得不大喜欲狂，再也不能把这火也似的热情，遏抑下去。但是别人除了杨祖植外，并没有知道这一节事；便是杨祖植，虽是知道这一节事，然也没有在水晶球中窥得一眼，对于他这儿子是怎样的一个面貌，依旧也是一个不知道。所以大家见了她这种出人意外的举动，还疑心她是发了疯了。尤其是那杨继新，更比别人多上一种骇诧，心想这真是一桩不可思议的事情。我虽是十分不肖，得不到父亲的欢心，但是父母也只有我这么一个独子，我并没有什么兄弟，为什么母亲如今又去搂着这个不相识的少年，叫唤起"我的儿"来了呢？难道此中还有什么隐情么？

不言大家是怎样的疑惑骇诧，而这个唤着柳师弟，从外面走进来的少年，却果然就是杨天池。最初见一个不相识的妇人，奔来搂着了他，叫起我的儿来，也不禁大大的怔上一怔，随即转念一想："我此次到这柳师弟家中来，师傅原是许我可以骨肉团圆的，莫不是现在搂着我的，就是我的母亲么？想来师傅是何等的神通广大的，大概已借了一种什么的法力，暗示过我的母亲了。所以我成人以后，母亲虽没有和我见过面，也能认识我的面貌呢。”

杨天池一壁这么的想着，不期的触动了他隐伏着的一种天性，立刻痛泪交流，如雨点一般的从眼眶中淌了下来。一壁即抱着他母亲的两腿，向地上跪了下去，说道：“妈妈，不错，是不孝的孩儿回来了。爹爹又在哪里，大概是和你老人家同到这里来了么？”叶家小姐便泪眼婆娑的回过头去，向着杨祖植招了一招手。杨祖植忙也走了过去。于是一个跪在地上，二个搂着身子，相拥抱成一团，都哭得如泪人儿一般，实在是悲喜交集，这事情把他们感动得太厉害了。同时，旁人也大为感动，都替他们陪上了一副眼泪。

独有杨继新，却弄得更是莫名其妙了，心想照这情形看来，我的母亲一点也没有错认，这少年确是我的一个同怀了。而瞧他的年纪，也和我不相上下，不知他是我的哥哥，还是我的兄弟，为什么以前从没有听父母说起他来呢？因此，他不知不觉的走了过去，向着杨祖植夫妇问道：“这位是哪一个？是我的哥哥，还是我的弟弟？为什么以前从没听你们二位老人家，提起过呢？”

这一问，可把他们二夫妇问住了。要对他把实话讲出呢，一时不知应从什么地方讲起，而且有许多不很容易讲的话；要不对他讲实在的话么，这个谎又怎样的撒得起？何况这不是撒谎可以了的事，总得有一个切实解决的方法。倒是杨天池，一见走过这么一个文质彬彬的少年来，年岁既与自己不差什么，又是用这么的一种语气问着，立刻想到了笑道人对他所说的那番话。心知这定是当他落水以后，父母出了一千两银子，所买来的那个裁缝的儿子，而也就是自己的替身了。心中很有些为这替身可怜起来，觉得他的这个替身，以前何尝不是骨肉团圆着，只因他自己是掉落了水中去，他父母仗着黄金的势力，竟硬生生的把人家的骨肉拆散了。如今自己已得骨肉重圆，倘然再瞒了这桩事，这在良心上说起来，不是太有点对人家不起么？

他一想到了这里，心里好似负了重疚，有说不出的一种难过，即匆匆的向他父母行上一个大礼，从地上立了起来。一壁忙又对他父母说道：“这件事情的始末，我已是完全知道，我觉得在这个事件上，我们很有对不住这位哥哥的地方。如今，我们应该把这件事情，老老实实的向他公开一下，再也不该把他瞒在鼓里了。”

杨祖植夫妇把这番话略略的想上一想，觉得很是说得不错，不禁一齐把头连点几点。杨祖植即露着一种很为抱歉的神气，向着杨继新说道："继新，我们觉得很对你不起，一向只是把你瞒在鼓里，如今我对你实说了吧。我们并不是你亲身的父母，中间还有上一个大大的曲折呢！"当下，便又把杨天池落下河去，没有法子可想，只好把他买了来充作替身的一番历史，详详细细的对他述说了一遍。

杨继新至是，方始恍然大悟，原来他并不是他们亲生的儿子，所以始终得不到父母的欢心。倘然不是现在说出来，他又怎能猜想得到这个原因呢？而经杨祖植这么的把这件事一说明，他本来自以为是父母双全的，现在已成为没有了父母的一个畸零人了。他自长大以来，又自祖父见背以后，即一分儿得不到父母的温煦抚护，这颗心长日如在冰窖中，冷冰冰的没有一些生意，如今更感得孤零之痛。再一瞧到杨天池已得骨肉团圆，他们的天伦间存着何等的一团乐意；而自己只是孤单单的，相形见绌之下，再也按不住向上直冲的那一股酸气，竟是放声痛哭起来了，并在叫喊着道："我的父母呢，我的父母又在哪里呢？我又从哪里去找寻我的父母呢？"这一哭，完全是从至性中发了出来的，直可惊天地而泣鬼神。凡是在旁边听得的人，没一个不是受到大大的一种感动，也都涕泗汍澜了。

尤其是杨天池，不知为了什么，一闻得这一派的哭声，好似从梦中惊醒了过来的一般，也发疯似的叫喊起来道："我真是误事，连得师傅嘱咐的说话，也忘记转述出来，反害得继新哥哥这般的痛哭，这般的着急呢。"说了这话，即向杨继新面前走了来，又从怀中取出小小的一卷的东西，递在杨继新的手中，继续着说道："这是一个锦囊，是在我拜别了师傅，走到了半路之上，师傅又差了一位师弟赶了来交给我的。并教那师弟郑重的转嘱咐着我，倘然到了柳师弟家中，我自己果然得到骨肉团圆，而在继新哥哥这一方，或者发生了什么困难的情形，不妨拆开这个锦囊来一看，一定也可一般的得到骨肉团圆。如今不是已遇着了这种情形么，而我师傅又是能未卜先知的，他在这锦囊中，一定有所诏示你呢。"

杨继新一听这话，心中顿时一宽，忙把这个锦囊拆了开来。只见里面仅附有一张信笺，上面写了酒杯大的几个字，他只把这几个字看了一遍，立刻止了哭泣，微露笑容，一壁低低的说道："原来是这么一回事，这真是一位神仙了。"说完这话，也不向众人告别，径自向外面奔了出去。

众人不免都为一愣，但知道那一张信笺上，一定是很扼要的写上了几句话，把他父母的下落告诉了他，他所以这般迫不及待的，奔了出去呢，也就不去挽留他。只有钱素玉和蒋琼姑二人，是和他一起儿来的，一见他奔了出去，也就和众人匆匆作别，跟在他的后面。如今，且把杨天池这边暂行按下，因为他们已得骨肉团圆，当然很快乐的回到了平江去，也就没有什么事可写了。

单说杨继新一看到这信笺上所写的几句话，这一乐真非同小可，走出了柳家以后，忙一步不停的，依着从隐居山下回归城中去的那条路走了去。至于钱素玉、蒋琼姑二人，究竟跟他同走不同走，他是没工夫想到的了。一回到昨天所住的那家客栈中，昨天从大火中救出来的那二位老夫妇，住在哪一间的房中，他是知道的；即三脚二步的，向这间房中赶了去。恰恰这二位老夫妇正在房中坐着，并没有走到街上去。

他即走到他们的面前，扑的把双膝跪了下来道："你们二位老人家，从此不必再担什么忧，你们不孝的孩儿已是回来了。"这二位老夫妇猛的见一个人走进房来，径向着他们的面前跪下，已是吃上一惊。比听得了这番话，又把跪在地的这个人的面貌，略略的瞧看了一眼，发现就是昨天搭救他们的那个公子爷，这更把他们怔惊得不知所云了，慌忙都从椅中站了起来。这中间还是那老翁比较的会说话一些，忙十分惶恐的说道："公子爷不要向我们开玩笑了，公子爷这般的称呼着，岂不要教我们折福煞！"

杨继新一壁按着他们仍坐在椅中，一壁正色说道："我哪里敢和你们二位老人家，开什么玩笑？我的的确确是你们亲生的儿子。你们曾有一个刚过了周岁的儿子，由了媒婆的说合，给一个过路的贵家公子抱了去，二位老人家难道已忘记了这件事么？"

这话一说，立时使他们二位老夫妇想忆起这桩事来。那位老婆婆又不由自主的，按着了杨继新的头，细细瞧视了一下，喜得欢呼起来道："果然是他，果然是他！这头上不明明是有两个旋，而又正正在两边头角上么？这是我那可怜的孩子，唯一的一种记认了。"这时候，他们的女儿和女婿，也闻得了这个消息，早从房外走了进来，于是大家上前厮认。而为了这事太悲喜交集了，不免大家又拥抱着，互相哭上一场。跟着，钱素玉、蒋琼姑二姊妹，也赶回客栈中来了，当然又有上一番的厮见。后来经老翁细细的讲起家中的情形，方知有一年长沙遭了大瘟疫，他的五个儿子、三个女儿，都给疫神勾了去，只剩下了这个女儿。幸而嫁的丈夫还有良心，见他们二老孤苦可怜，便迎接到自己的家中奉养着。他们没有事的时候，也常常想念到这个已卖给了人家的儿子，不知长大了没有，现在又是怎样的情形，但绝不想今生再有见面之日。不料天心竟是如此的仁慈，居然在他们垂暮之年，又在这穷困得走投无路之际，使得他们天伦重聚、骨肉团圆了。这是何等可以欣喜，何等可以感谢的一桩事情啊！

不久，便由蒋琼姑将从刘鸿采那里携来的珍宝，变卖了一部分，在长沙近郭的地方，买了一块地皮，建造起一所住屋来，并小有园林之胜。奉了二老，招同着那位姊姊和姊夫，都住在一起，过起快快乐乐的日子来。至于钱素玉，当然也是一起儿住着。她和蒋琼姑是同经过患难的，彼此都是不忍相离的了。照理，杨继新既已归宗，我应该改称他钟继新，不过为免读者们眼生起见，以下依旧称他为杨继新。一言表过不提。

且说有一天，杨继新闲着无事，独个儿到那个小花园中去走走。偶尔向前一望之间，忽见在他前面相距不远的地方，有上了一个亭亭倩影，手中提着一把灌花的水壶，且向那些花的枝叶上浇灌着，且向前面漫步行了去。照着那背影瞧去，不就是他那大姨姊钱素玉么？不期的又回想到那一天步入花园，遇见大姨姊时候的一种情形，觉得很与今天有些仿佛。那时节倘然不是大姨姊可怜他，把抢去新娘软帽的这个方法，暗中指示了他。他不但不能与蒋琼姑合欢，成了百年之好，恐怕连性命，都要葬送在刘鸿采的手中呢！但是这大姨姊，也真是一个古怪的人，表面上看去，很是来得落落大方，对于他，也总是有说有笑的，似乎一点嫌疑也不避。可是只要他略略表示出亲热一些的样子，就要把脸儿一板，走了开去，显然像似有点嗔怪他。这真叫他有些不明不白，莫非这是处女们应有的一种娇态么？至于他屡次向着这大姨姊表示感谢之意，大姨姊总是反问上一句：“你没有忘记跪在花园里当天所发的那句誓言么？”而如花的娇靥，也不自禁的晕红起来，更使他猜不透，究是藏着怎样的一种意思？

杨继新这么反复的想着，竟想得出了神，而在不知不觉之间，忽有微微的一声咳嗽出了口。钱素玉一心一意的在浇着花，原不知道杨继新在她的后面，及闻得这一声咳嗽，方始回过头来一望。她是何等的眼尖？杨继新这种想得出了神的样子，早已给她一眼瞧了去了。依得她最初的心思，很想依旧向前走去，不必去理睬什么。因为她也明知这是很不易处的一个环境，偶然一理睬起来，说不定大家都要受上一些儿窘的。但是不知她怎样的一个转念，反又迎了过来，玉颊上微微晕起二道红霞，带笑向着杨继新问道："你这书呆子，究竟又在想些什么，怎么竟想得出了神了？"

杨继新正在呆想着出了神的时候，不料竟为大姨姊所发觉，更不料会迎了过来，这么的向他诘问着，他哪有不大吃一惊之理？而就为了吃惊得过甚一些，脑神经又是木木然的，没有恢复常度，竟脱口而出的说上一句道："我是在想着姊姊。"这是何等放肆的一句话，钱素玉气得脸都黄了。最初像似马上就要向他发作，随又把这口怒气竭力遏抑着，只冷笑一声道："这是一句什么话！教别人家听见了，可不大好听。你以后还得自重一些。"

这时候杨继新也自知把话说岔了，忙十分惶恐的分辩道："不！我不是这般的说。我实是在想着那一天在花园中，初次会见姊姊时的情形。那时若不承姊姊关切的指教，后来不知要有上怎样一个不堪的结果呢。适才我在无意中，瞧见姊姊提了一把水壶浇灌着花，觉得与那天的情形有些仿佛，不期想着了那天的这桩事。又因留在脑中的印象太深，虽已是隔上了些时候，宛同就在眼前一般，不免想得出了神了。"

钱素玉听了他这番话，又很为注意似的，向他打量了几眼，似已察出他所吐供的确为一种实情，并不是说着什么假话，也就把这口气平了下去。在脸色转霁之间，又淡淡的说道："这都已是过去的事情，提起他已是无聊，倘再要怎样的、怎样的去追思他，未免更为可笑了。并且……"

杨继新似已懂得她的意思，不等她把这句话说完，即鼓着勇气，替他接说下去道："并且当时我已跪在花园里，当天发过誓言，我是决不敢忘记姊姊的大德的。姊姊倘有用得着我的事，我一定鞠躬尽瘁，至死不悔。何况后来家父、家母他们二位老人家，都是承姊姊从大火中救了出来的，更教我不知如何方可报答姊姊呢。"瞧钱素玉时，像似也要说上一大篇的说话，可是还未启得口，忽举起一双美妙的秋波，向着远处望了一望，似乎见到有什么人走了来，生怕给那人撞见了他们在谈话，要有点不好意思的。便只向杨继新淡淡的一笑，即披花拂袖而去。

杨继新低着一个头，跟在她的后面，惘惘然的走着，这颗心像失去了一切的主宰，空洞洞的，不知在想着什么的念头，连他自己都有点不知道。如此的也不知走了多少路，忽然撞在一个人的身上，不免小小吃上一惊，忙抬起头来一瞧时，他所撞的这个人，却就是他的父亲钟广泰。

钟广泰先向他仔仔细细的打量上几眼，然后慈眉善目的向他问道："你适才在这里不是同钱小姐谈着天么，为什么这般的失神落智的？"杨继新道："她在这里浇灌着花，我只和她闲谈了几句。唉！爹爹，你以为我有些失神落智的样子么？但我并不觉得怎样，只是精神有些不济罢了。"饶他虽是抵赖得这般的干干净净，然不知不觉间，一张脸已涨得通红起来。

钟广泰又向他笑了一笑，说道："唉，孩子，你不要再瞒着我吧。这一阵子凭着我的冷眼观察，你的心事，我已是完全知道了。而且这位钱小姐，不但是你的恩人，还是我们二老夫妇的恩人，并又和你媳妇儿十分莫逆，好像一刻儿都不能分离的。倘让她孤零零的嫁到了别个人家去，我们果然是放心不下，她也正恐舍不得离开你媳妇。所以如能大家说一说通，共效英皇的故事，永远不再分离开来，那是再好没有的事情呢。你看，这事怎样？"

杨继新道："爹爹的这个主张果然不曾说错。只是爹爹你不知道，钱小姐的为人是十分高傲的，孩儿已是娶了媳妇的人，她怎肯嫁与孩儿，做上一个次妻呢？"钟广泰笑道："这一点也不要紧。你们弟兄本有六人，现在只剩了你一个，原兼祧着好几房，拿着兼祧的名义，再娶上一房媳妇，那是一点不会发生什么困难的问题的。"正说到这里，忽闻的一响，似有一个人，从一棵树后走了出来。

不知这从树后走出来的是什么人，且俟第一百十一回再写。

第一百十一回

避篡夺剀切一封书　怜孤单凄清两行泪

话说杨继新父子俩，正在谈着体己的说话，忽闻得有一阵的声响，像似有什么人，从树林子中走了出来，不禁都怔上了一怔。忙向着这种声响所传来的方向，举起眼来一看时，方知这走来的并不是别人，却是蒋琼姑。这倒使他们父子俩，都觉得其窘无比了。因为这虽是不久便要公开的一个问题，然而你倘然是爽爽快快的，正式向着蒋琼姑提出，这是不关紧要的；如今在未正式提出以前，如果已给她窃听了去，那是多么的来得难为情。而在杨继新这方说起来，较之他的父亲，更有上一种说不出的窘。

原来他们伉俪间，本是十分恩爱的。照理他父亲适才所提议的那一番话，倘然是出于一种误会的，他应该立刻切实的辩明。谁知他虽没有什么赞成的表示，而也没有一句话来辩明。蒋琼姑当然已把这一番情形瞧了去了。这明明表示出，他对于钱素玉确是有点儿意思的，而也就是爱情不专一的一个明证，这不是很有点对他的妻子蒋琼姑不住么？因之，他一见蒋琼姑走了来，一张脸都涨得通红起来。蒋琼姑却大方得很，像似一点不以为意的，在向二人打上了个招呼以后，只闲闲的说道：“我因着无聊，到这园中来玩玩。公公向你所说的那番话，我已在无意中听了来了。我们姊妹一向是很要好的，我本来也有上这一个意思，只是不便出之于口。如今公公既也是这般的说，那是再好没有，我当然是十分赞成的。不过，我姊姊的脾气最是古怪不过，只要有一句话说得不大对，就要把事情弄僵，还得由我伺看着机会，慢慢的向她陈说呢。”

钟广泰听了这话，连连把头点着，杨继新却没有什么表示。蒋琼姑不免又向杨继新看了一眼，笑嘻嘻的问道："那么你的意思怎样，大概不致会反对这桩事情吧？"这一问，却问得杨继新更是窘不可言，回答不好，不回答又不好。半晌，方迸出这么几句话来道："爹爹和你既都有上这么的一个意思，我哪有反对之理？何况，你们姊妹平素最是要好不过，差不多寸步都不肯离开的样子，倘能如此，倒也是很好的一个办法呢。"这话一说，倒又招得蒋琼姑扑哧的笑出声来了。

蒋琼姑离了花园，回到房中以后，便一个人在心中筹划着，应该如何的去和钱素玉开口谈起此事，方才可以得她乐允，而不致把事情弄僵。正思量得有点儿头绪，忽然帘子一掀，有一个人走进房来，倒把她骇了一骇。定睛看时，却正是钱素玉。这钱素玉是何等聪明的，似早已瞧出了她在想心事的样子，便笑了一笑说道："你莫非一个人在想着什么心事？我突然的走进房来，倒把你骇了一跳呢。但是照我想来，你目下的处境，也算如意极了，还有什么心事可想？"

蒋琼姑也笑道："照理说，似我目下所处的这种环境，是不应该再有什么心事的。但我确有上一件很大的心事，好久不能委决得下，姊姊也是聪明人，难道还不知道么？"钱素玉听她这么的一说，立刻露出很注意而又很惊诧的样子，问道："怎么说，你确是有上一件很大的心事，而也是我所应该知道的么？哈！但我却确确实实的一点都不知道，真是不聪明到了极点了。"蒋琼姑道："这不是不聪明，或者是姊姊还没有注意到。只是照我想来，我的这件心事，除了姊姊以外，再没有别人能知道得更明白的。姊姊，你不妨猜猜看。"

果然末后的这一句话，竟引起了钱素玉的一种兴趣，偏了头想上了一会儿，突然间像似领会了过来的，即笑逐颜开的说道："哦，我知道了，我明白了。你莫非因着好逑已赋，熊梦犹虚，一心一意的，很想获得一个玉雪可爱的麟儿么？"蒋琼姑忙把头连连的摇着道："不对的，姊姊猜错了。我的年纪还很轻，怎么会有上这般的心事？实对姊姊说了吧，我的这件心事，还是完全为着你姊姊呢。"

钱素玉更加惊诧起来道："怎么？你的这件心事，完全是为着我？我真有些儿不懂起来了。"蒋琼姑正色说道："姊姊，你怎么如此的不明白？你想我们姊妹俩，从小就是在一起的，一直到现在从没有分离过，真比人家的亲姊妹还要亲热上好几倍。倘然一旦分离起来，大家都不知要怎样的难堪。然而，要一辈子厮守着不分离，这实是一件做不到的事。因为无论如何，姊姊迟早总要嫁人的；一嫁了人，哪里还能同住在一起，不是就要互相分离了么。为了这个缘故，所以我很是上了一点心事呢。”

钱素玉笑道：“原来你为的是这个，那你这心事也上得太无谓了。这有什么要紧，我只要一辈子不嫁人就是，不是就可和你永永不分离了么？”蒋琼姑道：“一辈子不嫁人，也不过这么说说罢了，事实上不见得能办得到的。依我说，倒有一个两全其美的办法在此，那就是我们姊妹俩，最好能共事一夫，这在从前的历史上看下来，并不是没有这种事。帝尧的二个女儿娥皇和女英，同时下嫁于舜，就是很好的一个先例。只是我虽有这个意思，但恐一个说得不好，姊姊听了着恼，所以一向藏在心里不敢说出来，不免就上了心事了。现在不知姊姊以为怎么样？”她一壁这么的说着，一壁偷偷的去瞧望钱素玉的脸色，看她为了此事，会不会着恼起来，很是担上了一种心事。

谁知真是出人意料之外的，钱素玉竟是一点儿脸色也不变，像似对于这番话，并不当做怎么一回事。只淡淡的一笑说道：“这是你一个人的意思呢，还是别人的意思也都是和你相同的？”蒋琼姑暗想：“这句话问得有点意思了，看来她对于这件事也是赞成的，不见得会怎样着恼的了。我不如乘此机会，剀剀切切的向她进言一番，把这事弄上一个着实。否则，一旦有了变局，倒又不易着手。”便立刻回答道：“最初是我有上这个意思，觉得要图我们姊妹俩，永久团聚在一处，没有再好过这个办法的了。后来在空闲的时候，从容的向着家中人一说，差不多全家的人，对于这个办法，没有一个不极口称好的。因为继新他果然受过你的救命大恩，就是他们二老，也是全仗着你，才能从火窟中逃生出来。他们虽没有什么方法可以向你报得恩，然暗地却总在默祝着你平安无恙，毕生不受到什么风波。倘然一旦见你离开了他们，孤零零的到了别处去，实在很是放心不下的。如今我这个建议，倘能成为事实，那大家就可永久团聚在一处，他们也就很可放下这条心了。姊姊，现在我斗胆请问一句，不知你意下以为如何？倘然是赞成的话，那我就是退居于妾媵的地位，也是心甘情愿的。”

今天的钱素玉，真是有点奇怪，听了这番话后，仍没有什么切实的表示，也没有一点怕羞的样子。然也并不着恼，只举起一双秀目，向着蒋琼姑深深的一注视，然后又淡淡的一笑，说道："原来这不止是你妹妹一个人的意见，你们全家人的意思，都是和你相同的，这未免太把我瞧看得起了。我当然是十分感激的，而什么报恩不报恩的话，更是使我承当不起。我不过偶然的出了一下力，又有什么恩德于人呢？不过，你妹妹所建议的这桩事，总算得是一件大事，我不能马上就答复你，请让我考量上几天再讲吧。只是请你不要误会，我对于你的这番好意，只有感激的份儿，决计不有一点儿的着恼的。"说完，又闲谈了几句，也就回到她自己房中去了。

蒋琼姑等钱素玉走了以后，一时间也猜不准她究竟是赞成还是反对，不过仔细想上了一想，姊姊平日的脾气，是何等不好惹的，倘然话说得不对劲，一定当场就要闹了起来；如今一点儿也不闹，显然是心中并不怎样的反对。何况她还郑重的向我声明，教我不要误会，她对于我一点儿也不着恼呢！由此看来，她对这件事很有点意思的了。但她终究是一个女孩子家，关于这种婚姻的事情，不免有些儿害臊，决不能人家向她一说，她就马上答允下来。只要隔上几天，再向她絮聒上一回，大概也就不成问题的了。

她这么一想时，觉得此事已经得到一个解决，心中很是欢喜，忙向二老和杨继新去报告。他们当然也是暗暗的欢喜。不料第二天，到了八九点钟的时候，还不见钱素玉走出房来，但大家并不在意，都以为她大概是患了病，睡倒在床了。只有蒋琼姑，却已暗暗的生惊："想我这姊姊，比不得我，她的身体是十分强健的，从来没有见她生过一回病，今儿怎么会睡倒在床呢？莫不是她昨天口中虽说不恼，心中却是着恼到了万分，因恼而气，因气而病，倒也是常有的事。倘然真是如此，那事情可就大了，也可就糟了。"当下也不向大家说什么，即皇急万分的向着钱素玉的房中奔了去，口中连连的唤着："姊姊，姊姊，你怎么啦，莫非病了么？"

然而尽她把喉咙叫破，也听不见钱素玉的一声答应。再向房中一找时，更瞧不见钱素玉的一点影子。她这颗心，不禁怦怦的跳动着，同时也有些恍然了，姊姊大概为了昨天的那件事，对着我们很是不快，所以竟是不别而行了。果然在她这么作想的时候，就在桌上找得了一封信，信中只是很简单的几句说话道：

盛意良足感，第妹伉俪间爱情甚笃，姊不欲以第三者阑入其间，致蹈攘夺之名，因决意远走避嫌。妹幸弗复以姊为念，他日或尚有相见之时也。吕祖师所贻姊之饰物一包，挈带不便，即以奉赠。盖姊随身携有现银，益以身负薄技，倘遇困乏，不妨粥技糊口，固不虞资斧之有匮乏耳。不及而别，伏维珍重。此请！

琼妹青及。姊素玉留言

蒋琼姑读了这一封留言以后，不禁泫然欲涕，暗想："该死，该死！这完全是我把她逼走了。但她的脾气也真是古怪，既是对于这桩事不大愿意，何妨明明白白的对我说出？我决不会去强迫她的，她又何必要不别而行呢？"同时，复又想到，钱素玉虽是有上些随身的武艺的，但终究是一个姑娘家，像这么孤孤单单的独个儿走出门去，而且没有一定的目的地，到底带上点危险的性质。倘然真的闹出什么大乱子来，那是我害了她了，在良心上又怎么交代得过呢？她一想到这里，立刻发生一念，既由我把她逼出了门，必由我把她拉了回来，方才对得住人家。倘然我竟是找寻她不着，也只好撇弃了我的丈夫、我的家庭，在江湖上流浪着一辈子了。

蒋琼姑把这个主意打定以后，忙先回到自己的房中，掇拾了一番，然后提了一个小小的包裹，来到堂屋中。杨继新和那二位老人家见了，不免都觉得有些诧异，忙向她问道："你这是什么意思，把这个小包裹提到了这里来，你也找到了你的姊姊么？"

蒋琼姑即把钱素玉不别而行的事，说了一说，又拿那张留言递给他们瞧，他们不禁都怔呆了，随又听蒋琼姑说道："我如今要去寻找她了，待我寻找到了她，依旧要把她拉了回来的。"大家不免更是一怔，杨继新便先开口道："你要去寻找她，这个意思果然很为不错，但她又没有告诉你的去处，在这人海茫茫中，你又从哪里去寻找她呢？不要在你自己的方面，倒又弄出什么乱子来了。"

蒋琼姑一想，这一句话倒也说得不错，但立刻又给她想出一种相当的理由来，可以抵制住这句话。便忙说道："不，你不知道的。她在这留言上，虽不曾说出她的去处，但她平日和我谈话，总说浙江新安是我们的故乡，可惜从小就离开了那里，不曾知道得是怎样的一个情形，他日得有机会，定要回到故乡去看上一下的。所以，我如今只要向着上浙江新安的这条路上，追踪而往，定可把她寻找到。一把她寻找到，就拉了她回来，还会有什么乱子弄出来呢？”

杨继新见她的话说得头头是道，倒也不好去驳斥她，然仍是放心不下，便说道：“既然如此，不如由我陪伴着你一同前往，总比你单身独行要好上一些。”他把这话一说，蒋琼姑倒扑哧一声笑了出来，并道：“唷，唷！你是一个文弱书生，又能在路上帮助得我什么呢？不要是我单身独往，本来没有什么事情出的，为了和你一同前去，要加上一分照顾你的心，反而弄出了什么乱子来，那才是天大的一桩笑话呢。”这倒是很实在的几句话，然杨继新终究是一个男子汉，听了未免觉得有些难堪，并很为惭愧，顿时把一张脸都涨得通红，也就默然不语。然而要蒋琼姑一个人孑然前往，在二老这方面看来，终究觉得有些不放心，便又想来阻挡着她。

可是蒋琼姑已不像往日的柔顺，这时候把那小包裹向着肩后一背，并向二老拜了几拜，算是行了一个告别礼，即头也不一回的，边向着门外走边说道：“在这种情势之下，我是决意要寻找我的姊姊去了。倘然二位老人家，以为我这般的执拗而不肯听话，是不合于理的，那让我寻到了姊姊回来之后，要怎样的惩罚我，就怎样的惩罚我好了，我是决无一句怨言的。”说到这里，忽又立停下来，回头向着杨继新一望说道：“我去了，所有关于侍奉二老的事，要请你暂时偏劳一下了，回来我要好好的向你道谢的。”即翩然出门而去。

这一来，杨继新和着二老，只好呆呆的望着她走出门去，不便再怎样的硬把她拦阻住，心中却都有点儿不大自在。

再说蒋琼姑出了家门以后，即先把从这里去到浙江新安是怎样走法的，打听得一个清清楚楚，然后照着他们所说的，赶速的按程前进。心想钱素玉这番倘然真是到新安去，那是没有什么一定目的的，并且她也不知道有人在后追赶着她，那她一路之上，一定随处赏玩着山水，不见得会急急的赶路。自己只要兼程而进，就不难在路上追到她了。可是，饥餐夜宿，经过了好几天，虽平平安安的没有出一点乱子，却也没有见到钱素玉的一点影子。这一来，不免又使她怀疑起来，莫不是钱素玉预料到她要从后追赶了来，所以不打往新安这条路上走么？还是自长沙去新安，是有上好几条路的，现在大家各走了一条路，所以彼此碰不到她呢？她思量上一阵，仍决定以新安为目的地，现在不去管他，且俟到达了新安再说。倘然到了新安，仍是遇不见钱素玉，只好再改从别一条路上找了去。总之，无论如何，她已是下了一个决心了，不把她这位姊姊找到，她再也不回长沙的了。

如是的又走了几天。一天，正打一个山谷间经过，忽闻有说话的声音，从再上的一个山峰上传了下来，听去十分稔熟，好像正是她姊姊的声音。立时间，她的心不禁怦怦的跳动着。也不管是与不是，忙由一条山径间，直向这个山峰上奔了去。等得到了那边，举目一瞧时，立在一棵大树之前的，不是她的姊姊钱素玉，又是什么人呢?

她这一喜，真非同小可，正想欢然的向她姊姊叫上一声。不料，两眼偶尔向旁一瞥，又见到了一个人，这可又使她惊惶无比了，哪里再能开得什么口来。原来这人不是别一个，就是把她们姊妹俩从小就抱了去，后来用以为饵，勾摄许多青年男子的魂魄的这个刘鸿采。这时候钱素玉却也已见到了她，不禁突然的惊叫一声，两个脸颊本来很是惨白的，如今更是惨白得怕人，似乎万料不到她会到这里来，也万不愿意她恰恰在这当儿到这里来的。但刘鸿采可不许她们姊妹俩交谈什么话，即听他哈哈一笑，说道："好，好！一个来了不算，二个一齐来了。我本来算定了，可以在这山中遇见你们的啊。从前我受了你们一时之愚，给你们逃出了我的掌握，现在瞧你们再能逃到了哪里去。倘然再能从我手中逃了去，那我才佩服你们真有能耐呢。须知道这一次全要仗着你们自己的能为，吕祖师是不能前来救援你们的了。"

他正说到这里，忽闻幽幽的有人在说着话道："吕祖师爷虽没有来，我却早已到来了，你难道没有知道么？"这一来，惊得她们姊妹俩面面相觑，不知什么人在说着话。刘鸿采更是敛了笑容，露出一派惊惶之色。

不知作这惊人之话的究竟是什么人，且待第一百十二回再说。

第一百十二回

飞烈火仇边行毒计　剖真心难里结良缘

话说刘鸿采正在得意万分之际，忽闻有人幽幽的在说道："吕祖师爷虽没有来，我却早已到来了，你难道没有知道么？"这天外飞来的几句话，在钱素玉姊妹俩听到以后，只是相顾愕眙而已，并不真是怎样的吃惊。因为这个人突然的到来，多少于她们自己一方有利无害的。独有刘鸿采突闻此数语以后，不禁大大的吃上了一惊，而且听去声音十分稔熟，莫不是他意想中所猜拟的那个人，到来了么？倘然真是这般，那是把他所希望着将要干的一桩玩意儿，破坏得粉碎无存的了。

但他战战兢兢的静候上一会儿，并不见有一点动静，也不再听到有什么声息，不禁又哑然失笑起来。这真是在那里活见鬼，明明是自己心中惧怕着这个人，不免有些心虚，耳官中也就幻现着这个人的声音来，何尝真有这个人到来呢？于是，又把战战兢兢之态收藏去，换上了一种奸凶刁恶的样子，冷笑一声，说道："哼哼！你们这二个贱丫头，今天可重又落入了我的掌握之中，再也不能逃走了，瞧你们如今还有什么话说！"

钱素玉和着蒋琼姑，仍是你望着我，我望着你，一句话也没有。因为她们知道，刘鸿采最是奸刁无比的，如今既已重落他的掌握之中，定已下上一个决心，要把她们加以残害，她们就是不论怎样的向他恳求着，也是无济于事的。

刘鸿采见她们一声儿也不响，倒又很得意的，哈哈大笑起来道："哦？你们也知道自己罪大恶极，已在不可赦之列，所以不敢再向我恳求半句么？

好！你们总算和我相处了这么多年，还能知道得一点我的脾气。不过，我要明明白白的对你们说一句，你们看中了那个少年书生，违背了我的约束，私下放他逃走，自己也跟着逃了出来，这还是可以原恕的一件事情。最不该的，又引了吕祖师来，推翻了我多年来辛苦经营的基业，使我存身不住。这真使我越想越恨，恨得牙痒痒的，再也不能把你们饶赦下来呢。现在我的说话已完，马上就要教你们尝到一种求生不得，求死不能，极其惨酷的刑罚，方知我的厉害，同时也可消去了我心头的一腔怒气。”

刘鸿采说到这里，又是阴恻恻的一笑。她们姊妹俩见了，不免都觉得有些毛骨竦然。说时迟，那时快，他早又伸出右手来，戟着一个食指，向着她们姊妹俩，连连的指上二指。说也奇怪，她们俩经上他这么的一指，即足步踉跄的，各向一并排的二棵树身上倒了去，好像自己一点儿也不能做得主。加之顷刻之间，又不知从什么地方，飞来了二只很巨的木钉，一边一只的，恰恰把她们俩当胸的钉在树身上了。

照理说，她们给木钉这么的当胸一钉，脏腑间一定要受到重大的伤，就不致当场致命而死，至少要有鲜血淌流出来。谁知不然，她们却一点儿也不觉得什么痛，更无一些些的鲜血淌出，只是把她们的身体紧紧的钉住，不能自由罢了。她们才知道，这定是刘鸿采用的一种什么法；又由此知道，刘鸿采刚才所说的话，一点也不是骗人，他确是要她们求生不得，求死不能，在一种极惨酷的刑罚之下，宛转呻吟而死，不肯立刻就制她们的死命呢。只是他将采用怎样的一种刑罚呢，又将惨酷到怎样的一个地步呢？她们真不敢再想下去了。

于是又听到刘鸿采的哈哈一笑说道：“这只是我计划中的第一步，不过使你们不能自由行动罢了。现在我就要引你们与死神相见，但这死神，是在我的指导之下的，并不立刻就取去你们的生命，却取着渐进主义，把你们的生命，一寸寸的加以摧残，加以凌践。直至你们吃足痛苦，我也认为满意的时候，方始真的赐你们以一死，毕了它的使命。你们也懂得我的语意么？”

当他说的时候，好似演讲一种新发明的学理一般，很是得意洋洋，一点也不有矜怜之色。比至把话说完，即把口张开，很随意的向着她们所系缚着的二棵树木间一嘘气。立时间，靠近她们四周围的草木上，都飞起了一点点的火星，这火星愈转愈大，愈趋愈烈，竟是开始燃烧起来。随即有红赤赤的不知多少条的火舌，齐向她们伸攫着，要把她们包围起来了。

在这时，她们也开始遭受到烟的熏刺、火的灼炙，有说不出的一种不受用。同时，她们也恍然大悟，原来刘鸿采所谓的极惨酷的刑罚，便是以烈火为之背景。本来呢，天下最无情而最猛烈的东西，莫过于水与火，而烧死在火中的，似乎尤较溺死在水中的，来得加倍的痛苦呢。

一会儿，火势愈逼愈近，竟是飞上了她们的衣服，灼及了她们的头发，显然的要再向内部进攻去。她们二人究都是弱女子，纵是已决以一死为拼，咬紧了牙关忍受着，但呻吟的声音，仍是禁也禁不住的，从口中微微的度了出来。刘鸿采见到了她们这种为烈火所逼迫，无法可以躲避的情形，已是大大的一乐；再一听到这些低微的呻吟声，心花更是怒放了。因斜睨着她们，又很得意的说道："你们须得好好的挣扎着，须知道这尚是最初最初的一个阶段，这火尚在外面燃烧着，并没有烧到里边去。一旦把你们的肌肤也燃烧了起来，这火势当然比之现在更要十倍的猛烈，那时候你们方知道这烈火，究竟是怎样可怕的一件东西呢。现在我要问你们，你们到了这个境地，也失悔当初不该背叛我么？也觉悟到你们以前的行为，实是大错而特错的么？"

他倚仗着烈火的势力，竟是这般的向她们诘问着，显示着他已得到最后的胜利，这当然为她们所齿冷。而依照着她们倔强的脾气讲，无论如何，是不肯向他讨一声饶的。但蒋琼姑偶一掉首，瞧见了钱素玉为火所攻，那种惨痛的样子，倒暂把自己所受到的惨痛忘记下。暗自在想道："讲到当初的那件事，实由于我瞧中了姓杨的人品，不肯夺去他的三魂六魄所致，姊姊却是没有多大关系的，不过后来曾帮过我们的大忙罢了。那我今天为刘鸿采所报复，遭受到这般惨酷的刑罚，也是很应该的。而姊姊本是一个没有多大关系的人，如今也陪着我同受这种惨刑，这未免太是冤枉么？这在我未免太有点对不起她么？"因之，她把牙龈重重的一啮，忍住了这种烈火灼肌的痛苦，然后吐出很清朗的音吐，向着刘鸿采说道："这确是我的不是，你就是把我烧死，我也死而无怨的。不过，这件事与姊姊丝毫无关，她是不该受这种惨罚的，请你不要加罪于她吧，请你赶快放了她吧。"

钱素玉这时候，正也瞧到了蒋琼姑宛转于烈火之下，那种痛苦无比的样子，暗想："这都是我害了她，倘然不是我不别而行，她也不致追赶了来，何至会在这里遇到刘鸿采，受到这种暗算呢？而况，教杨继新抢去她的软帽，还不是我出的主张？讲起来，我实是罪魁祸首啊。那我受到刘鸿采的报复，实是千该万该的，怎可使她陪着我，也同归于尽呢？”及见蒋琼姑愿把自己牺牲去，已挺身而出，竭力的在营救着她，更对蒋琼姑有说不出的一种感激。忙也抢着说道：“虽是妹妹嫁了那个人，其实主意都是我一个人出的，全不与妹妹相干。所以师傅如要治罪的话，不如把我一个人重重的处罚吧，便是将我烧成一团焦炭，也是毫无怨言的。至于妹妹，请原谅她年轻了一点，请原谅她完全是上了我的当，就把她释放了，不要再难为她吧，她到现在也已够受痛苦的了。”

她们姊妹俩这么的重义气，这一方情愿认作自己的不是，把自己牺牲了，而请求释放去她的姊姊；那一方也情愿认作自己的不是，把自己牺牲了，而请求释放去她的妹妹。其情形，正和《生死板》京剧中那两个弟兄，争抢着求一死，没有什么二样。照理，总可以把对方感动，而把二姊妹中的任何一个释放的了。无奈这刘鸿采，直是一个冥顽不灵的凉血动物，他非但一点也不感动，并好似她们姊妹俩这么互相的营救着，而都甘愿把自己牺牲了去，也早在他的预料之中，而反以瞧见她们的这种情形为乐意的。因此，又在毫无感情表见的一张脸上，露出了淡淡的一点笑容说道：“你们如今才向我来讨饶，才想二个人中有一个能逃了命，哼哼！这已经是嫌迟的了。我早知道，在这个事件中，你们二人都是有份的，没一个不是在杀不可赦之列的。我怎会听了你们的一番花言巧语，就轻易的从了你们的要求呢？嘿嘿，快快的把你们的口闭住了吧。瞧，你们这身上的火，不是更向内部燃烧去了么？这是在你们一方说来，更得拿出一种精神和勇气来，和它好好的挣扎上一番了。”

她们听了这话，忙向自己的身上一瞧时，果见那衣服都已给这烈火，燃烧得同焦炭一般，只是还全幅的悬挂着，遮蔽住了她们的身体，没有一片片的剥落下来，头发也是同一的状态。并且这烈火显然的已向衣内钻了去，开始的又在她们的肉体上燃烧着，直烧灼得肌肤焦辣辣的生痛，全身所具有的血液和水分，都在内部沸滚了起来，而渐次快要干涸下来的样子。于是她们也不再向刘鸿采恳求什么了，大家咬紧了牙齿，忍受着这种种的痛苦，都拼上一个死就完了。

但在这将死未死之际，她们姊妹俩又为了平日那种深切的感情，和如云的义气所驱策，在这一方想来，总仍觉得很是对不住那一方的，而对方如此的惨死，实是为自己所牵累的。因此，钱素玉又向蒋琼姑说起来道："这都是我的不好，累得妹妹也同受此惨祸。倘然不是我露着很不安的神情，不别而行，妹妹何至会赶到了这里来，又何至会遭到这般的不幸呢？"

蒋琼姑听了，也深自负疚似的说道："此非姊姊之过，其实都是我的不好。因为姊姊的不别而行，并非出自本意，实是为我所逼迫出来的。早知如此，我真失悔自己不该向姊姊，提起那句话了。"

钱素玉见她这般的引咎自责，心中觉得更是加倍的不安。也罢，反正死已近在临头，也顾不得什么怕羞了，还是把自己的心事，老老实实的向她尽情一说吧，或者反可使她心中舒适上一些。因又正色说道："不！妹妹你是误会了，这只能怪我的脾气太古怪了一点，其实我对妹妹的那个提议，是十分赞成的，一些也不着恼呢。"

蒋琼姑想不到她会有这句话，更想不到她会这般质直的，向她说出这句话，这真把她喜欢煞了，竟忘记了她自己，目下所处的是如何一个环境。只见她十分欣喜的说道："原来姊姊是赞成我的这个提议的！如此说来，姊姊是情愿嫁给他的了。"

蒋琼姑这句话，未免说得太于质直，倘在平日，钱素玉就是不听了着恼，一定也要羞答答的不肯回答她。现在情势可大大的不同，已是面对面的快和死神相见了，还有什么羞之可怕呢！便也十分爽快的回答道："不错！我是情愿嫁给他的。因为如此一来，别的还没有什么，我们姊妹俩不是就可厮守在一起，一辈子也不会分离了么？"

这正似尝到了一剂清凉散这般的爽快，顿时使蒋琼姑忘记了，正在遭受着的那种灼肌燃肤的痛苦，不禁喜笑着说道："我能闻到了姊姊这句话，这真使我快活极了，那我今天虽是死在这里，我觉得一点也不冤枉。我还是十分情愿的。"半晌又惨然的说道："我姊妹二人，今天能同死在一起，果然是一件极好的事。不过他一旦见不到我们的归去，或竟是闻到了我们的惨耗，心中正不知要怎样的难过呢。"

钱素玉虽有上愿嫁给杨继新这句话，但以前究不曾和他发生过什么关系，所以不便显然的有怎样深切的表示，也只能和蒋琼姑凄然相对而已。但就在这个当儿，忽觉有什么人，就着他们的耳畔在说道："你们也不必恓惶，照你们的命运说来，不但不会死在此处，不久还得大团圆的。至于这刘鸿采，虽是蓄意欲伤害你们，结果却反玉成了你们，做了你们的一个撮合山。倘然没有他这么从中的一纠缠，这问题恐怕还不能解决得这么的快呢！所以，你们也不必记住他这段仇恨吧。”

她们就着这发声的方向，忙都掉过头去一瞧看时，却见不到说话的这个人。还疑心是给这烈火灼烧得太厉害了，竟发起耳鸣来，但耳鸣哪里会幻成这么清清楚楚的语句，不免都发起愣来。可是，刘鸿采像似并没有听得这番话，一见她们发愣，还以为这烈火，此刻大概正在烧毁她们的心脏，所以把她们烧得发了呆了。便又带着十分得意的神气，向着她们说着俏皮话道：“哦？你们直到如今，方屈服于这烈火的威焰之下么？何不发出你们的莺声燕语，再絮絮叨叨的讲上一番体己的说话？哈，要达你们的愿望，我看倒也不难，只待那姓杨的一到九泉之下，你们就可效法娥女共事一夫了。”

不料，他正说得起劲，忽而飕飕飕的起了一种风，只就地一卷时，早把那二棵树木下的一堆烈火，扑了一个灭。就是在她们姊妹俩身上，蓬蓬然燃烧着的那一派火，也立刻熄灭下来了。接着，又闻得很有威严的一声“咄”。就在这“咄”字未了之际，好似飞将军从天而下，突然的跳出一个人来。这人却只是二十多岁的一个少年，穿了很漂亮的一身便服，相貌生得十分清秀。

刘鸿采一眼瞥见，方知真的是红云老祖到来了，那么刚才何尝是自己虚心生幻觉，明明正是红云老祖预向他做着警告，教他不要弄什么诡谋，下什么毒手呢。只怪自己报仇心切，竟没有再仔细的思考一下。如今一切的歹计毒谋，都在他老人家的眼面前干了出来，如何可以邀得他的赦免呢？因此，全个身子都抖得如筛糠一般，扑的在红云老祖的面前，跪了下来道：“弟子自知该死，竟干下了如许的罪恶，请师傅饶赦了我这一遭吧，我下次再也不敢胡为了。”

红云老祖笑道：“你如今也知该死么？刚才对于我的警告，为何竟又置若罔闻？老实对你说吧，我这一次的放你出来，原是含着一种试探的性质，不料你仍是野性难驯。好，赦免我准其是赦免了你，不过在此后十年之内，你休想再能和我离开一步。”

刘鸿采见已蒙赦免，忙高高兴兴的谢了恩，立起来站在一旁。红云老祖便又回过身去，对着她们姊妹俩只用手，遥遥的拂动了几下，她们被焚毁得已成了焦炭的衣服和头发，立刻又恢复了原状，便是当胸的那一只大木钉，也早从树上脱了出来。她们虽没有掀起衣服来把伤处瞧得，然而料想去一定也是一点伤痕都没有的，这足见红云老祖的法力，是如何的伟大，而反过来讲一句，又可知法力是如何可怕的一件东西呢。这一来，她们姊妹俩当然要向他谢恩不迭。

红云老祖只淡然的一笑道："你们也不必向我道谢得，我也不过借了此事，聊和你们结上一点缘，留作日后相见之地罢了。至于这刘鸿采，你们也不必怎样的怪他，实在你们命中应有此一个魔劫，他却适逢其会的做了一次魔星，连他自己都做不得什么主的。何况他并没有伤害你们，反而还玉成了你们呢？好，你们就此回去吧，祝你们姊妹同心，室家安好。"说后，只一拂袖间，红云老祖和刘鸿采即都已不见了。

他们姊妹俩，便也欣欣然的重回长沙，居然效学娥女的故事，钱素玉又同杨继新成了亲，从此左拥右抱，真便宜煞这位少年郎了。后来，杨继新在画眉之余，也从他的二位夫人，学得了不少的武艺，不像先前这般的文绉绉了。这一次，为了一时高兴，竟挈同了他的二位闺中人，从柳迟家来到四川，颇想为昆仑派建立上一番事业。现在总算已把他们骨肉团圆、英皇并嫁的关目，交代得一个清清楚楚，可以按下不表，我又得腾出笔来，再从另一方面写去了。

单说笑道人同了许多人，回到了云栖禅寺后，忽又哈哈大笑道："我总算今日方遇到了对手，居然在我笑道人之外，还有上一个哭道人。现在，我很想和他合串一出好戏，给你们诸位新新耳目。只不知他究竟有不有和我配戏的能耐？倘然竟是配搭不上，也很足使人扫兴的啊。"

不知笑道人无端说这番话，究竟是要干怎样的一桩玩意儿，且俟第一百十三回再写。

第一百十三回

生面别开山前比法　异军突起冈上扬声

话说笑道人哈哈大笑说了这番话后，众人虽知他已有上一个要和哭道人比法的意思，却还不知道他究竟要怎样的比法，想来总是不同寻常，而且是饶有趣味的，很希望他把这个办法说了出来。因此，都把眼睛向他注视着，意思是说："好呀！你究竟是怎样的一个办法呀？快些说吧。"

笑道人当然理会得他们的意思，张唇启吻正要讲时，忽闻得天空中起了一声啸。这一声啸，既不像出自人类的口中，也不像是什么禽类所发，而带点金石之声，完全是为另一种类的。倘然给一般寻常人听在耳中，一定要惊诧到了不得。但在这许多人中，究竟以富有经验者居多数，所以听到了这派空中的啸声，一点也不以为异，只发出一种疑问道："不知又是哪一个道友，闹起飞剑传书的玩意儿来了。这剑这么的长啸着，是在通告我们知晓呢，快些去接取这书信吧。"当下，即一齐离了方丈，来到院中，仰首望时，只见白虹似的一道东西，正停留在空中，不是飞剑，又是什么！而且好像通得灵性似的，一见他们来到院中，方把剑身一转动，即见有一封书信，翩翩然如蝴蝶一般，从云端中滚落而下；而这白虹似的飞剑，又像游龙般的夭矫，向天外飞了开去了。

笑道人所站立的地方，正和这封书信坠落的地点相距不甚远，即走前一步，俯下身去，把这书信拾取在手。只向信面上瞧看得一眼，忽又哈哈大笑道："这真是巧得很，我还不曾去找寻他，他倒先来找着我了。这封书信看都不必看得，定是他向我来讨战的一封战书啊。"原来这封书信，正是从哭道人那边递了来的，上面写着“笑道人亲启”的字样。这一来，大家更加觉得有兴趣了，知道此下定有许多好戏文可瞧，拥着了笑道人，重又回到方丈时，笑道人早把这封信拆了开来，笑嘻嘻的说道：“这封信谅来大家都是急于想知道他的内容的，让我来宣读给诸位听吧。”他一说完这话，即把信展开在手，朗声念诵起来道：

笑道人大鉴：

笑之与哭，为极相反之名词，而处于极反对之地位，固夫人而知之。吾侪不幸，道号中适各占得其一字，此所以虽同为修道之士，而欲求互相不水火，乃不可得也。然下走之以哭为号者，固于哭之一事，自问能探其源、穷其极，而尽稔其隐秘之所在，一哭可使风云变幻，再哭可使天地动摇，三哭而将使全世界悉归于陆沉。世传杞梁之妻善哭其夫，十日而城为之山崩，不可谓非克尽哭之能事。然倘以视下走之术，恐犹如小巫之见大巫焉。今道友既侈然也以笑自号矣，不知对于此笑之一事，究有若何之研索，若何之致力，亦能如余之于哭，有同样之运用乎？我二人倘能不借助于其他法力，而即以此“哭”与“笑”二字为武器，相见于战场，一较道力之高下，或亦为别开生面之举，而足为一时之佳话，道友傥亦有意乎？伫盼回云，不胜屏营待命之至。

顺请道安。哭道人稽首

众人听笑道人把这封信读完，不觉哄然大笑道：“看不出他这么一个粗野的胚子，倒也咬文嚼字起来了。”笑道人道：“你们别说他是一个粗野胚子，他在这封信中，不但是咬文嚼字得很厉害，而且在措词之间，也很是不卑不亢，恰到好处呢。”智明禅师问道：“那么，你对于他这封信，究竟是如何的答复？我看他所提的这个互比高下的方法，倒是很有趣味的。”

笑道人笑道：“这叫做英雄所见，大略相同，我本来也是有上这样一个意思的。因为倘然不是如此的办法，不但是不能各献所长，也未免太辜负了‘哭’与‘笑’这二个好字眼了。现在，我想就写一封回信答允了他。不过，我是性子爽快的一个人，可不能像他这般的咬文嚼字，只干脆的写上几句罢了。”当下，即走至桌子前，取过纸笔，一挥而就道：

惠书拜悉。一切如约。来日山前，准见高下。此复，即请哭道人台鉴！

笑道人稽首

在众人连声道妙之际，他早已请出飞剑，把这封回信传递了去了。这飞剑随即前来复命不题。单说一到来日，刚在昧爽的时候，大家都已经起身，心头也是十分的兴奋着，知道今天哭笑二道人的比法，定呈空前未有之奇观，决不是平日其他的寻常比法所可同日而语的。他们得能躬与其盛，实是眼福不浅啊。而这身居主要人物之一的笑道人，这天虽仍同平日一般的笑口常开，而一种焦躁不宁的神气，却于不自觉中流露了出来。似乎他对于今天的这一场比法，也没有一定的把握，不敢谓自己能权操必胜的，这因为对方的势力太强了。不多久，笑道人同了自己的一伙人，来到邛来山下，哭道人早已在那边等候着了。这山下好一片空旷的平原，用来做比法的场所，那是再好没有的。

这二个主要人物既照面后，哭道人即开口说道："我们今天的比法，不必借仗于其他法力，只以道友所擅长的笑，和我所善用的哭为范围，那是已经双方议决了的事，不必再说的了。不过用怎样的方法，在比赛时方能确定胜负，却还没有提议到。现在在这未比之前，也能容我把意见发表一下么？"

笑道人像似满不在乎的样子，说道："这句话倒也是不错的。我们在未比之前，应得先将比赛的办法讲定。好，你有什么意见，尽管发表出来吧，我是没有丝毫成见的。"哭道人道："我的意见是这样，我们最好把自己所擅长的哭与笑，轮流的表现上一回，以能感动得对方也哭或也笑为度，倘然是双方都能感动得对方，或是都不能感动得对方，这算不分胜负，如果是自己感动不得对方，而反为对方所感动了，这就算是这一方负了。道友，不知道你可赞成不赞成我这个建议？"

笑道人笑道："这个办法很有趣味，我哪会不赞成的？那么，哪一个先来表现这玩意儿呢？"哭道人道："横竖大家都要来上一回的，谁先来，谁后来，都不成什么问题。只是为求公平起见，还是大家来拈上一个阄儿吧。”这拈阄的办法，果然是公允无比，笑道人当然是没有什么异议的。结果，却是哭道人拈得了一个“先”字，该应是由他先来表现的了。

至于笑道人也就严阵以待，不敢有上一分的疏忽，一壁暗自在想道：“看他又将如何的表现，莫非又将一道泪泉泻出，直向着我激射了来？倘然真是这般，也就不足道的了。”不料举目向着哭道人一瞧时，却并不出于这一路，只见哭道人将鼻子一掀，两眼一挤，竟是放声痛哭起来了。他这哭，真是具有几分的艺术的。在最初，他哭管他自哭，一点也不影响及外界；但是等他哭得略久，悲哀的种子渐渐散布在空气中。一轮晓日，本来是美丽无比，具有万道光芒的。至是，忽像从不知什么地方移来了一道阴影，将这日面罩着，光芒逐渐的黯淡下来，甚至于欲把全个日面都一齐遮蔽了去。同时又飕飕飕的起了一阵大风，立刻沙飞石走，扰乱得不可开交。加之一片恶雾，又从空际涌起，连累了天上的白云，也黄黯黯的带上一种愁惨之色。因之望上去，这云阵似乎较前来得低了，这一片天似乎也快要向头上压下来了。但是，这都还不足算数，突然间，满山满谷，又是猿啼之声相应和，并夹杂着子规的啼声，一声声的，叫得人肠子都要断了。把以上数者并合在一起，直造成了一个人间凄绝无比的境地。

这时候，凡是身列其境的人，一个个都有上说不出的一种愀郁，觉得一点都不得劲儿。笑道人却兀自在暗笑道：“这厮总算可以，居然能役使外物，把宇宙间的一切，都变成了这么阴森森、凄惨惨的一个样子了。但他可知道，我是怎样的一个人，任他外界的景物有如何的变幻，岂能把我感动得分毫的？倘然他不在内部着想，没有一种法力，可以暂时摄着了我的内心和感情，静听他的指挥，那他就是把这邛来山哭上一个坍，也是无济于事，终于是要失败下来了。”可是当他这么想时，哭道人早已变更了一种战略，他的那派哭声，已不如先前的纡徐而凄楚，一变为峻急而尖锐了，一声声的，绝不停歇的向着笑道人耳鼓中直打来。这好似将一把很锋利的锥子，一下下的，很有力的在他神经上刺扎着。饶他笑道人是真有怎样的大智慧，久而久之，也给这一下下的锥子，刺扎得由神经剧痛而为神经麻木了。只要神经上一麻木，立刻就失去自主之力，而哭道人的邪法，也就乘虚而入，主宰了他整个的心灵。

恍惚间，只见一大群披头散发的男子，坠珥失鞋的女人，狂啼悲叫的小孩，都失了魂魄似的，从那边奔逃了过来。在他们的后面，却有一大队高而且大，狰狞无比的夷兵，不顾命的在追赶着。逃的人逃得慢，追的人追得快，转眼间，已是愈追愈近，终于是免不了这最后恶命运的降临，不到多久时候，已经给这些夷兵追赶上了。这好似瓮中捉鳖、网内取鱼一般，他们要怎样便怎样，哪里再有幸免之理？只见这些夷兵，赶到之后，见了男子，举刀便斫，举矛便刺，不有一些些的矜怜。见了小孩，把他一刀杀死，还是一种善良的举动；大一半是把来挑在矛尖或刀尖之上，玩弄他一个够，然后将矛尖或是刀尖，向着上面或是四下一伸，将这小孩远远的抛掷了去，十有八九，是跌成为一个肉饼子的，他们见了，反而哈哈大笑。见了女人，更是不得了，不管她是六七十岁的老妇人、七八岁的小女孩，总得由好多个人把她们轮奸了一个畅，然后执着两腿，从中一分，分成了两半个身子。你道残忍不残忍？凭着笑道人这么一个大剑侠，在旁边见了这种情状，哪有不思上前干涉一下之理。无如正给哭道人的邪法所摄住，竟想不到这一手，只心中觉得悲愤异常。

但是这些夷兵，似已懂得他的心事，即恶狠狠的向他说道："要你悲愤些什么？这也是亡国奴应受到的一种浩劫。胜利国的当兵爷爷，对待一般亡国奴，总是这个样子的。"同时尚未给他们弄死的一群男妇老幼，听到这话，又一齐哭起来道："呀！这是亡国奴应受到的一种浩劫么？可怜我们一个个都做了亡国奴了么？"

这盈天沸野的一片惨哭之声，更增加了不少悲酸的成分，竟使笑道人暂时忘记了这是哭道人所玩的一手幻术，而误认为是确切不移的事实。一时间不觉悲从中来想道："这是打哪里说起，亡国的惨痛，竟是及我身而亲遇之么？"两颗酸泪，便在目眶内很快的转动着，似乎马上就要落了下来。嘿，只要这两颗酸泪一缘目眶而下，就是他已给哭道人的法术所感动了的一个铁证，那他在这一次比法之中，就成了个有输无赢的局面了。但笑道人的道力，究竟是何等高深的，迷糊也只在一时，决不会延长下去。

在这千钧一发之际，早又恢复了他原有的灵机，并仗着他高深的道力，立时把哭道人所弄的妖法打倒了。他这时候耳内已不再闻到种种的哭声，眼内也不再见到种种的幻象，只是很清楚又很明白的记得，他是站立在邛来山下，正和他唯一的劲敌哭道人，在比着道法呢。于是笑道人哈哈大笑道：

“道友，你对于这个哭，确也有上一手功夫的，我在有一个时间内，也几乎为你所降服了。幸仗我的道基尚深，终于把你的法术克制下来，如今总算已是平平安安的过去了。不知你还有其他的方法，可感动得我么？”

哭道人见他不哭而反笑，知道他已从自己施术的范围中，逃了出来，再也不能拘束住他了，不免有些黔驴技穷的样子，只好腼颜说道：“好！算是我的道力不深，明明已是把你拘束住了，却在最后最紧要的一关中，仍给你逃了出来。我也没有其他的法术了，且把你的赶快表现出来吧。”

笑道人听了，也不再言语，只仰天打了三个哈哈。这三个哈哈，真是了得。第一个哈哈打出，早把迷蒙在空际的恶雾，完全吹散，显出这山谷原来的形状来；第二个哈哈打出，又把罩住日面的这道阴影赶去，恢复出前先美丽无比、光芒四射的这一轮晓日；等到第三个哈哈打出时，更呈未有之奇观，满山满谷，上上下下，不知在什么时候，已是开遍了姹紫嫣红的花，好像到了三春中最好、最美丽的一个节候。跟着，又是一声声绝清脆绝悦耳的鸣声，从山冈上树枝间传了下来，你唱我和，团成一片，这是百鸟在朝王了。而流水淙淙之旁，又有雅乐奏着，这么的迭相应和，几疑是闻到了一种仙乐，而不是凡世间所有的。在这般美好的一个境地中，素抱乐天主义者不必说起，就是抱有百斛闲愁，也能徐徐的把愁怀涤尽，不自禁的笑出声来了。但笑道人知道对方不是一个寻常人，只靠外界的这些形形色色，还仍是不能感动得他的。譬之演戏，这只是台上的种种布景，如要此戏演唱得动人，须在全部戏文上加之意象，专靠布景是不卖什么钱的。因之，他把布景配置舒齐，便又开始演唱正戏了。

这正戏的开幕，是由于他又清朗又震人的一声笑。这声笑，和以前所打的三个哈哈，又是大不相同，一旦传入了这身坐花楼的特客哭道人的耳鼓中，立时不由自主的迷糊起来，完全入于催眠的状态之中了。他瞪着二个眼睛向前直望着，仿佛间，忽见有一群的妇女，莲步姗姗的，从繁花如锦的山径上走了下来。这一群妇女，生长得美丽极了，而且一个个都赤裸着身体，一丝儿也不挂，把她们丰富的曲线美，完全呈露了出来。而打头走的一个，却就是他的爱人雪因，好像是这群妇女中的领袖一般，手中捧着一大束的鲜花。比及走到他的前面，大家都一齐跽下，雪因更把鲜花高高的捧起，向他奉献上去，一壁莺声呖呖似的说道：“恭贺我主，不特做了邛来派的教主，并做了统一各派的教主，所有什么昆仑派、崆峒派，以及同在本省的峨眉派，都已为我主所扫平，而隶属于帡幪之下了。敬献此花，聊表祝贺之意。”

他听雪因这么的一说，仿佛这些都确是事实，天下所有的各派，确乎都已给他所征服了，又仿佛瞧见昆仑派中的黄叶道人、金罗汉，崆峒派中的董禄堂、甘瘤子，以及峨眉派的开山祖开谛，自成一派的红云老祖，都跽伏在下面，纷纷向他稽首而称臣。他本有扫平各派、统一各派的野心，如今见大事业已是告成，恰恰能如他的志愿，哪有不十分的得意？一得意，自然从心坎深处发生一种乐意，不自禁的要纵声笑将起来。

可是，当他笑意刚涌上颊际，笑声微透出口中之时，忽然的不知从什么地方，飞来了一个胡蜂，向他颈后重重的叮上了一口。这一口叮得好不厉害，使他觉得其痛非凡，立时将笑意骇走，笑声打退，险些儿反将“哇”的一声哭了出来。这一来，不说随了来在一旁观阵的昆仑派人，是如何的骇诧，单说身在局中和他处于敌对地位的笑道人，可真有些莫名其妙了。明明见哭道人已在他的法力所摄之下，马上就要纵声笑将出来，怎么忽有上这么的一个变局呢？难道对方的法力确也是高到无比，在这最后一幕，还能这般的抵抗一下么？

他正这么怀疑着，忽闻得一个高亢的声音，从山冈上飞越而下道：“笑道人，须知强中还有强中手，你休得倚恃邪术，妄自称能，俺特来助阵也。”忙仰起头来一瞧时，却见一个道家装束的人，鹤立在山冈之上。正不知他在什么时候，从什么地方到来的。

不知这人究是何许人？且俟第一百十四回再写。

第一百十四回

祭典行时排场种种　雾幕起处障蔽重重

话说笑道人仰起头来一瞧，却见山冈之上，站立上一个道家装束的人，笑容可掬的望着下面，正不知他是在什么时候，从什么地方到来的。笑道人还没有回答得什么话，却早见站在旁边观阵的金罗汉吕宣良，抱拳带笑，抢着说道："镜清道友请了！你在冷泉岛上，身居教主，桃李如云，何等的逍遥自在！想不到也会来到红尘，卷入这个旋涡之中的，这未免自寻烦恼。我为你想来，很有些儿不合算啊。"这几句话，明明是带上一点游说的性质，劝镜清道人速回冷泉岛去，乐得图一个逍遥自在，犯不着自寻烦恼，来干涉他们的这件事情的。这一来，第一个是哭道人，不免大大的着起急来，生怕镜清道人，真给这番游说之词所打动，竟是马上遄返冷泉岛，不来管他们打擂的这件事，这未免是拆了他的台了。因此，万分惶急的说道："哼，这是什么话！你这个老不死，竟是越老越糊涂，糊涂到了不可复加了。你难道还不知道，这一次长春教主的惠然肯来，为我们帮上一个大忙，一半还是为要对付你起见么？"

哭道人真是一个鬼，轻轻巧巧的几句话，竟把他要和昆仑、崆峒二派，一比雌雄的一件事，缩小下来，而成为镜清道人和金罗汉间的关系了。这在镜清道人，当时虽也小小的有些不自在，觉得这句话未免说得太为巧妙了。然而，既来之，则安之，终不成为了这么一句话，就发了脾气回到冷泉岛去的。何况他和金罗汉有上嫌隙，也确是一桩事实，他并对人家说过来。于是他就顺了哭道人的口气，哈哈一笑，接口说道："好！哭道友，真是一个爽快人，我所要说的话，你都代我说出来了。哼！吕道友，你现在大概已是明白我的意思，不必再说什么了吧？”这话一说，哭道人自然为之大喜。

昆仑、崆峒二派的人，虽并不当做怎样可忧虑的一件事，然见镜清道人确是存着心要来帮助敌方，实也是一个心腹大患，前途未可乐观，大家也就上了心事了。两下静默了好一阵，吕宣良方又露着很为坦然的样子，笑着说道：“好！士各有志，本来是不能相强的。镜清道友既然愿与我们处于敌对的地位，我们也只能听之。不过还得请教一句，我们现在就比法呢，还是在擂台上再见雌雄？请即吩咐下来，我们是无不乐从，也是无不乐与周旋的。”这番话说得不卑不亢，得体极了，镜清道人在暗地也颇为佩服，便也装出一种很漂亮的样子来道：“既如此说，我们大家不妨都在擂台上见雌雄，这种无关得失的小决斗，似乎很可免了去的。”

这话说后，一天浓密的战云，暂时又化为乌有，哭道人同着镜清道人自回洞去。金罗汉、笑道人等，也一齐回云栖禅寺去了。在此后的一二个月中，可说得是战祸酝酿的时代，也可说得是战事准备的时代，双方都到来了不少的能人，都想在这擂台上露一下，一显自己的能为，并为自己所赞助的那一派，帮上一个大忙的。而在这许多人中，独有一个红姑，要比别人来得不幸。一天到晚，总见她把眉峰紧蹙着。这也难怪，她的独生子陈继志，至今尚未出险，在这中间，她虽又冒过好几回的险，去到哭道人的巢穴中打探过，但是，非但没有把继志劫了出来，并连现在囚禁在什么地方，都不知道了。而日子却又一天迫近了一天，眼看得那镜清道人，就要摆设什么“落魂阵”，把继志杀死了，去做祭旗的牺牲品呢！倘然事情竟是这般急转直下的，到了这一个地步，那她自己纵仍是活在世上，也是乏趣极了。

这一天，红姑又独个儿在那里发着愁，却仍想不出怎样去劫救继志出来的方法。忽见笑道人匆匆忙忙的走了来，只要瞧他往日总是笑容满面，或是未曾开口，先就听见了他的笑声的。如今却是一副很正经的样子，就知道局势很为严重，他定是将得什么不幸的消息来了。他和红姑见了礼之后，又眼光十分锐利的，向着红姑望上了一眼，然后说道：“红姑，你也是修了不少年的道，在我们的一辈之中，你的道行要算是十分之高的。照理你应该和世上的一般俗人两样一些，须得把俗情瞧得很淡，方不枉这一番修持的功夫；否则，也只是自寻苦恼罢了。”

红姑见他慢条斯理的，在未说出什么事情以前，先安上了这么的一个大帽子，早已知道他定是为着继志的事情而来；并在继志的一方面，或已遭到了什么大祸了，也就很不耐烦的说道："谁不知道这种道理？你这些个话竟是白说的。我且问你，莫非你得到了确实的消息，继志已是遭了不幸了么？还是关于这孩子的身上，又发生了什么旁的事故？快说，快说！"

笑道人给他这么的一催逼，也只能从实说了出来道："在现在总算还没有发生什么不幸的事故，不过我听说他们，已改变了他们原来的计划，不能待至五月五日，只在今晚五更时分，就要祭旗了。这不是很不好的一个消息么？然而，生死有命……"

红姑不待他再说下去，已把两个眼睛鼓得圆圆的，又突然的向着前面一跳，拉着笑道人的衣袖道："怎么说？他们在今晚五更时分，就要祭旗了？那是我这个孩子，已是到了十分危险的境域中了。好！不要紧，我得赶快的就去把他救了出来，这真是一误不容再误的了。"说着，又把笑道人的衣袖，从手中释放了下来，像似马上就要赶了去的样子。

这一来，倒又把笑道人所常发的那一种笑声，引了出来道："哈哈！你这个人真是完全为感情所支配，弄得糊里糊涂的了。你又不知你这孩子囚禁在什么地方，现在又到哪里去救他去？不如且耐着心儿等待到晚上，然后再赶到邛来山去，乘他们还没有把他祭旗以前，就设法把他救了出来，那是何等的来得便捷。至于他们祭旗的所在，就在山上的西南方，离开他们这洞不远的地方，那我倒已打听得明明白白的了。"

笑道人说完自去。红姑这才没有就赶去，依着笑道人的话，暂时且忍耐上一下儿。然而这颗心，又哪里能够宁静了下来？没一时没一刻，不是在着急生怕他们把这祭旗的典礼，再提早一下子来举行。那继志不是就不能给人救出，生生的做了神坛前的一个牺牲品了么？

好容易已是到了晚上，红姑也不向别人去乞求援助，并连笑道人的面前也不提起一句，独个儿驾起了云阵，径向邛来山扑奔了去。这一条路，她已是来往得惯熟了的，不一刻，早见这奇峰插天，伸拿作势的邛来山，已是横在她的眼面前。也就在山僻处降下了云头，立在较高的一个山峰上，向全山瞧看上一下。果然，今日的邛来山上，和往日大不相同，只要略略的留心一下儿，就知道他们定有什么隆重的典礼，要在这山上举行的了。

因为在往日，全个山峰都罩上一重黑森森的阴影，除了星月之光以外，简直见不到一些的火光；如今却大大的不然，不论山前山后，一棵棵的树上，都悬挂有一二盏的红绿纸灯。尤其是在靠着西南的一个角上，灯光密如繁星，照耀得宛同白昼，真合了古人所说的“不夜之城”这句话了。由此看来，笑道人日间曾说他们举行这祭旗的典礼，已决定了在山上的西南方，这个消息，倒是千真万确的。

红姑为要再瞧看得清晰一些，并为将来救起继志来便利的起见，也就悄悄的向着这西南角上走了过去。不多时，已是走近那边，并给他找得了一个绝好的藏身所在，那是在一块又高又大的山石后面，中间却有上一个透明的窟窿。红姑立在那边，只要把身子略略的俯上一些，就可把眼睛从这窟窿中望了出去，而在这山石的前面，恰恰又有很明亮的灯光照耀着，仗了这些灯光，正可把这一个角上的所有的事物，都瞧上一个遍。尤妙的是，这山石又高又大，灯光却照不到后面去，因此，倒把她障着了，人家决不会知道，有一个人躲藏在那里的。

红姑既找得了这么一个好所在，心中颇为欢喜，也就像瞧看戏文一般的，从这窟窿中望了出去。却见距离这洞不多远的地方，已搭起了一个高台来，台的上下四周，都密密的悬挂了许多的红绿纸灯，所以照耀得非常明亮。台上居中，在一个特制的木架上，插了一面很大的三角旗，这旗以黑绸为底，而用很鲜明的红丝线，在这绸上绣出一个神像来，全身都赤裸着，状貌更十分的凶恶，不知是代表着哪一类的邪神，大概也就是这所谓“落魂阵”的阵旗了。在这三角旗的后面，却设着一张供桌，上面共设了十六只锡碟子，无非是三果素菜之类。再前面，放置了很大很大的二具木盘，里面却是空无所有。

然红姑一瞧见这二具空木盘，这颗心即不由自主的，很剧烈的跳动了起来。他很明白，在这供桌之上，为什么要放置这二具空的木盘子，这不是要在举行祭旗典礼的时候，把这童男童女的二颗头颅，血淋淋的割了下来，盛置在这木盘之中么？倘然竟做到了这一步，继志的头颅，真是给他们割了下来，盛放在这木盘中，那这件事还堪设想么？

她一想到这里时，几乎要疯狂了起来，仿佛继志已遭到了这么的一个惨劫了。但在同时，她自己的理智又在向她警告着道：“那是没有的事，像你的道行，像你的能为，都并不怎样的弱似人家。既已来到这里，当能把这孩子救了下来，难道还会眼睁睁的，瞧着人家把你这孩子杀死，并割下他的头颅来么？现在，第一件要紧的事情，便是须把你这颗心放得定定的，不可有虚之气，不可有惊惶之情。一待他们把你这孩子，引到了场中来，你就可出手救人了。”于是，她这颗心转又安定了下来。更举目向台前一望时，果然不要说是继志了，静悄悄的竟连一个人都不见，大概是还没有到时候吧。

约莫又隔上了半个更次，这祭旗的典礼，方始看似快要举行了，忽闻得一阵呜呜呜的号筒声，由低抑而转为高亢，疑从天际飞越而下。再听那声音，呜咽凄厉，好像是在告诉着人家道：“你们不要以为这是很盛大的一个典礼，值得参观一下的。其实，在这典礼之下，还得生生的牺牲去二条生命，看是再惨酷也没有。所以我们预先在这里，替他们奏着哀乐呢。”

红姑一听到这悲咽的号筒声，心弦上不禁又是一震，但是瞧瞧这班乐手究竟是在哪里，却是再也瞧不到。照这情形看来，他们大概是在很高很高的山峰上吧。然而，这只是很细小的一个问题，在这时候，可不容她再去细细的研究了。因为当这号筒声刚一停歇，便又见排列得很整齐的一行人，手里各人提了一盏红纱宫灯，缓缓的向着这座高台走了来。到得台前，即一左一右的分向两旁站立，恰恰分成了男女二队。那男的都穿的是道袍，女的却作古装打扮，全都是纯白色的，望过去，左边也是雪白的一片，右边也是雪白的一片，倒是非常的好看。

红姑从前早已知镜清道人，是长春教的一教之主，门下曾收下了不少的男弟子和女弟子。照此看来，这二队人马，定就是他的男、女弟子了。那么，继此二队人马而来的，不知还有什么别的花样锦？或者也就该他自己出马了吧。

红姑一念未已，陡闻得半空中起了一个霹雳，声音很为响亮，连得山谷中都震起了回声的。霹雳歇处，又在天空中涌起了一朵彩云来。彩云之上，端坐着一位道人，身穿火黄色的道袍，右手执着一柄宝剑，那便是镜清道人了。于是他的一班男女弟子，都仰起头来望着天空，并春雷一片的，向他欢呼了起来。镜清道人含笑为答，即冉冉而降，到了台前了。

红姑瞧看到这里，不禁又是好气，又是好笑道：“好个妖道，竟有这么的一种臭排场，他倒真是把今晚这祭旗，视为再盛大没有的一种典礼呢。然而，你这一祭旗不打紧，却有二个玉雪可爱的童男童女，就要生生的给你牺牲去了，这是何等残酷的一桩事情啊。”红姑如是的一作想，恨不得马上就从这石后冲了出去，和镜清道人拼上一拼，看他还能作恶到什么时候。可是立刻她便又知道，这个举动是不对的，且先不说自己的本领，究竟能不能对付着这镜清道人，更不说现在是处在人众我寡的环境中。就算是一拳便把镜清道人打死，然而打死他又有什么用？不是反把这祭旗的典礼，阻搁了下来么？不是反不能见到继志的到来了么？不是反要使敌方加倍的戒备了起来，把继志囚禁得愈加严密，或是竟加以暗害么？那是和自己的来意大大的相左了。

于是，她又把这一股无名火，硬生生的遏抑了下去。一壁却早见镜清道人，向着中央一立，发出命令也似的声音道：“奏乐！”即听得那呜呜呜像似哀乐一派的号筒声，又第二次从天际飞越而下。镜清道人却又在这乐声之中，发下第二个命令道：“导童男童女就位！”这一声命令，在别人听来还不打什么紧，一传入了红姑的耳鼓中，却使她神经上加倍的兴奋了起来，一颗心更是扑特扑特的狂跳着。她已完全为一种感情所支配，忘记了是一个曾修过不少年道行的人了，知道在这一声命令之下，就有人把玉雪可爱的二个童男童女引了来。而在此一双童男童女之中，就有她的爱子继志在内。他已有好几个月没有见到，不知现在已变成了怎样的一个模样呢？

当她凝目向着外面望了出去，仔仔细细的四下一看时，早见从刚才两队男、女弟子，走来的那条路上，推来了二辆车子，在这二辆车子之上，分坐了一个童男、一个童女。而坐在前面一辆车子之上的，却是童男，这就是他的儿子继志，却比从前似乎还要胖上一些呢。这童男童女的打扮，可说得是一样的，童男下身穿了一条红绉纱的裤子，童女却穿了一条绿绉纱的裤子，上身一般的都赤裸着，而围上了一个肚兜。肚兜的颜色，也分为红绿二种，却与他们自己裤子的颜色相间着，那便是童男戴上了一个绿肚兜，童女却戴上了一个红肚兜了。车旁各有四个人伴护着，伴护童男的是男性，伴护童女的是女性，倒是分得很为清楚。看来也是由镜清道人的一般男女弟子中，选拔了出来的，只是身上所穿的衣服，都是杏黄色，而不是纯白的，腰间还各佩上一柄刀罢了。

红姑一看到这里时，不免又大骂镜清道人的可杀，他简直是把这两个童男童女，当做斩犯一般的看待了。试看这般的把他们打扮着，和斩犯又有什么二样？而这所坐的车，便是囚车，车旁伴护的人，便是狰狞的刽子手，更是显而易见的事情啊。加以他们一路上推了过来的时候，这呜呜呜的号筒声，吹得震天价响，越转越是凄厉，像似预知他们快要下柩了，特地奏此一套哀乐的。更使红姑听在耳中，这颗心几乎痛得快要碎了。

恰恰这时候，这童男童女的车子，已和她的伏匿的这个地方，距离得不相远，再过去，就要小小的拐上一个弯，向着台前推去了。红姑至是，再也不能忍耐下去了，觉得要把继志抢救了出来，这是最好的一个时候了。倘然失此不图，待这车子推入了这一群人的核心中，那么对方保护的力量越发加厚，下起手来，就要加倍的费事了，不如赶快的出手吧。当下，即从这块山石后走了出来，从乱石间，径向着这车子推来的地方直冲了去。看看已是冲到和这继志的车子，相距得只有几步路了，不料忽从空际对直的降下一道雾来，挡着在她的面前。这虽只是薄薄的一道雾，并没有像蝉翼纱这般的厚，然其效力，好似有一道铁丝网拦隔在中间的一般，竟把红姑拦阻着，再也走不过去。

红姑知道这又是镜清道人施的一种妖法，但她岂肯示弱，仍思打破这妖法，从这雾幕中冲了出去。谁知当在这将冲未冲之际，忽闻得一阵笑声，破空而起，似在嘲笑着她的这种举动的。

不知这笑声为何人所发，且俟第一百十五回再写。

第一百十五回

媚邪鬼两小作牺牲　来救星双雏全性命

话说镜清道人小小的施上一点法力，布下了一道雾幕，拦阻了红姑的去路，红姑却不甘示弱，仍想冲了过去。不料，她还没有冲得，忽闻一阵笑声，破空而起。这是什么时候，哪会有人发着笑声，这不明明是在笑着她么？红姑这么的一想时，即自然而然的，循着这笑声传来的方向，把眼睛望了过去。要瞧看一下清楚，究竟是什么人在笑着她。谁知恰恰的和镜清道人打上了一个照面，只见在他的嘴角边，还拥上了一派的诡笑。那么，刚才发出这笑声来的，不是他，又是什么人呢？

红姑在最初闻得了这一阵笑声，心头已是火起，如今更见到了镜清道人这一派的诡笑，这显然的像似在向她致着嘲笑之词道：“你要想把你这儿子救了出去么？但是他已是成了刀上的鱼、砧上的肉，你再也救他不出的了。你瞧，我只小小的施上一点法力，布上一道雾幕，不是已使你没有办法了么？”这一来，如何不教她不更恼怒了起来呢？当下即请出她的那口宝剑来，向着这雾幕挥上了几阵。照理，少说些，她这口宝剑，也有削铁如泥的一种功效，不论什么东西都斫得下来的。但现在遇着这雾幕是一件无形的东西，凭她是怎样的斫着，不见一点动静，只见这雾仍嗡嗡然的涌着在前面。急切间又不知道用上什么方法，方可破得这雾幕的，也只有束手的份儿了。

而在这个当儿，不但是继志坐着的这辆车子，连得后面童女所坐的那辆车子，早都一齐的在她的面前推过，直向人群中走了去了。更是使她伤心的，这时候继志也已瞧见了她，立刻露出一种惊喜交集的神气，妈妈、妈妈的向她叫喊着，一壁又在车上转动个不已，像似要从车上走下而又走不下来的样子。原来他已是给他们拴缚在这车上了，比见自己的母亲只是拿着一口宝剑，在空气中乱挥着，却不能走过去，把他救下车来，不免又露着失望之色。而在此一刹那之间，车子已是向前推去，早把救他下来的机会失却。这教他的心中更是十分酸楚了起来，知道一切已归失望，他母亲虽是近在咫尺，也没有方法能救得他，他只有静待这可怕的时间降临，听他们把他当做牛羊一般的开刀吧。于是他的一张脸，也惨白得有同纸色了。这种种的神情，红姑是统统瞧在眼中的，更由这种神情上，推测得了她爱子当时的心理，不由得她不更似万箭攒心一般的痛了起来呢。然而徒然心痛，又有什么用？

这时候，这童男童女的二辆车子，早已推到台前，停了下来。好一个残酷无比的镜清道人，他像似已忘记了将有一幕惨剧，在他的眼面前上演着，而他便是这幕惨剧中的一个主动者，这二个无知的童男女，就要为他所牺牲的了。他倒把他们错认作一对行将结婚的佳偶，应该向他们道贺一下似的，只见他拥起了一脸子的笑，向着他们，表示出他是何等的温蔼。其实，这是一点也不中用的。饶他越是这般的笑容可掬，越是这般的温蔼可亲，却越发使人想见到，在他的背后，藏着怎样狰狞可怕的一张面孔。这不但这一对童男女的本身要感到这样，就是红姑从远远的望了去，也有上如此一个感觉的了。

镜清道人随又做上一个手势，像似给那一般男女弟子，发上一个什么命令的样子。他们当然是懂得他的意旨的，立即展开了喉咙，唱起歌来。歌了一节之后，又男的挽了男的，女的挽了女的，每二个成一对，在当地跳舞着。于是且歌且舞，且舞且歌，情形好不热闹。最后，复如穿花蝴蝶一般的，左一对穿过这边来，右一对穿过这边去，齐以这童男童女所坐的二辆车子为中心点，围绕着来上一个川流不息。

照情状讲，大家都兴奋得什么似的，这已是到了节奏中的最高点了。然而，瞧他们的样子，一点儿也不快乐，脸部上都是呆木木的，显然的表示出，这只是出于一种机械作用。在这里，我们倒又得把这一般男女弟子，称赞上一声，他们的心地，究竟要比他们的师傅来得仁慈一些。他们也知道这只是惨剧中的一幕，并不是什么快乐的事情，所以不应该有快乐的颜色，表露到脸部上来呢。其实，他们的师傅镜清道人，这时候他的心中也并不怎样的自在，很是在那里担上一种心事。因为他何尝不知道，他今番这么的一出马，所见好的，只有哭道人一个人，所有昆仑、崆峒二派，都不免和他处于敌对的地位了。以这二派中能人如此的众多，而今晚他所举行的这个祭旗典礼，又为他们群所瞩目的，怎会就让他安安逸逸的过了去，不有什么人出来破坏一下呢？一有什么人敢出来破坏，那一定也是出于再三考虑，自信具有相当的法力，可以和他角逐一番的，事情可就有些难讲了。万一这个人的法力胜似于他，竟使他失败了下来，这是何等失面子的一桩事，此后他难道还有脸充得一教之主么？不过典礼的举行，预定在五更时分，为威信计，为颜面计，他再也不能把来提早一些的。而在此时间未到之际，也只有把这歌舞来敷衍着。在另一方面讲，这也是仪式中应有的一种点缀，不得不如此的铺张一下的。但这一来，可就苦了他了，他深深的觉到，除非是在这典礼已举行了之后，否则，就是只余下了一分一秒的时间，说不定会有一个破坏分子，突然的从什么地方跳了出来，而或者竟会使得他功败垂成的。

好容易，在这歌声舞态似已起了腻的当儿，也不知已经过了多少时候，忽闻到很响的三声号炮，连接着的送到了耳鼓中来。镜清道人方不自觉的，又在脸上溢出了丝微的笑容，并有上脱然如释重负的一种样子。

原来这是他与哭道人约好了的一种信号，一待把这号炮放出，便是向他报告，五更时分已到，可以把这大典举行了。这一来，他只要很迅速的发下一个命令去，赶快把这一双童男女的小生命了却，那时候就是有一百个能人出来，要向他破坏着，也是有所不及的了。于是他忙把手一挥，一般男女弟子立刻停止了这机械式的歌舞；当他第二次挥手时，这是那些穿杏黄色道服的男女伴护，应该起来活动的一个暗示了。他们先从每辆车上，各把他们所伴护的童男或童女解了下来，但仍把他们的二手反拴着，并教他们跪在台上，好似法场上处决的罪犯一个样子。然后每一组的四个人，又各把工作分配下。二个人走上祭台，取下了这供设的空木盘，把来承在面前，一个人提着童男或童女的头发，余下的那一个人，便是刽子手了，凶狠狠的执持着一把杀人的大刀在手，做上一个快要砍将下去的姿势。

这样的一个形势一呈露，真是最最吃紧的一个时候了。不论哪一个在场观礼的人，心中都是这么的在思忖着，这一次的典礼能否顺利的进行下去，全在这一刻儿的时间中。倘然在这一刀砍将下去之前，并没有什么别的岔子闹出来，那是这典礼便得到了很完满的一个结果。否则，如果横生枝节，竟有什么人出来阻挠，使这典礼不能顺顺利利的举行下去，那就有很大的一场骚扰在下面了。但照他们想来，昆仑、崆峒二派的能人，既都是和这邛来山立于敌对的地位的，而今天这个典礼一旦如得举行，又于他们有百害而无一利，非得出来阻挠一下不可的。那么他们不管此次的结果，是成功或失败，都得拼尽性命的出来硬干一下，哪里会有如此便宜之事，竟是一个岔子也不出，一点枝节也不生，让那镜清道人高奏胜利之曲呢？因此，他们都屏着息、敛着气，眼睁睁的，瞧有什么新鲜的事情在下面发现了出来。

果然，就在此十分静默之际，忽闻到了一声很凄厉的惨叫，跟着又是一声很得意的狂笑。你道这都是从哪里传了过来，又是什么人所发的呢？原来这一声惨叫，就是从红姑口中吐了出来的。她见事情已是急转直下的，到了这么险恶的一个地步，倘再不加阻止，听他搬演下去。那时只要这凶狞的刽子手，把一刀倏的斫了下来时，继志就立刻丢失了他的这条小性命了。而这薄如蝉翼的雾幕，却似一点不客气的，挡在她的面前，使她不能有上一点的动作，急切间也想不出破这雾幕的方法。再向山上山下、山前山后四下一望时，更瞧不到有一点儿的动静，似乎她本派中的一班同志，同着崆峒派中的那几个能人，都和她有上同样的情形，也为这雾幕所困，而不能施展出一点儿的本领来。在如此的现状之下，显然的一切都归绝望，怎又能禁止她不惊急得惨叫了起来呢？

她这表示绝望的惨叫一发出，在别人听得了还没有觉得什么，一入镜清道人之耳，可使他得意得什么似的。暗想你红姑在昆仑派中，也算得上是一个人物，不料竟是这般的不中用，只经我小小的运用一点法力，就弄得你束手无策，只有惊啼惨叫的份儿。此外，还有金罗汉吕宣良呢？笑道人呢？以及其他的许多人呢？又一个个的躲到了哪里去了？大概不来是不会的。他们定也已都到了这个山上，只因也和红姑一个样子，连这雾幕都破不了，自然就不能显出他们的什么好身手来。如此看来，这昆仑派的一个团体，也是徒负虚名的，不见得真有什么能人吧！他这么的一想时，使他忘记了这是在一个什么所在，又是在举行着他自己看做怎样庄严的一个典礼，竟得意忘形的，发出了这么的一声狂笑来。然而，也仅仅是这么的一声惨叫，跟上去又是这么的一声狂笑罢了。此外，却不再见有一点什么动静。

这时候，那童男和童女身旁的每一个刽子手，倒又各把他们的刀，更举得高一些，在很快的一个动作之下，早向童男女的后颈上直斫下去。照着平常杀人的惯例，他们把人头斫下以后，即一脚把他向着校场上老远的踢了去，这人头便在地上乱滚起来，直至咬住了草根或是什么东西，让他死命的咬上一阵。把他余下来未死去的一些知觉都失了去，方始停止了蠢动之势。然后再将他拾取起来，高悬示众。现在他们可不是如此的办，一待人头刚刚斫下，那个刽子手的助手，即手法很熟练的，把铁钳上钳着一小块什么丹，送到这人头的嘴边去，让他衔住了这块丹，随即向着承在前面的那一个木盘中一掷。说也真怪，平常新斫下来的人头，总是蠢动得什么似的，如今一把这丹衔在口中，只在木盘中略略的一转动，即停止了下来了。于是，由这承盘者，把这人头在木盘中扶一扶正，即相将抬上祭台，放在供桌之上，重又退了下来。至是，关于童男女的事，早告了一段落，而祭典已在开始了。在这时候，就是昆仑、崆峒二派中，再有什么能人出来捣乱，也已迟了一步，无能为力的了。这一来，最最伤心不过的是红姑，当场便晕倒在地。而和她处于相反的地位，最最得意不过的，那就是镜清道人。他虽已把自己竭力的抑制着，不使像先前一般的，再把笑声发纵出来，但他那一分得意的形容，早已布满在脸部上，不论什么人都是瞧得到的了。

至于隐在山中四处一般观礼的人们，以及躬与斯盛镜清道人的一般男女弟子，却都在暗中诧异着。这真是想不到的一桩事，如此险恶的一个局面，人人以为必有一些什么事情闹了出来的，竟会风平浪静，一点没有事情的过了去。照此说来，他们昆仑、崆峒二派中，也太没有人才的了。

谁知就在这有的伤心、有的得意、有的很为诧异的当儿，忽发生了一桩十分惊人的事情。大家一把这出人意外的事实瞧在眼中，也就不由自主的，一片声的惊叫了起来。这时候恐连正在非常得意的镜清道人，也都有点慌了手足了。你道这是怎么的一回事呢？原来当把这二个木盘，放在供桌上以后，镜清道人正要依着预定的程序，把这仪式举行下去了。不料这二个盛放在木盘中童男女的头，忽然复活了起来，先是向着空中一跳，随即在空中飞动着，一霎眼间，好似认识得路似的，早已各飞至了他们自己的那具尸身之前，头与身一接合，这二个童男女，早又鲜活灵跳的立起身来了。

于是一般观礼的人们，又不由得取消了他们自己先前的那一种见解，知道实在是太误会了。你想，以昆仑、崆峒这么大名鼎鼎、势力雄厚的二个大团体，他们中间怎会一个能人也没有，只能眼睁睁的瞧着镜清道人，逞尽威风的干下去？现在方知他们先前所以这么的隐忍着，一点儿动作也没有，只是和镜清道人闹着玩笑。直待镜清道人把威风逞尽，心中得意得了不得，自以为大功已是告成了，方始出来和他捣乱，玩上这么厉害的一个手法。这在镜清道人，恐比之刚要把这一双童男女斩却时，他们就出来捣乱，要有上加倍的扫兴。而在他们一方面，更是何等有力的一个宣传，反衬出他们是具有怎样广大的一种神通，怎样惊人的一种法力啊！

但在镜清道人本人，却还不如是的设想。他不信昆仑派或是崆峒派中，竟有如此的一个能人，并敢在他的面前，玩上这么一个手法的。这只不过偶尔有什么人，传了一些妖法给这童男女，所以会有上这么的一个变化了。这也要怪他太是大意了一点，没有上怎样的准备；否则，只要备上些猪狗的秽血，当把这童男女斩首的时候，先把这些秽血向着他们的身上一喷，那不论他们是具上有怎样的妖法，也都施展不出来的了。然而这些东西，哭道人那边想来是现成有着的。现在，只要吩咐人把他取了来，看他们第二次还能弄得出什么花样来？他不信这好像已成了刀头鱼、砧上肉的二个人，还能逃出他的手掌之中呢。

但他只是这么的想着，还没有把这话吩咐出去，早听得飕飕飕的一种声响，从山峰间猛刮起一阵狂风，几乎把全山的灯火，都要吹得一个熄灭。而就在此半明未灭之际，又蓦然的见有二只很大很大的手掌，从半空中伸拿而下，很快的像似从下面攫取了些什么东西去。接着，风也息了，灯也明了，又回复了原来的状况。但在大众注目一瞧之下，不禁都是出于不自觉的，又齐声叫上了一声："啊呀！"原来在这个事件中，为人人所注目的这一双童男女，早已似平空化了去的一般，不复在原来的这个地点。看来刚才在大风中，由半空间伸拿而下的这二只大手掌，并没有在山上，攫取了别的什么东西去，只是把这一对人儿摄了去了。这一来，镜清道人也就不得不抛去了他先前的这个见解，而和大众有上同样的一种推测。这定是在这二派之中，有上那一个能人，要在他的面前卖弄一下本领了。然而，这一卖弄本领不打紧，可把他的玩笑开得大了。

他在这么的一个情形之下，决计不能宽恕得那个人呢。因此，他就状态很严肃的向着外面一立，又仰起头来，望着空际道："好的！总算你是有本领的，居然在我的手中，把这一双小儿女夺了回去了。然而，你究竟是什么样人？我却还没有知道。你真是有种的，也再敢和我照面一下么？"

他这几句话，明明是带点激将的意思，使那个人再也躲避不得，只要那个人肯和他一照面，他就可伺看机会，使弄出些什么阴谋来，说不定仍能把这一双小儿女，夺回过来呢。果然，当他的语声刚歇，即闻得哈哈的一声大笑，随又闻一派很清朗的声音，从一个高峰上飞滚而下道："哈哈，明人不做暗事，我在未带走他们以前，当然要和你照一下面的，也使你知道我究竟是谁呢。现在就请你向我瞧上一瞧吧。"这话说后，不但是镜清道人一个人，凡是这时候所有在邛来山上的人，都带着一种紧张的情绪，兴奋的状态，争着把头仰了起来，齐向这一派说话传来的方向望了去。

不知这个人究是谁何，且俟第一百十六回再写。

第一百十六回

一棍当前小见身手　双剑齐下大展威风

话说把这一双童男女摄了去的人，忽然在一个高峰上说起话来，这当然会引起了大众的注意，而使他立时成为一个中心人物。当大众争着把头仰了起来，向这高峰上望了去时，只见昂昂然立在那边的，却是一个冠玉少年。年纪约莫有二十二三岁，生得骨秀神清、英气奕奕，头上戴了一顶瓜皮小帽，在这小帽当前的正中，缀上了一块霞光四射的宝石，更现出了一种华贵的气象。脸上微含笑容，向着大众凝望着，像是在向着他们说道：你们是不是要把我认识一下么？那我已站立在这里了，尽你们向我怎样的瞧看就是了。而在你们这许多人的中间，或者也有几个人，是素来和我认识的吧。

这在他的态度间，虽是这般的从容自若，但在大众一方面，却为了把他崇奉得过高的缘故，如今一见到了他这庐山真面目，反而微微的感到一些失望。因为，照他们想来，这个人既然能在镜清道人的面前，显得这么的一个大神通，一定是有上很大的来历的，不为修炼了三五十年的得道高僧或高道，定为江湖上久享盛名的前辈老英雄。却万万想不到，竟是这么一个惨绿年华的冠玉少年，又安得不使他们不感到了一种失望呢？然而，不管大众对他是怎样的失望，这还算不得是什么一回事。这中间却又使处于相反地位的镜清道人，在不知不觉间手舞足蹈的得意了起来，并带上一种十分轻蔑的态度，向那冠玉少年望了一眼道：“哈哈，我道敢在我的面前，弄上这么的一个手法的，定是一个什么三头六臂、十分了不得的人物，却想不到只是这样子的一个黄口小儿，这可真有些失敬了。”

那冠玉少年听到了他这句话，却一点儿也不着恼，依旧神色自若的道："三头六臂的人物是怎样？黄口小儿又是怎样？其实，这是一点没有什么关系的，现在在这里，在我们的中间，只有一个事实问题，那便是我已把你的这一双童男童女夺了来了。你真有能耐的，只消就这方面向我对付着，其他的废话，都是可以不必讲的了。"在这几句话的下面，显然的藏着有这样的一个意思，你真是有种的，就赶快的施展出些本领来，把这一双童男女夺了回去吧，我在这里恭候台教呢。

这一来，可把镜清道人恼怒得什么似的，脸色间也逐渐的在变化。先是紫巍巍的，继而变作铁青，比及全张脸都泛上了一重死白色时，他已是得到了一个决定，准备和那冠玉少年互斗法力，决上一个雌雄的了。

于是，他突然的来上一个向后转，把身子朝着里面，而他的两条视线，也恰恰的正对着木架上插着的那一面三角旗。随又戟着一个指头，向这旗上赤裸了全身的那个神像，指了一指，跟着又是"咄"的一声喝，然后又念念有词的闹上了好一会儿。瞧他这个样子，是在念着一种什么咒语，要仗着这咒语的功能，把这邪神感应着，而使他显起灵来呢。果然，他的咒语是最灵验也没有的。当他刚念动一遍时，这旗上的神像，早显着栩栩欲活的样子；第二遍，这邪神已是鲜活灵跳的，从那旗上走了下来；比及念到了第三遍，这邪神即一跳跳到了他的面前，并向他偻着了一个身子，似乎是在向着他报告道："我把一切都已准备好，你尽管发下什么命令来就是了。"

镜清道人便又威棱棱的把两眼一睁道："哼！你总该有些知道的，我们也不知费去了多少的心力，才替你找到了很好的一对牺牲品，原是诚心诚意的要奉给你做血食的。不料，在这刚刚奉献上来的时候，就有一个大胆的强徒，仗着他那小小的一点法力，把这牺牲夺了去了。现在你看，该是怎样的一个办法？这是须全由你自己做主的了。"好镜清道人，他对于这个邪神，竟用起这么一种激将的法子来。

这邪神一听到这里，果然恼怒得什么似的，除把身子挺然直立以外，在两眼中都发出了凶光来。镜清道人便又把他的手一牵，突然的一齐把脸都转朝着外面，复伸出一个指头来，向那冠玉少年所站立的那个山峰上一指道："你可要知道，抢去了你这一份血食的强徒是谁么？喏，喏，喏，站立在那边山峰之上，那个漂漂亮亮的小后生便是。你心中想要把他怎样，你就直接的找他去，我可不来管你了。”

这邪神一听这话，更把一张血盆大口张开着，连口中的两个獠牙都露了出来，像似把那冠玉少年恨极了，恨不得一口就把他吞下肚去的样子。一壁将身一耸动，便是一个虎跳势，向着山峰间跳了去。只在几跳之间，早已跳到了那冠玉少年所站立的那个山峰之下。但他却也作怪，并不就向着山峰上直跳去，和那冠玉少年厮杀上一场，却在下面立定了，仰起一张脸来，不住的把口张动着。自有一股什么气，从他口中喷薄而出，向着那山峰上直冒了去。

倏忽之间，这一股气已布满在天空中，几乎把那个山峰都笼罩得若隐若现的了。瞧那冠玉少年时，脸上却含着微笑，似乎一点不以为意的样子，但也没有什么特殊的法力，施展了出来，立刻就把这一股气吹散了去。这气却是愈集愈密，愈吹愈近，不特笼罩住了那冠玉少年，所站立的那个山峰的全部，而且笼罩住了他的全个身子，并像具有一种知识似的。当吹到他的近身以后，也不向上面飞动，也不向下面飞动，更不向左右四周飞动，一缕缕的，尽自向他的口鼻间直钻了去。倘然这“落魂阵”是“瘟疫阵”的一个代名词，而这管理“落魂阵”的邪神，也便是一位疫神的话，那么，他所吹出来的这一股气，中间一定含上有不少瘟疫的种子。这么的向他口鼻间吹上一个不已，不是立刻就要使那冠玉少年，染上疫病了么？

这在别个人或者不明白这种情形，镜清道人的肚子中，却是完全知道的。一见这邪神已尽力的把疫气散布出，而那冠玉少年并不能立刻就遏阻住，显见得已是到了不能抵抗的地步，不久就要中疫而亡了，不觉露着很得意的一种微笑。在这微笑之中，不啻是这么的向着那冠玉少年在说道：“哈！我道你是怎样了不得的一个人物，原来已竟是这般的不中用？在这个情形之下，你已是显得黔驴技穷了。现在除了把你自己的一条生命，牺牲了去之外，看你尚有什么方法？”同时，这邪神虽不说什么话，却是一壁喷着气，一壁又不住口的吱吱的叫着，显见得他也是得意到了极点。而为了得意到了过分的缘故，只要一旦把那冠玉少年喷倒，说不定他要一跃而上山峰，抓住了那冠玉少年的身体就吃，以代替给抢了去的那种牺牲品呢。

谁知，就在这万分吃紧的当儿，忽在附近的一个山峰上，又出现了一个少年，一手持着一柄宝剑，十分威严的向这邪神说道：“嘿，你可知道我师傅是什么人？你又是一个什么东西，胆敢在他老人家的面前，施弄这种不值一笑的小法术，这真所谓班门弄斧了。如今，他老人家虽不屑和你较手，只是静瞧着你怎样怎样的闹下去，我欧阳后成可实在有些忍耐不住了。现在，请看剑吧。”他一壁说，一壁即从山峰上飞腾而下，并很迅速的把一剑向着这邪神飞了来。

这一来，可把现在处在这邛来山上的全体人们都惊动了。他们并不是震惊于他剑术的神奇，也不是震惊于他这一剑来得非常的兀突。他们所引为惊诧的，却是在欧阳后成把自己的姓名道出以后，还又说那个冠玉少年是他的师傅。凡是今天来得这山上的，对于江湖上几个有名人物的历史，大概都有些儿晓得，谁不知道，欧阳后成最先的师傅是红云老祖，后来方又转到铜脚道人的门下去。如今，瞧这冠玉少年，腿上既非装有什么铜脚，更非道家的装束，这当然是红云老祖无疑了。以红云老祖这么极有名望的一个大人物，平日又是不大爱管外间的闲事的，现在忽然到这里来显上一下神通，这教大家怎么会不要十分的震惊呢？内中尤其要推镜清道人，更比别人惊骇得厉害，一时间不但把脸上的笑容，全收敛了去，并把一双眼睛向红云老祖直盯着，似乎已发了呆了。

独有这个身当其冲的邪神，他既不知道红云老祖的威名，也不知道欧阳后成究竟是怎样的一个人物。他所能知道的，只是为了那冠玉少年夺去了他的血食。所以，他要把疫气来喷倒他。不料，在这目的尚未达到之际，忽又从半腰里上来另外的一个少年，自称是什么欧阳后成，挡着他使他下不来手；这怎教他不气上加气，恼上加恼？唯一的结果，自然也只有转过身来，找着了欧阳后成，死命的拼上一拼了。

好邪神，也真有他的。他见欧阳后成一剑已是飞到，忙将身子向旁一闪，比已躲过了这一剑，便又将口一张，从口中吐出了一根铁棍来，即拿了在手中，向欧阳后成迎敌着。欧阳后成一见他将棍子迎了来，自然再接再厉的，又把一剑飞了去。何况他的这柄宝剑，便是铜脚道人赐与他的那一柄雄剑，别种的厉害且不去说他，倘然遇着了什么妖魔鬼怪，要把他们斩了去，那真是可以不费吹灰之力的。自从他拜领此剑以后，一些妖魔鬼怪把性命丧送在这剑下的，也已不可胜计的了。

谁知，这一次却使他大大的失了望，他把一剑飞去，不但没有把这邪神刺中，反而给这铁棍一挡，立时发出了一簇簇的火来，向着他的剑上直飞。幸而他这剑究竟不是什么寻常之剑，可也毁不了他，否则，却要给这邪火，烧得一片片的熔化下来了。然而，饶是如此，已把欧阳后成震怒得什么似的，暗道一声："好妖怪，原来你还有上这么的一点妖法，怪不得你要如此的肆无忌惮了。但我终究是不会怕了你的，我们且再好好的来上几个回合，看是我的宝剑称得强，还是你的铁棍占得先？"边想边又把手中的宝剑飞动着。

这剑在飞动时，真有似游龙一般的夭矫，在欧阳后成几乎把他全副的本领，都施展了出来了。可是，约莫也战上了几十个回合，依旧保持着一个平衡的局面。欧阳后成既斩不了这邪神，这邪神的一派邪火，也毁不了欧阳后成的宝剑。这中间倒也是有上一个大道理的，欧阳后成的这柄雄剑，全是仗着一股纯阳之气；而这邪神铁棍上所发出来的一派邪火，也是由于极度的戾气所成，戾气虽非出自于正，却也是属于阳的。阳与阳相接触，而且前者的阳，是属于极端的正，后者的阳，又是属于极端的邪，一时三刻间，自然分不出什么胜负来了。

在这里，可又震动了一个人，她一瞧这个情形，便知欧阳后成已是取胜这个邪神不了，如欲这场恶斗迅速的得到一个结束，势非她也露一下脸，前去助上一臂之力不可的了。于是，她也不能再顾到什么，在很尖锐的一声叫喊之下，即从一个山峰上跳了下去，立时使得在旁观阵的一般人们，眼帘前不禁齐为之一亮。原来这从山峰上跳下来的，却是一个十分美貌的妙龄女子，这并非别一个，乃是欧阳后成的夫人杨宜男到来助阵了。

这邪神本不是一个什么好东西，一见有这么美貌的一个女子，加入战阵中，把他一腔的欲念都撩拨了起来了，恨不得马上就走去搂住了她，把她作一口水吞入了肚去。当下，也即舍去了欧阳后成，把铁棍使得风轮一般的快，向着杨宜男迎了去。岂知道杨宜男放出来的那柄剑，乃是一柄雌剑，秉着一股纯阴之气，不论哪一种的邪火都能扑灭得。这邪神如今仍欲仗着这棍，仍欲仗着这棍上所发出来的一派邪火，在她的面前卖弄威风，这真太有点不知自量了。因此杨宜男一见他把铁棍打了来，只是微微的一笑，在这一笑之中，早又把那柄雌剑放出，迎着他那铁棍乱刺，像似不怕那顽铁会折了她的剑锋的。果然在这一次的接触之中，这铁棍已是失去了他先前的那一种威风，不但没有一星星的火在上面发出来，只闻得砰的一声响，早已折为二段，把那大的一段，坠落在地上了。这一来，真使这邪神惊悸得丢了三魂，丧了六魄，哪里再会有一些些的欲念存留在胸中？仅有的一个思想，那就是，赶快想个法子离去此间，保全了这条性命吧。

可是，天下没有这样子便宜的事，或进或退，都可以由得他一个人做主的。他如今既已失败到了如此的一个地步，他的性命也就握在对方的手中，早成了来得去不得的一个局面了。正当他欲逃未得之际，杨宜男的一柄雌剑，已直向他的脑间刺了来。同时，欧阳后成生怕他夫人，或有万一之失，也把他的雄剑飞了来，齐向这邪神的脑际刺下。你想，单是一柄雄剑，或单是一柄雌剑，或者尚嫌势孤，不能就把这邪神制服得下；如今既是雌雄合作，双剑齐下，何况又正值这邪神已是势穷力蹙，连手中的武器都折断了的时候，怎还会让他逃到了哪里去，怕不一下手，就把他斩为几段了么？果然，只见在二道白光腾绕之中，这邪神已是向地上扑了去，无疑的，他的这一条性命，已是丧在他们这雌雄二剑之下了。

这在他们一双夫妇，算是已了却去一件心事，心中当然是十分欢喜的，忙各把自己的剑收了回来。可是，当他们举眼向地上一望时，不免又使他们齐吃一惊，不约而同的都从口中吐出了一声“啊呀”来。原来这邪神既已给他们斩却，照理地上应该陈着他的尸首，谁知，现在这地上竟是空空的一无所见。照此看来，莫非在剑光尚未飞到之前，已给他遁走了么？那他的神通，也可算得广大的了，怎么会教他们不吃惊呢？

他们正愕眙相对着，好似得不到什么主意的样子，忽又闻得哈哈一阵大笑，破空而起，连山谷间都为之震动似的。这倒又把他们从错愕的情绪中，惊醒了过来了，忙循着这笑声传来的方向，抬起头来一瞧时，方知发出这一阵笑声来的，并非别个，却正是红云老祖。红云老祖一见他们二人望着他，又发出一声大笑来道：“哈哈！你们也知道我刚才这般的大笑着，究竟为了什么事情么？不瞒你说，我正是在笑着你们二个人，目光太是不能及远了。依着你们想来，以为你们这雌雄二剑，同在一个时候中放了出来，那是何等厉害的，万不料仍会给这个怪东西遁走了去，所以要错愕到这么的一个样子。但是，你们没有放大了一个圈子再想上一想，须知道，这个怪东西果然不是怎样了不得的人物，可是在他的后面，却还有上一个保护人。这个保护人，那是谁都知道他有上一个大来历的。以这么一个大有来历的人，又当着这许多人的面前，他难道肯坍这一个大台，而不把他这被保护人救了出去么？你们只要这般的一想时，也就可恍然大悟，而不致有一些些错愕的了。”他们给红云老祖这么的一提醒，果然都是恍然大悟，原来这东西的得能从他们的剑下遁走了去，并不是他自己，真有什么了不得的本领，实是镜清道人把他救了去的呢。

可是，在镜清道人这方面，却觉得这几句话尖刻之至，未免太把他挖苦得厉害了，也就把手拱了一拱，高声的向他叫着道：“站在那面的那一位，不就是大名鼎鼎的红云老祖么？请了，请了！你说我大有来历，这是你在挖苦我了。其实，如今在五湖四海之内，能承当起这四个字的，恐怕只有你一个人吧。别的且不必说，单是令高足的那一套剑法，就是何等的能露脸啊。只是我替你想来，你本是与人无忤、与物无争的一个人，大可在洞府之中逍遥自在，如今，却来到这是非之场，未免太有些儿不合算吧。”

红云老祖一听他说这话，不禁又哈哈大笑道：“这些话你可不必向我说得，还当反躬自省一下。你不也是大可在冷泉岛上，逍遥自在的充当你的长春教主的，为什么又要来到这是非场中呢？”

不知镜清道人听到这话后，是如何的回答，且俟第一百十七回再写。

第一百十七回

黑幕高张遁去妖道　病魔活跃累煞群雄

话说镜清道人正说红云老祖大可在洞府中逍遥自在着，犯不着到这是非场中来，却不料红云老祖就拿了这句话，反过来诘问着他，意思就是说："你本也是一个世外闲人，和他们这几派都没有一点儿的关系的，为什么也要投到这旋涡中去，并还替他们充当起台主来呢？"这一来，可反驳得镜清道人噤口无言了。

红云老祖便又笑着说道："如今你既很高兴的到这里来得，我当然不敢怎样的贪懒，也要奉陪上你一下，免得你兴寂寞之感呢。"红云老祖的话，竟是这么的越说越尖刻，而且尖刻得有些使人难堪，镜清道人不论他是怎样的有涵养功夫，可也有些恼羞成怒了，便也大声的说道："好！你要到这里来，你尽管可以来，谁也管不了你。现在，不论你是有怎样的一种妖法，尽请你施展了出来吧，我是决不会惧怕你的。"在这几句话之下，俨然的有上一种安迭美敦书的意味了。跟着，又很快的几步走上台去，并走到了那个旗架之前，只一举手之间，早把架上插着的那一面很大的三角旗拔在手中，旗上绣着的那个邪神，却已复了位了。便又疾步走向台边，即举起了那面大旗，远远的向着四下的山峰间招展了起来。

真也作怪，当他只把这旗向着空中一招展时，凡是昆仑、崆峒二派中人，暗伏在山峰间偷瞧他举行这个大典的，都觉得有一种森森的寒意，向着他们的身上袭了来，不自禁的大家打上了一个寒噤。只有几个道力坚厚的人，或者一些也不受影响，可算得是一种例外。

当第二次招展时，这旗幅像似随着这招展之势，而逐渐的扩大了起来。一转眼间，不但把天地间一些黯淡的星月之光，都遮蔽了去，并飕飕飕的起上了一阵风，把全个山峰间的灯火一齐吹熄。于是，漆黑一片，伸手不辨五指。而在这洞黑之中，又闻得吱吱吱的一片鬼叫之声，并时有冰冷的东西，在有一些人的身旁擦过。显然的一般妖魔鬼怪，乘着这天昏地黑的当儿，都大大的活动起来了。此后，镜清道人大概还是不住的把这旗招展着，因为这寒意更是比前加重，而这些妖魔鬼怪在暗中的活动，也更是比前厉害了起来。最后，又闻得一声霹雳，轰然而起，倒又像把以上所有的事情都结束了一下，一切齐归于寂静了。

然而，放着有这许多的能人在山上，终不能听镜清道人这么的肆无忌惮下去的。在这里，早有一个反动派攘臂而起了。他先是高高的叫骂上一声道："嘿！这是怎样不堪的一个玩意儿，恐比之江湖上'偷天换日'这一套戏法，还要不值钱，竟会有这张脸，在我们的面前施展了起来么？嘿，第一个不服这口气的，就是我，我准要来破你这个妖法了。"当他说这话的时候，便又听得半空中起了一阵什么响，大概是把什么一种的法宝祭了上去。果然，接着只见遮蔽着天空的这一张黑幕，已是掀去了一角，有一些星月之光漏了下来，然后又逐渐的再把这黑幕掀去了一些，掀去了一些。到得最后，重又恢复了原来的那个样子，并在一瞬之间，布满在全个山峰间那些密如繁星的灯光，复突然的一齐亮了起来了。但在这里，却发现了一桩出人意外的事，那是镜清道人同着他的一般男女弟子，已是走得不知去向，只凄清清的、孤零零的，剩下了一座空台了。照此看来，镜清道人大概为了当着这许多人的面前，没有这脸可以遁走了去，还恐有人追上去和他过不去，所以布下了这一重黑幕，做他退却时的一种掩护呢。而闪闪作光的两颗金丸，这时候却兀自在半空中跳荡个不已。以意度之，所谓法宝也者，莫非就是这两颗金丸？仗着他的神威，竟把这沉沉的黑幕冲破了。就在这个当儿，却见有一个人，把手向着空中一招，这两颗金丸便似乳燕归巢般的，向着他的手掌中堕落了下来。

原来这个人并非别个，正是崆峒派的中坚分子董禄堂，他乘着这个好机会，也把他的本领卖弄上一下了。红云老祖瞧到以后，也含笑赞说道："你这一下子很是不错，也可使镜清道人受到很好的一个教训了。他仗着他的一点妖法，自以为高明得了不得，老是喜欢把什么幕，什么幕布了出来。不料，那雾幕既已失败在我的手中，如今这漫天夜幕又为你所破。此后，他大概不敢再如是的轻率从事吧。”

红云老祖说完这话以后，又向着红姑所站立的地方望了去，却见红姑已是苏醒，早从地上站了起来了。他便把手拱了一拱道：“红姑道友请了，现在道友尽可把心怀放下。你瞧，令郎不是已得安然出险，并从那面山坡上向你走了来么？”边说边向着山坡上指了去。

红姑依着他所指处望去，果见陈继志已是同着那个童女，肩并肩的从那山坡上走了来，正不知他们在刚才那一刻儿，是停留在哪里的。一见母亲十分慈爱的望着他，忙把两手招动着，一张脸上都布满了笑容了。于是，红姑不特是惊喜交集，而且有些感惭交并的样子。惊的是，继志竟得安然脱离虎口；喜的是，母子又得重逢，骨肉团圆；感的是，红云老祖竟是如此的热心，替她把继志救出；惭的是，自己枉为一个有名人物，在这个事件中，竟是一些儿本领也没有显出来，到头来还仍须仰仗着人家呢。

红云老祖却似已瞧穿了红姑的心事，忙又向他安慰道：“这是道友，一点儿也不必惭愧得，更不必向我感谢得的。你道友具有高深的道法，那是谁个不知道，难道说还会敌不过那个妖道，不能把这孩子从妖道的手中救出来？只是母子之情，关乎天性，心曲间一萦绕着这一类的事情，自不免事事都要觉得减色。而我们一般局外人，却是受不到这种影响的，乘此为你道友帮上一个忙，这不也是不可多得的一个机会么？而且，近来一般修道的人们，正盛唱着毁性灭情之说，其实，这是完全不对的。如今，能得你道友出来做上一个榜样，使大家知道大道与人情原是并行不悖的，这是再好没有的一件事，而也是我所十分赞成的呢。”

红云老祖的这一番话，竟说得这般的委婉，他不但没有一些自伐之意，还把红姑推崇备至，劝她不必因此而自惭，须知这正是他能受人钦敬的地方。这当然使得红姑深深的有上一种感动，不免又出于衷心的，向着红云老祖好好的致谢上一番。

这时候，陈继志却已飞速的跑上几步，走到了红姑的面前。红姑再也遏抑不住汹涌而起的这一股热情了，即把继志抱了起来，向着他的满脸间吻了去。而为了乐极了的缘故，竟不自觉的有两点热泪掉落了下来。那个张姓的童女，却站在她们的旁边，举起一双眼睛，呆呆的望着她们，像是颇为羡慕的样子。

红云老祖见了，便又向着红姑说道："站在你道友身旁的这位小姑娘，我看也是很有些来历的。因为，如果没有来历，也不会遭到这般的大劫，和令郎会合在一起了。现在，道友不如就收她做上一个徒弟，传授她些道法和武艺，使她可以有上一个成就，这或者也可说是一种缘法呢。"

红姑最初一心都在她爱子的身上，旁的事一点也不曾注意到。如今听红云老祖一说，方把那个小姑娘细细的一瞧视。见她虽不怎样的美丽，却是生得很为白净，颇有小鸟依人、楚楚可怜的一种神气。当下，倒也把她喜爱了起来。便把头点上一点道："瞧这女孩子的根基，倒也很是不错，只可惜我的本领也有限之至，纵把她收在门下，恐怕不见得会有怎样的成就吧。"

红姑虽是这般的谦逊着，却显然的已是答允下，把这小姑娘收为弟子了。好个小姑娘，倒也机灵之至，即向红姑之前跪下，拜起师来。这一来，可又把红姑喜欢煞了，当为取名凤姑，后来也成为一个有名人物。暂且按下不表。

单说，当把那童男童女开刀之际，已是到了五更时分；后来，又经过了这一场的纷扰，早把这黑夜度过，又见一丝丝的曙光，从云端中漏了下来，映照在山峰之上了。当下，镜清道人既已逃归洞中，这典礼也就不结束而结束。一般私来这个山上，伏在山峰间观礼的人们，便也分路各自归去。红姑当然也挈带了她那爱子和新收的徒弟，一齐回到了云栖禅寺中。这时候，为了邛来山摆设擂台之日，已是一天近似一天，四方来打擂台之人，确是来得不少，而来得又以这云栖禅寺为驻足之地者居多。这一来，这云栖禅寺居然成为邛来派以外的各派能人，集合起来的一个总机关了。

不料，在这祭旗未成的一二天后，又发生了一桩非常的事件，几乎把这顶礼佛祖的梵宫，变成为一个容集病人的医院。原来凡是住在这云栖禅寺中的一般人，不论是哪一个，就是道法高深如昆仑派的金罗汉吕宣良、笑道人，崆峒派的杨赞化、杨赞廷，素来不知道什么叫做病的，如今也一齐的病倒了下来，而且病得非常沉重，都是呻吟之声，不绝于口。

独有一个智明和尚，不知是否为了他的道法，更比一般人来得高深，还是为了别样的缘故，他却并没有和别人一般的病倒。只是病倒在床上的，有这么许多人，不病的，却只有他一个，旁的且不说起，只要到东边去问问，西边去瞧瞧，也就够他受累的了。何况，他素来是善于替人家治病的，不论哪一类的丹散丸药，他都很现成的有着在手边。但这一次拿了出来，给这些病人服用时，不但是一点没有什么效验，反而日见沉重。这怎教他不于受累之外，还要暗暗的生惊呢？

经他仔细的推想上一阵后，不禁恍然有悟道：“嘿，真是该死，我也给他们闹得糊涂了。他们现在所患的，哪里是什么寻常的病症，定又是镜清道人在暗中捣着鬼，真的布起那‘落魂阵’来了。大家还以为他祭旗不成，已是把这件事情停止了进行，真是太不知镜清道人的了。”随又在袖中占上一课，果然在卦象上，见到有被小人暗算的一种光景，这更把他着急得什么似的暗道一声：“这可怎么好，讲到我的能为，充其量也只好说是对于佛典，有上特异的一种彻悟罢了。若是要我立于对垒的地步，去和镜清道人斗着什么法，这是绝对的干不来的。如不经过一番斗法，而把这‘落魂阵’破了去，又怎么能把这病倒在床的许多人，救了过来呢？难道我竟眼睁睁的瞧着他们这许多病人，一天天的沉顿了下去，而不替他们想上一点儿的方法么？”

当他尽自这么的焦虑着，依旧束手无策，而这病倒在床的许多人，他们的病势却更是沉困了下来，眼看得一个个都是去死已近了。就中，尤以甘瘤子病得最为厉害，只剩下了游丝似的一口气，只要这一口气也不存留着，便要呜呼哀哉了。在这时候，他的女儿甘联珠，同着桂武，也到这云栖禅寺中来了。

他们两夫妇的到这里来，原是为了陈继志被人劫去，前来探视红姑的，却不料甘瘤子同着蔡花香都病倒在这寺中。甘联珠自从那一回逃出娘家以后，即没有见过他父母的面，桂武也是同样的情形，差不多已和岳家断绝关系的了。如今，忽然听到了这一个恶消息，在桂武还没有觉得什么，甘联珠却究竟关于骨肉之亲，这颗心就乱得什么似的，便和桂武商量着，立刻要去省视他的父母一下，断不能真把他们二老视作路人一般的。桂武沉吟道：“在理，我们都得前去省视他们二位老人家一下的。只是自从我们一同逃了出来以后，你父亲不是气愤愤的在外面宣言着，此后再也不承认和我们有什么的关系存在了么？现在我们前去探视他，倘然他仍消，不去以前的这一口气，对于我们不但是拒而不纳，还要把我们大骂一场，这不是太没有面子了么？所以你还得好好的考量一下为是。”

甘联珠毅然的说道：“这一点也用不着什么考量的，你既然不大愿意去，让我一个人去也好。不要说他们二位老人家，只是把我大骂一场了，就是把我打上几下，甚至于怎样严重的责罚我，也一点都没有什么要紧！究竟他们是父母，我是他们的女儿啊。至于什么面子不面子的话，更是谈不上的了。”

一个性情素来十分温和的人，忽然间大大的变了样子，竟是这般的固执己见起来，这当然要使桂武在暗地吃上一惊的。当下也只能顺着她的意思，说道：“我也只是这么的说了一句，并不是真的不愿意去，你既然如此的有孝心，我当然应该陪伴着你前往的。现在，我们就走吧。”甘联珠这才回嗔作喜，即同了桂武，向着她父母卧病的所在走了去。

这是很大的一个僧寮，甘瘤子和着蔡花香分卧在二张床上。当他们夫妇俩走入房去的时候，满以为他们一双老夫妇，定有上怎样的一种表示，特不知这种表示，究竟是属于好的一方面的，还是属于坏的一方面的？万不料，甘瘤子僵卧在床上，好似死了去的一般，早已失去了一切的知觉，哪里还会对他们有什么表示。蔡花香的病状，虽比较的要好上一些儿，但也昏昏然的睡着，并没有听见他们走进房去。经甘联珠立在床前，不知叫上了好多声的妈妈，好容易方把她从昏睡中惊醒，慢慢的把一双倦眼张了开来。然当刚刚张开眼来的时候，一双眼珠仍是呆滞无神，像似什么东西都没有瞧到的样子。又歇上一刻儿后，方从双瞳中射出些儿异光来，显然的已是瞧到了甘联珠，并已认识出她是什么人了。立刻从喉际放出了很低弱的一派声音来道：“啊呀，联珠，原来是你来了么？这真是我做梦也没想到的。”她刚说完这句话，似又瞥见了立在甘联珠肩后的桂武，便又接着说道：“哦，桂武，你也来了，你是陪她同来的么？好，总算你们有良心的，在这个时候还来瞧视我们一眼，只恐……”她一说到这里，大有悲喜交集的样子，纷歧的情感，在她的胸间冲动得很为厉害，倒又使她说不下去了。

甘联珠一瞧到这种情状，顿时心中也觉得有说不出的一种难过，并又想到，妈妈待我究竟是十分慈爱的。当我从家中逃出来的那一天，他老人家虽也虚应故事的，在第二重门口拦截着厮杀，可是她所用的，却是一个木枪头，并在枪头上面挂了一串珍珠宝玉，这是她何等真心的爱我呀！却不料一别数年，今天重见她老人家的面，已是病到了这一个地步，怎教我不要十分的伤感呢？于是两行热泪，不自禁的从眼眶内掉落了下来。一壁说道："妈妈，尽请放心，爹爹和妈妈的病势，看去虽有些儿沉重，其实不是没有救的。现放着有女儿一个人在这里，不管要经过怎样的困难，定要设法去乞取些灵丹仙露来，让你们二位老人家可以早占弗药呢。"

蔡花香一听这话，不禁又低低的叹上一声道："唉！联珠，你的这句话虽是说得很有孝心，不枉我平日疼了你一番，可是在事实上却有些儿办不到。你难道不知道，我们所得的并不是寻常的病症，决非什么仙露灵丹所能疗治得好的么？"

甘联珠听她母亲竟是如此说，倒不免呆了起来，好半晌不能有什么回答。蔡花香便又接着说道："唉！联珠，你难道还没有知道镜清道人'落魂阵'的这桩事情么？现在病倒在这里的，不止是我和你爸爸二个人，便是有上高深的法力的几位道友，都也免不了这一个浩劫。唯一对付的方法，除非去攻破这个'落魂阵'，否则，就没有什么挽救的方法了。然而，联珠，这是何等不易办的一件事。试问又岂是你的能力上，所能够得到的呢？"

甘联珠听了，更为默然，像似在思忖着一个什么好办法。蔡花香又说道："你的能力虽有些儿够不到，但是我看你的那个妈妈，她的本领却要比你好上几倍，倘能从家中把她找了来，你们一同前去冒上一个险，这倒是无办法中的一个办法。联珠，不知你也干这件事情么？"这时候，甘联珠的脸上，突然的显露出一派坚毅之色道："为了要救你们二位老人家的性命，不论怎样的险，我都情愿去冒。就是不把那位妈妈找了来，也是一点没有什么关系的，请妈妈放心吧。"

不知甘联珠究竟是独个儿去破阵，还是邀了那位妈妈来同去，且俟第一百十八回再写。

第一百十八回

发孝心暗入落魂阵　凭勇气偷窥六角亭

话说甘联珠同了桂武，走出了甘瘤子夫妇的病房以后，又去探视了一下红姑，不料也是一般的病倒了，并病得非常的沉重。甘联珠不免在心中忖量道："果然我妈妈说的是实话，像姑母这样一个极有根基的人，也都会病得这般模样的了，这可见得镜清道人所布设的那个'落魂阵'，是如何厉害的一件东西啊。"当下，她更是有上了一个决心，不论要经过如何的一种困难，她都得去这"落魂阵"中探上一遭。倘然侥天之幸，能破得这"落魂阵"回来，那不但她的父母有重生之望，更不知救活了多少人的性命呢。万一事情竟是不济，连她自己都陷落在这'落魂阵'中，那她为了这许多人而死，也是很值得的。少不得江湖之上，将来都要把她甘联珠的这个名字，传说了开去呢。只有一个问题尚待解决的，那便是，还是由她独个儿一人前往，还是真的去找了她那位妈妈来同去？讲到彼此有帮助的话，自以二人同去为是。不过，她的那位妈妈，现在并不就在这里，在这回家去一来回之下，少不得又要费上不少天的工夫，这中间究竟有不有什么变化，可就有些难讲了。待要和桂武商量一下，或竟是和着他一同去，又想到桂武的本领，并不见得怎样的高明，便是一起儿去，也不能有怎样的帮助吧！甘联珠正在这般的踌躇着，桂武却为了一桩事找智明和尚去了。

忽然间，从殿的那一头，走过了一个少年来，甘联珠虽不认识他，他却像似认识甘联珠的。在点头招呼之下，即这么兜头的问上一句道："你不是甘联珠小姐么？令尊和令堂这几天听说病得很为厉害，你莫非就为他们而来的么？”那少年不但认识她是什么人，并还明了了一切的情形，这倒使甘联珠有些骇诧起来，一时间不知应该怎样的回答。

那少年又笑着说道：“甘小姐，你不是要去破这‘落魂阵’么？讲到你小姐的这一分能耐，要去破这‘落魂阵’，或者并不是怎样的难事。不过，有一点你必须注意的，你对于这邛来洞中的路径究竟熟不熟？这‘落魂阵’又设在洞中的哪一部，你可知道么？”这二句话，可把甘联珠问住了。果然，她对于这些个事情，是一点儿也不知道，不免更是把一张脸呆着。但在一个转念间，又想到他既这般的向我问得，莫非他对于以上的这二点，倒有些知道的么？我不妨向他问上一句。因此他先向那少年望上一眼，然后问道：“如此说来，你对于那边的情形，莫非倒是十分熟悉的么？”

那少年一听到这个问句，好似入场应试的举子，得到了一个十分合手的题目，马上就可有很得意的一篇文章做出来，倒把他喜欢得什么似的，即向甘联珠回答道：“这个自然，我可说是在那边生长大了的，对于那边的情形，怎么还会有不熟悉之理呢？你如果肯信任我的话，准由我领你前去就是了。”

甘联珠又向他望上了一眼，似乎不能就决定下来的样子。那少年便又说道：“甘小姐，你可不必疑虑得，须知我并不是什么歹人。我姓马，名唤天池，前儿令堂曾到洞中去探视过一遭，也是由我把内部详细的情形，告诉于她的呢。”刚说到这里，远远的望见桂武，已是从智明和尚那里走了回来。马天池也很是机灵，似乎已明了了甘联珠的心事，不愿把这些事情在桂武的面前提说得的，便匆匆的说道：“我看，此去以在晚中为宜，甘小姐如果真要去的话，今晚我在寺门外边等待着你就是了。”甘联珠微微的一点头，马天池也即走了开去。

到得晚间，甘联珠见桂武已是睡熟了，即把全身结束停当，又把一柄刀暗藏在身上，即偷偷的走出房来，到了大殿外的一个院子中。她是具有轻身纵跃的功夫的，这时候寺门虽是紧紧的关闭着，经不得她把功夫略略的一施展，早已跃出重垣，到了寺外。在星月之下望了去，只见那个马天池，果然已静静的等候着在那里。一见甘联珠跃出墙来，即迎了过来道：“此去邛来山，如能驾云的话，那是不消片刻即到；倘然步行而往，可也有些路程。我们还是赶快上路吧。”途次马天池又把洞中的内容，略略的给甘联珠讲解一下道："这'落魂阵'我虽没有亲自进去看过，却听说是设在洞后靠着西面的那一边。一切的情形，也和从前所传说的那'八门金锁阵'相仿佛，共分着休、生、伤、杜、景、死、惊、开八个门，凡是要走进这阵中去的，须拣着生、景、开三个门走，那是一点没有什么危险的。倘然误入了伤、惊、休三个门，不免要触到他们所暗设下的各种机关，结果难保不受重伤。至于杜、死二门，那是万万走不得的，一旦误入以后，就决无生还之望了。现在，甘小姐你只要把这几句话牢牢记住，到得那边时，可说得决无妨碍的呢。"

甘联珠听到这话以后，默然了好半晌，好像要费上一点记忆力，把她牢印在脑海中似的。然后方又问道："那么这'落魂阵'的总机关部，又设在哪里？我对于它的内容，虽是一点儿也不知道，然照常理想来，它总该有上一个总机关部的吧？"

马天池道："不错，是有一个总机关部，那是一个很大的亭子。你一走进了这阵中，不论从哪一面望了去，都可望得见这个亭子。可是，你如果不谙习阵中的路道，不但尽管你怎样千回百折的绕走着，总是一个可望而不可即，恐怕还有陷落在阵中的一种危险呢。在这亭子之中，却供设了一面'落魂阵'的阵旗，和着一个招魂幡。在这阵旗之上，有一位邪神镇守着，招魂幡上，那是列满了许多被蛊人的年庚八字。你如能冲入这亭中，把这阵旗撕毁了去，再把这招魂幡夺了回来，那不但是令尊和令堂，凡是病倒在那云栖禅寺中的一班人，都有沉疴顿失、霍然而愈的一种希望了。"

甘联珠听他如此的说下去，倒颇觉得津津有味，便又问道："阵中的路道，又是怎样的，你可知道不知道？想来总有上一个秘诀的，要依着如何的步伐走了去，方可不致迷途呢？"马天池笑道："这虽是极重要的一桩事情，其实，知道了他的秘诀，却是简单之至。只要记着，红旗插在哪个地方，就向哪个地方拐弯就是了。至于步伐，可毋须注意得，因为，你只要拣着生、景、开三个门走，那边是没有什么暗机关藏设在地下的，不论用怎样的一种步伐，都可安然前进啊。"

至是，甘联珠对于这"落魂阵"的内容，已是知道了它的一个大概，也就觉得没有什么可以再问得的。只是不住的在忖念着，怎样的冲进那亭子中去，把这落魂阵旗撕毁了去，又把那招魂幡夺取了来。只不知这亭子中可有没有什么人守卫着，难道只是一座空亭么？她一想到这个问题时，不免又脱口而出的问道："那么，镜清道人可在不在这阵中？莫非就由他亲自守卫着这座亭子？"马天池道："这当然是他的一种专职。不过，说他一天到晚都在这阵中，那决计也是不会的。"当他们说话的时候，不知不觉的，已是走到了邛来山下。只见马天池两手齐举，向着甘联珠不住的摇着，意思是向着池说："现在已是走到了他们的势力范围以内，此后不可再开口，免得给他们听了去吧。"

哭道人在旁门左道的一方面，有上一种不可思议的能为，甘联珠早听人家给她说起过。如今，再加上一个镜清道人，也是邪教的魁首，和他狼狈为奸着，不言而喻的，当然更把他的这种能为扩大了起来，什么千里眼、顺风耳种种的神通，或者在他们竟是不值一笑的了。因此她得到这个警告后，也就吓得一句口都不敢开。

不一会儿，他们已到了山上，马天池便悄悄的引着甘联珠来到洞后，一到了西面的那个角上，即把脚步停了下来。甘联珠知道已是到了刚才所说过的那个地点，只要从这里走入洞去，那"落魂阵"便近在咫尺的了。可是就这星月之光望了去，见这个石洞竟是实笃笃的，不有一些些的裂隙露在外面，又从哪里可以走进洞去呢？正想要向着马天池偷偷的问上一声，却见马天池在做上一个手势之下，又悄悄的把小小的一个纸片递了过来。正不知他在什么时候写好了这一个纸片的，随又见他诡秘得同鬼魅一般的，向附近的一个山谷中没了去，转眼间即失其踪迹。

甘联珠瞧到这般的一个情状，倒不禁暗自好笑道："这姓马的也真是有趣，刚才在路上的时候，指手画脚的说着，那是何等的起劲，现在一到了这个山上，又胆小到了这般的样子，倒教人猜料不出他是一个什么人呢？"一壁也就着星月光之下，把他递过来的那一个小小的纸片望了一眼，只见上面写着道：

> 就现所立处，伸一掌过顶，试于石洞间扪按之，当可得其机括之所在，而暗藏之一石门，即可随手而辟。入后，再伸掌过顶，于洞上一按，此石门即又密阖如前矣。出洞时，亦可依此办理。又由入洞处，行至阵前，尚有一程路，前进时，须踏准左三右四之步数，至一弯，循之左向而转，则又变为左二右三，于是乃至阵前矣。

甘联珠看完以后，便把这纸片向着衣囊中一塞，又暗自想道："照如此看来这二个妖道的本领，虽说是怎样的大，怎样的大，却也只是具有顺风耳的神通，对于千里眼的一种功夫，还不见得如何的高明，所以那姓马的上山以后，虽不敢再说什么话，却还敢写了这纸片递给我呢。"其实她尚不知道，这二个妖道可真是了得，他们对于千里眼的神通，和顺风耳的神通，却是一般的来得高明的，只为了那姓马的，也有一道神符佩在身边，便把他们的这二种神通阻隔着，发生不出什么效力来。而姓马的所以上得山来不再开口，也只是慎重将事、唯恐有失的一种意思罢了。一壁甘联珠也就按照着纸片上所写的那些话，依着次序一步步的做了下去，果然事情很是顺手。一会儿，已是把这石门打开，接着又把这石门重行阖上，然后按着左三右四的步伐走了去，拐上了一个弯后，又把她的步伐变换为左二右三。最后已是一无阻碍的，到得一个阵前，这当然就是那"落魂阵"了。

甘联珠到了这个时候，不免把全副精神都打了起来。忙先立在阵外略远处，把全阵的形势仔细一打量时，只见这阵的外形，是作八角式的，而在每个角上，都开了一个门，大概就是马天池所说的那休、生、伤、杜、景、死、惊、开的八个门了。阵门和这连着的墙垣，都是十分的高峻，所以在阵外立着，却瞧不见阵内是怎样的一种情形，只觉得有一种森森然的气象。

甘联珠看了一会儿，既然也看不出什么所以然来，便想走入阵去。可是在这里，却发生了一个困难了，因为按照马天池所说，只有生、景、开三个门可走，其余的五个门，走了进去，非死即伤，危险万分，那是万万不可轻入的。但当她向着在她面前那个门的上面一望时，也只是这么很高峻的一个门罢了，却没有什么字样标出，那么，她怎又能知道这是生门，这是死门？倘然贸贸的走了进去，竟是遇到了那不可走的五个门，不是就要遭到非常的危险么？于是，她不免呆了起来。心中只是不住的在忖想着，究竟是冒这个险的好，还是不冒这个险的好？

然而甘联珠毕竟不失为一个聪明人物，在一个转念间，又给她想了过来道："我瞧这马天池，虽时常有点兴奋过了度的神气，可并不是怎样鲁莽的人物，在他的和我一番谈话中，并在这纸片的上面，把这'落魂阵'的内容，都是叙述得何等的详细，连小小的一些过门儿都不肯漏了去的。那么何处是生门，何处是死门，何处又是什么门，那更是如何重大的一桩事情，他怎么反会忘记了告诉我呢？哦！我明白了。定是我顺着那边走了来，现在我第一眼所瞧到的这个门，虽不知道它究竟是什么门，必为生、景、开三门之一，他是知道这个情形的，所以不必再和我细讲得了。”

甘联珠这么的一想时，也就把新起的这一种心事放下，同时，又得到了十分有力的一个反证，那便是，那纸片上的末一句，又是这么的写着道：“于是，乃至阵前矣。”此下并不再有什么话。这不明明是关照她，就从这个门中走了进去么？当下，甘联珠即也坦然的走入了那门中。

第一件东西映入他的眼帘之内的，就是处在中央的那一个亭子，也就是这“落魂阵”灵魂所在的总机关部。甘联珠瞧到以后，好似瞧见了什么仇人似的，不免狠狠的瞧看了它几眼，心中也恨不到马上就冲到了那亭子的前面，那就可找着了那镜清道人，有上一番作为的了。然在事实上讲来，这是不可能的。于是，她也只能暂时耐着心肠，迂回曲折的向着阵中走了去，一遇到了有红旗插着的地方，就拐上了一个弯。可是如是的走了好半天，对于她那所视为目的的亭子，依旧是一个可望而不可即。有时候看来相距得已很近了，不觉十分高兴的，拐上了一个弯迎过去，以为这一下子定已到达了亭子的前面，谁知，反而又较前远上了不少。这不免使她迭次的懊丧了起来，疑心马天池把什么要紧的一点，或者忘记了告诉她，所以会有这种的情形发现。

一会儿，又是到了一个拐弯之前了，而前面又前红旗招展着。照理她又得向那边拐了过去，但这一次，她比前来得细心了。在未转弯之前，又把这地上插的红旗，仔细的打量了几眼。在这仔细打量之下，却又给她发现了一面绿旗，这绿旗和那红旗，是差不多一般的大小，而又插在那红旗的前面，倘望匆匆的从后面望过去，而又是粗心一些的话，那是只能见到红旗而不会见到绿旗的。如果是遇到了红旗在前，绿旗在后，那又成了一个正比例，只能见到绿旗而不能见到红旗的了。于是，她有似发现了什么宝藏这般的快活，知道她的所以这么向前走着，而终不能到达那亭子面前的缘故，毛病完全是坏在这个上面。原来，他们是把二面旗先后些并插着的，马天池所说的见着红旗即拐弯，定是指着插在前面的那面旗而言，如今，她匆匆的从后面望过去，竟误红为绿，又误绿为红，无怪要有这般的一个结果了。至马天池的所以没有把这话说清楚，大概也是得自一种传闻，连他自己都不曾弄得明白吧？更进一步说，把红绿二面旗这么的并插在一起，或者也是镜清道人所使的一种诡计，使得就是知道见了红旗拐弯的这个诀门的，在一个不留意的时候，也要迷起途来，而不知道这个诀门，那更是不是不必说起的了。

甘联珠一把这个道理想清楚，便不再向那个弯儿上拐过去，毫不理会似的径向前行。比到了第二个拐弯上，再仔细的一瞧视时，果然也是二面旗一前一后的并插着，却是红旗在前，绿旗在后了。这一来，更把她先前的这个理想证实。从此甘联珠遇到拐弯的所在，即以插在前面的那个旗为标准，方向既是不误，果在不久的时候，前所可望而不可即的那座亭子，已是屹然的立在她的面前了。再一细瞧，这亭子是作六角形的，除了正中是门外，四周都嵌有明瓦的大窗，这时候却从这些明瓦上，透出了一片的灯光来，显然的，正有什么人在这亭子中，并把灯火点得十分辉煌的呢。但甘联珠却好像毫不理会到似的，只见她坦然的向着靠上亭子左面的那一边走了去，并把一只眼睛置放在那明瓦的上面，悄悄的向着亭子的里边望了进去。

谁知，不望犹可，这一望之下，却望见了十分不堪入目的一种情形。不是她自己竭力禁止着自己的点，真使她又羞又急，险些儿要叫喊了起来。

不知她究竟望见了些什么不雅相的事情，且俟第一百十九回再写。

第一百十九回

抗暴无术气塞胸怀　倒戈有人变生肘腋

话说在那明瓦窗上，有一处两瓦接榫的地方，略略的露见了一条小缝，甘联珠见到以后，即从这小缝中，把眼睛向着亭内张了进去。只见这亭内的地方尚还宽广，灯火也是点得甚为辉煌，正中设了一张供桌，桌后一个大木架，架上插着了一面黑绸子的大三角旗，上面隐隐约约的，似用红线绣着什么神像，这大概就是这“落魂阵”的阵旗了。供桌上，也放置了一个小木架，架上便插着那所谓招魂幡也者。前面陈设着供果之属，大约在八盆至十二盆之间。这是关于亭内静物一方面的情形，那么，这时候可有什么人在那里面呢？哈哈，当然有人在里面，如果没有什么人在内，只是见到一些静物的话，怎么会使甘联珠又羞又急，到了这么的一个样子呢？

原来在这供桌的前面，一并排的立上了九个人，全都是赤裸着上下身，一丝儿也不挂，真是不雅相到了极点了。他们好像正是对着那神像在行礼。一会儿，行礼已毕，又一齐转过身来，把脸孔朝着外边。这一来，甘联珠更是把他们瞧得清楚了，方知，站在中央的那一个是老者，在那左右二边，每一边却是二男二女相间的立着，都是很轻的年纪。照这情形瞧来，那老者定就是镜清道人，左右二边的那四男四女，大概便是他门下的男女弟子了。

甘联珠的出身虽不高，只是一个盗魁的女儿，然在平日之间，也和大家闺秀没有什么二样，总是羞人答答的，伏处在闺中的。如今，教她哪里瞧得惯这些情形，不自觉的把一张脸都羞得通红了起来。可是，她此来的目的，是要攻破了这个“落魂阵”，把她父母双亲被拘在这里的灵魂劫了回去，决不能为了瞧不惯这些情形，即望望然舍之而去。于是，羞急尽自让她怎样的在羞急着，她的这个身子，却依旧立在窗下，不曾移动得一步。一壁更把这镜清道人恼恨得什么似的，暗地不住的在咒诅着道："好个不要脸的妖道，竟是连禽兽都不如的了。他不但教那些男女弟子都赤裸着身体，他自己还以身作则，这还成个什么体统呢？若再让他胡闹下去，到各处去提倡着他的这个长春教，这世界尚复成为一个世界么？别人或者畏惧他的妖法，而把他宽容着，我是敢立上一个誓，决不畏惧他，也不能宽容他，定要和他周旋一下，而见个最后的高下的。"想时，又把牙龈重重的啮上一啮，大有如不扑杀此獠，誓不甘休之意。

在这中间，镜清道人不知在什么时候，已把供桌间小木架上的那面招魂幡取在手中，复又走过数步，就着中央一立。那八名男女弟子，便围着他的身体，川流不息的旋走起来。接着，镜清道人又把手中的招魂幡挥动着，口中并念念有词。当他念毕一句，那些男女弟子也接在下面，齐声念上一句。瞧这情形，他们大概又是在作什么妖法吧！甘联珠一瞧到了这里，再也忍耐不住，便想从腰间拔出那一柄刀来，大叫一声，从外面杀进亭去。可是，就在这个当儿，又瞧到了一件惊骇得出人意外的事情了。

只见镜清道人忽然停口不念，并把招魂幡递给了旁边的一个男弟子，却用腾了出来的那支右手，向着空中虚虚的一招，接着便又是微微的一笑。原来，在他手掌之中，已招得了一件东西了。随又展开手掌来，把这件东西向着空中一抛，这东西便屹然停立在空中不复动，好像很平正的黏贴了在那里似的。那正面却又对着甘联珠，所站立在下面的那个窗户，更使甘联珠瞧得一目了然。在这一瞧之下，任她怎样的说着不畏惧镜清道人的妖法，但到了这个时候，却也使她不得不有些畏惧起来。可是，虚贴在空中的这件东西，既不是什么飞刀，也不是什么飞剑，更不是什么其他的武器。说出来，也平常得很，却只是在洞外的时候，马天池所递给她的那个小小的纸片。你想，那纸片明明是藏在甘联珠的衣袋之中的，如今，只经镜清道人在空中这么的一招，即一点也不觉得的给他招了去，这怎教甘联珠不要大大的惊骇了起来呢？而且由此更可得到一个有力的证据，她的偷偷走入这"落魂阵"来，并偷偷的站立在这里窥探他们的行动，已是完全为镜清道人所知道的了。而以镜清道人这么手段狠辣的一个人，既事先把她衣袋中的那个纸片招了去，卖弄自己的一下本领，怕不在接踵之间，又要用什么法子来对付着她么？

然而，甘联珠毕竟不失为一个将门之女，当那纸片给镜清道人招了去以后，她这么惴惴的恐虑着，也只是一刹那间的事。在一个转念间，倒又觉得，她自己原是立志要和镜清道人拼上一拼的，如今这妖道既先来找着她，那是好极了，她要怕惧些什么呢？

甘联珠这么的一想时，胆力不禁又壮了起来，即把腰间的刀一亮，大声的叫喊着道："好个不要脸的妖道，这是什么的一种妖法，也值得如此的卖弄的！你姑娘现在来找到你了。"但当她刚把这话说完，尚没有离开那窗户之下，却见镜清道人又是微微的一笑，又是虚虚的一招手，甘联珠早已身不由主的，被摄在半空之中，随即如飞鸟一般的，投入中央的那个门中去了。比及到了那亭子的里面，刚要经过镜清道人的前面，镜清道人只虚虚的比拟着，略把手向下一按，甘联珠的这个身子，便又轻得如落叶一般的，向空中飘了下来。转眼间，已是端端正正的，立在镜清道人的面前了。

好可恶的妖道，他一见甘联珠已是被摄而至他的面前，心中好不得意，即做出一种十分轻薄的神气，斜着眼睛向她睨上了几眼，然后，方又笑着说道："啊呀，甘小姐，我们真是不恭之至。不但对于你的光降阵中，没有派人远迎得，而且因为正在作着一种特别法事的缘故，我们这许多人都光着一个身子，竟连衣服都来不及穿得，这总要请你加以海涵的啊。"

这时候，甘联珠的心中，仍是十分清楚的，一见镜清道人竟是对她这般的嘲弄着，直把她气得怒火直冒，马上就想举起手中的那一柄刀来，把这妖道的胸间刺成了一个透明的窟窿。然而，她又哪里知道，她已被摄在这妖道的妖法之下，怎能再由她做得一分的主？所以，尽是由她用足了平生之力，执刀的那一只手，却像被定住了在那里的一般，一分一毫都不能向外推动得。这一来，不免使她更是气上加气，恼上加恼，连得两个眼睛中，都似乎有火星直冒出来了。

镜清道人一见这个情形，不由得又哈哈大笑道："唉！甘小姐，你也不必这般的气恼，倘然为此而气坏了自己的身体，那是很不值得的呢。其实，你不知道，我的不让你把刀挥动着，也是十分体恤你，不使你白白费力的一种意思。因为你的这柄刀，也和那些小孩子们所玩的洋铁刀，没有什么二样，并不算是怎样的利器。就是真的向我身上斫了来，恐怕也不见得就能把我伤了吧。”镜清道人说到这里，却又向着甘联珠瞧上一瞧，似乎瞧她是怎样的一种情形的。甘联珠却更是恼怒到了极点了，只不住的把怒目向镜清道人瞪着，想要破口大骂时，这张口却也已噤闭着，发不出一些些儿的声音来了。

镜清道人便又十分得意的一笑，接续着说下去道："哈哈，你不相信我这句话么？那么，你不妨把这刀挥动上几下，看它究竟能不能损伤我的毫发来？"这真奇怪，刚才甘联珠用足了平生之力，尚不能这执刀的手向外推动得一些些，现在经他这么的一说，甘联珠虽然极不愿举得这刀，这支手却已不由自主的动了起来，径把这刀向着镜清道人的身上斫了去。既已斫得一刀，也就用足了力劲，不住手的斫起来了。照理既是这般的猛斫着，并还是斫在赤裸着的一个身体上，定要把这镜清道人斫得东一处也是伤，西一处也是伤，浑身血淋淋的，成了一个血人了。谁知不然，镜清道人竟似毫不觉得的一般，身上连小小的一个伤口都没有。

约莫也斫上了二三十刀之后，镜清道人忽又现出一种很不耐烦的神气，倏的一伸手，把甘联珠的那柄刀夺了夺来道："唉，罢了，罢了！不必再白费气力了，如此不中用的一把刀，又怎能斫得伤我？不要说你只是这么轻轻的斫上几下了，就是连吃奶的气力都用了出来，再向我猛斫上数百刀，恐怕也是无济于事。你要知道，我并不是一个寻常的人物，决非这一种寻常的刀所能斫得伤我的啊。"说着，又用手指在那刀口上，铮铮的弹上几下道："哈哈，这声音倒是怪好听，然而要用之于杀人，那就未免差得太远了。你瞧，我只要把这手指再弹得重一些，不是可把这锋口一弹就弹了去么？"

镜清道人一壁如此的说，一壁便手指弹得再稍为重上一些，果见那刀口上被弹之处，立刻发现了一个大缺口，那片废铁，即铮的一声，向着外面飞了去了。于是，又听见他的一阵哈哈大笑，笑后复脸色一正说道："照此看来，你这一把刀，实在是一点也不中用的，留在你的身边，徒然招得人家的笑话，不如由我代你折了去吧。"镜清道人倒是言出必行的，他一说完这话，也不等甘联珠有怎样的一种表示，即拿起那把刀来，就着中央一折。只轻轻的几折之间，哪里还成一把刀，只见无数小小的碎片，散落在地上就是了。

至是，甘联珠真是又气又恼，又羞又愧。可是，气恼又有什么用，羞愧更又有什么用？不要说她现在尚被摄在镜清道人的妖法之下，便是不被摄在妖法之下，连得自己的一把刀都给人家折了去，赤手空拳的，又能干出些什么事情来呢？结果，也只有恨自家的本领，太是及不上人家，更恨自家也太不量力了一些，既是这般的没有本领，为什么巴巴的要到这里来献丑？现在倒成了一个来得去不得的局面了。在这般的情状之下，在她的心中，好似有一团焦炭很猛烈的烧将起来，直闹得她全身都发起烧来，一张脸更是蒸得红红的，两眼中像有什么火星冒出。

镜清道人是何等奸恶的，他现在直把甘联珠，视作一头被捕到手的老鼠，而他自己却是一头猫，猫既把老鼠捕了来，在这老鼠未死以前，怎肯即此而止，不把这老鼠尽情的玩弄上一下的。因此，他又向甘联珠睨上了一眼，佯作吃惊之状道："啊呀，你的这张脸，怎么红得这般的一个模样，莫非身上觉得热了一些么？那倒也是很容易的一桩事。你瞧我们的身上，不都是脱得光光的，所以，虽和你同处在一个室中，却只觉得很为凉爽，一点儿也不觉得热。现在，你只要也学我们的样子，把上下身的衣服一齐脱了去，那就一点不成问题的了。"

镜清道人虽只是轻飘飘的几句话，然在甘联珠一听到以后，心中更是异常的着急了起来。这显然的，那妖道还以刚才这么的玩弄着她为不足，又要更进一步，也要教她把上下身的衣服都脱了去。倘然此事竟是实现，那还成个什么样子，不是生生的要把她羞死了么？而那妖道的蓄意侮辱她，又是到了怎样的一个程度呢？当下，她的一张口虽仍是噤着，说不出什么反对的话，却把两只手紧紧的抱着自己的身体，好像生怕那妖道走了过来，行强硬把她的衣服剥了去的。

镜清道人见了这种情状，又笑了一笑道："莫非你宁愿受着热，不愿把这上下身的衣服脱了去么？哈哈，这是你中了那虚伪的所谓羞耻观念的毒了。其实，我们的身体受之于父母，都是清清白白的，有什么不可呈露在人家的面前，哪里还有羞耻不羞耻的这些话呢？而且你要明白，我如果要教你把上下身都脱光了的话，那是再容易也没有的一桩事，既不要你自己动得手，更不要我来动得手。只须我轻轻的一挥手之间，你的全身衣服就自会脱卸了下来了。他们幻术家所谓美女脱衣的那一套戏法，或者是不足信的一句空话，而在我却是的的确确的有上这一点法力的呢。"的确，这倒不是镜清道人，在那里吹什么牛，如果他要来这一手的话，那是十分容易的。因此，他将这几句话一说，更把甘联珠发急得不知所云的了，知道在这情形之下，那妖道决不肯轻轻易易的便放过了她，她自己出乖露丑的时候，看来就在眼前的了。果然，她正在这么的忖量着，早见镜清道人已把一手举了起来，好像马上就要行使他的那种妖法了。

谁知正在这间不容发之际，忽闻得有什么人大喝了一声，一触耳就知道在这喝声之中，很带上一点严重的意味的。而在镜清道人听来，却比之晴空中打下了一个霹雳来，还要使他来得震恐失措。因为，这是什么地方，这是什么时候？这人竟胆敢这般的厉声喝着，这显然的是要来和他捣一下蛋的。而且，定是自负有一种相当的本领，可以和他来捣一下蛋的呢！于是不由自主的，把那只手放了下来。而循着这喝声传来的那个方向，倏的把视线移注了过去，一眼望去时，恰恰和那三角大旗上的那个神像触个正着，别的却一点也瞧不到什么。他便一半儿带着怀疑的神气，一半儿有点开玩笑的意味，也把两眼圆圆的一睁，厉声向着那神像喝道："咄！刚才这么大声大气的喝着的，莫非就是你这个鬼东西么？这是什么意思？未免太放肆了一点了。"在他的意中，以为旗上的那个邪神，完全是在他的帡幪之下，而一切都是听从他的指挥的。倘然刚才那一声，确是那个邪神喝出来的，那他把他责骂上一番，并不为过。倘然并不是那邪神喝的，只算是骂错了就完了，想那邪神也决计不会对他怎样的反唇相稽呢。

不料，在这里，却有一件出乎他意料之外的事情发现了。这邪神一听这话以后，便也在像上把一张脸板了起来，并凶狠狠的说道："不错，刚才那一声，果然是你老子所喝，老子喝也喝了，看你又能把老子怎么样？"那邪神不但是十分的嘴硬，并左一声你老子，右一声你老子，太是使人难堪了。这在镜清道人遇到了这样的情形，真好似统率三军的大元帅，忽然间逢着部下向他倒起戈来。而且这个部下，还是以为可以玩于股掌之上，一点不必加以防范的，哪里还会教他不大怒而特怒？顿时间，又大喝一声道："真是反了，反了！连你这般一个毫不足道的鬼东西，也敢和我斗起口来么？嘿，还不敢快走下来，向我赔上一个罪，否则，我是决不能宽赦了你的。"

好邪神，真是倔强之至。他依旧一点儿声色也不动，又横眉鼓眼的，说道："谁来向你赔什么罪？像你刚才这么的把甘联珠小姐愚弄着，倒得向着甘联珠小姐，赔上一个罪才是呢。”听他的口气，非但十分同情于甘联珠，竟是在那里替甘联珠打着抱不平的。于是，镜清道人愤怒到了极点，再也不能有一分一毫的忍耐了，即伸出一个指头来，指着那神像，喝道：“哇！还不和我滚了下来。”

照他的法力而论，只要他这么的一声喝，并这么的用手一指，就会使那邪神从像上滚跌了下来，如死了一般的委倒在地上。谁知如今经他施法之后，这邪神果然已是从像上滚落了下来，却仍是屹然的立在地上，并凶狠狠的向他注视着。显然的，镜清道人所凭仗的这一点法力，已是不能制倒他的了。

镜清道人这一怒，真是非同小可，然一时间却也不能有什么话说，那邪神当然是得意到了万分，便又听他笑着说道：“哈哈！现在你且把我再瞧上一瞧，看我究竟是什么人？”这句话很是有些兀突，一说出来之后，不但镜清道人忙举目向他一望，便是那八个男女弟子和着甘联珠，也不约而同的都把视线射了过来。大家一望之下，不觉又是不约而同的，一齐喊上了一声：“咦？”原来在这一转眼之间，那邪神已是不知去向，却换了一个须眉俱白、神采惊人的老者，含笑立在当地。

不知这老者究竟是何许人，且待第一百二十回再写。

第一百二十回

各驰舌辩镜逊于金　互斗神通水不如火

话说大家都知道站在当地的，乃是从像上走了下来的那个邪神，并当他走下来的时候，大家又都是亲眼瞧见的。不料，在一转眼之间，忽已变为一个须眉俱白、神采惊人的老者，这教大家如何不要大大的吃上一惊呢！可是，在一惊之后，全个亭子中的十个人，早都已认清楚那老者是什么人。

且不言甘联珠心中是如何的欢喜，那八个男女弟子心中又是如何的惊惶，单说镜清道人立时间把脸色一变，便向那老者大喝一声道："嘿，我道是谁，原来是你吕宣良这个老贼。你的胆力倒真也不小，竟敢走到我这禁地中来，大概也是你活得不耐烦，巴巴的要来我这里送死吧！"镜清道人虽很现着一种剑拔弩张的神气，好像马上就要和人动手似的，金罗汉吕宣良却一点也不理会，神态间仍是十分的从容，微笑道："什么送死不送死，这都是一派的空话。如就事实一方面而言，我的这条老命至今还得保全着，你们这一边，倒已死去了一个人呢。"边说边即用手向着后面一指。

大家忙依着他所指处一瞧，果见在那面的地上，直僵僵的躺着一具尸首。细一注目时，却正是那个邪神，可不知是什么时候躺在那里的呢。镜清道人一见那邪神已是死在地上，料知必是遭了金罗汉的毒手，不禁怒火更是直冒道："嘿，你这老头儿真是好大的胆，竟敢把他害死了么？那我誓不和你甘休，定要代他报了这个仇的。"说时，又有就要动手的样子。

金罗汉却把手摇了一摇道："且慢，我们须得先把这话说个明白。你要知道，我是素来不喜欢轻于杀害人的，何况，这小子很肯听话，刚才我要他对你怎样的神气，他就对你怎样的神气，一点儿也不违拗。这就是我自己的门弟子，至多也不过这么的一个样子罢了，那我对他正嘉许之不暇，为什么还要把他杀害了去呢？”

金罗汉在这一番话中，除了洗清自己的嫌疑以外，显然的把他刚才所玩的那一套十分神妙的手法，又要在镜清道人的面前，很得意的夸说上一下了。这当然更把镜清道人气恼得什么似的，只是瞪着了一双眼睛道：“好个利口的老贼，不是你所杀害，究是谁所杀害？难道说，还是我把他杀害了么？”这话一说，却听得金罗汉哈哈大笑道：“岂敢，岂敢！怎么不是你把他杀害了的呢？唉，镜清道人，你也太是瞧低了你自己，并太是不信任你自己的那种法力了。你须知道，你镜清道人是如何使人畏惧的一个人物，你所具的那一种法力，又是如何伟大而不可思议的？如今，这小子只是你手下所役使的一个人员，并不有怎样的本领。倘然你对他使着法，咒他从像上跌落了下来而死，他仍得安然无恙；不应着这个咒，那你这镜清道人，也就不成其为镜清道人，你的那种法力，也就毫不足道的了。你只要如此一想时，便可知这小子究竟是死在谁的手中的，怎么你一时间竟会糊涂了起来，反说是我把他杀害了的呢？”

好厉害的金罗汉，表面上虽是一句句的都是推崇着镜清道人，并把他推崇到了十分；实骨子里，却一句句的都是在挖苦着他，也把他挖苦到了十分。这真使对方的镜清道人有些够受的了。而且，这中间还有最为厉害的一点，那便是金罗汉所说的，全是一些事实，并不是什么捏造了出来的。于是，镜清道人显出了爽然若失的一种神气，好半晌没有开得一声口。最后，他又突然的跳了起来道：“罢，罢，罢！谁再耐烦和你讲究这些，想你既然有胆来得，定是要和我见上一个高下的。好，我们就来走上几个回合吧。”说完这话，就向着金罗汉扑奔了来。

金罗汉却不和他交手，只向着旁边一闪，而就在此一闪之间，已把那个男弟子手中所执着的那面招魂幡夺了来，便向着怀中一塞，笑嘻嘻的说道：“我此番的到这里来，原是要破你这‘落魂阵’的。如今，镇守阵旗的那个邪神，既已死在你自己的手中，这招魂幡又给我抢了来，我的事情总算已是有上了一个结束，谁还耐烦和你走什么对子呢？不如让我改日再领教吧。”说着，把手拱上一拱，似乎很为抱歉的样子。

然而，在这样的一个局势之下，凭金罗汉是怎样的说着，镜清道人哪里就肯轻易的放过了他？因此，在一声冷笑之下，又把身躯调动，再向着他扑了来。金罗汉又是将身一闪，并腾起在空中了。镜清道人见二次进攻，都给金罗汉闪避了去，心中很是动火。依得他的意思，颇想就把飞剑向着金罗汉刺了去。可是转念一想，我有飞剑，金罗汉也是有飞剑的，徒然的相斗一场，我的飞剑，不见得就能胜得了他，不如改换上一个方法吧。

那么他将改用怎样的一个方法呢？于是，他又突然的想到了一个意思，这老头儿既是这般一再的闪避脱我，不肯和我交手，那我就不和他交手也得。不过他现在不是还停留在空中，没有逃走了去么？照他的意中想来，他这般的对付着我，我是把他莫可奈何的了，那我何不显上一点手段，布上些个网罗，就把他在空中囚禁了起来。到那时候，看他还有什么话说呢？镜清道人一想得了这个主意，心中觉得十分得意，也就立刻实行了起来。

果然只见他念念有词的一会儿，便有似铁网、非铁网的一些东西，在空中沿着金罗汉的四周，密密的布了起来。竟把金罗汉当做一头鸟的一般，囚禁在鸟笼子似的一件东西之中了。于是镜清道人又十分得意的，向着金罗汉说道：“你既然不愿和我交手得，那让我省下一点力气来也好。不过你想要就此脱身逃走，那也是没有这般便宜的事。现在且请你在空中暂时停留上一下吧，我也决不会怎样的难为你。只要你把那招魂幡交还了我，就一切不成问题的了。”

金罗汉像似直到现在，始发觉了已被囚在这网罗之中，倒又状态很滑稽的，向着四下顾视了一阵道：“哦！你的本领真是了得，竟乘我不觉之中，又把我囚禁了起来了。可是你现在就要自鸣得意，似乎又嫌太早了一些。你所布的这个网罗，究竟能囚禁得住我，不能囚禁得住我，至今还成为一个问题。不但我不知道，就是你恐怕也不曾知道吧！”

镜清道人听了，只冷笑上一声道：“哼！你还敢如此的利口么？照我想来，你是无论如何，逃不出我这个网罗的。现在，别的话不必讲，把这招魂幡还了我，万事全休；否则，你是来得去不得的了。”金罗汉依旧没有什么反抗的动作，只在口中咕噜着道：“什么来得去不得，像这‘落魂阵’，在你看来是何等得意的一宗邪门，我尚可自由的来往着，不有一点儿的困难。如今，这小小的网罗，又算得是什么东西，我金罗汉难道反会逃不出来么？

这个我不信，这个我不信。”说时，连连把头摇着。

镜清道人见了这种情形，倒有些不耐烦起来道：“你不要只是说着一派的空话，其实这件事，干脆着说，只二句话就可结了的。你不能逃，赶快把这招魂幡还了我；你能逃，就马上把功夫施展出来吧。”

金罗汉也笑起来道：“这二句话真好干脆。可是，你也休要误会，我并不是爱说空话。不过，觉得来上这里一遭，也很为不容易，颇愿和你十分详细的谈一谈。即以现在而论，我对于自己究竟应该走哪一条路，倒并不当做怎样可注意的一个问题，却只是可惜着还有许多话没有和你讲得呢。”

镜清道人素知金罗汉在昆仑派中，是如何以精明强干著称的一个人物，即拿他的这种外衣瞧起来，也是何等漂亮的，却不料现在竟惫懒到了这么的一个样子。不免又好气又好笑的说道：“好，你有什么话，不妨尽情的说了出来吧，横竖你是逃不出我这网罗就是了。”金罗汉却仍是一副惫懒的样子道：“其实我也没有旁的话，我只是在暗地替你不胜的惋惜着。像你平日是负有何等的重望，此番又毅然的出马，设出这‘落魂阵’来。这不但是我，便在三山五岳的一般朋友们想来，都以为这不知是怎样的刁钻古怪，从未见过的一个新阵图，定可使人家为之耳目一新的。却不料经我一踏勘之下，完全是从那腐旧不堪的‘金锁阵’脱胎而来，毫无一点的新意味。你想这是如何的使得人家失望呀？然而这还不算什么，一说到你这所以摆设‘落魂阵’的目的，却更是使得人家把嘴都要笑歪了。”

镜清道人万想不到金罗汉，竟把他奚落到了这么的一个样子，心中自然十分的恼怒，但又不能把金罗汉怎么样，也只能矫作为一种冷静的态度道：“好，好！我尽可由你去讥笑着。但是一说到我这摆设‘落魂阵’的目的，为什么又要把人家的嘴都笑歪，你倒不妨再把这理由说一下子看？”

金罗汉不免又向他望上一眼道：“其实这也是很明白的一桩事，我就是不说，你自己也是知道的。你的摆设‘落魂阵’，其目的不是要使我们这一辈人，一齐都病倒了下来，一个都不能和你在擂台上相见，你们就可获到了完全的胜利么？然而，请瞧现在的一种结果，又是怎么样？别人且不必说，我这一个人，不已是为你的那种妖法所不及，仍似生龙活虎的一般么。那么请你想想，以你这般伟大的一个目的，却得到了如此不堪的一个结果，人家究竟应该笑你呢，不应该笑你呢？”

好金罗汉，他的话竟是越说越不客气，一点余地不留，这么的单刀直入了。镜清道人饶他是怎样的面皮老，在这几句话之下，也有点不胜愧恧的样子。然在一转眼之间，又把脸色一板道："这些话说他则甚。现在我再问一句，你究竟肯不肯把这招魂幡归还我？"

于是，金罗汉忽的发出一声大笑道："哈哈，我今天也太是做够了这一派惫懒的样子了，现在还是爽爽快快的行事吧。"当下，把眉毛一轩，立刻显得他是何等的神采飞扬。随又见他伸出手来一指，即有一派烈火，从他的指尖间飞腾而出，直向着那网罗上烧了去了。转瞬之间，只见火舌四伸，浓烟密布，看去这火势已达到了相当猛烈的一个地步。金罗汉却又在这烟火交腾之中，说起话来道："哈哈，如今你且瞧瞧，这些个不值一笑的网罗，已到了哪里去？究竟能困得住我金罗汉，不能困得住我金罗汉呢？现在我要告别了，你也能相送一程么？你也能再弄出些什么新鲜玩意儿来，给我一广眼界么？"说到这里，略停一停，又听他接着说道："啊呀，我今天真是惫懒之至，几乎误了大事。我原是为了要救甘联珠小姐，而到这里来走上一遭的，怎么如今自己说走就走，却把她撇下在这里呢？"当他刚把这话说完，早已用了一个法，把甘联珠也摄到空中来，即从这烈烟飞腾中，一齐向着亭外冲了去。

这时候真使镜清道人恼怒到了极点，也是愧恧到了极点。在既恼且愧之中，一时也想不到使出怎样一种的妖法来。只知道金罗汉既借了火力来进攻，我就以水为抵制，倒要看上一看，究竟哪一方面能占上优胜的局势，还是火强于水呢，抑是水强于火呢？镜清道人这么的一想时，便仰起一颗头来，张开大口，向着空中嘘着。即有像泉水似的一道东西，从他口中喷射而出，直向着浓烟烈火中扫了去。照理这水既喷射得这么的既激且急，又是源源不绝的喷射着，这火势无论怎样的旺盛，终于要给这水扑灭了去的。然而说也奇怪，今日的火，却和寻常的火大不相同，任你这水怎样的向他浇了去，它却像似一点也不觉得的样子。非但一点也不觉得，反而这水一向它喷射去以后，更似得到了什么的一种助力一般，竟是愈烧愈有精神了。结果除了这亭中仍有一簇簇的火，在四下飞动着，烧得格外猛烈之外，复有像火龙似的一条东西，紧紧的跟随在金罗汉和甘联珠的后面，直向着亭子的外面延烧了去。一时间，有不少的火星，从这火龙的身上纷纷的坠落下去时，便把阵中各处都烧了起来。

倘要挖苦的说一句，这已不成为什么“落魂阵”，简直是摆设下一座火龙大阵了。可是，在这里却又发现了一个奇迹，这“落魂阵”中虽已是烧得这般的一个样子，但这火却好像认识了金罗汉和甘联珠似的，始终没有一些些的火星，飞到了他们的身上去。而且还在中间让出了十分宽广的一条路来，使他们借着腾空的一种功夫，可以自由自在的向前进行着，并连一些些的热气儿，似乎都没有感觉到呢。同时，再由那一方面讲起来，可也够镜清道人等一行人受累的了。这火像也似认识了他们，并认识他们正是进攻的一种目的物似的，不但有不少的火星，纷纷的向他们的身上坠落了去，还有红赤得什么似的一条条的火舌，也向着他们伸拿了来。你想，他们都是赤身裸体，一丝儿也不挂，哪里再有躲避的余地呢？而在这许多人的中间，究以镜清道人为神通广大得多，他一瞧情势很是不妙，嘘气喷水，也是枉然的了，忙运起一团罡气来，保护着自己的身体，免得为这猛烈的火力侵入了去。然而，他也仅能保全了他自己而已，对于其余的人，可就没有能力可以庇护的了。

这一来，直烧得他的八个男女弟子，男的只是狂呼猛叫，女的只是娇喘呻吟。到得末后，大家实在觉得再也支撑不住，不禁一齐仆向地上。他们的身体，一个个都烧灼得如焦炭一般的了。在这一场大火之后，直把这座“落魂阵”烧得什么也没有，只成了一片瓦砾场。

金罗汉却还没有走，又在空中叫着道：“镜清道友，如今你已觉悟了没有？须知你的这一点点浅薄的道力，实在不足和我们一抗的呢！现在为你想来，不如赶快离开此间，悄悄的回了冷泉岛；免得一旦到了擂台之上，如再出乖露丑起来，那就更加的下不得台来了！”

镜清道人一听这话，也从瓦砾堆中走了出来，真把金罗汉恨得什么似的，不觉咬牙切齿的说道：“金罗汉，你休要这般的得意！我今天一时大意，竟在你的手中遭上这样的一个蹉跌，但将来到了擂台之上，一定不会让你再逞威风的，你瞧着就是了。而且你今天把我这八个男、女弟子，烧得这般模样，这个仇可真不小。哼哼！我非捉住了你，把你的身体斩成了万段，不足替他们报了此仇的。”说时，又向这烧得像焦炭一般的八个身子，望上了几眼，像在十分愤恨之中，也略略的带点悲痛的意味。

金罗汉也愀然的说道："讲起这八个人来，我真也觉得疚心之至。他们都是一般无知的小儿女，平日并不犯有怎样的过慝，只为了盲从你的缘故，却使他们遭到了这般的惨死，这在我也未免太是残酷了一点了。不过不是如此的一来，又怎能使得其他的人知所儆戒？更何由触发你的忏悔之心？倘你能时时刻刻的想念着，为了你要一味的逞能，摆设什么'落魂阵'来，竟使他们这八个人都死于非命。此后再不敢如此轻举妄动，那他们这八个人虽死，也就等于不死的了。不过无论如何的说，我总觉自己对于这件事太残忍了一些。也罢，且让我想个补救的方法吧。"金罗汉说完此话，只见他把袍袖一拂间，这八个烧得乌焦的尸首，即从地上直卷而起，转眼间已是不知去向的了。一壁也就挈同了甘联珠，一同回到了云栖禅寺中。

恰恰一夜已是过去，正值破晓的时分，可笑桂武刚从好梦中醒回来，直至甘联珠把所有的经过都告诉了他，他方始知道他的夫人，在夜中已是干过了这么的一件大事呢，不禁为之惊喜交集。同时，金罗汉也把那面招魂幡，从怀中取了出来，煎了汤，给所有病倒在床的一般人各饮上一小杯后，真比仙丹还要来得灵验，居然在一刻儿之间，一个个已是霍然痊愈的了。

在这许多人的中间，却又要把甘瘤子夫妇二人，特别的提上一提。当时，便由桂武和甘联珠，各捧了一杯汤，走进他们的病房中去。经把他们老夫妇俩的牙关弄开，将这药汤灌入后，果然在相当的时间中，已是相继苏醒了过来。然当甘瘤子神志稍清，忽一眼瞥见了甘联珠和桂武，不禁大吼一声，即从床中跳了起来。

不知甘瘤子此后还有怎样的一种行动，且俟第一百二十一回再写。

第一百二十一回

病榻旁刀挥如急雨　擂台上镖打若连珠

话说甘瘤子从昏迷中苏醒了过来，神志略清以后，忽一眼瞥见了甘联珠和桂武，都立在他的床前。他染着这般的沉疴，原是一时间突然而来的，一睡倒在床上，就入了昏迷的状态中。所以他这一场病究竟是怎样的一种经过，他自己一点儿也不知道。如今一瞧见了甘联珠和桂武，更把别的一切都忘去，顿时触起了压积在心中已久的一种旧恨。因为那年当他回得家来，一听说桂武夫妇俩已是私下逃走了去，真使他勃然大怒，把他们二人恼恨得什么似的。当下除宣布和他们二人断绝了一切的关系外，并咬牙切齿的立下了誓言，将来不遇见他们便罢，一旦如遇见了他们，定要一刀一个，都把他们劈死，决不轻轻的饶放过的。因此他即大吼了一声，从床上跳了起来，又伸出一个手指来，指着他们二人骂道："咳！好大胆的二个东西，还敢前来见我么？我是不论经过了多少年，都是一点不变的痛恨着你们，决计不会饶放过你们的，你们难道不知道么？"说着，又伸手向床头去乱抓乱摸，像似要寻觅得一件什么武器，向他们打了去的。

这一来，可把甘联珠和桂武都骇住了。真想不到，他老人家竟是如此的气性大，事情已是隔上了这么多年，他还是牢牢的记着，一点儿也不肯宽恕他们的。于是在彼此一交换眼光之下，也想不到别的解围的方法，即不约而同的在地上跪了下来，求他老人家饶赦了他们。他们那一次的事，实在是大大的干得不应该的。可是甘瘤子正在怒气直冲的时候，哪里会听了他们几句求情的软话，就不发作了起来。这当儿，早在床头找得了一把朴刀，即凶狠狠的举起刀来，向着跪在床前的这二个人直斫了去。但当这刀尚没有斫到，只闻着当的一声响，却给另一把刀把来挡着了。

你道这是什么人的刀，难道甘联珠和桂武，一见求情已是没有用，所以也改取着抵抗主义，竟把刀拔了出来么？不，不！这是绝对不会有的事。今日的甘联珠，已和往日的甘联珠大不相同，只要能把以前的事，在她父亲面前说个明白，就是把她当场杀死，也是心甘情愿的。至于桂武，他是一向跟着了甘联珠走的，甘联珠如果不把刀拔出，他是决计不敢拔出刀来的呢。那么，这挡着甘瘤子的刀的，究竟是什么人呢？

哈哈，列位看官，你们难道忘记了另外一张床上，还睡着了一个甘瘸子的大老婆蔡花香么？她的病状，本来要比甘瘤子轻得不少，一吃了那一小杯汤后，更是大有起色。所以，当甘瘤子苏醒了过来的时候，她的神志间已是十分清楚的了，她也知老头儿的脾气不大好，骤然瞧见了女儿和女婿，定会惹起不少的麻烦。原想就把桂武夫妇俩前来探视他们的病，甘联珠并愿前去攻打“落魂阵”的一节事，向甘瘤子说上一个明白。逆料经此一来，老头儿的这口气也可平了下来，大概不致再有什么事吧。万不料她还没有把话说出，甘瘤子已这般的暴跳了起来，并还拿刀在手，要向他们斫了去呢。这一急，可真把蔡花香急得非同小可，一时也不及思虑，忙也抢了床头的一把朴刀，跳下床去。恰恰正是不先不后，当的一声，和甘瘤子的刀触个正着，把来挡着了。

依得甘瘤子当时的心念，恨不得这一刀下去，就把这二人都斫得一个死。一见竟有人来挡着了他的刀，而且这个人就是他的大老婆蔡花香，这气可就更来得大了。一时间并把痛恨甘联珠和桂武的一腔怒气，不觉一齐的都移转到蔡花香的身上。只见他将身一耸，也从床上跳下，立即如骤风急雨一般的快，又向着蔡花香挥了一刀来，一壁大骂道：“你这婆子真不是一个东西！一切事都坏在你的身上，你生下了这样的好女儿，已是够让我受气的。如今，竟又为了要帮助女儿，不恤和我挥起刀来么？”

蔡花香忙又以一刀挡住，并重重的啐了他一口道：“人家都说你老糊涂，不要真是糊涂到了这么的一个地步。谁又愿意帮助联珠，而不帮助你？只是他们二人，都是好意的来探视我们的病，并去攻打‘落魂阵’，把我们从沉疴中救了出来。你如今不但不向他们感谢，反而不问情由的，要向他们动起刀来，这又成什么一回事情呢？”

甘瘤子一听到这几句话，心上也不免微微的一动，但在一个转念间，又疑心到这恐怕全是捏造出来的，并不是什么事实。他们两个小孩子，有多大的能为，哪里能干得这么似的一件大事情呢？便又把脸一板道：“你别捏造出这些事实来，不论你是怎样的说，我总是给你一个不相信。咳，看刀吧！我今天定先要杀却了你这个不是东西的鬼婆子，然后再一刀一个，把这两个小鬼头都杀了去。”

当他们老夫妇俩正在你一刀我一刀，厮杀得不可开交的时候，忽闻得有人在门外念了一声：“阿弥陀佛！”随即向房中冲了进来。大家忙一瞧时，却正是本寺的方丈智明和尚。倒不要瞧他是这般一个文绉绉的样子，但见他冲入了他们的中间，把二手向着上面的一举，就好像发生出一种绝大的力量似的，即把他们老夫妇俩，一边一个的分了开来了。随又见他双手合十，再念了一句：“阿弥陀佛！”含笑说道：“甘檀越，你倒不要不相信。这位女檀越说的话，却一句也不是捏造出来的。他们二位确是救了你们的性命来呢！如若不信，我有绝好的一个证据在此。”说时，即就他博宽得像一只口袋的袖子中，把那面招魂幡取了出来，复又检出上面的二行小字，指点给他瞧道：“檀越，请瞧。你们二位的贵庚造，不是已经那妖道调查了去，清清楚楚的写在这上面么？而你们二位以及其他的人，之所以突然睡倒，一齐入了昏迷的状态中，也就是为了这个缘故。大概那妖道定是对着这招魂幡，不分朝夕的在那里作法呢。现在幸亏靠着他们二位，把这旗夺取了来，一煎汤给了大家吃喝后，居然能一个个都得离床了。”

智明和尚一说完此话，又把当时前去攻打“落魂阵”，夺取招魂幡的情形，绘影绘声的述说了一遍。差不多把金罗汉手上所干下的那一番事迹，都桃僵李代的，放在他们二人的身上了。原来这都是金罗汉吕宣良教给智明和尚的，特地请他走来做上一个调人，让他们父女翁婿可以释去前嫌，和好如初。

果然，智明和尚把这话一说，倒把甘瘤子听得呆了。原来自己老夫妇的一双性命，还是仗着女儿和女婿的力量救了回来的。自己竟是一点儿也不知道，反是念念不忘于他们的前眚，一见面就向他们挥起刀来，未免太没有意思了。

甘瘤子一壁如此的想，一壁也觉得怪不好意思的，即懒洋洋的把执刀的那支手放了下来，又把那刀随手的向着床头一掷道：“想不到还有这么的一回事，这倒是我的不好了。起来吧，起来吧！”末后的这二句话，那是对着跪在床前的那一双小夫妇说的，脸上也略带笑容，不似先前那般的杀气腾腾。于是智明和尚又念了句：“阿弥陀佛！善哉，善哉！”蔡花香也释刀而笑，似乎很是欢喜的样子。

独有甘联珠和桂武，虽是听从了甘瘤子的说话，已一齐从地上站了起来。但一想到了智明和尚所述说的当时那一番情形，倒都又觉得有些忸怩起来。因为这些事完全不是他们所干，未免太有点掠人之美的了。踌躇上一会儿后，甘联珠终究把实话吐了出来道：“我们已蒙爸爸把前眚赦了去，心中果然十分的欢喜，但不把实情说明，未免终觉有些不安。其实，我只是虚于冒上一个险，几乎把自己的一条性命都送了去，哪里曾得到一些实在的益处？凡是刚才大和尚所述说的那一番情形，都是金罗汉所一手干下来的，我真不敢掠人之美呢！”

桂武也接说道：“至于讲到我，更是惭愧得很。”智明和尚一听他们这般的说着，很显出一种着急的样子，生怕为了这几句说话，又发生出什么变局来的。便不待桂武再说下去，忙拦着他的话头道：“你们也不必再如此的谦逊得，且不管当时究竟是怎样的一个情形，这些个事又是什么人所干，只要你们能有上这么的一个心，也就很好的了。甘檀越，你说我这句话对不对呢？”说后，又掉过脸去，向甘瘤子望着。

这时候甘瘤子早已怒气全消，不但对甘联珠，已没有一些些儿的介蒂，并又恢复了早先的一种情感，把甘联珠疼爱了起来。女儿和女婿，原是有上一种联带的关系的，他既一疼爱了女儿，自然的也会把女婿疼爱了起来了。所以一听智明和尚向他问着，也便笑着把头点点，很表同情似的。至是，著书的也就把他们的事情，暂时告一结束，不再枝枝节节的写下去。却又要腾出这支笔来，把群贤毕集，大打擂台一番热闹的情节，细细的述说上一遍了。

且说不到多久的时候，早又到了擂台开打的日期，这是不论在哪一方面，都视为十分重要的一桩事情。大家心中都很是明白，知道这一下子的关系很为不轻，如果摆设擂台的这一方面得了胜，那是哭道人所要创设的这个邛来派，将要独霸于天下，而昆仑、崆峒二派都不能抬起头来；如果打擂台的这一方面胜了，那昆仑、崆峒二派，又得保持其以前的声誉，而这邛来派的一个名词，将又如昙花之一现，永远不会被人再齿及的了。因之台上和台下的形势，都是紧张到了万分。

金罗汉在昆仑派中，总算得是一个领袖。在这一天的早上，就带领了他们自家一派中的人，一齐到了邛来山上。四下一瞧看时，人是真来得不少，除了崆峒派由着杨氏弟兄为首，率领了他们一派中许多有名的人物，也已到来之外，还有江湖上的许多知名之士，并不隶属于他们这二派的，也都到了场。瞧他们的样子，不但有上一点观光的意思。如果遇着高兴起来，或者还要出一下手呢。这也不怪他们，实在是哭道人此番的摆设擂台，太是大言不惭了，他们心中难免都有些儿不服气啊。独有那天曾在这个山上，现过一次好身手的那个红云老祖，却左望也望不见他，右望也望不见他，似乎并不在场。

金罗汉倒并没有觉得怎样，却见笑道人挨近了身来，低低的问道：“你老人家也瞧见了那红云老祖么？这倒是一桩奇事，在今天的这么一个盛会中，他大可出上一下风头的，倒又不露面起来了。”金罗汉笑答道：“我也没有瞧见他。不过他的脾气很是有些古怪，或者现在正藏匿在哪一个所在，定要到了相当的时间，他又突然的涌现在人前了。我们且不必去管他，我们只要自己尽力的干了去就是。”

金罗汉一壁说，一壁又举眼向着前面望了去。只见他们所站立的地方，正当着这邛来山的半腰，却是一个十分宽广的所在。大概不论在这山上山下，再也找不到第二处，像这么宽大的地方的了。当着那中央，却建设起一座高台来。那规模，比之那天所设的那个祭台，要宏大到了好几倍。再过去约莫离开了几尺的地方，又设了一个台，规模却要差上一些。照情形瞧来，中央的那个台，那就是擂台，照他的地位是如此的宽广，尽可有好几个人在上面走得趟子的。旁边的那个台，只不过供他们一方面的人休息休息罢了。在中央的那个擂台上，正中还高高的挂上了一方匾额，旁边又挂着了一副对联，这也是一般擂台上应有的一种点缀，毫不足道的。不过，普通擂台上的匾额，总是写着“为国求贤”“以武会友”的这些字眼。前者大概指明这擂台是由官府发起的，有点选拔人才的意思；后者则说明这擂台虽不是官府所发起，却也有上一种研究武艺、提倡武艺的意思。那无非要把在擂台上比武的这件事情，不算作怎样的穷凶极恶，而欲将双方狠斗死拼的一番情形，借着这些个好看的字眼，轻轻的掩饰过去便了。

这在金罗汉的眼中，差不多已成司空见惯。然他现在把这张匾额上的四个字一瞧时，不免轻轻的骂了一声：“放屁！”原来，竟是“一决雌雄”四个字。哭道人的所以摆设这个擂台，本是要和昆仑、崆峒二派一决雌雄，看最后的胜利究竟属于哪一方。他如今倒也好，居然一点也不掩饰的，把这番意思宣告了大众了。再瞧那一副对联时，更是荒谬到了绝伦，上联是：“拳打昆仑，足踢崆峒，且看我邛来创成新事业”；下联是：“肩担孔子，手携释迦，将为吾老祖拓大旧根基”。简直把他们一派要独霸称雄的一番意思，完全都说了出来。而且把昆仑、崆峒二派看得一个钱也不值，竟以为可以对之拳打足踢的了。

金罗汉看到这里，不禁连连摇头叹息道：“太狂妄了，太狂妄了！照这样看来，哭道人真是一个草包，哪里能成得什么大事呢？只是那镜清道人，似乎要比他高明一些，既然身为台主，怎么也由着他这么瞎闹的呀。”同时又想到，幸而这邛来山僻处在一隅，不大为人家所注意。又有那个糊涂总督，为了受着哭道人医治好他爱女的病的一点私惠，在暗地庇护着，所以尽着这哭道人如此无法无天的闹了去，否则，官府方面如果一注意之下，前来干涉起来，恐怕还有什么大乱子闹出来呢。正在想时，耳边忽听得槖的一声响，接着又是砉的一声，好像有一件什么重物坠落在地上了。

金罗汉忙循着这种声响传来的方向，把视线投了去，方知悬在擂台正中的那方匾额，已给人家用镖打了下来了。心中正在称快，却又见夭矫得同游龙一般的二支镖，分着左右二翼，飞也似的射了去，恰恰打个正着，把那挂在两旁的一副对联，也在一个时间中打落了下来了。于是，一片欢呼之声，便同春雷一般的响了起来。

在这欢声之中，不但是夸奖着放镖者的手段高强，并还称许着他的意思很为不错，这种荒谬绝伦的联匾，是应该把他们打落了下来的。欢声甫止，又听得挤在台下的许多人，不约而同的，叫喊了起来道：“打得好，打得真好！不要脸的台官，还是赶快的走出台来吧，不要再躲着拿什么矫了。”这一叫喊，他的力量可真是来得不小，只见一阵骚乱之中，便从山峰最高处，潮一般的涌出了不少人来，并先先后后的，齐向旁边的那个台上走了上去。但是一说到当时的情形，却真可用得上“骚乱”二个字。有的是驾云而下的，有的是从上面跳了下来的，有的是循着山道一级级的攀援而下的。而就在他们这样走下山来的中间，可看出他们各人武艺的高下。

金罗汉瞧到以后，不觉暗暗的好笑道：“这真是所谓乌合之众。如此看来，他们自己虽一味的在那里吹着牛，请到了哪一个能人，是具着怎样的一种功夫的；又请到了哪一个能人，是会上怎样的一种法术的，其实一点儿也不可靠。大概除了镜清道人这个大大的靠山以外，不见得真有什么能人了吧。”

就在这个当儿，又听得台下的人一片声的在嚷着道：“啊啊，台官来了，原来是拿这个次等货先出场，头等货还要放在后面的呢。”在这几句话之下，显然含上有很不堪的一种嘲笑的意思。原来这次出场的，却就是哭道人本人，并不是镜清道人。照大家最初的一种推想，还以为哭道人既把镜清道人，请了来做台主，总是由镜清道人出场的吧。幸亏哭道人的脸皮也真是来得老，尽人家在台下这么的向他嘲笑着，他非但一点不以为意，还像是充耳不闻的样子，只是把手向着台下乱摇着，请大众不要喧哗。

好容易，总算台下已是止了喧声的人。哭道人便放出一派非常洪亮的声音来道：“我们为什么要在这里摆设下一个擂台，诸位既然不远千里而来，大概心中多已十分明了，我也不必再为细说的了。不过，既然摆设得擂台，无非是要大家较量一下的意思。那么我们将怎样的较量一下呢？哈哈，我倒想得了有一个新鲜的法子了，不知诸位也赞成不赞成？”

不知他究竟想得了怎样的一个新鲜法子，且待第一百二十二回再写。

第一百二十二回

见奇观满天皆是剑　驰快论无语不呈锋

话说这擂台下的许多人，一听哭道人说出，他已想好了一个新鲜的法子这句话来，倒好像把他们的兴趣，都提了十分高似的，争着抬起了一张脸来望着他，急于要知道，他究竟想出了一个怎样新鲜的法子。站近台前的那些个人，更是七张八嘴的，向他动问道："什么法子，什么新鲜法子？快些儿说了出来吧，不要把哑谜儿给人家打了。不论是怎样的一个法子，凭着我们有这许多人在这里，大概总可对付着，不致就会输给你吧。"

于是，哭道人不慌不忙的说了起来道："讲到普通一些的彼此较量的方法，可真也多得很，我们在这擂台之上，也是看得腻的了。我现在所想到的这一个法子，却很是适合着我们的身份，和着现在所处的环境，似乎要较为新鲜一些。诸位，在我们的这许多人中，不是很有几个已做到了剑仙的这一步功夫的，而其余大多数的人，也都不失为剑侠或是剑客的一种身份。总而言之的一句话，我们各人不都是有上自以为好到无比的一柄宝剑么？然而究竟是谁的剑真个好到无比，究竟是谁的剑真个能在众中称王，却没有一个人能知道，也从来没有过这么的一种比赛。现在乘着四海以内的一般能人，差不多已全到了这里，这真是千载一时的一个好机会，我们何妨把各人的剑都放了出来。在这么的一个情形之下，那些个根基略为浅薄一点的，经不起别的剑在空中一扫射，自然就会纷纷的坠落了下来。然后又就这些个没有坠落下来的剑，再行比上一比，谁能在空中站得最久，谁能不给旁的剑扫落了下来，那就是谁得到了最后的胜利，谁能在此中称得大王的了。诸位，这不是再新鲜没有的一个法子么？”台下的许多人，一听他所说的是这么的一个法子，倒都默然了下来，似乎正在忖量着，大家如此的较量起来，究竟妥当不妥当，可有不有什么流弊。

却就在此静寂之中，忽听得有一个人高声骂了起来道：“好不要脸的东西，既然有此胆力，摆设得什么擂台，就该和天下人都见上一个高下，怎么倒想蒙蔽着大众，提出这么一个不要脸的办法来呢？”大家忙向那个人一瞧时，却正是崆峒派中的杨赞廷。还没有向他表示得什么，哭道人却早已把一张脸涨得通红，又在台上向杨赞廷反问着道：“怎么是我想蒙蔽着大众，怎样这又是一个不要脸的办法？我倒一点儿也不明白。你得当着天下众英雄的面前，把这个理由细细的说一下子看。”

杨赞廷便又冷笑上一声道：“哼，你别假装糊涂了。你想摆设下这个擂台的既是你，充当着台官的又是你，那你在目前，就成了台下许多人唯一的对象，应该由台下的人，一个个的上来和你较量着才对。如果照你所提出的那种办法，那不是你在摆设着擂台，简直是台下的许多人，自伙儿在互相较量着。不但是自伙儿在互相较量着，并竟是自相残杀了起来了。因为剑术是大有高下之分的，照这般的比赛起来，结果必致只有一二个人，能保全他们的剑器，其余的人都要受到绝大的一个蹉跌呢。请问大家如果一点也不思索，真个照你这个办法做了去，不是就上了你一个大当么？这还不是你有意思蒙蔽着大众是什么？不要脸到了极点了。”

在台下的这许多人中，虽已有好几个也和杨赞廷一般，早明白了这一层的意思。但也有几个较为愚鲁，或是爽直一些的，只听哭道人在台上天花乱坠的说，倒把他们的兴趣提起得非常之高，觉得这真是再新鲜没有的一个办法，竟不曾向各方面都想上一想。如今给杨赞廷把来一说穿，倒又觉悟了过来了。于是也跟在杨赞廷的后面，在台下纷纷的大骂起来道：“好不要脸，好不要脸！你倒想把我们蒙蔽了起来么？”

这一来，台上的哭道人这一张脸更由红而紫，几乎同猪肝色的一般。忙双手乱摇道：“不，不！我并不是要蒙蔽你们，我也是不曾想到这一层意思上面去。既然如此，我们就把比剑的这个主张取消，再想别的办法吧。”哭道人刚把这话说完，金罗汉却觉得再也忍耐不住，便在台下说道：“其实也不必把这个主张取消了去，你既然高兴着要比剑，我们就和你比上一回剑也使得，只要把你所提出的那个办法，略略的修改一下就行了。”

哭道人正在下不来台的时候，忽听得金罗汉对于他比剑的这个主张，倒是表示赞成，这真是出乎他的意料之外的，忙也十分高兴的问道：“那么，我们把这个办法，应该怎样的修改一下呢？”金罗汉道：“这也没有多大的一种修改，只须确定你的那柄剑为主体，而由台下的许多人，轮流和你对垒着就行。照我想来，在最初，只要谁是高兴的话，谁就可把他的剑放了出来，尽不必有怎样的一种限制。而在你，也只要是真有能力的话，不妨在剑光一扫之下，把所有的剑一齐扫落了下来。倘然还有些个剑，不是这一扫之下所能打落下来的，那再轮流的上来和你比赛着。不过在这里，你大可把心放下，我们决不会干出怎样无耻的举动。就是要和你比得，也定是个对个的，一个完了之后，再是上来一个，断不能把所有的剑一齐围困住了你，使你孤立无援，一支剑对付不下呢。你们诸位，道这个办法好不好？”

金罗汉说到末了这一句话时，不但向着台上的哭道人望上一眼，又把眼光向台下四处的扫上一扫，这是向着台上台下，都普遍的问上一句的了。照理，他的这个所谓修改的方案，连原则上都有些儿变动，已和哭道人先前所提的那个办法大不相同。不过平心而论，总可算得是十分公允的。因此，哭道人和台下的许多人，两方面都没有什么异议，而一致的赞成了下来。于是这空前未有的大比剑，就开始实行起来了。

哈哈，这真也是空前未有的一个奇观，恐怕不论在古时、在现代、在中国、在外国，决没有一出什么戏，可以及得上他这么的又好看、又热闹的。你瞧，当金罗汉刚把这话说完，只有上一刹那的时间，凡是这一天到场的一般人物，除了几个自知本领不甚高明，甘心藏拙，以及还有几个抱着袖手旁观的主义，不愿出手的以外；其余的许多人，不论他本人是剑仙，是剑侠，或是剑客，都是十分技痒的，又是十分高兴的，各把他们的剑向空中祭了去。当然，他们都自信对于剑术，有上十分深湛的功夫的，这是他们崭然露头角的时候到了。

在这里，哭道人自然也把他的剑放了出来。然而虽说同是一支剑，在实际上，这些个剑不论在哪一方面，都各有种种的不同。论颜色，有的纯是一道白光，不带一点杂色，这大概是剑中的正宗；有的纯白之中，略略的带上一些青，这个正是正的，却已是出自旁支；有的竟红得如胭脂之一抹，这不免带上一点邪门；至于黑得像浓烟这么的一缕的，那不啻在承认自己的主人翁，是一个邪派的人物了。论形状，有的短似匕首，有的长如单刀，有的圆圆的有同一颗弹丸，有的扁扁的像似一个枕头。更有两柄剑常是相并在一起，如禽中的鸳鸯、鱼中的比目，不肯轻于分离的，那是雌雄剑了。一言以蔽之，这时候一个天空中，都是给这些个剑器飞满了，而且颜色既是如此之不同，形状又是如此的互异，你道，这还不是空前未有的一个奇观么？

现在，更要特别点明一句的，那就是哭道人所射出来的那一道剑光，却是墨黑墨黑的，而一时间倒也找不到第二道，和他相似的黑光，在此五光十色之中，人家尽不必怎样的向他注意得，他已是显然独异的了。然而，你们可也不要小窥了他，他的这道黑光，确是很具上一点儿邪门的。先是在空中站立上了一会儿，随即似使动扫帚一般的，向四下横扫了起来。于是只闻得一片啊呀之声，从台下人丛中飞腾而出。原来在他这一扫之间，有些个剑器根基较为浅薄一些的，已是呈着不能抵抗之势，纷纷然从半空中掉下，无怪他们的主人翁，要惊呼起来了。可是掉落的尽自由他掉落，这也是他们自不量力的缘故，可不能怪得人家。而仍牢站在空中，没有给他扫落下来的，却在全体中也尚要占得过半数。哭道人便又向着空中望上了一望，大声的笑说道："好，这所剩下来的，大概全是一些精兵，可以和我角斗得的了。我现在就站在这里不动，你们哪一位有兴，就由哪一位上来，和我玩上一下子吧。"

哭道人刚说完这句话，早听得台下高叫上一声："俺来也！"一壁即见从东南角上，倏的有一道青光射至，迎着了哭道人的那道黑光，就拼命的大斗起来。但斗上了不少时候，却仍是一个不分胜负。这青光倒也是很见机的，一见不能取胜，也就自行退去。于是，又换了一道红光上来，和哭道人厮斗着。

如此一个退去，一个上来的，也不知又换上了多少人。换言之，也就是有不少的剑已和他斗过。台上和台下，却终保持着一个平衡的局面，一般进攻的既不能把哭道人的剑打落了下来，哭道人对于一般进攻的，也不能加以若何的损害。

但在这个当儿，乘着双方的角斗，正又告了一个段落，却又见一道强有力的白光，倏的从一个山峰的后面，箭也似的直射了出来，找着了哭道人的那道黑光就厮斗。瞧这样子，那个放剑的人，并不曾来到这擂台之下，至今还在那个山峰的后面躲藏着，没有露出面来呢。而且这剑是一放就放了出来的，以前并不曾在空中停留上一些时候。当它一找到了哭道人的那道剑光，就显出十分奋力的样子，进攻得很为猛烈。饶他哭道人在以前是如何的好整以暇，他的剑术又是到了如何高深的一个地步，尽这昆仑、崆峒二派中的能人，把一柄剑一柄剑轮流的向他进攻着，他好像玩上什么一类的游戏似的，丝毫不以为意。到了如今，却也露上十分吃紧的样子，口中不住的在嘘着气，手也不住的在伸动着，显见得他也是在那里努力应付的了。然而，终究是一个不济，这一道白光却是愈逼愈紧，你刚退后一步，它就上前一步，死也不肯相舍，势非要把哭道人这柄剑逼至无处可躲，一翻身跌落了下来，它是不肯歇手的了。

这一来，直累得哭道人出上了一身大汗，几乎把衣衫湿得一个透。一壁更是气喘得什么似的，暗自吃惊道："好家伙，好家伙！竟相逼得如此之紧么？倘再不肯相舍，我可就要吃住，今天的这个筋斗，那是栽定的了。"他一想到这里，更是着急到了万分，恨不得张开了口，向他自己一方面的人呼救起来。但是，一则自己既是充当着台官，再则大家早约定在先，是个对个的来上一下子的，哪里有一张脸，去开口向人求救呢？

然哭道人虽是顾着自己的颜面，还不曾开口向人讨得救兵，在他自己一方面的许多人中，早有一个人，已在暗地瞧出了这种情形来。知道哭道人决非对方那人的一个敌手，只消再过一刻儿，便要支持不住，给对方把剑打落下来了。这个人不是别人，却就是哭道人请来的那个大靠山镜清道人。他为免得哭道人当场出丑起见，也就顾不得什么体面不体面，信义不信义，忙从台上站起身来，从斜刺里把自己的飞剑放了出去，合了哭道人的那柄剑在一起，通力合作的把那道白光挡住了。

这一来，台下的许多人，可大大的不服气了，立刻就都鼓噪了起来，也想加入了白光这一方面，和他们混战上一场，看究竟是谁的这一面能得到最后的胜利。不料，他们刚想把自己的剑移动着，也加入这战阵中去，却见那道白光，倒又倏然的向后一掣，即向山峰后面退了下去。然而，他的这种退却，很是出于从容，只要是个行家，就能瞧出他是完全出自自动，并非为了力有不敌而退却了下去的。跟着便见身体瘦削而长，穿着一身白色衣服的一个汉子，从山峰后面露出脸来，举起一双威棱棱的双目，直向擂台上射了来，倏又向镜清道人所立的那个台上射了去。

当他的目光射到他们那个人的时候，就在那个人的脸上不住的滚动着，威风到了极点了。当下，台下有认识得他的人，便禁不住互相指点着，并欢呼了起来道："哦，这是方绍德，这是方绍德。听说他近年来，只是在苗峒中隐居着，不愿预闻得一点儿外事，怎么今天也会到这里来了？"

方绍德把他们二人静静的注视上一会儿，方又开起口来道："咳！好不成材的二个东西，竟会在我的面前，干起这一套不要脸的把戏来了。我悔不该没有把你们的来历打听清楚，早知你们是如此不成局器的，尽可由你们去胡闹着，也不必徒劳跋涉的了。"

哭道人和镜清道人他们也知刚才的这一个举动，是很有些不该的，不过为一时应急起见，也不得不如此的一来。现在给方绍德这么的一顿臭骂，不觉都是满脸羞惭，也就讪讪的各把自己的剑收了回来，一时间倒不能向方绍德回答上怎样的一句话。方绍德便又接续着说道："但是我既已来到了这里，却不能不把你们这二个东西，好好的教训上一顿，否则恐怕你们更要猖獗起来了。你们须要知道，我师傅开谛长老，他在四川是有上何等的一种资格，他对道法更是有上何等的一种根基，也不知有许多人向他游说过，请他创设一个峨眉派出来，和已成立的那昆仑、崆峒二派，做上一个对抗的形势。他老人家总是谦让未遑，不肯答允下来。再次讲到我，虽不见得有怎样的大本领，自问总比你们这些个鬼东西要高强了一些，同时也有许多人怂恿着我，教我独创一派；但我也守着他老人家的遗训，不敢有所妄为。不料如今竟有你这个不见经传的什么哭道人，更有你这个冷泉岛的邪教魁首，前来做上一个帮手，要在这四川地界上，创设出什么邛来派来，这真是胆大妄为到了极点了。现在你们也不必说着怎样的大话，要把昆仑、崆峒二派一齐都推倒，且先打倒了我这个方绍德再讲。倘然连我一个方绍德都打不倒，还要创设什么新派，还要充着什么开山祖师，那未免太教人笑话了。"

方绍德把这番话一说，大家方知道，他今日此来，实是大大的含上一种醋意，势非大干一下不可。本来这也怪不得他，就四川一省而论，要算他们这峨眉山一派的势力为最雄厚，不论是开谛长老，或是他方绍德本人，倘然创设出一个峨眉派来，那是决没有一个人敢说一句半句的闲话的。如今他们始终秉着一种谦逊的态度，虽是在暗地已有上这么的一个团体，却从未把这个峨眉派的名号，公然宣示于天下。不料，那个不见经传的哭道人，竟在他们的地界上，胆敢大吹大擂的，创设出什么邛来派来，这怎能叫他不大大的生气呢？当然要赶了来，和那哭道人拼上一个你死我活的了。而如此一来，当前的一种形势，也就在暗中大大的有上变动，那就是今天的这个擂台，并不是邛来派和着昆仑、崆峒二派在对抗，却已变成了邛来和峨眉互决雌雄的一个场所了。

哭道人一见方绍德竟是这般的明说着，也就知道这桩事情大了，非待双方显明的分上了一个孰胜孰负，方绍德决不肯就此罢手的。便也收起了那种羞愧之容，老起了脸皮说道："你不肯创设出什么峨眉派来，那是你一方面的事情；我要创设出一个邛来派来，这又是我一方面的事情。两件事原如风马牛之不相及的，怎能为了你自己不肯创设峨眉派，便也禁止我不许创设邛来派呢？这不是大大的一个笑话么？何况，我的创设邛来派，早已宣示于天下，乃是一个已成的事实了，你又待把我怎么样？"

哭道人说到这里，也向着方绍德威棱棱的望上一眼，似乎要把他吓得退了去的。谁知，方绍德还没有什么动作干出，早又从他的身后，钻出了一个人来。

不知这个人是什么人，且待第一百二十三回再写。

第一百二十三回

小而更小数头白虱　玄之又玄一只乌龟

话说哭道人一听完了方绍德所说的那一番话，知道善者不来，来者不善，方绍德一定是要和他干上一干的了，也就把心思一横，准备着和他硬干。当下便也针锋相对的回答上了几句硬话，并又横眉鼓眼的向着方绍德望上一望。这一来，大有一触即发之势，眼见得方绍德又要拿出什么看家本领来，对付着那哭道人了。谁知就在这个当儿，却又从方绍德的身后，转出了一个人来，那是方绍德的二徒弟蓝辛石，原来他是伴同着他的师傅一起来的。

这时候，他把手中的大斫刀挥动着，一壁大声说道："我们也不要把你怎样，只割去了你的鸡巴喂狗吃，看你还能称雄不能称雄？"这话一说，倒引得台下的许多人都哗笑起来，连得坐在哭道人那方面看台上的人，也都露着一种忍俊不禁的样子。哭道人却只向着他瞪上一眼道："下流，太是下流了。而且我正同你的师傅说着话，要你拦了出来干什么？"蓝辛石却仍是神色不动的样子道："哈哈，你不爱和我讲得话，我正也不爱和你这个狗东西讲得呢。刚才所说的那一笔账，我们不妨随后再说。你们这里不是已请到了一个什么镜清道人么？我听说他很是会上一点法术的，如今赶快叫他出来，我倒颇想和他斗上一下法。"

哭道人正想向他呼叱着说："你是一个什么东西，敢向镜清道人斗得法？你师傅自以为是如何了不得的一个人物，恐怕还不是他的敌手呢！"却见镜清道人已在那边台上，向蓝辛石招呼了起来道："哈哈，蓝法师，原来你也知道有我这么的一个人，那真用得上‘孺子可教’的那句话了。好，我就和你比上一下法也使得。”说着，侧过身子来，只将身轻轻的向着台外边一耸，早已到了那边插台上。哭道人便也乘机下台，转到那边的台上去。意思是镜清道人既是高兴和蓝辛石比得法，也就听他干了去，自己不必向他硬行拦阻吧。于是，镜清道人复又向着台中一立，含笑说道：“蓝法师，你要和我比什么法，尽不妨由你说来，我是无有不乐于奉陪的。”

蓝辛石道：“什么大的一种法，既有我师傅在这里，且留给他老人家。我现在所要和你比的，乃是很小很小的一种法，不知你也高兴不高兴？”镜清道人又笑道：“这是你在那里胡说了，既称得是法，总是一个样子的，哪里还有什么大小之分？快快说了出来吧，你所要和我比的，究竟是怎样的一种法？”蓝辛石依旧十分从容的说道：“这确是很小很小的一种法，你想我也没有什么别的什么法宝，只是想靠着了身上的几个虱子，和你比上一比。这个法，不是再小也没有了么？”

这时候，台下的许多人，已早把各人放出在空中的剑收了回来，倒十分安闲的站在那边，好像瞧看什么戏文似的，几乎忘记了他们是为打擂台而来的了。现在一闻此话，复又哄然大笑。独有镜清道人，瞧见蓝辛石竟是那般惫懒的样子，心上好生不高兴。但既已答允下和他比法，终不能为了他那种惫懒的样子，而再反悔起来。不免把眉峰紧紧的蹙着，随又向着蓝辛石，狠狠的瞪上了一眼，意思是说，不必再说什么废话了，你有什么活，尽管施展了出来吧。

蓝辛石便又接着说道：“你也不必嫌着我多说废话，在这未比以前，我们总得把条件说说清楚。我现在要放过来的，只是一大把的虱子，我能把这虱子放到你的身上来，并能教它们爬入你的衣袖中去，咬噬着你的皮肉，那就是我的法力胜过于你，我得了胜利了；反之，你能把这些虱子从身上挥了下来，一个都不让爬入衣袖中去，那就是你的法力胜过于我，也就是你得了胜利了。不过，当你用法的时候，一不能用手指去掐死它们，二不能用口沫去淹死它们，三不能用什么兵器去打死它们。其实，这第三条，又是一句废话，任你的兵器是怎样的锋利，要把那些虱子一个个都打死在这兵器之下，恐怕也是一件做不到的事情吧。现在，我要问你，你究竟愿意不愿意和我比这个法？”

镜清道人一听他把这些个条件说出，倒也把自己的兴趣引了起来了，早把紧蹙着的眉峰展放了去，十分高兴的说道："好，我就和你比上一比也使得，你出手吧。"

蓝辛石在微微一笑间，便伸手向着他自己的身上摸去，好像那里就是虱子的一个巢穴，要多少，有多少似的。接着，又把手伸出，像已摸得有一大把虱子在他手中的了。然后只闻得轻轻的一声"咄"，蓝辛石早将手掌展开，把手中物作势向外一掷，即有细沙似的一把东西，一点也不停留，直向着擂台上投了去。恰恰投个正着，一齐都落在镜清道人的道袍之上了。于是那些虱子，便在道袍上四下的爬了开来。但为了虱子太多的缘故，虽是四向爬着，却总是七八个在一起，十数个在一堆，从台下远远的望了去，只见这里也是一片，那里也是一片，把人家的鸡皮疙瘩都要引了起来的。而在此一刹那之间，眼见得那些虱子，就要向着镜清道人的颈项上、衣袖内，都爬了去。只要听它们这般的横行着，而没有方法可以阻止得，那镜清道人就要输在蓝辛石的手中了。

在这里，镜清道人可不能再怠慢，也得显些法力出来，但闻得他也是轻轻的"咄"了一声。说来真也奇怪，当他未咄此声以前，那些虱子正爬动得非常的上劲，有几个差不多已爬到了衣领和袖子的边缘，再进一步，就是贴肉的地方了。比闻得他这么的咄上一声，好似从青天打下了一个霹雳来，立刻把它们打得昏倒下来似的，一动都不能动了。而镜清道人身上所穿的，本是一件杏黄色的道袍，如今给这些虱子这里一起的，那里一堆的，老是停住了不动，倒又像在这道袍之上，绣出了一朵朵的白花来了。

这个情形，蓝辛石当然也是远远的瞧见了的，便笑着说道："真好法力，果然是名不虚传。不过，我的这些虱子，却和寻常的虱子有些不同，也是很有点儿来历的。你瞧，它们经上了你的一声咄，虽已停止了爬动之势，但它们的生命，不是还都好好的保全着，一个也没有从你的身上掉落了下来么？所以，现在如果你就此停了手，还不能算是怎样的胜了我，总得把这些虱子一齐撵走了去，一个都不留在你的道袍上，方能算是得到了完全的胜利呢。"

瞧他的意思，好像以为这是十分麻烦的一件事，镜清道人任他道法是怎样的高强，不见得就会把此事办到。如果对方办不到这一步，那他自己也就输不到哪里去呢。不料，镜清道人一听这话，倒更为高兴了起来了，也含笑答道："这当然，如果老是让这些虱子停留在我的道袍上，而不把它们撵走了去，人都要麻烦死了，这还成个什么样子？哪里再可说上得到胜利的这一句话呢？不过你的这些虱子，都是很有些儿来历的，如果把它们都掸落在这台上，也不是一回事。一旦等它们苏醒了过来，在这台上四下的乱爬着，不是要害人匪浅么？"

台下的许多人，想不到镜清道人，也会说出这般很有趣的话来，不禁又博得一个哄堂大笑。蓝辛石却只冷冷的说道："这个听你的便的，只要能把这些虱子一齐撵了走，而又不违背我所提出来的那几个条件就是了。"于是只听得镜清道人大声的道了一句："很好！"即笑容可掬的，伸出一个指头来，向着他道袍上的一块地方，虚虚的点上了一点，那块地方的一小簇虱子，立刻好像给他的法力感通了似的，重又苏醒了过来。但它们并不再爬动，却像生上了翅膀的一般，一齐都飞了起来，一到了空中，又把它们的身体渐渐的变成很大，只在一转眼间，但见一只只的都已变为羽毛很美丽的天鹅，哪里还是什么虱子呢？这一来，一般观看他们比法的人，不由得不都欢呼了起来。在这欢呼之中，显然的有一部分人，对于镜清道人这神奇无比的法力，拜服到了五体投地了。镜清道人却像毫不理会的样子，只喃喃的在说道："天鹅就是虱子，虱子就是天鹅，在这世界之上，万物同出一原，本无什么两件东西的，我如今只教他们都还上一个原就是了。"听他这几句话，倒很含有几分高深的哲理。

他一壁这么的说着，一壁又向他那道袍上所有的地方，不住手的虚虚的点着，凡经他所虚点之处，即有一小簇的虱子，从这上面飞了起来，又和先前一个样子，一到空中，便又变为一只只的天鹅，一霎那，早见美丽得什么似的天鹅，已是飞满了一个天空了。

那么，这时候的蓝辛石，又是怎样的一个情形？他见镜清道人一施展法力，就把他所放出去的虱子，都变为一只只美丽的天鹅，不是明白他自己已是到了完全失败的地步么？不，不！他一点儿也不觉得自己已是失败。他只觉得大家一般儿有的是法力，不该让镜清道人一个人逞尽了威风，这又是他自己应当露脸的一个时候了。他一等到镜清道人已是停了手，不再向道袍上去虚虚的指点着了，知道这便是已把所有虱子撵走完了的一个表示。他便又笑着说道："果然好法力，仅是这么的一来，已把所有的虱子一齐都撵走了。不过，在我这一方面，可就十分的糟糕了，这些虱子确是大有来历，也不知经我费了多少的心血，始得集合在一起的，倘然就此走散，岂不太为可惜。现在，我也得想上一个方法，把它们重行召集拢来方对呢。好，看我的吧。"说时迟，那时快，即见他把一只手伸了出来，向着空中一招，立刻就有一头天鹅，落到了他的手掌中来，他便又行所无事的，把那天鹅向着自己的身上一掷，倏忽间，已是失其踪迹。照情形瞧来，大概又是把身形缩小，重行还了原，依旧变成为一头虱子了。

于是一般旁观的人们，又情不自禁的第二次欢呼了起来。而且，这一次的欢呼，似乎较之刚才那一次，尚要来得热烈。他的原因，那是想都想得出来了的，无非为了先一次的变化，尚在他们的料想之中，预知镜清道人定有怎样出奇制胜的一手。至现在蓝辛石再能来上一个变化，又把虱子复了原，那是他们所万万料想不到的呢！其次，为了他们已把镜清道人佩服到了五体投地，以为再没有可以盖过他的人，却想不到蓝辛石就也有这么的一手，同样的可以使得人家佩服的，这当然要教他们欢呼得更为热烈了。

蓝辛石却露出颇为不安的样子，一壁只是笑着说道："不错，一点儿也不错，天鹅就是虱子，虱子就是天鹅，我再第二次把他们复上一个原吧。"说时，却又把先前的法子改变了一下，不是一招一头天鹅这么的费事了，只见他在一阵乱招乱掷间，飞在天空中的天鹅，已是去了一大半，再过了不多的时候，已一齐复变为虱子，并都向他的衣袖中藏了去，大概又回复他们原来的状况了。只剩下有一头天鹅，还没有变了去，却在他的肩头兀然站立着，这不知是一种什么用意。至是，镜清道人也把自己的大拇指伸了一伸，露上一种很为心折的样子道："你这个人真不含糊，今天我和你比法一场，也算是不枉的了。凡是一个会得法术的，第一桩要紧的事情，就是要懂得变化，懂得还原，其他尚在第二步。倘然连变化和还原的法子都不知道，那是比之一般会变戏法的还不如，哪里称得上什么有道之士呢？"

蓝辛石见他很为高兴，便又乘机而入道："你既是如此的高兴，这倒也很为难得的。那么，我和你再比上次法，好不好？因为刚才只能算是大家扯了一个直，并没有分得什么胜负啊。"镜清道人即欣然应道："好，你要再比，就再比便了。不要说是再比一次，就是十次百次也使得，我决不会躲避了去的。不过，又是怎样的一个比法，不妨再由你说出章程来？”

蓝辛石便向肩头所站立的那头天鹅指了一指，含笑说道：“讲到怎样的比法，我早已想得了的了，我是就拿这头天鹅做代表，你不妨拿任何一头东西做代表，大家来比上一个飞行的快慢。好在我们倘然一齐侧过身子来，朝着东西那一边，那我在这里所站立的这个地点，和你在台上所站立的那个地点，恰恰成为一条平行线，一点分不出什么远近来的，然后再拿矗立在那边山峰上，像似把天都要戳破了的那棵大树，做上最后的一个目标。那就是说，在谁手中放出去的那头东西，先飞到了那棵大树上，便是谁得到了胜利了。你道这个办法好不好，能赞成不能赞成？”

镜清道人笑道：“你倒真是一个妙人，想出来的什么办法，都是十分有趣味的，我当然得表示赞成。但是对于这项比赛，你已是想定有一样东西了，我又拿什么东西来凑付呢？一时间却真有些想不出。哦，不必限定于禽类，你看好不好？”

这话一说，台下不免又哄然大笑起来，都以为这一下子，镜清道人可真有些糊涂了。谁不知道，只有禽类是长于飞行的，如今人家要和他比飞行的迟速，怎么他说不必限定于禽类，好像他要用上禽类以外的一种东西，这又是怎么一个道理呢？而且，照那第一次的比法看来，对方并不是什么容易对付的，他似乎更不应这般的马虎啊。蓝辛石倒不失为一个爽直人，这时候，也笑着说道：“照理只有禽类是长于飞行的，你如要取胜的话，自然也得用上一个禽类。但如要用禽类以外的东西，那也是你的一种自由，我当然不能干涉。不过照我想来，恐怕不见得怎样和你有利吧。”

镜清道人笑道：“且不管他有利无利，只要你能答允就是。如此一来，我选择起这件东西来，就比较的容易得多了。”说完，便举起眼来，向着台下望了去，好像要在那里探视上一下，找得了那一个生物，就拿那一个生物来充数似的。一会儿，他的眼光忽停注在一个地方，那是不十分小的一道山涧，只闻得那涧水不住的淙淙的在流着，在这涧水之旁，镜清道人像似已找得了他的目的物。即见他伸出一个指头来，遥遥的向着涧旁一指，并继以轻轻的一声“咄！”便有形状很蠢的一样东西，从涧旁跃然而起，直向着擂台上飞了来，也在镜清道人的肩上停下了。但是不知为了什么缘故，这时候镜清道人的态度，却不能和蓝辛石一般的来得写意，一见那个东西在他的肩上停下，生怕又给他逃走了去的，忙举起一只手来，紧紧的把来按住。所以，这究竟是一个什么生物，大家都没有瞧看清楚，只知道这是很蠢很笨的一样东西罢了。镜清道人却已似得到了一件什么宝贝的，又忙不迭的，向着蓝辛石说道：“好，我如今总算也得到了一件法宝，可以将就的凑付一下了，我们不如就比赛吧。”

蓝辛石见他一手按着肩头停着的那个东西，态度间很是带上一些狼狈的样子，不觉暗暗的有些好笑。一壁也就把头点上一点，表示赞成之意。于是，二人都转过身去，向着东面一立，又在大家齐一挥手之下，二人肩头停着的那二头生物，便都飞了出去了。但这天鹅，是何等的善于飞翔，只略略的一举翼间，早已飞了很远的一段路。再一瞧镜清道人所放出的那个宝贝时，却是瞠乎其后，不知已隔上了多少路，而那种蠢笨不灵，飞都飞不动的神气，更是教人一瞧到了眼中，就要放声大笑了起来的。

在那些旁观者中，有几个是十分眼尖的，早又瞧出了这是一个什么东西，当时便又不自禁的，笑了起来道：“哈哈！我道是什么东西，原来是一只乌龟。乌龟而教他飞了起来，这个玩笑未免开得太大了一点了。”可是，立刻又有几个人，向着先前的这几个人驳道：“不，不！这决不是乌龟，乌龟又哪里会飞的？并且镜清道人也不是那么蠢笨的一个人，要和人家比着飞行的迟速，哪一种禽类不可以驱使得，为什么偏偏要用一头蠢笨不灵的乌龟，充起代表来呢？”

不知这究竟是一个什么东西，是乌龟不是乌龟，且俟第一百二十四回再说。

第一百二十四回

挫强敌玄机仗灵物　助师兄神技有飞刀

话说镜清道人和蓝辛石，正在第二次比法的时候，一般旁观者对于镜清道人所放出去的那个东西，为了没有瞧看得清楚，不免起了种种的怀疑。有的说这是一个乌龟，有的说这不是一个乌龟，各有各的理由，正自争辩一个不了。

镜清道人却好像也已听得了的样子，便在台上又笑嘻嘻的，说着那种带有几分哲理的话道："其实世上的各物，也并没有一定的名称，都是随着了人在那里叫的。所以这东西，你们算他们是乌龟也可以，不算他是乌龟也可以，正不必如何的认真得。"镜清道人一说到这里，又把眼睛向外面望了去。对着在空中比赛飞行的那两头生物，很仔细的望上了一眼，不免立刻敛止了笑容，又把眉峰紧紧的一蹙，似乎他所放出去的那头生物，那种蠢笨不灵的样子，也给他自己瞧到的了。于是他又喃喃的说道："糟糕，糟糕！竟是这般一个蠢笨的样子，无怪人家要叫他是乌龟的了。好，我现在该得大大的努力一下，否则，我真要失败在那个苗人的手中，这个台可真有些儿坍不起啊。"一壁说，一壁便戟指向着台外一指，又继以轻轻的一声："咄！"这当然是他在那里使法了。

果在顷刻之间，这个似乌龟非乌龟的东西，要比先前灵动了许多，飞起来也是快速了不少。但是那头天鹅，这时候却又飞行了不少路，离着指定为最后目标的那棵大树，已是没有多远。照情形讲，不论对方是用着怎样的一种速度，向它追赶了去，已是来不及的了。一般旁观的人们瞧到了，不免又哗笑起来道："要追赶，何不在出发的时候就追赶？到了现在方追赶，哪里还来得及，人家不是飞都要飞到了么？这一次的比法，胜负之势，可说得业已大明，这牛鼻子道人是输定了的了。"

镜清道人却好像毫不知道这个情形以的，仍在十分的努力着，一会儿念动咒语，一会儿做着手势，忙得一个不可开交。随又见他两目一瞋，伸出一个指头去，很威厉的喝上一声："咄！"就在这一声猛喝之下，他的那件宝贝，果然更是快了不少，先前和那头天鹅，距离上很远很远的一段路，现在却觉得已是近了许多了。

这一来，一般旁观的人们，倒又觉得十分的兴奋了起来。知道蓝辛石十拿九稳，可以到手的一个胜利，已是开始现着动摇之势，最后是如何的一个结果，正在未知之数呢！而镜清道人的那件宝贝，却只见他一点点的赶上前去。蓝辛石的那头天鹅，又只见他一点点的退落后来，不到多久的时候，二头生物已是紧紧的相随在一起，不见有多大的距离了。于是，大家倒不觉又都怀疑了起来道："这是什么一种道理，当镜清道人尚未二次努力作法以前，那头天鹅，已是和那棵大树距离不多远，只消一飞就可以飞到了的。为什么隔上了这多的时候，还是一个没有飞到，却尽着已落在他后面很远的那头生物，一点点的追赶了上去呢？"

经他们仔细一观察之下，方恍然大悟的，明白了个中一切的原因。原来那头天鹅，虽是在那里现着一种飞翔之势，其实，却完全是假的。它又何尝向着前面飞过去了一些些，只老是停留在那一个地方，而把它的两翼，不住的展动着罢了。照这样的一个情形，不管后面的那头生物，和它距离得是多少的远，当然到得最后，一定都可以把它追赶到了的。这无疑的，定就是镜清道人所使的一种法了，否则，绝不会有这种奇异的情形发现呢。于是，大家又都情不自禁的，哈哈大笑起来。笑这一下子，蓝辛石可上了镜清道人老大的一个当了。

就在这笑声四纵之际，后面的那头生物，也就是镜清道人的那个宝贝，早又追出了前面的那头天鹅，早又飞到了那棵大树上，得到了最后的一个胜利了。最可笑的，那头天鹅到了这个时候，倒又露出一种十分努力的样子，向着前面飞了去，也立刻飞到了那大树上停下，但是，恰恰已是后了一步，不能不算是失败的了。

当镜清道人露着很得意的一副笑容，向着四下顾盼着，自以为已得到了一种胜利的时候，蓝辛石却已气不忿的，大声的叫骂了起来道：“咳！不要脸的人，干出来的事，总是不要脸的。怎么又在我的面前，玩起这一套把戏来了？你要真是能胜得了我，就应该驱使一头禽类，规规矩矩的和我比赛着。像这么的使弄诡计，在中途阻止着人家，又算得什么一回事？就是得到了胜利，也是不能算数的呢。”

镜清道人虽给他这般的叫骂着，却一点儿也不以为意，依旧笑嘻嘻的说道：“你不是要和我比法么？现在我把你的那头天鹅，在半途中阻止了下来，不使它再能前进，而让我的这头生物，可以从从容容的向前飞去，得到了最后的胜利。这就是我所使的一种法，也就是我的法力胜过于你一个很显明的证据，怎么说是不可以算数呢？并且，你既是一个会使法术的人，一旦和我比得法，就该处处的防着了我，一见我把什么法使了出来，就得也用一种法来抵制着我。倘然在我刚才作法的时候，你也已在暗中抵制过，却不能抵制得下，这就是证明了你的法力远不及于我。倘然我已在这么的使着一个法，你却还像睡在鼓里一般的样子，一点儿也不知道，那你的程度又未免幼稚得太为可怜。总而言之的一句话，在如此的一个结果之下，不论就着哪一方面讲起来，你的这个失败，已像铁案那般的铸成着，决非单用什么言语所能挽回过来的了。”

镜清道人一把这话说完，蓝辛石显着十分沮丧的样子，不觉默然了下来。一般旁观的人们，同时也不觉默然了下来。在这一片静默之中，不啻已把镜清道人的那番话，暗暗的承认下。不错，这是大家在比着法，在双方比法的时侯，他就使起一个法来，这是再正当没有的一桩事。如今竟骂他是不要脸，未免太有些儿不对了。但在半晌之后，蓝辛石依旧又表示一种不服气的神气道：“好！这一次就算是我失败在你的手中了。不过，你的这个样子，也终嫌有点诡而不正，你就是把我胜下，也不见得是怎样的有光辉的。现在，你也再敢和我比赛一下么？路程不妨和以前一般的长短，就由那边那棵大树上，再飞回到这边先前的起脚地点来。这一次，你倘然再能胜得了我，能一点不使什么诡术，正正当当的胜得了我，那才是真正的一种胜利，我也就甘拜下风，自认失败，此后再不敢和你比什么法的了。”瞧他的样子，像似已有上一个把握，只要镜清道人不再使什么诡术，而肯正正当当的和他比赛着，那么，这第二次的胜利，一定是属之于他的。所以，他现在很是殷切的希望着，镜清道人不要拒绝他的这个要求。只要镜清道人能慨然的把他这个要求答允下，那就可借着重行比赛的这一个机会，一雪他第一次所受的那一种耻辱，而又可把已失去的面子拉了回来了。

在这里，镜清道人倒一点儿也不作刁，只笑着说道："哈哈！你要求我再比赛一次，就再比赛一次也使得。只是照我想来，事情已是大定的了，就是再比赛上一百次，恐怕终也是这么的一个样子，你不见得就会胜了我吧。"原来他也是胸有成竹，以为这一次的比赛，仍是归他得到胜利，决不会让蓝辛石抢了去了。比及第二次的比赛，又是开始举行起来，镜清道人果然一些些的诡术也不使，但他也把所用的方法改变了一下。当刚从那树上一飞了起来，就见他的那头生物，具上有非常惊人的一种速度，超在那头天鹅的前面，不知已有多少路，并不像在第一次比赛中那么蠢蠢然的了。随后，那天鹅无论是怎样拼着命的追赶，终是一个望尘莫及，而且越是向前飞着，越是距离得远了。

当前者已是飞到了擂台上，停在镜清道人的肩头，兀然不复动，后者还只有飞翔得半程路的光景，这未免相差得太远了。于是，一阵哗笑之声，不禁纷然杂作，又从一般旁观者中腾了起来，这一来，太使蓝辛石觉得没有面子了。然而，失败已成了铁铸的一个事实，失面子也是当然的事，一时间哪里就能挽得起这面子来。于是，把他的一张脸涨得通红，露着嗒焉若丧的样子，再不能像先前这般的趾高气扬了。

好容易，等到那头天鹅也是飞了回来，重在他的肩头停下，他不禁咬牙切齿，把那天鹅恨得什么似的，即把来抓在手中，十分用力的向着山峰的后面一抛道："好东西，这一回你可把我坑死了。现在，且让你在那儿待上一会儿吧。"这一抛下去，那头天鹅究竟是如何的一个结果，还是依旧还原为一个虱子，可没有人知道的了。这种种的情形，在无形中，无非更增长了镜清道人不少的骄气。便又十分得意的，向着蓝辛石说道："如何？我不是说，就是再比赛上一百次，也终是这么一个样子的吧？如今，你大概不敢再向我要求重行比赛了。"说后，又侧过脸去，向着停在他肩头的那个生物望上一眼，颇有一些嘉许它的意思。然后，又把它拿了起来，放在手中，一壁用指头拨弄着，一壁独语似的在说道："哈哈，我如今方也把你看清楚了，果然是一个乌龟。山涧中竟会有上乌龟，乌龟居然会飞，又居然会飞得如此之快，这都不是什么偶然的事情，大概也是我和你有上一点缘法吧。好，我现在应该送你回去了。”一壁说，一壁便伸手出去，把那乌龟向着台外轻轻的一送，只闻得远远的起了啯咚的一声响，看来这乌龟已是回到了山涧之中了。

这时候，可又恼动了一个人，那就是蓝辛石的四师弟周季容。他也躲在山峰后瞧看着，一切的情形，都瞧在他的眼中。现在，可把他气愤得什么似的，突然的跳了出来了，即伸出一个指头来，远远的向着镜清道人一指，大声骂道：“你这牛鼻子道人，休要如此的得意！你这一种的胜利，就真是接连着胜利上一百次，也是一点不足稀罕的。你要知道，我师兄的这头天鹅，并非真的什么天鹅，只是一个虱子，并是由你代他变化而成的。而你所弄来的那个乌龟，既能在山涧内生长着，少说些，大概也是数百年以上的一个灵物。把这二样东西放在一起，就是不必比赛得，胜负之局已是大定的了。想不到我师兄竟会是这般的糊涂，居然肯和你比赛，这不是上了你的一个大当么？现在，我们也不必再讲这些陈话，看刀吧。”说时迟，那时快，周季容冷不防的即把手向外一伸，便有一把明晃晃、亮闪闪的飞刀掷了出去。

他的眼力也真是好到不得了，两下虽是相隔得这么远的一段路，他把这飞刀一掷出，即直对着擂台上飞了去，而且不偏不倚的，正直拟着镜清道人的咽喉间。然而，镜清道人真也不失为一位行家，他见周季容在说着话，说着话的当儿，突然的把手向外一伸，便知不好，定有什么暗器一类的东西掷了来了，早已暗暗有上了一个准备。所以，当那飞刀一到他的面前，他就漫不经意的伸出手去，只用两个指头这么的一撮，便把飞刀撮在指间了；随又很随意的，向着自己的衣袖中一掷，一壁笑道：“原来是这样不值一笑的一件东西，就是真给你打中在什么地方，恐怕也不见得就会废了性命吧。”谁知，周季容却不来理会他，又毫不住手的，像打水镖一般，连一接二的把那飞刀掷了来。

镜清道人却仍现着从容不迫的样子，接到了一把刀，就把那一把刀向着他自己的衣袖中掷了去，好像这是他的一个乾坤宝袋，广博到不知怎样的一个程度，有多少就可以藏得下多少来似的。并且，这些刀一掷到了他的袖中去，又好像都是一把把的直插在那里，所以尽可把心放下，不怕会刺伤了他身体上的哪一个部分。约莫的已接到有十多把了，却见周季容倒也住了手，不再有飞刀掷了来。

镜清道人不禁又很为得意的一笑道："哈哈！你已是掷够了么，完了么？"他一说到这里，倏的又把笑容敛去，脸儿紧紧的一板道："咳！你是一个什么东西，刚从你的师傅那里学得了十八把飞刀，技艺一点儿也不纯熟，就想在我的面前撒野起来么？咳，我现在可不能饶了你。但也不为己甚，就把你自己的刀，奉敬还你自己吧。并借此可以教导教导你，这飞刀究竟是如何一个掷法的。"这时候，周季容最末了掷来的那一把刀，还执在镜清道人的手中，并没有向袖中掷了去。他一把这话说完，手即向着外边一挥，那把刀便如寒星一点的，直对着周季容的颈际射了去。在一个闪避不及间，只闻得周季容很吃惊的喊上了一声："啊呀！"那刀已是正正的直插在他的喉间，鲜血便如泉水一般的，向四下飞溅了去，跟着，一个身子也向着后边倒了下去，显见得已是不中用的了。于是，把一般旁观者，都惊骇得什么似的，竟有失声惨叫了起来的。而在那一方面，镜清道人又是如何的一种得意，也就可想而知的了。

但在这里，却又发现了一桩奇事。照理方绍德是周季容的师傅，如今眼见敌人当着他的面前，已是把周季容刺了一个死，不知他心中要觉得怎样的难堪，又是怎样的一种愤怒。说不定马上就要跳了起来，找着了镜清道人，死命的拼上一拼，和他徒弟报上此仇的了。谁知不然，竟是大大的不然。这时候的方绍德，一点也没有什么愤怒的神气，更没有找着了镜清道人，要替周季容报仇的一种表示，反而露出了十分快活、十分高兴的样子，哈哈大笑起来。

这一阵的哈哈大笑，响亮到了非常，在四下的山谷间，都震出了一片的回声来。倒把擂台上的镜清道人、看台上的哭道人和他的一群同党，以及擂台下的一般旁观者，甚至于连站在他身旁的蓝辛石都在内，一齐大愕而特愕，不知不觉的呆了起来。还以为方绍德或者是为了周季容骤然的一死，把他伤感得同时又愤怒得过了分，所以神经竟是这般的错乱起来了。否则，哪里会瞧见了自己的徒弟，这般的惨死在敌人的手中，倒一点戚容也不露，反而哈哈大笑了起来呢？一壁也就出于不自觉的，大家争把视线向着他的这一边投了来。只一瞧之下，在恍然大悟之外，又添上了一片惊愕骇诧的情绪。

原来周季容依旧是好好的站立在方绍德的身旁，又何尝栽向山峰的后面去？方绍德的手掌中，却平托了一个乌龟，这乌龟把一个头统统伸出在外面，一把飞刀恰恰直插在它的头上，而把刀尖露出一小节在外，鲜血淋漓的，见了好不怕人。接着，便听得方绍德发出洪钟一般似的声音在说道："这只是我小小的使了一个法，竟把你这个牛鼻子道人轻轻的瞒过了。当你刚才见他中了一刀，直向后面倒下，那时候你的心中，想来真不知要怎样的高兴。以为我那徒弟，对着你掷了十八刀，一刀都没有掷出，你只一出手，就把他完了事，这是如何的可以使你露脸啊。却不料，刺中的并不是我那徒弟，竟是和你很有缘法的那个乌龟。它刚才不知出了多少力，方替你博到了一个胜利，如今竟是这般的酬报着它，这在你的心中，恐怕也很觉得有些对不住它吧。现在，我不妨把它的遗体还了你，由你如何的去和它办理后事吧。"

方绍德一说完这话，便把手中的那个死龟，向着空中一抛，等到它掉落下来的时候，不慌不忙的伸出二个指头去，恰恰握住了那把刀。即在轻轻向外一送之间，那死龟连着了那一把刀，便直对着擂台上的镜清道人打了去。镜清道人忙一闪避时，只闻得不很轻的一声响，那死龟已是落在台上，连刀尖都没入板中去了。同时，哭道人的那个台上，也有人把一件东西掷上台来，立刻台上便起了一片惊呼骇叫之声，骚乱得什么似的。

不知这掷上台去的究竟是一件什么东西，且待第一百二十五回再写。

第一百二十五回

遭暗算家破又人亡　困穷途形单更影只

话说同在这一个时候之间，不知是一个什么人，也把一件东西，向着哭道人的那个台上掷了去，恰恰掷得十分凑巧，正掷在哭道人的衣兜中。那时候，他是坐着在那里的。这一来，同在这一个台上的人，已知道这决不是一件什么好事，定有什么人又要向这边台上捣蛋来了。等到哭道人伸进手去，把衣兜中的那件东西取了出来一瞧时，却不料竟是血淋淋的一个人头，并还是一个女子的头。这是就着她两颊上敷有脂粉的这一点，而瞧看了出来的。于是，不但是哭道人本人，凡是坐在或站在这边台上而瞧到了这个人头的人，都是惊骇到了万分，不自觉的放直了喉咙，而惨叫了起来，情形是骚乱到了极点了。

而在哭道人这一边，在惊骇之外，还添上了一种悲痛之情。原来，这被害者并不是别一个，他早已瞧看得十分清楚，就是他从齐六亭的手中抢了来，嬖爱到不得了的那个雪因。但他是何等厉害的一个角色，究和寻常的一般人大有不同，悲痛只是一刹那间的事，立刻就给他把这二者都驱走得很远很远，依旧又恢复了他先前那种精明的神气。举起炯炯作光的一双眸子，向着台下望了去，意思是要在这人群之中，找出一个嫌疑犯来。看究竟是谁把这个人头掷上台来的，同时也就可推知谁是凶手的了。但是，这可不必经他找寻得，早见人群中直挺挺的立着一个人，两眼满挟凶光，一瞬都不瞬的向着他这边台上望着。啊呀，这不是别一个，却就是那个齐六亭。一和他的眼光触个正着，齐六亭即带了十分得意的神气，又像已是发了疯似的，拍手大笑起来道："哈哈，你仗了你的那种势力，硬生生的把我的雪因夺了去，自以为可以把她玩上一世，我是没有什么法子可想的了。但我虽确是没有法子可想，现在可已是把她杀死了，看你此后还能不能和她怎么着怎么着？最无聊的一个办法，也只有把她的首级，在锦匣中藏了起来，日夕的在枕边供养着吧。"

哭道人一瞧见齐六亭站在台下人群中，就知道杀雪因的定是他，心中已是好生的气愤，恨不得马上就杀死了他。如今哪里再经得起齐六亭把这番话，向他冷嘲热骂着，更触动了他的杀心，也就一言不发，只悄悄的举起一个指头来，对准着齐六亭把飞剑放了去。

谁知，当那飞剑刚刚到得齐六亭的面前，忽从他的身后，转出了一个婆子来，挡在前面。那飞剑是认不得什么人的，恰恰把剑锋触着了那婆子一下，立刻便身首异处，倒在地下了。那飞剑既得到了一个牺牲，也就很迅速的飞了回去。这一来，可又惹动了一个人，便是那个马天池。原来刚才为哭道人的飞剑所斩的，就是他的母亲。他起初原站在台下的那一角，只是带着一颗很不安定的心，在一旁偷瞧着，生怕给哭道人瞧见了，将有所不利于他似的。如今，见他的母亲已遭惨死，一恸之下，也就横了一颗心，什么都不顾了，便一壁放声恸哭着，一壁直奔过来道："咳，咳，老贼，你既已忍心把我的母亲杀死，我也就不要这条性命了，和你拼上一拼吧。"可是，在哭道人的这一方面，不要说是一个马天池，就是十个八个马天池，也一点儿都不在他的心上。而且，他在这个时候，已是杀心大起，只要是瞧见有什么人反对着他，他就要放出飞剑来，杀掉那一个人了。所以，他暂时倒把齐六亭舍了去，又要将那飞剑向着马天池放来。然而，毕竟放着了这许多天下闻名的能人高手在这里，怎能由得他如此的跋扈，他要杀去什么人，就可杀去什么人？因此，激动了大家的义愤，当他刚要把那飞剑第二次放出手去，早有不知多少柄的飞剑，不约而同的向着台上射了来，集矢在他一人的身上了。于是，他也只能把飞剑放起，暂时把这不知多少柄的飞剑挡住了一下，聊以保全他自己的性命罢了。同时却又听得齐六亭拍手大笑道："哈哈，你瞧，你所辛苦经营的那个巢穴，不是又已起了火，烧了起来么？你在以前的时候，一切都可由你穷凶极恶的干了去，果然不失为一世之雄。但是请瞧，现在又是如何的一个局面，不是已到了家破人亡的一个地步了么？这真要把我乐煞了。哈哈，哈哈！”

哭道人一听这话，心中已是一急，忙回过头去，向着他那巢穴所在的地点望上一眼时，不禁更暗叫一声：“苦也！”原来那边一个天空中，全为浓黑的烟气、通红的火光所占领，并且热烘烘的一片向着这边烘了来，还有不少的火星四下飞扬着，果然已是着了火，并已烧得不堪收拾的了。这不言而喻的，定也是齐六亭那班人手上，所干下来的事情呢。照着他所具有的那种法术，不论那火势是如何的旺盛，或者比之现在更要厉害上几倍，只要他一作起法来，把雨点也似的一种东西，远远的向着火场上喷了去，立刻就会烟消火灭，什么也不有的了。然而，他如今以一柄剑，挡住了这不知多少柄的剑，已是觉得十分的吃力，偶然回过头去望上一望，还是出自勉强，哪里再有什么功夫作起这一个法来呢？如是的又过上一会儿，他实在觉得有些抵挡不住了，暗想管他妈的，不如跑走了再讲吧。“君子之仇十年”，我随后去依旧可以找着了他们，一个个的细算今天这笔账的。他把这个主意一打定，便乘大家不防备的时候，倏的把剑一收，借一个遁，遁走了。

他这一走不打紧，却拆了镜清道人的一个大烂污。原来在最初大家围着了哭道人的时候，已有一部分人也把镜清道人围着了。如今见哭道人一走，便又把那边所有的攻击力，也都移加到这一边来，竟把镜清道人作为他们唯一的对象了。这可真教镜清道人有些儿不容易对付呢。然他不比哭道人这般的不要脸，他倒是有上一点英雄的气概的，越是在这般困难的局面之下，越是把他的精神打了起来。一个人暗自在想道：“在今天如此的一个局面之下，以我一个人而去抵挡住他们许多人，并在这许多人中，还有上了不少的能人和高手，那我就是打败下来，也是一点不足羞耻的；万一竟是给我打胜了，不，就是不能打胜，只要大家打上一个平手，哼，那时候我镜清道人的声名，不是就要洋溢于四海么。”

可是他自己虽尚要在这里，努力的支持上一会儿，暗中却已有一个人，不能容许他是如此。只在一阵清风飘拂之间，早把镜清道人从擂台上吹了起来，飘飘荡荡的，向着天空中直送了去。也不知经过了多少时候，又是一阵风直对着他吹来，把他向地面上打去，便像栽上一个筋斗似的，又将他跌落在地上了。但在他的身体上，却一点儿的伤也没有受到。当他忙睁开眼来一看时，只见所跌落的那个地点，正当着一座高山之下，这地方倒看去觉得好生的熟，好像他自己从前曾到过了不少回似的。再经上他仔细的一想，不禁恍然大悟道："啊呀，这不就是白凤山，我从前学道之地么？想不到一别多年，我现在又回到了这个地方来了，而且还是经风一吹，恰恰吹到这个山前，将我跌落下来的。这又是什么人玩的一套把戏呢？真是有点奇怪了。"同时，又瞧到了山边的一草一石，都似见了故人一般，各有一段历史可追寻，更引起了不少的旧感之想。

正在这么追怀旧迹、俯仰兴悲之际，忽见眼前晃上一晃，即见这座山已被什么黑越越的一件东西遮蔽着了。细一瞧时，方知是大与山等，高与山齐的一个巨人，当着山前而立，睁出了大得无比的一双大眼睛，向他注视着。镜清道人方知是他的师傅铜鼎真人，显出法身来了。那么他此番的被摄到这山下来，定也是师傅玩的一个手法。否则换了别一个人，法力总只和他相等，对于他决不能这般的指挥如意呢？一壁忙也将坐的姿势改成为跪，恭恭敬敬的叩了三个头道："弟子真是该死，如今又回得山来了。"在这寥寥的几句话中，却含有失败归来，羞见师傅的一大片意思在内。

铜鼎真人听了，将他那张大脸一板，厉声叱道："咳！你真是该死之至。你下山以后的一切所作所为，也太是闹得不成样子了。我当初为了你的魔心已起，不能再静静心心的习道下去，为整饬我的教规起见，不得不忍心驱斥你下山。原也含有教你到尘世去阅历一番的意思在内。不料你一下得山去，就胆敢创出什么长春教来，又定出那种十恶不赦的教规，把人类所赖以存在的羞耻之心都打破。这一来，真不知坑害了多少青年男女呢！谁知你这还不算，又去和那大胆妄为的人合了伙，摆设出什么擂台，要与普天下的修道之士决上一个雌雄。且不论你的本领究是怎样，只是你想要独自称霸于天下，把所有修道之士一齐都打倒，这个心未免太不可问了。倘然再听你这般的胡为下去，更不知要闹出些个什么事故来，我做师傅的恐怕还有大大受累的日子在后头呢。因此，我再也忍耐不下去，不得不把你召回来了。当你跌落在这地上的时候，我也就把你看了神经所学得的一切法术，都收了回来。从此，你便和寻常人一个样子，再也兴不起什么波浪来，我也就可把心放下呢。好，我已言尽于此，我们的师徒关系，也从今天起不再存在，你去吧！"

铜鼎真人把这话一说，可真把镜清道人急得什么似的，心想师傅遇着了不肖的徒弟，发现了他们的劣迹以后，气恼得把所传授的法术都收了回去，这在我们修道人中，倒也是常有听得的事情，并不是什么假话。我如今给师傅把所有的法术都收了回去，当然已和寻常的人没有什么二样，这还能做得出什么事情来呢？而年龄也已很老，不是马上就要遭到灭亡了么？他如此的一想时，忙又叩头哀求道："现经师傅痛加训迪，也知以前所作所为，真是该死之至。此后当痛改前非，决不敢再这般的胡闹了。请师傅顾念旧情，仍准弟子列在门墙，并准其在山上继续修道。或经此一番挫折之后，魔心已是退去，能再把这神经从七卷起，静静的接续着修习下去，也未可知呢！还乞师傅可怜着我，接受了我的这个请求吧。"

铜鼎真人却不再说什么话，只在衣袖一拂间，他那法身早已杳然不见。镜清道人正自惘惘然，却又觉得自己也已不在这山下，忙一省察时，方知自己早到了山上，盘了双膝坐在那里，手中捧着的却正是神经第七卷，又回复了当年修道时的那种光景了。这明明是铜鼎真人已答允下他的这种请求，准其再在这山上修道的了。于是，镜清道人的事情，也就在此告上一个结束。至于他究竟能不能修成正果，却还须待之若干年之后，并非现在我们这一辈人所能知道的呢。

再说镜清道人既被铜鼎真人召了回去，重在白凤山继修道业，当时邛来山上的这个擂台，也就不收场而自收场。因为主持擂台的二个正主，既都已走得不知去向，那边台上的一班狐群狗党，自然也就纷纷作鸟兽散，各自逃命要紧，这擂台哪里再打得起来！因此，一般来打擂台的人，也只好惘惘然各就归途，真合了"乘兴而来，败兴而返"这二句话了。而这般轰轰烈烈的一个擂台，竟会如此的草草收场，和着哭道人这么一番如火如荼的气象。刹那之间，竟又会家败人亡，落得如此的一个结果，真都是出乎一般人意料之外的，很足使人感叹不已。这都按下不提。

那么，那个遭了家破人亡之痛的哭道人，一个遁，又遁到了哪里去了呢？原来他在一遁出了邛来山之后，正想收了遁光，在地面上暂时歇一下足。不料，忽从哪里传来了一股绝大的力量，只一招，就把他晃晃荡荡的招到了那边去，竟是一点儿也不容他做得主。哭道人心中不禁大大的吃上一惊道："莫非当我遁走的时候，已被金罗汉、方绍德那些人窥破了机谋，也暗暗追随在后边，到了现在这个时候，便玩起这一手来了。倘然真是如此，我不免仍要落入他们的掌握之中，可就没有了命了。”正自十分着急时，早已给那一股力招到了那边，在当地兀然的站着了。在对面一块大石上，却坐着了一个五六十岁的老者，正笑迷迷的望着他。哭道人一见是一个不相识的人，并不是什么金罗汉，也不是什么方绍德，更不是昆仑、崆峒、峨眉三大派中其他的什么人，早把心事放下了一半。还有那一半的心事，是只怕那老者或者是一个什么妖怪，观他刚才只是那么的一招，就把他自己招到了这一边来，可知定有上一种非常惊人的本领，远非他自己所能敌。现在既落在这么一个有本领人的掌握之中，可仍是一桩不了的事情呢。

然而，那老者对他却无丝毫的恶意，见他露出一种怀疑的神气，只瞪起了一双眼睛向自己望着，一句口也不开，便又从石上站立了出来，拱上一拱手，含笑说道：“你不是邛来山的哭道人么？请了，请了。这一次的摆设擂台，真是辛苦之至。至于后来的那种结果，也是大数所注定，非人力所能挽回的，你也不必怎样的懊丧吧。”这真是奇怪，那老者不但是认识他，并对于他在邛来山摆设擂台，以及后来失败下来，前后一切的经过，更像是了如指掌，最后还十分的关切，又向他如此的劝慰着，好同有上了多少年交情的一个老朋友一般，而他自己可真不认识这么一个人。在如此的一个情形之下，倒使哭道人更是呆了起来了。

那老者便又笑着问道：“哈哈，你不认识我么？你对于我的很是认识你，而你一点也不认识我，并觉得那是一件十分奇怪的事情么？那么，请你向着我的这个头上望一望，便可知道我究竟是一个什么人。”

他这话，竟是越说越奇怪了起来了。一壁也就把他的一颗头低了下来，恰恰当着了哭道人的眼面前。哭道人不由自主的，便把眼光向他的头颅上扫射了一下，但也不见到有什么特异之处。只在发际，赫然的呈露了七个香疤，这显然是和尚们受过了戒，所留遗下来的一种戒疤。啊呀！照此说来，莫非这老者从前是出过了家的，现在却又还了俗了。

哭道人一想到这里，不禁也脱口而出的，说道：“哦，你老莫非从前是出过了家的？但不知法讳是哪二个字？一向却少会得很。”那老者不觉把头点上几点道：“不错，不错，这一猜可给你猜着了。不瞒你说，我就是湖南红莲寺的知圆和尚，从前我们大家确是没有会过面，不过在不久的以前，我曾私下到过一次邛来山，却在暗地里把你认识了下来了。至于今天你会到这海岛上来，那是我早就推算了出来，所以我预先在这里恭候着大驾呢。”

红莲寺的知圆和尚，曾把湖南卜巡抚在寺中囚禁了起来，后来在无意中给陆小青识破机关，引得大队官兵前来围攻。红莲寺虽是烧得成为灰烬，知圆和尚却依然幸逃法网。这一桩事，差不多在江湖上已是传说了一个遍，凡在江湖上走动走动的人，没有一个不知道的了。所以，当哭道人一听说那老者。就是大名鼎鼎的知圆和尚，觉得很是出乎意外，立刻露出一种肃然起敬的样子来道：“哦，你老就是从前的知圆大和尚，这真是失敬之至了。但是，怎么又会来到这里的？”

知圆道：“这话说来颇长，且到舍间去再谈。你不知道，我已在这个岛上立下足来，并小小的有上一点规模的了。”说后便同了哭道人一齐走去，到了一所渠渠大厦之中。只见屋内一切陈设，都穷极奢华，更有豪仆如云，供其役使，俨然是一个大富翁的排场了。知圆把哭道人，引到了一间极精美的客室中，相将坐下以后，又望着哭道人笑了一笑道：“你到了我这屋中以后，可有不有什么一种感想？可要说我太不安分了一些，一不做了和尚，就如此的穷奢极欲起来了。”

哭道人忙把头摇摇，笑着回答说：“决没有这一个意思。”知圆复又笑道：“那么，我更有一句话告诉你，我不但在这里过着极奢侈的生活，最近还要娶起老婆来了呢。”

不知知圆要娶老婆的这一句话，究竟是真是戏，且待第一百二十六回再写。

第一百二十六回

荒岛上数言结同志　喜筵前一卮奉新人

话说哭道人一听知圆说出还要娶老婆的这句话来，尚疑他是一句戏言，并不是真有这一回事。因为知圆虽已是还了俗，自己不再承认是出家人，人家也不知道他就是从前的知圆和尚，娶老婆原是在所不禁。不过，瞧他的年纪，已在六十以上，这样老的一个老头子，怎样又会娶起亲来呢？因此，只能瞪起一双眼睛来望着他，不能有什么话可说。知圆便又在一笑之中，滔滔汩汩的说出一番话来，方对于他从红莲寺中逃出以后的一番历史，都是有上一个着落的了。

原来他从红莲寺中逃了出来以后，也知案情犯得太重，天下各处都在绘影图形的缉拿着他。他为免得给人家窥破真相起见，便躲在一个秘密所在，蓄起发，还起俗来。等到第一步的功夫已是告成，他扮成了一个寻常俗家人的样子，一点也不露什么破绽，人家已瞧不出他就是从前的知圆和尚。他方始放大了胆，从那躲藏的所在走了出来，到各处去云游。无意中忽到了这一个岛上。这是一个无人的荒岛，从前并没有什么岛名，后来方经他取名作连云岛。知圆此次的四下云游，目的原是欲觅得一块好地方，做他经营秘密事业的根基地。一到了这个岛上，四下仔细的一观察，觉得这虽是孤悬海中的一个岛屿，然而各种物产都颇为丰富，倘能加意经营，就是有数千个人住到这岛上去，也足能维持他们的生活，不必得到岛外各地一些些的供给和帮助。此外还有一个极大的好处，便是你在别个地方经营秘密事业，常有败露之虞；独有这个地方，不为一般人所注意。倘然你是高兴的话，就在这荒岛上称起王来，也不见得会有什么人来干涉你的呢。

知圆在此观察之下，当下对于这个岛很为满意，便去各处招了不少的亡命之徒来，开始的把这个岛开辟着。好在知圆在红莲寺中积下了不少的资财，并已暗暗的藏放在外面的一个秘密所在。此次，他虽出亡在外，对于他的全部财产，却一点儿也不受什么损失。现在便拿出这笔钱来，作为开辟荒岛之资。有了钱，又何事不可做？再加上他自己十二分的努力，果然在不到数年之间，已把这个荆榛满目的荒岛，变成为都市似的一个十分繁盛的区域。细计之，岛上的居民，已达二千多户，人口也共有七八千之多的了。至是知圆第一步的计划，已告完成。而他在平日，就素喜拿兵法来部署这一般岛民的，因此在八千人口之中，却有三千壮丁可得。于是他便又雄心勃勃的，想借着帆船的力量，去把沿海的州县，占夺上几个来了。不过他自己也觉得力量尚还单薄，非再招几个有力分子来，合了伙经营着，不足以成大事。在他暗暗物色之中，哭道人也为他所注意的一个人物。因为哭道人的党羽并不算少，能一加入他这边来，就可把那些个党羽也拉了过来了。并早已算知哭道人摆设的擂台定要失败，本人在邛来山也是站足不住，要逃了出来的，所以一到了相当的时候，就预先在海滩上等候着；并小小的使了一个法，把哭道人招到了连云岛上来了。

哭道人听他说到这里，心中不觉暗自欢喜道："我虽是遭上了这么的一个大失败，却兀自有些儿不服气，颇思卷土重来一下，生命是已置之度外的了。天幸一逃了出来，就能遇到了这么一个志同道合的人，倘能合了伙大家努力经营着，看来将来的希望倒很为不小吧。"

当他正自暗喜着，知圆似早已猜知他是在想着那一种的心思，便又对他一笑说道："在你现在的心中，不是颇致憾于这一次的失败太是出人意外，而思卷土重来一下么？那你要把这个希望实现了出来，无过于和我合作的这一个方法了。"哭道人听了，便也毅然的说道："我也不敢说什么和你合作的这一句话，只是十分愿意的投入你的麾下，做上一员战将，并当把我的旧部召集起来，完全听从你的指挥呢。"于是，知圆也大为欢喜，便说道："如此很好，我们准以一言为定，就大家合作起来了。等到将来我们的基础一稳固以后，你要想去找着什么人报仇，就可找着什么人报仇，一点儿也不会感到困难。而且不是我说句大话，一到了那个时候，便是要把皇帝老子的天下夺了过来，也是十分容易的事。什么昆仑派、崆峒派，简直是小而又小的一个团体，哪里还值得把他们放在眼中的呢？”

至是哭道人又想起了知圆所说，将要娶老婆的这句话，不免又问道：“照此看来，你的志向真是不小。所谓将要娶老婆的这句话，大概只是一种戏言吧？”知圆道：“不，不，我确是有上这个意思，并且含上有一点作用在这中间的。你要知道，我是寡人有疾，寡人好色，就是在当和尚的时代，仍是红粉满前，佳丽环侍，除不去那种绮障的。自问对于女色一方面，也是很有过一种享受的了。到了现在这个年纪，倒又觉得有些厌倦呢，绝不会也像那一般还了俗的和尚，一旦做了俗家人，别的事都不要紧，急巴巴的先去娶一个老婆来，尽情尽意的玩上一下的。但是，我现在确是要娶老婆了，并所娶的还是一个外国女人。你听得了，不是要觉得十分的奇怪么？”

知圆说完这活，自己也撑不住笑起来了，果见哭道人很为骇诧的问道：“怎么娶的还是一个外国女人？你倒真是会玩，又从哪里去弄了来的？”知圆又笑嘻嘻的往下说道：“那是一个东夷国的女子。你总该知道，东夷国的国土虽是不很大，他们的国王却不是一个好东西，很具上有一种野心，常想侵占我们中国的地方。他一听到我在这个岛上经营着秘密事业，便派了人来联络我，并说要把一个他最喜爱的公主下嫁于我。也不知道真是不是公主，但他既说是公主，也就姑认他是公主便了。又互相约定，将来遇着有可乘的机会，便大家一同进兵，夺取大清国的天下。我为了他们东夷国的舟师颇精，可以做得我出兵时的一个好帮手，所以，对于他的各项条件，已是一一答允下来了。这也只要我自己能把一切的计划预先定好，将来真是得到了天下以后，就不妨一脚把他踢了去。他到底是东夷国人，不大熟悉我们中国的情形，还怕他能把我怎样子么？但是为了如此的一来，我可就要娶起外国老婆来了。”

哭道人道：“你这话一点儿也不错。我在邛来山的时候，西藏的喇嘛，也是在暗中和我有上一种联络的，时常拿巨额的金钱资助给我。他们的用意，无非要我在四川先作起乱来，他们便有机会可以称兵内犯了。但我也是和你一般的意见，他们现在既利用我，我也就利用着他们，多少于我总有益而无害的。到了事情成功以后，我难道怕没有方法可以对付他们么？所不幸的，我在那边的事业，已是完全失败下来了。”

知圆笑道："这一节事，你自己就是不说，我倒也早有所闻。否则，你对于建筑你的洞府，和后来的摆设擂台，都是大事铺张，不惜金钱，这一笔费用又是从哪里来的？你虽也把你能点石成金的这一番事实，在外面四下宣传，用来解去人家的疑心，但是，只要略略聪明一些的人，谁不知道这是一种假托之词呢？"这话一说，哭道人倒也笑起来了，便又问道："那么，你的娶亲已成为确定的一桩事实，吉期究竟定在哪一天呢？"知圆道："也没有几天了。你就在这里吃上一杯喜酒。等到我的婚期过后，大家再把这大事业进行起来吧！"于是，哭道人便在连云岛上住了下来。

不到几天工夫，知圆的吉期已到。东夷国王果然把那位所谓公主也者，用了舟师保护着，送到这连云岛上来。为了要得到知圆的欢心起见，妆奁很为丰盛。而那位所谓公主，也颇有几分姿色，所美中不足的，只是身材太短小了一些，又腰肢太肥了一些罢了。知圆本是一个色鬼，一见到了这个异国美人，真教他心花怒放，魂灵儿都不在身上了。不料正当合卺的时候，忽听得从屋梁上，传下了一个巨大的声音来道："哈哈，哈哈！这个年头儿的事情，真是越过越为有趣，连得和尚都娶起老婆来了。"

知圆一听到这几句话，脸色不禁略变，知道定有什么江湖上的朋友，熟悉他以前的一番历史的，乘了他的这个吉期，特地前来向他捣蛋了。一壁忙想抬起头来一瞧时，却见梁上空空如也，并不有一个什么人在那里。不觉冷笑上一声道："哼！究竟是一个什么东西，既有这么大的胆量，敢到这里来捣蛋得，为什么又不把身形露了出来？难道你以为你是会上一种隐身术的，人家就可听你任意的捣蛋着，不能把你怎么样了么？现在，我且喊着一、二、三的三声口号，你须在这三声口号喊完之后，就显露出你的身形来。否则，哼哼！可就对你不住，要你当场出丑的了。"于是知圆便把一、二、三的三个口号，接连了的喊着。但是当他把那个"三"字喊出了口，又隔上了一些时候，仍是不见一点动静，并没有什么人在梁上显出了身形来。

这可把知圆激恼了起来了，即大声的骂道："咳！好个不识抬举的东西，定要把我恼了起来么？这一下子，我可不再和你留什么情的了。"骂后便又在口中念动一种什么咒语，然后突然的戟指向着梁上一指，并大声的喝上一声："咄！"即听得有一个霹雳，在空中响了起来。原来他现在所使的这一个法，在从前最是灵验无比的，只要把这个霹雳打了去，不问这会隐身术的是有上怎样一种的大本领，怕他敢不把身形显露了出来。倘然再不显露时，第二个霹雳就要跟踪而至，那是把那人打死以后，仍要教他把身形显露了出来呢。不料这一次却是不灵不灵又不灵。当把第一个霹雳打了去，果然是一无效果；就是第二个霹雳再接踵着放了出来，依然是不见一点动静。可是也不听得那个人，再继续着在梁上说些什么，看来已是逃走的了。知圆见两个霹雳连一接二的打了去，仍不能教那人显出身形来，心中也暗暗的有些吃惊，那人的神通很是不小，不过给这二个霹雳一吓，居然吓得那东西忙不迭的逃走，足见尚非自己的敌手。在另一方面说，自己也总算占上了一点面子，可以下得台来的了。因此露出了一种十分得意的神气，笑微微的说道："想不到这东西原来也是一个银样镴枪头，经不起什么吓的，只给我如此的一吓，就吓得他尿滚屁流的逃走了。"

谁知他刚把这句话说完，便听得那个人又在梁上说起话来道："咳，谁是银样镴枪头，谁又是吓得尿滚屁流的逃走了，你几曾见了来？不要这般的在人前吹说了。"这一来，可真把知圆窘得什么似的，当着这许多人的面前，真有些下台不来了。但只要教那人显出身形来，尚是一点办法都没有，现在又能把他怎么样。结果也只有把自己的一张脸，涨得通红通红而已。接着又听得那个人大声的在笑道："哈哈，其实，和尚娶老婆，还不算得怎样稀奇；而所娶的，又是外国老婆，这真是奇而又奇的一桩事情，我又安得不到这里来观礼一下呢？"瞧他的样子，显然是也没有其他的意思，只是特地到这里来捣一下蛋，并把自己的本领卖弄一番罢了。

好个知圆，不愧是个老江湖，倒是既能屈又能伸的。一见对于那个人，用硬已是有所不能，不如变个方法，和他软来吧。否则，听他这般的胡闹下去，胡闹到什么时候方止？倒把他们的百年嘉礼阻搁下来了，这实在不是一件事情呢。

他这么的一想时，便也装出十分和平的一种神气来道："哙！隐住了身形的朋友，我且问你，你究竟是为了什么到这里来的？倘然只是要和我开上一个玩笑，并没有什么和我过不去的意思，那是我最所希望的。就是真要和我有什么过不去，也得光明磊落的走下地来，大家好好的较量上一番。像这么的隐住了身形，只在暗地向我冷嘲热骂着，恐怕也不是什么大丈夫的举动吧。"果然，这几句话说得很是有力，便又听得那个人显出一种颇为赞许的意思，打上了一个哈哈道：“你这几句话方说得有点漂亮了。像刚才这么的一出手，就是二个厉害无比的霹雳，只要本领略略小上一些的，就要不明不白的死在你的手中了，这未免太有点儿不够朋友呢。那么我现在也就老老实实的对你说了吧，我不但没有和你过不去的意思，而且自己觉得很是和你说得来，不但很是和你说得来，而且还是特地前来向你贺喜的；不但是特地前来向你贺喜的，而且还带了一宗绝好的买卖，来献给于你呢。请问你，像我这么的一个朋友，你也表示不表示欢迎的？”

那个人如此的一说，知圆知道对于自己并没有丝毫恶意，还是有上一点好意的。并且听那人用不但而且的那种句法，一层进似一层的，一连串的说了下去，既表示出极愿和他亲近的一番意思来，更活显出是如何有趣的一位朋友，倒急于想和那人会一会面的了。因此，他忙说道：“欢迎之至，请下来吃一杯酒吧。”那人也立刻应声道：“好，我就要下来了。不过，我是特地前来贺你新婚之喜的，在未吃你们的喜酒之前，应先向你们二位新人各敬一杯才是呢。”这话刚刚说完，只闻得锵的、锵的接连了的二声响，便有二只瓷酒杯，放平了的从梁上掷了下来，恰恰一边一只的，分置在新郎和新娘的面前。就是由臧获辈放置了起来，至多也只放得这般的端正，而和原来置在那里的杯子，适成为一条直线。最妙的，每一只酒杯中，都斟满了一杯的酒，当他从梁上掷放到桌上来，既没有一点的酒从杯中倾泼了出来，也没有把那瓷杯打碎上一些些，真不知他用的是一种什么功夫。倘然说这是一种练就了的软功，那么，这软功也就做到了无以复加的一个地步了。当下，当然引得一堂的贺客，都掌不住的喝起彩来。

就在这一片彩声之中，那个人也不知在什么时候，已是显出了身形，并已端端正正的立在筵前了。这在他们许多人，真好同瞻仰什么英雄、什么美人一般的来得起劲，争把视线向着他投了去。但是只瞧得一眼时，谁都觉得大大的失望了下来。原来在他们许多人的意中，以为这个人既具有如此惊人的一种本领，定不知是如何神采飞扬的一尊人物。却不料现在他们所见到的，竟是貌不惊人的一个中年汉子。而且身上的衣服，又是非常的不整洁，背上还挂了一个很大的酒葫芦。再一瞧到他脸上挂上有一副宿酒未醒的神气，不论什么人都会猜到他是一个嗜酒如命的酒鬼的了。

那酒鬼却并不向众人看上一眼，只又向着二位新人拱上一拱手道：“请啊，请啊，这是我十分诚意敬的酒，你们都须得把这一杯酒干上了。”新娘当然是十分怕羞不肯饮。知圆虽是今天做着新郎，却是十分豪气的一个人，并存心要和他结上一个朋友，所以一听到这话以后，便拿起这杯酒来，一饮而干。但当他刚把酒杯放在桌上，却又听得那酒鬼在说道：“怎么，你只把这杯酒抿了一抿，连一口酒都没有吃得呀？”

知圆忙一瞧时，果然仍是满满的一杯酒放在那里，不免暗自疑惑道：“我今天这个人，精神为何如此的恍惚，连这杯酒究竟吃了没有，自己都没有知道呢？”随又拿起这杯酒来吃干了。不料，那酒鬼仍在说道：“你怎么仍没有把这杯酒吃得呢？”知圆这才知道都是那酒鬼弄的一种狡狯，便含笑说道：“朋友，你既是真心要和我结交的，为何又要这般的捉弄我呢？”

那酒鬼方也笑道：“好，那么你再干了这一杯吧。”这一下子，知圆再把酒杯放在桌上时，果然只是一只空杯了。跟着，又千劝万劝的，把新娘的一杯酒也劝入了肚去。在这里知圆却更把那酒鬼看做神人一般，一待宾客散后，也不就进洞房，和新娘去同圆好梦，却把那酒鬼引到一间密室中，很诚恳的问道：“朋友，还没有请教得高姓大名，并且瞧你此来，对我很是有点意思，究竟带了什么一宗买卖来了呢？”

不知那酒鬼回答出怎么一番话来，且待第一百二十七回再说。

第一百二十七回

巧计小施奸徒入网　妖风大肆贤父受迷

话说那酒鬼听知圆向他如此的问着，便笑嘻嘻的回答道："我为了贪杯的缘故，把我自己的姓名忘记去，已很是长久的了。江湖上的一般人们，却都唤我作'江南酒侠'。其实，我也只是酒醉糊涂的，成年价在江湖上流浪着，又哪里干过一桩二桩侠义的事情，不过是这么的一个名号罢了。"江湖上有上这么的一个江南酒侠，知圆以前倒也曾经听人家说起过，却想不到今天倒和这位酒侠会了面了，便露出一种十分高兴的样子来道："哦，原来你就是江南酒侠，这倒是失敬之至了。"

江南酒侠忙也客气了几句，又接着说道："至于我此次的来到这里，确是为了一宗绝大的买卖。这一宗大买卖，除了你，别个人也是接受不下的。你道是什么？原来我要把厦门的这块好地方，双手奉献给你呢。"

谁都知道，厦门是沿海的一块好地方，知圆对于他，也是垂涎得好久的了。大概他不起事则已，一旦起了事，这厦门是在所必取的。能把厦门归入了掌握之中，同一厅属的那十二个县城，当然也一齐为他所有，在兵事上便有上了一个根基地了。如今忽听江南酒侠说，要把厦门这一块好地方，双手奉献给他，恰恰是搔着了他心中的痒处，这哪里是不教他又惊又喜，同时又有些疑惑了起来呢？便出于不自觉的，把一双眼睛灼灼然的望着江南酒侠，意思是在问着："真有这一桩事情么，不是什么戏言么？"

江南酒侠也懂得他的这个意思，即正色说道："正经归正经，儿戏归儿戏。这是什么一桩事情，而也可以儿戏得的？你如不信时，我还有一张注得十分详细的厦门地图，带在身边，难道我为了要和你开玩笑，还一点不怕麻烦，巴巴的要费下这一番细腻的功夫么？”说完此话，即把身畔的那张地图取出，放在知圆的面前。

这一来，知圆不由得不相信了起来了，忙又向江南酒侠问道：“那么我们出兵去取厦门，是应该有上怎样的一个计划，难道你在那边，已有上了什么内应么？”这话一说，喜得江南酒侠连连点着头道：“不错，不错，这一猜，可就给你猜着了。我们已有上一个很可靠的内应在那里。那是我的一个小徒，姓杨，现在那边带上了几营兵。他很不愿意老是当着这个劳什子的兵官，颇想干上一番大事业。所以教我到这里来，和你谈判一下。倘然你肯和他携手合作的话，那你一把兵开到了厦门，他就一点不抵抗的，开了城门迎接了。这不是我在此来，把一个厦门双手奉献给你么？”于是知圆大喜过望，随又和江南酒侠议定了几个条件，无非是取得厦门以后，大家利益均沾的一种意思。然后知圆又笑嘻嘻的在江南酒侠的肩上，拍了一下道：“这一次我们如真能把厦门取得，在兵事上便有了一个十分可靠的根基地，你的功劳可真是不小。将来如再能由此而取得了天下，便是不能取得天下，而能成一个割据称雄的局面，少不得你就是一位护国大军师呢。”心中也便得意到了万分，以为一个人好运来了，真是山都挡他不住的。

他在这最近的一个时期中，既获到一个强有力的后援，又得到一个如花的美眷，已可说是喜上加喜。却不料再从天外飞来一个好消息，竟有人肯现现在在的把一个厦门，拱手奉让于他呢！江南酒侠却只是喃喃的说道：“什么护国军师不护国军师，我是不大注意得的。将来事成以后，只要每天能拿一坛美酒供养我，也就觉得心满意足的了。”一壁说，一壁便把背上挂的那个大酒葫芦，推到了前面来，两手捧着了，口对着葫芦，把葫芦中的酒，一大口一大口的吃了起来。好像既用以解一解他的馋吻，又预祝他们的成功似的。知圆瞧在眼中，倒也暗暗觉得有些好笑起来了。当下自回洞房，领略柔乡佳趣，不在话下。

数天以后，知圆也就把略取厦门的这一件事，积极的进行起来。除把原有的那三千壮丁，编成了三大队之外，复由哭道人招来了不少亡命之徒，也编成为一队。又从东夷国借来大战舰八艘，并有夷兵一千随行，声势倒颇为不小。知圆自己见了，心中也十分欢喜，便笑对江南酒侠道：“我有这样子的一点兵力，就是真要把那厦门夺取了来，恐怕也不是一件什么难事。何况还有令高足在那面，现现成成的充着内应呢。”江南酒侠免不得也要恭维上他几句。

到了选定的一个吉日，便把那许多兵，都装在八艘大战舰上，浩浩荡荡的向着厦门进发。那时候，厦门厅治设在如今的思明县，他们的战舰一在厦门湾泊下以后，便驱兵登陆，直向目的地开了去。那姓杨的早已得到了江南酒侠的密信，一切都筹得妥妥帖帖，一听他们的兵已是开到，便杀死了厦门同知，开了城门迎接。知圆这一喜，真是非同小可，想不到竟是这般的顺手，兵不血刃，就把这一个很大的城池夺了来了。同时，又分了兵去略取厦门附近各县，果然也是一点反抗都没有，一齐平了下来。知圆便想在厦门长驻着，暂时不回连云岛的了。中间又把他那位东夷国的夫人，也接了来同居着。

这一天，知圆为夸示军容起见，便举行一个盛大的阅兵式。他自己站在正中的一个高台上，左顾右盼，好不得意，又好不威武。恰恰瞧见江南酒侠正站在他的身旁，不禁含笑说道："我的得有今天的这一天，都是靠着你的功劳，这真把我喜欢得什么似的，颇想在今天就把你封为护国军师呢。"江南酒侠却只淡淡的说道："你要封我为护国军师么，那也听你的便。"他一说到这里，忽又把声音放得非常之高道："但是你且先瞧上一瞧，你自己现在究竟是在什么地方呢？"

这真是奇怪之至，当江南酒侠刚把这话一说出，知圆突觉眼前一片漆黑，阳光也不有了，江南酒侠也不见了，那些个正在操演的兵士，更不知已到了什么地方去了。他自己又哪里站在什么阅兵的高台上，简直是伏处在又黑暗又狭小，同牢狱似的一个所在。这一来，可真把知圆愣住了，不知这究竟是怎样一回事。

那么这时候的江南酒侠，又是怎样的一个情形呢？他却笑嘻嘻的站在当地，手中拿着了一只玉杯，正把满画符箓的一张纸，向着杯口上封了去。封固以后，又对着那玉杯高声的说道："哈哈，知圆大和尚，这一次你可上了我的一个大当了。对你直说了吧，哪里有什么姓杨的带兵官，哪里有什么做内应的事？更哪里有真的已给你把厦门取了来？这都只是经我小小的使上一个法，像变戏法的这么变上一下罢了。"

知圆一听他说到这里，急得了满身都是汗，忙在杯内问道："那么你又把我囚禁在一个什么所在？这真要教我闷都闷死了。"江南酒侠笑道："这是在一只小小的玉杯之中，我只用了一只玉杯，便把你们这一干混账东西都囚禁在里面了。"知圆只好哀声恳求道："你这又是什么意思？我自问平日和你无怨无仇，你何必如此的同我作对，并还带累及这一班不相干的人？请你可怜着我们，不如就把我们释放了吧。"

江南酒侠一听知圆向他如此的求情着，不免把脸色一正说道："你虽然和我无怨无仇，但你试扪心想上一想。别的事且不论，你此后又有上如何的一种野心也不讲，单是你在红莲寺中，不是已有不知多少个妇女，给你玷污了他们的清白不算，结果还把她们的性命都送了去。那我现在就算是为这一班含冤负辱而死的妇女报仇，难道可说是不该应么？至于其他的那些个人，也都不是好东西，以前皆曾作恶多端，我现在如此的处置他们，觉得一点都不为过呢。"知圆再要说什么时，江南酒侠却已不来理睬他，管自去掘了一个深坑，把那玉杯埋在坑中，再把泥土一层层的掩覆上去，又和先前未掘时一个样子，一点都瞧不出什么来了。然后又在土上，虚虚的画上了一道符箓。

原来这道符一画，就好像有什么重物镇压在上面的一般，不论哪一个都不能来开掘这一片土了。一壁又喃喃的说道："这一下子，可教这班东西，至少要在地下幽闭上一百年，待过了百年之后，那玉杯或者方有重行出土的一个希望呢。所可惜的，没有把那东夷国王也一并弄了来，否则，能把他活埋在这里，倒也是一桩快事。如今，只让他牺牲去一个公主，一千个夷兵，外加战舰八大艘，未免太是便宜了他了。"于是，知圆就这么的给江南酒侠幽闭在土中，他的事迹，也就在此暂时告上一个结束。

但是把他们一千人幽闭起来的那一只玉杯，又是一件什么宝物呢？哈哈，那是在前几集书中，早已把他提起过，便是周小茂家中祖传下来的那只玉杯啊。在这里，我们倒又得把周小茂的事情，顺便的带叙上一笔了。

原来周小茂自给笑道人从狱中救了出来以后，即一径向着云南进发。虽一路上受尽了风霜饥渴之苦，并有好几次几乎把性命送了去，然在九死一生之中，居然也到达了云南，并得父子重逢了。这时候做着云南将军的，是一个姓福的，虽是旗人，却是一个好官。当周茂哉一发配到那里，他一看只是一个文弱老书生，并不像什么窝藏江洋大盗的人，心中便不免起了些儿疑惑。再一看文书中所叙的罪状，又把周茂哉细细的盘问上一番，更知此中定有冤抑。不过碍着有一个马天王在中间，不便就替他平反，只能将来看有什么机会再说。一壁即把周茂哉安顿在自己的衙门中，派了他小小的一个职使，不和其他充配来的人犯一例的看待。

如今周小茂以一个小小的童子，不辞万里之遥，前来省视他的父亲，这在不论什么人，都觉得实是不可多得的，也可称得上一声孝子的了。一给福将军闻知了这件事，更是赞成的不得了，立刻把周小茂传了进去，着实夸奖了他一番。不过待周小茂把代父戍边的这个请求，申述了出来，福将军却只是把头摇着道："这是不必如此的办法的。云南虽说什么瘴疠之区，然住在省城中，又住在我的衙门内，也和住在内地各省没有什么两样。你们父子俩倘然不忍相离的话，不妨连你也在这里一起住下，等得我遇到了相当的机会，再替你父亲把这充配的处分撤消了去，好让你们一同回到故土。如果照你这种的说法，你父亲是回到家中去了，却把你留在云南，不讲这一条长路，他一个老年人能走得不能走得；就是真能走得，你们父子俩这么两地分离着，大家一定又要思念一个不已，这也不能算是什么好办法呢。你道我的这番话说得对不对？"

福将军为了周小茂是个孝子，竟密切得同家人父母一般，如此不厌周详的，替他打算了起来了。这当然使得周小茂十分的感激，同时又觉得这番话一点儿也不错，便依照了福将军的意思，暂在衙门中和他父亲一起儿住下。

如是者，又过了几个月。有一天，周茂哉为了一桩事，偶然到街上去走走，周小茂却没有跟得去。不料到得傍晚的时分，还没有见周茂哉回来。周小茂心中不免有些着急道："他老人家不要在街上迷了途么？还是遇到了什么偶然的事情，弄出了岔子来呢？"正自找急着，忽由一个专差递送了一封信来，却是周茂哉亲笔所书，心中不觉略略的一宽。忙把那封信拆开一看时，方知他父亲在无意之间，忽在街上遇到了一位旧识，坚邀到他家中去盘桓。谁知一到了那边，又是很殷勤的留他饮酒，竟是吃得一个酩酊大醉。现在虽已醒了过来，却还觉得非常的头痛，所以要教小茂赶快去省视他一下，或者就陪伴了他归来呢。

当下周小茂一把此信看完，当然就急急的跟着了那专差走了去，心中却不住的在疑惑着道："他老人家素来是不大贪杯的，今天为什么会吃得一个酩酊大醉？难道在路上所遇到的那个人，是他老人家的一个知己，如今忽在万里之外相逢，大家都是喜出望外，所以不知不觉的狂饮起来了。"正在忖想时，早由专差报告，已是到了那个地方了，却是又华美又宽广的一个屋子，看来这份人家倒是有上几个钱的。这时候，周小茂也不暇注意到这些，只急于要和他父亲照一照面，看是究竟醉到了如何的一个程度。不料当那专差把他引进了一间书房中，却见他父亲危坐着在那里，脸上全无一点儿的醉容，倒不禁把他呆住了，兀自在想道："这是什么意思？难道他老人家并没有吃得什么酒，却故意把酒醉了这些话，要把我骗到这里来？倘然真是如此，这又何必呢。"

周茂哉似已懂得他的意思，便含笑向他说道："酒是我曾吃了一点的，至醉到怎样怎样，也只是这么一句话罢了。现在我的教你到这里来，却是有几句非常要紧的话和你谈一下。你且坐下来吧。"说时，又把笑容敛去，显出一种十分正经的样子。

周小茂依命坐下后，周茂哉便说道："我有很重要的一件事，以前从没有和你说起过，现在却不能不和你一说了。那便是我在你很小的时候，已同你定下了一头亲事了。"周小茂一听这话，不免怔上一怔，暗想这一件事，他老人家确是从没有和我说起过，但是，这也不是什么要紧事，为何在这个时候，忽又巴巴的向我提起，并说是不能不和我说的一件重要事情呢？随又听他父亲接续着说下去道："我和你所定下的那个姑娘，是我很知己的一个朋友的女儿。我那朋友姓王，他是一向在外面游宦的，先时还时常和我通着音问，后来不知怎样一来，突然的断了消息。虽经我千方百计的打听着，都是打听不出，也只索罢了。不料我刚才在街上走着，忽然遇见了他家的老苍头。那老苍头是认得我的，一见了我的面，好像惊喜得什么似的，即硬把我拉到了这边来。一问详情之下，方知我那朋友，已是死去了好多年，却有一份宦囊积下，这所屋子也是自己起建的。但他家的小姐，却为了我们的这头亲事，不肯再配给别个人家，正也在四处打探我家的消息呢。你想人家的小姐多么的讲义气守贞节，我们难道好不承认这头亲事么？"

小茂一听以下的一番话，更是呆了起来，想不到中间尚有如此的一个曲折。但是不管他是怎样，他老人家尽可回得衙门中去，再把这些事情向他说，何必巴巴的要把他叫到这里来，这又是一个什么意思呢？当下便回答道："既然有上这么的一个情形，我们当然不能把这头亲事赖了去。但是现在父亲身上的事还没有弄清楚，又处在这客地，似乎尚谈不到这婚事上面去。何况我的年纪还很小，也不是急于要讨论什么婚姻问题的一个时候呢。"

周茂哉忙又正色说道："不，那不能如此的讲。我们虽远在客地，我又在缧绁之中，加之你的年纪并还不怎样的大，在各方面讲，似乎这亲事都可从缓得。但是难得人家的小姐，肯如此的为你守贞节，又难得会在这万里之外，大家无意的相逢着。为要大家安心起见，那就得赶快了去这一件亲事，否则，再一天天的耽延下去，万一又有什么变卦发生，可就要辜负了人家的一番美意了。何况我又是一个行将就木的人，总希望能早一点瞧见你成了家呢。"

周小茂听父亲是如此的说，也只好默然了下来。周茂哉忽又大声的说道："依得我的意思，最好巴不得你们二个人，在今天就成了亲呢。"这话一说，周小茂很觉得有些骇诧："父亲为何如此的急性子，说是今天就要我们成亲？这未免太有点可笑吧。"他还没有表示出反对的意思，早见有老苍头模样的一个人，把一个头从门外伸了进来道："周老爷这句话说得最是痛快，我也是这个意思。好在今天恰恰是黄道吉日，不如就让他们二位成了亲吧。"说后，竟不容分说，便教人送了一套簇新的袍褂来，好像老早已预备好在那里似的。接着，又走来二名俊仆，硬替周小茂把这身新袍褂换上，又簇拥着他到了厅上。即见由二位伴娘，扶了一个红纱盖面的女子出来，和他并立在红氍毹前，当着灯烛辉煌之下，就拜起天地来了。

像这样的急逼成亲，小茂心中虽很是不愿意，并不解究竟是什么意思，但当着他父亲在面前，又不便如何的反对，也只能惘惘然的，任他们怎样去摆布罢了。

等到交拜既毕，送入洞房，伴娘照例要请新郎，把盖住新娘头面的那块红纱揭了去。比及红纱既揭，小茂不由得向着新娘望上一眼时，却几乎把他惊骇得要喊出了一声"啊呀"来。

不知这是为了一种什么缘故，且俟第一百二十八回再写。

第一百二十八回

彼妇何妖奇香入骨　此姝洵美娇态殢人

话说当把新娘的那块盖面红纱揭了去，周小茂只向着新娘的脸上望得一眼时，即把他惊骇得什么似的，几乎要喊出了一声“啊呀”来。哈哈，看官，难道新娘的面貌，竟是丑陋得不像模样，还是生得狰狞可怕，好似一个妖怪不成？否则为什么要把周小茂，惊骇得这么一个样子呢？不，不，新娘也是好好的一个人类，并不是什么妖怪，新娘也长得十分的美丽，并非怎样的丑陋。只是在以前曾和小茂会过了面的，原来就是硬要逼着小茂和他成亲，把小茂骇得逃跑了的那个王碧娥。这时候，在周小茂的心中，觉得真是无论如何都料想不到的，受了他父亲的严命来向这位姑娘成亲，并说是这头亲事在他幼小的时候就订了下来的，却不道这位姑娘，就是他私下发过了誓，今生今世不愿再见到的那个王碧娥。

王碧娥一见到这个样子，也知道把他惊骇得太过了分了，不禁扑哧一声，笑了出来道：“这确是一桩料不到的事，无怪要把你惊骇到如此。现在，且请在床边坐下来吧。我们不是已名正言顺的成为夫妇，没有什么嫌疑可避了么。”说时，伸出手来向他就拉。这一拉，倒把周小茂从惊骇中驱走了出来，一颗心反而觉得定定的。同时更对于王碧娥，增如了不少厌恶的心思，便一声儿也不响，向着房门边就跑。却听得王碧娥在笑道：“房门已是关上了，你又跑向哪里去？况且，现在在此洞房之中，只有你和我一对儿，并没有第三个人在旁边，你也实在用不着如此的害羞呢。”

小茂仔细的一瞧望时，果然那二个伴娘，已不知在什么时候都走出了房去，房门也是关得密密的，这时候洞房之中，确是只剩下了他们一对新夫妇了。但是房门已是关上了，关什么紧，难道不能再打开么？倘然再要教他和王碧娥多厮混上一会儿，真有些闹不下去了。小茂如此的一想时，便对于王碧娥的那番话，只是给她一个不理，仍管自向着房门边走去。

这一来，王碧娥可也大大的不高兴了，即冷笑一声道：“哼，我好好的向你说着话，你竟置之不理么。然而我并不是怎样好说话的人，不能由你不理就不理，我定要使你理了我方成。哈哈，你还是走了回来吧。在此洞房花烛之下，大家都得和和气气、亲亲热热，没有什么气可使的。”说时，又伸出手来，向着小茂的背后招上几招。

这真奇怪，小茂原是头也不回，径向着房门边走了去的，在她这一招手之下，竟会糊里糊涂的，突然间转上一个身，反向着床前走了回来。这可使得王碧娥得意到了万分，不禁嫣然的一笑道：“这才是对了，否则，洞房花烛，在人生是何等得意的一个时候，也是何等重要的一桩事情，我们却在此时此际，反而闹着一种不相干的闲气。倘教别的人知道了，不要算是一桩大大的笑话么？”当她第二次招起手来，小茂已是一点主也不能做，又乖乖的在床边和她并肩坐下了。但在小茂的心中，却仍是十分的明白，知道这定是那妖妇使的一种什么妖法，所以自己本是要向房外走了去的，经不起她这么两次的一招手，竟反而走了回来，并在床边和她并肩坐下了。当下虽不再立起身来，却把一张脸板得紧紧的，神气好不难看。

王碧娥见了，不免微微的叹上一声道：“唉，这是什么意思？你这个人也太是古怪了。要论到以前的那一番事情，无非是我出自衷心的爱恋着你，过分或者是有之，可并没有什么对不起你的地方。后来你以为没有经过正式的手续，不肯接受我的那一片痴意，我也就不敢怎样的勉强着你，只索罢了。但是现在呢，现在我们不是已经过了一种很正式的手续，并有你父亲在场主着婚，结成正式的夫妇了么？那当然和从前的情形已大有不同，你怎可再是这般淡漠的对待着我，未免太是薄情了。”

小茂一见她竟以正理相责，更觉得有些不耐烦，便厉声向她叱道：“咄！你这个淫妇，敢还这般的巧言如簧么？也不知你使了如何的一个妖法，竟使我的父亲都受了你的蛊惑了，但在我，却是无论如何不承认这一头亲事的。”

王碧娥一听这话，立刻也声色俱厉的向他诘问道：“哼！什么淫妇不淫妇，哼，这些个话真是你说的么，你说了没有什么后悔么？好，那我也没有别的话可讲，且把你们父子二人，拉到了将军的衙门中，看将军又是如何的一个发落。”小茂却仍是冷冷的说道：“为什么要把我们拉到将军衙门中，难道将军还来管你这些事？”王碧娥冷笑道：“将军虽是不来管我的事，但你父亲是一个配戍云南的军犯，你们二人又都住在将军的衙门中，倘有人把你们二人告到他的台前，他就不能不管的了。我现在只要拿‘图娶孤女，事成遗弃’八个字，作为控告你们的一种罪状，恐怕你们就要吃不了，兜着走呢。”

王碧娥一壁如此的说着，一壁又偷偷的溜过眼去，瞧看小茂听了是怎样的一个神情。果见小茂呆着了在一旁，大概已经这几句话骇着了。心中不觉暗暗得意，便又向下说道：“其实，这都是你自己的不老到，可不能怪得我的。因为你既是不中意我，就不该和我结什么亲，既已结了亲，便确定了一种夫妇的关系，就不能有什么话可说了。须知道，我们女子都守着从一而终的这句话，这件事哪里可以给你儿戏得的呢。”这更把小茂说得窘不可言。然在窘迫得无路可走的时候，忽又给他想出了一句话来道：“但是，照我父亲说来，你和我是从小就订了亲的，我想这句话，恐怕不见得是确实吧。倘然真是确实的话，我现在就是不和你结什么亲，你不是也要等候着我一辈子么？”真是想不到，小茂竟会说出这些个话来。在王碧娥想来，还以为经上了她这么的一阵恫吓，小茂不得不改变了从前的意思，已是回心转意向着她了。于是，她不禁得意忘形的说道：“不错，我们确是从小就订了亲的，你把我等候得好苦呀。”

不料，她刚把这句话说完，小茂即突然的从床上跳了起来，戟指指着了她，吼也似的一声大喝道：“咄！好一个无耻的淫妇，在这里你可把破绽露了出来，并不知用了怎样的一个妖术，竟使我父亲都在你的指挥之下了。哼，我且问你，我们既是从小就订了亲的，你又是守贞不贰的，在等候着我这个周小茂。那么我们第一次见面的时候，你为何又不把这些个事情说了出来，并完全不是这样的一个说法呢？”

这真好似从青天打下了一个霹雳来，第一次把王碧娥震骇得什么似的，无论她是怎样的能言善辩，却也是一句话都说不出。实在，这个破绽太是大了一点，已是补无可补的了。然在小茂这一方，一把这种神情瞧入了眼中，这一份的得意，也就可想而知的了。至是，王碧娥也知道自己的底蕴，已给对方瞧了一个穿，再不是口舌所能为力，还不如把自己所最擅长的那一种媚术，施展了出来吧。这在从前，她已是试不一试，只消她把这媚术一施出，不论对方是怎样铁铮铮的一个汉子，都得百炼钢化为绕指柔，拜倒在她的石榴裙下的。

王碧娥把这个主意一想定，即把窘不可言的一副神情收起，却朝着小茂嫣然的笑了一笑，随又摸出了一块手绢来，在空气中扬了几扬。小茂最初见到了她的那种媚笑，心上好生的不得劲，便又想拔起足来，向着房门边跑去了。但当他刚只走得一二步，忽有不论用什么字眼都形容不出的一股香气，直向着他鼻子边袭了来。一到了鼻子中，即分成了几细缕，徐徐的徐徐的向着他的四肢百体间，都输送了去。而每到达一个部分，那个部分的肌肉，就觉得有些松弛下来，而且在意识到软绵绵的之外，还有些酸酸的麻麻的。到得最后，全个身子都是软绵无力，像要酥化下来的样子。同时在神志间，也逐渐的逐渐的有些儿模糊起来了。于是哪里再能听着理智的驱策，向着房门边走了去，早又不自觉的回过身来，并柔驯得同绵羊一般的，傍着了王碧娥，重在床边坐了下来。

王碧娥一见他已自动的在床边坐下，知道那媚术的第一步，已是告了成功，便又回过脸去，向他凝望了一下，并笑迷迷的问着道：“你不觉得怎样的辛苦么？”这虽只是很寻常的一个问句，然当她微启朱唇之际，却又有一股香气，从她口中喷出，向着小茂的鼻中直钻。这股香气更是非常的特别，和寻常的口脂香，又是大有不同的。这一来，可使小茂把理智完全失去了。一眼望去，只觉得王碧娥，真是一个千娇百媚的绝世美人儿，不论就她的五官，或是四肢，或是全体观去，无一处不是合于美的标准，无一处不是美到了十分的。不免令他扬起一双眼睛，瞧了又瞧，看了又看，几乎要瞧看得垂涎起来了。

好个王碧娥，真不愧为风月惯家。一见小茂这种神情，知道她的媚术已是大行，哪里再肯放松一点？也就轻轻的把一个身体，向着小茂的怀中倾了去。小茂便也出于本能的，把她紧紧的搂了起来了。王碧娥便又勾着小茂的颈项，放出了十分柔和的声音，在他的耳畔，低低的问道：“真的，我要问你一句话，翠娟那个贱蹄子，不知又在你的那边说了我的什么坏话？所以使得你对我这般的淡漠了。”又是一阵香气，向着小茂的鼻中直钻，这更使小茂心旌摇摇，有些不能自持的神气，同时并把翠娟对他的一片柔情忘了去，反觉得翠娟真不是一个东西，确是说了碧娥一番坏话。其实碧娥是一个冰清玉洁的好女子，决不至如他所说这般的淫贱。唉，自己是入了翠娟的谗言了。一壁便含笑说道：“她也没有说你什么坏话。便是说，我也决不会相信她。我现在已是深深的知道，你实是一个冰清玉洁的好女子呢。”于是，王碧娥更把全副功夫都施展了出来，只见她嫣然一笑间，便十分自然的，又十分技巧的，把一个舌尖，轻轻的送入了小茂的口中去。倘然说这是在作战，那刚才的种种，还只能都说是前哨的小接触。现在在王碧娥一方，却已是下了总攻击令了。在这一个总攻击之下，小茂竟是完全失去了抵抗力，不得不竖起降幡来。

王碧娥却还像煞有介事的在说道：“我虽是把你爱恋得太厉害了一点，但在那一天，幸而大家尚能自持，并没有什么苟且的行为发生。否则，到了今天洞房花烛之夜，就不能如此风光的了。”可是，这时候的周小茂，已是完全支配在她的那种媚术之下，到了十分昏迷的一个境域中，三魂六魄都可说已不在他的身上，哪里再能理会到王碧娥在说些什么。只紧紧的勾着了王碧娥的纤腰，一起儿滚到床中去。

就在这间不容发之际，忽听得一个很大很响的声音，像焦雷一般的在小茂的耳畔，震响了起来道：“小茂，小茂，你不要昏迷到了这般的地步，你们父子虽已得团聚，但你们的那个大仇人马天王，还在作恶多端。你新娶的这个媳妇儿，我知道她很有本领，你何不叫她就去把马天王的首级取了来，然后再同圆好梦，时候尚不为迟呢。”这可把小茂又从迷魂阵中拉了回来，神志间也是清楚了不少，即不自觉的把王碧娥向着旁边一推，矍然的坐了起来道：“不，不，现在尚非我们可以欢娱之时，我父亲的那个大仇人马天王，至今尚在本乡作恶多端，并没有除了去。我一想到了，就按捺不住这般愤气，你最好马上就赶到他那边，把他的首级取了来，那我们方可快快乐乐的同圆好梦呢。”

小茂已柔驯得同一头小绵羊一般，正在听人家如何的宰割，却不料突然间又有上这么的一个变局。这在王碧娥瞧见了，似乎也很为惊诧。但一壁又像已受了什么人的法术似的，在瞪起了一双眼睛向着小茂望上了一眼后，也不询问马天王是什么人，又究竟住在什么地方，即嗷然的应上一声道："好，我就去取了他的首级来，决不致使你失望的。"说完此话，便从床上匆匆走起，只在窗户边一闪动间，已是不见踪影了。也没有多久的时候，又见一个黑影在窗户边一闪动，王碧娥已是提了血淋淋的一个人头，向床边走了来。即把那人头在桌上一放道："这就是马天王的首级，我已把他斩了来了，你也要验一下子么？现在你总该不致再有什么话说，我们可以高高兴兴的一同睡觉了。"

这时候小茂神志已是大清，正要向他说什么，不料，忽又听得有一个人在窗外叫道："碧娥，你且把那首级提到这里来，让我验一下子，究竟是不是马天王的？"王碧娥虽显得不大高兴，然又有上莫可奈何的一种样子，依旧提着人头走了去。一到窗下，那个人好像就把那首级验上了一会儿，然后，又听他说道："不错，这确是马天王的首级。这一次，我本想自己去的，为了要给你一个将功赎罪的机会，所以派你去代我勾当这桩事情了。如今功罪差可相抵，你还是回山去静修吧。须知周小茂是个孝子，自有他的佳偶，绝不是像你这一类的女子所能配匹他的。你徒恋恋于他，也是没有什么用处的呢。"此下，便听得王碧娥低低的在诉说，似乎请那个人可怜她，代她设法挽回的样子。却只招得那人大声的呼叱道："咄！你这个女子怎么如此的不知进退？这是何等大事，岂可勉强得来的？不如赶快与我走了吧，不然，我可就要来驱逐你了。"当下，即闻得一派嘤嘤啜泣声，渐次便又远了去，而至于一些都听不见。大概这王碧娥，已是莫可奈何的走了。

正在这个当儿，周小茂忽又听得窗外的那个人，在叫着他自己的名字道："周小茂，这个妖妇用着一种法术约束着你的父亲，行上这一个瞒天过海之计，硬要和你成亲，其情虽是可恶。然她后来究竟把你们仇人的首级取了来，功罪也差可相抵了，你也不必怎样的恼恨她吧。至于你，自有你的良缘，也自有你的佳偶，如要立刻证实我的话，你不妨就向床头瞧上一瞧呢。"

周小茂听了那个人说话的声音，早就觉得十分的稔熟，一时却想不出他是谁。至是，忽的恍然大悟了过来，这不是江南酒侠的声音么？莫非他也在暗地跟踪着我，到了云南了？一壁又觉得江南酒侠末后所说的那一句话，很是有点奇怪，免不得依了他的话，向着床头望上一望。这一望，却使小茂骇诧得什么似的，又欢喜得什么似的。原来在他的床头，却和他身体傍着身体的，卧上了一个女子，正不知在什么时候走进房来，爬上床来的。而一张如花之靥，又在灯光之下很明显的露了出来，不就是以前救他出险，和王碧娥泾渭不同流的那个王翠娟么？却已是睡熟了在那里了。

小茂也不暇叫醒了王翠娟，向她说上些什么话，却想先向窗外问上一声，是不是江南酒侠来了？但江南酒侠似已猜知了他的这个意思的，早又向他说道："不错，我是江南酒侠，明儿再来向你贺喜吧。如今你还是早早的安寝，不要把这洞房花烛夜，轻轻的辜负了。须知我把这小妮子摄了来，也很是费上一番手脚的呢。"言后寂然，看来已是走的了。

小茂为了他末后的那几句话，却又兀自在疑惑着道："这一下子，江南酒侠可真有些酒醉糊涂的了。刚才和我在堂前交拜的，乃是王碧娥，并不是王翠娟。如今我是和一个没有交拜过的王翠娟睡在一起，怎么又教我不要轻轻的辜负了这个洞房花烛夜呢？"这一个洞房花烛夜，小茂究竟辜负了没有辜负了，在下却不得而知。不过他们后来如何，成了夫妇没有，那是不必在下再交代得，看官们定也可以想得到的了。

到了第二天，小茂一觉醒来，却见和翠娟睡在一个旷地上。再一看，他父亲也睡在那一边。方知并没有什么渠渠大厦，全是碧娥用法布成了的。唤醒了周茂哉，父子一相商之下，只好暂把翠娟安顿在逆旅中，父子二人仍回将军衙门中来。不多时，江南酒侠果然同着陶顺凡来了，上京献杯的毛顺桃、姚百刚也来了。原来，刚刚走到半路之上，忽然听得那位王爷已死，便不再上京，却也折到往云南的这一条路上来，又合在一起了。不久，又得到一个好消息，那是马天王一旦暴死以后，所有受他荼毒的人，便把他的罪状，一桩桩的揭发了出来。一时上达清廷，不禁勃然震怒，便下了一道追削马天王官爵的上谕。福将军是何等乖觉的，也就乘此机会，撤消了周茂哉充戍极边的处分，送他们父子回里。从此，他们这一边事，也就告上了一个总结束了。而为了这一次的祸变，全由那只玉杯而起，周茂哉已换上了一种观念，不但不再珍视那玉杯，颇想把他击上一个碎，免得此后那玉杯辗转落入他人之手，再有什么祸祟兴起。江南酒侠知道了，便向周茂哉把这杯索了去。却想不到一入他的手，后来倒大大的有上了一个用场呢！

现在，我可又要腾出笔来，把别来已久的那个柳迟，提上一提了。

不知柳迟最近又有上怎样的一番事迹，且待第一百二十九回再写。

第一百二十九回

客商遭劫一包银子　侠少厌惊两个人头

话说柳迟在家中待上了一会儿，觉得很是气闷，便禀明了父母，走出家门，到各处去游玩，借此也可以增长一些阅历。一路行来，不觉已是入了山东地界。只闻路上的人纷纷传说着，这一带地方，共有三个势力雄厚的山寨，一白马，二白象，三青牛。而青牛寨的寨主，名唤黎一姑，却是一个十七八岁的好女子，更算得上一个巾帼丈夫，为一般人所畏慑而信服的。柳迟听在耳中，心上却不禁一动道："居然有上这般的一个女子，如果有机会的话，我倒很想和她会上一会呢。"但是，他还没有和那黎一姑会到，却又遇到了一桩奇怪的事情。

原来，每逢他打尖落店，店中人都把他款待得很殷勤，并以盛餐相饷，临走却又不肯收受他的一个钱。连他自己都不知这是一个什么缘故，也只好坦然处之。这一天晚上，柳迟又歇在一个逆旅中。当刚入店门之际，忽见有许多人围成了一个小圈儿，七张八嘴的在说着。柳迟一时高兴，走近去一听时，方知是有一个赶路的客商，在路上丢失了一包银子，所以在投店之际，便把这番事故，和店中人说了起来，并一口一声说，定是青牛寨的强人所为。柳迟一听到了这里，不知怎样一来，忽然漏出了这么的二句话来道："我听得说，青牛寨的黎一姑，是当今的一个巾帼英雄。照理，属她一寨的人，不该在路上夺取孤客的银子，或者是别寨之人所为，也未可知。你倒还得好好的打听上一下呢。"

柳迟一说这话，一时间灼灼然的眼光，争向着他投了去，似乎要向他问上一声："你怎又会知道，不是青牛寨中人所干的事？"柳迟方悔失言，竟忘了江湖上"开口洋盘闭口相"这句话了，便逡巡引去。到得晚餐时，掌柜的又送了一桌很丰盛的酒席来，说是钦仰他的人物英俊，故以盛筵相款。柳迟不觉暗暗好笑道："老都快要老了，还称得上什么英俊，这定是和前几天的那些款待，同出一个主儿，也不知安着有什么一种用意在内？但既已送了来，料想也推辞不去，管他的，且再扰上他一顿再说。"便又坦然受下。

正在大嚼时，忽听得有一个人在院子中大叫道："好小子，也敢出来较量一下么？"柳迟最初还以为这几句话，不是对着自己说，故也不去理睬他。后来，听那人一直在叫骂着，方走了出去一看，却是一个身子很高的大汉，正站在月光之中，一见柳迟出来，即把手一扬，似要将什么暗器放了来。但这暗器尚未出手，那大汉自己却已栽倒在地了。柳迟不觉哈哈大笑，竟有这么的一个脓包，那大汉便也含愧遁去。柳迟又走至月光中一瞧时，果见有一支镖静躺在地上。方始恍然大悟道："这厮原是要乘我一个措手不及，把这镖放了出来，不料，有什么人在暗中帮助我，反给了他一暗器，所以他的镖尚未放出，反而向地上躺了下去了。"他一想到这里，便抬起头来，向四下望上一望，意思要把这理想中的人物找寻了出来。

就在这个当儿，忽闻到很轻微的一个笑声，而便在这一个笑声之中，倏的从屋瓦上跳下了一个人来。定睛瞧时，这个人年事甚少，面貌生得很俊美，虽穿上一身夜行人的衣服，却掩不了那一种风流潇洒的神情。正想趋前道谢，早听得那少年笑微微的说道："我本不想走下来的，然而倘不下来，怎经得你这一双好厉害的眼睛，炯炯然的在搜寻。所以，纵是丑媳妇，也只好见一见公婆之面了。"他说到这里，不知怎样的，脸上倏的红了一红，那种娇媚的神情，真同女孩儿有点差不多。柳迟忙道："好说，好说！"又向那少年道了谢，方请他同到屋中去坐。

那少年先开口道："你是一个何等有本领的人物，那蠢汉岂是对手？未免太不自量，这我在屋上只一看时，早已瞧了出来了。"柳迟不禁满脸羞惭，说道："这你在取笑我了。倘然不是你老兄在暗中相助，静躺在院子中地上的那一支镖，早到了我的身上来，还能这般谈笑自若的，坐在这里么？"那少年道："这不是如此论的。凡是放镖施暗器，都不是大丈夫的举动，不论打中与否，和正当的艺术上都发生不出什么影响的呢。"隔了一歇，那少年又笑着说道："你是何许人，你是为了什么事情到这里来的？你虽不曾对我说，我早已完全知道的了。所以，我现在不要问关于你自己的事情，却要问你一个人，不知道你和这个人，也认识不认识？"

柳迟忙问道："什么人？你不妨说出来。"少年道："提起这个人来，倒也小小的有些声名，便是青牛山上的黎一姑。"柳迟道："哦，你问的是她么？她在青牛山山寨中，不是坐着第一把交椅的么？那是久已闻得她的大名了，只是没有和她会见过，所以并不相识。"少年又问道："那么，白马山的李大牛和白象山的周雪门呢？大概也都没有会见过吧？"柳迟道："不错，也都没有会见过。"于是那少年向柳迟熟视了一下，似乎要瞧瞧他这句话是否出于真诚，还是随口回答，方又说道："如此说来，你对于这一方的情形，也是不甚明了的。大概他们并不对你叙说明白吧。好，横竖现在闲着没有事，我就向你说上一说。这里共有青牛、白马、白象三座山，都是山象形而得名的。在这三座山上，便有上三个山寨，成了一个鼎足之势。倘然能够团结的话，那把三个山寨中的喽罗聚合起来，也有好几千人，未始不能小小的建上一番事业。无奈绿林中人，大概多喜自居老大哥，不肯屈居人下的，哪里能合得拢来？因此上，时常为了一点小小的事故，就闹出争端来了。所幸的，都是一闹皆平，还不会有什么大事情闹出来。但是到了如今，可不然了。这因为白马山的李大牛，虽然他自家并没有什么了不得的本领，却存下了绝大的野心。最近十分秘密的去邀请能人，到他的山寨中来，想要把其他的二个山寨，一古脑儿并吞了去。然而这件事，在他纵是进行得十分秘密，却早已给其他的二个山寨中探得了消息去了。你想这二个山寨的寨主，也并不是怎样不中用的人物，他们为自卫起见，当然也要想出些对付的方法。这一来，不是就要闹出许多花样锦来了么？"

柳迟听到这里，不觉连连把头点着。在那少年看来，还以为柳迟最初对于此事，是约略有点知道的，如今经他这么的一说，更觉十分明了，所以不知不觉的，把这颗头连连点个不了呢。其实，说来可怜得很，在最初，柳迟哪里明白此中的内容，真好似堕在五里雾中一般，直到如今，方始恍然大悟，因此把他欢喜得这个样子。一壁又在暗想道："如此说来，这沿途盛设供张，表示出竭诚欢迎的意思的，乃是白马山寨的寨主在招待一位能人。初不料那位真正的主儿没有招待得，倒把我这个西贝的能人招待了来。至于刚才要和自家交手的那个汉子，显然是白象山差来试探这位能人的。而现在和自家交谈的这个少年，也是和这个汉子怀着同而不同的一种目的。不言而喻的，是为青牛山所差遣来的呢。”当下便又问道：“老兄对于这三个山寨中的情形，既是如此熟悉，想来和此中人一定有些来往的，也能把他们三个山寨寨主的人品和能为，细细的品评上一下么？”

少年听了这话，即温文尔雅的说道：“小弟愧无衡人之鉴，不敢妄肆雌黄。不过，倘然就三个山寨中的纪律论起来，要算青牛山最为严肃，他们只对于一般贪官污吏、土豪劣绅过不去，遇着安分良民，却听他安然过去，从不劫夺他们的财物的。”柳迟一听他说到这里，忍不住竟笑出了一声来。那少年似已懂得了他的意思，忙问道：“你为什么发笑？莫非疑心我是在为他们吹说着，不会有这等的事么？”柳迟很坦直的说道：“也不是。只是我刚才进店来的时候，凑巧听说有一个投店的孤身客商，在路上被劫去一包银子，据他说是青牛山寨的强人所为。所以，我不由得不要笑起来了。”柳迟说这句话不打紧，却把那少年气恼得什么似的，马上跳了起来道：“竟有这等事么？好，让我去问问那投店的客商去。如果属实的话，我倒要找着了黎一姑问问她看。”说完，便又跳出屋去了。

一会儿，柳迟听得院子中人声很是喧杂，忙也走去一看时，只见那客商当着那少年盛气之下，战战兢兢的在陈说道：“当天色快暮的时候，我乘着马在路上走着，忽有二骑马夹屁股的赶了来。一把我的马追上以后，他们即向左右一分，把我的马夹在中间，俨然有上一种包围的形势了。我正自暗暗的吃惊着，他们不要是歹人么？不料，当我一念未已，右首马上的一个麻脸汉子，早已乘我一个措手不及，把我置在鞍上的一个包袱夺了去。天啊，我这一次卖货所得的几百两银子，都在这包袱之中，一旦给他夺了去，教我此后如何营生，教我一家老少如何度日？我那时安得不十分的发急呢！可是，刚要不顾性命的向他夺回那个包袱时，左首马上的一个瘦长汉子，早已伸过一支臂膀来，把我挟过马去。我的那匹坐骑，因为上面没有了人，便飞也似的向着前面冲去了。那时候，我虽也有上一番挣扎，然而这瘦长汉子力大无穷，我哪里能脱去他的手？一会儿，这二个汉子都下了马，把我捆缚停当，又把东西絮住了我的口，方委弃我在那个大松坟的后面，拿了我的那个包袱，管自上马走了。”

少年听到这里，忽截住他的话头问道："你的身体既已被缚，口又被絮，那么你又如何能得脱身，会到这里来的呢？"那客商不禁长叹一声道："说来也是侥幸万分。照理，这松坟后面，是不大有人到来的。我既然给他们委弃在那里，一二日后给人发现说不定，三四日后被人发现说不定，或者竟是冻死饿死在那里，也是说不定。我已自分必死的了，谁知当这事情发生了不多久，忽有一个乡民，在附近发现了我的马，想要去捉时，那马又逃逸起来。凑巧逃至那大松坟后面，因而又发现了我，方才经他将我身上的束缚解去，又取去了絮口的东西，随后又把那马捉得，方能到得此间。但是我所有卖货得来的银两，已悉被强人劫去了，我虽保得了这一条性命，将来又教我如何能养家活口呢？"

他说到这里，悲愤到了万分，似乎马上要哭了起来。但是这少年好像一点也不动心的样子，只向那客商瞪上了一眼，又厉声说道："如此说来，你这卖货的银两，是几个过路的强人抢了去的，你怎又说是青牛山上强人干的事，难道你已得到了什么实在的凭证么？"这一问，柳迟倒很有些替他担心。谁知那客商倒夷然的说道："这也是于无意中知道的。当我的四肢既已得了自由，正要走上马去，忽于地上拾得了一件东西。就残晖中一瞧时，原来是一方票布，大约是我和那强人在挣扎的时候，那强人遗失在地上的。这票布上，明明有上青牛山的三个字，所以我知道是这一伙强人所干的事情呢。"说着，便从身上掏出了一方票布来。

这少年一见，便抢也似的把这方票布抢到了手中，只一瞧之下，即向怀中一塞。一壁又目挟凶光的说道："不错，这是青牛山的票布。看来这二个强人，确是青牛山上的。不过，据我所知，青牛山寨的纪律，素来很是严明，不许抢劫过路商旅的，今儿怎么会有这种事情干出来，我倒要去问问他们的寨主黎一姑去。你们且等着在这里，一定会有一个交代给你们。"一壁又向柳迟拱拱手道："老兄且在这里安慰着这个客商，我去问了黎一姑回来，一定要叫她有上一个交代的。"说完，即向外如飞而去。

柳迟最初见了这种情状，不免为之一怔，继而又憬悟过来："这少年一定是个很要面子的，他刚才正在我的面前，夸说青牛山寨如何的有纪律，如何的不犯行旅，不料就发生了这么一件事情出来，教他脸上如何下得去？所以，他现在的一怒而去。倘然不是借此下台的话，倒一定要有一番事情干出来呢，我不妨静静的瞧着吧。”他这么一想时，当下着实向那个客商安慰上一番，并劝他到一间房中安歇下。

如是者又隔上些儿时候，约莫到了四更时分，柳迟还静候着没有睡，忽见帘子一掀，从房外走进一个人来。定睛瞧时，却就是那个美少年，手中提着二个包袱，看去似乎有些分量的。即见他把这二个包袱向桌子上一放，笑微微的说道：“虽说是奔波了一番，总算没有白辛苦，事情都已办妥了。”

柳迟一听得这句话，即十分有兴趣的问道：“你已见了黎一姑么？她对于此事，究竟主张怎样的处置？”那少年还没有回答，却见伙计已捧了些酒菜来，放在臬上。一壁向少年说道：“爷刚才吩咐掌柜的备酒菜，我们自应照办，只是夜已很深，备不出什么新鲜的来，仅能以熟菜充数的了。”那少年微向桌上一睨，把头点点道：“只要酒是上好的，就这几样菜，也足供我们大嚼了。哙，伙计，你且去把刚才在路上遇盗的那个客商，也邀到这里来。”

不一会儿，那客商果然到这边房里来了。少年即邀大家一齐就席，替大家都满满的斟上了一杯酒，然后笑着说道：“我有一个古怪的脾气，凡是遇着较为得意一些的事情，总得痛痛快快的饮上几杯酒，然后再把这件事情讲给人家听。今天所做的这件事情，自谓也是十分得意的，这古怪的脾气，不免又要发作了。来，来，来！我们大家且先干上三大杯吧。”说着，即把杯子举了起来。

柳迟不是什么寻常人物，当然不反对这种豪迈的举动，听了这话，也很高兴的把杯子举起。只有那个客商，一进门来，偶向桌上一瞥，两个眼睛即呆呆的，注定在较小一些的一个蓝包袱的上面，露着一种又惊又喜的样子。原来这就是他所被劫去的那个包袱，很担心着这包袱中的银两，不知有无缺少，能否原璧归赵，哪里有心情来饮酒？少年见了这个呆头呆脑的样子，不免有些生气起来，即大声向他斥道：“你这个人真太俗了。你不见，这就是你的包袱，我既已替你找回，当然要还你的，并一定不会缺少些什么，你又何必呆呆的担着心事呢！……来，来，来，快来痛痛快快的陪我饮上三大杯！”

这一来，这客商倒有些震恐起来了想：“倘然触恼了这少年，那倒不是当耍的。”即诚惶诚恐的说道：“我实在量浅之至，不能奉陪，不如把我豁免了吧。”少年不禁狂笑道：“哈哈，你真是一个俗物。不管你能饮不能饮，难道我为你奔波了这一趟，值不得庆贺上三大杯么？”客商至此，不能再有所推却。于是，大家都饮了三大杯。

柳迟方又催着那少年道：“如今你该把这件事讲给我们听了。”少年道：“好，这当然要讲的。我离开了你们以后，即在后槽上盗得了一骑马，飞也似的向着青牛山寨行去。那时候，黎一姑已是上床睡了。幸仗着我和她是熟朋友，一寨的喽罗，没有一个不认识我的，忙去通报于她。她知道我在这个时分去见她，定有什么紧要的事情，忙也来不及的起身接见。我也不和她客气，就一五一十的把这件事报告给她听了。她是最爱名誉的，又素是以最有纪律自诩于人的，听了有这种不顾名誉、败坏纪律的事情，发生她所在统属的喽罗中，当时即气愤得了不得。但是还疑心是别个山寨中的喽罗冒名的，因此，又向我索实在的证据。否则，如果只凭一面之词，说这是她那山寨中的喽罗所干的事，她是一点不负什么责任的。我也不说什么，只从怀中取出那方票布来授给她。她一瞧之下，脸儿都气得铁青了，瑟的立起身来，向着外面就走，一壁匆匆的向我说道：‘倘然这二个狗东西已回归山寨中，那是最好的事；否则，我也必立刻遣人取回这二个东西来，决不放他们过门的。你且在这里守候着吧。’不到多久时候，即又见她走了回来，说是已经把这二个东西结果了，一壁便把二个包袱递给我，并说道：‘这一个蓝包袱，就是他们劫来的原赃，你拿去替我归还原主吧。’”

那少年说到这里，便拿起桌上的那个蓝包袱，交还了那客商。那客商忙称谢不置，又陡的从座位上立起，跪向地上，一个头向着那少年磕了下去。这一来，倒慌得那少年搀扶不迭道：“这是怎么一回事，用得着向我行这般的大礼！也罢，你且就座，听我再说下去，我的话还没有完呢。黎一姑说明了这个蓝包袱是什么，随又指着那个红布包袱，笑微微的说道：‘我知道你是爱喝酒的，这一次回到那边去，定又要开樽痛饮。我已替你预备了些下酒的东西在这里，你停会儿瞧见了，一定很为欢喜，而在我也总算酬报了你这片雅意了。’”

柳迟听他说到这里，便截住了他的话头，问道：“那么，这包袱中究竟是些什么东西？照我瞧来，像似很有些儿分量的，而他又说是可以下酒之物，莫不是什么熟鸡、熟鹅之类？再不然，或者竟是一个蒸熟的猪头么？”

那少年笑道："这倒有点像。但倘是猪头的话，恐怕不止一个，而且还是两个，我提在手中时，仿佛有些儿觉得呢。"

他一壁说，一壁便把这包袱解了开来，却见里边还裹着好几重的油纸。柳迟笑道："这青牛山寨的寨主，毕竟是个女子，所以如此的细心。她生心油汤渗透出来，弄污了你的衣服，因此，这么一重重的把油纸包裹起来。如此看来，我的猜测或者是不错，一定是些鲜肥可口的肉类了。"这时候，这少年已把一层层的油纸解了开来，差不多快到了图穷而匕首见的当儿，那客商只一眼瞥去，不禁惊骇得嘶声喊叫起来，若不是强自支厉的话，早已要吓得跌倒在地上了。便是柳迟，虽也是终年在江湖上闯荡的人，哪一件事情没有见识过，一时间却也给他呆怔着在那里。原来，这包袱中重重叠叠把油纸包裹着的，哪里是什么蒸熟的猪头，或是肥鸡肥鹅之类，嘿，却是二个十分可怕的人头。这不言而喻的，便是那二个抢劫银两者的首级，黎一姑已把他们从严惩办了。

只有那少年，还从容不迫之至，好像算不得什么一回事的，向着柳迟斜睨上一眼，又微微的笑道："黎一姑也很好玩儿，这确是很好的下酒之物。不过，在你老哥这方面说来，不免终有点儿失望，因为这至多只能放在旁边欣赏着，不能像猪头一般的取来大嚼啊。"

柳迟知道这几句是在打趣他，一时倒不知如何回答是好。而这客商对着这二个可怕的人头，再也坐不下去了。照他想来，这二个喽罗的性命，完全是送在他的手中的，倘然冤魂不散，向他索命起来，那可真有些受不了呢?于是，他逃也似的立了起来，急急告辞回房。这里柳迟又把大拇指儿一翘，向着那少年说道："这黎一姑真不错，确是一位巾帼英雄。像这般的纪律严明，在绿林中实是罕见的。我如今知道你老兄刚才批评青牛山寨的一番话，句句都是不虚的了。"

不知为了什么缘故，这少年闻了柳迟这几句话，脸上忽又瑟的一红，那种娇羞的样子，真和女孩儿家差不多。柳迟瞧在眼中，不免觉得有点诧异，却又听那少年回答道："我和黎一姑是很好的朋友，不敢阿私所好，说得她真是怎样的好，怎样的好。不过，你老哥刚才所说的那几句话，虽也有过誉之处，但确有几分道着她的，倘给她本人闻得了，不知要怎样的感激你呢。哈哈哈，既是如此，你就到她山寨中，和她会上一面，好不好？"

柳迟沉吟了一会儿，方又说道："这般的巾帼英雄，我当然是很愿识荆的，只不知她肯不肯和我这无名小卒会面？倘然我前去拜山，她竟拒而不见，不是面子上太无光彩么？"少年笑道："这是哪里的话，她怎么对于你会拒而不见的呢？你倘然是高兴去的话，由我代为先容便了。"

不知柳迟是怎样的回答，且俟第一百三十回再写。

第一百三十回

致密意殷勤招嘉宾　慕盛名虔诚拜虎寨

话说柳迟瞧到了这回事情以后，知道青牛山寨的纪律，确是比旁的山寨来得好，而黎一姑也真不愧是位巾帼英雄，倒很愿和她见一见面。所以那少年问他要不要上青牛山去拜山，他即满露赞成的意思，一口答允下来。因此，那少年又自言愿为先容，并取下一个碧玉扳指授与他道："这是一种信物，你去拜山的时候，倘把这扳指拿出来，黎一姑见了，没有不立时接见的。否则，他们山寨中的门禁很严，陌生生的人，一时恐不易进去呢。"柳迟把那扳指接受在手，当然有一番的感谢。

那少年别去的时候，又替他指点上青牛山的路径，说此去共有二条道路。一条是大路，行走起来虽然较为便利，然因青牛山适介于白马、白象二山之间，要到青牛山去，须先打白马山经过，届时定为他们扣留无疑；否则，定也要起上一番纠纷。所以为他打算，不如舍去这条大路，而抄小路走去，路虽然远一些，还要渡过一个湖面，却能人不知鬼不觉的，就到了青牛山的后山了。柳迟唯唯受教。但当那少年刚要走出房去的时候，他忽又想得了一件什么事情似的，忙又把那少年唤住。少年也立刻回过步来，立停了，静静的望着他，似乎在向他问着："你还有什么话要问我？"

柳迟嗫嚅道："真的，我还忘记了一件事情，你老兄究竟是什么人，和黎一姑到底有上何等的关系，你也能告诉我么？"真奇怪，这般一个英武不凡的美少年，竟和十七八岁的大闺女差不多，老是要把脸庞儿涨红的。一听这话，他的脸上不觉又瑟的一红，微笑答道："这个你可以不必问，将来自会知道。你大概不致疑心我是什么歹人，怀着什么歹意，要把你驱上青牛山去吧？”继向柳迟只含笑一点首，并不再有其他言语，管自扬长走了。

到了第二天，柳迟做出一种像煞有介事的样子，似乎夜来的种种享受，的确是应属之于他的，所以对于店账，并不开销分文，只给了几文赏钱给伙计，即大踏步走出店来，坐上了喂足食料、等候在店门外的那骑骏马，径自向大道上行去。那掌柜的还兀自大唱其喏，在店门口恭送着呢。驰行了一会儿，已到了一个岐路口，靠着左首的是条大路，还有一张“张大仙灵验无比”的纸头儿贴在那拐弯上，这大概是白马寨中人所做的一种暗记号，使那能人前来不致迷途的。他昨天一路下就依着这暗记号而走了来的，现在颇使他注目。向右行，乃是一条小路，这大概就是那少年所说的。

这时候柳迟很迅速的向四周望了一望，见眼面前并没有别的什么人，方一点不踌躇的，即向那条小路上折了过去。这条小路确是很狭很窄，只能容一人一马的前进，而且一路上荒凉之至，显然是不大有什么人在这里来往着的。柳迟却在马上暗自笑道：“在昨天第一次发现了那张黄纸儿以后，即依着他为前进之目标，在不知不觉中，差不多已完全受上了他的支配了。如今舍去了那条大路，折入这条小路中来，方始脱离了他的势力范围，又有上一种新的生命了。只是渴望着能人到来的那一方面，已把我这西贝式的能人迎接到半路上，一旦忽又丢失了，不知要怎样的惊惶扰乱呢？”旋又想道：“这黎一姑不知究竟是怎样一个人物，倘然她的人格，真像我所想象的这般的伟大，倒也是值得前去拜山的。”

当他在冥想的时候，路已行得不少，向前望去，路势已逐渐宽展起来。不久，已到了这条小路的尽头处。只见白茫茫的一片，挡在他的面前，却是很宽广的一个湖面，但四望并没有什么船只往来。而在湖的对岸，却矗立着一大片的房屋，这明明就是青牛山寨的水寨，寨外静悄悄的不有一个生物，而临水而建的二扇寨门，也紧紧的关闭着。这派气象，真是严肃极了。柳迟见了，不觉暗暗称叹，旋又一个转念想道：“这般宽广的湖面，非用舟楫相渡不可，如今四望之下，连一只小船都没有，这可怎生是好，难道我能飞渡而过么？懊悔当时没有向那少年问上一个清楚，弄得现在没有法想。”

正在为难之际，忽闻竹篙泼水之声，隐隐传入耳鼓，心头不觉微微一喜，暗想这一定是有什么船只撑过来了，我只要唤住了那撑船的，请他把我渡过对湖去，不是就可前去拜山了么。当下，即抬起眼来，远远的向着湖面上一望。果然有一只无篷的小摆渡船，从近处一个丛密的树荫下撑了出来，起初大概是潜藏在树荫深处，而那船又十分的小，所以竟不能望见一些呢。当下即高声唤道："船老大，请把船摇过来，我有事要到对面的水寨中去，请你把我渡一下吧。"

那撑船的是一个五十多岁的老叟，当柳迟一说这番话，他那边却早已听得了，便向着柳迟的脸上，不住的打量上几眼。然后一壁把那船向着岸摇来，一壁高声问道："客官，你是要过那边水寨去的么？"柳迟点头应是，老叟又笑着问道："你是去干什么的？在那边的寨内，可有相识的人没有？"柳迟据实相告，唯隐去了那少年介绍的一件事。老叟又向他仔细的打量上几眼，不觉把头摇摇道："客官，我劝你还是息了这条心，你此去拜山，也不见得会有什么道理弄出来的。"柳迟倒不懂得他这几句话的意思，便道："你此话怎讲？"老叟笑道："客官，你怎么这般的不明白，还是故意和我装糊涂？难道你的上山拜见她，不是和以前来到这里拜山的那些少年们一般，含着一种不可说的隐衷么？"

这一来，柳迟方始有些明白这老叟的意思了，不觉含着薄怒说道："谁有这种的存心，你不要来诬蔑我。"但这老叟一点也不以为意，依旧笑嘻嘻的说道："并不是我要诬蔑你。客官，实是这黎一姑长得太美丽了，你一旦见了她时，一定会说我这个猜测不是凭空而起的。哈，老实讲一句吧，以前来的那些美貌少年，一个个都装扮得像王孙公子一般，哪一个不是要献媚于黎一姑之前，希望把这文武双全、才貌兼备的玉天仙，作为自己的妻室呢？当他们来的时候，大都是乘坐我这渡船的，瞧他们那种兴高采烈、欢乐万分的样子，连带我也要替他们欢喜。似乎在这拜山的当儿，只要几句话合得下她的意，就立刻可把这美人儿拥为己有了。然而等他们下山的时候，又大都仍是乘坐我这渡船的，只一瞧他们那种嗒然若丧的神气，就知他们已是失望而归了。再和去拜山时那种神情做一对照，真要使我替他们加倍可怜。原来这黎一姑，真是艳如桃李、冷若冰霜，世上的一般少年，没有一个能给她看得中的呢！像你这位客官，不是我说句放肆的话，不但相貌不见得是怎样的出众，而且瞧年纪已快近中年，怎样能邀得她的垂青？这一趟看来，十有八九是白跑的。所以，我劝你还不如乘早息了这个念头呢。"

柳迟道："你不要管我这些，你只把我渡了过去就是了。船钱我就加倍的奉上也使得。"老叟也就不再说什么。只是渡船太小了一些，只能渡人，不能渡马。柳迟只好把马系在岸上一棵树上，自己一个人走下船去。不多一会儿，已到了那水寨之前，幸由老叟代他叫开了水寨之门，并把来意说出。但柳迟要取钱谢那老叟时，那老叟却再三的不肯受，询问之下，才又知这老叟也是受佣于这青牛山寨的，专为渡载拜山之客起见。黎一姑的禁令很严，不许接受宾客分文的赏钱，所以不敢违令呢。

一会儿，已进了水寨，并由一个喽罗陪伴他到了挂号处，也有一个喽罗专值着，瞧见柳迟到来，即欠了欠身，含笑相问："是来本寨投效的，还是来访问朋友的？有不有什么熟人做介绍？如有，可将介绍的书信取出来。"柳迟最初听了这番说话，倒就想把那少年所交给他的那件信物，取了出来，好立刻就可会见这巾帼英雄的黎一姑，免去了一番麻烦。但是他还没有将这件信物从身边摸出，临时忽又是一个转念道："且慢，我凭仗了这件东西做先容，就是会见了这巾帼英雄，也算不得什么稀罕。而况，她一见到了这件东西，就会连带的知道我是什么人，倒要有上一个准备，见面时也不免有上一番矜持，倒瞧不到她本来的真面目了。不如乘其不备的去拜见她，使她只当我是一个很平常的人物，或者反可瞧出她究是怎样的一个人呢。"主意已定，即把他的真姓名挂了号，并说明要拜见寨主黎一姑的。这时伴他至挂号处的喽罗，已管自走回原来讯地，另由挂号处派了二个喽罗，持了小小的一张单子，陪伴了他前往大寨。

这水寨恰恰建在青牛山的后山之下，而大寨却建立在前山之上，所以要到大寨中去，须攀越后山而上。而水寨中也驻扎有不少的喽罗，一棚棚的分开着，担任防守巡逻之责。当他们经过这一所所棚子的时候，只见有几个司值喽罗，在棚外值着岗。其他的喽罗，不见有一个在外面胡乱行走的。而且，棚内也不有一点点的声息传出来，真是肃静到了极点。询之陪伴他一起走的那二个喽罗，方知寨内纪律极严，凡是散了值、散了操下来的兄弟们，也只能在棚内静静的休息着，既不能在棚外胡乱行走，也不能喧声谈话。倘然犯了这个规条，轻则驱逐出寨，重则定要军法从事的。

柳迟听了，不觉暗暗点头叹息道："黎一姑果然名不虚传，不愧是个巾帼英雄。像这般好的纪律，不但是别个山寨中所不会有的，就是求之一般军营中，恐怕也不易多得吧。”这时候，早已攀山而上，到了山腰的地方，有牌楼也似的一所，兀立在那里，上面写着四个大字，是“北门锁钥”，牌楼下也有几个值岗的喽罗。向内望去，是一所规模宏大的大寨。这二个伴他上山的喽罗到了这里，便到一个值岗者之前，并把那张单子递上去，即向柳迟说道：“这已到了中寨。我们都各有各的分段的，恕不能再送你上去了。”说完，又行了一个礼，管自走下山去。随由值岗者又招呼了二个喽罗来，持了那张单子，陪他上大寨去。

这一来，柳迟心中不禁更加叹服，原来他们的分配职司，是这般井井有条的，那岂是寻常的一般绿林所能企及的呢？再前行了一会儿，忽发现了一片草地在眼前，在这草地之上，却排列了许多很整齐的队伍，正在那里操练呢。柳迟不免驻足下来，远远的望了过去。只见他们目下所在操练的，正是种种阵图变化之法。倏而变为一长排，好似一条长蛇；倏而幻成五小簇，又似一朵梅花；倏而变为一个方阵，倏而围成一个圆圈，真是变幻迅速，神化无方。而默察各个人的姿势，既是十分合法，举动又十分敏捷，寓活泼于规矩之中，不是平日勤加操练，万不能有上这个样子。再瞧那教师时，浓髯绕颊，已是一个五十多岁的老头儿，然而精神抖擞，一点也不见老态，想他在少年时节，不知更是怎样精壮的了。并且在那时候，洋操尚未盛行，这种操练的方法，要算最是新式的了。柳迟立着看了一会儿，暗中不住的在赞叹，方又同了那二个喽罗，到了大寨之前。也自有大寨中的值事人来招呼着，那二个喽罗却又走回中寨去了。

比及引入一间客厅中坐待着，却有一个老者出来相见，笑问道：“阁下是来会见寨主的么，还是有别的事情？但寨主刻下不在寨中，不知她到了哪里去，大概不久就要回来的。”当下柳迟也便把自己的来意说出，唯仍不说明那少年介绍他来此的一节事。老者又略与寒暄上一番，即把他送至宾馆中住下，说是一待寨主到来，就立刻会来请你去会面的，说完自去。

柳迟走了这半天，依旧见不到这寨主的面，这时候虽觉得有些儿不高兴，但要他在未见这美人儿以前，就此决然负气而去，却又有些不情愿。心想忍耐些吧，忍耐些吧，无论如何，我总得见上一见这个美人儿方走呢。大概她此刻的确不在寨中，不是向我搭什么架子吧。也罢，就算她是向我搭架子，我将来也会知道的，一定要向她报复的呢。柳迟一想到这里，即心平气和的，在宾馆中待了下来。

不久已是午餐的时候，又不久，已是晚餐的时候，统由小喽罗送了很丰盛的酒菜来。不过，问到他们的寨主，总回说尚没有回来，大概在外面给什么事情绊留着，今天不见得能回来的了。柳迟已抱着“既来之，则安之”的宗旨，也就不去管她究在何时方能回来。进过晚餐以后，又盘桓上一些时候，也就上床睡了。

不料，当他正睡得甚酣之际，忽觉得盖在上面的被头微微的一动，似有什么人在掣动着的，立刻把他从好梦中惊醒。跳了起来一看时，却见有一条黑影，向着房门外直窜了去，显然是有什么歹人，乘着他在睡觉，走进房来窥视，现在，却又惊得逃跑了。柳迟哪敢怠慢，随手取了一把短刀，也就追蹑在后，不料倏忽间已是踪影全无，看来这歹人已上了屋了。当下即把身上略略结束一下，想就要跳上屋去。但他还未实行得这个主张，忽见从屋上跳下一个人来。

这一来，倒把他怔上一怔，以为这个歹人真是大胆，倒又反身来找着他了，忙把手中的短刀握定，准备着这歹人冲了过来。但是这屋上跳下来的这个人，似已在这皎皎然的月光之下，把他瞧得清清楚楚的了，只听得高声的向他招呼着道：“原来是你老兄，你是何时到这山寨中来的呢？”柳迟觉得这一派的声音好生稔熟，一壁仗着明月之光，也已把这人瞧得一清二楚。原来不是别人，却就是在客店中所不期而遇，而要把他介绍到这里来和黎一姑相见的那个少年，因也欢然的回答道：“哦！原来是你老兄，那么刚才上屋去的，也就是你么？”

少年的脸上，不知不觉的又是瑟的一红答道：“不，这只是一个不足道的毛贼，我因为不愿和他计较什么，已放他逃走了。哈，你要知道，这青牛寨是一个什么所在，仅仅走来了一个毛贼，又能干得出什么事情来呢？”边说着，边和柳迟走进了宾馆中去。

到得房内又问道：“你已见过寨主没有？也把我给你的那件信物，呈了进去么？”柳迟听他问到此话，也不回答，即走至床头，向高挂着的那件长衣中一摸，不禁轻轻的喊上了一声：“啊呀！”

不知柳迟为何要喊上一声“啊呀”，且俟第一百三十一回再写。

第一百三十一回

壁上留诗藏头露尾　筵前较技斗角钩心

话说柳迟走至床头，向着高高悬挂着的那件外衣中一探，不觉失声叫了一句："啊呀！"你道这是什么缘故？原来少年给他作为信物的那个碧玉扳指，竟已不翼而飞了。只是叫了一句"啊呀"之后，忽又似有上了一个转念，脸色间倒又扬扬如常，向少年说道："如今你老兄既已到来，介绍一层，是不生问题的了。失去扳指与不失去扳指，是没有什么关系的。只不知这碧玉扳指值价也不值价，失去了有没有什么关系？而我对于你交给我的东西，不知好好的保存，竟让它丢失了去，这当然是十分抱歉的。"说完，又向那少年的脸上一望。这倒是出他意料之外的，那少年的脸上，这时候满露着一派不快乐的神气呢。照他的心中想来，这少年是很有几分的侠气的。凡有侠气的人，对于义气为重，珍宝财帛为轻，这碧玉扳指不论是怎样的值价，然既已丢失了，至多不过想上一个如何把他追回来的方法，万不会也像一般平凡的人，把这不快乐的神气，完全放在脸上啊。

正在暗诧之间，又听那少年回答道："介绍一层，当然不成问题。但这碧玉扳指，是先父唯一的遗物，一旦丢失了去，实在有点放置不下呢。而且，此中还另外有上一个关系，更不能听他随随便便的失了去，而不一加追问的。"说到这里，他的老毛病又发作，好同姑娘们怕羞一般，二个嫩颊之上，又瑟的晕红起来了。

柳迟不免有点怀疑，正想追问一句："所谓另外的一个关系，究竟又是怎样的一件事？"却已听那少年接着说下去道："唉，这个贼人真可恶。

别的东西一件也不偷，偏偏要把这个碧玉扳指偷了去。这显然的不但存上有一种深意，并连这个扳指的历史，和另外的一个关系，也都知道得明明白白的。但我决不让他有这般的便宜，不论遭到如何的困难，我定要把这原物追回来。也罢，我们如今且先去见了黎一姑再说。大概她也已回到寨中来了。”

正说时，一线曙光，已从窗外透射进来。而在这曙光之下，又使他们在壁上瞥见了一件东西，无疑的，便是这大胆的贼人留下来的，倒使他们更把惊骇之情扩大起来。原来是一张小柬，上面是这样的写道：“人冒我名，我盗其宝；试一思之，真堪绝倒。只苦美人，毫不知道；欲返原珍，南山有堡。”他们二人瞧了这一纸小柬后，倒不免各人都上起各人的心事来。

在柳迟的这方面，不觉暗叫一声：“啊呀，原来这来盗碧玉扳指者，便是白马山所延请的不知姓名的那一位能人，他连我的冒名顶替都知道了。只不知他对于这节事的始末情形，已否完全知道？倘然他不知道我的冒名顶替，是出于将错就错，而疑心我是有意如此的，那可有些糟糕了。”而在那少年一方面，也不觉暗唤一声：“惭愧，什么美人不美人，真是十二分的刺眼。大概对于我的事情，这个人已是完全知道的了。如今又左不盗，右不盗，偏偏把这碧玉扳指盗了去。这显然是存有一种深意，更是不容易对付啊。”只是各人对于对方所已懂得，而他自己倒尚未完全明了的部分，虽因小柬上的指点，也已有点瞧科出来，终究是有一些隔膜，一半儿明白，一半儿不明白，倒又使得他们都沉思起来了。最后，还是那少年先打破了这沉寂的空气，笑着说道：“这也是很平常的一种玩意儿，没有什么道理的。让我日后找着了他，和他好好的算账就是了。如今让我先去通知黎一姑一声，立刻就来请你进去和她会面。”说完，径自向外走去。

不一刻，来了二个喽罗，说是奉了寨主的命，前来迎迓贵客的，柳迟便跟着他们走去。刚走至大寨之前，早见那个老者之外，还有一个打扮得十分齐整的姑娘，在迎候着他，这当然就是那位巾帼英雄黎一姑了。可是，当柳迟刚向他瞧得一眼时，不觉怔呆了起来。原来，这黎一姑的面貌，竟有十分之九是和那个少年相肖的呢。比及到得寨中，相将坐下，柳迟方又想到小柬上，所提起的那“美人”二字，不禁恍然大悟：“这黎一姑和那少年，定是一而二，二而一者的呢。”这时候，黎一姑似也知自己的行藏已被柳迟瞧破，便一笑说道："这只是一种游戏的举动，阁下想已完全明了，我们也不必再说的了。"于是，柳迟也只能一笑相报，并说明了不要假冒人家，而竟成了一个假冒者的那种原因。接着大家谈得十分投机，方知那老者唤黎三丰，是黎一姑的一个族叔，正管理着寨中一切的琐事。而由黎三丰的口中，又知道黎一姑的祖父唤黎平，是太平天国的一个同志，奉命随着某王来经营山东。后来他的一部分人马，就长驻在登州、莱州一带的地方。等到太平天国覆灭，山东也为满清所收复，他就被清军捉了去。

这时太平天国的旧部，投顺清军者虽是数不胜数，他却大义皎然，不为所屈，因此，便在省垣遇害了。当临刑的那一天，他偷偷的把一个碧玉扳指交给了狱卒，教他务要设法交到他独生的儿子黎明手中，作为一种纪念品。并说他一死尚在其次，太平天国如此的覆亡，实是十分痛心，他死也不得瞑目的，务望他的儿子不但须为他向满清复仇，还得时时以恢复太平天国为念。这狱卒从前也是太平军中的人物，总算有点儿义气的，居然辗转访寻，不负所托，终竟把这碧玉扳指交到了黎明的手中。不料黎明未将大仇报成，已是死了，只遗下了一个幼女黎一姑，便将祖父一番的遗命，转告诉了黎一姑，教她继续报仇。并说孤零零的一个女孩儿家，恐怕干不成什么大事，最好选择一个英雄人物而嫁之，那碧玉扳指，正不妨作为订婚时一种礼物呢，因又把那碧玉扳指交给了她。而黎一姑从小就从名师习艺，有上了一身绝高明的本领，闻得了这一番遗命，和睹及这一件祖父的遗物，不免恸哭一场。从此就在这青牛寨中，继续着他父亲的事业。原来黎明为要有上一个根基地起见，早在这里落草的了。到了近日，招兵买马，悉心训练，更是很有上一番新的气象呢。

柳迟听了这番说话以后，方知这碧玉扳指非寻常的珍宝所可比，万万遗失不得的，不觉脱口而出的说道："如此说来，我把这碧玉扳指丢失了去，更是罪该万死了。但既是这般珍贵的一件东西，黎寨主为什么随随便便的，交给在……"意思是要说，为什么要交给在一个不相识的人的手中，而且也不郑重的交代上一句。

黎三丰不等他把这句话说完，即搀言道："柳兄是一个很通达的人，难道连寨主的这一点儿意思，也参透不来么？"这句话不打紧，却把这个巾帼英雄的黎一姑，也闹得一个粉脸通红，连连把眼睛瞪着他，似乎教他不要再说下去。便连柳迟也自悔一时失言，未免有些唐突美人，深深自疚之余，倒也弄得有些局促不安了。但是这丰干饶舌的黎三丰，也不知是否依仗着自己是黎一姑的叔父，有意倚老卖老，还是立时要想把他们撮合拢来，故意这么子的说。他竟像毫不理会似的，又接着说下去道："而且我刚才不是曾对你说过，先兄故世的时候，曾嘱他须择一英雄夫婿而嫁之。不过一向来到这里来拜山的，都是一些庸庸碌碌之人，哪里有上一个什么英雄！现在可给我们遇到了。"他把这话一说，意思更是十分的明白，他已把柳迟目为一个英雄，并急急的要替他们玉成了这头亲事呢。

现在，且把柳迟这一边暂行搁下，再说白马山所要请去的那个能人，究竟是什么人呢？原来，那人姓陈，名达，是杨赞化最小的一个徒弟，很具上有一种超群出众的本领。因为白马山延请他去，具上有一种秘密的性质，生怕给其他山寨中的人所知道，所以，他并不和白马山差去的使者，一起同行，迟了几天方动身。不料，恰恰已是后了一步，人家竟把柳迟误认作了他，凡是受过白马山嘱托的几个客店，对于柳迟，招待得十分殷勤，供张得也十分丰富，对他却不怎样的理睬。他最初见了，不免有些生气，想要把这一层误会立时揭他一个穿，继而一想，我们所以要如是做法者，不是为求秘密起见么？如今既有一个冒名者充作我的前站，那是再好没有。就是这种秘密，已给我们的敌人们所探知，沿途倘然要出什么花样，也必指鹿为马的，把这冒名者当做我。那一切都由这冒名者承当了去，可以与我无干，我不是反可脱去敌人们的监视，安然到达白马山了么？

他这么一想时，颇自以为得计，因此也不去戳穿柳迟冒名顶替的这一层关系，只远远的跟随在后面，暗窥他的一切行动。等得到了住宿的那旅店中，店中人因为已把那贵客接得，对于这衣服并不十分光鲜，相貌并不怎样出众的一个客人，当然不会如何的注意。他也不把自己说破，和寻常旅客一般的，在一间小房中住下来了。然而柳迟入店后的种种举动，他都随时在那里窥着的。所以那一晚在宴饮的时节，那乌大汉在院子中叫喊，以及镖未出手，自己先行栽倒的等等情节，都一一瞧在眼中；并连这乌大汉是如何的一种来意，他都有些猜料到的。不过在那大汉中了暗器遁去以后，忽又从屋上跳跃下一个少年来，倒又使他暗中吃上一惊。但他所惊的，并不是在这少年的来得兀突，而在这少年的面貌，为何生长得如此的俊美。经他细细的一注意，方瞧出是女子乔装了的。后来再一偷听到那美少年，所说的一番言语，并暗窥到那美少年种种的举动，不禁恍然大悟道："这不就是黎一姑所化装的么？我险些儿也给他蒙过了。"这一来，倒又把柳迟痛恨了起来。倘不是柳迟在前面冒充着他，这一番艳福，不是该归他所享受的么？比见黎一姑邀柳迟前去拜山，并以一个扳指交给柳迟做信物，显然有委身于柳迟的一种意思，更使他怒火中烧，气恼得什么似的。几经他在心中盘算着，方决定了，当柳迟前去拜山的时候，自己仍跟随了在一起走，并要当着黎一姑的面，想法把那扳指盗了来。自己能够这么的一显弄本领，那时候还怕美人儿不十分的倾心于他么？

他把这个主意想定，觉得很是快乐，便安然的睡了去。到了第二天，柳迟抄着小路，前往青牛山拜山，他当然追蹑在后，只因十分留心，所以没有给柳迟觉察到。只有一桩，柳迟的前往拜山，很是光明正大，所以乘了那老者的一艘小船前往；他却带上鬼祟的性质，生怕给人瞧见，不敢公然唤渡，直待至黄昏人静之际，方游过这条湖去，又偷偷的掩入了水寨中。幸仗他的水陆二路功夫，都是十分了得，居然过了一关又一关，早已平安无事的，来到大寨之前。又给他捉着了二个巡更的小喽罗，在小喽罗口中，知道了这假冒者正住在那宾馆之中。他便把这二个巡更者捆缚起来，并絮住了他们的口，掷在树荫之下，方一个人前去行事。

等到已是得了手，故意又把柳迟的被掣上一掣，让他惊醒过来，然后自己方走，这又是一种显弄本领的意思呢。不料，这时黎一姑也恰恰打外面回来，倘然真的向他追了去，虽不见得便能把他擒捉住，然当场必有上一番厮杀。谁知黎一姑竟当他是一个小毛贼，不屑和他交得手，轻轻的放他走了去。于是，他一出得险地，也就向着白马山而来了。

白马山的李大牛，以前曾和他见过面的，见了他的到来，当然十分欢喜。一壁又带着惊讶的神情，向他问道："你是打哪条路走的？据我所派出去的一般小喽罗回来报告，说你昨日打从那家客店出来以后，好似失了踪的一般，我们正在惊疑不定呢。"他听了，不觉哈哈大笑道："他们这一般人始终没有注意到我，怎知道我失踪？他们所报告给你听的，大概是别一个人的行踪，恐怕是与我无关的吧？"

这一说，倒说得李大牛怔住了半晌，方又问道："这是什么话？我教他们沿途留心着的，只有你一个人，怎么又会误缠到别一个人的身上去？”他又大笑道：“哈哈，老大哥，你真好似睡在鼓中一般了。你不知道，像我这么一个无名小卒，还有人沿途冒着我的名儿呢。你想他们都是不认识我的，怎又弄得清楚这一件双包案呢？”李大牛不免更是惊诧道：“怎么还有冒名的人？我真一点儿也不知道。”当下，他便把沿途一切的情形，约略说上一说。李大牛方始恍然大悟。他便又把这碧玉扳指取了出来说道：“这冒名的人，已往青牛山寨中去了，我也跟着他同去了一遭，这就是我在那里得来的一件胜利品呢。”

李大牛一听，凝目把这碧玉扳指望上一望，现着惊诧的神气，向陈达问道：“这不是从黎一姑那里得来的么？我听说黎一姑随身佩戴着这么一件东西，是她父亲的遗物，留给她作为纪念品的，遇着可意的人儿，便不妨拿来作为私订终身的一种表记。难道黎一姑已看中了你这一表人才，把这宝物赠给你作为表记么？”

陈达又笑着点点头道：“你这话虽不中，也不远矣了。大概这件宝物既能归我所有，这个美人儿也不久就能为我所拥有吧。”他这话一说，不免引得李大牛深深的向他瞧视一眼，暗地似乎担上了一种心事。他这种心事，倒也不难猜度而得的。原来他所最最畏惧的，就是这青牛山寨的黎一姑，所以要千方百计的，把这陈达请了来，做上自己的一个帮手，也就是为了这个缘故。如今这陈达倘然竟搭上了黎一姑，那他不助自己，而反助黎一姑，乃是显而易见的事，不是反有揖盗入室之嫌么？一壁却又装着满脸笑容，赶紧的说道：“这倒是很可贺的一桩事，我想邀集了全寨的头目，好好的为你称庆一番呢。”

等到筵席摆上，正在欢饮之际，忽有小喽罗来报：有一个姓柳的前来拜山，并指名要见新到山寨的陈寨主。陈达就知定是柳迟来了，不禁笑道：“这厮原来姓柳，他倒已是把我打听得一个清楚，夹屁股就赶了来了。好，就请他进寨来吧。”一壁便也起身相迎。两下见面之下，谁知竟是非常的客气，一个赶着行礼，一个也赶着还礼。比及行礼已毕，大家仰起身来，方在陈达的身上，发现了柳迟的足印；而柳迟的袜上，也发现了陈达指头的影痕。不觉默喻于心，相视一笑。李大牛虽立在陈达的身旁，却一点儿也没有知道，只顾把柳迟当做一位贵客，尽向着里边让。一到厅上，他便又笑吟吟的说道："不知柳兄远来，未曾备得酒席。不嫌这是残肴，就请坐上来饮啖一会儿，等晚上再专诚奉请吧。"

柳迟倒并不客气，只把头微微一点，即在李大牛所向他指点的那个席位上坐下。但是屁股刚一坐下，只闻得格列的一声响，一具很坚厚的楠木的椅子，竟给他坐坍了。这在柳迟，明明是有上一种卖弄本领的意思，小小的用上一点功劲，就把这楠木椅子弄坍了。可怜这李大牛，却还是蒙在鼓里，一点儿也不明白，反连声的责骂着小喽罗。说他们办事怎么竟如此的不留神，把破坏不坚的椅子，拿出来给客人们坐，倘然把客人跌上一大跤，这还了得么。陈达却只是在旁边冷笑着。

这时候，挨骂的小喽罗们，早又另换了一把椅子来，虽也是楠木的，却比先前的那一把，更坚厚得多了。但是奇怪，柳迟的屁股，刚和这椅子做上一个接触，复闻得格列的一声响，这椅子又是坍坏了。这一来，李大牛也明白过来，知道这是来客故意这般的做作，要在他们面前卖弄上一点本领的，倒又愣着在一旁，弄得没有什么方法可想。但陈达在这时候，再也不能在旁边冷眼瞧着了，只向厅外的庭中瞧得一眼，早已得了一个主意。即见他不慌不忙的向庭中走了去，跟首就把一个很大的石鼓儿，一手托了进来。这石鼓儿看去怕不有二三百斤重，他托在手中，却面也不红，气也不喘，好像没有这回事一般。进得厅来，很随意的一脚，即把那把已坍坏了的楠木椅子，踢至数丈之远，为墙壁所挡靠住了。但墙壁受不住这般大的一股激力，早有些个粉垩，纷纷从上面落下。陈达却就在这当儿，将身微偻，用手轻轻的一放，这石鼓儿，便端端正正的放在席面前了。一壁含着微笑，向柳迟说道："刚才的那两把椅子，委实太不坚牢了，竟经不起阁下这重若泰山的身躯一坐。如今没有方法可想，只好端了这石鼓儿，委屈阁下坐一下；倘然再要坍坏的话，那兄弟也就没法可想了。"这明明是含有讥诮的意味，以报复他的故意使刁。

柳迟哪有不理会之理，也只有谦谢的份儿，心中却在那里暗想："这小子倒真可以，我不过要在他们的面前，献上一点本领，做上一个示威的运动，不料他献出来的本领，倒比我更高一步了。这我此后倒要步步小心，倘变成了鸿门宴上的沛公，弄成来得去不得，那才是大笑话呢。"

于是，大家又相将入席。酒过三巡之后，忽有一件东西，从梁上掉落下来，恰恰坠落在肴菜之中，细看，却是一根小小的稻草儿。李大牛见了，不觉笑道：“好顽皮的燕子儿，竟把这样的东西，来奉敬嘉宾了，未免太寒蠢一点吧。”细听，果有燕子呢喃的声音发自梁上，怕不是它们闹的玩意儿。这时候，柳迟倒又忘记了自己警告自己，小心一点儿的那句说话，痒痒然的，又想在他们的面前，献弄上自己的一点绝技了。原来他的身子，近年已练得同猴子一般的轻捷，蹿高落下，不算得什么一回事的。只见他仰起头来，向着梁上一望，含笑说道：“果然是头顽皮的燕子，在向着我们开玩笑。但我自问顽皮的本领，倒也不下于人，颇想捉着了他们问上一声，究竟谁是比谁会顽一些呢？”

不知柳迟捉得了这头燕子没有，且俟第一百三十二回再写。

第一百三十二回

灯火下合力卫奇珍　洞黑中单身献绝艺

话说这一句话刚说了，但见一段黑影，向着梁上一冲，这席位上早已不见了柳迟这个人，蹿往梁上去了。转眼间，又见他轻如落叶一般的飘然而下，回到了原来的席位上，手中却已给他捉着了一只燕子，笑微微的说道：“它请我们吃稻草，我却把它捉住了。照此看来，究竟是谁顽皮得过谁？”于是合席的人，都有上一种佩服他的神气。

只有陈达，却满不当做一回事的，先是深深的注视上他一眼，又向他手中那只燕子望上一望，然后把头摇上几摇，笑着说道：“阁下的本领，真是可以，果然使人十分佩服。不过，太冤苦了这头燕子，这其间未免也有点儿不公平吧？”这话一说，不特大众听了，都觉得十分诧异，连柳迟也愣住了，只呆呆的向他望着。半晌方又问道：“你这句话怎样讲？为何说是冤苦了这头燕子，又为何说是不公平的？”

陈达仍从容自若的问道：“你以为掷下那枝稻草来的，就是这头燕子么？倘然不是它的话，你不是有点不公平，太把它冤苦了么？”这一来，柳迟更是诧异了，忙又问道：“难道当时你瞧得很是清楚，掷下那枝稻草来的，并不是这头燕子么？”陈达又笑着应道：“我既说得这个话，当然当时是瞧得很为清楚的。现在让我来告诉你，这件事的罪魁祸首，还是静静的站在梁间，尾上有上一个白点的这一头呢。你瞧，他倒是多么的闲适啊。”说着，伸出一个食指来，向着梁上一指。随又接下去说道：“这未免太便宜了他，我倒不能轻轻把他放过，一定要向他拷问一番。”话刚说到这里，即见他展开手来，向着上面只一抓，那头静站梁间的燕子，早扑的一声，坠落到席上来了。陈达便又很得意的一笑，说道："如何？它果然已向我们自行投到了，现在再让我来问问它，这件事究竟是它干的，不是它干的？"随用手向这燕子的头上一按，果然就闻得呢喃的叫上了几声。陈达喜道："它已吐了供了，这件事果然是它干的。也罢，且看在它初犯的分上，就把它释放了吧。"只见陈达用手一挥，这燕子早又把羽毛展上一展，突的仍飞到梁上去了。

这明明又是献弄本领，抵制对方示威的一种举动，早把柳迟瞧得呆了，一个不留神之下，把手展了开来，那头燕子乘此千载一时的机会，也就冲的一来，仍回到了梁上去。柳迟连连遭上了这二次的挫败，只呆呆的坐在席上，一点儿也不得劲儿。

不料，这个朴实实的李大牛，倒又要弄出些花样来了。原来他暗自想道："好小子，拜山就是拜山，为什么要献弄出这些本领来？幸亏我有这位陈兄在此，尚足对付一下，不然，不是要给你这小子占尽上风了么？但是，我自己忝为一寨之主，倘然终席没有一点表现，只和众人一样，呆木木的瞧着他们迭相献弄本领，岂不要被一般小喽罗们所耻笑？那我倒也得想上一个好法子，把自己表现一下方好。"他正在这么想时，忽见一个值席的小喽罗，送了一大盘热腾腾香喷喷的豚肩上来。他眉头一皱，立刻得了一个计较，暗想："我的飞刀的本领，在绿林之中，不是也颇颇有名的么？如今，何不就在这个上头生出些花样来，也可替我自己撑上一些门面。"当下，就取过一把尖刀来，在豚肩上只一切，即切下方方的一大块肉来，随又举起刀尖，向着那块肉上一戳，即连刀带肉，平举在手中。一壁将身站起，一壁笑微微的说道："柳兄，请尝尝这豚肩的风味如何？这是我们山寨中最名贵的一种食品呢。"说时迟，那时快，即把这把刀，向着柳迟掷了过去，比流星还要来得迅急。

柳迟也是一个老行家，一见这种情形，哪会不懂得他的意思。心想这倒也怪不得他，我们二人总算都把本领献过，他倒也不得不来这么的一手呢。当下不慌不忙的，便把口一张，连刀带肉都衔住了。随又在齿间略略的一用力，那块肉即从刀上落下，然后又是一张口，并运了一股气把刀一吹，把刀便向空中飞起，等到落下来时，早伸出一手接住。于是，又轻轻的把那刀向着桌中一掷，恰恰很为凑巧，不偏不倚的，正插在那个豚肩上。这一来，倒又博得合席的人都暗暗喝彩不置。独有那李大牛，见自己的本领竟又为他所盖，更是觉着不得劲儿的了。

如是者，又坐上了一会儿。陈达忽含笑向柳迟问道："柳兄此来，不是要向我取回那件东西么？"柳迟见他竟向自己这般的问起来，倒暗赞一声：这小子好漂亮，不待我向他诘问得，他倒自己先说了出来了。也只好老老实实的回答道："不错，是要向陈兄索回这件东西。想陈兄也是懂得江湖上的义气的，大概总能立刻见还吧？"好陈达，真有功夫。他一见对方竟是这般的老实不客气，不免又要小弄狡狯。只见他先是哈哈一笑，然后方又说道："照理呢，这东西本是从柳兄那里取得来的，如今柳兄既然来向我索得，我当然须得立刻归还。不过，要请柳兄想一想，柳兄从前恐怕也有些对不住我的地方，而我的所以斗胆敢在柳兄前干上这件事，也是要以此事为由，可使柳兄明白到我这层意思呢。"

他末后这几句话，真比刀锋一般的犀利，却把一个胆大包身的柳迟，也呆着在那里了。暗想他所谓对不住他的事情，大概就是指冒名顶替这一层吧。但这真冤枉之至，我也不过一时好奇心起，将错就错的干了去，何尝是真要冒人家的名儿呢。但此事只有自己心内知道，要在人面前剖白起来，越剖白得厉害，越是给人家笑话。

没有法子可想，他只好这般的说道："这只可说是彼此的误会，或者也可说是我一时之错。也罢，听你如此说来，莫非在交出这件东西以前，还有什么条件要向我提出么？"陈达笑道："你这人倒好聪明，也好漂亮。不错，我在交出这件东西以前，还有上不大不小的一个条件。"柳迟道："那么，就请你把这条件说了出来吧。天下的事，最怕是没有条件，有了条件，事情就好办得多了。"陈达道："我的条件，也是平常之至。这件东西，既是我由你那里盗了来的，那如今你要收回原物，仍须从我这里盗了回去。我们姑以三天或是五天为限，你道好不好？"

柳迟听说要教他在三天或是五天之内，把这东西盗了回去，倒又觉得很有兴趣了。想上一想之后，便说道："这样的办法，倒也很公平，我们就以三天为期吧。"陈达又说道："可是我还有一句话，要向你附带的声明一下，倘然你在三天之内不能得手，此事便作已了论，此后不论如何，你不能再向我提起这个问题了。”柳迟道：“这是当然的。不过还有一层，你须得明白，这东西并不是属之于我的，我三天之内不能得手，果然不能再向你说什么话；只是这东西的原主儿，倘然要和你办起什么交涉来，我可不能负责。”陈达道：“哦，那原主儿或者还要和我办什么交涉么？好，那不要紧，本来我既得了这件东西，她不来找着我，我还要去找着她，她肯来和我办交涉，那是再好没有的事情了。你放心，我决不会叫你担负什么责任的。”说完，又哈哈大笑不止。柳迟也不管他，即向他们作别了，径自下山而去。

到了晚上，柳迟一切准备停当，又穿上了夜行衣，复向白马山而去，要依照了他们口头所订的条约，实行盗取那个碧玉扳指了。好在这山上的路径，他在日间拜山的时间，早已瞧看得明明白白，所以在这时一点也不感到什么困难。而且照样子瞧去，这班小喽罗们似已得到了李大牛或是陈达的命令，故意对于巡逻上，不似往昔这般的注意，好让他容容易易的走上山去，得到一个盗取这碧玉扳指的机会。因此一点不费什么手脚，就到了这大寨之前了。可是当他伏在屋上，只向檐前伸出一个头来，向着下面一望时，却把他骇上了一大跳。原来这聚义厅中，四处都是灿烂的灯光，照耀得如同白昼，好似有上了什么大聚会似的。随又听得一阵笑语声，从厅中随风度出，细听却就是陈达的声音，正在那里说道：“我以为这件事，我们应该做得漂亮一些，不但对于巡逻上应该松懈点，便是这件目的物，也坦而白之的放在这张桌上，可以一望即见。他如果真有本领的，尽可跳了下来，把这东西攫之而去呢。”接着，又听得另一阵笑声，这大概是那李大牛所发。

一阵笑声之后，并听他在说道：“你自以为这是一种很漂亮的举动，其实照我看来，却不尽然。这件东西，这么坦而白之的放在桌上，虽说是可以使他一望即见，不必再费找寻的工夫，然我们这般人不见得全是死人，会眼睁睁的瞧着他把这东西攫了去，而不一加阻止。那么，他要当着我们这许多人，施展这一点儿的手脚，倒也不是一件容易的事情呢。”他们似已知道柳迟来到了檐前，故意这么的说笑着、问答着，使他明白上一切的情形的。

当下，柳迟当然一句句都听在耳中，不觉又暗想道：“诚然要当着这许多人施展出这神出鬼没的手段，并不是一件容易的事情。不过，我有上很轻捷的一副身手，要我像一头猴子的这么急猱而上，又急猱而下，倒也并不甚难。所可虑的，灯火点得这般的辉煌，当我施展出这一个身手时，万不能逃去他们的视线。如今只要想个方法，能把这厅中的灯火一齐熄灭了去，为时不必过久，二三分钟已足，这件目的物，就不怕不攫到我的手中来了。”他一想到这里，倒又想起他的师傅金罗汉来。金罗汉的本领真是了得，百步吹灯，在人家已视作一桩绝技；他却满不在乎，只要略略运上一股气，将口一张时，不论有多少盏的灯火，一时间都要熄给他看呢。然而懊悔当时没有向师傅学习得这种本领，如今要用得着这一项本领时，却是无法可想了。

不料，就在他这么沉思的时候，忽发现了一个奇迹。这个奇迹，便是这满堂的灯火，他很想一口把来吹了去的，他自己虽没有本领去实行，却已有人代他干了去了。顿时便听得厅事中很有上一阵骚乱，都在那里乱嚷乱叫道：“这是怎么一回事？厅中所有的灯火，会一齐熄灭了去，这难道是给风所吹熄的么？然而，哪里有这大的风，而且就是风，也不见得会这般的凑巧，熄得连一盏灯都不剩。”当下，那几个首领，如李大牛、陈达等一班人，似乎比大众能镇静一些，不住的在那里禁压着他们，连说：“快静静儿的，别如此的喧闹。”但这件事究竟太不平常了，把大众惊骇得几乎要发狂，一时间要禁压他们，哪里会有效？只有那柳迟，却乐得不知所云。依着他的意思，很想乘着这个好机会，马上跳了下去，摸索到了厅事中，凭着一点敏捷的手法，就把这碧玉扳指攫了来呢。可是，他刚在这么的想，迟疑着还没有向下跳的时候，忽又听得厅中起了一片异乎寻常的喧叫。原来，刚才熄了去的灯火，现在又一盏盏的亮起来了，又恢复了先前的原状了。这满堂的灯火一齐熄了去，还可诿之于大风，现在，居然不必人家去点得，又会一齐亮了起来，未免太嫌不经，大众虽欲不极口称怪，也不可得了。

陈达是何等有经验的一个人，知道此满堂灯火之一熄一亮，其中大有蹊跷，看来一定是敌方暗弄狡狯，供在桌中的那个碧玉扳指，无论如何是不保的了。果然，他刚一想到这里，忙伸手向桌中供放扳指的地方，约莫着摸了去，竟是摸上一个空，不免连说：“完了，完了！”正在这个当儿，这灯火却又重复亮了起来，他不由自主的，又向桌中一望，方知这失败已成为确确凿凿的事实。原来置放这碧玉扳指的所在，已是空空如也，哪里还见到这扳指的一点影子呢？不由自主的惊喊了一声。

但就在这喊声刚了的当儿，忽闻得一个苍老的声音，在什么地方说道：

“真是活见鬼，谁稀罕你这碧玉扳指，你不妨自己瞧瞧，那扳指不是还好好的，套在你的拇指上么？”这一来，不说陈达听了这话，果见那扳指好好的套在自己的拇指上，应该如何的骇异；单说柳迟这一喜可就大了，知道果然不出他的所料，他老人家已来到这里。自己正苦着孤掌难鸣，要取回这扳指，很觉棘手，如今有他老人家到来，还怕有什么事办不了呢。正在想时，忽觉有人在他肩上轻轻拍了一下，忙仰起首来，就着星月之光一瞧看，只见金罗汉已慈眉善目的站立在他的身边。慌得他也忘记了是在敌人的屋上，即爬在屋瓦之上，向着他师傅磕起头来。

金罗汉忙一把将他搀扶起，很简单的说道：“我们走吧，不要再待在这里了。”柳迟对于师傅的命令，当然不敢怎样的违背，但颇显露着一种踌躇的神气，意思是在说：“那么，这扳指怎样的办法呢？难道听他放在那姓陈的手中，不去取他回来么？”金罗汉好像早已明白了他的心事，便一点不在意的笑着说道：“这本来不是你的东西，自有原主会和他们来交涉，何必定要由你的手中取回来？”说到这里，略停一停，又接着说道：“而且有缘的终是有缘的，决不在这件东西的在不在你的手中。你放心吧，你和她见面的日子正长呢。不过，你的婚姻注定了晚成的，现在还不到那时候。”这一说，更说中了他的心病，倒很觉得有些不好意思起来，再也不能说什么了。随又听金罗汉向着下面高声说道：“陈兄，这个扳指本来不是我们的，不妨由你暂时保存着，将来自有原主来和你办这交涉，我们可要告辞了，你也不必多所惊动吧。”说后，侧耳一听，厅中仍是寂然，并不见有一个人出来答话。看来这一班人，也都是银样镴枪头的脓包，见了这种神奇的事迹，吓得他们都是疑神疑鬼的，不但没有人敢出来探望上一下，竟连搭一句白的勇气，也一点没有呢。

金罗汉见了这种情形，不免微微笑上一笑，即挈同了柳迟，离开了白马山，来到一所破庙中，看去似已久不有人居住的。金罗汉拉了柳迟，一同在一个破旧的拜垫上坐下后，突然的向他问道：“我的来到白马山上，你也觉得有点突如其来么，你可知道我究竟为了什么缘故？”

柳迟道：“这事虽像有点突如其来，然出之于你老人家，也就不算什么一回事。照我想来，大概是你老人家，算知我要上白马山去办这件交涉，生怕我一人有失，所以特地赶了来呢。”金罗汉把头摇摇道：“不是的。照你的本领而讲，虽不算高到怎样，然和那姓陈的一相比，也不见得就会输在他的手中，倘然只为那个，那我是可以放下一百个心的。”柳迟道：“你老人家既不为这个，那为什么要巴巴的赶到这里来？我可有些算不出来，请你老人家就爽爽快快的告诉了我吧。”

不知金罗汉说出些个什么话来，且俟第一百三十三回再写。

第一百三十三回

论前知罗汉受揶揄　着先鞭祖师遭戏弄

话说柳迟这个问句一出，金罗汉不觉笑道：“哈哈，你的记性怎么如此不济，今年打赵家坪的日子又快要到了，你难道已是忘记了么？”柳迟不免暗叫一声：“惭愧！”打赵家坪的这一件事，果然不论是在他们自家的昆仑一派中，或是在敌方的崆峒一派中，没有一个人不当做天大地大的一桩大正经。一等打赵家坪的日子快要到来，双方都在惶惶然的准备着，各求所以制敌取胜之道。直至大家打过之后，这一年的胜负已是判明，方把这一桩心事暂行放下，等待明年再来。差不多年年如是。独有他自己，对于这桩事情的观念，素来要比较别人来得淡一些，也不自知其所以然。同时复又想道：“这几年来，这一年一度的械斗，虽仍在照例举行着，然并没有怎样的大打，仍是由平江、浏阳二县的农民为主体，偶然有几个昆仑派和崆峒派中人参加其间罢了。今年却不然，昆仑、崆峒二派，都想借着打赵家坪的这个题目，大家钩心斗角的，做上一篇好文章，分上一个谁高谁下。因为在这几年之间，双方在暗地不免又起上了不少的纠纷，都是磨拳擦掌，有上一种跃跃欲试的神气呢。而在崆峒派一方，听说还要把红云老祖请了来，这已是宣传了好多年，而没有实行得的。今年倘竟见之于事实，昆仑派自不甘示弱，也要有上一番相当的对付。那么，在今年这一次的打赵家坪中，可不言而喻的，就要有上空前未有的一场大战了。”

柳迟一想到这里，不免脱口而出的问道：“听说他们今年还要把红云老祖请了来，不知这个消息确也不确？你老人家大概总是知道的吧。”金罗汉还没有回答，不料，忽有一个很大的声音，从神龛后面传了出来道："这个他老人家，恐怕也不能有怎样确实的回答。我却有八个字可以回答你，这叫做'确而不确，不确也确。'你只要把这八个字细细的一参详，也就可以知道一些个中的消息了。"

这一来，柳迟是不必说起，当然是给他怔惊得什么似的。金罗汉虽是阅历既深，神通又广，什么都是不怕，什么都是不在他心上的一个人。然见说这几句话的那个人，在先既是匿在神龛的后面，偷听他们的说话，现在又突如其来的，拦住了他们的话头，说出这一番似带禅机非带禅机的话来，显然是一个不安本分之徒，而要在他们的面前卖弄上一下本领的。不免在略略一呆之下，又在暗地有了一点戒备。

在这时候，那个人也就在神龛后面走出来了，却并不是怎样惊人出众的一个人物，而是衣衫褴褛，满面酒容，背上了一个酒葫芦，一望而知的嗜酒如命的一个酒徒。见了他们二人，即很客气的拱上一拱手道："多多有惊了。"金罗汉却只微微的一点头，即向他问道："你刚才所说的那八个字，究竟是一种什么意思？倒要向你请教。"

那酒徒一听到这二句话，好像把他乐得什么似的，立时哈哈大笑了起来道："像你金罗汉，那是海内争称的一位有道之士，难道连我这个酒鬼江南酒侠所说的话，都不能了解得么？"这酒徒真是有趣，他不但认识得金罗汉，并把他自己是什么人，也都说了出来了。

江湖上有上这么的一尊人物，金罗汉在以前也曾听人家说起过不少次，现在听说他就是江南酒侠，不免向他打量上好几眼。却又听那江南酒侠接着说道："你倘然真是不懂的话，我不妨把那八个字再改得明显一些，那便成为'来而不来，不来也来'了。"把这两句话如此的一改，果然再要明显不有，中间只含着有两个意思。一个是，红云老祖现在还在来与不来之间，没有怎样的一种决定；那一个是，红云老祖的来与不来，没有多大的关系，就是来了，也不见得会出手的。至是金罗汉再也忍耐不住了，便大声向他问道："照你这话说来，红云老祖便是来了，也是不会出手，仍和不来相等的，是不是？但是，这个我尚不能知道，你怎么又会知道的？"在这句话之下，显然有上一种倚老卖老的意思，以为你是一个什么东西，难道我所不能前知的事情，倒会给你知道了去么？

江南酒侠却好像一点也不理会似的，只淡淡的一笑道："这或者是各人所修的道有不同。不，这句话也不对。照着一般的情形讲，大凡道德高深之士，都能前知五百年，后知五百年，就现在的这桩事情而论，只在几天之后，就可见到一个分晓的，我们怎又会不知道呢？不过，照你这番的解释，还不见得全对。痛快的说一句，他此番是不会出马的了。"一壁说，一壁径向着庙外走了去。而就在这冷静的态度之下，很平凡的几句说话之中，已把金罗汉的一种骄矜之气折了下来了。只落得他们师徒二人，眼瞪瞪的望着他渐行渐远的一个背影，是猜料不出，究是他的前知的功夫确能高人一等，还只是醉汉口中所说的一种醉话？

谁知当他刚一走到庙门口，又像想得了一桩什么事情似的，突然的转身走了回来，笑嘻嘻的向着金罗汉问道："真的，我还有一句话忘记问得你。你们在这庙中待着，不是等候着笑道人到来么？"

这个问句，在柳迟听得了，还不觉得应该怎样的注意，以为这也只是随口问上一句的。谁又不知道，笑道人和他们师徒是常在一起儿的呢？而在金罗汉一听闻之下，不免又是突然的一呆。不错，他的所以到这破庙中来，确是和笑道人有上一个约会，而有几句要紧话要彼此当面谈一谈。但这件事连在柳迟的面前都没有提起得，怎么又会给这酒鬼知道？难道这酒鬼的前知的功夫，确是高人一筹，什么事情都是瞒不了他么？一壁只好木木然的，反问上一句道："你要问这句话，是一种什么意思？"不料，江南酒侠又在极平淡的话语之中，给上金罗汉很惊人的一个答语道："我一点也没有什么别的意思，只是偶然据我所知，笑道人已是到了平江，不再来这里的了。所以，我也顺带的知照你们一声，让你们可以不必呆等下去呢。"他把这话一说完，好像已尽了他的一种义务似的，便又回过身去，向着庙外走去了。

但这一壁厢他虽是走了，那一壁厢却使得金罗汉，好生发起呆来，兀自在想道："我原来和笑道人，约好了在这庙中会面的，怎么在未赴此约之前，笑道人就到了平江去？就算是为了要紧事不得不就去平江，却也得通知我一声，怎么我尚没有知道，反会给这酒汉知道了去呢？"

金罗汉一想到这里，不觉连连把头摇着道："不对，不对！这是决计不会有的事。照此看来，这酒鬼大概是崆峒派，所遣派来的一个奸细，生怕我和笑道人见了面，议出了什么对付他们的好办法来，所以用上这么的一个计策。不过，倘然真是如此的一个用意，他们未免太是笨极。我就算是在这庙中和笑道人会不到面，难道不能在别处会到面么？难道他们在这次打赵家坪以前，又能用什么方法阻隔着我们，使我们连一次的面都会不到么？”正在想时，忽见有白耀耀的一道剑光，从天际飞了来，目的正在他们所坐的那个地方。不觉疑怀顿释，笑指着向柳迟说道：“你瞧，这不是笑道人的那柄飞剑么，大概有什么书信带来给我了。即此而观，那厮所说的话，倒是很有一点儿的意思呢。”说时那飞剑早把传来的那封书信，递在金罗汉的手中，又管自飞了回去。一瞧之下，始知笑道人果然已是到了平江，不再到这里来，教他们快些儿去呢。于是金罗汉暗中对于江南酒侠，更是惊叹一个不置，知他确有上一种不可思议的前知功夫，并不是在那里胡吹的。同时他们师徒二人，也就借了一个遁，瞬刻间已是到了平江。

平江人为了他们是帮打赵家坪而来，早已替他们备好了一个极大的寓所在那里，他们一派中的人，也已到得很是不少。崆峒派的一方，却是由浏阳人做着东道主，尽着招待的义务，一切的情形，也和这边差不多。只是到的人还要比这边来得多，那是还请来许多本派以外的人的缘故。他们一到了平江人所预备着的那个大寓所中，笑道人即迎着金罗汉，向他说道：“了不得，这一次红云老祖果真要出马了。我一闻得了这个消息，生怕他马上就要到来，攻我们的一个措手不及，所以就飞快的赶了来，也来不及到那庙中去绕上一个弯子了。”

金罗汉因为已有了江南酒侠的先人之言，并在证实了笑道人果已到了平江的这一件事上，深信江南酒侠是不打什么诳语的。即一笑说道：“你这个消息是从哪里得了来的？我看不见得会确实，或者只是崆峒派的一种宣传，也未可知呢！”笑道人道：“不，这是千真万确的一个消息，哪里是什么一种宣传？你老人家请瞧，现有红云老祖讨伐我们昆仑派的一道檄文在此，别的都可以假，难道这檄文也可以假得来的么？”说时，便把那道檄文递在金罗汉的手中。金罗汉一瞧之下，果然在那檄文之中，把昆仑派中的几个重要人物，都骂得体无完肤。他红云老祖实在为太瞧不入眼了的缘故，所以今番毅然决然的要出马一下，和崆峒派合在一起，向他们昆仑派讨伐起来了。就文词写得这般激情风发的上面瞧来，红云老祖这一次来是来定的了，出马也是出马定的了。若照江南酒侠所说，红云老祖来是来的，却不见得会出马，这又哪里会成事实的呢？于是，把一个金罗汉弄得疑疑惑惑的，也只好默然了下来。

不料正在这个当儿，却听得有一个人在着空中说道："这有什么可以疑惑得的，我既已说了他不见得会出马，那他本人就是硬要出马，在事实上也是有点做不到的。你难道还不能信任我么？"听他这一派很稔熟的声音，明明说这话的，又是江南酒侠。金罗汉不觉低低的说道："了不得，那厮又出现了。瞧他现在的这种口气，好像他的能耐大到了不得了，红云老祖一切的行动，都要听上他的指挥呢。"一壁又把刚才的那番事情，约略的对着笑道人说上一说。笑道人却仍把江南酒侠，目作一个妄人，并不怎样的信服，即大声回答道："你这厮倒是好大的口气。但是，红云老祖来也好，不来也好，出手也好，不出手也好，我们是一点没有什么关系的，你还是把这个消息，去报告给他们崆峒派知道吧。"笑道人把这话一说，却听得江南酒侠哈哈大笑道："不错，这却是我的多事了。现在，红云老祖已是到了半路上，我也就赶快的迎了去吧，不然，让他平平安安的到这里，出马来和你们一交锋，我此后不论说什么话，就要一个钱都不值的了。"言后寂然，看来果真已是赶了去了。

那么，江南酒侠究竟是赶了去，把红云老祖迎住了没有呢？哈哈，且慢，让我不是如此的写，姑先从红云老祖这一边写了起来。单说红云老祖受上了崆峒派的邀请，要他去帮助他们，和昆仑派打赵家坪，已是不止一次了，却总为了临时发生什么阻力，一次都没有实行出得马。在今年，他却已是有了一个决心，无论如何，要帮着崆峒派，和昆仑派大大的打上一场的了。又为了好久没有出得洞来，颇想借着这个机会，在外面游览上一番。所以，早几日他就动身上了路，而且，既不腾什么云，也不借什么遁，只是骑了一匹白马，缓缓的在道上走着。不认识他的人，又谁知道，这就是大名鼎鼎的红云老祖呢！

这一天，他仍是这么的在道上行走着，一路上赏玩风景，好不心旷神怡。不料，忽有一样什么东西，在他这骑马的屁股后面，重重的撞上了一下，倘然不是他而换上了别人的话，一定是要给他撞下马来了。红云老祖不免要从马上回过头去，向着后面望上一望。却见他这骑马的后面，紧紧的跟上了一头驴子，那头驴子高大得异乎寻常，竟是和马有些差不多。在那驴子的上面，却伏着了一个衣衫褴褛的汉子，好像对于骑驴子，完全是一个外行，所以这么很不像样的伏着在上面。而刚才的那一下，大概也是因他骑得不合法，而误撞在马屁股上的。当红云老祖一回过头来望着，他似乎也知道是自己做错了事情了，登时惶恐得什么似的，便左一个拱，右一个揖，口口声声的，只是向着红云老祖赔着不是。红云老祖毕竟是修过了不少年的道的，要比寻常人多上些儿涵养功夫，岂屑和此等细人，计较这些个小事，便也一笑置之，策马复行。

谁知行不到多久时候，又是这么猛然的一撞，比先前那一下还要来得厉害，险些儿撞得他栽下马背来。再回过头去一望时，仍然是那头高大的驴子紧跟在后面，仍然是那个衣衫褴褛的汉子，露上一脸惶恐的神气，仍然是那么的左打拱、右作揖，不住的赔着不是。红云老祖见了，不免暗暗觉得又好气又好笑，然仍不忍向他斥责着。一鞭挥处，这骑马早如腾起云、驾起雾来的一般，飞也似的向前跑去了。一壁也暗暗的在想道："驴和马，是不具有同等的脚力的，刚才只为了我的马跑得太慢了一些，所以会让那驴子紧紧的跟随在后面，会让那驴子的头撞到马屁股上来。如今我放足了辔头，这么快快的一跑，无论那驴子是如何的会跑，恐怕也要望尘莫及，赶都赶不上的了。"

心中正自得意着，忽闻得一片"啊呀""啊呀"直叫的声音，又是起于他的马后，看来又有什么乱子闹出来了。在这个情形之下，他当然又要回过头去望上一望。却真是出于他的意料之外的，最最打先射入他的眼帘中来的，仍是那头高大的驴子，仍是那个衣衫褴褛的骑驴汉子。再经他仔细的一瞧时，更使他加倍的骇诧了起来。原来他这骑马的一个尾巴，不知怎样一来，恰恰是圆圆一圈的，把那驴子的颈项缠着了，因此，当这马放开了四个足，飞快的向着前面跑，也就自然而然的，把那驴子带着了在一起跑了去。但是这还是一种偶然的情形，算不得什么稀奇；所最奇的，照理驴子的脚力，是无论如何赶不上马的，那么这马既是这么飞也似的跑着，后头的驴子只要一个赶不上，就要连人带驴，倾跌在地了。可是，试一瞧现在的情形，那汉子虽是"啊呀""啊呀"的连声直叫着，却依旧安然的伏在驴背上，那驴子更是把四蹄展开，没有一点赶不上来的样子。由此看来，这一人一驴，倒大概都是很有上一点来历的呢。

红云老祖究竟是何等样子的一个人，什么事能瞒得了他？在如此的一个观察之下，也就对于那骑驴的汉子的一种用意，有些瞧科出来了。便把手一拱，微微的一笑道："朋友，我们各赶各的道，原是河水不犯井水的，阁下如何要向我开上如此的一个大玩笑？我现在算是认识了你阁下就是了。"

红云老祖虽是这般低头服下的说着，那汉子好像满是不卖这笔账，又好像不懂得他这几句话的意思的，仍在口中咕噜着道："这明明是你把我开上一个大玩笑，怎么反说是我开你的玩笑呢？你瞧，是你的马在前，我的驴在后，又是你那马的尾巴，勾着了我这驴子的颈项，决不会是我的驴子把颈项去反凑着马尾巴的，那么这事实不是再明显也没有了么？不过我不是爱和人家拌什么口舌的，就让我自己认上一个大晦气，走了开来吧。"他说完这话，轻轻的把那驴子的头向后一拉，就从马尾巴中脱了出来，不再相缠在一起了。

红云老祖也不爱和那汉子多说得上什么话，便又挥起一鞭，让自己这匹马向着前面飞跑了去。不过他这一次却老到得多了，时时的把一颗头向着马后望了去，瞧瞧那头驴子，究竟还跟在不跟在他的后面。果见在一转瞬之间，已是相距得很远很远，最后连小小的一点黑影子，都是瞧不到的了。他方始深深的嘘了一口气，好似把身上的一种重负释放了下来的。实在在这一马一驴追随之间，那汉子和他歪缠得也太够了。不料他偶向前面望上一眼时，忽见一头高大的驴子，平伏了一个人在上面，缓缓的在走着，那驴子，那驴子上的人，都和先前的那一人一驴，很有几分的相像的。不由得不又使他怔上了一怔。

不知现在的这一人一驴，是否就是先前的那一人一驴，且待第一百三十四回再写。

第一百三十四回

悲劫运幻影凛晶球　斥党争谠言严斧钺

话说红云老祖，好容易避去了那骑驴汉子的歪缠，不禁深深的嘘上了一口气，好像释去了身上的一种重负似的。但当他偶向前面望上一眼时，不料又见有一头高大的驴子，驴子上仍是这么平伏着一个人，缓缓的在街道上行走着，而和先前的那一人一驴，看去又颇有几分相似，这倒又把他怔住了。一壁兀自想道："奇怪，难道那厮倒又到了我的前面去了么？但是，我刚才也曾屡屡的回头向马后望着，只见把他那头驴子抛得很远很远，渐渐的至于不能再瞧见。怎么，在一转眼之间，又赶到我这匹马的前面去了呢？这恐怕是不会有的事情吧。也罢，且不管他是怎样，更不管究竟是那厮不是那厮，好在现在我是在后面，不是在前面了。只要我不把这马赶上去，总是保持着这么的一个距离，大概也就不会再有什么麻烦找到我的身上来了。"可是红云老祖，虽是定下了这么一个很老到的主意，谁知这匹马倒又不由得他做起主来，任他怎样的把那缰绳紧紧的扣住，不让它跑得太快，却已是发了野性似的，一点儿也扣它不住，依旧飞快的向着前面跑了去。

这一来，红云老祖不免在心中暗暗的叫着苦，并怪自己今天怎么如此的不济事，这一匹马都驾御不下来了。而就在这扣不住缰儿的中间，早已到了那头驴子的后面，猛然的把一个马头，撞下了驴子的屁股上面去。这一撞，真不寻常，竟把伏在上面的那个人撞下了驴背来。幸而还好，那个人的一脚，还勾在驴背上，方始免去倾跌到地上来。

当他重行爬上驴背之际，也就回过头来望上一望。红云老祖一瞧见他的面貌，倒不免暗吃一惊道："果真就是那厮么？这倒真有些儿奇怪了，他的那头驴子，明明是抛落得很远在我的后面的，怎么在一转眼间，就又会赶到了我的前面去了呢，难道他是抄上了什么一条小路吗？"那汉子似也已瞧到了红云老祖，那种吃惊的样子，便笑着向他问道："这在前面走着的又是我，大概是你所万万料想不到的么？这就叫做'人生何处不相逢'了。不过，你这么的把我撞上一下，未免撞得太厉害了一点，不是我刚才也曾连一接二的把你撞上两撞的，我真要大大的和你办上一个交涉呢。现在是一报还一报，还有什么话讲啊？罢，罢，罢！仍再是大家走了开来吧。"他说完这番话后，又接上一阵哈哈大笑，即将两腿紧紧的一夹，那驴子又飞也似的向前跑去了。

在这里，红云老祖免不得要对那汉子，大大的注意了起来，觉得那汉子今天这么一而再，再而三的向他歪缠着，决不是什么偶然的事。而且，除了向他歪缠之外，还发现了许多奇异的事情，像那抛在后面的驴子，为什么会超到了前面去？或者还可说那汉子是抄着一条小路么，且不去说他，但自己的这匹马，又为什么会无端的拉都拉不住，向着前面狂奔了起来，竟撞在那头驴子的屁股上面。等到这么的一撞以后，倒又安静下来了？这中间很是有上一点蹊跷，好像是那汉子，在暗中使着一个什么法的一般，而他自己在事前却一点没有防备到。照此看来，莫非那汉子是有意要找着他寻衅么？只为了他的态度很是谦和，不曾怎样的计较得，所以至今尚没有什么事故闹出。然那汉子既是有意的要向他寻衅，不把目的达到，恐怕不见得就肯罢手，看来正有不少的花样锦在着下面呢。照理，他当然不会惧怕那汉子，然而他是什么样的一个人，何苦失去身份，和这种妄人去缠个不休？还不如想个法子，避去了那汉子，不要同在这一条道上行走吧。

红云老祖这么的一想时，也就从马上走了下来。把这马系在树上以后，即驾起一片云来，向着天空中飞了去。心中却觉得十分的得意道："好小子，算你是有本领，竟这么一再的找着了我，但现在我已驾起云来，不在道上行走着了，看你还不有什么方法来找我？"正在想时，忽听得有一个大声起于他的耳畔道："驾云打什么紧，这当然仍是有方法的。"同时，又觉得有一个人，从他的身背后撞了来。至是，红云老祖心中倒也有些明白，知道大概不是别人，定又是那厮找了来了。回过脸去一瞧时，果然不出所料，不是那汉子，又是什么人。这时候，他也不把那汉子当做什么寻常的人物了，也不再顾到自己是如何的一个身份了。觉得避既是避不了，怕当然是大可不必的，还不如爽爽快快的，和那汉子斗上一斗吧。只要斗得那汉子吃不住逃跑了，这事情不是就结了么？于是把眼一鼓，恶狠狠的望着那汉子，大有马上就动手的一个意思。

那汉子却只是笑嘻嘻的说道："啊呀，原来是你阁下，想不到又在这里见面了。刚才我说是人生何处不相逢，现在我可要说一句'上穷碧落下黄泉'，你道这句诗说得对不对呀？"红云老祖听了，却更是显出一派憎厌他的神气道："咄！不要多说这些个闲话了。我且问你，你这般的跟着了我，究竟是一个什么意思？不妨向我明说了出来。"那汉子这才露出一副十分正经的面孔来道："哦，这一句话可把我提醒了，我确是为了一桩很正经的事情，要找着了你谈上一谈呢。现在，请你跟着我走吧。"他说完这话，只见他轻轻的向前一耸身，他足下所踏的那一片云，早已越过了红云老祖的那一片云，浮向前面去了。

这时候，红云老祖的心中，却是好生的有气，想这东西不但是十分的混账，那架子也未免太是大了一点了。我和他是素不相识的，就是到了如今，他也不知道我是谁，我也不知他是谁，哪里会有什么正经事要谈？就是真有什么正经事要谈，也该向我说明一句，所要谈的是一件什么事，又到哪个地方去谈，看我究竟愿意不愿意。怎样他如今既不说明一切，也不求得我的同意，就好像上司命令下属似的，教我跟着了他就走呢？照这般的一个情形，未免太使我难堪了一点吧？

红云老祖一想到了这里，也就上了脾气，不能像以前这么的有涵养功夫了，决计不跟着了那汉子一起走，也不愿和那汉子谈什么话。只要那汉子真是有本领的，尽管来找着他就是了。可是，红云老祖的心中，虽已是有上了这样的一个决定，但不知怎样的，今日的一桩桩的事情，都不能由他做得一分半分的主。当他要把自己足下的那一片云掉了过来，换上一个方向浮去时，却总是把他掉不过头来，并好像已和那汉子的一片云，二片云连成为了一起似的，尽自跟着了前面的一片云，一直的浮了去，再也没有什么方法可想。

在这里，红云老祖不免老大的着急了，知道自己今天已落入了人家的掌握之中，人家的法术要比自己大得多了呢。因为讲到了法术的这一件事，最是不可思议的。譬如现有二个人都同是会上法术的，倘然这一个人的法术，竟是大过了那个人，把那个人的法术盖过了，那么，那个人只能乖乖的听着这个人的摆布，不能有一点儿的反抗。如欲报上这一个仇，至少须待之十年八年之后，当他已学会了比这个人更大的一种法术，否则是无能为力的了。

红云老祖是懂得这个情形的。当下落得装出一种很漂亮的神气，一点儿的反抗都不有，即跟在那汉子的后面，直向前方而进。不一会儿，到了一所屋子之前，那汉子把云降下，红云老祖也跟着把云降下，随又跟着了那汉子，走进了那所屋子中。瞧那样子，一半果然是出于自动，一半也有些不得不然之势。相将就坐以后，那汉子笑着说道："红云道友，你对于今天的这桩事，不觉得太是奇怪了一点么？又我的举动，不也嫌太是冒昧了一点么？然而，你要知道，你红云老祖是具有何等广大神通的一个人，我倘然不是如此的办法，又怎能把你请到这所屋子中来？如今，居然能把你请到，我江南酒侠的这个面子，可真是不小，实在是万分荣幸的一桩事情啊。"

红云老祖至是，方知那汉子，便是最近在江湖上活动得十分厉害的那个江南酒侠，以前却是默默无闻的。不禁暗叫一声："晦气，想不到像我这么威名赫赫的一个人，今天竟会跌入了这个酒醉鬼的手掌之中，并竟会一点儿也展布不开呢？"一壁却仍装出一种十分漂亮的神气，也笑着说道："我想这些个话请你都可不必讲了吧。你尽可老老实实的说，为了什么事情，你把我弄了到这里来的？其实，再要痛快一些，你连这话都不说也使得。因为，你就是不说，谁又不知道，你是受上了昆仑派之托，来做上一个说客，要劝我退出局外，不去帮助崆峒派的呢。你道我这话说得对不对？"

江南酒侠见红云老祖，竟是这般从容不迫的说了起来，倒也暗暗的有些心折，觉得这红云老祖果然是名下无虚，不愧为一个头儿尖儿的人物，在如此窘迫的一个境地之中，词锋还能如此的犀利呢。至于他的话讲得对讲不对，却又是另外的一个问题了。于是，他在哈哈一笑之后，方又说道："你这番话然而不然，说我要劝你退出局外，那是对的；说我是受了昆仑派之托，来做什么说客，却是不对。然而，这尚是次要的一个问题，不妨随后再谈。我的所以请你到这里来，却还有上一个主要的问题呢。现在，请瞧这里吧。"说时，便伸出一个指头，向着对面指去。

真是奇怪，这时候红云老祖好像已是受了他的法术似的，便也不由自主的，跟着了他所指之处，把一双眼睛望了过去。却见在对面的一张桌子上面，放上了很大很大的一个水晶球，球上却有一个个的幻象，陆续的映现了出来。这些个幻象，不但是十分的显明，还是十分的生动，倘然连续的看了起来，定要疑心到已是置身在真实的情境之中，不会再当他们是什么幻象的了。

在这当儿，更使红云老祖吃上一惊的，恰恰在这球上，又赫然的现出了一个人来。一瞧之下，不是他的二徒弟方振藻，又是什么人呢？再一看，从那面又走来了一个人，却正是他的小徒弟欧阳后成。师兄弟俩骤然一见面之下，好似不胜惊喜的样子，即密密切切的谈了起来。但是谈不上一会儿，大家都各向后面退上一步，并握拳透爪的，各把自己的一个拳头举起，向着对方扬上一扬，大有武力解决的一个意思。显然的，是谈到了一桩什么事，大家谈得不大投机，已是翻了腔了。至是，那图上的幻象忽一闪而灭，又把另一幅的幻象换了上来。那是二派的人马在对垒，一派的首领正是方振藻，一派的首领也正是欧阳后成。他们在比武之外，还又在斗着法，直厮杀得一个乌烟瘴气。到后来，还不是两败俱伤，每一方都是死伤了不少人。再下去，又另换了一种情形，却是有不知多少国的夷兵杀了进来了，大炮轰处，排枪放处，正不知有几千几万个百姓，给他牺牲了去，直至尸积如山，血流成河，伤心惨目，有非言语所能形容的了。最后的一幅，却是一个烈焰飞腾的大火坑，那些夷兵，都立在高山之上，一点没有恻隐之心的，把一个个鲜活灵跳的人，远远的向着那火坑中掷了去，那最后的一个，面目特别的显得清晰，却就是红云老祖自己。

红云老祖瞧到了这里，忽听江南酒侠大声问道：“在这球上所现出来一幅幅的东西，你都已瞧到了么？这是空前未有的一个大劫，不久就要实现了，想来你也是早有所知的。不过，据我想来，你是这个事件中最有关系的一个人，凭着你的这种力量，倘能在事前努力上一下，或者能挽回这个劫运，而把一切都消灭于无形，你也有意干这一件大功德么？”

红云老祖听了，连连把头摇着道：“太难，太难！这是注定了的一个大劫，又岂是人力所能挽回的？就是我，也正是应劫而生的，一待在火中化去，算是转了一劫，倒又可干上一番事业了。”江南酒侠把眉峰紧紧的一蹙道："这个我也知道，如此一个大劫，哪里是人力所能挽回？不过这一来，无辜的小民未免牺牲得太多了，岂真是个个都在劫数之中的？我们总得在事前想上一个方法，能多救出一条性命，就多救出一条性命，也是好的。"红云老祖道："这件事我们或者还能办得到。不过欧阳后成已不是我的徒弟，现在转入了铜脚道人的门下了，我还得和铜脚道人去商量一下。只有一句话可以预先奉告的，我们如有一分力量，就尽着这一分力量，切切实实的干了去，不使你怎样的失望就是了。"

江南酒侠听他说得如此的恳切，不觉又露出了几分喜色来，忙走了过来，和他握一握手道："如此，我替数百万生灵，在此向你请命，向你致谢的了。好，如今这一个主要问题，总算已得到了一个答案，我们再来讨论那个次要问题。不过，要讨论那个次要问题，就得把昆仑、崆峒二派的领袖，都请到这里来了。"说着，在一声口啸之下，就有二只仙鹤，翩然飞到庭中停下。江南酒侠走向前去，向他们轻轻的吩咐了几句话。这二只鹤便又举翮飞去，一转眼间，已负了二个人来了。这二个人，一个正是昆仑派的领袖金罗汉，一个正是崆峒派的领袖杨赞化。

这时候，他们脸上都露上了一种错愕的神气，怎么糊里糊涂的一来，已是到了这个地方，并有红云老祖在座，似乎连他们自己都有些不明不白的。而金罗汉是认得江南酒侠的，一见又有他在这里，更预料到这不是什么一桩好事情了。

江南酒侠请他们就坐后，便脸色一正，说道："我的请你们到这里来，并不为别的事情，只是请你们从今年起，永远不要再打赵家坪了。须知道平江、浏阳二县农民的年年打赵家坪，已是极无聊的一桩事，你们以极不相干的人，更从而助甲助乙，也年年的帮着他们打赵家坪，这更是大无聊而特无聊的了。你们只要细细的一想时，大概也要哑然失笑吧？现在，请你们瞧看这里。"他说时，一双眼睛，即向着水晶球上望了去。

这二派领袖同着红云老祖，也不由自主的，跟着他各把眼睛都向水晶球上望了去。江南酒侠却又在说道："在每一年的打赵家坪中，平江、浏阳二县的农民，不知要死伤去多少人。打败的，这一年的倒霉，可不必说起；就是打胜的，虽是在这一年之中，得占赵家坪为己有，然终觉得是得不偿失呢。"

这时候，水晶球上，也便现出一幅伤心惨目的写真来，在这些农村中，差不多家家户户，都有受伤的人躺着了在那里。江南酒侠复说道：“便在你们二派之中，也何尝不有死伤者？试想修道是何等艰苦的一桩事，不料经上了不少年苦苦的修炼，却为了这么一件不相干的事，而受下了伤，甚而至于死了去，这又是何苦值得呢？”这时候，水晶球上却没有什么幻象映现出来，只有上触目惊心的十二个大字，那是“多年修炼，毁于一旦，何苦何苦？”

江南酒侠却依旧又说了下去道：“再讲到你们的所以要帮着他们打赵家坪，无非为了你们二派，私下也积下了不少的嫌隙，借此就可以见上一个高下，彼此都可泄上一下愤。然而，照我看来，这多少年来，你们积下仇怨的时候果然很多很多，携手合作的时候也未尝没有。如今只把这一桩桩的小仇怨，牢牢的记住，却把携手合作的旧历史忘了去，这恐怕也是我们修道人所不应该有的一桩事情吧？”这时候，在这水晶球上，却又像翻看陈年账簿似的，一幅幅的，把他们所有携手合作的旧历史，都映现出来了。

至是江南酒侠，却又把他注在水晶球上的眼光收了回来，总结上一句道：“所以从各方面讲来，你们帮着打赵家坪，都是大不应该的。现在，你们也肯接受下我的这个请求，永远停止了这桩事情么？”一壁说，一壁又把眼光向着他们扫射了一下。

不料金罗汉和着杨赞化，竟是不约而同的回答道：“这些个情形，我们哪里会不知道，何烦你来说得！而且你又是什么人，配来干涉我们的事，配来说什么应该不应该？哼，这真太岂有此理了。”红云老祖在旁虽没有说什么，却也很有点赞成他们这番话的意思。于是，江南酒侠也冷笑一声道：“好，不干涉你们的事，就不干涉你们的事。不过你们现在的第一桩事，就是要出得这所屋子，倘然是不能的话，便永远软禁着在这里了，还说什么打赵家坪不打赵家坪呢？”

这几句话一说，可把他们三人激怒起来了，也就老实不客气的，立起身来，各自觅寻出路。可是尽他们用尽了种种的法术，在无形中，总好像有一种什么东西挡着在那里，不能任他自由出走，方知江南酒侠的法力，实是要高出他们数倍，也只好颓然坐下了。

江南酒侠方又笑嘻嘻的问道：“现在如何，也肯接受下我的这个请求么？”他们没有方法可想，只好把头点点。江南酒侠便又露出十分高兴的样子道：“如此，我不揣冒昧，就替你们把这打赵家坪的事件，结束上一下吧。在这个事件中，细一追究，他为什么会如此的扩大起来，那杨天池的暗放梅花针，和着常德庆的煽惑浏阳人，都不能说是没有几分关系的。所以他们二人要算得是罪魁祸首。现在依我的意思，且让他们在赵家坪跪上三日三夜，以谢历年来为了这件事而受到牺牲的许多人吧。”说时突然的伸出手来，向着水晶球一指。果在球上，又赫然的映现出一幅写真来，却是杨天池和着常德庆，直挺挺的跪在赵家坪的那块坪地之上了。大概这时候赵家坪的坪地上，这二人果真是这么的跪着吧。于是，他们三个人也默默然没有什么话可说，实在是江南酒侠的法力，太是高过于他们了。

而打赵家坪，原是本书中最重要的一个关目。现在这打赵家坪的事件，既已是有上了一个结束，那平江、浏阳二县的农民，就是再要一年一度的继续的打着，但既没有昆仑、崆峒二派的剑侠参加其间，便不会再有什么好看的花样锦闹出来。本书借此机会，也就结束了下来，不再枝枝节节的写下去了。